中国新闻奖作品选

中国新闻奖评选委员会办公室 编

2021年度·第32届

新华出版社

图书在版编目（CIP）数据

中国新闻奖作品选. 2021年度·第32届 / 中国新闻奖评选委员会办公室编. ——
北京：新华出版社，2022.11
ISBN 978-7-5166-6568-8

Ⅰ. ①中… Ⅱ. ①中… Ⅲ. ①新闻 – 作品集 – 中国 – 当代
Ⅳ. ①I253

中国版本图书馆CIP数据核字（2022）第223610号

中国新闻奖作品选. 2021年度·第32届

编　　者：中国新闻奖评选委员会办公室

责任编辑：祝玉婷　　　　　　封面设计：刘宝龙

出版发行：新华出版社
地　　址：北京石景山区京原路8号　　邮　　编：100040
网　　址：http://www.xinhuapub.com
经　　销：新华书店、新华出版社天猫旗舰店、京东旗舰店及各大网店
购书热线：010 – 63077122　　　中国新闻书店购书热线：010 – 63072012

照　　排：臻美书装
印　　刷：三河市君旺印务有限公司
成品尺寸：165mm × 230mm
印　　张：58.25　　　　　　字　　数：1050千字
版　　次：2023年5月第一版　　印　　次：2023年5月第一次印刷
书　　号：ISBN　978-7-5166-6568-8
定　　价：90.00元

目 录

CONTENTS

·新闻业务研究·

·重大主题报道·

·国际传播·

·典型报道·

二等奖（116件）

·新闻专题·

·新闻纪录片·

·系列报道·

特别奖（3 件）

百年辉煌，砥砺初心向复兴

——写在中国共产党成立 100 周年之际

集 体

（一）广袤的中国大地上，一处处红色坐标，见证中国共产党壮阔的世纪征程——

上海兴业路、浙江嘉兴南湖，此间曾著星星火，到处皆闻殷殷雷。"我们党的全部历史都是从中共一大开启的，我们走得再远都不能忘记来时的路。"

河北平山西柏坡、北京香山，吹响进军号角，为新中国奠基。"历史充分证明，中国共产党和中国人民不仅善于打破一个旧世界，而且善于建设一个新世界。"

广东深圳，开山炮巨响犹在，拓荒牛砥砺前行。"改革开放是我们党的历史上一次伟大觉醒，正是这个伟大觉醒孕育了新时期从理论到实践的伟大创造。"

中国国家博物馆《复兴之路》展览，回顾中华民族的昨天，展示中华民族的今天，宣示中华民族的明天。"实现中华民族伟大复兴是一项光荣而艰巨的事业，需要一代又一代中国人共同为之努力。"

回望百年风云激荡，习近平总书记深刻指出："在百年接续奋斗中，党团结带领人民开辟了伟大道路，建立了伟大功业，铸就了伟大精神，积累了宝贵经验，创造了中华民族发展史、人类社会进步史上令人刮目相看的奇迹。"

山雄有脊，房固因梁。1921—2021，从石库门到天安门，从小小红船到巍巍巨轮，一百年前的红色火种，在革命、建设、改革的道路上已成燎原之势，照亮中华民族伟大复兴的光明前景。

一世纪风雨兼程，九万里风鹏正举。站在"两个一百年"的历史交汇点，习近平总书记话语铿锵——

"中国共产党立志于中华民族千秋伟业，百年恰是风华正茂！"

"只要我们党始终站在时代潮流最前列、站在攻坚克难最前沿、站在最广大人民之中，就必将永远立于不败之地！"

这是百年非凡征程的精辟概括，更是新时代中国共产党人开辟未来的壮志雄心。

如同参天巨树，新芽岁岁破枝、枝干年年伸展，百年接续奋斗展开了中华民族伟大复兴的年轮，从昨天走向今天，从历史走向未来。

（二）2021年仲夏的首都北京，天朗气清，惠风和畅。新落成的中国共产党历史展览馆里，"'不忘初心、牢记使命'中国共产党历史展览"全方位、全过程、全景式、史诗般展现着中国共产党波澜壮阔的百年历程。一件件文物、一幅幅图片、一个个场景、一段段影像，穿过岁月、直抵人心。

中国人是带着八国联军攻占北京的耻辱进入20世纪的。在救亡图存的艰辛探索中，辛亥革命没有完成反帝反封建的历史任务，北洋军阀的混战让苦难深重的中国人民看不到出路，各种"主义"、各种"方案"，都尝试过了，但都以失败收场。"灵台无计逃神矢，风雨如磐暗故园。"鲁迅的诗句写出了无数志士仁人的爱国之情、忧国之心。

九原板荡，什么思想能够点燃革命的星火？觉醒年代，怎样的春雷能响彻沉寂的中国？当"诸路皆走不通了"之时，十月革命一声炮响给中国送来了马克思列宁主义。1921年7月23日，上海法租界望志路106号。一群来自全国各地、平均年龄仅28岁的人们聚集在一起，秘密举行中国共产党第一次全国代表大会。一个新的革命火种，就这样在风雨如晦的中国大地上点燃起来了。

"赤潮澎湃，晓霞飞动，惊醒了，五千余年的沉梦。"中国产生了共产党，这是开天辟地的大事变。从1921年到2021年，百年大党，百年华章，这是矢志践行初心使命、筚路蓝缕奠基立业、创造辉煌开辟未来的一百年，是用鲜血、汗水、泪水、勇气、智慧、力量写就的一百年，是苦难中铸就辉煌、挫折后毅然奋起、探索中收获成功、失误后拨乱反正、转折中开创新局、奋斗后赢得未来的一百年。

犹记新民主主义革命初期，针对"红旗到底打得多久"的疑问，毛泽东同志预言中国革命的高潮是"站在海岸遥望海中已经看得见桅杆尖头了的一只航船"。南昌城头，打响武装反抗国民党反动统治的第一枪；井冈山上，八角楼的灯光照亮农村包围城市的革命新道路；长征途中，遵义会议开启独立自主解决中国革命实际问题的新阶段；抵御外侮，成为全民族抗战的中流砥柱；解放全中国，埋葬蒋家王朝……中国共产党带领亿万人民冲破思想之桎梏、涤荡历史之积秽，赢得了民族独立和人民解放，建立了人民当家作主的新中国。"为有牺牲多壮志"，红色政权来之不易，新中国来之不易！

犹记新中国成立初期，面对"中共的胜利将不过是昙花一现而已"的断言，面对帝国主义的政治孤立、经济封锁、军事威胁,面对满目萧条、百废待兴的"一张白纸",世界听到这样的回答:"多少一点困难怕什么。"多措并举巩固新生人民政权,抗美援朝、保家卫国,实施第一个五年计划、开展大规模经济建设,完成社会主义改造、建立社会主义制度,自力更生造出"两弹一星"……我们从未向困难低头,而是于险境中谋生存、于逆境中求发展、于困境中促崛起。"敢教日月换新天",这是激情燃烧的岁月,这是凯歌嘹亮的时代!

犹记改革开放初期,国外媒体认为"能让一个人口众多的民族在极短时间内来个180度大转弯,就如同让航空母舰在硬币上转圈"。邓小平同志豪迈地号召:"杀出一条血路来!"敢于"大包干",敢砸"大锅饭",既"摸着石头过河"也"大胆地试、大胆地闯",思想的禁区被冲破,制度的藩篱被革除。小岗破冰、深圳兴涛、海南弄潮、浦东逐浪……不舍昼夜的改革开放历程,铺展开一条中国特色社会主义道路,成就了一次改变中国、影响世界的浩荡进军。"风卷红旗过大关",这片热土在奋进中发展,在变革中新生!

历史,在一代代人接续奋斗中前行。党的十八大以来,以习近平同志为核心的党中央接过历史的接力棒,带领亿万人民撸起袖子加油干、挥洒汗水奋力拼。从适应把握引领经济发展新常态到推动高质量发展,从提出新发展理念到构建新发展格局,经济发展蹄疾步稳;从"八项规定"改作风,到"打虎""拍蝇"反腐败,全面从严治党固本强基;从打赢脱贫攻坚战,到打好污染防治攻坚战,民生福祉持续改善;从共建"一带一路",到构建人类命运共同体,日益走近世界舞台中央;从战疫情、斗洪峰,到化危机、应变局,沉着应对风险挑战……党和国家事业取得历史性成就、发生历史性变革,推动中国特色社会主义进入新时代。"风雨无阻向前进",我们比历史上任何时期都更接近、更有信心和能力实现中华民族伟大复兴的目标!

于高山之巅,方见大河奔涌;于群峰之上,更觉长风浩荡。一百年来,多少枪林弹雨的战斗,多少壮怀激烈的牺牲,多少上下求索的追寻,多少千难万险的跋涉,多少执着坚定的前行……中国共产党人为了民族独立、人民解放,为了国家富强、人民幸福,前赴后继、勇往直前,成就了昭如日月的伟业,谱写了震古烁今的史诗,迎来了民族复兴光焰万丈的日出。

(三)1929年,上海《生活周刊》刊登了一篇《十问未来之中国》:"吾国何时可稻产自丰、谷产自足,不忧饥馑?""吾国何时可行义务之初级教育、兴十万之中级学堂、育百万之高级学子?""吾国何时可参与寰宇诸强国之角逐?"……十问椎心泣血,饱含着当年国人的苦难与屈辱、希冀与梦想。

"星火燎大原,滥觞成瀛海"。自从有了中国共产党,中国革命的面貌焕然一新。建立中国共产党、成立中华人民共和国、推进改革开放和中国特色社会主义事业，成为近代以来实现中华民族伟大复兴的三大里程碑。山河壮美，岁月峥嵘，中国共产党紧紧依靠人民，跨过一道又一道沟坎，取得一个又一个胜利，为人民、为民族、为世界，作出了彪炳史册的伟大贡献——

一百年来，我们党为人民谋幸福。人民对美好生活的向往，就是我们的奋斗目标。无论是打土豪、分田地还是开展抗日战争、建立新中国，无论是开展社会主义革命和建设还是实行改革开放、推进社会主义现代化，都是为了人民根本利益而斗争。推翻"三座大山"，让人民真正成为国家、社会和自己命运的主人；持续聚焦发展，让亿万人民无虞于温饱；心系民生冷暖，历史性地消除绝对贫困，庄严承诺"全面小康路上一个也不能少"。今天，中国人均 GDP 超过 1 万美元，形成了世界上规模最大的中等收入群体，建成了世界上规模最大的社会保障体系……百年史诗一般的奋斗，书写在物阜民丰、万家灯火，书写在每个中国人的生活之中。百年辉煌，中国共产党对中国人民的伟大贡献，体现在使人民翻身解放、当家作主，促进人的全面发展和社会全面进步，朝着共同富裕的目标不断迈进。

一百年来，我们党为民族谋复兴。中华民族以五千年传承不绝之文化，卓然于世界。自 1840 年起却一路沉沦，被迫签订了一系列不平等条约，一幅列强争食的《时局图》就是写照，"多屈辱啊！多耻辱啊！那时的中国是待宰的肥羊。"中国共产党带领亿万人民，救国、兴国、富国、强国，创造了世所罕见的经济快速发展奇迹和社会长期稳定奇迹，书写下震撼世界的巨变。当年，孙中山先生曾在《建国方略》一书中构想中国建设的宏图，有外国记者认为这完全是一种"空想"。如今，铁路进青藏、公路密成网、高峡出平湖、港口连五洋、产业门类齐、稻麦遍地香、"天和"驻太空、"祝融"探火星……在中国共产党的坚强领导下，社会主义中国巍然屹立在世界东方。我们用几十年时间走完了发达国家几百年走过的工业化历程，跃升为世界第二大经济体，综合国力、科技实力、国防实力、文化影响力、国际影响力显著提升。百年辉煌，中国共产党对中华民族的伟大贡献，体现在带领亿万人民彻底改变了近代以后 100 多年中国积贫积弱、受人欺凌的悲惨命运，中华民族迎来了从站起来、富起来到强起来的伟大飞跃。

一百年来，我们党为世界谋大同。天安门城楼上有两句标语，一句是"中华人民共和国万岁"，另一句是"世界人民大团结万岁"，诠释着"中国共产党是为中国人民谋幸福的党，也是为人类进步事业而奋斗的党"。从"把自己的事情办好"，到成为世界经济增长的主要稳定器、动力源，再到"一带一路""构建人类命运共同体"被写进联合国决议,这片土地之上的艰辛探索、辉煌巨变与宝贵经验,兑现了"中国应当对于人类有较大的贡献"的诺言。百年辉煌,中国共产党对世界的伟大贡献,体现在实现了中国从落后于时代到赶上时代、引领时代,不断为人类作出更大贡献的历史性转变。

星光不问赶路人,历史属于奋斗者。一百年来,在革命、建设、改革的历史洪流中,中国共产党人从未停下奋斗的脚步。从建党的开天辟地,到新中国成立的改天换地,到改革开放的翻天覆地,再到新时代取得历史性成就、发生历史性变革,在中国共产党的坚强领导下,中华文明在现代化进程中焕发出新的蓬勃生机,科学社会主义在21世纪焕发出新的蓬勃生机,中华民族焕发出新的蓬勃生机。

习近平总书记强调:"我们党的历史是中国近现代以来历史最为可歌可泣的篇章,历史在人民探索和奋斗中造就了中国共产党,我们党团结带领人民又造就了历史悠久的中华文明新的历史辉煌。"百年辉煌史诗,是一个国家波澜壮阔的发展与进步,是一个民族刻骨铭心的磨难与觉醒,也是一个政党矢志不移的奋斗与探索。

(四)1916年2月,在外国记者眼里,中国大部分地方甚至很难发现"在现代交通上真正具有意义的道路"。如今的中国,16.1万公里的高速公路,越过大山、深谷,穿梭平原、江河,联通村庄、城镇,不断向远方延伸。

道路,是一个特别的意象,既意味方向,也意味方法。一百年来,中国共产党带领亿万人民,一步步在没有路的地方,走出了一条自己的路。在这条路上,中国共产党立足中国大地,高举社会主义旗帜,向着民族复兴行进,以一种新的社会实践、一种新的政治制度、一种新的发展方式,在百年历史中写下不朽传奇。

一个国家实行什么样的主义、走什么样的道路,关键要看这个主义、这条道路能否解决这个国家面临的历史性课题。中国共产党人相信,中国的马克思主义者应该"从改造中国中去认识中国,又从认识中国中去改造中国"。在深厚历史中孕育,在艰辛实践中摸索,在反复比较中选择,我们探索出一条新路、好路。正如习近平总书记强调的:"我们党在革命、建设、改革各个历史时期,坚持从我国国情出发,探索并形成了符合中国实际的新民主主义革命道路、社会主义改造和社会主义建设道路、中国特色社会主义道路,这种独立自主的探索精神,这种坚持走自己路的坚定决心,是我们党不断从挫折中觉醒、不断从胜利走向胜利的真谛。"

一百年来,在这条通往民族复兴的道路上,不管形势和任务如何变化,不管遇到什么样的惊涛骇浪，我们党都始终把握历史主动、锚定奋斗目标，沿着正确方向坚定前行。从立志实现"四个现代化"，到接续实施 14 个"五年规划（计划）"；从划定"三步走"、新"三步走"路线图，到确定"两个一百年"奋斗目标……在发展之路上，中国以社会主义现代化为目标，用短短几十年时间走过西方发达国家几百年的发展进程。有学者认为，中国的现代化改变了西方现代化通行的三个前提条件，即中国现代化不以殖民他国为条件，不以单纯的资本驱动为条件，不以人的阶级压迫为条件。

中国共产党和中国人民从苦难中走过来，深知和平的珍贵、发展的价值，把促进世界和平与发展视为自己的神圣职责。从为世界反法西斯战争胜利作出重要贡献，到倡导和平共处五项原则；从全面发展同各国友好合作，到推动构建总体稳定、均衡发展的大国关系框架；从打造区域命运共同体，到加强同广大发展中国家团结合作……我们不"输入"外国模式，也不"输出"中国模式，不会要求别国"复制"中国的做法，而是通过推动中国发展给世界创造更多机遇，通过深化自身实践探索人类社会发展规律并同世界各国分享，始终不渝走和平发展道路，成为国际社会公认的世界和平的建设者、全球发展的贡献者、国际秩序的维护者。

大道之行，壮阔无垠；大道如砥，行者无疆。习近平总书记指出："中国有 960 多万平方公里土地、56 个民族，我们能照谁的模式办？谁又能指手画脚告诉我们该怎么办？"百年征程启示未来，我们要高举中国特色社会主义伟大旗帜，高举新时代改革开放旗帜，高举和平、发展、合作、共赢的旗帜，坚定不移走好自己的路。

敢问路在何方？路在脚下。

（五）"我志愿加入中国共产党……"2020 年春天，在抗击新冠肺炎疫情的最前沿，无数"90 后""00 后"在火线上经受考验、接受洗礼，立下"随时准备为党和人民牺牲一切"的誓言。

如月之恒，如日之升。一百年来，中国共产党为什么始终能如磁石一般吸引人、凝聚人，始终是中国工人阶级的先锋队，是中国人民和中华民族的先锋队？中国共产党为什么能始终保持先进性、纯洁性，成为一个在最大的社会主义国家执政 70 多年、拥有 9100 多万党员的世界上最大的马克思主义执政党？回望百年，答案早已在我们的理论与信仰、初心与使命中写就。

这是科学理论的伟力。一本《共产党宣言》，毛泽东同志看了不下一百遍，周恩来同志视之为"贴身伙伴"，朱德同志临终前仍在重读，邓小平同志喻之为"入门老师"……为什么？因为里面有思想的武器、真理的力量。无论是处于顺境还是逆境，我们党从未动摇对马克思主义的信仰。抗战时期，陕甘宁边区以窑洞为教室、石头砖块为桌椅，"吃小米饭，攻理论山"。一百年来，我们党坚持解放思想和实事求是相统一、培元固本和守正创新相统一，不断开辟马克思主义新境界，产生了毛泽东思想、邓小平理论、"三个代表"重要思想、科学发展观，产生了习近平新时代中国特色社会主义思想，为党和人民事业发展提供了科学理论指导。特别是党的十八大以来，以习近平同志为核心的党中央勇于推进实践基础上的理论创新，全面系统回答了新时代坚持和发展什么样的中国特色社会主义、怎样坚持和发展中国特色社会主义这个重大时代课题，创立了习近平新时代中国特色社会主义思想，实现了马克思主义中国化的又一次伟大飞跃。

这是信仰信念的伟力。中国共产党之所以叫共产党，就是因为从成立之日起我们党就把共产主义确立为远大理想。我们党之所以能够经受一次次挫折而又一次次奋起，归根到底是因为我们党有远大理想和崇高追求。对共产主义的信仰，对中国特色社会主义的信念，是共产党人的政治灵魂，是共产党人经受住任何考验的精神支柱。理想之光不灭，信念之光不灭，照耀着我们党历经血与火的考验，从小到大、由弱到强，不断从胜利走向胜利。

这是如磐初心的伟力。中国共产党人笃信：江山就是人民，人民就是江山。中国共产党打江山、守江山，守的是人民的心，为的是让人民过上好日子。"只要我还干得动，我都永远为村里的老百姓做事！"脱贫攻坚中，扶贫干部把心血和汗水洒遍千山万水、千家万户，不让一个人掉队。"我是党员我先上，疫情不退我不退。"抗疫斗争中，上至108岁的老人，下至出生仅30个小时的婴儿，我们不放弃一名患者，不放弃任何希望。这是为民初心的一脉相承，也是人民至上的崭新篇章。为了这样的政党，人民群众筑成红军时期的"铜墙铁壁"，汇成抗日战争中的"汪洋大海"，用小车推出淮海战役的胜利，用小船划出渡江战役的胜利，干出了社会主义革命和建设的成就，主演了改革开放的历史伟剧，创造了新时代的新辉煌。中国共产党站立在最广大人民之中，就像巨人站立于大地之上，汲取到最为磅礴、最为持久的力量。

这是自我革命的伟力。在引领中国前行的进程中，我们党也在不断发展与完善自己。建党百年史，也是百年党建史。从提出党应该"为无产阶级做革命运动的急先锋"，到清除"左"的错误走向改革开放；从确立社会主义市场经济体制的改革目标，到写入"绿水青山就是金山银山"……党章的十余次修订，见证我们党始终敢于坚持真理、修正错误，也见证我们党始终勇于自我净化、自我完善、自我革新、自我提高。从加强党的建设，到推进党的建设新的伟大工程，以党的政治建设为统领，全面推进党的政治建设、思想建设、组织建设、作风建设、纪律建设，把制度建设贯穿其中，使我们党成为一个始终走在时代前列、人民衷心拥护、勇于自我革命、经得起各种风浪考验、朝气蓬勃的马克思主义执政党。正如英国学者马丁·雅克所说，"以极其活跃的方式进行自我更新"，是"为什么中共可以一直执政"的一个重要答案。

百年苦难辉煌，踏过烟云万千重；百年风雨兼程，砥柱人间是此峰。习近平总书记指出："办好中国的事情，关键在党。"百年征程启示未来，我们要深刻感悟和把握马克思主义真理力量，增强用党的创新理论武装全党的政治自觉，坚定对马克思主义、共产主义的信仰，不忘初心、牢记使命，毫不动摇把党建设得更加坚强有力。

雄关漫道真如铁，"加油、努力、再长征"！

（六）"一等渡江功臣"马毛姐，志愿军"一级战斗英雄"柴云振，"改革先锋"王书茂，"全国脱贫攻坚楷模"张桂梅，"卫国戍边英雄"陈红军……建党百年之际，党中央将首次颁授"七一勋章"，这些闪亮的名字，勾勒出一条中国共产党人的精神天际线。

习近平总书记强调："我们党之所以历经百年而风华正茂、饱经磨难而生生不息，就是凭着那么一股革命加拼命的强大精神。"世界上没有哪个党像我们党这样，遭遇过如此多的艰难险阻，经历过如此多的生死考验，付出过如此多的惨烈牺牲。一百年来，马克思主义唤醒了"为真理而斗争"的革命激情，一代代中国共产党人笃定共产主义远大理想，锤炼了不畏强敌、不惧风险、敢于斗争、勇于胜利的风骨和品质。一寸山河一寸血，一抔热土一抔魂，我们党在非凡征途之中铸就伟大精神，绘就中华民族伟大精神的百年长卷。

长征路上，血战湘江，重伤被俘的红34师师长陈树湘，撕开腹部伤口，绞断肠子，壮烈牺牲。

抗美援朝，鏖战长津湖，战士们埋伏在零下40摄氏度的严寒中，冻死后仍保持随时准备冲锋的姿态。

"两弹一星"元勋郭永怀乘坐的飞机失事，机毁人亡的瞬间，他仍不忘和警卫员一起用身体护住机密文件。

扶贫干部黄文秀遍访百坭村195户贫困户，画出"贫困户分布图"，年轻的生命定格在扶贫路上。

······

万千忠骨，万千热血，感人心者，是灼热的信仰信念，是炽烈的家国情怀，是属于这个政党、这个国家、这个民族的心史心声。

"唯有精神上站得住、站得稳，一个民族才能在历史洪流中屹立不倒、挺立潮头。"井冈山精神、长征精神、遵义会议精神、延安精神、西柏坡精神、红岩精神、抗美援朝精神、"两弹一星"精神、特区精神、抗洪精神、抗震救灾精神、抗疫精神、脱贫攻坚精神……这些宝贵精神财富跨越时空、历久弥新，集中体现了党的坚定信念、根本宗旨、优良作风，凝聚着中国共产党人艰苦奋斗、牺牲奉献、开拓进取的伟大品格，充满了真理的力量、信仰的力量、意志的力量、人格的力量，为我们立党兴党强党提供了丰厚滋养。

这条精神的长河，滋养着中华民族的心灵家园，深深融入我们党、国家、民族、人民的血脉之中。"睡狮破浓梦，病国起沉疴"，一百年来，中国共产党人以壮烈的牺牲、坚强的意志、豪迈的气概、无私的情怀，点燃精神的火种，挺起民族的脊梁，振雄风于委顿、发抖擞于颓唐，让中国人的精神由被动变为主动、由消极变为积极、由悲观变为乐观、由自卑变为自强。旧染既除，新机重启，中国人由此在精神上获得了自由和解放，这是百年来中国精神发生的最显著、最伟大的变革，也是一个走过漫长历史的古老民族心灵世界最壮丽的篇章。

迢迢复兴路，熠熠民族魂。在井冈山革命烈士陵园吊唁大厅，一块光洁如玉的大理石"无字碑"，铭记着3万多位无名烈士的牺牲。青山无言，永怀碧血；日月行天，以鉴丹心。百年征途上的中国共产党人，已经把自己的精神融进祖国的江河、民族的星空，汇入天地凛然长存的浩气之中，与国家、民族、人民的脉搏一起，生生不息，永恒跳动。

（七）百年潮，中国梦。习近平总书记强调："我们党领导的革命、建设、改革伟大实践，是一个接续奋斗的历史过程，是一项救国、兴国、强国，进而实现中华民族伟大复兴的完整事业。"这样的"大历史观"，勾勒出中国共产党的时间线。

站在这样的时间线上，更能理解这样的豪迈："我们对于时间的理解，不是以十年、百年为计，而是以百年、千年为计"；更能感受这样的壮志："伟大事业需要几代人、十几代人、几十代人持续奋斗"；更能把握这样的宣示："时间属于奋进者！历史属于奋进者！"

历史、现实、未来是相通的。奋斗百年路，启航新征程，我们惟有在历史前进的逻辑中前进、在时代发展的潮流中发展，保持时不我待、只争朝夕的精神，万众一心加油干、越是艰险越向前，才能继续在人类的伟大时间历史中创造中华民族的伟大历史时间。

创造伟大历史时间，我们要继承前人的事业。中国特色社会主义道路，开拓于中国人民共同奋斗，扎根于中华大地。继承前人的事业，就要有志不改、道不变的坚定。"志不改"，体现坚如磐石的意志决心；"道不变"，彰显稳如泰山的自信坚定。在中国这样一个有着5000多年文明史、14亿多人口的大国推进改革发展，没有可以奉为金科玉律的教科书，也没有可以对中国人民颐指气使的教师爷。无论遇到什么风浪，在坚持中国特色社会主义道路这个根本问题上都要一以贯之，决不因各种杂音噪音而改弦更张，始终把握正确方向砥砺奋进。

创造伟大历史时间，我们要进行今天的奋斗。一代人有一代人的际遇，一代人有一代人的使命。当今世界正经历百年未有之大变局，中华民族伟大复兴正处于关键时期。立足新发展阶段、贯彻新发展理念、构建新发展格局、推动高质量发展，时代的考题已经列出，我们的答卷正在写就。把科技自立自强作为国家发展战略支撑，加快推进制造强国、质量强国建设，全面推进乡村振兴……落实好"十四五"规划和2035年远景目标纲要，除了奋斗，别无他途。在广袤中国大地上，所有艰苦努力、所有顽强拼搏、所有不懈奋斗，都是我们书写的笔迹；一切为国家、为民族、为人民创造的实绩，都是我们志在交出的答案。

创造伟大历史时间，我们要创造明天的伟业。走过千山万水，仍需跋山涉水。抬望眼，目标如同灯塔，指引着航船扬帆破浪的征程。到2035年，基本实现社会主义现代化；从2035年到本世纪中叶，再奋斗15年，把我国建成富强民主文明和谐美丽的社会主义现代化强国。我们要实现的现代化，是人口规模巨大的现代化，是全体人民共同富裕的现代化，是物质文明和精神文明相协调的现代化，是人与自然和谐共生的现代化，是走和平发展道路的现代化。这是前所未有的壮举，这是无比壮阔的征途！

新中国成立前夕，毛泽东同志力主在国歌歌词中保留"中华民族到了最危险的时候"，就是要让大家始终保持警醒，安而不忘危；奋进新时代，习近平总书记多次强调，"中华民族伟大复兴，绝不是轻轻松松、敲锣打鼓就能实现的"。前进道路上，世界格局风云变幻、改革发展任务繁重，我们还会遇到"回头浪"和"拦路虎"，还要攻克"娄山关"和"腊子口"，没有任何理由骄傲自满、松劲歇脚，必须永葆革命精神、斗争精神，必须乘势而上、再接再厉、接续奋斗。

"无限的过去都以现在为归宿，无限的未来都以现在为渊源。"不忘初心，牢记使命、永远奋斗，在时间长河中前行的中国共产党，必将永远年轻！

（八）瞻仰全新开放的中共一大纪念馆，回望秀水泱泱的嘉兴南湖，重走赣水闽山的蜿蜒小道，登上沟壑纵横的黄土高原，感受春风正劲的经济特区，来到拔节生长的雄安新区……建党百年之际，党史学习教育正在全党扎实开展。历经苦难辉煌的过去、迎来日新月异的现在、展望光明宏大的未来，9100多万名中国共产党党员精神振奋、朝气蓬勃，立志开创属于我们这一代人的历史伟业。

7月1日，庆祝中国共产党成立100周年大会将隆重举行，向世界宣示我们党在新起点上继往开来、继续前进的坚定决心。

百转千回，百炼成钢，百年风华正茂；千山万水，千磨万击，千秋伟业在胸。击鼓催征，奋楫扬帆，习近平总书记的话语响彻耳畔：

"我将无我，不负人民。"——领导亿万人民在新时代创造新的历史辉煌，我们初心不改、使命在肩。

"胸怀千秋伟业，恰是百年风华。"——奋进全面建设社会主义现代化国家新征程，我们意气风发、斗志昂扬。

"征途漫漫，惟有奋斗。"——朝着实现中华民族伟大复兴的伟大梦想，我们昂首阔步、一往无前。

以百年为奋斗新起点，勿忘昨天的苦难辉煌，无愧今天的使命担当，不负明天的伟大梦想，强体魄于伟大的自我革命，开新局于伟大的社会革命，我们所开创并矢志推进的伟大事业，必将和天地并存、与日月同光。

（《人民日报》2021年06月28日）

申报资料实录

作品简介：中国共产党成立100周年之际，人民日报刊发任仲平文章《百年辉煌，砥砺初心向复兴》，全面总结百年接续奋斗中，党团结带领人民开辟的伟大道路、建立的伟大功业、铸就的伟大精神、积累的宝贵经验，尤其是党的十八大以来，在习近平同志为核心的党中央坚强领导下，党和国家事业取得的历史性成就、发生的历史性变革。文章从百年历程的历史主脉切入，回望我们党百年苦难辉煌、百年风雨兼程的执着前行，宣示我们党在新起点上继往开来、继续前进的坚定决心。万余字的鸿篇巨制，逻辑严密而层次分明，话题重大而语言生动，展现了中国共产党的大历史观、大时代观、大世界观。

社会效果：文章见报后受到广泛好评，在舆论场上引发强烈反响。新华社全文转发，央视《新闻联播》摘播，各大门户网站、微博、微信、新闻客户端等平台大量转载，仅在"学习强国"学习平台、人民日报两微一端的点击量就突破 1400 万；在人民日报客户端，文章获得超 3000 条留言、10000 多个赞。网友纷纷留言："伟大的祖国万岁！伟大的中国共产党万岁！""百年辉煌，永远向前！""大手笔，大格局，读起来激情澎湃"。

初评评语：从初心看复兴，向复兴砺初心。这篇文章回望百年风云激荡，探寻中国成功密码，洞悉苦难辉煌的过去、审视日新月异的现在、展望光明宏大的未来，激励亿万人民振奋精神，开创属于我们这一代人的历史伟业。文章主旨鲜明、立意高远、气势雄浑，既充分展现成就也深刻阐释经验，既有严密精当的逻辑结构，又有感性生动的创新表达，展现出任仲平这一大型政论品牌的眼界、格局和历久弥新的生命力。

砥柱人间是此峰

——以习近平同志为核心的党中央引领亿万人民走向民族复兴纪实

集 体

"我们的责任，就是要团结带领全党全国各族人民，接过历史的接力棒，继续为实现中华民族伟大复兴而努力奋斗，使中华民族更加坚强有力地自立于世界民族之林，为人类作出新的更大的贡献。"

——习近平

"我们对时间的理解，是以百年、千年为计。"

中国共产党即将迎来百年华诞，此时回望中华民族追寻伟大复兴梦想的历史时间，意味深长——

风雨百年，青史可鉴。中国共产党无疑是中华民族当之无愧的坚强领导核心。

横空大气排山去，砥柱人间是此峰。

2012年，历史的接力棒，交到了以习近平同志为主要代表的当代中国共产党人手中。此时，中国特色社会主义进入新时代，"两个一百年"奋斗目标交汇，国内国际形势错综复杂，中华民族伟大复兴进入关键一程。

以习近平同志为核心的党中央统筹推进"五位一体"总体布局，协调推进"四个全面"战略布局，推动党和国家事业取得历史性成就、发生历史性变革，创造了一个又一个彪炳史册的奇迹，引领中华民族向着伟大复兴的光辉前景奋力前行！

千年梦圆——中国共产党人兑现庄严承诺，确保如期全面建成小康社会，为开启全面建设社会主义现代化国家新征程奠定坚实基础

"全面建成小康社会是实现中华民族伟大复兴中国梦的关键一步。"

——习近平

"我坚信，到中国共产党成立100年时全面建成小康社会的目标一定能实现"。

2012年11月29日，刚刚上任的习近平总书记在国家博物馆参观《复兴之路》展览时，发出铿锵誓言。

"民亦劳止，汔可小康。"从纵贯千年的朴素理想，到激荡百年的奋斗历程，全面小康迎来"建成"的决定性阶段，擂响"决战决胜"的战鼓。

几天后，习近平总书记选择改革开放前沿广东，首次赴地方考察。12月8日，习近平总书记登上深圳莲花山，向邓小平铜像敬献花篮，并种下一棵高山榕。

改革开放后，邓小平同志首先提出在中国建设小康社会。从此，小康被赋予新的时代意蕴。

抚今追昔，习近平总书记动情地说："富国之路、富民之路，要坚定不移地走下去，而且要有新开拓，要上新水平。"

从广东回到北京不久，习近平总书记踏雪来到太行山区河北阜平县看真贫。在顾家台村，他走进村民顾成虎家破旧的土坯房，心情沉重。

习近平总书记走后，顾成虎发现收到的慰问品中比别家多了一件棉大衣。"后来我才知道，那是总书记看到我左袖口破了，特意让人给加的。"顾成虎说。

"我们不能一边宣布实现了全面建成小康社会目标，另一边还有几千万人口生活在扶贫标准线以下。"习近平总书记的话语重若千钧。

此后，贫困人口脱贫成为全面建成小康社会的底线任务和标志性指标，一场前所未有的脱贫攻坚战在全国范围全面打响。

这，是一场任务艰巨又必须打赢的战役！

当时，中国农村有近一亿人口生活在扶贫标准线下，都是难啃的"硬骨头"。

非常之事，必用非常之举——

2015年11月，中央扶贫开发工作会议召开。中西部22个省区市党政主要负责同志在印有党徽的脱贫攻坚责任书上签下名字。

"这就是你们给中央立下的军令状。"习近平总书记严肃地说。

在此基础上，省、市、县、乡、村层层签订脱贫攻坚责任书。

党中央一声令下，脱贫攻坚战场万马奔腾。25.5万个驻村工作队、300多万名第一书记和驻村干部，同近200万名乡镇干部和数百万村干部冲锋陷阵。

习近平总书记亲自上阵，50多次调研扶贫工作，足迹遍及14个集中连片特困地区，翻山越岭到20多个贫困村访贫问苦。

习近平总书记提出精准扶贫精准脱贫方略，"六个精准""五个一批""两不愁三保障"等措施，始终指引着脱贫攻坚战的方向。

经过英勇战斗，现行标准下9899万农村贫困人口全部脱贫，832个贫困县全部摘帽，12.8万个贫困村全部出列。而在这场没有硝烟的战场上，1800

多名党员、干部牺牲。

2021年2月25日，习近平总书记庄严宣告：我国脱贫攻坚战取得了全面胜利。

污染防治，同样是一场绝无退路的攻坚战。

2014年2月25日，北京遭遇雾霾，空气污染指数已连日爆表。

这一天，习近平总书记在北京一边调研一边思考应对之策。

"大气污染防治是北京发展面临的一个最突出的问题。"习近平总书记严肃指出，像北京这样的特大城市，环境治理是一个系统工程，必须作为重大民生实事紧紧抓在手上。

实施大气污染防治行动计划，推进主要污染物减排，积极调整产业结构，一系列污染防治措施相继实施。

当年11月，北京召开亚太经合组织（APEC）第二十二次领导人非正式会议期间，美丽的蓝天刷屏。

习近平总书记在欢迎宴会上致辞："有人说，现在北京的蓝天是APEC蓝，美好而短暂，过了这一阵就没了，我希望并相信通过不懈的努力，APEC蓝能够保持下去。"

2018年5月，习近平总书记在全国生态环境保护大会上要求坚决打好污染防治攻坚战。

中央随后下发相关文件，明确提出坚决打赢蓝天保卫战，着力打好碧水保卫战，扎实推进净土保卫战。

城市黑臭水体治理、农业农村污染治理等七大标志性战役陆续开战，中央生态环境保护督察利剑高悬……战果频频，让生态文明从认识到实践发生历史性、转折性、全局性变化。

"青山常在、绿水长流、空气常新"，习近平总书记眼中美丽中国的模样，正是中国人民心中全面小康的厚重底色。

全面建成小康社会，发展是第一要务，安全是重要基石。

2019年1月21日，一年一度的省部级主要领导干部专题研讨班上，习近平总书记对"关键少数"强调，要坚持底线思维，着力防范化解重大风险，保持经济持续健康发展和社会大局稳定。

从有效遏制宏观杠杆率过快上升，到有序处置高风险金融机构，再到全面深化资本市场改革，一场场防范化解重大风险的战斗闯关夺隘，为实现全面小康提供坚强保障。

2020年，"十三五"规划收官之年，全面建成小康社会胜利在即。

一场突如其来的遭遇战打响了——抗击新冠肺炎疫情突袭。

在泰山压顶的危难时刻，习近平总书记坚定沉着、指挥若定，作出打赢疫情防控阻击战的一系列重大部署：果断作出关闭离汉离鄂通道的决策，决定实施史无前例的严格管控，及时统筹疫情防控和经济社会发展工作……

在党中央号令下，4万多名医务人员奔赴前线，400多万名社区工作者日夜值守，凝聚起人民战争的磅礴力量。

经此一役，中国人民挺了过来！中国经济增速在主要经济体中率先"转正"，中国社会生机活力依旧。这道"加试题"让全面小康含金量更足。

2020年10月14日，习近平总书记再次来到深圳，望着那株已枝繁叶茂的高山榕，意味深长地说："8年了，弹指一挥间啊。选的这个地方很好，树冠能展开，树长得也快。"

穿越百年风云，时间是最公正的裁判。

经济实力、科技实力、综合国力跃上新的大台阶，建成世界最大的社会保障体系，公平正义阳光洒向大地……

全面小康的中国，正是梁启超在兵荒马乱中畅想的"雄飞时代"，正是李大钊在沉沉黑夜中向往的"青春之国家"，正是方志敏在敌人监狱中憧憬的"可爱的中国"。

建党百年之际，全面小康梦圆在即，站立"如您所愿"的盛世，告慰先辈，昭示未来——

"今天，我们比历史上任何时期都更接近、更有信心和能力实现中华民族伟大复兴的目标。"

伟大变革——应时代之变，答历史之问，在理论创新与实践创新的辉映中，书写坚持和发展中国特色社会主义的新篇章

"只有顺应历史潮流，积极应变，主动求变，才能与时代同行。"

——习近平

"经过长期努力，中国特色社会主义进入了新时代"。

2017年10月，党的十九大庄严宣告了中国发展新的历史方位。

正是在这次党代会上，习近平新时代中国特色社会主义思想载入党章，写在百年大党的旗帜上。

新时代，新思想，其来何从？

在"两个大局"交织激荡中，在我国社会主要矛盾发生转化背景下，以习近平同志为核心的党中央以宽广的战略眼光、深邃的历史思考和强烈的使命担当，提出一系列具有开创性的新理念新思想新战略，推动党和国家事业取得历史性成就、发生历史性变革。

这是一场新发展理念的伟大实践——

2010年10.6%，2011年9.6%，2012年7.9%……经过改革开放30多年高增长，刚刚成为世界第二大经济体的中国经济增速走出下行曲线。

是沿用老办法拉增长，还是找新路径提质量？

2012年12月，中央经济工作会议。习近平总书记深刻指出："不能不顾客观条件、违背规律盲目追求高速度。"

明确"不再简单以国内生产总值增长率论英雄"，提出"新常态"，部署供给侧结构性改革，坚决推动发展方式转变。

思之深、行之笃。

山西太钢，全球最大不锈钢企业，一度巨额亏损。2017年、2020年，习近平总书记两次走进这家企业考察调研。

第一次考察，太钢刚刚经历去产能之痛。

三年后，太钢涅槃重生，全球最薄"手撕钢"供不应求。见到习近平总书记走进生产车间，"85后"技术员廖席紧张又兴奋。

拿起一片"手撕钢"，总书记轻轻扭折了一下，称赞说："百炼钢做成了绕指柔。"

"绿水青山就是金山银山。"

2015年10月，在党的十八届五中全会上，习近平总书记提出创新、协调、绿色、开放、共享的新发展理念，开启了一场关系发展全局的深刻变革。

发展方式全面转变、发展结构大幅调整、发展动能加速转换！我国经济社会发展站上新起点，朝着高质量发展不断迈进。

这是一场发展空间的战略重构——

2014年3月，乍暖还寒。

正在河南兰考调研指导的习近平总书记，专程来到九曲黄河的最后一弯——黄河东坝头段考察。

水阔风劲，河水裹挟泥沙滚滚东去，千百年来，黄河曾多次在这里决口改道。总书记伫立岸边眺望。

"黄河宁，天下平。"习近平总书记深有感慨，"从某种意义上讲，中华民族治理黄河的历史也是一部治国史。"

2019年9月，河南郑州。习近平总书记宣布将黄河流域生态保护和高质量发展上升为重大国家战略。古老黄河，掀开了发展的崭新篇章。

不限一时一域，放眼 960 多万平方公里土地，着眼中华民族的永续发展，以习近平同志为核心的党中央立足解决发展不平衡不充分的问题，用大战略运筹区域协调发展大棋局。

两条母亲河——长江经济带发展、黄河流域生态保护和高质量发展，探索协同推进生态优先和绿色发展的新路；

三大城市群——京津冀、粤港澳、长三角，发挥集聚效应、构建新增长极和动力源；

四大经济区——西部大开发、东北全面振兴、中部地区崛起、东部率先发展，赋予时代新内涵、发展新方向。

以千秋大计的气魄谋划建设雄安新区；在新的更高起点上，赋予海南建设中国特色自由贸易港、深圳建设中国特色社会主义先行示范区、浦东打造社会主义现代化建设引领区的历史新使命……

联南接北、承东启西、优势互补、双向互济。

习近平总书记在一个个关键处落子、彼此相连成势，为中华民族伟大复兴开辟广阔空间。

这是一场全面深化改革的历史巨变——

2013 年 11 月，党的十八届三中全会召开，聚焦"完善和发展中国特色社会主义制度、推进国家治理体系和治理能力现代化"，一份涉及 15 大领域、330 多项重要改革举措的方案出炉。

由此，中国开启了全面深化改革、系统整体设计推进改革的全新局面。

深知前路险峻，习近平总书记以"明知山有虎、偏向虎山行"的果敢担当，亲自挂帅中央深改组（委），亲自把关掌舵、拍板决断、部署推进。

7 年多来，从"夯基垒台"到"积厚成势"，改革的"四梁八柱"拔地而起，为民族复兴初步构建系统完备、科学规范、运行有效的制度体系。

从党的十八届三中全会作出全面深化改革的顶层设计，到党的十八届四中全会专题研究全面依法治国；从党的十九届三中全会拉开改革开放以来最大规模机构改革大幕，到党的十九届四中全会在党的历史上首次系统描绘和部署中国之治"制度图谱"……中国特色社会主义制度建设开辟出崭新的境界。

历史的长河奔流不息，思想的波涛卷起巨澜。

习近平强军思想、经济思想、外交思想、生态文明思想、法治思想……习近平新时代中国特色社会主义思想，这一当代中国马克思主义、21 世纪马克思主义以真理的伟大力量，强力推动着新时代的伟大变革。

人民至上——坚持以人民为中心，不断提升群众获得感、幸福感、安全感，始终与人民想在一起干在一起，紧紧依靠人民创造历史伟业

"人民对美好生活的向往，就是我们的奋斗目标。"

——习近平

"这么大一个国家，责任非常重、工作非常艰巨。我将无我，不负人民。"

2019年3月22日，习近平总书记在国事访问期间的一番肺腑之言，彰显出人民领袖的真挚情怀。

江山就是人民，人民就是江山。

中国共产党自成立之日起就把人民放在最高位置，始终坚持全心全意为人民服务。习近平总书记至深至厚的人民情怀，贯穿于治国理政的生动实践。

从人民大会堂到田间地头，从革命老区到改革开放前沿，从老北京胡同到"换了三种交通工具"才能到达的重庆山村……无论在哪里，民生始终是总书记心中最大的牵挂。

宁夏西海固，曾因水而困。

2016年7月18日，习近平总书记来到泾源县大湾乡杨岭村看望父老乡亲，走进村民马科家，听说安了太阳能热水器，总书记关心地问家里的小男孩："你常洗澡吗？"

总书记为何对洗澡这样的民生小事如此挂心？这年年底召开的中央财经领导小组第十四次会议给出回答。

作为党中央谋划经济社会发展重大战略政策的平台，这次会议的一项议题是研究解决好人民群众普遍关心的北方地区冬季清洁取暖等6个突出问题。

看似一些小事，习近平总书记却强调："都是大事，关系广大人民群众生活，是重大的民生工程、民心工程。"

从农村的"厕所革命"到城市的垃圾分类，从防治"小眼镜"到减轻学生作业负担和校外培训负担，从加强食品安全到狠刹浪费之风，百姓的柴米油盐，一件件都摆上中南海的议事案头。

直抵人心的民生温度，标注不断刷新的民生刻度——

医药卫生体制改革迈向深水区，户籍制度改革"鼓点"密集敲响，完善重要民生商品价格调控机制，推动公办养老机构改革……

制定民法典全方位保障人民群众各项民事权利，修订刑法更有力惩治老百姓深恶痛绝的各类犯罪，完善行政诉讼法让"民告官"更有底气……

"党中央的政策好不好，要看乡亲们是笑还是哭。如果乡亲们笑，这就是好政策，要坚持；如果有人哭，说明政策还要完善和调整。"习近平总书记说。

坚持以人民为中心，就要得到人民认可。

"一个也不能少"的承诺，是让全面小康惠及全体人民的答卷。

2018年2月11日，习近平总书记来到四川凉山。在三河村，总书记同村民代表、驻村扶贫工作队员围坐在彝族村民节列俄阿木家的火塘边交流。

节列俄阿木的女儿热烈日作几度哽咽。她说，村里的小孩以前没书读，"如果不是党的关怀，我和弟弟也没法上学念书，更不用说去成都读书了"。

习近平总书记对大家说："共产党给老百姓的承诺，一定要兑现！"

兑现承诺，我国28个人口较少民族全部如期整族脱贫。

"一个都不放弃"的坚持，是把人民生命安全和身体健康放在第一位的答卷。

武汉780名新冠肺炎患儿全部平安出院，最小的收治时才出生30小时；80岁以上高龄老人救治成功率近70%，年龄最大的108岁；

全国确诊住院患者人均医疗费用2.15万元，重症患者超过15万元，少数危重症患者高达几十万元甚至超过百万元，所有费用全部医保报销、国家兜底……

"为了保护人民生命安全，我们什么都可以豁得出来！"习近平总书记的话语坚毅而深情。

人民，中国共产党执政的最深厚基础和最大底气。

再塑自我——以自我革命的政治勇气，着力解决自身存在的突出问题，确保中国共产党始终成为中国特色社会主义事业的坚强领导核心

"实现中华民族伟大复兴，关键在党。"

——习近平

百年历史一再证明，党的领导坚强有力，我们的事业就会兴旺发达；反之，将遭受挫折。

86年前，长征途中遵义会议，确立了毛泽东同志在党中央和红军的领导地位，在危急关头挽救了党，挽救了红军，挽救了中国革命。

86年后，习近平总书记来到贵州乌江河畔，望着对岸山峰险峻、壁立万仞，陷入沉思：

"遵义会议确立党中央的正确领导，在建设坚强成熟的中央领导集体等方面，留下宝贵经验和重要启示。"

2012 年 11 月，面对中外记者，刚刚当选为中共中央总书记的习近平坚定有力："全党必须警醒起来。打铁还需自身硬。"

随着中央八项规定等一系列制度的出台，全面从严治党在全党展开。

"从具体事抓起，才能落到实处"——

从抓"舌尖上的浪费"到抓"车轮上的铺张"，从查"月饼盒里的不正之风"到查"楼堂馆所的豪华"，坚决反对形式主义、官僚主义、享乐主义和奢靡之风，一系列举措剑指人民群众反映强烈的突出问题。

党风政风为之一振，社会风气为之一新。

反腐败斗争更是惊心动魄——

周永康、薄熙来、郭伯雄、徐才厚、孙政才、令计划等身居高位的"老虎"落马，犹如一记记惊雷响彻，一次次刷新人们对共产党反腐决心的认识。"老虎苍蝇一起打"成为海内外耳熟能详的反腐誓言。

这是一场输不起的斗争。"是要他们俩，还是要中国？"新中国成立初期，面对为刘青山、张子善的求情，毛泽东同志曾这样发问。

习近平总书记的话斩钉截铁："不得罪成百上千的腐败分子，就要得罪十三亿人民！"

一手大刀阔斧反腐败，一手"把权力关进制度的笼子"——

《准则》《条例》等党内新规密集出台；湖南衡阳破坏选举案、山西塌方式腐败案、辽宁拉票贿选案等大要案，在巡视中被揭开盖子；监察法获得通过，国家监察委员会挂牌成立，实现对所有行使公权力的公职人员监察全覆盖……

从"打虎""拍蝇""猎狐"的震慑，到制度笼子的约束，再到政治生态的改善，一体推进不敢腐、不能腐、不想腐体制机制建设的综合效应不断凸显。

从党的群众路线教育实践活动、"三严三实"专题教育、"两学一做"学习教育，到"不忘初心、牢记使命"主题教育，再到党史学习教育，既猛药去疴又补足精神之"钙"。

一系列重大安排，拓展了党长期执政条件下自我净化、自我完善、自我革新、自我提高的全新境界和有效路径，拓展了中国共产党跳出历史周期率的成功道路。

"腐败和反腐败呈胶着状态""反腐败斗争压倒性态势已经形成""反腐败斗争取得压倒性胜利"，一路走来，习近平总书记领导百年大党以无私的斗争精神，进行了前所未有的自我革命，赢得全国人民的高度信任。

2014 年 12 月 13 日，习近平总书记在江苏镇江世业镇的考察即将结束。告别时，村民们围了上来。

有 53 年党龄的老党员崔荣海握着总书记的手，激动地说："你是腐败分子的克星，全国人民的福星！"

习近平总书记语气坚定："不辜负全国人民的期望。"

在实现伟大梦想的奋斗中，习近平总书记众望所归地成为党中央的核心、全党的核心。

2015 年 1 月 16 日，中南海。中央政治局常委会会议开了一整天。习近平总书记主持并听取了全国人大常委会、国务院、全国政协、最高人民法院、最高人民检察院党组工作汇报。

此后，每年年初，党中央都要听取五大班子党组工作汇报和中央书记处工作报告。

2018 年 5 月 23 日，新组建的中央审计委员会亮相。身兼中央审计委员会主任之职，习近平总书记强调，加强党对审计工作的领导。

习近平总书记坦言："中国共产党是当家人，当家就要管好钱。党中央要研究战略性问题，要决策拍板。"

不只是审计，全面深化改革、全面依法治国、财经、外事、国家安全、军民融合、网信……在事关民族复兴的重要领域，党中央都组建顶层机构，习近平总书记亲自挂帅。

《中共中央政治局关于加强和维护党中央集中统一领导的若干规定》《中国共产党重大事项请示报告条例》等法规接连出台，成为坚持党中央权威和集中统一领导的重要制度安排。

河南三门峡以东，传说中大禹治水时用神斧凿成的"砥柱石"，千百年来岿然立于黄河激流中，矗立如柱。

百年风雨昭示我们：中国共产党始终站在时代潮流最前列、站在攻坚克难最前沿、站在最广大人民之中，是民族复兴的中流砥柱。

胸怀天下——把握时代发展潮流、引领人类进步大势、顺应人民共同期待、携手世界构建人类命运共同体

"中国人民关注自己国家的前途，也关注世界的前途。"

——习近平

2013 年 3 月 19 日，刚刚当选中国国家主席的习近平，接受金砖国家媒体联合采访。

"中国经济实力已居世界第二位，这将给中国处理同外部世界的关系带来什么变化？""您最近阐述了实现中华民族伟大复兴的'中国梦'，中国的'世界梦'是什么？"

……

面对中国新任领导人，记者们接连提问。

习近平总书记娓娓道来，自信而亲切：

"中国人是讲爱国主义的，同时我们也是具有国际视野和国际胸怀的。""随着国力不断增强，中国将在力所能及的范围内承担更多国际责任和义务，为人类和平与发展的崇高事业作出更大贡献。"

是的，中国的发展，从来都与世界紧密相连；为人类不断作出新的更大的贡献，是中国共产党人一以贯之的崇高使命。

几天后，莫斯科国际关系学院。以国家元首身份首次出访，习近平同世界分享关于人类命运共同体的思索——

"这个世界，各国相互联系、相互依存的程度空前加深，人类生活在同一个地球村里，生活在历史和现实交汇的同一个时空里，越来越成为你中有我、我中有你的命运共同体。"

面对世界百年未有之大变局，如何既办好自己的事情、又为世界作出更大贡献？

这是中国的答案——

构建人类命运共同体，实现和平、发展、合作、共赢。

8年多来，从亚洲到欧洲，从非洲到拉美，从联合国总部到达沃斯小镇……习近平总书记出访41次、足迹遍及五大洲69个国家。中国建立起覆盖全球的伙伴关系网络。

8年多来，从北京雁栖湖畔到杭州西子湖畔，从厦门东海之滨到青岛黄海之滨……重大主场外交接连举行，中国向世界发出构建人类命运共同体的时代强音。

"走四方固然辛苦，但收获是'朋友圈'越来越大。"习近平总书记这样描述中国特色大国外交的充实感、成就感。

倡议共建"一带一路"、发起成立亚投行、推动政党对话和文明交流互鉴、以"云外交"引领团结抗疫……共同挑战面前，中国方案、中国行动，让世界看到中国"大的样子"。

这一幕令人难忘——

2020年3月21日夜，塞尔维亚贝尔格莱德尼古拉·特斯拉机场。塞尔维亚总统武契奇迎风肃立，翘首以盼特殊朋友的到来。

当中国援塞抗疫医疗专家和物资抵达，武契奇情不自禁，为五星红旗献上深情一吻。

疫情突如其来，人们措手不及。面对需求，中国行动如及时雨。在向全国发表的讲话中，武契奇眼含热泪："感谢习近平主席！感谢中国共产党！感谢中国人民！"

时光回溯到 2016 年 6 月 19 日，塞尔维亚斯梅代雷沃。

正在塞尔维亚访问的习近平总书记专程来到这里，考察两国共建"一带一路"项目——斯梅代雷沃钢厂。

在国际经济形势剧变冲击下，曾被称为"塞尔维亚的骄傲"的百年钢厂一度濒临倒闭。为挽救钢厂，时任总理武契奇不知熬了多少个夜，但希望都变成失望。

2016 年 4 月，中国河钢集团的一笔投资，终于让 5000 名面临失业风险的工人看到曙光。

来到钢厂，习近平总书记如同来到一片热情的海洋。"言必信、行必果。"他对饱含期待的工人们说，"我们承诺的事情，包括引进先进技术、开拓更广阔市场、保障当地就业、惠及广大民生，一定要做到。"

话音未落，掌声如雷。

"救活一座厂、带动一座城"。8 年来，因为"一带一路"，类似的故事不胜枚举——

非洲竣工第一条跨国电气化铁路，马尔代夫建起第一座跨海大桥，昔日"崎岖而老旧"的瓜达尔港成为巴基斯坦振兴的希望，希腊比雷埃夫斯港迎来新的辉煌……

纵使风云变幻、惊涛拍岸，中国，始终践行着"希望各国人民过得好"的真诚诺言。

2018 年 11 月 6 日，上海浦东。中国第一高楼——上海中心大厦高耸入云。

前一天刚刚出席了首届中国国际进口博览会，习近平总书记特地来到这里，登高望远。

从鸦片战争之后被迫开埠，到改革开放时期主动对外开放，再到新时代推进更高水平对外开放……上海，见证着中国同世界关系的沧桑变迁。

无惧单边主义、保护主义逆流冲击，中国国际进口博览会在上海连续三年举行。进博会、服贸会、消博会、广交会……疫情中一个个坚持开放发展、合作共赢的行动，让世界看到中国坚定站在历史正确的一边。

面对贸易摩擦坚定捍卫国家利益，在香港"修例风波"中坚决维护国家安全，果断有力反击外国无理干涉与制裁……

乱云飞渡中，以习近平同志为核心的党中央，团结带领人民跨过一个个暗礁险滩，领航民族复兴巨轮劈波斩浪、扬帆远航。

理解今天国际舞台上的中国，需要从历史中获得启示。

新中国成立后，谈起中国在世界上的角色，毛泽东同志胸有壮志："中国应当对于人类有较大的贡献。"

上世纪80年代，邓小平同志如是展望21世纪的中国："国家总的力量就大了，可以为人类做更多的事情……"

进入新时代，习近平总书记信心满怀："我国日益走近世界舞台中央，有能力也有责任在全球事务中发挥更大作用……"

2017年初，瑞士，日内瓦万国宫。

围绕"世界怎么了、我们怎么办"的时代之问，习近平总书记发表题为《共同构建人类命运共同体》的重要演讲，倡导建设一个持久和平、普遍安全、共同繁荣、开放包容、清洁美丽的世界。

当年2月，"人类命运共同体"首次写入联合国决议；10月，写入党章；次年3月，载入宪法……

变革世界中，中国共产党人向着未来发出了坚定宣言——

"世界命运握在各国人民手中，人类前途系于各国人民的抉择。中国人民愿同各国人民一道，推动人类命运共同体建设，共同创造人类的美好未来！"

走向复兴——胸怀千秋伟业，谋划远景目标，为了国家更加强盛、人民更加幸福，开启全面建设社会主义现代化国家新征程

"中国共产党把成立一百周年作为一个新的征程的起点，奔向另一个百年奋斗目标，那就是中华人民共和国成立一百周年，把我们国家建设成为社会主义现代化强国，进而实现中华民族伟大复兴。"

——习近平

2020年10月，"十四五"规划即将布局，习近平总书记到广东考察。在汕头开埠文化陈列馆，孙中山《建国方略》相关规划图前，总书记驻足凝视。

1919年，孙中山先生绘就了中国现代化第一份蓝图：建设160万公里公路、约16万公里铁路、3个世界级大海港、三峡大坝……然而，那时的梦想只能在梦中。

习近平总书记感慨地说："只有我们中国共产党人实现了。"

2021年5月，习近平总书记来到河南。与以往多数地方考察不同的是，总书记这次调研，集中围绕一个专题展开——南水北调。

在新征程开局之年，习近平总书记就"水"开展专题调研，背后是对全面建设社会主义现代化国家的长远谋划。

"加快构建国家水网主骨架和大动脉"相关任务写入了"十四五"规划纲要。习近平总书记目光长远："水网建设起来，会是中华民族在治水历程中又一个世纪画卷，会载入千秋史册。"

在带领中国人民朝着第一个百年奋斗目标奋力冲刺的同时，习近平总书记的目光已经投向第二个百年。

2017年10月，党的十九大报告对第二个百年奋斗目标作出分两个阶段推进的战略安排，基本实现现代化的时间比原计划提前15年。三年后，党的十九届五中全会对用15年时间基本实现社会主义现代化作出具体谋划。

在这份谋划中国未来的发展蓝图中，一条主线贯穿始终——立足新发展阶段、贯彻新发展理念、构建新发展格局，推动高质量发展。

科技兴则民族兴、科技强则国家强——

2021年6月17日18时48分，航天员聂海胜、刘伯明、汤洪波进驻天和核心舱。中国人首次进入自己的空间站。

距建党百年庆典只有几天，习近平总书记专程来到北京航天飞行控制中心同3名航天员天地通话——

"建造空间站，是中国航天事业的重要里程碑，将为人类和平利用太空作出开拓性贡献。"

经过一代代中国人不懈奋斗，我国科技事业取得众多突破性进展，但仍存在不少"卡脖子"问题。

2021年3月，在福建福光股份有限公司调研，习近平总书记强调："我们要进入科技发展第一方阵，就得靠我们自己。"

"十四五"规划纲要明确，把科技自立自强作为国家发展的战略支撑。2021年5月底，在两院院士大会、中国科协十大上，习近平总书记为"科技自立自强"加上了"高水平"的定语。细微变化，意味深长。

民族要复兴，乡村必振兴——

2021年2月，贵州黔西县化屋村，习近平总书记点赞苗绣一针一线"何其精彩"；

3月，福建沙县俞邦村，总书记细致了解沙县小吃现状和前景，关心小产业里的大民生；

4月，广西全州毛竹山村，总书记叮嘱农业技术人员把贡献写在大地上。

习近平总书记地方考察中关心的一桩桩小事，正是关系乡村振兴、民族复兴的大事。

"农业高质高效、乡村宜居宜业、农民富裕富足"，乡村振兴的美好图景，蕴含着田野里的无尽希望。

共同富裕路上，一个不能掉队——

"允许一些地区、一些人先富起来"。改革开放之初，邓小平同志这句话改变了许多人的命运。这其中蕴含着一个逻辑，发展到一定程度，先富要带动后富。

习近平总书记指出："实现共同富裕不仅是经济问题，而且是关系党的执政基础的重大政治问题。"

2021年6月10日，《中共中央 国务院关于支持浙江高质量发展建设共同富裕示范区的意见》公布。

一个人口数量堪比欧洲大国的省份，正在打造共同富裕的样板——2035年"基本实现共同富裕"。

从共同富裕入手，推动社会公平正义和人的全面发展，中华民族必将以崭新的姿态屹立于世界民族之林。

坚持人与自然和谐共生，确保中华民族永续发展——

"十四五"开局之年，习近平总书记每一次国内考察，必看环保、必谈生态。

3月、4月，一次中央财经委会议、一次中央政治局集体学习，分别聚焦"碳达峰碳中和""生态文明"。

回望2020年9月22日，习近平总书记在第七十五届联合国大会一般性辩论上郑重承诺——"二氧化碳排放力争于2030年前达到峰值，努力争取2060年前实现碳中和"。

征程再启，未来可期。

习近平总书记的话直抵人心、催人奋进——

"我们通过奋斗，披荆斩棘，走过了万水千山。我们还要继续奋斗，勇往直前，创造更加灿烂的辉煌！"

首都北京。

城市中轴线上，两座恢弘大气的建筑——中国国家博物馆、中国共产党历史展览馆遥相呼应。一个历久弥新的民族，诉说着不平凡的历程。

2012-2021。时隔8年多的两次参观，意蕴深刻而隽永——

2012年11月29日，中国国家博物馆。

刚刚接过领航民族复兴历史接力棒的习近平总书记，参观《复兴之路》

展览，提出并深刻阐释"实现中华民族伟大复兴，就是中华民族近代以来最伟大的梦想"。

2021年6月18日，中国共产党历史展览馆。

带领世界最大政党即将迎来百年华诞的习近平总书记，参观"'不忘初心、牢记使命'中国共产党历史展览"，号召全党向着实现中华民族伟大复兴的中国梦开启新的进军。

（新华社 2021 年 06 月 29 日）

申报资料实录

作品简介：建党百年前夕，新华社播发此重磅文章。在中国共产党百年华诞的历史节点，这篇稿件将主题定位为以习近平同志为核心的党中央引领亿万人民走向民族复兴，展现出较高的政治站位、深邃的思想思考和独特的阐释视角。稿件准确扣住了新时代发生的大事要事，准确把握了党的十八大以来的九年与中国共产党百年的关系，准确定义了这九年是实现中华民族伟大复兴的关键一程。新华社写作团队分赴延安、河北、广东、上海等地调研，进行扎实采访，挖掘鲜活素材，反复打磨、几易其稿，确保稿件质量。为了尽可能呈现独家故事和生动细节，写作团队认真梳理党的十八大以来，习近平总书记赴地方考察调研的故事，独家披露了10余个未公开的故事细节，成为稿件的亮点和看点。

社会效果：稿件从千年梦圆、伟大变革、人民至上、再塑自我、胸怀天下、走向复兴等六个方面，全景展现了以习近平同志为核心的党中央引领中华民族向着伟大复兴的光辉前景奋力前行的壮阔历程。稿件播发后被人民日报、央视新闻联播采用，截至目前总计被2381家媒体采用，全网置顶展示，实现镇版刷屏之效。网友留言表示："振奋人心""读起来荡气回肠，祝贺我党百年华诞！不忘初心，勇往直前！"

初评评语：稿件主题深刻、梳理到位、采写深入，充分展现习近平总书记强大的战略定力、高超的政治智慧、卓越的领导能力、深厚的为民情怀，书写了"直挂云帆济沧海"的时代新篇。

庆祝中国共产党成立100周年大会特别报道

集　体

限于篇幅，文字稿略，获奖作品请见中国记协网 http://www.zgjx.cn。

（中央广播电视总台 2021 年 07 月 01 日）

申报资料实录

作品简介： 特别节目精益求精、浓墨重彩完成了庆祝中国共产党成立100周年大会的直播，完美呈现了庄严、隆重、热烈的庆典盛况，生动展示了总书记的核心地位和领袖风范。直播系统以先进的技术手段、顶尖的直播水准、全新的节目面貌，倾情奉献了一场载入史册的视听盛宴。围绕庆祝大会，特别节目前延后展精心制作演播室节目内容，以"百年风华 再启新程"为主题，围绕信仰、团结、成就、启航四个关键词，通过短片、演播室虚拟展示以及嘉宾访谈等多种表现方式，展现党的光辉历程和伟大成就，为庆祝大会充分预热，升华节目主题。

社会效果： 庆祝中国共产党成立100周年特别报道在总台14个电视频道同步播出，全国上星及地面频道并机播出，总收视份额60.13%。其中CCTV-13新闻频道较前一日同时段提升幅度高达190%，CCTV-1提升幅度高达184%。庆祝大会直播在总台平台的跨媒体总触达人次为30.71亿次。受众对庆祝大会直播反响热烈。比如对国旗护卫队正步行进画面，网友惊叹"整齐得宛如复制粘贴""这就是中国排面"。

初评评语： 中国共产党成立100周年大会是一个非常重要的活动，如何做好这个转播，是对一个媒体的重大考验，中央电视台很好地完成了这个光荣而又艰巨的任务。整个节目体现出创作团队高度的政治自觉、饱满的工作热情和高超的制作水平，收到较高的收视与传播效果。

一等奖（72件）

中国人首次进入自己的空间站

余建斌　吴月辉　刘诗瑶

记者从中国载人航天工程办公室获悉：6 月 17 日 9 时 22 分，神舟十二号载人飞船在酒泉卫星发射中心发射升空，准确进入预定轨道，顺利将 3 名航天员送上太空。神舟十二号载人飞船入轨后顺利完成入轨状态设置，于北京时间 6 月 17 日 15 时 54 分，采用自主快速交会对接模式成功对接于天和核心舱前向端口，与此前已对接的天舟二号货运飞船一起构成三舱（船）组合体，整个交会对接过程历时约 6.5 小时。这是天和核心舱发射入轨后，首次与载人飞船进行的交会对接。

在神舟十二号载人飞船与天和核心舱成功实现自主快速交会对接后，航天员乘组从返回舱进入轨道舱。按程序完成各项准备后，先后开启节点舱舱门、核心舱舱门，北京时间 17 日 18 时 48 分，航天员聂海胜、刘伯明、汤洪波先后进入天和核心舱，标志着中国人首次进入自己的空间站。

后续，航天员乘组将按计划开展相关工作，完成为期 3 个月的在轨驻留，开展机械臂操作、出舱活动等工作，验证航天员长期在轨驻留、再生生保等一系列关键技术。

（《人民日报》2021 年 06 月 18 日）

申报资料实录

作品简介：《中国人首次进入自己的空间站》，刊登于人民日报 2021 年 6 月 18 日头版头条，呈现的是中国航天发展历史上的一个重要里程碑事件，是一则具有重大新闻价值和历史意义的新闻消息。3 名记者组成航天报道一线团队，克服疫情影响，在酒泉卫星发射中心、北京航天飞行控制中心两地进行了多天前期采访，通宵达旦值守，见证和记录中国航天大事件，并第一时间精心撰写稿件形成见报稿件，展现了新时代新闻工作者的使命担当。对此重大事件的重磅稿件，夜班给予重点版面安排，这则短消息配照片刊发在头版头条，充分体现了人民日报的新闻价值判断。

社会效果： 从传播效果看，稿件刊发后，社会影响广泛，"中国人首次进入自己的空间站"迅速登上热搜，成了流行词，网友留言表示："中国航天事业的成就，燃起了爱国激情，增强了战胜困难、奋勇前行的信心和勇气。"

初评评语： 这则消息突出特点是"短、实、精、重"四个字。"短"：相比当天其他媒体的同类事件报道，该则报道仅459字，但片言居要，字字都有含金量，尤其是标题突出强调了"中国人首次进入自己的空间站"，聚焦新闻点，极其醒目，不仅将新闻价值体现得淋漓尽致，也突出了该条新闻所蕴含的历史意义，彰显了新闻报道书写时代、记录历史的功能。"实"：消息虽然字数不长，但内容信息量大，专业性强，表述准确，新闻要素齐全。从神十二发射，到顺利入轨，再到成功对接，航天员乘组进入轨道舱，包括后续工作，全部涵盖，体现了记者长期的专业积累和深厚的文字功底。"精"：这则消息是记者精心采访、精细写作，深入践行强"四力"要求的充分体现。"重"：这则短消息刊发在头版头条，充分体现了其重要性。

大庆发现超大陆相页岩油田

向国锐　曲芳林　李永和　姜　禹

限于篇幅，文字稿略，获奖作品请见中国记协网 http://www.zgjx.cn。

（黑龙江广播电视台 2021 年 08 月 25 日）

申报资料实录

作品简介： 2021 年 8 月 25 日，大庆油田召开新闻发布会，宣布古龙页岩油勘探开发获得重大战略突破。作者敏锐地抓住这一重大新闻事件，并从新闻发布会扩展出去，采访中科院院士邹才能、新时期铁人王启民和参加古龙页岩油会战的大庆油田总地质师、企业技术专家等，全方位、深层次报道大庆发现超大陆相页岩油田这一重大事件。不仅让观众了解页岩油，更是站在全国和全球的视角，从理论突破、技术引领等角度深刻阐释了大庆发现超大页岩油田对保障国家能源安全的重要意义。

社会效果： 消息播发后，通过传统媒体和新媒体的广泛转载传播，鼓舞人心，起到了良好的宣传效果，有力回答了近年来出现的"大庆还有油吗"的疑问，进一步激发了大庆油田干部职工建设百年油田的信心和决心。

初评评语： 攻克陆相页岩油开发这一世界性难题，是大庆精神、铁人精神在新时期的升华。该消息主题重大，新闻性强，挖掘深刻。作者跳出新闻事件本身，站在更高的视角，抽丝剥茧、层层递进，揭示了在我国石油对外依存度居高不下的严峻形势下，大庆发现超大页岩油田对于保障国家能源安全的重大意义。报道还通过生动比喻、模拟动画等形式，将页岩油勘探开发中晦涩难懂的专业性内容变得通俗易懂，增强了传播效果。

美不行待客之道，中方严正回应！

集 体

作品二维码

（央视频客户端"玉渊谭天"2021年03月19日）

申报资料实录

作品简介： 2021年3月19日，中美外交高层在安克雷奇举行线下会晤，适逢习近平总书记刚刚提出"平视世界"的新论断。总台团队敏锐捕捉政治信号，跨越6800多公里，克服美国严峻疫情，抵达现场。会晤开始后，美方开场发言超时并干涉中国内政，增加一轮单方面讲话后随即又驱赶记者，妄图营造对华舆论优势。千钧一发之际，中国代表团厉声言道："你们没有资格在中国的面前说，你们从实力的地位出发同中国谈话。"这珍贵的一幕，转瞬即逝。在被美方要求离开现场前，记者判断，这句话本身就是具有划时代意义的消息，尽管事发突然，仍紧急摄制了这关键一刻。同时，后方团队紧盯美西方舆情，与全球媒体竞速，抢占舆论制高点，争分夺秒拼首发，编辑制作中简化解释性字幕最大化提高效率，有意保留现场英文交传声音，原汁原味向全球传递会晤真实情况，服务国际传播。视频截取中方一锤定音的片段，以小见大，晃动的镜头语言还原了会晤现场的紧张情境，极致呈现了人物、事件等最核心新闻要素。

社会效果： 消息通过总台央视频面向全球独家首发。央媒及头部平台账号第一时间齐转发，报道还18次登上各个社交平台热搜。视频发布仅一个小时单平台播放量达到4000万，全网总播放量超23亿次，燃爆国内国际舆论场。

交锋现场入眼：作为全球唯一信源，消息画面被路透社、BBC 等全球主要媒体采用，57 个国家和地区的 241 个电视台累计播出视频 1777 次，G20 国家电视台数量占比达 63%。第一时间海外全方位落地，在欧洲新闻交换联盟等 21 个国家和地区的新媒体平台播发。视频海外观看量 1057 万，互动量 28 万。

初评评语：这是一则现象级的短视频消息。作品首发在央视频，全网成"刷屏"之势，达到了创纪录的传播效果。35 秒独家画面和珍贵同期声，一气呵成，现场感极强，既充分还原了中美会晤现场矛盾的集结点，又突出放大了核心新闻要素，采编巧思兼备，极具新闻价值。作品凝结了中国"平视外交"重大转折点的生动瞬间，记录了中国在对美舆论斗争中取得关键胜利的历史性定格，让世界看到了一个步入舞台中央的中国，成为中国外交史的经典影像，极具史料价值。这是一则守护国家利益的消息。作品蕴含着新时代中国外交官和中国人民的底气、骨气和勇气，平静中蕴含着力量，彻底击碎了美方妄图从实力地位出发边遏制打压边寻求合作的幻想，提振了民族信心，捍卫了国家利益。这是一则构建起中国话语的消息。

六盘山与秦岭之间形成动物迁徙通道
秦岭 53 种珍稀野生动物来六盘山安家落户

杨治宏 韩 笑 项 晖 虎妍萍

作品二维码

（宁夏广播电视台 黄河云视 2021 年 11 月 28 日）

申报资料实录

　　作品简介：记者在固原市驻站 8 年，六盘山不断出现的野生动物受到记者的关注与跟踪。2021 年 11 月份，六盘山野生动物资源调查报告发布，引发了作者的深度思考，六盘山如此种类繁多的野生动物究竟来自何方？经过采访课题组专家，得出了秦岭与六盘山之间形成野生动物迁徙通道的结论，记者围绕生态文明建设取得的积极成效这一主题进行了细致采访。

　　社会效果：消息以六盘山自然科考成果发布为引子，首次展示了红外相机拍摄的六盘山珍稀野生动物的视频画面，语言生动流畅、诙谐有趣，和野生动物的表情动作完美契合。记者从这些新发现的野生动物的来源上，进行深入的采访，从一个侧面反映了中国遏止和扭转地球生物多样性衰减趋势，加快生物多样性保护所作出的努力。这条消息被央视频、搜狐、腾讯、爱奇艺、环球等网站转载推出。

　　初评评语：这条消息首次播发了大量六盘山珍稀野生动物的视频画面，生动幽默的语言描述了不同野生动物的特点。通过专家的采访，运用影像生动展示了六盘山与秦岭之间形成野生动物迁徙通道结论的科学性、权威性。

"我长大后也要当一名英雄"

李 维 马 宁

限于篇幅，文字稿略，获奖作品请见中国记协网 http://www.zgjx.cn。

（新疆广播电视台 2021 年 01 月 07 日）

申报资料实录

作品简介： 2021 年 1 月 4 日，全国劳动模范、塔吉克族护边员拉齐尼·巴依卡在喀什大学学习期间，为解救落入冰窟的儿童，不幸英勇牺牲。2021 年 1 月 6 日晚，被救儿童的母亲赶到喀什地区塔什库尔干塔吉克自治县向拉齐尼·巴依卡的家人表达感谢。记者敏锐地抓住这一新闻线索，立即跟踪采访，采制大量现场音响，记录了双方见面的感人场景。稿件以两家人相见为切入点，将拉齐尼·巴依卡救人事迹、一家三代爱国守边事迹巧妙结合穿插其中，以拉齐尼·巴依卡的儿子在家庭荣誉陈列馆缅怀爸爸时的典型音响"我长大后也要当一名英雄，像他一样"有力落笔。稿件充分展现了拉齐尼·巴依卡一家对伟大祖国的赤胆忠心和深厚的家国情怀；充分展现了英雄精神薪火相传、爱国情怀融入血脉的强大精神力量。2021 年 3 月 3 日，中宣部追授拉齐尼·巴依卡"时代楷模"称号。建党百年庆祝大会前夕，中共中央追授拉齐尼·巴依卡"全国优秀共产党员"称号。

社会效果： 稿件不仅在广播播出，还同时在学习强国、喜马拉雅、新疆新闻在线等端、网播出，引发听众、网友热烈反响，产生了良好的社会效果，不少网友为一家三代守边护边的爱国奉献精神震撼，纷纷为信仰的力量点赞、为精神的传承点赞。

初评评语： 稿件主题鲜明、立意深远，以小切口反映铸牢中华民族共同体意识这个大主题。通过讲述拉齐尼·巴依卡一家将守卫祖国的坚定信仰代代相传的感人故事，折射出帕米尔高原戍边人"做人民的忠诚卫士，守卫好祖国边疆"的群体精神以及对伟大祖国的无限热爱与无私奉献之情，传递了感人至深的精神力量。稿件新闻性强，时效性强；采访扎实深入，细节生动感人；音响丰富，尤其是对拉齐尼·巴依卡生前当选全国劳动模范时接受采访的珍贵录音使用恰到好处、打动人心，体现了鲜明的广播特色。

"禁砂"三年，黄河下游最大湖泊东平湖生态效应显现
舍弃八亿收入，换来鸥翔水美

王金龙　曹儒峰

"'禁砂'三年，水质明显好了，再现鸥翔水美。"今天一早，陈飞带着施工人员来到东平湖西检查集水井。他们参与承建的7公里环湖路，每隔200米修建了一眼集水井，对污水集中处理。

以前采砂，现在护湖，三年间陈飞的身份来了个180度大转弯。2018年春，他有四艘大型采砂船，每天采砂超万吨。他介绍，东平全县最多时有2000多艘采砂船，5万余人从事采砂工作。入夜，站在湖南边的高处北望，俨然一座采砂"不夜城"。现在的他，已经"洗脚上岸"，吃起了"生态饭"。

东平湖既是黄河下游最大的湖泊，也是黄河流域重要蓄滞洪区和南水北调东线重要调蓄枢纽，生态价值巨大。但因为储砂量大，加上建筑用砂价格直线上涨，这里挖砂采砂与生态保护的矛盾曾经十分突出。早在十多年前，东平县就开始探索规范有序采砂的路子，先后成立了河道管理局、砂资源综合整治指挥部等，但因利益主体多、矛盾错综复杂，多轮整治收效不大。

2018年3月，东平县对砂资源进行扎口管理，取得一定成效，也带来可观的财政税收收入——不过3个半月就收入2.3亿元！据此估算，一年可增加收入约8亿元！

然而，这种管理方式仍然跟不上日益提高的环保标准和要求。东平湖综合治理路子怎么走？县里面临重要抉择。经过多次调研、探讨，当地最终达成共识：保护生态、绿色发展才有未来，从2018年6月底起，停止一切采砂行为！

当年底，当地还主动还湖300万吨砂料。"这在当时价值3亿多元，不光采砂户不情愿，政府也很疼惜。短期看利益受损了，但长远看是为子孙后代造福。"东平县河道管理保护中心主任刘振鲁说。

包括砂场治理在内，东平县近年来开展了铁腕整治东平湖生态环境九大行动。经过综合整治，如今生态效应显现：湖水常年保持Ⅲ类水质标准，芦苇荡成了鸟儿的天堂，栖息着上百种水鸟；曾经的储砂沙园，变身设计年通

航能力255万吨的港口作业区，发展起现代物流业……

"以前，全是采砂和养鱼的，家门口向南一眼看不到湖面。现在，晚饭后路上全是休闲散步的，咱的房子也成了湖景房。"银山镇卧牛山村村民王梁说道。

"东平湖不仅是东平县的东平湖，更是全省的、全国的东平湖。我们将锚定'打造黄河流域生态保护和高质量发展示范区'这一目标，举全县之力打造东平湖区域生态高地。"泰安市委副书记、东平县委书记曲锋表示。

（《大众日报》2021年03月15日）

申报资料实录

作品简介：东平湖是黄河下游最大的湖泊，也是京杭大运河复航和国家南水北调东线工程的重要枢纽。党的十八大以来，以习近平同志为核心的党中央高度重视黄河流域生态保护和高质量发展，黄河流域生态保护和高质量发展上升为重大国家战略。省、市出台一系列政策和具体举措，推进东平湖综合治理。东平县曾经是贫困县，河砂资源是该县重要收入来源。全县最多时有2000多艘采砂船，5万余人从事采砂工作，财政收入一年可增加约8亿元。这里挖砂采砂与生态保护的矛盾曾经十分突出。最终，当地决定：不仅"禁砂"，而且退砂还湖，换来鸥翔水美，更换来了子孙后代的长远发展。近几年，记者一直追踪该选题，积累了大量素材。为写好此稿，记者又在当地蹲点调研，先后采访县委主要负责人、河道管理局、环保局、砂厂老板、村民、专家等数十人，深挖生态保护和高质量发展的典型意义，采写此篇独家新闻。稿件内容丰富，层次清晰，有冲突，有细节，文字简练，短小精悍，是一篇有思想、有温度、有深度的新闻作品。

社会效果：作品在大众日报刊发的同时，在大众日报客户端以融媒体形式呈现，实现一次采集、多种生成、多元传播，被主流媒体和新媒体平台广泛转载转发，引发关注和好评。同时，该稿件通过大众日报海外版对外传播，引发广泛影响。

初评评语：因为做对了一道选择题，东平湖的面貌为之一变，水质持续改善，重现鸥翔水美。而选择，意味着舍弃，甚至经历阵痛，东平县选择了生态，选择了长远，选择了子孙后代。作品虽然简短，但写得深写得透。新闻具有"标本"意义。东平湖综合治理，正是山东深入贯彻习近平生态文明思想的一个缩影。东平湖综合治理以小见大，折射出山东牢记习近平总书记嘱托，深入贯彻习近平生态文明思想，把生态文明建设放在突出地位，把绿水青山就是金山银山的理念印在脑子里、落实在行动上。

时政现场评｜跟随总书记的脚步　到塞罕坝看树看人看精神

集　体

作品二维码

（央视新闻客户端 2021 年 08 月 25 日）

申报资料实录

作品简介：2021 年 8 月 23 日，习近平总书记来到河北省塞罕坝机械林场考察。总台时政报道团队派出特约评论员杨禹跟随总书记的脚步，体会足迹中的深意，深入总书记重点考察的塞罕坝机械林场月亮山、尚海纪念林，进行现场评论、现场采访和制作，重点阐释和解读总书记考察期间的重要讲话精神。该节目创新国内时政现场评论形式，评论员第一时间在核心现场围绕总书记重要指示精神展开评论；整合运用时政新闻资源和特约评论员资源，起到"1+1 大于 2"的效果；创新拍摄制作方式，在现场评论中加入小窗口视频画面、AE 包装字、航拍出镜和特色转场等，使评论更加鲜活、利于传播。

社会效果：该节目由央视新闻客户端首发，央视新闻视频号、抖音等平台接力推出。节目推出后，新华网、人民网等主流媒体纷纷转载。经过全网置顶推送，累计影响受众 3700 余万人次，成为新闻评论类产品的顶流。该节目引发网友热议，有网友评价"给人奋进、热血澎湃"，"全国人民团结起来，为了伟大的祖国贡献自己的力量"等，产生了较好的社会影响。有业内人士评价该节目"兼顾深度、广度、传播度","开创了国内时政现场评论的先河"。

　　初评评语：该节目由总台时政报道团队首创，填补了时政新闻领域现场评论的空白，用深度的评论、生动的现场、丰富的资料画面、多样的拍摄制作手段，准确、生动、深刻、全面解读了总书记重要指示精神，得到相关领导、上级单位以及业界的好评。该节目以互联网为主要传播平台，大胆革新评论方式和传播语态，使时政新闻评论真正做到"上接天线、下接地气"，具有标志性开创意义。

没有共产党就没有中国人民的幸福生活

宋维强　孙煜华

中国共产党百年华诞！

这是中国共产党历史、中华民族历史、世界历史的重大里程碑时刻！

2021 年 7 月 1 日，习近平总书记代表中国共产党和中国人民在天安门城楼上向全世界庄严宣告：经过全党全国各族人民持续奋斗，我们实现了第一个百年奋斗目标，在中华大地上全面建成了小康社会，历史性地解决了绝对贫困问题，正在意气风发向着全面建成社会主义现代化强国的第二个百年奋斗目标迈进。这是中华民族的伟大光荣！这是中国人民的伟大光荣！这是中国共产党的伟大光荣！

此时此刻，此情此景，怎能不让华夏儿女心潮澎湃、热血沸腾，放声高唱"没有共产党就没有新中国"，深情倾诉"唱支山歌给党听，我把党来比母亲"，由衷地为中国共产党骄傲自豪，为中国共产党领导的新中国骄傲自豪，为从未有过的幸福生活骄傲自豪。站在百年风华的历史高处，中国共产党正引领中华号巨轮驶向伟大复兴的光辉彼岸，一个持续走向国家富强、人民幸福的新中国，正以更加雄伟的身姿巍然屹立于世界东方。中国人民用今天的幸福生活告慰前辈先烈：此时此刻，此情此景，如您所愿！

在数千年历史长河中，中国人民辛勤劳作、自强不息，不懈追求"小康"生活。但在封建制度下，这只是一个镜花水月的空想。鸦片战争以后，由于西方列强的入侵，中国更是陷入内忧外患的黑暗境地，面临亡国灭种的深刻危机，国家积贫积弱、人民饥寒交迫，"中国人民的贫困和不自由的程度，是世界所少见的"。

为了"救民于水火、解民于倒悬"，无数仁人志士不屈不挠、前仆后继，多少轰轰烈烈，多少慷慨悲歌，但依然未能改变江山飘摇、神州陆沉、民不聊生的悲惨命运。莽莽神州，已倒之狂澜待挽；茫茫华夏，中流之砥柱伊谁？

在历史的大浪淘沙中，中国人民选择了用马克思主义科学真理武装起来的中国共产党。

1921 年，从上海的石库门，到浙江嘉兴的南湖，一叶小船，摆渡了暮霭沉沉的中国，见证了勇担民族复兴历史大任、必将带领人民创造人间奇迹的中国共产党的诞生。从此，小小红船承载起亿万国人的国强民富梦想，一次次穿越急流险滩、惊涛骇浪，引领中华民族迎来从站起来、富起来到强起来的伟大飞跃，实现中华民族伟大复兴进入了不可逆转的历史进程！

中国共产党除了工人阶级和最广大人民群众的利益，没有自己特殊的利益。为中国人民谋幸福、为中华民族谋复兴，是中国共产党自诞生之日起就始终不渝的初心和使命。100年来，党的一切奋斗、一切牺牲、一切创造都是为了让人民过上好日子，党100年的历史从根本上说就是一部为人民谋幸福的历史。

为有牺牲多壮志，敢教日月换新天。"儿女不见妈妈两鬓白，但相信你会看到我们举过的红旗飘扬在祖国的蓝天"；"为了我们的子子孙孙争得幸福的生活，就是献出了自己的生命也是在所不惜的"……革命烈士用鲜血和生命诠释了什么叫做中国共产党人、什么是中国共产党的初心使命。

经过28年浴血奋战，中国共产党团结带领人民推翻帝国主义、封建主义、官僚资本主义三座大山，夺取新民主主义革命胜利，实现了几代中国人梦寐以求的民族独立和人民解放，为国家强大、人民富裕创造了前提、开辟了道路。

"我们的民族将再也不是一个被人侮辱的民族了，我们已经站起来了。"在中国人民政治协商会议第一届全体会议上，代表们一面流着热泪，一面使劲地拍掌。那种刻骨铭心的翻身感、那种当家做主人的尊严、那种重整山河的燃烧的激情，只有经历了新旧社会对比的人才会有、才能懂，也才会真正理解"风展红旗如画"正是幸福生活的保障。

新中国，人民第一次成为国家、社会和自己命运的主人。"我把党来比母亲，母亲只生了我的身，党的光辉照我心……"当年，祖辈为奴的放羊女娃才旦卓玛勇敢地站起来了，是共产党给她和像她这样的人们撑了腰，他们作为新社会的主人站直了腰杆。才旦卓玛忘情演唱《唱支山歌给党听》，唱出了各族人民对中国共产党的似海深情。

为了"建设一个新世界"，当家作主的中国人民在建设新中国的奋斗中，爆发出空前的创造力和冲天的干劲。在那个火红的年代，党团结带领中国人民进行社会主义革命，确立社会主义基本制度，在一穷二白的条件下推进社会主义建设，中国社会发生了翻天覆地的变化，建立起独立的比较完整的工业体系和国民经济体系，在走向人民幸福生活的道路上，不断创造人间奇迹，绘出最新最美的图画。

有过凯歌行进，也曾低吟徘徊。在满目疮痍的旧中国留下的烂摊子上建设社会主义新中国，一切都要艰苦创业、披荆斩棘、开辟新路。

"十八户农民的红手印，按出了改革开放万里香，沃野千里稻翻浪，农家的小楼沐春光……"1978年的一个冬夜，小岗村十八户农民在一份没有标点符号的契约上按下鲜红的手印。农村改革的春雷响彻神州大地。

　　党的十一届三中全会，实现了新中国成立以来党的历史上具有深远意义的伟大转折。党团结带领人民走自己的路，开创、坚持、捍卫、发展中国特色社会主义，不断解放和发展生产力，人民生活实现了从温饱不足到总体小康、奔向全面小康的历史性跨越。

　　船到中流浪更急、人到半山路更陡。时光进入2012年，中国共产党为人民谋幸福、为民族谋复兴的第一个百年征程，进入了最关键的攻坚和冲刺阶段。历史的接力棒，交到了以习近平同志为主要代表的新时代中国共产党人手中。

　　"人民对美好生活的向往，就是我们的奋斗目标"，"我们一定要始终与人民心心相印、与人民同甘共苦、与人民团结奋斗，夙夜在公，勤勉工作，努力向历史、向人民交出一份合格的答卷"。2012年11月15日，人民大会堂，在与中外记者见面会上，新时代的领路人习近平总书记庄严承诺。

　　面对严峻复杂的国际形势、艰巨繁重的国内改革发展稳定任务，特别是新冠肺炎疫情的严重冲击，习近平总书记胸怀中华民族伟大复兴战略全局和世界百年未有之大变局，坚持以人民为中心的发展思想，以"我将无我，不负人民"的赤子情怀，统揽伟大斗争、伟大工程、伟大事业、伟大梦想，带领全党全军全国各族人民奋勇前行，引领党和国家事业取得历史性成就、发生历史性变革，夺取了全面建成小康社会的胜利，开启了全面建设社会主义现代化国家的新征程，交出了一份人民满意、世界瞩目、可以载入史册的答卷。

　　旧中国，生产力水平低下、工农业生产非常落后，1949年中国经济总量占世界的比重不足5%，"一辆汽车、一架飞机、一辆坦克、一辆拖拉机都不能造"。中国共产党领导下的新时代中国，国内生产总值迈上100万亿元的高台阶，人均国内生产总值站上1万美元大关，连续多年稳居世界第二大经济体，对世界经济增长的贡献率长期保持世界第一位。

　　旧中国，人民在生死线苦苦挣扎，据估算有80%的人长期处于饥饿、半饥饿状态，几乎每年都有几万乃至几十万人因饥饿而亡。中国共产党领导下的新时代中国，脱贫攻坚取得全面胜利，人民生活水平大幅提高，人均可支配收入名义增长600多倍，恩格尔系数降至30%左右。

　　旧中国，人民长期遭受病疫的折磨和精神上的贫瘠，1949年人均预期寿命仅有35岁，文盲率高达80%。中国共产党领导下的新时代中国，人均预期寿命达到 77.3 岁，15 岁及以上人口平均受教育年限达到 9.9 年，人民精神文化生活更加丰富多彩。

旧中国，西方列强入侵和殖民掠夺成为加在中国人民身上的沉重枷锁，中国人民的尊严和生存权利受到严重践踏。中国共产党领导下的新时代中国，日益走近世界舞台中央，中国成为世界第一大工业国、货物贸易国，中国人民的民族自尊心、自信心、自豪感极大提升，做中国人的志气、骨气、底气极大增强。

100 年前，中华民族呈现在世界面前的是一派衰败凋零的景象。今天，中华民族向世界展现的是一派欣欣向荣的气象，正以不可阻挡的步伐迈向伟大复兴。

100 年来，为了中国人民的幸福生活，多少共产党人舍生取义、流血牺牲，历经苦难而初心不改，饱经风霜而使命依旧。人类历史上，从未有哪一个政党像中国共产党这样，遭遇如此多的艰难险阻，经历如此多的生死考验，付出如此多的惨烈牺牲，取得如此多的丰功伟业，写就如此浩气长存、光耀千秋的追求人民幸福生活的壮丽史诗。

历史雄辩证明：没有共产党就没有新中国，没有共产党就没有中国特色社会主义，没有共产党就没有中国人民的幸福生活。只有在中国共产党领导下，才能不断满足人民对美好生活的向往，才能实现中华民族伟大复兴的中国梦。

实践深刻昭示：江山就是人民，人民就是江山。共产党打江山、守江山，守的是人民的心，为的是让人民过上好日子。人民的幸福生活就是"国之大者"。全面小康只是第一步，中国人民更美好的日子还在后头。

征途漫漫，惟有奋斗。现在，中国共产党团结带领中国人民又踏上了实现第二个百年奋斗目标新的赶考之路。在以习近平同志为核心的党中央坚强领导下，在习近平新时代中国特色社会主义思想科学指引下，全党全军全国各族人民增强"四个意识"、坚定"四个自信"、做到"两个维护"，心往一处想、劲往一处使，就一定能够书写全面建设社会主义现代化国家的崭新华章，一定能够实现中华民族伟大复兴的宏伟目标，一定能够创造更加美好的幸福生活。

征程正未有穷期。

2021 年仲夏，北京，展示中国共产党百年历史的精神殿堂——中国共产党历史展览馆巍然矗立，气势恢宏。"我志愿加入中国共产党，拥护党的纲领，遵守党的章程，履行党员义务，执行党的决定，严守党的纪律，保守党的秘密，对党忠诚，积极工作，为共产主义奋斗终身，随时准备为党和人民牺牲一切，永不叛党。"面向鲜红的中国共产党党旗，习近平总书记举起右拳，带领全党同志重温入党誓词。

神圣誓言，穿越百年波澜壮阔征程，承载初心不改使命永担，激励接续奋斗向前进！

（《求是》杂志 2021 年 07 月 01 日）

申报资料实录

作品简介： 2021 年 7 月 1 日，习近平总书记在天安门城楼发表重要讲话，回顾中国共产党成立 100 年来为实现中华民族伟大复兴建立的不朽功勋，展望中华民族伟大复兴不可逆转的光明前景。在这神圣庄严的时刻，《求是》杂志第一时间推出重磅社论《没有共产党就没有中国人民的幸福生活》，以生动的故事、翔实的数据深刻阐明：党的十八大以来，在以习近平同志为核心的党中央坚强领导下、在习近平新时代中国特色社会主义思想科学指引下，党团结带领人民自信自强、守正创新，中华民族伟大复兴进入了不可逆转的历史进程。在中国百年沧桑巨变中，文章令人信服地得出中国人民基于切身体会所确认的深刻结论：没有中国共产党就没有新中国，就没有中国人民的幸福生活，就没有中华民族的伟大复兴。文章思想深刻、逻辑严密、论述有力，感情炽热、语言平实、结构新颖，是主流媒体庆祝中国共产党成立 100 周年、学习宣传习近平总书记"七一"重要讲话精神的重量级作品。文章刊发后，学习强国、人民网、新华网、求是网、中国军网等主流网站推介，主要商业网站、微博、微信、新闻客户端等平台大量转载，可统计的全网阅读量超过 1500 万，主流媒体转载超过 100 家。

社会效果：《求是》杂志七一社论围绕实现中华民族伟大复兴，从历史和现实、理论和实践、国际和国内的结合上，大跨度地回顾了 100 年来中国共产党在民族危难之际力挽狂澜，团结带领人民使中华民族迎来从站起来、富起来到强起来伟大飞跃的历史进程。深刻阐明：100 年来中国之所以能够发生沧桑巨变、换了人间，就在于有了中国共产党；中国共产党的领导是历史的选择、人民的选择，是党和国家的根本所在、命脉所在，是全国各族人民的利益所系、命运所系；党的十八大以来党和国家事业之所以取得历史性成就、发生历史性变革，根本原因在于以习近平同志为核心的党中央坚强领导，在于习近平新时代中国特色社会主义思想科学指引。

    初评评语： 刊发于建党百年之际的这篇社论，深入学习贯彻习近平总书记"七一"重要讲话精神，高屋建瓴，政治性强，视野开阔，历史感厚重，以深刻的论述、严谨的逻辑、鲜明的对比、生动的故事，有力回答了中国共产党为什么能、中国特色社会主义为什么好、马克思主义为什么行。

决不允许"鸡脚杆子上刮油"

湖北日报评论员

1月29日，省委主要领导在省纪委十一届五次全体会议上讲话指出，基层"微腐败"问题不容小视，并痛斥某些人还在"鸡脚杆子上刮油"。

当前，群众身边的腐败问题和不正之风还层出不穷，涉及到村（社区）的案件举报仍有增无减。有的群腐群"蛀"，有的"官"小"胃口"大，甚至对扶贫资金、拆迁补偿款、老龄津贴等下黑手。一些人"鸡脚杆子上刮油""鹭鸶腿上劈精肉"，贪婪至极，可恶至极，影响很坏。

我们纵深推进全面从严治党，既要"打虎"，也要"拍蝇"，决不允许"鸡脚杆子上刮油"，啃食基层群众特别是困难群体的获得感。

党风廉政建设和反腐败斗争事关国家政治安全、事关人心向背、事关兴衰成败，是一场输不起也决不能输的重大政治斗争。民心是最大的政治。如果任由一些"苍蝇"乱飞，群众就会对全面从严治党的效果产生质疑，长此以往就会动摇党的执政根基。防止"堤溃蚁穴，气泄针芒"，必须坚决整治群众身边的腐败和不正之风问题。

要加强落实各项富民惠民政策的跟踪监督；深入整治民生领域突出问题，重点纠治农村"三资"管理、教育医疗、就业创业、食品药品安全、执法司法等领域以及老旧小区改造等方面腐败和不正之风问题；严肃查处贪污侵占、吃拿卡要等违纪违法行为；保持查处涉黑涉恶腐败和"保护伞"的高压态势，决不能让黑恶势力和腐败分子沆瀣一气、祸害百姓。

总之，要斩断伸向群众"奶酪"的各种黑手，让人民群众从正风肃纪反腐中得到更多获得感、幸福感、安全感。

（《湖北日报》2021年02月02日）

申报资料实录

作品简介：2021年1月29日，湖北省纪委十一届五次全体会议召开，对全省党风廉政建设和反腐败斗争作出全面部署。记者在做好会议报道的同时，从会上省委主要领导讲话中"坚决整治群众身边腐败和作风问题"这一主题切入自觉撰写了评论。评论直言基层"微腐败"问题不容小视，痛陈有的群腐群"蛀"、有的"官"小"胃口"大，一些人"鸡脚杆子上刮油""鹭鸶腿上劈精肉"。为防止"堤溃蚁穴，气泄针芒"，必须斩断伸向群众"奶酪"的各种黑手，让人民群众在正风肃纪反腐中增强获得感、幸福感、安全感。

社会效果：稿件在湖北日报1版刊发，在湖北日报客户端思想频道推送，并被人民网、北青网等媒体或平台转载转发。累计阅读量百万余。

初评评语：稿件言辞犀利，对群众身边腐败和作风问题大张挞伐；将俚语"鸡脚杆子上刮油"直接上标题，新颖且有深意；虽只有594字，却锋芒毕露，充分彰显了"坚持以人民为中心是全面从严治党的动力源泉"这一重大主题。

三观岂能跟着五官走

牛梦笛

作品二维码

（《光明日报》2021年08月06日）

申报资料实录

作品简介： 2021年，中央有关部门开展"文娱领域综合治理"，在此背景下，本报开设专栏"营造风清气正的网络环境"。作为该栏目的第四篇文章，《三观岂能跟着五官走》深入剖析并批评了文娱领域的不正之风——"颜值即正义"的畸形价值观，指出这种价值观导致粉丝对偶像的"无脑式"追捧行为。文章从"造星""选秀""追星"三个层面出发，分析了偶像诞生的逻辑及其中的问题。文章特别指出，选秀节目为造星提供了空间，并诱导年轻人进行投票打榜。《三观岂能跟着五官走》把论点放在三观上，一针见血地指出，"颜值即正义"背后是不良倾向下价值理念的跑偏，倡导"少谈一点颜值，多谈一点文化；少做一些伪流量，多传播一些正能量"，最终提出用精品力作回馈粉丝期待的主张。文章刊发后在光明日报客户端点击量超过40万，客户端转载量累计达3万次。在光明日报官方微博发布的话题#三观岂能跟着五官走#阅读量达29.5万次，转载千余次。

社会效果：《三观岂能跟着五官走》刊发后，被多家主流媒体和网络平台转发、转载，并引发舆论热议，全网有效转载达350余条。人民网、光明网、海外网、中国青年报、中国青年网、上观新闻、天眼新闻、中国江苏网、新民晚报等诸多主流媒体APP和网站转载。其中，《文摘报》在8月12日1

版报眼位置做了该文章的摘登。文章刊发后，引发舆论热议，大家普遍认为，"三观比五官重要""明星应崇德尚艺"等，为中央有关部门开展的"文娱领域综合治理"工作提供了有力的舆论支持。

初评评语： 该评论题目亮眼，论点直接、正确、到位，论据扎实、论证有力，抨击了时下流行的"颜值即正义"的畸形价值观，对不良社会风气及时纠偏。作为文艺评论作品，敢于批评，敢于揭露行业乱象，准确把握时度效，特别是在"文娱领域综合治理"中起到正面且积极的舆论引导作用，意义非凡。

砥柱人间是此峰

——写在中国共产党成立100周年之际

集 体

1921—2021，中国共产党走过了整整一个世纪的历程。

一百年来，中国共产党团结带领中国人民开辟了伟大道路，建立了伟大功业，铸就了伟大精神，积累了宝贵经验，为国家、为人民、为民族、为世界作出了彪炳史册的伟大贡献。一百年来，中国共产党发展成为一个在最大的社会主义国家执政70多年、拥有9100多万党员的世界上最大的马克思主义执政党，创造了中华民族发展史、人类社会进步史上令人刮目相看的伟大奇迹。

中国共产党的一百年，是矢志践行初心使命、筚路蓝缕奠基立业、创造辉煌开辟未来的一百年，是把革命、建设、改革、复兴事业不断推向前进的一百年，是充满着苦难和辉煌、曲折和胜利、付出和收获的一百年，是用鲜血、汗水、泪水、勇气、智慧、力量写就的一百年。这一百年是中华民族发展史上的壮丽篇章，也是中国人民和中华民族继往开来、奋勇前进的现实基础。

立志于中华民族千秋伟业，百年恰是风华正茂。

（一）

6月3日，上海，在党的百年华诞之际，中国共产党第一次全国代表大会纪念馆全新开馆。

党的历史是最生动、最有说服力的教科书。走进中共一大纪念馆，仿佛走进一百年前那个"伟大的开端"。1921年7月23日，13位平均年龄只有28岁的热血青年，怀着对马克思主义的坚定信仰，从全国各地汇聚于此。于无声处，历史改变。毛泽东同志说："中国产生了共产党，这是开天辟地的大事变。"

"我们党的全部历史都是从中共一大开启的，我们走得再远都不能忘记来时的路。"中国共产党从这里诞生，从这里出征，从这里走向全国执政。正如习近平总书记所指出的："这一开天辟地的大事变，深刻改变了近代以后中华民族发展的方向和进程，深刻改变了中国人民和中华民族的前途和命运，深刻改变了世界发展的趋势和格局。"

在中共一大纪念馆的前厅，中间照壁为"日出东方——从石库门到天安门"历史组画，上海、南湖、井冈山、瑞金、遵义、延安、西柏坡、北京……一个个光辉的红色地标，再现了中国共产党苦难辉煌的历史征程。一百年来，我们党团结带领全国各族人民前赴后继、顽强奋斗，以"敢教日月换新天"的豪情壮志，以"咬定青山不放松"的坚定决心，以"越是艰险越向前"的无畏精神，攻克了一个又一个看似不可攻克的难关，创造了一个又一个彪炳史册的人间奇迹。

历史不会忘记，我们党团结带领中国人民进行28年浴血奋战，打败日本帝国主义，推翻国民党反动统治，完成新民主主义革命，建立了中华人民共和国，宣告"占人类总数四分之一的中国人从此站立起来了"。邓小平同志说，因为新中国的成立，"中国取得了一个资格：人们不敢轻视我们"。

历史不会忘记，我们党团结带领中国人民完成社会主义革命，确立社会主义基本制度，消灭一切剥削制度，推进了社会主义建设，为中国发展富强、中国人民生活富裕奠定了坚实基础。中国共产党团结带领全国人民用改天换地的巨大变化，庄严告诉世界："一张白纸，没有负担，好写最新最美的文字，好画最新最美的画图。"

历史不会忘记，我们党团结带领中国人民进行改革开放新的伟大革命，开辟了中国特色社会主义道路，形成了中国特色社会主义理论体系，确立了中国特色社会主义制度，使中国赶上了时代、发生了翻天覆地的变化。正如习近平总书记所指出的："我们用几十年时间走完了发达国家几百年走过的工业化历程。在中国人民手中，不可能成为了可能。"

历史不会忘记，党的十八大以来，以习近平同志为核心的党中央团结带领全国人民统揽伟大斗争、伟大工程、伟大事业、伟大梦想，统筹推进"五位一体"总体布局、协调推进"四个全面"战略布局，坚持完善和发展中国特色社会主义制度，推进国家治理体系和治理能力现代化，推动党和国家事业取得历史性成就、发生历史性变革，推动中国特色社会主义进入新时代，绘就了一幅波澜壮阔、惊天动地的历史画卷——延续几千年的绝对贫困问题历史性地得到解决，中国人民孜孜以求的小康梦想照进现实，第一个百年奋斗目标如期完成，中华民族实现了从站起来、富起来到强起来的伟大飞跃。诚如习近平总书记所指出的："今天，我们比历史上任何时期都更接近、更有信心和能力实现中华民族伟大复兴的目标。"

时间是最客观的见证者，也是最伟大的书写者。

从小小红船到巍巍巨轮，从一个50多人的小党到世界第一大政党，一代代共产党人团结带领中国人民艰苦奋斗、上下求索，谱写了气吞山河的壮丽史诗，成就了亘古未有的丰功伟绩。长期研究中国的西方学者马丁·雅克认为，"中国共产党无疑是过去100年中最成功的政党"。

（二）

南京静海寺，为纪念郑和下西洋而建，名字寓意"四海平静、天下太平"。然而在1842年，这座寺庙见证了海上而来的屈辱——清王朝代表被迫和英国侵略者在这里议定了中国近代史上第一个不平等条约《南京条约》。中国命运从此进入前所未有的悲惨境地，山河破碎，风雨飘摇。

"四万万人齐下泪，天涯何处是神州。"谭嗣同慷慨悲歌，血洒神州。在近代中国历史舞台上，为了求得民族独立和人民解放，为了实现国家富强和人民幸福，无数仁人志士苦苦求索，太平天国运动、洋务运动、戊戌变法、义和团运动、辛亥革命接连而起，但最后都以失败而告终。毛泽东同志在深刻总结近代以来历史时感叹道："在一个半殖民地的、半封建的、分裂的中国里，要想发展工业，建设国防，福利人民，求得国家的富强，多少年来多少人做过这种梦，但是一概幻灭了。"

"千淘万漉虽辛苦，吹尽狂沙始到金。"十月革命一声炮响，给我们送来了马克思列宁主义。这犹如黑暗中的一道霞光，给正在苦苦探求救国救民道路的中国先进分子指明了方向。中国共产党应运而生，用马克思主义真理的力量激活了中华民族历经几千年创造的伟大文明，使中华文明再次迸发出强大精神力量。

1920年春，29岁的陈望道回到浙江义乌分水塘村老家，在一间久未修葺的柴屋里废寝忘食两个多月，第一次完整翻译出《共产党宣言》，至1926年重印再版达17次之多。陈望道的名字，也因翻译《共产党宣言》永垂党史，而更多人也和他一样，品尝到了"信仰的味道有点甜"。

"慷慨登车去，相期一节全。残生无可恋，大敌正当前。知止穷张俭，迟行笑褚渊。从兹分手别，对视莫潸然。"1931年8月，35岁的杨匏安就义前作诗《示难友》。这位华南地区最早系统介绍马克思主义的先驱，"最服膺马克思主义"，选择了加入中国共产党，后又为信仰慷慨赴义。

"我回国近三年来受到党的教育，使我体会到党的伟大，党为实现共产主义社会这一目标的伟大，我愿为这一目标奋斗，并忠诚于党的事业。"这是"中国航天之父"钱学森1958年9月在入党申请书中写下的字句，寥寥数语，却字字铿锵。60多年后，这封入党申请书在中国国家博物馆展出时，网友留言：

"这是我见过最短，却最有力的入党申请书！"

"我喜欢这个工作，付出的一切都是值得的，就是死了也是值得的！"今年5月，被追授"时代楷模"称号的彭士禄，为中国核事业奋斗一生，却自谦只是"核潜艇上的一颗螺丝钉"。他为祖国和人民"深潜"一生，书写了对党和国家事业的忠诚奉献，诠释了对马克思主义的坚定信仰。

一百年来，无数共产党人汇聚于马克思主义信仰的旗帜下，使具有5000多年文明历史的中华民族全面迈向现代化，让中华文明在现代化进程中焕发出新的蓬勃生机；使具有500年历史的社会主义主张，在世界上人口最多的国家成功开辟出具有高度现实性和可行性的正确道路，让科学社会主义在二十一世纪焕发出新的蓬勃生机；使具有70多年历史的新中国建设取得举世瞩目的成就，中国这个世界上最大的发展中国家在短短30多年里摆脱贫困并跃升为世界第二大经济体，彻底摆脱被开除球籍的危险，创造了人类社会发展史上惊天动地的发展奇迹，使中华民族焕发出新的蓬勃生机。

思想就是力量。一个民族要走在时代前列，就一刻不能没有理论思维，一刻不能没有思想指引。很多人感到困惑：二十世纪的中国，所有世界上最重要的政治制度、文化思想都被拿来试验过，为什么唯有中国共产党取得了成功？许多西方学者把目光投向中国共产党，"中共学"成了海外中国研究中的"显学"，每个月都有大量论著面世，试图回答"中国共产党为什么能"。在这些回答中，最为贴近的答案是：中国共产党找到了马克思主义这一真理。

马克思主义不仅深刻改变了中国，中国也极大丰富了马克思主义。理论的生命力在于创新。一百年来，中国共产党坚持解放思想和实事求是相统一、培元固本和守正创新相统一，不断推进马克思主义中国化，不断开辟马克思主义新境界，产生了毛泽东思想、邓小平理论、"三个代表"重要思想、科学发展观，产生了习近平新时代中国特色社会主义思想，为党和人民事业发展提供了科学理论指导。我们党的历史，就是一部不断推进马克思主义中国化的历史，就是一部不断推进理论创新、进行理论创造的历史。

时代是思想之母，实践是理论之源。党的十八大以来，以习近平同志为主要代表的中国共产党人，顺应时代发展，从理论和实践结合上系统回答了新时代坚持和发展什么样的中国特色社会主义、怎样坚持和发展中国特色社会主义这个重大时代课题，创立了习近平新时代中国特色社会主义思想。习近平新时代中国特色社会主义思想，坚持马克思主义立场观点方法，坚持科学社会主义基本原则，以崭新的思想内容丰富和发展了马克思主义，是当代中国马克思主义、二十一世纪马克思主义，是新时代中国共产党的思想旗帜。

信仰信念任何时候都至关重要。习近平总书记指出："马克思主义是我们立党立国的根本指导思想。背离或放弃马克思主义，我们党就会失去灵魂、迷失方向。"

（三）

不久前，美国《华盛顿邮报》网站报道，加拿大约克大学一份对近 2 万中国民众的调查显示，98% 的中国民众信任中国政府。"得人心者得天下，失人心者失天下。"这是人类社会发展的一条铁律，古今中外，概莫能外。中国民众之所以信任中国政府，根本原因就在于中国共产党不忘初心、牢记使命，始终把民心当作最大的政治，把人民作为执政的最大底气。

任何政党的兴衰存亡，归根结底取决于它在推动历史前进中的作用，取决于人民群众对这种作用的认可程度。正如江泽民同志所说："人民，只有人民，才是我们工作价值的最高裁决者。"中国共产党植根于人民，从诞生那一天起，就同中国人民和中华民族的前途命运紧密联系在一起。为中国人民谋幸福、为中华民族谋复兴，这是中国共产党人与生俱来的初心和使命，也是激励中国共产党人不断前进的根本动力。纵观党的百年历史，"就是一部践行党的初心使命的历史，就是一部党与人民心连心、同呼吸、共命运的历史"。

1934 年 11 月，红军长征途中，在湖南汝城县沙洲村，3 名女红军借宿徐解秀老人家中，临走时，把自己仅有的一床被子剪下一半给老人留下了。老人说，什么是共产党？共产党就是自己有一条被子，也要剪下半条给老百姓的人。

2020 年 5 月，全国两会期间，习近平总书记在参加内蒙古代表团审议时，专门提到湖北省一位新冠肺炎治愈者的故事。这是一位 87 岁的老人，身患多种基础性疾病，医院为他配置了一个治疗专班，十来名医护人员全力救治几十天，终于挽救了老人的生命。习近平总书记动情地说："什么叫人民至上？这么多人围着一个病人转，这真正体现了不惜一切代价。"为了人民，不计成本、不计代价，这就是我们党始终坚持以人民为中心的真实写照。

中国共产党来自于人民，为人民而生，因人民而兴，始终同人民在一起，为人民利益而奋斗，是我们党立党兴党强党的根本出发点和落脚点。在百年奋斗历程中，我们党始终坚守人民立场，从"不拿群众一针一线"的严明纪律到"鱼儿离不开水，瓜儿离不开秧"的深厚情谊，从"与群众一块苦、一块过、一块干"的铿锵誓言到"人民对美好生活的向往就是我们的奋斗目标"的庄严承诺，中国共产党把人民放在最高位置，把自己的根牢牢扎在人民当中。

中南海新华门影壁上的"为人民服务"熠熠生辉，"人民"二字早就镶嵌在共和国的名字里，融入我们党的根基和血脉里。

淮海战役胜利是靠老百姓用小车推出来的，渡江战役胜利是靠老百姓用小船划出来的，社会主义革命和建设的成就是人民群众干出来的，改革开放的历史伟剧是亿万人民群众主演的……在百年奋斗历程中，我们党紧紧依靠人民，始终与人民心心相印、与人民同甘共苦、与人民团结奋斗，跨过一道又一道沟坎，取得一个又一个胜利。历史充分证明，江山就是人民，人民就是江山，人心向背关系党的生死存亡。只要赢得人民信任，得到人民支持，党就能够克服任何困难，就能够无往而不胜。恰如《江山》这首歌所唱："老百姓是地老百姓是天，老百姓是共产党永远的挂念；老百姓是山老百姓是海，老百姓是共产党生命的源泉……"

中国共产党创造了"地球上最大的政治奇迹"，但"共产党并不曾使用什么魔术，他们只不过知道人民所渴望的改变，而他们拥护这些改变"。1946年出版的《中国的惊雷》一书中，美国记者白修德和贾安娜得出的结论，无疑是对中国共产党的精准素描，直到今天仍在被一次次验证。

（四）

二十一世纪的第三个十年刚刚开始，谁也不曾想到中国和世界会再一次遭遇惊心动魄的危急时刻——新冠肺炎疫情突如其来，这是百年来全球发生的最严重的传染病大流行。

重要关口，更能看清一个政党的价值追求，也更能检验一个国家的制度优劣。

疫情就是命令，防控就是责任。党中央一声号令，广大党员干部挺身而出，冲锋在第一线、战斗在最前沿；346支国家医疗队、4.26万名医务人员紧急驰援湖北；400多万名基层工作者牢牢守护住全国65万个城乡社区，筑牢疫情防控的"铜墙铁壁"；火神山、雷神山医院建设夜以继日，方舱医院改造分秒必争，快速实现从"人等床"到"床等人"；全国19个省份集中优势资源，除武汉市外，还对口支援湖北省的16个市州及县级市……世界卫生组织总干事谭德塞曾这样评价："中方行动速度之快、规模之大，世所罕见。这是中国制度的优势，有关经验值得其他国家借鉴。"

马克思说："我们知道个人是微弱的，但是我们也知道整体就是力量。"坚持全国一盘棋，调动各方面积极性，集中力量办大事，是我国国家制度和国家治理体系的显著优势之一，也是我们打赢疫情防控阻击战的根本依靠。新冠肺炎疫情以一种特殊方式，让人们直观感受到中国共产党所具有的无比坚强的领导力，是风雨来袭时中国人民最可靠的主心骨；让人们深刻认识到中国共产党的领导是中国特色社会主义最本质的特征，是中国特色社会主义制度的最大优势。

或许有的国家在某个时期、某些特殊情况下做到过集中力量办大事，但只有中国能够把集中力量办大事上升为制度，进而成为能够长期发挥重要作用的显著优势。这根本在于中国共产党的坚强领导。正如胡锦涛同志所说："要把十几亿人的思想和力量统一和凝聚起来，齐心协力发展中国特色社会主义，没有中国共产党的坚强统一领导是不可设想的。"因为有一个众望所归、众心所向的政党领导，所以社会主义中国才能够"集中力量""一呼百应"，团结成"一块坚硬的钢铁"。

回望历史，中国之所以能成功战洪水、防非典、救雪灾、抗地震，之所以能实现"神舟"飞天、"玉兔"落月、"蛟龙"潜海、"天问"探火，之所以能建好三峡工程、青藏铁路、南水北调、港珠澳大桥等世纪工程，之所以能推进建设雄安新区、粤港澳大湾区、深圳先行示范区、海南自由贸易港等国家战略，就因为有中国共产党的坚强领导，有全国各族人民对中国共产党的拥护和支持；就因为中国特色社会主义制度具有非凡的组织动员能力、统筹协调能力、贯彻执行能力，能够充分发挥集中力量办大事、办难事、办急事的独特优势。

回望历史，西方世界乱象频发，对外战争、暴恐袭击、选举乱局、金融危机、社会撕裂、种族歧视、难民问题……反观中国，中国共产党团结带领中国人民创造了世所罕见的经济快速发展奇迹和社会长期稳定奇迹，"中国之治"和"西方之乱"形成鲜明对比。其中原因是多方面的，条件也是多方面的，但归根结底是源于中国共产党领导和中国特色社会主义制度的显著优势。

"中国取得巨大发展成就，是中国共产党带领十几亿中国人民坚持走中国特色社会主义道路的结果""中国制度所具有的战略性、全局性、前瞻性和对全国资源的调动能力，是其他制度无法比拟的"……外国专家学者赞叹道。

（五）

"一人，一家，一团体，一地方，乃至一国，如何才能跳出'其兴也勃焉，其亡也忽焉'的历史周期率？"这是1945年应邀访问延安的黄炎培发出的"窑洞之问"，也是近代政党政治出现以来，困扰很多国家、地区政党的现实难题。

二十世纪以来，环顾全球，政党五花八门，在各国政治舞台上"你方唱罢我登场"，有的盛极一时却归于落寂，有的更如流星一般转瞬即逝。唯独中国共产党不断发展壮大，成为世界第一大政党。美国学者费正清感叹，中国共产党"滚雪球式的迅猛发展，是一个巨大的组织奇迹"。

百年风霜雪雨，百年大浪淘沙。中国共产党为什么能够始终保持蓬勃朝气，战胜一个又一个困难，取得一个又一个胜利，关键在于勇于自我革命，始终坚持党要管党、全面从严治党不放松。

勇于自我革命，源于我们党在内外忧患中诞生，在磨难挫折中成长，在战胜风险挑战中壮大，具有强烈的忧患意识。因为这种忧患意识，毛泽东同志告诫全党要永远保持"赶考"心态，"务必使同志们继续地保持谦虚、谨慎、不骄、不躁的作风，务必使同志们继续地保持艰苦奋斗的作风"。因为这种忧患意识，习近平总书记反复强调，"如果管党不力、治党不严，人民群众反映强烈的党内突出问题得不到解决，那我们党迟早会失去执政资格，不可避免被历史淘汰"。中国共产党的伟大，就在于敢于直面自身存在的突出问题，始终保持着勇于自我革命的政治品格，始终保持着"赶考"的状态，一次次以刮骨疗毒的决心和气魄，"刀刃向内"，不断清除一切侵蚀党的健康肌体的病毒。

勇于自我革命，是我们党最鲜明的品格，也是我们党最大的优势。党的百年历史，也是我们党不断保持党的先进性和纯洁性，不断防范被瓦解、被腐化的危险的历史。八七会议、遵义会议、十一届三中全会……正是因为我们党始终坚持真理，勇于修正错误，才能够在危难之际绝处逢生、失误之后拨乱反正，成为永远打不倒、压不垮的马克思主义政党；瑞金肃贪、延安整风、开展集中学习教育……正是因为我们党敢于正视问题，勇于去腐生肌，才能够推动自我净化、自我完善、自我革新、自我提高能力不断增强，始终成为坚强领导核心。

历史证明，一个政党的生死存亡，主要决定于政党本身。苏共在只有20万党员的情况下夺取了政权，在有200万党员的情况下打败了德国法西斯，却在拥有2000万党员的情况下失去了政权，根本原因还是自身出了问题，"自我革命精神丧失，治党不力，打了败仗"。中国共产党之所以能一直走在时代前列，获得人民衷心拥护，根本原因在于我们党从不讳疾忌医，一次次拿起"手术刀"来革除自身的病灶。

一个政党进行的斗争越伟大、从事的事业越伟大、拥有的梦想越伟大，对自我革命的要求就越高，就越要从严管党治党。"我们党要搞好自身建设，真正成为世界上最强大的一个政党。"党的十八大以来，以习近平同志为核心的党中央直面"四大考验""四种危险"，以"得罪千百人，不负十三亿"的强烈历史使命感、深沉忧患意识和顽强意志品质，以雷霆之势、霹雳手段大力开展反腐败斗争，正风、肃纪、惩贪，"打虎""拍蝇""猎狐"，强化不敢腐的震慑、扎牢不能腐的笼子、增强不想腐的自觉，书写了一个百年大党"自我革命"的崭新篇章，在这场"输不起的斗争"中交出了一份优异答卷。

打铁必须自身硬，挽住云河洗天青。这也再次刷新了人们对中国共产党的认知：翻开二十四史，没有一个时代、没有一个时期反腐力度如此之大；遍览世界各国，没有哪个国家、没有哪个政党反腐的决心如此之强。

在深圳莲花山，有一座名为"自我完善"的雕塑：半身大力士挥舞着锤头、凿子，劈开巨石、雕塑自身。敢于自我革命，就是中国共产党人雕塑自身的法宝。我们党在刮骨疗毒中解决了自身建设中存在或潜在的问题，在激浊扬清中彰显了无产阶级政党的政治本色，在革故鼎新中重塑了无产阶级政党的政治优势，通过实际行动回答了"窑洞之问"，练就了中国共产党人自我净化的"绝世武功"，探索出一条长期执政条件下解决自身问题、跳出历史周期率的成功道路。

（六）

中国人民自古就明白，"世界上没有坐享其成的好事，要幸福就要奋斗"；中国共产党也早就领悟到，"不管条件如何变化，自力更生、艰苦奋斗的志气不能丢"。

中国共产党成立之初，就立下以马克思主义、共产主义挽救民族危亡的伟大志向，带领人民不断铸就民族复兴的伟大业绩。从艰难求索、浴血奋战闯出符合中国实际的革命之路，到白手起家、攻坚克难走出中国特色社会主义建设之路；从敢闯敢试、敢为人先探索改革开放之路，到接续奋斗、披荆斩棘铺就社会主义现代化之路……回望中国共产党的光辉历程、社会主义在中国的凯歌奋进，就是一部经天纬地、改天换地的奋斗史。

正是中国共产党团结带领全国各族人民顽强拼搏、不懈奋斗，从根本上改变了中国人民和中华民族的前途命运，不可逆转地结束了近代以后中国内忧外患、积贫积弱的悲惨命运，不可逆转地开启了中华民族不断发展壮大、走向伟大复兴的历史进程，使具有五千多年文明历史的中国面貌焕然一新，中华民族伟大复兴展现出前所未有的光明前景，创造了人类社会发展史上惊天动地的发展奇迹。

"人生天地间，长路有险夷。"世界上没有哪个政党像中国共产党这样，遭遇过如此之多的艰难险阻，经历过如此之多的生死考验，付出过如此之多的惨烈牺牲。在一百年的非凡奋斗历程中，一代又一代中国共产党人牢记初心使命，勇往直前以赴之，断头流血以从之，殚精竭虑以成之，涌现了一大批视死如归的革命烈士、一大批顽强奋斗的英雄人物、一大批忘我奉献的先进模范。革命战争年代，李大钊、蔡和森、向警予、方志敏、夏明翰、杨靖宇、杨根思、赵一曼、刘胡兰……无数革命先烈为争取民族独立和人民解放前仆后继、抛洒热血。和平建设时期，雷锋、焦裕禄、王进喜、谷文昌、孔繁森、杨善洲、黄大年、卢永根、黄文秀……无数英雄模范为实现国家富强和人民幸福呕心沥血、无私奉献。

历史，往往需要经过岁月的洗刷才能看得更清楚。1936年和1939年，美国记者斯诺两次采访延安和陕北革命根据地，有感于中国共产党人在异常艰苦的条件下勤勉奋斗，盛赞这种精神、力量、热情是人类历史丰富灿烂的精华，是"东方魔力""兴国之光"。创业维艰，奋斗以成。一百年来，中国共产党人从创业到不断再创业，在应对各种困难挑战中，锤炼了不畏强敌、不惧风险、敢于斗争、勇于胜利的风骨和品质，形成了红船精神、井冈山精神、长征精神、遵义会议精神、延安精神、西柏坡精神、红岩精神、抗美援朝精神、"两弹一星"精神、载人航天精神、特区精神、抗洪精神、抗震救灾精神、抗疫精神、脱贫攻坚精神等伟大精神，构筑起了中国共产党人的精神谱系。我们党之所以历经百年而风华正茂、饱经磨难而生生不息，就是凭着那么一股革命加拼命的强大精神。这便是"东方魔力""兴国之光"。

社会主义是干出来的，新时代也是干出来的。

1939年5月30日，在延安庆贺模范青年大会上，毛泽东同志倡导人们"永久奋斗"；1980年1月16日，在分析当时形势和任务时，邓小平同志告诫全国人民一定要"艰苦创业"；2018年12月31日，在2019年新年贺词中，习近平总书记号召大家"努力奔跑"。今天，进行伟大斗争、建设伟大工程、推进伟大事业、实现伟大梦想，需要亿万人民一起"永久奋斗"、携手"艰苦创业"、共同"努力奔跑"，需要新时代的我们"再奋斗三十年，到新中国成立一百年时，基本实现现代化，把我国建成社会主义现代化国家"。

（七）

三门峡中有砥柱，千百年来，历经黄河浊浪汹涛的冲刷磨砺，依旧巍然挺立。

"孤峰浮水面，一柱定波心。"1958年，周恩来同志视察三门峡水利枢纽工程时，曾指着中流砥柱感慨地说："砥柱就那么大点，冲刷了多少年还在那里。"这质朴与富有哲理的话，让人想到了中国共产党。如果用一个词来概括中国共产党的历史地位和卓越贡献，那么"中流砥柱"再恰当不过。

"莽莽神州，已倒之狂澜待挽；茫茫华夏，中流之砥柱伊谁？"曾经有人预言：中国永远摆脱不了一个不堪负担的压力，即庞大的人口，中共也无能为力。曾经有人评断：中国共产党军事上可以打100分，政治上可以打80分，经济上却只能是零分。曾经有人质疑：中国要改革开放，让一个人口众多的民族在极短时间内来个180度大转弯，就如同让航空母舰在硬币上转圈，难以置信。

然而，在中国共产党的带领下，新中国用无可争议的事实击碎了上述"预言"，并向世界证明了中国共产党为什么"能"、马克思主义为什么"行"、中国特色社会主义为什么"好"。今天，取代那些"预言"的是，有人惊诧"地球上最大的政治奇迹"，有人赞叹"人类历史上最大规模经济革命的主角"，有人认为要"给中国共产党打一个高分"。

百年中国，天翻地覆慨而慷。

历史在人民探索和奋斗中造就了中国共产党，中国共产党团结带领人民又造就了历史悠久的中华文明新的历史辉煌。今天的中国，不但大踏步赶上时代，而且日益走近世界舞台的中央，中华民族正以崭新姿态屹立于世界东方。

领航中国，砥柱人间是此峰。

跋山涉水不改一往无前，山高路远但见风光无限……回望过往的奋斗路，人们看得愈发清楚：中流砥柱是中国共产党自觉扛起的使命担当，是中国共产党立于时代潮头的勃发英姿，是中国共产党在民族复兴伟业中的作用彰显。

（八）

在美国学者库恩看来，中国共产党的历史，"如同过山车一般跌宕起伏"，"堪称人类历史上最伟大的故事"。今天的我们，又该如何续写这个"伟大的故事"？

2017年10月31日，党的十九大闭幕仅一周，习近平总书记带领中共中央政治局常委专程从北京前往上海和浙江嘉兴，瞻仰中共一大会址和南湖红船。总书记引用了"其作始也简，其将毕也必巨"这句话，并给出了续写"伟大的故事"的答案：不忘初心、牢记使命、永远奋斗。

事业发展永无止境，共产党人的初心永远不能忘。

中国共产党已经走过一百年的光辉历程，从石库门到天安门，从兴业路到复兴路，我们党一百年来所付出的一切努力、进行的一切斗争、作出的一切牺牲，都是为了人民。党的初心是党的性质宗旨、理想信念、奋斗目标的集中体现，激励着我们党永远坚守，砥砺着我们党坚毅前行。

一切向前走，都不能忘记走过的路；走得再远、走到再光辉的未来，也不能忘记走过的过去，不能忘记为什么出发。前进路上，唯有不忘初心，方可告慰历史、告慰先辈，方可赢得民心、赢得时代，方可善作善成、一往无前。

民族复兴任重道远，共产党人的使命永远要牢记。

实现中华民族伟大复兴是近代以来中华民族最伟大的梦想，也是中国共产党自成立之日起就肩负起的历史使命。在实现中华民族伟大复兴路上，我们已经成功跨过全面建成小康社会这关键一步，正乘势而上开启全面建设社会主义现代化国家新征程、向第二个百年奋斗目标进军。

我们深知，越是接近民族复兴越不会一帆风顺，越充满风险挑战乃至惊涛骇浪。但我们相信，只要牢记使命勇担当，全党全国各族人民团结一心、苦干实干，中华民族伟大复兴的巨轮就一定能乘风破浪、胜利驶向光辉的彼岸。

新的征程已经开启，共产党人的奋斗永远在路上。

第二个百年奋斗目标，绝不是轻轻松松、敲锣打鼓就能实现的。解决发展不平衡不充分问题、缩小城乡区域发展差距、实现人的全面发展和全体人民共同富裕，还有许多"娄山关""腊子口"等着我们去攻克，我们没有任何理由骄傲自满、松劲歇脚，必须乘势而上、再接再厉、接续奋斗。

勇毅者进，笃行者达。奋斗离不开一代又一代人的接续努力，只有全力以赴跑好我们这一棒，永葆"闯"的精神、"创"的劲头、"干"的作风，才能无愧于先辈、无愧于时代，才能创造让世界刮目相看的新的更大奇迹。

（九）

历史如灯塔，指引人们前行。

回望过往的奋斗路，不是为了从成功中寻求慰藉，更不是为了躺在功劳簿上、为回避今天面临的困难和问题寻找借口，而是为了总结历史经验、把握历史规律，增强开拓前进的勇气和力量。

一百年过去，一切都是新的。

眺望前方的奋进路，世界正处于百年未有之大变局，我国正处于实现中华民族伟大复兴关键时期，我们正在做的和将要做的都是史无前例的创举，从党的百年奋斗历程中汲取智慧和力量，让我们对奋进新征程更有信心、更有底气。

凡是过往，皆为序章。

站上新的起点，摆在全党全国各族人民面前的使命更光荣、任务更艰巨、挑战更严峻、工作更伟大。广东是改革开放的排头兵、先行地、实验区，肩负着在全面建设社会主义现代化国家新征程中走在全国前列、创造新的辉煌的使命任务，立足新发展阶段，贯彻新发展理念，构建新发展格局，推动高质量发展，目标更明确、责任更重大、动力更强劲。

对历史最好的致敬，对未来最好的把握，就是开启新的历史，创造新的伟业。让我们更加紧密地团结在以习近平同志为核心的党中央周围，进一步增强"四个意识"、坚定"四个自信"、做到"两个维护"，不忘初心、牢记使命、永远奋斗，努力在新征程中走在全国前列、创造新的辉煌，为实现中华民族伟大复兴的中国梦作出新的更大贡献。

新的历史已经开启，新的伟业正在创造！

（《南方日报》2021 年 06 月 23 日）

申报资料实录

作品简介：在中国共产党成立 100 周年前夕，南方日报精心谋划、推出万字宏论《砥柱人间是此峰——写在中国共产党成立 100 周年之际》，以中华民族伟大复兴为主线，将党的百年奋斗置于中华民族伟大复兴的壮阔征程中观察，从信仰信念、初心使命、制度优势、自我革命、不懈奋斗五个方面，深情讲述中国共产党的百年伟业这个"人类历史上最伟大的故事"，深刻论述中国共产党为什么能、马克思主义为什么行、中国特色社会主义为什么好，从中找寻可以昭示未来的历史规律。文章坚持运用习近平总书记强调的正确党史观、大历史观，将党的百年征程分为四个历史阶段，指出自我革命对于破解"历史周期率"的决定性作用，体现了深厚的理论素养和敏锐的洞察力。文章将历史、现实和未来有机贯通，将宏大叙事与个人故事有机融合，用历史映照现实、远观未来，旁征博引、细节丰富、情理交融，兼具历史厚度和情感温度，生发直抵人心的力量，是庆祝中国共产党成立 100 周年的一篇代表性作品。

社会效果：这篇文章刊发时间早，在舆论场上先声夺人，既是献给党的百年华诞的一份新闻礼物，也吹响了亿万人民在党的领导下接续奋斗的舆论号角，引领舆论、组织舆论、形成舆论的作用显著。阅读量高，刊发当天在南方+客户端内的点击量便突破 10 万，同时被人民网、新华网、中国经济网、腾讯新闻、搜狐新闻、今日头条等 80 多家主要新闻网站和客户端转载，百度搜索文章标题的结果超过 80 万条，全网阅读量超过 1000 万；影响力大，除了新闻网站，在微博、知乎、b 站等平台也引发热议，网友评论称"一文读懂百年辉煌党史"，"中流砥柱，势不可挡，民族复兴，再创辉煌"，"我辈生逢盛世，更当昂首挺胸、阔步向前"。

初评评语：在全国主流媒体中，这篇庆祝建党百年的长篇宏论刊发时间早，而且规模大、篇幅长，以全国站位响亮发出地方媒体的声音，在舆论场上先声夺人，取得了良好的传播效果。文章结构严谨、逻辑严密、视野开阔、文风大气、语言鲜活，既有高屋建瓴的宏大叙事，又有见人见物的故事细节，既有严谨深入的理性思考，又有感人至深的细腻表达，指导性、权威性、可读性并重，具有很强的亲和力和感染力，发挥了思想引领和舆论引导作用。

到处人脸识别，有必要吗？

朱珉迕

作品二维码

（上观新闻 2021 年 01 月 26 日）

申报资料实录

　　作品简介：人脸识别等技术广泛应用是 2021 年的全国热点，在技术飞速跃进同时，亦产生一系列制度、伦理等问题。本文从上海两会上关于这些方面的讨论展开，抓住新技术发展过程中的衍生问题，探讨如何遏制"负的外部性"，真正以人为本，促进新兴技术健康有序发展。文章结合大量现实案例，剖析了"发展"和"边界"的关系，指出划边界是为了更好地支撑技术发展、推动数字化转型。这是舆论场上较早针对这类技术提出的反思和批评，传递出热潮中的清醒冷静。同时，文章语气相对平和，论述娓娓道来，体现党报评论理性、建设性的特点。

　　社会效果：本文在解放日报社新媒体平台上观新闻刊发，并在《解放日报》同步刊登，在本平台流量近 10 万；还获学习强国、今日头条、腾讯、网易等新媒体平台和多家主流媒体、主流新媒体转载，引发热烈反响。日后有关方面多次强调要在数字化转型推进中加强隐私保护、伦理道德等方面制度规则的创设，也从侧面佐证了本文的前瞻性。

　　初评评语：本文聚焦经济社会重大变革中的热点现象，准确把握其中的复杂问题，由点及面、理性辩证作出深度剖析和阐释，并提出冷静鲜明的思考和建设性批评；表达娓娓道来，理性清新，适合互联网传播，既敢言也善言，在舆论场中充分体现了主流媒体的前瞻视野、深度思考和人文关怀。

英雄屹立喀喇昆仑

——走近新时代卫国戍边的英雄官兵

王天益

【题记】

我站立的地方是中国
我用生命捍卫守候
哪怕风似刀来山如铁
祖国山河一寸不能丢

——高原边防官兵喜爱的一首歌

喀喇昆仑高原，横亘西部边境。

立春过后，大江南北暖意渐浓，高原深处的加勒万河谷依然严寒彻骨，大河冰封，群山耸立。

这里是祖国的西部边陲，也是守卫和平安宁的一线。来自天南海北的一茬茬官兵，扎进茫茫群山，挺立冰峰雪谷，用热血和青春筑起巍峨界碑。

2020年4月以来，有关外军严重违反两国协定协议，在加勒万河谷地区抵边越线修建道路、桥梁等设施，蓄意挑起事端，试图单方面改变边境管控现状，甚至暴力攻击我前往现地交涉的官兵。

面对外方的非法侵权挑衅行径，我边防官兵保持克制忍让，尽最大诚意维护两国关系大局和边境地区和平安宁。在忍无可忍的情况下，边防官兵对暴力行径予以坚决回击，取得重大胜利，有效捍卫了国家主权和领土完整。

官兵们敢于斗争、敢于胜利，展现出誓死捍卫祖国领土的赤胆忠诚和一不怕苦、二不怕死的战斗精神，涌现出某边防团团长祁发宝、某机步营营长陈红军和战士陈祥榕、肖思远、王焯冉等先进典型，彰显了新时代卫国戍边英雄官兵的昂扬风貌。

中央军委授予祁发宝"卫国戍边英雄团长"荣誉称号，追授陈红军"卫国戍边英雄"荣誉称号，给陈祥榕、肖思远、王焯冉追记一等功。

雪山回荡英雄气，风雪边关写忠诚。

"决不把领土守小了，决不把主权守丢了！"万千官兵发扬喀喇昆仑精神，克服极度高寒缺氧，守边护边、不怕牺牲，像钉子一样牢牢钉在战位上。

巍巍喀喇昆仑，座座雪峰耸峙。

千里热血边关，遍地英雄屹立。

宁洒热血　不失寸土

"面对人数远远多于我方的外军，我们不但没有任何一个人退缩，还顶着石头攻击，将他们赶了出去。"

——陈祥榕对一次战斗的记录

英雄勇敢无畏，只因责任在肩。一线官兵常说，我们身后就是祖国，当国家受到侵犯时，唯一的选择就是冲锋向前。

清晨，当哨声响彻营房，班长李确祥又想起了一笑就露出两颗小虎牙的陈祥榕，想起了那个新兵的第一次冲锋。

那是 2020 年 5 月初，外军越线寻衅滋事，李确祥和陈祥榕等紧急前出处置。李确祥问年轻的战友："要上一线了，你怕不怕？"陈祥榕回答："使命所系、义不容辞！"

他们赶到前沿后与对手殊死搏斗，坚决逼退越线人员。陈祥榕在日记中自豪地写道："面对人数远远多于我方的外军，我们不但没有任何一个人退缩，还顶着石头攻击，将他们赶了出去。"

诚既勇兮又以武，终刚强兮不可凌。面对严峻斗争考验，一线官兵越是艰险越向前，生死关头更凛然。

2020 年 6 月，外军公然违背与我方达成的共识，越线搭设帐篷。按照处理边境事件的惯例和双方之前达成的约定，团长祁发宝本着谈判解决问题的诚意，仅带几名官兵，蹚过齐腰深的河水前出交涉。

交涉过程中，对方无视我方诚意，早有预谋地潜藏、调动大量兵力，企图凭借人多势众迫使我方退让。

"他们的人陆续从山崖后冒出来，黑压压挤满了河滩……"参谋陈鸿宇回忆说，"我们人虽少，可拼了命也不能退呀！"

祁发宝张开双臂挡在外军面前，大声呵斥："你们破坏共识，要承担一切后果！"同时组织官兵占据有利地形。

官兵们组成战斗队形，与数倍于己的外军对峙。对方用钢管、棍棒、石块发起攻击。祁发宝成为重点攻击目标，头部遭到重创。

见此情景，陈红军带人立即突入重围营救团长，陈祥榕作为盾牌手战斗在最前面，摄像取证的肖思远也冲到前沿投入战斗。

增援队伍及时赶到，一举将来犯者击溃驱离，取得重大胜利，外军溃不成军、抱头逃窜，丢下大量越线和伤亡人员，付出了惨重代价。

军医韩子伟记得，祁发宝被救出后，左前额骨破裂，有一道十几厘米长的口子。包扎伤口时，"他一把扯掉头上的绷带，还想起身往前冲，那是他最后一丝力气，随后又晕倒了"。

陈红军、陈祥榕、肖思远毫不畏惧、英勇战斗，直至壮烈牺牲。王焯冉在渡河前出支援途中，为救助战友牺牲。

祖国山河终无恙，守边护边志更坚。

那场战斗后，"宁将鲜血流尽，不失国土一寸"被很多官兵自发写在了头盔里、衣服上，刻印在青春的胸膛里。

那场战斗后，陈祥榕所在连队士志更加旺盛，服役期满的士官100%主动留队，所在团义务兵踊跃申请选取士官继续战斗。

那场战斗后，王焯冉所在团18名女兵3次请战，她们在请战书中写道："愿同男兵一样英勇战斗，甚至流血牺牲！"

捍卫着英雄誓死捍卫的国土，肩负着英雄用生命践行的使命，一股"学英雄、当英雄"的热潮涌动喀喇昆仑高原。

如今，加勒万河谷的前哨上，官兵们时刻高度戒备，牢牢扼守河口；风雪飞扬的驻训场，官兵们驾驶新型战车精训苦练，随时准备迎敌亮剑；新型保温营房内，官兵们齐装满员、战斗生活物资充足，做好了长期斗争准备，纷纷表示——

我已严阵以待，犯我者必遭迎头痛击！

赤胆忠诚　皆为祖国

"我们就是祖国的界碑，脚下的每一寸土地，都是祖国的领土。"

——摘自肖思远的战地日记

春节前夕，来自祖国四面八方的又一批新战士，走进喀喇昆仑腹地的军营，准备在新训后奔赴高原边防一线。

有人说，选择这片高原，是既需要理想、更需要勇气的。天下有那么多的好地方，一颗颗年轻的心却偏偏选择了边关——

1997年，高中毕业的祁发宝报名参军，带着新兵营"军事课目考试第一名"的成绩向组织申请：到高原去、到斗争一线去。

2009年，陈红军从地方大学毕业，本已通过公安特警招录考试，可听说要征兵就临时"变卦"了，最终走进火热军营。

2016年后，年轻的肖思远、王焯冉、陈祥榕也相继走上边关。一年年来，无数与他们一样的青年做出同样的选择。

走上高原是因为理想，留在高原则考验信念。

他们首先要战胜的，是无法摆脱的高寒缺氧，满目的荒漠冰川，漫长的冬季封山，以及由此形成的遥远而荒凉时空……

就在这样的环境下，他们必须时刻警惕，随时准备挺身而出，挫败一切侵犯中国领土的图谋。

官兵说，风与雪的洗礼、生与死的考验就像一个超级过滤器，足以滤去你心中所有的浮华，最后只剩下对这片土地清澈的爱。

"清澈的爱，只为中国。"这是18岁的陈祥榕写下的战斗口号。班长孙涛问他："你一个'00后'的新兵，口号这么'大'？"

"班长，这跟年龄没关系，我就是这么想的，也会这么做的。"他坚定地说。

这种爱，无关年龄，都是一份"边关有我在，祖国请放心"的勇敢担当——

"头顶烈日乐为祖国守边防、手扶蓝天甘为人民作贡献。"祁发宝勘察天文点前哨，默念着老营房上的这句标语感慨不已："老前辈在那么艰苦的条件下，都能坚守边防一线，现在我们更应该担起责任，把边防守好。"

肖思远牺牲后，战友们整理遗物时，看见他在一篇战地日记中写道："走在喀喇昆仑，我们就是祖国的界碑，脚下的每一寸土地，都是祖国的领土，无比自豪！"

这种爱，无关年龄，都是一腔"党叫干啥就干啥"的赤胆忠诚——

陈红军所在营官兵聊起营长时说："他最喜欢的，似乎除了工作还是工作。"在一本书中，他特意标注了一段话："党把自己放在什么岗位上，就要在什么岗位上建功立业。"

走上斗争一线前，王焯冉向党组织递交了入党申请书。他说："这个时候递交入党申请书，就是希望组织能在任务中考察自己，在斗争一线考察自己。"

边防斗争中，他们用青春和热血践行了自己的誓言。

万千将士如斯，万里边关如铁。"为人民戍边、为祖国守防"成为一代代边防官兵赓续传承的血脉信念。

今天，坚守着无数边防军人用生命筑起的精神高地，祁发宝所在团有5任团长仍然并肩奋战边防斗争一线。

今天，读着身边团长、营长、班长的英雄故事，新一代喀喇昆仑卫士苗壮成长。

官兵一致　生死与共

"对峙时干部站前头、战士站后头，吃饭时战士不打满、干部不端碗，野营时战士睡里头、干部睡风口。"

——祁发宝所在团不成文的"规定"

海拔 5000 多米的高原，"进藏先遣英雄连"连旗迎风招展。连旗下，全连官兵庄严宣誓：向王焯冉烈士学习，发扬"先遣精神"，坚决完成边防斗争任务……

1950 年，先遣连 130 多名官兵在党支部书记李狄三带领下，以牺牲 63 人的悲壮，将五星红旗插上藏北高原。

当年，李狄三病情严重时，恳请党支部不要再给他用药，把最后一支盘尼西林留给其他战友……70 年后，面对滔滔激流时，23 岁的王焯冉同样选择了把生的希望留给战友。

那天，王焯冉和战友马命等连夜渡河增援一线，第 4 次蹚河时有人被激流冲散，王焯冉和马命拼尽全力将 3 名战友推上岸，自己却被冻得几乎失去知觉。

突然，王焯冉一只脚被卡在了水下巨石缝中。危急时刻，他将马命猛地推向岸边："你先上，如果我死了，照顾好我老娘！"马命获救了，王焯冉则永远倒在了刺骨的激流中。

一个英雄的集体，必然是团结的集体。回顾那晚的战斗，官兵们含泪讲述着一个又一个生死与共、舍命相护的故事——

看到祁发宝受到攻击重伤倒地，营长陈红军当即带着官兵，冲进"石头雨"、"棍棒阵"营救团长。

听到有人喊"营长连长被围攻了"，陈祥榕迎着对手冲去，用身体和被砸坏的盾牌护住营长连长。

发现还有战友被围攻，肖思远再次冲向前去，拼死营救战友，用身体为战友遮挡石块、棍棒的攻击。

"团长顶在最前面阻挡外军，营长救团长、战士救营长、班长救战士。"回顾那场战斗，一名指挥员动情地说，我官兵上下同欲、生死相依是这次战斗以少胜多的关键所在。

边防斗争中，各级指挥员与官兵同住地窝子、同爬执勤点、同吃大锅菜、同站深夜哨、同背给养物资，平时铆在一线、战时带头冲锋，凝聚起以命相托的生死情谊和团结战斗的强大力量。

祁发宝所在团一直有一个不成文的"规定"："对峙时干部站前头、战士站后头，吃饭时战士不打满、干部不端碗，野营时战士睡里头、干部睡风口。"

战士张明最难忘那次渡河——

巡逻途中路过一条冰河，祁发宝带头跳下水探路，张明和几名战士也准备直接蹚河，却被团长叫住了："水很凉，我背你们！"本已过河的祁发宝蹚水回来，把张明背起来一步一晃往前走……

战士夏良最难忘那次宿营——

河谷深处寒风凛冽，陈红军带着官兵巡逻到达指定点位，宿营地遍地碎石。夜里，义务兵及有高原反应的官兵住进了运输车大厢，陈红军则带着干部骨干在空地上支起帐篷打地铺……

平时甘苦与共，战时生死与共。

战斗结束清理战场时，战士王钰发现陈红军等人牺牲现场。他看到，一名战士紧紧趴在营长身上，保持着护住营长的姿势。

这名战士，正是陈祥榕——陈红军平时关爱最多的"娃娃"之一。

以身许国　青春无悔

"穿上军装的那一刻，他就不再是一个普普通通的公民，身上肩负的是军人的天职，所以我也很为他感到骄傲。"

——姐姐眼中的陈祥榕

刚刚过去的冬天里，一封家信在高原广泛流传，激励官兵战风斗雪、坚守一线——

"奶奶，这么长时间里我最牵挂的就是您，孙子这些年一直想好好让您享福，可是我却一直不在家……

爸妈，儿子不孝，可能没法给你们养老送终了。如果有来生，我一定还给你们当儿子，好好报答你们。"

这封家信是王焯冉执行任务前写下的。字里行间，战士的家国情怀催人泪下，边防斗争的严峻考验也跃然纸上。

对此，祁发宝也深有体会。20多年的戍边岁月中，他先后40多次遭遇暴风雪和泥石流，13次与死神擦肩而过。

孩子刚出生，祁发宝就匆匆归队，妻子生病时他总是不在，父亲去世时他因执行任务未能及时赶回……

丈夫身许国，私恩邈难顾。一名老边防深情地说，戍守高原的军人不是不顾家，而是每当走上边防一线，身后就是整个国家；不是不会爱，而是没有足够的时间去爱。

正是渴望爱情的年龄，肖思远的钱包里珍藏着一张漂亮女孩的照片。牺牲当天，他还憧憬着未来："她支持我在部队长干，我想娶她，给她做一辈子的菜……"

还有4个多月就要当爸爸了，陈红军身在一线仍想方设法托后方的战友，提醒妻子按时产检。他答应妻子，等到退役后"就一起带孩子、做饭、钓鱼"……

然而，他们都失约了。时光之舟桨橹轻摇、驶向未来，他们的爱，永远凝滞在了彼岸。

几个月过去了，陈祥榕的姐姐依然对弟弟思念无尽。她坚强地说："当弟弟穿上军装的那一刻，他就不再是一个普普通通的公民，身上肩负的是军人的天职，所以我也很为他感到骄傲。"

肖思远牺牲后，16岁的弟弟时常梦见哥哥端着枪武威的样子。他下定决心：到了18岁，接替哥哥入伍，把哥哥的精神传下去！

2020年10月25日，陈红军的儿子出生了。那天是中国人民志愿军抗美援朝出国作战纪念日，陈红军妻子的爷爷是一名志愿军老战士，她相信这是冥冥之中的血脉传承。她坚强地说："我要把孩子好好养大，让他成为像爸爸那样的人。"

英雄从未走远，精神薪火相传。气温低至零下30多摄氏度的高原上，一个个年轻的胸膛里热血澎湃——

在一线，官兵叫响"缺氧不缺精神、山高斗志更高"的口号，纷纷递交请战书要求上战场。

在一线，很多官兵主动推迟婚期、放弃休假，把执行边防斗争任务当成一辈子最为自豪的经历。

战斗热情在一线高涨，关怀温暖也向一线汇聚。在各级共同努力下，任务部队住进了保温营房，看上了卫星电视，穿上了防寒被装，打上了亲情电话，吃上了新鲜蔬菜水果……官兵们卫国戍边豪气充盈、斗志昂扬。

春节期间，华夏大地万家团圆、一片祥和；高原官兵枕戈待旦、高度戒备。见证着英雄官兵赤胆忠诚的加勒万河谷，山河如故、平静安宁。一块崖壁上，八个大字遒劲有力。

那是刚任团长不久的祁发宝带领战士们刻下的铮铮誓言，也是新时代英雄官兵捍卫祖国领土、不负先辈荣光的庄严宣示——

大好河山，寸土不让！

（《解放军报》2021 年 02 月 19 日）

申报资料实录

作品简介： 2020 年 6 月的高原边防斗争中，涌现出以祁发宝、陈红军、陈祥榕、肖思远、王焯冉为典型的新时代卫国戍边英雄群体。本报在头版刊发此稿，首次独家报道英雄群体的感人事迹，披露高原边防斗争的大量真实细节，有效回应了社会关切，有力回击了外媒的不实报道和恶意诋毁。作者作为战地记者前往一线，与高原官兵一起在复杂斗争态势、高寒缺氧环境下同吃同住、执行任务，持续采访三个多月，掌握了关于边防斗争的大量第一手真实感人素材，含泪写成初稿后，反复打磨，数次修改。文章从忠诚、英勇、团结、奉献四个层面生动描摹英雄群体的宝贵特质，结构清晰，逻辑缜密，语言凝练，故事和细节感人肺腑、催人泪下。

社会效果： 此稿以文字版、电子版等全媒方式在解放军报、中国军网、微信公众号等渠道传播，稿件一经发布就被中央各重点新闻网站、各主流媒体网站和客户端、各门户网站转载，全网刷屏，当天在解放军新闻传播中心新媒体账号的阅读量超过 6000 万次，网友们纷纷自发转发传播，12 个相关话题同时登上微博热搜榜。稿件先后被北京日报、天津日报等 20 多家省市报纸自发转载，无数网友引用文章内容自发创作音频、短视频、海报、歌曲等网络新媒体产品，是广泛自传播的现象级作品。

初评评语： 稿件刊发后，"清澈的爱，只为中国"感染激励了亿万国人，成为新时代中国青年家国情怀的深情告白。习近平主席在 2022 年新年贺词中为之点赞，在庆祝中国共产主义青年团成立 100 周年大会上的讲话中指出，"清澈的爱，只为中国"，成为当代中国青年发自内心的最强音。

"生活在这样的国家，太幸福了"

集　体

春夏之交，乌鲁木齐微风轻柔，阳光如金。病房外，一树繁花簇拥在枝头，格外明艳……

5月9日，母亲节。来自和田的苏迪乌麦·伊敏托合提收到了最珍贵的节日礼物——7岁的儿子断臂再植危险期已过，有望很快恢复健康！

时钟回拨。8天前的那个夜晚，这个断臂男孩，牵动了无数人的心。黄金8小时，从和田到乌鲁木齐，一场跨越1400公里、惊心动魄的陆空接力，一次充满爱心与揪心的生死救援，为这个男孩的生命，开启新的春天。

断臂

4月30日20时30分，晚霞如火。和田县拉依喀乡的一个核桃园里，苏迪乌麦忙着打药，儿子在地头玩耍。

陡然，"哇——"的一声，划破天空。

飞跑过去，苏迪乌麦几乎呆住——儿子小小的身躯紧贴着飞速转动的拖拉机皮带轮，右肩膀血肉模糊。地上，掉着半截手臂！

母亲大声哭喊求救。

"找车，送医院！"村民小组组长图尔苏麦麦提·图尔苏托合提大叫。

"上我的车！"说话间，一位村民已经发动引擎。

孩子舅舅马上抱起孩子，跳上车。

"我和你们一起去！"图尔苏麦麦提说。一位妇女取下纱巾，捡起地上的手臂，包好递给他。

从村里到和田市区，25公里，开车要40分钟。

有村民拨打了110，和田县公安局110指挥中心接警组组长伊孜哈尔·麦麦提敏协调120，前去救援。

载着断臂男孩的车还未出村，电话来了——"你们往这开，我往那边开，中途会合！"和田地区120急救中心司机麦图尔苏·艾合麦提急匆匆地说。

孩子的哭声撕扯着每个人的心。"快点，再快点！"车上，大伙儿都紧紧抓着把手，急切地望向前方。

图尔荪麦麦提给村委会主任艾力·马木提发微信，报告情况。

艾力回电话，"别慌！我们现在出发，去和田会合。"说罢，他叫上2名村干部，直奔和田市。

"全力抢救孩子，有困难及时汇报，我们协调！"乡干部的电话也来了。

距和田市区14公里处，相向而行的两辆车，很快碰头。孩子迅速被转移到急救车上。

21时01分，急救车驶进了和田当地一家专做显微外科手术的医院。伤情太重，该院无法救治，值班医生给和田地区人民医院骨二科主任艾尔肯·日介甫打去电话。

21时15分，和田地区人民医院，艾尔肯早已等在那里。

对断肢和伤处进行冲洗、清创、包扎……创面太大，胸部也有外伤，光是包扎，就用去4条绷带、8块棉垫、3包纱布。

艾力也赶来了，手里拎着塑料袋，里面装着村民们临时凑来的2500多元钱。

"伤得太重，我们做不了接臂手术。"走出处置室，艾尔肯摇摇头。众人的心，瞬间冰冻。

"没别的办法了？"孩子舅舅问。

"我和乌鲁木齐的医生联系，他能接！"原来，新疆医科大学附属中医医院与和田地区人民医院建立了对口帮扶机制。以往遇到这种情况，一个电话，该院骨三科修复重建组组长、副主任医师黎立就会乘飞机赶来。

可用手机一查，当天乌市飞往和田的最后一班航班，刚刚起飞！

医生来不了，只能让孩子飞过去！

"断肢再植黄金期只有8小时，快去赶飞机！"艾尔肯说。

和田飞往乌市的航班，只剩最后一班，23时46分起飞！舱门提前30分钟关闭！此时，已是22时45分。

孩子再次躺上急救车，交警闻讯赶来导引。一路上，车辆纷纷避让，一条生命通道，就此打开了。

30公里，18分钟，机场到了！

返航

23时许，和田机场。停机坪上，只有一架航班——CZ6820。

候机厅里，一台抢救车被众人推着，车轮发出的"咔哒"声，在大厅回荡。

"孩子胳膊断了，必须上这趟飞机，否则就保不住了！"艾力手举输液吊瓶，对机场服务人员说。

"飞机已经推出廊桥，马上就要起飞。"

"能不能把飞机叫回来？"孩子舅舅的声音颤抖着，手里医生开的乘机证明被他攥得湿透。

23时42分，南航和田营业处机场站站长吴靖祺接到旅客服务部来电，一位断臂小旅客急需上飞机！

"还有4分钟，飞机就要起飞了！"吴靖祺的心猛地一沉，抓起电话，联系运行指挥中心，请求飞机拖回。

不到1分钟，指挥中心下达"拖回廊桥，二次开门"指令。

23时43分，和田机场塔台。

"南方6820，接到通知，有断臂小孩需要上飞机，请将飞机拖回。"航行管制员王丰恺戴上耳麦，向机长呼叫。

"6820收到。"机长汤辉忠回答干脆。

飞机返回，二次开门。这在中国民航史上，极其罕见。

鼓励

23时46分，舷窗外，繁星满天。计划起飞时间已到，CZ6820航班机舱内，101名乘客等待起飞。

"叮咚"，客舱广播响起，"……有位旅客需紧急前往乌鲁木齐救治，飞机现在将拖回停机位，请您谅解……"

机舱内顿时鸦雀无声。

23时49分，飞机拖回停机位。

23时54分，舱门二次开启。

在此之前，乘务组已做好应急准备。

靠近舱门的位置，留出一排空座。门开了，男孩被抱上去。乘务长赵燕赶紧接过孩子舅舅的手提袋，那是被冰块冷却的断臂；乘务员姚宇高高举起输液瓶；乘务员侯倩洁从厨房拿出准备好的冰块……

5月1日零时09分，航班起飞。

乘客董先杰自告奋勇，"我当过军医，我来帮忙看护。"他让乘务员找来绳子，穿过客舱隔板空隙，将输液瓶高高挂起来。

驾驶舱内，汤辉忠稳稳操控飞机，"争取提前到，为孩子手术多留出一些时间！"

乘务组不停更换冰块，为断肢保冷降温；安保组长两次为男孩接尿……

在镇定剂的作用下，男孩很安静，眨巴着大眼睛，打量着周围。这是他第一次坐飞机，眼前的一切都很新奇。

"这么小的孩子，却遭这么大的罪……"望着与自家女儿差不多大的孩子，赵燕的眼泪止不住了。

她轻俯在孩子耳边，一遍遍鼓励道："宝贝别睡，你最勇敢……"

"我这有 1000 块""算我一份"……汤辉忠和赵燕等凑出 1600 元，塞到孩子舅舅手里。

不一会儿，孩子打起哈欠。"绝不能让孩子睡着……"大家紧张起来。

赵燕反复为孩子擦脸，放动画片给他看，乘客李强不停地与孩子聊天。

1 时 36 分，CZ6820 航班稳稳落在跑道上。提前 15 分钟！

地面上，航班机位已由 145 号远机位，改为 103 号近机位。急救车、医护人员半小时前就位。

舱门打开，医护人员冲了上去。

"感谢您同我们一起与时间赛跑，开展这场生命接力。"赵燕哽咽地向旅客广播道。

安静片刻，客舱里响起雷鸣般的掌声。

"这是一次暖心的旅程。"一位年轻男乘客下机前对乘务员鞠躬道，"辛苦了，点赞！"

接臂

黎立得知断臂男孩登上飞机那一刻，新疆医科大学附属中医医院的危急重症患者绿色通道同步开启。

2 时许，各部门准备就绪。

麻醉科主任曹新华——"已做好准备！"

输血科主任李清——"保证以最快速度备血！"

急救中心主任马骏麒——"人员设备全部到位！"

主刀医生黎立，带领团队成员预演手术细节。

2 时 10 分，救护车从乌鲁木齐市黄河路路口疾驰而过，停在医院门前。

3 时 15 分，做完术前准备，孩子被推进负压手术室。

3 时 20 分，血红细胞和血浆送到。

建立静脉通道、全麻插管、清创……无影灯下，除了器械碰撞声和操作口令，静得能听见心跳。

4 时 15 分，黎立抬眼望了望倒计时钟，距离断臂再植"黄金 8 小时"，仅剩 15 分钟！

他戴上显微镜，扎紧孩子静脉血管，选择了一根比头发丝还细的线，缝合肱动脉。

此时，千钧一发，不容有失。只要缝错一针，就要将血管头剪掉重来。

全神贯注，屏住呼吸，第一针、第二针……第十二针，血管接上了！

为排除一部分血液中的毒素，黎立在扎死的静脉血管上剪开了一个口，再迅速打开肱动脉上的血管夹。

能不能成功建立血供，成败在此一举！

短短几秒，等待回血。那一刻，黎立别过头，拿着镊子收拾用过的纱布。他不敢看，每一秒都是煎熬。

"呀！手红了！"就在大家静待结果时，一位护士兴奋地喊起来。

4 时 30 分，倒计时钟上，时间清零。

手术成功了！孩子的手臂接上了！

重生

5 月 2 日，术后第一天。

正是关键期，各项生命指标都需密切注意。

"肺部出现渗出和空洞，怀疑有肺结核既往病史……"

"可孩子没有咳嗽、咳痰的情况，建议做 CT，排除肺结核可能……"

"不行，孩子现在绝不能移动，可能引起右臂血管危象……"

10 时许，骨三科医生办公室。儿科、呼吸科、重症医学科……10 位科室主任围坐一起，一场多学科会诊紧张进行。

"手术只是第一步，术后治疗如有偏差，可能前功尽弃！"黎立说。

防感染、保护重要脏器功能、加强营养和护理，3 个治疗重点确定后，各科室又分别制定详细治疗方案。

随着孩子病情变化，多学科会诊随时进行，有时甚至在深夜。

5 月 4 日，经过详细检查，小家伙的肺结核排除了，食欲也大增。下午，见到查房的黎立，男孩嘟起小嘴："叔叔，我想吃烤肉！""没问题，但你的小肚子还没恢复，只能吃两串！"黎立回答。

5 月 5 日，采用中医辨证施治方案，再加碳光子治疗，对再植右臂活血化瘀，孩子的精神越来越好，跟妈妈打视频电话时，还唱起歌来。

5 月 6 日，活血化瘀效果明显，孩子右臂出现了皮纹，胳膊消肿了！躺在病床上，和着音乐，他扭动着脖子，左手左右摇摆，"跳"起舞蹈……

在医护人员的精心治疗和呵护下，断臂男孩像茁壮成长的麦苗，向着阳光，奋力拔节！

感谢

5月6日22时许，病房里，孩子正缠着护士讲故事，忽然，门开了，是妈妈！

病痛的委屈和对妈妈的思念瞬间爆发，嘴角向下一撇，长睫毛忽闪几下，男孩"哇——"地放声大哭。

放下手中的大包，苏迪乌麦奔向孩子床边。出事后，她也病倒了，一有好转，就来乌鲁木齐看儿子。

母子俩额头相抵，妈妈泪如泉涌。男孩伸出左手，摸摸红润润、打着支架的右臂——"妈妈不哭，你看，我的胳膊正慢慢长好。这里的医生叔叔和护士姐姐对我可好了。"

翻身、擦背、防褥疮；喂水、喂饭、送玩具；陪玩、陪聊、陪锻炼……在男孩眼里，护士阿比达·阿里木就像妈妈。

23时，刚下手术，黎立顾不上喝口水，就来查看孩子情况。

见到救命医生，苏迪乌麦哽咽了，她从大包里掏出一袋干果，塞到黎立手中："谢谢！谢谢你们救了我的孩子！"

"为了救孩子，飞机都能叫回来，大夫和护士就像亲人。我们的国家太好了，生活在这里太幸福了！"苏迪乌麦说。

"和田断臂男孩获救"的消息冲上热搜后，千万网民每日关注孩子的动态，为他打气；主治医生的社交账号"爆"了，素不相识的人们送上几万句"感谢"；乡亲们、"访惠聚"驻村工作队自发捐款，期盼小巴郎"满血"归来……

在希腊神话中，断臂的象征意义最强，因为手是改变世界最有力的部分，所以断臂的故事，总是与力量有关。而这一次，人们用爱填补残缺。那条重新"长"出来的手臂，给了7岁男孩走向未来最大的底气。

（新疆日报 2021 年 05 月 12 日）

申报资料实录

作品简介： 救助断臂男孩，是 2021 年新疆发生的在全国最有影响力的新闻事件。这场"把飞机叫回来"的生命大接力，其过程之惊心动魄，救助之温暖人心，吸引了全国人民的目光，也是成就一篇通讯力作的最好题材。为全景式还原这一事件，新疆日报社派出全媒体采访小分队，深入采访参与救助的村民、驻村干部、交警、航空公司空管员、机组人员、乘客、主治医生等，全方位展现事件发生的每一个细节。从男孩入院起，记者蹲点在医院，每日跟进治疗情况，记录医护人员与孩子间发生的暖心瞬间。记者亲眼目睹男孩母亲来到医院后，发自肺腑地表达心声："生活在这样的国家，太幸福了！"这句朴实却动人的话语，不仅打动了记者，也被撷取为稿件标题，深刻揭示了主题。

社会效果： 2021年5月11日，新疆维吾尔自治区召开大会，高规格表彰救助救治和田断臂男孩先进模范。一个省区专门为一次社会救助行动召开表彰大会，这是不多见的，足以说明断臂男孩事件的重大意义。该稿件经报、网、端、微多渠道呈现后，迅速产生影响，国内主流媒体和门户网站纷纷转载并跟进报道。央视新闻及时关注，《焦点访谈》播出专题节目。在主要搜索引擎搜索"断臂男孩"，相关资讯达1500万条。以本文为蓝本，文艺工作者创作歌曲《为爱护航》《把爱传递》等，拍摄电影《平凡英雄》，国家话剧院创作诗歌《爱的臂膀》等，让"断臂男孩"在全国范围形成现象级传播。

初评评语： 一是主题重大，思想深刻。这场震撼人心的生命大接力，有力彰显了社会主义制度的无比优越，集中展示了新疆各族儿女铸牢中华民族共同体意识、手足相亲、守望相助的生动画面，真实反映了新疆各族群众生命权、健康权等基本人权得到充分保障的实际情况，有力驳斥了美西方反华势力所谓新疆存在"种族灭绝"的恶意污蔑。二是文字洗练，现场感强。紧扣"断臂再植8小时黄金期"这一时间节点，将时间倒推，精确到分钟，可谓"步步惊心"。采用短句子、快节奏、小段落的写作方式，将救助过程刻画得惊心动魄、跌宕起伏，使人身临其境、揪心难忘。三是感情真挚，笔墨细腻。以白描方式呈现村民对话、飞机上交流、母子见面等场景，前半程的"急"与后半程的"暖"交织，大量细节展现出人性的光辉和道德的力量。

煤炭问题调查

集　体

编者按　日前召开的中央经济工作会议指出，要立足以煤为主的基本国情，抓好煤炭清洁高效利用，增加新能源消纳能力，推动煤炭和新能源优化组合。这为我国煤炭产业长期健康发展指明了方向。本报调研组就当前煤炭市场出现的一些问题进行了深入调查采访，以期更好地推动煤炭行业高质量发展。

谁也没有想到，一场能源供需博弈，让煤炭重新成为舆论焦点。

一年间，煤炭坑口价格由每吨五六百元直逼 3000 元大关。不仅煤价上了"过山车"，有的供电企业竟然"断顿"，少数地区出现拉闸限电，严重影响生产和生活。尽管有关部门密集出台的多项保供政策取得阶段性胜利，但其暴露出的问题尚未从根本上解决。在"双碳"目标下，如何让富煤的中国不重现"煤荒"？在尊重产业规律、遵循市场逻辑的前提下，如何促进煤炭产业健康可持续发展？市场虽已恢复平静，但还有很多问题有待思考。

煤价一度如"野马脱缰"

过去的两个多月，在有关部门强有力的干预下，动力煤价从历史最高点持续回落，"高烧"的国内煤市也随之降温趋稳。

截至 11 月底，全国电厂存煤已全面超过去年同期，达历史最高水平。这意味着，今冬明春发电供暖已无缺煤之虞。

煤炭价格波动及造成的后果在一段时间内引起全社会关注。9 月份，山西、内蒙古等多个煤炭主产区，都可见到排长队运煤的重卡车队。当地群众说，上次出现这一幕差不多还是 10 年前。司机们争分夺秒拉煤的背后，是煤价几天一涨甚至一天几涨的现实。三季度以来，煤价特别是动力煤价进入持续上涨通道，坑口价格离 2000 元 / 吨仅一步之遥，而港口 5500 大卡动力煤价格飙涨至 2600 元 / 吨。

煤价一度如脱缰野马。中煤集团党委常委、副总经理汤保国在接受采访时坦言，从事煤炭销售这么多年，还是第一次遇到如此"疯狂"的煤市，这暴露出行业对煤炭供需形势的估计不足。

进入 10 月份，北方地区陆续进入采暖季，动力煤价呈现进一步非理性上涨态势，并屡破历史高位。10月19日，国家发展改革委发声，"将充分运用价格法规定的一切必要手段，研究对煤炭价格进行干预的集体措施，促进煤炭价格回归合理区间"。

当晚，国家发展改革委连发三文，其中《国家发展改革委研究依法对煤炭价格实行干预措施》，引发市场震荡，动力煤、焦煤、焦炭期货价格应声大跌，此后数日煤炭期货品种价格更是连续回落。

资本的恶意炒作，被认为是此轮煤炭价格非理性上涨甚至完全脱离供需基本面的主要原因之一。管理方明确释放出依法加强监管、严厉查处资本恶意炒作动力煤期货的信号。

一场煤炭保价稳供战就此打响。长期位列全国产煤省份产量前三的晋陕蒙率先启动响应机制，相关中央企业更肩负起保障国家能源安全稳定供应的职责使命。在一系列组合拳下，煤炭供需紧张状况得到有效缓解，煤炭价格也逐步回落到相对合理水平。

不过，专家指出，目前的状况并不代表煤电困境已彻底解除。一旦遇到极寒天气等特殊情况，煤炭供应或将重回偏紧状态，而煤价后续走势能否合理运行，仍将依赖于供求基本面能否稳定。

煤炭为何如此"疯狂"

偶然之中有必然。长期以来，煤炭行业发展一直在大起大落中螺旋前进，最直接原因就是供给与需求错配。

1993年以前，我国煤炭行业以计划经济为主，煤炭由政府定价，价格长期低于价值，煤炭企业靠政府补贴才能维持生产。此后，国家开放除电煤外的其他煤种指导价，煤炭产业进入快速发展期。1997年，受亚洲金融危机和国内外市场变化影响，煤炭市场严重供大于求，煤炭价格大幅回落，这轮红利戛然而止。

2002年，国家放开电煤指导价格，煤炭行业彻底市场化。随着经济高速增长，煤炭需求水涨船高，产量、价格飞速增长。秦皇岛港5500大卡动力煤价格从2002年每吨275元，上涨到2011年每吨853元。

华能集团能源院市场与电改研究部主任、博士后潘炜告诉记者，煤价第一次冲破1000元大关是2008年，当时正处于国际金融危机爆发前的全球经济过热阶段，各国货币超发，加上雨雪冰冻天气等因素促成煤价大涨。而今年的煤炭供需矛盾，与当年有不少相似之处。

到2012年，在经济大环境及供需关系等多方因素影响下，煤炭行业告别

"黄金十年"，价格掉头向下。特别是全球煤炭市场需求开始持续萎缩。国际能源结构优化步伐加快，削减化石能源消费成大趋势。在国内，经济下行压力加大，环保约束增强，节能减排任务艰巨，高耗能产品产量下降，加之能源革命将带来低碳能源供给快速增加等，这些因素都在制约煤炭消费需求。数据显示，2014年，我国煤炭消费总量约35.1亿吨，比2013年下降2.9%，煤炭消费增速本世纪以来首次由增转降，产能过剩让煤炭产业进入严冬。2015年末，本报发出"煤炭产业的出路在哪儿"之问，引起经济界的关注和讨论。

在中国宏观经济研究院能源经济和发展战略研究中心副主任肖新建看来，今年煤价上涨的主要原因系供需失衡，但首要原因还是需求增长远超预期。

国家统计局数据显示，今年前三季度，我国全社会用电量同比增长12.9%（两年平均7.4%），带动全国发电量同比增长10.7%。受来水不足（水力发电量同比下降0.9%）影响，全国火力发电量同比大幅增长11.9%。

"预计仅火电生产，就可以拉动煤炭消费增加约2.5亿吨，这是近10年来没有的。"肖新建说，从供应侧来看，煤炭供应未能同步跟上需求增长。前三季度，全国煤炭生产29.3亿吨，同比仅增长3.7%，远低于火电发电量两位数的同比增速。

供需失衡的直接原因是煤炭供应没跟上，而产能释放并不轻松。肖新建认为，供应跟不上需求的主要原因是煤炭生产自身规律造成的，"煤炭生产弹性有限，既涉及采掘、通风、供排水等多环节，还要面对水、火和瓦斯等灾害，生产刚性约束强，其生产过程必须提前计划好"。

记者在中煤集团了解到，在中煤集团山西平朔矿区，煤炭保供期间发往港口的运煤列车从每天17列增加到22列，一列运煤车多达100余个车厢，遇上雨雪需要人工一铲子一铲子除雪才能装煤，否则煤炭运到港口后就因冰冻而无法卸车。仅这小小的生产运输环节，就限制了煤炭的供应效率。

煤炭供应跟不上，还在于"巧妇难为无米之炊"。"十三五"以来，煤炭产业深化供给侧结构性改革，累计关闭退出落后煤炭产能近10亿吨/年，增加先进产能约6.3亿吨/年，行业去产能力度较强，供给侧弹性不足；另外，对于"双碳"目标执行偏差，能耗双控操之过急，局部煤炭产能损失过快，叠加用能需求增长，出现阶段性供需错配。

此外，在煤炭价格上行预期中，市场主体惜售、囤积等不理性行为，进一步加大了特定时段、特定地区的供需失衡，增强了煤炭价格的上行动力。而市场上存在的一些资本炒作因素，也人为放大了恐慌情绪，给正常的市场交易秩序带来扰乱。

数据显示，今年我国新增 3 万多家煤炭贸易主体，煤炭价格经各路资本推波助澜越抬越高。

当前，煤炭价格已回落至低位。但此轮煤炭供需矛盾与历史上的历次波动不同，煤炭去产能、电力体制改革、"双碳"目标、安全环境监管等多重因素互相交织，充满了复杂性。

肖新建表示，煤炭生产的刚性约束一直存在，不会因"去产能"就消失。事实上，正是因为"去产能"政策的成功实施，从制度上完善并有力保障了煤炭的有序生产。

"过去很长一段时间，小散乱煤矿、超产煤矿、未批先建煤矿等不合规产能大量存在，缺乏刚性约束，在煤炭资源浪费、煤矿安全事故频发、环境污染严重等方面引发很多问题。"中国宏观经济研究院能源研究所科研处处长苏铭认为，煤炭"去产能"淘汰的是落后产能，我国煤炭供应能力是在不断增强的。

多位接受经济日报记者采访的专家均表示，在碳达峰碳中和目标下，我国煤炭消费量会逐步下降，煤炭生产按照自身发展规律来安排供应，即可保障经济社会发展的需要。同时必须看到，煤电仍是目前最可靠的电力能源，而且在构建以新能源为主体的新型电力系统中，仍是最主要的调峰电源，在维护电力安全和托底保供方面起到"压舱石"作用。

在汤保国看来，"燃煤之急"暴露出煤炭行业长期存在的问题——

煤炭生产与消费逆向分布不平衡。煤炭生产向晋陕蒙等少数省份集中，而煤炭调入地区的需求仍处于高位，生产地与消费地不匹配，煤炭集疏运配套体系不完善，储备体系不健全，应急保障能力不足。

煤炭效率水平不平衡。从煤矿结构看，先进高效大型现代化煤矿与技术装备落后、生产效率低下、安全保障能力弱的落后煤矿长期并存；从企业结构看，少数资金实力雄厚、具有国际竞争力的大型煤炭企业与大量技术人才匮乏、管理落后、经营困难的企业长期并存，制约行业整体效率。

市场结构不平衡。煤炭产业集中度不高，过度竞争长期存在。煤炭企业效益过度依赖市场价格，竞争秩序比较混乱。

问题的背后，是我国能源转型不可回避的两大矛盾：一是不断攀升的用能需求与环境约束之间的矛盾，二是高质量清洁能源需求与低质量化石能源供给之间的矛盾。在"既有能源用、又没有污染、价格还便宜"这个"能源不可能三角"制约下，实现"双碳"目标是一项十分复杂的系统工程。

去煤不可太急 转型不能冒进

空气污染，煤背锅；电力保供，煤担当。在中国经济社会发展中，煤炭究竟扮演着什么样的角色？煤究竟是"黑金"还是"黑锅"？煤炭对中国经济意味着什么？

中国能源研究会高级研究员、中国煤炭工业协会战略专家牛克洪认为，此次煤炭紧缺的一个最重要的提醒就是，不可轻视煤炭的作用，至少在中短期，去煤不可太急，能源转型不可冒进。

我国是全球最大的煤炭生产国和消费国。2020年，探明可直接利用的煤炭储量1.75万亿吨，占世界储量的13.3%；煤炭产量38.4亿吨，居世界第一位，出口量仅次于澳大利亚。作为煤炭大国，煤炭供应紧张令人措手不及。

牛克洪说，这里有需求增加因素，但供应不足是更主要原因，核心是去煤太急。未来需把住煤炭在中短期仍是主体能源这个定位，在控制总量的前提下，保证煤炭的稳定供应。

从2016年开始，煤炭行业供给侧结构性改革开启，5年间累计退出产能10亿吨，淘汰和关闭了大量煤矿。同时，有关部门严控新增产能。2016年，《国务院关于煤炭行业化解过剩产能实现脱困发展的意见》提出，3年内原则上停止审批新建煤矿项目、新增产能的技术改造项目和产能核增项目；确需新建煤矿的，一律实行减量置换。数据显示，2019年，国家能源局批复新增煤矿产能6840万吨，2020年下降至2330万吨；今年1月至3月，仅有1470万吨。

专家表示，一些安全和环保检查有懒政和"一刀切"的做法。比如，如果某地一个矿井出了问题，该区域内所有矿井都停产整顿，这种简单做法，对产能释放也有一定影响，政策实施需更有针对性。

数据显示，我国煤炭生产集中度不断提高，山西、陕西、内蒙古总产量占全国总产量比重超70%。传统的东北、京津冀、华东、中南、西南等主要产煤区，产量大幅下降。这意味着，煤炭运输或煤电出力都需要通过远距离调拨实现。近期发布的地方经济二季度数据显示，地区生产总值排前面的广东、江苏、山东、浙江等地，与煤炭主产区都有较大距离，增加了煤炭保供的难度。

日前，中央全面深化改革委员会审议通过的《关于加快建设全国统一电力市场体系的指导意见》指出，要健全多层次统一电力市场体系，加快建设国家电力市场，引导全国、省（区、市）、区域各层次电力市场协同运行、融合发展，规范统一的交易规则和技术标准，推动形成多元竞争的电力市场格局。

华能集团燃料部市场研究所处长张海林表示，我国煤炭资源禀赋决定了煤炭需要在全国范围内流通和配置，形成了"西煤东运、北煤南运"的格局，随着煤炭产能集中度进一步提高，运输距离变长，全国供应弹性减小，增加了稳定供应的难度。可考虑加强煤炭产能弹性及社会储备能力建设，和宏观数据分析预警，以保证煤炭供求稳定。

煤炭进口不畅也被认为是导致供应紧张的部分原因。以往，我国每年都要进口煤炭3亿至4亿吨，但由于多方面原因，今年前三季度累计进口煤炭同比下降3.6%。

厦门大学中国能源政策研究院院长林伯强表示，这3亿至4亿吨约占我国煤炭消费总量十分之一。如果北煤南运，运费价格很高，东南沿海城市就会选择从印尼等国进口煤炭，通过海运降低运输成本。为此，为调节国内市场，这一渠道仍需畅通。

从需求端看，要保证煤炭供求平衡，应加快推进电力市场化改革。煤电是用煤大户，但长期以来，"煤电"关系不畅，煤炭价格大幅上涨后，因电力价格仅可小幅调动，难以反映真实成本，发电企业发电越多亏损越大。

10月12日，国家发展改革委发布《关于进一步深化燃煤发电上网电价市场化改革的通知》，决定有序放开全部燃煤发电电量上网电价。燃煤发电电量原则上全部进入电力市场，交易价格浮动范围由现行的上浮不超过10%、下浮原则上不超过15%，扩大为上下浮动原则上均不超过20%，高耗能企业市场交易电价不受上浮20%限制。

中央全面深化改革委员会审议通过的《关于加快建设全国统一电力市场体系的指导意见》对理顺煤电价格也多有着墨，提出要改革完善煤电价格市场化形成机制，完善电价传导机制，促进电力供需之间实现有效平衡。11月17日召开的国务院常务会议明确，我国能源资源禀赋以煤为主，要从国情实际出发，着力提升煤炭清洁高效利用水平，加快推广成熟技术商业化运用。决定再设立2000亿元支持煤炭清洁高效利用专项再贷款，形成政策规模，推动绿色低碳发展。

促进煤炭供需平衡，还需要全社会的努力。节约用能不仅是美德，在电力、煤炭紧缺的情况下尤为重要。我国单位GDP能耗仍是世界平均水平的1.5倍，应以更大力度节能降耗。

煤炭产业的未来在于清洁利用

如果对煤没有准确定位和认识，未来"煤荒"可能还会重现。这是调研中煤炭和煤电企业的共识。

习近平总书记不久前在考察国家能源集团榆林化工有限公司时指出，煤炭是我国的主体能源，要按照绿色低碳的发展方向，对标实现碳达峰、碳中和目标任务，立足国情、控制总量、兜住底线，有序减量替代，推进煤炭消费转型升级。

首先是控制总量。"十四五"时期严控煤炭消费增长，"十五五"时期逐步减少，这在最近中共中央、国务院出台的《关于完整准确全面贯彻新发展理念做好碳达峰碳中和工作的意见》、国务院出台的《2030年前碳达峰行动方案》，以及《中国应对气候变化的政策与行动》白皮书中得到集中体现。

其次是兜住底线。我国富煤、贫油、少气。从资源储量来看，煤炭占我国已探明化石能源资源总量的94%左右。从保障国家能源安全看，石油、天然气对外依存度分别达73%、43%。从替代能源的发展趋势看，2020年可再生能源发电量占全社会用电量比重仅29.5%，短期内大幅提高有较大难度。这样的资源禀赋决定了煤炭在能源结构中的主体地位中短期内难以替代。

转型的前提是保障能源安全。专家表示，只有发挥好煤炭兜底保供作用，以及煤电在构建新型电力系统中的基础保障性和系统调节性作用，始终牢牢守住能源安全稳定供应的底线，才能有效避免新能源间歇性、波动性问题，推动能源转型平稳过渡。

再次是有序减量替代。能源更替不可能一蹴而就，为此要大力实施化石能源清洁化，推进煤炭产业绿色清洁高效生产和利用。中国工程院院士谢克昌表示，深刻认识我国能源资源禀赋和煤炭的基础性保障作用，做好煤炭清洁高效可持续开发利用，是符合当前基本国情、基本能情的选择。

目前，我国每年开采的煤炭资源60%用于发电领域；同时，在我国电力装机结构中，50%左右都是煤电。这决定了实现煤炭清洁高效利用必须要在煤电上做文章。

在华能集团总部，记者看到中国第一座整体煤气化联合循环（ICGC）项目——华能天津IGCC示范电站模型。IGCC技术融合化工和电力两大行业，具有发电效率高、环保性能好、二氧化碳处理相对成本较低等突出特点，是目前国际上被验证的、能够工业化的、最洁净最具发展前景的高效燃煤发电技术，承载着中国绿色低碳发电技术的希望和未来。

虽然我国大型发电站发电效率已达较高水平，但中小型煤电机组效率还有很大提升空间。目前，我国30万千瓦上下的中等机组大概有4.5亿千瓦装机容量，还有大量5万千瓦左右的小型电站和自备电厂。

中国工程院院士、清华大学原副校长倪维斗认为，第一要务是尽快提高煤电效率，减少耗煤量。目前仍有大量低效率小容量机组，如果在这方面好好下功夫，也可以大量减少煤的使用。

使有可替代煤炭的能源，碳达峰后煤炭仍有用武之地。汤保国表示，必须将煤炭上升到国家能源安全"兜底保障"的新高度做出新定位，持续做好煤炭清洁高效利用这篇大文章，不轻易转移对煤炭的注意力，不轻言"去煤化"。煤炭应逐步由主体能源向保障能源、支撑能源演变，即使将来全面实现了碳中和，电力调峰、钢铁生产的碳质还原剂和为缓解油气对外依存度保障能源安全的兜底能源都离不开煤炭。据测算，到碳中和时，我国年煤炭需求量仍需 12 亿吨左右。

除了燃煤，还有一个重要路径就是让煤从燃料转变为原料。目前看，发展煤化工产业已成为发挥我国能源资源禀赋特点，推进煤炭消费转型升级，保障国家能源资源安全的重要途径。

在双碳目标下，让黑色的煤炭"绿"起来，是未来产业发展的唯一选择。如今，留给煤炭产业转型发展的时间已经非常紧迫。煤炭行业必须勇敢地迎接挑战，走出"市场好时无心转型，市场差时无力转型"的怪圈，坚定不移地走好转型发展之路。

（《经济日报》2021 年 12 月 13 日）

申报资料实录

作品简介： 针对 2021 年下半年部分地区出现的拉闸限电现象，在经济日报社编委会的指导下，采访小组持续对导致电荒的原因开展调查，在确立了煤炭短缺是导致此次现象的主要原因后，先后深入到华能集团、中煤集团等主要能源企业了解煤炭产能供应情况，参与到国家煤电油气运保障工作部际协调机制会议现场，并多次与煤炭领域专家学者交流沟通。文章客观理性地分析了煤炭产销方面的问题，并就构建新型能源系统提出了建议。文章在经济日报 2021 年 12 月 13 日一版刊发后引发强烈反响，被学习强国等全文转发，当天登上今日头条热搜榜第一名。全网点击量超过 1.2 亿次，微信公众号创下多个 10 万＋，读者转发、留言参与互动踊跃。

社会效果： 文章在回应"拉闸限电"问题的同时，深入阐述了"煤炭是我国的主体能源"的观点，及时回应了社会关切，对"运动式减碳"等错误做法进行了及时纠偏，有力引导了社会舆论，稳定了市场预期，提振了发展信心，为我国能源稳价保供营造了良好的舆论环境。

  初评评语：该文针对受众关注的煤电领域热点话题，从多个视角对煤炭市场存在问题、煤炭保供稳价、"双碳"目标下行业高质量发展等重大问题进行了系统分析，观点鲜明，文字流畅，论证充分，产生了强烈的社会反响，体现了中央党报的责任担当。

"祝融"轧下中国印

——全方位图文解读中国首辆火星车

赵 聪

东经 109.9 度，北纬 25.1 度。

在数字地图上输入这个坐标，位置很快锁定到广西桂林。"桂林山水甲天下"，古人心中最美的地方。而在 3.2 亿公里外的红色星球，这是"天问一号"着陆的坐标——乌托邦平原南部。

5 月 22 日，着陆火星 7 天后，祝融号火星车从悬梯缓慢驶下，在这里轧下了第一道中国印。

同样的坐标，与地球山美水美的景象大不相同，"祝融"在火星看到的是沙砾遍布、满目荒凉，而这恰恰是"祝融"的使命。

祝融号尽显中国人的浪漫

地球与火星几乎同时诞生，如今地球上充满生机，火星却近乎死去。人们把火星探测称为探索"另一个地球的生与死"。据科学家推测，祝融号火星车降落的火星乌托邦平原曾是一片汪洋，探测这里有助于人类了解火星的演化，摸清火星上有无生命痕迹。

5 月 15 日，着陆火星后，"祝融"没有立即开工探测。它先把桅杆立起来，相机能用了，便有了眼睛，能分辨周边的障碍；把太阳翼展开，尽可能多而快地获取能源，因为能源是维系生命的养料；再把天线展开，建立通信链路后，第一时间给地球报了声平安。

祝融号火星车像一只展翅的硕大蝴蝶。航天科技集团五院天问一号探测器副总设计师贾阳很喜欢这个外形，还特意从网上购买了一只相似度很高的蓝色蝴蝶标本，摆在了办公桌上。但最开始，火星车并没有被设计成蝴蝶的模样。

贾阳说，最初设计的火星车，太阳翼斜架在顶上，像一栋小房子，但这种设计对太阳翼强度要求太高，于是作罢。经过几次迭代，设计师不断变换太阳翼的展开方式，最终想出了向斜后方展开太阳翼的方案。

设计师有意识地将探测设备放在前方，"蝴蝶"便有了"复眼"，两根天线也放在前边，"蝴蝶"便有了"触角"。4片太阳翼展开后，火星车有了"翅膀"，恰似一只漂亮的蓝色大蝴蝶。

浪漫的设计师还花了不少心思，将中国传统文化附着在火星车上，带上了红色星球。最引人注目的是九叠篆的"火"字车标。

运往中国文昌航天发射场前，一次试验结束后，设计师望着火星车空荡荡的桅杆，觉着少了点什么，于是决定仿照汽车，给火星车设计一个车标。车标是一个"火"字，源于800年前北方大金国的印章"恒术火仓之记"，出土于黑龙江省海林县（现为海林市），以九叠篆的手法将字形抽象处理后，放在了火星车的桅杆上。

此去蓬莱三百日，冰轮如镜火如萤。中国第一辆火星车，正是带着中国人特有的浪漫，带着古今人们对火星的好奇，踏上了这颗"荧荧火光，离离乱惑"的"荧惑星"。

"祝融"巡火闯三关

"祝融"在火星上走走停停，行进速度并不快，甚至比走路还慢，预计3天才走10米。它每走一步，都要传图像、探测、分析，再移动。在火昼时完成火面感知、探测、移动等工作，在火夜时进入待机状态。贾阳介绍，火星车大概维持在三天一个周期的工作强度，设计寿命为3个火星月，相当于地球上的92天。

贾阳说，火星车走得慢，是因为我国对火星环境的认知有限，所以专门为火星车设计了相对保守的工作模式。他透露，任务后期视火星车的工作状态，不排除会让它"走得更快一点"。

祝融号火星车携带了多光谱相机、次表层探测雷达、火星表面成分探测仪、火星表面磁场探测仪、火星气象测量仪和地形相机共6台科学载荷。要想带着这些设备顺利在火星巡视探测，在陌生的星球开疆拓土——关键这个陌生地带还遍布风险，祝融号火星车要足够强大。

据贾阳介绍，在火星巡视探测有"三难"。

一是远，地火距离3.2亿公里，信号来回一趟需要近40分钟，这么远的距离，地面没法实时控制火星车；二是冷，火星夜晚会降到零下130摄氏度，火星上二氧化碳都冷凝成干冰遍布在陨石坑，对火星车生存构成巨大挑战；三是尘，火星经常刮起尘暴，历史上苏联的"火星-3"刚着陆火星便在沙尘中殒命，同时，尘暴也会影响火星车电池发电，切断能源供给。

困难没有挡住中国探索火星的步伐，这些难题被火星车设计团队——攻克。

针对距离遥远带来的通信困难，设计师努力让火星车"求己不求人"。火星车一旦发现问题，可在极短时间内自诊并完成故障的自我修复。倘若遇到更大的困难，火星车可自主进入安全模式，再交给地面处理。

设计师们也将火星车称为"火星移动智能体"。"跟其他火星车相比，我国的火星车自主能力有了巨大的提升。"贾阳表示，假如火星车在火星巡视探测时出现故障，它的首选求助对象不是相隔遥远的地球人，而是它自己。

火星表面岩石分布密度大约是月球表面的2倍，但由于侵蚀导致表层土壤坚硬、里层土壤松软，美国的"勇气号""机遇号"都曾因此下陷，对此，研制团队为火星车设计了主动悬架功能。

它像越野车一样可以升降底盘，但是功能更加强大。"祝融"车体可以在0～600毫米的高度区间内自主升降，这在全世界所有的火星车中是独一份。五院天问一号探测器火星车总体主任设计师陈百超介绍，配备主动悬架的火星车，具有蠕动、抬轮、车体升降等多种运动模式，不再担心车轮下陷，甚至单个车轮发生故障也不会丧失移动能力。

针对"冷"的难题，设计团队给火星车做足了保温。火星车表面铺设了大面积的纳米气凝胶板，这种新型材料保温性能极佳，可确保火星车在零下130摄氏度的环境正常工作，同时这种材料轻到可放置在花朵上方而不损伤花瓣，因此不会给火星车带来负担。

除了保温，火星车还要"聚能"。为了高效率收集太阳能量，火星车设计了两个像望远镜一样的窗口，尽可能地将阳光的能量吸收到车的内部。此外，蝶翼样的太阳能电池板，是针对火星专门定制，能适应火星上的光谱，达到极高的转化效率，帮火星车荒野求生。

最难以捉摸的是尘暴。火星表面会刮起大风，并伴有沙尘。倘若沙尘覆盖火星车，将影响火星车的能源获取、热量传导，让"关节"不再灵活，让光学载荷"蒙尘"。此前，美国机遇号和勇气号都曾因太阳能板被沙尘覆盖而失去动力。

为解决尘暴问题，设计师想了多种办法。最先想到的是吹气，将掉落的灰尘吹走；或者给火星车贴膜，这些膜可以卷起，从而将灰尘掀掉。综合评估后，设计师从另外角度切入——在材料上做文章。他们在火星车上使用了一种新材料，这种材料的表面不易沾染灰尘，即便沾上了灰尘，也可通过振动将其抖落。

贾阳介绍，我国祝融号火星车太阳能板采用表面工程技术除尘法，这个技术的关键是超疏基结构，身边的汽车防尘玻璃、防尘贴膜等都是这个原理——类似下雨时荷叶上的水珠，遇风可以很容易滚落。

在火星上，祝融号火星车可根据沙尘天气的轻重程度自主转入最小工作模式、休眠模式或唤醒模式。这样，我国首辆火星车便具备了一定的沙尘暴防御能力。

"祝融"一小步，"天问"一大步

人类曾 47 次探访火星，21 次尝试着陆火星，成功的仅有 10 次。当前尚能在红色星球表面行走的火星车有 3 辆，分别是 2012 年登陆的美国好奇号、今年登陆的美国"毅力号"和中国"祝融号"。

"祝融"在火星驶出的一小步，是持续 300 多天的天问一号任务的一大步。因为按照规划，天问一号任务计划通过一次发射，完成"绕、着、巡"三个目标。现在，"祝融"实现了最后一步——火星巡视探测。天问一号任务完美取得了预定的工程成果。

天问一号任务是在探月工程的基础上起步的，从立项到研制经历了一段艰辛的历程，整个过程异常紧张。从 2010 年开始启动第一轮论证到探测器发射，经历了 10 年时间。其中，在不到 4 年的时间里，探测器完成研制、验证、出厂，创造了中国航天同类型号的研制纪录。

"人民科学家"叶培建院士曾对整个火星探测器研制团队给予高度评价："我们起步晚了，但三个目标一次任务完成，起点很高；我们的成果来得慢了，但从工程立项到产品出厂这么快，是你们的光荣和自豪，更要珍惜这次机会。"

胜利的欣喜之外，天问一号探测器研制团队非常客观地看待这次成功。五院天问一号探测器进入舱总体主任设计师董捷曾登上青年演说家舞台，谈及中美火星探测技术对比，他说了 8 个字：正视差距，自主创新。

董捷举例，我国也曾开展搭载火星飞机的方案论证。团队联合国内有实力的高校开展了对各种机型（包括固定翼、旋翼）的分析，最后得到的结论是由于火星大气密度过低，基于现有的国内技术水平，采用旋翼难以实现在火星表面起飞，其他翼型也存在种种不足。"看到别人的成功，我们清醒地认识到技术上存在的差距，更激发了我们不断前进、自主创新的动力。"董捷说。

可以说，中国火星探测秉承了中国航天"仰望星空、脚踏实地"的一贯作风。

叶培建曾说，航天事业需要我们做一些"冒险的事"，去开拓、去创新。当前，我国已形成深空探测的未来任务规划，小天体探测、火星取样返回、木星及更远行星探测论证正在按计划逐步推进。中国航天的未来是星辰大海，值得我们去冒险。中国人丈量太空的脚步会比 3.2 亿公里更远。

（《中国航天报》2021 年 05 月 26 日）

申报资料实录

　　作品简介：2021 年 5 月 22 日，中国首个火星车"祝融号"行驶到了火星表面。习近平总书记曾说：探索浩瀚宇宙，发展航天事业，建设航天强国，是我们不懈追求的航天梦。此刻，中国人探索宇宙的步伐走到了史上最远——第一次到达了火星。这是具有重大历史意义的时刻！记者在一线采访时敏锐地捕捉到了这个新闻点，以"脚印"为切口起笔，写下了通讯《"祝融"轧下中国印》。对于中国而言，首次挑战火星探测，难度势如登天。该篇报道从意义、过程、难点等角度深入解读了"祝融号"开创性任务。

　　社会效果：文章刊发后，第一时间得到了科研团队的认可，同时，被多家社会媒体广泛转载。对于科研团队而言，这篇情感真挚的新闻报道是对他们默默付出的极大鼓励；对于广大读者而言，读罢这篇报道便可以感受到中国航天事业的进步，感受到祖国的日益强大。总体来看，这是一篇很不错的正能量作品。

　　初评评语：该篇报道从意义、过程、难点等角度深入解读了"祝融号"开创性任务。文章立意高远、语言凝练、逻辑清晰。

记者手记：美国大选认证"终章"突变骚乱时刻

陈孟统

1月6日14时15分许，示威者从美国国会大厦西侧破窗而入，闯进了美国政治的心脏地带。

美国国会参众两院当天召开联席会议，统计并认证2020年美国总统选举各州选举人团计票结果。突如其来的冲击，让刚进行一个多小时的会议，被迫中断。

美国副总统彭斯和参议员走过的国会二层中央大厅、雕像大厅，随即被示威者占据。他们身披支持美国总统特朗普的旗帜，高喊着拒绝接受大选结果的口号。部分示威者沿着国会大厦的南北走廊，分别来到参议院和众议院门前与警方正面对峙。

美国国会认证各州总统选举结果，是大选的最后一步程序，以往只是"履行程序，走个过场"。但由于特朗普拒绝承认败选，让美国2020大选的"终章"直至最后一刻仍充满不确定性。

自6日清晨开始，上万名特朗普支持者陆续来到白宫南草坪外，举行"拯救美国"示威集会。中午12时许，特朗普登台发表讲话说，"我们永不放弃、永不认输"。他继续宣称选举"被偷窃"，并痛斥部分共和党人软弱，没有勇气推翻大选结果。

在约1小时的讲话中，特朗普敦促示威者到国会游行，并称自己"也会去那儿"。

在示威者冲进国会大厦后，警报声和叫喊声回荡在这座百年建筑昏暗的走廊中。国会西侧广场为总统就职典礼搭建的看台完全被示威者占据。中新社记者看到示威者冲进众议院议长佩洛西的办公室，扛走了一个木制讲台。

为应对这场冲击，华盛顿市以及一河之隔的弗吉尼亚州阿灵顿县等两个县宣布实施宵禁。五角大楼宣布出动340名国民警卫队员应对骚乱。

尽管如此，国会内部的骚乱仍未马上停止。在参议院内，维持秩序的木槌声，被示威者用木棍敲击地板的噪音取代。人们随意丢弃着文件，一人坐上了议长席，一人肆意地欢呼歌唱。

警方用了近4小时，才逐步控制住国会大厦内部的局势。当中新社记者

17 时许从国会撤离时，来自美国国土安全部、联邦调查局以及弗吉尼亚州的警员仍在不断增援国会。

在国会大厦一层大厅的正中央镶嵌着一块带有星标志的基石，象征着华盛顿这座城市的中心点。在 2021 年 1 月 6 日这个混乱的下午，这里成了受伤警员治疗和休整的医疗站。

18 时许，国会周边清场完毕。参议院和众议院在 20 时 30 分先后复会，继续选举人票认证程序。彭斯、麦康奈尔、佩洛西等两党领袖在各自的开场发言中谴责示威者的暴行，并明确表达当晚继续推进会议议程的态度。

会议持续至 7 日凌晨，历时近 15 个小时的国会联席会议最终确认，拜登赢得 306 张选举人票，正式当选下一任美国总统。

特朗普也在随后发表声明说，尽管不同意总统选举结果，但定于 1 月 20 日的政权交接将有序进行。

临近 6 日午夜，走在空无一人的华盛顿街头，记者想起与一位示威者丹尼尔的对话。这位田纳西州的 20 岁青年说，自己连夜赶到华盛顿就是要向国会的决定表达不认同，因为"今天之后，美国将变得不一样"。

（中国新闻社 2021 年 01 月 07 日）

申报资料实录

作品简介： 此篇通讯以记者亲历的视角，完整记录了 2021 年 1 月 6 日美国国会山骚乱当天，美国首都华盛顿从清晨到午夜近 15 个小时所发生的事情。当骚乱发生时，作者作为在美国国会大厦内唯一的中国记者，目击暴徒砸窗而入的瞬间，并通过文字和影像记录下美国政治发展史上的黑暗一刻。此篇通讯短短 1200 多字，以时间为序，记录了 2021 年 1 月 6 日——美国 2020 年总统大选结果正式确认这天的多个关键性节点和现场瞬间，从白宫南草坪特朗普支持者集会到国会山骚乱导致大选认证程序中断，再到中新社记者被困国会山，又经历清场撤离再返回现场报道，直至华盛顿市区实施宵禁。作者以一位中国记者的视角，用白描的笔触记录下发生在美国政治心脏的重大历史事件。

社会效果： 该稿播发后，被美国、菲律宾、澳门等地的海外华媒采用，并获得推特等海外社交媒体平台转载。同时，在境内获搜狐网、壹读网等网络媒体采用。

初评评语：此篇通讯写作风格简练而充满力量感，贵在以中国记者的"亲眼所见"记录下国际新闻中重大事件的历史瞬间。冷静平实的行文背后，可见作者临危不乱，始终保持新闻工作者的位置感和距离感。在报道基调的把握上，本文亦体现了中国视角，平稳而恰到好处。

人间正道是沧桑

——百年百篇 留声复兴之路

周　勇　康延芳　刘　颜　佘振芳　易　华　曾　雯　李文科

作品二维码

（华龙网首页、新重庆客户端头条 2021 年 07 月 16 日）

作品简介：习近平总书记视察重庆时指出，"重庆是一块英雄的土地，有着光荣的革命传统"，要求重庆用好红色资源、传承红色基因。该专题以习近平总书记重要讲话精神为纲领，对重庆革命文物文献的历史内涵、时代价值进行通俗化、年轻化、网络化解读，实现轻量化、移动化、碎片化传播，在庆祝建党百年之际讲好、讲活重庆红色故事。深入挖掘，把革命文物文献讲"活"。重庆有大批坚贞不屈、高风亮节的共产党人，留下丰富的革命文物文献。专题对文物文献的挖掘、解读，既植根于本体，又触及革命前辈的生命历程和精神世界。通过深入整理、讲述，以鲜活的人物故事，深刻揭示"中国共产党为什么能"的密码，让受众听得进、记得住、传得开。开门办网，让学术成果"融"进来。华龙网携手重庆市地方史研究会，双方发挥各自优势，以权威专业的知识为核心，用通俗的语言和方式来表达，呈现网络化、年轻化特点，借助开门办网理念、融汇资源运作，实现党史研究成果与新媒体的深入融合和转化。多元传播，让党史"走"进年轻人群。作品吸引青年参与策划、制作、传播，主讲人多为20—40岁不同年龄段的学者。每期短视频通过一个主讲者连接N个节点，实现N次方的传播效果，形成完备传播矩阵。

社会效果：专题一经推出迅速形成现象级传播，线上浏览量突破3亿人次，仅在华龙网后台就有优质留言近3000条。专题入驻庆祝中国共产党成立100周年活动新闻中心（梅地亚）融媒体体验室，吸引众多中外记者前来"打卡"。专题在重庆大街小巷、党政机关上千块数字屏展播，走进四川外国语大学、西南政法大学等高校课堂，线下触达人群超五百万，在社会各界尤其是青年人群中引发热烈反响。专题形成了丰硕的线下成果。2021年9月24日，"党史研究成果的转化与新媒体传播"——《百年百篇 留声复兴之路》专题研讨会举行，全国党史研究、新闻宣传领域专家学者共同探讨如何让党史研究成果实现更好转化，探讨在移动互联网时代，如何讲好百年波澜壮阔故事，传播中国共产党思想伟力。

初评评语：该新闻专题将厚重的历史进行轻量化、移动化、碎片化的传播，探索出一条符合移动互联网时代、符合大众阅读习惯的传播路径，让广大受众从党史中汲取奋进力量，推出后获得社会各界广泛好评，尤其是受到年轻人的喜爱，纷纷表示刷新认知："原来党史这么燃"。专题在立意、内容、技术、传播等方面均实现了大胆探索、积极创新，是新媒体开展党史宣传的一次成功实践，实现了"吸粉""破圈"的良好宣传效果。

老唐卖"碳"记

史 巍 任荣荣

限于篇幅，文字稿略，获奖作品请见中国记协网 http://www.zgjx.cn。

（安徽广播电视台 2021 年 12 月 31 日）

申报资料实录

作品简介： 2020 年 9 月，中国在联合国大会上向世界宣布了 2030 年之前实现碳达峰、2060 年之前实现碳中和的战略目标。在此背景下，林业碳汇作为当前应对气候变化最经济、最现实的手段，在实现碳中和的过程中，发挥着重要作用。2021 年，安徽省林业碳汇交易第一单在宣城市签约，迈出了探索林业碳汇交易的第一步。作品以直接经办该项工作的宣城市林业局工作人员老唐为切入点，用讲故事的方式回顾了全省林业碳汇第一单的探索过程。

社会效果： 作品播出之后，收获了良好社会反响，有多位听众在微信平台留言互动。

初评评语： 涉及人类生存与发展的全球气候变化已成为当今世界最为关注的生态环境问题，碳达峰、碳中和更是当下舆论热点。作品围绕安徽林业碳汇第一单展开，主题重大，叙事清晰，采访翔实，有较好的收听感受。

诞生地

——不能忘却的纪念

集 体

限于篇幅，文字稿略，获奖作品请见中国记协网 http://www.zgjx.cn。

（上海广播电视台 2021 年 10 月 06 日）

申报资料实录

作品简介： 大型新闻纪录片《诞生地》是上海广播电视台庆祝建党百年重大主题报道的标杆之作。紧扣"伟大建党精神"主题，全片"以历史之例，解当下之问"，五集的体量既有历史纵深，又有现实观照。采编过程中，纪录片吸收最新的学术成果，通过对史料的新挖掘、对中共革命历史的新认识、对历史人物的新评价，"把理讲清楚""把事讲明白""把人讲活"。2021年1月，上海最新梳理出 612 处红色旧址、遗址及纪念设施；7月1日，上海施行专项立法保护红色资源。全片精心挑选其中三十余处红色地标，记录下它们的"新生"。这些红色资源是我们党艰辛而辉煌奋斗历程的见证，也是最宝贵的精神财富。《不能忘却的纪念》作为《诞生地》第五集，塑造了一批坚守初心、不畏牺牲的共产党人形象。通过跟拍龙华烈士陵园寻亲活动，本片讲述了罗亦农、杨殷、彭湃等中共早期重要领导人的牺牲，挖掘出"龙华二十四烈士"中年龄最小的欧阳立安、"中央文库"守护者陈为人等先烈的故事。近两年的拍摄中，节目组克服疫情影响，奔赴全国十余城市寻访革命者足迹，采访六十多位烈士亲属、权威专家。通过众多鲜活的故事，使革命先辈坚守理想、追求真理、不畏牺牲的品格得以立体展现，也阐释、弘扬了伟大建党精神。

社会效果： 2021年建党百年之际，新闻纪录片《诞生地》在上海广播电视台旗下东方卫视、新闻综合频道、纪实人文频道、百视TV等平台播出，收视率持续升高，多次荣获双网同时段专题片收视率第1的好成绩，晚间时段每集平均忠实度达 60.356%。该片在网络上掀起全民热议，全网相关话题累积总阅读量破亿，同时登上微博热搜榜第 3、微博同城榜第 3，以及微博要闻榜。该片还获得《人民日报》《光明日报》《解放日报》《文汇报》等多家媒体肯定。《人民日报》客户端上海频道文章评价："整部纪录片如一张徐徐展开的'红色地图'，在地点、人物、事件的勾连中还原历史现场：从石库门到天安门，中国共产党一路走来，百年风华正青春。"《光明日报》文章从"以真立信、以活立言、以情立论、以细立义"四个方面作出了评价，认为"《诞生地》在众多献礼建党百年的党史文献片中脱颖而出，在于既坚持了以往此类纪录片'述史实、说故事、记人物'的长处，又补齐了'讲道理'的短板。" 该片也获得学界积极评价。党史专家表示："《诞生地》彰显出上海作为中国共产党的诞生地、马克思主义重要传播地的深厚历史底蕴，具有重要的现实意义，也是电视纪录片阐释、宣传、弘扬伟大建党精神的重要作品。"

初评评语：《诞生地》是为庆祝建党百年，由国家广播电视总局指导、上海广播电视台纪录片中心制作的大型新闻纪录片。该片具有历史维度、思想深度与现实观照，选材得当，结构严谨，叙事生动，影像扎实，用精美的影像，珍贵的史料，讲述了一代代优秀共产党人的真实故事，真实生动地呈现了中国共产党人的精神谱系，是电视纪录片诠释、弘扬伟大建党精神的重要作品。

省市场监管局："闪电速度"的背后

杨川源 许 勤 马思远 王 西 孙汉辰

限于篇幅，文字稿略，获奖作品请见中国记协网 http://www.zgjx.cn。

（浙江卫视 2021 年 11 月 09 日）

申报资料实录

作品简介： 2021年初，随着国务院"十四五"数字经济发展规划通知的下发，一场前所未有的数字化改革正在全国加速推进。浙江作为全国数字化改革先行省，实施数字经济"一号工程"没有范例可参照，新旧观念时时碰撞，畏难情绪和本领恐慌成为制约改革推进的"绊脚石"。浙江果断决定把2021年12月作为数字化改革升级节点，要求各省直机关单位和各市、县，加速实现数字化改革应用落地。正当改革陷入方法焦虑之时，浙江省市场监管局，以其8个月上线11个数字化应用的"闪电速度"异军突起。记者紧扣节点，深入改革一线解剖"麻雀"， 始终将镜头对准数字化改革中的人：打响"浙江公平在线""上甘岭"战役的总工程师、从迷茫走向坚定的普通人、"浙江 e 行在线"的"窑洞"专班等，生动刻画了"办法总比困难多"的改革者形象，让原本生硬、零散的数字化改革热气腾腾、触手可及。用以"小"见"大"、虚实相间、点面呼应、动静结合、情理交融、手记提炼等手法，充分展现数字化改革带来的理念之变、思路之变、机制之变和作风之变，梳理和提炼了数字化改革尖兵"向着需求走，迎着难题走"大道至简的改革思路与方法。

社会效果： 浙江省正在进行的数字化改革，是对习近平总书记提出"数字中国"建设的有益实践。同时，浙江省也是国内目前唯一进行全省域、系统性探索的省份。该组报道精巧整合看似枯燥、生硬、零散的数字化改革场景，直面问题，深入剖析，真实记录数字化"改革尖兵"——浙江省市场监管局的破题之路。观察改革带来的政府之变、治理之变、群众之变，生动、精准提炼"闪电"速度背后数字化改革之"道"。点击观看超过一百多万人次，在浙江广电集团中国蓝新闻app中留言上千条，不少观众被改革背后的真实故事感染。浙江省卫生厅、交通厅，衢州、台州等省级厅局及地市踊跃参与到后续报道中。在基层凝聚了"刀刃向内、改革为民、时不我待、比学赶超"的数字化改革舆论氛围。于数字化改革在全国加速推行之年，凸显了主流媒体在重大改革报道中，围绕中心、凝心聚力、服务大局的引导力与影响力。进一步推动改革成果让市场有效、政府有为、社会有序、治理有方、群众有感。为全国推行数字化改革，提高政府效能建设，提供"走在前列"的破冰示范和"重要窗口"的亮点呈现。

初评评语：近年来，浙江积极贯彻中央数字化改革战略部署，全面提升政府数字化服务能力和治理能力，助推高质量发展。面对数字化带来的观念更新、技术变革、系统重塑，浙江基层普遍遭遇了"能力恐慌"，出现了"等一等、看一看"的畏难情绪。改革如"逆水行舟"，在这个亟待强化示范引领的关键窗口期，记者瞄准了率先突出重围，8个月上线11个数字化应用的浙江省市场监管局。深入挖掘，真实记录了在其改革业绩背后，是如何一步步梳理出"三张清单"，拆掉部门"围墙"，倒逼系统重塑等，精准提炼了数字化改革"向着难题走，迎着需求改"的根本之道。省市场监管局的"闪电速度"看似"微小"，却是政府职能部门积极服务群众、企业、机构的集中展现和关键突破。每个成果背后，都是"一把手"靠前指挥、上下贯通、不见成果不收兵的改革精神的体现。该报道深入浅出、生动鲜活，通过及时、平实的改革记述，见人、见事、见方法、见思考、见温度。用改革的普遍性困惑，引出典型破题的意义，最短时间搅动了基层，提振了加速推进数字化改革的精气神，为改革走向纵深提供了有效助推，也为全国各省推进数字化改革提供了真实可感的浙江经验，凸显了新型主流媒体在重大改革中的舆论引领力与影响力。

老表们的新生活

——鸟哥"打"鸟

王子荣　何　梁　王建国　张涛伟　巫宜松　何　威　黄文锋

限于篇幅，文字稿略，获奖作品请见中国记协网 http://www.zgjx.cn。

（江西广播电视台 2021 年 03 月 04 日）

申报资料实录

作品简介：2021 年，在全国脱贫攻坚总结表彰大会举行的这天，江西卫视推出新闻专题节目《老表们的新生活》。节目走进乡村看小康，寻找和传统农民有反差的农村新职业、新身份、新业态，彰显脱贫振兴的江西智慧和小康成就。《鸟哥"打"鸟》讲述了江西婺源县农民余鹏海发现家乡生态变美、珍稀鸟类增多后，趁势当上职业"鸟导"的故事。他先后带过 30 多个国家的上千名观鸟爱好者在婺源拍鸟，由此脱贫致富。这是江西农民在生态产业化道路上的一次有益尝试，是"绿水青山就是金山银山"理念在江西乡村振兴过程中的生动实践。一是反差视角，看脱贫振兴新智慧。用反差视角寻找意想不到的"新农民"，是本节目特色。一位农民放下锄头、拿起望远镜，成为远近闻名的"鸟哥"。他连字都认不全，却通过自学认识了全国近一半的鸟类；他从没学过英文，却带着国外观鸟爱好者四处拍鸟，这就是节目组走遍十余个县城，挖掘到的农民鸟导。节目不断放大这位曾经的贫困户身上的反差感和变化，鲜活地展现江西践行"两山"理念，帮助村民致富的创新特色。二是第一人称，真情流露构建情感共鸣。节目用"鸟哥"的自述串联全片，通过长时间跟拍，记录许多生动言语，让观众更容易进入他的生活，真切感受乡村巨变。

社会效果：节目一经播出，就获得了良好的收视和好评。除了电视端，节目也在"学习强国"APP 等多个网络平台播出，节目短视频内容通过抖音、B 站、微博等年轻人聚集的平台辐射青年群体，收获广泛的观看、互动和转发。

2021年9月,节目获评国家广电总局2021年第一季度优秀广播电视新闻作品。

初评评语: 节目以"新农民的新生活"这一小切口折射整个江西乡村的巨大变迁,充分展现江西践行生态产业化的脱贫智慧和创新特色。这也是节目组践行"四力"的生动案例,用反差视角挖掘到从未接受过采访的选题人物,长时间、原生态地记录了许多鲜活自然的言语和真实情感的流露,生动、有网感地呈现出"老表们的新生活",彰显乡村振兴的累累硕果。

《百炼成钢：中国共产党的 100 年》之第三集
改造中国与世界

集　体

限于篇幅，文字稿略，获奖作品请见中国记协网 http://www.zgjx.cn。

（江苏省广播电视总台 2021 年 03 月 29 日）

申报资料实录

作品简介：系列纪录片《百炼成钢：中国共产党的 100 年》撷取中国革命、建设、改革、新时代各时期的重要事件，用生动的党史故事，形象反映百年大党的光辉历程和伟大成就。该片分革命、建设、改革、新时代四个篇章，2021 年播出前三篇章共 70 集，每集 8 分钟。该片以习近平总书记关于党的历史的重要论述为指导，以党的三个历史决议为根本遵循，准确把握党史发展的主题主线、主流本质，确保选取内容导向正确、观点明确、史实准确。主创团队深入挖掘素材，以小切口折射大主题，以小故事揭示大道理，行程遍布北京、上海、湖南、湖北、广东、河南、四川、贵州等十余个省市，挖掘了一批珍贵的历史文献、档案，采访了数十位历史亲历者，力求做到史实准确、语言严谨、细节生动、画面到位，为广大干部群众提供一份学党史、悟思想的权威教材。在创作过程中力求做到全方位创新。在形式上力求创新，综合运用当事人讲述、情景再现、手绘动画、历史影像资料、彩色沙画等等多种形式，打磨好"微纪录片"这一产品形态。在语态上力求创新，在叙事中设置悬念，营造强烈的氛围感、沉浸感，把凸显网感作为重点。在故事上力求创新，增强揭秘性和细节呈现，用鲜为人知的党史人物故事来提升节目的影响力。

社会效果：该片在江苏卫视、北京卫视、东方卫视、湖南卫视、浙江卫视等全国十多家卫视陆续播出，江苏卫视首播收视率位列全国省级卫视同时段前三，获得社会各界广泛好评。新华网、人民网等各大门户网站，各省重点网站，以及学习强国、优酷、腾讯视频、百度、爱奇艺、快手、抖音、荔枝新闻等新媒体播出平台陆续推出。据不完全统计，截至 2021 年 9 月上旬,《百炼成钢》在学习强国平台、全国各重点新闻网站、视频网站，累计播放量突破 30 亿。业界专家评价《百炼成钢》是对百年党史的影像记录，是对党史资源的深度挖掘，是对党史教育的鲜活表达，是对融合传播环境下重大主题宣传的探索和创新。

初评评语:《百炼成钢：中国共产党的 100 年》是献礼建党百年的重大主题创作，由中央党史和文献研究院、国家广播电视总局、中共江苏省委联合出品，江苏省广播电视总台承制。该片在江苏卫视、湖南卫视、东方卫视等十余家省级卫视陆续播出，累计网络播放量突破 30 亿，实现重大主题宣传的破圈传播，为庆祝建党百年营造了浓厚舆论氛围。

《新兵请入列》之《青春无悔｜180日的蜕变，新兵已入列》

集　体

限于篇幅，文字稿略，获奖作品请见中国记协网 http://www.zgjx.cn。

（央视网 2021 年 07 月 07 日）

申报资料实录

作品简介：新闻纪录片《青春无悔｜180日的蜕变，新兵已入列》是央视网 2021 年重点军旅纪录片 IP《新兵请入列》第七集的内容，于 2021 年 7 月 7 日在央视网和腾讯视频同步上线。节目通过 180 天贴身跟拍，2 万公里极致跨越，真实记录了海陆空三军 00 后新兵在部队脱胎换骨全过程。节目与海、陆、空三大军种协作拍摄，根据海陆空三军的作战任务、作战方式、作战环境的不同，多角度、多侧面、多环境、多人物对不同军种新兵的训练跟踪拍摄，展现其成长历程。我们以"新兵"群体为视角切入，通过拍摄这些普通青年人生选择的纪录片，给更多面临生活选择、职业挑战、寻求突破、憧憬未来的青年另一个看待这个世界的角度。同时，激发青年爱党、爱国、爱军情怀，推动青年关心国防建设、投身军营！纪录片《新兵请入列》全系列全网播放量超 3.5 亿，第七集《青春无悔｜180日的蜕变，新兵已入列》播放量近 2500 万。片中 19 岁西藏戍边女兵说"我家不止我一个，我牺牲了把我忘了就行了"让亿万网友破防，原创微博话题 # 戍边女兵说牺牲了就把我忘了 # 冲上微博热搜榜第 7，话题阅读量迅速破亿，引发上万网友参与讨论。《新兵请入列》腾讯视频评分 9.2，知乎评分 8.6，连续 5 周位列腾讯视频纪录片热播榜第 1 位。

社会效果：纪录片《新兵请入列》之《青春无悔｜180日的蜕变，新兵已入列》，2021 年 7 月 7 日上线后，片中 19 岁西藏戍边女兵说"我家不止我一个，我牺牲了把我忘了就行了"让亿万网友破防。央视新闻、新华网、人民日报、环球时报、观察者网、共青团中央等多家主流权威媒体自发跟进发布，并有《戍边女兵说牺牲了就把我忘了》等多篇微信稿件阅读量 10 万 +，同名文章获全网置顶推荐。@人民陆军、@人民海军等军事、媒体、政务官博纷纷转发节目并跟进报道和评论。百余家微博大号及网络媒体主动跟进转载，在微博、微信、抖音、快手等新媒体平台形成良好传播效应。对新兵群体真实、极致的展现，在青年群体中引发了强烈共鸣，并纷纷留言："中国人总是被这样可爱的人保护得很好""看完后想参军""当兵才知道帽徽为什么这样红，当兵才知道祖国山河在心中"……

初评评语：新闻纪录片《新兵请入列》之《青春无悔 | 180 日的蜕变，新兵已入列》中不见金戈铁马，却足以让观众热血沸腾。大跨度多场景拍摄、全程贴身跟拍、融合创新的传播方式，将"主流话语"和"年轻表达"巧妙融合，规避了以往军事类纪录片同质化问题，实现了军事纪录片传播热度与网友口碑双"入列"。

习近平经济思想的生动实践系列述评

集　体

代表作一：

从"美"字看为人民谋幸福的经济学
——习近平经济思想的生动实践述评之一

发展为了谁？怎样发展？这是时代之问的必答题。

2012 年 11 月 15 日，刚刚当选中共中央总书记的习近平给出了铿锵有力的回答："人民对美好生活的向往，就是我们的奋斗目标。"

新时代孕育新思想，新思想指引新实践。

党的十八大以来，习近平经济思想从社会主要矛盾变化出发，坚持以人民为中心，引领中国发展更加聚焦"美"，是为人民谋幸福的经济学，在广袤大地绘就美好生活、美丽中国、美美与共的高质量发展画卷。

共享美好生活："让人民生活幸福是'国之大者'"

百姓欢迎的红啤梨、植物肉，智能咖啡机，手术机器人，美妆"黑科技"……第四届中国国际进口博览会上，诸多更具品质、科技含量更高的全球好物亮相，瞄准中国百姓消费新趋势。

从解决"有没有"到挑选"好不好"——进博会的这一幕，正是新时代美好生活的缩影。

习近平总书记在党的十九大报告中明确指出："我国社会主要矛盾已经转化为人民日益增长的美好生活需要和不平衡不充分的发展之间的矛盾。"

党的十八大以来，以习近平同志为核心的党中央，从社会主要矛盾变化出发，不断提升群众获得感、幸福感、安全感，历史性地解决了绝对贫困问题，全面小康梦圆，复兴气象激荡。

——美在追求生活品质的提升。

当社会生产不再落后，当温饱问题得到解决，人们期盼更好的教育、更稳定的工作、更满意的收入、更可靠的社会保障、更高水平的医疗服务、更舒适的居住条件、更优美的环境……

"人民生活显著改善，对美好生活的向往更加强烈，人民群众的需要呈现多样化多层次多方面的特点"，习近平总书记洞察深刻。

告别排浪式消费，我国居民消费结构不断升级。人们青睐科技和文化含量高、使用方便、看上去更美的产品；衣着更注重品质，餐饮更注重健康，向往"诗意栖居"，出行不再遥远……一张张幸福剪影，构成一幅努力创造"高品质生活"的美丽图景。

——美在增强民生获得感的成色。

发展为了人民，是马克思主义政治经济学的根本立场。

"要从人民群众普遍关注、反映强烈、反复出现的问题出发，拿出更多改革创新举措，把就业、教育、医疗、社保、住房、养老、食品安全、生态环境、社会治安等问题一个一个解决好，努力让人民群众的获得感成色更足、幸福感更可持续、安全感更有保障。"习近平总书记指出。

实施就业优先战略，推进义务教育优质均衡发展，构建覆盖全民的基本服务体系，完善社会治理体系，制定民法典保障人民合法权益，扎实推进平安中国建设……在公平正义阳光照耀下，人人享有人生出彩的机会。

近日，国际权威民调机构盖洛普发布《2021 年全球法律与秩序报告》，中国以 93 分名列第二，排名连续三年上升，成为全球最具安全感国家之一。

——美在精神世界的日益丰盈。

党的十九大报告提出，满足人民过上美好生活的新期待，必须提供丰富的精神食粮。

电影《长津湖》票房突破 50 亿元，网红书店吸引年轻人"打卡"，更多公园免费开放，特色博物馆走红……各地群众文化生活日益丰富，绚烂的精神文明之花在全面小康的中国大地上精彩绽放。

"让人民生活幸福是'国之大者'"，习近平总书记的话，充满浓浓暖意。

建设美丽中国："坚持人与自然和谐共生"

2021 年，"大象旅行团"火了。

以此为主题的短片《"象"往云南》，在 10 月昆明举行的《生物多样性公约》第十五次缔约方大会（COP15）开幕式上首映，让全世界看到一个人与自然和谐共生的美丽中国。

环境美不美，生态好不好，攸关人民福祉和永续发展。

曾几何时，雾霾频发、工厂污染、河流黑臭……2012年，中国经济总量约占全球11.5%，单位GDP能耗却是世界平均水平的2.5倍。

"如果经济发展了，但生态破坏了、环境恶化了，大家整天生活在雾霾中，吃不到安全的食品，喝不到洁净的水，呼吸不到新鲜的空气，居住不到宜居的环境，那样的小康、那样的现代化不是人民希望的。"习近平总书记深刻指出。

环境就是民生，青山就是美丽，蓝天就是幸福。

党的十八大以来，根植于中国传统文化的深厚底蕴，蕴含对生态治理需求的深刻观照，习近平经济思想引领中国开启了建设美丽中国的变革性实践。

新理念指引美丽中国永续发展——

将生态文明建设纳入"五位一体"总体布局，"绿色"成为新发展理念重要内涵，"美丽"一词写入社会主义现代化强国目标……一系列顶层设计折射出中国发展之变。

"绿水青山就是金山银山""要像保护眼睛一样保护生态环境，像对待生命一样对待生态环境""保护生态环境就是保护生产力，改善生态环境就是发展生产力"……

掷地有声的话语，闪耀着习近平总书记关于环境保护和经济发展之间关系的深邃思考。

新实践坚定走绿色发展之路——

沪苏浙交界处，河湖荡漾间，优美生态基底上，占地2400亩的华为青浦研发中心正加快建设。好风景里"长"出新经济、高颜值变高价值……热气腾腾的发展实践，彰显绿色发展内涵。

坚决打赢蓝天保卫战，"还老百姓蓝天白云、繁星闪烁"；

深入实施水污染防治行动计划，"还给老百姓清水绿岸、鱼翔浅底的景象"；

全面落实土壤污染防治行动计划，"让老百姓吃得放心、住得安心"；

多措并举推动农村环境整治，"为老百姓留住鸟语花香田园风光"……

坚持"山水林田湖草沙冰"系统治理，实施"史上最严"新环保法，建立中央生态环境保护督察制度……9年来，全党全国推动绿色发展的自觉性和主动性显著增强，美丽中国建设迈出重大步伐，推动生态环境保护发生历史性、转折性、全局性变化。

新境界推动共建清洁美丽世界——

美国航天局卫星数据显示，2000年至2017年间，全球新增绿化面积中约四分之一来自中国。

建设清洁美丽的世界，需要全球携手合作。

站在人类生态文明发展的高度，2020年9月，习近平主席在第七十五届联合国大会一般性辩论上作出了实现"双碳"目标的郑重承诺。

"坚持人与自然和谐共生""同心协力，共建万物和谐的美丽世界""共建地球生命共同体"……习近平总书记一系列重要话语，展现负责任大国的担当，在携手共进、文明互鉴中实现"美美与共"。

坚定向"美"而行："必须坚持以人民为中心，不断实现人民对美好生活的向往"

跨越无数雪峰、峡谷、湖泊，连接无数村镇、风情、生灵，蜿蜒在中国西部边境的219国道最新测算扩展至10065公里，堪称"地球上最雄壮"的1万公里。

昔日闭塞的山村打开发展之门，新的边贸城市蓬勃生长，生物多样性极致呈现……这条"至美"的中国最长国道，穿越千年沧桑，通向美好未来。

追求美好生活，是永恒的主题，是永远的进行时。

"需要"不同于"需求"，不受"预算约束"，可以是不断增长的愿望，甚至是美好的想象。

对百年大党来说，满足人民对美好生活的需要是始终不渝的目标。这是中国共产党为人民谋幸福、为民族谋复兴的初心使命，也是习近平经济思想的逻辑起点。

9年来，以习近平同志为核心的党中央顺应实践要求和人民愿望，解决了许多长期想解决而没有解决的难题，办成了许多过去想办而没有办成的大事，归根结底就是做到了"坚持发展为了人民、发展依靠人民、发展成果由人民共享"。

2020年，面对罕见新冠肺炎疫情冲击，我国统筹疫情防控和经济社会发展，如期打赢脱贫攻坚战，在全球主要经济体中率先实现经济正增长，保护了人民生命安全和身体健康，从百岁老人到新出生婴孩"不放弃每一个生命"……

"人民至上是作出正确抉择的根本前提"——去年底的中央经济工作会议，在总结严峻挑战下做好经济工作的规律性认识中如此强调。

江山就是人民，人民就是江山。

2021年7月1日，庆祝中国共产党成立一百周年大会上，习近平总书记发出号召："以史为鉴、开创未来，必须团结带领中国人民不断为美好生活而奋斗。"

踏上新征程，中国式现代化是人口规模巨大的现代化，是全体人民共同富裕的现代化，是物质文明和精神文明相协调的现代化，是人与自然和谐共生的现代化，是走和平发展道路的现代化。我们需要更加准确把握新时期人民群众对美好生活需要的特点，驰而不息、接续奋斗。

坚定向"美"而行，要在高质量发展中实现人的全面发展和全体人民共同富裕。

"以人民为中心的发展思想，不是一个抽象的、玄奥的概念，不能只停留在口头上、止步于思想环节，而要体现在经济社会发展各个环节。"习近平总书记强调。

立足新发展阶段、贯彻新发展理念、构建新发展格局。高质量发展，就是能够很好满足人民日益增长的美好生活需要的发展，是体现新发展理念的发展。

坚定向"美"而行，需要始终"把人民对美好生活的向往放在心头"，脚踏实地，久久为功。

"为人民谋幸福，是中国共产党人的初心。我们要时刻不忘这个初心，永远把人民对美好生活的向往作为奋斗目标。"

有梦想，有机会，有奋斗，一切美好的东西都能够创造出来。

代表作二：

从"实"字看为民族复兴奠定更强大物质基础
——习近平经济思想的生动实践述评之二

这是大国迈向强国的坚实路径：聚精会神做强实体经济这个发展根基，持续放大创新这个第一动力，大力弘扬求真务实的作风和不懈奋斗的精神。

习近平经济思想从马克思主义劳动价值论出发，统筹经济学价值与哲学价值，聚焦一个"实"字，是为民族复兴奠定更强大物质基础的经济学。九年来，中国经济的实力更加强大，创造力更加澎湃，运行的内在逻辑更加坚实。

夯实基础："坚持把经济发展的着力点放在实体经济上"

从中国空间站开启"有人长期驻留"新阶段，到复兴号高铁列车风驰电掣在青藏高原；从自主建造的"雪龙 2"号挺进极地，到"神威·太湖之光"超级计算机在数字世界中不断突破……新时代中国发展突飞猛进，靠的正是实体经济的坚实基础和科技创新的强劲动力。

越是宏伟的事业，越需要坚实的支撑。九年来，以习近平同志为核心的党中央，锚定一个"实"字，把实体经济及其背后的科技支撑，作为民族复兴千秋伟业的坚强柱石，作为应对国际竞争大风大浪的定海神针，带领全国人民一起，扎扎实实干出了新时代历史性成就。

步入新时代，靠什么积累和夯实民族复兴的物质基础，靠什么引领和驱动经济社会发展，靠什么抢抓机遇、抵御风险？习近平总书记有着深邃的思考和长远的谋划。

习近平经济思想把经济活动的起点、主体牢牢锚定在研发、生产、制造、流通等劳动活动上，希望企业实实在在地做产品，实实在在提供服务，实实在在提升品质。

梳理九年来总书记考察的足迹和重要讲话可以发现：工厂车间是高频地点，实体经济是高频词。

"实体经济是一国经济的立身之本、财富之源。先进制造业是实体经济的一个关键，经济发展任何时候都不能脱实向虚。"2018年10月，习近平总书记在广东珠海格力电器股份有限公司考察时强调。

着眼"两个大局"，习近平总书记高度重视实体经济的基础性作用："国家要提高竞争力，要靠实体经济""实体经济是大国的根基""实实在在、心无旁骛做实业，这是本分"……

"实"字的源头，是马克思主义理论和共产党人的立场。劳动价值是马克思主义经济学说的基底，劳动是价值实体和内在尺度，劳动创造价值。共产党人崇尚劳动，这就要求把发展的着力点放在实体经济上。

固本培元。九年来，以习近平同志为核心的党中央作出一系列战略部署，聚焦实体经济持续发力，不断夯实中国经济根基、夯实民族复兴的物质基础。

经济底盘愈发坚实，抗风险能力更加强大。中国经济总量迈上100万亿元新台阶，人均GDP突破1万美元。中国不仅拥有全球最全工业门类，而且正在新能源车、人工智能等领域弯道超车；粮食总产量连续7年保持在1.3万亿斤以上，"饭碗"牢牢端在自己手里……

重大工程星罗棋布，大国脊梁更加坚实。我国综合交通网突破600万公里，打造了全球最大的高速铁路网、高速公路网、世界级港口群。大兴机场如同凤凰展翅京津冀，白鹤滩水电站如同白鹤起舞金沙江，南水北调千里奔流，"中国天眼"FAST探测无垠太空……

"中华民族伟大复兴展现出前所未有的光明前景，正是源于我们实实在在的劳动成果奠定了物质基础。大国、强国的'骨骼'在于实体经济、在于科学技术。"中央党校（国家行政学院）教授辛鸣说。

锻造实力："坚持把做实做强做优实体经济作为主攻方向"

中国经济要实现由大向强的腾飞，要把发展主动权牢牢掌握在自己手中，必须进一步锻造自身的实力和竞争力。

"要深刻把握发展的阶段性新特征新要求，坚持把做实做强做优实体经济作为主攻方向""加快形成以创新为主要引领和支撑的经济体系和发展模式""金融要把为实体经济服务作为出发点和落脚点"……习近平总书记统筹全局、精准施策，着力科技创新，扎实推动金融服务实体经济，为实体经济发展营造良好环境。

聚焦关键技术，用创新把发展主动权牢牢掌握在自己手里。

在一粒米上铣出 56 个汉字，在一根头发丝上铣出 7 个字母……不久前，中国五矿所属中钨高新金洲公司成功研制直径 0.01 毫米的极小径铣刀，实现上机加工。

铣刀的精细度在一定程度上标注了一国制造业基础工艺的水平。"这项新突破将极大助力电子信息、医疗装备等先进制造领域质量升级。"金洲公司有关负责人表示。

实体经济是综合国力的根基，创新是实体经济的根基。

"核心技术靠化缘是要不来的，必须靠自力更生""大国重器必须掌握在自己手里"……九年来，以习近平同志为核心的党中央以前所未有的力度加强原创性、引领性科技攻关，围绕产业链部署创新链，不断强化自主创新。

集成电路、动力电池等国家级创新中心"投子布局"，加快攻坚重要领域"卡脖子"；培育国家级专精特新"小巨人"企业 4762 家，提速关键环节"补短板""锻长板"；推动互联网、大数据、人工智能和实体经济深度融合，建成 5G 基站超 115 万个，"5G+ 工业互联网"在建项目超过 1800 个……

世界知识产权组织全球创新指数排名中，中国从 2012 年的第 34 位跃升到 2021 年的第 12 位。技术水平进步、产业链现代化水平提速，实体经济"骨骼"更强健。

正本清源，把资金和资源更多投入实体经济。

11 月 15 日上午，北京证券交易所鸣钟开市。81 家首批上市企业中，87%来自先进制造业、战略性新兴产业等领域，17 家为专精特新"小巨人"企业。

当今世界，一些西方发达国家一边穷尽办法引导制造业回流，一边滥发货币转嫁风险；而中国，一手奋力突破"卡脖子"技术，一手坚决清除经济金融领域的风险隐患。

"把更多金融资源配置到经济社会发展的重点领域和薄弱环节""要把主动防范化解系统性金融风险放在更加重要的位置""防止平台垄断和资本无序扩张,依法查处垄断和不正当竞争行为"……习近平总书记坚决遏制脱实向虚,为金融业回归本源、平台经济规范发展指明方向。

全国普惠小微贷款和制造业中长期贷款余额今年9月末同比增速分别达到27.4%和37.8%,实际运营的P2P网贷机构已经清零,各项政策正在引导资本更多流向科技创新、高端制造业等领域……

激发活力、增强信心,用改革营造实体经济发展良好环境。

坚定推进供给侧结构性改革向提升实体经济质量发力、聚力;不断深化的"放管服"改革释放活力、提振信心;科技、人才体制改革不断深化,激发"第一动力"、用好"第一资源"……中国实体经济正加速从"汗水型"走向"智慧型"。

奋斗实干:"继续不懈奋斗,扎扎实实攀登世界高峰"

劳动创造价值,实干铸就伟业,奋斗开创未来。

踏上新征程,我们清醒地认识到,越是伟大的事业,越充满艰难险阻,越需要艰苦奋斗,越需要开拓创新。

"以咬定青山不放松的执着奋力实现既定目标,以行百里者半九十的清醒不懈推进中华民族伟大复兴。"《中共中央关于党的百年奋斗重大成就和历史经验的决议》强调。

"实现中华民族伟大复兴要靠实干""要扭住实体经济不放,继续不懈奋斗,扎扎实实攀登世界高峰""幸福是奋斗出来的""撸起袖子加油干、好好干"……总书记的讲话振奋人心、饱含启迪。聚焦"实"字谋发展,以实干奋斗赢得实实在在的未来。

以"实"的取向,聚精会神办好自己的事,为民族复兴奠定更强大物质基础。

越是形势严峻复杂,越是要立足实体经济站稳脚跟,越是要锐意进取抓住和创造机遇。

岁末寒冬,各地高质量发展景象热火朝天。

"擎风三号""擎风四号"——11月中旬,江苏徐工集团对外发布全新千吨级起重机新品,刷新了全球风电安装新高度。

"我们会坚定贯彻落实总书记考察徐工时提出的'努力占领世界制高点、掌控技术话语权,使我国成为现代装备制造业大国'要求,向全球产业'珠峰'不断发起冲击。"徐工集团工程机械有限公司董事长王民说。

11月以来，河北、湖北、云南、深圳等地开工上千个重大项目，包括新型显示研发生产基地、先进半导体显示产业总部等，总投资逾万亿元。"十四五"规划纲要提出的"保持制造业比重基本稳定""战略性新兴产业增加值占GDP比重超过17%"等目标，正在加速落地。

攻坚克难，要靠改革。从高标准市场体系建设到科技体制改革三年攻坚，从深化国有企业混合所有制改革到支持民营企业发展等，全面深化改革方向明确、持续发力。

以"实"的姿态，脚踏实地奋斗不已，激发更加主动的精神力量。

新征程是每个人的新征程。劳动创造价值，作为个人，还有自身奋斗的价值，因为劳动而美丽、崇高。

"征途漫漫，惟有奋斗""幸福不会从天降，美好生活靠劳动创造"……习近平总书记言语谆谆，激励着新征程上的人们奋斗前行。

在劳动中创造，所以气象万千；在奋斗中开拓，方能披荆斩棘。

踏上新征程，惟有脚踏实地、砥砺奋进，不断解放和发展社会生产力、解放和增强社会活力，才能创造更加辉煌的历史伟业，为实现中华民族伟大复兴奠定更为坚实、更加坚强的物质基础。

代表作三：

从"协"字看发展方式之变
——习近平经济思想的生动实践述评之四

统筹推进中国特色社会主义事业"五位一体"总体布局，协调推进"四个全面"战略布局，正确处理改革发展稳定的关系，党的十八大以来，以习近平同志为核心的党中央观大势、谋大局、虑长远、解难题，统筹兼顾、综合协调，突出重点、带动全局。

习近平经济思想从新发展阶段目标任务出发，统揽经济与社会、人与自然、经济基础与上层建筑，运筹速度与质量、效率与公平，聚焦一个"协"字，道出思想的广度、深度与维度，是为万世开太平的经济学。

协调发展：以理念之变掌握发展中的历史主动

GDP，衡量经济发展的重要指标。

2012年，中国经济增长新世纪以来首次回落到8%以下。

"速度再快一点，非不能也，而不为也。"

"我们不再简单以国内生产总值增长率论英雄，而是强调以提高经济增长质量和效益为立足点。"

立足中国国情，立足新发展阶段，以习近平同志为核心的党中央准确把握历史方位，牢牢掌握新时代发展的历史主动。

这是再塑经济发展路径的深刻变革——

面对"三期叠加"复杂局面，习近平总书记高瞻远瞩鲜明提出，我国经济发展进入新常态，已由高速增长阶段转向高质量发展阶段。

党的十八届五中全会上，凝聚着对中国发展道路的深邃思考，创新、协调、绿色、开放、共享的新发展理念，在对局部与整体、历史与未来、中国与世界的深刻把握中登高望远。

以新发展理念重构发展逻辑，关系我国发展全局的一场深刻变革就此展开。

这是打造经济发展空间格局的辩证逻辑——

东海之滨，大江奔涌，书写着新时代江海交汇的传奇故事。

"将支持长江三角洲区域一体化发展并上升为国家战略"，习近平总书记在首届中国国际进口博览会开幕式上宣布。

我国幅员辽阔，各地人口、资源禀赋差异巨大，统筹区域协调发展从来都是一个重大问题。

"不平衡是普遍的，要在发展中促进相对平衡。这是区域协调发展的辩证法。"总书记深刻指出。

千钧将一羽，轻重在平衡。

长江经济带发展、黄河流域生态保护和高质量发展协同并进；京津冀、粤港澳、长三角打造活跃增长极；西部大开发、东北全面振兴、中部地区崛起、东部率先发展蹄疾步稳……

"我们要学会运用辩证法，善于'弹钢琴'，处理好局部和全局、当前和长远、重点和非重点的关系，着力推动区域协调发展、城乡协调发展、物质文明和精神文明协调发展"。

大棋局接续落子，相连成势，区域协调发展空间布局愈加清晰。

这是兼顾速度与质量、统筹规模与结构的重大举措——

部分行业产能严重过剩，大量关键设备、核心技术依赖进口；一些地方"两高"项目盲目发展……

如果说"失衡"是我国经济结构的痛点所在，那么"均衡"就是结构调整、动力转换的主攻方向。

"着力加强供给侧结构性改革，着力提高供给体系质量和效率，增强经济持续增长动力，推动我国社会生产力水平实现整体跃升""必须坚定推动结构改革，宁可将增长速度降下来一些"……

针对有效供给不足、供需错配等结构性问题，以供给侧结构性改革为主线，以"三去一降一补"为重点任务，习近平总书记对症下药。

这是把握未来发展主动权的战略性布局和先手棋——

加快构建以国内大循环为主体、国内国际双循环相互促进的新发展格局。面对复杂多变的国际国内环境，习近平总书记高瞻远瞩、审时度势，及时提出关系我国发展全局的重大新战略。

"这个新发展格局是根据我国发展阶段、环境、条件变化提出来的，是重塑我国国际合作和竞争新优势的战略抉择""在新发展格局下，中国开放的大门将进一步敞开，同世界各国共享发展机遇"。

协同共进：以内涵之变推动人与自然和谐发展

山西大同郊外，从空中俯瞰，两只"大熊猫"格外显眼——这是全球首座大熊猫造型的光伏电站，每年发电量可供约 3.4 万个家庭使用一年。

大同曾面临"一煤独大"的产业困局，更面临污染严重的生态困局。川流不息的运煤车荡起冲天煤尘，久而久之给云冈大佛披上了一层"黑袈裟"。

近年来，百年"煤都"加速向"新能源之都"迈进，经济更加健康，还换回了年均 300 余天的"大同蓝"。

习近平总书记指出，我国建设社会主义现代化具有许多重要特征，其中之一就是我国现代化是人与自然和谐共生的现代化，注重同步推进物质文明建设和生态文明建设。

这是实现永续发展的必然要求——

环境问题的本质是高资源消耗、高污染排放的经济发展方式问题，表现在产业结构、资源环境效率等方面。

"我们不能吃祖宗饭、断子孙路，用破坏性方式搞发展""应该遵循天人合一、道法自然的理念，寻求永续发展之路""杀鸡取卵、竭泽而渔式的发展是不会长久的"……

从"两个文明"到"三位一体""四位一体"，再到党的十八大首次把生态文明建设纳入"五位一体"总体布局，中国式现代化新道路进入全面推进、全面协调、更具中国特色、引领全球发展方式的新阶段。

一系列重大部署宣示党中央推进生态文明建设的坚定决心——

党的十八届五中全会，绿色发展成为新发展理念重要组成；

党的十九大明确提出加快生态文明体制改革，建设美丽中国；

2018年3月通过的宪法修正案将生态文明写入宪法；

党的十九届五中全会强调"推动绿色发展，促进人与自然和谐共生"……

一系列制度改革推动我国生态文明建设驶入快车道——

重塑人与自然的关系：《生态文明体制改革总体方案》等数十项涉及生态文明建设的改革方案相继出台；

生态环境质量成为硬约束：生态文明建设目标评价考核、自然资源资产离任审计、生态环境损害责任追究有效实施；

以制度之力助推污染防治：生态环境监测数据质量管理、河（湖）长制、禁止洋垃圾入境等环境治理制度落地生效；

发挥绿色经济政策引导作用：绿色金融改革、自然资源资产负债表编制、环境保护税开征、生态保护补偿等环境经济政策进展顺利。

"绿水青山就是金山银山""努力实现经济社会发展和生态环境保护协同共进，为人民创造良好生产生活环境"……

习近平总书记指明方向，我国生态文明建设和生态环境保护从认识到实践发生了历史性、转折性、全局性变化，走出了一条经济社会高质量发展、生态环境高水平保护、高品质生活相得益彰、人与自然和谐相处的绿色发展之路。

协力齐心：以维度之变选择最有效发展模式，走中国式现代化新道路，创造人类文明新形态

11月6日，一列和谐号列车缓缓驶入云南大理州南涧县小湾东站，这座为巩固脱贫攻坚成果、有效衔接乡村振兴设立的火车站开通运营，几十万群众生产生活因此受益。

经济学中有一种"帕累托最优"观点，指资源分配中达到公平与效率的一种理想状态。这种协调发展模式前后左右相互照应，是最有效的发展模式。

"协调既是发展手段又是发展目标，同时还是评价发展的标准和尺度，是发展两点论和重点论的统一，是发展平衡和不平衡的统一，是发展短板和潜力的统一。"

面对社会主要矛盾变化，习近平总书记深入总结历史经验和教训，做出正确研判，推动物质文明、政治文明、精神文明、社会文明、生态文明协调发展。

这是惠及人口最多，促进社会公平正义的中国式现代化新道路——

"协调增进全体人民的经济、政治、社会、文化、环境权利，努力维护社会公平正义，促进人的全面发展"。

强化反垄断和防止资本无序扩张，深入推进公平竞争政策实施；出台教育"双减"政策，规范治理校外培训机构；坚持"房住不炒"的房地产调控政策……

党的十八大以来，一系列推动行业健康发展、促进社会公平正义行动扎实展开，人民群众获得感、幸福感、安全感不断提升。

这是促进物质文明与精神文明协调发展的务实举措——

11月24日，中央全面深化改革委员会第二十二次会议审议通过《关于让文物活起来、扩大中华文化国际影响力的实施意见》。

"让文物真正活起来，成为加强社会主义精神文明建设的深厚滋养，成为扩大中华文化国际影响力的重要名片"，习近平总书记在主持会议时强调。

物质文明不断丰富促进精神文明领域全面发展；精神文明又成为物质文明得以巩固和发展的必要条件。

"我们说的共同富裕是全体人民共同富裕，是人民群众物质生活和精神生活都富裕，不是少数人的富裕，也不是整齐划一的平均主义。"习近平总书记深刻指出。

这是迈向伟大复兴更为主动的精神力量——

"坚持真理、坚守理想，践行初心、担当使命，不怕牺牲、英勇斗争，对党忠诚、不负人民"。

在庆祝中国共产党成立100周年大会上，习近平总书记鲜明提出伟大建党精神，在9500多万党员、14亿多中国人民心中激荡起继往开来、砥砺奋进的磅礴力量。

汲取博大精深的中华优秀传统文化，首次阐释以伟大创造精神、伟大奋斗精神、伟大团结精神、伟大梦想精神为主要内涵的伟大民族精神，成为推动我国发展进步的强大精神动力。

"精神是一个民族赖以长久生存的灵魂，唯有精神上达到一定的高度，这个民族才能在历史的洪流中屹立不倒、奋勇向前。"总书记道出真谛。

（新华社 2021 年 12 月 04 日）

申报资料实录

作品简介： 为做好迎接中央经济工作会议报道，新华社国内部连续播发 5 篇"习近平经济思想的生动实践述评"。这一组述评聚焦"美""实""效""协""共"五个字，结合生动实践，深入阐释习近平经济思想的丰富内涵和精髓要义。文章指出，习近平经济思想从社会主要矛盾变化出发，坚持以人民为中心，引领中国发展更加聚焦"美"，是为人民谋幸福的经济学；习近平经济思想从马克思主义劳动价值论出发，统筹经济学价值与哲学价值，聚焦一个"实"字，是为民族复兴奠定更强大物质基础的经济学；习近平经济思想从经济规律和我国经济发展实际出发，统筹政府与市场的关系，聚焦一个"效"字，是新时代社会主义市场经济学；习近平经济思想从新发展阶段目标任务出发，统揽经济与社会、人与自然、经济基础与上层建筑，运筹速度与质量、效率与公平，聚焦一个"协"字，是为万世开太平的经济学；习近平经济思想从社会主义本质出发，统筹效率与公平，聚焦一个"共"字，是共同富裕的经济学。作品以通俗易懂方式，传递鲜明观点：新时代中国经济创造的奇迹，根本在于遵循习近平经济思想的指引。中国经济长期向好之势不可逆转、中华民族伟大复兴历史进程不可逆转。

社会效果： 这组重磅述评一经播发便在全社会产生现象级阅读之效，几乎每篇报道都超过 800 家媒体转载，单篇全网阅读量过亿。人民日报、光明日报、解放军报等 30 多家中央媒体头版连续呈现，百度、今日头条、腾讯等网络终端篇篇头条置顶，新华社客户端、学习强国等设立首页专题。中央部门、地方政府以及行业企业受众予以广泛好评，有出版社已主动联系出书，影响力"出圈"，报道充分彰显出新华社报道舆论龙头引领作用。

初评评语： "习近平经济思想的生动实践系列述评"聚焦"美""实""效""协""共"五个字，深度解析习近平经济思想重要内涵。高屋建瓴、格局宏大，富有哲理性和思辨性，是这组报道备受关注的一大亮点。这组报道通过深入阐释习近平经济思想回应发展关切，传递出迎难而上的正能量，有助于提振各方信心。

沿着高速看中国

集　体

限于篇幅，文字稿略，获奖作品请见中国记协网 http://www.zgjx.cn。

（中央广播电视总台 2021 年 04 月 10 日）

申报资料实录

作品简介：《沿着高速看中国》大型行进式主题报道，紧扣庆祝建党 100 周年主题，以中国高速路网为经纬，在行进报道中，串联起红色历史印记、百年发展历程、全面建成小康社会、生态文明建设、扩大改革开放、中华文化传承等时代元素，全景呈现百年大党光辉奋斗历程，生动展现充满发展活力的中国。报道持续 70 余天，总台新闻中心共派出 72 路车队，沿着 22 条高速公路行进，足迹覆盖祖国 31 个省市自治区，总行程超过 9 万公里。

社会效果：《沿着高速看中国》主题报道相关内容在总台平台的跨媒体总触达人次为 40.62 亿次，其中电视端累计观众触达人次 35.36 亿次。14 期特别节目在新闻频道播出同时，央视新闻客户端、抖音、快手等全网 13 家媒体平台并机直播，网端观看总量 3821.4 万人次。微博 # 沿着高速看中国 # 话题阅读量达 7 亿，讨论 11.6 万。

初评评语：2021 年是中国共产党成立 100 周年，也是实施"十四五"规划、开启全面建设社会主义现代化国家新征程的第一年，是党和国家历史上具有里程碑意义的一年。作为建党百年报道的开篇之作《沿着高速看中国》具有重要的现实意义和时代价值。节目采用行进式报道，以高速公路为骨架，沿路走访山河湖海，云游城镇乡野，品味风土人情，串联经济动脉。报道持续 70 余天，72 路报道车队总行程超过 9 万公里。以最直观的视角带领观众品读中国故事，体验中国速度，见证中国变迁，感受中国实力。报道将故事线、精神线、成就线、风景线、文化线有机的编织在一起，展现出中国日新月异的发展和赓续传承的事业。《沿着高速看中国》既注重思想性、主题性，又体现出知识性、可看性。形式清新活泼，多平台传播大小屏融合，是总台不可多得的主题系列报道。

国之大者

集 体

限于篇幅，文字稿略，获奖作品请见中国记协网 http://www.zgjx.cn。

（湖南广播电视台 2021 年 05 月 17 日）

申报资料实录

作品简介：种源安全关系到国家安全，是保障粮食和重要农产品安全这个"国之大者"的根本所在。只有攥紧中国种子，才能端稳中国饭碗。习近平总书记强调，必须下决心把民族种业搞上去，实现种业科技自立自强、种源自主可控。该系列报道共 11 集，聚焦农作物、畜禽、水产等领域的种业安全，以我国在种业科学攻关上取得的重大突破为主线，多路记者奔赴全国十余个省（区、市）深入采访，致敬长年累月奋战在科研一线，较少为观众所知晓，但为粮食安全、种业安全作出重要贡献的科学家和科研团队，谱写了一曲矢志打赢种业翻身仗的动人赞歌。为了一个丰衣足食的世界，种业科学家们胸怀"国之大者"，把使命扎根共和国的沃土，用丰收托举亿万人的幸福。如在《大漠育棉人 最是红柳魂》一集中，三代科研人员 70 多年来扎根大漠，攻克长绒棉育种的世界难题，推动新疆成为我国最大、世界重要的棉花产区。作品既礼赞了几代育种人担当国家使命的赤诚奉献，也有力回击了当时某些国际组织和企业污名化新疆棉的行径。本片主题重大，立意高远，大力弘扬科学家精神，讲好田野上的中国故事，兼具思想性、时代性和前瞻性。

社会效果：作品以饱满的情感、细腻的笔触、传神的细节，展现出科学家们高尚的情操和鲜活的个性，树立时代精神标高。节目播出后，在全国引发广泛反响，特别是在年轻群体中更是反响强烈。学习强国、新华社、央视网、芒果 TV、风芒、华声在线等新媒体纷纷转发，播放量达 5000 多万次。在网络社交平台，"致敬种业科学家"成为热点话题。网友们发自内心地感动和点赞："一个细节让人泪目！八旬院士方智远为了让'洋白菜'变身'中国种'，长年坚持在太阳下人工授粉，导致一只手白，一只手黑。""没想到平时穿的羊毛衫透着这么大的学问，原来是我们终于有了自己的细毛羊。""国家的兴衰与存亡，有时只在一粒种子之间。你说他们图什么？远大理想，家国情怀，说的就是这群令人肃然起敬的科学家吧！"

初评评语：该系列报道聚焦我国种业科学家如何破解种源"卡脖子"问题，选题重大而富有原创，故事生动而富有情感，书写了践行"四力"的创新典范。对于致力打赢种业翻身仗，推动中国从种业大国迈向种业强国，对于提升民族精神、坚定"四个自信"，特别是在国际形势发生深刻复杂变化的当下，具有重大的现实意义和深远的政治意义。

习近平法治思想系列解读报道

曹 音 杨泽坤 张 怡

代表作一：

NPC opinion solicitation program sees success
CAO YIN

Carrying copies of draft laws from door to door and conducting interviews with residents to solicit their opinions on legislative affairs is one of Wang Zunyi's major tasks. Over the past six years, Wang — with residents of the Gaozhuang community that he heads in Xiangyang, Hubei province — has presented more than 100 suggestions to the Standing Committee of the National People's Congress, China's top legislature. Thanks to the establishment of a "grassroots legislation opinion collection station", an innovative move initiated by the NPC Standing Committee in July 2015, people like Wang can give their advice directly to the legislature. Du Jun, deputy director of the standing committee of the people's congress of Xiangyang, the city's legislative body, said this was a bridge between the public and lawmakers. "It shows that legislation comes from the people and is for the people, and it's an implementation of Xi Jinping Thought on the Rule of Law," he said. A key part of Xi Jinping Thought on Socialism with Chinese Characteristics for a New Era, this was highlighted in November at a central conference in Beijing on work related to overall law-based governance. President Xi Jinping stressed that work on the rule of law should be people-centered, saying that the advancement of overall law-based governance is dependent on society. He also noted that the legislative process must ensure that people's demands and interests are prioritized. Du said: "What we should do first to reach the goal of making a law scientifically is to open the door to hear more voices. Whether a law can work depends on whether it can serve the people, protect their rights and regulate their behavior. "Gathering different opinions on a draft law from people from the grassroots level and various walks of life and finally reaching an agreement is a good reflection of Xi's remarks that China's democracy is a whole–process democracy." Along with Xiangyang, the NPC Standing Committee also designated the standing committees of legislatures in Lintao, Gansu province, Jingdezhen, Jiangxi province, and Hongqiao subdistrict of Shanghai to be among the first group of opinion collection stations. Wang's Gaozhuang community, home to about 9,100 residents and many small and medium–sized enterprises, was named by the standing committee of Xiangyang's legislature as one of its opinion collection stations in late 2015. "I thought legislation was something I could never be involved in But in recent years, I've been given the chance to speak out about my concerns at home, and I hope lawmakers will resolve the problems," said Wang, 55. In November 2019, Wang held a seminar with his colleagues in the community and a few legal professionals, at which they discussed a draft amendment to the Minors Protection Law. "Many parents and teachers were interested in the draft because children's development matters to every family," Wang said while showing several bunches of files containing their suggestions to China Daily. He added that most of the advice residents gave called for schools to strengthen measures to prevent bullying on campus. The NPC Standing Committee passed the Minors Protection Law last year after three reviews, and it took effect on June 1. The revised law clarifies that schools should take preventive measures to curb bullying and requires them to inform the offenders' parents or guardians in a timely manner and offer counseling for victims. Wang expressed his sense of fulfillment while talking about the amended law. "It means legislators attached importance to our suggestions. Our voices on legislative affairs are getting stronger," he said. From the end of 2016 to April this year, the community had provided more than 140 suggestions on 35 national–level laws, according to Wang. Targeted collection He Aiqun, director of the legislative affairs commission of the standing committee of Xiangyang's legislature, said soliciting opinions on legislation from the grassroots is done thoughtfully. For instance, suggestions on the then draft section on marriage and family in the Civil Code were collected in Gaozhuang, "as such content was something everyone could identify with, so most of the residents had something to share", he said. In addition, while gathering opinions on a draft amendment to the Wildlife Protection Law in April, He and his colleagues visited people living and working in the forests of Nanzhang county in Xiangyang as well as wildlife protection centers in the city, and they held seminars with relevant departments. Wei Zhengcai, an official from Xiangyang's natural resources conservation bureau, attended one of those seminars in April. He suggested legislators add a clause in the draft amendment to allow local governments to compensate villagers when their agricultural products are damaged by wild animals. "I made that suggestion because I heard frequent complaints from villagers who had trouble with wild boars eating or destroying watermelons, which created a dilemma for law enforcement because the animals are protected," Wei explained. "Some people built wire fences to keep the boars out of their fields, but the fences could harm the animals," he said. "If we just focus on wildlife protection, the villagers may face economic losses or even personal safety risks." He also suggested that the NPC Standing Committee seeks a balance between protecting wild animals and upholding the people's interests in its next version of the draft amendment. Such targeted collection is essential, he said. "It can help us figure out what grassroots law enforcement departments urgently need, and then we give accurate responses to the country's top legislature," he said. As of April, Xiangyang's legislature had selected 17 smaller collection stations to gain more opinions on legislation. So far, people in the city have provided more than 1,100 suggestions on 58 items of national–level legislation, and 149 of these have been accepted by the NPC Standing Committee. The NPC Standing Committee designated six other places, including the China University of Political Science and Law, as the second group of collection stations last year after finding success with the first group. Li Zheng, director of the university's Research Office, said his collection station concentrates more on improving the quality of legislative suggestions, "as some 500 law academics of the university are a think tank for legal research". "Their legislative views are more professional, and discussions among the experts from different fields will improve lawmaking," he said. "Many law professionals, such as those focusing on the Constitution, administrative laws and criminal laws, exchanged ideas several times, and their professionalism could provide major support for other suggestions collected from the grassroots," he said.

译文：

以人民为中心，科学立法初见成效

曹音

湖北省襄阳市高庄社区书记王遵义的日常工作之一就是拿着法律草案复印件挨家挨户走访居民，征求他们对草案和立法事务的意见建议。

过去六年里，高庄社区向全国人大常委会提出的建议超过百份。

老百姓可以如此直接向全国最高立法机关提出建议意见，要归功于全国人大常委会法工委"基层立法联系点"的设立。

"基层立法联系点是公众与立法者之间的桥梁。它的设立体现了立法依靠人民、为了人民，也是对习近平法治思想的遵循贯彻。"襄阳市人大常委会副主任杜军在接受中国日报记者采访时这样说道。

2020年11月召开的中央全面依法治国工作会议，确立了习近平法治思想在全面依法治国工作中的指导地位。作为习近平新时代中国特色社会主义思想的重要组成部分，习近平法治思想是全面依法治国的根本遵循和行动指南。

在中央全面依法治国工作会议上，习近平总书记强调，要坚持以人民为中心。全面依法治国最广泛、最深厚的基础是人民，推进全面依法治国的根本目的是依法保障人民权益，要坚持全面推进科学立法。

杜军说："贯彻习近平法治思想于立法者而言，首先就是要打开立法之门、倾听百姓之声，做到科学立法，因为一部法律能否发挥作用，取决于它能否为人民服务、保障人民权益、规范人民行为。"

"此外，就一部法律草案充分征求基层各方意见，最后达成一致，也是全过程人民民主的体现。"杜军补充说道。

2015年7月，全国人大常委会法工委报经批准，将湖北省襄阳市人大常委会、甘肃省临洮县人大常委会、江西省景德镇市人大常委会、上海市虹桥街道办事处设立为首批基层立法联系点。

为更广泛、更全面地征求人民群众对立法工作的意见建议，襄阳市人大常委会又在全市范围内进一步设立了站点。王遵义所在的高庄社区有9100户居民和很多中小企业，并于2015年底成为了站点之一。

55岁的王遵义说："以前，我觉得自己不可能和立法扯上关系，但这些年，我发现立法其实离老百姓不远。大家的困难、想法在家门口随时可以提，通过基层立法联系点反映上去，进而得以解决。"

2019 年 11 月，王遵义邀请几位法律专家与社区居民一起就《中华人民共和国未成年人保护法》修订草案召开了一次研讨会。

王遵义拿出几叠写满了居民建议意见的文件，并告诉记者，这部法律草案征求意见时，居民十分踊跃。

"社区有很多家长、老师，他们对这部法律草案都很关注。毕竟，孩子的成长与每个家庭都息息相关。"王遵义说，"当时大家的建议普遍集中在呼吁校方加大力度、采取措施避免校园欺凌。"

2020 年 10 月，《中华人民共和国未成年人保护法》修订案经十三届全国人大常委会第 22 次会议表决通过，于 2021 年 6 月 1 日施行。新修订的法律明确规定：学校应当建立学生欺凌防控工作制度，对学生欺凌行为应当立即制止，通知实施欺凌和被欺凌未成年学生的父母或者其他监护人参与欺凌行为的认定和处理，并对相关未成年学生及时给予心理辅导。

谈到这部修订后的法律，王遵义成就感满满。

他指着与校园欺凌相关的条款，对记者说："这就说明立法者重视我们老百姓的建议，听见了我们的声音。"

据他介绍，自 2016 年底至 2021 年 4 月，高庄社区共对 35 部国家级法律草案提出了超过 140 条建议。

"精准"征集

襄阳市人大常委会法工委主任何爱群表示，每部法律草案的建议征集都是经过深思熟虑的，并非漫无目的。

例如，《中华人民共和国民法典婚姻家庭编》草案征求意见时，法工委就选择了高庄社区。"因为草案的内容就是老百姓关心的家事。他们对此有很多好的想法、建议，他们也乐于把这些与我们分享。"何爱群说。

2021 年 4 月，当《中华人民共和国野生动物保护法》修订草案开始征求意见时，何爱群和同事们就没再去高庄社区，而是选择前往襄阳市南漳县和市野生动物保护中心进行调研，并组织座谈。

襄阳市自然资源和规划局调研员魏正才就参与了这次调研和座谈会。在与襄阳市人大常委会基层立法联系点工作人员讨论的过程中，他建议法律草案增设一款，即允许地方政府就野生动物致害设立补偿制度。

"之所以提出该建议，正由于我工作中碰到的'两难'窘境。我发现一些农户在田地周围搭建铁丝围栏，询问中他们跟我抱怨，说这是不得已而为之，因为野猪常来糟蹋农作物。他们的本意就是想保护自己的农作物，并不是伤害野猪。"魏正才说。

"如果我们的法律只考虑保护野生动物，那农户可能会面临野生动物给他们带来的经济损失，甚至人身安全损害。"

因此，他建议全国人大常委会在修法过程中寻求一个平衡点，既要保护野生动物，也要保护这些农户的合法利益。

在他看来，精准征求意见十分必要。

"这有利于立法联系点的工作人员及时弄清执法中的问题，进而可以准确地向全国人大常委会法工委作出反馈。"

截至 2021 年 4 月，襄阳市人大常委会已设立 17 个基层意见收集站点，以便更广泛地收集立法建议。到目前为止，襄阳市共就 58 部国家级法律草案提出了超过 1100 条建议，其中 149 条被全国人大常委会采纳。

首批基层立法联系点初见成效后，全国人大常委会法工委又建立了包括中国政法大学在内的六个第二批基层立法联系点。

中国政法大学科研处处长栗峥表示，作为法律研究基地、法律智库，中国政法大学更注重提升立法建议的质量。

"毕竟，法律学者们的立法建议更专业，而且来自不同法学领域的观点碰撞也有利于立法进一步完善。"栗峥说。

"以基层立法联系点为平台，宪法、行政法、刑法学等领域的专家们可以就法律草案充分进行头脑风暴、意见交锋，他们的专业意见也是政法大学基层立法联系点的重要支撑。"他补充说道。

代表作二：

Reviews of rules help safeguard authority of Constitution
CAO YIN

In recent years, China has intensified the review of normative documents, including administrative regulations and judicial interpretations, to ensure they do not contradict the Constitution. The effort has played a major role in effectively implementing Xi Jinping Thought on the Rule of Law in further upholding the authority of the Constitution, the fundamental law. At the 19th National Congress of the Communist Party of China in 2017, President Xi Jinping, who is also general secretary of the CPC Central Committee and chairman of the Central Military

Commission, called for stronger oversight to ensure compliance with the Constitution, requiring intensified reviews of it to safeguard its authority. In a central conference on work related to overall law-based governance last November, Xi stressed that in order to promote the modernization of China's governance system and capacity along the path of the rule of law, it is necessary to require every entity, including government agencies, Party organs, social organizations and enterprises, to shoulder the responsibility of maintaining the dignity of the Constitution and ensuring its implementation. Under the central leadership's requirement, the country has accelerated efforts to strengthen reviews to determine whether normative documents conflict with the Constitution. In December 2019, the Standing Committee of the National People's Congress, the country's top legislature, adopted a guideline that specified what normative documents need to be reviewed and that those items that are inconsistent with the Constitution should be corrected or removed. The committee's Legislative Affairs Commission has been required to include the reviews in their annual regulation filings and work report to the NPC Standing Committee, which means that the reviews have been further regulated and that the work the commission is doing to implement the fundamental law has also been made public. The commission has made this report every year since 2017, but items that contradicted the Constitution were not clearly listed in the report before 2020. "The 2020 report to the NPC Standing Committee made a breakthrough in terms of reviews concerning the Constitution," said Liang Ying, an official of the Legislative Affairs Commission. "Previously, our work related to the Constitution was rarely shown to the public in such a straightforward manner. "The breakthrough will help the nation adhere to Constitution-based governance, as required by President Xi, and it will also contribute to implementing the Constitution, upholding its authority and deeply advancing the rule of law nationwide," he said. A report submitted to the NPC Standing Committee in January highlighted scrutiny involving the Constitution and discussed three cases in which people questioned laws, regulations or documents that they believe conflicted with the Constitution. One of the cases involved Fang Shimin, a resident of Xuancheng, Anhui province. He wrote a seven-page letter to the commission in February 2018, complaining that a judicial interpretation appeared to conflict with the Constitution. According to Fang, the compensation standard for personal damages to rural residents in incidents such as traffic accidents or plane crashes in the interpretation — which was issued by the Supreme People's Court, the nation's top court — differed from that for urban residents. To Fang, the difference meant the life of a rural resident was not equal to the lives of urban residents. "It's unfair, and it's inconsistent with the spirit of the Constitution and the principle of the General Provisions of Civil Code," he said and suggested the commission review the interpretation. After reading the letter, Liang's office solicited opinions from the top court and the commission's civil division. Then it asked the court to correct or improve the interpretation at an appropriate time and share the process of the case's handling with Fang. In response, the court asked local courts to work on unifying the standard in September 2019. Although that work continues, the top court said it will improve the interpretation as quickly as possible. "Ensuring that normative documents are consistent with the Constitution has always been a key criterion in our work, although it was not clearly mentioned in our work reports before," Liang said, adding that efforts to cast more light on the process can be attributed to the closer attention paid by the central leadership and also the increasing awareness of the public. According to Legislative Affairs Commission statistics, the NPC Standing Committee received 5,146 review suggestions from individuals and organizations last year. From these, the public put forward more than 100 suggestions on whether related documents were consistent with the Constitution. "It was a large number, which we hadn't seen before," Liang said. More efforts urged Qin Qianhong, deputy head of the Association of Constitutional Law with the China Law Society, has been following the review of normative documents made by the NPC Standing Committee in recent years. He said the top legislature has greatly contributed to the nation's adherence to Constitution-based governance. "It brought the fundamental law closer to the people and has made it more influential in every aspect of their lives," said Qin, who is also a professor at Wuhan University in Hubei province who specializes in the Constitution. He welcomed the report on the review, regarding it as a way to publicly uphold the dignity of the Constitution and help more people understand the law. The NPC established the Constitution and Law Committee in March 2018. Later that year, the committee set up an office devoted to the study of the Constitution. "Since then, our country has had a specialized department to focus on the Constitution and respond to relevant issues of the law," Qin said. "Its establishment showed significant progress in the adherence to Constitution-based governance nationwide." While strengthening the review of normative documents to ensure they do not contradict the Constitution, the committee has also intensified similar scrutiny over the drafting or amending of laws as well as in the issuance of legal decisions. A draft decision on the opening date of the NPC's full session in 2020 was submitted for deliberation to the NPC Standing Committee in February last year. It explained that the annual meeting was postponed to ensure epidemic control and prevention and clarified that the decision was made in line with the Constitution. "That is to say, adherence to Constitution–based governance and respect for the rule of law were carried out throughout the top legislature's work," Qin said. Furthermore, government officials have been ordered to take an oath to the Constitution before they are sworn in, and China has also named Dec 4 as its annual Constitution Day. In 2019, the central leadership called for effective implementation and supervision of the Constitution at the Fourth Plenary Session of the 19th CPC Central Committee, saying that the procedure of interpreting the Constitution should be implemented and the reviews on whether normative documents are consistent with the fundamental law also need to be promoted. Research on issues While document reviews have been strengthened over the past few years, "we have also been conducting more research on issues related to the Constitution", Liang said. "Problems involving the Constitution in drafting documents or making decisions should be notified to NPC Standing Committee in a timely manner, and the top legislature should interpret the law or relevant content in the law if necessary." According to Liang, the commission has always attached importance to academic studies related to the Constitution. It helped Beihang University establish a research center for improving the system of normative document reviews and supported Zhejiang University in launching specialized courses on the subject. "Next, we'll further increase theoretical research on reviews involving the Constitution. We'll urge more experts to focus on the issues, and we'll build a review–related database to strengthen the combination of the theory and practice," he said.

译文：

推进合宪性审查对维护宪法权威起到重要作用

曹音

近年来，中国切实加强了包括行政法规和司法解释在内的规范性文件合宪性审查，以确保其内容同宪法规定相符合。

此举为贯彻落实习近平法治思想关于维护宪法这一基本大法的权威的要求起到了重要作用。

2017 年，党的十九大召开，中共中央总书记、国家主席、中央军委主席习近平代表第十八届中央委员会向大会作报告。报告提出，要加强宪法实施和监督，推进合宪性审查工作，维护宪法权威。

2020 年 11 月，中央全面依法治国工作会议召开。习近平总书记强调，要坚定不移地走中国特色社会主义法治道路，为全面建设社会主义现代化国家提供有力法治保障。他提出，要坚持依宪治国、依宪执政，全国各族人民、一切国家机关和武装力量、各政党和各社会团体、各企业事业组织，都负有维护宪法尊严、保证宪法实施的职责。

在党中央的坚强领导和明确要求下，中国合宪性审查工作按下"快进键"。

2019 年 12 月，全国人大常委会审议通过了《法规、司法解释备案审查工作办法》（以下简称《办法》），进一步明确了备案审查范围和审查职责，规定不合宪的规范性文件，应当予以修改或废止。

根据《办法》，全国人大常委会法工委在备案审查工作中加大了对规范性文件合宪性审查的力度，并将此内容通过《2020 年备案审查工作情况报告》向全国人大常委会予以说明。

自 2017 年起，全国人大常委会开始听取备案审查工作报告，但有关合宪性、涉宪性的内容在 2020 年报告公开前鲜少披露。

这次"披露"在全国人大常委会法工委法规备案审查室主任梁鹰看来，是近年来合宪性审查工作的"突破"。"以往很少直接、正面地对合宪性审查的内容予以强调。"他说。

梁鹰表示，这次"突破"有助于贯彻落实坚持依宪治国，也将对推进宪法实施监督、维护宪法权威、深化全面依法治国起到重要作用。

2021 年 1 月全国人大常委会听取的《2020 年备案审查工作情况报告》对合宪性、涉宪行问题进行了重点关注，同时还披露了 3 件公民提出的合宪性审查建议及其办理情况。

其中一件来自安徽宣城居民方诗敏。2018 年 2 月，方诗敏给全国人大常委会法工委写了一封信，整整 7 页 A4 纸，内容与最高人民法院的一件司法解释有关。

方诗敏在信中指出，最高法在司法解释中确立的人身损害赔偿计算标准区别对待城镇居民和农村居民。这在方诗敏看来，意味着"同命不同价"。"这与宪法有关精神不一致，也不符合民法总则规定的平等、公平原则，建议对该司法解释进行合宪性审查。"他在信中写道。

收到信后，法工委备案审查室先后征求最高人民法院、法工委民法室意见。经审查研究，法工委建议最高人民法院适时完善相关制度，并及时向方诗敏反馈了审查研究结果。

2019 年 9 月，最高人民法院已授权各省、自治区、直辖市高级人民法院、新疆生产建设兵团分院开展统一城乡人身损害赔偿试点工作。虽然目前该试点工作仍在进行中，最高人民法院表示，将尽快对此司法解释作出修改。

"在法规、司法解释备案审查过程中，对合宪性、涉宪性问题作出研究处理是备案审查工作的常规内容，但确实没有在此前的工作报告中特别强调。"梁鹰说。他指出，随着国家对合宪性审查逐步重视，以及公民法律意识的不断提升，这些年相关工作显现实质性进展。

据全国人大常委会法工委数据显示，2020 年全国人大常委会共收到公民、组织提出的审查建议 5146 件。其中，社会各界提出的合宪性审查建议多达百余件。

"这不是个小数目，是以往没有过的。"梁鹰说。

砥砺前行

中国法学会宪法学研究会副会长秦前红对合宪性审查工作持续关注。在他看来，这些年全国人大常委会在维护宪法权威、坚持依宪治国方面已取得长足进步。

"全国人大常委会不断激活宪法潜能，让宪法成为百姓看得见、摸得着的国家根本大法。"同时也在武汉大学法学院任教的秦前红补充说道。

他为全国人大常委会开始听取合宪性审查工作情况的举措"点赞"，认为这是向公众表明要维护宪法尊严和权威的具体表现。

2018 年 3 月，全国人大宪法和法律委员会成立。同年，全国人大常委会法工委增设宪法室，加强对宪法法律的研究。

在秦前红看来，这意味着我国有了回应涉宪问题、保证宪法得到切实遵守和执行的专门机构，是推进依宪治国工作的一大进步。

在加强合宪性审查的同时，全国人大宪法和法律委员会也在审议有关法律草案时，对涉宪性问题进行研究，已确认其符合宪法规定、原则和精神。

比如，在《关于推迟召开第十三届全国人民代表大会第三次会议的决定（草案）》的说明中，就明确：根据当前疫情形势和防控工作需要，适时推迟全国人民代表大会会议举行时间，符合宪法原则和精神。

秦前红说："这就是说，捍卫宪法权威贯穿了国家最高立法机关的整个立法过程。"

此外，国家工作人员就职时需向宪法宣誓，每年 12 月 4 日也被确定为国家宪法日。

党的十九届四中全会也明确提出，加强宪法实施和监督，落实宪法解释程序机制，推进合宪性审查工作。

继续深耕

梁鹰告诉记者，尽管合宪性审查工作在这些年取得了进步，但有关合宪性审查的理论研究工作还需要继续深耕。"各方面、各地方在制定法规规章中遇到涉及宪法问题的情形，要及时向全国人大常委会提出。全国人大常委会也会在必要时对宪法有关规定作出解释。"他说。

梁鹰指出，全国人大法工委高度重视合宪性审查的理论研究工作。围绕构建中国特色社会主义备案审查理论体系框架，法工委推动北京航空航天大学依托法学院建立了备案审查制度研究中心，还支持浙江大学法学院开展了备案审查专题课程。

"下一步，我们将继续加强合宪性审查和备案审查理论研究，鼓励更多专家专注于此类研究，并建立备案审查专家委员会，促进理论与实践相结合。"梁鹰补充说道。

代表作三：

Creating rule of law with Chinese characteristics

ZHANG YI

The development of the country's legal system embodies the essence of Chinese legal culture while embracing useful aspects of foreign law, experts said.

At the first central conference on law—based governance in November last year, General Secretary of the Communist Party of China Central Committee Xi Jinping said that China should explore a legal path derived from its practice of revolution, construction and reform. He also said that the law in China should embody the excellence of traditional Chinese legal culture and draw lessons from beneficial legal achievements from abroad. The meeting marked the establishment of Xi Jinping Thought on the Rule of Law.

Xi highlighted the Chinese path of the rule of law as early as 2014, during the fourth plenary session of the 18th CPC Central Committee. He said in comprehensively advancing the rule of law, it is imperative that China take the right path and pursuing a wrong path would take the country in the opposite direction of what it was trying to accomplish.

Wang Xigen, dean of the school of law at Huazhong University of Science and Technology in Wuhan, Hubei province, said that the Party's leadership is the most important aspect of socialist rule of law with Chinese characteristics.

"It's the most fundamental guarantee for the pooling of efforts and resources in accomplishing major tasks, and gives full play to the advantages of the rule of law," he said.

The rule of law in China upholds the principal position of the people, Wang said. "It relies on, serves, protects and respects the people and safeguards human rights," he said.

Jiang Shigong, a law professor at Peking University, said that the rule of law is like "a set of tools" that embodies fundamental values. "Laws in China are not designed to protect the interests of capitalists, but to protect public welfare and the interests of all the people," Jiang said.

The significance of socialist rule of law was stressed in a landmark resolution on the major achievements and historical experiences of the Communist Party of China over the past century. The resolution, adopted at the sixth plenary session of the 19th CPC Central Committee held from Nov 8 to 11, stressed that the Party must remain committed to the path of socialist rule of law with Chinese characteristics.

Jiang said that in building the rule of law, China cannot simply copy the West and become a part of the Western legal system, but must seek to integrate its traditions and explore a legal order suited to its civilization.

The rule of law in China should be rooted in the country and its cultural traditions, he said, adding that Chinese culture and values, including patriotism, have been reflected and valued in the rule of law.

Wang said the "excellent and profound" legal culture embodied in the Chinese legal system should be maintained, including the legal traditions of "judging all by law" and "advocating morals and punishing prudently".

China has persisted in its commitment to both the rule of law and to the rule of virtue, he said, adding that "the country is integrating core socialist values into its legal system".

In 2018, the CPC Central Committee announced a plan to fully incorporate core socialist values into legislation over the next five to 10 years. The plan requires the legislation, revision and explanation of laws that embody core socialist values. "Laws and regulations should better reflect the nation's values, the moral orientation of society and the moral standards of citizens," it stated.

Economic laws should uphold the protection of property rights and fair competition, while judicial system reforms should ensure that the people see that justice is served in every case.

China will work on laws conducive to the preservation and development of traditional culture, standardized and equal public services, and promotion of eco-friendly production and consumption.

The National People's Congress, China's top legislature, has been tasked with drafting laws that uphold social morality, such as those protecting the reputations of heroes and martyrs, as well as laws related to the social credit system.

Opening to the outside

Jiang said that in the era of globalization, China's rule of law will undoubtedly be influenced by the West and the country will learn from beneficial aspects of Western law. "This does not conflict with adherence to the socialist rule of law," he added.

China has absorbed many Western legal achievements since reform and opening-up began, especially ones related to the market economy, Jiang said. In civil and commercial laws, as well as economic law, Western legal concepts have been taken into account.

Jiang said China has also been promoting the construction of the rule of law in matters involving foreign legal entities and has trained legal talent on a large scale.

China issued a plan on building the rule of law in January, the country's first plan for advancing the rule of law. It stated that China will improve the legal system and rules related to foreign interests to meet the needs of opening up to the outside world.

According to the plan, China will actively participate in the formulation of international rules, promote the formation of a fair and reasonable international legal system, and accelerate the construction of a legal system applicable outside its jurisdiction.

Jiang said that in the future China will gradually form a unique legal tradition, which will not only absorb modern Western traditions, but also incorporate classical Chinese traditions.

译文:

坚持中国特色社会主义法治道路

张怡

法学专家表示，中国的法律体系建设既传承了中国法律文化的精髓，同时也吸收借鉴了国外法律的有益成果。

2020年11月，中央全面依法治国工作会议召开。会上，习近平总书记强调，要从我国革命、建设、改革的实践中探索适合自己的法治道路。习近平总书记指出，要传承中华优秀传统法律文化，同时借鉴国外法治有益成果。这次会议首次提出并系统阐述了习近平法治思想。

早在2014年，习近平总书记在十八届四中全会上就强调了中国法治道路的重要性。他指出，全面推进依法治国，必须走对路。如果路走错了，就会南辕北辙了。

华中科技大学法学院院长汪习根说，坚持党的领导是中国特色社会主义法治的最显著特征。

"这是凝聚合力、集中力量办大事、发挥依法治国最大优势的最根本保证。"他说。

汪习根表示，依法治国始终坚持人民的主体地位。"一切依靠人民、为了人民、保护人民，并且尊重和保障人权。"

北京大学法学教授强世功表示，法治就像是"一套工具"，它体现着最基本的价值。"中国的法律不是为了保护资本家的利益，而是为了保护全体人民的福祉和利益。"

《中共中央关于党的百年奋斗重大成就和历史经验的决议》中也强调了坚持社会主义法治的重要性。2021 年 11 月 8 日至 11 日召开的党的十九届六中全会审议通过了这份《决议》，它强调必须坚持走中国特色社会主义法治道路。

强世功表示，中国法治建设不可能简单照搬照抄西方的法治秩序，成为西方法系的一部分，而必须融入到自己的文明传统中，探寻与自己的文明秩序相匹配的法治秩序。

中国法治要扎根中国大地，扎根中国文化传统。中国文化和价值观，例如爱国主义，在中国法治中都有体现，他补充说道。

汪习根指出，中国法律体系中体现的优秀深厚的法律文化，例如"一断于法"、"明德慎罚"等，应该被传承下去。

他表示，中国坚持依法治国和以德治国相结合。"中国正在把社会主义核心价值观融入法治体系之中。"

2018 年，中共中央印发了《社会主义核心价值观融入法治建设立法修法规划》（以下简称《规划》），强调力争经过 5 到 10 年时间，推动社会主义核心价值观全面融入中国特色社会主义法律体系。《规划》要求把核心价值观融入立法、修法以及法律的阐释中。《规划》指出，法律法规要更好体现国家的价值目标、社会的价值取向、公民的价值准则。

《规划》明确，社会主义市场经济法律制度要以保护产权、公平竞争等为基本导向；司法体制改革要努力让人民群众在每一个案件中感受到公平正义。

《规划》指出，中国要建立健全有利于中华优秀传统文化传承发展的法律制度；推动基本公共服务标准化、均等化；加快建立绿色生产和消费的法律制度。

此外，《规划》还明确，中国将加强关于道德领域突出问题的立法工作，例如，制定英雄烈士保护方面的法律、探索完善社会信用体系相关法律制度等。

坚持对外开放

北大法学专家强世功表示，在全球化时代，中国法治建设无疑会受到西方法治的影响，也会积极借鉴吸收西方法治中的有益要素。"这和坚持社会主义法治道路并不冲突。"

他表示，改革开放后，中国吸收了很多西方法治的有益成果，尤其是和市场经济相关的法律。在民法商法和一些经济领域法律立法过程中，都借鉴了西方相关法律的成果。

此外，中国也在致力于涉外法治建设，大规模培养涉外法律人才，他说。

2021年1月，中共中央印发《法治中国建设规划(2020 — 2025年)》（以下简称《法治中国建设规划》），这是第一个关于法治中国建设的专门规划。《法治中国建设规划》明确表明，中国将完善涉外法律和规则体系，以适应高水平对外开放的需要。

《法治中国建设规划》表明，中国将积极参与国际规则制定，推动形成公正合理的国际规则体系。加快推进中国法域外适用的法律体系建设。

强世功表示，未来中国将逐渐形成一个独特的法律传统，既吸收了西方现代法律的传统，又融合了中国古典传统。

（《中国日报》2021年08月16日）

申报资料实录

作品简介：2020年11月召开的中央全面依法治国工作会议首次提出习近平法治思想，明确了习近平法治思想在全面依法治国工作中的指导地位，在党和国家法治建设史上具有划时代的里程碑意义。习近平法治思想深刻回答了新时代为什么实行全面依法治国、怎样实行全面依法治国等一系列重大问题，是内涵丰富、论述深刻、逻辑严密、体系完备、博大精深的法治思想理论体系，同时又与中国道路、中国制度息息相关，是国际社会高度关注但报道难度比较大的领域。为对外讲好中国法治故事，向读者全方位展示习近平法治思想的深刻内涵，策划团队在认真学习研究、集体头脑风暴的基础上，通过实地探访、采访海内外专家等多种方式，围绕习近平法治思想的核心要义"十一个坚持"，推出了11篇报道。系列报道既有从具体事例入手，用案例生动诠释总书记法治思想的解释性稿件，也有采访专家，用专业观点诠释总书记法治思想的理论性稿件。在采写过程中，作者深入基层，获得工作记录、信件等大量一手材料；又对话多位法治领域的专家学者，通过深入交流，把较为理论的表述转化为易于海外受众接受的语言。同时作品还特别注重与西方法律制度进行对比分析，以体现我党在革命、建设、改革实践中探索出适合自己的法治道路。

社会效果：系列报道于 2021 年 8 月 16 日开始在中国日报头版陆续刊发，在网端的阅读量达到 52.6 万，受到大量网友的点赞。网友纷纷留言表示对国家法治建设的关注，同时贡献了自己的建议意见。例如，在《涉外法治工作加快战略布局》报道刊发后，网友 Uncle Wang 留言说，此举将有助于提升涉外基础法律的研究，也将对国际规则的制定起到积极作用；网友 pigyy 表示，涉外法律人才培养对捍卫当今国家利益至关重要。在《习近平法治思想是全面依法治国的有力保障》报道刊发后，网友 Chinalover 和 ACE 留言表示习近平法治思想的确立和中国特色社会主义法治体系的不断完善是"了不起的举措"，是法治领域建设的"重大进展"；网友 Cherry 则发表感慨，希望祖国愈发强大。网友 Dream Chaser 表示，中国不能简单复制西方国家的法治建设经验，而应该坚持中国特色社会主义法治道路；Mr.tian 也认为，中国要从中国国情和实际出发，走适合自己的法治道路。

初评评语：习近平法治思想是继习近平强军思想、习近平经济思想、习近平生态文明思想、习近平外交思想之后，在全国性会议上全面阐述、明确宣示的又一重要思想，开辟了马克思主义法治理论新境界，拓展了中国特色社会主义法治新道路，赋予了中华法治文明新内涵，贡献了维护国际法治秩序新智慧。正因为习近平法治思想内涵丰富，论述深刻，是中国制度、中国道路的集中体现，且与自由、人权等传统西方核心价值理念直接相关，故为国际社会广为关注。该系列报道结构完整，逻辑清晰，首次用英文全面阐释了习近平法治思想的核心要义。稿件侧重小切口，通过案例讲故事说道理，以小见大，深入浅出，用国际受众能够理解的语言和叙事手法，通过讲好中国法治故事，向世界传递了有力的中国声音。

《生命缘》百年协和系列

杨懿丁 郭洪泷 章 铎 王 瑜 王 美 毛 雪

限于篇幅，文字稿略，获奖作品请见中国记协网 http://www.zgjx.cn。

（北京广播电视台 2021 年 09 月 14 日）

申报资料实录

作品简介：《生命缘》团队从 2019 年着手策划调研，前期与北京协和宣传部门共同研讨策划，数十次的会议沟通选定了四个百年科室的选题内容。为了挖掘北京协和百年科室的历史故事，从细微的历史故事中寻找协和精神的世纪足迹，团队从妇产科、基本外科、消化内科、罕见病中心的科室现任主任和老一辈科室的奠基人入手，通过对四个科室三百多名医生、教授、护士的前采和调研，同时花费数月的时间前往北京协和的档案馆、图书馆、展览馆调阅资料、研习病史存档、医学大师著作，从著作资料中寻找更多北京协和历史的文字影像，勾勒出整个纪录故事的讲述结构和方向。一部协和史，半部中国医学史。《百年生命之书》系列纪录片以时间为轴，以"大"医生的协和记忆为起点，寻找杰出医学人才生命成长过程中与协和联结的密码，以人物群像志的方式，呈现出栉风沐雨、接续奋斗的跨时代图景。《生命缘》百年协和系列收视表现优异，35 城收视平均高达 0.57%，第一期 0.53、第二期 0.523、第三期 0.543、第四期 0.68，同时段黄金节目全国第一。

社会效果： 节目采用先进的制作理念与包装手段，打破时空壁垒，以全新的时空观及美学观念，俯瞰协和的历史与现在。片中，演员扮演的"孙中山"与青年医生跨时空对话，《孙中山在广州岭南学堂中的演说》中先行者的谆谆教诲响彻协和的碧瓦灰砖，历史的黑白与现代的彩色打破常规，空中大视角给予观众俯察体验，在更丰富更有意味的意象体系中，协和生命力强劲脉动。节目播出获得北京协和医院众多大主任专家教授的点赞和肯定，纷纷在微信朋友圈、微博等新媒体客户端转发节目。系列纪录片在新媒体端总点击量突破 6169 万人次，话题热度收获阅读量 3107 万，网络热度引发更多观众对百年协和的祝福和点赞。

初评评语：百年征程，世纪华章。2021年是中国共产党成立100周年，也是北京协和医院建院100周年。站在百年的历史节点上，北京卫视《生命缘》四集系列纪录片《百年协和》，用声用画为协和存史立传，用心用情诉说红色传承，精心打造有温度的中国近现代医学影像志。作为记载近现代中国医学史的影像志，《生命缘》百年协和系列纪录片以更具时代特性的视听语言，赋予纪实影像全新的意象体系，新影像与时代共鸣，为时代存影，为观众带来全新的视听体验。系列纪录片深耕宏观与微观的有机结合，以细分学科多个具有代表性的"历史一笔"，书写出近现代医学的宏大变迁，全景式回顾与呈展百年协和的历史荣光。第一例基本外科手术、第一例现代胰十二指肠切除手术、"胰腺协作组"多学科综合会诊……从微微泛黄的旧照片，到现代手术的全景式记录，在视听语言的意象营造中，曾宪九、赵玉沛等协和外科领军人薪火相传的故事娓娓道来。《生命缘》用影像致敬百年协和，总结具有中国特色的科学医学道路的成功经验，探索新时代纪实美学范式之路，是献给伟大时代的影像赞歌。

习近平向全国脱贫攻坚楷模荣誉称号获得者颁奖

冯永斌

Xi: History will note victory over poverty

President Xi Jinping presents a certificate to Xia Sen, 97, who donated over 2 million yuan ($310,200) to rural schools, helping 182 students enroll in universities. A total of 1,981 people were recognized as anti−poverty role models at the event.

　　2021 年 2 月 25 日，中共中央总书记、国家主席、中央军委主席习近平为全国脱贫攻坚楷模荣誉称号获得者——97 岁高龄的夏森老人颁发证书。夏森

老人向乡村学校捐款 200 余万元，并资助 182 名贫困大学生。会上，1981 名同志获得"全国脱贫攻坚先进个人"称号。

（《中国日报》2021 年 02 月 26 日）

申报资料实录

作品简介： 2021 年 2 月 25 日，全国脱贫攻坚总结表彰大会在北京人民大会堂隆重举行。中共中央总书记、国家主席、中央军委主席习近平向全国脱贫攻坚楷模荣誉称号获得者颁奖并发表重要讲话。大会还对全国脱贫攻坚先进个人、先进集体进行表彰。当工作人员推着坐在轮椅上、已经 97 岁的夏森老人来到主席台正中习近平总书记的身旁，习近平总书记俯下身，郑重地为老人佩挂奖章，整理绶带。夏森老人激动得要从轮椅上起身，习近平总书记又一次俯身，微笑着轻抚老人肩膀，示意她安心坐好。摄影记者敏锐地捕捉下了这个镜头，反映了习近平总书记尊老敬老又和蔼可亲的领袖风范。照片发回总社后，第一时间被定为当天的头版主照片，并在中国日报国际版同步刊发，向全球读者展现了中国领导人的大国担当和领袖风范，以及中国脱贫攻坚取得的辉煌成就，收到了良好的传播效果。

社会效果： 照片在中国日报国内版、国际版头版刊发，并通过中国日报中英文网站向国内外读者进行了广泛传播，实现了中国重大新闻的生动影像在全球及时广泛的呈现，产生了非常好的国际传播效果。

初评评语： 这幅图片表达了党的领袖与基层脱贫攻坚模范生动温馨的互动场面，尤其是抓拍下了总书记弯腰俯身为老人颁奖，以及老人努力想从轮椅上起身的动作瞬间。整个作品构图均衡、稳重，又显示了动感。

《学习故事绘》第三话：半条被子

集 体

限于篇幅，文字稿略，获奖作品请见中国记协网 http://www.zgjx.cn。

（新华社微信公众号 2021 年 04 月 15 日）

申报资料实录

作品简介：《学习故事绘》创造性地面向全国青少年群体传播习近平总书记的思想，成为时政漫画报道中独树一帜的创新产品。报道以国风系列漫画形式呈现总书记讲述或引用的经典故事，传播总书记深刻的思想、理念和价值观，展示总书记的智慧、韬略、胸襟、情怀，具有思想性、故事性、时代性同频共振，艺术性、延伸性、感染性高度统一，以及贴近性、说理性、教育性巧妙融合等特点。2016 年 10 月 21 日，在纪念红军长征胜利 80 周年大会上，习近平总书记作了《一切贪图安逸的想法都要不得》重要讲话，引用了湖南汝城沙洲村"半床棉被"的红色经典故事——3 名女红军离开沙洲村时，把自己仅有的一床被子剪下一半给借宿的房东徐解秀留下。《学习故事绘》第三话《半条被子》以青少年喜闻乐见的漫画形式，讲述这个红色经典故事，重温感人历史场景，形象地解释了共产党人的初心，生动地回答了"中国共产党为什么行"的世界之问。主创团队参考了红色电影《半条被子》，发掘新角度，丰富细节，创新表达，娓娓道来，让年轻受众享受阅读舒适感的同时，感受恒久的精神力量。主创团队与南开大学历史学院对《学习故事绘》系列漫画的严谨考证、反复审校，并与新华社通稿交叉核验，确保内容和史实的准确性。

社会效果：《学习故事绘》第三话《半条被子》刊发后，微信浏览量迅速突破 20 万，获得"全网置顶"，总浏览量过亿。在年轻受众群体关注的快看、爱奇艺漫画等漫画平台获首页置顶推荐，受到网友肯定与好评。有网友评论："漫画真是太感人了，中国共产党员为什么能，没有共产党就没有新中国啊！

要是有这样的漫画读物给孩子们看，家长和孩子肯定都会很喜欢的。""好感动，泪水涟涟……这样的红军、共产党人不是亲人胜是亲人啊！怎么能不赢取民心夺得天下。为伟大的中国共产党点大大的赞！""这个系列很好，如果多出一些更好，动漫化可以有！"

初评评语：作品以适合新媒体传播的条漫形式，讲述《半条被子》这个红色经典故事，作品绘制精美，大气，主题正能量，具有思想性、故事性、时代性、艺术性，受到年轻受众的欢迎，成为在青年一代中进行红色教育的一个成功范例。

风卷红旗再出发

集　体

这是一片充满红色记忆的土地，多少英雄儿女在这里义无反顾、血洒江山！

这是中国革命的星火燎原之地，一代代中国共产党人前赴后继，从胜利走向胜利！

1927 年 10 月，毛泽东同志率领秋收起义部队到达井冈山；

1931 年 11 月，中华苏维埃共和国临时中央政府在瑞金宣告成立；

1934 年 10 月，中央红军夜渡于都河，踏上漫漫长征路。

……

血与火孕育出伟大的井冈山精神、苏区精神、长征精神，照亮中国革命的胜利之路，引领中华民族向着伟大复兴一步步迈进！

百年征程波澜壮阔，百年初心历久弥新。党的十八大以来，在抗洪救灾、抗击疫情的大考中，在脱贫攻坚、乡村振兴的战场上，红土地上的共产党人不畏艰险、冲锋在前，把红色基因融入血脉，让红色精神激发力量，不断描绘新时代红土地秀美画卷！

忠贞不渝的守望感天动地

晚霞映红于都河，渡口有一支难忘的歌，唱的是咱长征源，当年送走我的红军哥哥……

"金长哥哥，你一定要去当红军吗？"

"一定要去！"

"可我们结婚才半个月啊！"

"你放心，最多三五年，打败反动派我就回来，你一定要等我！"

"金长哥哥，你去吧，我等你！"

1932 年 11 月，秋风萧瑟，落叶飘零。于都县车溪乡坝脑村，一间破旧的土坯房里，贴着大红喜字。15 岁的段桂秀含着泪水，望着 21 岁的新婚丈夫

160

王金长，依依不舍。

穿上红军服，王金长将换下来的衣服郑重地放到段桂秀手中："妹子，我走了，你要把阿妈阿弟照顾好。"

"放心吧，金长哥哥，我会的！"段桂秀泪眼朦胧。

每天，段桂秀都会来到村口，翘望远方。三年过去了，金长哥哥没有回来；五年过去了，金长哥哥没有回来……

她守在老屋，把小叔子拉扯大，给婆婆养了老送了终。

岁月如流，忠贞如铁。2019 年，段桂秀老人 102 岁。她用漫长的一生守护着对金长哥哥的承诺。

这年 5 月 14 日，红军后代郭湖北带着段桂秀来到于都烈士陵园，在纪念碑上一个名字一个名字地辨认。

"王金长！"终于，在纪念碑顶部，郭湖北发现了一个让段桂秀魂牵梦萦 87 年的名字。

"王金长？你是王金长吗？！你让我照顾好阿妈阿弟，我做到了。你说三五年就回来，可你让我等了一辈子啊！"老人扑倒在纪念碑前，老泪纵横，呜咽哽咽，"金长哥哥，你说话不算数啊！"

"送郎当红军，切莫想家庭，家中呐事务呀，妹妹会小心！"当年，多少苏区好女儿，毅然送郎上战场。丈夫这一走，留给妻子的是一辈子的分离和守望！

每当天气晴好时，97 岁的李观福就会在家人的搀扶下，来到于都河边，久久凝望。

李观福依稀记得，父亲李连生腰上挎着驳壳枪。"威风凛凛的，很神气！"

李观福的母亲因难产去世后，父子俩相依为命。后来，18 岁的丁招娣走进了这个家。一年后，部队要转移，李连兴叮嘱妻子："我要出发了，帮我照看好伢子。"

"放心吧，观福就是我的亲伢子！"

那一次离开，李连兴再没回过家。红军长征出发时，丁招娣牵着李观福到各个渡口寻找，没有发现丈夫的身影。她见红军架设浮桥需要木料，便回家把门板拆下，送到河边。"说不定你阿爸过河时，能认出我们家的门板，就知道我们来找过他！"

苦难岁月中，观福一天天长大。年复一年的守望，已两鬓染霜的丁招娣，等来的却是李连兴牺牲的消息。

1983 年，丁招娣去世后，李观福从老屋取下一片瓦，刻上父亲的名字，刺破自己手指，滴了三滴血在瓦片上，放进丁招娣的棺材，以这样的方式，让阿妈阿爸团聚。

在赣南苏区，当年又何止是妻送郎。父送子、儿送父、父子一同上战场、全家都去当红军的感人故事，俯拾皆是。

2019年5月20日，习近平总书记在于都视察时，亲切会见了红军后代、革命烈士家属代表。段桂秀作为赣州唯一健在的红军烈士遗孀，在受接见之列。

总书记动情地说："现在国家发展了，人民生活好了，一定要饮水思源，不要忘了革命先烈，不要忘了中央苏区的老百姓们。"

党和政府没有忘记他们。如今，段桂秀老人每月能领到3600元烈士抚恤金、1000元高龄补贴、105元养老金，能全额报销医药费。政府还补助6万元，为她家建起了新房。

今年4月30日，段桂秀第一次来到北京。站在天安门前，老人百感交集、泪洒衣襟："金长哥哥，我替你来看看北京，看看天安门！过去我们受尽了苦啊，现在日子过好啦，到处亮堂堂的，共产党能耐大啊！"

红色基因的传承代代不息

"路迢迢，秋风凉。敌重重，军情忙。红军夜渡于都河，跨过五岭抢湘江。"《长征组歌》回荡在于都河上，时而如泣如诉，时而慷慨激昂，把人们带到那段血与火交织的红色岁月。

长征源合唱团成立于2010年，以《长征组歌》为主打歌。合唱团所有演出不取分文，演员也没有任何报酬。

这是一个由红军后代组成的合唱团。他们在歌声中倾诉，在歌声中追寻。

"儿啊，我这辈子最大的遗憾，就是没有找到你继父的下落，你一定要找到他！"这是于都长征源合唱团成员林丽萍的爷爷去世时，对林丽萍的父亲留下的遗言。

林丽萍的小爷爷林罗发生长征后，北上无音讯。1955年，家人收到烈士证明书才知道他已牺牲。按照客家风俗，林丽萍的父亲被过继给林罗发生。

让林罗发生魂归故里，是林家人的心愿。林丽萍的爷爷寻找了几十年，未能如愿。临终，他把这个任务交给了林丽萍的父亲。

林丽萍暗下决心，一定要找到小爷爷的下落。每到一个地方演出，她都要到烈士陵园仔细查找。2014年11月，林丽萍到广西兴安演出时，冒着暴雨，在红军长征突破湘江烈士纪念碑密密麻麻的名字中仔细搜寻。忽然，一个名字跳入眼帘：林罗发生。

她跪伏在地，泣不成声地打电话给父亲："爸，找到了，我找到小爷爷了！"她捧起一抔被暴雨浸润的泥土，深情呼唤："爷爷，我带您回家，我们回家！"

"我是合唱团成员余玉兰。""我是合唱团成员钟建平，我们夫妻俩的爷爷都是红军，都牺牲在战场上。"

"我是合唱团成员梁建权，我的外公习佛恩参加红军后在一次战斗中英勇牺牲。1996年，我怀着对外公的崇敬应征入伍，成为一名光荣的特种兵。脱下军装后，我参加了长征源合唱团，传承外公的精神！"

……

"我们是为这片红土地而生的，我们会永远为这片红土地歌唱！"作为红军后人，长征源合唱团名誉团长袁尚贵豪情满怀。到5月中旬，合唱团已义务演出《长征组歌》498场。

4月的井冈山，草木葱茏，山花烂漫。一名阳光帅气的年轻人穿梭在茨坪革命旧址群，从容自信、声情并茂地向游客讲述井冈山的故事。

"讲好红色故事，传承红色基因，是爷爷毕生的使命，而我接过爷爷的接力棒，是想让更多年轻的心灵与红色历史对话，让井冈山斗争史里的每一段故事、每一份初心能照亮年轻人的心灵！"

毛浩夫，"85后"讲解员，井冈山革命博物馆原馆长毛秉华的孙子。50多年来，毛秉华讲了2万多场井冈山的故事。

2014年，毛浩夫从英国赫尔大学金融系毕业。在他最初的职业规划中，自己应该成为北上广深金融大厦里一名西装革履的高级白领。

2016年8月的一天，在南昌一家金融机构工作的毛浩夫受邀回井冈山讲红色革命史。没想到，这次"客串"，让他的人生轨迹发生了改变——他回到家乡，成为井冈山革命旧址的一名讲解员。

现在，毛浩夫成为毛秉华工作室负责人。他有两个愿景：利用自己留过学的优势，研究红色故事的国际化表达；挖掘新史料、新故事，用年轻人喜欢的方式，在他们心中播下一颗颗红色的种子。

铁打的营盘流水的兵。武警井冈山中队每次新老交接时，老指导员都要带着新指导员到帮扶对象家走一趟，千叮咛万嘱咐："无论中队人员怎么变，帮扶工作不断线！"

中队驻地拿山镇长路村中学生刘雅婷患有皮肤病，很自卑，不想上学。中队发起了"大手拉小手"活动，派大学生士兵李兴文上门帮她补课，进行心理疏导。官兵们还捐钱捐物，帮她改善学习和生活条件。十年用心用情呵护，让刘雅婷走出阴霾，变得阳光开朗起来。

高考前，刘雅婷压力很大，中队指导员郑浩每天通过电话、视频给她加油鼓劲。去年，刘雅婷考上了心仪的大学。

脱贫攻坚、捐资助学、抗洪抢险、抗冰救灾，哪里有困难，哪里有危险，哪里就有武警官兵矫健的身影，哪里就会响起嘹亮的歌声。这支驻守在革命摇篮井冈山，2006 年被国务院、中央军委授予"爱民模范中队"的队伍，无论何时，都不忘他们是红军传人，都不忘用红军精神铸造官兵信念。

心系百姓的作风永不丢失

"红井水哟，甜又清哎，喝上呀一口哟红井水，一股暖流涌上心。"源远流长的红井水，见证了中国共产党人与老百姓血浓于水的深情。

"老况，我家水泵压不出水来了。"一天晚上，省林业局驻兴国县龙口镇睦埠村第一书记况小洪接到村民邓小聪的电话。

"别急，我马上到！"况小洪带上工具，骑上电瓶车，赶到邓小聪家，帮他修好了水泵。

况小洪不仅要谋划村里的产业发展，还要帮助村民解决一些"鸡毛蒜皮"的事。村民家没电了，打他电话；春耕时水管破了，打他电话；家里的牛走丢了，还是打他电话。

心里有本活地图，脑中装着百姓事。

"谢警官吗？我家菜地里有两只羊在吃菜，我们找不到羊主人。"

"我们马上过去处理！"

不到 10 分钟，瑞金市大柏地派出所教导员谢带金带着民警，赶到前村小组。20 分钟后，谢带金联系上了 5 公里外的放羊人。

这是去年 6 月，大柏地派出所接处的一起警事。

2018 年 12 月，谢带金接到调令，任大柏地派出所教导员。她提前结束产假，一头扎进新的岗位。

搜救失联的进山挖笋村民、寻找村民丢失的金首饰、上交通安全和防溺水课……大柏地共 11 个村，她一人就驻了 7 个村，家家户户都留有她的警民连心卡。"有事可报警，办事可预约"是她对村民说得最多的一句话。

进村入户察民情，排忧解难聚民心，是人民银行兴国县支行驻南坑乡南坑村第一书记李南阳一直身体力行的工作方法。

从县城出发，爬过峰峦叠嶂的高山，小车在蜿蜒曲折的山沟里摇晃了近一个小时才到南坑村。这是一个"十三五"省级深度贫困村，57 岁的李南阳自带干粮铺盖来这里驻村已经 6 个年头了。

"爷爷，能借点钱给我们家过年吗？"李南阳驻村不久，一天经过一栋毛坯房时，一个孩子可怜巴巴地望着他。

看着孩子脏兮兮的小手，李南阳心里一酸。他走进没有装门窗的房子，与孩子父亲张瑞珍促膝谈心。原来，张瑞珍因家庭变故，对生活感到绝望，什么都不愿做，破罐子破摔。

"种点粮食吧？"李南阳对他说。

"不想种。"张瑞珍摇摇头。

但李南阳还是一次次上门，用贴心的关怀、入心的宽慰，重新燃起张瑞珍对生活的希望，说服张瑞珍把粮食种了起来。第一年，够吃了；第二年，有余粮了；第三年，有存款了。张瑞珍有了信心，主动提出把种养业扩大。

"你会什么手艺？"

"我会养蜂。"

李南阳帮他买了 26 箱蜂。去年，张瑞珍家仅养蜂一项，纯收入就达 2.6 万余元。

为民谋幸福的初心坚如磐石

"小孩子要求读书，小学办起了没有呢？对面的木桥太小会跌倒行人，要不要修理一下呢？许多人生疮害病，想个什么办法呢？"1934 年 1 月，在中华苏维埃共和国第二次全国代表大会上，毛泽东同志郑重提出要"关心群众生活，注意工作方法"。

如今，在瑞金沙洲坝红井革命旧址群的群众路线广场，毛泽东同志的这篇文章被铸刻在一面铜墙上，时刻提醒着我们：为人民谋幸福、为民族谋复兴是共产党人一脉相承、坚如磐石的初心。

入夏，井冈山下马源村，茂林修竹，流水潺潺。一栋栋粉墙红瓦的民宿，隐现在青山绿水间。

谢桃民家的民宿又迎来了一批客人，他乐呵呵地忙前忙后。在马源村，像谢桃民·样的民宿业主还有 40 户，可同时接待 800 人。

"过了黄洋界，险处不须看。"地处黄洋界脚下的马源村，近年来在"红色、绿色、古色"上做足文章，打造"引兵井冈"研学基地。2019 年，马源村共接待游客 3.2 万人次，参与农户户均增收 3 万元。

马源村以研学旅游产业为龙头，带动车厘子、太空莲、黄桃等种植，让每家每户在产业链中都有收益。去年，马源村人均纯收入达 1.2 万元，是2018 年的 3 倍。

过去"养在深闺人未识"的马源村，正以"全域旅游、全村美丽、全民创业、全面小康"的自信姿态，展现在世人面前。

幸福是奋斗出来的。像马源村一样，今天的老区人民，用艰苦奋斗、自力更生、不屈不挠、奋勇向前的精神，谱写出一曲曲乡村振兴的动人赞歌。

2016年农历小年，习近平总书记来到神山村，与全村老少共度佳节。总书记深情地说："我对井冈山怀有很深的感情。这是我第三次来，来瞻仰革命圣地，看望苏区人民，祝老区人民生活越来越好。"

春至花如锦，夏近叶成帷。如今的神山村，资金变股金、旧房变新房、山区变景区。2020年，神山村人均纯收入达到2.8万元。

一排排大棚鳞次栉比，一畦畦蔬菜长势喜人，一批批游客流连忘返。于都县潭头村，72岁的红军烈士后代孙观发忙着接待游客。2013年，孙观发家负债13万元。去年，他家靠开超市、民宿和合作社分红，收入超过22万元。

2019年5月20日，习近平总书记来到孙观发家，和乡亲们拉家常，详细了解老区人民生产发展和生活改善等情况。总书记说："只要跟着共产党走，中华民族伟大复兴就一定能实现，好日子还在后头呢！"

好日子就在眼前："十三五"期间，江西主要经济指标增速连续六年稳居全国"第一方阵"；居民人均可支配收入提前实现比2010年翻番目标；棚户区改造开工20.42万套，居全国第一；国家生态文明试验区建设38项重点改革任务全部完成，35项改革举措及经验做法列入国家推广清单……

巍巍井冈，漫山杜鹃灼灼若霞，像燃烧的火。

这团火，光芒四射，展现了中国共产党的百年风华！

这团火，生生不息，续写着中华民族的复兴华章！

（《江西日报》2021年05月14日）

申报资料实录

作品简介：2021年是党的百年华诞。革命战争年代，中国共产党人是怎样为人民谋幸福的？在新时代，中国共产党人又是怎样为人民谋幸福的？带着思考，记者走进赣南这片红色的土地，追寻中国共产党人的初心密码。2个多月的时间，记者深入瑞金、于都、兴国、井冈山等革命老区39个乡、镇、村和革命旧址，采访红军后代、红色讲解员、驻村干部、党史专家等68人，行程5000多公里，经过20多次精心打磨，形成此稿。此稿在原中央苏区选取极具代表性的人物和事件，以宏大的手法和极高的政治站位，契合中国共产党成立100周年这一重大历史事件，表现中国共产党人百年不变的初心使命这一重大主题。稿件气势恢宏、结构严谨、文笔细腻、语言流畅、故事生动、催人泪下、现场感强，集可读性、思想性于一体，极具感染力。

社会效果：稿件以文字配短视频二维码的形式刊发后，被新华网、人民网、学习强国等多家主流媒体转载，仅在新华网上的阅读量（播放量）就达152万。短视频虽短，也同样展现了从革命战争年代到新时代，中国共产党人为人民谋幸福的艰辛历程、宏大画面、伟大成就和不变初心。许多读者纷纷留言，称看完此稿，泪湿衣襟，在众多庆祝党的百年华诞作品中，此稿无论是思想内容，还是写作手法，都独树一帜，令人眼前一亮。

初评评语：该作品题材重大，作者采访深入细致，呈现的故事十分生动，富有感染力，传播效果好，是一篇向建党百年华诞献礼的佳作。

吾家吾国｜科学精神就是老老实实地干活
独家专访百岁院士陆元九

王　宁　沈公孚　杨　帆　车　黎　张　雪　王若璐　杨瑜婷

作品二维码

（央视新闻客户端 2021 年 10 月 01 日）

申报资料实录

　　作品简介：《吾家吾国》的镜头对准"国之大家"，101 岁的"两弹一星"功勋人物"七一奖章获得者"陆元九。家是小国，国是大家，成长于烽火年代的陆元九的体会更是弥足深刻。他生动演绎了何谓"烈士之爱国也如家"，而《吾家吾国｜科学精神就是老老实实地干活 独家专访百岁院士陆元九》用真实影像，记录并传播了这样的大者情怀。当年，陆元九受尽屈辱也一定要出国，而后想尽办法也一定要回国，因为新中国成立前中国人受了太多气，他从小就有一个中心口号——"学好科学救中国"。为此，前后长达 19 年之久，他未能与父母见上一面。该作品巧妙地兼合了纪录片与人物访谈的优点，以具象事物为勾率，找到人物的锚定点一探到底，串联起先生们人生的绵延伏线。

　　社会效果：节目播出后，多家中央级媒体对节目进行点赞报道。《人民日报》评："家国"是什么？这是只有中国人才懂的强调修身、齐家、心怀天下的深厚情怀；在新媒体端，该作品同时在看人数超过 1000 万、阅读量均破亿，央视新闻官方微博发布多个精切视频：101 岁老科学家回忆吃面包遭美国人辱骂、百岁科学家怕吃蛋糕长胖、中国航天人说99分也是不及格等衍生话题词接连登上热搜前列。

初评评语： 对陆元九访谈，由于陆元九年过百岁，说话比较慢，一些地方的表达也不清楚，听起来是比较费力的，但这个访谈能吸引人一直往下听、往下看，主要是这个可爱而伟大的科学家的形象，立起来了。说他伟大，是因为他是两弹一星功勋人物，是七一奖章获得者，年轻时就抱着学好科学救中国的信念走出国门，学成之后不计个人得失，返回祖国，报效祖国。他的爱国情怀感人至深。说他可爱，是因为这个访谈融入了纪录片的很多特色，将他生活的细节，包括夫妻之情、父女之情，非常感人地展现出来。

白岩松专访香港特区行政长官林郑月娥

集　体

限于篇幅，文字稿略，获奖作品请见中国记协网 http://www.zgjx.cn。

（中央广播电视总台 2021 年 05 月 10 日）

申报资料实录

　　作品简介： 2021 年 5 月，是中共中央、国务院印发《粤港澳大湾区发展规划纲要》两周年。两年来，粤港澳大湾区建设进展迅速，香港、澳门和内地 9 个大湾区城市也不断加速融合。作为大湾区发展建设中核心城市之一的香港也经历了各种挑战。随着《国安法》实施、选举制度不断完善，香港社会恢复稳定和安全了吗？香港的未来会怎样？香港，如何与大湾区建设更好地融合？带着这些疑问，《新闻1+1》于 2021 年 5 月 10 日，直播专访香港特别行政区行政长官林郑月娥，并同步《新闻1+1》新媒体节目《白·问》，在央视频客户端、央视新闻客户端同步延长直播。节目专访涉及四方面热点议题。第一是香港的社会稳定，问题涉及《国安法》实行、"爱国者治港"实行以后香港社会的变化；第二是香港经济的恢复，问题涉及"何时能够恢复自由行"等公众关心的话题；第三是香港在大湾区发展建设中的作用和定位，如何让香港市民对大湾区建设形成共识；第四是关于香港青年人的发展，问题涉及如何改变香港的国民教育等。节目对特首林郑月娥的专访，全面、客观展现了香港两年来经历的变化和挑战，回答了一系列公众疑问，聚焦香港未来发展前景，也从一个独特角度，观察了大湾区的建设。

　　社会效果： 本期节目，形式上采用大屏节目和新媒体融合传播，并充分利用多媒体不同的传播优势，在《新闻1+1》直播结束后，继续以融媒体节目《白·问》，在央视频客户端、央视新闻客户端直播对林郑的专访，形成传播合力。在新媒体直播中，节目充分展现新媒体优势，直播过程网友可以实时互动留言，并与专访进行有效融合，生动反映了广大网友，对香港以及大湾区建设的支持和期待。该专访，取得了良好传播效果。播出第二天，5 月 11 日中午

12点，该节目传播量达1031万人次，其中话题"白岩松专访林郑月娥"阅读量达4201万次，并登上微博热搜榜。节目中涉及热点议题的问答，如"香港现在是一个很安全的城市""香港完善选举制度不是搞一言堂""大湾区建设，希望香港是贡献者也是受益者"等内容，被多家媒体平台引用，并登上热搜榜。

初评评语： 节目通过对香港特别行政区行政长官林郑月娥的专访，全面、客观展现香港两年来经历的变化和挑战，聚焦香港未来发展前景，回答了一系列公众疑问，也从一个独特角度，观察了大湾区的建设。作品采用大屏节目和新媒体融合传播，充分利用多媒体不同的传播优势，取得了良好的传播效果。

突发！两岁女孩碎玻璃入眼 交警媒体紧急护送

郑　祎　熊芳荣　李雪锋　谢莉芳　陶国平　秦志成　翁文荣　黄恬恬

限于篇幅，文字稿略，获奖作品请见中国记协网 http://www.zgjx.cn。

（江西广播电视台 2021 年 10 月 28 日）

申报资料实录

作品简介：这是一起突发事件的直播，也是一场与时间赛跑的直播，更是一场催人泪下，牵动着千万网友的直播。江西省吉安市一个名叫何诗雨的女孩，因为摔跤时碎玻璃扎进眼球，情况十分危急，当地医生建议以最快的时间转到南昌大学第一附属院紧急手术，否则眼球不保。由于预计到达时间将是南昌的晚高峰，家属担心路上堵车、入院手续烦琐，导致小女孩失明，何诗雨爷爷向江西广播电视台都市频道打来紧急求助电话。获悉这一线索后，都市 2 直播一边派出直播团队，一边联系了高速交警、南昌县交警和南昌大学第一附属医院，为小女孩的手术争取到了极其宝贵的时间，最终保住了孩子的眼球，期间很多热心网友也加入了救助的队伍。都市 2 直播全程直播了这一紧张、揪心并且感人、温暖的救助过程，当天，都市 2 直播上有近五百万网友围观直播，同时，都市现场抖音号、快手号、微博、微信视频号等国内知名平台都进行了同步直播，当天，仅抖音平台就超过 100 多万人次网友围观此次直播。各大平台围观网友人气飙升，全网共有 4000 多万网友观看这一直播。

社会效果：这期直播在网络上看哭无数网友，也收获好评无数。这场网络直播全程实时记录，实时传输，直播过程中，众多网友为小诗雨送衣物、送玩具，为记者送外卖，极大地传递了正能量，再现了交警、媒体记者、医护工作者在人民群众危急之时的担当与责任。

初评评语：江西广播电视台直播团队以全程实时记录，实时传输，实况呈现的方式，将受众的眼球牢牢锁定在了突发事件的全过程当中，做到了事件整体衔接有序，内容扣人心弦，展现了直播团队较高的综合素质和应变突发事件的能力。观看直播的过程中，虽然事件让人时刻紧张、揪心，但是出镜记者手机的另一头，也接续的传来了百姓群众，对小女孩和参与救护人员的关爱和温暖，互动的形式画出了网上网下同心圆，也讲述了一个有温度的、感人至深的中国故事。

一路奔冬奥 一起向未来

——北京冬奥会开幕倒计时 100 天现场直播

集　体

限于篇幅，文字稿略，获奖作品请见中国记协网 http://www.zgjx.cn。

（北京广播电视台 2021 年 10 月 27 日）

申报资料实录

作品简介： 距离北京 2022 冬奥会开幕 100 天之时，北京广播电视台交通广播中心策划推出时长 100 分钟的特别直播节目。以冬奥交通基础设施建设运营情况为明线，以冬奥建设带动区域发展惠及百姓为暗线，通过移动直播的方式将冬奥交通建设、场馆建设、冬奥文化传播、冬奥遗产规划有机结合，既有大而厚的宏观叙事，也有小而美的百姓故事。

社会效果： 本期节目收听率 4.381%、市场份额 41.700%，均为北京广播市场同时段收听率和市场份额第一，实现了较好的传播效果及社会影响力，节目设立了互动话题"冬奥会百日祝福"和"百字心愿"录音专栏，100 分钟节目收到听众互动微信 2300 余条，很多参与北京冬奥会建设、保障任务的工作人员听到节目后在微信中讲述了自己的冬奥情怀，引发受众共鸣，广大市民在留言中表达了对冬奥会的期盼并致敬冬奥建设者。本期节目在北京广播电视台音频客户端听听 FM 搭建专题页面，显示直播链接、百字心愿音频等内容，同时还在北京交通广播微信公众号、微博、抖音、快手等融媒体矩阵推送体验团队多点段视频，均取得了良好传播效果。据统计，官方微博话题＃一路奔冬奥＃、＃百字心愿迎冬奥＃总阅读量接近 1000 万，登上微博热搜要闻榜；微信公众号发布图文总阅读量 2 万。微博、一直播、微信视频号、抖音等平台的视频直播总播放量超 100 万。本次特别直播还获得了北京市广播电视局 2021 年第四季度创新创优节目，获得业内专家学者的肯定。

初评评语： 距北京 2022 冬奥会开幕 100 天之时，北京台策划推出 100 分钟时长的特别直播节目。以冬奥交通基础设施建设运营情况为明线，以冬奥建设带动区域发展惠及百姓为暗线，通过移动直播方式将冬奥交通建设、场馆建设、冬奥文化传播、冬奥遗产规划有机结合，既有大而厚的宏观叙事，也有小而美的百姓故事。本期直播新闻性强、构思巧妙。在重要时间节点，以冬奥交通建设为切入口、以冬奥遗产利国利民为核心、以行进式讲述与体验方式、借助新技术和全媒体手段，诠释了北京冬奥会作为我国重要历史节点、重大标志性活动的意义和价值。直播内容编排精巧、内容丰富、节奏流畅、清晰生动，表现出较强的现场感与代入感，是一期发挥广播优势，充分体现主流媒体专业性和责任感的直播作品。另外，直播采用 5G 技术实现一个主直播间 +4 个移动直播间 + 多点注入的移动直播、行进式体验方式，以统一时间轴，展现了四条冬奥交通动线的空间变化。通过内容创新、技术创新，进一步扩大了收听的覆盖面，放大了传播优势，引发受众共鸣，取得良好传播效果。

2021年7月19日《人民日报》要闻二版

集　体

限于篇幅，文字稿略，获奖作品请见中国记协网 http://www.zgjx.cn。

（《人民日报》2021年07月19日）

申报资料实录

作品简介：2021年7月，习近平总书记庄严宣告：经过全党全国各族人民持续奋斗，我们实现了第一个百年奋斗目标，在中华大地上全面建成了小康社会。《人民日报》以数据可视化形式刊发专版《中华大地全面建成小康社会》，站位高、分量重、呈现巧，以大气灵动、清新隽永的表达独树一帜。一是聚焦重大主题，标刻辉煌节点。办好政治纸、留下历史纸。生动叙事与宏观数据紧密结合，恢弘气势与细腻情感相辅相成。图文有机互动，清晰阐释了党中央团结带领全党全国各族人民全面建成小康社会的伟大历史性成就，标刻了党和国家历史上这一辉煌节点。二是紧扣权威指标，梳理关键数据。党的十九大报告提出，到建党一百年时建成"经济更加发展、民主更加健全、科教更加进步、文化更加繁荣、社会更加和谐、人民生活更加殷实"的小康社会。整版以此构建逻辑框架，分解指标。突出展现最能体现群众获得感、幸福感、安全感的16组数据，全面、准确、贴近、直观。三是创新视觉体验，彰显文化自信。内容与形式完美统一，重大经济社会成就以文化自信的方式表达。版式设计创新融合水墨画、印章等中国元素，凸显中国特色。版面布局打破传统、详略得当。整版简洁生动、含蓄淡雅，在提升报纸版面美学体验方面做了有益探索。

社会效果：报道推出后，"中国风"的版面受到社会各界赞赏，在人民日报社传播效果评估中获"周传播力第一名"。版面除在《人民日报》刊发外，还同步发布于人民日报客户端、全国党媒信息公共平台、人民网等新媒体平台，被多个媒体及部委等公众号转载，取得良好传播效果。多家中央主流媒体网站对该版面进行了转载。人民日报数字传播电子屏将专版制成海报，在全国各地及部分海外城市反复滚动播放。

初评评语：一个好的新闻版面首先要有好的新闻题材，一个好的编辑一定要通过运用各种方法，将新闻以强烈的视觉冲击力和容易为读者接受的方式，抓住人的眼球，吸引读者阅读，体现编辑思想。整个版面以一篇概述文章主打文字，其余部分用数说和图表，全景展示了从1986年我国GDP从1万亿到突破100万亿的历史进程。从经济社会等六个方面展示了小康社会建设成就，将全面实现小康社会的各项指标清晰地展现出来，既帮助读者解读了新闻，同时也让读者增强了"四个自信"。编辑在版面编排上匠心独运，在版面中心以红色圆弧线为GDP增长曲线，视觉冲击力强，圆弧内和版面的其他地方丹青水墨着笔，中国特色鲜明，也体现出了编辑心中的"四个自信"。

2021年12月4日《坐上火车去老挝》
集 体

限于篇幅，文字稿略，获奖作品请见中国记协网 http://www.zgjx.cn。

（湖南广播电视台 2021 年 12 月 04 日）

申报资料实录

作品简介： 2021年12月3日下午，中老铁路正式载客运营，4日的湖南卫视《午间新闻》即推出特别编排，全版面关注中老铁路通车这一重大事件。节目以中共中央总书记、国家主席习近平与老挝人民革命党中央总书记、国家主席通伦共同宣布中老铁路开通的时政消息开场，体现头条意识；一组现场报道，记者分别在昆明、万象、磨憨、琅勃拉邦出镜，全面展现通车盛况和这条跨国铁路的特色；专访中国驻老挝大使和老挝驻华大使，深刻阐述铁路开通的重大意义；一组图片故事，记者深情讲述铁路建设中两国民心相通的感人故事；一组海采，中国、老挝两国人民袒露心声，对铁路开通无限期待，充分展现中老铁路是一条实实在在的"连心路"。作为湖南媒体，节目还集中关注了中老铁路中的湖南建设力量，以及这条铁路未来将如何搭建湘老合作新通道；节目最后配发本台短评，进一步升华主题，展示中国持续推动共建"一带一路"高质量发展，构建人类命运共同体的胸怀气魄。节目组克服疫情等重重困难，通过与老挝国家电视台、国铁集团老挝公司等单位合作，实现了跨国采访。

社会效果： 节目充分运用现场报道、新闻特写、三维动画、海采、MV、评论等多样形式，编排精巧、制作精良，在中老铁路建设方和运营方、老挝各大中国商会、老挝媒体等群体中得到广泛好评。节目还在芒果TV、风芒客户端等多平台分发，进一步扩大了宣传声势。

初评评语： 聚焦中老铁路正式载客运营这一重大新闻事件，以集中编排的方式，通过时政消息、现场报道、人物专访、图片故事以及随机海采等形式，深刻阐述了中老铁路开通的重大意义，突出了中国持续推动共建"一带一路"高质量发展、构建人类命运共同体的主题。

时习之

何晶茹　申亚欣　邓志慧　秦　华　任一林　黄子娟　宋子节

作品二维码

（人民网 2020 年 08 月 01 日）

申报资料实录

　　专栏简介： 人民网主办的大型融媒体专栏《时习之》紧密围绕习近平总书记治国理政新理念新思想新战略，通过文、图、音、视、数据、访谈、交互等多元融媒体形式创新报道语态，把宣传好习近平总书记重要讲话精神作为核心要义，通过全媒体化视听交融的形式，深入阐释系列核心思想的丰富内涵，展现大国领袖的时代担当、人民情怀，搭建起国内外广大网友学习总书记重要讲话精神的学习平台。《时习之》栏目自 2020 年 8 月创建至今，不断完善丰富，向着品牌化、产品化、系列化方向建设。专栏全年报道不断档，推动学习无淡季。策划团队 24 小时实时响应，2021 年度共发布原创作品 300 余篇，稳定保持工作日日均一期以上的推出节奏，同时重点内容均同步多语种转发，形成境内外联动传播，专栏累积访问量超过 6 亿。

社会效果：《时习之》栏目 2021 年度共发布原创作品 300 余篇，实现平均 2 天一条涉习近平总书记报道在各大网站头条转载，其中单条原创最高转载量达到 600 余家，浏览量超过 2 亿。《时习之·跟总书记上两会》获得有关部门肯定，着眼建党百年、"十四五"开局等重要时间节点，推出《习近平落子布局这些事》《圆梦小康》《砥砺奋斗·习近平为他们点赞》等主题系列报道，均获得破亿访问量。《跟总书记学党史》系列动画视频在建党百年之际以总书记讲党史故事结合历史事件经典瞬间为切入点，用动画视频形式带动学习党史热潮；创意海报《26 个字母看中国脱贫制胜密码》紧扣总书记脱贫攻坚重要论述精神，将中国话语与国际视角有机融合、先声夺人，巧思以 26 个字母为载体，文字言简意赅，视觉呈现主题突出，近 200 家门户网站转载，获得国家发改委、国家乡村振兴局、侨联等官方微博微信积极转发。作品被翻译成 9 个外文语种、5 个民文语种，在脸书、推特、一带一路新闻合作联盟网站、人民日报英文客户端等国际传播平台也取得良好反响，国内国际传播平台阅读量过亿。

初评评语：该作品既有宏大叙事，又有微观视角；既有高远立意，又有感人细节；既有鞭辟入里哲思，又有融媒呈现创意，实现了权威性与生动性的统一。专栏紧跟热点巧设看点，多元呈现突出重点，融媒联动打造亮点，常年报道不断档、引领网友学习无淡季，承担起宣传总书记治国理政新理念新思想新战略的使命任务。

全球连线（GLOBALink）

集　体

作品二维码

（新华网 2020 年 12 月 28 日）

申报资料实录

专栏简介：　"全球连线"（GLOBALink）是新华社国际传播融合平台倾力打造的中外文融媒旗舰产品，依托新华社遍布全球的新闻采集网络和传播渠道，聚焦重大突发新闻、时事热点事件、舆论焦点话题和中外交往故事，第一时间以现场直击、记者出镜、多点连线、独家采访等形式全媒呈现最新资讯和权威解读，推出融媒体视频产品。2021 年新华社"全球连线"报道在美国国会山骚乱、缅甸政局突变、美军仓促撤离阿富汗等重大国际突发事件中多次抢占第一落点，采制独家报道，在传播中国声音、讲好中国故事中取得突出实效。"全球连线"目前发稿量稳定在日均 26 条左右，采用量不断提升，影响力迅速扩大，社会知名度持续攀升，已成为新华社国际传播报道中最有影响力的融媒栏目之一。

社会效果："全球连线"（GLOBALink）栏目 2021 年共播发中外文视频报道 8533 条，全年累计媒体采用量超过 42 万家次，中文报道最高被 954 家境内外媒体采用，英文报道最高被 342 家境内外媒体采用。据不完全统计，"全球连线"2021 年网络和新媒体浏览量超过 55 亿，英文报道在海外社交媒体平台总浏览量近 12 亿，多组报道被全网推送。

初评评语：该专栏运用多种形式采制热点报道，观点鲜明、结构清晰、逻辑严谨、论据有力，平实语言与真实画面相结合，令网友直观了解重大国际新闻事件并获取权威解读。专栏作品契合国内外受众的信息接收习惯，以客观、科学、专业的视角展开国际报道、讲好中国故事，有效提升了中国声音的海外到达率。

主播说联播

集　体

作品二维码

（央视新闻客户端 2019 年 07 月 29 日）

申报资料实录

专栏简介：专栏创办于 2019 年 7 月 29 日，每天全网推送一条新闻评论短视频产品。产品内容立足《新闻联播》的重点报道特别是重大时政报道、当天重大事件和热点新闻，用年轻人喜爱的通俗语言传递主流声音、宣传主流价值。专栏产品贴合短视频属性，每一期的文字创作和视频录制，都经过主创人员和值班主播的反复打磨讨论。不光语言本身要生动，同时要求主播在表达的时候配以适当的肢体语言，后期剪辑期间也会搭配能够烘托气氛的音乐，从而达到最佳传播效果。此外，在特殊节点或热点新闻报道中，主播还会走进新闻现场，不光"说现场"甚至有时还会"唱新闻"，给用户不同体验。网友的留言也不再简单只在留言区展现，而是会以"弹幕"的形式在当天的节目内滚动呈现，甚至由主播们念出，增添了整体节目的信息量，更具互动性和同场感。在叙事语态方面，该专栏在表达上追求个性化和年轻化，尽量贴近年轻受众，力求引发网友共鸣。点赞英雄时饱含深情，弘扬正气时光明磊落，抨击偏见时幽默风趣，痛斥黑手时一针见血，嬉笑怒骂间传递直击人心的评论力量。该节目的推出是短视频时代新闻评论产品样态的一次大胆尝试。

社会效果：专栏从 2019 年 7 月 29 日推出至今，在全网取得非常不错的传播效果。微博话题总阅读量超过 100 亿次，同时在微信公众号、视频号、抖音、快手等平台受到广泛好评，且被其它媒体广泛转载。专栏瞄准网友浏览视频产品的常见平台，利用 B 站＋弹幕、抖音＋配乐、微博＋话题讨论的平台传播策略，精准进行了跨媒介传播，使主流媒体在新媒体舆论场增添了一个拳头产品，有助于把握话语权、引领舆论走向。同时，该专栏给电视新闻的转型"出圈"以启示，放大了《新闻联播》IP，并带动《新闻联播》其它内容在新媒体平台的传播。数据显示，《新闻联播》抖音号、快手号、微信公众号等多个账号推出之后，累计关注人数已超过 8000 万，这对《新闻联播》相关内容特别是"头条工程"的节目进行碎片化传播、不断拓展新媒体空间起到了较大推动作用。

初评评语：《主播说联播》专栏内容立足《新闻联播》的重点报道，特别是重大时政报道、当天重大事件和热点新闻，用年轻人喜爱的通俗语言传递主流声音、宣传主流价值。采取日更和竖屏，给电视新闻的转型"出圈"以启示，放大了《新闻联播》IP 效应，并带动《新闻联播》其他内容在新媒体平台的传播。

国际观察

集　体

代表作一：

拜登布鲁塞尔行：美国真的"回来"了？

德永健

"看见我不烦吧……"美国总统拜登笑着问道；"倍感荣幸……"欧盟委员会主席冯德莱恩笑着回答。

当地时间 15 日中午，欧盟—美国峰会在欧盟布鲁塞尔总部举行，这是冯德莱恩和欧洲理事会主席米歇尔迎接拜登时发生的一幕——当然，大家在寒暄，在笑谈。

似乎又不仅仅如此。自 6 月 9 日飞抵英国，拜登 11 日至 13 日出席七国集团康沃尔峰会，随后转赴布鲁塞尔，14 日出席北约峰会，15 日出席欧美峰会。短短几天，他与德国、法国等欧洲大国首脑和米歇尔、冯德莱恩等欧盟领导人见了又见，难怪 15 日把"见面"当笑料。

从康沃尔到布鲁塞尔，拜登马不停蹄，在峰会会场反复传递一个讯息，那就是美国重返国际舞台，美国"回来"了；面对媒体也是如此，从 14 日北约峰会结束后召开记者会，到 15 日欧美峰会开幕时对媒体发表简短讲话，拜登一再把"回来"挂在嘴边。

与特朗普当政时相比，形式上美国的确"回来"了。2019 年北约伦敦峰会因特朗普提前离开而草草收场，拜登则选择借此次北约布鲁塞尔峰会面见土耳其总统埃尔多安，令北约峰会平添分量；2014 年后欧美峰会再未举行，欧盟领导人对此心有怨言，拜登则就任总统不到半年就举行了欧美峰会，并且 15 日是近 4 年来美国总统首次访问欧盟总部。

面对拜登的"重视"，布鲁塞尔渴望得到更多。今年 1 月拜登宣誓就职，冯德莱恩就称"经过漫长的四年，欧洲在白宫有了一位朋友"；14 日北约秘书长斯托尔滕贝格表示，在当前"关键时刻"，希望掀开北约"跨大西洋关系的新篇章"；15 日欧美峰会发表联合声明，直接以"迈向新的跨大西洋合作伙伴关系"为主题。

言辞固然热烈，峰会固然热闹，但细究之下有多少实质性内容则令人生疑。在欧美峰会上，双方达成的具体共识集中在经贸领域，其中之一是将久拖不决的欧美航空补贴争端搁置5年，其间叫停双方因航空补贴而对彼此加征的报复性关税。消息传出后，有媒体透露双方谈判团队曾"最后冲刺"，试图赶在峰会前达成一份全面协议，无奈分歧过大，只能把目标从"解决"转为"搁置"。

此外，2018年当时的特朗普政府以"维护国家安全"为由，开始对欧盟输美钢铝产品加征关税，欧盟一直严重不满，强调身为美国盟友，欧盟何以对美国国家安全构成威胁？在此次欧美峰会的联合声明中，仅称双方力图今年年底解决钢铝关税争端，换言之，今后一段时间美国的钢铝关税将照收不误。

即便在双方频频协调立场的外交与安全领域，联合声明一边宣称欧美将加强合作，在避免对双方利益造成意外后果的情况下，利用制裁谋求共同的外交政策和安全目标，一边又承认双方对一些问题可能有不同做法，这些分歧只能留待后续处理。

耐人寻味的是，有媒体点出，虽然14日的布鲁塞尔峰会是拜登就任美国总统后北约举行的首个峰会，但堪称是近20年来"时长最短"的北约峰会，仅有的一场工作会晤只持续了两个半小时；至于15日的欧美峰会，公开报道显示，峰会于当地时间15日中午开幕后，下午两点半左右拜登已赶赴机场，其后转飞瑞士日内瓦——定于16日与俄罗斯总统普京举行的美俄峰会正等着他。

密集峰会却行色匆匆，拜登为自己总统任内第一次访问布鲁塞尔划上句号，但在他离开之时，美国是否真的"回来"了？这个问号或许在布鲁塞尔正变得越来越大。

代表作二：

阿富汗冲突和平解决前景几何？

马佳佳

中国国务委员兼外长王毅近日在天津会见了来华访问的阿富汗塔利班政治委员会负责人巴拉达尔一行。中国外交部发言人赵立坚表示，助推阿富汗和平和解进程是中方接待阿富汗塔利班代表团来访的主要目的。对此，中国专家指出，阿富汗冲突双方展开和谈释放积极信号，但短期内尚难取得实质进展。中国推动关阿富汗和解进程既符合中国利益，又是发挥负责任大国作用的体现。

美国仓促撤军引发新的危机漩涡

美国和北约仓促宣布从阿富汗撤军，致使饱受战乱的阿富汗陷入新的危机漩涡。中国宁夏大学阿拉伯学院院长李绍先接受中新社记者采访时表示，美军当年随意进入，现在不负责任地撤离，同样都是极不负责任的行为。美国此举的后果是，不仅饱受战乱20多年的阿富汗要再次陷入内战深渊，而且给周边国家带来外溢的安全威胁。

李绍先指出，一方面，阿富汗乱局外溢对周边向北、向南、向西方向均产生影响。向北是影响中亚国家。事实上，伴随着阿塔的攻势，已经有数以千计的阿富汗政府军官兵涌入塔吉克斯坦境内，国家稳定面临巨大考验。对于阿富汗南面的巴基斯坦，阿塔的攻势对巴国内的塔利班组织产生了很大的刺激。近日，巴基斯坦接连发生袭击事件，以及阿富汗驻巴基斯坦大使女儿被绑架等，都与阿富汗局势变化密切相关。此外，向西对伊朗也有影响，过去这几十年由于阿富汗连续战乱，伊朗境内已有几百万阿富汗难民，伊朗对阿富汗局势变化也会高度紧张，如果局势恶化，势必会引发其向边界派兵等系列举动。

另一方面，在阿富汗局势发展中，周边国家地缘政治上的争斗也开始加剧。其中巴基斯坦和印度极有可能成为对立的一对。阿富汗实际上将成为印巴相互争斗加剧的地方。李绍先称，印巴双方都希望借机扩大自己在阿富汗的影响力。如果印度影响力扩大，会使巴基斯坦腹背受敌；反之，如果巴基斯坦影响力扩大，塔利班或将卷土重来，这也是印度不愿意看到的。所以印巴地缘政治争执加大，又会带来一系列复杂的形势变化。有报道称，印度派军机向阿富汗政府提供武器弹药援助，打压阿塔的攻势，这实际上就表明了印度不会"坐视"阿富汗局势向有利十巴基斯坦的方向发展。

和谈信号积极 但实质进展尚难达成

7月17日，阿富汗政府和塔利班双方高级代表在卡塔尔首都多哈举行和平谈判，会谈的结果是双方同意继续推进高级别会谈。

关于此次和谈达成的原因，李绍先指出，现在阿富汗的局势是两个"吃不掉"，一个是政府无能力恢复塔利班攻占的地域；另外一个是塔利班也同样无力夺取全国控制权。在这种情况下，双方都有谈判解决问题的需求，所以7月17日的多哈高级别会谈应运而生。阿塔目前的策略就是要在谈判桌上达成目标，一边"打"一边"谈"，通过"打"来向谈判桌施加压力。

关于会谈的意义，李绍先指出，会谈首先释放出积极信号，但谈判取得实质性进展并不容易。因为在三个根本性问题上，阿富汗政府和阿塔的立场是尖锐对立的。第一个就是未来阿富汗的国家性质。塔利班要求坚持伊斯兰制度，而阿富汗政府要坚持阿富汗伊斯兰共和国的性质。第二，双方关于和解进程的主张不同。阿富汗政府主张主导，总统保持不变，把阿塔的力量纳入进来，联合执政。但阿塔主张以平等的原则建立联合政府。第三是阿富汗政府希望先停火再继续谈判。但阿塔要求先解决上述两个根本问题，然后再停火。李绍先称，鉴于此，外界不能期望这个谈判能很快实现突破。

充分协调沟通　中国发挥负责任大国作用

作为联合国安理会常任理事国、阿富汗最大的邻国、上海合作组织创始成员国，中国在阿富汗和平进程中发挥作用是无法回避的。

对此，李绍先指出，在阿富汗冲突双方提出愿意和解之时，推动阿富汗和解进程符合周边国家的共同利益。这就需要在阿富汗人自己主导的前提下，在国际社会、周边国家、上合组织等各方力量的推动下，积极将阿富汗相关方拉进和解进程和政治主流中来。

李绍先说，中国作为阿富汗的重要邻国，非常关注阿富汗的和平稳定，也在积极发挥自己的作用。中国一直致力于在各利益攸关方之间牵线搭桥，调解斡旋，提供协助，贡献智慧，为推动政治解决阿问题发挥建设性作用。这既符合中国的利益，也是发挥负责任大国作用的体现。

关于中国如何应对阿富汗危机带来的影响，李绍先指出，从对外方面来讲，中国应高度重视或者推动发挥上合组织的关键作用，正如上合外长会声明所言，坚决维护阿富汗主权独立和领土完整，大力推动阿富汗内部和解进程，防止阿富汗陷入生战生乱的状态。同时注意同阿富汗周围重要国家的沟通，还要加强与阿富汗内部各派力量的交流协调，至少防止其危害于中国。在对内方面，要做好自己的事情，坚持推进稳定发展的大局不变，同时严控边界，防范极端势力、"三股势力"趁乱混入。

（中国新闻社 2010 年 06 月 01 日）

申报资料实录

专栏简介： 中新社"国际观察"栏目已创办十二年，成为我社重点栏目之一，始终针对重大国际新闻及涉华重要议题进行分析评论，有力有效开展舆论引导。2021年，百年变局与世纪疫情交织叠加，国际格局深刻演变。面对错综复杂的国际舆论环境，"国际观察"栏目的50余篇原创稿件秉持中国立场，展现国际视野，从国际政坛风云到世界疫情延宕，从多双边关系到国际合作机制，追踪国际热点、舆论焦点，回应外界关切，理性剖析，客观阐释，有广度、有深度、有力度、有态度。

社会效果： "国际观察"栏目的稿件在境内外广泛落地，范围涵盖美国、加拿大、巴西、印尼、马来西亚、菲律宾、泰国、柬埔寨、澳门、香港、台湾等地具有影响力的报纸及网络媒体等，并在境内外新媒体平台获大量转发，进一步扩大全媒体传播效果。

初评评语： 《国际观察》栏目创办十二年来，针对重大国际新闻及涉华重要议题积极发声，回应关切，坚持中国立场，展现国际化视野。该栏目持续性强，涉及主题广泛。栏目作品被境外新媒体平台大量转发，在海外舆论场获得较好的传播效果。

军事最前沿

李东航　李　鹏　何友文　李小琳　王　玉　刘福生

作品二维码

（中国军网 2012 年 10 月 01 日）

申报资料实录

专栏简介：2012 年 10 月 1 日，中国军网新媒体新闻专栏"军事最前沿"上线。专栏定位军营新视窗、军事新视点、军人新视角，每日发布原创军事短视频，采编上海选创意、掐尖制作、多屏联动，力求短、实、新、活，发布原创作品近 8000 条，累计播放量 147 亿。一是多屏联动塑造军队新形象。专栏先后与湖北卫视《长江军势》、中央电视台《中国舆论场》等节目合作，跨平台进行话题设置、内容制作和作品宣推，其中，《中国力量》《舰证》等作品在大屏播放后，分别创下当日节目收视高点。二是移动优先展示军人新面孔。专栏还在解放军报客户端、中国军网短视频账号同步推送，用"网感"与"美感"兼备的视听语言展现新时代革命军人的新风新貌。其中，作品《新兵小刘》播放量达 2.6 亿。三是客观准确表现军队硬实力。专栏始终聚焦部队练兵备战，结合中外联演、航母下水、武器列装、实弹打靶等，采编"沙场战报"，生动展示军威，振奋国人士气。其中，话题＃时刻准备战斗＃阅读量 22.9 亿。四是技术应用构建传播新场景。专栏注重新技术应用，先后推出抗疫 MG 动画、军媒智能主播、两会全息直播等创新作品。其中，首个竖屏作品《行走》获评全国党媒"十佳创意短视频"。

社会效果： "军事最前沿"作品有思想、有温度、有力量，其中《战斗宣言》引起 BBC、CNN、《华盛顿邮报》《金融时报》等西方主流媒体关注和热评，《我宣誓》在北京市廉政教育基地循环播放，《中国力量》成为国防大学教学案例，《军礼》等 26 条作品全网首屏转载，60 条作品播放量过亿。

初评评语： 该作品唱响忠诚、奋斗的强军主旋律，以网友喜闻乐见的原创短视频形式，展现新时代革命军人精气神，传递新时代强军实践成效。专栏作品强化话题设置，善于从演训现场、军旅生活中捕捉细节，有效运用网络特色视听语言与传播技术，创意策划、多维呈现、跨屏联动，立体展现了国威军威。

直通990

集　体

限于篇幅，文字稿略，获奖作品请见中国记协网 http://www.zgjx.cn。

（上海广播电视台东方广播中心 2011 年 05 月 27 日）

申报资料实录

　　专栏简介："人民城市人民建，人民城市为人民"，上海一直沿着习近平总书记指引的道路，将如何让人民群众有更多获得感、幸福感、安全感，作为超大城市治理的出发点和落脚点。《直通990》也正是这样一档从"民"之诉求出发，倾听民声、解读政策、纾解民忧的广播民生节目。节目已创办11周年，去年以来，这档上海广播老牌民生节目在媒体融合之路上再下一城。一是用足广播新媒体矩阵，彰显传播力、服务性。二是广播和视频直播融合，打造"可以看的广播"。三是衍生融媒体产品"小通在申边"，与广播完成"反哺"与"造血"。

　　社会效果：在一系列媒体融合"组合拳"下，《直通990》在流量、受众美誉度等方面均取得不俗反响：一是二次传播方面创新形式，在新媒体图文、短音频、海报等基础上，着力深耕短视频。二是深入社区直播，收获更广泛社群基础，线下做强节目品牌。三是衍生品牌"小通在申边"以"主力军进入主战场"方式履行媒体使命。四是在线上线下持续发力下，2021年，广播端节目收听率收获喜人涨幅：其中，《直通990》下午版节目收听率同比涨幅达27.7%。

　　初评评语：作为一档上海广播老牌民生节目如何在媒体融合之路上再具创新，这个专栏提供了可借鉴之路。用足广播新媒体矩阵，彰显传播力、服务性，并与各新媒体平台保持联动，二次分发传播作品；实现广播和视频直播融合，音视频直播轻量化，打造"可以看的广播"；衍生融媒体产品，与广播完成"反哺"与"造血"，来自线上线下端的热点话题，既兼顾了广播端传播要求，又能做到互联网平台首发，达到了相互引流、共享受众资源的效果。

民生调查

集　体

炮厂小区平房旧公厕拆了5年没重建 老人内急靠塑料袋解决
这儿的居民上个厕所竟这么难

市民吴女士向本报反映，石景山区炮厂小区平房原本有一处公厕，服务着周边300余户居民，不过，自从几年前公厕因改造而拆除后，说好的重建却一直没有实质性进展。由于大部分居民都是老人，如厕难的问题愈发凸显，有的老人走到半道就忍受不了内急，有的老人只能用塑料袋在家里方便……"都拆了好几年了，什么时候才能重建啊？"居民呼声不断。公厕迟迟未能重建，问题到底卡在哪儿了？是否有望尽快协调解决？近日，记者赴现场展开调查。

缘起
为安全拆除公厕久未重建

吴女士所说的公厕位于炮厂小区平房二区7排西北侧。没拆之前，周边平房区的居民日常如厕全靠它。

"我今年60多岁了，从我记事起，就有这么个公厕。"一位居民说，该公厕原本是个旱厕，后来经过部分改造，内部加装了冲水装置，硬件设施有了提升，十多个坑位也基本能满足日常需求。除此之外，还有环卫工作人员每天清扫，并且定期抽吸化粪池。

听居民们说，2016年，这一公厕被有关部门拆除了，原因是时常有污水从旁边的护坡往下渗漏，夏天异味难闻，冬天还会结冰，影响了周围居民的日常生活，存在一定的安全隐患。对此，居民们表示理解和支持。属地街道、石景山区城管委的工作人员也向记者证实，由于该公厕建设时间较早，出现了化粪池渗漏、地基下陷等情况，于是决定对公厕进行拆除，并选址重建。

不过，当时说好的重建，直到现在居民们也没有盼到。

现状
周边公厕远老人如厕难

"平房区里住的大多是老人，上厕所非常不方便。"吴女士告诉记者，在平房区的南侧、毗邻炮厂小学的地方另有一处公厕，是大家目前所能去的最近的公厕。虽然直线距离也就200多米，但需要穿过几条巷子，中间还要经过车来车往的马路，再经过一个小广场才能到达。一些老人行动不便，这一趟下来，差不多得十几分钟。

"我去趟厕所，路上得歇好几回。"一位正在小广场上遛弯儿的老人说，她腿脚还算利索，但从平房区走到这座公厕，也颇感费劲，尤其是还要在憋着的情况下"走街串巷"，就更难受了。"我走到这里至少得20多分钟，过马路还得提着心吊着胆。"另一位拄着拐杖的老人说。

还有一处距离平房区相对较近的公厕，位于旁边的隆恩寺村。顺着居民手指的方向，记者现场测算了一下，直线距离差不多也是200余米。不过，这段路有五六米的落差，对老人来说也不"友好"。居民们需要先从一处围栏的缝隙中穿过，然后沿着数十级台阶走下土坡，顺着下坡的道路再走上一段，才能到达公厕。"年轻人常去这处公厕，我们老人基本没人去，走起来又陡又危险，尤其晚上，黑灯瞎火的，更不敢走。"一位居民说。

听闻记者前来了解公厕的事情，居民们纷纷围了过来，诉说自己的遭遇。"一大早起来，我就得抱着小孙子赶紧往厕所跑，很多时候还没跑到那儿，小孩就憋不了，半道上就拉裤子了。只能又把孩子抱回来换洗衣服。""遇到刮风、雨雪的天气，根本没法出门，就怕摔着，只能自己在家里解决……"

一些老人告诉记者，有时候遇到内急，公厕又离得太远，他们只能在家里的垃圾桶上套一个塑料袋，以解决大小便问题。不过，随着垃圾分类工作的推进，看着志愿者们每天都在桶前辛苦地值守，老人们不忍心，面子上也过不去，不愿意再这样做了。如此一来，这些老人的"方便"问题就更不方便了。

"我家倒是装了坐便器，就是为了偶尔能够在家小便，但是根本没法大便的。我们平房区当时铺设的下水管道特别细，很容易堵塞。"一位居民说，即使家里有条件安装了相关设施，如厕还是非常不便，大家都盼着公厕能够尽快重建。

探因
选址方案有分歧难达一致

吴女士说，早先的公厕拆除后，有关部门曾多次就重建事宜征集过居民意见，还在平房区的明显位置贴出过相关公示，包含选址方案、规划设计图纸等信息。据了解，公示的方案并不是完全原址重建，而是在原址的基础上，向旁边平移了几米。

记者多方了解到，有居民因很早以前在公厕旁的这片空地上种植过蔬菜，所以对公厕选址的部分土地权属提出异议。就在有关各方即将进场施工的时候，因为出现争议，公厕重建就被暂时搁置了。

"这块空地早已没人种菜，一直闲置着，还经常有人不自觉地往这里倾倒垃圾。"吴女士说，有时候垃圾数量太多，甚至会堆到旁边的小路上，她只能不断地反映给相关部门。记者探访当天也发现了这一现象。空地上堆放有十几袋建筑垃圾，还有枯枝落叶、碎玻璃、泡沫箱、旧枕芯等各种垃圾。"如果公厕能够建起来，这里应该不会像现在这样乱。"吴女士说。

对于公厕的重建、方案的设计，居民们多方奔走呼吁，但施工始终没有进展。"我们也不是提什么过分的要求，明明是原本就有的公厕，而且大家也有实际需求，为什么拆了就不给建了呢？"有居民说。还有居民建议，在做好防渗漏的前提下，公厕能不能原址重建。也有居民提出，就算选址方案存在分歧，能不能相应做些修改，剔除争议部分，把公厕建得小一点也行。"哪怕先建个临时厕所，先暂时解决大家的燃眉之急也行啊。"

属地五里坨街道的工作人员表示，在该公厕拆除改造前的协调会上，各方曾明确，应由产权单位负责选址新建公厕，区城管委提供资金支持，区环卫中心具体负责建设并进行后期管理和维护，街道负责旧公厕的拆除并协助做好相关保障工作。在重新选址受阻后，街道也曾多次参与协调沟通，不过，目前是由产权单位与区城管委在共同推进这一事宜。

石景山区城管委的工作人员表示，他们对公厕迟迟没能重建也很着急，目前仍在协调、督促各方解决此事。至于公厕的选址方案是否会改动，以及能否暂时建立临时公厕等问题，他们会继续与街道、社区及产权单位进行沟通。

产权单位的一位负责人告诉记者，虽然规划方案中公厕所在空地的产权属于他们，不过，目前他们已经进行了社会化管理，具体工作应归属街道负责。至于公厕如何重建、怎样选址，也应由街道、区城管来协调。该负责人表示，一旦有关各方协调好了之后，他们会积极配合建设。

记者手记

请让老人体面地如厕

一个公厕重建，居民们盼了将近 5 年。时间一天天流逝，居民们的年纪也在一天天增加。平房区里住的老人不少，都说"人老腿先老"，上了岁数的他们，行动起来不再那么利索了，最近的公厕哪怕直线距离只有几百米，但对老人们来说，却要走上十几分钟。尽管附近有两处公厕，不过，在跟随老人体验过一次颇为坎坷的如厕之路后，这份不便更让记者感慨。说起自己的应对"招数"，多位老人也很是不好意思，有的说，走到半路憋不住的情况经常存在，只能自己想办法解决；有的说，在家里临时用塑料袋也能救急。

公厕重建，不仅仅是方便与否的问题，更关乎老人的体面。公厕重建搁置固然有种种原因存在，但是不能因为有分歧就停滞不前。或许有关部门的处理方式可以更加灵活一些，比如，选址方案能否重新考虑？能不能先增设临时厕所解决燃眉之急？居民们的提议也并非没有道理。考虑到这么多老人的实际需求，眼下最紧迫的，就是有关各方进一步沟通协调，齐心"破冰"，尽快将公厕重建起来。

现有行业监管标准套不上新业态
居民楼惨遭百家餐饮档口"围城"

朝阳区百环家园 18 号楼周边，聚集着约 110 家餐饮单位，油烟、噪音、污水、交通、卫生等各类问题让居民苦不堪言。近期，又有若干餐饮单位将陆续进驻，居民反对声强烈。然而，这些商户如果半途而废，将会面临巨大的经济损失。双方纷纷拨打 12345 热线投诉，接到派单的属地劲松街道办事处被架在"热锅"上。记者深入调查发现，档口经营模式作为"外卖+"的餐饮行业新业态，正在北京如雨后春笋般发展，而对于随之产生的业态单一、高度集中等新问题，目前的监管、评估以及预警机制存在空白区，亟待填补。

老问题

餐饮档口密集"围困"居民楼好几年

百环家园 18 号楼是一栋 27 层高的老居民楼，除了两层底商外，其余均为居民住宅。该楼东西两侧，各有一栋含地下空间的二层小楼，虽和 18 号楼连成一体，但两栋小楼有着各自的独立产权，且性质为商用。

以西侧的二层小楼为例，面积不大，不仅包含便民超市，还汇集了大量餐饮单位，根据属地劲松街道粗略统计，餐饮单位总数量大约有110家。小楼外墙上"爬"满了排烟管道和空调室外机，整栋建筑看上去已经不堪重负。根据居民统计，小楼外墙上可见的排烟管道已达16组，居民称还有很多后加的排烟管道隐藏在角落。

9月24日，记者来到了百环家园18号楼。从一户居民家推开窗户，窗根儿底下便是西侧二层小楼的楼顶，风机等各类排烟装置挤得密密麻麻。耳边还有挥之不去的"嗡嗡"声，鼻子里充满浓重的油烟味。

若开一家餐馆，后厨、堂食区域占地面积都不小，这栋小楼无论从哪个角度看，都不可能容纳上百家餐馆，数量庞大的餐馆是怎么"塞"进去的？记者实地暗访发现，小楼里的餐饮单位大多数已不再是传统意义上的餐馆。为了迎合快节奏的生活，外卖行业蓬勃发展，档口成了这里的新业态。在这栋小楼里，很多档口甚至没有营业的柜台，仅提供外卖，因此所需要的空间极小，甚至搭间厨房就能营业了。

近距离观察，小楼里的两家美食城各聚集着近20个美食档口，面积最小的档口目测仅4平方米。楼内还有部分区域密布纯外卖档口，这类档口不面对顾客，只对接外卖骑手。该区域通道异常狭窄，两人并排通过都略显困难。以其中一条通道为例，两侧的空间被密密麻麻地分割成了近20个档口，这些档口大多数都只有一扇面向通道的窗口，主要用于递送外卖。用餐高峰时段，小楼里锅碗瓢盆的碰撞声此起彼伏，从后厨伸向楼外的排烟管道一刻不停地轰鸣着。

"我们已经被'围困'好几年了。"周边餐饮单位密集，居民的生活受到了严重影响。据多位居民反映，大家面临的主要问题来自于噪音和油烟。除此之外，餐饮单位集中也导致外卖骑手聚集，楼前道路拥堵不堪。商用建筑和居民楼共用下水管道，老楼的排污系统超负荷使用，管道时常堵塞，楼前油污满地。还有居民抱怨，很多餐饮单位的员工都租住在18号楼内，由于居住人员密集，早晚高峰厕所不够用，楼道就成了租住人员的"公共厕所"，"楼道里满地污物清理起来太难，就连楼里的保洁人员为此都已经辞职好几拨了。"

讲述
老问题为何难破解

居民告诉记者，2006年居民入住后，东西两侧的小楼一直闲置，直到四五年后，西侧的小楼陆续有商户进驻。近两三年，进驻的餐饮单位越来越多，小楼上盘着的排烟管道日益密集，对居民生活的各种影响也越来越大。

对于相关问题，属地劲松街道办事处的治理工作从未懈怠，但力不从心、捉襟见肘一直是治理过程中的常态。百环家园东社区党委书记告诉记者，根据统计，从今年1月至8月，居民对百环家园18号楼周边商户的投诉多达165件。接到居民的投诉件后，社区立即协调相关部门执法人员到场检测核实，最近的一次检测就在本月。但检测发现，多数餐饮单位的排烟、排污指数符合国家标准，或一部分虽不达标，也可以通过整改达到要求，但即使所有餐饮单位都达标排放，由于数量太多又过于集中，仍会对居民生活造成很大影响。"用餐高峰时，这么多厨房同时开火做饭，'百家齐鸣'的影响巨大，但对整体环境的影响，谁来测、谁来管，目前没有规定。"

再比如交通问题，记者从社区了解到，正是由于餐饮单位过度集中，且大部分契合外卖行业，导致在用餐高峰期，百环家园18号楼北侧会瞬间聚集二三百名外卖骑手，人车聚集难以疏导。在媒体对这一现象进行报道后，属地街道、社区在便道上加设了隔离栏杆，以保障居民的出行安全。"外卖骑手的电动车上不了人行道，又把机动车道堵死了。"

为何这么多餐饮单位要瞄准这栋老居民楼？劲松街道办事处主任向记者分析了百环家园"先天优势"。据他介绍，百环家园小区楼盘在建设时，以大户型为主，且在当时没有限购的政策约束，由此吸引了大量投资者。投资人在楼里购房主要用于出租，居住密集度较高。"周边建筑设施符合商用规划，楼上又可用于企业员工租住，周边写字楼多，从市场层面看对餐饮单位来说有商机，这是吸引他们不断进驻的一大因素。"

新矛盾
新餐馆将进驻 居民与商户分歧严重

眼下，老问题尚且得不到根治，新问题又接踵而至。百环家园18号楼东侧，有一栋与西侧规模相仿的二层小楼，如今又有若干餐饮单位要进驻了。记者现场探访时看到，多数店铺的装修已接近尾声，排烟管道已经"爬"上了东侧的二层小楼。

居民担心不堪其扰，抵制新的餐饮单位进驻，一时间相关问题的投诉量骤增。劲松街道办事处深入核实居民反映的问题后认真履职，在8月24日向朝阳区市场监管局发送了一封建议函，深入阐述了业态单一、高度集中所带来的相关问题，建议市场监管部门在审批发放证照时务必慎重。

商户此时也是心急如焚。根据相关要求，他们此前已经通过了工商执照审批，现在就只剩下食品经营许可证这一项便万事俱备。在得到审批流程需要暂停的消息后，因为对市场监管部门的不满，商户也纷纷拨打12345热线进行投诉，而他们从市场监管部门得到的答复是"因接到劲松街道办事处来函，故暂停对该地址新办餐饮单位的审批"。

看到这样的反馈，商户无法理解发建议函是属地街道办事处依法履行的工作职责，而认为属地街道办事处在拿不出相关依据的情况下禁止他们营业，商户开始对属地街道办事处不满。

一面是生活受到严重影响的居民，他们对餐饮单位的增加非常抵触，且态度坚决；另一面是已经进行前期投资的商户，如果餐馆不能开业将意味着巨大的经济损失。双方此刻都将目光投向劲松街道办事处，尖锐的矛盾把街道办事处架在了"热锅"上。

根源
档口餐饮新业态面临治理空白

纵观整个事件的来龙去脉，尴尬之处在于目前已经产生的矛盾无法归咎于某一方的过错。根据各方讲述，居民正常反映民生诉求，商户按照相关法规申请办理营业手续，属地街道办事处认真履职，市场监管部门依法依规进行审批。但最终结果却不是皆大欢喜，而是各方都有一肚子委屈。

9月24日，劲松街道办事处、百环家园东社区组织了两场协调会，分别针对居民和商户提出的诉求进行协商，但结果不容乐观。居民与商户虽未直接沟通，但提出的核心问题都是新的餐饮单位能不能开业，双方意见相左且没有让步余地。

按照劲松街道办事处的工作计划，本来准备搭建平台，让居民和商户见面友好协商，但这一计划想落实非常困难。居民们告诉记者，协商的前提得是双方存在退让空间，但周边现存餐饮单位的影响让他们很难再让步。还有居民顾虑，如果居民代表直接面对商户，矛盾很可能转移到居民个人身上，作为长期居住在这里的普通居民，很难承受后果。

其实，百环家园18号楼的问题早已不是个案。2019年，记者便关注过北三环中路南侧一栋二层商用建筑的油烟扰民问题。这栋小楼里挤着多家以经营烤鱼、烤串为主的餐馆，周边居民不堪其扰。但属地街道办事处联合环保部门在对油烟、噪音进行检测时，发现每一家餐馆都合格，然而多家餐馆集合在一起产生的整体影响尚无检测标准和治理手段。

2019 年至今，类似事件发生频率开始增加。近日记者查询诸多商业网站发现，以档口为主的餐饮单位新业态目前正在北京蓬勃发展，小而密集是其显著特征。在和多个街道办事处交流时，工作人员都反映，一片小范围区域、一栋贴着居民楼的建筑，究竟能够承受多少餐饮单位的同时排放，目前找不到相关的评估依据及限制办法。

除了监管和评估，对于档口商户的投资目前也没有预警机制。据悉，商户进驻商业设施，需要在属地街道办事处报备，目的是在街道相关职能部门的监督下，确保施工安全，但报备内容不包括今后的经营项目。而商户向行业监管部门申请各项审批时，虽然经营项目要明确，但行业监管部门的审批仅针对个体，没有对整体区域进行环评的职能。相关部门各司其职，但对于投资风险，还没有哪个部门能统一把关。

专家建议
需要用好"看得见的手"

对于餐饮档口高度集中所带来的治理难题，中国社科院城市发展与环境研究所副研究员娄伟认为，相关部门应该高度重视，如果不及时填补政策和机制空白，在新业态逐渐规模化的过程中，将引起诸多次生问题，引发社会矛盾。

娄伟分析认为，近年来，以平台经济为代表的新业态蓬勃兴起，一些餐饮单位的经营主要依托互联网平台，从而聚集形成规模效益、产业集群，由此可以有效降低成本。这是市场这只"看不见的手"所发挥的积极作用。但如果缺少政府调控这只"看得见的手"，就会产生前文提到的诸多社会矛盾。

娄伟建议，未来在进行商业规划布局时，相关部门应当因地制宜，逐步完善商户密集经营区域的选址及生态环境相关规定，通过出台对应政策及行业标准，或通过给现有职能部门新的赋能，弥补监管和评估方面的空白。同时根据业态发展情况，不断更新和完善生态环境方面的测量标准和技术要求，使相关措施既能约束单一商户的违规行为，又能兼顾到整体环境和社会影响。

对于目前已经发生的问题，娄伟建议各级相关部门联合协商，探寻解决办法。比如吸收规划、住建部门共同参与研讨，通过技术手段改善已有餐饮单位的排烟、排污方式，消除集中经营给居民带来的各种影响。找到改变的突破口，在居民与商户之间建立信任，双方的再协商就有可能性，产生的矛盾就不会一直困在"围城"里。

(《北京日报》2006 年 03 月 01 日)

申报资料实录

专栏简介:《民生调查》是北京日报专门承担舆论监督报道的民生新闻专栏。在全国党报中率先构建起媒体反映问题的"闭环"报道落实机制,其探索实践是北京市"接诉即办"机制的雏形。"闭环"报道机制即首先由《民生调查》通过多渠道接受群众举报,记者就举报问题展开调查报道,通过联络市委督查室以及属地和职能部门"接诉即办",合力破解难题,记者盯守问题解决全过程,跟进式报道,回应群众关切。《民生调查》关注民生,聚焦群众"急难愁盼"。通过《入住 10 年为何难办房产证》《这儿的居民上个厕所竟这么难》等报道,每年反映上百件关系群众切身利益的问题。《民生调查》勇于担当,不畏黑恶势力。如采写《疯狂的黑渣土场》,记者数月暗访,不惧黑恶势力的威胁恐吓,揭开行业重重黑幕,最终推动了渣土消纳整条产业链的改革,被读者赞为"树立了党报舆论监督的新标杆"。《民生调查》关注共性问题,推动建立长效机制。如关于北京南六环一处绿化带遭受严重毁坏的系列报道,向政府部门及时反映舆情民意,推动北京市建立起绿化养护"信用管理体制"。

社会效果:"闭环"报道机制实现了"快准好"的社会效果。"难题解决快",对于急需解决的群众难题,《民生调查》通过报纸和微博、微信、北京日报客户端等多渠道第一时间反映。同时,联络有关部门快速响应,精准整治,紧急的民生问题往往没过夜就得到解决。"问题找得准",围绕群众关切和市委市政府中心工作,帮忙不添乱,甚至获得被监督部门的认同,凝聚了破解难题的合力。"社会效果好",栏目反映问题的解决率和反馈报道率均超过 95%,成为北京日报的金字招牌。栏目文章连续 16 年获北京新闻奖一等奖。不仅受到业内肯定,栏目每年还收获群众送来的数十面锦旗,以及难以计数的感谢信和来电,党报的公信力和影响力得到极大提升。《民生调查》的报道不仅在北京日报纸端呈现,还第一时间在北京日报客户端、微博、微信等全媒体渠道发布。多篇重头报道被人民日报、新华社、央视等央媒的新媒体端口广泛转载,全媒体阅读量突破亿次。发挥了主流媒体的核心价值和建设性功能,也为传统报纸栏目的融媒体转型探索了路径。

初评评语:作为全国党报中率先构建媒体反映问题"闭环"报道落实的民

生新闻专栏，北京日报的《民生调查》长期担负舆论监督责任，回应群众关切，聚焦"急难愁盼"，作品以全媒体的方式呈现，连续十多年获得北京新闻奖一等奖，被读者赞为"树立了党报舆论监督的新标杆"，在国内新闻界具有一定影响力。

今日海峡

李灿宇　李　宏　林祥雨　陈裕平　吴呈思　钟　健　林　晔

限于篇幅，文字稿略，获奖作品请见中国记协网 http://www.zgjx.cn。

（福建省广播影视集团 2020 年 01 月 01 日）

申报资料实录

专栏简介：《今日海峡》自 2011 年开播以来，在新闻敏感性、报道时效性、舆论斗争性和区位独特性等"四性"上下功夫：依托福建独特的区位优势，致力于打造"现场＋舆论场"的对台新闻品牌栏目；节目以敏锐的新闻嗅觉，紧抓新闻时效，及时、有力地针对"台独"分子和外部势力干涉的言行开展舆论斗争，并为两岸交流鼓与呼。该栏目特色鲜明，通过北京、台北、福州、厦门等地的驻点记者站，在呈现两岸新鲜资讯和共同关注话题的同时，也架起两岸沟通交流的新桥梁，努力在台湾民众中拓展"朋友圈"。该栏目注重全媒体采编和传播，在采访端，记者提供电视报道的同时需为新媒体供稿，重大活动在新媒体账号上开启直播；在播出端，通过短视频拆条、完整节目上传、设置议题组合报道等方式在新媒体上传播。目前《今日海峡》境内外新媒体矩阵总粉丝达到 3000 万＋，2021 年视频传播量达 160 亿＋，点赞 5 亿＋。其中境外方面，"今日海峡"脸书粉丝专页粉丝数达 295 万，2021 年全年累计帖文覆盖量 6500 万＋，视频播放 1000 万＋，互动量 800 万＋，稳居大陆涉台脸书账号第一名，进入岛内新闻媒体脸书专页一线大号行列。

社会效果：作为大陆知名台海新闻栏目，《今日海峡》常年在海峡卫视所有播出节目中位居收视榜首，在本地可收视新闻节目中处于前列。节目内容经常被央媒、凤凰网及台湾东森电视台、台湾中天电视台等媒体转载，在台湾岛内、在陆台胞、海外华人及台海时政爱好者中享有较高知名度。同时，借助"头条"系新媒体平台和脸书等海外社交媒体平台，该栏目努力扩展融合传播、对外传播，取得了良好的社会效益。

初评评语：《今日海峡》充分依托福建独特的区位优势，聚焦两岸关心的热点问题，在新闻敏感性、报道时效性、舆论斗争性和区位独特性等上下足功夫，节目兼具时效强和观点独特的明显特征。节目在全媒体同步发力，充分发声，不断扩大影响力，成为两岸沟通交流的关键桥梁。

军情直播间

徐华强 钟 铮 钟剑文 罗施安 朱延瑞 李明臻 童 迪

限于篇幅，文字稿略，获奖作品请见中国记协网 http://www.zgjx.cn。

（深圳广播电影电视集团 2011 年 06 月 02 日）

申报资料实录

专栏简介： 深圳卫视《军情直播间》于 2011 年 6 月 2 日开播，是全国省级卫视第一档涵盖全球军情、防务态势、军工科技的军事类周播新闻专题，以第一时间汇聚全球军情动态、酷炫虚拟技术解码武器装备、专家智库深入剖析事件前因后果为栏目特色。作为一档军事类新闻栏目，《军情直播间》一直以理性、多元的视角，不仅传播军事知识、解析热点军事防务话题，还注重普及正确的国防理念，开展国防教育，是国内最有口碑的电视军事节目之一。

社会效果： 深圳卫视《军情直播间》2021 年精心策划的系列报道，备受社会关注和好评。《大国之翼 逐梦蓝天——探营中国航展》则从动态报道到专题呈现，从短视频传播到大板块直播，从电视大屏深度直击到手机移动端新鲜推送，打造了全方位、多层次、立体化矩阵式传播格局，派出多路记者、评论员直击航展现场，对话军工代表、军方专家，带来对先进军事装备、中国力量的多角度观察。节目还采用虚实结合的表现方式，将武器装备"搬"到演播室，更活泼生动。节目播出后，网友纷纷评论："看到航展感觉非常震撼，希望以后长大也能参军报国。""向科学家们致敬！是他们的奉献使得中国更安全。"

初评评语： 作为一档军事类新闻栏目，《军情直播间》一直以理性、多元的视角传播军事知识、解析热点军事防务话题，还注重普及正确的国防理念，开展国防教育。该栏目是国内传播效果好、颇有口碑的电视军事节目之一。

村村响大喇叭

钟启华 蒋 岚 郑 妙 郝 爽 张 楠 童 琳 周 眉

限于篇幅，文字稿略，获奖作品请见中国记协网 http://www.zgjx.cn。

（湖南广播电视台广播传媒中心 2020 年 01 月 26 日）

申报资料实录

专栏简介：《村村响大喇叭》是湖南人民广播电台潇湘之声 2020 年 1 月起推出的一档面向基层、面向农村，传递党的声音，发挥应急功能，助力脱贫攻坚、乡村振兴的栏目。栏目每个工作日通过湖南电台潇湘之声及覆盖全省 101 个县、1740 个乡镇、27421 个村级广播室的 40 多万只大喇叭播出。该栏目宣传党的政策，助力乡村振兴；发挥应急广播功能，实现精准预警与科普；推进乡村治理，创新农村精神文明建设有效平台；语言生动，贴近群众表达。

社会效果：栏目通过广播平台及遍布三湘四水的 40 多万只大喇叭播出，基本实现了湖南农村群众全覆盖，影响广泛。同时，湖南各地融媒体中心将栏目稿件音频进行二次编发播出，进一步加强了传播频次，扩大了传播效果。栏目注重融合传播，将《你晓得啵咯》《反电诈·护万家》等众多子栏目的精彩稿件进行新媒体传播，稿件分发阅读量达 2000 多万。栏目自创办以来，产生了良好的社会反响，多次收到来自基层工作者和农民朋友的肯定和感谢。浏阳淮川街道朝阳社区工作人员听了子栏目《榜样力量》里的故事深受感动，向栏目推荐身边的榜样接受采访；不少农民朋友咨询子栏目《科学农事》的农业专家联系方式，并期待能有更多专家上线介绍实用技术信息。

初评评语：这是一档紧跟时代发展需求、特色鲜明的广播节目，该节目敏锐抓住新时期宣传工作的需要、传播对象的需求，将触角通过乡村大喇叭延伸到广大农村，直达中国最基层。节目独树一帜，内容丰富、服务性强，语言生动、通俗易懂。用一种创新的节目方式为推进乡村振兴很好地履行了媒体的责任。

全媒体传播体系建设的重要力量

——新时代我国地市报舆论传播阵地建设分析

覃　进　刘紫荣　秦明瑛

习近平总书记指出："媒体融合发展是一篇大文章。面对全球一张网，需要全国一盘棋。"全国三级党报中媒体数量最多的地市党报是"一盘棋"中的重要板块。作为一个地域辽阔的社会主义大国，在我国党报传播体系中，全国地市党报呈现承上启下、覆盖广泛、贴近基层、服务群众的显著特征。经过改革开放40多年的快速发展，地市报已建成全国规模最大的地方报业出版和媒体融合传播体系，成为中国特色社会主义新闻事业的重要组成部分。

01 展现新力量：构建国家全媒体传播体系的重要基础

"十四五"时期开启全面建设社会主义现代化国家新征程，党的新闻舆论工作必须顺应新发展阶段的新特征新要求，为实现高质量发展汇聚磅礴之力。在中华全国新闻工作者协会指导下，中国地市报研究会从2021年1月开始，以交流研讨、网络访谈、书面征求意见等形式，对全国地市党报改革发展情况进行了广泛调研，并结合此前人民网研究院发布的全国党报融合传播指数进行分析，可以看到全国地市党报改革发展正展现出全新的力量。

1. 覆盖广泛的党媒阵地。我国主流媒体根据中央和省、市、县三级行政区划进行资源配置，整体呈现鲜明的纵向多层次特征。地级市是我国地方行政区划，目前全国地市（州盟）党报数量达到360多家，其中三分之二创刊于新中国成立前后，成为我国三级党报传播矩阵中数量最多、队伍规模最大、覆盖最广泛的报业宣传阵地。人民网研究院从2017年起对全国377家党报融合传播指数体系开展研究，考察对象中地市级党报达332家、占比88%，在全国党报中占比最高。从全国党报传播体系结构上看，地市党报上接中央、省级媒体，下连县级融媒体中心，在纵向传播体系中发挥着承上启下的重要作用。全国地市党报主要发行对象为市、县、乡（镇）、村（社区）四级，并同步建设网微端等移动传播媒体，形成覆盖广泛的全媒体传播体系。全国地市党报坚持党的全面领导，坚持深化改革创新，创造了很多来自基层一线的鲜活成功经验，有力推动了我国新闻事业的进步，成为巩固夯实党的执政基础的重要舆论阵地。

2. 融合传播的专业力量。做好党的新闻舆论工作，关键在人。地市党报的新闻宣传队伍是长期扎根基层、讲好中国故事的专业力量，是我们党巩固基层舆论阵地的宝贵资源。在这支专业队伍的努力下，全国地市级党报的纸媒发行量均值达8万份，总发行量突破2000万份，广泛覆盖全国城乡，成为宣传党的主张、反映群众呼声的重要宣传载体。具有贴近性的地市党报新媒体建设进展迅速，特别是作为基层群众获取信息重要渠道的微信、抖音等社交媒体账号传播力进步明显。从2020全国党报融合传播指数报告分析，全国微信传播力前20位的党报微信公众号中，中央级党报6个，省级党报5个，地市党报占据9个。全国传播力排名前10位的党报抖音号中5个为中央级党报抖音号，5个是地市级党报抖音号。地市党报入驻互联网公共传播平台深受群众欢迎，2020年全国党报头条号平均阅读量、抖音号发文量、微博账号日均发文量排名首位的均为地市党报。2020年全国地市党报客户端平均下载量增幅达351%，增幅在全国党报系列中最高，地市党报客户端下载量均值近140万、总下载量已经突破4亿，这个数字还将持续增长。

3. 深入基层的思想引领。当前世界面临百年未有之大变局，新闻舆论工作是治国理政、定国安邦的大事，地市党报具有突出的贴近基层、服务群众、引领思想的优势，在巩固全党全国人民团结奋斗的共同思想基础上具有重大影响。全国地市党报加快建设自主可控的移动传播平台，2020年地市级党报客户端平均下载量增幅分别为省级党报、中央级党报的1.2倍、2.7倍，凸显在重大事件、重要时期具有区域贴近性的新闻信息服务备受基层群众关注欢迎，这带给全国媒体重要启示。同样，2020年新冠肺炎疫情期间，包括地市党报在内的全国党报及其网站原创报道率明显提高，反映出特殊时期具有本地属性的地市党媒传播权威信息更受群众关注和信任，贴近基层的地市党报全媒体更能发挥网络空间思想引领作用。互联网传播淡化了时空距离，中央和省级媒体面对全国这么多省市地区，没有地市党报全媒体传播这种先天的贴近性优势，而相比县级融媒体中心，地市党报社专业力量配置则更加规范，覆盖广泛、数量庞大的地市党报全媒体传播优势正日益显现。

4. 改革前沿的创新探索。从改革开放40多年实践来看，重大改革经验往往发源于基层一线。地市媒体在改革创新上探索出很多来自一线的好经验、好做法，为中国特色社会主义新闻事业发展做出了重要贡献。当前传媒行业面临重大变局，传播方式发生巨大变革，舆论阵地发生重大转移，媒体深度融合发展正值重要窗口期，要求我们必须创新传播方式、增强传播能力。在这种时代大背景下，全国地市党报社充分结合各地实际，普遍构建"报纸＋网站＋双微一抖＋客户端"的媒体格局，创新探索"新闻＋政务服务商务"的发展路径，在发挥市场机制作用、推进改革创新上呈现出诸多亮点，为地方党媒新时期改革发展奠定了人力、思想、技术和经济等多方面的坚实基础，巩固壮大了基层主流舆论阵地，成为推进基层治理现代化的重要力量。

02 抢抓新机遇：拓展互联网传播时代的广阔空间

推动媒体融合发展，要统筹处理好传统媒体和新兴媒体、中央媒体和地方媒体、主流媒体和商业平台、大众化媒体和专业性媒体的关系，形成资源集约、结构合理、差异发展、协同高效的全媒体传播体系。互联网传播时代给全国地市媒体带来了新挑战，但从更广阔的时空来看，这更是地市媒体发展的新机遇、新空间。

1. 互联网时代内容生产优势更加凸显。互联网已成为当今社会的一种基础架构，互联网时代信息海量、去中心化的特征，让地方主流媒体的权威性和服务本地的特色内容生产优势开始凸显。

从全球范围看，互联网冲击下的传统报业特别是大报社受到较大冲击，而具有区域贴近性的地方性报社往往能够在激烈的网络冲击下生存下来。2020年新冠肺炎疫情期间，具有贴近性的地市党报新媒体发展迅速，虽然各级党报新媒体用户数量和影响力都在扩大，但地市级党报进步最为明显。这一点，充分证明互联网时代地方媒体内容生产具有独特的发展空间。县级融媒体中心进步也很快，但受地理区域、力量配置等因素制约，内容生产能力相比地市党报存在差距。目前，移动互联网上主流媒体原创内容在全部信息量中占比仍不够大，这对全国各级党媒内容生产能力都提出了新的要求，其中覆盖广泛的地市党媒具有强大的内容生产潜力。互联网时代改变了传播格局，内容建设正成为媒体的核心资源，具有本土特色优势的内容生产正成为地市党报的核心竞争力。

2. 主流媒体参与社会治理功能日益彰显。习近平总书记指出："过不了互联网这一关，就过不了长期执政这一关"。国家治理体系和治理能力现代化建设，离不开并必须构建好全媒体传播体系这一核心系统的建设，而全国地市党报正是全媒体传播体系的重要基础支撑。

由于地方主流媒体在区域经济社会发展、思想文化宣传和参与基层治理上更具地缘优势，在发展社会主义先进文化、广泛凝聚人民精神力量上更具贴近性和亲和力，地市党报全媒体传播体系的社会功能正不断拓展，从传统的信息传播工具日益扩展成为促进社会发展治理的重要基础平台。目前全国部分地市党报社加快转型互联网传媒集团，广泛参与到当地智慧城市建设、12345市民服务热线、区域大数据平台等社会治理重要领域工作，展现出地方主流媒体服务基层治理数字化智能化的水平不断提升，区域性舆论宣传平台、综合服务平台、社会治理平台的系列特征渐次清晰，基层党报全媒体传播体系的社会治理功能日益彰显。

　　3. 辽阔国土环境提供区域发展空间。全球各个国家地方媒体发展呈现明显的国别特征，地域面积广阔的大国地方性媒体发达，国土狭小的国家则以全国性媒体为主。我国是国土面积960万平方公里、14亿人口的大国，一个地市州往往都有几万平方公里土地、数百万甚至千万人口，相当于欧美一个中等国家，这是地方报社的广阔空间。

　　从改革开放以来的报业实践看，各省市地方媒体特别是地市党报从改革之初到迅速崛起，发展速度非常引人注目。进入互联网时代，各类信息过剩，公众需要地方主流媒体提供更加权威的信息引导、更加详尽的区域和地方信息。地市党报既具有党媒权威又紧贴基层实际，更受基层群众关注和信任。从全球范围来看，西方发达国家地方媒体同样如此。当前群众大都从移动互联网上获取信息，地市党报新媒体由于点多面广、承上启下，地方新闻信息的内容生产比起中央、省级媒体可以做到更快、更多、更细，这是地市媒体的广阔发展空间。

　　4. 国际传播能力建设赋予新的发展使命。中国在国际互联网上发声至今已经30多年，但受传播平台、网络科技等多种因素影响，总体上仍面临西强东弱的态势。中国正在走近世界舞台中心，中国声音也必须走近舞台中心，要培育具有强大竞争力的主流媒体和国际传播能力，这需要更加广泛、多元的国际传播人才队伍。

　　人民日报、中国日报等中国媒体已经走近国际媒体互联网络的中心位置，但国际传播能力仅依靠中央媒体、外交外事专业人员是不够的，需要全国各级媒体和人民群众都参与进来。中国在国际社会上发挥的作用越来越大，就越需要动员全国地方媒体、社会各界都参与进来，共同讲好中国故事，全员传播、人人传播是发展方向，专业性强、数量众多的地市党报是其中的一支重要力量。据《中国新闻事业发展报告》统计，截至2019年底，全国新闻从业人员逾百万，其中全国报纸从业人数仅为 16.2 万人，其主体部分为地市党报采编力量。高度重视并建设好这支宝贵的专业队伍，可以为提升国际传播能力承担重要职责使命。

03 担负新使命：推进国家治理现代化的重要平台

党的新闻舆论工作是治国理政、定国安邦的大事，新发展阶段新闻舆论工作的重要性更加突出。"十四五"时期国家治理效能要得到新提升，遍布全国的地市党媒可以发挥重大作用，构建网上网下一体、内宣外宣联动的主流舆论格局和基层宣传体系，建设成为新时代推进国家治理现代化的重要平台。

1. 统分结合，统筹构建协同高效的全媒体传播体系。全国地市党报是我国三级党报传播矩阵的基座基础，是构建中央、省、市、县纵向全媒体传播体系的"中坚力量"，是宣传思想工作统一思想、凝聚力量的基层主抓手、传播主阵地。各地党委政府要高度重视地市党报社改革发展，进一步研究明确地市党媒改革发展总体要求，把市级融媒体中心、市级新时代文明实践中心统筹谋划统一建设，作为筑牢意识形态主阵地的基础工程统筹推进，充分发挥地方媒体特色优势，持续增强地方媒体竞争活力。把分布在全国各地的地市党报社建设成为一个个坚强有力的思想文化堡垒阵地，横向到边、纵向到底、点线结合、辐射全域，为构建国家全媒体传播体系夯实地市这一关键环节、基础阵地。全国地市党报全媒体传播体系统分结合、握指成拳，形成强大的内容生产传播能力，加快占领基层舆论宣传制高点，巩固强化我们党的执政根基。

2. 稳固阵地，着力推进全国地方党媒加快融合发展。媒体融合是习近平总书记站在定国安邦的政治高度、亲自谋划部署推动的重要工作，是媒体生存发展的重大生命工程。媒体融合不仅仅是媒体的事，地方党报社是地方党委意识形态和舆论宣传核心阵地，不是一般的国有单位，只能加强、不能削弱，只能改进提高、不能停滞不前，这是夯基固本的基础工程。由于承担了重要的宣传工作职责，各级党委机关报社必须把社会效益放在首位，不能简单地片面追求市场、流量、算法。各地党委政府要结合实际研究出台明确政策，支持党报改革发展，对上联通中央、省级媒体，对下聚合县级融媒体中心。要按照中央部署，加强对地市党报的基本财政保障，实行差额或定额拨款，确保地市党报与时俱进加快发展，进一步聚焦党媒主责主业，坚决防范社会资本控制影响基层舆论阵地的风险。同时，继续发挥市场机制作用，鼓励地市报社面向市场开展经营，在激烈的市场竞争中进一步增强主流媒体发展活力。

3. 增强功能，创新建设地方党媒互联网传播治理平台。宣传工作的本质是群众工作，群众上了网，宣传思想工作必须上网。目前，全国地市党报社由于接触互联网宣传的先天优势，正加速成长为各地贯彻新发展理念的新型数字文化产业"领头羊"，能够有效提升地方数字经济发展和社会治理智能化水平。各地党委政府要把地市党报社作为数字经济、文化产业重要市场主体进行培育，进一步完善管人、管事、管资产、管导向相统一的国有文化资产管理机制，以政治建设引领地市党报队伍管理和宣传导向，以市场赋能激发地市党报改革发展活力。充分发挥市场机制作用，积极支持地市党报参与智慧城市、政务服务、数字经济等新型基础设施项目建设，大力推进网络、数据等新生产要素与工农商旅相关产业深度融合。共同营造基层良好数字生态，发展积极健康的网络文化，防止互联网主阵地旁落、主力军滞后。进一步将各单位、行业相关权威信息的发布进行梳理规范，将信息发布权归口到主流媒体，指定党报新媒体作为政务信息的权威首发平台，打造成地市传播的主窗口、舆论引导的主阵地，进一步创新畅通群众诉求通道，进一步发挥党媒社会治理功能。

4. 建强队伍，大力培育基层思想文化领域执政骨干。媒体竞争关键是人才竞争，媒体优势核心是人才优势，地市党报队伍是党在基层思想文化领域的执政骨干，是长年把新闻报道写在祖国大地上的"笔杆子"队伍。要将全国地市党报队伍作为讲好中国故事、传播中国声音的基层核心团队进行培养，锻造思想文化领域主力军。全国地市党报有从业人员众多的人才数量优势，有扎根基层"接地气"的联系群众优势，是我们党治国理政、定国安邦的基层重要执政资源。要重视地市党报领军人才培养，突出政治标准和业务标准，明确高素质专业化要求，分批加强新闻宣传人才、融媒体技术人才、产业经营人才、创新管理人才培训，全力打造政治过硬、本领高强、求实创新、能打胜仗的地市新闻宣传队伍。建设好中国记协主管、联系服务全国地市报业的国家一级新闻社团中国地市报研究会，充分发挥团结、引领、服务全国地市党报的重要纽带作用。加强全国地市党报新闻理论、学术研究、技术推广阵地建设，支持地市党报推广一批创新运用传播技术推进重大主题宣传的典型成果，鼓励引导地市媒体与高等院校、科研院所加强合作，推动全国地市党报形成协同高效的全媒体传播体系和内容生产、技术创新能力。

面对互联网时代的挑战与机遇，推进国家治理体系和治理能力现代化，迫切需要"全国一盘棋"完善媒体融合发展规划布局。

新时代的全国地市党报，要胸怀中华民族伟大复兴战略全局和世界百年未有之大变局，从战略全局谋划自身定位发展，把新闻报道写在祖国大地上，写在中华民族伟大复兴的征程中，筑牢夯实基层基础阵地，广泛凝聚人民精神力量，充分发挥媒体融合发展的整体优势，为国家治理体系和治理能力现代化提供深厚支撑，为繁荣和发展中国特色社会主义新闻事业做出地方党媒更大贡献。

（《传媒》杂志 2021 年 11 月 25 日）

申报资料实录

作品简介：本文源于研究解决当前地市媒体转型重大现实问题的调研成果。作为处于全国四级党媒传播体系"腰部"的全国地市党报，是全国出版规模最大的党媒群体，近年在互联网冲击下转型发展遇到了系列困难问题。本文研究目标聚焦服务全国地市媒体融合发展重大需求。中国地市报研究会迅速组建课题组向全国 300 多家地市媒体发出征求意见表，采用调研、座谈、网上沟通等方式获得第一手材料。历经 3 个多月并十易其稿，呈报近 12000 字调研报告《高度重视新发展阶段地方舆论宣传主阵地建设——全国地市党报改革发展现状调查及工作建议》。为进一步放大调研成果效应，课题组梳理提炼形成论文公开发表，研究成果致力于增强全国地市媒体融合发展的信心，对当前夯实党的基层舆论宣传阵地具有重要意义。

社会效果：纳入新闻出版重大课题。本文被确定为中国新闻出版研究院"我国地市级媒体融合情况调研报告"阶段性研究成果（项目编号 2021-Y-Y-ME-071）。本文发表后在全国广泛传播。

初评评语：中国地市报研究会作为中国记协主管的国家一级新闻学术社团，充分履行服务国家、服务社会、服务群众、服务行业职责，聚焦解决媒体现实问题、服务国家重大需求的研究方向，课题研究政治站位高，材料翔实，论证有力，对加强基层党媒政治建设具有重要意义。本文站在夯实党的执政根基、推进国家治理现代化的高度，放眼全国研究地市党媒改革发展，客观、全面、真实、准确地研究了新时代全国地市报整体情况，对引导全国地市党媒改革发展具有重大意义。

媒体融合视角下主流媒体的话语表达创新

汪文斌　唐存琛　马战英

　　媒介技术的革新不断催生媒介化社会，人们的思维方式、行为特征都受到媒介逻辑和媒介形态的影响。随着技术不断创新以及用户需求不断升级，如何更好地连接、匹配、赋权、激发受众，成为推动媒体演进与发展的内生性动因。2020年9月，中共中央办公厅、国务院办公厅《关于加快推进媒体深度融合发展的意见》提出，建立"以内容建设为根本、先进技术为支撑、创新管理为保障的全媒体传播体系"，这为媒体融合的纵深发展指明方向。如何将战略方向转换为实操方法，如何走出一条新型主流媒体的发展路径等一系列问题都迫切需要主流媒体不断深入思考，并在总结成功经验的基础上，持续探索媒体融合的中国方案。

　　近年来，中央广播电视总台围绕党和国家工作大局，积极履行主流媒体的职责担当，自觉承担"举旗帜、聚民心、育新人、兴文化、展形象"的使命任务，在守正创新中不断巩固壮大主流媒体的引领力、传播力和影响力。特别是在打造国际一流新型主流媒体的实践中，总台通过加快构建全媒体传播矩阵，积极探索内容创新与多元化表达，推出一系列用户喜闻乐见的优秀融媒体传播作品，获得社会广泛好评。总台在实践中体现出的特点与采用的路径方法，也为媒体融合的内容实践提供了可参考的个案。媒体融合视域下，内容作为媒体连接用户、为用户提供使用价值的"最后一公里"，其在媒体融合进程中的必要性和重要性显而易见。主流媒体话语表达的创新是一个重要的、长期的命题。笔者认为，主流媒体话语表达创新，必须稳、准、狠地找到用户接受信息的关键点，架起联通媒体与用户之间的传播桥梁，实现从内容本身、触达方式到影响力媒体的全面破圈，方能实现主流媒体价值传播与用户价值获取的双赢。

一、以IP为桥梁：按照互联网思维打造融媒体创新产品，实现内容破圈

　　总台通过对优秀广播电视节目的融合创新和重塑，依托大屏优质节目在移动端打造与之关联的全新节目样态，大小屏及双屏联动互动，不仅有效地拓宽了优质内容的传播渠道，而且挖掘、激发出传统优秀电视节目的全新生

命力。

总台于 2019 年 7 月推出的新媒体产品《主播说联播》，结合《新闻联播》当天播出的重大事件，聚焦国际时事和热点新闻，是一档典型的短视频评论节目。其播出平台包括在央视频客户端开设的以《主播说联播》为名的账号和《新闻联播》微信公众号、抖音、快手、微博、哔哩哔哩（B 站）等新媒体平台账号。截至 2021 年 7 月 2 日 24 时，该节目相关内容在新媒体平台的播放总量 / 阅读量达 79.56 亿次，相关内容的转发量、评论量、点赞量合计 6.02 亿次。

《主播说联播》在保持与大屏《新闻联播》相同的演播室场景等硬件元素的同时，选择使用手机竖屏拍摄，节目时长约 1 分钟。主播不再正襟危坐，而是增加了更多放松的姿态、手势、表情等副语言的表达，通过特色鲜明的个人风格拉近节目与受众的距离。在语言特点上，各位主播统一以"主播说联播，今天我来说"为开场白，用或轻松或充满网感的语言回答观众提问，生动鲜活地表达时事观点。主播们金句频出，根据不同语境使用诸如"打脸""No zuo no die""真的是很没品""呵呵"等网络化词汇。一方面，主播围绕大屏《新闻联播》台前幕后的花絮，以"拉家常"的方式揭秘观众关注的热点和好奇的内容。比如，节目现场展示主播的稿子是什么样的——这个稿件和一般的稿件不太一样，它一行是 9 个字，字体都比较大，这是符合提示器要求的稿件——由此解开了观众们"几十年的好奇心"。又如，针对美国将对世界卫生组织断供资金、终止关系的新闻，主播表示"用一句话来形容就是'搞事情'，但是世界卫生组织不是为美国一家开的"，立场鲜明，语言接地气，引发用户广泛共鸣。

《主播说联播》利用《新闻联播》主播的个人 IP 实现了从传统的单向传播到多元融合传播的过渡，融合新闻短评与网络用语，在平衡感性与理性的基础上打造全新人设，进一步贴近年轻用户，对提升新闻节目内容传播力与影响力具有积极作用。主流媒体以开放的姿态，积极联动网络流行文化，灵活使用时下有热度的网络用语或事件，甚至用巧妙"造梗"的方式，通过多形态的全媒体渠道使严肃的电视新闻节目得以有效传播，这种创新有助于加强受众对新闻的理解。

2021 年 6 月，总台庆祝中国共产党成立 100 周年大型文献专题片《敢教日月换新天》推出。为突出节目传播的分众化、差异化、精准化，节目组在制作电视正片的同时，针对不同平台受众的特点，创作了一系列易于传播的融媒体产品，形成《敢教日月换新天》的融媒体内容矩阵，制作网络主宣传片，以宣推式语态推广正片内容，成为总台对 IP 进行融媒体创新的又一成功案例。网友对此给予高度评价，纷纷表示"太震撼了"。与正片套拍的口述历史百集短视频，将在正片中短暂出现的镜头人物拉回、延展，讲述各自的传奇经历，相关视频在新媒体平台的播放量短时间内超过亿次。事实再一次有力证明，总台优质 IP 融媒体创新具有巨大的可为空间，一旦被用户特别是年轻用户接受，将产生巨大的影响力。

二、以新技术为桥梁，拉近用户与内容产品的距离，实现触达方式破圈

通过独特的视觉表达元素抑或鲜明的镜头符号，让画面自主叙事，成为当下视频内容话语表达创新的新途径。依托 5G 等先进技术手段，总台央视频推出的《疫情 24 小时》系列、《三星堆大发掘》《大象到哪了》慢直播等节目，央视网推出的熊猫频道、《直播中国》系列节目等，均以最大限度逼近真实的镜头语言，使用户获得近在眼前、置身其中的收视体验，形成主流媒体特有的"新纪实"叙事话语。

央视频 App 上线后，慢直播系列产品迅速向移动化、互动化、场景化方向进行全面升级。2020 年初，面对突然来袭的新冠肺炎疫情，央视频第一时间开启无剪辑、无解说、无配乐的《疫情 24 小时》专栏和《与疫情赛跑——全景直击武汉火神山、雷神山医院建设最前沿》系列慢直播节目，通过 5G 信号高清晰、全程实时展现火神山和雷神山两家抗"疫"医院争分夺秒抓紧建设的情况，时长 600 多小时的慢直播节目吸引了上亿网友的观看和热议。为提升用户的参与感，央视频在直播画面下方设置评论区，形成"有问有答"的对话场景，营造出 24 小时陪伴式"抗疫社群"。"云监工""叉酱铲酱""挖掘机天团"等关键词多次登上微博、百度等热搜榜，镜头语言与民间正能量话语实时相融，在 2020 年春节期间迅速形成强烈的社会反响。2021 年央视频在对《三星堆大发掘》的报道中，创新使用"开盲盒"的比喻修辞手法，通过"权威专家 + 考古强校 + 不断流大直播"的联动模式，用创意、有趣、真实的方式展现我国科考工作揭开三星堆考古挖掘的过程。2021 年 5 月中旬，15 只亚洲野象从西双版纳出发、迁徙的新闻事件引发亿万观众关注，央视频慢直播《大象到哪了》运用"象"（向）前进、追偶"象"、一路"象"北、狭路"象"逢等"谐音梗"，实现了严肃新闻、热点事件内容的破圈传播。

慢直播系列作品坚持即时化的记录方式，实时将拍摄对象直白地呈现在用户眼前，坚持"不作人为解释、不作理念灌输"的原则，以真实呈现杜绝负面信息和谣言，充分发挥主流媒体的舆论引导功能，实现了主流媒体传播价值、用户价值、社会价值的多赢。

三、以人为桥梁：将记者、主持人打造为主流"网红"，实现影响力破圈

保罗·拉扎斯菲尔德等认为，"意见领袖"能够影响他人态度，（他们）在人群中首先或较多接触大众传播信息，再将经过自己加工的信息传播给他人。主流"网红"成为新闻信息和主流价值观传播中的"意见领袖"，以其专业的新闻技能和素养对信息进行呈现，同时凭借其在受众群体中具有较高的可信度和影响力，将受众对个人的信任资源转换为对媒体机构和品牌的公信力，从而正确引导舆论，凝聚社会共识，传递正能量。互联网背景下，主流媒体的优秀记者、主持人等积极适应新媒体传播规律，结合自身特长与各平台的特色，在网络上获得较高的知名度，收获了稳定且广泛的粉丝群。打造主流"网红"，成为媒体将主流声音拓展到新媒体平台，壮大舆论阵地的一种新路径。通过节目内容的人格化魅力，用普通人的视角、受众熟悉习惯的语言讲述身边的故事，表达自己的观点，已成为主流媒体对外传播话语表达创新的重要趋势。

在对外传播中，主流"网红"实现了"润物无声"的个性化传播，取得了事半功倍的传播效果。例如，在2020年的抗"疫"报道中，总台多语种网红工作室通过 YouTube、Facebook、Instgram 等社交网络平台深入世界各国家地区，用网民熟悉的语言（母语），以人格化视角报道身边的人和事，回应对象国网民关切，同时也关切对象国的网民生活，建立了传受之间的陪伴关系，体现出良好的共情能力，由此受到对象国媒体和网民的关注。2020年底，总台主持人王冰冰"意外"走红，成为主流媒体吸引年轻用户主动收看的"流量密码"。在2021年全国两会期间，总台推出系列作品《两会你我他丨王冰冰带你走街串巷看两会》，以年轻化的形态聚焦生活化热点，通过电视名人效应不断提高收视流量，相关内容在央视新闻新媒体以及总台"两微"账号的阅读浏览量达5572万次。

四、主流媒体话语表达创新的发力点

近年来，主流媒体积极创新话语表达并体现出一些共性特征：在新闻等严肃内容呈现和话语表达上进行了轻松化、网感化的创新，实现"硬"内容的"软"表达；通过对优秀栏目、节目的融媒化创新，实现"老"品牌的巧"上新"；借助新技术、新手段，主流媒体主动出击积极兼容网络文化，实现主流媒体的年轻态，实现主流媒体传播的破壁、破圈。

媒体融合是一项系统工程。"破"的背后不仅依托着主流媒体丰富的内容储备与资源优势,更与主流媒体近年来媒体融合各关键环节的创新实践紧密相关。主流媒体从"技术、平台、人才"三个方向,积极聚合优质资源,强化新媒体配置和转型,努力将传统的资源优势转化为新的平台和用户优势,成为破圈的动力与基础,作为支撑、推动主流媒体话语表达创新的重要逻辑,也将成为深入推进媒体融合的发力点。

1. 技术转换,强化新技术引领

技术变革是推动媒体转型和融合的关键动力,先进技术的运用能够为打造新型主流媒体提供强大的支撑。近年来,总台全力强化技术引领和赋能,通过科技创新与赋能,推出众多"爆款"精品节目。除了开展前瞻性的技术研发,总台积极将先进的媒体技术灵活运用于具体实践中。2021 年总台春晚实现全球首次 8K 频道直播,2021 年全国两会宣传报道首次全程采用 4K 超高清制作模式,扎实推进超高清视音频制播呈现国家重点实验室、"科技冬奥"和"5G+4K/8K 超高清制播示范平台"等重大项目,实现我国首次 5G+8K 实时传输和快速编辑集成制作,全球首次实现万米深潜 4K 超高清信号直播传送,首次通过 5G 直播珠峰登顶画面等众多大型媒体活动。2021 年,为完成 7 月 1日当天 "庆祝中国共产党成立 100 周年大会"的报道任务,总台派出一流的直播团队,携带多项首次亮相的先进装备圆满完成直播活动。例如,可以将摄像师升到 45 米的高空作业平台、摄像机准确自动识别目标物体的 AI 智能追踪拍摄设备、跨度达 380 米的二维索道拍摄系统,等等。技术的革新为受众带来全新且震撼的视听盛宴,这些都是技术创新成果在媒体融合进程中的体现。总台技术的高质量发展,让科技创新这个"关键变量"成为推动总台高质量发展的"最大增量",通过技术转换,推动"总台品牌"的升级。

2. 平台转场,培育优质内容生产

在互联网技术迅速发展的推动下,主流媒体的新媒体之路逐渐从开设"两微一端"等新媒体渠道升级到运用智能算法、开放平台等技术,从通过积极搭建自有平台到形成技术驱动、资源聚合和用户联通的融合载体,进一步培育孵化和广泛聚合优质内容。2019 年 11 月,总台推出全新的央视频 5G 新媒体平台,建设总台统一的智能化融媒体大数据云平台,实现全台内容资源和用户资源的汇聚共享,加速建设充分体现主流媒体特色的"总台算法",加快实现主流价值观在互联网平台的个性化推送和精准化触达。2021 年 4 月,总台与浙江省人民政府深入合作,共建国家(杭州)短视频基地项目,标志着总台融合创新发展又迈出重要一步。国家(杭州)短视频基地将建构"文

创 + 科创"的核心业态布局，积极打造国家级的网络视听内容产业和网红孵化基地，建设以交互式沉浸式数字影像体验消费为核心的潮流文化集聚地和网红打卡地。通过这个将内容与技术高度融合建设的新平台，为广大社会创作者赋能，激励他们源源不断为总台新媒体平台创作优质内容，成为总台新媒体平台生态建设的战略新兴板块。

3.人才转型，调动媒体内外活力

"媒体竞争关键是人才竞争，媒体优势核心是人才优势。"在纵深推进媒体融合的进程中，总台积极推进人才转型，全力打造坚持主流价值导向、具有互联网思维、适应传媒新业态的人才队伍。2019 年总台为打造全媒体传播新格局，面向社会公开招聘新媒体管理与运营、内容采编与制作、IT 技术应用与开发等方面的人才以及新媒体中高级管理人才，以广开渠道促进总台新媒体建设，为打造具有引领力、传播力、影响力的国际一流新型主流媒体提供优质人才支持。同时，总台还积极推进人才培养计划，不断强化激励措施，探索建立以创新能力、质量、贡献为导向的技术人才评价体系，畅通技术人才引进、流动晋升等渠道，加快培养造就一批"大师级"科技领军人才，大力发挥青年在技术创新中的主力军作用，形成"大师闪耀、新人辈出"的生动局面。媒体人才的引进、培养和使用是媒体转型升级过程中的重要一环。既有扎实的新闻素养和技能，又能适应互联网生态，灵活运用媒体技术，擅长开展团队合作的新型主流媒体人才，将成为推动媒体融合的内生动力，也将为内容生产与话语表达的创新带来更多的想象空间。

（《电视研究》2021 年 08 月 01 日）

申报资料实录

作品简介： 2020 年 9 月，《关于加快推进媒体深度融合发展的意见》的提出，不仅为媒体融合的纵深发展指明方向，更进一步推动主流媒体在总结成功经验的基础上不断进行系统深入的战略性思考，持续探索媒体融合的中国方案。内容作为媒体连接用户、为用户提供使用价值的"最后一公里"，其在媒体融合进程中的必要性和重要性显而易见。主流媒体话语体系的创新是一个重要的和长期的命题。本文紧密结合总台的系列创新实践，明确提出主流媒体话语体系创新，必须稳、准、狠地找到用户接受信息的"痒点"即关键要素，架起联通媒体与用户之间的传播桥梁：一是以 IP 为桥梁，按照互联网思维打造融媒体创新产品，实现内容破圈；二是以新技术为桥梁，拉近用户与内容产品的距离，实现触达方式破圈；三是以人为桥梁：将记者、传统主持人打造为主流"网红"，实现影响力破圈，最终实现主流媒体价值传播与用户价值获取的双赢。

社会效果：文章刊发后，业界相关人士给予了充分肯定。中国传媒大学、《学习时报》《中国广播电视学刊》等机构纷纷与作者取得联络，并积极开展内容创新、话语体系转变等相关课题研究与约稿工作。此外，文章也为中央广播电视总台 2022 年度重点报告——《"大象也会跳街舞"——中央广播电视总台成立四周年媒体融合创新发展总结研究报告》提供了重要的参考和借鉴。

初评评语：近年来，中央广播电视总台围绕党和国家工作大局，积极履行主流媒体的职责担当，通过加快构建全媒体传播矩阵，积极探索内容创新与多元表达，一系列用户喜闻乐见的优秀融媒体传播作品获得社会广泛好评，成为主流媒体话语体系创新的有益尝试；而其系列内容实践体出现的创新特点与采用的方法路径，也成为媒体融合"总台模式"的重要有机组成部分。正值中央广播总台成立四周年之际，文章以内容实践作为研究切口，系统梳理了总台在话语体系创新方面的优秀案例与经验做法，对于进一步提炼概括总结媒体融合"总台模式"具有较大参考价值。

总书记心中的"国之大者"

杜尚泽　邝西曦　林小溪

历史的维度，铸就了格局的宏阔。

人心的向背，定义了最大的政治。

百年风云，变了人间。不变的是信仰的追寻，是初心的坚守。

在上海中共一大会址、在浙江嘉兴南湖红船，在陕北榆林杨家沟的窑洞，在戈壁滩蘑菇云腾空而起的欢呼声里，在"绿水青山就是金山银山"的声声叮嘱中，在小康路上"一个都不能少"的铿锵承诺里，能清晰感知中国共产党的所思、所想、所行、所系。

在黑暗中诞生、在苦难中成长、在挫折中奋起、在奋斗中壮大，谁能料想，一个成立时只有50多名党员的组织，能够发展成为世界上最大的马克思主义执政党？从开天辟地到改天换地再到翻天覆地，回首百年来苦难与辉煌，可以更深切理解何为"国之大者"。

为了谁，依靠谁；

从哪里来，到哪里去。

百年奋斗挥就恢弘答卷。为人民谋幸福、为民族谋复兴，这是一代代共产党人的"国之大者"，这是莽莽神州的历史回响，这是跨越百年的初心传承。

改革发展稳定、内政外交国防、治党治国治军，大党大国大擘画，大道之行步履铿锵。"立足中华民族伟大复兴战略全局和世界百年未有之大变局，心怀'国之大者'，不断提高政治判断力、政治领悟力、政治执行力"，习近平总书记语重心长。

大，大视野、大担当、大作为。

国，是一派欣欣向荣气象的中国、是立志于中华民族千秋伟业的中国、是960多万平方公里的中国、也是14亿多中国人民聚合磅礴之力的中国。

一派欣欣向荣气象的中国：
"为人民谋幸福"

今年春天，广西桂林毛竹山村。习近平总书记来到村民王德利家做客。

"总书记，您平时这么忙，还来看我们，真的感谢您。"

"我忙就是忙这些事，'国之大者'就是人民的幸福生活。"

一段对话，"人民"二字重千钧。

一篇回忆文章中，习近平同志写道："无论我走到哪里，永远是黄土地的儿子。"他这样描述那段艰苦却受益终生的岁月："作为一个人民公仆，陕北高原是我的根，因为这里培养出了我不变的信念：要为人民做实事！"

在梁家河，他立下了一生志向。郑板桥有首诗《竹石》，习近平同志略作改动，作为对7年上山下乡经历的体会："深入基层不放松，立根原在群众中。千磨万击还坚劲，任尔东西南北风。"

那会儿，当地老百姓常说："肥正月，瘦二月，半死不活三四月。"青年时代的习近平同志耳濡目染，心里大为触动，"感觉农民怎么这么苦啊。"

"我那时饿着肚子问周围的老百姓，你们觉得什么样的日子算幸福生活？"2020年全国两会，习近平总书记追忆往昔。乡亲们的心愿，从"不再要饭，能吃饱肚子"，到能吃上"净颗子"，再到下辈子愿望是"想吃细粮就吃细粮，还能经常吃肉"。

今年金秋时节，飞机、火车、汽车，一路辗转奔波，总书记回到黄土高原，踏上陕北的路。

当年他在延川插队时，榆林是全陕西最穷的地方，缺吃少喝，都是汤汤水水过日子。今天，我国已全面建成小康社会。半个世纪左右的光景，榆林面貌焕然一新。

山下农田丰收在望。习近平总书记临时叫停了车，和劳作的乡亲们拉起话来。听乡亲说"日子好了，现在白面、大米、肉都可以吃"，总书记感叹，现在不是说稀罕吃白面和猪肉了，反而有时候吃五谷杂粮吃得还挺好。

时光荏苒，今昔巨变，令人感慨万千。

一个称呼，也是对初心的承载。

"怎么称呼您？"

"我是人民的勤务员。"

2013年11月，湖南十八洞村村民石爬专老人同习近平总书记的问答，传为佳话。

8年后，河北大贵口村，村民霍金激动地跟总书记唠家常："这些年来我们国家变化太大了，老百姓种地政府给补贴，病了有医保，大病还有救助，养老也有保障。有总书记领导，人民真幸福！"

"我们是人民的勤务员，这句话不是一个口号，我们就是给老百姓做事的。"习近平总书记回应道。

早年间，习近平同志就下定了决心，"像爱自己的父母那样爱老百姓，为老百姓谋利益，带老百姓奔好日子"。他说："我愿意在任何地方为党和人民的事业贡献自己的一切。"

初心如磐，使命如炬。

履新伊始，习近平总书记的话掷地有声："人民对美好生活的向往，就是我们的奋斗目标。"天寒地冻的太行山深处，总书记顶风冒雪看真贫；素有"瘠苦甲于天下"之称的甘肃中部，绕过九曲十八弯进农家，还舀起一瓢水品尝；春寒料峭的巴蜀大地，不顾山高路远深入大凉山腹地……行程万里，人民至上。

人民至上，重庆华溪村村民谭登周感同身受。因病致贫，"要不是党的政策好，我坟上的草都这么高啦！"

总书记亲切地对他说："党的政策对老百姓好，才是真正的好。"

今年2月，习近平总书记宣告我国脱贫攻坚战取得了全面胜利，困扰中华民族的绝对贫困问题画上了历史的句号，创造了又一个彪炳史册的人间奇迹。千年梦想，百年奋斗，一朝梦圆。

人民至上，来自湖北十堰的全国人大代表罗杰感念至深。

去年全国两会期间，他在代表通道上讲述了"多位医护人员连续奋战47天救治一位87岁新冠肺炎患者"的故事。习近平总书记看到了这一幕，"这位代表的话让我印象深刻"。

从新生婴儿到步履蹒跚的百岁老人，没有一个生命被放弃。"为了保护人民生命安全，我们什么都可以豁得出来！"这是一场狂风暴雨、惊涛骇浪都阻挡不了的全力以赴。

仍是在这次两会，"下团组"时，一位湖北团代表动情回忆习近平总书记飞赴武汉指导战"疫"的一个细节，总书记说武汉人民喜欢吃活鱼，要多组织供应。很快，活鱼就送到了社区。现场，这位代表深深鞠躬："来之前，大家委托我一定要说一声'谢谢'！"

民之所盼，政之所向。

到地方考察，习近平总书记总要到农村、城市社区，看看人民群众生活得怎么样，有什么好的经验可以交流推广，有什么操心事、烦心事需要解决。

在习近平同志所著的《之江新语》中，有一段文字谈及"转变作风"，寥寥数语点出要害："我们要始终牢记，心系群众鱼得水，背离群众树断根。"

网上流传着一张菜单，四菜一汤很普通：红烧鸡块、阜平炖菜、五花肉炒蒜薹、拍蒜茼蒿，一个肉丸子冬瓜汤；主食是水饺、花卷、米饭和杂粮粥。这是习近平总书记在河北阜平县考察时的晚餐。一桌10人，吃的都是这些家常菜，还特别交代不上酒水。

党的十八大以来，同"八项规定"同时掷地有声的，还有雷霆万钧的反腐行动。孰轻孰重，人民的分量举足轻重。习近平总书记说："不得罪腐败分子，就必然会辜负党、得罪人民。是怕得罪成百上千的腐败分子，还是怕得罪十三亿人民？不得罪成百上千的腐败分子，就要得罪十三亿人民。这是一笔再明白不过的政治账、人心向背的账！"

2015年10月，在党的十八届五中全会上，明确提出了坚持以人民为中心的发展思想；

2020年10月，在党的十九届五中全会上，强调要努力促进"全体人民共同富裕取得更为明显的实质性进展"；

2021年7月，北京天安门。庆祝中国共产党成立100周年大会上的重要讲话，也是中国共产党人的庄严宣示。讲话中，"人民"二字出现了86次。

为谁执政、靠谁执政？

"时代是出卷人，我们是答卷人，人民是阅卷人。"

一路走来，习近平总书记目光的落点，始终在人民。

陕西，中共绥德地委旧址。展厅里有两行字十分醒目："站在最大多数劳动人民的一面"；"把屁股端端地坐在老百姓的这一面"。

总书记轻声念了出来。"端端地，这是关中话，稳稳正正地。中国共产党领导人民取得革命胜利，是赢得了民心，是亿万人民群众坚定选择站在我们这一边。"

从人民中来，到人民中去。民者，国之根也，国之大也。

"人民就是江山，共产党打江山、守江山，守的是人民的心，为的是让人民过上好日子。"

立志于中华民族千秋伟业的中国：
"对'国之大者'要心中有数"

"国之大者"关乎长远。站在"两个一百年"历史交汇点上，看见多远的过去，才可能预见多远的未来。

翻开浩瀚史书，不同含义的"国之大者"，蕴含着不同时期执政的深层逻辑和价值取舍。《左传》记载，"国之大事，在祀与戎"。此后数千年，朝代更迭，兴衰成败，国之大纲、国之大柄、国之大政，有"惟刑与政"，有"莫先择士"，也有"财赋者"。

5000多年文明源远流长、180多年历经坎坷成大道、100年峥嵘岁月、70多年建设发展、40多年改革开放……"只有在整个人类发展的历史长河中，才能透视出历史运动的本质和时代发展的方向。"用大历史观思考面向未来的"国之大者"，才能理解何以称为"国"，何以成其"大"。

生态问题，考验的正是历史的眼光。

回望2020年，在新冠肺炎疫情防控关键之际，习近平总书记赴陕西。第一站，秦岭。

曾几何时，秦岭病了。一些人竟妄图将国家公园变成私家花园，北麓违建别墅如块块疮疤，极其扎眼。

治国理政千头万绪，要事急事难事轻重缓急。对于生态文明建设这件事关中华民族永续发展的大事，不会缓一缓，更不会放一放。在秦岭，习近平总书记端详全面复绿的别墅区图片，严肃地说，这就是海市蜃楼、水中月啊。

"'国之大者'是什么？"迎着清冽山风，总书记举目远眺："生态文明建设并不是说把多少真金白银捧在手里，而是为历史、为子孙后代去做。这些都是要写入历史的，几十年、几百年的历史。要以功成不必在我的胸怀，真正对历史负责、对民族负责，不能在历史上留下骂名。"

"我之前去看了三江源、祁连山，这一次专门来看看青海湖。""保护好青海生态环境，是'国之大者'。"今年6月在青海，总书记再一次强调生态文明建设举足轻重的战略地位。他对生态环境问题的思考贯穿着一条鲜明主线：树立大局观、长远观、整体观。

总书记深刻指出："生态保护方面我无论是鼓励推动，还是批评制止，都不是为一时一事，而是着眼于大生态、大环境，着眼于中国的可持续发展、中华民族的未来。"

一棵树，千百年长入云霄；一条河，千百年流淌奔腾；一座山，千百年巍然屹立。伐山毁林、污水入江，却在短短数十年变了模样。

有张照片，拍摄于上世纪90年代，定格了西溪湿地垃圾遍布的河道。彼时，大量居民因环境恶劣无奈搬家。习近平同志到浙江工作后高度重视，推动建设西溪湿地公园。去年春天，总书记在浙江考察期间走进西溪，绿意葱茏的山水画扑面而来。

安吉余村，一个山清水秀的生态村，同样受益于目光的长远。伐山，鼓了腰包，污染却严重到不能开窗；护山，似乎看不到实实在在的经济效益。2005年夏天，习近平同志来到这个小山村，高瞻远瞩提出"绿水青山就是金山银山"理念，也为举棋不定的小村庄"一锤定音"。

向前追溯，早在生态环境脆弱的黄土地上，青年时代的习近平同志就认识到人与自然是生命共同体，对自然的伤害最终会伤及人类自己。在福建任职期间，他前瞻性地提出了建设生态省战略构想，在那个"生态建设"还是新名词的年代，绿色种子悄然扎根东南沿海。

"我们不能吃祖宗饭、断子孙路，用破坏性方式搞发展。"从党的十八大把生态文明建设纳入中国特色社会主义事业五位一体总体布局，到"十四五"规划纲要指出"生态文明建设实现新进步"，这些年，绿色发展理念渐入人心，绿色发展之路越走越坚实。

新冠肺炎疫情会不会影响渐入佳境的绿色发展轨迹？部署疫情防控工作的同时，习近平总书记多次实地察看各地生态保护进展，用意深远："不能因为经济发展遇到一点困难，就开始动铺摊子上项目、以牺牲环境换取经济增长的念头，甚至想方设法突破生态保护红线。"

把绿色发展置于"国之大者"中去考量，就是要"关注党中央在关心什么、强调什么，深刻领会什么是党和国家最重要的利益、什么是最需要坚定维护的立场"。这正是政治自觉。习近平总书记谆谆教诲，对"国之大者"一定要心中有数。

饱含"绿色含金量"的高质量发展，从经济领域延伸到经济社会发展方方面面。"最重要的是做好我们自己的事""以国内大循环为主体、国内国际双循环相互促进""时与势在我们一边"……党中央着眼于国内国际两个大局，审时度势作出一个个战略判断。新发展阶段、新发展理念、新发展格局，随疫情防控形势好转日渐明朗。

总书记叮嘱："在全国大格局中的职责怎么样？我们说保持定力，就在这里。要有定盘星，坚定地贯彻新发展理念、推动高质量发展，不能笼统、简单、概念化喊口号。决不能再走老路，回到老做法、老模式上去。"

GDP（国内生产总值），中国发展的一个指标，也是观察"国之大者"的一个参照。

去年全国两会召开前夕，一季度GDP颇受关注，那是有季度统计数据以来的首次负增长。如何加速爬坡过坎，中国着眼长远。总书记深谋远虑："着眼点着力点不能放在 GDP 增速上。"今年全国两会，他进一步谈到这个话题："我们定今年经济增速预期目标时留有余地，这样可以把更多精力用到高质量发展上。"

今年三季度，经济增速放缓再受关注。媒体分析认为，在调控工具充沛的情况下，经济增速再快一点非不能也，实不为也——面对经济下行压力，中央保持战略定力，坚决不搞"大水漫灌"，释放出不走粗放增长老路、坚定迈向高质量发展的政策信号。

路子对了，就要坚定走下去。

福建厦门工作期间，习近平同志领导制定的《1985—2000 年厦门经济社会发展战略》，成为全国经济特区中最早编制的一部经济社会发展规划，也是中国地方政府最早编制的一个纵跨 15 年的经济社会发展战略规划。当时，研究发展战略是一项费心费力却难见成效的事，在习近平同志看来，为官一任、造福一方，"作为领导者，既要立足当前，更要着眼长远，甘做铺垫工作，甘抓未成之事"。这也是他一贯的遵循与坚守。

这是功成不必在我的境界、功成必定有我的担当。

2018 年全国两会，在山东团参加审议时，习近平总书记透彻分析了"显"与"潜"的辩证关系："既要做让老百姓看得见、摸得着、得实惠的实事，也要做为后人作铺垫、打基础、利长远的好事，既要做显功，也要做潜功，不计较个人功名，追求人民群众的好口碑、历史沉淀之后真正的评价。"

"显"与"潜"的落地，有赖于久久为功的坚持。正如总书记所推崇的"钉钉子"精神，小钉子蕴含大道理，"保持力度、保持韧劲，善始善终、善作善成"。

一些外国政要同习近平主席会谈会见时，感触颇深。同他们所在国家着眼于三五年的谋划时长不同，中国的发展以数十年、上百年来擘画。也有媒体称："中国发展脉络清晰，能清晰预判稳定和持续繁荣的前景。"

去年秋天召开的党的十九届五中全会，适逢"两个一百年"历史交汇点，也适逢"十三五"收官、"十四五"开局之际。按照"两步走"战略安排，第二个百年奋斗目标将在 2035 年完成第一步。"十四五"规划与 2035 年远景目标因此统筹考虑。中长期目标与短期目标相互叠加，既有五年之约，又有长远统筹。

3 万余字，近 3 个半小时。4 年前的 10 月，习近平总书记站在人民大会堂的讲台上，声音坚定有力。党的十九大报告，这份着眼于"两个一百年"奋斗目标征程，着眼于中华民族千秋伟业的纲领性文件，令世界感慨是"为子孙万代计、为长远发展谋"。

"我们对于时间的理解，不是以十年、百年为计，而是以百年、千年为计。"出访欧洲时，总书记对"返乡"文物的点评，也映射着对中国发展的深刻思考。

这是中国的历史纵深。

960 多万平方公里的中国： "多打大算盘、算大账"

2020 年初，突如其来的新冠肺炎疫情，将中国拉入一场艰苦卓绝的战役。"粮草"供应，事关大战成败。

带着露珠的蔬菜水果，昼夜星驰运往抗疫一线。沈阳大白菜、新疆皮牙子、海南豇豆、江西萝卜、山东大葱……一箱箱装车，浩浩荡荡穿越大半个中国，目的地：湖北、武汉。

从纵横交织的运输图，可以读懂何为疫情防控期间的"国之大者"。一方有难，八方支援。一声号令下的"粮草"调配，见证了省、市、区县、乡镇、村庄"与子同袍"，这是"国之大者"。在国内外疫情防控严峻形势下，中国粮食充裕供应，也见证了"中国粮食，中国饭碗"的未雨绸缪。粮食安全不只是一个行业的事，而是事关国家安全、国家命脉，任何时候都不能轻言粮食过关了，这同样是"国之大者"。

前些年，粮食连年丰收，新问题也接踵而至。对此，习近平总书记算了笔大账："在我们这样一个十三亿多人口的大国，粮食多了是问题，少了也是问题，但这是两种不同性质的问题。多了是库存压力，是财政压力；少了是社会压力，是整个大局的压力。"

"备豫不虞，为国常道"。中国共产党是生于忧患、成长于忧患、壮大于忧患的政党。

《诗经》里，"迨天之未阴雨，彻彼桑土，绸缪牖户"，说的是一种小鸟，在未下雨前就衔树根加固巢穴。习近平总书记曾引用这一典故，将古老智慧注入时代新意。

针对福建防汛防台风的繁重任务，习近平同志坚持"宁肯十防九空，不可用而无备"。今年夏天在北京开会，总书记谆谆告诫省里主要负责同志："'七下八上'的汛期，防汛是你们最要关心的事。同时现在这段时间安全生产和防灾减灾工作有点冒头，关键是做好预案，防患于未然，不要不当回事，不要麻痹大意。"

从"进京赶考""跳出历史周期率"，到防范重蹈苏东剧变覆辙，再到警惕"四种危险""四大考验"，中国共产党人的忧患意识，就是忧党、忧国、忧民意识，这是一种责任，更是一种担当。2018年初，在学习贯彻党的十九大精神研讨班开班式上，习近平总书记列举了8个方面16个具体风险，其中就提到"像非典那样的重大传染性疾病，也要时刻保持警惕、严密防范"。"十四五"规划纲要设置专章对统筹发展和安全作出战略部署，也是总书记亲自谋划和确定的。

草摇叶响知鹿过、松风一起知虎来、一叶易色而知天下秋，考验的是科学决策的见微知著，映射的是"国之大者"的历史辩证。

2020年10月，中央党校（国家行政学院）中青年干部培训班开班式上，总书记语重心长："领导干部想问题、作决策，一定要对国之大者心中有数，多打大算盘、算大账，少打小算盘、算小账，善于把地区和部门的工作融入党和国家事业大棋局，做到既为一域争光、更为全局添彩。"

在地方工作多年，习近平总书记深知"打大算盘"的重要，深感将地方工作融入党和国家事业大棋局的关键。

北起黑龙江黑河，南至云南腾冲，一条"胡焕庸线"区隔出迥异面貌：今天，线之东南，43%的国土，居住着全国94%左右人口；线之西北，57%的国土，供养大约全国6%的人口。总书记曾感叹："我国幅员辽阔、人口众多，各地区自然资源禀赋差别之大在世界上是少有的，统筹区域发展从来都是一个重大问题。"

破解大问题，呼唤大格局。

在省里工作时，习近平同志写下《做长欠发达地区这块"短板"》，用经济学的"木桶理论"去阐释协调发展的道理，讲得透彻："发达地区要发挥自身优势，尽力帮助欠发达地区加快发展；欠发达地区自身要转变观念、创新体制、改善环境、不懈努力。"

电视剧《山海情》感人至深。那正是习近平同志在福建工作期间的亲历，"我是组长，专门抓这个事情"。1997年，第一次去西海固，他就被眼前场景深深震撼了。一户人家，唯一"财产"是挂房梁上的一撮发菜。那一次，真正体会到什么叫家徒四壁，什么叫水贵如油。

这些年，"干沙滩"建设成为"金沙滩"，习近平总书记的目光，牵挂着那里点点滴滴的改变。2016年夏天，总书记再访宁夏，走村入户时关切询问一个男孩："你常洗澡吗？"他仍挂念着西海固的缺水难题。

水运连着国运。水资源的短缺和不均衡问题，一次又一次摆上党中央的案头。几个月前，习近平总书记赴河南南阳，专程去看一看"事关战略全局、事关长远发展、事关人民福祉"的南水北调工程。

借南方水，解北方渴。长河泱泱，利泽万方。"送水区"舍小家为大家，他们心中的"国之大者"，是再难，也要将一泓清水送给缺水的北方人民。这一趟，习近平总书记专程去看望了丹江口水库的一个移民村。

途中，省里的负责同志介绍了当地口口相传的一句话，总书记听了不由动容："老百姓很朴实啊，说'北京人渴了，咱们得给他们供点水'。""这哪是滴水之恩？是涌泉之恩啊。吃水不忘挖井人。"

"南水北调""西煤东运""西气东输""西电东送"，辽阔疆域之上的大国工程，彰显着社会主义集中力量办大事的制度优势，着眼的无一不是党和国家事业的大棋局。

中国版图上，有一条条线，也有一个个圈。两条母亲河，长江经济带发展、黄河流域生态保护和高质量发展齐头并进；三大城市群，京津冀、粤港澳大湾区、长三角日新月异；四大经济区，西部大开发、东北全面振兴、中部地区崛起、东部率先发展蹄疾步稳——区域协调发展，随时间的推移，布局日渐明朗，成为党的十八大以来治国理政的一个大手笔。

协调发展、协同发展、共同发展，"国之大者"的应有之义，亦是中国进入新发展阶段的历史必然。

习近平总书记指出，我国经济由高速增长阶段转向高质量发展阶段，对区域协调发展提出了新的要求。不平衡是普遍的，要在发展中促进相对平衡。这是区域协调发展的辩证法。

千钧将一羽，轻重在平衡。960多万平方公里的土地上，对于一个用几十年时间走完发达国家几百年工业化历程的经济体，实现区域协调发展，绝非易事。

是"头痛医头、脚痛医脚"，还是统揽全局？

是各管一摊、相互掣肘，还是形成合力？

"不能'脚踩西瓜皮，滑到哪儿算哪儿'"；"不能什么都要，贪多嚼不烂，大小通吃，最后消化不良"；"各省要立足省情、抢抓机遇，在国家重大发展战略中'左右逢源'"；"自觉打破自家'一亩三分地'的思维定式，抱成团朝着顶层设计的目标一起做"……总书记的这些生动比喻，揭示了深刻答案。

赴各地调研，他牵挂中国怎么走，更在把脉、指引每个地方、每个区域在新形势下的方位和着力点，如何在一盘棋的格局下取舍、优化。

拿几处改革先行地来说。海南，中国特色自由贸易港扬帆起航；深圳，从"先行先试"到"先行示范"，踏上新征程；上海浦东，担起打造社会主义现代化建设引领区的新使命；浙江，共同富裕示范区建设，战鼓催征稳驭舟……一域牵动全局，这些地方承载的，是国家重托。

这一幕，令人想起40多年前改革开放的起步和经济特区的探索，蛇口开山炮声犹然在耳。深圳、珠海、汕头、厦门、海南，一路筚路蓝缕、一路开疆拓土，也是为中国"杀出一条血路来"累积宝贵经验。习近平总书记破题关键："要牢固树立改革全局观"；"发挥好试点对全局性改革的示范、突破、带动作用"。

计利当计天下利。

再说水，有些缺水城市盲目上马、大建人工湖，习近平总书记对这件事明确提出批评。今年年初的党史学习教育动员大会上，他的一席话振聋发聩：

"我们也要看到，现在仍有一些党员、干部政治意识不强、政治敏锐性不高，不善于从政治上观察和处理问题，对'国之大者'不关心，对政治要求、政治规矩、政治纪律不上心，对各种问题的政治危害性不走心，对贯彻落实党中央的大政方针不用心，讲政治还没有从外部要求转化为内在主动。"

心怀"国之大者"，考验着一个地方、一个部门的政治判断力、政治领悟力、政治执行力。总书记谈及泱泱大国发展的关键，"党中央看问题，都是从大处着眼"。

14亿多中国人民聚合磅礴之力的中国：
"为国分忧、为国解难、为国尽责"

"国之大者"，源于人之大者，千千万万中华儿女共同挥就一个大写的中国。

百年前，那是"沉沉酣睡我中华"，九原板荡、百载陆沉。党的十九大闭幕后不久，习近平总书记带领中共中央政治局常委赴上海、浙江嘉兴，探寻我们党的梦想启航。看到彼时的一幅时局图，总书记连连感叹："多屈辱啊！多耻辱啊！那时的中国是待宰的肥羊。"

在中华民族生死存亡之际、在前所未有的劫难面前，救亡图存是无数仁人志士心中的"国之大者"。为此，革命者赴汤蹈火舍生忘死，哪怕千难万苦也甘之如饴。

时间长河奔涌，信念之火永存。中华民族迎来了从站起来、富起来到强起来的伟大飞跃。跨越百年的长途跋涉，是感天动地的红色足迹，是觉醒年代的呐喊与牺牲，也是无名英雄的抉择与坚守。

江西于都，万里长征出发地。考察时，习近平总书记伫立于滔滔于都河畔，举目远眺。星夜渡河的惊心动魄仿若昨日，面对"难以置信的奇迹"，总书记不禁感慨，"一次次绝境重生，凭的是革命理想高于天"。

这条长征路，红军走了两年，同敌人进行了600余次战役战斗，跨越近百条江河，攀越40余座高山险峰，穿越了被称为"死亡陷阱"的茫茫草地……星星之火照亮了两万五千里的"万水千山只等闲"。

5年前到宁夏考察，习近平总书记一下飞机，就冒雨来到西吉县将台堡，去瞻仰红军长征胜利会师的地方。总书记意味深长地说："长征永远在路上""要走好我们这一代人的长征路"。

古田会议会址、遵义会议陈列馆、陕甘边革命根据地英雄纪念碑、香山双清别墅、北大红楼……一次次，用脚步丈量信仰高地。从革命者的故事中汲取信仰的力量、从红色热土上汲取信念的传承，习近平总书记深刻指出："对我们来讲，每到井冈山、延安、西柏坡等革命圣地，都是一种精神上、思想上的洗礼。"

何谓"国之大者"？

回望百年，答案是甘将热血沃中华的视死如归，是敌人枪口下永不消逝的电波，是黎明曙光前走向刑场的义无反顾，是放弃国外优渥条件回来建设新中国的不计得失，是脱贫攻坚战役里扎根山山峁峁的无私奉献……是的，答案就贯穿在中国革命、建设、改革每一个时期，在一代代中华儿女的赓续奋斗中。

这些响亮的名字、光辉的名字、载入史册的名字，总书记一次又一次提起，一次又一次表达敬意。对于为国尽责走向绞刑架的李大钊，"国之大者"是"共产主义在中国必然得到光辉的胜利"的坚定誓言；对于敌人屠刀下的夏明翰，"国之大者"是"砍头不要紧，只要主义真"的雄壮诗篇；对于断肠明志的红34师师长陈树湘，"国之大者"是"寸土千滴红军血"的英勇不屈；对于抗美援朝志愿军，"国之大者"是毅然决然跨过鸭绿江的"钢少气多"；对于心有大我、至诚报国的黄大年，"国之大者"是"振兴中华，乃我辈之责"的赤子之心；对于身患渐冻症依然奋战抗疫一线的张定宇，"国之大者"是"我必须跑得更快，才能从病毒手里抢回更多病人"的争分夺秒……

一百年来，一代又一代中国共产党人，一曲又一曲气吞山河的英雄壮歌。"崇尚英雄才会产生英雄，争做英雄才能英雄辈出。"对于心怀"国之大者"的奉献者、奋斗者，习近平总书记心怀尊崇、心怀敬意、心怀感念。

今年年初召开的党史学习教育动员大会上，当总书记用低沉而有力的声音，逐字逐句讲述革命战争年代、和平建设时期的牺牲者时，那一幕震撼人心。很多人的名字已经难以找寻，汇聚成改变历史的滚滚洪流。然而，青史长留照古今。党和人民不会忘记他们，共和国不会忘记他们——

通过立法确定中国人民抗日战争胜利纪念日、烈士纪念日，举办国家勋章和国家荣誉称号颁授仪式、"七一勋章"颁授仪式，举行隆重集会纪念红军长征胜利80周年、中国人民志愿军抗美援朝出国作战70周年……以国家的名义，致敬英雄！

一个个细节令人感慨万千。

2017年深秋，全国精神文明建设表彰大会。习近平总书记在会见厅落座前，注意到了站在第二排的白发苍苍的"中国核潜艇之父"黄旭华院士。总书记微笑着搬开椅子，将他同另一位道德模范代表黄大发请到自己身边就座，"来！挤挤就行了"。

2021年初春，全国脱贫攻坚总结表彰大会。领奖台上，当坐在轮椅上的夏森，一位将省吃俭用攒下的200多万元悉数捐赠给西部贫困地区的老人，颤巍巍想站起身来的时候，总书记轻轻拍了拍她的肩膀，弯下腰双手颁给了她证书。

"繁霜尽是心头血，洒向千峰秋叶丹。"回望这一路，无数人、无数群体的矢志奋斗，汇聚起了一个民族、一个国家的磅礴之力。前不久召开的中央人才工作会议上，习近平总书记一席话，何尝不是对每一个中华儿女的启迪与激励：

"广大人才要继承和发扬老一辈科学家胸怀祖国、服务人民的优秀品质，心怀'国之大者'，为国分忧、为国解难、为国尽责。"

为国分忧，为国解难，为国尽责，是稻花香里的禾下乘凉梦，是向星辰大海发起的一次次挑战，是耄耋之年奔赴武汉的逆行出征……岁月如碑，铭刻不朽功勋，中国共产党人精神谱系熠熠生辉。

犹记去年金秋的全国抗击新冠肺炎疫情表彰大会。习近平总书记深情重温战"疫"中感动中国的那些话。他特意讲到了青年一代，提起了"90后""00后"："长辈们说：'哪里有什么白衣天使，不过是一群孩子换了一身衣服。'世上没有从天而降的英雄，只有挺身而出的凡人。"

时间之河川流不息，每一代人都有自己的际遇和舞台。少年负壮志，从百年前上下求索的日日夜夜，到民族复兴新征程，"愿以吾辈之青春，守护这盛世之中华"。这些年，习近平总书记多次来到青年人中间，多次在民族复兴的坐标上思考青年责任，他曾说，你们这一代青年，参与、见证和推动民族复兴的历程生逢其时。这是青年之幸，也是国家之幸。

百年风华，史诗奋笔赓续。全面建设社会主义现代化国家、实现中华民族伟大复兴是一场接力跑，煌煌党史，壮歌慷慨！这其中，有一代代人的坚守，一代代人的传承。

历史的接力棒到了这一代人手中。掌舵领航中国这艘巨轮的习近平总书记，两年多前的一次出访会见时，一段问答令世界见证了中国共产党人的风范：

"您当选中国国家主席的时候，是一种什么样的心情？因为我本人当选众议长已经很激动了，而中国这么大，您作为世界上如此重要国家的一位领袖，您是怎么想的？"

"这么大一个国家，责任非常重、工作非常艰巨。我将无我，不负人民。我愿意做到一个'无我'的状态，为中国的发展奉献自己。"

从"我将无我"到"国之大者"，一以贯之的炽热初心、一往无前的阔步前行。

（《人民日报》2021 年 11 月 09 日）

申报资料实录

作品简介： 党的十九届六中全会是在重要历史关头召开的一次具有重大历史意义的会议。在会议召开之际，《人民日报》刊发重磅通讯《总书记心中的"国之大者"》。"国之大者"关乎发展全局、事业根本，本篇稿件立足高站位、聚焦大选题、寄寓大情怀，用 1.1 万余字篇幅，从人民至上、经济发展、生态文明、系统思维、理想信念等多个角度展开叙事，系统作答"何为总书记心中的'国之大者'"这一重要问题，深刻揭示习近平总书记反复强调"国之大者"的深远意义，充分彰显习近平总书记责任担当之勇和破解难题之智，生动记载以习近平同志为核心的党中央坚强领导亿万中国人民在新时代书写壮丽篇章的伟大实践。文风磅礴不失细腻、理性不乏温度，既有恢弘叙事，也有动人故事，兼具可读性和思想性，极具感染力和冲击力，带读者领略新时代中国共产党人鲜明政治品格。稿件不仅在报纸刊发，还配发海报在人民日报客户端等新媒体平台传播，主动设置网络议题，有效放大传播效果，引起广泛共鸣。

社会效果：《总书记心中的"国之大者"》总计被 6101 家媒体采用，新华社全文转发，多家省级党报党刊在重要位置全文刊登，391 家网媒转载，各大媒体网站在头条区域突出展示，近 5000 家微信公众号转发，在"学习强国"等平台突出展示，相关话题登上多个平台热搜榜单，在党的十九届六中全会期间形成"镇版刷屏"之效。有读者专门致信人民日报记者，表达阅读感受，这充分体现了主流媒体的权威性、思想性和影响力。

初评评语：稿件逻辑清晰、层次分明，把高屋建瓴的宏大叙事和见人见物的故事细节结合起来，以高远立意、深邃思想、鲜活视角、真挚情感深入宣传习近平总书记大党大国领袖风范和深厚人民情怀，深入宣传人民群众对人民领袖的衷心拥护、深切爱戴，深入宣传总书记亲自谋划、亲自推动的重大战略、重大工作和取得的重大成就，以高出一筹的站位和水平，成为人民日报献礼党的十九届六中全会的重磅作品。

摆脱贫困

集　体

限于篇幅，文字稿略，获奖作品请见中国记协网 http://www.zgjx.cn。

（中央广播电视总台 2021 年 02 月 18 日）

申报资料实录

作品简介：《摆脱贫困》节目以极高的政治站位、深刻的思想阐释、直抵人心的故事、纪实创新的艺术手法，全景呈现了以习近平同志为核心的党中央带领全国各族人民精准扶贫、精准脱贫，全面建成小康社会的恢弘历史进程，并以国际视角鲜明阐述了中国"精准扶贫"对人类减贫事业的卓越贡献，有力彰显了中国特色社会主义制度的无比优越。节目曾荣获第 27 届上海电视节"白玉兰"奖组委会特别大奖。

社会效果：《摆脱贫困》节目跨媒体总触达人次达到 12.22 亿次，新媒体总阅读浏览量达 3.85 亿次。首轮传播触达海外受众 4.25 亿。总台还推出《摆脱贫困》系列音像出版物，通过全国新华书店系统和网络平台向全国公开发行，并通过 44 种语言向海外发行。

初评评语：这是一部用心用情用力打造的中国脱贫攻坚影像志，是一部兼具国家高度与学术品格、坚守艺术品位与人文情怀、用纪实影像向全世界讲述中国故事的现象级作品，被业界誉为"记录中国奇迹的影像史记"。

战贫之路

李忠发　饶力文　徐泽宇　武　笛　侯雪静　申　铖　郑晓奕

作品二维码

（新华社 2021 年 02 月 23 日）

申报资料实录

作品简介： 在全国脱贫攻坚总结表彰大会前夕，新华社以中文、英文、法文、俄文、西文、葡文、德文、意大利文、阿文、日文、韩文、泰文、印尼文、土耳其文、乌尔都文等 15 个语种同步播发微纪录片《战贫之路》。本片全景式展现了习近平总书记自十八大以来带领全党全国人民打赢脱贫攻坚战的奋斗历程。通过采访原国务院扶贫办主任刘永富、财政部部长刘昆及众多一线扶贫干部等娓娓道出大国领袖指挥战贫各项决策背后不为人知的艰辛与担当。通过联合国秘书长、国际劳工组织总干事、泰国前总理、柬埔寨王国政府首相助理大臣、澳大利亚前驻华大使、古巴外交部国际政治研究中心学者等，"借嘴说话"，高度评价"中国奇迹"，从人类减贫史的高度诠释中国解决贫困这道世界难题的历史意义。全片强化外宣手法讲故事的创作理念，不唱高调不拔高，展现人物情感和内在动力。聚焦领袖人物塑造，挖掘鲜为人知的故事细节推动影片叙事，上线后在亿万网民中产生强烈共鸣。

社会效果： 全国脱贫攻坚总结表彰大会前夕，一经推出在全网形成刷屏之效，被人民网、新华网、央视网、光明网等众多央媒及商业媒体转载，"学习强国"首屏大图展示、微信"腾讯新闻"插件首条推送，新浪微博热搜榜置顶，全网总浏览量达 6.8 亿次，其中 14 个外文版本在海外总浏览量超过 3000 万次、互动量超过 22 万人次。韩国亚洲通讯社、法国世界新闻网、泰国先锋报、印尼《时代》（TEMPO）新闻网、哈萨克斯坦实业报、巴勒斯坦圣城网通讯社、阿拉伯 Nabed 新闻网、埃及金融新闻网等共计 500 余家中外媒体采用。中国教育电视台、湖南卫视、黑龙江卫视、江苏卫视等数十家中央和省级电视台连续多天在黄金时段滚动播出。实现大屏小屏、移动端 PC 端、国内国外全链条传播。

初评评语： 该作品用富有创意和冲击力的表现形式，全景式展现了习近平总书记自十八大以来带领全党全国人民打赢脱贫攻坚战的奋斗历程，用真实的细节、质朴的感情打动了亿万海内外网友。

号角催征

——解码《新华日报》老报纸里的百年初心

集 体

代表作一：

民族危亡关头，《新华日报》吹响鼓励前进的号角

白雪 徐冠英

【开栏的话】作为中国共产党第一张公开出版的全国性政治机关报，《新华日报》拥有光荣的红色基因、宝贵的革命历史。《新华日报》的故事，本身就是一次伟大的宣言，向世人宣告一张报纸的历久弥坚，一个政党的蓬勃发展，一个梦想的颠扑不破。

值此建党百年之际，《新华日报》的后辈们翻开尘封的历史老报，研读先辈的笔下峥嵘，激活一张党报里的党史故事，解码中国共产党的百年初心，以继往开来，奋进图强！《新华日报》、交汇点、新华报业网同步开设《号角催征》专栏，与读者一起读旧报新闻，习百年党史。

3月29日，武汉市江汉区民意一路大陆里4-9号，五六位居民闲坐弄堂，不紧不慢聊着天。春风拂过居民楼外墙的"《新华日报》社大陆里旧址"石牌，沧桑的味道从几栋上了年纪的两层小楼弥漫而出。

73岁的陈先生告诉记者："我1948年在这里出生，一直住到现在。这几年，经常有人来拍照。"一张党报83年前的光辉起点，历久弥新。

1938年1月11日，中国共产党在国统区公开发行的第一张全国性机关报《新华日报》，在这几栋小楼——当年的汉口府西一路149号诞生。为了救亡图存，为了中国的未来，在那艰险的环境里，中国共产党发出了团结抗战的呐喊。

异军突起，广泛宣传党的主张

本报愿在争取民族生存独立的伟大的战斗中作一个鼓励前进的号角。为完成这个神圣的使命，本报愿为前方将士在浴血的苦斗中，一切可歌可泣的

伟大的史迹之忠实的报道者记载者；本报愿为一切受残暴的寇贼蹂躏践踏的同胞之痛苦的呼吁者描述者；本报愿为后方民众支持抗战参加抗战之鼓动者倡导者。

——《发刊词》，1938 年 1 月 11 日

创办《新华日报》是中共中央的重要决策，但这张报纸的诞生可谓一波三折。

"《新华日报》的创办，经历了一个较长的酝酿、提出、谈判和筹备的过程。"中共湖北省委党史研究室原研究员胡传章介绍，1937 年 3 月中共中央政治局扩大会议（即延安会议）上，毛泽东在讲到关于领导权的问题时，便提出要求国民党保障中国共产党在全国的宣传任务。1937 年 5 月下旬，周恩来在上海、南京停留期间，同各方面人士交谈，争取中国共产党的公开合法地位，并根据中共中央的意图酝酿筹办宣传抗日的刊物。到了七八月间，国共两党在庐山和南京谈判过程中，中国共产党争取到在国统区公开出版自己的党报权利。

"当时，中国共产党已在陕甘宁边区出版《新中华报》，为何还要在国统区办一份报纸？"胡传章说，"国民党在其统治区包办一切，左派刊物在民主运动中很难形成有力的舆论阵地，中国共产党未能经常公开宣传自己的政治主张。1937 年 9 月，第二次国共合作正式形成，国共之间的分歧由要不要抗日转变为如何抗日、争取怎样的抗日前途。国民党坚持片面抗战路线，而共产党主张依靠人民群众和全民族的力量共同抗战。打破国民党的舆论垄断，带动左派小型刊物形成大的舆论阵地，宣传共产党的主张，扩大共产党影响，在国统区创办大型日报，便是重要措施之一。"

1937 年 10 月，在周恩来领导下，潘梓年等人在南京筹备办报工作。虽有当时的国民党中宣部部长邵力子签字同意，但有关部门禀承蒋介石的指示，在办理报纸出版登记手续上，借故刁难，不发出版登记证。随着上海、南京战局紧张，筹备人员转移到武汉，继续办理报纸登记手续。1937 年 12 月，中共中央长江局成立。继续筹办和领导《新华日报》，是长江局一项重要工作。12 月 21 日，周恩来等人与蒋介石会谈时，再次提出办报一事，终获蒋介石同意。

胡传章研究发现，《新华日报》正式创刊前，报社进行几天试版，并设宴邀请武汉党政军领导人及文化界、新闻界人士 50 余人，试版得到一致赞扬。创刊后，《新华日报》受到坚持团结抗战人士的欢迎与支持。国共两党领导人、各党各派知名人士、社会贤达 52 人挥毫泼墨，题词祝贺。报社特刊声明："本报创刊伊始，荷蒙党政军领袖，社会群贤，纷赐题词。无任荣幸！兹依据收

到之先后，逐日制版刊载，藉光篇幅。感谢之余，谨向赐词诸公致民族解放敬礼！新华日报馆谨启"

"《新华日报》创刊，可谓盛况空前、异军突起。这些题词用两个多月才全部登完。" 胡传章感慨道。

"一心一德贯彻始终（邵力子）" "抗战到底（叶挺）" "热诚爱国（于右任）" "大众喉舌（冯玉祥）" "和平奋斗救中国（沈钧儒）" "拥护抗战到底，为实现民族独立民主自由民生幸福的新中国而斗争（董必武)" "战！团结而坚决的战！胜利是我们的(叶剑英)"……一期又一期《新华日报》，如题词所言，坚持抗战、爱国、奋斗——这正是那个阶段中国共产党的主张。

抗战强音，被赞"党的一个方面军"

当民族危机到了千钧一发的时候，保卫武汉、保卫家乡、保卫祖国，是每个中华民族的儿女应有的神圣权利，同时也是应尽的光荣义务。

——社论《神圣的权利与光荣的义务》，1938 年 7 月 31 日

中国抗战经历了十五个月的英勇战斗，完全证实了一个真理，即是：只有坚持长期抗战，才能争取中华民族解放战争的最后胜利。一切对中国抗战之速亡论或速胜论，均已从事实上宣告破产。

——社论《论目前抗战形势（上）》，1938 年 10 月 7 日

目前武汉虽到最后关头，华南虽日益紧张，全国战局虽日益扩大，我们要到来的困难虽多，但我们绝不应自馁，我们要在持久抗战中，把已经陷入泥沼的敌人葬埋下去。

——报眼标语，1938 年 10 月 21 日

……

湖北第二师范学院新闻与传播学院副教授邓涛说，《新华日报》刊发大量抗战报道，介绍八路军、新四军的辉煌战绩，也如实反映国民党爱国将士在正面战场的抗战事迹。《从平汉到陇海》《台儿庄血战座谈会》《我们怎样迎击南犯的敌人》……1938 年 2 月中旬至 5 月中旬，《新华日报》刊发编委兼采访部主任陆诒写的近 30 篇战地通讯，报道徐州会战，振奋国人信心。《新华日报》还积极提倡、全面参与、详尽报道救济难民、慰劳伤兵，写慰劳信和募捐慰劳前线抗敌将士，募集寒衣，献金和义卖等大规模群众性抗日救国运动。与抗战有关的内容都会刊登。这种宣传报道和实践在国内外产生了广泛而深刻的影响。"在武汉发行时间虽短，但《新华日报》已经充分发

挥宣传员、鼓动员和组织者的功能，对于巩固和扩大抗日民族统一战线起到重要作用。"

为在更多地区让更多群众看到报纸，报社还在广州、重庆、西安等地设立分馆、分销处，发行渠道多元。报纸创刊刚满一月，销售量就达2万余份，最盛时约5万份。国外很多新闻机构都将《新华日报》的报道用作权威消息。当时，国民党发行《扫荡报》《中央日报》。"在群众口中出现'新华扫荡中央'的排序，其寓意不言自明。"胡传章说。

"重读《新华日报》当时的报道，我依然能感受到很大的激情。"武汉抗战历史研究者、收藏人士陈勇，小心翻开泛黄的《新华日报》影印版合订本，"那个时期，在这场民族救亡战争中，发出抗战呐喊的《新华日报》是社会舆论领头羊！它的影响不光在武汉，更延至全国。"

记者在陈勇的收藏中，看到4册《新华日报社论》。论目前战局、中国抗战与国际前途、纪念"二七"要争取抗战胜利、如何动员工人群体积极参加抗战事业……纸张泛黄变脆，但纸上文字依然充满力量。《新华日报社论》第二集的封面印有"赠送"字样，封底印着："英勇的战士们，你们为民族生存而战，为世界和平而战，我们后方的老百姓没有一刻忘记你们在前线的苦斗，现在我们用精神粮食来慰劳你们！敬祝努力杀敌争取最后胜利！战时书报供应所敬启"

在民族最危难的时候，《新华日报》这个由中国共产党亲手缔造的号角，将团结抗战的声音吹到前线、后方、响彻全国。作为中国共产党在国统区从事政治、思想、外交、文化等斗争，开展抗日民族统一战线工作，发展爱国民主运动，动员广大人民群众参加抗战事业，宣传中国共产党路线方针政策的强有力的舆论武器，《新华日报》被毛泽东赞为"党的一个方面军"。

克难前行，坚持到最后一刻

本报业务日益发达，原有地址过于偏僻，兹为便利发行起见，自即日起移至府东五路一五〇号营业，希各订户、同业及社会人士注意。
——《本报迁移启事》，1938年8月1日
本报因纸张来源困难，自今日起，改出半大张，尚希读者原谅是幸！
——《本报紧要启事（一）》，1938年10月21日
本报自本日起迁移至五族街五十四号办公凡有事请至新址接洽为荷
——《本报紧要启事（二）》，1938年10月21日
寥寥几十个字的启事，背后艰辛难以想象。报纸开办初期，职工达

五六十人，已初具规模，于当年8月1日首次搬迁。武汉沦陷前几日，报社又因形势所迫再次迁址。这两次搬家，都造成部分机器设备无法使用等困难。

参与编撰《抗日战争初期中共中央长江局史》一书时，胡传章仔细阅读1938年《新华日报》。他感慨，"新华报人真是让人敬佩，他们克服了无数的困难，除了搬家，还有国民党的破坏。"

1938年1月17日，《新华日报》创刊仅一周，便有国民党顽固派指使的二三十个特务、暴徒，手持铁棍、利斧闯入报社营业部，割断电话线，破坏排字房、机器房的机器设备。周恩来得到报告后，一面指挥报纸继续出版，一面向蒋介石提出严正交涉，要其阻止此类行径再次发生。1月19日的《本报紧急启事》公开这件事，"吁请报界同业及社会人士加以同情援助"，并表示"今后更当努力以达救国目的"。暴徒破坏刚过，停刊谣言又起。1月22日，《新华日报》又在头版刊发《本报紧要启事》，告知各界17日已整理就绪，次日照常出版，从未间断。

除在武汉市内迁移社址，报社还经历向重庆西安转移人员的两次分兵。1938年10月下旬，武汉危在旦夕，为使报纸不致中断，周恩来拟出计划：分两批疏散人员和运送物资前往重庆，一旦武汉停刊，重庆马上接着出报。当时西安分馆开办，也从武汉抽调部分人员，留在武汉的新华报人减少，工作变得更艰苦更紧张。让人心痛的是，武汉总馆由武汉迁重庆、广州分馆由广州迁桂林途中，都遭到敌机轰炸，造成人员惨痛牺牲和财物严重损失。搭乘"新升隆"号去重庆的遇难者中，就有16位新华报人。

困难无法改变这张党报的坚定信念。韩辛茹所著《新华日报史》记录了《新华日报》在武汉的最后时刻。10月24日晚，武汉沦陷前一天，周恩来携秘书陈家康来到报社，周恩来口述社论《告别武汉父老》：我们只是暂时离开武汉，我们一定会回来的，武汉终究要回到中国人民手中。陈家康将记录整理完毕，立即交付排印。遗憾的是，在武汉编印的这期报纸没来得及出版，匆忙间印刷的几份报纸至今没有找到。

1944年1月11日，潘梓年在《新华日报》发表《在武汉的时候》：随着战局的发展，报纸须迁渝出版，二十七年十月二十二日，大部分员工与器材都乘轮启程，只留极少数的几个人，和极少的器材在汉坚持到最后——坚持到要撤退的都已撤退的时候，坚持到本报的重庆版已能紧接着出版（重庆版是十月二十五日出版，汉口版就出到十月二十四日）的时候……

代表作二：

"卖报卖报！卖《新华日报》"——
报童背后，一张党报克难前进的发行斗争

6月8日晚，红色音乐剧《新华报童》在山城重庆首演。舞台上，一群朝气蓬勃的少年，带领观众重温抗战时期不平凡的斗争故事：硝烟弥漫，纸张奇缺，国民党封锁破坏，勇敢无畏、信念坚定的报童们，与国民党"军警宪特"斗智斗勇。"卖报卖报！卖《新华日报》。"他们穿梭大街小巷送报的身姿，是《新华日报》在共产党领导下克难前进、扩大发行的动人剪影。

"小尖兵"，大无畏

本报为推广本市销数便利读者起见拟招收报童数名 凡具备下列条件愿为本报服务者可至本馆接洽（条件）一、粗识文字 二、年龄十二至十六 三、克苦耐劳 四、熟悉本市街道

——《本报招收报童》广告，1938年11月9日、10日

《新华日报》迁到重庆出版十多天后，便登报招收报童，组建自己的发行队伍。

"皖南事变"之后，国民党对《新华日报》发行的破坏阻挠变本加厉，实行"只准印、不准发"的方针，就是让你办报，但要进行内容审查；让你印刷，但千方百计封锁发行。西南政法大学新闻传播学院教授、博士生导师蔡斐告诉记者："国民党不仅把控《新华日报》的内容，而且以各种手段压制《新华日报》的发行。重庆报业同业公会禁止报贩们售卖《新华日报》，《新华日报》的发行跌入低谷，发行量一度只有2000多份。为改变不利局面，《新华日报》扩大报童、报丁队伍，由他们到街头卖报、为订户送报。"

出于斗争和安全考虑，熟人介绍是报社招收报童的方式之一。如今年逾九旬的老人邱发杰，由在报社做报童的堂哥邱俊川介绍，于1946年加入新华报童队伍。邱发杰回忆，送报任务很艰巨，不管天晴下雨，报童都在4点多起床。到食堂吃过早饭后，他们便去印刷室取报纸，按照分配的地域送报。顺利的话，下午四五点钟能回到报社。

"送报要注意保护读者，经常需要与国民党特务、宪兵'打圈圈'。一旦发现身后有'尾巴'，报纸就不送了，我们就绕到大街上，跟特务兜圈子，甩掉特务后，再去补送。"邱发杰说，"除了把报纸安全地送到读者手中，

报童还有一个重要任务是发展读者。每天送完报回到报社，报童对当天发展的订户信息要填'区域卡'，填完卡、报完账、领到第二天取报单后才休息。"

《新华日报》很关心报童的学习和生活，卖报的钱报童自留一半。如果报纸破损或被警察、特务查收，损失均由报社承担。此外，报社还给报童提供住宿、午餐补贴，提供雨伞、草帽、报袋、草鞋等日用品。

国民党顽固派盯着《新华日报》的发行、报童的举动。《重庆市警察局档案》记载，1944年12月6日，重庆市警察局发出《密令》，称《新华日报》计划在1945年1月11日后每日发行5万份，已经在市郊召集报童30余名，除供膳宿外给予月津500元，要求警察分局对《新华日报》跟踪截留、设法销毁。

"那时，我们还要在老市区有广告栏的地方贴墙报进行宣传，国民党宪兵看到会撕墙报、抓报童。"邱发杰说，"我没被抓过，但有的报童被抓去关了一天一夜。只要发现报童没回来，报馆领导就出面跟国民党当局交涉。报童被抓后会面临国民党拷问，受苦是难免的，但直到1947年2月封报馆的那一天，没有一个报童退缩。"重庆大学新闻学院教授、博士生导师齐辉说："当时，《新华日报》还常用商号的信封或以《中央日报》作封皮，加以伪装，让报纸能够顺利地送到读者手中。"

这支曾发展到100多人的新华报童队伍，为粉碎国民党顽固派对《新华日报》发行的破坏与封锁发挥了大作用。毛主席称赞他们是"新华军里的小尖兵"，林伯渠为《新华日报》报童题写了"大无畏"条幅。

办纸厂，备"粮草"

本报因纸张来源困难，自二十一日起，改出半大张，尚希读者原谅是幸！

——《本报紧要启事（一）》，1938年10月21日–24日

抗战时期，纸张、油墨等物资都是奇缺品，但《新华日报》从来没有因缺纸而停刊。

齐辉介绍，纸荒问题是中国近代报业的一个顽疾，主要因为中国无法自行生产报业印刷用纸，完全依赖进口。抗战初期，因沿海地区被占领，中国报业纸荒更为突出。在西南地区，由于报业内迁，纸张供应是个大难题。

齐辉说，从创办之初，《新华日报》就将纸张储备视为报业工作的重中之重。早在武汉出版时期，报社就存储了大量纸张，在撤离武汉前尚留100多筒卷筒纸。可惜的是，装有报社纸张等物资的船只，抵达重庆之前触礁沉没，损失20多筒卷筒纸。不过，剩余纸张仍保证了《新华日报》在重庆初期的出版发行。

据统计，1939 年重庆有报社 16 家，是战时中国报业最繁盛的城市。当时，《新华日报》获得纸张有两条路：一是向国民党政府申请分配纸张，二是在市场上零星收购。国民党不仅限制报道内容，更从纸张供应上遏制《新华日报》。为解决纸张不足问题，报社决定自办纸厂。

《新华日报》工作人员苏芸与梁山县屏锦镇商人王炽森合股经营川东纸厂，资金定为 10 万元。苏芸代表《新华日报》投资 80%，王炽森代表垫江股东投资 10%，其余 10% 的股份招募地方上的实力人物。纸厂开工之后，每天给《新华日报》发运纸张 100 担。纸张除保证《新华日报》自用外，还供给"读书""生活""新知"等进步书店和其他用户。后来由于国民党破坏，川东纸厂改名。《新华日报》总经理熊瑾玎为应付变故，多辟纸源，又与别的商人开办了正大纸厂、正大纸号，在大竹县开办了正升纸号，还到岳池县办了一个小型纸厂。这些纸厂，给《新华日报》备足了"粮草"。

"由于纸厂由中共党员控制，大家钻研技术，造出了上等好纸——微带黄色、吸墨性能好、质地坚韧、薄而不透、印字清楚。"齐辉说，"有了这些纸厂，虽然《新华日报》每日平均用纸四五十令，但自始至终没有闹过纸荒，甚至还借纸给国民党的《中央日报》。《新华日报》在纸张上打破了敌人的封锁，赢得舆论斗争的主动权。"

《新华日报》遇报纸版数变动，总是第一时间登报告知。

1938 年 7 月 7 日，"七七"一周年纪念日，《新华日报》由 4 个版增加到 8 个版。报社在头版醒目位置广而告之，"今日本报出版两大张，如有遗漏，请向送报人索取"，以免读者拿到的报纸不全。

1941 年 9 月 7 日，《本报启事》：本报今日星期增刊，适逢国际青年节，刊行纪念特辑，共出一大张，零售二角，长期订户仍照原价，敬希读者注意。

"皖南事变"发生后，"因奉令免登稿件过多"，《新华日报》自 1941 年 2 月 1 日起改出"一中张"，即两个版。1942 年 2 月 1 日，《新华日报》恢复 4 个版。当日报纸头版上，并列着《本报恢复大张启事（一）》《本报恢复大张启事（二）》《本报广告加价启事》《本报恢复大张征求基本定户启事》，十分引人注目。

破阻碍，"销得多"

自广州失陷，武汉撤退之后，鄂西是已经处在抗战的前线了。我们全鄂西千百万的同胞们在今日的责任，自然是更其重大，因为不但要为保卫祖国，而且要为保卫我们的家乡而战！本报是抗日民族统一战线的号角，是后方民众支持抗战的鼓动者，故本分销处代表本报，愿以抗日朋友的资格，要求与鄂西同胞作更进一步的亲密合作，特订优待办法如下：凡直接向本分销处定报一月者价八角。二月一元四角。三月一元八角。半年三元。

——《本报宜昌分销处征求一千基本定户启事》，1938年11月9日、10日

当时的报纸定价是多少？当日报头下方印着"订报价目"："每份四分""一月一元""三月二元八""半年五元二""全年十元"。可见，宜昌分销处给这1000名"基本定户"至少八折的订报优惠。

自创刊之日起，《新华日报》就十分重视发行。记者看到，1938年1月11日面世后，《新华日报》连续刊发《本报发行课启事》，"征求基本定户一万户"以及"征设外埠分馆及分销处"。具体来说，自创刊日起1个月内，凡向报社直接订阅者，报价打八折，满1万户为限；凡愿设立外埠分馆或分销处的人，可向报社函索简章或直接到发行课接洽。

为增加销路，使报纸与最广大的读者见面，《新华日报》还在山西、广州、重庆、西安、成都、昆明等地设立分馆或分销处，在贵阳、长沙、宜昌、郑州等地设立代销站。

"《新华日报》是党的宣传者，将党的抗战主张、抗战实践在大后方甚至海外广为传播；也是党的组织者，让隐蔽在大后方的10万党员及时了解党的政策，建立与党的联系。做好《新华日报》的发行工作，意义重大。"蔡斐说，报社不仅自建发行队伍，还专门开展发行情况调查，记录发行区域、发行对象、发行数量、发行价格、发行方法、送报时间，以及读者的姓名、职业、住址、思想等情况，让发行乃至采编工作更有针对性。

秉持"编得好、印得清、出得早、销得多"的指导方针，《新华日报》通过价格优惠等方式，争取更多的读者。

1941年9月8日，报社刊登《本报成都营业分处启事》：本处于九月一日起，已将本市域内订户订阅之报专人递送，不由成都邮局转寄，以免迟延，尚希蓉市读者注意为荷！

1942年2月1日，报社借恢复大张的机会，发展订报读者。《本报恢复大张征求基本定户启事》写道：本报自二月一日起恢复大张，征求基本定户，凡自二月一日起至三月底止向重庆总馆或成都桂林分馆直接定阅本报者报费概照定价给以八折优待，敬希各界注意。

蔡斐研究发现，在重庆出版的8年多，《新华日报》的发行对象主要是工人。兵工署制造司了解到各兵工厂员工因为订阅《扫荡报》的津贴停止，不少人改订《新华日报》，而《新华日报》"又不惜廉价倾销，设法兜售，影响员

工思想非浅"。为此，兵工署制造司于 1944 年 5 月 2 日发通知，调查各兵工厂员工有无订阅《新华日报》、订阅《扫荡报》的人比有津贴时减少多少、恢复津贴是否可禁绝《新华日报》等情况。"《扫荡报》是军方的报纸，兵工厂工人改订《新华日报》，其实也表明他们在政治上的转向。"蔡斐说。

对于《新华日报》的发行情况，国民党档案有如下记录："该报出版较早，销路亦广，当地一部分人民对该报已逐渐表示同情。""时间早、定价廉，及印刷方面较好。""发价低廉，派报处乐于代销，尤其对工友、学生，定价尤廉。"

根据历史档案及《新华日报》老报人回忆，《新华日报》的发行量在 1941 年达到 1.5 万份，与《大公报》同期发行量相当，在 1944 年发行量增加到近 5 万份，不仅在国统区、敌后抗日根据地传播，还发行到香港、澳门地区，苏联、法国等国家。

一张张历经艰难险阻送达读者手中的报纸，如星星之火，终成燎原之势，照亮了国人争取民族独立解放的奋勇前进之路。

代表作三：

独一无二的历史符号，时效极致的新闻瑰宝——
一声"号外"，让中国深夜沸腾

1945 年 8 月 10 日夜，少年乔春生赶到重庆民生路新华日报营业部门前，争购到一份号外。号外上的简讯《接受波茨坦宣言 日本无条件投降》，让乔春生和整个重庆沉浸在无比喜悦之中。

这份珍贵的号外，如今展示于新华日报报史馆。

今年 7 月 15 日正式对公众开放的中国共产党历史展览馆，两份《新华日报》号外展品在网上刷屏：《日本接受投降条款》，1945 年 8 月 14 日下午 4 时印发；《停止内战命令颁布》，1946 年 1 月 10 日下午 1 时印发。

"号外！号外！"透过《新华日报》那些珍贵的号外，昔日的重大新闻、突发大事，带着历史的温度与厚度，扑面而来。

"少年中国心"，献出珍藏 40 年的号外

接受波茨坦宣言 日本无条件投降

美国新闻处八月十日旧金山电：

日本已接受波茨坦宣言无条件投降！

中央社据美新闻处讯：旧金山十日电：据合众社本晚消息，日本已接受促其无条件投降之波茨坦宣言。

——《新华日报》号外

三十四年八月十日下午十时出版

"号外！号外！日本投降了！日本投降了！"

1945年8月10日晚10点多，在重庆的街头，报童激动地挥舞着手中的《新华日报》号外，随着一声声清亮的吆喝声，人们冲上来把钱塞到报童手里，拿着报纸一边看一边大声欢呼，大街小巷沸腾了。

当时，距日本正式宣布无条件投降还有5天，美国新闻处最先向中国方面通报了日本接受波茨坦宣言的消息。《新华日报》和重庆其他几家报纸，用最快的速度编排印发，以号外的形式将这一天大的喜讯率先传遍全国。这是日本投降的首发新闻，其新闻价值、历史价值不言而喻。

无论辗转何处，乔春生始终珍藏着那一夜抢购的号外。1985年9月初，在南京永胜内燃机厂任助理工程师的乔春生投书新华日报："这张《新华日报》号外，我已珍藏40年了……值此抗日战争暨世界反法西斯战争胜利40周年之际，我特将这份具有历史意义和教育意义的号外，捐献给党和国家。"

97岁的新华日报老报人武乾身体康健，思维清晰。今年8月4日，他告诉记者，当时他是新华日报资料组副组长，接信后马上就去南京永胜内燃机厂拜访乔春生，接受捐赠。武乾看到号外时，"眼前一亮，他保存得十分完好，未有破损，难能可贵。"

作为专业资料工作者，武乾进行了考证。他查阅北京图书馆、南京梅园新村纪念馆的相关资料，都没有8月10日的《新华日报》号外。"这就说明，乔春生同志珍藏的这份'号外'，至今尚未为《新华日报》影印出版者和报史研究者所知，很可能已是海内孤刊，弥足珍贵。"1985年9月9日，武乾这样写道。

记者在新华日报报史馆看到，这份保存了76个年头的号外，竹纸印刷，已然泛黄，油墨字迹略有黯淡，但是超大字号的亮眼标题、言简意赅的正文，尤其是精确到点钟的出版时间，如今读来仍然令人振奋，瞬间把人拉回那激动人心的历史时刻。

在那个"滚烫的8月"，太行《新华日报》以最快的速度、密集的频率，用系列号外的形式及时向根据地读者传递日军投降的进展。记者见到了这个系列中的7份原件：

《苏联对日宣战 今日起进入战争状态》，1945年8月9日，太行《新华日报》

号外；《毛主席发表声明 抗战进入反攻阶段》，1945 年 8 月 10 日，太行《新华日报》号外（第一号）；《10 日晚东京广播 日本宣布无条件投降》，1945 年 8 月 10 日，太行《新华日报》号外（第二号）；《日本无条件投降 朱总司令发布命令》，1945 年 8 月 11 日，太行《新华日报》号外（第三号）；《对日宣战第一日 苏军越过伪"满"边境》，1945 年 8 月 11 日，太行《新华日报》号外（第五号）；《蒙古人民共和国十日晨对日宣战》，1945 年 8 月 11 日，太行《新华日报》号外（第六号）；《日本接受投降条件 天皇保证执行波茨坦宣言各条款》，1945 年 8 月 15 日，太行《新华日报》号外（第十四号）。

这 7 份珍贵的藏品，属中国报业协会集报分会常务理事、高邮红色报刊收藏家朱军华所有，目前正在新华日报报史馆借展，这也是该系列号外在国内首次展出。

"在电子媒介没有出现或尚未普及的年代，报社在两期报纸出版之间发生了重大新闻，为了迅速及时地告知读者，号外由此而生。"南京大学新闻传播学院教授、新闻史专家陈玉申说。

号外通常无编号，而太行《新华日报》1945 年 8 月 9 日至 15 日的号外有编号，从现在见到的原件看，围绕"日本投降"事件，接连出了 15 期号外，十分罕见。仅 8 月 11 日，就连出 4 期号外。刊头标注为"1945 年 8 月 10 日夜"的两份不同号外，显示了当时新华日报报人对新闻时效性的极致追求。

"《新华日报》太行版以这样的密度连续发布号外，在中国新闻史上也许是绝无仅有的。"陈玉申说。

一份号外，
拉开重庆谈判序幕

应蒋主席邀请商谈团结建国大计

毛泽东同志抵渝

赫尔利张治中周恩来王若飞偕来

（本报讯）中国共产党中央委员会主席毛泽东同志，应国民政府主席蒋介石先生之邀请，于今日（八月二十八日）上午十一时偕美大使赫尔利将军、张治中将军及周恩来、王若飞同志等同机飞渝，于下午三时四十五分到达，抵机场欢迎者有参政会秘书长邵力子、副秘书长雷震、民主同盟主席张澜、沈钧儒、左舜生、章伯钧、陈铭枢、谭平山、黄炎培、冷御秋、郭沫若先生及中外记者数十人，毛主席下机后，并应中外记者之请，与赫尔利大使、张治中将军、周恩来同志等摄影及拍制电影，后即乘车至张部长公馆小憩。晚八时，蒋主席将设宴为毛泽东同志接风。

详情请看明日本报

——《新华日报》号外

中华民国卅四年八月廿八日下午七时

这是一份珍藏在国家图书馆的《新华日报》号外，8开大小，发布时间为1945年8月28日19时，正是毛泽东、周恩来、王若飞等应蒋介石之邀到达重庆的3小时15分之后。这一份仅300字左右的号外，第一时间记录了"重庆谈判"的开端。

中国抗日战争史学会副会长、重庆市地方史研究会会长、西南政法大学教授周勇说，1945年初，抗战胜利前夕，中国召开了两个谋划中国前途命运的大会。一个是国民党的"六大"，它坚持一党专政，这是一党之私。另一个是共产党的"七大"。在中国共产党"七大"上，毛泽东同志作了《论联合政府》的报告，提出"克服一切困难，团结全国人民，废止国民党的法西斯独裁统治，实行民主改革，巩固和扩大抗日力量，彻底打败日本侵略者，将中国建设成为一个独立、自由、民主、统一和富强的新国家。"这一主张得到全国人民拥护。

抗战胜利的到来，将中国推到了战争与和平的十字路口，也为两党的谈判创造了契机。

1945年8月14日，蒋介石邀请毛泽东到重庆谈判，并把邀请电刊登在《中央日报》上，随后又连发两电。周勇说，国民党的盘算是，如果毛泽东拒绝来重庆谈判，就要承担内战的责任；如果毛泽东来重庆谈判，国民党便可利用谈判争取时间，部署内战。8月28日，毛泽东所乘飞机到达九龙坡机场时，震动了国内国际。驻重庆的各国记者几乎全部出动，采访报道这一举世瞩目的事件。

《新华日报》作为中国共产党在国统区的唯一报纸，自然抢得先机，最先报道这一事件。在8月28日早晨发行的《新华日报》上，便刊登了毛泽东即将赴渝的预告消息。当天下午，中国共产党代表团抵达重庆时，又抢在其他媒体之前，专门发出了《毛泽东同志抵渝》号外。

陈玉申告诉记者，从新闻史角度看，报道毛泽东抵渝谈判的号外具有非常重要的文献价值。这个事件在当时是特大新闻，但不是重庆所有报纸都出了号外。《新华日报》的号外最引人瞩目，因为它是中国共产党的机关报，它发布的消息更具权威性，也更为读者看重。周勇认为，这份号外之所以重要，一方面是在第一时间权威报道了毛泽东主席前往重庆参加国共谈判的消息，彰显了毛泽东和中国共产党为国家民族利益参加国共谈判的勇气；另一方面，则开启了围绕国共重庆谈判的新闻大战序幕。

在整个谈判期间，国民党报纸对谈判低调处理。而《新华日报》对谈判进程和毛泽东的活动进行了大量报道。周勇说，重庆谈判期间，《新华日报》以最快的速度报道国共谈判的新闻，回应了国内外舆论的关切；以鲜明的态度报道了谈判内容，展现出重庆谈判的艰难历程；以全面的姿态报道了毛泽东在重庆的活动，特别是毛主席和中间党派领袖、国民党各方面人士、社会各界代表，包括美国空军飞行员等见面的消息，使得中国共产党领袖的形象在国统区，进而在世界上得以立体呈现，从而引领新闻界正面报道重庆谈判，为媒体树立了标杆。

在这场新闻大战中，舆论迅速向有利于中国共产党方面发展，国内外进步舆论盛赞毛泽东的伟大气魄和惊人胆略，盛赞中国共产党谋取和平的诚意。这为此后夺取解放战争的胜利，奠定了坚实的社会基础。

极致时效，
新闻与历史的瑰宝

"我们看到的号外，新闻价值以及事件本身价值都是极其重大的。"西南政法大学新闻传播学院教授、博士生导师蔡斐说，相比一般报纸，《新华日报》号外主要有重大性、突发性、灵活性、时效性4个特征。从形式上来看，号外往往灵活采用单页纸，以醒目标题简要介绍新闻事件，可以看成是现在新闻发布"字少事大"的鼻祖。

蔡斐表示，几乎每一期《新华日报》号外都是中国革命史与中国新闻史上独一无二的重要历史符号，阅读它们能感知历史的剧烈脉动。

但《新华日报》留存下来的号外极为稀少。"号外是在前后两期报纸之间临时出版，大多以街头叫卖的方式散发，报纸的订户不一定收到，报社一般也不会将号外保存和装订在合订本中，所以现在能看到的号外非常少。"陈玉申说。

号外大都遗落在民间，经报刊收藏者挖掘搜寻，才得以部分浮出水面。中国报业协会集报分会报纸藏品鉴定委员会9名成员之一的朱军华说，号外具有极高的文献价值、收藏价值，许多号外都是文物级精品。像四川建川博物馆馆藏的1945年8月15日日本投降号外，被评为国家一级文物。

经过专家们证实，1950年之前《新华日报》发行过的号外，除上文提到的，其他还有：《三国会议发表公报中美苏英签安全宣言》，1943年11月2日，《新华日报》号外；抗战胜利号外（正反两版），1945年8月19日，《新华日报》；

《我军攻克张家口 消灭傅匪七个师》，1948年12月25日，太岳《新华日报》号外；《七七大游行午后出发》，1949年7月7日，《新华日报》号外；《中央人民政府成立》，1949年10月1日，《新华日报》号外。

朱军华告诉记者，日前，他又收获到一份品相完好的太岳《新华日报》号外。这份号外是1947年9月30日出版，标题为《推翻蒋介石万恶统治 全国反攻胜利展开》，文章正文第一句写道："人民解放军全国性反攻今已开始……"

（《新华日报》2021年04月12日）

申报资料实录

作品简介： 创刊于1938年的《新华日报》，是中国共产党第一张面向全国公开发行的政治机关报。推出"号角催征"系列报道，用独特报史资源宣传阐释党的奋斗历程，是《新华日报》庆祝建党百年"奋斗百年路 启航新征程"主题宣传、党史学习教育宣传报道的创新策划。系列总计28篇，从4月持续至8月底。逢重大主题宣传必创新是新华日报的传统。主创团队从独家报史与党史上重要事件、重要人物的交汇点入手，解读历史、关联当下，以新闻手法激活党史资源，解码党的初心，实证伟大"建党精神"。记者爬剔梳理3000多期老报纸，用"治史"态度挖掘老报道，赴武汉、荆州、重庆、太原、阳泉、沁县、左权、延安等地，重访重大事件现场，寻访当事人及亲属后代，对话专家等，实现了从"昨天的新闻"到"今天的历史"再到"今天的新闻"的连续跨越。作品兼具鲜活可读性与历史厚重感，引人入胜，给人启迪。作品以全媒体手段采访制作、全媒体平台联动发布。首篇报道在《新华日报》头版头条刊发后，持续在要闻版刊载。文字报道连同视频、旧报翻录、花絮等，在交汇点新闻APP、"学习强国"平台、新华报业网、新华日报视频号等多个平台同步分发，再经过各大网站、社交媒体广为转发，全网总点击量近千万。

社会效果： 作品传播广泛，广受赞誉。荣获2021年度江苏省宣传思想文化工作创新奖。入选江苏省庆祝建党百年精品案例十佳，名列榜首。作品正在结集出版，并被江苏省委宣传部列入重点主题出版选题。业界与读者给予高度评价。多位专家认为，"号角催征"系列报道充分挖掘报史资源，讲党史故事，对于继承和发扬党报优良传统，做好新时代党的新闻舆论工作，有着重要的启示意义，是一次很成功的专题报道活动；对《新华日报》历史的研究有新进展、新表达，记者队伍政治素质、业务能力相当不错。

初评评语： 在庆祝建党百年重大主题宣传和党史学习教育的宣传报道中，"号角催征"是一件独树一帜的代表性作品，主题重大，气势恢宏，采访扎实，写作过硬，社会反响好。作品用独家报史讲党史，具唯一性、独特性、创新性，实现了一次跨时空的党史新闻叙事。作品从报史与党史交互点上，从老报纸、小角度聚焦事件、人物、精神等，深入解码中国共产党的百年初心，为伟大建党精神提供了权威、生动、可信的丰富实证，兼具可读性和思想性，是一件既钩沉历史更映照当下，既有新闻敏锐度又具历史厚重感的重大主题报道佳作。

《躺平不可取》等系列评论

集　体

躺平不可取
——建功新时代系列评论之一

2021，众多媒体盘点的年度热词，勾勒出它的不平凡：建党百年、强国有我、共同富裕、大国之治、"神舟""祝融"……

明快而澎湃的和声，与共和国铿锵的脚步共鸣！

但是，也有一个违和的跳音："躺平"。

躺平，虽非今天社会的主流，但传递了一部分年轻人的心态：社会物质丰裕下的安于现状、时代开阔变迁中的犹疑观望、发展再攀高峰时的畏难情绪……

形势，摆在大家面前：对国家而言，第二个百年征程任重道远；对个体而言，赢得激烈竞争才能赢得出彩人生。小富即安最为舒服、接续奋斗必洒汗水。

是逃避风霜，还是执着理想？

从苦难到辉煌的百年党史，从站起来、富起来到强起来的国家历程，多少风云激荡历历在目、多少高歌呐喊犹在耳畔。历史向我们这一代人传递这样的理念：

蓝图宏伟，任务必然艰巨，不必怕；

机遇难逢，奋斗时不我待，不能等；

征途漫漫，自有天道酬勤，不侥幸！

（一）

"躺平"，从字面理解，是对环境的顺从、对困难的妥协、对未来的放弃。但看看社交媒体就会发现，大部分聊躺平的年轻人，嘴上说着随便，心里装着不甘；与其说是放弃目标，不如说是惧难偷懒。

新百年、新起点，从党和国家事业到每个社会个体的发展，都要实现"高而更高""新而更新"，如何面对这样的挑战？

历史是最好的教科书，也是最好的营养剂。百年奋斗，我们党正是在挫折磨难中成长、在攻坚克难中壮大，越到关键时刻越激发出历史主动精神！

多少命悬一线的危机化为再创辉煌的契机——

第一次全国代表大会险遭扼杀，革命火种摇曳于风雨，我们党哪怕从一叶小舟启航，也能掀起翻江倒海的巨澜；大革命失败，"黑云压城城欲摧"，我们党硬是从井冈山开始，将星星之火燃成燎原之势；两万五千里长征，步步临险境、处处涉雄关，我们党领导的工农红军日均行军74华里、平均每天一场遭遇战，转战大半个中国，完成了举世无双的人类壮举，写下了荡气回肠的革命史诗！

多少"不可能"成为"可能"——

新中国建立，有人预言"共产党政府解决不了人民的吃饭问题"。

事实，给出了这样的答案：从"4万万人吃不饱"到"14亿人吃得好"，中国人的饭碗牢牢端在了自己手上；

社会主义建设，有人断定"以中国的实力，二十年也造不出自己的原子弹"。

事实，再次给出了答案：罗布泊迅速升起第一朵蘑菇云，"两弹一星"相继问世，随后几十年，"神舟"问天、"蛟龙"深潜、"嫦娥"落月、"祝融"升空，中国战略科技力量从追赶迈向并跑、再到领跑；

改革开放，有人质疑"'中国模式'能否长久持续"。

事实，同样给出了答案：中国一路破浪前行，稳居世界第二大经济体，成为全球和平发展的"稳定锚"、世界繁荣进步的"发动机"。

没有一条通向光荣的道路铺满了鲜花，没有一项崇高的事业不经艰难，靠的就是初心不改！靠的就是信念不灭！靠的就是壮志不竭！

今天，奋进新时代、实现"强起来"，更是开创性事业。在中华大地上全面建成小康社会，前无古人；十多亿人同步迈向现代化，世界未有。共同富裕、建成社会主义现代化强国，让创新的源泉充分涌流、出彩的人生随处可见，蓝图越大、任务就越难、压力就越重，"而世之奇伟、瑰怪、非常之观，常在于险远，而人之所罕至焉。故非有志者不能至也！"历史反复证明，艰难与成就，往往成正比，挑战越大，离胜利越近。

诗人的话振聋发聩："胜利不会向我走来，我必须自己走向胜利"！

畏难，大可不必！躺平，实不可取！

（二）

今天，中华民族伟大复兴进入不可逆转的历史进程，这一进程与青年的黄金发展阶段相遇，生逢其盛，何等幸哉。躺平，就是暴殄天物，入宝山而空回！

新时代是国家发展的战略机遇期。

历史的发展有许多关键节点、关键时期，也就是学者所谓的"社会历史分叉期"。在历史的关键路口，千年古国曾经与机会失之交臂："康乾盛世"，何其雄也！但最终在固步自封、安于现状中错失工业革命和社会变革的契机，跌入了落后挨打的窘境。

这一"错失"留下的历史难题，曾百年无解；这一"错失"带来的民族危机，曾让多少志士仁人扼腕悲叹。直到中国共产党的诞生，中华民族命运才发生历史性转折。从国家蒙辱到"中国巍然屹立于世界东方"，从人民蒙难到"中国人民更加自信、自立、自强"，从文明蒙尘到"创造了人类文明新形态"，中国共产党带领中国人民取得了革命、建设、改革和新时代事业的伟大成就。

鸦片战争以降，中华民族危机接踵、险巇联袂，今天的历史局面，何等来之不易！容不得片刻的松懈、偷懒。习近平总书记谆谆叮嘱："我们必须同时间赛跑、同历史并进。"

新征程也是出彩人生的宽阔跑道。

消除千年绝对贫困、全面建成小康社会，公路成网、高铁飞驰、巨轮远航、飞船升空……这是创造奇迹、铸就辉煌的中国，这是政通人和、安居乐业的中国，这也是人人尽显其能、处处活力迸发的中国。

站上了新百年的起跑线，与中华民族伟大复兴同程、与中国迈向世界舞台中心同步，千载难逢的机遇，正朝着你我迎面走来。

"得其大者可以兼其小。"对人生而言，这种机遇既是使命，也是荣光，既是报国之时，也是成就人生之际。

向下扎根，方能向上生长。跬步千里、滴水汪洋；向上一尺、根深一丈。根须扎得越深越久，春日才能猛蹿猛长。无论对于国家、民族，还是个人，最艰难的任务往往是最有作为的时机。瞧！从青藏高原到天山南北，从脱贫一线到抗疫前方，多少默默无闻的无名英雄，心怀"国之大者"，勇做奋进者、开拓者、奉献者，最终收获了沉甸甸的人生。

未必每一滴汗水都能够在当下有所报偿，但只要拥有登高望远的耐力和雄心，终将水滴石穿，终能翻山见海。

立足平凡，才能成就不凡。从践行新发展理念到构建新发展格局，从加快数字化发展、建设数字中国，到坚持农业农村优先发展、全面推进乡村振兴；从促进人与自然和谐共生，到推动科技高水平自立自强……每个领域都需要千万有为者的奋斗，每个领域都能安放有志者的梦想。

正如中国共产党的先驱李大钊所说，黄金时代，不在我们背后，乃在我们面前；不在过去，乃在将来。

大有可为的时代，最终属于大有可为的人。

（三）

切莫认为，躺平是弱者的无奈之举。恰恰相反，研究表明，躺平情绪多发生在受过高等教育、有发展潜力的青年人群中，英国称之为"尼特族"，美国称之为"归巢族"。

切莫认为，躺平是困境中的被迫选择。也恰恰相反，这种现象往往在经济高增长、生活高品质的国家和地区中产生。正是中国经济社会发展取得的巨大成就，让一些年轻人，满足于当下的"小确幸"，掂量起奋斗的"性价比"。

历史和现实都在告诉我们，奋斗势所必行，躺赢绝无可能。

的的确确，"一切伟大成就都是接续奋斗的结果"。

独特的发展历程，让我们一直面对着"弯道超车"的发展任务、"时空压缩"的现代化进程。拉近历史镜头细看，无数从 0 到 1 的跨越、由弱而强的奇迹，都是中国人民在奋力完成每一项任务、履行每一项职责中创造的。为了实现工业化，中国石油工人手提肩扛在亘古荒原上竖起巍巍钻机，中国科学家头顶包装箱当护具研发卫星天线；为了推进改革开放，数十个中央部委组织 40 万人的队伍南下，就为聚力支持深圳特区 56 平方公里的中心区建设；为了摆脱绝对贫困、实现全面小康，千万人奔赴广袤乡村，300 多万第一书记和驻村干部奋战脱贫一线，1800 多人将生命永远定格在了脱贫攻坚征程上……

哪有躺赢之侥幸？都是靠"人一之、我十之""人十之、我百之"的奋斗精神！

的的确确，"一切伟大事业都需要在继往开来中推进"。

"两个大局"交相激荡，"两个一百年"奋斗目标历史性交汇，以国内大循环为主体、国内国际双循环相互促进的新发展格局加快构建——新时代的中国正面临新的历史跃升。

这一宏大任务，其实也是各领域各行业的机遇：端稳饭碗，需要整体提升农业发展质量；科技创新，需要突围破解"卡脖子"的难题；应对疫情，需要精准做好防控统筹；实现"双碳"，需要狠抓绿色低碳技术攻关……

逆水行舟、不进则退。这一系列任务关乎每个人的福祉、机会、发展空间，更需要每个人、尤其是青年人的奋斗精神与硬核力量！

令人欣慰的是，与互联网上的"躺平文"不同，现实，强势筑就另一番景象：

自习室灯火通明、写字楼人影幢幢，无数青年涌向乡村振兴一线、万千防疫战士白衣执甲无畏逆行……庆祝中国共产党成立100周年大会上"强国有我"的呐喊，引发经久不息的回响。

这，就是以行动发出的宣言。

躺平，勤者不甘，勇者不屑，智者不法，强者不为。

新时代的中国青年，知历史，观大势，创未来！

躺赢不可能
——建功新时代系列评论之二

"天上掉馅儿饼"，被我们视为笑谈。其实，网上流传的"躺赢"这个词儿，说的不正是这个意思嘛！

信投机却不信规则，想成功却不想积累，想收获却不去耕耘，以为人生可以靠偶然一次机会就能一劳永逸。错了，世上没有这样的好事！百年党史，哪一页不写满了拼搏与牺牲？

站起来、富起来、强起来，哪一步不标注着勤勉与奋斗！

翻遍史册，纵览中外，只要"躺"下，断无"赢"的机会。

躺赢，与中国共产党人的奋斗历程无关，与大国崛起的人间奇迹无关，更与源远流长的五千年文化传统无关。

中华儿女从不相信躺赢！

（一）

如果耽溺躺赢，就没有今天的世界第一大党，也就没有人人安居乐业的新中国。

近代中国历史舞台，兵燹迭出，刀光剑影。300多个党派你方唱罢我登场，各种军事势力你争我夺，政治的"风水"轮流转，投机的"传奇"接踵演。但最终，救人民于水火、解苍生于倒悬的，是执念如铁的中国共产党。

一个在内忧外患中诞生的马克思主义政党，绝不可能选择躺赢。

从上海到嘉兴，从南昌到长沙，从井冈山到瑞金，从延安到西柏坡，一串串艰难求索的足迹，一个个改天换地的壮举，引燃的是信念之火、理想之光。中国共产党带领中国人民，闯出了一条符合中国实际的革命道路，形成了中国化的马克思主义，打下了人民当家作主的红色江山。

有人认为中国共产党人的胜利来自历史偶然，靠的是对手的失误，甚至是国际形势提供的有利机缘。但回溯征程，你会发现：时代出给中国共产党人的考题，难度系数远远高于其他政党；给中国共产党设置的磨难，大大多于其他政治组织。

1949 年新中国成立时党员人数为 440 余万，牺牲的党员烈士有 370 万，世界上哪个政治团体曾经付出过如此惨重的代价？

30 万红军长征到达陕北时不足 3 万，世界上哪个政治团体经历过这样沉重的牺牲？

历史的选择是在各种政治力量的优胜劣汰中实现的。反复无常、朝秦暮楚的投机分子，最后被各方力量所抛弃；为一党之私、罔顾民瘼的派别，大多被时代淘汰。历史上巍巍身影的背后，是坚实的脚步、奋斗的汗水和如磐的信念。

靠初心、靠坚持、靠无畏、靠不屈不挠，中国共产党人经受住时代的淘洗，开拓出历史前行的宽阔航道，演绎出社会巨变的恢弘旋律。

80 多年前，美国记者埃德加·斯诺在《红星照耀中国》一书中由衷地赞叹，共产党人身上展现出一种"天命的力量"，"这种力量不是一闪即逝的，而是一种坚实牢固的根本活力。"

历经百年千淘万漉，一种信念淬火成钢——征途漫漫，惟有奋斗！

"一百年来，我们取得的一切成就，是中国共产党人、中国人民、中华民族团结奋斗的结果。"习近平总书记的话掷地有声。

（二）

改革开放之初的老电影《咱们的牛百岁》里，曾有一个经典角色"懒汉田福"：好吃懒做、游手好闲，以"混饭吃"为能耐。当社会进入上升期，大量机会涌现，自然会出现"田福"这样的人：他们希望抄近道、搭便车，躺在整体前进的队伍里，攫取时代的红利。

电影里的田福，幸亏在牛百岁的教育下走上了正道，否则，他永远难以摘掉懒汉的帽子。

不同年代有不同模样的"田福"，或者说，有各种"田福"式思维。如果不能彻底改弦更张，恐怕永远都要贴着懒汉的标签。

新中国成立以来，我们创造过多少个改天换地的奇迹：

为了解决"水贵如油"的历史，河南林县人民手握一锤一铲、苦战十载春秋，在层峦叠嶂的太行山上逢山凿洞、遇沟架桥，削平千座山头，架设百座渡槽，建成了长达 1500 公里的"人工天河"——红旗渠！"劈开太行山，漳河穿山来，林县人民多壮志，誓把河山重安排！"这雄壮豪迈的歌声，是对躺赢的有力回击。

现在的义乌，是世界知名的小商品之都。曾经的义乌，县城只有两条呈十字状交错的街道，逼仄得容不下并排行驶的卡车。"鸡毛换糖咧！"摇着拨浪鼓，挑着货郎担，走街串巷，以红糖换取鸡毛等废品获取微利——这就是浙商最初的形象。斗转星移，义乌人民用拨浪鼓摇出了新天地，也摇来了浙江连续30余年农民人均纯收入全国第一。"历尽千辛万苦，说尽千言万语，走遍千山万水，想尽千方百计"——浙商用汗水汇聚的"四千精神"，将躺赢荡涤得干干净净。

有人羡慕，一些网红、艺人，一颦一笑便是万人追捧，举手投足就可日进斗金。但是，随着一些人违法失德行为的曝光，一夜之间人设崩塌，"明星梦"烟消云散。"台上三分钟，台下十年功"永远是艺术的铁律，那种才长半尺就要结穗的谷子，不管穗形多么好看，谷粒肯定是瘪的。

……

一个14亿人口的大国迈向世界舞台中心，绝不能依靠躺赢！

新中国成立70多年来，中国经济累计增长约189倍；人均可支配收入从不足两位数到32189元；从一个落后的农业国，到连续11年成为世界第一制造大国；从封闭落后迈向开放进步，从温饱不足迈向全面小康，从积贫积弱迈向繁荣富强，都是中国人民撸起袖子干出来的、奋力奔跑赶上来的、胼手胝足拼出来的。试问，哪一个又是躺着"赢"来的？！

有人说，中国这些年发展得好是源自运气好，西方国家的"好心"让我们搭上了经济全球化的顺风车。

世上没有"救世主"，也不可能有"顺风车"。中国这样体量的大国要迈向现代化，不可能仰仗巧取、不可能依靠豪夺，唯有实干，方能兴邦！

被英国《卫报》誉为"现代世界七大奇迹"之一的港珠澳大桥，用钢量相当于60座埃菲尔铁塔，每一个螺丝钉都得一点点拧上去；被网友誉为穿梭宇宙"牛气座驾"的神舟飞船系列，次次成功、不断迭代，背后是中国航天人近30年荚膏继晷的努力；面对世纪疫情，中国在世界范围内率先实现了"正常生活"，这不是病毒留情、好运独具，而是因为有千千万万人在抗疫前线昼夜坚守！

其实，哪止这些：市场经济是靠摸着石头蹚出来的，粮食生产十八年连丰是靠汗水浇灌出来的，脱贫攻坚是勠力同心赢下来的……事实告诉我们，接续奋斗是我们的唯一选择。

你听，嘹亮的《国际歌》声："从来就没有什么救世主，也不靠神仙皇帝，要创造人类的幸福，全靠我们自己"。

的的确确，成功背后，哪有什么幸运的"锦鲤传奇"，只有震撼的"中国故事"！

（三）

很多人都盼望着"坐电梯上升"。看看周围，确实，一夜暴富者，有！一夜成名者，有！

但从长远再看，靠一个偶得，获得一生盛名的，有么？没有！走一个捷径，获得终身成就的人，有么？也没有！

一项跟踪彩票中奖者的研究发现，"幸运儿"们7年内就会重回之前生活轨迹，中奖犹如昙花一现。

人们见证的，仍是"有志者事竟成，苦心人天不负"；人们相信的，仍然是"锋从磨砺出，香自苦寒来"。

一个拥有五千年文明史的古国，从来就没有躺赢的文化传统。

万里黄河，被《大英百科全书》定义为"中华文明的摇篮"。然而，中华文明并不是从岁月静好里"孵"出来的。为了利用黄河、抵御灾害，从大禹治水到小浪底工程，中国人民的拼搏，千百年一以贯之。得天独厚，背后从来都是人定胜天。

五千年文明史，是一个个方块字写出来的，"无一字无来历"，背后写满了实干与进取。

五千年文明史，是大哲先贤一代代传递的，传诵的是"天道酬勤"、教化的是"水滴石穿"、向往的是"春华秋实"。从修身齐家到治国安邦，从无取巧一说。

今天，中国共产党的奋斗精神深深植根于中华文明土壤之中。"一分耕耘，一分收获"的理念代代相传，最终成为了当代中国社会的价值底色。

今天的奋进者，应该看破躺赢的虚无。靠碰运气而成功的故事，从来如南柯一梦，只是惰怠的借口、无能的掩饰。理想远大的个人、成熟理性的社会、目标笃定的民族，只会选择脚踏实地，不会相信终南捷径。

今天的奋进者，应该警惕躺赢的逻辑。各种光怪陆离的思潮的碰撞，带来了躺赢的情绪。如果人人自甘平庸、人人放弃责任、人人贪图享乐，何来人人出彩的可能？我们更应保持主流价值的定力，珍视全社会共同奋斗的思想基础，让社会共识牢牢锚定在奋斗精神之上。

今天的奋进者，也应该深思躺赢情绪的成因。躺赢的出现，源自于钻空子的心思，擦边球的打法；而奋斗的热望，来自于公正的规则、公平的机会、稳定的预期。全面深化改革、推进现代治理、迈向共同富裕，是发展目标，更是治本之策。而这，恰恰要靠奋斗实现！

那些相信躺赢和投机的人，那些忙于低头寻找捷径的人，应该明白这个道理：

从站起来、富起来再到强起来，中国共产党领导中国人民铸就了一个个"可能"，唯独证明了一个"不可能"——

躺赢不可能！

奋斗正当时
——建功新时代系列评论之三

"冰丝带"挽起五洲，"雪如意"送来吉祥。几周之后，奥林匹克之光将在北京重启。

时隔14年，奥运圣火将再次照亮伟大首都的夜空。

何等的幸运，我们这代人！不但分享"双奥"的高光，也见证着盛世的繁荣。谁又能想象，仅仅在百余年前，我们的先辈，还只能用"奥运三问"，寄托国人遥不可及的梦想。

是什么将梦境化为现实？是什么让时代变了模样？

奋斗！坚持不懈的奋斗！

（一）

从呱呱坠地到蹒跚学步，从认字启蒙到十年寒窗，从初入社会到走向成熟……人生漫漫，谁不盼望每个阶段都精彩纷呈？

精彩，离不开孜孜矻矻的奋斗。

当习近平总书记为张桂梅颁授"七一勋章"时，谁不投来羡艳的目光？但又有几人知道，一路走来，张老师付出了多少艰辛、洒下了多少汗水：她自幼丧母，人届中年，痛失爱侣。祸不单行，又查出患有严重的子宫肌瘤……她没有向命运低头，把诊断书藏起，靠领着孩子们上街卖鞋子卖花，把经费紧张的华坪县儿童之家硬是撑了起来。山区女娃就学难，她扛着十几种疾病，创办了华坪女子高中，12年间，把1645名大山里的女娃送进了大学……

正如著名作家冰心所说："成功的花，人们只惊羡她现时的明艳！然而当初她的芽儿，浸透了奋斗的泪泉，洒遍了牺牲的血雨。"

一个人的成长若是，国家的进步，也无不如此。

从"我以我血荐轩辕"的悲歌，到"四万万人齐蹈厉，同心同德一戎衣"的呼唤；从"把我们的血肉，筑成我们新的长城"的宣示，到"天连五岭银锄落，地动三河铁臂摇"的呐喊；从小岗村的红手印，到三天一层楼的深圳速度……回望筚路蓝缕的峥嵘岁月，复兴路上，哪一个时刻不激荡着恢弘的奋斗交响？哪一个角落不上演着动人的壮丽史诗！

你瞧，一座座鳞次栉比的新房，一条条整齐宽敞的街道，一个个功能齐全的服务设施，一张张欢快质朴的笑脸……很难想象，这里曾是"苦瘠甲天下"的西海固。

特殊的地理位置，使它成为中国最干旱的地区之一。1972年，联合国专家考察后，给出结论："这里不具备人类生存的基本条件。"是数百万当地干群的接续奋斗，是二十余年闽宁两地的携手拼搏，让西海固旧貌换了新颜。

难怪乎！有人称我们是"奋斗民族"；难怪乎！美国文学家在书中惊叹："中国历史告诉我们的经验之一，就是她的人民总是不知疲倦、步履不停。"

因为不知疲倦、步履不停，我们经历了中国社会一次又一次的精彩跨越：目睹中国经济从"孱弱幼苗"到"参天大树"的风雨历程，见证从面临被开除"球籍"的危险到日益走近世界舞台中心……

然而，是不是国家强大了、经济发展了、生活富足了，我们就可以刀枪入库、马放南山？

不！应该清醒："我们现在所处的，是一个船到中流浪更急、人到半山路更陡的时候。"应该看到，越往后发展，越是难啃的硬骨头：民生问题、城乡问题、地区问题、民族问题，哪一个沟坎不需要我们奋力越过，哪一个难关不需要我们全力一搏？攻克"制造"向"创造"的转型、乡村振兴与共同富裕的实施、生态与发展的和谐、民主与法治的共彰，哪一件不需要我们胼手胝足？

的确，我们必须时刻提醒自己：拼搏永无止境，奋斗永不停歇。

革命先烈奠定的红色基业，是我们继续攀登的起点；仁人志士留下的不屈精神，是我们接续奋斗的础石。因为，我们从来不信会有什么上天的恩赐，也清醒地知道没有坐享其成的好事。我们一直笃信：奋斗，惟有奋斗，才可以通向幸福，抵达梦想。

（二）

百年前，西风漫卷，骇浪惊涛，先贤以勤勉始，中流击水，慷慨悲歌。

现如今，暖阳和煦，春光无限，我辈当以勤勉继，迎风破浪，过坎爬坡。

迈向更快、更高、更强的"通关密码"是什么？就是奋斗！

2020年岁首，新冠肺炎疫情遽然而起，武汉告急！湖北告急！仅用了3个月，武汉保卫战、湖北保卫战就取得决定性成果……靠的是什么？是党中央的运筹帷幄，是人民的众志成城，是整个民族的患难与共。

2021年夏秋，河南暴雨！山西暴雨！良田泛洪水，闹市成汪洋。一线救灾，那么多挺身而出的人，那么多舍生忘死的人，筑起了一道道巍然耸立的堤坝，让我们的生活重归平静。

奋斗精神一以贯之，奋斗内涵与时俱进。

新时代，改革进入深水区、发展要求高质量、生活迈向高品质、人民抱有新期待，这对我们的奋斗也提出了更高的要求：要苦干而不是蛮干，需魄力也需定力。这需要我们掌握奋斗的"方法论"。

新时代的奋斗，必然是开拓进取与理性研判的结合。

社会发展和经济建设有它的客观规律，生产力提高需要一个积累的过程，高质量发展本身就是一个系统性要求。打破规律，往往事与愿违。浙江安吉余村的发展，可不就是一个例证！上世纪90年代，靠着"石头经济"，该村GDP一度名列全县各村之首。然而，破坏生态带来了什么结果？粉尘漫天，水土流失，人们有被逐出家园的危险……痛定思痛，余村人毅然关停了矿山。生态修复了，游客纷至沓来，农家乐如火如荼，绿水青山真正成了金山银山。

新时代的奋斗，必然是立足当下与放眼长远的统一。

世界百年未有之大变局加速演进，"黑天鹅""灰犀牛"不时扑入人们的眼帘，全球经济在低迷中徘徊……越走近世界舞台的中心，我们就越感到蹄疾步稳的重要，发展节奏要为经济转型升级留下空间，政策调整要给民生保障保留弹性。

新时代的奋斗，必然是全面发展与精准切入的兼顾。

向第二个百年奋斗目标挺进，经济建设、政治建设、文化建设、社会建设和生态文明建设"五位一体"统筹推进。但我们仍有太多发展上的关键"短板"：文艺领域，精品迭出，有"高原"但缺"高峰"；科技领域，国家战略科技力量取得长足进步，但"卡脖子"难题仍待破解。作为世界第一制造大国，一枚小小"芯片"却让我们费尽周折……

孩子们期待更高质量的教育，老人们盼望更幸福的晚年，城市要发展，乡村要振兴。实现这些民生愿景，需要付出多少拼搏？

一边是人工智能、大数据、云计算、5G发展方兴未艾，一边是技术要素流动的以邻为壑；一边是经济全球化的发展诉求，一边是单边主义、保护主义、霸权主义甚嚣尘上。破解这样的局面，又需要洒下多少汗水？

......

（三）

2021年，主旋律电视剧《觉醒年代》大火。有调查显示，这部剧的观看者中近六成为年轻人，"泪目""吾辈自强"的弹幕屡屡刷屏。

那是一段何其波澜壮阔的历程！为救亡图存抛头颅、洒热血，不管是历史书上曾出现过的伟人，还是根本没有留下姓名的先烈，都让百年之后的年轻人为之动容。

虽然身边不再刀光剑影，耳畔不再鼓角争鸣，今天，我们肩头一样有着沉甸甸的责任：960万平方公里的土地上，有无数领域需要我们披坚执锐；改革重镇、创新高地、广袤乡村，甚至大漠戈壁、深山密林、江滨海畔，又有多少地方期待我们去拔寨攻城。

为什么不少大学毕业生，宁可放弃专业，也不愿到基层？为什么很多人才，宁可"漂"在都市，也不愿赴边疆？有的，甚至宁愿"啃老"，也不愿意找个力所能及的活儿干？

新疆的"哈密瓜之母"吴明珠，本是出生在南国的弱女子，为了"做大哈密瓜"，从大都市自愿来到新疆的瀚海沙漠，一干就是50多年。当别人问她"后悔吗？"她的回答发人深省："一个社会，如果忽视了个人的责任，或者做事的目的就是个人利益的最大化，这个社会就很难进步。讲理想，讲奉献，讲艰苦奋斗，讲为人民服务，哪个时代都需要！"

的确，无论是谁，在该奋斗的时候，选择了安逸，选择了躺平，不管说得多么冠冕堂皇，面对这个大有可为的时代，是不是应该感到脸红？

一代人有一代人的际遇，一代人有一代人的使命。今天，不必非要英雄洒血、壮士长歌，无论是谁，只要在时代中找到了自己的位置，只要在自己的岗位上发挥最大的效能，就是我们这个时代的英雄。

你看，为了早日打破科技"卡脖子"难题，科研工作者不舍昼夜地以纳米级精度打磨芯片，他们是英雄；

你看，为了确保"中国人的饭碗牢牢端在自己手上"，农业科学家在田地里披星戴月、栉风沐雨，他们是英雄；

你看，为了城市更美好、街巷更整洁、生活更便利，穿梭于脚手架上的建设工人、迎着晨曦清扫街道的保洁大嫂、奔波于城市街巷的快递小哥，只要在平凡的岗位上尽到了心力,他们都是英雄!

其实,哪怕你是一个从来没有走出过大山的农民,一辈子都面朝黄土背朝天,但能让庄稼年年都丰稔,让每一个子女都受到良好教育,同样也是令人敬重的英雄!

因为你在平凡的工作中,让人生发出了不平凡的光焰;

因为你在不懈的奋斗中,让这个世界变得如此的不同……

(《光明日报》2021 年 12 月 27 日)

申报资料实录

作品简介： 光明日报以建功新时代为主题连续推出三篇"关铭闻"署名评论,意在充分激发广大群众特别是中国青年的历史主动精神,鼓励青年群体学史力行、奋进新征程、建功新时代。三篇评论直面问题、说理透彻、语言鲜活,在网络平台与青年群体坦诚对话,引发热烈反响。专家和读者反馈认为这一系列评论有三个特质,首先是抓住党的百年奋斗史这个说理关键点：三篇均选取百年党史中具有说服力的史实强调,我们党越是到关键时刻越能激发出历史主动精神,同时注意将历史与当下、国家与小家、民族与个人结合,取得从共情到说理,最终凝聚共识的效果;第二是直面想成功却不想奋斗的舆情敏感点：面对部分青年群体关于"躺平""躺赢"的犹疑,评论主动发声、干脆利落,纾解青年的焦虑和畏难情绪;第三是吸引青年多平台平等讨论寻找共鸣点,通过新媒体矩阵以更加贴近青年的方式进行互动,将评论观点发散成为讨论性和参与性更强的网络议题,让青年群体在参与讨论的过程中产生共鸣,增强主流价值的感召力。

社会效果： 光明日报微信公众号三篇推送的阅读量均达到 10 万 +,光明日报官微相关微博话题登上热搜,各新闻网站和新闻 APP 均在重点位置进行了转发,文章全网各平台浏览量超过 6 个亿,青年与专家群体纷纷通过留言、跟帖、点赞、电话的方式参与话题讨论。很多青年的跟帖留言不止于对文章的简单回应,不止于"赞"和"怼",而是辩证分析了网络热词与真实态度的关系,展现了提炼与思考。这也是该系列"关铭闻"文章引发深思的一个直观体现。

初评评语： 该系列评论聚焦重大主题,落实中央要求、回应社会诉求,政治性、思想性、新闻性强。

"兴发"转型：从按"吨"卖到按"克"卖

李 鹏 胡 芳 屈晓平 刘 莹 李 琪

限于篇幅，文字稿略，获奖作品请见中国记协网 http://www.zgjx.cn。

（湖北广播电视台 2021 年 12 月 29 日）

申报资料实录

作品简介： 2021 年 12 月下旬，记者得知消息，湖北省宜昌市兴发集团研发的第一万吨高性能电子磷酸蚀刻液即将发往上海，成为国产芯片的重要组成部分，破解了"卡脖子"难题。发觉这个题材含有较大新闻价值后，记者立刻进行深入了解，之后获知，习近平总书记 2016 年提出"要把修复长江生态环境摆在压倒性位置，共抓大保护，不搞大开发"后，兴发集团迅速行动，全面吹响保护母亲河的集结号；2018 年 4 月，习近平总书记在湖北考察的首站就来到兴发集团，他肯定了企业的率先作为，并寄语在坚持生态保护的前提下，实现企业高质量发展；牢记习总书记的嘱托，兴发集团之后快速转型，最终使企业的产业链迈向价值链高端。全面掌握了新闻背景后，记者开始多维度、多层面的深入拍摄采访，从普通工人、科研人员、管理人员、政协委员那里探究出了兴发集团如何壮士断腕、如何破解"卡脖子"难题，如何将产业转型之路越走越宽。从点到面，记者继续在湖北省宜昌市全市进行了调查采访，报道出宜昌沿江 134 家化工企业已全部实现了"关改搬转"，并向化工新材料、高端精细化方向转型；国考、省考断面水质优良率达到 100%。整条报道以点切入，又以点带面，展示出坚持绿色发展理念的重要性、必要性和现实意义。

社会效果： 作品主题鲜明、立意新颖、简明扼要、表述准确、时效性强、新闻要素齐全，体现了"短、实、新"的文风要求；其画面清晰、采访挖掘深入、制作精良、感染力强。此报道经全媒体播出后，获得高点赞率、高回看率，且当天电视收视率与市场占有率全网名列前茅，引起强烈社会反响；加深了广大群众对长江经济带"共抓大保护，不搞大开发"生态优先、绿色发展理念的高度认同和理解，推动了习近平新时代中国特色社会主义思想深入人心，引导广大干部群众自觉做党的创新理论的坚定信仰者与忠实实践者。湖北省正在转型的企业纷纷表示，报道很有借鉴意义，对于他们企业的转型升级、绿色发展起到了引领作用。

初评评语： 该作品以小切口切入，立意新颖，敏锐地抓住了"中国芯"的重要原材料——磷酸蚀刻液产品第一万吨下线这一新闻线索，深入挖掘背后的故事。将习总书记对于长江经济带"共抓大保护，不搞大开发"的重要讲话精神和长江沿线化工企业的绿色转型有机结合，说服力强，有借鉴意义和示范效应，具有鼓舞作用。

Looking for answers: An American communist explores China（求索：美国共产党员的中国行）

王　浩　伊谷然　王建芬　郭　凯　马　驰　张文芳　王成孟

限于篇幅，文字稿略，获奖作品请见中国记协网 http://www.zgjx.cn。

（中国日报网站、客户端 2021 年 06 月 07 日）

申报资料实录

作品简介：中国共产党成立 100 周年之际，对外讲好党的故事意义重大。经过多次讨论，我们将思路聚焦到中国日报网美籍记者伊谷然身上，他是美国共产党员，对中国共产党和中国特色社会主义兴趣浓厚。我们决定由他出镜，推出系列视频，从"他视角"出发，"解码"百年大党的成功之道。我们成立专门团队，深入学习习近平总书记重要观点、论述，翻阅党史文献资料，与权威学者多次展开研讨，经过反复讨论决定从党的初心使命、工作方法、鲜明品格、组织架构、执政能力 5 个方面设置议题，逻辑环环相扣，完整地阐述我们党成立 100 年、执政 70 多年依然充满活力的机制保障所在。伊谷然的对话对象既有中央党校、北大、人大等机构的资深专家，也有国际友人、普通党员，专家学者的研究话语和老百姓的朴实表达相结合，再加上实际案例，多元声音让作品叙事层次更丰富，更具有可信度和说服力。2021 年 6 月，在中国日报网站、客户端陆续发布 5 集系列视频《求索：美国共产党员的中国行》，每期视频以纪录片的水准，对叙述策略、拍摄手法、画面构图、剪辑节奏精益求精，大量运用跟随运动镜头与第一人称视角结合，真实鲜活；结合不同主题，差异化镜头表达，融入史料镜头，让视频既"娓娓道来"，又具有历史厚重和深度。

社会效果：《求索：美国共产党员的中国行》系列视频在中国日报网站、客户端首发，并在海内外社交平台陆续发布，引起海外主流媒体关注，从美联社、雅虎等欧美主流媒体，到巴基斯坦每日邮报、白俄罗斯通讯社等"一带一路"国家主流媒体，共有100多家海外主流媒体转载转引200多次，视频吸引了近百个国家和地区的用户观看和热议，全球传播量超过4500万。不少海外用户留言表示，视频让他们看到了一个全心全意为人民服务的政党，有网友说：以前不了解中国共产党，但这个视频让我真切感受到中国共产党为人民谋幸福。伊谷然在他个人推特账号也转发了该系列视频，得到大量海外粉丝的"转赞评"。在海外高度关注同时，视频在国内网络上也掀起了观看热潮，各门户网站、新媒体平台纷纷在重要位置转载。微博、抖音、快手、哔哩哔哩等平台上，视频激发了广大网友特别是年轻网友爱国爱党的共鸣和表达欲，"以人民利益为核心的政党""没别的，就五个字，为人民服务""拥护中国共产党，热爱伟大的祖国"等评论获得数十万点赞、评论、弹幕。视频还作为建党百年优秀新媒体作品在全国高铁车站公共电子屏、动车组车载视频等终端进行展播。

初评评语：该系列视频主动设置议题，选题精巧独到，通过美国共产党员的视角，通过他在中国的探索过程深刻阐释中国共产党百年成功之道，充分发挥了联接中外、沟通世界的作用，在建党百年之际取得了非常突出的国际传播效果，有效地增进了国际社会对中国共产党的认识和了解。作品以微纪录片的方式呈现，采访对话了众多海内外人士，内容丰富，环环相扣，镜头语言和剪辑风格国际化，得到了海外受众的认可，是建党百年对外报道中非常具有特色、传播效果显著的力作。

特稿：习近平带领百年大党奋进新征程

王进业　孟　娜　许林贵

2021年是习近平担任中共中央总书记的第九年。世界最大执政党迎来一百周岁生日。

习近平的日程像既往一样安排得满满的。他在庆祝中国共产党成立100周年大会上发表重要讲话，前往距北京两千公里外的青藏高原考察，与空间站上的航天员对话，参加联合国的"云"会议，与多国领导人视频会晤……接下来他将出席党的十九届六中全会，会议将审议的《中共中央关于党的百年奋斗重大成就和历史经验的决议》备受瞩目。

世界上建立时间这么长并执政如此久的政党凤毛麟角。在习近平2012年11月当选中共中央总书记之前，中共有过以毛泽东、邓小平、江泽民、胡锦涛为主要代表的中央领导集体。

习近平带领中共迈入新时代，实现了第一个百年奋斗目标，也就是全面建成小康社会，并开始实施雄心勃勃的新现代化建设纲要，迈上民族全面复兴的第二个百年奋斗目标的新征程。

习近平无疑是驾驭历史潮流的核心人物。他将如何引领党在机遇和挑战中完成重任，怎样带领中国重返世界舞台中央并将因此带来何种影响，这些问题像他九年前刚就任中共中央总书记时一样受到关注。

海内外舆论评介习近平，说他是一位信念坚定又行动果敢的人、思想深刻又情怀深厚的人、善于继承又勇于创新的人、能始终把握大局又敏于掌控变局的人、奋斗不止又有强大自制力的人、谦逊平和又无所畏惧的人。

"当习近平2012年上任时，他希望的就是实现'中华民族伟大复兴'，他把这视为一项历史性使命。"瑞士《每日新闻报》报道说。新加坡亚洲新闻台说，在习近平的领导下，中国正在成为一个强国，中国正在进入又一个盛世。

一、"像爱父母那样爱老百姓"的党的总书记

9月，习近平前往陕西高西沟村考察调研。中途他临时下车，走进田间察看谷子、糜子、玉米长势，同正在劳作的老乡聊天。高西沟村曾是贫困村，

如今秃山沟被改造成了"塞上小江南"，农民也富裕起来。这是成千上万中国农村通过改革开放旧貌换新颜的缩影。

而习近平正是在距高西沟村约150公里的另一个村子里，加入中国共产党的。他从那时起步到成为中共中央总书记，经过了38年。

1969年，不到16岁的他来到陕西梁家河村插队。习近平后来回忆到，他和乡亲们住在土窑里，吃粗粝的杂粮，睡觉几乎是躺在跳蚤堆里，农民生活十分艰苦，"让乡亲们饱餐一顿肉"是他的心愿。

习近平在1974年被批准入党，不久后成为梁家河大队党支部书记。当时与他共事的村干部说，习近平的"进步"，是因为他"踏踏实实干，有想法，能团结群众、团结队干部"。

习近平书记带领乡亲们打井、修淤地坝、修梯田、建沼气池。一年过去后，村民吃不饱饭而去逃荒的情形看不到了。

习近平出身红色家庭，父亲习仲勋是中共第一代中央领导集体成员。习近平会回忆父亲的言传身教，以及自己少年的成长环境。

"我上中学时，学的政治课本叫《做革命的接班人》，书上讲到'热爱生产劳动，艰苦奋斗，用自己的双手建设富强的社会主义祖国'，'立雄心壮志，做革命的接班人'。"习近平说。

习近平当知青时，一共递交10次入党申请书。他在窑洞的煤油灯下通读三遍《资本论》，写下18本读书笔记。

告别梁家河大队党支部书记岗位后，他回北京上大学，毕业后到中央军委办公厅工作，然后赴河北省担任正定县的县委副书记、书记。

他回忆这段经历时说："1982年，我主动要求从中央机关再次到基层去，到群众中去。我说要像爱父母那样爱老百姓。"他说，最深的一个体会是，最难时最大的靠山是人民群众，一是不信邪，在你最需要时伸手援助；二是教你做人做事长见识；三是坚韧不拔吃苦耐劳。

此后，他在沿海的福建省担任厦门市副市长，又在该省一个贫困地区宁德担任地委书记，接下来担任了福州市委书记、福建省长等；然后在浙江做了近五年省委书记；再调任中国最现代化城市上海的市委书记。

如今，浙江浦江县一个学校保留着他"下访"的现场。2003年，习近平带同事来这里接待群众。在一间教室临时改建的接访室内，村民向他反映村里盼修路，多次上访总没有下文。征求交通部门意见后，习近平当场拍板：省道改造工程要克服困难尽快开工建设。"想不到习书记这么雷厉风行！路修好后我们的生活方便多了。"当时的村民蒋星剑说。

有的回忆文章记述他如何重情重义：作家朋友贾大山病了，他赶回正定探望；当年的同事吕玉兰去世了，他写文章悼念；梁家河村民吕侯生病了，习近平接他到福州治疗，并用自己的工资和家人的钱负担了吕侯生的所有路费、医药费。习近平说："侯生，给你治病，花多少钱我都愿意。"

不管在哪个职位上，习近平都毫不费力就与群众打成一片。他跟村干部聊怎么卖好土产白酒来促进农民增收，他帮忙做网店"带货员"，他站在雨中和工人合影，到胡同里给快递小哥拜年，他操心小区的垃圾分类，还为降低中小学生近视发生率出谋划策。

浙江的同事张鸿铭说，习近平花很大力气部署防范台风，至今他还记得习近平说的几句话："第一句是'宁可十防九空，也要万无一失'；第二句是'宁听骂声，不听哭声'；第三句是'撤离有序，安置妥当'。"

"这份情怀，就是他在新冠肺炎疫情来袭时，第一时间提出不惜一切代价挽救人的生命的底层逻辑。"中国浦东干部学院副院长刘靖北说。

习近平每到一地都拿出创新性施政纲领，比如"八八战略"和"腾笼换鸟，凤凰涅槃"。宁波舟山港如今成了全球货物吞吐量第一大港。"他20年前就看到这个趋势并作出建设规划。"港口管理人员陶成波回忆。

2007年，习近平来到中央。他担任中共中央政治局常委、国家副主席，分工负责党建、组工、港澳、北京奥运会筹办等领域。

2012年，中共十八届一中全会上，59岁的习近平当选中共中央总书记。

就任总书记一个多月，他就冒着零下十几摄氏度的寒冷，乘车300多公里来到太行山深处的贫困县阜平县，走进农家，盘腿坐在炕上，拉着乡亲的手，问他们生活怎样。那次他说，看到老区一些乡亲生活还比较困难，"心情是沉重的"。

习近平常说，为人民服务，清正廉洁，是共产党人的本色，我们必须保持这个本色。

他自己总是率先做到。在宁德工作时，习近平和大家一样在食堂排队打饭，有家人来时就在自家起炉灶做饭。夫人彭丽媛到宁德来看望他，都是自己到市场买菜。他没有一次安排公车接送彭丽媛。

对侵犯民众利益的人和事，他则嫉恶如仇。他刚当上宁德地委书记，就严查干部占地建私房。宁德是贫困地区，干部违纪违法占地建私房却成了风气。清房就要得罪人。习近平说："这里有一个谁得罪谁的问题，你违纪违法占地盖房，为一己之私破坏了党的权威和形象，是你得罪了党，得罪了人民，得罪了党纪国法，而不是代表了党和人民利益查处你的干部得罪了你。"

二、众望所归的领导核心

2021年，习近平组织领导的反腐败斗争进入第九年。国庆假日之际，中央纪委国家监委又公布两名前政法系统部级官员被查处。而金融系统今年已打掉二十多个贪腐高管。

九年前，习近平接过中共掌舵者接力棒时，中国刚刚成为世界第二大经济体不久，但党正面临来自内部的挑战。习近平清楚地意识到危险，发出警告："大量事实告诉我们，腐败问题越演越烈，最终必然会亡党亡国！"

如何巩固党的领导核心地位，让党执好政、长期执政，是习近平肩上的千钧重担。

就任中共中央总书记不到20天，习近平就主持制订一项政策，后被称为"八项规定"，打击公款大吃大喝、挥霍浪费等以前被认为很难消除的行为。

九年中，贪腐官员纷纷落马，其中省部级以上官员约400人。这里面有一名负责政法的中央政治局前常委、两名军委前副主席和一名中办前主任。

外逃贪官以前会被认为躲进了万无一失的"避风港"。而2014年至2020年间，有8300多人从120多个国家和地区被缉拿归案。

"在关键时刻，习近平力挽狂澜。"法国国际广播电台引用了这样的评论。

习近平提出，"把权力关进制度的笼子里"。他领导成立国家监察委员会，将每一个担任公职的人纳入监督之下。

"勇于自我革命，是我们党最鲜明的品格。"他说。

担任总书记以来，习近平领导制定修订了约200个党内法规，全面实行"党纪严于国法"。他组织开展五次党内集中学习教育，来让党员保持理想信念的坚定和行动的统一高效。

发扬党内民主也是他很看重的一件事。党的全国代表大会报告、党的全会文件、党的重要文件和重大决策、重大改革发展举措等，都要在党内一定范围内征求意见，有时还要反复征求意见。

习近平经常访问中共红色旧址，包括苏区、长征沿线和延安的革命故迹。他十几次访问上海和浙江嘉兴的党的诞生地。2017年他带领常委同事们在中共一大会址宣誓："随时准备为党和人民牺牲一切。"

到2021年，中共拥有9500多万名党员，这比德国人口还多1000万。哈佛大学肯尼迪政府学院的调查显示，中国人民对党领导下的中国政府满意度高达93%。世界知名咨询公司爱德曼2020年发布的一份信任度调查报告显示，中国民众对中国政府的信任度达95%，在受访国家中排名第一。

与当今世界上一些政党组织松散不同，中国共产党486万多个基层组织纪律严明，并不断发展壮大。

通过这些"细胞"，习近平领导党和国家完成了一个又一个壮举：打赢脱贫攻坚战，全面建成小康社会，建设世界上最大规模的基础设施网络，促进充分就业，遏制新冠肺炎疫情，实现经济持续稳定增长，保持社会和谐稳定。

哈佛大学肯尼迪政府学院毕业的政治学者尼尔·托马斯说："习近平赢得了党内的广泛支持。"

2016年的中共十八届六中全会明确了习近平作为中国共产党党中央的核心、全党的核心地位。

党内权威人士认为，中共这样一个大党治理一个大国，在前进道路上面临那么多艰难险阻，没有一个坚强的领导核心，就难以形成全党意志统一，难以实现全国各族人民团结统一，就干不成任何事情，更不可能创造人间奇迹、赢得"具有许多新的历史特点的伟大斗争"。

2017年的中共十九大上，习近平新时代中国特色社会主义思想正式确立。这是中共在新时代引领国家沿着正确道路实现现代化的思想路线和政治路线。习近平在中共十九届一中全会上再次当选中共中央总书记。

"既不走封闭僵化的老路，也不走改旗易帜的邪路。"习近平这样形容新时代中国特色社会主义道路。

习近平新时代中国特色社会主义思想被写入党章和宪法。它统揽改革发展稳定、内政外交国防、治党治国治军，贯穿马克思主义哲学、政治经济学、科学社会主义，被评价为"马克思主义中国化的最新成果，是21世纪马克思主义，是当代中国的马克思主义"。

中共十九大以来，习近平强军思想、习近平经济思想、习近平生态文明思想、习近平外交思想、习近平法治思想相继确立，成为习近平新时代中国特色社会主义思想的重要组成部分。

中共中央党校（国家行政学院）教授辛鸣说，像毛泽东、邓小平一样，习近平再次成功推动了马克思主义中国化时代化——这正是中共百年来取得成功的基本经验。

中央党史和文献研究院研究员刘荣刚说，做到"两个维护"，是新时代新征程坚持和发展中国特色社会主义的政治保证。

三、让国家强起来的战略家实干家

1921年中国共产党的成立，就是为了改变自1840年鸦片战争后中国逐步沦为半殖民地半封建社会、积弱积贫受尽欺凌的状况。忆及旧日情形，习近平感叹："多屈辱啊！多耻辱啊！那时的中国是待宰的肥羊。"

中共中央党校（国家行政学院）教授韩庆祥说，实现中华民族伟大复兴有四个里程碑或者四大历史性标识。第一个里程碑，是1921年中国共产党的诞生；第二个里程碑，是1949年新中国的成立；第三个里程碑，是1978年开始的改革开放新时期；第四个里程碑，是2012年中共十八大以后中国特色社会主义进入新时代。一路走来，都是为了解决如何使中华民族站起来、富起来和强起来的问题。

习近平2012年当选中共中央总书记仅两周便提出"中国梦"：实现中华民族伟大复兴。在今年10月举行的纪念辛亥革命110周年大会上，他25次提到复兴。这是他当天讲话中出现最频繁的词汇之一。

习近平认为，对于民族复兴，既要有战略上的设计，还要埋头苦干。

他率先垂范。2019年全年，媒体公开报道的习近平重要活动超过500场次。其中周六周日有公开报道的就有约30周。重大改革方案的每一稿，他都逐字逐句亲笔修改。

习近平引用中国古代《勤懒歌》中的话说："一勤天下无难事。"

他说几乎没有自己的时间。但他仍坚持抽空游泳锻炼身体，加上年轻时长期体力劳动打下的底子，他以过人精力处理繁重的党政军事务。更重要的是使命感的驱使——他说"幸福都是奋斗出来的"。

习近平把基层调研当作必修课。他经常出现在田野、渔村、百姓家庭、小饭馆、超市、重装制造车间、民营企业、科学实验室、医院病房、大中小学校园乃至农民的猪圈和厕所。他为当天赶到重庆的一个土家族贫困村，接连坐飞机、转火车、换汽车。他说："换了三种交通工具来到这里，就是想实地了解'两不愁三保障'是不是真落地。"

"习书记平时掌握的情况比较多，给他汇报工作必须实事求是，不能讲假话、大话、空话，因为这些都糊弄不了他。"与他共事过的章猛进回忆说。

他痛恨弄虚作假、推诿塞责。在一次调研中他批评道："形式主义害死人！现在，有的同志学习做样子、走过场，搞虚把式，有的甚至从网上购买现成的手抄本、学习日记，拿来后一复印就成了自己的心得。"

2020年新年伊始，中央纪委国家监委发布查处违反中央八项规定精神问题月报时，首次公布查处形式主义、官僚主义问题的数据，释放出明确信号。

九年中，习近平经历了不少千钧一发时刻。2015 年初，也门安全局势突然恶化，600 多名中国公民受困。习近平果断命令海军护航编队即刻前往撤侨。

美国接连挑起对华贸易战、科技战。在习近平亲自部署下，中国以"不愿打、不怕打，必要时不得不打"的原则和姿态妥善应对这场重大摩擦，捍卫了国家利益。习近平说，中美关系要"多栽花、少栽刺"，"加强对话与合作是两国唯一正确选择"，"宽广的太平洋有足够空间容纳中美两个大国"。

从实现钓鱼岛海域常态化巡航到击破所谓"南海仲裁"，从推动中印边界争议解决到迎接被非法拘押的中国公民回国，习近平都亲自进行战略战术部署，乃至本人出面做工作。

2019 年香港发生暴乱。习近平表示："中国政府维护国家主权、安全、发展利益的决心坚定不移，贯彻'一国两制'方针的决心坚定不移，反对任何外部势力干涉香港事务的决心坚定不移。"他指挥捍卫"一国两制"事业，粉碎了反中乱港势力"颜色革命"的图谋。

新冠肺炎疫情发生后，农历大年三十，习近平夜不能寐。第二天他主持中央政治局常委会会议研究对策。此前他已经拍板作出对湖北省、武汉市人员流动和对外通道实行严格封闭的交通管控的决定。一些西方政客和媒体对此指责。事实则证明这是唯一可行选择。

习近平让"黑天鹅"和"灰犀牛"进入中共词典。防范化解各领域重大风险，成了新时代的一个特点和亮点。

"这么大一个国家，责任非常重、工作非常艰巨。我将无我，不负人民。我愿意做到一个'无我'的状态，为中国的发展奉献自己。"习近平曾在回答外国政要提问时说。

四、开辟新境界的时代变革者

进入新时代，形势已不同。世界变得越来越不稳定不确定。一些国家经济复苏乏力，民粹主义、保护主义等"逆全球化"思潮抬头，地缘政治、重大风险挑战复杂严峻。习近平上任时，中国经过 30 多年改革开放，国力增强，但也面临深层次难题，包括经济下行压力、贫富差距、生态破坏、社会矛盾积聚等。改革也遇到一些阻力。

这需要更科学的顶层设计，以及更大胆的实际行动。习近平为中国式现代化规划了一条创新、协调、绿色、开放、共享的前进道路。这种新发展方式被认为有别于几百年来的西方现代化模式，要让社会主义中国走出粗放、低效、生态受损的增长区间，迈上高质量发展轨道，并避免资本主义富者愈富、贫者愈贫的弊端。

习近平把改革开放称作"伟大革命"，认为是决定当代中国命运和实现民族复兴的"关键一招"。他发起的新一轮改革，是对邓小平的改革的继承，又有新的突破。

2013年召开的中共十八届三中全会出台一系列全面深化改革方案，为新时代中国改革通过"深水区"提供基本遵循。2013年底，习近平担任新成立的一个负责全面深化改革的中央领导小组组长。这个小组后来改为中央全面深化改革委员会。

改革的涉及面非常广泛，从农村实施新土地政策到加强国有企业党的建设，从党和国家机构的更科学高效运作到司法过程中防范人为干预判案，从应对银发浪潮到推行更加惠民和有利于市场发展的财税政策，从废除劳教制度到优化生育政策，从建立更公平的教育体系并给学生减负到确立"房子是用来住的、不是用来炒的"，从统一城乡户口登记制度到创新科技体制让科学家安心投入创造发明，从赋予更多城市地方立法权到建立反垄断机制并防止资本无序扩张……

一项颇受瞩目的重大改革是推动关系到长治久安的制度现代化，核心是坚持和完善中国特色社会主义制度、推进国家治理体系和治理能力现代化。这被称作工业、农业、国防和科学技术"四个现代化"之后的"第五个现代化"。

改革难度常常很大，有时需要习近平亲自拍板，消除争议、突破阻力。

习近平担任中共十八届三中全会文件起草组组长。参加文件起草和政策论证的党政要员、专家学者回忆说，习近平亲自研究拍板，很多议论多年、裹足不前的深层次改革破冰启动。

一位知情者回忆说，关于"使市场在资源配置中起决定性作用"的新提法，最后是习近平作出定论，实现了重大理论突破，"没有习近平总书记下决心，很多重大改革是难以出来的"。

为扭转生态环境恶化趋势，习近平果敢破除各种短视的利益阻力。他责令污染工厂整改，否则将被关闭。他要求长江沿线把环保放在首位，发布令人惊叹的十年禁渔计划。他六次批示，下令拆除建在风景如画的秦岭山区的违建别墅。

改革使中国的国门开得更大。2013年，中国在上海设立首个自由贸易试验区。至今，中国已有21个自贸试验区。习近平让面积相当于一个欧洲小国的海南岛整体成为自贸区和自贸港，在那里推行贸易、投资、跨境资金流动、人员进出、运输来往等自由便利。

外商投资准入负面清单条目大幅缩减。在一些国家筑起贸易壁垒时，中国成了一系列国际贸易和投资展会的主场。习近平本人倡议设立中国国际进口博览会，并推动形成包括进博会、服贸会、消博会和广交会在内的国家级"会展矩阵"。

中国率先批准区域全面经济伙伴关系协定。这是亚太地区规模庞大、意义重大的自由贸易协定。到2021年，中国关税总水平已降至7.4%，低于9.8%的入世承诺，更低于其他主要新兴经济体。

为推动经济社会转型，习近平提出"经济新常态""供给侧结构性改革""新发展格局"等一系列创新理论。

九年来习近平主持了77次政治局集体学习，几乎每次均请专家授课。习近平引用《庄子》的话说："吾生也有涯，而知也无涯。"学习内容涉及党在新时代面对的重点难点问题，从全球治理格局到经略海洋、从金融安全到人口老龄化、从知识产权保护到国际传播、从量子科技到区块链等。

2020年底，习近平宣布，七年多来共推出2485个改革方案，中共十八届三中全会提出的改革目标任务总体如期完成。

事实证明改革承诺得到兑现。2013年至2020年，中国经济年均增长约6.4%，2021年前三季度GDP同比增长9.8%，连续多年对世界经济增长的平均贡献率超过30%。2020年，中国经济总量突破100万亿元，居民人均可支配收入32189元，如期实现翻番。

刘荣刚说，新时代已经走过的进程中的最大亮点，就是实现了第一个百年奋斗目标，在中华大地上全面建成小康社会。

小康源自《诗经》："民亦劳止，汔可小康。"这是几千年来中华民族孜孜以求的朴素理想。全面建成小康社会涵盖经济、政治、科教、文化、社会、人民生活、生态环境等方面，目标包括2020年国内生产总值和城乡居民人均收入比2010年翻一番。

目前中国已建成世界规模最大的社会保障体系，形成规模最大的中等收入群体，并历史性地消除了绝对贫困。

2021年，中国在全球创新指数上的排名跃居第12位，超过日本、以色列、加拿大等发达经济体。"北斗""神威""天宫""天眼"等科技成果引人瞩目。中国中等收入者人数超过4亿。作为世界最大外资流入国，中国已经成为世界最大消费市场。新冠肺炎疫情发生后，中国率先恢复生产生活，还为许多国家提供主要防疫物资以及生产生活必需品。

人们在日常生活中就能切身感受到生态环境之变。2020 年，中国地级及以上城市平均空气质量优良天数比例为 87.0%；PM2.5 未达标地级及以上城市平均浓度比 2015 年下降 28.8%；地表水水质优良率达到 83.4%。中国民众对生态环境质量的满意度上升到 89.5%。

习近平提出的精准扶贫理念和方案对于消除绝对贫困具有决定性意义。他要求各级党员干部直接驻到村里，"一对一"开展扶贫。脱贫攻坚期间，他本人走遍全国 14 个集中连片特困地区。脱贫攻坚艰难程度相当于一场战争，1800 多名扶贫干部或工作者牺牲了生命。

2018 年，习近平成为首位对宪法宣誓的中国领导人，宣誓的场面进行了全程电视直播。

习近平全面加强意识形态工作，促进文学艺术、哲学社科、新闻出版、广播影视、信息网络等的繁荣发展。他是第一个明确提出"文化自信"的中共领导人。他担任中共十八大报告起草组组长，制订社会主义核心价值观，为国家和民族"铸魂"。

习近平对国防和军队作出革命性变革。他重申毛泽东确立的"党指挥枪"原则，进一步明确军队的党的属性及中央军委主席负责制。随着军队领导指挥体制改革、军队规模结构和力量编成改革等一系列重大改革措施的推出，长期制约国防和军队建设的体制性障碍、结构性矛盾和政策性问题逐步得到解决，中国军队现代化水平显著提升。

他要求军队做好战斗准备，并经常视察一线部队。他到达海拔 1000 多米的哨所。他登上首艘国产航母和新型核潜艇。"能战方能止战，准备打才可能不必打，越不能打越可能挨打。"他说。

奥地利法律学者和汉学家格尔德·卡明斯基说，中共十八大后，在习近平领导下，不仅在执政理念上，而且在中国发展的所有重大问题上，中国特色已经成为更加鲜明的指导原则。

在这一过程中，习近平新时代中国特色社会主义思想也经历了实践检验，耀射出具有说服力的真理光芒。"它有效引领了实现中华民族伟大复兴的历史进程，它影响了整个世界。"韩庆祥说。

五、胸怀天下的大国领袖

土耳其学者阿尔泰·阿特勒说，在习近平引领下，中国正在成为一个全球大国，中国在全世界的参与——不论经济参与还是外交参与——都在发生重大变化，"我们现在目睹了一个全球大国的形成"。

习近平说："中国共产党所做的一切，就是为中国人民谋幸福、为中华民族谋复兴、为人类谋和平与发展。"

习近平九年出国访问 41 次，足迹到达 69 国。如果不是新冠肺炎疫情，他还会有更多访问。他说，每次用这么多时间出访很"奢侈"，但很有必要。为了充分利用时间，他的访问活动有时持续到午夜，他还曾在国外访问期间度过自己的生日。

2018 年中非合作论坛北京峰会召开，除了出席或主持峰会会议，习近平还出席近 70 场双多边活动，创造中国领导人主场外交会见外方领导人的纪录。

通过这些活动以及后来的"云"活动，他向世界宣介，中国共产党正在践行"为人类作出新的更大的贡献"的使命。"世界那么大，问题那么多，国际社会期待听到中国声音、看到中国方案，中国不能缺席。"习近平说。

在他看来，从世界多极化、经济全球化、社会信息化到文化多样化，世界各国人民的命运从未如此紧密地联系在一起。而同时，人类社会又面临治理赤字、信任赤字、发展赤字、和平赤字的严峻挑战。

为此，应该推动"构建人类命运共同体"。习近平在 2013 年提出的这一理念反映了中国共产党对当今世界的看法、立场和追求。

"国际社会要从伙伴关系、安全格局、经济发展、文明交流、生态建设等方面作出努力。"习近平呼吁世界为实现这一愿景采取行动，并引用名言："计利当计天下利。"

党内权威人士说，人类命运共同体理念继承马克思主义"自由人联合体"理想，汲取中华优秀传统文化中"和合"思想，将实现全人类的幸福作为终极目标。这一理念是继毛泽东提出"三个世界"理论、邓小平提出"和平与发展"是当今世界两大主题后，由中国共产党再次提出的具有重大影响的国际主张，倡导全人类携手共进、共谋发展、共同振兴，获得众多国家的响应和支持。

"构建人类命运共同体"理念提出至今，汇总分析国际主要媒体及智库言论可以发现，包括美国等西方舆论在内，国际社会已经普遍意识到该理念具有全新指导意义和适用价值。2017 年 1 月，习近平在瑞士日内瓦万国宫发表题为《共同构建人类命运共同体》的主旨演讲。47 分钟演讲，30 多次掌声。讲到关键处，几乎一句一次掌声。

法国学者皮埃尔·皮卡尔称，推动构建人类命运共同体为人类历史上最重要的哲学思想之一。

习近平提出打造以合作共赢为核心理念的新型国际关系，并倡导新的全球治理观：共商、共建、共享。"什么样的国际秩序和全球治理体系对世界好、对世界各国人民好，要由各国人民商量，不能由一家说了算，不能由少数人说了算。"习近平说。

他推动构建总体稳定、均衡发展的大国关系框架，并多次讲，只要坚持沟通、真诚相处，"修昔底德陷阱"就可以避免。习近平和普京总统把中俄关系提升为新时代全面战略协作伙伴关系。他两次与今年新任美国总统拜登通话，一致表示中美不搞冲突对抗。他提出中欧是互利合作伙伴，不是零和竞争对手。

他推动深化中国同发展中国家的团结合作，形成携手并进、共同发展的新局面。2013年担任国家主席后首次出访和2018年连任国家主席后首次出访，习近平都前往非洲大陆。

上世纪50年代，由于西方国家封锁围堵，与中国建交的国家仅有几十个。到2019年底，这一数字已达180个。近年，有五个中美洲和太平洋地区国家与中国建交或复交。

"我们的朋友遍天下！"习近平说。

默克尔即将卸任德国总理之际，习近平同她视频会晤，称她是"中国人民的老朋友"，还忆及她对四川麻辣烫感兴趣。"中国人重情重义，我们不会忘记老朋友，中国的大门随时向你敞开。"习近平说。

2013年，习近平提出"一带一路"倡议。截至2021年8月，有172个国家和国际组织与中国签署了200多份相关合作文件。据世界银行研究报告，共建"一带一路"将使相关国家760万人摆脱极端贫困、3200万人摆脱中度贫困。出访期间，习近平还专程到希腊比雷埃夫斯港、塞尔维亚斯梅戴雷沃钢厂、白俄罗斯中白工业园等"一带一路"标志性项目现场考察。

2020年，习近平宣布中国力争2030年前实现碳达峰、2060年前实现碳中和的目标，以应对气候变化。这令不少西方人士感到意外，因为他们自己的国家还做不到。

"世界需要感谢中国在应对气候变化方面的贡献。"澳大利亚前总理陆克文说，四年前也是习近平发出中国支持《巴黎协定》的最强音。如果没有中国明确坚定的表态，《巴黎协定》就不会是现在的样子。

习近平坚定做多边主义和经济全球化的捍卫者、推动者和引领者。九年间，习近平三次在联合国大会一般性辩论中发表重要讲话，他还是第一位出席达沃斯论坛的中国国家元首。"搞保护主义如同把自己关进黑屋子，看似躲过了风吹雨打，但也隔绝了阳光和空气。打贸易战的结果只能是两败俱伤。"

他说，要坚持"拉手"而不是"松手"，坚持"拆墙"而不是"筑墙"。

中国成为解决一些全球和地区热点问题不可或缺的力量。这些问题涉及应对气候变化、反恐、防止核扩散、缩小贫富差距、推动公平贸易、实施维和行动等。不久前，美国仓促撤军阿富汗导致当地安全形势一度吃紧。习近平与俄罗斯总统普京通话，与上海合作组织成员国领导人视频会晤，推动阿富汗止乱回稳，尽快走上和平重建道路。

新冠肺炎疫情发生后，习近平提出国际社会要同舟共济、团结合作，并指示向150多个国家和14个国际组织提供了抗疫物资援助，向有需要的34个国家派出37批医疗专家组。习近平宣布把中国自主研制的疫苗作为公共产品向国际社会提供。今年全年，中国努力向全球提供20亿剂疫苗。中国还决定向"新冠疫苗实施计划"捐赠1亿美元。

"在习近平领导下，中国在世界舞台上发挥着独一无二的作用。"巴基斯坦总统阿尔维说。

习近平向国际社会讲述人口第一大国如何从一穷二白走向温饱又迈入全面小康的故事，说这本身就造福了全人类。"我国减贫人口占同期全球减贫人口70%以上……提前10年实现《联合国2030年可持续发展议程》减贫目标。"他说，但中国仍是世界最大发展中国家。

他阐释，中国需要和平，就像人需要空气一样，就像万物生长需要阳光一样。"我们过去没有，今后也不会侵略、欺负他人，不会称王称霸。"他同时强调："中国人民也绝不允许任何外来势力欺负、压迫、奴役我们。"

在10月刚刚召开的《生物多样性公约》第十五次缔约方大会领导人峰会上，习近平提出构建"地球生命共同体"，引起国际社会广泛共鸣和积极反响。

"一位经验丰富的船长。"谈到对习主席的印象，第七十三届联合国大会主席埃斯皮诺萨说，从"一带一路"倡议，到构建人类命运共同体，再到大力倡导用多边主义理念处理国际问题，习主席的贡献非常巨大。

六、继往开来的领航人

中国共产党把国家的发展目标规划为两个"一百年"。习近平主持擘画了第二个百年奋斗目标的详细方案。这是一个庞大的计划，包括中国到2035年基本实现社会主义现代化，到本世纪中叶也就是新中国成立一百年时，建成富强民主文明和谐美丽的社会主义现代化强国。

2020年，习近平领导起草中共中央关于制定"十四五"规划和2035年远景目标的建议。这份里程碑式的发展路线图在中共十九届五中全会上获得通过。

习近平说，中共百年"创造了中华民族发展史、人类社会进步史上令人刮目相看的奇迹"，"中华民族伟大复兴曙光在前、前途光明"，"在这个关键当口，容不得任何停留、迟疑、观望，必须不忘初心、牢记使命，一鼓作气、继续奋斗"。

习近平反复告诫，中华民族伟大复兴，绝不是轻轻松松、敲锣打鼓就能实现的；在前进道路上面临的风险考验只会越来越复杂，甚至会遇到难以想象的惊涛骇浪。"实现伟大梦想必须进行伟大斗争"，习近平要求"逢山开道、遇水架桥，勇于战胜一切风险挑战"。

这使得中共十九届六中全会具有特别的承前启后意义。韩庆祥说："百年大党的奋斗史积累了许多经验，也揭示了重要规律，还蕴含着治国理政的哲学智慧，这是一笔很重要的财富。进行总结提炼，对今后中国共产党更好治国理政能提供重要启示。我想这个期待是很重要的。"

中央党史和文献研究院研究员王均伟说："党过去的两个历史决议对于统一思想、凝聚力量完成新的历史任务产生了深远影响。这正是我们对十九届六中全会的期待。"

在庆祝改革开放 40 周年大会上，习近平引用毛泽东的一段话："在过了几十年之后来看中国人民民主革命的胜利，就会使人们感觉那好像只是一出长剧的一个短小的序幕。剧是必须从序幕开始的，但序幕还不是高潮。"

"历史没有终结，也不可能被终结……中国共产党人和中国人民完全有信心为人类对更好社会制度的探索提供中国方案。"习近平说。

古都北京是世界上博物馆和展览馆最多的城市之一。它今年新落成了中国共产党历史展览馆。6 月，习近平和同事们前来参观，看了陈列物品中清政府为支付《马关条约》巨额赔款发行的借款债券、马克思的笔记本手稿原件、中共成立时全国 58 名党员名录、新中国成立初期制造的轿车和缝纫机、涂有五星红旗的火星车模型……展览结尾部分被设计成一条"时空隧道"，大屏幕影像投射出从 1921 年开始的一系列意味深长的时间节点，并将观众视线引向光芒闪耀的未来。

习近平带领他的同事们在党旗前宣誓："为共产主义奋斗终身！"

作品简介：在党的十九届六中全会开幕前夕，新华社播发长篇人物特稿《习近平带领百年大党奋进新征程》。这篇特稿将党的百年、党的十八大以来的九年和未来征程准确凝练在 1.2 万字中。稿件开篇即推出"习近平无疑是驾驭历史潮流的核心人物"的定论，随后围绕经济、政治、社会、文化、生态等多个方面展开叙事，展现总书记在内政外交国防上的领导力，揭示中国共产党带领人民在新时代创造奇迹的思想力量和精神力量。这篇特稿通过披露总书记九年执政心路历程和他对中国和世界走向的思考，有效传播中国主张、中国智慧。稿件写作历时半年，写作专班走访总书记曾经工作、考察过的地方，深入访谈数十名同总书记共事过的同志、近距离接触的百姓以及中外专家，形成 10 余万字采访调研笔记，挖掘大量独家细节，如总书记曾 10 余次瞻仰上海和浙江嘉兴党的诞生地等，丰富了稿件内容，增强了思想性和可读性。

社会效果：稿件用 15 种语言播发后在海内外引发强烈反响，被路透社、法新社、彭博社、德新社、美国《纽约时报》《华尔街日报》《今日美国》《华盛顿邮报》《美国新闻与世界报道》、英国《金融时报》《卫报》、法国 24 电视台、法国国际广播电台、日本《日本时报》等几乎所有世界知名媒体采用，累计近 3000 家次；全网总浏览量 5 亿次，其中海外社交媒体总浏览量超 7000 万，互动量超 124 万，海媒浏览量互动量均创新高。

初评评语：稿件立体化对外传播总书记领袖形象，介绍中国共产党领导中国进入了什么样的新时代和新征程，以及中国式现代化对世界产生的深远影响；在复杂多变的国际舆论场上，主动进行重大议题设置，用高端报道正面回应海外关注的热点焦点问题，将舆论引导到我方轨道；注重对外传播艺术，深刻生动刻画我党领袖人物，在增强报道亲和力和实效性上有新的突破。

没有任何力量能够阻挡中国前进的步伐

马小宁　裴广江　王　远

9月25日，中国公民孟晚舟乘坐中国政府包机返回祖国。这是党中央坚强领导的结果，是中国政府不懈努力的结果，是全中国人民鼎力支持的结果，是中国人民的重大胜利。

事实早已证明，孟晚舟事件是一起针对中国公民、旨在打压中国高技术企业的政治迫害事件。2018年12月1日，在美国一手策划下，华为公司首席财务官孟晚舟在加拿大转机时，在没有违反任何加拿大法律的情况下被加方无理拘押。美方对孟晚舟所谓欺诈的指控纯属捏造。尽管美加一再滥用其双边引渡条约，以法律为借口为其迫害中国公民的行径辩护、开脱，但国际社会都清楚，美加所讲的法律不过是服务于美国巧取豪夺、打压异己、谋取私利的工具，毫无公正性、正当性可言。

在孟晚舟事件上，中国政府的立场是一贯的、明确的。采取一切必要措施，中国政府坚定不移维护本国公民和企业正当合法权益。在获悉孟晚舟被无理拘押相关情况后，中国政府第一时间提出严正交涉、表明严正立场，并第一时间向孟晚舟提供领事协助。此后，中国政府一直强烈敦促加方释放孟晚舟，切实保障其正当合法权益。亿万中国人民发出了响亮的正义呼声。孟晚舟平安回到祖国充分说明，中国共产党、14亿多中国人民、伟大的中华人民共和国永远是中国公民最坚强的后盾。

孟晚舟事件充分表明，中国不惹事，但也不怕事。中国绝不接受任何形式的政治胁迫和滥用司法行为，绝不允许中国公民成为别国政治迫害的牺牲品。中国人民是崇尚正义、不畏强暴的人民，中华民族是具有强烈民族自豪感和自信心的民族。中国人民从来没有欺负、压迫、奴役过其他国家人民，也绝不允许任何外来势力欺负、压迫、奴役我们。任何人、任何势力妄想这样干，中国人民都绝不会答应。

孟晚舟事件的实质，是美国试图阻挠甚至打断中国发展进程。中国所作的努力，维护的不仅是一位公民的权利、一家企业的权益，更是在维护中国人民过上更美好生活、国家实现现代化的权利。透过孟晚舟事件，中国人民更加清晰地看到，面对世界百年未有之大变局，我们必须坚定不移走自己的路，百折不挠办好自己的事，实现高水平科技自立自强，把伟大祖国建设得更加强大。

今天，实现中华民族伟大复兴进入了不可逆转的历史进程。我们深知，越是接近民族复兴越不会一帆风顺，越充满风险挑战乃至惊涛骇浪。我们坚信，始终站在历史正确的一边，始终站在人类进步的一边，不畏风浪、直面挑战，风雨无阻向前进，就没有任何力量能够撼动我们伟大祖国的地位，没有任何力量能够阻挡中国前进的步伐！

（《人民日报》2021 年 09 月 26 日）

申报资料实录

作品简介：2021 年 9 月 25 日晚，孟晚舟在结束近 3 年的国外非法拘押后乘中国政府包机顺利回国。人民日报独家撰写评论员文章，为这一全球关注的事件定性定调，凸显党报关键时刻引导舆论的关键作用。文章强调孟晚舟回国是党中央坚强领导的结果，是中国政府不懈努力的结果，是全中国人民鼎力支持的结果，是中国人民的重大胜利。文章由表及里、层层深入，把孟晚舟回国放在中华民族伟大复兴的历史进程和中美关系发展大背景下思考，坚定了中国人民心中"不惹事，但也不怕事"的底气，增强了中国人民"坚定不移走自己的路，百折不挠办好自己的事"的信心，激起了"没有任何力量能够撼动我们伟大祖国的地位，没有任何力量能够阻挡中国前进的步伐"的强烈民族共鸣。这篇文章创新传播方式，先网后报发表，时度效俱佳。文章于孟晚舟抵达深圳前半个小时左右在人民日报客户端首发，立刻成为现象级产品，阅读量 1 小时突破 200 万次、2 小时突破 400 万次，微博热门话题 #人民日报评孟晚舟回国# 1 小时阅读量超 3000 万次、1.5 小时超 5000 万次。文章在国内各新媒体平台阅读量超 2 亿次，点赞留言超 57 万次。

社会效果：这篇评论员文章时度效把握恰当，在重大事件中发挥了党报评论的关键舆论引导作用。文中"中国人民的重大胜利"等关键判断和定性，成为国内外舆论的主基调，客观上使孟晚舟事件成为一次无形的、效果显著的爱国主义教育，产生了振奋人心的传播效果和舆论影响力。截至 9 月 28 日 10 时，文章被美国、英国、加拿大、澳大利亚、德国、比利时、俄罗斯、泰国、南非、日本、菲律宾、新加坡、孟加拉国、越南、阿联酋、墨西哥等 20 多个国家的 60 多家主流媒体主动转引，转引媒体包括美联社、美国有线电视新闻网（CNN）、彭博社、美国《时代周刊》、阿拉伯半岛电视台、澳大利亚第九新闻网、《日本时报》、新加坡《联合早报》、香港《南华早报》、南非 24 小时新闻网、牙买加《观察家报》等。美联社报道说："在孟晚舟回国前不久，中共的旗舰媒体人民日报宣布此案的解决是'中国政府不懈努力'取得的'中国人民的重大胜利'"。文章在人民日报繁体中文脸书和推特发布，24 小时总阅读量超过 30 万次。

初评评语：这篇评论员文章是人民日报就孟晚舟回国撰写的独家评论，文章为这一全球关注的事件定性定调，先网后报刊发，时度效俱佳，在国内外产生突出的传播效果，凸显了党报关键时刻引导舆论的关键作用。

非凡的领航

集　体

限于篇幅，文字稿略，获奖作品请见中国记协网 http://www.zgjx.cn。

（中央广播电视总台 2021 年 01 月 01 日）

申报资料实录

作品简介：2020 年，是新中国历史上极不平凡的一年。在泰山压顶的危难时刻，以习近平同志为核心的党中央，高瞻远瞩、审时度势，带领全党全军全国各族人民，迎难而上、攻坚克难，在这极不寻常的年份，创造了极不寻常的辉煌。2021 年 1 月 1 日晚黄金时段，中央广播电视总台推出特别节目《非凡的领航》，以两集的篇幅，通过重大事件回顾、专家访谈等形式，全景展现以习近平同志为核心的党中央在 2020 年带领全国人民攻坚克难，取得辉煌成就，在非凡之年引领"中国号"巨轮乘风破浪、坚毅前行。《非凡的领航》在 2021 年 1 月 1 日总台央视新闻频道和央视新闻客户端同步播出，并被全网置顶推荐，触达受众超过 1 亿人次。

社会效果：《非凡的领航》通过 44 种语言融媒体编译推发，引发国际主流媒体高度关注和积极反响。美国、俄罗斯、英国、德国、意大利等 60 多个国家和地区的 1000 多家媒体对该专题片进行了转播和报道。总台 CGTN 还根据该片制作发布新闻特稿《是什么引领了中国在 2020 年的成功》。本片及相关衍生报道总体触达海外受众上亿人次，获得较好的传播效果。

初评评语：特别节目《非凡的领航》全景展现 2020 年以习近平同志为核心的党中央在非凡之年的治国理政实践，发挥视频优势，展现大国领袖形象，极具感染力，引发国际主流媒体高度关注和积极反响，是面向世界讲好中国故事、传播好中国声音的代表作品。

"东西问"之"观中国"系列报道

集 体

代表作一：

重磅 | 汪德迈：跨文化视野下，如何看待西方个人主义和东方集体主义？

　　93岁的汪德迈是法国著名汉学家，倾70年之力创建跨文化中国学。日前，"汪德迈跨文化中国学研究国际会议与《汪德迈全集》出版发布会"在北京召开。中新社"东西问"栏目将《汪德迈全集》中涉及东西方文化比较的部分内容摘编整理成文，以飨读者。

　　在跨文化的视野下，东西方文化价值的差异在哪里？两者之间是否有互补性？如何看待西方崇尚的个人主义和东方传统的集体主义？东西方社会如何借助他者的经验看到自己的问题？

　　世人皆知希腊罗马，却忽略了长期以来中国对世界的广泛影响。西方世界应高度重视中国文化的普遍意义。中国的集体主义文化能让人类在艰难的时刻采取协调一致的应对策略，也能在繁荣时期保持最大的包容性和放眼能力。

东西方文化价值都不能被推向极端

　　西方的人文主义是建立在神学基础上的，神学来自犹太教、基督教和柏拉图主义，后来经过托马斯·阿奎那的阐发，形成了西方的神学传统。在东方国家，在中国的人文主义中，人是宇宙的一部分，人跟自然一样，参与整个宇宙的运动。因此，在中国的传统文化中，有"天人合一"这样的概念。东西文化的价值观不同，对人的理解不同，这是双方的一个根本性的差异。

　　"平等"是西方人文主义的一个重要概念。在理论上，大家都认可平等的观念，还将平等作为推广人权的一个手段，但在现实中，大家都知道，绝对的平等是不存在的，平等受到许多主客观条件的制约。这种理论上的平等和现实中的不平等是一种普遍存在。

　　在西方，平等和人权的原则助长了某种个人主义思想：个人高于集体，个人利益高于集体利益。个人主义的泛滥导致了西方社会普遍的危机，这是一种"社会性"的危机：每个人都赋予自己的自由以无限的空间，致使社会联系、社会精神受到破坏。在中国，我们也看到某种思想导致的缺陷，正如我们在巴金的《家》中看到的那样，个人受到种种束缚，这也是东方的问题。

我认为，每个文化的价值本身都是好的，都值得尊重，西方的个人主义价值观和东方的集体主义价值观都有其优秀的一面，都应该得到继承，但是价值不能被推向极端，不能被歪曲。再好的价值，如果被推向极端或被歪曲，也会产生很多副作用。

西方"民主"不足以解决人类的问题

西方对社会的理解发生过变化。在英国17世纪的政治哲学家霍布斯看来，"人对人是狼"，人与人的关系就是人与狼的关系。调节人与人关系的是利益，而不是基督教所宣扬的"博爱"或者"爱他人"这样的伦理原则。

霍布斯的思想与孟子的思想完全相反。在孟子看来，"人之初，性本善"，如果你看到一个婴儿落井，你就会本能地去救他，这是人的善良本质的一种表现。而在霍布斯看来，人天生没有这种善良的本质，而是以追求个人的利益为依归。因此，只能把社会建立在利益关系上，不能把社会建立在同情、怜悯、善良这些价值观上。霍布斯主张建立开明君主制：一个社会应该有权威，这个权威的执行者应该是一个开明君主式的人物，个人应该将自己的自然权利交给这个权威人物，只有绝对的权威才能保证社会契约的施行。

霍布斯的政治思想后来遭到一些批判，最先批判他的人是卢梭。在卢梭看来，社会契约不是让个人将自然权利交付给权威者，而是将自身的一切权利转让给整个集体。卢梭并不否认个人利益的存在（"人人都受着私自的动机所引导"），但是共同利益可以使全体个人结成一个道德共同体，所形成的公共人格，卢梭将其称为"共和国"或"政治体"，"国家"或"主权者"。这样一来，社会契约在公民之间确立了一种平等，所有人都遵守同样的条件，并享有同样的权利。法国大革命以后，欧洲社会开始了漫长的民主建设历程。

西方的民主思想的确与中国的思想有某种对立性：中国的思想注重和谐，集体的利益高于个人的利益，只有这样才能实现社会的普遍和谐。而在西方的民主进程中，我们看到的是保护个人利益，每个人都要保护自己的利益，这是西方民主社会的常态，当然这很容易造成个人利益至上。

现在西方社会为什么会有民主危机？因为习惯于把民主当作最高价值，而"民主"不足以解决人类碰到的一些问题，例如资源分配和环境保护。一碰到这类问题，每个国家、每个企业都有自己的利益，都会为保护自己的利益而不遗余力地争夺。再比如金融危机，民主在西方施行了这么多年，怎么还会爆发如此严重的金融危机呢？这说明民主不足以控制和调节金融领域的危机因素。

西方有一些学者，例如罗桑瓦隆，提出过这样一个问题：当今社会与18世纪的社会具有本质的不同，那个时代创建的民主制度已不适应今天这个时代。如何既尊重民主价值，又能解决当今社会面临的问题，这是一个值得研究的课题。

中国的集体主义对西方或有参考价值

在西方民主碰到的问题之一是议会民主，即通过选举产生的代表，去立法施政。议会民主或代议制民主的危机表现为政党政治的危机。

政党政治表面上是在维护公共利益，实际上是通过民主运作，争夺权力。在这方面，我觉得中国可能有不同的传统。中国的集体主义，或曰集体观念，也许对西方具有某些参考价值。真正的问题不在于说哪里的情况更好，哪里的危机更严重，在东西方社会的比较中，断定孰优孰劣没有什么意义。

真正的问题是我们每个社会都不完善，都有缺陷，问题是我们沉迷于自身的传统，看不到自己的问题和缺点。我们需要借鉴他者的经验，借助他者的经验看到自己的问题，改正自己的缺点，而不是模仿或者照搬他者的经验。

在西方的民主制度下，越来越多的人认为，所有问题都可以交给制度去解决。满足人的欲望也被视为一种人文主义价值，实际上，这是对人文主义价值的误解，致使个人主义不断追求自我欲望的满足。这种现象的后果是什么呢？后果就是人没有了自律。

关于欲望和自律，我想引用19世纪英国自由主义思想家约翰·密尔的话来说明："与一头幸福的猪相比，我更喜欢不幸的苏格拉底。"约翰·密尔这句话值得我们深思。西方还有一个俗语叫"劣币驱逐良币"。在价值这个问题上，也存在同样的危险。很多人没有把西方好的价值拿过来补充或修正自己的文化，而是把西方一些错误的，或者不好的东西拿来为我所用，我觉得一个人在看待另一种文化时，会带有一定的倾向性，这种倾向性或许也是一种缺陷，即容易在他者的文化中注意那些稀奇古怪的东西、令人好奇的东西，而没有看到这种文化的真正价值，因此觉得自己的文化才是最优越的。其实这是拿自己文化中优秀的东西与其他文化中稀奇古怪的东西进行比较，所得出的错误见解。

代表作二：

马丁·雅克：为什么说中国是"文明型国家"的成功？

马丁·雅克是英国著名学者、作家。他是剑桥大学博士，并曾长期担任该校高级研究员。马丁·雅克是西方世界解读中国最著名的声音之一，他于2009年首次出版的《当中国统治世界：西方世界的衰落和中国的崛起》是全球范围内的现象级畅销书，已被翻译成15种语言。

中新社德国分社首席记者、中新网研究院副院长彭大伟近日对话马丁·雅克。马丁·雅克表示，要理解中国发展取得的成功，必须理解中国文明的特性，要明白中国不仅仅是一个民族国家（nation state），而是一个文明型国家（civilization state）。他指出，西方许多人试图强行让中国接受西方人权等价值观的心态使得西方几乎不可能真正理解中国。他同时建议西方国家如果真的想理解中国抗疫为何取得成功，就应该先去了解孔子的儒家思想。

以下为对话全文摘编：

彭大伟：在您看来，中国成功的根源是在于其选择的制度路径还是其独有的政治领导力？

马丁·雅克：我们必须在更广的维度上进行探讨，而非仅仅是（西方政治学意义上的）政治领导力或政治体制的讨论。按照美国政治学者福山的观点，中国的政治体制展现出比其它任何国家都强大的延续性。如果回顾中国从秦朝以来的治理模式，能够看到这中间经历了很多不同的阶段，但一些重要的特征始终是十分相似的。1949年以来，中国共产党一直是领导中国的政治力量，但即使在这一阶段，中国仍然从传统社会治理中传承了许多重要的因素。

优秀的政治领导力无疑是一个国家所必须的。我认为从毛泽东、邓小平一直到习近平的中国领导人都有着极为突出的政治领导力。今天的中国处在一个新的时期，已取得的发展成就令中国在国际上扮演更加严肃、更加活跃、更加积极的角色成为可能。

中国的体制极其成功地打造了一支富有才干的领导团队和一群治理人才。从历史的尺度来看，从1978年至今，中国的政府出色地完成了其使命。我还想补充的一点是，政党的自我革新是非常重要的，我认为中国共产党迄今为止在这方面做得非常好。西方一直对中国共产党颇有微词，然而让我们直面现实吧——在过去40多年里，中国领导层的表现远远好于同时期的美国领导层。

彭大伟：当美军仓惶撤离时，美国总统拜登说，美军在阿富汗的使命从来不是"国家构建"（nation building）。中国是否正是因为在中国共产党领导下完成了国家构建，才避免了四分五裂、生灵涂炭的厄运？

马丁·雅克：当下在中国共产党领导下的中国无疑处在一个非常好的时代，很可能是中国曾经经历过的任何时代当中最好的一个。这是站在中国漫长历史的肩膀上实现的。正是由于从中国历史中获得的智慧，中国共产党能够纠正其早期犯下的错误，探索出一条成功的治理之道。

中国文明自身的特性也是很重要的一个方面，中国不仅仅是一个（西方意义上的）民族国家（nation state），它是一个文明型国家（civilization state）——如果不能理解这一点的话，也就无法真正理解任何有关中国的问题。

彭大伟：您曾提到西方理解中国抗疫模式需要先了解孔子的学说，您还提到西方对此缺乏应有的认知。能否详细阐述这一问题？

马丁·雅克：西方的许多中国问题专家并未真正理解中国，造成这一点的原因是西方人在成长阶段接受的教育是"西方做事情的方式是全世界其它地方学习的模范"，西方的范式比全球其它任何地方的都要优越——西方的运作方式、制度、规范……都成为了用来衡量其它国际的准绳。

例如，在"人权"这样的争议话题上，西方从未真正尝试着去理解中国是如何实践其人权理念的。这是由于双方截然不同的历史传统，可追溯到孔子的时代。在孔子的学说中，个体不是世界的中心，人们重视的是集体，集体可以是一个家庭，也可以是范围更大的集体，一直到整个中国。只有当置身于一个集体、一个社会当中时，个体才具有意义。

在我看来，围绕人权问题的大部分争吵都是基于西方希望想将其思维模式输送给中国，而后者并未接受。这么做意味着这些人并不真正需要理解中国，因为最终他们还是会相信自己是对的、中国是错的。如果动辄就向中国喊话"你们只需要照我们的方式来"，那还谈何理解中国呢？

在诚实和谦虚这两方面，西方在疫情期间的表现无疑都是不及格的。（对中国抗疫方式的指责和后来围绕病毒溯源的纷争）真的都只是一种可耻的、用于分化和转移注意力的借口。

中国是如何取得抗疫成功的？第一，中国政府有非常好、非常清晰的抗疫策略。第二点，也是西方从未探讨过的一点，就是人的因素非常重要。中国人拥有很强大的社会凝聚力和团结度，这种传统深深地植入到中华民族的国族意识当中。这也是为什么美国在抗疫中的表现如此差劲——美国没有中国重视集体的观念。

彭大伟：白宫和美国共和党政客热衷于在新冠溯源等议题上攻击中国，这完全无关严肃的科学研究，而是一种将病毒作为武器的诡辩术？

马丁·雅克：这是一种转移视线的企图，由于美国在疫情期间表现得糟糕透顶，而中国表现得非常突出，政客们不得不出手掩盖这一事实，而这种做法已经给西方带来了国际关系层面上的危机。美国和整个西方抗疫是如此乏善可陈，以至于他们只能一再转向病毒起源的问题。我认为西方国家政府和媒体在这当中的角色是可悲的——并非每一家都是这样，但有太多政府和太多的媒体都热衷于甩锅了。

彭大伟：您如何看待中国共产党带领中国实现复兴的百年历程？

马丁·雅克：这一切成就是属于全体中国人民的，每个中国人都为中国今天的成就作出了一份贡献。当然，要想实现这一切，就必须得有卓越的政治领导，中国共产党恰好是这样一支领导力量。从1949年到1978年再到如今，中国发生的变化是常人无法想象的，非常伟大。中国共产党在我看来是现代人类世界最成功的政治组织，而且遥遥领先其他政党。西方时常会拿苏共进行比较，但中国共产党和苏共完全没有可比性。中国共产党在自我革新、自我重塑方面做得非常好，事实上他们不仅重塑了党，也重塑了中国。执政地位不是理所当然的，政党必须与时俱进，总是着眼未来。中国文化很善于着眼未来。中国共产党传承了中国文化的这一思维特质。这也是为什么中国共产党总能带领自身和国家走出低谷。

邓小平的改革从经济政策上引入了市场的作用。很多人事后说这是"西化"，但恰恰相反，中国开创了一种全新的独特体制，破除了改革开放前束缚发展的要素，将自身发展融入了全球市场。改革开放对中国而言是一种极为自信的思路，因为一旦选择对外开放，中国就得和资本主义世界竞争，面对的竞争对手来自（当时）富裕得多、受教育程度高得多的西方国家。这是非常关键的决断，西方当时没有多少人相信中国能够取得成功，但是中国仍然以强大的自信选择了开放。

彭大伟：您对中国推进实现共同富裕有何看法？

马丁·雅克：这是令人非常感兴趣的一项最新发展。西方目前已有的反应都是基于一种几乎是本能的反华态度在驱动——条件反射地认为这是"负面的"。然而西方也正在面临和中国同样的贫富分化问题。

尽管有很强烈的呼声，但美国没有为消除其巨大的不平等问题做任何事。欧洲也不同程度地存在这一问题。20世纪80年代以来，新自由主义的盛行造成不平等问题持续蔓延。中国如今正在试着找到应对之策。互联网成瘾的问题也是一样。这些问题都是真实存在的，必须得到应对、提出解决方案。

代表作三：

哈佛大学宋怡明：东西方之间存在"文明的冲突"吗？

宋怡明（Michael A. Szonyi）是美国哈佛大学费正清研究中心主任、哈佛大学东亚系中国历史教授，著名明清及中国近代史学家。在 20 世纪 80 年代，十几岁的宋怡明机缘巧合来到中国教授英文，在特殊时期的这段特殊经历让他与中国结下了不解之缘。之后，他开始学习中文、学习中国历史，先后就读于多伦多大学、牛津大学，走上了一条研究中国的学术道路。其间，宋怡明多次到访中国，深入田间地头调查研究，著有《实行家族：明清家族组织研究》《冷战岛：处于前线的金门》等。

近日，宋怡明在接受中新社"东西问"独家专访时回顾了他与中国的渊源，也分享了他对中国与世界关系的思考。作为一名西方的中国专家，宋怡明认为东西方之间并不存在亨廷顿所谓的"文明的冲突"，东西方社会、民众之间的共性远大于不同。宋怡明相信，"我们作为人类所拥有的相通的东西远远超过因为我们出生地不同而带来的不同。"

现将访谈实录摘要如下：

中新社记者：作为加拿大人，如何产生对中国的兴趣并决定将研究中国作为毕生事业？

宋怡明：我一开始对中国产生兴趣是在 20 世纪 80 年代。当时我刚高中毕业，想要去国外做点有趣的事情而不是直接读大学。我尝试在全世界寻找机会，写了几百封信，最终幸运地获得了在武汉教英文的工作。于是，只有 17 岁的我来到武汉，在那里待了几个月。当时的中国正值改革开放初期，处在惊人变迁之时，空气中洋溢着强烈的兴奋之情，我被深深吸引了。当时的我并不会讲中文，拿着一本新华字典，通过徒步、搭便车、坐卡车等不同方式去了中国很多地方。我对中国产生了很大兴趣，想要关注这个国家的发展和变迁。在我回到加拿大上大学后，开始学习中文，后来决定研究中国历史。

对我而言，将研究中国作为事业并不是有意的计划，只是我非常幸运在中国经历变迁的特殊时期对中国产生了兴趣，所有的故事就从那里开始了。

中新社记者：您曾提到，博士期间最重要的一段学术经历是来到中国福建农村做田野调查。为什么对您而言这段经历如此重要？

宋怡明：当时为了收集材料，我来到福建，住在当地村庄的祠堂里。从学术角度而言，这段经历让我意识到去到历史发生地的重要性。通常历史研究者都在图书馆和档案馆里做研究，而如果来到历史真实发生的地方，会对历史如何发生发展产生完全不同的理解，这一体会一直指引了我之后的历史研究工作。

从个人层面而言，在中国农村跟这些农民住在一起、一起吃饭、喝酒，了解他们当下的生活和他们的历史，让我跟其他中国学者（相比）有了非常不一样的经历和视角。从跟他们的日常聊天中就可以学到很多东西，包括他们的兴趣、关切，面临的挑战等。这对我个人有着深远影响，加深了我对现代中国和中国历史的兴趣。

中新社记者：您曾说过，在研究历史问题时，更倾向于从微观视角探索宏观问题。您觉得中国普通百姓自古以来的特点是什么？跟西方有什么异同？

宋怡明：大部分历史学家在讲述历史时都是通过贵族、上层社会或者国家的视角。当从普通百姓的角度看待历史时会有非常不同的样态，所以我一直致力于通过微观视角研究历史。在我看来，研究历史的本质是搞清楚在那个年代背景下的人们是如何思考、作决定的，并且意识到与现代人的不同。实际上，当这样比较的时候，我发现古代的人们和现代的人们没有那么多不同，东方和西方的人们之间也没有那么多不同，大家在本质上都有着同样的人性。这也正是研究历史的有趣之处。当我们研究生活在中国古代的人们，当中国人研究欧洲古代的人们，当大家今天研究生活在不同国家的人们时，都可以发现这种相似性。

我最近出版的一本书是关于明朝的军户制度。这些军户每个家庭需要派一个人去参军。我们可以把参军当成交税，军户需要参军，他们愿意交这个"税"，但他们也想采取措施减少不确定性、降低风险。实际上，他们对于参军这种"税"的想法跟我本人看待交税的想法是差不多的。我希望知道我要交多少税，不想交多于需要的税，我希望交的税是公平的。当然，我现在给美国政府交的税与明朝永乐年间军户派人参军是很不一样的，但我认为他们看待问题的方式跟我实际上是非常相近的。

在我看来，不同文化的人们尽管讲着不同语言、面对不同环境，但本质上可以互相理解。不同文化、文明是由不同传统塑造的，但这些传统并不是自动地影响我们的选择和塑造我们的生活，我们的选择不完全受传统控制。归根结底，人性是相同的。

中新社记者：哈佛大学教授亨廷顿的"文明冲突论"观点认为，未来全球的主要冲突将在不同文明之间进行。您认为东西方文明之间存在冲突吗？怎样增进不同文明间相互了解？

宋怡明：简单地回答是不是的，我认为文明冲突理论是没有意义的。亨廷顿是很好的学者，但对于文明冲突论，我认为是基于对社会如何运转的根本性错误认知。人类社会当然存在冲突，但认为不同文明之间寻求不同东西，显而易见证据是不足的。一种文明并不只有一个声音、一种行为方式。在亨廷顿的文明冲突理论中，列举了几种文明间的冲突，其中一个是在伊斯兰文明和西方文明之间。美国确实和伊斯兰世界中的一些群体存在冲突，但不能说整个伊斯兰世界都与美国、西方价值观存在冲突。当今社会的很多差异与不同国家最近几百年的做法更加相关，我不认为这些差异是历史性的、文明间的差异。

在一定程度上我的职业的意义就是让美国和英语国家更好地了解中国。在我看来，不同文化之间的互相了解没有根本障碍，但这只是从乐观角度看待人性的结论。事实是，人们对于未知的事物通常会感到害怕并且给予负面回应，但这些都是可以解决的。我一直支持民间外交，也非常相信只要人们可以见面，就可以解决问题。

我想说我现在的很多学生，如果他们去到中国，会对中国有更好的了解。更重要的是，如果他们之后在美国成为商界、政界领袖，他们的中国经历会有利于美中关系发展。这种人文交流在当下有意义，对未来同样有影响。

中新社记者：费正清作为美国最负盛名的中国专家之一，曾经在让美国社会了解中国方面发挥了重要作用。作为世界最具影响力的中国研究中心之一，哈佛大学费正清研究中心会在增进中美交流中扮演怎样角色？

宋怡明：在当今时代，费正清研究中心可与各领域的专家合作，让政界、商界、科技界等人士更好地了解当前的中国。我们最重要的职责是让政府意识到学生学习知识是有益的。无论美中关系未来如何发展，让美国更好地了解中国、让中国更好地了解美国，对于两国而言都是有利的。第二，我们可以作为两个社会之间中立的、科学的、客观的观察者，这对于美中都适用。当美国学者讲述某些关于中国的议题时，他们并不代表美国政府，而是基于他们的研究成果。现在像包括费正清研究中心在内的很多中国研究中心都面临同样的艰难境遇，一些中国人会认为我们代表美国政府，一些美国人则认为我们受到了中国政府影响、代表了中国的观点。

中新社记者：当前，中美关系处在关键时期。今年，有数百名中国留学生赴美签证被拒，包括哈佛等名校学生。对此，您有什么看法？

宋怡明：当前美中在教育领域的关系处在关键时期。双方学界间的交流遭到了阻断，中国主要由于应对新冠疫情而采取措施，美国则是出于安全考虑。美国在管理知识产权、敏感科技方面应该做得更好。针对中国人、与中国共产党有联系等就拒绝签证的做法是错误的。

我希望美中两国关系可以改善，我们之间在很多领域有着共同利益，包括气候变化、经济繁荣等。我们需要寻找改善关系的途径，我相信教育在这其中是可以发挥一定作用的。

（中国新闻社 2021 年 06 月 09 日）

申报资料实录

作品简介： 中新社2021年策划推出"观中国"系列报道共6篇。重在阐释中外热点话题背后的深层逻辑，邀请多位国际知名专家撰稿或接受专访，形成一组兼具学理性与可读性的深度文章。该组稿件通过海外汉学家、国际关系学者、资深媒体人的独特视角"观中国"，客观公正地诠释中国取得举世瞩目发展成就的文明基因，引导海外读者观察中国时既能"知其然"，也可"知其所以然"，以塑造可信、可爱、可敬的中国形象。值得一提的是，法国著名汉学家汪德迈夫人金丝燕女士对《重磅｜汪德迈：跨文化视野下，如何看待西方个人主义和东方集体主义？》一文表示赞赏，并称此文引发法国汉学界关注。稿件播发后不久，93岁高龄的汪德迈先生去世。中新社专栏在2021年12月31日特别发布海报追忆过去一年中报道所涉及的仙逝的外籍学者，包括汪德迈、瑞典著名汉学家林西莉，作为中新社对国际老一代汉学家进行抢救式采访的努力，亦获得媒体界、学术界肯定。

社会效果： 中新社通过"东西问"专栏推出"观中国"系列报道后受到境内外媒体关注。据统计，境内外网站涉及该组稿件的报道单篇转载均超200篇次，网络阅读量超3000万，多篇稿件被学习强国App首页推荐。该系列报道也被大量境外媒体刊发，新加坡《联合早报》、菲律宾《联合日报》、泰国《新中原日报》、印尼《印华日报》以及台湾《中国时报》《澳门日报》等报刊采用；被西班牙欧华网、意大利侨网、华人工商网，美洲华联社，日本中文导报网、香港星岛环球网、菲律宾菲龙网，阿根廷华人网、非洲侨网等转载。英国著名学者马丁·雅克接受中新社专访后，在其本人社交媒体账号转发受访文章。中国驻巴基斯坦文化参赞张和清转发推荐此文，称"英国学者马丁·雅克的观点是正确、公正的"。美国著名汉学家、哈佛大学费正清研究中心主任宋怡明（Michael A. Szonyi）接受中新社专访后，通过个人推特账号转发受访英文稿，美国汉学家欧立德（Mark C. Elliott）、美国战略与国际研究中心（CSIS）高级顾问甘思德（Scott Kennedy）、著名智库美中关系全国委员会均积极转发并评论"很好地解释了对中国进行近距离实证分析的益处"。

初评评语：世纪疫情叠加百年变局之下，向世界讲清楚中国的发展方向与路径倍显重要。"观中国"系列报道通过多位海外知名专家"外眼观中国"，构思巧妙、立意高远，以学者客观、平实的视角回应国际社会对中国的关注与疑问，起到了解疑释惑之效。更加难得的是，该系列稿件专访到多位国内外受众耳熟能详且具有国际影响力的海外中国研究专家。这些汉学家及国际知名人士的加入，提升了中国议题在国际舆论场的整体声量，为进一步弘扬中华优秀传统文化、促进东西方文明交流互鉴作出了媒体的贡献。

"Daka! PLA"（打卡！中国军队）

集　体

限于篇幅，文字稿略，获奖作品请见中国记协网 http://www.zgjx.cn。

（中国军网 2021 年 12 月 03 日）

申报资料实录

作品简介： "打卡！中国军队（DAKA!PLA）"是为庆祝党的百年华诞，由军委政治工作部网络舆论局牵头、解放军新闻传播中心时政部具体组织实施大型网宣活动。该活动采取网络互动形式，带领网友沿着习近平主席领航强军兴军的足迹，深入习主席视察过的部队，重访习主席接见过的官兵、登上过的战车战机战舰，见证人民军队阔步向前的铿锵步履。记者深入第79集团军某陆航旅、舰载航空兵部队、空军轰炸航空兵某师实地打卡，聚焦部队武器装备，带领观众"沉浸式"体验，充分展现部队官兵风采和大国重器的震撼力量。

社会效果： "Daka!PLA"外宣版在海内外取得良好的传播效果，产品让军事时政产品原本的"硬外壳"披上"软外衣"，原本"高冷"的政治话语变得更加"接地气"，更容易被海内外民众所理解和接受；同时，使军事时政类短视频可以在社交化媒体中抢占舆论阵地，努力讲好新时代强军故事。三期外宣产品经 Facebook 账号"xi's moment"推送后，引起海内外网友广泛关注，澎湃新闻、环球时报等媒体的境外社交媒体账号竞相转发，向外国网友展现了中国军队在强军兴军新征程上的铿锵步履。

初评评语： 作品以"宣传习近平强军思想"为出发点，主题重大，内容鲜活、形式新颖，在国内外传播效果良好，是一次对外讲好中国故事、强军故事的成功实践。

杂交水稻之父

——袁隆平

集　体

作品二维码

（湖南广播电视台 2021 年 05 月 26 日）

申报资料实录

作品简介：2021 年 5 月 22 日，"共和国勋章"获得者袁隆平院士与世长辞。
2021 年 5 月 26 日至 29 日每晚 18 点，湖南卫视连续播出四集典型报道《杂交水稻之父——袁隆平》，每集约 25 分钟。该片立意高远、史料翔实、感情真挚、制作精良，深情讲述了袁隆平以国家和人民需要为己任，以奉献祖国和人民为目标，躬耕田野、造福世界的毕生追求。作品分为《大地赤子》《勇攀高峰》《追梦人生》《造福世界》四集，分别讲述了他的童年岁月、科研历程、业余生活和全球影响，小口子、多角度、高光点，立体呈现了袁隆平不懈追梦、造福人类的壮阔一生和朴实无华、风趣可爱的多彩性格。该作品精心选取湖南台跟拍袁隆平近半个世纪的口述素材和珍贵影像，许多内容是第一次与观众见面，富有震撼力和感染力。以为时代人物立传的使命感，面对海量的素材，节目团队仅仅在 4 天之内，高质量地完成了作品。通过一个个生动的细节，人们看到的是一个不畏权威、脚踏实地、攀登科学高峰的科学家袁隆平；一个可亲可爱、多才多艺、乐观开朗、质朴谦逊的邻家爷爷袁隆平；一个顶风冒雨、披星戴月、趟泥水握稻穗的农夫袁隆平；一个被中国人民和世界人民爱戴与尊敬、深切缅怀的"世界的袁隆平"。

社会效果：许多片段让人泪目，编导们是噙着泪水编完片子的。经节目团队通宵达旦创作，在袁隆平院士逝世后第四天，该片播出引发强烈反响。在芒果 TV、芒果云、新浪微博、抖音、快手、视频号等平台同步推出，总播放量 2138.5 万。此外，2021 年 6 月 30 日至 7 月 3 日，《杂交水稻之父——袁隆平》英文译制版通过 ST Zone 频道在非洲 37 个国家播出，覆盖 1300 万非洲用户。其中，单集最高收视为 1.84%，平均收视率为 1.18%，均远超频道平均收视。

初评评语：通过三代记者持续半个多世纪的跟踪采访和用心用情的创作，作品塑造了人民科学家袁隆平院士造福人民的独特形象和人格魅力。该片主题鲜明、思想深刻、情感饱满、内涵丰富，把袁隆平的经历、成就和生活结合起来，并将其形象放到中国从站起来、富起来到强起来的民族发展大背景上加以刻画，立体还原了一个既有深度又富有人情味的科学家形象。作品"刷屏"网络、海外热播，持续弘扬着袁隆平爱党爱国、勇于创新的高贵品质和胸怀天下、脚踏实地的崇高风范。该片是典型报道中的佳作，也是新闻工作者以实际行动对袁隆平同志最好的缅怀与纪念。

焦裕禄精神的新时代回响

集 体

57年前，为改变河南兰考的落后面貌，县委书记焦裕禄带领干部群众艰苦奋斗，直至生命最后一刻。

2021年，中国共产党迎来百年华诞。世所罕见的脱贫攻坚战宣告全面胜利，1800多名党员干部为此献出了生命，其中4位县委书记就有2位来自湖南：中共炎陵县委原书记黄诗燕和溆浦县委原书记蒙汉。

没有硝烟的战场，却有如此壮烈的牺牲。

正当我们聚焦已被评为"时代楷模"的黄诗燕，准备深入潇湘大地展开采访，不经意搜到的一段视频，使我们重新思考原有的计划——

大雨倾盆，溆浦成千上万名干部群众自发送别蒙汉。灵车驶过，一名中年妇女冲出人群，跪地痛哭……

黄诗燕？蒙汉？蒙汉？黄诗燕？

哪一个堪称新时代的焦裕禄？

从东至西跨越400余公里，炎陵到溆浦的距离，在地图上只有一拃长。可就是这一拃长的距离，让我们往返跋涉、一路追寻……

寻路：昔日焦裕禄栽下的泡桐已成兰考的"绿色银行"，他们给这一方山水留下了什么？

湖南，红色的热土。2013年，习近平总书记来到湖南湘西州十八洞村考察时，作出"实事求是、因地制宜、分类指导、精准扶贫"的重要指示。

贫困已在中华大地盘踞千年。为了兑现"让人民幸福"的庄严承诺，新时代的中国共产党人誓要攻克这个顽固的堡垒。

一场硬仗就要打响！黄诗燕和蒙汉分别走进了罗霄山区和武陵山区这两个集中连片特困地区。

"要根据自己的实际情况，摸索出一条与之相适应的路子。"

入夜，炎陵县委大院的灯火渐渐暗去，县委的同志悄悄拉上办公室的门，独留下黄诗燕一人。静静坐在办公桌前，他细细研读着习近平总书记的著述《摆脱贫困》。

仅有20万的人口,接近20%的贫困发生率;"十种九不收"的种植条件,运不出去生生烂掉的水果,还有百姓逢雨必漏的"杉皮屋"……一个"贫"字,深深刻印在这片红土地上。

怎样才能摘掉国家级贫困县的穷帽,如期完成党交办的任务?

7月的一天,烈日炎炎,黄诗燕顶个草帽,又下乡了。这一次,在霞阳镇山垅村村民陈远高家,他发现了一棵老桃树。

"真的?"黄诗燕推了推眼镜,"这一棵树年收入有7000块?"

从选种到嫁接,从上肥到除虫……汗水浸湿了白衬衣,可他兴致不减,操着一口浓重的攸县口音,拉着老乡问了个底朝天。

一旁的炎陵农技专家谭忠诚越听越佩服:"只听说他是个笔杆子,没想到竟是学农出身,提的问题都很专业。"

"这就是咱炎陵的摇钱树啊!"连拍了几下老桃树,黄诗燕一直紧锁的眉头舒展开来。

这次调研后,炎陵黄桃产业发展领导小组办公室迅速挂牌,农民种黄桃免费领苗领补贴。"黄桃"挂帅打头阵,要搞八个特色生态农业基地。

400多公里外,蒙汉却在犯愁。

扶贫靠产业。溆浦虽然是传统农业大县,规模产业却近乎一张白纸。县委班子换了一茬又一茬,2012年全县第二产业占GDP比重仍在全省倒数。

还有138个贫困村、13.41万贫困人口,51个村公路没有通……广袤而崎岖的山区实在掘不出"源头活水",蒙汉把目光投向县城边上的一片荒地。

"咱们的园区怎么搞?"2013年9月的一天,蒙汉又把时任县发改局副局长周钊问住了。

"关键要做起来。"周钊硬着头皮,心里打鼓。几个月前,就因为工业园区的规划建设问题,这个三十多岁的男人被蒙汉书记骂哭了。

"那就组个班子,马上搞起来!"

一个月后,还在到处跑手续的周钊和在"冷衙门"里混日子的刘小兵突然接到通知:到卢峰镇沈家堡集合!

大步流星,蒙汉领着他们直接爬上一座山头,指着四周一片荒山,语出惊人:"这儿就交给你们了,干好了,是溆浦的功臣;干不好,就从山头跳下去!"

溆浦县工业集中区管委会就这样宣告成立,当上管委会主任的刘小兵被"逼上梁山",麾下只有一个公章三个兵、50万元启动资金,一块300多座坟墓要外迁的荒地。

蒙汉立下军令状：将产业园区作为发展溆浦经济"第一大主战场"！可是，1亿多元的厂房建设资金，县里一分钱拿不出来，记不清有多少老板一听要垫钱修路建厂房，立马拍拍屁股走人。

"前面那么多任都没搞成哦。""这个'湘西乌克兰'，搞工业没出路！"……空前的阻力也向黄诗燕袭来。

炎陵山区素有"天然氧吧"之称，果树种植条件得天独厚。但过去30多年，这里引进了多个鲜果品种，始终"只有样品没有产品"。

市里有人提点他："这么紧巴巴的财政，万一砸不出个水花，你这个位子能坐得稳？"

农民们没几个敢信："从种子到票子，至少三五年，万一搞不好，不是鸡飞蛋打？"

"别人嚼过的馍"，吃着没味道；因地制宜的路，只有闯才能看到未来。黄诗燕浏览着习近平总书记在河北阜平考察扶贫开发工作的报道，反复回味着总书记提出的"只要有信心，黄土变成金"。

他深知，要想改变落后的面貌，一方面要全力以赴抓产业，一方面要身先士卒鼓士气。

"产业做好了，农民才能真正靠山吃山靠水吃水。"当机立断，黄诗燕干脆领着专家团，下村搞起黄桃种植基地。

产量不足？他挽衣袖卷裤腿，蹲在树下查虫害；

卖不上价？他从除虫方法开始教，对标海外市场提品质；

品牌叫不响？他字斟句酌广告语，包装标识全统一，一举申报"国家地理标志证明商标"！

2016年初夏，近万吨黄桃金灿灿地挂满枝头，黄诗燕又开始谋划销路："糖分高、容易坏，要抓紧卖！"

一场黄桃大会办了起来，他亲自登台给黄桃代言："个大、形正、色艳、肉脆、味甜、香浓，炎陵黄桃既好吃又好看！"

有人提醒他：书记站台会不会影响不好？他脸一板："为百姓站台，我怕什么？！"

这还不算，他又在县域全境建起集中统一的收购站，组织电商送技下乡，小山沟里刮起直播带货风。

"回过头看，没有黄书记的胆识和担当，根本不可能做到。"谭忠诚说，"有人说黄书记拿黄桃赌了一把，但我们明白，这根本不是赌博，从头到尾他都想得特别细，看得也远。"

以 3 年为一节点，按照黄诗燕设计实施的"广种、丰产、外销"三步走，小小黄桃"四两拨千斤"，盘活了全县扶贫、就业、交通等难题。8 年间，"炎陵黄桃、'桃'醉天下"叫响市场。

这 8 年，也印证着中国反贫困斗争的脚步。

平均每年有 1000 多万人脱贫，约每 3 秒钟就有 1 人跨过贫困线。

"脱贫致富贵在立志，只要有志气、有信心，就没有迈不过去的坎。"习近平总书记在湘西州十八洞村考察时的话语，在蒙汉心中升腾起一团火，燃烧着他，也炙烤着周遭一众人。

大会小会，他都为工业园撑腰站台；四处招商，他冒着大雪给企业家母亲拜寿，说服他回乡创业；隔三差五，他就跑到园区指挥调度，晚了就在工棚和衣而睡……

打听到几位溆浦籍企业家有回乡建厂的意向，他带着刘小兵立刻飞到广东。没有开会，也不座谈，蒙汉直接找了家餐馆，自掏腰包请客。

就这样，一家接一家，一企定一策，49 家企业进驻了，扶贫车间开动了，贫困户在家门口就业增收了。

我们跟随刘小兵，站在曾经举行任命仪式的山头环视：溆浦产业开发区二期建设如火如荼，一片荒山成了创新发展的热土。

"从建这个园区开始，蒙书记就真的想给溆浦留下一只会下金蛋的鸡。"指着一条双向六车道的园区道路，刘小兵告诉我们：当年蒙汉力排众议，通过公开招标选了一家全球知名的公司来做设计，很多模棱两可的问题，比如路要不要修这么宽、山要挖掉几座，他都坚持绝不"降级"，要按未来几十年能支撑起现代化产业园的规模干！

"绿我涓滴，会它千顷澄碧。"焦裕禄当年带领群众栽下的泡桐，不仅把漫漫黄沙变为万亩良田，也成了今日兰考名副其实的"绿色银行"。

而黄诗燕和蒙汉，留下的是一个年综合产值 20 亿元、惠及县域内三分之二贫困人口的黄桃产业链，和一个技工贸年总收入近 30 亿元、成为"产城结合"样板的省级工业园区。

行路：跨越半个多世纪，什么才是他们心中不变的标尺？

谭忠诚的手机里，存着炎陵桃农们为纪念黄诗燕发的朋友圈截屏。其中不少，重复着"黄书记就是焦裕禄"这一句。

老百姓怎么评价蒙汉？溆浦县委办的干部没有直接回答，而是拉着我们走上蜿蜒曲折的山路。

蒙汉到任时,这个百万人口大县刚刚经历了前任县委书记贪腐落马的震荡,基础建设欠账多、脱贫攻坚梗阻多,黑恶势力滋扰的群体性事件也时有发生。

"脚板底下出思路!"

如一阵急旋风,蒙汉上任 56 天就走遍全县 43 个乡镇,所到之处"飞沙走石"——他把矛盾问题都揭开了看,"政绩盆景""民生工程遮羞布",到了他这里统统掀掉。

第一次到溆浦县最偏远的沿溪乡,蒙汉就发现了问题:去瓦庄村有两条路,要么是坐车绕行 50 多公里,要么是翻山走小路,徒步大概 7 公里。

"走小路。"已经入夜,蒙汉手电一打,率先攀上陡峭山路。

到了山顶,乡亲们告诉他,对面的乡被大山挡住了。一来一回只能绕道,200 多公里!

"这怎么行?"蒙汉一听急了。已近凌晨,他一个电话打给交通局局长:"一早 8 点,开现场会!"

第二天 8 点整,山头现场会准时召开。蒙汉让交通局局长现场签下军令状:打通两个乡直达的翻山路,要快!

不到半年,路修通了,两个乡距离缩短至 20 公里。蒙汉乘胜追击,干脆在全县搞了个"断头路"三年清零行动。

拿下阵地,全力推进!溆浦干部觉得蒙书记手里好像握着一根小鞭子,赶着他们一路小跑。

不打招呼,他直接"杀"到工地现场,径直走到路基边上,抄过卷尺蹲下就量,张嘴就问灌注质量——

"你这个灌满水泥了吧?"

"灌了,灌了。"

他不信:"敲一个,来来来来来,敲一个。"

抄起锄头,他叮当一顿敲,见路基松动,眼睛一瞪粗着嗓门便喊:"这边就没灌啊!"

不等接茬,他转头一指施工方:"我知道你们!灌也灌了一点,'偷'也'偷'了一点,交通局来搞质量检测,你就带到灌了的那个地方去敲。"

对方连连点头,他还不放心:"你别糊弄我。如果里面没灌满,这里汽车的轮胎压过去就压坏了!"

末了又比着手势说:"我要拿起八磅锤来敲的啊!"

大山里的沟坎,思想中的懈怠,都是最难啃的硬骨头。作为县域发展的领路人，必须一竿子插到底，把党和国家的大政方针"精准滴灌"到每家每户。

河水湍急，他纵身跳上木船，扯着嗓子和"孤岛"上的村民喊话；山石滑坡，他一脚跨上村民的摩托，摸黑前往山顶的片组；鞋子陷在泥沼里拔不出，他直接拽下来提手上；太晚了就夜宿农家，扒一口老乡家的剩饭，分一床破旧的棉被……蒙汉踩着一双大脚板，划定了全县行政村1757个网格的服务路线图。

电不来、网不通，他不走；房不改、账不对，他倒查。针对基层党组织涣散无力，他提出"所有干部联农户"的硬要求；发现"两不愁三保障"跑冒滴漏，他又念"问题在一线解决"的紧箍咒。

溆浦县扶贫办的颜涛是跟着蒙汉下乡最多的人，他记得蒙汉入户的习惯动作：开龙头、开电灯、看米缸、看存折。

有一次，看到贫困户改造后的房屋厕所没装门，只用了两块帘子隔开，他当场批评镇党委书记："你去上个厕所，看看你羞不羞！"

跑遍溆浦的犄角旮旯，百姓的问题解决了不少，蒙汉的"亲"也认了不少。

在卢峰镇屈原社区，我们找到了那段视频里跪倒在雨中的王林芳。

"你比我大了几岁，我就喊你大姐吧！"蒙汉第一次来家的情形她还历历在目。

多年前，王林芳的丈夫在一次劳动中从山上摔下，落下了终身残疾。此后两个儿媳离家出走，儿子们撇下孙子外出打工，一家的重担压得她喘不过气，几次都想抱着小孙子跳进溆水河里一了百了。

可蒙汉逢年过节总想着她，一次次来家里安慰："大姐，有困难不怕，我们来帮你一起想办法。"

帮扶政策一项项落实，王林芳的丈夫纳入低保、儿子孙子住上了公租房，蒙汉还经常上门嘘寒问暖。

"他就是我们溆浦的焦裕禄啊！"王大姐的情绪又一次失控。

颜涛又带我们找到了74岁的北斗溪镇华荣村村民李冬金。

老屋又破又黑、儿子卧病在床……2015年冬，李奶奶第一次见到这个大个子的县委书记。

"我的娘已经不在了，你的生日和我娘就差一天，你就是我的亲娘，以后你的家就是我的家，我到你这儿来就是到家了。"那一刻，她的心被他的这番话温暖了。

如今，全家人住进新房，两个孙女相继考上免费师范生。可李奶奶还是惦记着那间蒙汉住过的破屋，梦到他又拎着大包小裹进门就喊："娘，我来了！"

我们一愣，不禁想起那个风雪交加的夜晚，焦裕禄坐在老大爷的床头，说出的那句"我是您的儿子"。

正如焦裕禄当年所说："共产党员应该在群众最困难的时候，出现在群众的面前，在群众最需要帮助的时候，去关心群众，帮助群众。"

蒙汉认了多少亲？好像没人说得清。走了多少路？干部们的苦笑能说明。

一程又一程，我们亲身体验着蒙汉的日程。连日阴雨，山路上覆着薄霜，车窗外云遮雾绕，三五米就辨不清人影。身侧是万丈悬崖，遇到急弯不由让人捏一把汗。

"左拐右拐全听他的，好像脑子里有张地图。"司机贺泽健最佩服蒙汉的体力和记性。每次下乡暗访，蒙汉都会暂时"保管"所有人的手机，由他指挥路线，随时停车查办问题。

端上一锅热乎乎的糙米粥，炎陵梨树洲村的村民一再拜托我们把黄书记写好，因为他"把群众的小事，都当作大事"。

这个海拔1500多米的小山村，曾是炎陵历史上最后的无电村。黄诗燕第一次到这里，听说有个组还在用手摇水力发电机，特意改变行程，换上拖鞋，循着山泉逆流而上。

青苔湿滑，黄诗燕一脚没踩住，跌进水潭，浑身湿透。上了岸来，他连说"不要紧"，草草抹了一把脸，就把老乡递过来的衣服套在身上。

然后，他又面色沉重地对同行的干部们说："21世纪很多年了，竟然还有老百姓用不上电，我们是有责任的，我们对不起老百姓。"

而今，水泥路修到了家门口，电网架到了山顶上，特色民宿有了统一规划，老人看病孩子读书不犯愁……小山村已成当地一席难求的网红避暑地。

在炎陵采访，县委大院进出数十回，我们对老古董般的门窗和台阶印象极深。时任县长文专文记得，黄诗燕一上任，就和县委办的同志们统一认识："把钱花到老百姓最需要的地方去。"

易地扶贫搬迁、农村危房改造、土坯房集中整治三大工程齐头并进，随便划拉划拉就是3亿多元的支出。

"这可是炎陵县全年的财政收入啊！""要不要把标准降低点？"

黄诗燕斩钉截铁："砸锅卖铁，也要让老百姓住上新房。"

屋顶漏了雨，换上几片瓦；书柜隔板变了形，翻个面继续用……县委的开支减了又减，黄诗燕还继续加码："老百姓有个遮风挡雨的房子不容易，我们可以再勒紧裤腰带""以后生活好了，房子还会加层，要按两层楼打地基、留楼梯……"

有的同志还不理解，黄诗燕就开党会、讲党课，一遍遍组织大家学习领会习近平总书记关于民生工作的重要论述——

……多做一些雪中送炭、急人之困的工作，少做些锦上添花、花上垒花的虚功……

打开蒙汉办公桌上的剪报册，习近平总书记的重要讲话和重要文章逐年分类，其中一段做了特别标记——"做县委书记就要做焦裕禄式的县委书记，始终做到心中有党、心中有民、心中有责、心中有戒。"

翻开炎陵干部的笔记本，上面记着黄诗燕的告诫："要有清正之德、廉洁之志、谦慎之惧，要对党纪国法存畏惧之心，对工作纪律存畏惧之心，对人民群众存畏惧之心。"

同学聚会，他抽不开身；企业邀约，他婉言谢绝。同事聚餐，他回复说"最好的感情，是工作上相互支持"。

有人打听黄诗燕爱好什么，县委的同志只知道他饱读诗书，讲起话来常常引经据典、信手拈来。他还常给年轻的同志讲解自己写的"岁寒三友"："我们要学竹，扎根不松根；学松，傲寒不傲天；学梅，报春不争春。"问遍黄诗燕的朋友圈，除了"抽烟很凶，不讲牌子"，人们都说他"不食人间烟火"。

这时候突然有人插话：黄书记也找老板走过后门！

"那是一个贫困户，父母因病失去了劳动能力，家里有个儿子三十来岁，脑袋看上去要笨一点，他问我能不能帮忙解决这个人的就业问题。"入驻炎陵九龙工业园的宗义电子科技有限公司总经理胡安，最终给黄诗燕开了这个"后门"。

他还记得黄诗燕当时诚恳的语气："我最反对走后门，但为了这个家，还请老板开绿灯。"

心路：绝不能穿上"皮鞋"就忘了"草鞋"，赤子之心为何始终炽热如火？

我们把追寻的目光，投向蒙汉倒下的那一天——

2020年7月7日这一天，他的行进轨迹依旧快得像擦出火花的子弹：

上午9点35分，他处理完一堆文件就从县委大院出发，去两个镇子调度环保问题；

下午2点半，他从大江口镇政府赶回县委，继续处理一些文件；

下午3点50分，他来到溆浦一中，检查高考考务工作；

下午5点半，他驱车42公里赶到北斗溪镇，调研文旅特色小镇建设，随后赶往坪溪村陪同检查游步道、民宿项目建设；

20多分钟吃完晚饭，晚上8点，他又赶到当地的枫香瑶寨，向上级来的领导汇报文旅产业情况。

到达这里比原计划的时间晚了，还没等车停稳，蒙汉和县委办主任张克宽就一路小跑登上直通寨门的台阶。

进了房间，正要汇报，手机响了。蒙汉又站起来接电话，刚"喂"了一声，高大的身躯便重重地砸到茶几上，栽倒在地，一片鲜血染红了地板……

这就是蒙汉！那个最爱说"只要干不死，就往死里干"的猛汉！

一语成谶，同样应验在黄诗燕身上。

"黄书记常说，脱贫攻坚等不起，产业发展等不起，老百姓想上好日子等不起，他唯独没想到的是，自己的身体也等不起……"大源村原扶贫工作队队员刘云慧再也说不下去。

修路、修桥、看病、盖房、娶媳妇……村民们记得，黄书记每次来都带着笔记本，把大家的困难一一记下。

黄诗燕亲自督战，村民们盼了十几年的硬化路终于建成通车。"晴天一身灰，雨天一身泥"的境况一去不返，可那只"衔泥垒起幸福窝"的"燕子"，却再也飞不回来。

2019年11月24日晚，黄诗燕胃疼得厉害，一夜无眠。

25日一早7点多，在接受医生检查治疗时，一向温和内敛的黄诗燕破天荒给妻子彭建兰发了一条短信：

"老婆，爱你。"

"哈哈哈怎么爱，三十年了才听到一个爱字，好感动哟！"彭建兰配了一个"亲吻"的表情。

"爱你在心。"

"那我怎么知道呀！"

这一天是彭建兰的生日。她哪里想到，这是他以最炽烈的方式作的最后诀别！

四天之后，29日上午一场脱贫攻坚调度会前，同事们一早看见黄诗燕，被他的样子吓了一跳："书记，你脸色这么不好，还是去医院做检查吧。"

"脱贫攻坚是大事，不能耽误。"

最后的气力，也要留在这特殊的战场；最后的话语，也不忘共产党人的使命——

"脱贫攻坚是头等大事，压倒一切。扶贫工作等不得！"他停了停又说："相信大家，辛苦大家，拜托大家！"

黄诗燕在会上留下这句嘱托时，炎陵县已脱贫摘帽一年多，全县贫困发生率从 19.45% 降至 0.45%。

人们最后看到他时，宿舍的灯还开着，他半倚在床头，双拳紧握，眉头紧锁，停止了呼吸，也停止了工作。

"他总说不拼怎么行……"听着人们的诉说，我们脑海中再一次浮现出焦裕禄的身影——用左手按着时时作痛的肝部，就连办公坐的藤椅上，也被他顶出了一个大窟窿……

"他心里装着全体人民，唯独没有他自己。"

打完了当打的仗，走完了当走的路，黄诗燕和蒙汉，一个走得安静无声，一个离去如烈火流星。

家乡老屋的椽子头，还记着他们极其相似的成长心路。

"党和国家培养了我，我就要把事情做好。"堂兄蒙永明记得，蒙汉小时候连草鞋都没得穿，就打赤脚。家里只点得起松脂油灯，每次读完书，两个鼻孔都熏得黑黢黢的。

因家中变故高考落榜，蒙汉当过木匠、卖过烧炭，辗转当上民办教师，后来又考入师范。此后无论身居何位，他常告诫自己和身边人："我们都来自农村，出身农民，还有很多亲人仍然在农村。大家'洗脚上岸'，绝不能穿上'皮鞋'就忘了'草鞋'。"

一路走来，草鞋印下的足迹深刻而清晰。

2015 年，黄诗燕到天坪村调研，在村民张福明家里借住两晚。白天去村里跑，晚上跟大家聊，他不让张家换被褥，临走时，还要按规定付餐费。

张福明哪里肯收，黄诗燕把钱塞进他手心："这是共产党的传统，必须收。"

张福明涨红了脸："你不像个当官的。"

黄诗燕咧开嘴："我本来就是农民的儿子。"

"他本来叫诗艳。"老家的亲人说，高三时，黄诗燕决定改名，立志要如春燕衔泥，为百姓垒起幸福窝。

"为官一任，造福一方，遂了平生意。"

黄诗燕的遗物，是满柜子的书。摆在显眼处的，是一套泛黄的《马克思传》。

书的扉页附着一页纸，是一位仅有数面之缘的老党员写给他的《最美书记》——

"县委书记黄诗燕，炎陵百姓好喜欢……"

黄诗燕在任 9 年，一封举报信没有。可是，蒙汉在任 8 年，得罪的人却不少。

2019 年，脱贫攻坚临近验收，蒙汉加紧暗访，随机抽查。一次，他到镇上一翻帮扶单位的签到本，发现有干部一个月只去了两次；又突击检查一个小网格片，有群众反映手机没信号。

蒙汉当场把人找来，一通红脸出汗："你们这些干部当初也是农村出来的，你们原来也是穿草鞋的，你们穿上皮鞋以后就忘记了穿草鞋的人，你们的初心在哪里？你们的良心在哪里？"

这还不够，他着人连夜整理通报，点名道姓发遍全县。

他还在通报里补了几句："脱贫攻坚进入倒计时，本来胜利在望，但如果稍有不慎，那就会临场阵亡，英雄反成了俘虏，功臣反变为罪人，不划算！不值得！不应该！"

"他虽然脾气大，但没人记恨他。"时任县委办常务副主任黄谋延说，"作为一个班长，他真把我们干部队伍的懒散病、软骨病、徇私病治好了！"

蒙汉的遗物，除了随身放在包里的《共产党宣言》和笔记本，还有满满一盒子发票，都是蒙汉下乡调研时的餐费收据。

妻子熊清波没把这些烧掉，都整理好收在老家屋里。

"老蒙最讨厌东西乱放，我一本一本一盒一盒给他整理好了，不然他会不高兴的。"

黄诗燕和蒙汉的女儿，都是直到很久以后，才有勇气点开父亲最后的影像资料。

黄心雨不明白，父亲走后，为什么有人叫他"大地赤子"。直到有一天，在罗霄山区，她看到了一条路，叫"燕归路"，一座桥，叫"燕归桥"，忽然就懂了。

蒙雅说："父亲说这是个山清水秀的地方，可他不许我来。我知道，这里有很多他的亲人。我不认识他们。可送他那一天，我见到了他们……"

蒙汉家的老屋前，有一棵老香樟树，溆浦县委大院里，恰好也有一棵。到任溆浦，蒙汉把自己的微信名改作"香樟树之恋"。

干部们曾对这棵树感情复杂，因为蒙汉的下乡通知只有一句："香樟树下集合，天亮就出发。"

可如今，他们还念叨着蒙汉常挂嘴边的那句："我们党员干部要像香樟树一样扎根大地，为人民群众遮风挡雨。"

站在这棵树下，我们不禁感慨：无论历经多少风雨，哪怕需要生死以赴，共产党人的赤子之心始终如一。

亲民爱民、艰苦奋斗、求真务实、无私奉献——在这两个人身上，同样都有着焦裕禄精神的传承。

尾声：答案留在这片土地

在大源村"燕归路"的碑前，在蒙汉老家的坟前，隔三差五，就有村民带着米酒和野花前来凭吊叙旧。

我们久久伫立，采访中的一幕幕浮现在脑海——

"黄书记对我说，小蓝，不要怕穷，穷不可怕，我们要敢闯。"炎陵鑫山村桃农蓝才洪含着泪说。

"哪里知道他是蒙书记哦，一边擦鞋一边问我有没得困难。"溆浦县委大院外，擦鞋大娘段金连泣不成声。

"黄书记，我不会说话，我们世世代代都会感谢你。"炎陵大源村张艮花老人捧上一株映山红。

"好好写一写蒙书记！"直到我们的车子开出很远，李冬金奶奶挥手的身影，依然还立在村口。

从春寒料峭的罗霄山区到草长莺飞的溆水之滨，我们越来越清晰地感受到，有一种力量穿越时空，让两座大山里的故事彼此交融、呼应。

"魂飞万里，盼归来，此水此山此地。百姓谁不爱好官？"

再鞠一深躬，再颂一遍追思焦裕禄的诗句，我们懂得了：这种力量，就是一个百年大党薪火相传的精神密码，就是9500多万共产党人砥柱中流的铮铮风骨、时代品格。

坚持真理、坚守理想，践行初心、担当使命，不怕牺牲、英勇斗争，对党忠诚、不负人民——伟大建党精神代代相传，在新的征程上发扬光大！

离开潇湘大地时的景象，历历在目：阳光拨开云雾，层层叠叠的梯田上，蓬勃的新绿，彰显出生命的力量与光芒。

这一场追寻，还没有结束。因为需要追寻的，不是两个人，而是浩浩荡荡、前赴后继的一群人……

记者手记：一次难忘的追寻

2021年，立春时节，我们走进潇湘大地，为了寻找"新时代的焦裕禄"。

如今，已是岁末，我们的思绪仿佛还飘散在罗霄山区和武陵山区的深处，为着那两个我们曾一路追寻的名字：黄诗燕、蒙汉。

两种离别

翻看照片和视频时，他们两人给我们的第一印象，恰如其名：中共炎陵

316

县委原书记黄诗燕文质彬彬，中共溆浦县委原书记蒙汉却风风火火。

而他们牺牲的方式，也好像冥冥之中早已注定：一个安静无声，一个如烈火流星。

我们走进黄诗燕在炎陵县委大院的宿舍，那间他身边的工作人员不忍再走进的屋子。站在简陋的床边，我们想象着他是怎样默默忍受着那再也无法抵御的疲惫，然后握紧了拳头；想象着他在剧烈的不适感袭来的那一刻，是否曾想拿起身侧的手机……

回溯黄诗燕牺牲的那一周，他其实有很多次"机会"可以重来：

周一，他就因剧烈胃痛去了医院，查出心电图异常；周三，在医院走访活动中，他的脸浮肿了，却没等在场的医生询问就赶去下一程；周五，也就是他走的那一天，脱贫攻坚的工作调度会上，他的脸色蜡黄，讲话有气无力，同事们都劝他进一步做检查……

这也是人们最痛悔的事：这么"稳当"的人，怎会有这么大的"疏漏"？

因为千头万绪的工作，实在容不得他顾念自己。

古人曾说：郡县治，天下安。县委书记的头顶是国家的大政方针，面前是百姓的急难愁盼，真可谓是"上有千条线，下面一根针"。

他们"承上启下"：上面工作落实得不好，要追责；下面工作开展得不好，群众要戳脊梁骨。单单是翻阅黄诗燕办公桌上的一摞摞文件和笔记，我们已觉头昏眼花。也难怪他经常说："不拼怎么行啊！"

猝不及防，妻子彭建兰至今还没走出哀痛，始终拒绝我们的采访。我们只能从他侄子的口中，了解那最后的送别。

11月30日清晨，灵车缓缓绕城一周，悄然离开。彭建兰只说了一句："他生前最怕麻烦人，愿意这样悄悄地回家。"

翻看蒙汉在2019年7月7日的日程表，又全程实地还原了当天的路线，我们的腿脚像灌了铅一般沉。约11个小时，3个镇近10个点，一个56岁的人是怎么跑下来的？

在多个视频画面中，我们看到，蒙汉不时在抚按心口。同事们懊悔啊——蒙书记平时很少做这个动作，是大家都忙得疏忽了这样的反常！

而当我们见到蒙汉妻子熊清波，她的坚强出乎意料，但她回忆时缩紧的肩膀、微颤的嘴唇，无一不透露出她在奋力抵御悲伤。

遗憾已永难弥补：她为他求的平安符、向他报近况的抖音视频，还没有来得及送出去。那个曾经承诺"扛你到天涯海角"的老蒙，再也回不来了……

两种离别，同样壮烈。命运看似无迹可寻，却又为他们埋下相似的伏笔：

两个地地道道的湖南伢子，两个同样通过读书改变命运的农家子弟，都在知天命的年纪为着相同的使命，燃尽了最后一丝力气。

两个问号

还在长沙时，我们就听说了炎陵黄桃。一位司机告诉我们："好吃得很，但贵得很。"

黄诗燕主抓的产业，会不会是个"政绩盆景"？

我们走进了黄桃种植基地，拜访了桃农的新家，打开了黄桃的电商平台，桃农们脸上的笑、手机里真实的订单，打消了我们最初的疑虑。

炎陵中村瑶族乡平乐村的桃农朱圣洪家中有两位丧失劳动能力的病人，我们问他：

"能跟上趟吗？干不动了咋办？遭了灾咋办？"

"能哦！我种得好！"他咧开嘴，"遭灾也不怕，县里比我们还急，黄书记都帮着卖桃。"

2019年雨水多，炎陵黄桃眼看要滞销。黄诗燕带着干部群众奋战几天几夜，从储运到外销，打了一场阻击战。

"这件事给了黄书记很大的危机感。"炎陵农技专家谭忠诚说，"就在他去世前不久，他还给我布置作业，让我们思考如何以出口为抓手，推动产业升级。"

只可惜，这份作业，谭忠诚再也没办法交给他……

为了一颗颗小小的黄桃，黄诗燕操碎了心。他女儿黄心雨的一句话，让我们感慨良久：

"爸爸跟我说，遇到有人问你爸爸是做什么的，你就说是种黄桃、卖黄桃的农民。"

为官一任，造福一方。县委书记的职责归根结底是要让老百姓过上好日子。

评价蒙汉，有人曾说他忙于补旧账，溆浦的可持续发展后劲不足。可在北斗溪镇，我们折服于他早早锚定的布局。

2012年，沪昆高铁要在北斗溪镇过境设站。蒙汉上任后，迅速调研拍板，规划建设连接周边四个县、覆盖约10万人口的交通枢纽，打造北斗溪特色小镇。

农网改造、打通断头路、连通电讯网络、建设高标准公路……忙过一茬又一茬，赶过一程又一程，乡镇干部们的发条都拧到了极限。

他们中，有的身体垮了，转岗了；有的家人反对，调走了；人称"女汉子"

的时任北斗溪镇党委书记梁金华也扛不住了：

"书记，我家三地分居，小孩还在长沙上学，我身体也觉得扛不住，要不换个人来干吧？"

蒙汉的火爆脾气一下子被点着了："这么好的地方，就是一张白纸，如果我们不主动介入、主动作为，被破坏了、被落下了，我们就是历史的罪人！"

回忆起这段经历，梁金华眼圈红了，但她牢牢记住了蒙书记的深意："抓住高铁建设的契机，让山里人的生活改天换地。"

如今，高铁站建成了，花瑶文化研学营地创收了，高速路也通车了……从当初不被看好到投资者络绎不绝，北斗溪日新月异，坐拥湖南省十大特色文旅小镇、康养特色小镇、美丽乡镇、文明乡镇等多个名号。

我们望着这四周与文旅产业开发融为一体的青山绿水，不禁感佩：

在深化改革中做文章，向高质量发展要效益……对于老少边穷的贫困县，哪一道考题不需要绞尽脑汁、拼尽全力？

两个赤子

我们采访了一百多位干部群众。这两个人的形象，在我们脑海中丰满起来：

以"岁寒三友"自勉的黄诗燕在县委大院里是出口成章、口才一流的"黄老师"，而在家庭中，他是把"娶了一个好堂客"挂在嘴边的好丈夫，是会给女儿留便笺殷殷嘱托的老父亲。

蒙汉虽然催起工作来脾气大、不留情，但对有困难的同志也是很细心、"心肠软"。哄妻子，他会在微信里写"没有累死的汉、只有心爱的波"，对父母，他会在家宴中高唱一首自创的《丈母娘之歌》。

他们不同，却又惊人地相似：他们的宿舍，都是多少年没有换过一件新家具；他们在任时的县委大院，都是修修补补凑凑合合；他们对自己的吃穿用度那么不讲究、不上心，而在民生事业投入上很"舍得"、很精心。

最让我们震撼的，是这样一个细节：黄诗燕和蒙汉的女儿大学毕业后都被父亲告知"自谋职业"，直到他们去世时还都在做临时工。

你可以理解父亲吗？蒙汉的女儿蒙雅回答："他是我的父亲，却又不只是我的父亲。"

是啊！我们想起，在贫困户范修桥家中，蒙汉掏出给孩子的助学金，对他说："你的孩子就是我的孩子。"

我们又想起，在炎陵学校的教室里，黄诗燕挤在两张课桌间，亲身度量新建学校的设施标准。

他们是父亲，如大山般守望着一方土地的人民；

他们是赤子，如烈火般炽热地捧出了一颗心。

（《瞭望》新闻周刊 2021 年 12 月 27 日）

申报资料实录

作品简介： 这组稿件是以辉映焦裕禄精神、定格新时代坐标为宗旨的重大人物典型报道。2021 年 1 月，在全国脱贫攻坚表彰大会召开前夕，新华社在全国牺牲在脱贫攻坚一线的县委书记中，选取黄诗燕和蒙汉两位牺牲在湖南扶贫一线的县委书记作为典型代表，新华社领导指挥策划，抽调总社分社骨干组建专班。采访团队历时 3 个多月、行程近 2000 公里，数次深入偏远山区，采访、拍摄上百人，积累 30 余万字笔记。报道以中国共产党引领人民打赢脱贫攻坚战为背景，采用"双线并举"结构展开叙事，用穿插跳跃的蒙太奇手法记述故事、铺陈情节，使两位"新时代焦裕禄"的形象性格交叠呼应，开创人物报道新高度。报道十易其稿、反复打磨，万字主通讯、评论员文章、记者手记和纪录片以"组合拳"形式推出，以文图视频海报全要素呈现。万字主通讯，讲述两位典型人物的奋斗足迹和感人事迹；记者手记，道出采访团队的追寻思考；评论员文章，发出践行新时代焦裕禄精神的坚定号召；纪录片，呈现有血有肉、情感张力饱满的"大写的人"。文字视频真实可感、细腻生动，并辅以新闻海报等融媒产品多元呈现，实现深度表达与轻量传播结合，彰显新时代优秀共产党员的鲜明特点与优秀品质，让受众"破防"共情。

社会效果： 报道播发后，社会反响热烈，全网浏览量过亿，被 203 家媒体采用。其中《湖南日报》、湖南新闻联播等在头版采用播发，多家媒体围绕报道跟进推出《做焦裕禄式的好干部》等评论文章。新闻纪录片《时代回响》在湖南卫视、湖南经视等电视台播出，被全网置顶推送。读者认为"新华社记者严谨细致的采访令人敬佩""这就是中国共产党人的力量之源"。报道获评新华社 2021 年下半年社级优秀新闻作品、湖南省新闻奖一等奖。

初评评语： 报道创新采用"双线并举"的叙事结构，穿插跳跃的蒙太奇手法进行故事记述和情节铺陈，使两位典型人物形象性格相互映衬，交叠呼应，让高大的典型有了共情点，可敬也可爱。报道在采编过程中经过反复修改打磨、十易其稿，使文字与视频更加真实可感、细腻生动。并采用全媒体报道以文字＋新闻海报＋人物纪录片＋多图形式播发全媒报道、多维呈现的新媒体传播理念，让黄诗燕、蒙汉两位典型人物的故事实现了内容效果最大化，也实现了情感张力最大化。寻找新时代的焦裕禄，是跨越 55 年后，新闻史留给新华社的"追问"，该报道既实现了向经典致敬，也探索了在媒体融合背景下典型人物报道的新路径。

体育老师王红旭生命中最后一次百米冲刺

张一叶（张勇）　康延芳　刘　颜　佘振芳　易　华　谭苏菲　谢鹏飞

作品二维码

（华龙网首页、新重庆客户端头条 2021 年 11 月 03 日）

申报资料实录

作品简介： 党的十八大以来，习近平总书记多次点赞先进典型和模范，号召学习先进典型，学习先进榜样，并强调"新时代是需要英雄并一定能够产生英雄的时代""实现中华民族伟大复兴，需要更多时代楷模"。本报道聚焦被誉为"新时代'四有'好老师的典范"的"时代楷模"王红旭的故事，讲述细腻、画面感人、表达创新，体现师者仁心、人间大爱，弘扬正能量。**主题鲜明：** 2021 年儿童节当天，35 岁的重庆大渡口区育才小学体育老师王红旭，看到有儿童落水，本能地百米冲刺、跃入江中，以生命托举生命。中宣部授予他"时代楷模"称号，褒扬他是"新时代'四有'好老师的典范"。本报道突出王红旭的感人事迹，并挖掘其本能选择背后的教师世家家风传承，让典型人物可亲可敬。**采写扎实：** 主创团队从王红旭牺牲当天就开始关注，并赴京采访"时代楷模发布厅"录制情况，共采访其亲人、朋友、学生二十余位，再现其为人子的孝顺、为人父的慈爱、为人夫的深情、为人师的仁心，将一位凡人英雄呈现得立体全面。**形式创新：** 为减少多次采访对逝者亲友的二次伤害，作品创新使用动画还原＋真人讲述相结合的形式，并让王老师与他生命中重要的人告别，旨在让亲人、学生、朋友能够走出悲痛，重拾生活的勇气，勇敢前行。

社会效果： 作品在王红旭事迹宣讲报告会结束之际推出，再次将其"时代楷模"的事迹推向高潮。其中传递出对王老师亲人、学生、朋友的鼓励，彰显了主流媒体在典型人物报道中对家人的人文关怀，受到了网友及王老师亲友的认可和感动。王老师的妻子陈璐希联系记者，表示想收藏作品原片，以作纪念。作品推出后，被数十家主流媒体转载，浏览量超过 1700 万，对营造全社会向时代楷模学习的氛围起到了积极的推动作用，让整个社会更崇尚英雄，也更好地告慰家属。作品还获得 2021 "讲好中国故事"创意传播大赛重庆赛区一等奖。

初评评语：习近平总书记指出，"崇尚英雄才会产生英雄，争做英雄才能英雄辈出"。在新时代的长征路上，我们需要"崇尚英雄、学习英雄、捍卫英雄、关爱英雄"。该作品聚焦"时代楷模"王红旭老师的典型事迹，在报道中创新探索、攻克难题，将一位凡人英雄的大爱呈现得淋漓尽致。作品营造了"学习英雄"的浓厚氛围，弘扬了伟大时代中的英雄精神，为中华民族伟大复兴的中国梦注入强大精神力量，也彰显了主流媒体在典型人物报道中的人文关怀。

"东北黑土保护调查" 系列报道

集 体

作品二维码

（新华社客户端 2021 年 04 月 01 日）

申报资料实录

作品简介：一是记者以高度的政治责任感和历史使命感忠实履职，两赴中国黑土核心区，行程上千公里，冒险暗访揭开黑土盗卖产业"黑幕"。记者暗访黑土盗挖者、售卖者、绿化公司人员、知情村民等人员，调查网络黑土卖家，梳理黑土盗卖完整产业链条，掌握大量一手素材及黑土盗卖线索；突破重重困难，采访自然资源、农业农村、公安、财政等部门，完整还原黑土盗卖产业关键环节及巨大需求催生的利益集团。二是发扬职业精神，以极具冲击力的航拍、隐蔽拍摄和特写等画面全方位展现黑土贩卖者的嚣张气焰以及黑土地破坏惨状。记者提前谋划，选取最具冲击力画面，辅以字幕、音乐，设置悬疑感，通过大量航拍、全景、特写等画面，挖掘丰富细节，展示震撼现场。三是深入践行"四力"，科学分析、准确研判，推动相关部门严惩不法分子和失职官员，推动黑土地保护相关立法工作，长效保护"中国粮仓"。为增强报道深度和权威性，记者采访了基层干群、人大代表、政协委员、中科院权威专家等人员，解析黑土盗卖产业屡禁不止的深层次原因，挖掘出黑土地保护法律法规薄弱是最大症结。

社会效果： 一是报道取得刷屏之效，全网浏览量 1.2 亿人次，获得 2021 年新华社优秀新闻奖。中国教育电视台等 400 余家媒体采用；新华社客户端总浏览量超 600 万次；微博热搜，话题阅读量过亿；B 站热搜，播放量超 89 万；抖音热搜，热度超 500 万；新华社、新华网、新华视点、瞭望、澎湃新闻等多个微信公众号转发，多篇浏览量 10 万+；央视、光明网等配发评论。二是中央地方高度重视。2021 年 6 月，全国黑土地保护现场会在黑龙江召开。2021 年 5 月至 6 月，全国人大调研组赴东北就黑土地保护立法工作开展调研。2021 年 4 月，黑龙江省委省政府主要负责同志高度重视，两次成立调查组，约 10 名党政人员受处分。三是"黑土地保护立法""禁止盗挖、滥挖和非法出售黑土"等建议被中央、地方采纳，有力推动国家黑土地保护法出台。2022 年 3 月，《黑龙江省黑土地保护利用条例》实施，设立我国首个黑土地保护日（周）。2022 年 4 月，黑土地保护法（草案）提请十三届全国人大常委会第三十四次会议二次审议。

初评评语： 这是一组充分贯彻习近平总书记关于东北黑土地保护指示精神，以媒体职责使命捍卫中国粮食安全的舆论监督好作品。记者深度调查、暗访，揭开地方承包土地"采矿式"疯狂盗采、售卖黑土产业链，展现黑土盗卖者猖狂嘴脸和黑土地破坏惨状，引发中央和地方高度关注，推动了相关部门为黑土地保护立法，履行了记者的职责使命。

多地清洁取暖被指"一刀切"：
禁柴封灶致部分群众挨冻

管永超（管昕）　李行健　杜希萌　宝　音　贺威通

限于篇幅，文字稿略，获奖作品请见中国记协网 http://www.zgjx.cn。

（中央广播电视总台 2021 年 12 月 20 日）

申报资料实录

作品简介：习近平总书记高度重视清洁取暖问题。他明确指出，北方地区冬季清洁取暖是重大的民生工程、民心工程，要求各地坚持因地制宜、多措并举，推进清洁取暖的同时，确保群众温暖过冬。但记者独家调查发现，河北、内蒙古、山西等个别地区在推行清洁取暖过程中，简单一刀切，漠视群众冷暖，甚至采取禁止烧柴、封堵炉灶等极端手段，导致部分老人孩子和困难群众挨冷受冻。

社会效果：中国之声的独家调查报道播出后，引发社会强烈反响，舆论高度关注。人民日报、新华社等多家中央重点新闻媒体转载并刊发评论，中纪委国家监委官网也专门就此事刊文。报道播出当天，河北省、秦皇岛市相继召开专题会议研究整改，并于次日迅速落实整改措施。生态环境部新闻发言人也在新闻发布会上专门回应，已组织专门人员赶赴当地督促地方迅速进行整改，并将继续关注整改情况。生态环境部再次强调，保障群众温暖过冬作为底线，不管用何种清洁取暖方式，都要坚持先立后破、不立不破。

初评评语：这组舆论监督报道反映的问题典型，有一定普遍性，选用的音响鲜活，调查深入，证据扎实。报道客观全面，富有建设性，有力地促进了实际问题解决。

向前一步

集 体

限于篇幅，文字稿略，获奖作品请见中国记协网 http://www.zgjx.cn。

（北京广播电视台 2021 年 01 月 03 日）

申报资料实录

作品简介：《向前一步》定位媒体深度参与基层社会治理，紧扣首都"疏解整治促提升"专项行动，从基层一线矛盾入手，通过"精治共治法治"推动问题解决。创新突破主题立意，从党的十九大报告提出的"共建共治共享"理念破题，深度参与城市治理。栏目改变以往舆论监督节目曝光样态，融监督者、解决者、服务者三种身份于一体，以切实解决问题为导向，正面碰触城市治理中"硬骨头"，主动研究破题之策，普及公共价值、解读公共政策、建立公德意识，引领舆论监督新样态，四年解决近 200 个"沉疴"难题。开创新闻场景、模式、表达"现场化"新高度。节目将录制设置在"问题现场"，正视真实矛盾，直面激烈情绪，引导理性分析，促进问题解决。问题不解决，录制不结束。设立现场跨越分歧线的核心模式，推进"现场结果"；该模式在全国新闻节目中独一无二。敢于营造"官民对话"的平等氛围，"面对面"创新表达推动"现场解决"，真正诠释什么是群众利益无小事。

社会效果：节目收视率长期稳定在每周日晚黄金时段全国前三，全国 35 城最高收视达到 1.3%，北京最高收视 6.15%。共推动 856 处违法建设拆除；推动 2100 多名未签约户完成签约；让近 80 万户社区物业问题得到解决，因节目直接受益的市民超 200 万人次，产生巨大的社会效益和舆论影响。栏目连年被列入北京市"折子工程"，市长专题调度会将该栏目作为推动城市治理、加强和社会战略沟通重要抓手。栏目全媒体效果显著。栏目议题联合北京 16 个区级融媒体中心共同发力，2021 年一年，推动北京中轴线危旧房腾退助力中轴线申遗，帮助楼龄 40 年的十万平小区重启被居民阻停一年的综合改造；为上百户空巢老人解决了的"老年活动房"；推动北京百余座立交桥桥下空

327

间治理等 52 个难题的化解，全网相关视频播放量超 23.5 亿，累计覆盖粉丝超71 亿人次，全网主话题阅读量超 34.1 亿，讨论量超 2100 万次；仅 2021 年有19 期话题冲上热搜，7 期话题登上"微博热搜榜同城榜第 1 名"。

初评评语：《向前一步》围绕"建设一个什么样的首都"时代课题，通过百姓喜闻乐见的形式，电视特有的呈现方式，搭建起城市治理的沟通桥梁，积极探索出中国式现代化多元共治的城市治理经验。创新引导多方参与解决机制的舆论监督新样态，深度强化全媒体与受众连接，赋能基层治理水平和效能提升，有效推动全过程民主，在全国同类媒体中独树一帜。节目从世界特大型城市、中国首都的治理典型性、特殊性谋篇，从百姓"身边小事"入手，解读公共政策，倡导公共价值回归，成为首个文明市民的"公开课"；以"行动的电视"直面问题现场，推动问题"现场解决"，提升公共意识，唤醒民生共识，这在当下的媒体舆论环境中尽显主流媒体的社会价值，意义深远。栏目组践行"四力"，立足基层，足迹遍布北京 16 个区，用四年的时间"匠心"打磨每一期节目；栏目团队以热血融冰坚守媒体责任，助推城市治理深度改革。

2021，送你一张船票

李忠发　焦旭锋　周年钧　梁　恒　马发展　殷哲伦

作品二维码

（新华社客户端 2021 年 01 月 02 日）

申报资料实录

作品简介：《2021，送你一张船票》是新华社 2021 年首个"爆款"产品，也是央媒首个庆祝建党百年融媒体报道，全网浏览量超过 5 亿次。创新以船票带入百年征程。以南湖红船为线索，将文字、国潮插画、闯关游戏、音乐、音频文献融合到 H5 之中，让网民领取船票，置身于中国共产党的领导下，中华民族走出黑暗、走向复兴的百年征程中，感受百年来翻天覆地的巨大变化。精准传播实现"同频共振"。基于移动优先和精准传播理念，依据出生年份显示网民和历史事件关联，实现党史教育和个人命运讲述的交融。产品强调互动参与，用户通过答题闯关，可以"发射"神舟，还可挑选背景生成配有自己头像和唯一序号的建党百年纪念海报，拓展社交空间形成裂变传播。多维发力构建

329

传播矩阵。通过海报、互动H5、手绘长图、微博互动话题、专版文章、"百年红色之旅"抽奖等多种形态同步上线,实现精准化、差异化、分众化传播,线上与线下联动为用户奉上了一堂生动鲜活的"微党课"。此外,产品在技术上首次突破了H5适配瓶颈,通过游戏级开发,实现在移动端小屏和PC端大屏、主流平台、主流浏览器播放的全适配。"看不见的细节"极大助推了传播,在业界融媒体报道中具有很强的示范意义。

社会效果:《2021,送你一张船票》成为建党百年报道中"破圈刷屏"的现象级作品,产品总浏览量超过5亿次,"转评赞"117万次,H5用户平均停留时长6分39秒,H5"完播率"达到98.34%,8500多万个独立设备生成分享海报。报道自2021年1月2日发布,形成了多轮传播高潮,报道传播周期长达6个月。报道一经上线在学习强国首页突出展示,相关话题登上微博热搜榜,全国十万多所中小学将其作为"开学第一课",作品还被大量转发到家庭微信群里。很多网民还专门制作思维导图、视频版本进行"二创"再发布。网民纷纷留言:"新华社这个绝佳创意,既大气磅礴又精致有趣。""这张船票不仅有新鲜的体验,更承载着满满的感动。"

初评评语:作品以南湖红船为线索,综合运用手绘H5、游戏、音视频等形式,再现了中国共产党波澜壮阔的百年历程,实现了重大主题和创新表达的统一。作品在精准表达主题的同时,注重用户互动参与,通过答题闯关生成专属纪念海报,形成裂变传播,是一件优秀的融合报道作品。

复兴大道 100 号

集　体

作品二维码

（人民日报微信公众号 2021 年 06 月 30 日）

申报资料实录

　　作品简介： 该作品融合了文字、画面、声音、动画、AI 交互等多项网络信息技术，创造沉浸式体验，以丰富多元的场景与细节，记录百年征程。长图在手机端长 50 余屏，覆盖 300 多个历史事件和场景，包括 5000 多个人物、400 余座建筑，整部作品制作周期逾 100 天，最终成稿以一条路串起百年时间线，并实现长图、H5、SVG 交互、线下互动体验馆等多元形式呈现。长图 H5 体现出高度纪实风格，大到历史事件，小到墙体上的标语、字体，以及不同时代人物的着装，都有据可查；在场景选择上，做到既有大事件，也有接地气的生活场景，唤醒用户记忆，在情感共鸣中达成价值共识。线上，团队追求可互动性，进行多维感官体验的前置设计，对动态化细节做好多帧绘制处理，嵌入丰富声效，着重打磨 H5 中的 AI 交互技术应用，优化用户体验。线下，创新实景展陈模式，打造互动体验馆，精心设计 10 个展区，还原不同时代的历史画面和生活体验，并采用动画长廊、水幕影像、裸眼 3D 视频等新型技术，带用户"走入"历史。同时，探索覆盖更多元落地场景，在交通工具、户外大屏、办事场所等多维度连接用户，构建跨平台跨场景多维传播矩阵。

　　社会效果： 打通线上线下，实现立体化多维度用户覆盖。线上，截至 2021 年 7 月末，长图 H5 仅在人民日报新媒体渠道浏览量就超 1.2 亿，点赞量超 290 万, 微博话题阅读量近 3.5 亿, 全网首页首屏转载。围绕"复兴大道100 号"主题的相关内容全网点击阅读量超 10 亿。创新传播, 在全国探索多元落地方式, 实现不同传播环境下的产品找人。作品高频出现在户外大屏、地铁站、火车站、广场、高速公路服务区等场景中, 例如, 在浙江, 长图以巨型动态画卷形式在西湖边滚动播放; 在广东, 百米长卷亮相地铁和城际铁路; 在山西, 多个公园用长图打造文化长廊……作品实现品牌 IP 化和创意模式输出, 创造性打造实景展陈。在北京, 互动体验馆除展陈外还举办"音乐党史课"等多项活动, 现场参与人数超 3 万; 在广西、浙江打造体验馆分馆。此外, 还推出线上云展馆。通过场景化传播、年轻态表达、沉浸式体验, 作品实现党史学习教育创新, 吸引了大量年轻用户, 还有教学机构联系将其作为教学材料。获 2021 年中国正能量"五个一百"网络精品奖。

初评评语: 作品以具有代表意义的历史事件和场景为依托, 以纪实长图为载体, 结合 H5、动图、AI 交互等新技术手段, 生动立体呈现了中国共产党的百年征程, 在宏大格局和历史视野中见人见事见情感, 同时融通线上线下多元场景, 为重大主题全链全域传播进行了卓有成效的探索。

微视频｜为谁辛苦为谁忙

闫帅南　李　浙　曲　羿　乃扎尔·阿力木　刘　林　樊　浩

作品二维码

（央视新闻客户端 2021 年 12 月 20 日）

申报资料实录

作品简介： 央视新闻在 2021 年末推出时政融合创新微视频《为谁辛苦为谁忙》，回顾梳理习近平总书记这一年的考察足迹。该视频创新时政语态，以情感为内核，整合鲜活的时政现场画面，融合混剪、MV 等多种短视频元素，全景化呈现习近平总书记浓浓的人民情怀。通过 1 条视频，梳理总书记 1 年足迹；以 1 年足迹，汇 10 年牵挂；以 10 年牵挂，见百年初心……正如总书记所说："我们是人民的勤务员，这句话不是一个口号，我们就是给老百姓做事的。"在即将迈入 2022 年向第二个百年奋斗目标进军的关键节点，微视频《为谁辛苦为谁忙》寓情于理回答了"时代之问"：我们为什么能够成功，怎样才能继续成功？"一切为了人民！" 该视频的创新之处在于，成功将短视频的碎片化传播和情绪传播手法代入到时政视频的话语体系中，不拖泥带水，也没有叠床架屋，摆脱传统时政报道的桎梏，充分发挥短视频的传播特点，以情动人，让时政短视频更加柔软，有更多的细腻生动和亲切感，形成穿透效应，成就融合传播。该微视频在全网播放量超 4000 万次，相关话题阅读量超 2 亿次。

社会效果： 微视频《为谁辛苦为谁忙》2021 年 12 月 20 日在央视新闻新媒体全平台推送，人民日报客户端、中国日报网、中新网、中国军网等多家媒体积极转发。微视频发布后，相关话题登上微博、抖音、b 站等平台热搜、热门；哔哩哔哩、头条等多平台给予首页推荐。视频中一个个经典画面的回顾，一个个温暖瞬间的穿插，感动了万千网民，网友留言"国之大幸，拥有一个人民的好书记""作为90后，真实感受到这些年中国的巨变，很庆幸能有这样为公为民的领导者，谢谢"。

初评评语：作品结合时代背景对习近平总书记的新闻报道进行再加工再传播，帮助大家从新的角度学习体会习近平总书记所思所想。作品主题宏大、技法朴实、内容精当、画面讲究，通过对大家耳熟能详的新闻报道进行再思考再编辑，运用新的传播平台取得了新的传播效果，是一篇用心用情之作。

北京时间接诉即办融合应用

集　体

作品二维码

（北京时间 APP 2021 年 04 月 26 日）

申报资料实录

作品简介： 北京时间接诉即办融合应用是北京广播电视台官方新媒体创新产品。2021 年北京时间与北京市 12345 市民热线服务中心打通数据后台、将技术与内容结合，开创北京市首家视频接诉媒体项目——北京时间接诉即办融合应用。该应用与 12345 市民热线实现系统数据贯通，可以网络提交图文、视频诉求，对政府接诉即办工作进行转办跟踪服务的新媒体应用。用户点击"诉求提交"，上传视频诉求，经初审将符合受理标准的信息传送至 12345 数据后台，由政府进行统一受理并纳入督办考评体系。用户可选择媒体介入由记者跟踪报道，推动问题解决。该应用实现了新闻＋政务＋服务的创新模式，形式新颖实用性强，为社会公共服务治理提供了互联网时代解决新方案。接诉即办融合应用由北京时间自主研发拥有独立知识产权。应用以接诉即办管理平台为核心，使用混合架构，结合文字、图片、视频、LBS 定位、实名认证等多个维度方便市民精准描述诉求；与 12345 平台深入对接，使用数据同步技术，实现了毫秒级数据实时同步、转发、追踪、反馈；使用大数据算法将诉求进行分析整理。在应用跟办的众多诉求中，记者及时与属地政府联系，共同推进尽显责任担当，市民对接诉即办融合应用尽表感谢。

社会效果： 一是北京时间接诉即办7×24小时保障市民诉求快捷提交、一键转办、进度查询以及记者跟办等功能平稳运转，有效分担市民热线压力，提高了政府"接诉即办"的质量效率，并将优质的接诉即办内容通过互联网矩阵对公众进行迅速触达。截止到2022年5月，应用接收市民诉求一万余条，协同12345办理率100%，有效过滤掉无效诉求千余条，不断提升民众的生活满意度，在满足公众需求、提供社会公共服务方面具有示范性意义。二是诸多市民的"急难愁盼"通过北京时间接诉即办应用的转办和记者的跟踪报道，得到了推进和解决，部分报道引发网友广泛关注。截至目前该应用内容总浏览量1882万，在微博播放量过亿，热点新闻报道多次登热搜总榜，截至2022年上半年，在微博同城热搜的上榜率接近40%，得到网友的关注和热赞。三是2021年，北京时间接诉即办融合应用平台获得2021年北京市广播电视媒体融合成长项目、首届新视听媒体融合创新创意大赛媒体融合模式创新赛道运营模式创新科目优胜奖。

初评评语： 该产品是走好新时代网上群众路线的代表作，在满足公众需求、提供社会公共服务方面具有示范性意义。另外，产品很好地体现了技术创新，较好地融合了媒体与政府对应的圈层和数据，从接访到解答，从诉求到宣传，在化解社会矛盾、提升治理能力方面提供了新的解决方案。

二等奖（116 件）

中国宣告消除千年绝对贫困

王进业　李来房　娄　琛

世界上人口最多的国家 25 日宣告消除绝对贫困。

这意味着中华民族告别千百年来缺吃少穿的梦魇，实现丰衣足食、安居生活的夙愿。

中共中央总书记、国家主席、中央军委主席习近平 25 日在北京举行的全国脱贫攻坚总结表彰大会上宣布，中国脱贫攻坚战取得了全面胜利，完成了消除绝对贫困的艰巨任务，创造了又一个彪炳史册的人间奇迹。

中共十八大以来，中国组织实施了人类历史上规模最大、力度最强、惠及人口最多的脱贫攻坚战，现行标准下 9899 万农村贫困人口全部脱贫，平均每年脱贫 1000 多万，相当于一个中等国家的人口。

"以前，粮食不够吃，木房子到处是窟窿，在屋里都能看到星星。"去年脱贫的贵州省紫云苗族布依族自治县旁如村农民王金才说，现在住进政府补贴盖的砖房，喝上自来水，两个娃娃读书不花钱，"生活不再发愁了"。

过去 8 年，习近平总书记 7 次主持召开中央扶贫工作座谈会，50 多次调研扶贫工作，走遍 14 个集中连片特困地区，坚持了解扶贫脱贫实际情况。全国累计选派 300 多万名第一书记和驻村干部，各级财政专项扶贫资金投入近 1.6 万亿元，1800 多名脱贫攻坚工作人员牺牲。

云南省昭通市委书记杨亚林说，脱贫取得成功，关键是坚决依靠党的领导，干部群众一条心，"再硬的骨头也要嚼碎"。

改革开放以来，中国 7.7 亿人脱贫，对全球减贫贡献率超过 70%，提前 10 年实现联合国 2030 年可持续发展议程减贫目标。

海内外舆论认为，中国脱贫奇迹得益于中共的坚强领导、决心和执行力、以人民为中心的发展思想、集中力量办大事的制度优势和精准扶贫等一系列独创性重大理念和举措。

消除绝对贫困完成了中国全面建成小康社会、实现第一个百年奋斗目标的关键指标，为开启全面建设社会主义现代化国家新征程打下坚实基础，也创造了减贫治理的中国样本。

"中国成为世界减贫的范例。"塞内加尔学者易卜拉希马·尼昂说，中国经验值得非洲国家借鉴。

脱贫摘帽不是终点，是新起点。中国脱贫群众收入水平仍较低，国家下一步将把巩固拓展脱贫攻坚成果同乡村振兴有效衔接，让农民生活更好。

（新华社 2021 年 02 月 25 日）

申报资料实录

作品简介： 中国消除绝对贫困是世界高度关注的重大新闻。消息于习近平总书记在全国脱贫攻坚总结表彰大会上正式宣告中国消除绝对贫困这一历史性时刻播出，时效性、新闻性、历史感强。站位高远，视野宏大。结合总书记重要讲话，从中华民族伟大复兴和人类发展的视角讲述世界人口最多国家的历史性脱贫壮举。写作精粹，言简意赅，清晰生动介绍中国的脱贫奇迹。既有一线干部群众的事例和引语，也有国外学者评价，历史和未来兼顾，客观而平衡。娴熟运用消息的经典范式，标题导语考究，巧妙穿插我国领导人高度重视脱贫攻坚、国家制度优势和巨大投入等内容，数据权威，结构严谨。

社会效果： 稿件播发后，被新华每日电讯、澳门日报、凤凰网、腾讯网、网易、柬埔寨高棉时报等境内外主流媒体广泛采用。全网浏览量过千万。标题表述等被许多国内媒体文章引用。网友留言称赞中国消除贫困是世界了不起的成就。

初评评语： 一篇不足千字的消息，记录中国消除绝对贫困的历史时刻和伟大进程。主题重大，立意高远，叙事纵深，朴实凝练，脉络清晰。

遏制"超时加班"，保护劳动者身心健康

陈晓燕　王维砚　郝　赫

"超时加班与体面劳动、舒心工作、全面发展不相符，与国家提倡的提升人民生活品质也脱节。希望'两高'像重视治理欠薪一样，重视解决超时加班问题。"今天上午，在全国政协总工会界别讨论"两高"工作报告的小组会议上，全国政协委员、全国总工会研究室主任吕国泉的这番呼吁引发现场热议。

吕国泉委员指出，目前，加班现象在某些行业甚至普遍制度化和严重超时化，涉及人群广泛，对劳动者身心健康不利，应当引起足够关注。

多位委员也纷纷"声讨"超时加班现象。

"不同意长期加班加点。"全国政协常委、香港工会联合会荣誉会长林淑仪说。她认为，长期加班加点，严重挤占劳动者休息时间，使职工身体处于疲惫状态，工作效率下降，也容易发生意外安全事故。特别是近些年新业态劳动者超时加班现象更严重，有些送餐员为了多接单长时间奔波在路上，导致一些交通事故。

全国政协委员、上海建工集团股份有限公司副总工程师王美华则指出，很多超时加班都是"隐形"的。比如，自从有了智能手机，有了工作微信群，很多人的上下班时间界限就模糊了，有的企业要求员工24小时在微信群里待命，漏接电话或不及时回复就算违规，甚至会遭到开除。

今年1月，在总工会界别委员微信群里，有委员转发了几个反映某互联网公司员工超时加班、常年无休的视频，引起一片哗然。不少委员表示：必须遏制这一现象，维护劳动者合法权益，保护劳动者身心健康。

"我们并不是反对加班，工作中难免会出现一些紧急的、突发性任务，比如去年疫情防控期间，大家为了防疫物资的生产加班加点，毫无怨言。但是这只是偶发现象，决不能形成常态。"王美华委员说。

林淑仪委员也持类似观点。她同时指出，即使加班，也需要明确时限，加班总时长不能超过一定时间，另外，加班必须得到劳动者本人同意且给足加班费。

根据劳动法，我国实行劳动者每日工作时间不超过8小时、平均每周工

作时间不超过 44 小时的工时制度。

"8 小时工作制来之不易。如今社会进步了，应该对劳动者施以更加人性化的关爱，但现在社会上对工作和休息时间没有合理分配的现象反而越来越多。作为工会界委员，我们要积极呼吁，倡导社会形成合理分配工作和休息时间的氛围。"林淑仪委员感慨道。

"高质量发展是一场耐力赛。劳动者的身心健康不仅是这场比赛的推动力，也应是衡量高质量发展的重要指标之一。秉持以人为本的原则，关注和维护劳动者的身心健康，才是创造价值和利润的正确路径。"吕国泉委员的话得到多位委员赞同。

（《工人日报》2021 年 03 月 10 日）

申报资料实录

作品简介："996"等超时加班现象近年备受人们关注。尤其随着一些互联网"大厂"及新兴业态企业超时加班事件的曝光，人们对保障劳动者休息权利的呼声越来越高。工人日报作为致力于职工权益保护的媒体，一直关注超时加班话题，在做 2021 年全国两会报道方案时就将其列为重点选题之一。2021 年 3 月 9 日，总工会界别讨论"两高"工作报告，记者得知数位委员在会上对超时加班现象进行批评，立即意识到可以就此题材抓一条现场新闻。于是，记者分别联系多位参会委员，请他们还原现场讨论过程。在采访对象选择上，既有工会干部，也有企业职工；在表达上，避免会场发言照搬，而是融入法律阐释。稿件于当日完成，经编辑精心编排，于次日在工人日报报纸、客户端、微信公众号、中工网，以及微博、今日头条等平台同步推出。编辑部以此为基础，推出《工道》《直通两会》等数个融媒体产品进行二次传播。在新浪微博，相关话题阅读量超过 1.3 亿次，引发 7300 多条讨论。百度搜索"政协委员呼吁遏制超时加班"，显示约 19.2 万条结果。

社会效果：报道推出后，迅速登上当日热搜前列。在新浪微博，人民日报、人民网、成都商报、红星新闻、每日经济新闻等媒体纷纷引用本报道，发起#政协委员呼吁遏制超时加班#、#建议依法限制加班时长#等话题讨论，话题阅读量超过 1.3 亿次。第二天，另一位全国政协委员也抛出类似观点，关于超时加班的话题再次冲上热搜第一，援引本报道的相关话题阅读量超 6 亿次，网友留言近 7 万条。报道中总工会界委员"希望'两高'重视解决超时加班问题"“超时加班绝不能形成常态"等观点获得一致叫好声。同时，报道被人民网、光明网、中国青年网、中国青年报客户端、中国日报网等众多网站、客户端转载，并引发媒体、网友热评。在这场对超时加班声势浩大的"声讨"之后，有关各方纷纷行动起来。当年6月起，腾讯、字节跳动、美团、快手等互联网大厂相继推出较为宽松的工时制度。8月，人社部、最高人民法院联合发布超时加班劳动人事争议典型案例，明确"996"工作制违法。2021年由此被视为"告别996元年"。而2022年3月以来，北京、山东、湖北等至少9省市的人社部门集中排查整治超时加班问题。

初评评语： 该文记录了全国政协总工会界别委员对超时加班现象的讨论，呼吁"遏制超时加班，保护劳动者身心健康"。文章特点：一是选题好，触及千万劳动者痛点；二是生动鲜活，节奏紧凑，属于现场新闻；三是观点鲜明，突出总工会界别委员勇于为职工发声、协商的坚定立场，展现了界别特色；四是层次丰富、富有深度，除了会场内的观点呈现，还有会场之外的信息作补充。此外，表达有理有据，既肯定拼搏奉献的必要性，同时表达以法律为底线的理性，显示了正确的舆论导向。

中部战区空军航空兵某旅以人工智能升级模拟训练
"AI 蓝军"成为空战"磨刀石"

魏 兵 李建文

初夏的阳光洒进模拟训练中心，中部战区空军航空兵某旅飞行大队长方国语再次遭遇被"击落"的尴尬。

方国语并非弱者，他曾在上级组织的对抗空战考核中夺得冠军。然而，他的对手更不寻常——以数据为支撑的 AI 自主空战模拟器，已屡屡将该旅空战高手"斩落马下"。

"'AI 蓝军'操纵飞机娴熟到位，战术选择精准无误，是难得的砺剑对手。"该旅旅长杜建峰说，近年来，他们将模拟训练深度融入日常战训任务，推进军事训练转型升级，走开了人工智能辅助训练的新路子。

模拟训练是飞行训练的重要组成部分，在提高训练效益、节约训练成本、降低飞行风险等方面发挥着不可替代的作用。随着科技迅猛发展，利用虚拟环境提升训练效益，已成为世界各军事强国的共识。

进入转型新阶段，面对新情况新问题，该旅主动作为，把解决矛盾的突破点放在模拟训练上，按照"维修旧装备、请领新器材、寻找替代品、整修硬环境"的工作思路，以科技创新驱动训练保障变革。在上级支持下，该旅形成了 5 类 19 套涵盖多个实战化课目的模拟训练新方法。

艰难扳回一局后，方国语告诉记者，基于人工智能技术的 AI 自主空战模拟器，是该旅飞行员与科研院所共同催生的"AI 蓝军"，代表了模拟训练的最新进展，也成为空战能力提升的坚实支撑。

"它好比一名数字化的'金头盔'飞行员，善于学习吸收、复盘研究。今天你击败它的高招，明天它就能信手拈来。"方国语记忆犹新，起初这个"AI 蓝军"并不难打败。然而通过数据复盘，每一次对抗都会成为它增长本领的机会。一次，方国语运用苦心钻研的空中战法在对抗中险胜，没想到下一回合，"AI 蓝军"以彼之道还施彼身，方国语最终惜败。

模拟训练手段的升级，倒逼飞行员愈挫愈勇，不断创新战法，推动多个实战化课目取得新突破。去年以来，他们在各类重大演习任务中击落多个空中目标，表现出色；在战区空军组织的突防突击集训考核中，获得团体和个人两项第一名。

（《解放军报》2021 年 06 月 12 日）

申报资料实录

作品简介：习近平主席号召全军深化科技强训，探索"科技＋""网络＋"等训练方法，指明了我军军事训练新时代转型的战略方向。为贯彻落实统帅号令，解放军报组织编辑记者深入一线调研采访，在"听得见炮声的地方"透视练兵场之变。在中部战区空军航空兵某旅，记者嵌入练兵备战链条，与飞行员同吃同行同议同悟，经过专业培训后坐进模拟机舱、穿戴 AI 设备，沉浸式体验采访人工智能条件下的空战训练，采写出了一篇现场感强、硝烟味浓的军事训练报道。意旨在"云端"、事理在"虚域"，稿件写作却没有陷入"术语茧房"，而是巧借人物命运切入，以"虚"谋"实"、借"虚"言"实"，在技术场景、人物心理的交替演进和互动影响中，建构读者的感知逻辑，使"AI 蓝军"这个"军事＋""科技＋"的标志性事物，成为鲜活、亲切的新闻主角。

社会效果：此稿首次披露了我军运用人工智能技术加速训练转型的重磅消息，展现了中国军队全面建设世界一流军队的练兵新风貌、奋进新步伐，刊发后在军内外、国内外引发强烈反响。国内各大新闻网站、客户端均以原题形式转载，网上阅读量达到"千万＋"。《环球时报》等外宣媒体以英文专题形式进行解读。境外多家媒体和社交平台进行转载，多名国际政治撰稿人、军事观察家对此发表评论。其中，美国军事观察家约瑟夫·特雷维西克援引此稿并评论称：借助虚拟训练环境"设想空战进化计划"，从而实现"更先进的空战自主开发"，已经成为世界主要军事大国的共同目标。他强调，中国军队正"努力成为人工智能技术应用的世界领导者"。

初评评语：稿件既有"硬新闻"内核，又有"大文章"视角，是一篇难得的新闻佳作。同时，在"人的智能训练"和"人工智能训练"的统一思辨中，对"领风气之先"者进行了客观判读，亦是一篇理性的军事文稿。

浙江在全国首创省市县三级医学检查互认共享

王　娴　吴　迪

限于篇幅，文字稿略，获奖作品请见中国记协网 http://www.zgjx.cn。

（浙江之声 2021 年 12 月 31 日）

申报资料实录

作品简介：2021 年 12 月 31 日"浙医互认"平台正式运行。"检查检验结果实现互认"，老百姓看病不用再费时费钱重复检查。为了这项改革，浙江努力了十六年，勇于做破冰者。作品小切口，选取了全省最后一个接入"浙医互认"平台的金华市，由当地百姓、医生、负责人来谈改革的成效并深入剖析，从数字化改革透视背后的体制机制，紧扣时代主题，展现时代特性。记者前后花了数周时间深入卫健部门、全省多家医院，并第一时间联系到北京的权威专家。全部录音素材接近 10 个小时，最终以 3 分多钟的广播报道呈现。

社会效果：作品除在浙江之声广播端播出外，还同步在官方微信、微博等新媒体平台刊发，受到社会各界关注并被省卫健委相关领导转发和点赞。早在 2006 年，原国家卫生部就提出"医疗检查结果互认"概念，各部委相继出台文件支持这项改革，但因为各项检查是医院重要收入来源之一，所以各省一直没有实质性推进。专家们表示，报道不拘泥于浙医互认平台给老百姓带来的便利性，更是挖掘出十六年改革"破冰"背后的深层次原因和改革意义。

初评评语：一是新闻播发迅速。浙江之声当天中午就在微博上推发了快讯，当天下午晚高峰节目播发了广播录音报道。二是报道内容深刻。作品透过现象看本质，"浙医互认"的顺利运行有浙江数字化改革带来的契机与技术支持，但更深层的原因是体制机制的"破冰"。浙江的改革得到了国家的认可，国家四部门发文，从 2022 年 3 月起在全国范围开展检查检验结果互认工作。三是专家点评到位。国务院医改专家咨询委员、北京大学中国健康发展研究中心主任李玲在报道中点评"浙医互认"平台省域贯通的意义：它不仅是浙江数字化改革的成果，也是浙江高质量发展建设共同富裕示范区的标志性成果，更为全国医疗领域体制机制创新提供了浙江样板。

工业废气作原料 "无中生有" 产蛋白
全球首次实现规模化一氧化碳合成蛋白质

瞿　剑

中国农业科学院饲料研究所与北京首钢朗泽新能源科技有限公司10月30日联合宣布，经多年联合攻关，全球首次实现从一氧化碳到蛋白质的一步合成，并已形成万吨级工业产能。此举突破了天然蛋白质植物合成的时空限制，在我国饲用蛋白原料对外依存度长期保持在80%以上、大豆进口最高年份已超过1亿吨的大背景下，对弥补我国农业短板及对促进国家"双碳"目标达成具有深远意义。

该项目首席科学家、中国农科院饲料所研究员薛敏博士介绍，蛋白质的天然合成通常要在植物或植物体内具有固氮功能的特定微生物体内通过自然循环实现，过程中涉及复杂的遗传表达、生化合成、生理调控等生命过程，反应缓慢，物质和能量的转化效率较低，最终积累的蛋白质含量低。而人工利用天然存在的一氧化碳和氮源（氨）大规模生物合成蛋白质，则不受此限。故人工合成蛋白长期以来被国际学术界认为是影响人类文明进程和对生命现象认知的革命性前沿科学技术。

首钢朗泽经六年多攻关，突破了乙醇梭菌蛋白制备核心关键技术，大幅度提高反应速度（22秒合成），创造了工业化条件下一步生物合成蛋白质获得率最高85%的世界纪录，并成功实现工业化应用；与中国农科院饲料研究所合作开展乙醇梭菌蛋白效价系统评定，共同在国家重点研发计划——蓝色粮仓项目框架内推广应用，已于2021年8月获得全球首份饲料和饲料添加剂新产品证书。

该项研究以含一氧化碳、二氧化碳的工业尾气和氨水为主要原料，"无中生有"制造新型饲料蛋白资源，将无机的氮和碳转化为有机的氮和碳，实现了从0到1的自主创新，具有完全自主知识产权。

以工业化生产1000万吨乙醇梭菌蛋白（蛋白含量83%）计，相当于2800万吨进口大豆（蛋白含量30%）当量，"不与人争粮、不与粮争地"，开辟了一条低成本非传统动植物资源生产优质饲料蛋白质的新途径，可减排二氧化碳2.5亿吨。

（《科技日报》2021年11月01日）

申报资料实录

作品简介：我国饲用蛋白原料对外依存度长期保持在 80% 以上、大豆进口最高年份已超过 1 亿吨。因蛋白质的天然合成过程复杂，最终积累的蛋白质含量低。人工合成蛋白长期以来被国际学术界认为是影响人类文明进程和对生命现象认知的革命性前沿科学技术。当记者了解到，经多年联合攻关，我国科研人员在全球首次实现从一氧化碳到蛋白质的一步合成，并已形成万吨级工业产能，迅速采访相关单位及科研人员。以通俗形象的语言，如"无中生有""不与人争粮、不与粮争地"，介绍了这一技术突破的重大意义和对国民经济的影响。该报道为全网首发，稿件 700 余字，短小精悍，信息量大。

社会效果：人民网、经济网、澎湃、凤凰、搜狐新浪等多个平台全文转载该报道。

初评评语：这是一篇拒绝艰涩、可读性强的科技成果报道。以通俗的语言及时报道重大技术突破，语言生动，让公众迅速了解这项技术突破的重大意义。

"世界最大的充电宝"

—— 丰宁抽水蓄能电站投产发电

王海若　孙小东　杨国辉　吕　杰　咸　颖

限于篇幅，文字稿略，获奖作品请见中国记协网 http://www.zgjx.cn。

（承德广播电视台 2021 年 12 月 31 日）

申报资料实录

作品简介：绿色、低碳是人类未来的发展方向。丰蓄电站利用张承坝上丰富的风、光能，以保障冬奥绿电供应为契机，建成"世界最大的充电宝"，为绿色能源发展做出示范，彰显了中国在绿色、可持续发展过程中做出的努力和取得的成就。新闻采制过程中，记者在电站建设过程中保持了持续关注，多次前往施工现场并记录下首台机组转子吊装、系统"倒送电"等关键节点，积累了第一手的资料镜头。

社会效果：2021 年是中国共产党建党百年，广大干部群众都满怀喜悦之情。这件作品播出后，进一步激发了人们的自豪感，也让更多国人看到了绿色能源的一种发展方向。作品被多家上级媒体和多种新媒体采用，得到了更广泛的传播。

初评评语：作品采用了演播室导语、现场声、采访同期、配音解说以及电脑动画等多种电视表现元素，很好地再现了电站投产发电这一重大时刻，并阐明了抽水蓄能的原理及深远意义。画面中适当采用了电站建设过程中一些关键节点的资料镜头，看得出记者曾多次深入现场，最终这篇报道属于有备而来之作。

里程碑！全球最大碳市场开市
湖北"十年磨一剑"，"磨"出注册登记系统

胡 弦 李 斌 张 熙

作品二维码

（湖北日报客户端 2021 年 07 月 17 日）

申报资料实录

作品简介：建设生态文明、实现绿色发展，是我国重大发展战略。这篇报道以全国碳市场启动为主题，反映出我国践行习近平生态文明思想、走绿色发展之路的坚定决心。稿件以小见大、巧用背景，将消息写出了历史纵深感，既着眼国家布局，又突出了湖北特色、湖北作为。

题材重大。为应对全球气候变化，中国作为负责任大国承诺了碳达峰、碳中和时间表。2021 年 7 月 16 日，全国碳市场开市，中国迈出了兑现承诺神圣而关键的一步。这是全球最大规模的碳市场，其注册登记系统设在湖北，既是对湖北碳市场 10 年试点成效的高度肯定，也凸显了我国履行承诺的坚定决心，以及湖北建设生态大省的积极作为。

内容厚实。稿件从全国碳市场启动当天的湖北分会场切入，放眼国内外，通过采访湖北碳市场建设者、设计专家等，多角度展现了我国的减排承诺、全国碳市场诞生前后的湖北作为。稿件结构清晰、层次分明，提纲挈领式体现了湖北"十年磨一剑"的精彩历程。

表达生动。稿件以全国碳市场开市后成交的首单作为开头，写作流畅活泼，视角生动有趣，将这一经济新闻呈现得通俗可读。稿件以论坛现场一位

嘉宾的金句作为结尾，简短有力，耐人寻味。稿件在湖北日报客户端发布后，广获转载和好评。

社会效果： 在获悉全国碳市场即将启动后，作者提前策划准备，深入湖北碳市场相关部门跟踪采访，求教专家学者，积累了大量素材，并确定了全媒体报道的策略。按照"移动优先""端网速度"的原则，湖北日报官方微信、客户端等在市场启动之时，迅速采写发布了全国碳市场启动消息，并制作相应的新媒体产品，全网多平台转载，点击量超 100 万次，引起广泛社会反响。有网友留言：7 月 16 日，又一个具有里程碑意义的日子，必将载入"美丽中国"的史册。经湖北日报客户端公开报道后，湖北碳市场越来越广受关注，迎来交易热潮。每天都有市民打电话咨询如何开户、如何参与交易等。自去年全国碳市场启动至今，湖北碳市场开户数激增约 50%，社会各界关注"双碳"进展，碳资产管理等领域成为新的投资蓝海。

初评评语： 该作品抓住全国碳市场启动这一重要时机，精心策划、采写。报道着眼于绿色发展、低碳发展这一重大主题，融合现场与背景，结构明晰、内容扎实、通俗流畅。

Countries to relax visa curbs for media workers
（中美元首会晤给媒体记者带来好消息）

莫竞西

限于篇幅，文字稿略，获奖作品请见中国记协网 http://www.zgjx.cn。

（中国日报网 2021 年 11 月 17 日）

申报资料实录

作品简介：2018 年以来，有数十名中国驻美记者遭到美国无限期拖延签证甚至拒签。2020 年 3 月，美国变相驱逐了 60 名中国记者。同年 5 月，美国宣布将中国驻美记者签证停留期削减为不超过 90 天，并未批准其中任何人的签证延期申请。此外，美国先后要求多家中国媒体登记为"外国代理人"和"外国使团"。作为正当回应和必要反应，中国收回了《华尔街日报》《华盛顿邮报》《纽约时报》三家美国媒体十余名驻华记者的记者证。一年多以来，海内外各界对中美记者签证问题一直高度关注。2021 年 11 月 16 日，中美元首举行视频会晤。当晚，中国日报获知独家消息，两国已就记者签证议题达成三项共识，这一消息对双方记者都是重大利好。在得到消息后，中国日报第一时间在网站和客户端发布英文稿件，并刊发见报。

社会效果：该报道新闻性强，时效性强，传播效果好，在中国日报网、客户端的总传播量约 2 万，被路透社、彭博社、美联社、BBC、纽约时报、新闻周刊等海外主流媒体转引高达 2000 余频次，成为"现象级"作品。有海外媒体引用文章并评论称，中美同意放宽记者的签证限制，预示着自特朗普时代开始的中美"媒体战"有望偃旗息鼓。这是自拜登上台后，中美最高领导人的首次会晤。在中美博弈的大背景下，放宽记者签证限制是中美在细分领域取得的首个实质性突破。在美国，更多舆论和媒体人用"突破"对此事予以评价，并将其视为两国关系"适度改善"的表现，同时期待中美双边关系能进一步回归常态。

初评评语：该报道是独家消息，短小精悍、时效性强、海内外关注度极高、影响巨大。在中美元首首次会晤的大背景下，放开对双方记者的签证限制被视为"第一个"现实成果，也从一个侧面体现了当前中美对等、平视的新常态。

（今天，我们一起送别袁隆平院士）
倾尽一城花 送别一个人

黄博 吴方 杨文 杨帆 覃添

限于篇幅，文字稿略，获奖作品请见中国记协网 http://www.zgjx.cn。

（湖南广播电视台 2021 年 05 月 24 日）

申报资料实录

作品简介： 2021 年 5 月 22 日，中国工程院院士、"杂交水稻之父"袁隆平在长沙逝世。巨星陨落，山河同悲。在袁隆平院士追悼仪式举行当天，记者分三路守候在长沙明阳山殡仪馆、湖南杂交水稻研究中心和中南大学湘雅医院等三处主要悼念场所，真实地记录了全国各地群众，自发汇集长沙，"倾尽一城花 只为送一人"的动人场面。新闻中，手写卡片、小提琴和气排球等悼念细节的呈现，以及多段悼念群众同期声的应用，赋予了报道能量和温度，既表达出人们对这位无双国士的不舍与哀思，也表现了袁隆平院士勇攀科技高峰、不懈奋斗的精神，对几代人的深刻影响，折射出袁隆平院士为"中国人的饭碗"以及世界粮食安全作出的杰出贡献，引发全社会的情感共鸣，更激励年轻一辈学习科学家精神，"要做一粒好种子"。

社会效果： 新闻播出后，被多家主流媒体转发、再创作，"倾尽一城花 只为送一人"被网友刷屏，在各大网站醒目位置推出，视频点击量和播放量累计超过 5000 万次。许多观众和网友留言，以自己的方式向袁隆平院士表达哀思。

初评评语： 作品以"一座城的送别、一声最真挚的感谢、一种精神的传承"为主线，充分表现了人民群众对"杂交水稻之父"袁隆平的深切缅怀，生动展现了全国各地、各年龄阶段的人们有情有义、感恩奋进的朴素情感。作品主题鲜明、时效性强、现场感强、情感饱满、制作精良、富有感染力，与广大观众产生了深深的共鸣。尤为可贵的是，作品跳出传统写法，突出以花寄情，凸显了在悲痛和感恩中凝聚的奋进力量，既有宏阔视角，又有典型细节，更有情感温度和思想深度。

甘肃白银山地越野赛 牧羊人连救六名选手

王 豪 马富春

作品二维码

（中国青年报客户端2021年05月23日）

申报资料实录

　　作品简介：2021年5月22日，甘肃白银黄河石林山地马拉松赛发生重大事故，21名选手遇难、8名选手受伤。中国青年报社甘肃记者站两名记者获得消息后，连夜出发赶往现场。在途中，记者分工搜集各类网上信息，加入各种社交平台的跑友圈，寻找线索；与有关部门联络，尽可能多掌握当地地形气候、赛事组织等各种资料，联系赛事组织者及参赛人员。到达事发地后，两位记者想方设法徒步深入比赛现场，实地查看情况。在这一过程中，通过一名选手获得了"牧羊人连救6人"的独家信息。随后，记者又迅速赶到医院、火车站等地，和得到救助以及撤离参赛选手交流，对此前电话获得的独家信息再次核实，同时拿到了当时牧羊人与获救选手的现场照片。采访牧羊人后，记者在现场把采访到的文字视频素材分段传回报社，编辑后方整理，在第一时间还原了事件经过。在一场天灾与人祸交织形成的重大恶性事故中，一些参赛选手因为缺少御寒衣物导致失温丧生。在惨烈的同时，牧羊人本能地伸出援手，凭借对地形的熟悉想办法施救。独家报道《甘肃白银山地越野赛 牧羊人连救六名选手》既通过参赛选手的体验还原了造成事故的人为、天气原因，也将这位牧羊人的人性善举呈现给了受众。

　　社会效果：这一时效性、现场感强的独家报道一发出就获得了巨大关注。

特别是文字稿件在中青报各平台发出后,很短时间内登上当日微博热搜首位,当日获得3亿多阅读量、3万多次讨论。各平台累计近10亿阅读量,5万多次讨论,被多家媒体和各种社交媒体转发,成为一个社会话题。因为是记者深入现场实地采访,稿件细节丰富叙述平实,不仅还原了事故原因,也用细节还原了牧羊人的及时勇敢施救过程,这与关心这一重大事故的受众产生了强烈的情感共鸣。人们在痛惜21名选手不幸遇难、猜测事故责任归属的同时,也品味着风雨低温中牧羊人身上散发出的质朴的人性暖意和光芒。

初评评语:这是一篇时效性、新闻性强的独家稿件,是记者深入突发事件现场,用脚跑出来、用眼用耳用心捕捉到的线索,凭借提前占有的大量资料,在纷杂的事件现场快速甄别快速采访,用朴实的文字真实还原事件的好新闻。这篇记者践行"四力"的好作品,既及时初步呈现了重大恶性突发事件的成因,回应了群众的关切,又在其中弘扬了最朴素的人性之美。

我国首条小卫星智能生产线首颗卫星下线

夏晓青

限于篇幅，文字稿略，获奖作品请见中国记协网 http://www.zgjx.cn。

（湖北广播电视台 2021 年 05 月 14 日）

申报资料实录

作品简介：一是主题重大。2015 年被称为"中国商业航天元年"。2020 年 4 月，国家发改委首次将卫星互联网列为"新基建"范畴，我国商业航天发展正式步入快车道。数据显示，未来 5 至 10 年，中国的商业小卫星发射需求大于 4000 颗，商业卫星制造的需求呈爆发式增长。抢占卫星频率和轨道资源，争夺太空优势，已成为当今世界卫星发展领域的热点之一。在全球商业航天竞相发展的背景下，卫星生产成本与效率，直接关系着我国抢占商业航天市场的步伐。而我国首条小卫星智能生产线首颗卫星下线，则标志着我国进入小卫星批量生产阶段，具有里程碑意义。基于智能制造，该产线可使小卫星的生产效率提高 40% 以上，单颗卫星生产周期缩短 80% 以上，能够满足 1 吨以下小卫星年产 240 颗总装集成测试的需求。这为推动我国商业航天发展、积极参与国际竞争提供了有力保障。二是内容扎实。通过采访产线建设方、高校教授、政府官员，多角度阐明该产线对科技创新、经济发展的拉动作用。稿件并没有局限于首颗小卫星下线，而是用通俗易懂的语言，进一步剖析该产线如何实现卫星生产从"手工"制造到自动化"智"造的转变、在商业航天发展的大国博弈中将发挥怎样的作用等。稿件层次分明，可听性强。

社会效果：传播效果良好。采访当天，记者第一时间编发微博等新媒体。作为一篇融媒稿件，作品广播版在湖北之声多档节目中播出，同时在阿基米德 FM、蜻蜓 FM 等新媒体平台播出；图文版在长江云、湖北之声头条号等多端口推送，形成全网立体传播。

初评评语：稿件主题重大、结构清晰、制作精良。商业航天是我国从航天大国迈向航天强国的必由之路，是我国经济发展极为重要的增长点。作为商业航天产业链中的重要一环，卫星制造实现批量化生产、"柔性"生产，意义重大。

钟华论｜百年风华：读懂你的样子

——献给中国共产党百年华诞

集　体

一群年轻人的身影，定格于上海石库门。

谁能想到，就是这群平均年龄只有 28 岁的青年，冲破沉沉黑夜，点燃革命星火，掀起了气壮山河的惊雷巨澜。

一叶红船，静静停泊在浙江嘉兴南湖。

谁能想到，一个马克思主义政党就是从这里起航，穿越重重关山，奋进漫漫征途，书写了改天换地的壮丽史诗。

这一切，始于 1921 年 7 月那个开天辟地的伟大时刻。

这一切，源于中国共产党人矢志不渝的初心和使命。

（一）

"建造空间站，是中国航天事业的重要里程碑，将为人类和平利用太空作出开拓性贡献。" 6 月 23 日，习近平总书记同正在天和核心舱执行任务的神舟十二号航天员聂海胜、刘伯明、汤洪波进行天地通话。

"冥昭瞢暗，谁能极之？" 2000 多年前，诗人屈原在《天问》中这样叩问。

今天，在距地球约 400 公里的近地轨道上，在距地球约 38 万公里的月球上，在距地球最远达数亿公里之遥的火星上，中国人不断留下探索的印迹，实现一个又一个"星际跨越"。

从太空俯瞰中国，穿越历史的时空，神州大地上的种种"跨越"同样令人震撼。

积百年之奋斗，我们党团结带领人民把半殖民地半封建的旧中国变成了人民当家作主的新中国，用几十年时间走完了发达国家几百年走过的工业化历程，让占世界人口近五分之一的中国全面消除绝对贫困，让全面小康的梦想照进现实，开创了一个东方古国迈向社会主义现代化的光明前景……

抚今追昔，那个积贫积弱、战乱频仍、民不聊生、封闭落后的中国早已一去不返，一个文明进步、活力澎湃、人民幸福、和谐稳定、开放自信的新时代中国巍然屹立于世界东方。

风雨百年，青史可鉴。历史以如椽之笔纵横挥写，将结论写在了亿万人民心灵深处——没有共产党就没有新中国；只有在中国共产党领导下，才能实现中华民族的伟大复兴。

（二）

新中国成立之初，一个农民来到城里商店，要求买"共产党"的画像。在他朴素的认知中，让穷苦人翻身得解放的共产党，应当有一幅画像。

岂曰无像，人心如镜。穿越历史风云，中国共产党人的形象愈发挺拔而鲜明。一幅幅党的画像用鲜血和生命塑造出来，用奋斗与奉献描绘出来，展现着共产党人的红色气质、高尚品格和无穷力量，在人民心中树立起一座座丰碑。

中国共产党是什么样的党？中国共产党人是什么样的人？

这是一个百年大党的"大的样子"：洞察大势的慧眼，担当大任的铁肩，拨云见日的双手，跋山涉水的双脚，清正廉洁的风骨，拥抱世界的胸怀……

这是年轻人敬佩的"史上最牛创业团队"：理想信念很"燃"，心系人民很"暖"，创新求变很"潮"，正风反腐很"刚"，干事创业很"拼"……

这是老百姓眼中可信、可爱、可敬的"自家的党"：在风里，在雨里，在每一个关键时刻，在每一个寻常日子，共产党员是"主心骨"，也是"贴心人"，关心着老百姓的安危冷暖，守护着千家万户的岁月静好……

"天地有正气，杂然赋流形。"从历史深处走来，向着光明未来迈进，饱经沧桑的中国共产党意气风发，千锤百炼的中国共产党人朝气蓬勃——

"胸怀千秋伟业，恰是百年风华。"

（三）

据不完全统计，从1921年至1949年，全国有名可查和其家属受到优抚待遇的党员烈士达370多万人。

放眼世界政党史，没有哪个政党像我们党这样，遭遇过如此多的艰难险阻，经历过如此多的生死考验，拥有如此多为了信仰而舍生忘死、前赴后继的奋斗者。他们选择之决绝、牺牲之惨烈、奉献之彻底，在史册上写下最为可歌可泣的篇章。

不为官、不为钱，不怕苦、不怕死，只为主义、只为信仰便可倾尽一生去奋斗——中国共产党人以勇于牺牲、甘于奉献、无怨无悔的气质和品格，诠释了什么是"革命理想高于天"，如璀璨群星闪耀苍穹，又如熊熊火炬升腾不熄。

在上海龙华烈士陵园，一条笔直宽敞的"初心大道"，总是让人想起那些催人泪下的历史瞬间——

临刑前，面对刽子手的叫嚣，29岁的陈延年高声回答："革命者光明磊落、视死如归，只有站着死，决不跪下！"26岁的陈乔年受尽酷刑，却坚定地对大家说："让我们的子孙后代享受前人披荆斩棘的幸福吧！"

今天，在安徽合肥，有一条以陈延年和陈乔年兄弟俩命名的"延乔路"，路的尽头就是"繁华大道"。始于信仰，成于奋斗，归于人民——历史前进的艰辛之路，映照着共产党人不变的初心和使命。

青山凝碧曾是血，绿水流辉应为魂。以信仰之镜观照百年党史，共产党人的形象更加直抵人心。那是瞿秋白"为大家辟一条光明的路"的求索的样子，是王进喜"宁可少活20年，拼命也要拿下大油田"的拼搏的样子，是焦裕禄"心中装着全体人民"的为民的样子，是黄大年"呼啸加入献身者的滚滚洪流"的报国的样子，是王继才"守岛就是守国"的坚守的样子，是张富清60余年"深藏功与名"的默默奉献的样子……

马克思主义政党不是因利益而结成的政党，而是以共同理想信念而组织起来的政党。坚如磐石的信仰，挺起了共产党人的精神脊梁，生发出源源不竭的青春朝气。

星星之火，可以燎原。信仰的火种一旦播下，必将汇成普照大地的光焰，照亮一代代人前行的道路。

"祝你像江上的白帆乘风破浪，祝你像山间青松傲雪凌霜！"回忆起青春年华，"燃灯校长"张桂梅动情地说：江姐是我一生的榜样，我最爱唱的是《红梅赞》。

从不畏严寒、坚贞不屈的"红梅"，到不惧病魔、育人不倦的"桂梅"，共产党人就是这样的信仰者、奋斗者，百年犹未老，世纪正青春。

（四）

"一个人爱的最高境界是爱别人，一个共产党员爱的最高境界是爱人民。"

尽管孔繁森离开20多年了，当地群众仍然忘不了这名"一腔热血洒高原"的援藏干部。时间越是流逝，他留下的这句名言，越生动彰显共产党人心系人民、造福人民的气质和品格。

共产党人对人民的爱，是无私无畏的大爱，是生死相依的真情，是心甘情愿的付出。树高千尺，根扎沃土。我们党来自人民、依靠人民，怀着一颗赤子之心，俯下身去服务人民，拼尽全力造福人民，为了人民什么都可以豁得出来。

1934年10月16日，贵州困牛山。100多名红军在山上阻击追敌，但凶残的敌人裹挟老百姓做"人盾"，步步紧逼。面前是强敌和手无寸铁的群众，背后是悬崖深谷，怎么办？红军战士抱定"宁死不当俘虏，宁死不伤百姓"的信念，纷纷砸毁枪支，集体跃身跳下70多米高的山崖……

那一刻，残阳如血，山河呜咽。

在没有硝烟的抗疫战场上，这样的生死抉择同样令人动容。"我是党员，我先上！"在新冠肺炎疫情突然袭来的危急关头，全国3900多万名党员、干部战斗在抗疫一线，近400名党员、干部为保卫人民生命健康献出了宝贵生命。每一句坚定的誓言，每一个逆行的身影，每一道脸上的勒痕，都把我们党"人民至上、生命至上"的价值追求，深深铭刻进世人心中。

人生大事，莫重于生死。把生的希望留给群众，把死的危险留给自己，还有什么比这更能说明人民在共产党人心中的地位？还有什么比这更能彰显共产党人对人民的赤诚？

刘伯承曾这样追问：老百姓不是命中注定要跟我们走的，为什么不跟别人走呢？正是一代代共产党人实实在在为人民谋幸福，不遗余力为人民干实事，真正做到了"全心全意为人民服务"，真正践行了"我将无我，不负人民"，我们党才赢得了亿万人民的衷心支持和拥护，汇聚起心往一处想、劲往一处使的磅礴力量。

人心如秤，民意似镜。全球知名公关咨询公司爱德曼发布的2020年信任度调查报告显示，中国民众对本国政府信任度高达95%，在受访国家中排名第一。美国《外交政策》杂志资深编辑帕尔默认为，信任中国共产党是中国社会主流民意。

百年大党，为人民而生，因人民而兴。没有一个党像我们党这样，始终把"人民"放在心中最高位置，与人民心心相印、与人民同甘共苦、与人民团结奋斗，坚定不移把群众路线视为党的生命线。读懂中国共产党，必须读懂党同人民群众牢不可破的血肉联系。

在福建长汀中复村，遥望红军当年鏖战的松毛岭，面对今天生机勃勃的"网红村"，"一门六烈士"的红色文化讲解员钟鸣感言："永远不能忘了老百姓为什么选择共产党！"

江山就是人民，人民就是江山——共产党人以此创造历史，也必将以此赢得未来。

（五）

"群龙得首自腾翔，路线精通走一行。左右偏差能纠正，天空无限任飞扬。"朱德写下的这首诗，生动阐释了遵义会议这一"生死攸关的转折点"的历史意义。

奋斗之路从无坦途，我们党也走过不少弯路，遭遇过很多挫折。为什么党总能在危难之际绝处逢生、在变局之中开创新局？

"共产党不靠吓人吃饭，而是靠马克思列宁主义的真理吃饭，靠实事求是吃饭，靠科学吃饭。"回望百年征途，中国共产党人"顶天立地"的奋进姿态格外鲜明：既高举马克思主义伟大旗帜，又扎根中国大地，立足中国国情，吸吮五千多年中华文明的深厚滋养，把准中国社会的历史前进方向，回应亿万人民的所思所盼，把马克思主义普遍真理同中国具体实际结合起来，不断推进马克思主义中国化、时代化、大众化。共产党人是"盗火者"也是"播火者"，他们用真理力量激活古老文明，用创新理论照亮前进道路，创立了毛泽东思想、邓小平理论，形成了"三个代表"重要思想、科学发展观，创立了习近平新时代中国特色社会主义思想，激发出改变中国、改变世界的伟大力量。

从井冈山上的艰辛求索出发，"山沟沟里的马克思主义"开辟出一条"农村包围城市、武装夺取政权"的革命胜利之路；在历史转折关头高扬解放思想、实事求是大旗，"走自己的道路"的理论自觉开创出中国特色社会主义道路；统筹中华民族伟大复兴战略全局和世界百年未有之大变局，新时代的中国共产党人在坚持和发展中国特色社会主义新征程上开拓马克思主义中国化新境界……

观察中国多年的匈牙利前驻华大使库绍伊·山道尔得出结论：中国共产党最重要的能力之一就是创造性，既保持理论指导的一以贯之，又在这一基础上不断创造新的思想、新的政策、新的战略。

惟创新者进，惟创新者强，惟创新者胜。让解放思想的火焰越烧越旺，让实事求是的根基越扎越牢，让改革创新的活力越来越强，共产党人方能永葆思想上的青春活力，打破一个个"不可以"的旧观念，创造一个个"不可能"的新奇迹。

（六）

历史的问答，常常发人深省。

刘青山、张子善腐败案发后，面对求情的声音，毛泽东回答："只有处决他们，才可能挽救 20 个，200 个，2000 个，20000 个犯有各种不同程度错误的干部。"

面对严峻复杂的反腐败斗争形势，习近平总书记毅然宣示："不得罪成百上千的腐败分子，就要得罪十三亿人民。"

对中国共产党来说，"从严治党"从来都是必答题。这关乎人心向背，关系党的生死存亡。

马克思主义把人类解放的共产主义运动，也看作一个无产阶级通过不断自我革命推动社会革命的扬弃过程。一百年来，我们党在推动社会革命的同时，不断进行彻底的自我革命。从第一部党章专设"纪律"一章作为规范党员行为的准则，到《古田会议决议》明确把"忠实""没有发洋财的观念"等作为入党条件；从持之以恒正风反腐，到不断强化思想建党、开展集中性学习教育；从广泛开展批评和自我批评、综合运用多种监督，到不断推进制度治党、依规治党……

干"伟大的事"，就要有"铁打的人"。引领伟大的革命，实现伟大的梦想，必须有伟大的党。中国共产党人一直有着清醒的自我认知：担负前所未有的"大任"，必须立大志、明大德、做大事，打铁必须自身硬。

当年，几名记者从延安归来，盛赞共产党人廉洁奉公、勤俭创业的精神。宋美龄听后，不以为然：只能说他们还没有尝到权力的真正滋味。

遵循什么样的权力逻辑，就会品尝到什么样的权力滋味。与那些笃信升官发财、掌权为私的政治力量相比，中国共产党从来没有自己的特殊利益，坚信权力来自人民、必须用来造福人民。这是那些资产阶级政客无法理解的。

勇于自我革命，源于大公无私的高尚品格，也源于无比强烈的忧患意识。

从延安时期的"窑洞对"思考如何跳出历史周期率，到党的十八大以来全面从严治党的雷霆万钧之势……正是怀着深沉的使命忧患感，中国共产党人牢牢把握"治国必先治党，治党务必从严"的历史铁律，驰而不息推进党的自我革命，一刻也不松懈。

常青之道，贵在自胜。出台《中共中央关于加强对"一把手"和领导班子监督的意见》、印发《中国共产党组织工作条例》……党的百年华诞到来之际，一系列管党治党新举措陆续出台。全面从严治党永远在路上。新时代中国共产党人以实际行动向世人宣示：开新局于伟大的社会革命，强体魄于伟大的自我革命。

（七）

浙江义乌，两条并行的"路"耐人寻味。全长约13公里的"望道信仰线"蜿蜒曲折，通往百余年前陈望道翻译《共产党宣言》的乡间柴房；穿行1.3万多公里的"义新欧"中欧班列从这里出发，横贯亚欧大陆……

取真理之火种，还世界以光明——风雨百年路，留下中国走向世界舞台中央的足迹，见证着中国共产党人"为世界谋大同"的广阔胸襟与责任担当。

他们有着山一般的坚毅，守望和平，维护正义。从提出和平共处五项原则，到作出"和平和发展是当代世界的两大问题"的重大判断，再到倡导构建人类命运共同体，中国共产党人是时代的瞭望者，更是公理的守护者。无论国际风云如何变幻，中国共产党人始终站在历史正确的一边，向霸权主义和强权政治坚决说不，用多边主义火炬照亮人类发展的前行之路。

他们有着海一样的胸襟，广纳百川，计利天下。当一些人将零和博弈奉为圭臬，他们打破种种阻隔，甘当互利共赢的架桥者；当人类在灾难与挑战的风浪中沉浮，他们化身团结合作的"摆渡人"，将隔绝的孤岛连成命运与共的大陆。胸怀人类幸福，志在世界大同，中国与各国携手并肩，共同开辟一条合作共赢的阳光大道。

"中国应当对于人类有较大的贡献"，这是一个文明古国的历史自觉，也是一个百年大党的雄心壮志。

它是萦绕于二十国集团领导人杭州峰会上的"一首歌"，一曲《难忘茉莉花》激荡着全球经济治理的中国理念；它是中国推动生态文明建设播撒的"一抹绿"，中国以实际行动兑现应对气候变化和环境保护的承诺；它是互联互通、开启未来的"一条路"，共建"一带一路"造福各国人民；它是拯救生命、守护健康的"一剂药"，截至目前，中方已向80多个国家提供疫苗援助，向国际社会提供超过3.5亿剂新冠疫苗。

"这个世界会好吗？"一位中国学者曾痛切发问。此时此刻，战火依然在一些地区燃烧，瘟疫还在摧残人们的生命，霸权主义的阴云犹未消散，气候变化、能源安全、恐怖主义等全球性挑战日益严峻。"人类社会向何处去？"中国共产党带领中国人民，在实践中给出了越来越清晰的答案——构建人类命运共同体，建设一个持久和平、普遍安全、共同繁荣、开放包容、清洁美丽的世界。

大道不孤，众行致远。

（八）

仲夏时节，一座庄重大气的红色新地标——中国共产党历史展览馆在首都北京正式开馆。展馆主题邮局将启用特殊邮编"100100"，寓意中国共产党向着"两个一百年"奋斗目标勇往直前。

恩格斯说："世界不是既成事物的集合体，而是过程的集合体。"

作为一个勇于担当、创造历史的政党，中国共产党迎来了历史新起点——全面建成小康社会、实现第一个百年奋斗目标之后，乘势而上开启全面建设社会主义现代化国家新征程，向第二个百年奋斗目标进军；肩负着历史新使命——到本世纪中叶，领导一个十几亿人口的东方大国实现社会主义现代化，实现社会主义中国从"富起来"到"强起来"的"惊人一跃"。

再踏层峰开新天，更扬云帆立潮头。心中有梦想，就没有抵达不了的远方。

（九）

踏上新征程，新时代中国共产党人如何担当新使命、交出新答卷？

面对时代大变局，必须明历史之大势、发思想之先声，敢为引领潮流的"弄潮儿"。今日之世界，百年未有之大变局进入加速演变期；今日之中国，正处于中华民族伟大复兴关键期。身处风云激荡的大变革时代，唯有登高望远，端起历史规律的望远镜把握大局大势，科学回答时代之问，着力解决时代课题，方能在"乱花渐欲迷人眼"中做到"乱云飞渡仍从容"，在"山雨欲来风满楼"中做到"风雨不动安如山"，走好"上坡路"、开好"顶风船"，引领中华巨轮沿着正确方向行稳致远。

面对新的伟大斗争，必须磨练担当作为的铁肩膀、敢闯敢拼的硬作风，勇做攻坚克难的"开路人"。新征程上，少不了"娄山关""腊子口"，"黑天鹅""灰犀牛"也会不期而至。面对新的复杂形势，必须居安思危、迎难而上，在斗争中练胆魄、磨意志、壮筋骨、长才干，敢于斗争、善于斗争、勇于胜利，于变局中开新局，牢牢把握历史主动。

面对人民对美好生活的新期待，必须涵养为民情怀、增进民生福祉，当好造福人民的"勤务员"。让人民幸福是"国之大者"，是共产党人为之奋斗不息的事业。新征程上，必须始终坚持以人民为中心的发展思想，聚焦群众的"急难愁盼"，把"问题清单"变成"履职清单"，用"辛苦指数"提升"满意指数"，不断增强人民群众的获得感、幸福感、安全感，充分激发蕴藏在人民之中的创造伟力。

在历史前进的逻辑中前进，在时代发展的潮流中发展，这是中国共产党不断从胜利走向胜利的成功之道。"只要我们党始终站在时代潮流最前列、站在攻坚克难最前沿、站在最广大人民之中，就必将永远立于不败之地！"

（十）

战斗英雄、劳动模范、改革先锋、道德模范、科研功臣……中国共产党成立 100 周年之际，首次评选颁授的"七一勋章"提名建议人选公示。这份特殊的名单，浓缩着一部共产党人的奋斗简史。

百年来，一代又一代中国共产党人顽强拼搏、不懈奋斗，形成了一系列伟大精神，构筑起了中国共产党人的精神谱系，铸就了党之魂、国之魂、民族之魂。

时间属于奋进者，历史属于奋进者。对我们党这样一个成立百年、执政 70 多年的大党来说，最危险的是丧失斗志、不思进取，最紧要的是弘扬历久弥新的革命精神，昂扬奋发、一往无前，做永不褪色的革命者、永不懈怠的奋斗者。

全面建设社会主义现代化国家，实现中华民族伟大复兴，是一场新的伟大革命。在我国这样一个 14 亿多人口的国家实现社会主义现代化，这是何其伟大的事业，又是何等艰巨的任务！必须保持革命战争时期的那么一股劲、那么一股革命热情、那么一种拼命精神，坚定远大之志、激发进取之心、砥砺担当之行，以更加雄健的精神闯关夺隘，以更加昂扬的斗志爬坡过坎，谱写新时代的壮丽华章。

"为有牺牲多壮志，敢教日月换新天。"人以奋斗而立，党以奋斗而兴，国以奋斗而强。奋斗，是一切奇迹的别名。对共产党人来说，最好的守业是创业，最美的姿态是拼搏。不畏艰难努力奋斗，带领人民团结奋斗，锚定目标不懈奋斗，以"功成不必在我"的精神境界和"功成必定有我"的责任担当，真抓实干不松劲，方能积跬步至千里，创造无愧于历史和人民的新业绩。

（十一）

"我们对时间的理解，是以百年、千年为计。"在"永恒之城"罗马，习近平总书记这样阐释中国共产党人独特的时间观。

披一身风雨，筑人间正道，绘山河锦绣，立精神丰碑——中国共产党人走过的非凡百年，在人类历史长河中只是短暂一瞬，却开辟了焕然一新的历史时空，开创了光耀千秋的历史伟业。

"我志愿加入中国共产党，拥护党的纲领，遵守党的章程……"党的百年华诞前夕，习近平总书记参观"'不忘初心、牢记使命'中国共产党历史展览"，并带领党员领导同志重温入党誓词。铿锵有力的宣誓声，穿越百年风云，激荡在全体党员心中……

　　这是初心使命的再宣示，这是继往开来的再出发。

　　"剧是必须从序幕开始的，但序幕还不是高潮。"从2021眺望2049，中华民族伟大复兴这部历史长剧的新高潮正在到来，新时代中国共产党人无比自信地迈向未来——

　　"我们还要继续奋斗，勇往直前，创造更加灿烂的辉煌！"

（新华社 2021 年 06 月 17 日）

申报资料实录

　　作品简介：党的百年华诞到来之际，新华社融媒体重要政论栏目"钟华论"推出《百年风华：读懂你的样子——献给中国共产党百年华诞》。评论系统总结我们党百年奋斗的深刻启示和伟大精神，激发起奋进新征程、再创新辉煌的强大力量，为建党百年营造良好舆论氛围，受到各方充分肯定，引起社会各界广泛共鸣。一是立意高远。评论融会贯通习近平总书记有关重要论述，从理想信念、人民至上、实事求是、自我革命、天下情怀等多个角度，深刻回答"中国共产党为什么行"这一重要问题，并着眼新方位、新征程对未来进行展望，逻辑严密、论述扎实、思想深刻。二是角度新颖。评论以"读懂你的样子"切入，将思想观点与生动意象结合起来，以理性而不失温度、写实又富于写意的方式，引导受众感受中国共产党人的品格和力量，读懂百年大党的精神气质。三是寓情于理。评论以百年前石库门"一群年轻人的身影"起笔，通过一个个鲜活的人物，一个个感人至深的故事，展现共产党人的初心使命，具有较强的感染力和冲击力，引起强烈共鸣。四是融合传播。评论还配发微视频《人间正道》和系列创意海报，文、图、视频有机融合、立体呈现，还有效设置网络话题，进一步放大传播效果。

　　社会效果：这篇"钟华论"文章被2100家媒体采用，全网置顶推送，"学习强国"等平台突出展示，全网总浏览量超过3亿，形成镇版刷屏之势，为建党百年营造良好舆论氛围。受众、业界和媒体用户纷纷表示，评论"大气磅礴，独辟蹊径""情感接近性强、历史纵深感强""让共产党人的精神气质跃然而出""辞无所假、浑然天成，首尾贯穿，一气呵成，读之酣畅淋漓"。

初评评语： 这篇"钟华论"文章是致敬党的百年华诞的精品力作。评论报道践行"四力"要求，以恢弘高远的视野、深入系统的思考、饱含深情的笔墨，深刻揭示百年大党取得辉煌成就的历史逻辑、实践逻辑、思想逻辑，生动展现中国共产党人的初心使命和风骨品格，既发人深省又引人"悦读"，充分体现了主流媒体评论报道的权威性、思想性和影响力。

如此"满意"失民意，"人民至上"怎落地？！

姚柏言

限于篇幅，文字稿略，获奖作品请见中国记协网 http://www.zgjx.cn。

（北京广播电视台 2021 年 12 月 26 日）

申报资料实录

作品简介：始终坚持人民至上，是党的执政理念的集中体现，也是党的群众观点和群众路线的生动实践。党的十八大以来，习近平总书记反复指出要坚持"人民至上"。党的十九届六中全会审议通过了《中共中央关于党的百年奋斗重大成就和历史经验的决议》，把"坚持人民至上"作为党的百年奋斗第二条宝贵经验。记者在持续调查的多起民生事件中却发现：还是有一些部门没有准确把握"人民至上"的科学内涵，存在"官本位"思想，以至于实际工作跑偏走样，引起人民群众的反感和不满。比如，有些部门嘴上说着要让人民群众满意，所干的工作却让人民群众非常不满意，甚至有些部门还要求人民群众不能不满意。针对这种"怪现象"记者在将近 2 年持续深入翔实的调查基础之上，制作完成这篇广播评论。评论以严谨的逻辑、犀利的语言、鲜活的事实向官僚主义亮剑，指出满意不满意关键看民意，"人民至上"在基层落地来不得半点官僚主义。这篇评论紧扣"人民至上"理念，积极阐释中央精神，同时也为基层百姓呐喊，记者吃透"两头"，用事实说话，是践行"四力"的生动体现。评论在北京广播电视台新闻广播、北京广播网以及听听 FM、蜻蜓 FM、喜马拉雅等广播新媒体平台同步播发，实现全媒体立体化传播。

社会效果：评论播出后，引起多方高度关注。多位听众表示，评论说出了他们的心声，体现了媒体的责任与担当；相关部门表示，评论为他们敲响了警钟，对相关问题进行整改；多位业内专家表示，评论问题抓得准、抓得实，评论逻辑性强，语言有力度，观点鲜明、有建设性，录音述评广播特色突出，起到党媒引领作用。

初评评语：这篇评论极具现实意义。评论紧扣"人民至上"理念和百姓呼声，对官僚主义进行深入剖析和批驳。评论本身广播特色突出，现场采访市民的同期录音极具感染力，逻辑严密，论述清晰，语言犀利，视角独到，有深度、有温度、有态度。

不要过度解读甚至误读储存一定生活必需品

徐　涵　冯其予

作品二维码

（经济日报新闻客户端、经济日报微博账号、经济日报微信公众号、中国经济网、经济日报今日头条官方账号等 2021 年 11 月 02 日）

申报资料实录

作品简介： 2021 年 11 月 2 日，一条"鼓励家庭根据需要储存一定数量的生活必需品"的新闻刷屏，引发网民各种猜测和严重负面舆情，网上出现各种"脑补"解读和"富有想象力"的猜测，迅速发酵，甚至涉及与台海局势相联系等舆论热点。很多人开始抢购，全国范围内抢购风潮在快速酝酿形成之中。经济日报及时关注到这一重大舆情，以高度的政治判断力、政治领悟力、政治执行力，迅速做出准确判断，主动与商务部门沟通，了解真实情况，于 11 月 2 日 12 时 01 分在经济日报新媒体推出快评《经济日报：不要过度解读甚至误读储存一定生活必需品》，并进行全媒体推送。作品一经推出，各大平台和媒体、自媒体账号迅速转发"中央媒体的消息"，有力有效引导舆论，平息了负面舆情和抢购风潮。

社会效果： 评论推出后，各大媒体和网络平台迅速转载推送，成为刷屏爆款。评论发出一小时内即进头条热榜、抖音热榜第一位、新浪微博热搜第三位，当晚全媒体流量超过 3 个亿，舆情事件基本得到平息。该内容在经济日报主要新媒体渠道总阅读量 4646.3 万次、全网传播量 3.96 亿次。有关部委感谢经济日报在此次舆情应对上作出重要贡献，对经济日报及时、准确的报道给予充分肯定，认为经济日报评论起到正视听、安民心、稳大局的作用。钟南山院士在中国网络媒体论坛演讲中专门提到"商务部关于储存一定生活必需品"的舆论引导问题，称赞媒体快捷播发消息，正确解读以正视听，辟谣止谣效果显著，体现了正能量澎湃大流量的特殊重要性。

初评评语：这篇报道之所以能让正能量产生大流量，首先是创作人员善于捕捉经济工作中的热点、焦点，并迅速作出准确研判和专业解读，同时媒体有快速反应的新闻生产机制，并辅之以有效的传播手段，而这些都有赖于持之以恒的专业积累。在复杂的舆论场下，这篇快评关键时刻敢发声、善发声，起到释疑解惑、正本清源的作用。做好经济领域的热点引导，既要有专业积累，还要有政治敏锐、有担当精神。对于负面舆情，要敢于发声亮剑，定争止纷。这篇报道取得了良好的社会效果和传播效果，也体现了媒体编辑记者较高的政治觉悟和良好的新闻素养。这篇快评也是媒体深度融合发展的一次生动实践，展现了融媒体生产能力和质量的提高。

（钟声）美国最大的敌人是美国自己

——政治操弄难掩美抗疫不力事实

集 体

树"假想敌"的做法，丝毫无助于解决美国面临的重重问题。美国热衷于将政治资源浪费在挑起与他国的对抗上，充分暴露出美式民主重政治表演、不重治理实效的痼疾

在新冠病毒溯源问题上，美国明知中国绝不可能接受其一手操弄、完全针对中国的所谓第二阶段溯源工作计划，却仍固执地在错误的道路上越走越远。为了向中国泼脏水，美国不仅自己深陷"阴谋论"中不能自拔，还叫嚣要拉上盟友"使用一切可用资源和工具"向中国施压。在全球疫情起伏反复、美国疫情更是空前反弹的当下，美国的行径，无疑就是在阻挠、拖延病毒溯源这一重要科学问题的正常推进，是对包括美国民众在内的各国人民生命健康权的最大漠视。

面对疫情等全球性挑战，大国合作至关重要。2014年，中美两国在抗击埃博拉疫情上卓有成效的合作，就成为大国合作抗击疫情的成功范例。那么，在世纪疫情危及全球安全发展、美国自己也深受其害的今天，一心想着要重塑其所谓全球领导力的美国，为什么要罔顾国际社会的期待，顽固地将中美关系推向对抗的方向？这种不可理喻的行为背后，是美国政府在国内面临重重困难，政绩表上乏善可陈，民众不满情绪日益上升。为了转嫁国内矛盾，美国政府错误地把算盘打到了中国身上，希望借对华示强来表现"担当"，赚取廉价的政治得分。

《纽约时报》的统计数据显示，在截至7月29日的7天内，美国日均增加新冠肺炎确诊病例71231例，上升势头十分明显。这一苦涩的事实再次说明，树"假想敌"的做法，丝毫无助于解决美国面临的重重问题。无论是持续不断的疫情，还是困扰美国已久的种族矛盾、枪支暴力、贫富分化、社会撕裂、治理失灵等，反映出的都是美国社会深层次的结构性问题。美国的问题是自己造成的，也只能自己解决。美国政府何尝不明白这一道理，却依然热衷于将政治资源浪费在挑起与他国的对抗上，充分暴露出美式民主重政治表演、

不重治理实效的痼疾。

本届美国政府喊出的口号，是要找回美国的"灵魂"，宣称其内政外交都要为美国国内中产阶级服务。但半年多来，美国社会现实与这一口号之间的差距越来越大，愈演愈烈的党派纷争严重裹挟着美国政治议程。美国总统将增进种族平等作为四大优先事项之一，上任当天即谈到"一场酝酿了近400年的种族正义呐喊"。然而，乔治·弗洛伊德案引发的美国警务改革法案，至今仍在国会打转。加强基础设施建设本是美国两党为数不多的共识，但在"为反对而反对"的政治漩涡中，相关法案至今难产。美国民调结果显示，59%的受访美国民众对美式民主制度运行方式不满，55%的受访者对国家未来方向持悲观态度。美国布伦南司法研究中心研究员项目主任特德·约翰逊日前对美国问题作出诊断："围绕投票权、国家安全政策、大规模基础设施计划、执法和枪支政策改革，甚至是种族关系状况的激烈党派之争，都表明美国的'灵魂'在很大程度上前途未卜。"

早在20多年前就有美国学者指出，冷战结束以来，许多美国人患上了"敌人缺乏症"。如今，美国人的"敌人缺乏症"更加明显。他们天真地认为，在国外找到一个"假想敌"将有助于这个分裂的国家重新找回"目的感"。在这种错误思维的驱使下，本届美国政府正在延续上届政府的极端和错误对华政策，不断加大对中国遏制打压，频频挑战中国底线。美国在新冠病毒溯源问题上表现出的偏执，正是这一政治算计的外露。从根本上讲，这是一种自欺欺人的懦弱行为。美国《外交政策》杂志网站近日发表的文章指出，美中关系正处于几十年来的最糟糕时刻，美国现政府的对抗性方式可能使情况变得更糟，并损害美国的其他利益。

50年前的7月，种族骚乱和反战抗议席卷美国，美国民众对国家前途的信心降至低谷。时任美国总统尼克松在堪萨斯城发表演讲，以古代帝国衰落为例，提醒美国人"健康的道德力量和精神力量"的重要性。就在这场演讲后3天，时任美国总统国家安全事务助理基辛格秘密前往中国。中美重新打开交往大门，两国人民和整个世界都从中美关系的良性互动中极大受益。半个世纪后的今天，美国政府十分有必要从历史中汲取智慧。正如美国外交史学会前主席梅尔文·莱弗勒所指出的，思考美中关系的未来时，应更多将焦点放在国内，因为真正的挑战是让"自己的系统"在国内运行良好。

美国最大的敌人是美国自己。中国的发展也从来不建立在美国衰落的基础上。美国政府需要做的，是纠正错误政策，真正找回自己丢失的"灵魂"。执迷于把中国当"假想敌"，将中美关系往对抗的方向推，美国不仅会严重束缚自己解决自身问题的手脚，而且将撕裂国际社会，破坏的又岂止是全球抗疫大局？

（《人民日报》2021年08月01日）

申报资料实录

作品简介：2021年7月，世界卫生组织通报其秘书处单方面提交的第二阶段溯源工作计划，美国借机炒作新冠病毒"实验室泄漏论"，大肆抹黑中国。为打赢病毒溯源舆论战、有效维护中国形象，人民日报社国际部第一时间系统策划，推出"政治操弄难掩美抗疫不力事实"系列"钟声"16篇。系列"钟声"成稿快、质量高、基调稳，以有利于国际传播为导向，叙事客观理性充满自信，斗争有理有力精准打击，在国内外舆论场形成巨大声势、产生广泛影响。《美国最大的敌人是美国自己》是其中一篇代表作。该文构思注重拓宽视野、把握实质，既讲透美国将抗疫问题政治化的危害，又通过历史对比深入论述美国极力借病毒溯源问题抹黑中国，根源在于其看待中国难以摆脱"假想敌"心理，并强调美国执意挑起遏华对抗只会加剧其国内治理困境、破坏国际合作大局。文章跳出溯源看溯源，逻辑层层递进，论述环环相扣，行文理性自信，有助于牢牢占据道义制高点，化解美国舆论攻势，展现中国处理中美关系问题的高度负责任立场。文章在人民日报客户端等平台阅读量超过600万次，央视"新闻联播"播发摘要。

社会效果：围绕新冠病毒溯源问题开展的舆论斗争事关中国国际形象，事关中美战略博弈全局。以《美国最大的敌人是美国自己》为代表的"政治操弄难掩美抗疫不力事实"系列"钟声"文章质量高、视角新、格局大，以有利于国际传播为导向，斗争有理有力，以充分的耐心把中国立场说透，有效团结国际社会大多数，有效发挥了在涉及国家重大利益问题上引导舆论、争夺国际话语权的关键作用。该系列评论前5篇由央视"晚间新闻"和"朝闻天下"播发摘要，后11篇由"新闻联播"连续播发摘要；在人民日报客户端、学习强国、微博平台阅读量达9800万次；在美国、墨西哥、巴基斯坦、尼日利亚等8个国家的27家媒体落地320余次，落地媒体包括印尼《雅加达邮报》、墨西哥《改革报》、美国《洛杉矶邮报》、尼日利亚《黎明报》、巴基斯坦《议会时报》、津巴布韦《先驱报》等。文章引起海外社交媒体用户广泛关注，仅在人民日报脸书和推特账号总阅读量就超过1300万次，互动量超过 4.5 万次。

初评评语：以《美国最大的敌人是美国自己》为代表的"政治操弄难掩美抗疫不力事实"系列"钟声"文章富有斗争精神，讲究斗争艺术。系列"钟声"创下三个"率先"：率先在国内国际舆论场上就第二阶段溯源打响舆论反击战，率先提出不调查美国、中国就不可能接受第二阶段溯源工作计划的鲜明观点，率先给美国贴上"病毒扩散国""抗疫失败国""谣言制造国""不负责任国""破坏科学规范国""分裂制造国"等诸多标签。该系列文章做到轻言说重话、占领道义制高点，写出了大党大国大报国际评论的风范，切实发挥了配合外交工作大局的作用。

从"蜗牛"获"奖"到"码"上"服务"

程 俊 刘梦冉 曲 洁 江 波

限于篇幅，文字稿略，获奖作品请见中国记协网 http://www.zgjx.cn。

（宜春市广播电视台 2021 年 12 月 26 日）

申报资料实录

作品简介：记者在丰城市采访了解到，丰城市有六家单位因在营商环境和重大项目建设领域不作为、慢作为、推诿、扯皮，导致企业和群众反映强烈，被授予"踢皮球奖""蜗牛奖"。这一新鲜做法在当地引起强烈反响。而且，丰城市对政务环境中存在的"怕慢假庸散"等问题，颁发"反向奖"，让企业、群众"码上评"，倒逼工作作风转变。了解到这一创新做法后，果断跟踪采访这一做法的效果。政府一方面主动加压作为，另一方面让企业群众做"判官"，直接评价服务好坏，作品抓住当前各地营商环境主题，结合这两个方面进行评述，主题重大，观点鲜明，逻辑清晰。除广播平台外，作品还在宜春手机台、宜春市网络广播电视台、听见广播APP 等平台同步播出，引起了各级政府和社会各界的广泛关注，全媒体传播效果突出。

社会效果：作品播出后，当地的营商环境得到宜春市其他单位和地方高度评价，宜春市纪委、宜春市经开区纷纷效仿，分别推出"码上监督"平台和"红黄榜"，对于优化营商环境，服务企业群众有着突出而现实的意义。

初评评语：这篇广播评论敏锐地抓住了丰城市为了优化营商环境、改善政务作风而采取的反向评奖这一带有创新性的举动，通过对"获奖"单位负责人、当地纪委监委负责人的采访，对当地营商环境中存在的问题进行了反思，并通过采访当地群众，从服务对象的角度反映了"获奖"单位在加快工作进度、转变工作作风后发生的变化。该评论的选题新颖、角度巧妙、内容扎实、信息来源丰富，对当地政府工作作风存在的问题毫不隐晦，直截了当，被批评、被监督的"获奖"单位也接受了采访、进行了反思和整改，说明反向评奖这一"创举"对当地营商环境的改善的确发挥了很好的监督促进作用。该评论的标题《从"蜗牛"获"奖"到"码"上"服务"》独具匠心、饶有趣味，既抓住了全篇的主线，又生动活泼、让人过目不忘，具有较强的传播性；最后的点评言简意赅、画龙点睛，恰到好处。

复园里"复原"之路的启示

林 丹 吴俊锋 张 晶 李 丞 叶育民

限于篇幅，文字稿略，获奖作品请见中国记协网 http://www.zgjx.cn。

（福建省广播影视集团 2021 年 09 月 27 日）

申报资料实录

作品简介： 2021 年 3 月 24 日下午，习近平总书记在福建考察期间到访福州三坊七巷，他强调，保护好传统街区，保护好古建筑，保护好文物，就是保存了城市的历史和文脉。对待古建筑、老宅子、老街区要有珍爱之心、尊崇之心。当年，正是在时任福州市委书记习近平的重视和推动下，三坊七巷得以免遭破坏，一大批历史文物古迹保留至今。本节目是《新闻启示录》栏目跟踪五年的深度报道。节目以小见大，从福州一座历史建筑与一条路的激烈矛盾说起，通过这座历史建筑从面临迁建到原地保护、再到活化利用的命运变迁，生动反映了习近平总书记关于文化遗产保护的思想理论在福建的传承与实践。在此基础上，节目从新发展理念的高度出发，探讨城市如何处理好发展与保护的关系。除了呈现文化遗产保护者的声音，摄制组还多方努力，采访了福州市城乡建总相关工作人员、周边居民、专家学者，以及这座历史建筑原住户的后人等，展示各方观点，并在层层递进的评论中，论证、揭示新发展理念的深刻内涵。节目除了在《新闻启示录》电视栏目播出，还在海博 TV APP、《新闻启示录》微视号等网络平台发布，仅在海博 TV APP 的播放量就超过 13 万次。

社会效果： 早在福建工作期间，习近平同志就对福建文化和自然遗产保护以及申报世界遗产工作倾注了巨大心力。2021 年，第 44 届世界遗产大会在中国福建省福州市举办，这也是我国在文化和自然遗产保护领域承办的最高规格的国际会议。在此时代背景下，该节目挖掘出了一个鲜为人知但却极其生动的文化遗产保护故事，向全世界展现了世遗大会主办地——福州在习近平总书记文化遗产保护思想指引下，所取得的成绩与进步，以小见大地

381

展示了中国形象，讲好了中国故事。联合国教科文组织世界遗产中心主任罗斯勒在福州接受《新闻启示录》记者专访时也评价："我见证了中国人民'像爱惜自己的生命一样'保护文化和自然遗产。"

初评评语：采访历时5年，广泛深入，从细微之处挖掘宏大主题，是一篇"带露珠、冒热气、接地气"的鲜活报道，也是践行"四力"好作品。

"双减"政策来了 期待教育回归"初心"

梁 丽 吴 明 王 静 张 燕

限于篇幅，文字稿略，获奖作品请见中国记协网 http://www.zgjx.cn。

（宁夏广播电视台 2021 年 12 月 23 日）

申报资料实录

作品简介：百年大计，教育为本。国家和自治区相继出台的"双减"政策，引发公众广泛关注。"双减"政策推进数月，成效如何？记者针对这一听众高度关注的热点问题展开调查。通过深入采访学生家长、培训机构以及教育等相关业内人士成就了此篇评论。评论立意深远，条理清晰，以抽丝剥茧的逻辑性，生动阐述了教育"双减"政策的重大意义。同时也旗帜鲜明地揭示出"双减"政策真正"落地"的现实举措，掩卷之余，引人深思。该评论在 FM106.1《宁夏早间新闻》早高峰时段播出后，宁夏新闻广播微信公众平台收到了大量听众、网友的点赞和留言。

社会效果：教育问题关乎千家万户，引发公众的共鸣。该作品准确把握相关的教育政策，评论有理有据，音响运用恰到好处，充分彰显了广播评论掷地有声的特色，播出后收到听众和网友的一致好评。喜马拉雅和蜻蜓平台的同步在线播出，扩大了该评论作品的舆论影响力。

初评评语：本篇评论视角客观，内容翔实，说理透彻；文字朴实无华而不失严谨之风；语言通俗易懂而不失铿锵之力；音响丰富，广播特色鲜明，可听性强，是一篇紧跟民生政策，关注社会热点问题的广播评论佳作。

近九成科学仪器依赖进口，"国货"如何突围

张盖伦

以数量计算，我国核磁波谱仪、液质联用仪、X射线衍射仪国内供货量占比分别为：0.99%、1.19%、1.32%……

6月下旬，在中国农业科学院举行的中国科学仪器自主创新应用示范基地成立仪式上，中国科学院电工研究所副所长韩立用一张图表展示了我国高端科学仪器现状——多种科学仪器基本被国外厂商垄断，某些类型的仪器国内厂商市场占有率甚至趋近于零。

前不久，在中国科学院第二十次院士大会、中国工程院第十五次院士大会和中国科协第十次全国代表大会上，习近平总书记指出，要从国家急迫需要和长远需求出发，在石油天然气、基础原材料、高端芯片、工业软件、农作物种子、科学试验用仪器设备、化学制剂等方面关键核心技术上全力攻坚，加快突破一批药品、医疗器械、医用设备、疫苗等领域关键核心技术。

科学仪器的研发是一场马拉松。那些历史悠久的国际公司，都是专业选手，而且已经上路。有人形容，国产仪器公司，还正在活动筋骨，想要在短期内实现追赶，挑战巨大。

但情况正在改变。

"国产仪器的发展迎来了新春天和大风口。"中国仪器仪表学会分析仪器分会秘书长吴爱华判断，"再给国产仪器多点陪伴和时间，问题会一点点解决的。"

一点点打破市场垄断

当国内产品做起来，国外仪器的傲气也会被打下来

科学仪器，被称作科学家的"眼睛"，被比作高端制造业皇冠上的明珠。

吴爱华介绍，2018年的国家科技基础条件资源调查工作显示，在原值超过50万元以上的大型仪器中，国产品占有率为13.4%左右。

仪器行业，体量不大，却有着"四两拨千斤"的作用。以分析仪器为例，

2019 年，我国分析仪器行业规模为 350 亿元。上世纪 90 年代初，美国商业部国家标准局出过一份报告：仪器仪表工业总产值只占工业总产值的 4%，但它对国民经济的影响达到 66%。

中国科学院生物物理研究所蛋白质科学研究平台主任韩玉刚强调，科学仪器，是科学研究的基础条件，也是科技创新成果的重要形式，还是国民经济发展的重要支撑。

若对进口仪器依赖过强，一是有风险，科研工作会受制于人；二是仪器用户要花大量资金，购买高价产品。

"几乎 99% 的科学仪器类电子显微镜市场份额被全球五家公司瓜分。"聚束科技（北京）有限公司总经理何伟介绍起他熟悉的电子显微镜领域。他告诉科技日报记者，2020 年，这类产品的全球市场销售额在 35 亿美金左右，在国内销售额约为 60 亿元人民币。但即使是最头部的国内公司，也只能从这块蛋糕中分到 1% 到 2%。

聚束科技成立于 2015 年，是世界上少数几家能够独立设计和生产高端场发射电子显微镜整套系统的高科技公司之一。"这种收入不能支撑高端仪器公司的发展，我们每年在研发上的投入就高达三四千万元。"何伟坦言。

吴爱华介绍，2018 年，我国光学仪器、电子测量仪器、试验机和实验分析仪器进口额为 217.3 亿美元，约合 1396 亿元人民币。以高效液相色谱仪为例，调查显示，国内有厂家几十家，北美 6 家，欧洲 3 家，日本 3 家。但国产品占有率仅为 20%，80% 依赖进口。

"总体来看，国内仪器企业数量多、规模小、基础薄，缺少明星企业，近 80% 为小微企业。而从收入规模来看，我们没有排名全球前列的仪器企业。"吴爱华说。

并非没有好消息。

海能未来技术集团有限公司总裁刘文玉是仪器行业的"老兵"，在这个行当工作了 36 年，且曾在国际仪器公司日本岛津干了 17 年。他能感到，近十年来，国产仪器行业在变化：民营企业多了，海归高端人才创业多了，资本运作也变多了。

一批优质企业已经脱颖而出，跟第二、三名甩开了差距，且能与国外企业一战。

刘文玉向科技日报记者讲起了北京的普析通用。这家企业成立于 1991 年，一直在做紫外分光光度计和原子吸收光谱分析仪。

1997 年，刘文玉的老东家岛津在苏州建了工厂。他记得，自从有了普析通用的仪器，"岛津的价格就降下来了，三到四成的下降。而且，岛津苏州工厂光谱仪器的销量一直上不去"。

当国产品真的优秀时，国外仪器的傲气，也会被打下来。

有些企业，则找到了还没人踏足的空白市场，用"人无我有"来切入"蓝海"。

总部位于合肥的国仪量子，做的是量子精密测量仪器。公司营销中心副总经理付永强告诉科技日报记者，他们的量子钻石单自旋谱仪、量子钻石原子力显微镜、金刚石量子计算教学机等仪器，是全球首创的独家产品，面临的竞争较小。而像电子顺磁共振波谱仪、扫描电子显微镜等产品，主要目标则是实现国产替代。"我们已经从'不能望国外企业项背'，到了跟跑、并跑甚至部分领跑的阶段。"付永强说。

用户不信任致使推广难
国产仪器企业，要靠品质和服务补齐短板

其实，回顾国产仪器的发展历史，起步并不比国外晚太多。但受种种因素影响，上世纪 80 年代到 2000 年初，仪器行业陷入低谷，发展出现断代。要追赶，拦在国产企业面前的，是时间鸿沟。

吴爱华说，他们在调研中发现，用户的不信任，是国产仪器难以得到广泛应用的一道槛。

信任，不是说出来的，是做出来的。多家国产仪器企业负责人都提到，他们的竞争法宝是"用户至上"，为国内用户提供比国际大牌更诚挚的服务。

付永强讲了个小故事。

2019 年 11 月，清华大学分析中心磁共振实验室使用的某国外品牌电子顺磁共振波谱仪出现故障，测不到信号。若返回原厂维修，耗时长，花费大，于是实验室尝试联系了国仪量子，问他们能不能修。

2018 年，国仪量子发布了中国首台商用脉冲式电子顺磁共振（EPR）波谱仪，具有 EPR 产品自主研发实力和专业的服务支持体系。公司得知清华大学的情况后，马上安排了 EPR 工程师前往现场。"这类问题，正常情况下返厂维修至少需要 1 个多月，国仪量子 EPR 工程师从现场检查到恢复测试，用时仅 4 个工作日。"

后来，清华这一实验室给企业送来了锦旗。锦旗上写道："维修专业及时可靠，解决了卡脖子问题，为我国仪器之表率。"

刘文玉说，国产仪器公司要承认差距，但也要找到自己的优势。"搞清

楚市场要什么，也要搞清楚自己能做什么。"

海能仪器做了一款皮实耐用、能跟国际公司中端产品竞争的高效液相色谱仪。为了提高质量，他们用国际化通用件做仪器的核心标准件，和国际公司对标。

"我们不做最高精尖的，但也绝不能陷入低端产品恶性竞争的漩涡中去。"刘文玉跟记者算账：国际公司在国内销售的高效液相色谱仪器能达到 1.6 万余台套，销售额 40 亿元；而几十家国内企业，则在争夺剩下的 3 亿元左右的市场。"为什么不去跟国际企业争一争？"

之前不争，是因为一些国内公司，用便宜的零部件，造低端的产品，用户买得少，体验差；体验差，就买得更少。于是市场进一步缩减，仪器的成本必须进一步压低……"这不就成了恶性死循环了吗？"刘文玉强调，国产仪器也要用好东西，给用户建立信心。

他们砸钱，做可靠性验证，做精益生产和供应链管理。团队还将 50 台样机拉到用户的使用现场——不用给钱，你们就试试；不要了，我再拉回来。刘文玉知道，用户的试用，能为产品质量的改善提供一手信息。

毕竟，如果仪器得不到使用，连被"骂"的机会都没有，就更会被进口产品甩在后头。

越是起风时越要保持冷静
市场需求是把双刃剑，只有自己翅膀硬了才能飞得更稳健

"用户是包容的，他们愿意给国产仪器机会。"让刘文玉感动的是，某市的药监部门，主动将样品一分为二，在海能的仪器和"国际大厂"的仪器上同时做分析，帮他们做结果比较。

2020 年左右，何伟也明显感到用户对国产仪器的态度发生了转变——"从满腹怀疑到主动愿意尝试"。

也是在 2020 年，中共中央政治局常务委员会召开会议，指出要深化供给侧结构性改革，充分发挥我国超大规模市场优势和内需潜力，构建国内国际双循环相互促进的新发展格局。

不能总指望依赖他人的科技成果来提升自己的科技水平。从国家领导人到国家部委再到地方政府，都将科学仪器放在了重要位置。

从 2011 年起，中央财政拨款成立国家重大科研仪器设备研制专项。科技部和财政部启动了国家重大科学仪器设备开发专项。该专项强调面向市场、面向应用、面向产业化。各地也在国家的统一协调和支持下聚焦高端科学仪

器产业的发展，建设科学仪器产业园。

建立国产仪器应用中心，建立仪器测评中心，举办高端用户与国产企业供需对接会……"这些举措，就是为了促进国产仪器创新和发展，形成进口可替代名单。"吴爱华说。

"中国开始成为世界的前沿科学中心和高品质生产制造中心，这是我们的产业升级机遇。"付永强看到，国内的仪器需求也越发旺盛。国仪量子去年开始就在与一家知名家电企业合作。此前，这家企业只在中央研究院配置了电子显微镜，现在，他们工厂生产线上也逐步开始配备电镜。"全球60%以上的电子加工产业都在中国，如果给每条生产线都配置一台电镜，这个量就非常大了。"

当然，越是在起风时，就越要清醒和冷静。

"市场需求是一把双刃剑。你一定要把自己的翅膀锻炼得更强壮，才能飞得更稳健。否则，要是辜负了用户，信任就很难重建了。"何伟说，国产仪器必须踏踏实实，把市场抢回来，把技术做起来。

刘文玉知道，国际公司会调整他们的策略。越来越多的国际公司选择在国内建厂，以规避某些限制性要求。未来，他们或许也会降价。就算整机不挣钱，靠着如此高的市场占有率，国际公司仍然能靠服务挣钱。

这一切让刘文玉有一种紧迫感："在五至八年内，如果国产仪器不能在性能参数、稳定性和服务上获得很大的提升，很可能将来依然被国外公司垄断。"

寻求"推一把"的动力
不能光靠企业单打独斗，需要国家继续扶持

但也不能理想主义地认为，靠着企业自己单打独斗就能出头。

借鉴国际巨头的成长经历，仪器企业的发展，要借助各方的力量：要有政府支持，要有资本注入，要有产学研的紧密合作，要有产业格局的升级调整。

高精尖的科学仪器，有科研项目的支持。但大量国产仪器企业聚焦的产品，其实处在中端。

这些企业其实面向最为广大的国产仪器用户。"我们可以一手抓'高精尖'，一手抓量大面广的通用型仪器。"刘文玉说，如果基础做不好，国内企业被国际企业打趴下，一段时间后，广大用户仍必须出高价买通用仪器。"希望国家可以给仪器企业税收减免或者财政补贴，让他们能更从容地把资金投入企业的可持续发展中。"刘文玉坦言。

何伟则建议，可以效仿起步时的新能源汽车行业，直接对国产仪器消费者和生产者进行补贴。补贴，可以减轻仪器企业的资金压力，并成为助推用户购买国产仪器的动力。"有了一个小动力，很多事情可能可以发生很大的转变。"

他把这种支持方式比喻为拐棍。"帮我们快速站起来，往前冲；以后慢慢地，我们靠着自己努力就能脱拐。"

采访中，多家国产仪器企业负责人共同提到了一个现实问题——同一舞台，不同负重。

根据相关政策，研发机构采购进口科研仪器可以免税。虽然我国也出台了《研发机构采购国产设备退税管理办法》，但据相关人士透露，这需要研发机构购买仪器后再申请退税，执行起来程序较为烦琐，且对国产仪器企业来说，负担并没有减轻。

"进口仪器的免税，实际上打击了国产仪器，也削弱了国产仪器的性价比优势。国产仪器能否跟进口仪器在同一起跑线上竞争？"国产仪器企业负责人在接受采访时，提出了几乎一致的诉求。

至于用户对国产仪器的信任，则必须通过实践去逐步建立。

6月下旬成立的中国科学仪器自主创新应用示范基地，就是要把国产仪器用起来，为仪器设备提供验证和评价，为仪器生产厂商提供应用示范场所，反馈使用信息，提升仪器性能指标。

"请您多用、狠用，不嫌弃地用我们的国产仪器，多给我们使用反馈，帮我们逐步提升与国际品牌的竞争力。"在成立仪式上，面对台下来自各个领域的专家与潜在用户，刘文玉恳切地呼吁。

（《科技日报》2021 年 07 月 06 日）

申报资料实录

作品简介：国内仪器企业数量多、规模小、基础薄，缺少明星企业，近80% 为小微企业。在特定领域，九成以上科学仪器依赖进口。形势严峻，国产科学仪器如何突围？ 2021 年 6 月下旬，中国科学仪器自主创新应用示范基地成立仪式在北京举行。记者带着"国产仪器产业为何'小''散''弱'"的疑问参会，以这样一个常规性活动为契机，联系到多位仪器企业负责人、使用仪器的科研人员以及科学仪器相关协会负责人。在此后两周时间里，对他们进行了深度采访。该通讯聆听一线仪器从业者心声，直击目前我国仪器行业存在的问题。文章并没有简单停留在现状观察层面，而是更进一步凝练了部分走在前列的国产仪器企业的"赶超"经验，反映了仪器从业者的诉求和心声，给出了在财政支持、政策支持方面富有建设性的建议。关注科学仪器领域，本身也体现了科技类主流媒体的责任与担当。该通讯于2021年7月6日以整版形式在《科技日报》刊发，文字流畅，逻辑清晰，娓娓道来。在科技日报微信上点击量破两万，在仪器行业内引发热议。

社会效果：2021年7月6日，该通讯在《科技日报》五版刊出。当天中午，科技日报微信发出了此文的微信版本《近九成科学仪器靠进口，"国货"真的输了吗？》。文章被包括新华网、人民网、央广网、光明网、澎湃新闻在内的多家主流媒体转载。文章推动了相关部门就该问题专门组织座谈会听取各方意见。

初评评语：我国自主创新事业大有可为，但仍有长期存在的难点需要下大力气解决。这篇通讯聚焦事关我国关键核心技术突破的科学仪器领域，采访扎实，文字生动。它指出国产仪器行业正处在机遇与挑战并存的关键时期，用故事和细节反映了国产仪器人的创新与坚持，也指出了国产仪器行业面临的客观困难，给出了富有建设性的意见和建议，引发科技界关注，具有现实意义。

为了跨越时空的团聚

——孙嘉怿带领团队为 965 位烈士找到"回家"路

杨静雅

雷公牺牲前唱着沂蒙山小调，对战友说：别把我一个人留在这……最近，电影《长津湖》里的这一幕时常在宁波市海曙区志愿者协会副秘书长孙嘉怿的脑海里浮现，挥之不去。

"来自退役军人事务部的信息显示，目前全国有名可考的烈士约 196 万名，其中有明确安葬地的仅 55.9 万名。烈士也怕孤单啊，我们得加快速度，让更多安葬地信息不详的烈士尽快和亲人'团聚'。"孙嘉怿每天都在心里为自己和伙伴们加油。

由一个人到一群人，再到无数人，孙嘉怿带领团队帮助烈士寻亲，还将服务延伸到烈属，并让青少年参与其中，激发年轻一代的爱国情怀。最近，她正借着《长津湖》的热度，用她 19.9 万粉丝的微博全网替烈士寻亲，仅今年 11 月份，就为 106 位烈士找到了亲人。昨天，又传来好消息，志愿者找到了四川籍烈士李长华的家人。至此，孙嘉怿带领团队已为 965 位烈士找到亲属。

一个人，走上为烈士寻亲的道路

孙嘉怿 1985 年出生于宁波，生活在一个军人世家，外公是抗美援朝志愿军战士，爷爷参加过抗日战争，父亲曾是一名海军战士。因此，她从小就对军人有着深厚的感情。

2008 年，刚参加工作的孙嘉怿在朋友的带领下，参加了一个关爱抗战老兵的志愿服务团队。老兵们常给她讲起自己牺牲的战友，她由此对烈士产生了崇敬之情。在替老兵寻找牺牲战友的安葬地时，她常通过上网等途径查询烈士信息。

她发现，大部分烈士的信息里都没有烈士的具体安葬地，导致很多烈属查到了亲人的姓名，却找不到亲人的安葬地，无处祭奠亲人。同时，也有许多烈士墓长期无亲属祭扫。

于是，在节假日里，孙嘉怿常穿着黑衣，背着双肩包，一手捧着鲜花，一手提着水果去祭奠烈士。

"越是偏远的烈士陵园,去的人越少,我们到边境线上看望烈士吧!"2012年4月,孙嘉怿和丈夫蜜月旅行去了云南,国殇墓园、麻栗坡烈士陵园……搭便车、住农舍,有鲜花的地方就买束鲜花,没鲜花的地方就买些小笼包子、水果作为祭品,他们半个月去了10多座烈士陵园。每到一座烈士陵园,孙嘉怿都会挨个查看墓碑上烈士的详细信息。她发现,许多烈士牺牲时只有20多岁,和自己年龄相仿,很是震惊。她再到烈士纪念馆里看他们的事迹,更加震惊:有的为了引开敌人,身体被炸成两截;有的在身上绑满手榴弹,与敌人同归于尽……

这次云南之行,孙嘉怿对烈士的崇敬之情更深了。她每到外地出差,都会抽空去当地的烈士陵园,并将陵园的照片和自己祭奠烈士的感受发到微博上,号召更多人去祭奠烈士。

见孙嘉怿常在微博上发烈士陵园的照片,2017年初,安徽省太和县烈士王心恒的侄子王志宝辗转联系上孙嘉怿,请她帮忙找王心恒烈士的陵墓。家人只知道王心恒1949年在宁波牺牲,却不知他安葬于何处。

两周后,孙嘉怿在宁波樟村四明山革命烈士陵园找到了王心恒烈士的陵墓,便立即给王志宝打电话。由于太激动了,她的手都有些颤抖。电话那头,传来了"终于找到了"的喊声,随之就是"哇——"的哭声。

孙嘉怿买来水果,放在王心恒烈士的墓碑前,轻声说:"老英雄,您的家人让我来找您了,以后我会常来看您。"

之后,每年清明节和烈士纪念日,孙嘉怿都会去祭奠王心恒烈士。今年4月初,王志宝来宁波祭奠王心恒烈士,孙嘉怿和一群志愿者一直热情相陪。

这次寻亲成功,让孙嘉怿走上替更多烈士寻亲的道路。她每次去烈士陵园,祭奠完烈士后,会将所有的墓碑都拍摄下来。晚上,她会去中华英烈网查找这些烈士的信息,补全信息后发到微博上,希望能帮助烈属找到烈士安葬地,从而让烈士"回家"。

一群人,为900多位烈士找到亲人

孙嘉怿替王心恒烈士寻亲成功的消息在网上传开,向她寻求帮助的人多了起来。

2017年3月,家住陕西省咸阳市的烈属黄军平联系孙嘉怿,想请她一起整理他从朝鲜开城烈士陵园拍下的烈士资料。

由于工作量太大,孙嘉怿在微博上发起"我为烈士来寻亲"活动,招募了 20 多名志愿者一起整理资料。

2017 年清明节前夕，孙嘉怿按照籍贯分类发布了 1000 位烈士的安葬地信息。她的微博火了，很多人联系她，希望前往朝鲜祭奠亲人或寻找亲人的安葬地。

2018 年 4 月初，孙嘉怿等志愿者陪同 60 多位烈属前往朝鲜寻亲。火车缓慢前行，雨点打在车窗上，志愿者和烈属们一路眼含泪水。车厢里很安静，大家或沉思，或远望，突然有位烈属轻声说："我们的先辈也是坐着火车去的朝鲜，他们再也没有回来，我们去'接'他们……"话音刚落，车厢里一片抽泣声。

此行，大多数烈属"接到"了自己的亲人，但仍有人没有找到亲人的安息地。来自南京的陈传文老人就是其中之一。

1952 年，陈传文的父亲陈士成在朝鲜战场上开着运输车引开了敌人的轰炸机，壮烈牺牲，部队寄来的信里没有他的安葬地信息。

陈传文在烈士陵园里用拐杖敲打着地面喊："老爸，您到底在哪里？我跟您的儿媳妇董良英来了！让我们到哪儿找您？"

孙嘉怿立即上前扶住陈传文说："老人家，您别急，我一定帮您找到亲人。"

从朝鲜归来，孙嘉怿感到替烈士寻亲真的是太迫切了！

在孙嘉怿的发动下，越来越多的人加入到"我为烈士来寻亲"志愿服务队，其中有许多是军事、地理、历史等方面的专家。

孙嘉怿把志愿者分成摄影、整理、专家、审核等四个组。摄影志愿者负责拍摄烈士墓碑，整理志愿者负责通过多种方式完善烈士信息，如果遇到了难题，就交给专家组。

孙嘉怿带领审核组负责所有信息的终审。为使信息更准确，她学习了部队番号和汉字字体演化等知识，常常学习到深夜。为使信息更全面，孙嘉怿常通过网络或"114"查询烈士家乡的相关电话号码，打过去了解情况。电话那头，有时会传来耐心的回答，有时也会传来质问："你怎么知道电话的，是不是骗子？"甚至有时对方会甩来一句"神经病！"尽管有时会遇到挫折，但她仍不气馁，不放过任何一条可能找到烈士亲属的信息。

有了各种人才的加入，孙嘉怿和伙伴们破解了许多难题，也帮陈传文找到了他父亲的安葬地。

在一位志愿者拍来的朝鲜陵园照片中，孙嘉怿发现一位烈士叫"陈世成"，经过她和多方面专家的共同研判，确定此名为"陈士成"的误写。

她欣喜若狂，专程赶到陈传文家中，将陈士成烈士所在陵园的照片送给陈传文，还拿出一张朝鲜地图，将陵园所在位置圈出来指给陈传文看。陈传文哭得像个孩子，说："有生之年，就算坐轮椅也一定要去见一次爸爸。"

自此以后，陈传文直呼孙嘉怿"闺女"，而孙嘉怿逢年过节都会去看望陈传文一家。

目前，"我为烈士来寻亲"志愿服务队有200多名队员，队员足迹遍布国内及朝鲜、缅甸等地的700多座陵园。服务队建起了全国首个烈士安葬地信息数据库，内有4万多位烈士的信息，烈士出生年月、家庭住址、部队番号、牺牲时间、安葬地点等一应俱全。孙嘉怿和她的团队，已为965位烈士找到了亲人。

无数人，参与到为烈士和烈属服务中

在替烈士寻亲过程中，孙嘉怿看到了许多烈属失去亲人后挥之不去的痛楚。

"我们享受的和平环境是无数先烈用生命换来的，这其中也包含着无数烈属的付出。"孙嘉怿说，烈属的生活已经得到了国家的保障，志愿者可以在情感上给予烈属抚慰。

2021年是中国共产党成立100周年，孙嘉怿根据烈属需求，开展了一系列为烈属服务的活动。

1950年，安徽省萧县青年冯世杰奔赴抗美援朝战场。冯世杰走后，妻子吴秀真因为没有及时收到回信，误以为丈夫有了别的想法，一气之下撕碎了全家福，把冯世杰的那一半扔掉了。1953年，冯世杰一年前牺牲的消息从朝鲜传来，吴秀真后悔不已。2019年2月，孙嘉怿替吴秀真找到了冯世杰的安葬地。吴秀真拿出半张全家福，想将丈夫"恢复"上去。孙嘉怿请人用影像修复技术合成了全家福，吴秀真看着照片，热泪盈眶。

今年，孙嘉怿顺势推出了"我为烈士修遗物"活动，组成了以宁波财经学院大学生为主体的志愿服务队，帮助烈属修复烈士遗像、证件等物品。

孙嘉怿还发现，每到清明节，总有一些烈属由于种种原因不能去现场祭奠烈士，便推出了"我为烈士代祭扫"志愿服务活动。

为烈士寻亲和为烈属服务，让孙嘉怿异常忙碌。她原来在一家金融单位工作，收入颇丰。2019年，宁波市海曙区志愿者协会力邀她入职，虽然薪水不高，但考虑到在新岗位上可以更好地推进"我为烈士来寻亲"项目，她欣然前往。

为烈士寻亲和为烈属服务，也让孙嘉怿开支陡增。前些年，她自费去全

国 20 多个城市祭奠烈士，还自费带烈属去朝鲜寻亲，花去了不少积蓄。今年，她自费替烈士放大照片，又花了不少钱。这些钱都是她省吃俭用节约出来的，而她穿的都是一两百元一件的衣服，出差住的都是一晚 100 多元的旅馆。

桃李不言，下自成蹊。

孙嘉怿得到了网友的认可。目前，她的微博"猫小喵滴兔子"有 19.9 万粉丝，除了她带领的志愿团队外，还有成千上万的网友参与到她发起的"我为烈士来寻亲"话题中。目前，该话题的阅读量超过 6970 万人次。众多网友积极为烈士寻亲，有的查找寻亲线索，有的提供陵园照片，有的帮忙出谋划策。

2020 年，全国人大代表、安徽省广播电视台的吕卉到宁波向孙嘉怿了解相关情况，并在当年的全国两会上提交了"关于烈士陵园档案信息化建设"的建议。2021 年 4 月 2 日，退役军人事务部开通了"烈士寻亲政府公共服务平台"。

近几年来，孙嘉怿获得了宁波市海曙区道德模范等诸多荣誉，最近刚获评 2021 年度浙江省"最美志愿者"。这是实至名归！

几代人，把崇敬英烈化为爱国之情

"在为烈士寻亲的路上，我发现自己兴趣变了。"孙嘉怿说，20 岁左右时，她晚上经常去泡吧，开始为烈士寻亲后，她意识到现在的好日子是先烈们用生命换来的，爱国、爱党之情油然而生。今年 6 月，她成为一名中国共产党预备党员。

孙嘉怿觉得，自己应该努力去影响"90 后""00 后"，甚至像她女儿这样的"10 后"，引导他们了解英雄、崇尚英雄、热爱祖国、珍惜当下。每次有新的烈士材料要整理，她都将材料优先分给年轻志愿者；每次有志愿者为烈士修好遗像，她都组织少先队员护送遗像；每次去祭奠烈士，她都会带一群孩子同去。这样做，为的是让他们在参与中了解烈士的事迹，感受当下和平环境的来之不易。

参与为烈士寻亲、为烈属服务活动，让志愿者们的心灵得到洗礼。参与为烈士修复遗物的宁波财经学院志愿者王宇童说："过去，我都是在报道中了解英雄，现在，我在修复烈士遗物时跨越时空与烈士'面对面'交流，感受到了烈士对国家的深情。"

孙嘉怿还发起"英烈故事我来讲"活动，和其他志愿者到中小学校给学生讲述烈士故事，志愿者以年轻人为主。据统计，"我为烈士来寻亲""我为烈士修遗物""我为烈士代祭扫""英烈故事我来讲"四支志愿服务队共有 400 多人，平均年龄仅 30 岁。

"大家都看过动画片《那年那兔那些事》吧，那里面的兔子也说要再到三八线上浪一回，肯定是怀念战友了，今天，我就给大家讲讲三八线边上发生的故事……"今年 9 月 30 日，孙嘉怿一大早来到宁波市海曙区龙观乡中心小学宣讲烈士故事，一开场，她的话就吸引了学生们。为了拉近与学生们的距离，她在宣讲结束时播放的《我的祖国》都是易烊千玺版的。

听完她的宣讲，该校学生谢龙在作文中写道：我觉得正是因为无数革命战士浴血奋战，才有了我们今天的幸福生活，我们应该继承先烈遗志，从小树立远大理想，长大报效祖国。

今年，仅孙嘉怿个人就进学校宣讲了 15 场，分散在全国各地的志愿者也纷纷到附近的学校宣讲。

孙嘉怿的女儿由于经常听孙嘉怿讲烈士故事，每次外出，一看到"烈士陵园"几个字，马上就会喊："妈妈，烈士陵园，我们去给烈士献花吧！"

孙嘉怿还经常带着学生去看电影，激发他们的爱国情怀。今年，她组织了多批青少年去看《长津湖》，并结合《长津湖》给大家讲述她在替烈士寻亲过程中了解的故事。

"在长津湖战役里牺牲的人中，也有我们宁波人，海曙区湖山村的汪文才就是其中之一，他牺牲时只有 27 岁……"

今年 10 月的一天，她在影院外给刚看完电影的孩子们讲故事，马上有孩子说："我长大以后也要报效祖国，成为英雄！"

这声音让我们牢记——

崇尚英雄才会产生英雄！

不忘来时路方能行致远！

（《宁波晚报》2021 年 12 月 26 日）

申报资料实录

作品简介："有几位烈属在亲人牺牲 72 年后，第一次来宁波祭奠亲人，是孙嘉怿帮他们找到了亲人陵墓！"2021 年清明节前，记者获知此线索，对孙嘉怿进行了采访。记者发现，孙嘉怿不仅带领数百名志愿者帮助烈士寻亲，还开展关爱烈属活动，并让青少年做些整理烈士信息、看望烈属之类的事情，激发他们的爱国情怀。在她的感召下，越来越多的青少年参与其中。记者意识到，孙嘉怿和其他志愿者身上展现的是当代中国年轻人感悟初心使命、传承红色基因的精神风貌。于是，记者多次对孙嘉怿进行了采访，还跟随她去祭奠烈士，挖掘她的事迹，感受她的情怀。为了还原她的心路历程，记者查阅了她10年来所发的数千条微信、上万条微博。写出初稿后，记者花费多日查阅相关权威网站，核实稿件写到的历史背景和重要数据。孙嘉怿说："目前全国有名可考的烈士约196万名，其中有明确安葬地的仅55.9万名。"记者却找不到她话中数据的出处，决定放弃，但又觉得140.1万烈士安葬地不详的背景特别能展现为烈士寻亲的迫切性，便进入退役军人事务部网站，花一天时间找到了数据的权威出处。稿件在《宁波晚报》刊发的同时，配视频在甬上新闻客户端、宁波晚报微信公众号等平台上发出，被全国几十家媒体和平台转载。

社会效果：宁波晚报微信公众号以《宁波有位85后姑娘火了》为题发出稿件后，孙嘉怿一时间成了微博和微信上的热门话题，仅#宁波这位85后姑娘火了#的新浪微博话题就有125.2万人次阅读或参与。稿件在甬上新闻客户端上发出后，点击量达30多万人次，稿件所配视频也被腾讯视频等多个视频平台转发。稿件发出后，先后被人民日报客户端、新华社客户端、学习强国、海客新闻、腾讯、网易、搜狐、新浪、中国宁波网等多家全国知名媒体、知名平台、商业网站等转载，多个转载阅读量超过50万人次，其中，新华社客户端和海客新闻还将稿件在首页进行了推荐。据不完全统计，这篇稿件全网总点击量达2000余万人次。稿件发出后，产生了巨大的社会影响力和精神感召力，许多网友在朋友圈转发此稿，他们纷纷在报道后留言："这就是真正的正能量""致敬英雄，为她点赞"……在正面舆论的推动下，孙嘉怿为烈士寻亲的事业越做越大，至2022年5月20日，她已帮1107位烈士找到亲属。2022年5月，她还被中央宣传部、中央文明办等部门和单位授予"全国最美志愿者"称号。

初评评语：主题重大。2021年是中国共产党建党100周年，此作品通过孙嘉怿为烈士寻亲的故事，展现了当代中国年轻人传承红色基因、赓续伟大事业的决心与情怀，极具年度重大主题特征。

立意高远。作品以"一个人，走上为烈士寻亲的道路""一群人，为900多位烈士找到亲人""无数人，参与到为烈士和烈属服务中""几代人，把崇敬英烈化为爱国之情"四个小标题引领，不断升华主题，揭示了孙嘉怿事迹的重大时代意义。特别是文章最后用"崇尚英雄才会产生英雄！""不忘来时路方能行致远！"等语句，深化了主题。

细节感人。她蜜月旅行选择去烈士陵园，她替烈士寻亲为省钱住不到 100 元的旅馆，她对许多烈属像亲人一样……孙嘉怿的这些故事很感人。同时，文中写到的烈属陈传文在烈士陵园里用拐杖敲打着地面喊爸爸、雷公牺牲前唱着沂蒙山小调对战友说"别把我一个人留在这……"等细节也很感人。

角度新颖。报道中写到孙嘉怿等志愿者为烈士寻亲的感悟：让自己的人生得到了丰富，思想得到了升华。这使"我为烈士来寻亲"走出了狭隘的代际交换、浅薄的一报一还的境界，阐明了他们"为烈士"的意义在于：是家国历史的传承，是民族精神的成长，是国民气质的涵养。

把卡住脖子的手指一根根掰开

——圣农集团攻克白羽肉鸡种源核心技术的故事

张　辉　陈志鸿

【核心提示】 长期以来，白羽肉鸡种源为国外企业垄断。国内养殖企业100%依靠进口种鸡繁育商品鸡，每年进口百万套祖代鸡，年引种金额达数千万美元。

12月3日，农业农村部发布公告，我国首批3个白羽肉鸡新品种通过国家畜禽遗传资源委员会审定，其中包括福建圣泽生物科技发展有限公司、东北农业大学和福建圣农发展股份有限公司联合培育的"圣泽901"。

通过审定后，"圣泽901"将从企业自用走向商业推广。福建也因此拥有了第一个自主培育并通过国家审定的畜禽新品种。

种源受制于人
呼唤核心技术

从光泽县城驱车出发，兜兜转转一个多小时，进入武夷山脚下的寨里镇大青村。初冬时节的武夷山脉，依然密林丛生，绿意葱茏。几番寻找，才能在山谷地带隐约窥见一座通体白色的建筑。这是一座现代育种场，戒备森严，生人勿进。就是在这儿，诞生了"圣泽901"。

时间回到2019年3月的一天。一位不速之客冲到圣农集团总部，放话："如果不停止研发，就断供！"对方只给了30分钟考虑时间。

这位不速之客，正是国外白羽肉鸡祖代鸡供应商。

面对两难选择，圣农集团董事长傅光明致电技术团队，问了两个问题："现在不从国外引种，有没有问题？""10年、20年后不从国外引种，有没有问题？"得到明确回复后，他下了逐客令："请你10分钟内离开！"

这句中国养鸡业者多年来想说而不敢说的话，如今终于可以底气十足地脱口而出了。

鸡肉是我国仅次于猪肉的第二大消费肉类，白羽肉鸡占据其中过半市场份额。作为行业龙头，圣农集团年产白羽肉鸡6亿羽，占全国产能10%以上，是亚洲最大的白羽肉鸡生产企业。

长期以来，白羽肉鸡种源却为国外育种企业所垄断。德国的安伟捷、美国的科宝，把持着全球 90% 以上的市场份额。中国每年进口超过 100 万套祖代鸡，进口价格从最初的每套 5 美元上涨到 37 美元。种雏鸡费用成为祖代鸡养殖最大的成本支出，占比约 33%。

"想怎么掐你就怎么掐你。"傅光明说，国外企业出口中国的种鸡数量随意性大，有些年份，由于自身产能过剩，一年向中国输送 140 万套祖代鸡，造成国内白羽肉鸡价格波动。

种源受制于人，还潜藏着极大的疫病输入风险。2014 年以前，我国白羽肉鸡种鸡 95% 以上从美国进口。2015 年左右，美国禽流感疫病泛滥，中国白羽肉鸡引种被迫中断半年。从业者至今心有余悸："要是再断供半年，整个中国白羽肉鸡产业濒临崩溃。"

"吃鸡自由"，为什么这么难？

现代肉鸡育种多采用配套系方法——以多个具有不同优良性状的专门化品系为亲本，通过配套杂交，最终得到"最优组合"的商品鸡。以四系配套为例，白羽肉鸡繁育需要经历 5 代：纯系原种鸡—曾祖代鸡—祖代鸡—父母代鸡—商品代鸡。其中，只有原种鸡和曾祖代鸡可以留种繁殖，否则将因为性状分离发生种性退化。从国外引种，引进的正是不能留种扩繁的祖代鸡。

"他们只卖给我们配套系祖代，坚决不卖给我们原种品系。"省畜牧总站高级畜牧师王均辉说，这就相当于"只卖给我们一幅画，坚决不卖给我们作画用的颜料"。

上世纪 80 年代，我国曾开展白羽肉鸡育种工作。2004 年后，受禽流感等动物疫病影响，白羽肉鸡育种工作一度中断。

农业农村部鸡遗传育种重点实验室主任李辉谈及白羽肉鸡育种提到了三个关键词：项目难度大、周期长、风险高，"国内很少有企业愿意并且有能力去做"。

白羽肉鸡育种要求高，需要达到不同性状、性能之间的最优组合。比如，祖代和父母代种鸡，需控制体重以提高产蛋量和受精率；商品代鸡则要求更高的饲料利用率。我国白羽肉鸡自主育种时间短，基础薄弱，现代分子育种等新技术应用不够，种源疫病净化技术和检测产品研发也有待提高。

"没有原种，靠外国人，即使规模再大，行业也看不到未来。"傅光明深知，没有核心技术，就永远拿不到产业的制高点和话语权。

深山秘密育种
开展技术攻关

一场从"0"到"1"的种业翻身仗，正在酝酿。

2014年3月，农业部制定了《全国肉鸡遗传改良计划（2014—2025）》，提出到2025年，育成2至3个达到同期国际先进水平的白羽肉鸡新品种。

事实上，早在2011年，圣农集团便着手准备白羽肉鸡育种，计划用10年时间，掌握白羽肉鸡的核心技术。

彼时，这项技术在国内属于空白，没有人知道要投入多少，也没有人知道要投入多久。面对着诸多不确定性，这场"卡脖子"技术攻关，在位于武夷山大山深处的光泽县寨里镇大青村秘密开启。

这是一座隐匿于山谷地带的原种核心育种场，占地1200亩。育种场实行"一进一出"全封闭控制，外部车辆"0"进入，工作人员每两个月才能出山一次，人员和物品实行72小时隔离和静置制度等措施。光是硬件投入便高达8亿元。

圣农与国内外知名院校和研究机构在白羽肉鸡育种技术、原种鸡群疫病净化等方面进行技术合作，邀请国家肉鸡产业技术体系岗位多位知名专家参与其中。为促进攻关，省农业农村厅组织圣农参加国家白羽肉鸡育种联合攻关计划，农业农村部鸡遗传育种重点实验室主任李辉担任首席科学家。

"要什么给什么，要钱给钱，要人给人，要设备就给全世界最先进的设备。"傅光明说。

硬件落地，人才到位，育种团队当务之急是寻找优良的种鸡基因。

从这里，我们可以勾勒出中国育种工作者的人物群像。作为技术负责人，承担育种任务的圣农集团子公司福建圣泽生物科技发展有限公司总裁肖凡，带领育种团队吃住都在核心育种场，两个月才出山一次。累了就坐在鸡舍旁打盹，困了就喝杯浓茶硬撑着。

2017年冬天，恰逢原种鸡群六周龄选种，育种团队每天早上5点起床，进场开始选种，结束时往往是晚上七八点钟。持续两个月，每天选种5000只种鸡，让肖凡的手指患上了腱鞘炎。这期间，他研发出了育种用的自闭产蛋箱、系谱出雏筐、胸角器、饲料转化率测定设备、产蛋测定系统以及育种管理软件系统等成果。

经过日复一日地收集、筛选，育种团队终于培育出多个原种新品系。"通过不同原种品系间的杂交组合试验，可以培育出数量更多、性能更好的白羽肉鸡配套系。"肖凡说，"圣泽901"正是第一个成果。

然而，深山育种的消息依然不胫而走。不请自来的国外育种企业以断供相威胁。白羽肉鸡核心技术的优良性能，给了圣农说"不"的底气。

2019年开始，圣农集团分别采用进口祖代鸡和"圣泽901"进行数百批次对比试验。同年，"圣泽901"被送往农业农村部家禽品质监督检验测试中心进行性能测定。

对比试验和性能测定结果表明："圣泽901"本土适应性强、遗传稳定，父母代种鸡产蛋率、种蛋合格率、受精率和孵化率高，商品代肉鸡增重快、产肉多、饲料转化率高，综合性能不低于国外进口品种，达到国际先进水平，适合在我国各地区饲养。

事实上，2019年开始，圣农集团便在企业内部，以自主培育的"圣泽901"替代进口种鸡，生产所需全部自给自足。近年来，凭借核心技术的成本与性能优势，圣农集团在行业多数亏损的严峻形势下，依然实现年年盈利。

把握农业命脉
锻造更多"硬核"

随着国产白羽肉鸡配套系通过国家审定，我国拥有了真正意义上的白羽肉鸡核心技术。用傅光明的话说："把卡在我们脖子上的手指头，一根一根掰开，白羽肉鸡养殖的命脉真正意义上控制在我们自己手上了。"

从源头育种到养殖、肉鸡加工、食品加工，再到销售、物流，圣农集团由此具备了全球最完整的白羽肉鸡全产业链。

"圣泽901"审定通过后，圣农集团将尽快为全国白羽肉鸡行业提供优质种苗。

"我们将尽快为国内外白羽肉鸡养殖企业提供性价比高的父母代种鸡，并将根据全球不同国家对鸡肉不同品类的消费习惯，继续研发培育出更多配套系，满足多样性的市场需求。"肖凡说。

去年8月，圣农集团投资超过5亿元，启动资溪祖代种鸡场建设。作为圣农集团最大的祖代鸡生产基地，该基地预计年供应18万套祖代鸡、750万套父母代种鸡。目前该项目已陆续建成投产。

同时，记者从省农业农村厅种业管理处获悉，"十四五"期间，福建省种业创新与产业化工程专门安排1000万元，支持白羽肉鸡育种攻关与产业化开发，持续推进白羽肉鸡配套系选育和示范推广。

种子是农业的核心技术。种业发展直接关系国家粮食安全和百姓的"米袋子""菜篮子"。2021年中央一号文件提出，打好种业翻身仗。

福建农业种质资源丰富，种业创新成果层出不穷：甘薯、青梗菜、花椰菜等育种水平位居全国前列，鲜食玉米、食用菌、茶树、果树等特色种业实力不凡。作为福建首个自主培育并通过国家审定的畜禽新品种，"圣泽901"配套系的成功，实现了畜禽种业的新突破。

以此为新起点，更多福建锻造的农业核心技术正迎面而来。

正在培育的高产蛋鸭配套系"闽龙1号"已进入中试阶段。生产实践表明，该配套系是目前全国乃至世界产蛋量最高的蛋鸭品种。

在23个县（市、区）实施畜禽品种保护与改良项目，利用现代生物技术开展官庄花猪、晋江马等家畜遗传材料采集保存工作，强化地方特色遗传资源保护与开发。

加大河田鸡专门化品系、德化黑鸡专门化品系、连城白鸭高产系等新品系培育力度，鼓励和支持利用地方畜禽遗传资源开展畜禽新品种培育。

......

"'十四五'期间，我省种业自主创新要突出粮食安全、特色优势、闽台融合，着力提高品种创新能力。"省农业农村厅种业管理处处长林金华说，福建将鼓励科企联合，推动商业化育种进程，重点扶持优质绿色水稻、特色果蔬、食用菌、白羽肉鸡、高产蛋鸭等育种攻关与产业化开发，育成100个以上具有自主知识产权的农作物及畜禽新品种并应用于生产。

（《福建日报》2021年12月04日）

申报资料实录

作品简介：记者长期关注农业种业问题，并长期跟踪研发育种的企业。种业是农业"芯片"。在畜禽领域，白羽肉鸡是唯一种源完全依赖国外进口的品种，真正"被卡住了脖子"。鸡肉已是我国仅次于猪肉的第二大消费肉类，白羽肉鸡占据其中超60%市场份额。其种源稳定可靠事关重要农产品稳产保供。2021年12月3日，国家畜禽遗传资源委员会发布公告：我国首批3个具有自主产权的白羽肉鸡新品种通过审定，实现"从0到1"的突破，打破了国外种源垄断，是农业科技领域具有历史意义的事件。其中，"圣泽901"由福建企业圣农集团主导，历经十年攻关培育而成，综合性能达到国际先进水平，并率先实现产业化应用。作为亚洲最大的白羽肉鸡生产企业，圣农集团由此具备了全球最完整的白羽肉鸡全产业链。记者长期关注研发育种进展，深入企业一线深度采访，在审定结果公布后第一时间通过报网端全媒体方式刊发。作品通过生动丰富的细节，深入浅出的叙事，在历史回溯中再现育种攻关的艰难历程，刻画出育种工作者不畏艰难、自立自强的形象，展现打好种业翻身仗的底气与决心。

社会效果：该作品在报纸、移动客户端、门户网站等平台以融媒体报道方式，同步刊发。文章刊发后引起广泛良好的社会影响，腾讯网、百家号等多家平台转载。广大读者和网友们纷纷转发，为白羽肉鸡"中国芯"以及种业创新成果点赞。农业专家认为，作品较好展现了农业科技成果与育种工作者的科研创新精神，极大提振了科技工作者攻破"卡脖子"技术的信心。

初评评语：该作品紧扣热点，题材重大，立意高远，时效性强。全景再现了白羽肉鸡育种攻关的艰难历程。作品采访深入，信源丰富，多维度呈现白羽肉鸡育种成果的艰难过程和重要意义。文章行文流畅，逻辑清晰，叙事讲求历史纵深感，注重细节刻画，深入浅出，可读性强。标题提炼准确，引人入胜，同时鼓舞士气、振奋人心。

生死五号线

集 体

郑州地铁 5 号线是这个城市最长的地铁线。它在郑州地图的中间圈出一块近似长方形的区域，东侧多是工作单位密集的地方，西侧是住宅区，中间有辽阔的 CBD。人流潮汐般日复一日地在这里轮转。7 月 20 日下班时分，这种日常流动在长方形的西北角停滞了。因为一场暴雨，500 名乘客被困 5 号线。

7 月 21 日凌晨 4 时，悲伤的消息传来，12 名乘客死于这座现代城市的地下交通工具中，另有 5 人受伤。郑州地铁网站首页呈黑白色。

乘客轮流举起陌生人的小孩

直到出公司前，成杰都觉得这只是一场"正常的大雨"。7 月 20 日下午，成杰坐在东区龙子湖商圈的办公楼里往下看，道路还没有积水。上午同事群里还在讨论巩义、荥阳的雨情，"那时候我们还在为他们操心，根本没想到郑州市区会有什么影响"。

那个时候，在这座常住人口 1260 万的特大城市，街道车灯闪烁，外卖员赶着时间，白领正常通勤。都市生活里，很少有人对一场雨表露出过分的担忧。

成杰穿上拖鞋，提前下班，走进地铁里。他没想到，平时一个半小时的通勤路程，这一次要用掉整个夜晚。

20 日下午，李静从 5 号线的中央商务区上车，准备回家。许是因为雨天，地铁上的人不如往常多。更多的异常开始出现，她和 1 号线上的成杰，都描述了列车的走走停停。

5 号线的主色调是绿色，日客流量 50 万人次。在海滩寺站与沙口路站之间，列车又一次停了。海滩寺是郑州的一座古寺，民国时期被军阀冯玉祥拆掉。正如其名字一样，建寺时，因为位于水边，类似"海滩"，又地势低洼，所以起名海滩寺。后来被批准为 5 号线的车站正式名称。

李静从刷着绿色条纹的车厢往外看，雨水正急速上涌。列车长匆匆走过，试图与地面联系。此时地铁已经停止前行，雨水开始灌进车厢。

起初是脚脖、小腿、膝盖，然后水位到了半人高。人们站上座椅，有人把包挂在脖子上，包也湿了。

21 时，窗外的水足足有一人高，下沉的后半截车厢内部，水已到顶，人们聚集在前三节车厢，水追上了脖子。氧气越来越少，李静看到周围人开始发抖、大喘气、干呕。车厢里还有孕妇、老人和孩子。

孩子只能被托举着。乘客轮流举起陌生人的小孩，有的年轻女士没经验，慌乱地哄着哭闹的孩子。

李静哭了，努力控制自己不发出声音。同车厢的人有的焦躁，有的在安抚别人。一个姑娘一直在维持秩序，大家约定好，不说丧气话。再到后来，车厢里越来越安静，大多数人用沉默来保存体力。

同在 5 号线的乘客张谈想起了父亲。父亲得了老年痴呆，张谈两个月没见他了，在呼吸困难时，他拨通了父亲的电话，"像交代遗言"一样说着话。父亲似乎很清醒，问他在哪，要给他送伞。张谈全身浸泡在水里，流下眼泪，在快要进入不清醒的状态之前，他回忆着小时候父亲把他放在肩膀上，撑着伞的样子。

这种激动"像身处贫困的人突然中了彩票"

求助的电话一直从 5 号线的车厢里往外拨打，但他们似乎与外界隔绝了。水不停地涨，有效的救援却迟迟难以联系上。

李静的手机还剩不到 30% 的电量，她关闭了所有程序，只用微信给家人朋友发信息。她不敢告诉父母，只联系了表哥表姐。21 时之前，她还拜托他们联系救援，但随着水位越涨越高，她开始交代身后事，还把社交账号密码发给了同学。

恐惧的情绪随着水位升高而增长，在车厢内外水位差最明显的时候，有人想直接砸开车厢的玻璃门，另一个人制止了他。"真的十分感谢这位大叔，考虑到当时车内外的水位差，如果不是他来制止，车窗一旦贸然砸开，水必然会涌进来，车内外的水压差肯定也会压得人无法逃生。"李静说。

在车厢外水位达到最高值时，转机出现了。车厢已被水流冲击得一边高、一边低。有人用灭火器砸开了高处的车窗，空气瞬间涌入，救命的氧气来了。同一时间，车厢外的水不再紧紧相逼，停在了一个稳定的高度。

就在这时，李静看到救援人员出现在车厢外。

张谈形容这种激动"像身处贫困的人突然中了彩票"。他看见消防员有递绳子的、有背人的，"反正只要能把人弄出来，他们都做。"

后来的信息显示，郑州市消防救援支队指挥中心于 20 日 18 时许接到乘客被困的报警，随即紧急调拨救援人员赶到现场。现场的救援并不容易，因隧道内部分检修道路已无法通行，消防人员用救援绳索搭建绳桥引导群众转移。

幸存者看到，最先被救出去的是两三名孕妇，因为长时间泡在冷水里，她们看上去很虚弱。之后被救出去的是孩子，再之后是女士，最后才是男人。张谈看到一对情侣，男士让女朋友先走，再把路让给其他女士。

从车厢和激流中脱身后，李静走了大约十来米，水位就退到小腿以下。在通向出站口的约200米的距离中，乘客相互搀扶，能走的搀着不能走的，跟着前面指引的救援队员。

到了出站口，救援人员正挡着洪水，指引乘客踩着线行走。"出站的时候能见到很多人在和你逆着方向走，有救援人员，有医护人员，有地铁员工，还有很多我不太能辨别职业的人，在往车厢那边去。"李静说，她还看到指挥人员焦灼地打电话，穿着地铁制服的员工询问人们是否有不适，通道一旁架起安置用的椅子和床。

"以前（对人性）总有负面揣测，最后一刻发现人心里面想的只有家人、只有爱。"张谈说。

李静还见到了一位年轻的母亲和她的孩子，孩子没什么事，母亲则呈现明显的缺氧状态，十分虚弱，"可能因为一直在护着孩子"。

从开始被困到撤离至安全区域，李静在5号线度过了生死4小时。

乘客大多就近下车，也有人没能走出5号线

20日傍晚，危机不止在地铁5号线出现。18时，成杰乘坐的1号线在绿城广场站停车，所有人都被要求下车。直到次日凌晨5时，他才真正走出地铁站。这位都市白领在站台上度过了暴雨的夏夜。

当他试图出站时，看到一米深的浑水"像河一样往上涌"。他不得不和其他乘客一起退回到地铁站的负二层。由于担心积水，只过了一小时，乘务人员就引导他们到负一层等候。厕所在负二层，出于安全起见，人们自发两两结伴去方便。

成杰一夜没睡，每隔一个小时走到地铁口查看。眼前总是漆黑一片，只能偶尔看见清障车的红灯、抛锚的公交车和水里漂浮的私家车。乘务员一直在搬运沙袋，防止水从换乘通道涌入。等待的乘客静静靠墙坐成一排。

数据显示，这一天，郑州一小时降雨量达到201.9毫米，刷新了中国陆地小时降雨量极值。当晚18时郑州地铁宣布全线停运。郑州地铁公司安全部门主任郑玉堂在接受《南方周末》采访时说，对于市民而言，地铁是恶劣天气下回家的唯一希望，"我们一直在撑，一直在撑，直到下午六点，实在撑不住了"。

根据后来的官方通报，地铁宣布停运时，积水冲垮出入场线挡水墙进入正线区间，雨水倒灌入地下隧道和5号线列车内，乘客困于车厢中。

李东岳是百度郑州地铁吧的吧主，日常爱好研究地铁设计。他说，列车进入正线隧道运营，必然要从停车场（地面）开行到隧道（地下）。每条地铁一般配备两个停车场，郑州5号线出事的是五龙口停车场，位置在郑州市区的西偏北。列车通过专用线进入地下隧道正线，专用线的挡水墙出了问题，所以雨水"精确制导"，通过这条全封闭的隧道灌入地下隧道，也就是地铁列车的轨行区，进入地下后，水先到了沙口路站。

李东岳分析，雨水进入隧道后，水往低处流，向东沿着正线往沙口路方向去。由于海滩寺所在的南阳路和黄河路口是一处低洼地带，水流继续往东，正好在沙口路海滩寺区间迎面遇到列车。

全线停运前，15：40到17：58的两个小时里，郑州地铁陆续发布了20条微博，起初是部分出入口临时关闭，后来是整个站暂停运营。

乘客大多就近下车，也有人没能走出5号线。有家属发布了寻人启事，一位35岁的高个子女士昨天下午在5号线失联。今天下午，失踪者亲属向中青报·中青网记者证实，这位女士已不幸遇难，留下即将上小学的孩子。

（《中国青年报》2021年07月22日）

申报资料实录

作品简介：2021年郑州"7·20"特大暴雨灾害事故中，地铁5号线遭遇涝水灌入，14名乘客伤亡。为尽快回应社会关切，事故发生当晚中国青年报就组织采访，联系事件亲历者。7月21日即完成了这篇报道，并于7月22日刊发于中国青年报01版。稿件通过扎实细致的采访，还原了事故发生时车厢内的场景，是媒体中较早以相对全景方式还原事故现场的报道。及时、适度地向公众传递了事故的相关信息，同时展现了车厢内人们互助的人性闪光瞬间，其中"乘客轮流举起陌生人的小孩"等细节引发较多共鸣。在此次特大暴雨灾害事故中，中国青年报注重报道时效，在地铁五号线事故发生12小时后，即刊发网稿《郑州地铁5号线被困人员口述：车厢外水有一人多高，车厢内缺氧》。之后持续关注，深入采访，刊发《0501号地铁没有终点》等深度报道，引发大量关注。其中，被困人员口述是全网第一篇反映地铁5号线事故现场的报道。关于郑州地铁五号线的系列报道在全网阅读数破千万。《生死五号线》在"冰点周刊"微信公众号刊出后，瞬间阅读量10万＋，企鹅号阅读量90万＋，微博阅读量近200万。稿件内容详细，细节生动，表现手法翔实，结构合理，感染力强。

社会效果：文章刊出后，得到大量媒体转载。学者张志安在《现代传播体系建设中的重大事件主题报道——2021年中国新闻业年度观察报告》中评价《生死五号线》报道，"以细腻的笔触还原多位受灾者的心境和处境，详细地呈现了灾难之下的人性和情感，表达出对生命的敬畏与慨叹，文章发出后在社交媒体刷屏，阅读量达10万＋。"

初评评语：这篇报道内容翔实，细节感人。在重大突发事件中，充分回应了社会关切，同时展现了灾难中普通人的互助互救，和救援中的感人瞬间。报道符合"时、度、效"的要求，传播效果好，影响力大，很好发挥了主流媒体的舆论引导作用。

微镜头 · 习近平总书记出席第三次"一带一路"建设座谈会 "我就派《山海情》里的那个林占熺去了"

杜尚泽

时间：11 月 19 日上午

活动：第三次"一带一路"建设座谈会

一项史无前例的伟大创举。从大写意到工笔画，跨越高山深壑、跨越海洋沙漠，波澜壮阔的壮美画卷徐徐铺展，就在短短 8 年间。

"一带一路"，从历史深处走来的合作共赢之路，改变了什么？无数的动人答案。对于沿线国家和地区的人民来说，它是水和电，是路和桥，是学校和医院，是增加的收入、改善的生活和值得期待的明天。

座谈会上，习近平总书记忆起 20 多年前一件往事。

在福建工作期间，习近平同志接待了来访的巴布亚新几内亚东高地省省长拉法纳玛。"我向他介绍了菌草技术，这位省长一听很感兴趣。我就派《山海情》里的那个林占熺去了。"

《山海情》剧中名为凌一农的农技专家，原型就是林占熺。那次会见之前，菌草，正是在习近平同志的推动下，为"闽宁合作"打开了一扇门。那次会见之后，很快，林占熺远赴南太，由此书写了"小小一株草，情接万里长"的佳话。

习近平总书记说到这儿，颇为感慨："我当国家副主席以后，到南太，到非洲，到南美洲继续推广菌草。现在这个技术已经在 100 多个国家落地生根，给当地创造了数十万个就业机会。"

桃李不言，下自成蹊。

座谈会上，习近平总书记叮嘱共建"一带一路"的参与者、建设者算一算，项目里有多少直接体现了民生需求。总书记语重心长：

"民生工程是快速提升共建国家民众获得感的重要途径，立竿见影啊。小而美的项目，是直接影响到民众的。今后要将小而美项目作为对外合作的优先事项，加强统筹谋划，发挥援外资金四两拨千斤作用，形成更多接地气、聚人心的项目。"

宏大的"一带一路"叙事中，太多值得讲述的中国故事。筚路蓝缕的驼铃之路、惊涛骇浪的扬帆之路，植根于历史，面向未来；源自中国，属于世界。座谈会上，来自部委、地方、企业、研究机构的7位发言者，从不同视角讲述他们的所见所思。

有发言者说起希腊比雷埃夫斯港的沧桑之变感慨万千，并引用了总书记两年前参观比港时的一句话："中国倡议的'一带一路'不是口号和传说，而是成功的实践和精彩的现实"。

有位来自研究机构的发言者从宏阔历史讲起，引发很多共鸣："历史是合力，但历史也需要杠杆，共建'一带一路'就是撬动历史前行的杠杆。"

因为中国机遇，因为中国行动，因为"共商共建共享"的中国方略。青山遮不住，毕竟东流去。

今天，中国同世界2/3的国家和1/3的主要国际组织形成了共建"一带一路"共识。实打实、沉甸甸的成就，塑造了全方位对外开放的大格局，布局了应对世界百年未有之大变局的先手棋，探索了促进共同发展的新路子。习近平总书记在座谈会上强调："我说过，共建'一带一路'就是要再为中国这只大鹏插上两只翅膀，建设好了，大鹏就可以飞得更高更远。要巩固合作基本盘，夯实发展根基。"

共建"一带一路"重点在国外，根基在国内。世界"不想错失可预见的未来"，也在看中国怎么走、怎么办。

"当前和今后一个时期，特别是'十四五'，我们要完整、准确、全面贯彻新发展理念，坚持系统观念、坚持底线思维，以高标准、可持续、惠民生为目标。"总书记娓娓道来：

"在工作中要准确把握新形势下共建'一带一路'的总体要求，我看还是要坚持稳中求进。稳中求进要贯彻到我们推进'一带一路'建设方方面面。我们要保持战略定力，抓住战略机遇，统筹发展和安全、统筹国内和国际、统筹合作和斗争、统筹存量和增量、统筹整体和重点，积极应对挑战，趋利避害，奋勇前进。"

大国之所以成其大，乘大势、走大道、步步坚实、行稳致远。

（《人民日报》2021年11月21日）

申报资料实录

作品简介：2021年11月19日，习近平总书记在北京出席第三次"一带一路"建设座谈会并发表重要讲话。11月21日,《人民日报》重要时政栏目"微镜头"刊发重磅通讯《"我就派〈山海情〉里的那个林占熺去了"》,从座谈会上总书记讲述的一件往事为切口,在"一带一路"伟大倡议的宏大叙事中铺展,体现"共商共建共享"的中国方略日益深入人心,也映照着中国一步步实现伟大复兴梦想的前行足迹。稿件既有历史纵深感,又有现实针对性和未来穿透力,充分展现习近平总书记以马克思主义政治家、思想家、战略家的伟大历史主动精神、巨大政治勇气、强烈责任担当,谋划国内外大局,为中国发展提供了一种新境界、新思路和新方案。本稿细节丰富,文笔生动,寓思想性于可读性之中;标题鲜活,角度新颖,用读者喜闻乐见的讲述方式传递主流价值观,引起情感共鸣。

社会效果: 这篇稿件见报后,引起各界高度关注,被人民网、新华网、央视网、中国日报网、中国青年网、光明网等多家中央重点新闻网站以及腾讯网、搜狐网等1600余家网站平台在重要位置转载,学习强国平台置顶推送,微博、微信等社交媒体平台账号广泛转发,迅速形成"刷屏之效"。稿件综合浏览阅读量超过2亿次,仅在人民日报客户端平台累计浏览阅读量就已超过1000万人次,微博话题#我就派山海情里的那个林占熺去了#阅读量达2900万人次,评论区积极留言互动:"很温暖的文章,原来《山海情》的故事与总书记有关。"本篇稿件还被编译成多语种对外传播,在海外引发积极反响。

初评评语: 该稿件内容丰富厚重,文笔隽永有力,情感细腻充沛,写法新颖鲜活,敏锐捕捉重要会议现场精彩语录和精彩瞬间,在温暖的故事中将宏阔的大格局娓娓道来,事理交融、以点带面,挖掘内容深意,展现伟人风采,感悟领袖情怀,打通网上网下两个舆论场,让"正能量"产生"大流量"、"好声音"成为"最强音"。

民生视角看中国制造

——来自威高集团的样本观察

王 爽 付玉婷 常 青 彭 辉 宋 弢

你可能不知道这家企业，但它肯定在你的生活中出现过。

高端输注耗材、血液设备及耗材、药包材等，国内市场占有率为70%左右，骨科材料、血液净化、心内耗材等系列产品，国内市场占有率为30%左右。数字有些抽象，但一具体到心脏支架、血液透析、种植牙、人造骨……这些近年来越来越耳熟能详的字眼，足以让人立即想到与这家企业各种情形下的交集。

创建于1988年的威高集团，坐落在威海高新区，是我国最大的无源（不需要电源）医疗器械企业，2020年中国企业500强排名第375位，制造业500强第176位。在世界医疗器械前15大细分市场中，威高进入了11个领域，是全球品种最齐全的医疗系统整体解决方案制造商之一。

说起中国制造，人们惯于想到的是航空、卫星、高铁这样的大国重器，常常无意中忽略"中国制造"在我们生活中的重大意义。正因如此，当我们走进这家不事张扬却与国人生活息息相关的企业，才能真切感受到中国制造给我们带来的巨大民生福祉——这也是我们谈论威高时的最佳视角。

守护造福庞大的人口群体

曾是"奢侈品"的心脏支架已经低于万元，并且仍在持续降价；曾成本100元/支的胰岛素注射现在20元/支；血透患者透析一次从1500元到如今一次300元……

这些变化，都指向一家企业——威高集团。

30年前开始创业的威高，朝乾夕惕，孜孜矻矻，如今已涉足1000多种医疗器械、20多万种规格，一点一滴填补着中国医疗器械的空白，为中国患者带来希望。

这些年来，与国外一流厂商面对面竞争，国家药品集中采购中，威高每每大比例中标，并拥有了一定的定价权，大大减少了国家医疗负担。

2017年，李克强总理到企业视察，得知企业建立的透析中心采用自主生产的整套血透设备，单次治疗费用降低1/3。总理竖起大拇指称赞说，你们不仅为医改、医保作出贡献，更为人民健康作出贡献。

企业之大者，为国担当。作为医学进步不可缺少的组成部分，器械的一点儿进步，为无数患者带来的是病痛的减轻，甚至是起死回生。所以回归到民生视角观照威高，更让人心怀感动。

尿毒症等肾病发展到血液透析阶段，病人还能够生存多久？有一位日本老太太，41岁开始血液透析。威高创始人陈学利见到她时，她已带病度过了半个世纪。

这归结于血液透析技术的提高与普及。在威高做血透产业之前，中国没有一台可以与欧美日相媲美的临床血透机。

但情况因威高而改变：血透机共有50多个品种，从高、中、低通聚砜膜透析器，再到血滤器、透析液（粉）、血浆分离器等超百种细分产品。威高历经20年，一步步完成产品与服务全覆盖。

自2010年建立第一家血液透析中心，威高现已建成130家，病人存活率接近100%，且80%恢复了劳动能力。到2030年，威高透析中心可以直接治疗20万名患者，同时通过与医院合作，覆盖到100万人，这些病人将获得15年以上的生存率。

陈学利见证了这令人惊喜的变化：他遇到最小的透析患者，是个14岁的小姑娘，透析用的是16号针，比牙签还要粗。他仍记得治疗后小姑娘宁死都不让再扎一次的撕心裂肺的哭叫。这些年来，随着威高产品进步，治疗痛苦大大减轻，效果逐步提升，当年的那位小姑娘，现在已为人母。

无源医疗器械，有赖于医务工作者亲手操作，体验感至关重要。从这个角度来说，医师如果是武者，那威高就是当之无愧的"铸剑师"。成为医者最好的伙伴和帮手，也是威高福祉的应有之义。

在威高骨科材料股份有限公司，一半以上的工程师专攻工具，随时会根据医生的想法，做适合中国人的工具。以刚刚获得国家科学技术进步奖二等奖的"足踝外科精准微创治疗关键技术体系建立与推广应用"项目为例，体系内包含12项前沿手术技术。而要匹配这一系列前沿微创技术，相配套的工具和设备也必须做到最前沿。威高与临床一线深入配合，针对足踝外科精准微创手术所需的手术工具进行配套升级，让器械与医生达到"人具合一"。通过3D打印技术制作出的具有生物学功能的个性化假体，于2016年成功应用于世界首例3D打印距骨植入手术。

疾病是最大的"自我主义者"，总把人生命中的所有机会占为己有，威高在与疾病的争夺中成长，守护、造福庞大的人口群体：现在，威高携手20万医务工作者，直接为中国2000万患者服务；2030年，将携手300万名医务工作者，为3000万名中国患者服务。

擦亮医疗器械领域
"中国制造"成色

由于种种原因，我国医疗器械长期处在近于被遗忘的角落。1989年，刚创办企业、也刚知道什么是GDP的陈学利，专门去查医疗器械产业所占比例，结果只是医疗大项中没有具体数字的一个小项。

"要帮助更多的中国人，就需要'中国制造'；要做到这点，就只有把技术搞上来，真正擦亮'中国制造'成色。"威高自创业始就致力于在医疗器械领域提升"中国制造"成色。

以人工关节为例，因永久植入且损耗严重，只有生物相溶性好、耐磨损的超高分子量聚乙烯能满足要求。但这种材料的高效率高品质制造一直是世界性技术难题，只有一家国外公司能够生产。也正因如此，这种从树皮中就可以提取到的低成本材料，一问世就卖到了每吨20万美元，这些年更是"打着滚"上涨，已经到了150万美元。

"为突破人工关节产品线，威高花了近6年时间。先是收购了一家企业，之后又专门投资1亿多元建设生产车间，对毛坯锻造、轴模、抛光、琉璃膜等各种工艺挨个实验，逐渐从外观深入到对内部流程和生产线的了解，最终研发成功。"骨科产业集团研发总监孙久伟介绍。目前，威高已完成两轮性能测试，并开始内部小批量供货。

长针、短针、粗针……在威高展厅里，这些密密排列的针头乍一看没什么不同，细细探究，"只要功夫深，铁杵磨成针"在这里真实地变成了"有物有真相"：

以前针头是锥子形状，扎进去后肉就直接撕开了，痛感明显，现在生产的针头表面斜面，五面研磨，直接切进去，只有轻微感觉。因为对钢的韧性和硬度有着很高要求，还有面的研磨技术、针的内部冲洗技术，这个针以前中国做不了，现在威高能够生产。打吊瓶的留置针，注射后抽出，聚氨酯套管却留在体内，下次就不必再扎针眼了，对于长期需要输液的病患，大大减轻了病痛。眼下因疫苗大"火"起来的预灌封针，不像普通针管，从西林瓶中抽出药液再打，而是生产过程中药物就已经封入针管，可以直接注射。在特殊时期，其高效得到了充分展现：耗费时间只有普通针管的1/3左右，以往用普通针管的话药瓶残留大约10%，现在打10支就节约了1支。在国内，当前只有威高一家可以生产……

如今，威高80%以上的产品是高新技术产品。打造威高研究院、国家创新中心平台、北京及长春研发中心三大平台，与30多家知名大学、科研院所开展产学研合作，建立了30多个研发机构，截至目前，全球临床医疗器械产品线300多大类，威高占到1/20，其中在多数无源医疗器械领域都能做到"人有我优"。

加速度还在继续：威高启动了2000多名涵盖多层次人才的创新布局，相关"威高计划"有26个在研项目及10个战略前瞻储备项目……

"10000-1=0"的较真信念

9月14日上午，人工关节集中带量采购在天津开标。根据最终的拟中选结果显示，威高骨科产品全线中标。

这不是孤例。近些年，威高在越来越多的细分领域成为医院、医生以及病患的首选。

在事关生死的医疗器械行业，对企业信誉的追求，不仅关乎道德追求，更是企业持续发展的根基。

1988年，企业首款产品输液器，第一批产品卖到了省外的一家医院，使用中出现漏液。陈学利将产品全部报废，请来山东省医疗器械研究院专家，彻底研究成功了才重新生产。

一支血袋、一个输液器、一件防护服，不合格就全部重检返工的事，在威高每个车间都不新鲜：血液车间质检员一次抽检中，发现一支血袋装量不足，全车间当晚将装好的400箱血袋全部重新称量，最后有问题的就这一支；骨科车间生产的自断螺栓，每根市场价60块钱，一次一只螺栓的扭力值部分指标没有达到期望值，这批次2000多件产品全部销毁，价值接近15万元；去年疫情初起时，合作的服装企业生产的一批防护服封条密封不严，威高立即"路上的调回，家里的停产"，召回的3万件防护服全部报废。

较真，是因为这样的信念：别的产品可以有合格率之说，但对医药产品没有意义，因为事故对每一个具体病人，就是100%。所以在威高实施的精品战略中，10000-1=0。

信誉，也来自于对患者以心换心和设身处地的考虑。

在传统分类上，透析器原来只有高通量透析器、低通量透析器两种。在经济条件较好的发达国家使用低通量透析器比较少，因为不考虑经济成本的话，轻症患者使用高通量透析器效果更好。

如何做到让患者成本和效果两者兼得？威高专门研发了中通量透析器，以低通量的价格＋接近高通量的性能，在国内市场大受欢迎。

这些年来，威高在众多领域有了定价的"特权"：最早进口心脏支架卖4万元／个，威高低一半卖，也能占领市场，但考虑到老百姓仍然用不起，所以最终定价不超过1万元／个。很多产品都是这样在合理利润基础上尽可能往下降，遵循只有一条："做中国人用得起的医疗产品"。

亏本买卖也不少。新冠疫情是一个"试金石"，有人认为，作为医疗器械龙头的威高，可以借此生意兴隆，但事实却远非如此。疫情初期，各类医疗物资紧缺。威高利用绿色通道快速申请了防护服、隔离服、口罩等物资的产品注册证，紧急投入生产。防护服生产空间不足，威高暂停了特种导管产品的生产，将5000多平方米的净化厂房腾出。生产预灌封注射器的设备需要进口，为尽可能缩短运输时间，威高放弃了经济实惠但时效较差的海运，采用了包机空运，每次的运输费就多付100万欧元。

（《大众日报》2021年11月21日）

申报资料实录

作品简介：谈及中国制造，人们首先想到的是作为中国底气、中国骄傲的"大国重器"，实际上，中国制造更与老百姓的日常生活息息相关，直接影响着人民群众幸福感获得感的提升。紧扣新时代"坚持以人民为中心的发展思想"这个主题，大众日报选取了威高集团这一企业样本展开深度剖析。主要从事高性能医疗器械制造的威高集团，其产品跟亿万中国家庭息息相关，能直观体现出中国制造在民生改善、为国人谋福利方面所取得的巨大进步。大众日报通过"揭榜挂帅"，跨部门选调骨干记者组成5人采访团队。采访团队在威海高新区蹲点调研，深入了解威高集团这家民营医疗器械企业30多年来心系民生福祉，勠力创新研发，实现进口替代，造福中国患者的生动实践。稿件成稿后，又历经一周数次修改完善，最终在大众日报一版重点刊发。

社会效果：稿件刊发后，中国制造的民生价值受到社会更加广泛的关注，公众在了解企业经营业务之外，更多看到了企业的民生内核，对于提高行业美誉度、促进民营经济健康发展起到了积极推动作用。稿件刊发后两个多月，威高集团创始人陈学利被授予"山东省杰出企业家"称号，记一等功，也从侧面印证了选题的精准和价值。本次采访报道也是一次媒体与企业间的良性互动，稿件不再浮于表面，而是道出中国企业的发展初心和责任担当，有效引导鼓励其他企业发扬创新创造精神，承担社会责任，为增进民生福祉贡献力量。这篇稿件得到了行业认可和广泛关注，人民网、新华网、央视网和腾讯、网易、今日头条等主流媒体和平台广泛转载转发，取得了良好的传播效果。

初评评语：做好经济发展引导、挖掘创新创造故事是党报的责任，是党报围绕中心服务大局、有效开展舆论引导的重要手段。这篇关于中国制造的民生价值的报道，站位高、落点实，一是选取基层鲜活案例具体诠释习近平经济思想特别是坚持以人民为中心的发展思想；二是聚焦民营经济和民营企业家健康发展，筑同心强信心暖人心聚民心，以具体生动的事实彰显坚持"两个毫不动摇"，有力回应了社会上对非公经济发展的噪音杂音。在报道手法上，稿件主要呈现以下特点：一是小切口展示大主题，样本选择精准，透过一家企业来具体呈现立足新发展阶段、贯彻新发展理念、构建新发展格局，推进高质量发展的"三新一高"的主题。二是采访扎实、视角独到、文风清新。记者深入调研，用数字说话、用事实说话，通过小故事展示大主题、大成就、大情怀。三是一体化采制、全媒体传播。在大众日报客户端等新媒体平台推出系列新媒体产品，实现内容产品的多样化展示、多介质推送、多元化传播。

一个村会计的"账本"

孙 鹏 刘居星

冬至这天,陇县东风镇下凉泉村股份经济合作社给群众发放了共计22万元的土地入股分红。距离上一次分红19.8万元,仅过了3个多月。

脱贫群众卢红军清点着领到的700多元,对村会计葛小田龇牙一笑。这场景和6年前有些相似,又那么不同——

那年村上要修路,除了政府拨款,剩下的还要向直接受益的100多户人家集资,每户500元。当时在村委会任职的葛小田收了一个半月都没把钱收齐。拖得最久的就是卢红军,为了躲村干部,他整天把大门反锁。邻居帮着劝了几回,他才出门借来钱,清点了好几遍交给葛小田,还不忘叮嘱:"你们不敢糊弄人,收钱不干事!"

这话像刀子一样扎进葛小田心里。是呀,这个集体经济"空壳"村,村委会连买打印纸都要赊账,干部们能有个啥威信。

当上村会计后,一直压在葛小田心头的是两个问号:村里欠的账,该咋还?这些年欠群众的"账",又该咋还?

欠账:账本上总"透着个窟窿"
村里的账上"支出"项是一条又一条,"收入"项却寥寥无几,葛小田看得心里发慌

陇县有大小山头3400余座,而下凉泉村在这个山区县的"白菜心"上——千河边一块平整的川塬地,是个打粮食的好地方,而且紧靠银昆高速及陇(县)千(阳)南线,离县城也只有10公里。

按说地理条件不差,但就是发展不起来啥产业,富不了全村799户村民。年轻人都外出打工,村里只剩下腿脚不便的老人和杂草丛生的撂荒地。村上"两委"也难:想叫群众开会商量事,都没几个人来。就这样,下凉泉村陷入贫困的恶性循环,2018年年初,村上共有贫困户216户。

那些年村里的账上,零零碎碎的"支出"项是一条又一条,"收入"项却寥寥无几,葛小田看得心里发慌。

负债24万元——2018年4月,葛小田接过有个"大窟窿"的账本,拿着自己的老枣木算盘，上了任。

"你放心，村里这两年要干大事哩！"看着愁眉不展的葛小田，村支书葛建军撂下这句话。

那一年，全国各地脱贫攻坚战打得正酣。下凉泉村也如葛建军所说，有了"大动作"：推进产权制度改革，建起了村级股份经济合作社，谋划了一批产业，土地变资产，农民变股东。

葛小田记得当时先后过手各级帮扶资金500多万元。葛建军和第一书记带着村干部们到处取经，用这些钱在村上建起了光伏发电基地、养猪场、鱼塘等，还扩大了饲草、红薯等产业的规模，帮助贫困户增收。2018年年底，下凉泉村脱了贫。

而要把这脱贫成果巩固好、让好日子更上一层楼，就必须把产业做大做强。村上决定把突破口放在本就有优势的冬小麦上，弄个规模化、现代化的面粉厂。

"得400万元？"

"按你们定的规模，不止400万元。"

从河北正定考察完返回的路上，大家谁都不吭声。一天就能加工上百吨面粉的机器，谁都看着眼馋，可又能怎样呢？葛小田靠在车窗上，他知道村里的账上拿不出一分钱。

利村利民事总有人帮。项目申报上去很快就被重视，苏陕协作相关资金与市县扶贫资金先后到位，解决了绝大部分缺口。

厂子建好，机器到位，还差100万元左右。看着村干部们个个都有干劲，建厂的施工公司答应先垫付。村股份经济合作社承担了这笔债务，分期还款。

"这个'窟窿'更大了。"就这样，葛小田心甘情愿地又记下一笔"欠账"。

还账：慢慢见到了"回头钱"

账本上的"收入"记得密密麻麻，条目和数字都多了起来，葛小田算账更有心劲了

面粉厂动工那一天，太阳很大，鞭炮声很响，村里人都来看热闹。葛建军对着喇叭鼓足劲儿告诉大家："以后不光能过来换白面，每年还能靠着厂子拿分红！"

2020年5月，面粉厂顺利建成投产，取名"金穗"，由陇县一家企业承包经营，每年给村上交23万元租赁费。根据合同，5年后，厂子每年会按照村股份经济合作社资金入股比例给群众分红。这个设备先进的面粉厂，业务迅速覆盖全县范围，在各乡镇、人口大村设了60多家销售点，甚至把面粉卖到了甘肃、内蒙古。村账本上，也终于有了一笔可观的收入。

有厂子了得有麦子。年轻人不在家，庄稼又要常年"伺候"，下凉泉村就根据大家意愿，采取土地流转、托管方式，由村集体负责，对土地统种、统管、统收。

具体谁来弄？党员干部带头。村股份经济合作社出钱购置了数台拖拉机、收割机、打捆机，由村党支部副书记孙夫建牵头建起了农机服务社。

农机服务社机械进田速度快，作业质量高，也把农民从"面朝黄土背朝天"中解放了出来。

"我自己管一亩地要花三四百元，而服务社只收二百元，只要打个电话就行，省心、划算。"在广东打工的葛志平连连称赞。

"村上留守老人都不用操啥心，每年按自家麦地亩数去面粉厂取白面就行，吃不完的还可以存到面粉厂当商品卖，这也解决了村上 156 户易地搬迁到楼房的村民'存粮难'的问题。"葛建军给上级汇报时，把这叫作"粮食银行"。

农机服务社还在周围几个村开展社会化服务。葛小田年底一算账，除去油钱和工费，净挣了 15 万元。

为了把小麦产业持续做大做强，村上积极对接农业部门和西北农林科技大学，建成下凉泉旱作农作物试验站，开展良种选育和推广。村民们看见专家拿来几个装着种子的"信封袋袋"，一下子把小麦亩产从 800 斤提高到 1200 斤左右，不禁惊叹科技的神奇。

如今，村上 2000 亩的土地都托管给了村股份经济合作社。"以前村民对党员认识比较单一，还有人说'党员不党员，不差五毛钱'，现在看着地里光景好了，都说是'管大田，找党员'。"孙夫建笑着说。

2020 年年底，葛小田核算完账目，村股份经济合作社有了 60 万元的收益，除去给村民分红，还剩下 18 万元。

"这说明咱乡村振兴的方向走对了！"开村民大会时，葛建军的话引来雷鸣般的掌声。不少群众还给提建议："再给村里添点产业，我们就不去县城打工了。"

大家一条心，事情就好办多了：下凉泉村依托已有的万只奶山羊场，搞起了青贮饲料产业，每年能有一笔不小的收入；利用白家河资源，打造了集休闲垂钓、动物观赏等为一体的网红"打卡点"；开办农副产品加工厂，进一步完善了产业链……

"今年的账还没算完，预计收入要破百万元……"如今，村里的账本上"收入"记得密密麻麻,条目和数字都多了起来,葛小田算账更有心劲了。算盘珠子一次次被推到框、梁上,那逐渐密起来的"嗒嗒"声,见证着下凉泉村的发展变化。

新账:给群众的"消费"多了起来

账本上一项项新增的支出背后,是村民们的一张张笑脸,葛小田自然更忙了

今年高考,村里14名学生考上了大学。"这是咱村的喜事儿,应该给娃们奖励一下。"葛建军提议。葛小田笑着说:"给群众搞智力支持,咱现在支持得起!"

给学生发奖的活动上,王志军作为家长代表发言。他拄着拐杖,头伸到话筒前:"前两年我家脱了贫,今年,女儿还考上了大学,我心里头实在是……高兴……"身体残疾却生性要强的王志军刚说了开头,就哽咽起来,先是强忍着,随即出了活动室放声大哭。

他不忍了,让泪水尽情洗刷前半生的苦,再笑着迎接以后生活的甜。

在场的人无不落泪。"以前村里穷,委屈了大家,现在产业发展起来了,村里挣钱了,我们要用这些钱多给村民'消费',让大家都得利。"葛建军说。

"公共区域的卫生有专人打扫,家里的水电出问题有专人维修,广场上的健身器材有专人维护……"提起村上的公共设施服务站,村民刘一翠赞不绝口。

"服务站就是我们村股份经济合作社管理的'物业',经股东大会表决同意,从集体经济的公益金中拿出资金,以'政府补贴+绩效奖励'的形式,聘请群众担任管护员,解决村内日常保洁、公共设施维护等问题。"葛建军说。

"这项开支一年大概3万元。"葛小田翻着账本,"今年洪涝灾害后,救助受灾群众并清理道路、拆除危房花了2万元;这两年,村集体陆续拿出钱来支持爱心超市、集中购置防疫物资、慰问老党员,还要组建慈善幸福家园,给孤寡老人养老……"

葛小田说,在这一项项新增的支出背后,他看见的是村民们的一张张笑脸,是乡村振兴路上一份份真切的获得感。

有进有出,账如同这个小川塬村一样"活"了起来,葛小田自然更忙了。用他的话说,之前"吃两根烟"就能统完村上一年的账,现在"费功夫得很"。

11月30日,县上出10万元、村集体出18万元打造的电商销售馆开业了。硕士毕业、34岁的村委会副主任王平把销售馆打理得井井有条,柜台上摆着

上凉泉村的辣子、下凉泉村的面、杜阳村的红薯、兴中村的蒜……它们都印着"秦泉臻品"商标，通过一根网线"传输"到全国各地。

这下，村账本上每天都有进项了。"看来得再给你雇两个人。"葛建军给葛小田开玩笑，眉眼间却很是骄傲。

"不光帮外村销售农副产品，来年还想跟他们商量，一起建设万亩精品粮基地。"葛建军想得长远，"我们村富起来了，还要带动周边村子把产业做大，回过头来再跟我们合作，大家一起振兴、共同富裕。"

（《陕西日报》2021 年 12 月 29 日）

申报资料实录

作品简介：8 年时间，实现近 1 亿农村贫困人口全部脱贫。这一人间奇迹创造之际，正是巩固拓展脱贫攻坚成果同乡村振兴有效衔接、促进共同富裕之时。这是党和国家的工作重点，亦是新闻报道的着力点。2021 年秋季，微信朋友圈里一张"村民围着会计出纳领钱"的图片让记者眼前一亮，这是陕西下凉泉村的分红场景。初步了解情况后，记者一头"扎"进村子，用 5 天时间深入农户家中、田间地头，了解分红背后的故事：下凉泉村在 2018 年脱贫后，因地制宜、重视科技、巧用政策，大力发展冬小麦产业，同时发展奶山羊养殖、农副产品加工等，做强了集体经济，更保障了优质粮食供给。记者感觉到，这在关中地区、全省乃至全国都具有很强的典型性、代表性。采访期间，记者与两任村会计长谈，通过一沓一沓账本深入了解其中记录的乡村变迁的"印证"。账本以前记的是一本"窟窿账"，现在记的是一本"富民账"。于是，记者决定以账本为切口撰文，连通现实与历史，反映农村政策变化、乡村发展变化及村民生活变化，讲述脱贫村庄的振兴、走向共同富裕的故事。村账很小，但浸透着乡亲们的奋斗，是乡村振兴路上的重要例证，是走向共同富裕的坚实脚印。从 2021 年 11 月初到 12 月下旬，多次采访，反复打磨，最终成稿。

社会效果：2021 年 12 月 25 日至 26 日，中央农村工作会议召开，《一个村会计的"账本"》刊发于 12 月 29 日的《陕西日报》，刊发体量近半个版。相关融媒体作品发布在群众新闻客户端，人民网、新华网、央视网、学习强国等平台纷纷转载，综合阅读量达到 500 万以上，这篇报道是对中央农村工作会议精神的有力呼应。这篇报道是以小见大反映乡村历史变迁、党的农村政策落实、人民群众对美好生活的向往逐步实现的生动记录。稿件及新媒体作品迅速引起全社会的关注和讨论：这是三秦大地乃至全国"战贫""谋振兴""促进共同富裕"路上的一个极其生动的点位，具有"一颗水珠折射太阳光辉"的典型意义。报道也引起当地干部群众的热议。大家说，要沿着习近平总书记为乡村振兴谋划的发展路子继续奋斗，不断做好乡村振兴各项工作，力争算出更多"新账""好账""幸福帐"。

初评评语：一是主题重大，通过一个小山村账本的变化，反映出在习近平新时代中国特色社会主义思想指引下，三秦大地由脱贫到振兴的实践和群众幸福感获得感的提升，以及党组织在此过程中发挥的核心引领作用，折射出中国广大农村地区发生的历史性变化。二是结构精巧，以"欠账""还账""新账"巧妙布局，把一个山村"贫穷—发展—富裕"的路径展现得淋漓尽致，尤其是"新账"生动体现出在实现共同富裕过程中"发展成果由人民共享"。三是采访扎实、语言朴素、细节感人，通过大量情节叙述、细节描写，生动呈现一个小山村的生活状态和精神风貌，是一篇践行"四力"的佳作。

人与自然和谐共生的生动实践

——跨海建大桥 不砍一棵树

张 雷 吴德星 袁 琳

这是一座工程浩大的在建大桥，被称为"广西第一跨海大桥"，混凝土浇筑一再打破世界纪录。

这将是一座景色别致的跨海大桥，桥下桥边的红树林生长环境依旧，或飞或歇的野鹭群春夏秋冬常伴……

这就是打通钦州和防城港两大港区交通"卡点"的广西龙门大桥，动土动海的工程已基本完成，作业区红树林安然无恙，没有一棵被砍伐。

简直不可思议的奇迹，究竟是怎么样创造的？

避 多花五亿元 保树改设计

早在 2013 年 1 月，龙门大桥可研报告就获得批复。当时设计的东引桥穿越 1200 米红树林生长区，施工将影响到所途经的"海中森林"。

在习近平生态文明思想指引下，2020 年大桥开工建设前，如何避开红树林保护区，成为必须解决的课题。专家、领导群策群力，重新修改设计，提出多种方案，反复比较论证，最终，新设计方案比原方案多花 5 亿多元。

经济账一算便知：宽度 32 米的引桥，原设计可能危及的红树林，如果按宽度 100 米、密度 100 棵 / 亩计算，修改设计让引桥绕行，保护红树林的代价接近 3 万元 / 棵。

生态优势金不换！共同投资建设龙门大桥的自治区政府、钦州市政府和广西交通投资集团都不含糊：改，坚决改！

于是，跨海大桥的两座桥塔分别立在两个小岛上，桥塔后面的两岸锚碇各自建在沙质浅滩上，四大主体建筑原址全都没有一棵红树。

钢结构栈桥虽然建在保护区之外，途经或邻近的海滩上，同样分布有红树林。安装桥柱通常要清理地表，伤及红树在所难免。为此，施工单位绞尽脑汁，采用一种全新的"插针法"作业：把钢质桥柱从高空吊来，选择红树之间空地缝隙，"大钢针"般垂直扎下滩底。支撑栈桥的两排钢柱跨海而立，与周边滩涂上 12212 棵红树比肩作伴，相安无事。

移 再难也要试 挪树开先例

作为广西首座单跨超千米的特大桥，建在钦州市茅尾海红树林分布区，绝对不动一棵红树，是难以想象的。

对于修改设计后仍然无法避开的少量红树林，按照"3 倍恢复、管护 5 年"的规定，建设单位投资 350 多万元异地补种，提前实施生态恢复工程。

动工在即的大桥这边厢，将要清理地表时，望着海滩上经历了数十年风浪的红树，没人忍心去砍伐。林业专家请来了，共同商议可否就近移植。

红树林生长在潮涨潮落的泥滩，根系特别发达，扎得深而且伸得远，世界上还没有大龄红树移栽成功的先例。

搞科研就是要敢为人先，难度越大越值得尝试。广西林科院的专家团队十分愿意"第一个吃螃蟹"。

泥滩无法使用机械，连根带泥挖红树全靠人力。好不容易挖出来，再把根和泥一起包裹好，一棵树也要用上七八个人，费上九牛二虎之力，一步一步移上岸。

现在，300 来棵大龄红树，已经"乔迁"到千米之外的"新家"。

护 多道防线堵 拦死砂石土

眼下，龙门大桥每天都在繁忙作业，车进车出。

有心人注意到，别处大都是泥土路的施工临时便道，在这里全都是高标准硬化路。

大桥竣工后，临时便道需要平整复绿，何必"浪费"水泥沥青搞硬化呢？

施工单位负责人指着海里的红树林解释说：硬化路遇大雨甚至台风，都可以大大减少砂石土入海。

这位负责人又指向路边一座座"小山包"，每一座都用塑料布盖得严严实实：那下面全是修路挖出来的表土，给它遮风挡雨也是为了不让泥土入海，同时更是保持营养成分不流失，将来复绿使用时依然是肥土。

路边又宽又深的排水沟，是清一色"三面光"硬化渠，雨水顺渠流入沉淀池，入海前在池里过滤净化。

路边渠边池边翻动过的新土上，新种的草木藤本植物绿油油，裸土不见天……

这些拦截砂石土的"封锁线"，一一细数共有八道之多。怪不得，如此宏大的工程，如此繁忙的施工，作业区域海水依然碧蓝如初。

施工难免扬尘，尘土难免飘落红树林。有关方面专门购置喷淋车，每天给红树林"洗澡"，让它们始终"身体"洁净、"容貌"美丽。

桥让树之"避"，树让桥之"移"，人对树之"护"，多么美妙的人与自然和谐景象！

（《广西日报》2021 年 12 月 23 日）

申报资料实录

作品简介：记者处理通讯员一篇短稿时，发现这篇看似普通的稿件蕴含着近乎奇迹的亮点：在建的广西第一跨海大桥——钦州龙门大桥动土动海的工程基本完成，"作业区红树林安然无恙，没有一棵被砍伐"。记者感觉这是人和自然和谐共生的好题材，向社领导、部门领导汇报并获得支持，与通讯员一起前往大桥建设工地深入采访。采访期间还与建设单位、施工单位反复商讨，确定以"跨海建大桥 不砍一棵树"为主题，提炼三个平常字眼，总结非同寻常的做法："避：多花五个亿 保树改设计""移：再难也要试 挪树开先例""护：多道防线堵 拦死砂石土"。

社会效果：稿件见报后，新华网、人民网、中新社、百度、新浪等主流网媒和各省市区行业、企业网站竞相转发，《中国绿色时报》在头版头条位置刊发。外地企业、业界人士纷纷前往龙门大桥现场参观取经。建设单位、施工单位、林业部门、海洋部门等受到极大鼓舞，表示要珍惜荣誉，加强协作，将"不砍树、护生态"一如既往贯彻到工程竣工投用，使这个项目成为全国工程建设生态保护的标杆。广西林业部门认为这是可复制的经验，为处理好经济建设与生态保护的关系提供了很好的借鉴。

初评评语：这篇报道题材新颖，叙事生动，捕捉到的创新性事件十分难能可贵，是习近平生态文明思想的生动实践的典型。文稿通篇用精彩的见闻、故事、细节叙述，从主题到三个小标题，都表现了"不可为而为之"的担当和付出，是一篇立意高远、简练耐读的报道。

主席送毛衣 情暖清江水

——贵州赓续红色血脉走好新时代长征路

李卫红　袁　燕　熊　诚

两岸碧色映江水。清水江流经贵州剑河中段，人称中都溪，向远方汇入湖南省洞庭湖，一路奔腾流入长江。

311省道穿过中都溪桥，在14公里外连接沪昆高速，通江达海，拥抱大山外繁华。

5月28日，记者来到剑河县柳川镇中都村（现镇江村）陡寨村民组，这个古老苗寨后一条碎石斑驳的古驿道，正是87年前"毛主席送毛衣"的地方。由此，一段佳话流传至今，红色"种子"播撒进当地百姓心中……

从碧水悠悠的清水江畔，到雄关漫道真如铁的娄山关，今天的贵州，干部群众传承红色基因，赓续红色血脉，围绕习近平总书记春节前视察贵州提出的"四新"主目标，主攻"四化"主抓手，将红色精神转化为高质量发展的强大动能，一往无前走好新时代的长征路。

人民情怀：毛衣送"干人"

上世纪30年代的贵州，交通闭塞，人民困苦，贫穷的贵州百姓自称"干人"。

1935年5月，受中央委派，老一辈无产阶级革命家陈云赶赴上海，恢复在国民党统治区的地下组织，同时设法联系共产国际，及时通报长征和遵义会议的有关情况。陈云到上海后住了一个多月，虽然身处紧张、危险的环境中，但抓紧这段时间，开始撰写后来被公认为"世界上第一本讲述长征故事"的书籍《随军西行见闻录》。

该书详细记录了毛主席送毛衣的故事："当我等行经剑河县附近之某村落时，见路边有一老妇与一童子，身穿单衣，倒于路边，气息尚存。询之，始知为当地农家妇，秋收之后，所收回之谷米，尽交绅粮（地租），自己则终日乞食，因今日气候骤寒，且晨起即未得食，故倒卧路旁。正询问间，红军领袖毛泽东至。告以老妇所言，当时毛即时从身上脱下毛线衣一件及行李中取出被单一条，授予老妇，并命人给以白米一斗。"

红军领袖送"干人"礼物,当地百姓口口相传,"毛主席送毛衣",成了珍藏的历史记忆。

位于黔东南州黎平县的黎平会议纪念馆内,珍藏着一幅名为"春风送暖"的国画。贵州著名画家黄天虎在1981年用细腻的笔触描绘了这段感人的故事。贵州曾经组织一批画家沿着红军长征路走了一圈,"采风中听到这个故事后,我深受感动,伟大领袖在这样困难的条件下,可以将自己身上仅有的毛线衣送给'干人'的孩子,我觉得太伟大了,也震撼了我。"

79岁的黄天虎老先生还清晰地记得,一位老红军讲述主席送出的是"一件破旧、褪色的红毛衣"。"我记得这幅画完成非常快,立即被省里送到北京参加了全国的大展。"

在此前,当中国工农红军进入剑河县时,当地群众对红军还是另一种态度。99岁高龄的镇江村村民万老祥回忆,"听说红军来了,大家都害怕得躲进深山老林。红军走后,我们回家一看,屋子里一点也没被动过,不像外面传说的红军过路要杀人。"

88岁的镇江村村民唐仕清告诉记者,"听母亲回忆,红军来到村里后,不仅没有骚扰老百姓,还给村里人送物资,告诉村里人,他们是穷人的部队,穷人不用怕。"

今年56岁的镇江村村民刘通权的父亲也曾向他讲述一个故事,"我父亲那时只有五六岁,当时脚受伤化脓厉害,幸得红军战士给我父亲敷草药包扎,否则一条腿就废了。"刘通权说。

"毛主席送毛衣"等一系列爱民如子的行动温暖了当地老百姓,温暖了悠悠清水江。

人民至上:军民鱼水情

1934年中央红军军委纵队进入剑河境内,12月24日,根据毛泽东等中央领导指示,红军总政治部代主任李富春发布了《关于沿途注意与苗民关系加强纪律的指示》,明确提出"山田牛少居民视牛如命,绝不应杀牛。土豪牛要发给群众,严厉处罚乱杀牛者"等内容,并号召红军指战员给苗族同胞赠送衣服、毛巾等用品,受到了当地群众热烈拥护。

"要取得革命成功,很重要的一条,就是要取信于民,取得群众支持、拥护。"许长庚(时任中华苏维埃共和国国家银行通讯员)所著《长征中的中华苏维埃国家银行》如是说。

"水乳交融、生死与共",这是长征精神的特质,也是中国共产党人的一笔宝贵精神财富。

巍巍乌蒙山，悠悠清水江。贵州为中国革命胜利作出了重要贡献。红军在贵州足迹遍及60多个县，坚持斗争长达6年之久，如火如荼的革命烈火燃遍贵州东西南北，革命的种子一路播撒，一路开花。

"江山就是人民，人民就是江山"。十二个字，黄钟大吕，字字千钧。

人民支持：胜利之源泉

理想信念之火一经点燃，就会产生巨大的精神力量。

红军救济、帮助贫困苗胞的事情传开后，苗族同胞明白了红军是"干人"的队伍，他们拿出猪肉、腌鱼等犒劳红军，给红军抬担架、救伤员……

枪林弹雨的清水江上，红军雄师一往无前。他们身后，是众多苗族乡亲不惜赴死，勘测水势，收集船只、绑结木筏，拆掉自家门板架设浮桥，跳入冰冷的河水，用瘦弱的身躯架起浮桥，运送战士横渡清水江。

据时任红九军团司令部参谋处文书林伟《一位老红军的长征日记》记载：仅红九军团在剑河县城休整时，就有160余名苗族青年参加红军，还专门成立了一个苗族新兵连。据统计，红军长征过剑河时，共有402名群众自愿加入红军队伍，投身革命事业。"时至今日，剑河老县城和附近村寨的苗族同胞都一直以参军为荣。"剑河县退役军人管理局局长冯堂峰说。

新中国成立前后，剑河老县城附近几个村寨已经有近千人参军。他们中有的牺牲在保家卫国的抗日战场上，有的牺牲在军队执行国家任务的征途中……剑河县现存革命遗址36处，其中战斗遗址7处，烈士墓或烈士亭有18处。

而那些光荣退伍的，有的成为带领村民勤劳致富的村干部，有的成为企业的负责人。"我们这里只要出了一个兵，全村的人都要来欢送，大家都以参军为荣。"镇江村村民刘永平退伍后在柳川镇派出所担任协警，继续为人民群众奉献自己的一份力。

人民的选择穿越时空，从未改变。

人民幸福：庄严的承诺

战争硝烟早已散去，苗寨古驿道沧桑依旧，但镇江村旧貌换新颜：松柏常青，一栋栋二层小楼在林中掩映，山间的枇杷树上，挂满了个大饱满的金色果实，不一会儿，村民手中的箩筐已满满当当。

"现在我们村的枇杷产量一年能达到60万斤。"镇江村党支部书记刘永发说，村里还发展了稻花鲤、秧李等产业，并获批国家地理标识。

距镇江村仅 10 公里的关口村，是剑河县举全县之力打造的万亩高效山地农业产业示范基地，如今，该基地已带动周边群众 235 户 940 人，分红人数 2300 人，实现每人年分红 500 元以上。

发展的车轮滚滚向前，围绕"四新"抓"四化"，剑河产业多点开花，风生水起。

位于剑河的贵州森环活性炭有限公司，5 吨残渣可生产出 1 吨活性炭，大大增加活性炭的附加值。

剑河县寨章村，苗语是"美丽的地方"，2020 年 12 月，剑河华润希望小镇在这里竣工落成，这是华润在西柏坡、百色、遵义、井冈山等革命老区及贫困地区建设成立的第 9 个希望小镇。小镇依托当地红色旅游资源，带动当地村民开展蜡染刺绣 DIY 式体验、打造特色民宿、推出船游清水江等，将新型城镇化与旅游产业化有机结合起来。在小镇里，村民田景贵正在为自己的"寻梦客栈"开业忙碌……

一条赓续红色血脉，助力高质量发展的力量在清水江畔生长。

87 年前，毛主席剑河送毛衣，87 年后，清水江畔犹忆当年情。当初红军脚踏处，如今山清水秀，林茂粮丰，富足安宁的苗族群众充满欢声笑语……

星汉灿烂，洪波涌流。如今，在贵州大地上，更多当年红军经过的山乡、城市，正变成发展的高地、幸福的热土，美好生活在多彩贵州大地上脉动、生长、欢歌！

（《贵州日报》2021 年 06 月 07 日）

申报资料实录

作品简介：穿越历史云烟，"毛主席送毛衣"这段鱼水深情的故事，鼓舞着当地干部群众自强不息、牢记党恩、不懈奋斗。2021 年 6 月，贵州日报报刊社总编辑李卫红带领骨干采编人员组成采访组，深入剑河县挖掘"毛主席贵州剑河送毛衣"的故事。精心挖掘、精心采写、精心制作，6 月 7 日，在头版头条推出《主席送毛衣 情暖清江水——贵州赓续红色血脉走好新时代长征路》的重磅报道，同时配发评论员文章、专家访谈及特别报道，还利用抖音、快手等全媒体平台同步推出专题视频，在天眼新闻等全媒体平台的重要位置重点推出融媒体产品《H5｜一件毛衣的初心》，与报纸联动推出，显示了势大力沉、重磅出击的分量。报道组深入剑河县柳川镇镇江村、巫库村、关口村等地，通过认真挖掘调研，查阅陈云《随军西行见闻录》《在毛主席身边的日子里》书稿等大量历史文献、地方志、权威新闻报道，走访诸多当事人后代或知情者，通过黎平会议纪念馆馆长、党史专家张中榆的讲述，通过99岁的柳川镇镇江村村民万老祥、116岁的柳川镇巫库村村民蒋成章等知情者的详细讲述，生动展示了87年前"主席送毛衣"的感人故事，展示了百年大党穿越百年风云初心不改，今日贵州传承红色基因，走好新时代长征路的奋斗故事。

社会效果： 挖掘史实深、采写作风实、传播效果佳，成为感人肺腑的"刷屏之作"。报道刊发后，在社会各界引起强烈反响，得到了新华社、人民日报等中央媒体的广泛关注。被学习强国、河北日报、湖北长江云、江西新闻、新湖南客户端等迅速转载，在人民网、腾讯网、新华网贵州频道、新浪网、搜狐网、人民网党史学习教育官网等全网推送，传播量累计上千万人次，取得良好传播。

初评评语： 小故事大主题，小切口大背景，小小浪花彰显大江大河。报道有故事、有细节，更有温度和情感。记者笔下的毛主席，穿越历史烟云，形象立体，催人泪下，真实可感，彰显了红色历史的深厚底蕴。在中国共产党成立100周年和党史学习教育大背景下，凸显了报道的巨大新闻价值和现实感召意义。在各大平台刷屏后的持续影响力，为社会注入了正能量，凸显了红色历史价值的"成风化人"之效。在中国共产党成立百年之际，深入挖掘、阐释、还原好这一红色故事，让闪光的历史直抵人心。党的为民初心始终不渝，"主席送毛衣"的精神历久弥新，"主席送毛衣"报道也激励着新闻工作者更加扎实践行"四力"，传承红色基因，讴歌伟大新时代。

西海固：蓄足动能再出发

集　体

沿福银高速一路南行，地势越来越高，绿意越来越浓！

一座座新建的青砖黛瓦的房舍掩映在绿荫中，透出勃勃生机。远眺车窗外，辣椒、西芹、甘蓝、黄花菜等多彩植物，构成一幅幅绚烂画卷，绕山腰缠绕、缠绕；屋顶上一排排光伏板，在阳光下漾着粼粼波光。

艳阳、蓝天、白云、波光、绿浪装扮出的六盘山，流光溢彩，巍峨壮观……

好一幅盛世美景！

很难想象，这里就是曾经"苦瘠甲天下"的西海固。

在中国共产党的领导下，通过国家各项政策扶持，通过数百万干群倾力奉献，通过闽宁对口扶贫协作……西海固，已然甩掉了贫困的帽子！

这一彪炳千古的奇迹，令世界惊叹！

脱贫摘帽，是与旧时代的告别，也是新征程的开始！在乡村振兴的新时期，一系列深层次问题亟待破题：

如何从脱贫走向固富？如何从帮扶走向互利？如何从产业走向兴业？如何从迁入走向融入？如何从物质富裕走向精神富有？

金秋时节，记者卷起裤腿，走进了这里的峁峁梁梁……

基础设施提升——

强化"骨干工程"，疏通"毛细血管"，筑牢乡村振兴的物质基础

西海固，位于黄土高原的西南缘，年均降雨量只有 200 多毫米，是中国西北最干旱的地区之一。它也是中国水土流失最严重的地区之一，一场山洪，就能轻易地将这片土地撕裂成纵横交错的沟、壑、塬、壕……

1972 年，联合国专家来西海固考察后哀叹："这里不具备人类生存的基本条件。"

"真苦焦啊！十年九旱，年年吃不饱肚子。吃水要到几十里、上百里的地方去拉。拉水车进村，牛娃子追着车子跑，麻雀、老鸹会不顾死活扑到冒烟的柴油机上抢柴油喝。"说起过去，吴忠市红寺堡区红寺堡镇弘德村村民刘克瑞满腹心酸。

一方水土养活不了一方人！怎么办？

那就搬出大山！

1983 年至今，宁夏先后实施 6 次大规模移民，123 万贫困群众挪出了穷窝、换掉了穷业、拔掉了穷根。

庭院里浓荫匝地、花开正闹、彤红的鲜桃缀满枝头——这是刘克瑞现在的家：客厅宽敞明亮，家具一应俱全，自来水通到了厨房，水龙头一拧，清泉哗哗……

走进弘德村，一座座鳞次栉比的新房，一条条整齐宽敞的街道，一张张质朴憨厚的笑脸，正无声地讲述着移民搬迁带来的巨变。

这座容纳了近两千户移民的村庄，学校、医院、球场、超市、文化大院……东部发达地区村里该有的东西，这里一样也不缺。

"能放开肚皮吃水，在下巴子底下上学、瞧病、看社火，祖祖辈辈没敢想过……"刘克瑞谝着谝着就抹起了眼泪。

2020 年 6 月，习近平总书记考察弘德村，看了一张刘克瑞家搬离西海固时拍的照片，不由感慨："今非昔比，恍如隔世啊！"总书记语重心长地说："好日子还在后头。"

刘克瑞请人把这句话写了下来，装裱后放在一个镜框里，端端正正挂在客厅的墙上。

吃水难、上学难、就医难等生活基本问题解决了，对日子还有什么新期待？

挑起这个话头，乡亲们打开了话匣子："卫生院瞧小病没问题，但大病还得往银川跑""学校留不住好老师，娃们哭闹着要去城里念书"……

这些诉求，自治区党委、政府早已开始谋划了。"这些年，'有没有'的问题基本解决了，但'好不好'的问题还比较突出：不同阶段基础设施规划建设水平不一，有的往村覆盖、向村延伸不到位，有的陈旧老化、功能不全……"自治区党委书记陈润儿向记者细数着工作中的"不到位"。

如何满足群众的更高需求？

宁夏正在探索一条精细化发展的道路：弱什么补什么——既强化"骨干工程"，又疏通"毛细血管"。

今年以来，宁夏实施基础设施提升计划，进一步完善水、电、路、讯、污水管网设施，全面提升医疗、教育等公共服务。

为解决吃水问题，吊庄移民以来，宁夏先后投资 300 多亿元建设了一系列引水工程，农村自来水普及率达到 95%。

但是，站在新起点的宁夏人并不满足："不仅让群众吃上水、吃好水，还要用上'智慧水'。"自治区发展改革委一级巡视员杨刚说。

"交水费？简单哩！你看，进入'我的用水'页面，点微信支付，几秒钟就搞定。"固原市彭阳县长城村村民崔彩霞，一边娴熟地操作着手机，一边与记者唠嗑："村里有的老人不会用手机支付，只要告诉远在上海、广州打工的娃娃们，就没有麻达了。"

为了缓解群众"看病难"，宁夏建立了五级医疗卫生服务体系，每千人拥有 2.98 个执业（助理）医师，高于全国平均水平。今年 9 月，宁夏还正式启动了"互联网＋医疗健康"国家区域中心建设。

红寺堡三中校园，图书与艺术楼格外显眼，阅览室、美术教室、音乐教室各占一层，每层超过 1000 平方米……为了让孩子从"有学上"到"上好学"，宁夏实施"义务教育薄弱环节改善与能力提升工程"，投入资金达 24 亿元。 "健身设施建设补短板五年行动计划"也在火热推进：村村都有健身广场，人人出门 15 分钟就能用上健身器材。有了政府投入健身的"幸福钱"，群众就能少花看病的"痛苦钱"。

基础设施建设的加强，不仅满足了群众生活需要，也为乡村经济发展注入活力。记者在采访中了解到，生态建设和人居环境的提升，带动宁夏乡村旅游业井喷般发展。群众真正尝到了绿水青山就是金山银山的甜头！

初秋，罗山脚下的红寺堡区柳泉乡永新村喜气洋洋，家家装扮得如同过年一般：有的挂起了灯笼，有的新漆了门窗，有的还在庭院里摆上几盆怒放的鲜花。新一届"全国青少年航空航天模型锦标赛"又要开始了。早几年尝到了甜头的村民们，正攒着劲呢！

"就这么一场比赛，哪家不挣个三千五千？"永新村村民罗成军和记者拉着家常。

今年上半年，宁夏国内旅游总收入同比增长 57.86%，相当一部分来自乡村旅游。

"经过这些年的努力，已实现了村村通公路。下一步，发展要提速，交通必须'提速'。"自治区交通运输厅副厅长蒋文斌指着交通规划图兴奋地向记者介绍。

"今年投资 112 亿元的 26 个交通基础设施项目正全力实施，支持建设的一批助力自治区九大重点产业的公路项目也在顺利推进。新修的每一条路，都是'旅游路''产业路'，最终会变成群众增收的'幸福路'。"蒋文斌憧憬着未来。

闽宁协作提升——

从单向援助到双向互动，从政府主导到市场发力，催化乡村振兴的"乘法效应"

清光绪二年，陕甘总督左宗棠在给光绪帝的奏折中悲鸣：臣辖境苦瘠甲天下，要求各省协济，不然，无所尺寸仰仗。

尽管左宗棠吼破了喉咙，清政府却无能为力！

事实证明，各省协济，只有中国共产党领导下的新中国才能真正实现。

眼前是数十架六层标准化菇架。黑的是草炭土，白的是双孢菇。温控的原因，菇房里白烟袅袅，如同走进了"绿野仙踪"的幻境。

"一年6茬，工厂化栽培，菌菇产量比传统种植高10倍。"在永宁县闽宁镇双孢菇工厂化栽培示范基地，林占熺用手捻着草炭土告诉记者。

林占熺是国家菌草中心首席科学家。不久前热播的电视剧《山海情》中"凌教授"的原型就是这位老人。

1996年，党中央、国务院实施东西部对口扶贫协作，由福建帮扶宁夏。包括林占熺在内的11批180余名福建援宁干部、数千名援宁专家，将希望"种"进了西海固这片贫瘠的土地。

25年接续奋斗，寸草不生的"干沙滩"变成了果茂粮丰的"金沙滩"。25年携手并肩，"闽"和"宁"已被岁月浇铸成了固定搭配。"闽宁模式"，注定永远刻入中国的扶贫史册。

脱贫攻坚，只是闽宁协作的第一阶段。乡村振兴时代，如何再著新篇？

"我们要坚决贯彻习近平总书记关于深化东西部协作和定点帮扶工作的重要指示精神，以更大力度、更实举措推动闽宁协作实现更深层次、更高水平、更宽领域发展。"自治区主席咸辉表示。

记者在银川采访期间，正值闽宁协作第25次联席会议召开，双方签署了《福建省宁夏回族自治区"十四五"东西部协作框架协议》，根据脱贫后的新情况，未来闽宁协作的重点，将变单向援助为双向互动，从政府主导到市场发力，更注重产业融合。其间，双方新签约37个项目，总投资超过112亿元。

新的协作模式，正如火如荼展开：

在中卫，闽宁"山海情"现代农业产业园建设正酣；

在吴忠，福建科技团队在盐池县大坝村开展的土壤改良试验，已初见成效，黄花菜烂根难题将得到解决；

在石嘴山，菌草再次当起"先行官"。今年，78岁的林占熺正谋划菌草

产业新项目。"宁夏养殖业发达,要从发展菌草产业转向发展菌草畜业,实现草、菌、畜循环生产。"林占熺又开出一剂"妙方";

银川、福州两个省会城市,更是互动频繁。记者在自治区公共资源交易中心采访时看到,专家们正隔着大屏幕,为宁夏隆德县一个基础设施项目"云评标"。这些专家,5位来自福建,4位来自宁夏。

"互动"的结果,是脱贫攻坚成果不断巩固,机制更活、产业更优、生态更美、百姓更富;

"互动"的结果,是催生一大批新的市场主体。按照规划,"十四五"期间,在宁闽企将由5700多家增至1万家;

"互动"的结果,是闽宁协作的"乘法效应"向更深更广处开拓:教育文化、医疗卫生、科技创新……协作成效将呈几何级增长。

扎根西海固15年,固原市福建企业家协会名誉会长林锦云不断往来于"两个家乡"。他向记者透露了一个"商业秘密":"宁夏的葡萄酒、枸杞、牛羊肉、小杂粮在福建很受欢迎;福建的服装、电器、陶瓷、体育用品在宁夏俏得很。"

有人形象地比喻:福建是宁夏的"CBD",宁夏是福建的"后花园"。

的的确确,面向未来,一条互通互鉴、携手共赢之路,正在绵延、绵延、绵延……

乡村产业提升——
壮大产业规模,延伸产业链条,打造乡村振兴的强劲势能

"太阳晒成红脸蛋,裤子露着屁股蛋,锅里煮着洋芋蛋。"这是西海固不知流传了多少代的民谣。

"一年下来,舌尖上的味道就是洋芋、洋芋、洋芋。"固原女作家马金莲的话语中透着凄苦和无奈。

洋芋、土豆、马铃薯曾被戏称为宁夏的"三大产业",背后折射出,宁夏乡村产业基础差、底子薄、发展滞后。

"产业兴旺,是解决农村一切问题的前提,如果没有产业支撑,就业就没有渠道、务工就没有岗位、增收就没有来源。"吴忠市委常委、宣传部部长高建博带我们参观正在建设的红寺堡工业园区。

新的发展阶段,宁夏给自己立下一纸军令状:到2025年,脱贫群众收入增速高于全区农村居民平均水平、农村居民收入增速高于城镇居民平均水平。

如何实现"两个高于"?西海固人正在下一盘大棋:

棋局之一,因地制宜谋发展,不贪大求全,重点扶持劳动密集型、就业容量大的产业加快发展，千方百计挖掘增收潜力、拓宽增收空间。

六盘山脚下的固原，海拔高、气候冷，不利于庄稼生长，而冷凉蔬菜却长得生机勃勃。何不顺势而为发展冷凉蔬菜？

思路一转，劣势顿时变成了优势。西芹、菜心、番茄、辣椒、甘蓝……固原生产的冷凉蔬菜，强势打进了粤港澳大湾区市场。目前，种植面积已蹿升到 50 万亩，蔬菜总产量超过 240 万吨，总产值 40 亿元。

思路如此一转，谁还敢再说农业是弱质产业？

不但因地制宜，还要做优做特。宁夏梳理出 9 个重点产业，建立省级领导专班推进机制，计划用 5 年时间，使葡萄酒、高端奶、绿色食品三个产业综合产值分别超过 1000 亿元，枸杞、肉牛肉羊综合产值分别达到 500 亿元以上。

另一着棋，宁夏也下得得心应手：向规模化经营要市场，向产业链延伸要效益。

走进位于固原市原州区的融侨丰霖（宁夏）肉牛生态产业园，数千头肉牛正在悠闲地嚼着青草。旁边，塔吊正忙碌作业，年屠宰加工量约 10 万头牛的车间已经封顶。

"车间建成后，把牛按照部位精细分割，销售冰鲜肉，后期还将建设深加工车间，加工牛肉熟食。全产业链下来，一头牛可多卖 1 万元。"站在规划图前，产业园综合管理部经理慕旺东向记者竖起了一根手指，加重语气说："听清楚了，是多卖 1 万元！"

"固原肉牛产业正在顺着'棋路'往下走。通过引进福建和山东的企业，固原将建设 4 个规模化生产基地，构建起从养殖、屠宰、分割、包装到销售、品牌的肉牛全产业链。到 2025 年，固原肉牛全产业链产值将从目前的 180 亿元增加到 300 亿元，带动 6 万人实现就业，带动农户年增收 2 万元。"固原市农业农村局副局长任军孝清晰勾勒出牛产业未来的"版图"。

吴忠生产的黄花菜名扬天下。人常说，"明日黄花"，黄花菜花期短，隔天采摘花就蔫了。"我们建成了单体面积 1 万平方米的冷库，保鲜期可从几天延长到几个月，色泽、口感和新鲜蔬菜一样。我们还委托科研院所开发出了抗抑郁、降嘌呤的保健食品。"吴忠市委常委、红寺堡区委书记丁建成也勾勒了自己的"版图"。

农业产业化的真正目的，是让农民在产业化发展的过程中能得到更多的收益。而要做到这一切，就要让农民融进来。

在固原市彭阳县红河镇宽坪村，成片的甘蓝长势正旺，一个个胖乎乎、圆滚滚的家伙争前恐后向记者"打招呼"。

"土地流转、村民务工、村集体入股分红，'一地生三金'。"红河镇镇长杨国儒蹲在地头，掰着指头跟记者算了一笔账："每亩地地租500元；土地流转给东升农业集团后，村民到基地打工一个月3000到4500元；蔬菜大棚也能分红……日子好着呢！"

黄花"点亮"了生活，枸杞"火红"了光景，葡萄"甜蜜"了日子……告别了传统农业模式，地还是那些地，西海固从劣势中找到了强势，农业从"弱质"发展到"优质"。

走在秋日西海固的原野上，记者和这里的万千群众一样，心里漾着温馨、荡着喜悦、怀着希冀。

更让记者振奋的是，与贫困的奋争，与市场的竞逐，开阔了他们的胸襟，拓展了他们的见识。

故步自封、小富即安，再不属于这块土地！

农民素质提升——
涵养市场观念，培育新型农民，激活乡村振兴的内生动力

你知道吗？以前人人皱眉的"土蛋蛋"，现在变成了人见人爱的"金蛋蛋"。

"从种子开始，我们的洋芋就不一般。你看这秧苗长得多旺嘞！一个大棚就养了15万株'青薯9号'洋芋脱毒苗，能产马铃薯原原种37.5万粒。"宁夏天启马铃薯研发中心大棚里，技术人员马磊轻抚着翠绿的幼苗叶片，爱不释手。

这个研发中心年繁育马铃薯原原种5000万粒，辐射带动200万亩商品薯科学种植，种薯远销新疆、内蒙古等省区。

有了好种子，再配上科学种田技术，西海固的洋芋蛋完成了华丽转身。

"以前种地'二牛抬杠、靠天吃饭'，几十个人才种五六亩，费工费钱不说，洋芋经常没刨就烂在地里。这会儿品种换得勤、倒茬倒得勤，从种到收全程机械化，两个人就种380亩，年收益七八十万元。"站在田埂边讲起致富经，西吉县将台堡镇明台村马铃薯种植专业合作社负责人苏向根心里的自豪溢上了眉梢。

通过"土洋结合"摸索出种植"黄金法则"，他种出来的早熟洋芋品种一公斤卖到8元，就这，还供不应求呢。

洋芋的华丽转身，折射的是农民素质的嬗变。

两年前来到闽宁镇创业，禾美电商老板徐美佳为了招工愁肠百结：面试54个人，九成小学文化，没有一个会电脑……

更挠头的是，电商直播，姑娘们连句"欢迎来到直播间"，都说不囫囵。

培训计划从"零"开始：员工们上班学电脑，下班翻《新华字典》。培训，不但教会了她们知识，也为她们打开了一扇通往广袤世界的窗口——你瞧！走进直播间，主播马燕正操着一口流利的普通话介绍闽宁的蘑菇、中宁的枸杞、红寺堡的黄花菜……巧嘴，唤来越来越多的人"种草"宁夏正宗土货。去年，这个直播间销售额超过了 1000 万元！

的确，乡村振兴，关键在于人的素质的提升。

提升素质，难点在哪儿？银川市委常委、永宁县委书记朱剑道出症结：祖祖辈辈土里刨食，如今，洗脚上楼，农民变成了居民，不少人一时不知所措。

他举了一个例子：闽宁镇玉海村建了 46 栋日光温棚，每个温棚年收入稳稳三四万元。可是，村民们宁愿收取微薄的地租，也不愿自己闯市场。

如果农民素质不提升、思想观念不转变，乡村振兴就是一句空话。

提升，宁夏的做法是：立足"双扶"——既扶志又扶智。

红河镇苹果示范园区，活跃着一批"新型职业农民"。县里总结他们的特点是：爱农业、懂技术、善经营。

秋阳不急不躁照着，看着枝头累累的果实，正在打理果园的红河村村民王占林，笑意似乎要从脸上流泻下来。"以前不懂啊，让果子使劲儿长。后来才知道，长得多不如长得好。果子等级高，才能卖出好价钱。"

记者在他的果园看到：苹果的枝丫顺着钢管向上长，放眼看去，地里似乎插着一个个硕大的鸡毛掸子。这种技术，让果子充分受光，果形又大又漂亮。是驻村科技特派员传给了他这种"魔法"，并帮他完成了理念的转变。

村里有个"明白人"，胜似有个"活财神"。在"明白人"的带动下，村民们一个个全都"明白"了起来。如今，红河镇苹果种植面积已经翻番，全镇农民人均可支配收入超过 1.3 万元。

红河镇，是宁夏提升农村人口素质的一个缩影。尽管财政并不富裕，在提升农民素质方面，宁夏却舍得下本钱。记者在采访中了解到：2021 年，全区将培养新型职业农民 1.4 万余人；组织 13.77 万人次参加专项技能培训；初、高中毕业生在技工院校培训超过 4 个月的，政府补贴 6000 元……

这些措施，让一个个满脚泥土的农民，摇身变成了"吴忠厨子""海原司机""闽宁月嫂"……随着身份变化的，是他们光景的变化。

"这种投入，远没有修条路、盖个小区、建个工厂来得光鲜，但它对宁夏未来发展的影响，却更深远。"自治区人力资源和社会保障厅一级巡视员孙晓军坦言。

乡风文明提升——

从"送文化"到"种文化"，从"富口袋"到"富脑袋"，凝聚乡村振兴的精神力量

这几年，农民的日子一天比一天好过，但自治区文明办的乡风调查，却让人笑意未去忧从心起：封建迷信时有抬头，宗族势力干预村务，婚丧嫁娶大操大办，赌博酗酒屡禁不止……

要"富口袋"，更要"富脑袋"！

"富脑袋"，宁夏从涵养文明乡风抓起。去年，脱贫攻坚激战犹酣，自治区就未雨绸缪作出决定：2020 年是"脱贫攻坚收尾年"，也是"移风易俗深化年"。

走进弘德村，但见"村规民约牌"竖在村头最醒目的地方：反对封建迷信、不搞宗派活动、反对家族主义、严禁乱倒垃圾……

"以前，一收到请柬，心里就咯噔一下——又接到罚款单了！"说到天价彩礼，弘德村支部书记任军仍心有余悸，"现在好了，村里有了村规民约、红白理事会、道德评议会……谁再大操大办，就要上'红黑榜'，被全村人笑话哩。"

乡里乡亲，最害怕被人笑话。在这些并无多少恶意的"笑话"里，薄养厚葬、铺张浪费等陈规陋习一点点消去，"婚事新办""零彩礼"成为新时尚。

倡导文明乡风，有罚就得有赏。在红寺堡区，人人都爱逛"积分超市"：零彩礼积 40 分、房前屋后无污物积 4 分、参加村义务劳动积 3 分……

可别小看这些积分！有积分，就能评上"星级文明户"——这可光彩得很嘞！

除了这些，积分，还可换购一些生活物品。因为参加了村义务巡逻队，红寺堡区香园村的马彦花成了村里的"积分大户"，她很有心得："刚开始积分，是冲着换些毛巾、洗衣液……可习惯形成了，毛病也就慢慢改了——你瞧！村子这么干净，谁还好意思乱扔垃圾？"

要想"脑袋亮堂堂"，光靠"送文化"还不够，还要把文明因子深深植入人们心田。

在宁夏，"种文化"，难度可不小。有农民形容前几年的文化生活："门口摆个凳子、桌上放个框子（电视机），逢集赶个场子。"

怎样培育乡土文化？宁夏坚持这样的原则：硬植入不如软融入，"送文化"不如"种文化"。自治区党委常委、宣传部部长李金科说得好："精神境界的提升，

民族文化的互融，家国情怀的滋养，共同体意识的形成，是个浸润的过程。"

"种文化"离不开载体。宁夏在文化设施建设方面舍得投入——五级公共文化服务设施建设，自治区常抓不懈。

红寺堡区玉池村是个回汉杂居村。以前，村里读书的人不多，借本书比借钱还难。在政府帮助下，2018年，村里的"大知识分子"马慧娟成立了"泥土书香读书社"。

这可难坏了村里的婆姨们——连自己的名字都写得歪歪扭扭，还能读书？可是几年下来，连基础最差的，也能读厚厚一本呢！

庄稼地里也能"长文化"，马慧娟一边劳动，一边用手机写作，先后出了六本书，被人们称为"拇指作家"。

记者在采访中了解到，今日宁夏，即使最偏远的乡村，也建起了农家书屋、电子阅览室等文化设施，在全国率先实现了贫困地区村级综合文化服务中心全覆盖。

近段时间，彭阳县白阳镇玉洼村党支部副书记贾廷民忙得不可开交：村里文化大院里，天天演出不断，村秦剧团排练的《香山寺还愿》《二进宫》别提多攒劲！不但四里八乡的乡亲们追着屁股看，还唱到了固原和平凉……

"多看名角，少了口角""多一个广场，少一个赌场""多了欢声笑语，少了鸡毛蒜皮"。贾廷民"信手拈来"几件小事：靠农家乐致富的村民杨治刚，每年都拿出一笔钱捐资助学；李家五兄妹出资3万元，给村里老人筹备"古稀宴"……

"种文化"，"种"出了一个个最美人物——古稀高龄的"七一勋章"获得者王兰花，带领6万多志愿者，常年播撒着人间大爱；"种文化"，"种"出了美丽乡村——目前，全区生活垃圾治理村达到95%；"种文化"，"种"出了民族团结——"宁夏妈妈"王菊茹，5个"孩子"，来自4个民族……

"生产上相互帮助、生活上相互关心、习俗上相互包容。"这就是文化建设"种"出的结果。

"乡村振兴，产业是基础，文化是未来。"自治区文明办专职副主任杨柳给出了这样一个论断。

治理效能提升——
以"关键少数"带动"绝大多数"，以"头雁效应"激发"群雁活力"，夯实乡村振兴的组织基础

搬出大山，让百万人口解决了温饱。但随着社会融入程度的加深，乡村治理中的一些深层次问题也逐渐暴露出来：部分村庄村务不透明；个别村干部多吃多占；少数"两委"班子软弱涣散；不同移民群体之间时有冲突发生……

提升治理效能，是乡村振兴面临的现实课题，也是基层党组织必须面对的一场大考。

初到兴旺村，罗凯便当头挨了"一闷棍"：村"两委"换届选举，51名党员，投票结果竟然是25比25。因为有1名始终在"来"的路上。

兴旺村是红寺堡区的一个移民村，移民分别来自宁夏南部山区的海原县和彭阳县。不同移民群体之间衍生的矛盾，给村庄治理打上了"死结"：村里定了的事，要么这伙人不同意，要么那伙人有看法。你瞧，仅改厕这么一件小事，就拖了好几年。

作为镇上下派的村党支部书记，罗凯一筹莫展。

经过深入的调研，他终于找到了症结：以前，之所以村民怨气重，是因为村务不公开。

罗凯开出了药方：阳光村务！

他带领新班子，推出村民代表会议制度，重大事项一律由集体协商、民主表决。

对症下药，必然是药到病除：给群众一个明白，还干部一个清白。兴旺村这把锈蚀的锁终于打开了：涣散的人心开始聚拢，村里的事务有人操心，公益活动人人抢着干……

记者探访兴旺村，村委会办公桌上放着一册环境整治工作记录本，随手翻开一页，一串数字映入眼帘：陈国连17天、马生兰16天、张奋成10天……"这是每位村民自发参与村容治理的天数。变了，真的变了！"罗凯话里透着自豪。

"给钱给物，不如给个好支部。"应对这场大考，宁夏从强化村"两委"班子入手，向1816个村（社区）选派第一书记和工作队员3675名。这支队伍，已经完全融入乡村振兴的洪流，成为"永不离开的工作队"。

如果说提升治理效能，为乡村振兴打下了坚实的"底子"，那么，宁夏探索的"两个带头人"工程，则为乡村振兴插上了一双强劲的翅膀。

哪些因素制约着基层党组织建设？自治区党委总结为"一弱三低"：党组织带头人带富能力弱，村干部文化程度低、能力素质低、群众公认度低。

如何破解？宁夏实施了村党组织带头人整体优化提升行动：面向全区公开招考选拔村党组织书记，支持和鼓励农村致富带头人、外出务工经商人员、大学毕业生等参加竞选，让农村党组织带头人切切实实成为村民致富带头人。

焦建鹏是西吉县吉强镇龙王坝村走出去的能人，大学毕业后，在外创业，干得风风火火。组织上选拔他回乡担任村党支部副书记。头脑活络的他，号召乡亲们搞"林下经济"。有人撇凉腔："娃娃家嘛，懂个啥？"

喊破嗓子不如甩开膀子。焦建鹏决定干给村民看，在村外的树林里，搞起了养殖种植。同时，把自家的土窑洞进行改造开起了农家乐。游客来了，住在土窑里，睡在土炕上，吃着土里的，临走，还忘不了撂下一沓沓钞票。

真金白银摆在面前，乡亲们眼热了，纷纷加入了他成立的合作社。焦建鹏回村时说过的话，兑现了："带着村民一起干。"第一年，村集体经济年收入就突破了50万元。

焦建鹏这样的"领头雁"，不胜枚举！2021年，全区"二合一"带头人（村党组织和致富带头人）达1205人，占村党组织书记总数的55%。

"事实证明，哪个村党组织的'战斗堡垒'作用发挥得好，哪个村就秩序井然，哪个村发展步伐就快。有了健全有力的基层组织，乡村振兴，就有了震不垮的'主心骨'！"自治区党委组织部副部长景瑜由衷感叹。"目前，'三农'工作的重心已经历史性地转移到全面推进乡村振兴上，其工作深度、广度、难度都不亚于脱贫攻坚。"对未来，陈润儿清醒依旧。

接下来的乡村振兴"接力赛"，宁夏能否冲在前面？尚需时间给出答案。

行走宁夏大地，从银川到石嘴山，从灵武到青铜峡，从贺兰山到六盘山，我们欣喜地看到，"六个提升"已为宁夏蓄足了动能，宁夏健儿的起跑，是那样的铿锵有力……

（《光明日报》2021年10月21日）

申报资料实录

作品简介： 随着我国历史性消除绝对贫困，巩固脱贫成果，同乡村振兴有效衔接，成为全国农村面临的新任务。后脱贫时代，中国农村该怎么走？光明日报选取宁夏西海固这个典型地区，以"解剖麻雀"的方式，开展深入调研。记者走进种植养殖基地、扶贫合作社、工厂、企业，与易地搬迁农户、种植养殖大户、科技工作者、企业经营者、基层干部等深入交流，行程遍布西海固地区9个县、区，数十个乡镇、村庄，历时5个月，对西海固这样一个曾被联合国认定"不具备人类生存条件"的地方，脱贫后接续推进乡村振兴的实践探索有了全面深刻的了解和认识。经过几十次反复修改形成的这篇稿件，基于群众实践，创造性地提出，巩固脱贫成果，衔接乡村振兴，关键在于"六个提升"，即基础设施、闽宁协作、乡村产业、农民素质、乡风文明、治理效能提升。通过生动的故事、朴实的描述、鲜活的语言、凝练的概括，讲述西海固如何从脱贫走向固富、从帮扶走向互利、从产业走向兴业、从迁入走向融入、从物质富裕走向精神富有，让各级干部、群众，循着文章脉络找到乡村振兴"密码"。更重要的是，稿件没有局限于西海固一地经验，而是"跳出西海固"，为全国其他地区提供了普遍性的启示和借鉴。

社会效果： 稿件见报当天，社会各界好评如潮。今日头条、学习强国等数十家平台置顶推送。新华网、环球网、中国网等全国性媒体和澎湃新闻、四川观察、封面新闻、红星新闻等地方媒体点赞、转发、评论。微博话题＃乡村振兴的六个提升＃置顶热搜，阅读量1.4亿。光明日报微信推送全文，阅读量10万＋。抖音、快手视频话题＃探访真实的中国农村＃，24小时播放量1.9亿＋。

初评评语： 题材重大。我国历史性消除绝对贫困后，巩固脱贫成果，同乡村振兴有效衔接，成为一个现实而紧迫的课题。此文选取脱贫地区如何推进乡村振兴这一主题，直面乡村发展面临的新情况新问题，具有强烈的问题意识和鲜明的时代意义。

案例典型。此文选定宁夏西海固作为调研样本，具有很强的代表性和典型性。西海固曾是深度贫困地区，是习近平总书记倡导推动的闽宁扶贫协作模式的实施地，其实践探索，对其他地区有很强的借鉴意义。

调研深入。采访组深入脱贫乡村一线，实地查访、深度访谈，与群众同吃同住同劳动，零距离了解干部群众的所思所想，探究农业、农村发展的新路径，获得大量第一手信息和真实情况，真正做到了践行"四力"。

文字优美。此文在写作上，兼具宏大叙事与微观表达，缜密清晰的逻辑，原汁原味的群众语言，平实优美的文字，使稿件具有很强的可读性。全媒体的呈现方式，进一步实现了主流媒体重大报道的深度"破圈"。

四名领诵员是如何被选上的？看看他们都是谁

集　体

作品二维码

（北京日报客户端 2021 年 07 月 01 日）

申报资料实录

作品简介：这是建党百年庆祝大会上青少年献词的幕后故事。在 2021 年 7 月 1 日大会开幕前，这个节目的保密程度高、采访难度大，记者多方突破，提前采访到了 10 名领诵员的背后故事，并在大会举办当天凌晨，在现场蹲点数小时拿到最终入选的 4 名领诵员的名单，克服了通讯不畅的困难，第一时间交给后方编辑，在新媒体编辑的配合下，及时发稿，烘托大会氛围，解答读者好奇。

社会效果：该篇稿件经北京日报客户端发出，立即产生传播效果，大量用户涌入客户端，了解四名领诵员背后的故事，客户端五次临时扩容，阅读量超过 130 万，实现客户端成立以来最高流量。在微博、微信等平台上，也形成了超 4 亿传播效果。

初评评语：准确预判、提前采访、精准发布，在新媒体传播中，无论是采写还是编发，这篇稿件的前后方配合程度高，采写细致动人，抓住读者关注点，才实现了非常好的传播效果。文章通过广大读者转发，烘托了建党百年庆祝大会氛围，正面展现了中国青少年风貌，弘扬了正能量。

华北制药打赢美国对华反垄断第一案的启示

寇 霞 关海宁 王智博 刘 军 马玉竹 王 莺

限于篇幅，文字稿略，获奖作品请见中国记协网 http://www.zgjx.cn。

（河北广播电视台 2021 年 11 月 30 日）

申报资料实录

作品简介： 美国维生素 C 的直接购买者、间接购买者两个集体指控中国公司合谋操纵维生素 C 价格，被称为美国对华反垄断第一案。案件历时 17 年，华北制药终获重审胜诉。本案意义重大、影响深远，标志着中国企业在国际市场竞争中逐步成熟，对中国企业走出国门具有启示价值。作品主题重大，论述翔实。记者采访了案件的亲历者、擅长打跨国官司的资深专业律师、国际贸易研究的专家学者以及行业协会负责人，完整再现了案件的起由、进展和最终结果。报道叙事清晰，层层递进。听众在了解案件的进展中，不仅增长了国际贸易知识，还为中国企业的成长感到自豪。作品阐述深刻，立意升华。作品不是仅仅停留在华北制药获胜的浅层论述，而是由此点明了这一胜诉在判例法国家中的示范作用，拓展出中国企业如何更好走向国际市场的深层思考，使报道价值倍增。作品在广播播出的同时，在河北广播电视台"冀时"客户端同步推出，听众反响强烈，广为点击、转发。

社会效果： 作品播发后，社会反响强烈。许多听众打电话或留言表示，收听后深受鼓舞，精神振奋。华北制药组织广大员工收听了报道，进一步激发了员工的集体荣誉感和民族自豪感，有力增强了企业上下在国际市场竞争的信心。河北省医药行业协会、河北省药学会等行业组织专门召集多家相关企业和单位收听报道，开展专题研讨会，交流意见、总结经验。

初评评语： 该作品以多方采访的"脚力"还原整个事件，以独特敏锐的"眼力"抓住听众耳朵，以站位高远的"脑力"让"第一案"的启示更深刻，以凝练匠心的"笔力"切实改进文风，是一篇事实与见识贯通、题材与表达并重的力作。

铝老大"减重"

韩 信 原宝国 王兴涛 柴 明 王雷涛 张 雨

限于篇幅，文字稿略，获奖作品请见中国记协网 http://www.zgjx.cn。

（山东广播电视台 2021 年 12 月 30 日）

申报资料实录

作品简介：习近平总书记在山东考察时强调，"要坚持腾笼换鸟、凤凰涅槃的思路""推动高质量发展取得有效进展"。5 年前，世界"铝业老大"因遭遇环保风暴，一度面临生死困境，引发国内外广泛关注；5 年后，魏桥走出泥潭，销售收入逆势上扬突破 4000 亿元，创历史新高。山东广播电视台记者以两轮中央环保督察之间世界"铝业老大"如何实现腾笼换鸟、凤凰涅槃为主线，赴多地采访，采用调查式手法、纪录式手段，深挖关键人物、关键节点、关键故事，采访到许多不为人知的细节，挖掘出传统重工业企业面对环保、发展等多重压力，不偏离制造业主业，向自主科技创新要驱动力，研发新材料打破国外"卡脖子"技术垄断，褪去粗重外衣，实现产业基础再造，继续引领行业发展的生动故事。在创作过程中，主创团队坚持全程、全效原则，不断在应用手段、呈现形式、切入角度等方面进行创新，随时生产不同形态的新闻作品。极少公开露面的企业负责人的独家访谈在"大小屏"同时推出，仅自有平台点击量达 35 万人次。电视消息、短视频新闻等碎片化作品回应社会关切，实现了高质量的有效传播，吸引《人民日报》等媒体跟进报道。

社会效果：世纪疫情和百年变局交织，世界经济深度衰退，全球产业链、供应链遭受冲击。该经济类新闻专题思路布局大，展现了我国大型实体企业面对多重压力，坚定制造业强国战略，坚持自主科技创新，通过"腾笼换鸟"实现转型升级，继续引领全球行业发展，打开了在百年未有大变局之下的新局面，新实践新气象新成果闯出了新旧动能转换、国民经济基础产业再造的一条新路，为推动经济恢复提供有力支撑，让世界看到了中国经济的潜力、韧性、底气、后劲，引发广泛关注。

初评评语：该新闻专题选题精准，要素完整，人物形象丰满感人，故事叙述生动流畅，现场镜头极富冲击力；新闻时效性强，主题鲜明，催人奋进，启迪思考。这是一篇有高度有深度有温度的优秀作品。

云上人家（第二集）

集　体

限于篇幅，文字稿略，获奖作品请见中国记协网 http://www.zgjx.cn。

（中央广播电视总台 2021 年 10 月 07 日）

申报资料实录

作品简介：《云上人家》摄制组在大山深处的云南省怒江州福贡县沙瓦村驻守近五年，与当地村民同吃同住，全景式跟踪拍摄，真实、生动、完整记录了这个位于中国最为贫困的"三区三州"之一的小山寨脱贫攻坚的全过程，为脱贫攻坚这一宏大叙事增添了一个鲜活的个体样本。本集节目讲述了阿四妹一家五年间生活发生翻天覆地变化的故事。阿四妹十二年前从外地嫁到沙瓦村，她与丈夫生了一儿一女，姑娘叫小雪，儿子叫腊八，他们一直靠天吃饭。2015 年底，党中央发出脱贫攻坚战号令后，他们一家亲历了这个不到 200 人的小山寨的巨大变迁。村里修了路，阿四妹家里有了电视机，种上了猕猴桃和茶叶，小腊八从山里去了北京参加《中国诗词大会》……五年时间，阿四妹一家和沙瓦村民一起经历了亘古未有的脱贫攻坚伟大事业，见证了人类历史上摆脱贫困的奇迹，现在他们和沙瓦村民又搭上了乡村振兴的幸福列车。

社会效果：《云上人家》用生动质朴的画面，真实呈现了阿四妹一家人在脱贫攻坚和乡村振兴过程中物质生活和精神生活的转变。节目播出之后迅速引发一波收视热潮，观众和业界均予以高度评价，认为节目通过记录贫困地区这些普通人的命运转变，更加深刻反映了脱贫攻坚这一人间奇迹的伟大。

初评评语：摄制组在极为艰苦的贫困山寨坚持不懈跟踪拍摄五年多，真实、生动、完整记录了一个样本村脱贫攻坚的全过程，细致入微表现了贫困地区群众的奋斗精神和命运变化，故事曲折动人，画面清新优美，是反映脱贫攻坚题材的新闻专题中的佳作。

铁心向党，请您检阅

欧　灿　张晓辉　陈　列　汪　飞　谭　琳　朱柏妍　王　震

作品二维码

（中国军网 2021 年 06 月 30 日）

申报资料实录

　　作品简介： 选取习近平主席精彩同期声作为核心内容，军事时政微视频《铁心向党，请您检阅》以主席检阅军队重要时政活动为牵引，将十八大以来人民军队"阅兵场上雄师列阵，演兵场上劲旅扬威"的精彩瞬间作为素材进行视频创作，展现人民军队在习近平强军思想指引下践行铁心向党忠诚誓言阔步强国强军新征程的战斗豪情。

　　社会效果： 军事时政微视频《铁心向党，请您检阅》在中国军网和解放军新闻传播中心时政部"学习军团"微信公众号联合首发。微视频迅速引发各大媒体和网民关注热议，超过 25 家媒体网站转载，全网点击量达 4000 余万，百度词条相关搜索 50 万余条。网友留言评论称"这 128 秒，超燃！""伟大的军队，光荣的战士，必所向披靡，无往不胜！"。

　　初评评语： 该作品聚焦建党 100 周年这一重大历史节点，紧扣人民军队听党指挥这一重大主题，运用互联网思维策划制作，剪辑流畅紧凑，画面音乐富有冲击力感染力，兼具思想性、鲜活度，展现了在习近平强军思想引领下，人民军队听党指挥、能打胜仗、作风优良，向世界一流军队迈进的昂扬风貌。融合传播效果突出影响广泛，是对军事时政宣传内容方法渠道创新的一次有效探索。

记者接力记录：暴雨中遇险的 K599 次列车 99 小时曲折旅程

高　岩　彭小毛　蒋　琦　白杰戈　郑　澍　廖检平

限于篇幅，文字稿略，获奖作品请见中国记协网 http://www.zgjx.cn。

（中央广播电视总台 2021 年 07 月 24 日）

申报资料实录

作品简介：2021 年 7 月的河南暴雨灾害造成广泛影响。省会郑州作为中国铁路重要枢纽之一，周边有多趟列车被困滞留，其中 K599 次情况最为典型——司机发现险情紧急减速停车，路基下沉，铁轨悬空，乘务人员疏散部分乘客，两节车厢随后倾斜。列车后半部在折返后，再次滞留 20 多个小时才重新出发。历时 99 小时，K599 次终于平安到达终点广州。在郑州采访的记者得知列车遇险消息，因道路受阻无法抵达现场，首先远程电话采访乘人员了解最新情况。列车重新开动后，在台本部的紧急调度下，湖南记者从中途上车采访，广东记者在广州站守候，记录列车抵达的场景。三路记者克服困难，接力跟进，音响汇总后连夜制作，次日听众听到这篇扣人心弦的报道。

社会效果：这篇报道独家呈现了列车在罕见暴雨中遇险，司乘和旅客紧急转移，从措手不及到互相理解，合力共渡难关，最终到达终点的过程。三路记者的持续跟进，使采访非常扎实，司机、乘务人员和乘客的讲述生动、细腻、感人。报道音响非常丰富，凸显了广播报道的专业性和感染力。作品采用倒叙的结构，充满悬念，扣人心弦。通过一列特殊的列车，一趟特殊的旅程，展现了灾难面前列车乘务人员的担当、市民的爱心救助和乘客的理解支持。以一趟惊心动魄的旅程，诠释了灾难面前人们的坚韧和大爱。

初评评语：河南暴雨灾害备受关注，K599 次的曲折经历牵动人心。该报道力图通过详细、生动地记录火车遇险过程及乘务人员、乘客的情绪变化，从一个侧面反映重大灾害事件对社会生活的影响，以及普通人在灾害面前的勇气、坚韧和善良，令人感动，引人深思。

为有牺牲

集 体

限于篇幅，文字稿略，获奖作品请见中国记协网 http://www.zgjx.cn。

（湖南广播电视台 2021 年 07 月 11 日）

申报资料实录

作品简介：为有牺牲多壮志，敢教日月换新天。新闻专题《为有牺牲》是庆祝建党百年特别节目，采访制作历时三个月，十一个采访组深度挖掘湖湘大地上感天动地、鲜为人知的牺牲故事，以时间为脉络，致敬为建立、捍卫、建设新中国英勇牺牲的革命先烈，致敬为改革开放和社会主义现代化建设英勇献身的革命烈士，激励今天的人们在困难挑战面前坚韧向前、甘洒热血、敢于担当、勇于胜利，在新征程上创造新业绩。《为有牺牲·711矿：地下功勋》是该新闻专题的代表作。711矿是我国最早发现和勘探的大型铀矿山，它为我国第一颗原子弹、第一颗氢弹、第一艘核潜艇提供了核心材料，被誉为"中国核工业第一功勋铀矿"。60 多年前，2500 多名天南地北的建设者肩负国家使命，秘密汇聚山高林密、荆棘丛生的湖南郴州许家洞金银寨，干惊天动地事、做隐姓埋名人。在找铀采铀的艰辛历程中，在防护条件极差、设备极其落后的情况下，711 矿 500 多人献出了宝贵的生命。牺牲时，他们大多不到 30 岁。他们以超常的付出，将生命融入使命，浇筑出了一座艰苦奋斗、舍身为国的"精神富矿"。本片将故事线、情感线、思想线交织融汇，把英雄事迹与精神旨归、重大时刻与永恒意义有机结合，富有吸引力、冲击力、感染力。

社会效果：不怕牺牲、英勇斗争是伟大建党精神的重要内涵。711 矿人的壮举，饱含着理想和信念，浸染着热血和悲壮，绽放出新的时代光芒。本片以感人肺腑的故事、言简义丰的评论、精益求精的制作，引发广泛而真切的共鸣。本片播出后，学习强国、芒果TV、风芒、新湖南、华声在线、红网、时刻等 150 余家新媒体和门户网站相继转载，网络互动社区阅读量超过3亿人次，相关视频在网站上累计点击量达到上亿人次。众多网友点赞、留言："英雄者，国之干。往日人声鼎沸的矿山，落下了历史的帷幕，但711矿人的牺牲精神永存！""以英雄为路标，就没有任何困难能够难倒我们，每个人都可以成为英雄！"本片既礼赞牺牲奉献精神，又有力激发人们在永续传承中坚定信仰，在敢于担当中奋勇前进。

初评评语： 在找铀采铀的艰辛历程中，711矿500多人献出了宝贵的生命，浇筑出了一座艰苦奋斗、舍身为国的"精神富矿"。《为有牺牲·711矿：地下功勋》把英雄事迹与共产党人精神旨归、重大时刻与永恒意义有机结合，将故事线、情感线、思想线交织融汇，深入翔实地报道了建设者舍生忘死的民族血性和大无畏的英雄气概，全片既具有家国情怀的宏大叙事，又有感人至深的细腻表达，出色地做到了见历史、见人物、见精神，属于重大主题报道中的精品之作。

一支疫苗的诞生

李 丹 符亚卯 胡 乐

限于篇幅，文字稿略，获奖作品请见中国记协网 http://www.zgjx.cn。

（北京广播电视台 2021 年 01 月 13 日）

申报资料实录

作品简介：2020 年，因为新冠肺炎疫情的暴发，我们见证了人类历史上最迅速和最深远的全球卫生突发事件应对反应，疫苗、治疗方法和诊断工具也以创纪录的速度推出。北京科兴中维生物技术有限公司研制的新型冠状病毒灭活疫苗"克尔来福"，是中国国内第二款获批附条件上市的新冠疫苗。该片完整真实地记录了"克尔来福"灭活疫苗从研发、生产、临床试验到获批附条件上市的全过程，同时也记录了疫苗企业的成长和科研人员的家国情怀。该片希望向观众展现日益崛起的中国科研力量；向观众传达中华民族面对灾难，万众一心的精神力量。

社会效果：该作品首次独家揭秘"新冠疫苗"从无到有的全过程，2021 年初，在抗疫斗争最艰难的时刻播出，播出后立刻引起强烈的社会反响，相关视频播放量超 2182 万，话题词 # 中国新冠疫苗研发独家记录 # 登上微博热搜榜第 29 名，获得社会热议。

初评评语：一是世界性话题，资源独家，直面新冠研发第一线。二是独家、全环节的采访：科兴 CEO 尹卫东、疫苗研发负责人高强、浙江省疾控中心的 P3 实验室、中国 CDC 传染病所、中国医学科学院医学实验动物研究所、快速审评审批小组成员。三是全国首支完整记录了"新冠疫苗"从研发、生产、临床试验到应急使用的全过程，全景跟拍 5 个月。四是首次从科学的角度记录、讲述，分析大众关心的新冠疫苗的伴生问题。例如：第一次从科学分析的角度，动画展示多种疫苗工艺的区别，让观众了解我国疫苗生产工艺的选择的缘由和技术优势。

少年志 · 青少年强国学习空间站

王文坚　王　璟　王雪瑞　李　晨　王　颖　范林珍

作品二维码

（扬子晚报网 2021 年 02 月 22 日）

申报资料实录

　　作品简介："少年志·青少年强国学习空间站"多媒体新闻专题紧密切合当下强调爱国主义教育要聚焦青少年的时代背景，紧扣中国共产党建党 100 周年、结合年度新闻热点策划推出一系列全媒体新闻采访和主题活动。围绕深入学习 2021 年 5 月 30 日习近平总书记给淮安市新安小学少先队员的重要回信精神，将"树立理想 砥砺品格 增长本领"做深、做透，新闻专题借助中国空间站形象进行创意构思，设置"信仰核心舱""空中学习舱""成长体验舱"三大新闻融媒专区，帮助青少年群体在互动学习与成长体验中"扣好人生第一粒扣子"。该专题内容极其丰富，手段创新融合。紧扣重大新闻背景，扬子晚报网推出"童心向党 少年有志""习爷爷的回信""太空第一课""双减在行动 我们在成长"等融媒行动。专题上线十大主题赛事活动、上百场适合青少年学习成长的学习活动、超 300 个"新闻＋学习"视频产品，推出新思想答题赛、"我的学习"作品展、中国红照相馆等青少年喜闻乐见的融媒体互动产品。专题页面设置触发互动效果，用户点击不同板块舱即可开启学习互动，实现新闻阅读、在线投稿、学习打卡等。通过线上线下联动，吸引上千万人次青少年学习打卡，全媒体有效点击阅读、关注数超 2.5 亿人次。

社会效果： "少年志·青少年强国学习空间站"多媒体新闻专题以内容为核心促进学习，以活动为抓手引领成长，以互动为特色增强黏性。专题一经推出，便在青少年中形成现象级传播，全媒体传播点击量超过 2.5 亿人次。一是应用融媒体手段，丰富爱国主义教育内容和形式的创新尝试。导向明确，政治站位高。内容上紧扣重大主题，通过接地气的新闻采访、丰富的视频产品、大量的活动赛事，实现了青少年上千万人次的学习打卡，成为爱国主义宣传教育的现象级产品。二是开辟青少年信仰教育的网络新空间。该专题立意深远、设计精巧，用青少年喜闻乐见的创新表达和形式进行社会主义核心价值观教育，重视受众交互场景开拓，在网络上开辟出精准传播的青少年信仰教育新空间。三是双减背景下"教育＋服务"的有益探索。该专题在"双减"政策背景下具有极强的导向性和服务性。线上的"院士面对面""经典大咖课""二十四节气课"等精彩微课成为素质教育的有效补给；线下"艺术普及进校园""体育冠军面对面"等融媒项目更是把优质教育资源送到青少年身边。该专题多个融媒产品被学习强国、新浪微博、今日头条等重要平台转载，社会影响大，传播效果好。项目执行团队 2021 年荣获"第三届江苏省新闻出版政府奖"。

初评评语： 面对百年未有之大变局，这件作品实则就是为如何对青少年进行贴合时代特点、符合成长规律、呼应教育改革的爱国主义教育提供了一个鲜活样本。"少年志·青少年强国学习空间站"多媒体新闻专题紧密切合当下强调爱国主义教育要聚焦青少年的时代背景，政治站位高；专题创新引用"空间站"概念，融合了视频、微课、H5 等交互式融媒手段，活动丰富、内容新颖，用广大青少年喜闻乐见的方式引导社会主义核心价值观教育，传播效果好，具有很强的示范引领作用。

向党旗报告

杜 娟 孙国强 刘少伟 马滢蕊 孙晨旭 焦飞宇 江 帆

限于篇幅，文字稿略，获奖作品请见中国记协网 http://www.zgjx.cn。

（解放军新闻传播中心广播电视部 2021 年 04 月 21 日）

申报资料实录

作品简介：海军政治工作部宣传文化中心以庆祝人民海军成立72周年为契机，策划了《向党旗报告》系列电视新闻片，采访摄制《大洋"船"奇：蓝色航道上感悟信仰伟力》《铁血"船"说：强军征程中赓续战斗精神》《血脉"船"承：时空巨变下坚守不变初心》3集报道，全面反映了人民海军近年来转型建设的发展成就，全景展示了五大兵种、一线官兵聚力练兵备战的风采风貌，创造了以军种为主体的综合报道在央视重点栏目、重要时段"单条播出时间长、连续报道头条多"的纪录。

社会效果："船"奇、"船"说、"船"承"三部曲"报道于2021年4月21日至23日在《军事报道》头条播出，央视《国防军事早报》《朝闻天下》《新闻直播间》《新闻30分》《共同关注》《东方时空》等多个频道、多个栏目也相继播出，引起广泛关注和好评。

初评评语：该系列以"船"奇、"船"说、"船"承为题，用"船"字把党和人民海军根与叶、干与枝关系进行关联，给人民海军这艘"船"注入了丰富政治内涵和全新历史标示。在庆祝建党百年的宣传的关键节点，抓住根本，全面展示了海军党委坚决贯彻习近平主席关于海军建设重要指示的坚定态度、全面展示了人民海军坚决听党指挥的政治品格、全面展示了人民海军成立70多年来波澜壮阔的辉煌历程。

开往春天的高铁

袁进涛　周　东　许文兵　余　超　陈红光　谭　悟　万显祥

限于篇幅，文字稿略，获奖作品请见中国记协网 http://www.zgjx.cn。

（江西广播电视台 2021 年 12 月 31 日）

申报资料实录

作品简介： 2021 年 12 月 10 日上午 9 点，在沿线群众的翘首企盼和欢呼声中，由赣州市冠名的 G2197 次列车，缓缓驶出了赣州西站。这列开往粤港澳大湾区的高铁列车，拉开了赣深高铁正式运营的大幕，赣州与深圳之间的最快旅行时间，由原来的七个多小时缩短到了两小时之内。"苏区＋大湾区"的"双区联动"，让赣南等原中央苏区真正迎来粤港澳大湾区发展的春风。新闻纪录片《开往春天的高铁》拍摄制作前后历时三个多月，摄制组多次前往于都、信丰、定南、赣州和深圳等地，从赣南脐橙特色农业新机遇、苏区人民出行方式的迭代升级和时尚服装产业的飞速发展三个维度，生动呈现了赣深高铁为赣南这片曾经为中国革命做出过重大贡献的山高路远之地，注入的无限活力和蓬勃生机。深刻反映了在跨越时空的伟大建党精神、苏区精神和长征精神指引下，人民群众乘势而上、奋力拼搏的精神面貌。在粤港澳大湾区带动下，赣南等原中央苏区呈现出了"苏区·湾区"同频共振、协同发展的新局面，迸发出高质量跨越式发展的澎湃动力。

社会效果： 在共同富裕的新征程上，一列列往返于赣州与深圳的高铁列车，让赣南等原中央苏区的交通区位得到了历史性改善，发生了全方位变化，迎着粤港澳大湾区发展的春风，通江达海，格局大变，人才、项目纷至沓来，"苏区·湾区"同频共振、协同发展，走进全新的发展时代。赣深高铁开通运营后，赣南等原中央苏区真正成为对接粤港澳大湾区的桥头堡。同时，跨越时空的伟大建党精神、苏区精神、长征精神激励着当地人民群众奋力拼搏、奋勇争先，展现出良好的精神状态和工作作风，为推动高质量跨越式发展提供了强大动力。《开往春天的高铁》新闻纪录片是赣南等原中央苏区紧紧把握千载难逢的重大发展机遇，以高质量跨越式发展成效彰显革命老区的勃勃生机、展现赣南等原中央苏区奋进风采的历史印记，深刻记录了赣南等原中央苏区正在发生的历史性变化。

初评评语：作品紧扣"苏区·湾区"同频共振、协同发展的主线，以高质量跨越式发展成效彰显革命老区的勃勃生机、展现赣南等原中央苏区奋进风采的历史印记，视角新颖、主题突出、故事生动。

大河流日夜

集 体

限于篇幅，文字稿略，获奖作品请见中国记协网 http://www.zgjx.cn。

（山东广播电视台 2021 年 12 月 31 日）

申报资料实录

作品简介： 作品聚焦山东省认真贯彻落实习近平总书记深入推动黄河流域生态保护和高质量发展重要指示精神，从 1996 年至 2021 年，历时 25 年扎根黄河滩区跟踪拍摄，记录一个滩区家族四代人物的命运变迁，展示了滩区群众在党和政府领导下，勠力同心、自强不息彻底改变"被黄河撵着跑"的苦难命运，挪出穷窝拔穷根，谱就新时代滩区群众脱贫奔小康的恢弘史诗。作品拍摄素材量超过 60TB，历经 6 个多月剪辑制作，浓缩成近两小时的成片。同时，剪辑制作 10 余篇短视频稿件进行全网推送。其中，微博话题＃曾经有一个假期叫麦假＃登新浪微博全国热搜榜第 14 、济南同城热榜第 1，话题总阅读量 9317.5 万；话题＃跟拍 25 年记录黄河岸边四代滩民＃登新浪微博山东区域热搜榜，网友留言点赞："超震撼""回忆杀"。相关稿件被人民日报重点推荐、百度发现频道首刷置顶。

社会效果： 节目通过电视、网站、移动客户端同步播出后，在山东省尤其是黄河滩区群众中引发广泛共鸣。截至 2022 年 6 月 2 日，节目相关视频稿件，被人民日报客户端、新华网客户端、央视新闻客户端、央视频、今日头条、百度、腾讯、新浪微博、抖音、视频号等平台转发超过 90 条，全网总阅读量 1.1 亿。

初评评语： 该片用长达 25 年的时间跨度真实再现了山东黄河滩区脱贫迁建这一重大历史事件，题材重大、资料翔实、人物丰满，展示了中国梦最基层、最真实的追逐过程，揭示了人与土地、人与自然关系的历史变迁，是一部有深度、有厚度、有温度的纪录片佳作。

我为群众办实事之局处长走流程

徐　滔　邵　晶　李　潇　刘　虓　陈梦圆　刘径驰

限于篇幅，文字稿略，获奖作品请见中国记协网 http://www.zgjx.cn。

（北京广播电视台 2021 年 04 月 27 日）

申报资料实录

作品简介： 一是求实真挚，成就主流宣传重大创新。区别同类节目，创新性地找准群众"急难愁盼"，直面真问题、寻求真答案，真正收获了城市治理的新思路和新办法，形成珍贵的"北京方案"；全程记录解决过程，生动展示北京市"首接责任制"在破解历史遗留问题中发挥的巨大创新意义；通过干部真体验赢得群众真感动，让全媒体的"自主传播"，成就了主流宣传的重大创新。二是见高度接地气，成为破圈层新闻爆款。深入学习习近平总书记在党史学习教育大会上重要讲话，落实"学党史、悟思想、办实事、开新局"重要指示，让平日在办公室工作的局处长深入基层，探寻民生真痛点，寻求解决真路径。本期节目顶流爆款破圈层，热搜 98 个，阅读 27 亿，全媒体形成巨大声量，央视、新华社等央媒主流媒体均在重要时段播发报道。三是模式创新察实情见实效，有温度有细节激发共鸣。创新让局处长们换角色，与普通劳动者同吃同劳动，不作秀。王林副处长送完一天外卖，在真体验中发现管理工作难点、社会关注热点和从业者痛点，制定政策更切中实际、更有效。有温度的细节让广大观众看到政府干部工作作风转变，高度点赞北京市政府和基层干部："这是合格的副处长，了解民情不在空调房，而在电动车上。"

社会效果： 一是从真问题到真落实，推动外卖骑士社会保障机制健全。节目播后，"美团"与"饿了么"两餐饮外卖平台均做出积极回应，明确表示取消对骑士逐单处罚，迅速对骑士 App 做出相关升级改进。市人力社保局也出台《关于促进新就业形态健康发展的若干措施》，有效维护新就业形态劳动者平等就业、社保及休息休假等合法权益。二是从新闻传播到现实反馈，各地局处长开始"走流程"。播出次日，迅速抢占主流新媒体平台热门，相关内容登顶新浪微博热搜榜第一名，头条热榜第一名，霸屏抖音、快手等十余个平台的 82 个热搜。有新闻报道其他城市"超 60 位局处长亲自体验制定政策流程"。节目以新闻力量促进干部基层治理水平。一期节目，带动全国干部学习党史、为民办实事行动热潮。三是党媒央媒齐发声，为庆祝建党百年主题宣传提供新视角新思路。节目带动全国新闻媒体议题设置，引起新华社、央视、人民日报等几乎所有党媒央媒点赞转发评论，赞节目为党史教育宣传活动具有传播引领意义力作。央视"东方时空"栏目以"'处长送外卖'送的是什么？"进行跟踪报道。微博话题累计阅读量超 27 亿，视频播放量超 3 亿，评论量达 60 万。亿万网友真情点赞，这是主旋律报道最强音。

初评评语：一是以"党史学习教育"为节目的出发点，做到立意创新：直面真问题、寻求真答案。节目通过"局处长走流程"把学习党史同总结经验、观照现实、推动工作结合起来，把学习党史同解决实际问题结合起来，让党员干部在每一次走流程、办实事的过程中，都能收获对党史学习的全新领悟。针对外卖骑手社会保障制度这一难解的社会焦点问题迎难而上，推进具体问题得到实质解决，并为同类疑难问题总结出珍贵的"北京方案"。二是以"为群众办实事"为节目的着力点，在"真实"二字下功夫，察实情、办实事、求实效。节目将习近平总书记提出的"共产党的干部要坚持当'老百姓的官'，把自己也当成老百姓，要拜人民为师，甘当小学生"的重要指示精神，创新性地转化为节目模式。节目中的局处长们从城市管理和服务角度，找到找准了城市管理和社会治理的思路和办法，促进了平台经济健康发展，维护了上千万劳动者权益。三是以"遵循本真"为节目核心要义，开辟纪录片主流宣传重大创新。节目采用纪录片本真拍摄手法，用进行时、沉浸式、故事化的纪实报道方式，用细节打动人心，用真情引发共鸣，赢得亿万网友最真实的感动和点赞，开辟了主流宣传的重大创新之作。

新就业形态劳动者生存实录

集　体

代表作一：

【新就业形态劳动者生存实录①】
外卖骑手为你我送餐，他们在哪儿吃饭？

近年来，伴随着平台经济蓬勃发展，越来越多的劳动者尝试在平台谋生。外卖骑手、快递小哥、网约车司机等新就业形态劳动者数量大幅增加。他们为人们的生活和工作提供了极大的便利，让你我动动指尖、足不出户即可坐享诸多服务。

这些新就业形态劳动者在大城市忙碌奔波的同时，我们不禁思考，背井离乡的他们过得好吗？为我们送餐，他们在哪里吃饭？帮我们把东西配送到家，他们的家在哪儿？新就业形态劳动者在城市打拼，生病了受伤了怎么办？

近日，《工人日报》记者在北京、深圳、成都、杭州、南京、武汉、长沙、郑州等地，走访数位新就业形态劳动者，探寻他们如何就餐、居住和就医。从今天起，本版推出《新就业形态劳动者生存实录》系列报道，敬请关注。期待在城市里努力奋斗的他们都能被温柔以待。

——编者

接单、取餐、送餐，外卖骑手是一个与"餐"打交道的职业。每到餐点，他们穿梭在大街小巷，奔忙于楼宇之间，争分夺秒地为人们送去热气腾腾的餐食。

然而，他们在哪儿吃饭？《工人日报》记者在北京、深圳、成都等地，实地探访外卖骑手的生活，体味送餐路上的酸甜苦辣……

北京骑手：
便宜的饭馆不好找，等单时路边吃

9月24日10点，北京阴雨连绵，北三环环球贸易中心旁的街道上，韩雷强结束了早餐时段的外卖派送，他把电动车停在路边，准备吃早饭。趁雨势渐小，他赶紧拿出一杯豆浆，仰起头大口喝着，热腾腾的蒸汽让眼镜上起了雾，由于喝得有点急，雨衣上也被溅上了豆浆。他顾不上太多，一边喝着，一边拿出两个烧饼充饥。

这顿早饭，花了9.5元。

"北京太大了，便宜的饭馆不好找，而且离接单、送餐的地方都远。我经常是路过哪儿随便买点儿打包，在路边边等单边吃。"韩雷强当了6年的骑手，近来由于单价下降，他从早餐开始接单。和记者说话的间隙，新单派到，他把大半个烧饼塞进嘴里，飞驰而去。

13点30分，和韩雷强同跑和平里片区的孟军正准备收工吃饭，突然接到顾客的电话：送来的面条只有汤，没有面。他马上联系商家，又送了一份过去。14点30分，派单少了，他得空琢磨自己的午饭。在一家连锁快餐店，他点了一份酸菜鱼，骑手优惠价11.5元，米饭可以续，管饱。

记者在北京走访发现，因"没时间，怕耽误接单"，不少外卖骑手没时间吃早饭，至于午饭和晚饭，即使吃饭，也只能错峰就餐。而在就餐地点上，骑手们食无定所，除了有优惠套餐的商家、价格低廉的小店，他们很多人是在路边吃外卖。

负责热门商圈的外卖骑手们对此感受颇深。为多接单，一些骑手就连吃饭时也在盯着手机。"有时我就随便买点，直接在餐箱上吃。"负责金融街片区的骑手庞庆隆虽做骑手不足1年，但已数次进入骑手跑单量排行榜前列，8月份他共配送2585单，跑单量位列所在片区的第3名。

20点45分，晚高峰结束后，庞庆隆来到西单一家商场楼下。"这附近都很贵，这家商场还算是相对平价的了。"他摘下头盔，点了一份牛肉面，这是一天中难得的放松时刻。距离他上一顿饭也就是早餐，已过去了近12小时。记者看到，此时已过订餐高峰期，许多骑手在这里进进出出。

深圳骑手：
随时等待接单、吃饭不敢跑远

9月24日13点30分，深圳市龙岗区一处写字楼旁，白领们吃完午餐匆匆赶回办公室，外卖骑手陈佐接到一份订单，从龙华区民治街道送到龙岗区坂田街道，4公里，全程半小时。紧赶慢赶，总算在规定时间内送单后，陈佐已是饥肠辘辘，便在路边快餐店里解决了午餐。

"我每天从7点开始送餐，扛到13点30分吃午餐。"当天，陈佐点了

466

两荤两素，13 元，米饭任意吃。他端着菜盘坐下，头盔都没来得及取下，喝了口汤，便狼吞虎咽地吃了起来。之所以选择自选快餐，陈佐说，一来是实惠，二来可快速就餐。

陈佐在龙华区送餐 3 年，每天送餐近 40 单。"有时不到 12 点，就已饿得不行，跟站长打声招呼，赶紧找家快餐店吃饭。"陈佐说，这种情况要快吃，不敢耽误太长时间，一有订单得赶紧出发。

龙华区大型商超壹方天地是外卖骑手扎堆等单的地方。平时，他们大多捧着手机，跨坐在电动车上，时不时聊两句，更多时间是留意着手机里有没有接单提醒。

壹方天地餐饮门店众多。骑手方立文每天有一半的单，是在这里取餐。平时吃饭，他不敢跑远，一般选择附近便宜的地方。因喜欢吃面食，方立文经常去一家牛肉面馆，一碗面 10 元左右。有时，他会到商超里点份面食改善伙食，但价格却翻了两倍。

相较于龙华区，南山区、福田区高楼林立，骑手用餐成本更高。9 月 22 日午后，记者在此走访，见到不少刚送完餐的外卖骑手在小餐馆里吃饭。一位外卖骑手告诉记者，附近有几家公益性的食堂，骑手就餐可享优惠价，可食堂运营时间一般是 11 点 30 分到 13 点 30 分，这段时间他们正忙着送餐，没时间过去用餐，他希望食堂能延长就餐时间。

成都骑手：
15 点才吃上午饭

"15 点我去晶融汇吃饭，咱们在那里见！"电话那头，赵明阳简单与记者约定了受访时间和地点，便继续投入到紧张的送餐中。对外卖骑手而言，时间就是金钱。常常是过了饭点儿，他们才有时间吃饭。

在美食之都成都，外卖送餐行业活跃度高。赵明阳的业务片区为春熙路附近、以太古里为中心的 5 公里范围内。这里是成都最繁华的商圈。成为外卖骑手的两年时间里，他绕着这个"圈"完成了 19480 个订单，累计里程 29839 公里。

记者跟随赵明阳来到了晶融汇购物中心，自动门缓缓拉开，工作人员熟络地打着招呼，赵明阳点头致意，并笑着对记者说："都是老朋友了，每月我基本有 25 天在这里吃饭。"

"在这里送餐、用餐，业务量和收入一定很可观吧？"记者问道。

"我业绩最好的一天跑了 80 多单，工作了 12 个小时，收入约 400 元，不过这种情况极少。"赵明阳介绍，春熙路附近骑手多，虽然点餐量大，但优势并不明显，大家的月收入在 6000 元左右，只有少数骑手月入过万元。

说话间，赵明阳带着记者来到了用餐点，这是一家连锁自助快餐厅，宽敞明亮、环境整洁、菜品丰富。

由于早已过了用餐时间，顾客稀少，这让几位聚在这里吃饭的外卖骑手格外显眼。赵明阳选了 3 份炒菜，称重后花了 10 元，米饭不限，饮料免费畅饮。

原来，为保障全时段外卖配送，送餐平台对骑手实行轮时值班制度，这意味着很多人无法按时吃饭。一些平台合作商家便主动为骑手们提供用餐折扣和休息场所。赵明阳说，如今有类似优惠的餐饮店还有很多。

"送餐很辛苦，但我们也常常收获温暖。"赵明阳介绍，如今平台公司越来越重视骑手的职业健康，工会部门也为他们搭建了户外休息的驿站。他和同事们愈发觉得骑手的职业行头很耀眼。为在送餐时令人印象深刻，一些送餐员还在安全帽上粘上马尾辫和可爱的触角。

"我很喜欢这份工作，奔波在城市的大街小巷，看人群熙熙攘攘、车来车往，每一天都充满了活力！"为方便工作，赵明阳和两个同事在春熙路附近合租了一套老旧房，他们不太奢望在繁华都市买房置业，但愿意为了这个目标努力拼、努力闯。

愿外卖骑手也能被温暖"护胃"

"您好，您的外卖马上到了，请查收……"亮眼的工装加身、走路生风的外卖骑手，为我们送来了美味的餐食、新鲜的蔬菜水果。他们已然是城市生活不可或缺的角色，常常被大家亲切地称为"护胃队"。

如今，这部分群体的规模不断扩大。据统计，当前我国外卖骑手的规模已达 770 万人。实际上，人们点餐用餐的时间，恰恰是外卖骑手最奔忙的时候。他们温暖了我们的胃，自己却不能踏实地吃上一口热腾腾的饭菜，常常是等到城市的饥饿偃旗息鼓时"简单对付几口"。

今年"五一"国际劳动节前夕，北京市人社局一位副处长体验了一天送外卖的工作后，累瘫在马路边。当天，他跑了 12 个小时，只送了 5 单，赚了 41 元，直言："太不容易了，太委屈了，这个钱太不好挣了。"对他而言，这是一次心酸的体验。而这种心酸，却是每一位吃这碗饭的外卖骑手每天所必须面对的生活困境。

如何加强对外卖骑手的劳动保障，是社会关注的热点。民有所呼，政有所应。近段时间以来，从全国总工会、人社部等8部门发布《关于维护新就业形态劳动者劳动保障权益的指导意见》，到全国总工会制定《关于切实维护新就业形态劳动者劳动保障权益的意见》，再到市场监督管理总局等8部门印发《关于落实网络餐饮平台责任切实维护外卖送餐员权益的指导意见》，一批聚焦新就业形态劳动者权益的"顶层设计"密集出台。

这些重磅级政策指向同一个目标：健全劳动报酬、休息、职业安全等制度，为新就业形态劳动者筑权益"防护网"。

事实上，为解决外卖骑手等户外劳动者所面临的实际生活难题，工会部门近年来持续推进户外劳动者服务站点建设。一间间职工暖心驿站和户外职工爱心接力站，出现在不少城市的街头巷尾，为外卖骑手提供饮水、就餐、如厕和休息等贴心服务。

与此同时，一些地方建起了方便户外劳动者用餐的平价食堂，不少企业、餐饮商家与平台合作，为外卖骑手提供"员工餐""优惠餐"以及休息、充电的场所，熨帖他们的心和胃。

我们期盼着，这样暖心的举措再多一些。愿每一位外卖骑手也能被温暖"护胃"。

代表作二：

【新就业形态劳动者生存实录④】
没有医保没有工伤保险，他们的病痛只能自己扛？

从早跑到晚，不停地接单送单，拼命跑单，闯红灯、逆行时有发生；长时间饮食、作息不规律，很少体检，有病受伤能忍则忍，能拖就拖……《工人日报》记者近日在郑州、长沙、武汉等地探访，发现风里来雨里去的新就业形态劳动者虽然很容易受伤、生病，但没有医保、没有工伤保险，让他们面对病痛只能自己扛，令人唏嘘……

郑州——
伤得不重就不去医院，
没有医保看病买药都很贵

10月21日，用餐高峰时段，外卖骑手刘家成骑车狂奔，一路鸣笛冲刺。经过一个十字路口时，绿灯还没亮，刘家成就冲向对面。

与记者交谈时，刘家成卷起裤脚，一道褐色的疤痕清晰可见，这是他因速度过快和一辆电动车发生冲撞后留下的伤疤。

"当时，对方的电动车把我的裤腿划破了，腿也出血了，但我最担心的是把顾客的外卖摔坏了，坏了得赔呀。"顾不上和人理论，刘家成捡起散落的外卖匆匆离开。他说，这样的事太平常了，骑这么快，难免磕磕碰碰，只要伤得不严重，基本不会去医院。

网约车司机刘师傅怕生病。"没有医保，看病买药都很贵。稍微耽搁几天，平台派单量就会减少，单子的质量也会变差。"刘师傅说，网约车平台通过评分制，实时考核司机的接单频率，一旦接单量不达标，将直接影响收入。

每天早7点，是网约车司机谢师傅给自己定的上班时间。虽然平台并未规定上班时间，但开了4年网约车的他，早已有了自己的谋生之道："除去一两个小时的吃饭和休息时间，只有从7点开到22点，才能保证每个月8000元以上的收入。"

对于网约车司机而言，长时间开车和久坐，容易诱发颈椎病、腰椎间盘突出等"职业病"。

前两年，由于没有按时吃饭，谢师傅得了急性肠胃炎。"去医院花了几千元，没有医保，也没法报销，病一次，等于那个月白干了。"谢师傅感叹道。

如今，为了少生病，谢师傅格外注重养生：每天一日三餐，按时吃饭，不吃太咸太辣的东西，带着保温杯喝温水。每接四五个单后，谢师傅都会找个地方停车，下车舒展一下身体，晃晃脖子、扭扭腰。这是他自创的"保健"方式。

不少网约工都说到同一句话，"生病是一件很奢侈的事情。"因为在城市没有城镇职工基本医疗保险，一旦生病，他们不仅要自付医药费，还会耽误干活挣钱。

长沙——
有人花钱办假健康证应聘，
入职后也没有日常健康检查

10月20日20点，电梯门打开，外卖骑手周丽第一个冲了出去。她赶紧回到送餐车旁，以确保上楼送餐的这几分钟里，送餐箱里的外卖一件不少。

这一天，长沙阴雨不断。这样的天气，周丽不仅怕送餐延误，还担心自己无法安全到达。雨天路滑，视野不好，容易撞到人，或被车撞到。周丽曾亲眼看见一位同行闯红灯被车撞到。"人被撞出去几米远，也不知道后来怎样了。"她喃喃道。

为能限时送达、快跑多拉，外卖员普遍存在超速、逆行、闯红灯等"拿命送餐"行为，交通事故成了对这个群体最大的健康威胁。送外卖不到1年时间，周丽说自己"行车摔倒过不下3次"。

送餐高峰时段，湖南省人民医院急诊三科主任张兴文常接诊到受伤的外卖骑手。他们身着外卖平台工服，多因皮肤裂伤、韧带损伤、软组织挫伤等外伤入院。"大部分人只做简单处理就走了，不愿意花钱进一步检查。"张兴文说。

因为没有医保，不少新就业形态劳动者不敢生病、受伤。今年夏天，周志初曾碰到同行晕倒在马路中央，口吐白沫。看情况紧急，周志初想拨打120。结果对方担心叫救护车花费贵，挣扎着请求联系自己的同事。最终，同事骑车将他送到医院。这件事令周志初感慨不已。

46岁的周志初自觉"跑不过年轻人"，所以送货时不敢骑太快，至今没发生过交通事故。即便如此，他也觉得身体不如当年，但因为没有做过体检，也说不清自己的健康状况，"主要是胃不舒服，没吃多少就容易胀肚。"

"别人吃饭他们送饭，过了饭点才吃上一口。长期饮食不规律，导致慢性胃病成了外卖骑手的'职业病'。"张兴文说。

服务业最怕被投诉，外卖骑手更是如此。为了争取五星好评，他们不敢耽误一点时间。很多人为了节省时间，不愿意等电梯，选择爬楼梯。中南大学湘雅医院急诊科总住院医师李佳对接诊的一起病例印象深刻。

今年夏天，一位外卖骑手被送往湘雅医院急诊科，到院时已没有生命体征。李佳事后了解到，这位外卖骑手当晚去老旧小区送餐时，突发疾病倒在楼道。后来，被另一位爬楼送餐的外卖骑手碰到，这才拨打了急救电话……

做外卖骑手，须办健康证。此前有媒体报道，有人应聘外卖骑手时，花钱办假健康证。考虑到外卖骑手的工作节奏较快、劳动强度较大，李佳认为，一部分人的身体条件其实不适合做外卖骑手。她建议平台企业做好入职体检，同时为确保劳动者健康权益，提供日常健康检查。

武汉——
"农村的医保在城里看病挺费事"

今年"双十一"期间，湖北孝感籍快递小哥李振帆不打算太拼。每每想到两年前的那场突发急病，他后怕不已。

2019年的"双十一"，为了收入能翻番，李振帆决定大干一场。"前后忙了两周，做梦都在揽货、送快递，整个人累瘫了！"李振帆回忆说，那段时间几乎每天送货近 300 单，从 8 点一直配送到 20 点。

一开始，身体有些不舒服，李振帆以为是累的。后来，一次送件途中，他的腹部剧烈疼痛，到医院检查发现是胃穿孔。经过一天一夜的治疗，李振帆转危为安。由于没有城镇职工基本医疗保险，数千元的医药费都需要自费，李振帆很是心疼。

从湖北黄冈到武汉送外卖的李永辉发现，周围一起送外卖的同行，身体都多少有点小毛病，但多是硬扛着，不敢去看。

今年 3 月初，因为胃痛难忍，李永辉去了站点附近一家医院。检查加治疗，花了近 2000 元。"太贵了，治不起。"从那之后，他开始注意养生，不吃一切对肠胃刺激的东西，夏天连凉水也不敢喝。

不少新就业形态劳动者和李永辉一样，在老家参加了新农合，"但是，农村的医保在城里看病挺费事。"

"新农合规定，在老家看病才能报销，想在打工的地方报销要从老家转诊过来，手续太麻烦了。"李永辉记得，几年前，同在一个平台送外卖的老王意外摔断了腿，由于老家的新农合在武汉用不了，在武汉又看不起，最后老王只能折腾回老家，看好了伤再回来。

一些没有参加新农合的网约工说，由于没有达到一定的居住年限和缴税年限等条件，他们难以在武汉参加城乡居民医疗保险。加上参保得花钱，"又不是天天生病"，他们也不愿意在务工的城市参加医保。

"病了就先扛着呗，再不行就买点药，实在扛不住了才去医院。"穿梭在武汉街头的数位外卖骑手和快递小哥这样说道。

李永辉希望，有朝一日，他们在城市也能像其他上班的人一样看病能报销。

让平台就业者在城市"病有所医""医有所保"

如今，送外卖、送快递、开网约车等新就业形态成了不少人进城务工的重要选择。一来是工作较为灵活、自由，二来是跑得多，挣得也多。肯拼、肯干，月薪能过万元。

随着社会关注度的持续提高，新就业形态劳动者的职业认同感和自豪感不断增强。不过，我们常常忽略一点，即他们是在牺牲了时间和健康的条件下，做着超工时、超劳动强度的工作，才能得到更多的收入。而这份收入，往往需要供养一家老小。这也正是新就业形态劳动者在受伤了、生病了，宁愿拖着，也不愿意去医院看病的原因。

"没有医保，进趟医院少说几百元""小病扛着大病拖着""去医院看病不光花钱，还耽误挣钱"……这是他们普遍面临的困境。

在平台企业"精细"的考核奖惩机制之下，一些外卖、快递行业从业人员超速、逆行、闯红灯，"拿命送件、跑单"，造成了他们容易受伤生病。同时，由于许多新就业形态劳动者难与平台企业签订劳动合同，他们没有在所在城市缴纳社保，加上异地看病报销方面尚未全部实现互通互联，造成许多背井离乡的人在城里面临工伤赔偿、看病就医等方面的种种难题。

归根结底，"虚化"的身份，"悬空"的社保，是新就业形态劳动者的职业健康权益陷入窘境的主要原因。

在新就业形态提供了大量灵活就业岗位的当下，亟须重新定位劳动者与平台企业之间的关系，并进一步明确劳动关系确认的相关标准。

换句话说，只有解决了劳动者身份"模糊化"的问题，才能防止平台企业规避劳动法等法律法规的适用，给劳动者更多的保护和安全感。同时，还需要不断完善社会保障制度，打破"地域壁垒"，建立适应新就业形态劳动者特点的社会保障制度。

值得欣慰的是，这部分群体的权益保障问题，正在被更多人看到。

今年，全国总工会、人社部等部门先后印发维护新就业形态劳动者劳动保障权益的一系列文件。

今年8月，国新办在一场吹风会上透露，针对近年来外卖小哥等群体遭遇意外事故保障不到位问题时有发生，相关部门正在按照急用先行原则，制定平台灵活就业人员职业伤害保障办法，拟开展职业伤害保障试点，力争尽早地解决职业伤害保障不平衡、不充分的问题。

近年来，各地工会也已经积极行动起来，开展新就业形态劳动者建会入会集中行动等，将这些劳动者引进"工会大家庭"，建立健全新就业形态劳动者诉求表达机制、维权服务机制等，并与相关部门联手，针对他们在看病就医、劳动保障等方面的痛点，出台暖心举措。

总之，维护好新就业形态劳动者的劳动保障权益，探索完善适合这部分群体的医疗保障和职业伤害保障办法，进而让他们在城市里"病有所医""医有所保"。

代表作三：

【新就业形态劳动者生存实录⑥】
被算法"驱赶"的外卖骑手，何时能从容跑单？

明明到了送餐位置，骑手为何就是点不了"送达"键？系统规划的最优配送方案，缘何在大雪面前"不堪一击"？连日来，《工人日报》记者在北京、福州、沈阳等地，跟随多位外卖骑手接单送餐，记录在系统和算法的"驱赶"下，他们的跑单状态。

北京外卖骑手——
怕超时、怕差评，逆行、闯红灯

"35 号还要多久？""32 号好了没？" 11 月 12 日 11 时，在北京金融街购物中心楼外，10 多名外卖骑手正围着一个出餐口等餐。骑手刘聪眼看订单即将超时，干脆不等了，准备先把手里的 7 份餐派送到位。

这一趟配送，他共接到 9 单。这 9 单基本在 3 公里内，配送时间 30 分钟～50 分钟不等。

时间看似宽裕，但由于午高峰时段订单集中，留给骑手的时间十分有限。"我一趟最多送过 17 单，最后 10 分钟基本靠冲刺，经常逆行、闯红灯，要不然铁定超时。"刘聪说，一旦超时，骑手们要面临每单 3 元～7 元不等的罚款，"基本等于白跑。"

同一时间，负责亚运村片区的外卖骑手李立宁也在忙碌。不同于刘聪能在商场集中取餐，李立宁被分到的订单来自于地点分散的商家，这让他颇为头痛。

"不同店家离得远，出餐速度不一，但系统不会考虑这些。"李立宁说，骑手不可以拒单，忙不过来时可以把单转给别人，每天有 3 次机会。

"也可以选择报备，说明是店家出餐慢，这样超时的话，不算骑手责任。"李立宁介绍，只有当骑手到店 5 分钟后且订单进入倒计时，才可以申请报备，同时第 2 次报备与第 1 次之间间隔不能少于 10 分钟。

记者在多位骑手的手机后台看到，不论是从骑手到商家，还是从商家到顾客，路程多按直线距离测算。"明明需要绕到十字路口才能送到对面，系统却只给 5 分钟的送餐时间，它不会考虑这里不能直接过马路。"外卖骑手王辉无奈道，"疫情防控期间，一些小区不让电动车进，他们只得走路送餐，这样一来，时间就更不够用了。"

尽管骑手们对于系统和算法抱怨颇多，但却不得不妥协。因为他们最担心差评。

在大数据算法逻辑下，送达时间和好评率影响着每位骑手的"画像临摹"。是否算优质骑手，全由数据决定。而一旦被算法判定为"差生"，订单量和订单质量都会受到影响。

"单完成得越多，就能接到更多单，和滚雪球一样。相反，如果完成度差，派的单会越来越少，而且都是远单，费力不讨好。"王辉告诉记者，这些与收入直接挂钩。面对系统，"适应"是唯一的出路。

福州外卖骑手——
系统定位失灵、商家出餐慢导致超时，骑手却难以申诉

开启飞行模式、关闭飞行模式，刷新页面，再开启、再关闭……11月21日11时50分，福州外卖骑手刘安敏一边提着外卖在小区的人行道上急走，一边反复刷新着外卖系统页面。

5分钟过去了，他仍被系统错误地"定格"在距离送餐地800米外的另一个小区里。这时，手机里传来"您有订单即将超时"的语音提醒，他焦虑不已。

时间又过去了2分钟，不知道刷新了多少次，刘安敏在系统中的定位点终于"漂"到了送餐位置。这一单，他又超时了，超时了3分钟。这是刘安敏这个月来，因为系统定位延时超时的第17单。

在刘安敏的手机界面里，记者看到，本应重叠的行程终点和送餐位置，却被两个街区的建筑物分隔。刘安敏将截图发给了客服。没等客服回复，他就开始了下一单的配送。

系统显示，新订单的配送距离远在7公里外，较平日里他所配送订单的平均距离远了4公里。"你看，这哪是订单，这是超时的'罚单'。"刘安敏无奈道。

刘安敏清楚，当天大概率等不到客服答复，即便有，对接下来的送餐也不会有任何帮助。

"打开客服中心，来答复的永远是AI客服；要等人工客服，最快要到第2天才会答复结果，可罚单哪会等到24小时后才来。"他说，即便有结果了，超时的订单依然显示超时，不能修改也无法追诉。

在刘安敏看来，系统并不在乎超时背后的原因，骑手能做的只能是祈祷定位不再失灵。

在后台，刘安敏看不到骑手评分，也看不到骑手等级。超时究竟会带来

多大影响？他不知道，"我只知道，超时订单多了，越有可能被分到远距离、用时久的订单。"

比起定位不准，刘安敏更担心商家"卡餐"导致配送超时被差评投诉，"一个差评要罚 300 元。"

"商家为了避免顾客投诉出餐慢，有时会在没有备好餐的情况下，点击'已出餐'。这样的话，虽然界面显示待取货，但实际上是无货可取的。这有理也说不清。"刘安敏告诉记者，商家可以把超时责任转嫁到骑手身上，但系统无法识别商家是否出餐，骑手难以申诉。

沈阳外卖骑手——
被系统带着"走捷径"，翻墙、钻围栏、骑电动车上天桥

11 月 8 日，沈阳特大暴雪，外卖站点"爆单"了。

14 时，张健还有 8 个订单待派送。餐盒箱子塞满了，他将外卖挂在车把上、夹在小腿间，边骑车边低头看饭盒有没有被夹坏。即便这样，骑电动车的记者还是追不上他。

14 时 20 分，耳机里响起熟悉的派单声。此时，他身负 12 单。从顾客下单起，系统会根据骑手的位置和方向顺路性派单，并规划出最优配送方案。但系统无法预料到的是，一场雪便可轻松将这些击碎——因路面湿滑，骑手们不得不放慢速度，而由于平台"爆单"，一些单子接单时就比较晚，留给骑手的配送时间比平时更少。张健几乎每单都超时，这让他有些崩溃。

不一会儿，配送站站长李勇打来电话追加两单。张健不敢抱怨，站里 23 位骑手全员在岗，站长也出来送单了。

"之所以拼命送单，有时也不全是为了赚钱，系统会变着法儿逼你送单。"张健说，超时的订单多了，投诉和差评就多，站点评级将会下降，这意味着该站点所有人员的收入都会受到影响。

为抢时间，张健改装了电动车，最高时速达每小时 70 公里。平时着急送餐时，"车速快到屁股能弹起来"。然而，当天没过小腿的大雪，让他想飞都飞不起来。

"系统看似有导航，不用我们动脑想路线。但要是全听它的，我们很容易被带入歧途，不得不'走捷径'，逆行、翻墙、钻围栏，甚至还让我骑电动车上过街天桥。"每次遇到这种订单，张健只能暗自抱怨，并照做，"绕行肯定会超时"。哪里开了小路，哪里拆了围墙，系统比一些骑手知道得还早，配送时长越算越短。

为抢时间，李勇常常去单多的商家"催单"。有时，服务员跟厨师多吆喝几声，出餐能快一点，但有些菜耗时较长，还是会挤占骑手的配送时间。"炖菜和沙拉一样的取餐时间。算法肯定不懂烹饪。"李勇说。

当天 18 时，张健收到顾客投诉。第 1 单 1 公里，剩余 30 分钟；第 2 单 2.5 公里，剩余 20 分钟。为避免超时，他先去送了第 2 单。第 1 单顾客看定位，路过自己家却没送餐，取消了订单。张健一肚子委屈。所幸平台考虑是恶劣天气，免除了当天超时订单的罚款。

20 时，再次跟丢的记者拨打了张健的电话，无人接听。次日凌晨 1 点，共享定位显示他停在一家餐馆附近。这时，记者看到李勇在工作群里通知所有人："明天不准请假，不来按旷工处罚。"紧跟着，大家齐刷刷地回复："收到。"

让冰冷的算法多一些人性温度

"高峰时段订单集中，留给骑手的时间十分有限""如果完成度差，派的单会越来越少，而且还都是远单，费力不讨好"……相对于其他类型的新就业形态劳动者来说，外卖送餐员是更为典型的"与时间赛跑"的群体。

他们拼命送餐的背后是算法的驱动。在外卖系统精细又严格的算法之下，外卖送餐员不得不想方设法抢时间。系统也在不断帮送餐员"节省时间"，在其导航下，他们不得不逆行、翻墙、钻围栏，甚至骑电动车上过街天桥，面临较大的安全风险。

这一点从近年来一些地方发布的伤亡道路交通事故数据可见一斑。2019 年上半年，上海市发生的涉及快递、外卖行业各类道路交通事故已达 325 起，造成 5 人死亡、324 人受伤。

怎样才能让外卖送餐员慢一点、安全一点？需要在平台算法上做文章。要更加精准，多一些人性温度。平台应结合不同的场景重新评估和细化相应的规则，设置合理的送餐期限，完善平台订单派送机制。此外，要设置合理的劳动定额或计件单价。劳动定额应当是绝大多数员工在法定工作时间内，提供正常的劳动都能够完成的劳动量。如果大部分劳动者需要靠超时劳动才能完成劳动定额，或挣得相对体面的收入，说明该劳动定额或计件单价不合理，应予以调整。

从长远看，平台企业应该积极探索"算法取中"的现实路径，即在平台、用户和外卖骑手之间找到一个平衡点，不断推进算法规则的公开化、透明化，科学合理地为骑手分配订单，同时主动在工资收入、劳动安全、社会保障、从业环境等方面践行企业的社会责任，注重互利共赢，进而才能实现更高质量、更有温暖的发展。

今年7月，全国总工会、人社部等七部门联合印发《关于落实网络餐饮平台责任 切实维护外卖送餐员权益的指导意见》，对保障外卖送餐员正当权益提出全方位要求，明确要求平台企业不得将"最严算法"作为考核要求，通过"算法取中"等方式，合理确定订单数量、准时率、在线率等考核要素，适当放宽配送时限，完善平台订单分派机制，提高多层次保障水平。

平台算法事关劳动者切身利益，在调整平台算法中劳动者的声音不应该被忽视。目前平台算法的制定，属于"单项的话语权"，即由资方说了算，外卖员的话语权没有纳入算法的规则设定之中。要使平台算法更为合理，劳动者的意见不可或缺。具体而言，平台企业在制定订单分配、计价单价、抽成比例、奖惩等涉及劳动者合法权益的运行规则和平台算法时，应听取工会或劳动者代表的意见和建议。在这方面，不少地方的工会组织开展了外卖送餐行业的集体协商工作，在维护劳动者合法权益、促进行业健康发展方面已见成效。

外卖送餐员是千千万万新就业形态劳动者大军中的一部分，他们在工作中，在医、食、住、行等方面面临的"急难愁盼"，或多或少地也存在于快递小哥、网约车司机等其他新就业形态劳动者的生活、工作中。如何更好地搭建有效的诉求和心声倾听、沟通、解决机制，逐渐建立起适应平台用工形式和劳动者就业特点的权益保障新机制，值得平台企业、政府部门、社会各方不断探索、合力推进。

（《工人日报》2021年10月18日）

申报资料实录

作品简介： 2021年，新就业形态劳动者已达7800万之多，成为我国劳动力大军重要组成部分，其权益保障问题日益突显，编辑部也收到不少相关问题反映。经过研判，我们决定聚焦就业形态劳动者的实际生存现状，通过新闻调查的形式，客观地反映他们的权益保障缺失问题，以期进一步引起社会共鸣。带着"为我们送餐，他们自己在哪里吃饭？帮我们把东西送到家，他们的家在哪里？没有医保、工伤保险，他们的病痛只能自己扛？他们何时能不被'算法'驱赶？"等问题，记者在北京、深圳、成都、杭州、沈阳、青岛、南昌等13个地方，走访、体验、追踪采访了20多位新就业形态劳动者，讲述了16个新闻故事，形成了6组、21篇（幅）"调查性报道＋新闻图片＋评论"的系列报道。该系列报道前 4 组报道分别对应新就业形态劳动者在吃、住、行、医方面存在的困难，第 5 组主题是大货车司机特殊的权益问题，第 6 组直指他们共同的困境——算法驱赶。在表现手法上，该系列报道回归新闻叙事，以客观、白描的叙述，呈现出新就业形态劳动者权益保障的难点、堵点，同时配以分析性评论文章，对如何加强这部分群体的权益保障加以评析、提出建议，阐明采编思想——建构社会公平，维护新就业形态劳动者权益。

社会效果： 该系列报道，由编辑部联合多地记者完成，采访足迹遍及十多个省区市，因此这组报道中所反映的新就业形态劳动者的需求和面临的问题非常具有普遍性。每组报道在实地走访个案、发现问题、反映现象的基础上，配发分析性评论，亮出观点，呼吁政府和社会重视和解决他们的权益保障问题，推动改善他们的生存现状，实现了报道的建设性。该系列报道在人社部、交通运输部、全国总工会等八部门共同印发《关于维护新就业形态劳动者劳动保障权益的指导意见》后不久推出，为《意见》的落实起到了舆论推动的作用。报道通过文、图、视频等形式，在报、网、端、微实现全媒传播，实现较好传播效果。同时，被多家媒体转载、评论，社会关注度高。

初评评语： 该系列报道内容聚焦中央和各级各地重视、关注的新就业形态劳动者群体权益保障问题，具有较强的针对性、时效性；采访涉及全国多地多部门多个体，体现了问题的普遍性、客观性；版面呈现采取"调查性报道＋新闻图片＋评论"的形式，共刊发 6 组、21 篇（幅）报道，具有规模性、冲击力；表现手法追求体验式、沉浸式报道，回归新闻叙事，并配以分析性评论，凸显新闻性、建设性。作为系列报道，这组报道是以脚力深入基层、以眼力揭示实质、以脑力深入思考、以笔力客观呈现的新闻力作。报道细微且壮阔地呈现了新就业形态劳动者生存的现状，讲述了发生在我们身边，发生在当代中国的劳动者故事。这些故事记录着劳动者在城市奋斗的瞬间，这些诉求带着劳动者的汗水、欢颜，或者泪水，呈现了新就业形态劳动者的所思所感、所需所求。系列报道既有典型的细节，以极强的感染力冲击了受众真情实感，让劳动者的奋斗故事更广为人感知；又具有宏阔的视角，更有思想深度，体现了媒体竭尽所能为劳动者维护权益鼓与呼的情怀，展现了工字特色的主流媒体守望社会、守护每一个劳动者的新闻责任感。

特困片区脱贫记

集　体

代表作一：

跨过一道道梁

　　吕梁山和太行山就像包饺子一样，将山西西部和陕北东部山地上的20个县卷了起来。

　　这条狭长区域的最北端，是"渺然塞北雁归来"的陕北榆林。才到11月，早晚的气温就降到了零度以下，榆林市区100多公里之外的毛乌素沙漠，早已天寒夜长，风气萧索。

　　我们的车子一会儿在山脊上缓慢攀爬，一会儿迅速下到谷底，在人头攒动的地方，掀起齐腰高的飞尘；在羊群踏过的地方，为旁边的平房上又增一层灰土；在车轮碾轧的地方，发出一溜黏滞的响声，并留下一片混沌的黄云。这些尘土要很久之后，才会重新落回地面。

　　大自然对这片土地似乎格外吝啬：它让这里的降水少而集中，仅有的雨水冲走了土质疏松的黄土里的养分，只剩下千疮百孔的贫瘠；它扬起来自西北塞外的风沙，遮蔽好不容易钻出土地的庄稼；它驱逐雨露、长降白霜，让此地十年九旱。

　　重峦叠嶂、沟壑纵横。

　　沿着吕梁山脉，是吕梁山区集中连片特困地区，覆盖北至陕西榆林南至山西临汾四个城市的20个县区，400多万人口生活于此。我们听说，朴素而智慧的他们，一辈子和土打交道，懂得山懂得地懂得泥土，不会听从任何人的瞎指挥，因为他们相信，只有了解和热爱这片土地的人，才有权利对这片土地做出安排。我们还听说，在漫长的与大自然冷酷的一面作斗争的过程中，他们把沙变成土，在土里巧种粮，然后又花大力气，用树把土一层层地固在这片大地上。他们也不是从未离开过，可每一次离开都是为了更好地回来，用命挣的钱回乡建设这片土地。

　　他们被称为"土老西儿""土老帽"，其实，他们是最爱土、最惜土、最懂土的一群人，这种对"土"深沉而执着的热爱，如果你不挨得近一点，根本不会理解。

山风清冽，不停地钻进车里，裹挟着淡淡的、焦香的草木气味，似乎整个大地都有起伏的呼吸声，宽广而又充沛。车窗外，疾速闪过一排排榆林地区特有的"砍头柳"，它们重新生长出来四散的"蓬头"像极了一朵朵花，盛开在这块古老的土地上。而我们乘坐的汽车，则像一只渺小的流星，在永恒的时间和空间维度上匆匆划过。

自北向南，我们的吕梁行，开始了。

捏沙成土

"挖出一锹，树坑立马被沙填平；大风一起，刚栽的树苗就盖在沙底下；中午一两点钟的太阳真毒啊，地表温度能达到45℃，踩着滚烫的沙子担水浇苗，一瓢下去，水冒着泡马上就干掉了。"

46年前，在毛乌素沙漠腹地，榆林市补浪河乡黑风口，54名平均年龄只有18岁的女民兵与眼前这片荒沙铆上了——

没有苗，她们翻沙越梁，到20多里外的王家峁背，人拉肩扛，每人负重七八十斤；没有土，她们推着木轱辘小车，连续60天从其他地方挖来5000立方米黑土，垫出80亩育苗地。

坡上起风，前一天辛辛苦苦栽下的幼苗被黄沙掩埋，她们用手一把一把刨开黄沙；土筐不够用，她们把衣服脱下来，装上沙子往外背。

白天，姑娘们揣着高粱馍馍和盐巴干活，到了吃饭的点儿，大家面对面围成一个圈，用衣服裹住脑袋和饭碗，扒拉进嘴里的，是半碗饭来半碗沙。夜里，一望无际的荒沙滩上，孤零零的几栋柳笆庵子亮起烛光，姑娘们就着光给百十公里外的父母兄弟做冬衣、纳鞋垫……女子民兵治沙连第一代治沙队员席永翠已年近古稀，跟随着她的讲述，一群年岁未及桃李的姑娘，从那个战天斗地的年代，从黄沙弥漫中向我们走来……

46年来，治沙女民兵换了14任连长，始终保持着54位"铁姑娘"的建制。她们推平沙丘800多座，营造防风固沙林带35条，修引水渠35公里，种植畜草、花棒、彩叶林、樟子松等4920亩，栽植柳树和杨树35万株，治理荒漠1.44万亩。

站在补浪河林区的瞭望台往下望，朔风吹过林海，满目绿色，很难想象这里的人，曾经是如何赌上青春搏上命，一茬接一茬地扑在沙地上。席永翠依旧保持着"铁姑娘"的快人快语："不治沙，家都得被沙'吃'了。"

彼时，榆林的黄沙到底有多肆虐？

"地拥黄沙草不生"。榆林地处毛乌素沙漠和黄土高原过渡地带，早从明朝起沙患已成规模。沙夺良田、沙进人退，人与沙的拉锯战中，流沙吞噬了一个又一个村庄，怒涛似的大举南下。挡得住匈奴铁骑的长城挡不住风沙，新中国成立前近百年间，黄沙一度越过长城南侵 50 多公里，吞掉了半座城，榆林城被迫 3 次南迁。

我们走村入户，各处探访，牵扯起乡亲们关于那段岁月刻骨铭心的记忆——

一到春季和冬季，西北风就强劲起来，刮起的沙子拍在脸上，生疼，一天到晚看不到太阳。每次劳作回家，都变成了"出土文物"，眼睛里有沙，耳朵里有沙，全身都是沙！头天睡觉，门关上了，沙子就像是从地下钻出来的，趁着天不亮在门口堆了半米深，把人堵在家里。出去放羊，羊羔被沙子压住，竟站不起来。

沙子还会"吃人"！风沙来了，放羊的大人一时顾了羊，没顾住娃，娃娃就这样被埋了。

挨着这样的荒漠，让人怎么活呀？

很多榆林人选择走西口。

但更多的人留了下来，与风沙抗到底。

治沙，就是治苦，治穷。改造荒沙滩，就是改造榆林人自己的命！

1959 年，大规模的植树造林、生态治理在这里展开，数十万榆林人扛起镐头、挥动铁锹、推起架子车、背上树苗，挺进毛乌素沙漠。

1978 年，榆林在全国首创飞播技术。

20 世纪 80 年代，榆林推行承包治沙造林，榆林治沙成为中国治沙的一面旗帜。

进入新世纪，榆林采用"樟子松六位一体造林"技术，让毛乌素沙漠披上了 130 万亩"樟子松"绿。之后，长柄扁桃、沙棘等百万亩基地建成，油用牡丹、樱桃等经济林新品种积极推广。2018 年，全市林业总产值 71.2 亿元，榆林人彻底把沙变成了土，又开始把土变成金。

截至目前，榆林的沙区植被覆盖度提高到 60%，经济林面积 400 多万亩，860 万亩流沙变为绿洲。陕西的绿色版图，向北推进了 400 公里。

曾经风沙肆虐的不毛之地现已创建为国家森林城市。

榆林人把流沙"拴"住了。

难怪电影《我和我的家乡》摄制组在榆林已经找不到一块"理想的"沙地，只能跑去内蒙古取景。不过，电影中邓超饰演的"乔树林"就实打实地生活在这片土地上。

他就是在沙地上种出苹果来的张炳贵。

在寻找张炳贵和他的沙地苹果的路上，时而闪过一排排"砍头柳"，粗短的身躯，头顶着蓬乱的枝条。这枝条砍下来可以做树苗、做农具、编织成笼成筐、生火做饭……三五年之后，扦插的新枝又成材了。

这个地方，连树都有奉献精神。

一个多小时后，我们来到了横山区赵石畔镇赵石畔村。

20年前，干了几十年小流域治理的张炳贵从横山水保局工程师岗位上退休，偶然间在电视上看到原云南保山地委书记杨善洲在大亮山义务植树的事迹，"人家地委书记都受得了这个苦，我老汉莫不能也把这荒沙梁种绿了？"他与赵石畔国营林场签订了承包300亩荒沙低产林场的合同。

说是"荒沙低产林场"，其实就是望不到边的沙梁。作为水利工程师，张炳贵太了解沙梁的脾气了。雨天，水来多少就走多少，不仅水要走，还要带着黄沙和仅有的一点点薄土，在沙梁间的低坝地冲出一条泥沙流来；晴天，这沙梁横在没有遮挡的日头底下，干绷绷地存不住半颗水珠。

"老张是胡搞哩，这地方能干成啥，他是要把人民币撒在沙梁上！"乡亲们看着搬上山住的张炳贵，直咂嘴。

不幸言中。搭葡萄架、种枣树、栽杏树，折腾了五六年，任凭老张和他的树们怎么努力，就是没办法在流沙上扎住根。稀稀拉拉的树林成了羊和野兔的天堂，树皮被啃了，树叶被嚼完了，乡亲们打趣他："老张啊老张，还收啥果子，直接搂草打兔子吧。"

沙梁上不通水不通电，老张和媳妇用摩托车驮着水桶上山，用煤油灯、手电筒照明。

种不成树，就先种草，种蒿。流沙固定住了，再用整车的农家肥铺进沙里，深翻入地，硬生生把沙"喂"成了"土"。几年下来，老张的荒沙梁上，高养分土壤厚度达到了十几厘米，种下去的苗子，眼看着扎住了根，攒足了劲儿，开始往高蹿、往粗长了。

"多活一天就多干一天，不能把事情撂着不干。"张炳贵的人生哲学很简单。

2009年，张炳贵将目标瞄准了苹果树。这次，他押对了宝。

通过嫁接山定子苗的方式，张炳贵培育出了一种新型苹果树：它不仅耐寒耐旱，还适应榆林本地气候，在沙地上长，不仅成活率高，而且苹果颜色好、香味浓、脆甜爽口、富含维生素C和矿物质，沙地苹果一亮相，就结了满果园！

2018年6月，他在国家知识产权局注册登记了"芦河沙地苹果"，这是全国第一个获得注册的沙地苹果商标。

张炳贵说，这些年摆布果园，累计投入达 300 万元以上，期间，榆林各级政府也积极协助他解决资金和技术难题，所以他现在无条件地与乡亲们分享果树种植与果苗管理技术，齐心将沙地苹果的种植潜力发挥出来。如今，榆林市沙地苹果种植面积已达 15 万亩。

张炳贵从树上拧下 2 个苹果给我们尝，这果子个头不大，可结结实实，吃起来甜、香、脆，像极了其貌不扬又扎实肯干的榆林人。

"您终于完成心愿了。"我们向张炳贵祝贺。

他蹲下身，用手扒开表层的黄土，深层的黄沙露了出来。他捏起一把，沙子从指间流出来，"我这个老汉啥时候能把这几百年上千年吹来的沙黏成了土，心愿才算了。"

"连基本的生存条件都不具备。"84 年前，美国记者埃德加·斯诺在他那本《红星照耀中国》的书里，记述了西方人第一次看见陕北浩瀚无边的黄色海洋和连绵起伏的丘陵沟壑时所作的论断。一直到 20 世纪 80 年代中期，当联合国世界粮食计划署的官员到陕北考察时，他们还是发出了同样的叹息。

2018 年 6 月 14 日，第 24 个世界防治荒漠化与干旱日纪念大会却选在榆林举行。

凭什么？凭的是将这座昔日的"沙漠之城"变成"绿色之城"的事实，凭的是把荒沟废壑变成沃野良田的成效。

无数西方人盛赞：这真是人类治沙史上的奇迹！

这里的人们就是这样一边被环境规定着，一边又改变着环境。他们不会因为飘落在大山荒漠中而凄凄艾艾，他们在困厄的境遇中认识自己，锤炼自己，升华自己。在他们仰望或远眺的目光下，无论设定什么目标，永远都不会成为终点。他们还将以无与伦比的执着，一次次推翻认知和实践的极限。

掘土生金

一定是造物主一不留神，把调色板上的黄色颜料全都倾洒在了初冬的忻州。

沿路延绵的山地、丘陵层层叠叠，直伸天际，我们的车穿行在这黄色的冰海冻浪中，仿佛飘荡在大海上。冬风似剪刀，到处都是簌簌落叶。落叶也是黄色的。就连正午的阳光，也被这样的色调稀释掉几分暖气。

这也难怪，这里属温带、半干旱、大陆性季风气候，地处黄土高原腹地，山地、丘陵占了全市面积的 89.4%，一入冬，遍地黄土的底色展露无遗。

这黄土堆积成的一道道峁、一道道梁，地势起伏大，高低悬殊，无霜期短，让这里形成了以杂粮为主的旱作农业区。

中国杂粮看山西，山西杂粮看忻州。这里种植了15大类、600余种杂粮，种植面积保持在350万亩以上，总产量超过60万吨，堪称"小杂粮王国"。辖域内的神池县是"亚麻籽之乡"，五寨县是"甜糯玉米之乡"，静乐县是"藜麦之乡"，岢岚县是"红芸豆之乡"……

一路朝向东北，我们抵达岢岚。作为忻州的版图大县，这里人均耕地面积高达11.2亩，但县城很小，只有几条街，人也少，全县才8万多人。

山多地广人稀，人们的思想、眼界似乎被"压住了"，他们生产生活的对照系就是黄河对岸的陕北，自己觉得自己了不得：就算跨过黄河，其他人还不是和咱一个样？都是土里刨食的人！他们坚信，人就应该踏踏实实在土地上干活，天底下最不亏人的就是土地。

接受新鲜事物，对他们来说格外地难。年平均气温6.2℃，平均无霜期只有120天左右的天地里，除了种植跟他们自己一样，所需极少、生命力极强的小杂粮，似乎也没有更多的选择。

他们种谷子，因为需要的肥料少，但谷子喜高温，长在岢岚，收成就打了折扣；他们种马铃薯，但为了省钱不买新种，品种越来越退化，品质越来越低；他们也种玉米，但这里积温不足，产量没有优势；这里适宜种莜麦，但成熟后最怕起大风，一场风起，又小又轻的莜麦飘走大半，侥幸留在秆子上的，只剩次品；20世纪末，岢岚县还推广种葵花，种了六七万亩，但恰遭秋雨滂沱，菌核病大面积传播，葵花籽全烂了，该产业被迫退出。

最令人头疼的还是雪季来得太早，只消一个晚上，雪压了半米深，来不及收的玉米只能撂在地里。雪化后人还能落下多少口粮，全看老天爷的心情！要是种的是土豆，那更是苦，需要把20厘米的冻土砸开。最担心的还是开春时节骤冷，苗被冻一下，全死，一年颗粒无收。

70多岁的老汉刘拉生说，他是一个道地的庄稼人，以前谁家地撂荒了，不种了，他就借过来种，年底给人家几袋土豆当作"租金"即可，没人会计较。

广种薄收，岢岚的土地就是这么不值钱。

60岁的农民刘保旦回忆，80年代跟对象逛街，姑娘提出去逛庙会，可刘保旦口袋里连10块钱都没有，"扣了路费饭费，连给姑娘买身衣服的钱都没有。"刘保旦耍了"滑头"，谎称拉肚子，硬是按下了姑娘进城的念头。

庙会糊弄过去，刘保旦回家东拼西凑，欠了一屁股"饥荒"，凑齐了400元的彩礼成了家。到了壮年，他和老婆拉上一头骡子一头驴种50亩地，起早贪黑，地多得种不过来，可口袋里总是空的，掏不出几个油盐钱。

"岢岚是养穷人的地方。"岚漪镇北道坡村党支部书记王云告诉我们，岢岚的农民都是时间管理大师，自有一套"土地上的智慧"——五月，冻土刚刚有一点松软的意思，农民们急慌慌下地，点豆种、种荞麦、播胡麻。3个月下来，割倒豆子、荞麦和胡麻，来不及收拾，先垛在地里，忙不迭地种秋玉米。玉米种下了，趁着玉米拔节抽穗的工夫，打莜面、碾豆子、榨胡麻，忙完这一茬，老天就该下雪了，如果能趁着大地上冻前把玉米抢回家，这一年老人孩子们的肚子就是圆的。

从五月到十一月，老天只给了岢岚半年适宜生长的光热，岢岚人与时间赛跑，把这点光热用到了极致，也把自己的血肉之躯压榨到了极致。

劳作啊劳作，这片贫瘠苦寒的土地，终究养住了这片土地上的人。"多少年，甭管大灾小难，岢岚几乎不出乞丐，土里刨个坑坑，总能吃个窝窝。"王云提起这茬，挺了挺腰杆。

也许是大自然看岢岚人太辛苦了，给他们送来了红芸豆。

1992年，一个偶然的机会，只出现在欧洲国家食谱上的红芸豆被引进岢岚。仿佛是大自然的馈赠，岢岚人的眼睛亮了。5月播种，9月钱就能装进口袋。孩子的学费有了着落，买农资时赊的账也能及时还清，还留出了种玉米和土豆的空当。2002年开始，越来越多的农民开始自发种植红芸豆。

但料理红芸豆的困难也突出：种植精细，采摘费工费时。首先是出苗难，雨后，太阳一晒，土结成皮，这时候就需要抠开泥土，让苗一棵棵地露出来，再覆盖地膜；成熟期一到，先拔植株，干燥一些后，把植株运出来堆积好，彻底干了，拿棍子轻轻敲打出豆子颗粒，有的则需要一颗颗剥出来，没有机械化的年代里，全靠人手。

山西粮油农产品进出口公司董事长刘江是个"芸豆通"，黑龙江和新疆也种红芸豆，但是那边光照不够，着色不够红，而且长得太饱满，豆子把自己涨破了，不适宜做罐头。岢岚的红芸豆品质比美国的还好，90%可以进入高端市场，是全世界最佳的罐装红芸豆的原料生产地。"可以说，是红芸豆选择了咱们岢岚。"刘江说。

这片土地上的人，肯干也执拗。看到了红芸豆的好，岢岚人就一直种，一直种，在2010年种成了"中华红芸豆第一县"和全国最大的红芸豆出口基地。

从此，头上顶着漂亮的光环，眼前的日子也逐渐发生改观。红芸豆，让岢岚人懂得了，一定要找出一条让土地值钱、让庄稼人的辛劳值钱的突围之路，不然，这里永远只能是"养穷人的地方"。

小富即安的心态被冲破，前进的脚步就不再停歇。岢岚人又往前迈了一大步——他们开始想着法子种蔬菜了。

种蔬菜有什么了不起？

如果你愿意把马铃薯叫作"菜"，那么这种作物曾经是岢岚人乃至吕梁山区的人桌子上的唯一的"菜"。多少年来，岢岚人的饭桌上没有菜，地里更不种菜。在日子已经天翻地覆的今天，你走进岢岚，他们对你最大的招待，还是炒洋芋、蒸洋芋、炸洋芋，是荞麦面皮裹上马铃薯馅的蒸饺，是马铃薯做皮，和上荞麦面丝做馅的炸丸子……

2018年的仲夏，全国大部分地区正热得"下火"，处于叶菜生长的"夏淡"时节。一个山东寿光人到岢岚租种了几亩地试种菠菜。此时的岢岚，早晚已经需要穿长袖，菠菜有了"乘凉"的环境，一茬接一茬长得猛。寿光人找来王云合作，王云负责在村里协调流转土地和用工事宜，寿光人负责把菜卖到深圳去，深圳那里的蔬菜经销公司每亩每年付给村里4000元，包圆儿。

岢岚的土地，从来都没有这么值钱过。

和所有老实巴交的岢岚农民一样，王云觉得自己"占了大便宜"。这"便宜"为什么这么大，他决定"自己去看看"。背上行囊，出吕梁山，出省，下到"十万八千里远"的深圳，王云看到，各种蔬菜被冷链物流车一车车地从全国各地发过来，再被包装成一包包精致的净菜摆上超市的柜台。他搞明白了，自己村头种下的菠菜是要供港的，不仅各项安全指标符合要求，而且口感鲜甜，在深圳蔬菜交易市场上，好多公司抢着要。

"不包圆儿了。俺们负责品控和物流，你负责市场，不管赔了赚了，咱们六四分成。"王云回到村，成立了蔬菜专业合作社，购进了一台冷链车。菠菜从地里收上来，马上整箱包装进车，当天就发。到了深圳出港的时候，一棵棵菠菜支棱着叶子，仿佛还带着吕梁山里清晨结下的露珠。

2020年，北道坡村的蔬菜基地扩展了200多亩菠菜，每亩产值上万，除去各项成本，每亩净赚6000多元。

增强商品意识，升级物流方式，拒绝"旱涝保收"，愿意在承担风险的前提下去市场里搏杀、锤炼，终年面朝黄土的岢岚人终于抬起头来，看到了土地连接着的广阔市场，那是"土老西儿"们的新天地，等着他们去大干一番。

作家韩少功有一段话说得很精彩：什么是生命呢？什么是人呢？人不能吃钢铁和水泥，更不能吃钞票，而只能通过植物和动物构成的食品，只能通过土地上的种植与养殖，与大自然进行能量的交流和置换。这就是最基本的生存，就是农业的意义，是人们在任何时候都只能以土地为母的原因。

我们仔细咀嚼这些话，回想在岢岚一周的所见所闻，生出这样一种认知来——

人没有花草树木那样深的根，土地深处的东西恐怕未必了然吧。人主动或者被动地把自己掩埋在眼前的事务里，有时候应付得暗无天日、疲于奔命。可是，人一旦把一件件事情干完、干好，也就慢慢熬出了头。

黄土地上的出走

哥哥你走西口，

小妹妹我实在难留，

手拉着哥哥的手，

送哥送到大门口。

……

哥哥你走西口，

小妹妹我苦在心头，

这一走要去多少时候，

盼你也要白了头。

……

"走西口"是明清以来晋、陕等地贫民、商人越过长城到口外地区谋生的移民活动。"口"是指在明长城沿线开设的"互市"关口。从清代前期开始，尤其是遭遇灾歉和战乱之年，山西人奔赴口外谋生的队伍就越来越大，其中农民约占八成以上。于是，这首今天我们耳熟能详的《走西口》就会在一两百年前的许多村口、路边响起。

"走西口"的农民绝大多数是为了生存，"地赖""土瘦"，祖辈们为了活命，才去口外讨生路。农人安土守家，他们就像长在土地上似的，除非万不得已，绝不会轻易奔走他乡觅生活。"三十亩地一头牛，老婆孩子热炕头"是他们的一贯理想。而且，即使移居他处，也是暂时打算，大抵并不准备永远离开故土。

人们把"走西口"过程中那些春去冬回季节性迁移的男性劳动力形象地称为"雁行客"，留守在家的女性称为"守家婆姨"。男人在家时，女人到田地里帮把手，其余时间做饭、生孩子、奶孩子。当"雁行客"背井离乡，"守家婆姨"就承担起家庭的全能型角色，照看上下老小、家里地里，甚至村里死了人抬棺材、打墓坑、埋死人都要靠她们顶上去。

对于男人来说，"走西口"是寻找机遇，也是直面考验，在挣到钱之前，谁都说不上自己究竟是不是好汉。对于留在家里的女人来说，一切都是煎熬，在地里忙乎一年，生不出几个钱，回娘家想带点礼物，扯些好看的布做件新衣裳给母亲，或是买点烟草给父亲，得从已经空落落的牙缝里搜，向已经咕咕作响的肠胃里刮。

这里的人生于土固守土，却又一直没有停止过走出土的抗争。当男人怀着希冀或迷惘的心情走向关外辽阔天地，试图以强劲筋骨撑开另外一片新天地的时候，他们的女人看着驼队远行，在土墙上刻下横竖线计算着丈夫的归期。到了20世纪八九十年代，当男人涌入农民工大潮，在全国各地奔忙，妻子也只能从电话、电视里来了解自己的男人和那个外面的世界。

行至吕梁山区的中段吕梁市，我们听到的故事突然就转了调性。从这片土地上出走的大军中，有了女人的身影，不是一个两个，是一群两群，是成千上万。她们叽叽喳喳，她们"不安本分"，她们不再只站在村口、路边唱起送别的歌，她们把歌唱在了走出大山，走出黄土地的征途上。

"2016年，村里突然来了工作队，鼓动妇女参加市里的护工培训，不仅不收钱，还发米发面。"坐在对面的许艳平激动地拍了一下桌子，"那段时间，我们每天听到的都是新鲜名词，家政、康养、学区房、护照……"

许艳平有了出去做"月嫂"的想法，家里顿时乱了：婆婆觉得自己家的孩子都顾不过来呢，还跑外面给别人家带孩子；丈夫怒气冲冲，说老婆出去当保姆让他没面子；儿子以沉默表示不支持，女儿则直接对她说："妈妈你觉得赚钱重要还是我重要？"

这种家庭阻力颇具普遍性。护理工作经常被人视为"低人一等"，"伺候人的活儿"。工作队到村里宣讲培训政策，媳妇们三两成群地结伴去听，男人们趴在窗户边偷偷地看，他们也不惮表露心思：好不容易娶了个媳妇，让她们出去看了大千世界，跑了怎么办！还有些更难听的闲言碎语：说的是当保姆，谁知道干啥呢！

许艳平来自吕梁市临县小高家塔村，为了一双儿女读书，在吕梁市郊租了一处房子。丈夫在建筑工地上卖力气，许艳平在学校门口摆过水果摊，当过保洁员，用她的话说："啥苦都能吃，啥罪都愿意受。"

可一个女人家，能有多大能耐呢？吕梁人对农家妇女有个形象的称呼，叫"三转婆姨"——围着锅台转、围着老公转、围着孩子转。2015年的除夕，许艳平正围着锅台转，发现家里的盐用完了，她摸遍自己和老公身上的口袋，交齐了郊区小平房的房租、孝敬完老人、还清了孩子上学一年欠下的"饥荒"，两口子的口袋里，加起来还有一块钱——不够去超市里买袋盐。

"当家的，你说啥叫面子？咱顶着一张脸，洗得再干净，谁给咱一桶油一袋面？家里没盐下锅，这才是没面子哩。"安顿好一家老小，许艳平钻进被窝，细声细气地跟丈夫说体己话，"咱还想让孩子吃几顿少滋没味的年夜饭？"郊区的平房里暖气不足，丈夫紧了紧身上的被子，没同意，可也没再反对。

许艳平坐进了临县职工学校的护工培训课堂。

小学都没读完的许艳平使出了"吃奶的劲儿"。上课跟不上，追着老师的课件逐页拍照；晚上把课堂上的内容抄成一张张小卡片，那些不认识的字，看不懂的词，对着字典一个一个地翻到深夜；早晨六点，她围着操场一圈圈地转，等八点上课铃响，昨天的一厚叠小卡片背得烂熟。

"艳平这是要考大学哩。"同乡的婆姨笑她。

40天后，许艳平顺利通过考试，持证上岗了。

"不愿意再借钱，一块钱也不愿意再借了。"一起参加培训的七个同乡"婆姨"都转身回了乡，只有许艳平憋着一口气来到了太原的家政公司。

那时候的她无论如何也想不到，未来三年时间里，她南下过深圳，北上过北京，从普通月嫂干到金牌月嫂，工资一级一级从几千元涨到上万元。她更想不到，凭着过硬的业务本领和良好的口碑，她拿下了吕梁市护工技能大赛的第一名，被评为"感动吕梁"年度人物，当选为山西省第十三届人大代表。

2019年9月，胸前飘扬着"吕梁山护工"的胸牌，许艳平和她的另外12名护工姐妹出现在全国第二届青年运动会吕梁赛区的跑道上。这一次，她手持熊熊燃烧的火炬，将吕梁山女人的荣光，高高地举过头顶。

吕梁山的女人，一直勤劳而美好，却从没有如此扬眉吐气过。

"收倒秋，就进城；干啥去，当护工；为了啥，要脱贫；行不行？"

"行！"

每年，新的一批吕梁护工即将扬帆出征时，吕梁市委书记李正印都要去为护工大军送行："农家妇女走出大山，看起来是一小步，实际上是一大步"，李正印给"三转婆姨"们打气："市委、市政府就是你们的'娘家人'，我们把后勤服务做好，你们放心大胆地走出去，稳稳干，好好赚。"

毫不夸张地说，时代给了吕梁女人一个走出大山的机会，吕梁女人走出了"十万护工出吕梁"的大气磅礴，走出了一部新时代的"吕梁英雄传"。

她们有的已经开始回乡创业，开办护工培训公司，给更多的吕梁姐妹铺路搭桥，成了那个为大家"蒸馒头"的人。她们有的学英语、学日语、学礼仪，精湛的业务水平通过了加拿大、日本等国家家政行业的认可，准备带着吕梁护工的金招牌漂洋过海了！

曾经，"走西口"的吕梁男人扬鞭千里，顶着风险，驮载着英武气，捎带着口内口外的风土人情，缔造出一个南来北往的经济血脉。今天，"吕梁山护工"打破了传统观念的束缚，改写了"守家婆姨"的人生轨迹，迈进了城市的门槛，与男人们齐头并进。

这既是鲜明比照的两组人间风景，又是几辈子的社会理想在吕梁大地的充分展开：从祖祖辈辈赖以安身立命的黄土地上走出去，实现人生的安稳与跃升，又拖牵着建设家乡的情愫，以异乡人的生活节奏编织起自己的生活愿景。

土地上的创新

车子继续向南。随行的一位干部在车上和我们闲谈。

他说，因为水土宝贵，种树在吕梁山区已经从一种传统上升为一种情结，连几岁的小孩子都屁颠屁颠地跟着大人去种树。这地方种树可不易，人把绳子绑在腰上，吊在半山腰，像壁虎一样攀缘着崖壁，用镐头刨出一个个浅坑，撒下柠条种子。后来，为了降低危险系数，他们又采取"抛种"的办法：把柠条种子裹在泥巴里，往崖壁上扔，让泥团粘在山崖上。抛投植树法安全了很多，不过，成活率很低。

种树也成了吕梁人的一项"营生"，包下工程，就能挣钱。虽然不少地方"年年种树不见林"，但是"活一棵算一棵吧，种总比不种强"。近几年倒是好多了，成活率比以前大大提高，不少人靠种树脱了贫。

"为啥效果变得那么好？"我们好奇。

"我带你们到临汾大宁看看去。"

沿着盘山路一路上坡，满布苗木的鱼鳞坑排列有序、漫山遍野，新栽植的松柏迎风摆动。站在山峁高处，林风浩荡扑面，谙熟林业改革发展历程的大宁县林业局林权服务中心主任桑建平给我们介绍：20世纪70年代，大宁造林时栽树技术低、操作不规范，效益很低；到了80年代中期，县里组织造林专业队，提高了技术水平，可效益并未明显提升。总结经验时发现，这些专业队里的成员来自不同地方，集中一段时间栽树后就解散了，树要成活，三分栽七分管，管护不力，一片林子会死一半；后来县里采取公司造林的方式，也就是通过招投标，让公司来承接造林项目，希望以利益来驱动管护效果，干了几年后，又发现了弊端，这些公司造林时层层转包，真正用于栽树的钱，所剩无几，往往偷工减料，糊弄了事。

桑建平点起香烟猛嘬几口后说，2016年，在林区干了几十年的王金龙调任大宁县委书记，推广合作社购买式造林。造林进度、质量几乎是飙升状，老百姓的参与热情也高涨。

为了弄清楚合作社购买式造林的工作机理，我们来到王金龙办公室。

王金龙几句话就把重点拎了出来：购买式造林，就是根据政府规划设计，由以建档立卡贫困户为主体的脱贫攻坚造林专业合作社，经过竞价和议标，与乡镇政府签订购买合同，合作社带头人自主投资投劳造林，当年验收合格后支付30%左右工程款，第3年成活率验收合格，支付余款。

我们听明白了，大宁的造林核心原则有二。一是种下树不算完，树成活才算；二是政府出造林的钱，但是这钱得让贫困群众挣大头。前者增绿，后者增收，两全其美。

大宁的造林还有很多"新花样"——

设立"脱贫攻坚生态效益补偿专项基金"。县财政每年拿出150万元，对全县未纳入生态效益补偿范围的生态林和达产达效前的经济林进行补贴；

建立森林市场。依托县不动产交易中心，确立林价体系，让拥有林地的老百姓可以盘活林权，通过市场交易实现价值；

探索林业碳汇扶贫。开发和销售生态扶贫林业碳汇CCER（国家认证自愿减排量），依据林木固碳释氧量给林农以经济补偿，盘活碳汇功能，增加群众收入；

推进林业资产性收益扶贫。采取"企业＋合作社＋农户"的模式，鼓励县域龙头企业成立专业合作组织，群众以个人拥有的林地经营权、林木所有权以及财政补助资金折股量化，以股权的形式入股合作社，实现"资源变资产、资金变股金、农民变股东、收益有分红"。

"把优质林地变成老百姓最佳的理财产品。而且，它能成功实现在一个战场打赢生态治理和脱贫攻坚两场战役的目标。"王金龙说。

"你们一会儿去合作社看看具体情况，也和当地一些贫困户好好聊聊，能更直观地了解我所说的。"

"以前造林，相当一部分人出工不出力，反正是给'公家'干活。况且，这只是图温饱的活计，干事劲头小。"68岁的冯还堂种了大半辈子树，参与了造林的各个阶段。他认为直到购买式造林政策的出现，山坡的面貌才大变。他所在的白村有14户贫困户加入造林专业合作社，共承接了3500亩林地，2019年经国家林草局专业队伍验收，保存率达到96%，大大高出国家标准（80%）。而且，户均拥有250亩林子，按不变价格、重置成本计算，户均拥有20万元且以复利增长的林木资产，并将长期获得生态效益补偿或者经济林收益。

经济收益带来的喜悦，新的造林机制使得人们更有成就感。"苦干实干六十天，工资挣下八九千。自己地里自己干，长远眼前都合算。不仅挣得多，林木资产还是自己的。"冯还堂说。

仿佛是那只亚马逊的蝴蝶扇动了一下翅膀，购买式造林构建的制度体系，获得了显著的乘数效应。2016 年以来，全县完成造林 21.67 万亩，带动 5290户贫困户 15883 人实现脱贫，森林覆盖率增加到 36.66%，全县购买式造林、深化农村改革和资产性收益累计增加村集体、群众经济收入 1.21 亿元。

制度适用范围不断扩大。大宁县、农村简易道路养护和农田水利工程和小流域综合治理等工作，纷纷开始采取议标的方式，择优选择由党支部发起成立，经身份确认、清产核资、折股量化、全体村民自愿加入的股份经济合作社承建。购买式造林的制度创新，开始演变成一场席卷大宁乡村建设领域的"变革风暴"。

蝴蝶翅膀扇动所引起的风暴没有止步于大宁。事实上，早在 2018 年，大宁县的扶贫造林合作社的模式就在吕梁山区，在山西全省推广。随后，国家林业和草原局办公室、国家发展改革委办公厅、国务院扶贫办综合司三部门联合印发《关于推广扶贫造林（种草）专业合作社脱贫模式的通知》。从2018 年到 2020 年，三年的时间里，大宁的探索在全国 1.2 万个合作社中得以实践，这种模式吸纳了 10 万以上贫困人口就业，带动了 30 万以上贫困人口增收脱贫。

"三川十垣沟四千，周围大山包一圈"。夹在山塬与黄河之间的小城大宁，是我们此次吕梁之行的最后一站。这些一直被我们认为落后、保守、喜欢固步自封的"土老西儿"们，不仅在这片地上进行着持续不断地耕耘，甚至已经开始对自身的生产经营方式进行大刀阔斧地改革。他们引领的这场席卷全国山川林地的制度创新，让我们再度对这片土地上源源不竭的生命力肃然起敬。

千百年的风雨就像一把锋利的刀子，把脚下这块土地切割得支离破碎。然而，短短十几年间，人们在那一道道峁梁一道道川上，宜林则林，宜草则草，宜粮则粮，他们是如此巧妙地适应了自然、改造了自然，构筑起多姿多彩的生命家园，即便是我们这些异乡人，在短暂的走走停停中，也能直观地意识到他们与这片乡土之间的血肉相连。

所以，连日的所见所闻带给我们的，并不只是冬季黄土地特有的原始而朴素的苍凉感，更多的印记似六月麦田里即将开镰的金黄，排场而不热烈，灿烂却不张扬。

他们有的人从未离开过这片土地，却将这片土地变得不再是曾经的模样。他们有的人迈出沉静的步伐走出这片大山，越走越远，一路奔忙一路推进，一路收获一路经营，将这片土地赋予他们的力量带到更多更远的地方。

山花烂漫无穷尽，黄河东去三千里。我们把时间和空间一起浓缩，将一道道风景、一个个故事存入记忆，放弃概括，保留感性，零零散散，星星点点，却烘托出一个共同的主题：这是我们的人民，这是我们的土地。他们怀着真诚的希冀与憧憬，耕耘着，播种着，收获着，昂首阔步地走向远方。

再见，吕梁。

再会，吕梁。

代表作二：

开在石头上的花

"在石头缝里能活五百年，你觉得我们像不像孙悟空？"娄德昌眯着眼睛，皱纹里满是沧桑，脸上神情安详。

他说得没错！听完他们的故事，我们觉得这就是齐天大圣。

娄德昌年近花甲，个子小，皮肤黝黑，身板结实。他的家在贵州省贞丰县银洞湾村。30年前，银洞湾地表面积的95%是石头，白花花的石旮旯里，除了三五株玉米和杂草，就什么都没有了。

银洞湾村窝在滇桂黔石漠化区的腹地。

石漠化你们知道吗？也叫石质荒漠化，是由于人类过度开垦和降雨冲刷导致的水土严重流失现象，直观表现为山体岩石裸露、土层瘠薄。

石漠化问题研究专家认为，石漠化严重的地方，比沙漠还可怕，沙漠里还能长点梭梭草、胡杨之类的植物，而重度石漠化地区寸草不生，满山满眼都是石头，因此，石漠化还有个让人听了倒吸一口凉气的名字——地球之癌。

银洞湾的村民们就像孙悟空那样，食草觅果，夜宿石崖。不同的是，那孙猴子拔根毫毛，想变出什么就变出什么，可村民们把头发都愁白了，也变不出一担粮食。

1990年，银洞湾村人均粮食产量不到100公斤，是全国平均水平的1/4。换句话说，这里的村民每人每天只能吃一根半的玉米棒来充饥。

娄德昌告诉我们，他年轻那会儿，村里的女人只有坐月子时才有资格吃上一碗大米饭，男孩子要光屁股跑到十来岁才能穿上一条裤子。

银洞湾是一面镜子，照出了滇桂黔石漠化区的贫瘠。翻开如此的历史文献，随处可见的"瘠"字十分扎眼——"土瘠民贫""田瘠寡收""土瘠且性坚"……

400多年前，徐霞客游历至此，唏嘘喟叹："石峰离立，磅礴数千里，俗皆勤苦垦山，所垦皆硗瘠之地。"

30多年前，联合国教科文组织专家站在这里，摸着冰凉的石头摇摇头说："这是最不适宜人类居住的地区！"

这句话，娄德昌不服！祖宗的腰杆什么时候向石山屈服过？不管再穷再难，比石头还硬的村民不还是活下来了？

历史是人创造的。

1988年，我国岩溶地区开发扶贫和生态建设试验区在贵州设立，这片大地进入系统的"开发式扶贫"阶段；1992年，滇桂黔石漠化治理首次列入国家国民经济和社会发展计划；2011年，滇桂黔石漠化片区被列入全国14个连片特困区之一，成为之后十年扶贫攻坚的主战场；2015年，脱贫攻坚战全面打响，这里的扶贫开发进入攻坚拔寨冲刺期。

30多年，滇桂黔各族儿女用血与泪写就"绝地逢生"的战贫史诗！

熬

在大石山区采访的那些天，我们听到不少情节类似的故事：穷山沟里姐弟俩，姐姐被塞进花轿，嫁给外乡素未谋面但掏得起彩礼的男人，换回给弟弟讨老婆的钱。姐姐撕心裂肺的哭喊声被欢天喜地的锣鼓声淹没，和远去的花轿一同消失在山谷中。

这是"换婚"，因为穷。

贫穷是什么？看一下《说文解字》的考究吧："贫"由"分"和"贝"组成，"贝"意为财富，众人分割财富导致财富减少就是"贫"；而"穷"意为"极""尽"。"贫穷"就是把财富瓜分到极尽。土地是财富之母。石漠化则把"瓜分财富"演绎得淋漓尽致——在滇桂黔石漠化区，土地被纵横的石岭切割得支离破碎，人均耕地只有九分；不仅如此，降水被喀斯特地貌下的溶洞和暗河尽数吸干，人畜抢水喝。

瘠薄的土层加上降雨的冲刷，让这里天然成为水土流失的重灾区。当地流传的顺口溜，把石漠化区发展条件的恶劣讲得很清楚：荒山秃岭不见林，怪石盘踞不见田；河道断流不见水，重山阻隔不见路。

在一位老人的口述里，我们看到了石漠化片区几十年前的一个四季轮回：山大石头多，出门就爬坡，苞谷种在石窝窝，春种一大片，秋收一小箩……

顺口溜好念，村民又饿又渴的日子难熬。

云南省西畴县江龙村，多美的名字。

江龙村最美的春天，是村里人最难熬的时候。石坡上长出来稀稀拉拉的玉米，只够村民吃四五个月。秋收时，村民吃的是玉米窝头，立冬时，碗里盛的是玉米糊糊，过完年，玉米糊糊就稀成汤水了，正月一过，搪瓷碗被转着圈地舔得干干净净。每到这时，村民们又要背起口袋，到周边村里借粮了。

借粮哪有那么容易？在西畴，土地面积的99.9％属于山区，裸露、半裸露岩溶面积占比高达七成五，人均耕地只有少得可怜的七分半，日子再好过的人家也不会有多少余粮。再加上江龙村村民年年来借粮，却没个还粮的日子，虽说立下字据"借一还二"，却也没多少人愿意借。

时间长了，江龙村的名字没人提了，周围的山民只记得，山的那边有个穷得叮当响的"口袋村"。

"西畴西畴，从稀变稠。"一位老汉告诉我们，他早年间最大心愿，就是让碗里的饭从"稀"变"稠"。

在国家列出的14个连片特困地区中，滇桂黔石漠化区的少数民族人口最多、所辖县数量最多、人地矛盾最为尖锐，是贫困程度最深的地区之一。

石漠化区的土地，除了少得可怜，还极度贫瘠。

我们站在一处石头遍布的山坡上，伸出一根食指，随意往石窝里的泥土上一戳，就摸到了土下的基岩。

1981年，广西那坡县搞了一次土壤普查：耕作层厚度在18厘米以下的耕地，占到了全县耕地总面积的90％以上。一般来说，耕地的有效耕作土层厚度应当以25厘米以上为宜。

这片土地"瘦"到玉米连根都扎不下去！薄田上长出来的玉米，被老百姓形象地称为"稀麻癞"——玉米棒上的籽粒稀稀疏疏，就像麻子、癞子的脸。

1990年，那坡县的人均粮食产量是242公斤。这是什么水平？和1949年的平均产粮水平相当。苦熬苦干了40多年的那坡人，连一天三顿稀饭都换不来。老百姓实在熬不下去了。

"总不能活活饿死吧！"30多年前，那坡县银洞湾的几户村民聚在一起，合计着怎么搬出这片荒芜的石山。

"搬到哪里去？"

"管他呢！先搬出去再说，总比在这石旮旯里挨饿强！"

怀揣着对"吃顿饱饭"的憧憬，几户人家变卖了家里值钱的东西，背起行囊，趁着夜色出发了。

然而没过多久，他们就垂头丧气地回来了。原因是家庭联产承包责任制在各村推开后，土地分到了户，外来户分不到土地，也就没了生存空间。

搬家行不通，村民们没办法，只好再回到石头堆里想办法。垦荒成了唯一的指望。

娄德昌是村里带头垦荒的人，他的讲述帮我们还原了当时的场景——村民一个个跪在石窝窝里，小心地拔掉杂草，生怕拔猛了会带出宝贵的土壤；然后更小心地用锄刀刨开泥土，塞进几粒玉米埋上。即便是碗口大的一抔土，村民们也不会放过。

这片荒石坡的下面是花江河，静静地流淌了千年，每到夏秋季节，山谷飘落的花瓣就会把江面点缀成流动的花毯，然而娄德昌从未有闲心好好看一看河谷的美景。

在他眼中，庄稼才是最美的风景。跪下、弯腰、刨坑、埋土，往前挪两步，再跪下、再弯腰、再刨坑、再埋土，几个动作，村民们重复了几十万上百万次，硬是在石骨嶙峋的荒坡上垦出一片庄稼地。

望着远远的花江河，娄德昌说："当时山上没有灌溉水源，我们每天走十几里山路，下到河谷去挑水，然后用瓢一勺一勺地浇在每个有土的石窝窝里。"

大伙就像照顾孩子一样照顾着那片山坡。

几个月过去了，绿油油的玉米苗从石缝里歪七扭八地破土而出！娄德昌眼睛亮了，他和全体村民一起，日日夜夜祈求别闹雨灾，盼着秋天开镰能多收几株玉米。

石坡能不能开花结果，还得看老天爷给不给饭吃。

雨，对于滇桂黔石漠化区的百姓来说，是梦想，也是梦魇；乡亲们最盼的是雨，最恨的也是雨；盼的是甘霖，恨的是雨灾。

"冬春见水贵如油，夏秋水灾遍地走"是这里的真实写照。石山区土层瘠薄，植被稀少，很难涵养水源，喀斯特地下漏斗还疯狂吞噬着地表水，因此在玉米生长期，村民们盼星星盼月亮，求着老天爷下点雨；而到了夏天，为了保住庄稼，村民们又磕头拜天，求着老天爷别降雨成灾。

凤山县也处在广西石漠化区。《凤山县志》中有不少关于雨灾的记载，据统计，1950年至1995年间，凤山县几乎每3年就发一次大水，每次大水过境，都会让村民一年的努力付之东流。民国年间，乔音乡遭受一场洪灾，县志中这样写道：乔音河聚万山洪，暴发年当夏季中；若里上林溪又会，人家住在水晶宫。这是石漠化区很常见的雨灾情形——夏季，玉米生长期里，大雨冲刷石山，山洪汇到河谷，就连河谷平地都难保住庄稼。

娄德昌最担心的事还是发生了。6月，一场狂风暴雨袭击了银洞湾村，石旮旯里的玉米苗被连根拔起，连同农民半年的心血，一起被卷进了山谷的花江河里。

"那天啥都没剩下！几个婆娘冲进雨里，站在石头上骂老天爷，骂到最后，瘫在石头上哭得死去活来。"娄德昌说，"一辈子种地，没收着几斤粮食，舍了脸去借粮，换不回一顿饱饭，狠下心来搬家，最后还是回到这石窝窝里来，没办法了，拼着最后一口气开荒，叫一场大雨给冲了个干干净净！"

"想不通啊！我们是造了多少孽，受这么大罪！是老天爷不开眼吗？"娄德昌摇着头，连连发问，"花江河就养活不了这几个可怜人？我们生活的这块地方，它真的就是一块绝地吗？"

凿

30多年来，在广西凤山县金牙瑶族乡的山顶上，每天总有一个汉子准时出现在那里，风雨无阻，赶牛放羊。

这个汉子名叫杜林强，患有先天小儿麻痹症，小腿细得像手腕一样。他无法站立行走，只能手脚并用地爬行，手掌上的茧子，磨得像砂纸，两块篮球皮绑在膝盖上，权当是鞋子了。

"翘！"每天早晨，杜林强伸着脖颈一声吆喝，带着40多只牛羊出门了。埋头爬行的杜林强，就像羊群里的头羊。

悬崖峭壁上有段一尺来宽的泥巴路，几年前，他的一头牛曾从这里失足坠崖。

我们跟在杜林强后面，走在这条他往返了一万多趟的路上。

跪了一辈子的杜林强，肩挑着全家六口人的生活——除了照顾智障的妻子、多病的母亲，他还把三个儿女抚养成人。大女儿出嫁时，他一分钱彩礼也没要。

以他的情况，吃住靠政府兜底，女儿结婚多要点彩礼，也是说得通的。我们小心地问到这儿时，这个声音沙哑的汉子抬起头："我自己还能干，国家和女儿已经照顾我很多了，再伸手要他们的，良心上过不去！"

这就是大石山里的人，坚韧、自强、勤劳、善良，从来就不缺精神。"你们缺什么？"每到一处，我们都会问。

"我们缺条件。"这是我们听到最多的回答。

缺地、少水、没路，是阻挡村民推翻贫困大山的最大障碍。在壮语里，"那"

意为"田"。那坡县里的"那坡",意思就是"山坡上的田地"。

渴望,往往体现在名字里。在广西,地名中包含"那"字的地方有1200多处,农民对土地的渴望是如此热烈而直白。

事与愿违的是,在那坡,叫得上名的山峰有952座,耕地的面积实在少得可怜。

放眼滇桂黔石漠化区,情况大抵类似。

20世纪80年代,那坡县城厢镇出了位过着"双面人生"的乡村教师李春国——平时,他穿上干干净净的中山装,文质彬彬地夹起课本去村里的小学教书;到了周末,他就半夜4点从床上爬起来,脖子上挂条毛巾,光着膀子,扛起钢钎去凿山。

"啧啧啧,这老李怕是教书把脑瓢子教坏掉咯,竟然要凿山修田?"在村民看来,整座山就是块石疙瘩,根本不具备开垦的条件,"我倒要看看他开的田能种出来几坨坨粮!"

李春国没疯,他找了块缓坡,打算"削峰填谷",就是把坑坑洼洼的石坡整成平地,再用筐把泥土从河谷背上来,铺土造田。

他往手心吐了两口唾沫,抡圆了大锤砸向石头,碎石四溅,崩开的石渣把他的头发都染成了白色。

你们是不是也有同样的疑问:李春国吃着公粮,饿不着也冻不着,为什么要千辛万苦去凿山?

"我饿不着,可娃娃们饿,他们把碗底舔了一遍又一遍,我看不下去呀!"李春国说,作为一名党员,他想起个带头作用,让乡亲们看到石头开花的希望。

李春国做到了,玉米抽穗了,石头开花了。

村民们不敢相信,光秃秃的石岗竟真的变成了良田!

村民们开始相信,天虽不能改,地却可以换!

几年后,炸石造地、坡地改梯地、中低产田改造等补助政策相继出台,一场轰轰烈烈的"向石旮旯要粮,向石缝中要地"的运动席卷了大石山区。

一时间,云南各地纷纷设置中低产田地改造办公室,广西大力推动坡耕地水土流失综合治理工程,贵州各县成立坡改梯工程指挥部……

1989年冬,"轰"的一声巨响,那是西畴县木者村点燃了云南炸石造地的第一炮。

一块块巨大的岩石被炸碎,村民们蜂拥而上,把碎石垒成埂,把泥土填成平地。100亩,300亩,600亩,很快,一块块石埂梯田坐地而起,整齐划一、铺向远方。土跑光、水跑光、肥跑光的"三跑地",在一个春天后,变成了保土、保水、保肥的"三保田"。

"这是村子有史以来最大的一块地啊！"饿了一辈子的老人王廷章哽咽了。那年秋天，村民碗里的窝窝头满得冒出了尖来。

在贵州紫云县白石岩乡的干水井村，有一口杂草掩盖的废石井，干裂的石碑上有一行模糊的碑文："人无神力，寸步难移；祈水在者，神必佑之"。

这口井建于嘉庆二十四年，当时，求水于神明是每个村民的精神寄托。

老人们说，西南的渴，渴得让人心痛。

滇桂黔石漠化区属亚热带季风气候，年降水量集中在900毫米至1800毫米之间，按理说，这丰沛的降水足以满足一切农作物的生长。

然而，山上的庄稼却"喝"不上这救命的雨水。大部分降水在石坡上还来不及停留，就被地下密布的溶洞、暗河吸走了。

"打井不行吗？"我们随口一问。

村民说，他们试着打了很多口井，却没打出来过一滴水，就算在峡谷低洼处打下去200米深，多半还是够不到水。

"能不能修水库蓄水？"我们还是不解。

干部们说，党和政府也着急，但那时候哪有条件啊，在地质复杂的石山区修水库是水中望月——可望而不可即的事。

每逢春旱，各个县里应急办公室就会立即召集所有洒水车往山里送水，但远水终究解不了近渴，长长的队伍早早地就把车罐里的水接光了。

曾经，渴极了的牛羊拱开牲口圈冲向屋里，一头扎进水桶和人抢水喝。

"眼望花江河，有水喝不着。"在银洞湾村，下到河谷打趟水要花4个小时；就算到了家里，一桶水洒得也只剩下半桶，不够吃啊！

村民掂了掂手中的钢钎，想出了一个最笨但又最聪明的方法——凿！在石头上凿出水池来蓄水！

娄德昌回忆，那时用不上水泥，村民就上山去寻找水平面上有大坑大的石头，这种是天然储水的好坯子。

村民们没白天没黑夜地凿。夜幕降临，朦胧的月光斜洒下来，幽幽的山谷中看不清人影，只看到这边亮一下，那边闪一下，那是村民手中的钢钎凿在石头上冒出来的火星子，跳动的火星就像镜头上的闪光灯，记录着村民为水奋战的每一个夜晚。

后来，积蓄了财力的地方政府发动了大规模人畜饮水工程建设，为村民修水窖、水池提供水泥和补贴。一时间，滇桂黔农村大搞人畜饮水工程建设的场面成了大山里的一道风景线——轰鸣的卡车车队从山脚出发，往山上送水泥、钢筋和砂石；村民在田边挖坑、砌砖、支模，到处一派热火朝天的景象。

太阳升了又落，月亮圆了又缺。转眼20多年过去了，夜色中，娄德昌带着我们爬上了那曾经传荡着"叮叮当当"凿石声的山坡。

"你看这些水池！"娄德昌指着山坡上映着粼粼月光的水窖，开心地笑了，"它们白天装太阳，晚上装月亮，多好！"

今天，水窖、泵站、塘坝、水渠等水利设施如一块块大山怀抱的碧玉，星罗棋布地镶嵌在滇桂黔山区每一座山岭上。

古代的西南之所以被称为蛮夷之地，一个重要原因就是路难走。大山就像一把巨大的枷锁，把人们牢牢禁锢在了山里。

破局，还需修路。

我们看到，一个红色的、直径约2米的巨大"凿"字，被刻在了西畴县岩头村的峭壁上，崖壁一侧，是一段宽阔的水泥通村路。这条路的故事，村民们用了12年去讲述。

岩头村就像它的名字一样，位于陡峭的石山之巅，这里峰连天际，飞鸟不通。

没有哪个地方的农民不希望家里的猪越长越肥，但岩头村村民却害怕家里的猪长肥——因为没有路，去镇里卖猪只能靠手抬肩扛。不到100斤的猪，村里的男人咬咬牙，能自己扛着下去卖，但是超过100斤就得雇人抬，而雇人抬猪的工钱抵得上卖猪钱的一半了。

村组长李华明摊开手："肥猪不如瘦猪值钱，你们说这是什么日子！"

早在20多年前，县里就想给岩头村修路，政府来看了几次后，无奈选择了搁置再议。西畴大山里有1774个村小组，比岩头村困难的还有不少，有限的财政要紧着最穷的救济啊！

与其坐等，不如自己修路。

2003年正月初六，就在其他村子还沉浸在过年的热闹中时，李华明和全村老少爷们来到村口，撸起袖子，扬起铁锤，凿起山来。

"你们村如果能通路，我就能用手心煎鸡蛋给你们吃！"山脚处的村民，不相信李华明能带着村民把路修通。

"困难是石头，决心是榔头。我就是砸锅卖铁，也要把路修上！"李华明咬牙说道。

开山要炸石，李华明让村民用绳了把自己吊起来，悬停在峭壁上打炮眼，脚下的万仞悬崖就这样凝视着他。

一锤又一锤，这一凿就是十多年。为了凑钱修路，村里有80岁的老人望

501

着家徒四壁的房子，把早就为自己准备好的老寿木卖掉了。

村民们凿弯了多少根钢钎，李华明记不得了，但他能感觉到自己的头发越来越白了，饭量也越来越小了，从小养大的看门狗都老得走不动路了。

通车那天，头一次见到汽车的老人，拄着拐棍颤颤巍巍弯下腰去，伸手去摸车屁股下的排气管，然后一脸疑惑地问大伙儿："你们说这汽车它分不分公母啊？"

站在"凿"字底下，李华明得意地问我们，"你们说我们这条路修得咋样？"

我们说，这条路就像插入大山的钥匙，打开了贫困的枷锁。满头白发的李华明跳了起来，拍手称好。

过去 30 年，滇桂黔人民凿山开地、凿石筑窖、凿山修路，掀起了基础设施攻坚战、大会战——云南完成中低产田改造面积约 3000 万亩，抵得上以色列整个国家的面积；广西建成的宽度 3 米以上的灌溉水渠总长度为 2.66 万公里，超过了南极到北极的距离；贵州建成农村通组硬化路 7.87 万公里，相当于绕地球赤道两圈……

试

十日无雨则为旱，一日大雨便成洪。滇桂黔的生态，脆弱得经不起折腾。

历史上，滇桂黔位居西南边陲，拱卫着中华大地，历来为帝王所看重。尤其从明代起，封建王朝开始大规模在这里开荒、屯田，以期"耕除荒秽，变桑麻硗薄成膏腴"。

《凤山县志》记载，宋皇祐五年（1053 年），凤山县境内有"户约二千余，丁口约八九千"；清朝雍正至道光年间，已经是"约万户以上，丁口约六万余"。几百年时间，人口增长了五倍；到 20 世纪 90 年代，西南地区的人口超载率已经普遍在 30% 以上。

"开荒开到山尖尖，种地种到天边边。"随之而来的，是越来越尖锐的人地矛盾。为了生存，村民只能拿起锄头，向更深的山区进发。

人进林退，林退土走，土走石进，石进人穷。就这样，脆弱的自然基底再加上人们的过度樵采，大石山区陷入了"越穷越垦，越垦越穷"的恶性循环，白色石斑不断扩散，一步步吞噬着绿色的山体。

"石头在长！"年逾古稀的老人脱口而出。

1980 年至 1990 年，滇桂黔的石漠化面积以 2% 的年均增长率快速增加，每年吞噬的土地约 1856 平方公里，这相当于每年从地图上抹去一个县！

20 多年前，刘超仁退休了，此前，他是西畴县兴街镇的一名小学老师。原本，刘超仁准备回老家江龙村享享清福，可村里山洪的暴发频率一年比一年高，粮食的产量一年比一年低，倒是这"口袋村"的名号越来越响了。

"这山连件衣裳都没有，还怎么护人周全？是不是这个道理？"刘超仁告诉我们，一味地垦山，就像喝慢性毒药，一时不痛不痒，却会折磨一生。

1985年，西畴县提出了"30年绿化西畴大地"的目标，吹响了生态保护的号角；1988年，全国岩溶地区的开发扶贫和生态建设试验区在贵州毕节市建立，滇桂黔开始走上了生态建设与开发扶贫同步推进的新路子。

看着光秃秃的山顶，刘超仁没心情侍弄花草了，他决定响应政府号召，上山种树。他盘算着，一个人种树力量太有限，还得发动大家一起种树。

可村民们还在温饱线上挣扎，谁会跟他干这种"吃力不讨好"的事？刘超仁上门催问得多了，村民们开始对他没好气了。

"放着退休的闲日子不过，你这到底要闹哪样？我看你是饱汉不知饿汉饥！"背着口袋、准备出门借粮的糙汉子瞪起了眼。

"村民恼了，你放弃了吗？"我们问。

"没有。"

那天，刘超仁暗自发誓，一定要让村里的"饿汉"变"饱汉"。

第二天，刘超仁就把写得密密麻麻的入党申请书交到了村党支部书记的手里，他要"名正言顺"地带着村民大干一场。那年，他58岁。

这个干巴巴的老人背着个旅行袋，走了好几个省找树苗，终于选到了心仪的树种——橘子树。回到家，他先在自家山坡上试种，第一次收获的橘子就卖出了10倍于玉米的价钱。

"能成！"刘超仁高兴极了，"这不就是一看二懒三皆空，一想二干三成功的事嘛！"

村民纷纷跟着刘超仁上山种树，光秃秃的石头山像变魔术似的，几年就全绿了。自那之后，山洪再也没有光顾过这个山村。

我们问："您前半辈子教书育人，后半辈子植树造林，这两件事有关系吗？"

刘超仁想了想说："我这辈子，一直都在播种希望。"

江龙村先行先试的经验很快得到了政府认可，在县政府的推动下，西畴县探索形成了"山顶戴帽子、山腰系带子、山脚搭台子、平地铺毯子、入户建池子、村庄移位子"的"六子登科"石漠化综合治理模式——把"山顶恢复植被、山腰退耕还林、山脚台地改造、平地推进高标准农田、家中建沼气池、整村搬迁"统筹推进。

20世纪90年代，滇桂黔三省双拳出击，以"生态＋工程"措施综合治理石漠化，掀起了植树造林、封山育林的热潮，在农村大力推广节柴改灶、以电代柴、沼气池建设等措施，"山、水、林、田、路、村"综合治理的号角越吹越响。

至此，大石山区的发展思路越发清晰：生态改善与脱贫致富都要抓，绿水青山与金山银山都得要。山还是那样高，水还是那样长，大石山里的人们，却换了种活法。

历史上的贵州关岭县，曾经"牛"气冲天。

"关岭牛"在明朝崇祯年间就已经闻名全国，位列中国五大名牛，曾经在20世纪80年代创造了年出口15万多头的外销纪录。

然而，关岭兴也因牛，衰也因牛。越来越多的关岭牛，把石山上本就稀疏的草慢慢啃光了，村民一度要把牛赶到山尖儿，才能找到几棵矮草吃。

"农民不养牛养啥？"乡亲们不愿意放弃祖宗传下来的产业。可如何把养牛致富与石漠化治理结合起来？

关键在于改变"啃山吃草"的老路子。关岭县政府牵住"牛鼻子"，成立了国有投资公司，建起一栋栋现代化牛棚，并从广西引进了保水保土又耐旱的皇竹草。

皇竹草似乎就是为了这片石山而生的，再硬的岩石，只要有缝隙，它就能把根深深扎下去。茂盛的皇竹草，一长就是一人多高，不到三年，皇竹草的种植面积就推广到了数万亩。

山上种草，山绿了；割草喂牛，牛肥了；牛粪返田，草茂了。有产有业的村民富了，漂泊在外的人们返乡了，关岭的"牛气"回来了。

30多年来，滇桂黔石漠化区抓住西南战后恢复建设、西部大开发、扶贫开发、生态文明建设、脱贫攻坚战的历史机遇，把生态修复与产业发展相结合，蹚出了石漠化治理的"西畴模式""凤山模式""顶坛模式""板贵模式""晴隆模式"等"求美求富"的好路子，培育了核桃、花椒、火龙果、中草药、养牛等"治山又治穷"的好产业。

我们看到，祖祖辈辈靠生活于此的人们，依然在靠山吃山、靠水吃水，只是方式大不一样了。

变

辛辛苦苦一辈子，为家里盖上几间像样的房子，几乎是每个农民最朴素、最真切的梦想。

住在漏雨的村民家中，围着塘火听他们讲过去的故事，我们感到，村民逐梦的过程是艰辛的，特别是二三十年前的大石山区，"住有所居"的梦想就像美丽的泡沫，一戳就碎。

地处云贵高原地震带核心区域、夏季山洪频发、交通闭塞、建材紧缺、建房技术落后……大把大把的原因阻挡着村民住上一栋好房子。

北方夏季看瓜菜时搭的窝棚你们见过吗？过去，苗族、瑶族常住的杈杈房就和它很像，杈杈房也叫茅草房，是用树枝交叉搭成人字形屋架，顶上再搭些茅草，就算"房子"了。

为什么西南地区是全国茅草房占比最高的地区？

除了穷，地方方志中还有一种无奈的解释——这是一种类似"物竞天择，适者生存"的智慧。过去，大石山区山洪频发，位置低些的房子容易被冲走，久而久之，有不少村民选择了"锅箱靠床"的茅草房，就算房子被冲走，再建起来也容易。

即便村民用好些的材料盖起了楼房，那也是一楼养猪鸭、二楼住人、三楼储粮的人畜混居吊脚楼，主人每天伴着猪哼声入睡。这种房子虽然能抵抗一定的涝灾，但是一到夏天便粪污横流、臭气熏天。

1994年，广西开始在自治区内推进"异地安置工程"试点工作，把第一批住茅草房的村民接进了水泥瓦房。

一位老太太小心翼翼地抚摸着新房雪白的墙壁，高兴地说不出话来。几天以后，政府的干部来回访，发现新房里老人没了踪影！几番折腾，干部们终于在老人破破烂烂的茅草房里找到了她。

"你咋又回这来了？好好的瓦房不住，非要来这受罪？"气喘吁吁的干部们又急又气。

"等大水把我这杈杈房冲塌了我再搬过去……那么好的房子，我还舍不得住……"老人坐在床角，喏喏道。

这是怎样一种深入骨髓的心酸！

这是在经历了多少次洪灾的摧残后才有的悲凉！

对于"一方水土已养不了一方人"的重度石漠化地区，搬，是摆脱贫困的最后希望。

继被列入全国14个连片特困区之后，2015年，《中共中央国务院关于打赢脱贫攻坚战的决定》指出，滇桂黔石漠化区的扶贫开发已进入啃硬骨头、攻坚拔寨的冲刺期。

在贵州贞丰县的易地扶贫搬迁安置点"心安处"社区，办事大厅里竖立着醒目的两行字——我身本无乡，心安是归处。

这一栋栋崭新的白楼，承载了 7331 名村民关于家的梦想。

从山沟搬进县城，从草房搬进楼房，村民的生活发生了 180 度大转变。尽管"心安处"社区给 7331 名村民准备好了新房的钥匙，但不少村民思想的枷锁还没打开。

金窝银窝，不如自己的草窝。因为久困于穷，不少村民给自己画地为牢，只看到了眼前的顾虑：下山以后，买葱要花钱，吃粮要花钱，就连喝水也要花钱。

我们看到了这样的党员干部，为了动员村民们从穷山沟里搬出来，他顶着太阳，爬上了最偏、最远的山崖；一天下大雨，他在雨中昏倒了，村民把他送到医院的时候，血压仪上的数字把所有人吓了一跳——高压 220！

在干部们倾听过 7331 种不同的声音、遍访过每一座山头之后，村民们心里的一团火烧起来了，他们同意搬家了。

挪穷窝是好事，可接下来在社区发生的事是我们没有想到的。

"这是谁尿的！"楼道白净的墙面上，一摊黄色的尿渍格外扎眼，社区党支部书记张忠文生气了，刚刚入住的安置房就发生这种事，他决定严厉追查。

原来，在楼道小便的是一位 60 多岁的老农民，他住惯了山顶的杈杈房，习惯了在天地间如厕，根本没见过马桶，更不知道马桶怎么使用。

住进新房第一天，他憋尿憋了半天，可围着几个房间转了好几圈，只觉得哪里都干干净净的，也不知道到底哪个才是茅房。后来实在憋不住了，但他又舍不得尿在新家里，只好出门尿在了楼道。

得知真相的张忠文哭笑不得，这也不能怪农民啊，老人一辈子没下过山，怎么会知道高级的冲水马桶怎么用呢？

不仅如此，很快，其他社区干部反馈过来类似情况：有的妇女习惯了"锅箱靠床"的茅草房，竟然把厨房认作是卧室，把床板搬到灶台旁住下；有的老人不识字，觉得一栋栋整齐的楼房长得都一样，下去溜达一圈就找不到家了；有的孩子五六岁了，还从来没用过卫生纸上厕所，大便完还撅着屁股找树枝。

张忠文召集所有社区干部、楼长开会——立刻去到各自所管片区的每家每户，把村民遇到的问题，无论大小，全部记下来！

基层干部们给我们还原了当时的场景：一连几天，原本工位排得满满当当的社区办公室里，却看不到几名社区干部，几乎所有人都来到了安置楼里，他们挨家挨户、手把手地教村民如何上厕所、怎样挤牙膏、怎么拧开煤气灶开关、怎么识别楼牌找到家……

社区的干部把帮助村民"快融入"做到了极致。除了配套一大批扶贫车间和产业园区来保障村民"致富有门路"之外，我们感到，社区花心思最多的就是让每个村民找到"家的感觉"。

楼下的花坛里，种的是从山上移栽下来的花草和树木，虽然村民上了楼，还是能低头就找到故乡的感觉；社区开辟了"烤火房"，村民们能经常聚在一起烤烤火、唱唱歌，尽管告别了坝坝戏，村民们还是能找到围着火塘闲聊时的乡情……

村民变了，他们开始用心经营起自己的小家了，他们不再连夜偷偷跑回山上的老房子，而是亲手写上几幅春联，用心地贴在新家的门框和阳台上。尽管村民还是会和摊主争个面红耳赤，只为能抹去买菜的两毛钱零头，但他们更愿意花10块钱买上两张领袖的海报，小心翼翼地贴在新家客厅的墙上。

5年时间，这片地区有358万人搬出了大山，搬进了新家；5年时间，358万把新房的钥匙，开启了358万种崭新的生活。

人们都说，多彩贵州、七彩云南、精彩广西。滇桂黔石漠化区虽曾极度贫穷，却也极其美丽。

这片大地上，壮乡与苗岭相连，彝山和瑶寨相依，20多个少数民族用山歌与舞蹈演绎着西南山区的千年文明。

贵州的晴隆县，培育出了一个少数民族同胞寄托乡愁的乐园——阿妹戚托小镇。

"阿妹戚托……哟！"

"阿妹戚托……哟！"

"啪！"双脚一抬一落间，脚掌叩击地面传出了清脆悦耳的舞步声，这是彝族姑娘出嫁时，全村老少一起唱跳的"阿妹戚托"歌舞，只要歌声响起，就预示着彝寨有了喜事。

乔迁新居，就是天大的喜事。

阿妹戚托小镇居住着从三宝乡整乡搬迁过来的6000多名村民。政府在规划设计小镇时，充分考虑了村民融入和文化传承问题——小镇依山而建，很有西江千户苗寨的味道，每栋房子上都有特意设计的"虎"和"牛"的图案，那是彝族和苗族的精神图腾；移民新区的芦笙场、游方长廊、文化街等民俗区配备齐全，斗牛、对歌、篝火舞的乡俗在这里得到了传承。

夜幕降临时，阿妹戚托就会把它的美肆意展示出来。

每天晚上，阿妹戚托的万人广场上鼓声擂动、芦笙响起，90多位衣着民族盛装的彝族、苗族姑娘，就会在闪烁的灯光下惊艳亮相，如蝴蝶穿花般在广场上翩翩起舞。

广场外围，是来自全国各地的游客，大家摩肩接踵，高举手机争相拍照。

唱着民族歌，跳着民族舞，乡亲们的幸福生活成了别人眼中的风景。对搬到这里的村民来说，小镇不仅是美丽的 3A 级旅游扶贫示范区，更是灵魂的归宿。

最后，广场中央燃起了熊熊篝火，游客们放下手机，和素不相识的村民们挽起了手，成百上千人围成一个个同心圆，大家在如海如潮的歌声中不停变换队形，聚似一团火，散似满天星。

这场面让我们想起了西南地区一年一度盛大的歌圩节，我们被这场民族狂欢深深地感染和震撼：镜头下，这么多张幸福的笑脸，这么多双紧扣的手，都在火光照映下凝结为美好生活的精彩瞬间。

鼓，敲开黎明；火，照亮黑暗；芦笙，吹响幸福。

滇桂黔石漠化区的战贫历程就像一部荡气回肠的史诗。

30 多年前，这里草木不生、人畜枯槁，是一片"受到诅咒"的险恶绝地；30 多年后，这里山清水秀、宜业宜游，成了孕育着无限希望的生机之地；30 多年间，生活于此的人们如孙大圣与石斗法、坚韧不拔，历经九九八十一难取回致富真经。

一万多个日夜，滇桂黔石漠化区有超过 800 多万名的贫困人口甩掉了贫困的帽子。

这，是发生在西南大地上真实的攻坚故事；这，是书写在滇桂黔发展史上的减贫奇迹！

代表作三：

让世界聆听西藏

"太阳啊霞光万丈，雄鹰啊展翅飞翔。高原春光无限好，叫我怎能不歌唱……"

壮美的西藏，从不缺乏歌唱。数百万年前，大陆板块的抬升，赐予藏地独特的高原美景。生活在这里的人们，以高亢悠扬的歌声，歌唱苍穹、太阳、雪峰和奔涌的雅鲁藏布江。

然而，大自然有多壮美，就有多残酷。

进藏第二天，感受过空气稀薄带来的肺部紧缩，见识过翻越 5000 米高峰时的剧烈耳鸣，体味过缺氧失眠后的头痛欲裂，我们才真正意识到，高海拔意味着什么。

在严酷的自然环境中，行走、交谈甚至呼吸，这些原本再平常不过的事情，都变成了挑战。不光是人,从内陆地区开过来的汽车也好像有了"高原反应",动辄不听使唤,遇到个小山坡,都得轰着油门才能冲上去。

对西藏人来说,大自然的残酷远不止于眼前所见,更在于发展上的"卡脖子"——喜马拉雅山和喀喇昆仑山—唐古拉山这南北两道高墙,将暖湿气流阻挡在外,造就了寒冷干燥的气候和漫长的严冬,西藏年平均气温高于10℃的天数,大部分地区不到50天,最高的也不到180天;占全国12.8%的广阔国土面积,被重重雪峰分割成一个个小口袋,只有"口袋"底部那一点温暖河谷才适宜农耕;重点生态功能区和禁止开发区分别占67.8%和37.6%,脆弱的生态系统和深度贫困纠缠在一起,使这里成为全国贫困发生率最高、贫困程度最深的地区,成为全国唯一的省级集中连片深度贫困区。

在雪域高原,湖水旁行走的每一头牦牛,草原上盛开的每一朵格桑花,都拥有顽强的生命力。在这片土地上生活的人,也从没有因自然的严酷放弃追寻幸福。而他们,走出极度贫困究竟需要多久?

"雪山啊闪金光,雅鲁藏布江翻波浪。驱散乌云见太阳,幸福的歌声传四方……"

序曲拉开,高亢的歌声刺穿贫穷的阴霾。

翻身道情

走过茫茫的雪原,
才知太阳的炽热。
经过漫漫长夜,
才会拥抱黎明的彩霞。

从克松庄园到克松村、再到克松居委会,在"西藏民主改革第一村"克松村的村史陈列馆里,一段过去的故事鲜活地呈现在我们眼前。

"即使雪山变成酥油,也是被领主占有;就是河水变成牛奶,我们也喝不上一口。"曾经农奴间传唱的苦涩歌谣,道尽了西藏数百年封建农奴制的沉沉黑暗。当时,占西藏总人口95%的百万农奴,不仅终生处于极度贫困,甚至连自己的生命都由不得自己做主。

那个时候,克松村还叫克松庄园,是旧西藏统治最黑暗、最残酷的农奴主庄园之一,农奴们被当作"会说话的牛马"。一位叫其美措姆的老妈妈,三代都是农奴,母亲在马棚里生了她,她又在牛圈里生了女儿。这一辈子,她早记不清挨过多少打骂,也记不起自己和女儿的确切年龄。

幸福也许只有在来世吧,饥寒交迫中,其美措姆安慰自己。

终于，到了 1959 年，格桑花迎来了春天，雪域高原换了人间。民主改革的烈火熊熊燃起，烧掉了地契、卖身契，也烧掉了压得"其美措姆"们喘不过气的枷锁。他们围着火堆唱啊，跳啊，尽情享受生来第一次的自由。这时，16 岁的少年索朗多吉看见父亲欧珠拿起一块木牌，重重地插进土地里，然后从田地里捧起一抔土，不住地亲吻。因为那可不是一块普通的牌子，而是代表着他们第一次有了属于自己的田地。

这一次，克松村共有 59 户 302 名农奴分到了属于自己的土地、牛羊和房子。几个月后，村里选举成立了西藏第一个农村党支部——克松村党支部。60 多年后，克松村变成了克松居委会，克松人依靠种饲草、建大棚、搞旅游，年人均收入达到近 2 万元。

"现在的变化真是天翻地覆。"坐在自家小院的树荫下，70 多岁的索朗多吉喝了一口酥油茶，感慨地说。几十年间，他不仅从农奴的孩子成为退休干部，看病有医保，还住上了 200 多平方米的二层小楼。

似乎觉得语言不够直观，索朗多吉干脆带我们参观起了自己的家。楼上楼下 10 间藏式房屋宽敞明亮，整洁干净的院子里，栽下的果树已是果实累累，阳台上鲜花正艳，高原的阳光暖融融地倾洒进来，给树叶和花朵镀上一层流金，定格成一幅隽永美好的画面。

迁徙新声

一曲曲呀啦索天高地广，
一朵朵雪莲花装扮故乡。
太阳的故乡天高地广，
这就是我心中，
心中的西藏。

虽然从封建农奴制一步跨入社会主义，但西藏发展的基础实在太弱。

早在远古时期，高海拔高寒、地质灾害频发的西藏，就是"危险"的同义词。《舜典》中记载："窜三苗于三危。"其中的"三危"，就是指西藏。1930 年的《西藏始末纪要》这样形容进藏的道路："乱石纵横、人马路绝、艰险万状、不可名态。"

曾经有位女记者回忆自己的经历，某年 11 月她徒步 4 天进入西藏墨脱采访，却碰上大雪封山，道路和电话全部中断，她被困了将近 5 个月，直到第二年 3 月冰雪解冻，才走出墨脱。

"山顶在云间，山脚在江边，说话听得见，走路要一天。"作为中国最后一个通公路的县城，墨脱曾经被称为"高原孤岛"。当地人辛酸而深刻的回忆，则大多与"背夫"这种职业有关。通公路前，小到一针一线，大到钢筋水泥，都是要靠背夫翻雪山、过塌方、穿峡谷运进来。背夫们风餐露宿，生死难卜，只为赚一斤货物几块钱的酬劳。

除了交通不便，10 余万生活在极高海拔地区的人们，更面临着风湿、高原性心脏病等高原性疾病的威胁。平均海拔 5000 米的那曲市双湖县，成年人患风湿病的比例高达 55%，多血症患病比例达 45%，高血压患病比例 40%。在全国人均寿命不断增长的今天，双湖县的人均寿命还只有 58 岁。

要发展，先得解决"一方水土养不活一方人"的问题。

搬！从"孤岛"里搬出来，从高海拔搬下来！

如果说墨脱是"高原孤岛"，那么位于雅鲁藏布大峡谷里的墨脱县鲁古村就是"孤岛中的孤岛"。从村里到墨脱县城，途中要翻越海拔 4000 多米的嘎隆拉雪山，足足需要 7 天时间。

18 岁之前，鲁古村的藏族青年贡桑从来没有洗过澡，没见过马路和汽车。他的生命轨迹更是早早就定好了，像父亲和哥哥一样做背夫，靠一把力气搏命赚钱。

转机发生在 2003 年，作为西藏易地扶贫搬迁的一部分，鲁古村整村搬到了林芝市米林县。外面的世界一下子向贡桑打开了大门，他在村里的澡堂洗了第一次澡，第一次见到来来往往的汽车，第一次种起了车厘子，第一次开办了自己的藏式旅游民宿……

18 岁之后的贡桑，开启了与父辈截然不同的人生。2017 年，他脱贫摘帽，又花 30 多万元买了一辆货车，现在偶尔跑跑运输。

"过去想都想不到今天的日子。"我们坐在贡桑的新家客厅，藏式茶几上摆着热腾腾的酥油茶，袅袅热气中听他讲起过去的故事，恍如隔世。

与父亲相比，贡桑 8 岁的女儿益西卓玛更为开朗，我们猜，这也许是因为她上过学、能说一口流利的汉语。谈起自己将来的打算，小女孩黑白分明的大眼睛中透着自信和坚定："我长大要当老师，教给更多同学知识。"

不同于贡桑，白玛 70 多岁的人生已经历过两次刻骨铭心的迁徙，一次向北迁，一次往南走，一次是为生计所迫，一次是为了过上好日子。

20 世纪 70 年代，为解决人口集中、牛多草少的问题，时任那曲市申扎县县长的洛桑丹珍把目光投向了藏北无人区。那片人迹罕至的荒原曾被人称作"天地相连的尽头"，说是"背上背的叉子枪都能划着天空咔嚓响"。为寻找生存领地，洛桑丹珍带队，开始向荒原进发。路途艰苦而危险，有时，几天喝不上水，只好口含生肉；有时，熟睡中一阵大风就把帐篷吹跑。

好在罪没有白受，他们发现，无人区确实有不少水草丰茂的地方。于是1976年，一场牧民和牛羊的大迁徙，浩浩荡荡地开始了。终点，就是那片荒原——后来成立双湖县城的地方。

白玛时任嘎措乡书记，带着300多名牧民和3万多头牲畜，走在这支挺进藏北的迁徙队伍里。他们顶风冒雪足足走了3年，"有的人鞋子丢了，只能光着脚继续走，把脚都冻坏了"，总算在300多公里外的一片草场落了脚。

就因为这件事，乡里人都佩服白玛。他们说，白玛是一头好的"领头牛"，如果不是他领着，我们走不过这里的暴风雪。

到了新家，能活下去了。要活得好，却很难。

没路，没水，没电，牛羊圈都要现垒，连石头，都要一块块背上5000米的高海拔。

坐在贡嘎县宽敞明亮的新居里，白玛向我们回忆起那段胼手胝足建立家园的历程。这时，白玛的妻子过来倒酥油茶，我们注意到她的大拇指总是弯着，当地干部告诉我们，这是高原风湿病的结果。

双湖县平均海拔5000多米，是我国海拔最高的县，被称为"人类生理极限试验场"。这里每年8级以上大风天超200天，空气含氧量仅为内地的40%，高原病多发，贫困发生率一度高达35.67%。

2019年，西藏极高海拔生态搬迁项目正式开始实施，双湖县嘎措乡"毫无悬念"地在首批搬迁名单之列。白玛和乡亲们将从高原"生命禁区"，搬到海拔3600米的贡嘎县森布日极高海拔生态搬迁安置点。

这次，白玛却犹豫了。他不舍得一砖一瓦建立的家园，不舍得家里的牛羊，想起几十年前的旅途艰辛，他更担心自己这把老骨头能不能再承受一次。

为了打消这些顾虑，那曲市专门成立了生态搬迁指挥部，挨家挨户做工作，讲搬迁后的政策，描述外面的生活。终于，白玛点了头，带头打包起自家的行李，在他的带动下，乡里人纷纷投入第二次迁徙的准备工作中。

2019年12月29日，40多辆大客车拉着嘎措乡的人们出发了，年纪最大的80多岁，最小的是被父母抱在怀里的婴儿。

白玛没想到，这次路上只花了两三天时间，而且是舒舒服服地坐着车，吃得好、喝得好。他也没想到，新房子这么宽敞这么好看，一开水龙头就有哗哗的自来水，冬天再也不用凿冰取水了。他更没想到，留在家里的牛羊，也都有人想着，村里专门成立了合作社，统一选派青壮年留守放牧。

人往南迁，羊往北走，书写了一段藏北无人区从开发建设到回归生态的变迁史。

尼玛县荣玛乡是西藏首个高海拔地区生态搬迁试点。2018 年 6 月 17 日，太阳还没升起，几十辆大巴车已经从荣玛乡出发，载着 1000 多名牧民，向着千里之外的拉萨出发。人们搬到更适宜生存的地区，将这片家园归还给高原精灵藏羚羊。

一路上，已有身孕的嘎玛德措笑得合不拢嘴，她不住想象，即将入住的房子什么样？自己的宝宝将在怎样的环境中出生？

穿过广袤旷野，绕过湛蓝湖泊，车子终于抵达了拉萨堆龙德庆区荣玛乡高海拔生态搬迁安置点。出现在眼前的新家，美丽又亲切——依山而建的藏式二层楼房错落有致，彩色的果热装点着屋檐，大大出乎嘎玛德措的想象。

然而很快，第一个问题来了，过去嘎玛德措取暖、做饭都是用牛粪生火，她不会用煤气，不会用卫生间，怎么办？荣玛乡乡长肖红强想了个"笨办法"，手把手上门教，不只是嘎玛德措一家，肖红强还记得刚开始，牧民们"水管爆了、电器坏了、家里没电了，都找我们。"

嘎玛德措的问题解决了。而上过一年小学的尼加尼玛头脑更灵活，他不仅快速地适应了新生活，还敏锐地发现了搬迁带来的商机——装修。"我也没学过，就在别人做的时候边看边学，过了几个月就学会了。"尼加尼玛自豪地对我们说，2020 年，那曲市投入 1962 万元扶贫资金建设了一批扶贫门面房，对有经商意愿的高海拔搬迁群众招租，他第一个就报了名，开起了自己的装饰装修店，刚开业两个月就赚了两万多元。

不过，眼下对尼加尼玛最要紧的事，是供四个孩子好好读书。自己因为没上过学吃过的苦头，他是不想让孩子再尝了："将来他们只要能考上，不管读到哪里都要供下去。"

创富交响

献给您，
献给您一条洁白的哈达。
这里的歌声带给您欢乐与幸福，
吉祥的美酒浸满真诚与祝福。

在西藏，海拔是一个非常重要的概念。我们每到一处，都要先问，这里海拔多少？海拔越高，空气含氧量越低，生存条件也就越艰苦，甚至连植物的特点也很不相同。

在海拔超过 4000 米的地区，人就是最高个子的生物。那里没有树，连草都是贴着地生长的。

　　"低海拔地区是种什么长什么，养什么活什么，但西藏发展扶贫产业，一定要做到因地制宜，要不然就会出现'高原反应'。"为了说明这一点，西藏农业农村厅计划财务处副处长旺玖给我们讲了个故事。

　　几年前，藏南地区一家养牛场从内地引进了50多头黑白花奶牛，品种优良，日均产奶量可达80多公斤。但一进藏，奶牛就出现了"高原反应"，不仅产奶量下降，死亡率也很高，最后只剩下10多头。

　　也难怪，高原的气候常是阴晴不定，让人难以捉摸。往往前一秒还是艳阳高照，下一秒就落下米粒大小的冰雹；明明刚才还热得穿半袖，下了一场雨就恨不得套上棉袄。这样的气候，什么样的庄稼能长大？什么样的牛羊能养好？

　　"这是喜马拉雅紫茉莉，10月就能收获了。"在米林县南伊村藏药种植基地，指着一片看上去不太起眼的草本植物，桑加曲培告诉我们，这是他成立的扎贡沟藏药材合作社种植的主要品种，也是村里贫困户致富的希望。

　　米林，在藏语里的意思是"药洲"。据史料记载，公元8世纪时，藏医大师宇妥·云丹贡布在山清水秀的贡布药乡（今米林县）开办了第一所藏医学校，培训基地就在扎贡沟。如今，年平均降水量675毫米、平均气温8.2℃，千年扎贡沟良好的气候条件，不仅滋养了雪莲、贝母、黄牡丹等3000多种珍贵的藏药材，还点燃了藏地特色产业的星星之火。

　　2007年，桑加曲培从西藏藏医学院毕业，自己开起了诊所。但在行医过程中，却苦于优质藏药缺乏，常感觉所学的藏医药知识没有用武之地。于是，他干脆抓住米林县农牧局技术培训的时机，学起了藏药材种植和市场推广。2013年牵头创立扎贡沟藏药材合作社，经过7年多的发展，如今已有52亩种植基地、38户社员，年收入近40万元，5户贫困户在这里打工。

　　在基地，我们见到了忙着管理药材的人们。几乎每个人背后，都有一个故事：只有一只手的达友，是家里七口人中的主要劳动力，过去只能靠卖奶渣、酥油勉强维持生活，加入合作社后，达友学会了种植藏药材，每年仅打工收入就有5000多元，去年还在合作社分红6000多元；南伊村最后一个脱贫的米热，过去是有名的"懒汉"，村里发展藏药材产业以来，米热在村干部和技术人员的指导下，开始订单种植白灵芝等藏药材，2019年收入1万多元……

　　而在未来，这一个个故事将连点成线、连线成面。"那里将建设一座藏医药博物院，再加上附近的8家藏医药生产加工企业、2家藏药材种植合作社以及米林县藏医院、藏医学院，我们将打造一座'药洲小镇'。"米林县委宣传部部长李月平指着不远处的一片建筑介绍说。

如果说献哈达，是藏族最隆重的待客礼仪，那么，藏药、青稞等特色农产品，就是西藏馈赠世界的珍贵礼物。

你见过黑色的青稞吗？

在山南地区隆子县，每到金秋时节，常能见到大片的黑青稞，这当中还有个美丽的传说。传说公元712年，金城公主和亲吐蕃的途中带了许多作物种子，在经过隆子河谷时，黑青稞种子不慎从公主的"邦典"（藏式围裙）中掉落，由此经过千年的种植，形成独特的地方品种。

也许是美丽的巧合，也许是生民千年间的选择，黑青稞的确是一种非常适宜当地盐碱性土壤种植的品种。这里种出的黑青稞，做成糌粑口感细腻、麦香浓郁，深受藏区和不少内地消费者的喜爱。

"农民种地产青稞，但由于没有销路，大部分是自给自足。"怎样让好品质带来真金白银的效益？在热荣洛旦农畜产品加工合作社负责人洛旦看来，合作社就是要做"桥梁"，把地方的特色产品卖出去，变成农民实打实的收入。去年，合作社累计为周边89名建档立卡贫困户分红达7万元。正是在这一家家合作社和企业的带动下，隆子黑青稞从一个美丽的传说成长为市场化的产业，全县黑青稞种植面积从1.3万亩提高到3.3万亩，每年创收1000多万元。

当然，故事的发展并非总这么顺利，有时也难免有些小插曲。

"小时候家里穷，粮食都没得吃，哪有人种辣椒。"1949年出生的平措加布是土生土长的朗县聂村人，也是全国劳动模范。他告诉我们，朗县位于林芝市西南部，雅鲁藏布江穿境而过，全年日照充足，昼夜温差大，很适合辣椒生长，当地农民种辣椒已经有800多年的历史。但西藏自治区成立之初，吃饱肚子才是第一要务，村里几乎没人种辣椒。

直到20世纪90年代，平措加布发现，种辣椒有赚头！"当时辣椒亩产3000多斤，青稞只有七八百斤，我们可以去不种辣椒的村子，一袋辣椒换一袋粮食，既有粮食上交，自家还能赚点钱。"那几年，他常溯雅鲁藏布江而上，沿着峭壁间的羊肠小路，走到318国道沿线，去周边的村了卖辣椒。在他的带动下，村里种辣椒的逐渐多起来。近些年，随着市场经济的风吹进高原，效益高的辣椒也越来越受村里人欢迎。

"种多了，有一年农民的辣椒就卖不出去了，还有人为这事到乡里去闹，嚷嚷着说，让我们种辣椒，现在卖不出去怎么办？"平措加布带我们走进他的朗敦辣椒专业合作社，在浓郁的辣椒面味道中回忆道。也正是这一年，平措加布带头成立了合作社，最开始只是为了收购村民卖不出去的辣椒。如今，靠着生产辣椒面、辣椒酱等农副产品，合作社年销售额已达到 200 多万元，带动 3 户贫困户脱贫。

"辣椒卖不出去,农民着急,我们更着急。"朗县副县长阿沛次仁快人快语，他告诉我们，其实近两年还有一次辣椒滞销的事件。2018 年，为推动脱贫致富，县里动员农民发展辣椒产业，全县辣椒种植面积一下子由 2000 亩增加到 4000 亩，但因为多年来辣椒产量一直保持稳定，猛一下子翻番后又没有完全打通销路，农民的辣椒滞销了。

"火烧眉毛，就是想先要把辣椒卖出去。所有县领导都要包村，所有公职人员包户，帮农民卖辣椒。"阿沛次仁还记得，那会儿不管去哪里，车子后备厢都装着满满当当的辣椒，坐在车里，辣椒味儿都钻鼻子眼。全县党员干部动员了所有资源，几乎是见人就推销，总算把滞销的辣椒都卖出去了。

"这种推销方式只能是应急之举，要真正把产业做起来还是得打通销路。"痛定思痛，人们明白过来。于是第二年，朗县专门引进劲朗食品加工有限公司，把鲜辣椒加工成佐料、辣椒酱等特色产品。现在，全县的辣椒产量仅靠这一家企业就能完全消化。次仁自豪地说，2019 年朗县辣椒种植面积再翻了一番，达到 8000 亩，不仅没有滞销，还出现了供不应求的情况，优质辣椒在市场上能卖到每斤十几元："前几年遇到问题都找市长，现在都去找市场咯。"

寻宝小调

是谁带来远古的呼唤，
是谁留下千年的祈盼。
难道说还有无言的歌，
还是那久久不能忘怀的眷恋。

西藏最美的，不只是蓝天、白云、雪山，更为绚烂多彩的是千年传承的特色藏族手工艺。从鎏金屋顶上的精雕细刻，到堪称视觉盛宴的唐卡，从工艺复杂的藏式编织，到防虫防腐的藏纸，东西南北的风汇到一处，汇聚成消融贫困坚冰的春风。

在西藏，从民居到寺庙，从房屋装饰到家具摆设，几乎到处都能看到藏式木雕的身影。繁复的花纹，艳丽的色彩，精湛的手艺，无不让人叹为观止。而其中的佼佼者，就是扎囊虮雕。

"虮雕"的名字，源自一粒青稞雕刻的虮子。传说 300 年前，哈岗庄园里有一个吝啬的管家和一位手艺高超的雕刻师。一次，管家故意刁难雕刻师，让他雕一个动物，如果观者以为是真的就有赏，否则就要砍断他的手。雕刻师将一粒青稞雕成一只虱子，放在庄主的茶几上。庄主发现后便训斥管家："茶几上怎么会有虱子？"听说真相后，庄主将雕刻师视为奇才。后来，这位木雕师的传承人到了扎囊县扎其乡，收徒授艺，虱雕手艺也由此流传下来。

从传说中，也可见虱雕工艺的精细。"选料、构图、绘画、雕刻、抛光、着色，每一步都不能有半点差错。没有耐心，做不出好作品。"在扎囊县虱雕工艺园，我们见到了 60 岁的虱雕技艺第六代传承人白玛占堆，岁月在他的皮肤上刻下深深的痕迹，黧黑的脸庞笑容很少，只有说到虱雕作品时，整个人才像是活了起来。

白玛占堆的父亲曾是虱雕技艺的第四代传承人，但由于生计所迫，他起初并没有子承父业，而是选择以木匠为生。直到 25 岁，在村里人的鼓励下，为了不让虱雕技艺失传，白玛占堆决心把这门手艺传承下来。

一旦下了决心，就什么困难也阻挡不了他的脚步。当时很多虱雕老艺人已经不在了，找不到师傅学习，他就求人搭拖拉机去拉萨、去各地，先后找了三位老师学手艺；虱雕作品留存少、创作没有参照物，他就去罗布林卡、布达拉宫、敏珠林寺，仰着脖子一看就是一整天，专门琢磨雕梁画栋中的虱雕技艺。

终于，白玛占堆出师了，他雕刻的作品受到了市场的欢迎。于是他成立了"娘热阿妈藏式家具厂"，在附近的村子招收了 20 多名待业青年做徒弟，让他们有一门致富的手艺。事业越做越大，2012 年白玛占堆成立了扎囊县扎其虱雕工艺合作社，还专门针对贫困农民开设培训班。现在，在合作社学习虱雕技艺的有 80 多人，其中近一半是家庭困难户。

前后教过这么多徒弟，话不多的藏族青年丹支给白玛占堆留下的印象最深。丹支是扎其乡罗堆村的贫困户，和有精神疾病的母亲相依为命。2013 年，15 岁的丹支来到虱雕工艺园学习，虽然寡言老实，但学习却十分努力，学成后就留下工作，每年收入都能有七八万元左右。去年，丹支不仅靠这门手艺脱了贫，还盖起了新房子。白玛占堆高兴得很，专门雕刻了 5 张藏式沙发床和 4 张藏式桌子送给丹支，庆祝他的大喜事。

60 岁的白玛占堆接下来的计划还很多："我希望能把工艺园发扬光大，将虱雕工艺传承下去，让更多人有一技之长，让贫困户有持续致富的产业，让我们的下一辈、下下辈人都知道西藏有这么惊艳的技艺。"

高原上的人们相信，格桑花能给他们带来幸福。而在追寻幸福的途中，藏地千百年传承的文化，正开出一朵朵"格桑花"，为藏族儿女描绘出一个又一个新的梦想。

在扎囊县残疾人创业基地，我们见到了24岁的罗布旺堆，如果不是先听说了他的名字，几乎很难想到这是个藏族青年。他的皮肤不见高原人常有的黑红色，反而显得很白皙，每次说话前都会露出一个略显羞涩的笑容。

基地内的制作车间很大，被分成校服组、藏式服装组、藏式工艺品组、绣花组等几个区域。罗布旺堆所在的藏式服装组，正在赶制一批藏袍的订单。他告诉我们，家里五口人，劳动力只有他和妹妹。因为他听力不好，过去只能靠妹妹在外打工养活全家，他心疼妹妹，又没有办法。

2018年，罗布旺堆获得到基地务工的机会后，学得格外用心。功夫不负有心人，他迅速掌握了要领，现在已经是个熟练工了，每月工资有4000多元，去年家里已经脱贫。但罗布旺堆还不满足，他希望能让妹妹不用那么辛苦："要学好手艺，将来靠自己的双手开一家服装店，让父母弟妹的生活更好。"

扎囊县扶贫助残服饰加工有限公司总经理琼达告诉我们，氆氇是用手工织成的毛呢，古代西藏盛产羊毛，不产棉花，藏族妇女几乎都会编织氆氇，藏族人用它缝制藏袍、藏帽、藏靴。"现在我们生产的氆氇用的是改良的现代化技艺，性能更优越，耐磨不易起球。"琼达说，现在在基地工作的，有像罗布旺堆一样的33名残疾人，他们不仅不用靠补助，还能自己赚钱贴补家用。

在西藏山南，提起"泽帖尔"，几乎无人会觉得陌生。"泽帖尔"是藏族手工生产的最高级羊毛织品，又称哔叽。"泽帖尔"质地柔软、持久耐用、冬暖夏凉，旧时，上等哔叽制成的服饰曾是专门供给达赖喇嘛和西藏高官的专属品，其生产技艺有着上千年的悠久历史。

但是随着时代的不断发展，各类现代纺织产品不断涌现，"泽帖尔"这门民族传统技艺濒临灭绝。到了2007年，能够掌握"泽帖尔"纺织技艺的仅有5人，年龄最小的也已经80多岁了。眼看民族技艺将永远消失在历史的长河中，很多人看在眼里，急在心里。巴桑，这个来自山南市乃东区的藏族汉子更是心急如焚。

2008年5月，巴桑发动当地7名农民，成立了山南地区第一个农民专业合作社——乃东区民族哔叽手工编织专业合作社。合作社专门聘请了5位80岁以上的高龄手艺人，寻找和制作编织工具，回忆精羊毛选料、加工、染色和毛哔叽编织工艺流程，并向招收的贫困户学员手把手地传授"泽帖尔"纺织技巧。

两年后，一批学员掌握了泽当毛哔叽的手工编织工序和技能，合作社注册了"泽帖尔"商标，非物质文化遗产"泽帖尔"被救活了！如今，在合作社长期稳定就业的贫困户已经从最初的 9 名增加到现在的 105 名。

这就是魅力无限的"泽帖尔"。

又何止是"泽帖尔"？

作为雪域高原孕育出的神奇而独特文明的一部分，"泽帖尔"重返大众视野不是特例。近年来，藏纸、唐卡、藏戏，藏医、藏药等众多藏传文化瑰宝，也都逐渐从传统走向现代，焕发出了新的光彩。

在与布达拉宫隔河相望的拉萨慈觉林村，受益于大型藏文化史诗剧《文成公主》的上演，村民们白天务工务农，晚上参加演出，每月可增加收入三四千元；在日喀则的老阿妈民族文化手工业发展有限公司，藏族姑娘次央将家庭贫困的中老年妇女组织起来，生产邦典、藏装、藏靴、藏被、藏式毛毯、藏式卡垫、旅游产品等，年均销量 5000 件以上，年纯利润 200 多万元，人均年增收 2 万多元……

一刀一凿，人们将雪域千年的文化传承刻进历史的年轮；一针一线，珍贵的传统文化瑰宝将告别贫困、圆梦小康的彩色梦想织进藏地儿女的心里。

热土晨曲

回到拉萨，
回到了布达拉。
在雅鲁藏布江把我的心洗清，
在雪山之巅把我的魂唤醒，
爬过了唐古拉山遇见了雪莲花。

美丽而神秘的西藏，让多少人心生向往，列为"一生一定要去一次的地方"。然而有那么一群人，他们进藏的旅途中却没有风花雪月的浪漫。

西藏有一种独有的花，叫狼牙刺。每年 4 月底 5 月初开花，因为花朵呈紫色，常被内地游客误认为是薰衣草。但当地人告诉我们，这种花比薰衣草顽强得多，在条件恶劣的沙地上也能绽放出最美的色彩。

"每年狼牙刺要开花的时候，伍老师就要来了。"贡嘎县农业农村局工作人员段云芳说。

她口中的"伍老师"叫伍国强，是湖南浏阳人，从 2014 年到 2020 年，前后 5 次赴贡嘎援藏。每次进藏，同一班飞机的其他旅客箱子里装的是个人用品，伍国强装的却是湖南蜂王和五花八门的作物种子。这是他要带给当地农牧民的"礼物"。

从 2014 年第一次进藏，伍国强的目标就很明确，要给当地农民找到一项致富的产业。为此，他在农业农村局的后院搭了一座简易温室大棚，一个个品种试着种——黄小玉西瓜、水果黄瓜、黑花生、湖南辣椒……但受制于高原气候，效果却一直不太理想，愁得"头发都白了不少"。

皇天不负有心人，春季盛开的狼牙刺激发了伍国强的灵感——这是一级蜜源植物啊！

其实贡嘎当地一直有农民养蜂，但技术等各方面都比较缺乏，不成规模也不见效益。伍国强调研之后，就动了教农民养蜂的念头。为了摸清高原养蜂技术，他在农业农村局后院自己养了两箱蜜蜂。蜂蜜成熟了，就送给同事和周边的居民吃，人们都感叹"从没吃过这么甜的蜂蜜"。

技术摸清了，伍国强开始大规模推广。每天天刚蒙蒙亮就出发，天黑透了才回去，把贡嘎县所有的乡镇跑了个遍。

"有一次我和伍老师去红星村推广养蜂技术，他把仅有的一套护具给了我，结果采蜜时自己的眼睛不小心被盯肿了，还一点都不在乎，直问我蜂蜜甜不甜。"作为伍国强的搭档和助手，段云芳被他那股痴迷劲儿深深感染着。

拜访伍国强期间，我们走进贡嘎县杰德秀镇的一家店铺，60多岁的巴桑站起来迎接我们。他是蜂农扎西达杰的父亲，皮肤黝黑发亮，笑容带着高原上特有的淳朴和热情。店里摆着好几桶蜂蜜，里面装着自家生产的狼牙刺花蜜，巴桑用勺子舀出一点给我们品尝。口感清甜细腻，再回味还有水果的甘甜，不同于我们吃过的任何一种蜂蜜。

巴桑告诉我们，这家小店能开起来多亏伍国强。"过去家里主要种青稞，一亩地只能赚几百元，虽然也试着养养蜜蜂，但只有两三箱，赚不到什么钱。"自从伍国强带来了更好的品种和技术后，家里的蜜蜂养殖规模扩大到60多箱，还在镇上开起了店。巴桑告诉我们："这样一桶蜂蜜160多斤，零售价每斤30元，勤快点的话，一年卖蜂蜜能赚9万元至12万元。"

"我来到这里，就是希望将贡嘎当成自己的家乡来建设，领着大伙真正改变现状，做到脱贫而不返贫。"在自己的工作日记里，伍国强这样写道。

而这里的人也早把他当成了朋友和亲人。段云芳告诉我们，每次伍国强确定进藏日期，将航班号发到朋友圈，下面就会有几百上千条齐刷刷的"欢迎"，都是乡镇农技人员和农牧民的留言。

"且把他乡作故乡"的，又何止伍国强一个？

仅2016年以来，各兄弟省区就连续选派八批干部17万多人次，在西藏所有村（居）开展驻村工作，落实扶贫项目9272个，投入帮扶资金29.6亿元。

高原的风向哪里吹？高原的人往何处去？

这片热土不仅见证着进藏的喜怒哀乐，还见证着越来越多年轻人的回归。

在山南市加查县电子商务中心，我们见到了正准备直播的洛桑卓玛。直播间内，打光灯、专用声卡、耳机、麦克风等各种设备一应俱全。卓玛熟练地拿起面前陈列的藏式特色产品，向观众逐一讲解。

直播结束后，穿着黑色高领薄毛衫、浅色紧身牛仔裤的卓玛坐在了我们面前。在她身上，既有一种藏族姑娘独有的健康美和原始生命力，又充满年轻时尚的气息。让人吃惊的是，这位1996年出生的女孩在当地已经是小有名气的"网红带货主播"了。

最初，卓玛从事电商行业纯粹是机缘巧合。2018年她从四川读完大学后，正巧赶上加查县组织电商培训，于是就报了名，和其他几名同龄人到了遥远的湖北宜昌，参观电商企业、观摩创业大赛、还学习怎么与粉丝互动。更让她难忘的，是自己第一次"出了镜"，穿上藏族民族服饰边唱边跳，短短几分钟就为带货主播涨了1000多粉丝。年轻的藏族姑娘兴奋不已，好像一下子找到了自己喜欢的事情。

现在的卓玛已成为加查县电商中心的签约主播，去年第一次直播就卖出了五六千元的虫草。但是卓玛还有更远的目标："以后我打算一直把这行做下去，向更多人介绍家乡的产品。"

进藏之后，我们发现，西藏有树，而且还有柳树。

西藏的柳树有一个好听的名字，叫作"唐柳"。传说是当年文成公主进藏时，为解思乡之情，专门从长安带了树苗，到拉萨后亲手种下。

经历了数不清的风霜雪雨，这些柳树顽强地活了下来，枝干已不复祖先的纤细秀丽，而是强壮如松柏，盘旋拧成麻花似的向上生长，个头只有二三十厘米，但极有耐力，耐寒，耐旱，耐风沙。

也许，恰是在最艰难的环境里成活下来的，才是最健壮、最顽强的。在雪域高原上，栽下去的树，种下去的庄稼，要么就不能活，只要活了，那就是历经怎样的风雪摧残也能活，而且会释放出更为蓬勃的生命力。

高原上的人，也是如此。他们走过漫漫长夜，历经百转千回，却始终没有放弃对这片土地的热爱，没有放弃从连绵雪峰间刨出富足生活的希望。

高原的风还不停，歌仍在唱。

我们相信，生活在那样高海拔的地方，一定会迎接更多的风雪磨砺，但也一定能享受到更加炽热的阳光照耀。

（《农民日报》2021年02月18日）

作品简介："久困于穷，冀以小康。"打赢脱贫攻坚战、全面建成小康社会是我们党向人民、向历史作出的庄严承诺，是14亿中国人民的共同期盼。摆脱绝对贫困不仅是实现中华民族伟大复兴中国梦的关键一步，更是中华民族发展史、人类社会进步史上高高树起的不朽丰碑。农民日报深刻认识到这一历史进程的丰功伟绩，自2020年年初，就开始积极策划，周密部署，派出30余名骨干记者，深入全国14个集中连片特困地区进行蹲点采访，把镜头对准深贫地区，把笔触聚焦战贫一线，充分展现各级党组织和党员干部带领人民实干苦干、摆脱贫困的生动实践，深情讲述贫困群众自强不息、奋力战贫的感人故事，努力呈现全体人民共襄盛世、同享荣光的美好图景。系列报道共有14篇，从2021年2月18日开始刊发，到2021年2月25日刊登结束，恰巧是习近平总书记在当日的全国脱贫攻坚总结表彰大会上向世界宣布我国脱贫攻坚战取得了全面胜利的时刻，这组报道在这个特殊的历史节点，向中国、向世界展现了中国震撼、中国时刻。

社会效果：特困片区脱贫记的系列报道一经刊发，引发较强的社会反响。有多家出版社联系报社希望将这一系列报道出版成书，农民日报选择与中国农业出版社达成合作，出版了《特困片区脱贫记》一书，这也充分证明，这组报道不仅仅具有新闻性，还具有隽永的历史价值。

初评评语：这组系列报道将新闻性、政论性和文学性融为一体，用大历史观看待脱贫攻坚的奋斗历程，写出了脱贫攻坚的时代主题。14支以青年记者为主的采访团队跋山涉水，不畏艰险，用实际行动践行"四力"，从罗霄山脉到茶马古道，从六盘山下到滇桂黔边区，全景再现全国14个集中连片特困地区波澜壮阔的减贫历程，从移民干部到下派书记，从种地老农到寒门学子，为未来的史稿留下一分接地气、有烟火气的第一手资料，为这一段大历史留下了无愧于时代、无愧于人民的记录和注脚。报道视野开阔，文笔生动，人物饱满，兼具新闻报道的新闻性、信息量和文学作品的可读性、史料价值。

"走向冬奥·盘活冰雪经济"

郑 轶 季 芳 范佳元 李 硕 孙龙飞 李 洋

代表作一：

冰雪产业 大有可为

过去 6 年中，以冬奥筹办为契机，冰雪经济呈现"冷资源"释放"热效应"的好势头。一张滑雪票指向一个消费市场，一套冰球装备蕴藏一条产业链条，一个冰雪小镇映照一种发展模式……《"十四五"体育发展规划》明确提出："促进冰雪产业全面升级。"在"带动三亿人参与冰雪运动"的进程中，冰天雪地也是金山银山，助力冰雪产业实现高质量发展。如今，北京冬奥会临近，本版今起推出"走向冬奥·盘活冰雪经济"系列报道，聚焦冰雪运动对消费、制造等领域和区域发展带来的变化。

爱上滑雪需要多久？"90 后"小伙儿杨赫的答案是：一次旅行。2015 年冬天的一趟河北崇礼之旅后，他迷上了滑雪，此后每个雪季都会准点到滑雪场报到。满满一抽屉滑雪票，记录了他从"菜鸟"到高手的足迹。

这样的冰雪运动爱好者，如今越发多见。申冬奥成功以来，身边的冰雪场地设施日益完善，曾经小众的冰雪运动向四季拓展、向四方铺开，成了人们喜闻乐见的健身项目。同步催生的冰雪体验、冰雪培训、冰雪旅游等新业态，形成一个越来越大的市场。

大众需求升温——
生活水平提高，消费能力、意愿随之增长

6 岁的沈璐宸是清华附中朝阳学校小学部一年级学生，年纪不大，却已经学习花样滑冰两年了。从刚上冰时踉踉跄跄，到努力攻克两周跳，小姑娘进步飞快，还跟着世界冠军陈露参加过表演赛。

想滑出名堂，需要付出时间和精力。从沈璐宸接触花滑开始，每次上冰训练 2—4 个小时。"最主要的花销是培训费，不同级别的教练，每课时从200 元到 400 元不等。最近买了中级冰鞋、冰刀，一套下来得几千元。"虽

然开销不小，但沈璐宸的母亲陈女士还是认为值得："掌握一门冰雪运动技能，孩子的专注力、协调性提升很大，更自信了。"

参与冰雪运动有一定门槛，从服装器材到培训练习，需要一定消费能力的支撑。运动需求升温消费热度，正是随着社会经济发展、生活水平提高，显示出巨大潜力空间的。据京东平台数据显示，今年"双十一"，滑雪品类自营订单量同比增长 23 倍，冰上装备成交额同比提升 15 倍。

杨赫有个柜子，专门放置滑雪装备。大件如雪板、雪服、雪鞋，小件有头盔、雪镜、雪仗，不同价位的有好几套。"刚开始在雪场租雪具，后来买了第一身滑雪服，才 200 多元。几年下来，慢慢添置全套装备，不断更新换代，今年'双十一'，买了一块雪板花了近万元。"在他看来，装备丰俭由人，不追求专业效果，花费不多也能玩得开心。

冰雪消费的另一个"爆发点"是冰雪旅游。约上亲朋好友，到周边滑雪场度假已成新时尚。《中国冰雪旅游发展报告（2021）》显示，55% 的参与调查的消费者有意愿进行长距离冰雪旅游，82% 的游客有意愿进行短途冰雪休闲旅游。以冰雪为轴，拉动餐饮、住宿等配套产业和服务，冰雪旅游的附加值越发为当地经济发展注入活力。

"滑完雪去泡泡温泉，享受当地特色美食，逛逛特产商店，特别惬意。"滑雪 6 年，北京市民姚佳美先后去过吉林北大壶、崇礼万龙等 10 多个滑雪场，"'冰雪热'说到底，还是大家钱袋子鼓了，有能力、有意愿为之买单。"

据《中国冰雪旅游消费大数据报告（2020）》，2018—2019 雪季，我国冰雪旅游人数达到 2.24 亿人次，冰雪目的地单次旅游人均消费约 5000 元。冰雪消费越来越火，上扬的数据背后，蕴藏着中国冰雪产业发展的黄金机遇。

场馆迅速增多——
形成良性循环，更要靠多元化服务留住消费者

"冰雪热"带来无限商机，这一点冰雪场馆经营者感受最深。北京朝阳区的陈露国际冰上中心，每日花滑和冰球课表从早到晚排得满满当当。"2017 年开始营业时，我们只有 1 支冰球队，如今增加到 8 支。经常来训练的学员有 220 个，协调好冰面很重要。"总经理杨一玮说。

群众参与冰雪运动的热情高涨，冰雪场地设施的供给量也要跟上。从申冬奥成功以来，《冰雪运动发展规划（2016—2025 年）》《全国冰雪场地设施建设规划（2016—2022 年）》等文件陆续发布。国家体育总局数据显示，截至 2021 年年初，全国已有 654 块标准滑冰场和 803 个室内外各类滑雪场，较 2015 年分别增长了 317% 和 41%。

从为竞技服务转向为全民健身搭台，冰雪场馆的运营越来越关注消费者的实际需求。飞扬冰上运动中心创办人杨扬认为，冰雪场馆形成良性循环，要做大量推广普及工作，更要靠多元化服务留住消费者。

"冰雪进校园"给了社会俱乐部大显身手的机会。陈露国际冰上中心与芳草地国际学校、花家地实验小学、垂杨柳中心小学达成合作，学校出资购买服务，冰场提供专业教练，帮助校花滑队编排节目，指导校冰球队技战术训练。同时，场馆还运营中学生体育协会多项赛事，拓展经营模式。

为了迎接雪季，北京南山滑雪场总经理胡卫最近忙得连轴转。滑雪场今年新增了 5 条"魔毯"，升级改造了滑雪公园，还在餐饮服务、疫情防控等方面下足功夫，预计 11 月底开门纳客。"乘着冬奥筹办的东风，滑雪场的基础设施不断完善，我们也享受到了滑雪人口增长的红利，上个雪季滑雪人次已经突破 40 万。"胡卫说。

北京雪季短，如何吸引滑雪爱好者？胡卫有盘算，向时间要效益。从 2018 年开始，除了日场滑雪，南山滑雪场还增加了夜场滑雪，当年就接待了 5 万多人次，去年这个数字蹿升到 9 万。"夜场灯光效果好，价格便宜，很受年轻人欢迎。这个雪季，夜场开放面积由 10 万平方米拓展到 20 万平方米，预计利润能再创新高。"

发展迎来机遇——
群众持续关注冬奥会，对冰雪运动的认知逐步提高

申冬奥成功的 6 年来，"不出山海关"的冰雪运动，大踏步"南展西扩东进"，实现全国覆盖、四季运营，冰雪产业的地位越来越重要。《2021 年中国冰雪产业发展研究报告》显示，2015 年到 2020 年，我国冰雪产业总规模从 2700 亿元增长到 6000 亿元。而根据《冰雪运动发展规划（2016—2025 年）》，2025 年我国冰雪产业总规模期望达到万亿元。

国家政策释放推动力，人均消费能力提升带来加速度，构成助推冰雪消费的双重引擎。如何借助冬奥筹办契机，将大众参与冰雪运动的热情转化为持久兴趣？

今年 2 月，文化和旅游部、国家发展改革委、国家体育总局印发《冰雪旅游发展行动计划（2021—2023 年）》，提出"到 2023 年，推动冰雪旅游形成较为合理的空间布局和较为均衡的产业结构，助力 2022 北京冬奥会和实现'带动三亿人参与冰雪运动'目标。"

在新疆阿勒泰，游客踩着"毛皮滑雪板"出行，让滑雪与民俗风情形成融合；在内蒙古响沙湾滑雪场，雪友抬头就能看到沙漠，有着别样的体验；在四川、湖北和云南，多家滑雪场门票销量已经超过疫情前……群众上冰雪，从最初的"纯运动型"发展至"运动＋休闲型"，从"体验式"逐渐过渡到"深度参与"，未来有望成为体育消费的常态化选项。

家门口举办冬奥会的历史机遇，带来不可替代的推动作用。2020年度冰雪运动大众参与状况调查显示，群众持续关注冬奥会，对冰雪运动的认知逐步提高，冰雪消费的意愿不断上升。随着北京冬奥会的临近，受疫情冲击的全球冰雪产业正在逐渐复苏，我国冰雪经济有望迎来较大反弹。"发展后劲足，前景广阔。"今年的国际冬季运动博览会上，各方对中国冰雪市场广泛看好。

立冬过后，新的冰雪季开启了。沈璐宸依旧按时上冰，姚佳美迫不及待想在雪道上试试新装备，杨赫计划着坐京张高铁去崇礼。"索契冬奥会和平昌冬奥会时，场馆客流量就比平时多很多，北京冬奥会举办时正值春节，大家一起过个冰雪年！"杨扬说。

代表作二：

冰雪装备 乘势而起

单板滑雪爱好者邱枫，滑雪5年换了4次雪板。开始用平价产品，技术水平提高后，雪板也随之升级。"以前，更多是买二手的进口板"，而今国产品牌闯入中高端雪板市场，邱枫的选择多了起来。

滑雪爱好者脚下的一块雪板，折射出我国冰雪装备器材产业乘势而起的历程。我国冰雪运动起步晚、家底薄，制造技术和研发能力一度存在差距。申冬奥成功，为冰雪领域本土产品和品牌，吹来一股强劲东风。

短短几年间，一座座科技范儿的冬奥场馆拔地而起，国产首台压雪车和雪蜡车相继问世，国产造雪机、智能滑雪机、索道等被应用于各大滑雪场……以北京冬奥会为契机，我国冰雪装备器材产业奋力跨越一道道技术难关，产品从无到有，品牌从有到优，提升从量到质，正迎来飞跃式发展。

产品从无到有——
冰雪装备器材产业驶入快车道，国产化率及市场占有率不断提升

河北张家口的崇礼万龙滑雪场，一台压雪车爬坡过坎，不一会儿，雪道就被修整得平整均匀。这是首台国产压雪车，由河北宣工机械发展有限责任公司（以下简称河北宣工）研制的 SG400 压雪车。

压雪车长 8.3 米，高 2.9 米，前铲最大宽度 5.4 米。别看块头大，爬坡能力却很强，无牵引爬 45 度的陡坡如履平地，而且特别"抗冻"，从 15 摄氏度到零下 40 摄氏度都能正常工作，还很"聪明"，控制系统内可以存储国内雪情参数，随时快速应对各种雪况。

据了解，目前世界压雪车市场几乎被德国和意大利的两家企业所占有。河北宣工抓住冬奥筹办的机遇，凭借在履带车辆开发和制造方面的丰富经验，进行自主创新。"SG400 压雪车是我国首批高端大马力压雪车，填补了这一领域的国内空白。在底盘悬挂、电控系统和液压传动等关键核心技术拥有自主知识产权。"河北宣工冰雪事业部副部长、SG400 压雪机总设计师温晓宣说。

新疆温泉县越野滑雪场，一辆由山东多家企业集体自主研发的雪蜡车，与在此训练的雪上项目国家集训队会合。这是我国首台国产雪蜡车，在带有通风装置的雪板打蜡台上，6 名打蜡师忙碌着，一个多小时，打好新蜡的滑雪板就送到运动员脚下。

以往，中国滑雪队去比赛，都是在赛场边或临时帐篷中架起打蜡台。现在有了雪蜡车，不仅打蜡又快又好，还能提供运动员热身、赛事直播等多种服务。据雪蜡车车长安泽涛介绍，这台车的研制集太阳能光伏发电、储能、5G 工业互联、大数据、人工智能等于一体，在开发设计过程中申报了 66 项专利。

国内首创，技术领先，完全国产——打着中国标签的压雪车和雪蜡车，成为我国冰雪装备器材产业努力打破"进口依赖"的缩影。《关于以 2022 年北京冬奥会为契机大力发展冰雪运动的意见》提出，创新发展冰雪装备制造业，制定冰雪装备器材产业发展行动计划。在系列措施推动下，本土企业纷纷加大研发力度，国产化率及市场占有率不断提升。从整体看，目前虽仍处于发展的初级阶段，但随着一块块空白项目被解锁，冰雪装备器材产业已然吹响了"破冰"号角。

品牌从有到优——
今后要加强原创性技术和核心技术，打造具备国际竞争力的企业和品牌

"今年以来，我们陆续接到来自乌克兰、俄罗斯、荷兰、德国等国家的订单。这意味在经历企业转型改革之后，中国冰刀产品时隔 10 年重新打进海外市场，可以说是一个重要的突破。"齐齐哈尔黑龙国际冰雪装备有限公司总经理鞠培鸿说。

黑龙冰刀品牌创建于上世纪五六十年代，代表了当时中国冰刀鞋设计制造的最高水准，曾出口到欧美 20 多个国家和地区。进入 21 世纪，原有产品没有跟上步伐，经营陷入低谷。转机出现在 2015 年，随着申冬奥成功，黑龙冰刀经过收购重组，迎来了重塑品牌的机会。

扩大黑龙冰刀的品牌认知度和影响力是鞠培鸿的主要工作。"2015 年以来，冰刀鞋年均销售量增长在 30% 左右，来自国内的需求明显增加，海外市场的销售渠道正在恢复。此外，我们的业务也延伸拓展到室内冰场建造和滑雪板生产等多方面。"鞠培鸿说。目前，黑龙冰刀与国内高校联合开发研制出了新一代的冰刀鞋，"在结构和材料方面我们正在申报知识产权，相信未来更多运动员能穿着中国品牌登上国际大赛。"

借助冬奥筹办契机，实现冰雪装备器材制造转型升级，将产品做到从有到优，不只是黑龙冰刀一家。近几年国内滑雪场数量激增，与单台平均 20 万元以上的进口造雪机相比，国产造雪机价格偏低，更易维护，尤其受到小型滑雪场的青睐。如今的国产造雪机在造雪的量和质等方面已有很大提升，未来有望与进口造雪机相媲美。

今后，我国冰雪装备器材产业还要加强原创性技术和核心技术，不局限于中低端设备的自主研发和模仿，打造具备国际竞争力的企业和品牌。令人欣喜的是，改变正在发生。工业和信息化部日前公示了冰雪装备行业标准化工作组筹建方案，提出：按照冰雪装备分类，打造各分类装备制造的领头羊；引进国外先进的制造技术与国内研发并进，不断提升高端配套零部件自制率；构建冰雪装备行业标准化体系，引领制造企业走上发展的快车道；建成国家级的冰雪装备检验检测中心，服务冰雪装备产业。

提升从量到质——
要借力冬奥筹办突破局限，更要瞄准后冬奥时代，寻求持续发展

中国冰雪运动正迎来前所未有的发展机遇，"带动三亿人参与冰雪运动"向纵深推进，冰雪装备器材产业无疑搭上了这趟快速前行的列车。工业和信息化部、教育部、国家体育总局等 9 部门联合印发《冰雪装备器材产业发展行动计划（2019—2022 年）》，提出"到 2022 年，冰雪装备器材产业年销售收入超过 200 亿元，年均增速在 20% 以上。"

量的累积是冰雪装备器材产业蓬勃发展的鲜明指标。《中国滑雪产业白皮书（2019 年度报告）》显示，国内滑雪场新增国产造雪机数量从 2015 年的 50 台，增至 2019 年的 467 台，同时逐渐缩减与新增进口造雪机数量的差距，由最初相差 600 台下降至 2019 年的 215 台。在业内人士看来，大众冰雪消费需求不断快速攀升，企业加大投资冰雪设备市场，势必带动冰雪装备器材制造并喷式发展。

质的提升源于各地陆续出台冰雪扶持政策，产业发展环境不断优化。河北张家口规划建设了高新区冰雪运动装备产业园、宣化冰雪产业园两个规模较大的冰雪装备研发制造集聚区，致力于打造国家冰雪运动装备制造基地，形成集冰雪装备研发、设计、制造、检测、流通、仓储于一体的冰雪装备产业基地。"离雪场近，就是离市场近"，是众多企业选择入驻产业园的重要原因。张家口市发布的数据显示，截至2021年年初，全市累计签约冰雪产业项目81项，落地项目69项，总投资334.34亿元，投产运营项目31项，实现产值24.04亿元。

机遇与挑战并存，是摆在每个冰雪制造从业者面前的课题。工业和信息化部相关负责人表示，我国冰雪装备产业现阶段存在研发攻坚难度大、供给能力不足、品种不够丰富、标准体系尚不健全等问题。但另一方面，作为今后亚洲乃至全世界最具消费潜力的冰雪市场之一，本土冰雪装备器材生产商可以深耕市场，找出空白点，以更符合中国市场需求的产品，实现差异化竞争。

从量变到质变，不只是要借力冬奥筹办突破局限，更要瞄准后冬奥时代，寻求持续发展。开发一批物美质优的大众冰雪装备，培育一批具有国际影响力的企业和知名品牌，创建出若干特色产业园区，初步形成具有高质量发展基础的冰雪装备器材产业体系——2022年，将成为我国冰雪装备器材产业高质量发展的新起点。

代表作三：

冰雪资源 用好用巧

从空中俯瞰，雪后的张家口崇礼，层峦叠嶂，银装素裹。10月底至今，当地7家雪场陆续开板，滑雪爱好者摩拳擦掌，等着一展身手。"北京冬奥会的脚步近了，这个雪季在崇礼滑雪，会比以往更有感觉。"来自天津的雪友吴晨感慨。

申冬奥成功后的6年间，吴晨来过许多次崇礼，深切感受到这座塞北小城翻天覆地的变化：从全城一条路，到京张高铁将京津冀串成一线；从国家级贫困县，到脱贫摘帽推进乡村振兴；从"养在深闺人未识"，到全球聚焦的冰雪小城……

"通过筹办北京冬奥会带动各方面建设，努力交出冬奥会筹办和本地发展两份优异答卷。"脱贫路与奋斗路交织，致富梦与冬奥梦辉映，在冬奥会筹办的带动下，小城崇礼正焕发新颜。

居民收入增长——
冰雪经济拉动就业，老乡生活越过越好

看着漫天飘舞的雪花，55 岁的崇礼人赵春新心里美滋滋的。当地的存雪期长达 150 天，曾经困扰赵春新的生活生产，而今这飘舞的可是"金饭碗"里盛满的"冰雪资源"。

2015 年 7 月 31 日，北京携手张家口获得 2022 年冬奥会和冬残奥会举办权。那天，看着电视上申冬奥成功的欢庆画面，赵春新倍感自豪，也开始琢磨：举办冬奥会能给自己的生活带来什么改变？

太子城冰雪小镇建起来了，赵春新在这里当起保安。过去当货车司机跑运输，因为雪季收入并不稳定，现在每月都有工资到账。"只要勤快，在崇礼就不愁没活儿干。"

从 20 世纪 90 年代华北地区第一家滑雪场塞北滑雪场诞生，游客坐着吉普车上山滑雪，到如今云顶和太舞等滑雪场坐落冬奥核心区，崇礼已坐拥 7 家大型滑雪场馆，169 条雪道。

冰雪经济"热"起来，让更多崇礼人端稳"雪"饭碗。这几年，赵春新的儿子在太子城冰雪小镇进行项目施工，妻子也在太舞滑雪小镇工作。随着收入增加，一家人从村里的平房搬进亮堂的大三居，生活条件有了很大改善。

同样受益的还有驿马图乡霍素太村。2018 年，当地政府牵头，霍素太村参与崇礼冬奥绿化相关工程，承担 4200 多亩购买式造林项目，村民的生活有了盼头。

以前村边的地放着没人种，风沙一阵一阵吹过，现在山上的樟子松、云杉一眼望不到边，村集体收入增长达百万元，村民出工就能多挣钱。钱袋子鼓了，环境美了，生活更滋润了。

绿水青山就是金山银山，冰天雪地也是金山银山。崇礼人对这句话深有体会。数据显示，截至 2019 年，崇礼直接或间接从事冰雪产业和旅游服务人员有近 3 万人，其中包括过去的贫困人口约 9000 人。2019 年 5 月 5 日，崇礼实现脱贫摘帽。

产业规模扩大——
冰雪旅游方兴未艾，四季运营擦亮招牌

崇礼及周边区域山地坡度适中，降雪早、积雪厚、存雪期长，优越的自然条件吸引着众多滑雪爱好者。申冬奥成功后，崇礼加速打造冰雪旅游服务业，任晓强大学一毕业就扎根在这里，亲历着这座小城日新月异的变化。

"我的工作是为滑雪场勾勒一张名片，而所有滑雪场构成了崇礼的名片。"任晓强在太舞集团从事品牌传播工作。能不能让人们每个季度都想来崇礼？靠什么吸引游客？是他刚工作时面临的首要问题。

春季团建踏青，夏季家庭避暑度假和青少年营地，秋季以北方山地景观吸引摄影爱好者，冬季则举办冰雪赛事和音乐节……经过几年探索，太舞滑雪小镇上数十类活动贯穿全年，深受年轻人喜欢，斯巴达勇士赛、崇礼168国际超级越野跑等赛事渐成规模。

"现在的太舞，不仅能吸引京津冀地区的游客，许多南方客人也把崇礼当成度假胜地。"任晓强介绍，太舞滑雪小镇2019年夏季客流量达22万人次，同比增长65%。以增长趋势预估，小镇的夏季运营有望赶超冬季运营的客流量，真正实现四季运营。

《中国冰雪旅游发展报告（2020）》数据显示，2018—2019雪季我国冰雪旅游达2.24亿人次，以冰雪休闲旅游为主的大众冰雪市场正在形成。"带动三亿人参与冰雪运动"不断推进，冰雪产业越来越有人气。

密苑云顶乐园市场部广告主管刘旭忠初中开始滑雪，崇礼雪场从少到多，从粗放经营到贴心服务，他都看在眼里。曾经他靠着自己琢磨学会双板，来到云顶工作后，接触到更多专业教练，在教练指导下又成为单板滑雪高手。"把兴趣变成工作，还能在家门口工作，我太幸运了！"

更幸运的还在后头。"明年冬奥会时，我将作为云顶场馆群的工作人员，提供赛时服务保障。这是我的责任，更是我的荣耀。"有机会现场参与激动人心的盛事，也看到越来越多人走上雪道纵情飞驰，刘旭忠对北京冬奥会的举办和未来中国冰雪运动发展有着更多期待。

城乡融合发展——
交通联网打开大门，冬奥会筹办持续赋能

2019年12月30日，京张高铁通车，最高时速350千米，北京到张家口的车程从3个多小时缩短到约50分钟。

一条高铁、多条干线，交通设施的互联互通，重新定义着区域之间的距离，为城乡融合发展插上了腾飞之翼。

　　在红旗营乡海流图村，村支书李龙带领乡亲培育出了一款省水、省肥、不打农药的西红柿，而且口味酸甜适中，"有小时候吃过的味道"。游客坐着高铁来崇礼旅游，这些原汁原味的原产地蔬菜瓜果销量也增加了。李龙说："这还要感谢北京来村里挂职的干部，指导我们搞农业经济发展。"

　　今年是个丰收年，为了让西红柿卖得更远，李龙想尽办法找销路，不仅自学拍照挂上网店，还尝试直播带货："希望大家对我们崇礼特色产品多多支持，欢迎下单！"尽管不太适应，但为了推销西红柿，李龙还是在镜头前滔滔不绝地介绍开来。

　　乘着高铁，顺着网络，特色农副产品走出崇礼，走进千家万户。"今年产地西红柿已经销售一空！"带领乡亲们赚到钱的李龙，脸上乐开了花。

　　如今，北京北部到张家口的交通全线已进入一小时交通圈。京张体育文化旅游带的建设，进一步激活了崇礼冰雪产业的发展动能。

　　随着京张高铁车次增加，崇礼不少滑雪场的酒店入住率大幅增加，平日和周末入住率差距明显缩小，甚至平日里都出现客满状态。

　　密苑云顶乐园在高铁站安排免费接驳大巴，直接将客人送到酒店，旺季时工作日也会有多班大巴来往。刘旭忠说："交通升级为滑雪场招商引资带来更多机遇，更多品牌的入驻，也让消费者享受到更便利的服务，形成良性循环。"

　　待到北京冬奥会结束，刘旭忠期待崇礼能继续用好各类优质资源和冬奥遗产，发展体育、旅游、文化、康养等多样产业，不断开发满足不同群体的产品与服务，把崇礼打造成四季度假胜地，甚至国际会议中心，"要吸引人，更要留住人。"

　　"举办冬奥会是推进京津冀协同发展的重要抓手，必须一体谋划、一体实施，实现北京同河北比翼齐飞。"冬奥会筹办带来的不仅是一城一地巨变，冬奥会举办更是一盘关乎京津冀协同发展的大棋。天更蓝、山更青、水更绿、路更通，还有更好的就业、更幸福的生活……"创造奥运会和地区可持续发展的新典范"的愿景，正在奋斗中一步步化为现实。

（《人民日报》2021 年 11 月 22 日）

申报资料实录

作品简介：习近平总书记指出，"冰天雪地也是金山银山。"以北京冬奥会、冬残奥会筹办为契机，曾被视为"冷资源"的冰雪经济逐步释放出"热效应"。这组系列报道采写历时两个多月，深入冬奥筹办和冰雪运动发展一线，聚焦北京冬奥会对区域协同发展、生态文明、全民健身、体育产业等方面带来的综合拉动作用，以大量鲜活素材展现出冰雪经济欣欣向荣的势头，以及体育发展助力美好生活的生动景象。这组报道连续三天在人民日报体育版以大篇幅刊发，同时在人民日报客户端和人民网推出，通过网络二次传播形成了热点话题，点击量超过 2000 万。

社会效果："走向冬奥·盘活冰雪经济"系列报道推出后引发热烈社会反响，得到多方肯定，认为站位高、选题准、表达新，从冰雪经济的蓬勃发展反映出北京冬奥会的重要价值和深远影响。上百家主流网站、门户网站、新媒体平台集纳转载，同时在微博等社交媒体上产生了多个热点话题，有助于大众从更宽广的视野认识和了解北京冬奥会，为迎接北京冬奥会营造了良好社会氛围。

初评评语："走向冬奥·盘活冰雪经济"系列报道主要有三个特点：一是紧扣习近平总书记关于北京冬奥会、冬残奥会筹办的重要讲话精神，以"跳出体育看体育"的视角，聚焦冬奥筹办对经济、社会、民生等方面带来的积极影响，展现冬奥筹办的综合价值；二是以小切口反映大变化。采访深入扎实、叙事角度新颖，以"群像式"的人物故事体现冬奥筹办带来的可喜变化，内容丰富、可读性强，同时给读者带来更多启示；三是版面上以文字＋图表形式呈现，注重可视化表达，更好服务读者，进一步提升了传播效果。整组报道角度与深度俱显功力，形式与内容相得益彰，有力引领冬奥筹办舆论，成为北京冬奥报道中的精品力作。

庆祝中国共产党成立 100 周年特别策划·大国重器系列报道

集　体

代表作一：

上海同步辐射光源：十二年光辉熠熠，大装置衍射小世界

在党的坚强领导下，我国科技事业栉风沐雨、砥砺前行，取得了举世瞩目的成就。"嫦娥""北斗"等"国之重器"纷纷亮相；量子信息、移动通信等前沿领域实现重大突破；杂交水稻、高速铁路等高新技术惠及社会民生改善……诸多领域涌现出标志性原创成果，科技与经济社会深度融合，支撑引领高质量发展。在中国共产党迎来百年华诞之际，本报推出"奋斗百年路 启航新征程·大国重器"系列专版，回顾一代代科技工作者艰苦奋进、勇攀高峰的创新故事，展现科技领域取得的标志性成就和宝贵经验。从新的历史起点再出发，我国科技事业定能乘势而上，书写更加恢弘的科技自立自强新篇章。

坐落于上海张江科学城，外形酷似鹦鹉螺的上海同步辐射光源（以下简称上海光源），历时 11 年预研优化、5 年技术攻关建造，如今已稳定高效运行了 12 年。

从亿年前的琥珀古鸟羽毛结构，到埃博拉病毒入侵机制、新冠病毒蛋白质结构，再到外尔费米子世界重大物理实验发现，上海光源为科学家探索微观世界照亮前行之路。12 年来，上海光源不仅支撑产出了大批学科前沿研究成果，而且在国家战略需求与重大应用方面发挥着越来越重要的作用。

作为我国第三代同步辐射光源，上海光源的建设以及稳定运行凝聚了几代科学家对我国粒子加速器建设跻身世界先进行列的梦想，体现了我国基础科研领域面向世界科技前沿、面向经济主战场、面向国家重大需求、面向人民生命健康的重要历史使命。

艰难起步，我国粒子加速器从跟随到赶超

上世纪 80 年代，北京正负电子对撞机、合肥同步辐射装置、兰州重离子加速器工程的建设奠定了我国建造大型粒子加速器的基础。1993 年，世界上第一台第三代同步辐射光源开始用户实验。

方守贤、丁大钊和冼鼎昌三位院士敏锐地意识到光源大科学装置在未来国家基础科研中即将发挥的重要作用，于 1993 年 11 月向国家提出"在我国建设第三代同步辐射光源"的建议。1995 年 3 月，中国科学院和上海市决定共同向国家建议，由国家和地方联合出资在上海建设我国第三代同步辐射光源。

作为国之重器，大科学装置耗资不菲，而且难以在短时间内看到实际经济效益。在上海光源项目预研阶段，国家层面的决策也十分慎重。2001 年，团队成员完成了预制研究，上海光源项目却没有成功立项。

此时，国际上第三代同步辐射装置处于快速发展阶段。"我们充分利用这段时间，将世界上加速器、光束线等领域新发展的先进技术和设计思想及时融入优化设计方案。到了真正建设的时候，上海光源的设计性能得到了新的提升，保证了建成时步入世界先进行列并达到一流水平。"中国科学院上海高等研究院党委书记、副院长，中国工程院院士赵振堂表示。20 多年来，他参与了上海光源的预研、建设、开放运行和二期工程建设。

"老一辈科学家及中科院、上海政府领导非常坚定，因为国家的创新发展需要这样的关键大科学装置，他们鼓励我们要对未来充满信心。"赵振堂回忆，他的博士后工作合作导师方守贤院士也多次鼓励他坚定信心。

2004 年 11 月，国务院常务会议终于批准了上海光源工程建议书，该工程于同年 12 月正式动工。

填补空白，大科学装置前沿技术集成攻关

2001 年完成预研，2004 年破土动工，2009 年开放运行……上海光源工程的不同阶段，赵振堂的团队面临着不同的难题：最先直面的是在投入和经验积累都不足的条件下，如何建成一座世界一流水平的同步辐射光源。其次是有了光源后，作为公共性平台设施，能不能保证国际先进水平的运行性能。

在工程预制研究阶段，根据国际第三代同步辐射装置的技术特点，工程指挥部主持研制了 41 项单元技术，其中 22 项为国内首次研制，有 26 项设备的技术指标达到国际先进水平。随后，科研人员又开展了物理方案优化和

100MeV 直线加速器研制等设计和预研工作。

据介绍，上海光源由一台 150MeV 的直线加速器、全能量增强器和一台 3.5GeV 电子储存环组成，其中储存环周长约 432 米，直径超过 160 米。这样一个大型粒子加速器是集高科技、多专业、多门类的综合性复杂系统，需要把世界先进技术设备有机结合，这势必会带来集成创新难度。

"最困难的地方，是要尽可能把先进的设计思想和技术融入设施建设方案中，还要对先进技术方案和性价比方面进行综合选择取舍，掌握装置所需加工周期、材料和制造费用，使其在可控的时间、经费内完成。"赵振堂说。

第三代同步辐射光源的特点是光束高亮度，而且光的位置和发射角要高稳定，光斑的抖动要控制在零点几个微米的水平上，这必须综合考虑设施的地基、支撑、冷却水流速、隧道温度和冷却水温度稳定性、环境振源以及周边交通等各种因素带来的振动影响。

为保证装置性能处于世界领先水平，上海光源团队进行了长期技术攻关探索。例如，不断进行低发射度的储存环优化设计，分析研判各种设备性能要达到的技术指标，同时还要进行关键核心元器件的技术研发。波荡器是第三代同步辐射光源及自由电子激光的关键设备，束流要通过波荡器内部交替排列的磁块才能发出高亮度的光。上海光源建设期间不仅自主研制成功了椭圆极化波荡器，而且还攻克了真空波荡器难关，这些工作均填补了国内空白。

团队不断开展高强度技术攻关，在我国首次研制出一台台满足第三代同步辐射光源要求的波荡器、双椭圆极化波荡器、特种电子轨迹椭圆极化波荡器、多种自由电子激光波荡器等，使得我国加速器光源的波荡器技术处于国际先进水平。

引领未来，凝聚和培养青年科技力量

2009 年 5 月 6 日，刚刚竣工的上海光源迎来了第一批用户，首批用户包括中科院长春应用化学研究所、上海交通大学、中科院高能物理研究所等单位的近 20 位用户。

"用户的问题始终是伴随上海光源建设运行的最大问题。"令赵振堂难以忘怀的是上海光源运行开放后面临的三大挑战：上海光源能否长期稳定可靠运行，运行性能处于什么水平？是否有足够的用户，用户分布是否合理？可否产出足够多的成果，成果水平和影响力如何？

让赵振堂和他的团队深受鼓舞的是，上海光源开放运行一年后，光源用户第一篇《科学》文章就发表了。开放运行 12 年后，上海光源用户在《科学》

《自然》《细胞》三大国际顶级刊物上发表的论文达到 130 篇。

如今，上海光源已经成为科学家聚焦基础前沿领域、解决重大科学问题的重要支撑，更成为上海建设具有全球影响力科创中心的一张靓丽名片。上海光源的定位也从自身建设运行、性能提升，转变为科学家解决科学问题的科学研究高地。

上海光源的稳定高效运行与科研产出，让人们看到了大科学装置对科技成果的促进作用。随着国家对基础科学原创成果的重视，张江科学城迎来了建造大科学装置集群的高潮。在上海光源的周围，上海软 X 射线自由电子激光装置、上海硬 X 射线自由电子激光装置等大科学装置集群形成了具有重要国际影响力的光子科学中心。

可喜的是，一批活跃在世界前沿科学领域的青年科学家正在向这里集聚，上海光源正在成为凝聚和培养科学家人才的摇篮。

目前，上海光源线站工程正在加紧进行，预计到 2025 年，上海光源将有 35 条光束线约 50 个实验站投入运行。与此同时，世界范围内同步辐射光源大科学装置建设依然势头不减，第四代同步辐射光源已经开启。面对新的机遇挑战，赵振堂表示："下一个十年将是上海光源黄金运行开放时段，上海光源将持续产出重大成果，培养同步辐射骨干人才，研究新原理研发新技术，发展新一代同步辐射光源。"

代表作二：

锦屏地下实验室：在 2400 米岩层下等待暗物质"造访"

就是这里了。

中国四川，凉山彝族自治州，西昌市，锦屏水电厂，锦屏山交通隧道中部。

垂直岩石覆盖厚度达 2400 米的中国锦屏地下实验室内，科研人员在努力聆听暗物质粒子的絮语。

科研人员早已发现，如果仅存在人们已知的物质，宇宙根本不应该是现在这副模样，一定有别的东西在起作用。

从理论上来说，暗物质并不罕见。据估算，暗物质大约占据宇宙物质质量的 85%。但是，它看不见、摸不着，几乎不和任何物体发生作用，是存在于模型中的理论推演。

"谁能率先找到暗物质，谁就能在科学上走在前头。"清华大学工程物理系教授、国家重大科技基础设施副总指挥兼总工程师李元景说。

是工程奇迹，也是暗物质探测的绝佳选址

中国锦屏地下实验室的源起，其实带点戏剧性。

电视上，这只是一条滚动而过的字幕新闻：2008 年 8 月 8 日，两条各 17.5 公里的锦屏山交通隧道实现双洞贯通。

那时，清华大学工程物理系团队，正在全国寻找深地实验室的合适地址。

我们一直生活在宇宙射线的"背景音"中。不同粒子，发出不同声音，奏出宏大交响乐。但暗物质太特别。它高冷又娇羞，几乎不和任何物体发生作用，也几乎不发声。人们需要一个足够安静的环境，屏蔽掉一切我们已知的噪声，再造出足够敏锐的耳朵，才可能在暗物质粒子迎面而来时，听到它的低吟浅唱。

所以，必须将一切推到极限。

屏蔽宇宙射线的最佳方式，就是将实验室建在地下。

找到暗物质、研究暗物质，将是人类认识的一次重大飞跃，可能引发一场新的物理学革命。

寻找暗物质之旅从 2003 年开始。

一个巧合是，也是在 2003 年，来自全国各地的近 18000 名水电开发者，来到人迹罕至的雅砻江锦屏大河湾，凿开了他们的战场，为锦屏一、二级水电站修建做准备。

金沙江支流雅砻江奔流至木里、盐源、冕宁三县交界处，因被锦屏山阻隔，骤然掉头，拐向东北方，形成长达 150 公里的锦屏大河湾。锦屏一、二级电站，就分别选址在这一大河湾东西两端。连接两座电站的锦屏山交通隧道，成为这浩大水利工程的两条主动脉。

清华大学的老师从新闻上看到了这个奇迹。他们敏锐地意识到，暗物质实验室的地址，有了！

时任清华大学副校长的程建平教授领着团队，去往四川，找负责锦屏水电站工程的二滩公司（现雅砻江流域水电开发有限公司，以下简称雅砻江公司），反复谈了多次。高校和企业的这番跨界合作，还真成了。

实验室一期就建在锦屏山隧道中部。空间并不大，只有 4000 立方米，但填补了我国没有深地实验室的空白。

经测定，锦屏地下实验室内的宇宙射线通量可以降到地面水平的千万分之一到亿分之一，是目前国际上宇宙射线通量最低的地下实验室，也是全球

岩石覆盖厚度最深的地下实验室。

跟所有细节"较劲"，将一切推到极限

2010 年，中国锦屏地下实验室正式运行。

率先入驻的，是清华大学牵头的盘古计划（CDEX）高纯锗暗物质实验和上海交通大学牵头的熊猫计划（PandaX）液氙暗物质实验项目。两大项目，都是对暗物质进行直接探测，即测量暗物质粒子直接弹性碰撞普通物质引起的反冲核的数量和能量等数值。

随着合作组对辐射本底的要求越发苛刻，高纯无氧铜也不能直接拿来就用。清华大学工程物理系副教授马豪说，材料只要在地面上，就会被宇宙射线撞击，产生新的"噪声"。于是，课题组要将高纯无氧铜送到地下实验室，将铜电解再重组，去掉那些宇生同位素。

探测暗物质最核心的装置，就是高纯锗探测器。

传统高纯锗探测器及其谱仪被广泛应用于基础研究、核监测、核应急、国土安全和放射性管理等领域。但要探测暗物质，对锗的纯度要求更高。

千足金叫"999"金，意思是含金量千分数不小于 999。而课题组需要的锗，其纯度要达到 12 至 13 个 9。

目前，国内还没有制备这种大质量高纯锗晶体的能力。

不过，在十余年寻找暗物质过程中，研究团队已经攻克了探测器制造技术。现在，团队已能做出商业级别的高纯锗探测器，实现了成果转化。

CDEX 合作组的高纯锗探测器，就置身实验室白色聚乙烯伸缩门后。

它身处重重保护之下：1 米厚的聚乙烯材料，用来慢化和吸收中子；20 厘米厚的铅层，用来屏蔽外部伽马射线；20 厘米厚的含硼聚乙烯，可以吸收热中子；20 厘米厚的高纯无氧铜，则用来屏蔽外部铅和含硼聚乙烯的伽马射线。

2013 年，CDEX 合作组发表了我国首个暗物质直接探测实验结果。2014年，给出点电极高纯锗暗物质探测方面国际最灵敏实验结果。值得一提的是，这一结果，利用相同探测技术，确定性地排除了美国 CoGeNT 实验组给出的暗物质存在区域。而 PandaX 的实验结果，曾入选 2016 年度《科技导报》十大科学进展和 2017 年度美国物理学会亮点。

无人知晓暗物质粒子的真身。各个暗物质探测团队，其实都在画"排除线"。所谓排除线，意思就是，这一块区域我们已经找过了，没有，可以再去别处找找。

排除线画得越多，暗物质可能的藏身空间就会被收缩得越小，寻找就能更加有的放矢。

二期扩建，向成为全球深地科学研究中心进发

暗物质实验取得的成果，推动了我国相关基础前沿领域迅速发展，也吸引了更多科研需求。原有的暗物质实验要升级，还有核天体物理实验、深地岩石力学实验、无中微子双贝塔衰变实验……中国科学家渴望着这样一个极深地下实验空间。

4000 立方米，显得越发捉襟见肘。

2014 年，清华大学和雅砻江公司继续合作，开挖锦屏地下实验室二期工程。

做这样一个大工程，光有科学家团队是不行的。他们必须充分整合资源，找到靠谱的合作伙伴，协同前进。

好在，锦屏地下实验室被列入了国家重大科技基础设施"十三五"规划。它的正式名称，叫极深地下极低辐射本底前沿物理实验设施。

从实验室一期出来，往西端走上 500 米左右，就到了实验室二期。它由 4 条子隧道构成，总容积达 30 万立方米，被分成 8 个不同的主实验厅和其他公共区域。

中国锦屏地下实验室主任程建平曾对科技日报记者打过比方：如果实验室一期是一套别墅的话，那么实验室二期就是一个小区。小区内，要容纳更多的实验团队和实验项目。

但新的难题接踵而至。比如说，通风。

二期实验空间从一期的 4000 立方米增加到了 30 万立方米，在理论计算和研讨以后，建设团队决定安装三根 800 毫米管径的聚乙烯材质的通风管道，从西端雅砻江畔的拦污坝平台经由排水洞输送新风到实验大厅，全长 9 公里。

但是自锦屏水电站发电之后，这条排水洞，实际上处于半废弃状态。洞内没有照明和通讯设备，有淤泥和涌水，有废弃的风机、龙门架、钢筋、混凝土残渣，还有多处深坑、围堰、涌水点和栏坝。2016 年年初，建设团队中的清华大学薛涛老师带领两位工程师，穿着连体防水服，带着对讲机、安全绳、救生衣、电筒和铁锹，进入排水洞勘察。3 个小时，他们穿过淤泥，淌过流水，一点点摸清排水洞洞内情况，写成了排水洞勘察报告，为通风管道的修建，奠定了前期基础。

现在，不同的科研团队，带着他们各自待解的谜题，等待进入扩建后的中国锦屏地下实验室。

5 月下旬，科技日报记者来到地下实验室二期 B 厅。在尚未完全建好的实验室内，上海交大牵头的 PandaX 合作组已经紧锣密鼓开始了工作。

探测暗物质是国际竞争性项目，其他国家也在发力。这让科研人员不得不分秒必争。

PandaX 实验升级后的 4 吨量级的液氙探测器正在紧张调试运行，等候暗物质的"造访"。"我们加班加点，但也踏踏实实。在保证安全的前提下，力争早出结果。" PandaX 合作组一名研究人员向科技日报记者透露。

"我们在不断地接近真相。"上海交通大学物理与天文学院助理研究员王舟说。不管是合作还是竞争，人类都在为拓展认知边界而努力。但在他们内心，还是存着为国争光的念头。"我们想在人类科学史上，留下属于中国人的一笔。"这位年轻的女科研人员说。

CDEX 的实验也会升级到百公斤级甚至吨级的高纯锗阵列探测器，将探测灵敏度再提升两个数量级。合作组的实验大厅中，近八层楼高的液氮罐已矗立在基坑内。罐内，将要放入 1000 个高纯锗探测器。

"我们特别有信心，10 年后，中国会有一个全球闻名的地下实验室。"李元景说得兴奋。他设想着，把锦屏地下实验室变成全球深地科学研究中心。

到时，来自世界各地的科学家，从凉山西昌乘车一路向北，一路上，隧道连着隧道，高山夹着高山。约两个小时后，当锦屏山隧道的入口展现眼前，他们也会下意识感慨：就是这里了。

代表作三：

量子通信：架起天地一体万里通信网

遨游在太空的"墨子号"量子科学实验卫星，如今有了属于自己的"正式名称"。2020 年 9 月 11 日，国家重大文化工程《辞海》（第七版）正式对外发布，本次新增内容中添加了"量子通信""量子科学实验卫星"等词条。

2016 年 8 月 16 日 1 时 40 分，我国在酒泉卫星发射中心用长征二号丁运载火箭成功将世界首颗量子科学实验卫星"墨子号"发射升空。为了这一天，中国的量子物理学家们，已经准备了 10 多年。

把量子实验室"搬"上太空

"墨子号"量子科学实验卫星的诞生，源于我国"构建全球范围量子通信网"的科学愿景。

"把量子实验室'搬'上太空的设想，10多年前就已被提出。"中国科学技术大学教授、中国科学院院士潘建伟说。

　　早在2003年，潘建伟团队就开始探索在自由空间实现更远距离的量子通信，提出了利用卫星实现远距离量子纠缠分发的方案。在自由空间，环境对光量子态的干扰效应极小，而光量子在穿透大气层进入外层空间后，其损耗更是接近于零，这使得自由空间信道比光纤信道在远距离传输方面更具优势。

　　2005年，潘建伟团队首先在合肥实现距离达13公里的自由空间量子纠缠分发和量子通信，13公里约等于地球表面的大气厚度，这次实验在国际上首次证明纠缠光量子在穿透等效于整个大气层厚度的地面大气后，纠缠仍然能够保持，其可被应用于高效、安全的量子通信，该实验为后续的自由空间量子通信实验奠定基础。

　　此前，一直走在全球量子通信领域前列的，是奥地利物理学家安东·蔡林格的团队。安东·蔡林格团队1997年在室内首次完成了量子态隐形传输的原理性实验验证，他们在2004年又利用多瑙河底的光纤信道将量子态隐形传输距离提高至600米。潘建伟到奥地利攻读博士学位期间，曾在安东·蔡林格团队担任研究骨干。

　　2001年，潘建伟学成回国，在中国科学技术大学建立起中国的量子物理实验室。在那之后，这对师徒既是合作伙伴又是竞争对手，正式开始了攀登量子通信技术高峰的竞赛。

　　相比于安东·蔡林格团队，潘建伟团队的进度更快，并逐步实现了从并跑到小幅度领先的超越。

　　2010年，潘建伟团队成功实现当时世界上最远距离的16公里量子隐形传态，首次证实量子隐形传态穿越大气层的可行性，为未来基于卫星中继的全球化量子通信网奠定了可靠基础。为了这次实验，潘建伟团队从2007年开始在北京八达岭与河北怀来之间架设了一条长达16公里的自由空间量子信道。

　　随后，潘建伟团队在青海湖地区新建实验基地，开展验证星地自由空间量子通信可行性的地基实验研究，从多个方面进行攻关，旨在突破基于卫星平台自由空间量子通信的关键技术瓶颈，并在2012年实现全球首个上百公里的自由空间量子隐形传态和量子纠缠分发，对星地量子通信可行性进行了全方位地面验证。

　　在这场量子学革命的科学竞赛中，多个"世界首次""世界首个"均来自于由潘建伟领衔的"中国队"：在国际上首次实现安全通信距离超过100公里的光纤量子密钥分发、实现国际上首个全通型量子通信网络、建成世界

542

首个规模化量子通信网络……"这标志着中国在量子通信领域的崛起，从10年前不起眼的国家逐步发展为现在的世界劲旅，将领先欧洲和北美。"国际权威期刊《自然》杂志曾如此感叹。

中国团队的这些研究工作，证明了实现基于卫星的全球量子通信网络和开展空间尺度量子力学基础检验的可行性。

挑战世界最高难度

2010年3月31日，我国国务院第105次常务会议审议通过了中国科学院"创新2020"规划，要求中国科学院"组织实施战略性先导科技专项，形成重大创新突破和集群优势"。

2011年1月25日，中国科学院实施启动首批"4+1"个战略性先导科技专项，其中就包括空间科学先导专项。空间科学先导专项第一批确定研发包括"墨子号"在内的四颗科学实验卫星。另外三颗分别为暗物质探测卫星"悟空"、我国首颗微重力科学实验卫星"实践十号"和硬X射线调制望远镜卫星"慧眼"。

"工程师的任务是技术实现，要把科学家的梦想变成现实。"量子卫星工程常务副总师兼卫星总指挥王建宇说，2011年量子科学实验卫星"墨子号"项目正式立项后，更高难度的挑战开始了。

量子科学实验卫星是我国自主研发的星地量子通信设备，突破了一系列高精尖技术，包括"针尖对麦芒"的星地光路对准，偏振态保持与星地基矢校正，量子光源载荷等关键技术。

王建宇从2007年就开始参与量子卫星的研究工作。他是中国科学院上海分院的副院长、原中国科学院上海技术物理研究所所长，作为光学遥感系统专家，他的团队与潘建伟团队合作，在辽阔美丽的青海湖畔实现了百公里级自由空间量子通信。

在2007年至2010年的关键技术攻关阶段，研究团队将量子密钥产生的地方放在位于青海湖湖心岛的海心山上，从中间向两边分发。

那时，晚上团队成员们就睡在帐篷里，同时还不能睡死，他们要打死一批批有可能干扰设备的蛾子。其中有位女研究生，从看见蛾子就害怕，到后来变成一边做实验一边面不改色地把蛾子一只只拍死的"杀手"。

"以前做卫星，多少能找到参考资料，但这个量子卫星的工作，属国际首次，完全没有参考。"王建宇认为，最困难的环节就是实现天地一体化联通。

按潘建伟等科学家的实验设计要求，"墨子号"不仅是天上的那颗卫星，它还包括地面系统：1个中心——合肥量子科学实验中心，4个站——南山、德令哈、兴隆、丽江量子通信地面站,1个平台——阿里量子隐形传态实验平台。卫星和地面站之间,要做到最高精度的瞄准和最灵敏的探测。

光量子非常小,它是光的最小单位,必须要用极为灵敏的探测器才能探测到;它的数量又非常多,"墨子号"卫星每秒能分发1亿光量子;此外,它还姿态万千,能形成不同的量子编码……

王建宇打了个比方:如果把光量子看成一个1元硬币,星地实验就相当于要在万米高空飞行的飞机上,不断把上亿个硬币一个个投到地面上一个不断旋转的储钱罐里(偏振测量的基矢在变化),这不但要求硬币击中储钱罐(瞄准精度),而且要求硬币准确射入罐子上细长的投币口(偏振保持)。

为了让穿越大气层后光量子的"针尖"仍能对上接收站的"麦芒",王建宇团队与潘建伟团队一道,从2012年起开始进行了各种实验:收发距离40公里的转台实验,要与卫星绕地运行的角速度一致;30公里距离的车载高速运动实验,要考验超远距离"移动瞄靶"能力;热气球浮空平台实验,在空地环境下模拟量子密钥分发……

这么困难的"针尖"对"麦芒",其关键技术最终被一一攻破,在十几个研究所的几百位科研人员的倾情投入下,卫星的初样完成了。

构建首个星地量子通信网

32年前,人类历史上首次量子通信在实验室实现了,传输距离32厘米。而今,中国人将这个距离扩展了1400多万倍,实现了从地面到太空的多用户通信。

2021年1月7日,国际顶级学术期刊《自然》杂志上发表了题为《跨越4600公里的天地一体化量子通信网络》的论文。中国科学技术大学宣布,中国科研团队成功实现了跨越4600公里的星地量子密钥分发,标志着我国已构建出天地一体化广域量子通信网雏形。

20年磨一剑,中国在量子通信域实现了从跟跑到领跑:量子保密通信京沪干线总长超过2000公里,是目前世界上最远距离的基于可信中继方案的量子安全密钥分发干线,该线路已于2017年9月底正式开通。"墨子号"量子科学实验卫星于2016年8月在酒泉卫星发射中心成功发射,圆满完成了预定的全部科学目标。

"墨子号"牵手"京沪干线",中国科学技术大学科研人员潘建伟、陈宇翱、彭承志等与中国科学院上海技术物理研究所王建宇研究组、济南量子技术研究院及中国有线电视网络有限公司合作,构建了全球首个星地量子通信网。

经过为期两年多的稳定性、安全性测试，该通信网实现了跨越4600公里的多用户量子密钥分发。

"要实现广域量子通信，就要解决光量子损耗、退相干等一系列技术难题，比如光量子数在光纤里每传输约15公里就会损失一半，200公里后只剩万分之一。"潘建伟说，科研团队在光学系统等方面发展了多项先进技术，化解了这些难题。

全球首个星地量子通信网络，覆盖我国四省三市32个节点，包括北京、济南、合肥和上海4个量子城域网，通过两个卫星地面站与"墨子号"量子科学实验卫星相连，总距离为4600公里，目前已接入金融、电力、政务等行业的150多家用户。

目前，广域量子通信网络的雏形已基本形成，未来在此基础上，可进一步推动量子通信在金融、政务、国防、电子信息等领域的广泛应用。

《自然》杂志审稿人对此评价道，这是地球上最大、最先进的量子密钥分发网络，是量子通信"巨大的工程性成就"。星地量子通信网的建成，为未来实现覆盖全球的"量子网"奠定科技基础，也为相对论、引力波等科学研究，提供了前所未有的"天地实验室"。

（《科技日报》2021年05月21日）

申报资料实录

作品简介：党的十八大以来，以习近平同志为核心的党中央把科技创新摆在国家发展全局的核心位置，发表了一系列重要讲话，作出了一系列战略部署。在党的坚强领导下，我国科技事业栉风沐雨、砥砺前行，取得了举世瞩目的成就："嫦娥""北斗"等"国之重器"纷纷亮相；量子信息、移动通信等前沿领域实现重大突破；杂交水稻、高速铁路等高新技术惠及社会民生改善……诸多领域涌现出标志性原创成果，科技与经济社会深度融合，支撑引领高质量发展。在中国共产党迎来百年华诞之际，本报推出的"奋斗百年路 启航新征程·大国重器"系列专版报道，回顾一代代科技工作者艰苦奋进、勇攀高峰的创新故事，展现科技领域取得的标志性成就和宝贵经验。从新的历史起点再出发，书写更加恢弘的科技自立自强新篇章。这一系列报道在报纸重要版面呈现，并以新媒体形式在各端口发布，如中国科技网、科技日报官微、头条号等，并先后被全国数十家主流媒体转载。

社会效果：作为时代风云的记录，该系列报道将"大国重器"重大主题报道浓墨重彩置于显著版位，在媒体界引发广泛关注，先后有人民网、新华网等全国数十家主流媒体网站纷纷转载，并在社会上引发强烈反响，受到各级地方政府、科技主管部门、大专院校、科研院所等业界人士积极评价。

初评评语：为深入学习贯彻习近平新时代中国特色社会主义思想，全面落实习近平总书记关于科技创新的重要论述，本报推出的该系列报道叙事宏大，观察入微，采写扎实，情感充沛，笔触动人，立足科技，发挥科技日报特色，履行职责使命，展示了我国科技事业的重大成果，有助于提升民族自豪感，有利于坚定"四个自信"，为加快建设科技强国，实现高水平科技自立自强，营造了良好的舆论氛围。

"建党百年·经济战线风云录"系列报道

吕立勤　梁剑箫

代表作一：

经世济民为苍生
——建党之初经济主张与实践

1921 年 7 月的一个晚上，在上海法租界望志路 106 号的一幢住宅里，中国共产党第一次全国代表大会悄然开幕。怀揣着理想的早期共产主义者，在这次大会上通过了中国共产党纲领。这一纲领在经济方面明确主张：消灭资本家私有制，没收机器、土地、厂房和半成品等生产资料，归社会公有……

时光荏苒，白驹过隙。2021 年，中国共产党建党百年之际，当我们再一次踏进历史的河流，追寻先贤的身影，试图探寻党在经济战线风云激荡漫漫征程的思路源头和叙事起点之时，不难发现，在党的早期文献中，无论是涉及解决中国经济问题的主张，还是关乎对中国政治经济基本国情的分析，都实实在在在折射出中国共产党从诞生伊始，就以挽民族于危亡之际、救民众于水火之中为己任，将自身奋斗目标锁定在经世济民这一重大主题主线之上，并始终不渝地坚持着、奋斗着。

力倡马克思主义 主张生产资料社会公有

翻开建党初期一幅幅历史画卷，早期共产党人提出的那些经济主张，于点点滴滴之中，无处不彰显他们为中国人民谋幸福、为中华民族谋复兴的博大胸襟，以及团结带领全国人民义无反顾冲破黎明前黑暗的勇气和决心。

百年前，面对民族的苦难和百姓的凄苦，中共主要创始人之一、中国最早的马克思主义者李大钊，在 1918 年 7 月 1 日出版的《言治》季刊第三册发表了题为《东西文明根本之异点》的文章。在文中，他对当时中华民族之命运做出忧虑至深的表达。他说："中国文明之疾病，已达炎热最高之度，中国民族之运命，已臻奄奄垂死之期，此实无容讳言。"一年后的 1919 年 8 月，针对胡适提出的"多研究些问题少谈些主义"，李大钊在《再论问题与主义》一文中进一步阐明了他救亡图存的出路和主张。他说："依马克思的唯物史观，社会上法律、政治、伦理等精神的构造，都是表面的构造。他的下面，有经济的构造作他们一切的基础。经济组织一有变动，他们都跟着变动。换一句话说，就是经济问题的解决，是根本解决。经济问题一旦解决，什么政治问题、法律问题、家族制度问题、女子解放问题、工人解放问题，都可以解决。"

1919年10月、11月，李大钊又在《新青年》分两期发表了《我的马克思主义观》，深入表述了他对于马克思主义政治经济学的理解。他认为，剩余价值是资本主义下资本家掠夺劳工生产的方式，资本家的利益就在于增加剩余价值。资本家通过"尽力延长工作时间"以及"尽力缩短生产工人必要生活费的时间"，不断获取剩余价值；由于无产阶级的贫困，资本家在资本主义下已失去救济的能力，阶级的竞争因而更加激烈。"凡物发达之极，他的发展的境界，就是他的灭亡的途径。"资本主义趋于自我消灭，也是自然之势，是不可避免的。

中共建党之初的部分经济主张与李大钊充满马克思主义哲学精神的思辨一脉相承："共产主义者主张将生产工具——机器工厂，原料，土地，交通机关等——收归社会共有，社会共用。要是生产工具收归共有共用了，私有财产和凭银制度就自然跟着消灭。"而且，"社会上个人剥夺个人的现状也会绝对没有，因为造成剥夺的根源的东西——剩余价值——再也没有地方可以取得了"。

"试看将来的环球，必是赤旗的世界。"中国早期马克思主义者的预言，既彰显出中国共产党人理想信念的根基，更昭示了人类社会进步的方向。

理论联系实际 领导工人开展经济斗争

经济问题的解决，是根本的解决。这是李大钊在与胡适展开"问题与主义"之争时提出的一个重要论断，它一语道破马克思主义关于"经济基础决定上层建筑"的基本原理。对我们党早期针对中国国情和革命形势的科学判断，以及随后领导中国革命和社会主义伟大实践，均产生了巨大而深远的影响。迄今，仍值得我们持续进行深入系统的理论探究。

1922年7月，中共二大召开。会议通过的《中国共产党第二次全国代表大会宣言》明确指出，"帝国主义的列强既然在中国政治经济上具有支配的实力，因此中国一切重要的政治经济，没有不是受他们操纵的。又因现尚停留在半原始的家庭农业和手工业的经济基础上面，工业资本主义化的时期还是很远，所以在政治方面还是处于军阀官僚的封建制度把持之下""外国资本主义为自己的发展和利益，反扶助中国军阀，故意阻碍中国幼稚资本主义的兴旺"。这一描述，让我们看清了百年前半殖民地半封建社会性质的由来，还从中感悟到那时被压迫在社会最底层的工农民众的无助和绝望。基于此，中国共产党创建初期的经济工作实践，必然地选择了以组织策动广大工农群众团结起来，为争取和维护自身权益而展开经济斗争为发轫起点。

1925年5月1日，中国共产党领导下的第二次全国劳动大会在广州召开。大会通过了经济斗争的决议案等30多个决议案。决议明确指出，"劳动者的完全解放，只能在资本主义制度推翻、政权完全操入劳动者手中之后"，进而决议提出工人阶级在经济上一系列具体要求。大会闭幕不久，上海日本纱厂工人同盟罢工。5月28日，中共中央召开紧急会议，决定以反对帝国主义屠杀中国工人为中心口号，将工人群众的经济斗争转变为社会各界人民反帝的政治斗争。

为试图缓解中国人民的反抗情绪，帝国主义列强照会段祺瑞政府，提出召开关税特别会议，允许中国开征2.5%附加税。共产党人认为，列强策划召开这一会议，是帝国主义拉拢北洋政府、缓和中国民族主义情绪的"缓兵之计"，也是北洋政府借机解决财政困难、维持政权运转的"伎俩"。为此，中共上海区委相关人员坚定表示，"我们自始即根本反对之，主张无条件关税自主"。

同年10月26日，关税特别会议在北京召开，英国、美国等国以及段祺瑞政府均派代表参加。此时，在以李大钊为首的中共北方区委领导下，北京学生联合会、爱国运动大同盟等团体，不顾军警阻挠和镇压，连续举行示威游行和集会，强烈反对关税特别会议的举办，要求"关税自主"、段祺瑞"下野出京"，参加群众超过5万人。在中共中央的大力支持下，这场爱国运动很快蔓延至全国各地，得到普遍响应，关税特别会议最终无果而散。这场关税自主运动，随之成为我党早期团结带领中国人民同仇敌忾反对帝国主义、争取民族独立的重要运动而载入史册。

经受时代考验 不断开创历史伟业

透过早期中国共产党人的经济主张和斗争实践，可以清晰看到一条贯穿始终的主题和主线，一言以蔽之，经世济民为苍生。

从建党的那一天起，我们党就坚持马克思主义立场观点方法，始终不渝将人民利益摆在至高无上的地位。

一百年来，面对经济战线的错综复杂，我们党都始终把握历史主动、锚定奋斗目标，沿着正确方向坚定前行。我们党始终坚持辩证唯物主义和历史唯物主义的世界观和方法论，坚持人民是历史的创造者，按照马克思主义政治经济学原理办事，尊重经济规律，坚持理论联系实际，实事求是。从马克思主义政治经济学在中国的初次传播到掀起土地革命的风暴，从在全民族抗战时期打响与国民党反动派的货币战争到实现"耕者有其田"、废除封建剥削制度，从提出过渡时期总路线到社会主义改造的基本完成，从党的十一届三中全会的伟大历史转折到建立社会主义市场经济体制，从提出全面建设小康社会到脱贫攻坚战取得全面胜利……从此，中国人民开始从精神上由被动转为主动，中华民族开始艰难地但不可逆转地走向伟大复兴。

一百年来，面对经济战线中一次又一次的难得机遇，我们党不断认清自身所处的历史方位，在乱云飞渡中砥砺前行，用几十年时间走完了发达国家几百年走过的工业化历程，跃升为世界第二大经济体，整体上彻底摆脱了绝对贫困，长期保持社会和谐稳定、人民安居乐业，成为世界上中等收入人口最多的国家，成为国际社会公认的最有安全感的国家之一。

一百年来，面对经济战线中一次又一次的艰难挑战，我们党不断自我革命和自我净化，创造力、凝聚力、战斗力显著提高，直面和解决复杂风险挑战、应对和处理高难度经济危机的能力日益增强。当前，面对世界百年未有之大变局，我们党在逆全球化趋势加剧的国际大背景下，对有的国家大搞单边主义、保护主义的贸易摩擦以关税反制，从容应对；还能在全球突遭新冠肺炎疫情严重冲击的复杂形势下，充分运用中国作为世界最大和最有潜力的消费市场的优势，逆水行舟，成为全球唯一实现经济正增长的主要经济体。

百年雨雪风霜、百年大浪淘沙、百年风华正茂。回望昨日，我们可以充分感受到百年进程中强烈的逻辑一致性和历史必然性。建党百年经济战线的风云激荡充分证明，江山就是人民，人民就是江山。赢得人民信任，得到人民支持，党就能够克服任何困难，就能够无往而不胜。反之，我们将一事无成，甚至走向衰败。

代表作二：

控制物资反通胀
——抗日根据地财经工作探索

1943 年至 1944 年，世界反法西斯战争形势发生根本性转变。随着德、意、日法西斯联盟瓦解，日军在太平洋战场开始丧失战略主动权。为挽救颓势，日本侵略军向正面战场的豫、湘、桂等省发起新的战略性进攻。腐败无能的国民党政府根本无力应付这一局面，本应与中国共产党携手对敌、共克时艰，却反其道而行，准备展开第三次反共高潮。

当时，中国共产党领导的人民武装力量经过长期艰苦奋战，增强了抵御敌人大规模进攻的能力，逐渐掌握战争主动权。尤其是经过大生产运动，生产自给能力不断增强，抗日根据地得到巩固和扩大。基于此，面对国民党顽固派来势汹汹的反共浪潮，一方面，我们党领导的抗日根据地通过调动军队积极应对；另一方面，投放大量生产资金，增加货物贸易，囤积必需物资，做好充足后方保障。然而，严酷的战时环境与根据地应对经济封锁措施等复杂因素相互交织，导致根据地一度出现经济过热。

以陕甘宁边区为例，1943 年边币发行量增加 13 倍，下半年出现物价猛涨现象，以及一系列贸易、金融和财政问题，给边区人民生活造成较大困难。如何摆脱通胀，保证百姓正常生活，成为我党必须尽快破解的重大难题。

统一贸易预测商情，创造主动贸易环境

陕甘宁边区物价猛涨，从贸易角度而言，主要是一些老百姓日常生活的必需物资急缺，比如棉花、布匹和粮食。要想换取这些物资，主要依靠食盐。国民党顽固派却企图"不让一粒粮、一尺布进入边区"，同时千方百计阻止边区食盐出口。在严密封锁状态下，边区对外贸易出现了进口货贵、出口货便宜的严重不等价交换现象，而且存在进口大于出口的入超。

经过调查研究和反复思考，主持边区财政经济工作的主要负责人陈云认为，军事封锁和进出口入超，都是被动的贸易环境所致，必须争取主动、占领先机。他提出了实行贸易统一、事先准确估计市场商情、等价交换应以物物交换的比例计算、及时提高土产出口价格、不能不计成本购买"呆货"等多项详尽具体的措施。这些部署及时有力，边区进口棉花布匹、出口食盐等被动状态得以有效扭转。

以棉花进口为例，按照部署，为阻止商人走私和抬价，财政厅、建设厅开始统一收购棉花。无论公私商店，凡是购棉者都必须向建设厅报名，不得直接在民间收购。到了 9、10 月间，关中平原新棉花上市时，边区把棉花价格调整到超出国民党区棉价一倍多，调动了民间商人向边区售棉的积极性，也驱动了封锁边区的国民党军队卖棉赚钱的欲望，形成了"高价招远客"效应。如此一来，边区在两个月内争取到进口优质新棉花百万余斤，为发展纺织业、满足衣被需求预备了充足原料，打了收购棉花大胜仗。

通过统一步调、及时研判商情并强调运用市场商品流通规律办事，边区在进出口价格上逐渐实现了有利等价交换，1944 年出超 19 亿元边币，完全扭转了被动局面。

发行商业流通券，努力稳定金融预期

金融状况同贸易状况相互作用、相互影响。边区出现物价大幅波动与货币发行量变化息息相关。

1941年边币刚开始发行时，边区银行采取慎重的发行方针，限制边币发行总量，放款主要向生产倾斜，既避免过量发行造成金融波动，又避免不发行带来的资金短缺。到了1943年，边区银行一度划归边区政府财政厅领导，边区政府将银行当成财政出纳，引起边币过量发行。通过深入总结这次教训，陈云肯定1941年发行边币的做法是正确的，认定陕甘宁边区银行属于企业性质，不可以成为财政出纳。

随后，陈云又发现，边币对法币比值太低，对于扩大边币流通量、稳定金融有不利影响。经过反复比较二者比值，陈云提出要将比价提至1：1，同时要使市面金融不停顿，就必须用一种"偷梁换柱"的办法，发行一种新票子。不过，这在政治方面会有不良影响。

经过再三考虑，陈云提出可否考虑由盐业公司发一种流通券，代替新票子。

陈云等人认为，这种流通券定价应与法币保持1：1，与边币比价则固定于1：9并使其在边区流通。在将边币逐渐收回到预想程度时，就可以把边币、法币比价提升为1：1，然后再停止流通券发行，以边币收回流通券。这样一来，市面金融可不受影响，又达到了驱逐法币的目的。

这一办法提交西北局讨论后，在1944年5月23日召开的西北财经办事处会议上通过。7月1日，陕甘宁边区政府正式授权陕甘宁边区贸易公司发行"陕甘宁边区贸易公司商业流通券"。此券票面50元，可与边币互相兑换并作为特别放款投放于贸易中，大大稳定边币与法币比价。

由于正确认识和对待边币发行量、边币法币关系等问题，陕甘宁边区稳扎稳打，通过排挤法币换回大量物资，提高了边币币值，实现财政不再从银行透支的目标。银行发行准备金达到90%以上，物价实现了一年上涨两三倍的相对稳定状态，达到预期局面。

化解"小公""大公"矛盾，平衡边区财政收支

财经工作错综复杂，各种因素相互交织。贸易困难、金融波动等问题也会对根据地财政产生重要影响。

大生产运动以来，陕甘宁边区一直实行财政供给和生产自给相互结合的

财政体制。1943年，生产自给获得不小发展，各机关、部队和学校有了"小公"架子，但对于集中领导和统一计划安排有所忽视，出现了严重浪费现象。作为边区政府财政的"大公"家底薄弱，还没有摆脱依靠发票子弥补赤字的状态。处理好"小公"和"大公"关系，进一步做好财政平衡，成为亟待化解的重要矛盾。

经过研究，陈云等人认为，解决矛盾的办法不一定要靠银行发票子，而是开源节流。开源是指发展生产、整顿税收；节流是指消灭浪费、节省开支。"一方面靠自己动手，一方面靠税收。因此，要求做财经工作的同志，从财经办事处起，眼睛要看税收和节约。"

陈云还指出，管理财经的领导机关要站在各机关"小公"的地位，当好总务处长；各机关"小公"负责人也要站在财经办事处主任、财政厅厅长的角度看问题，通过换位思考，引导大家形成"小公"服从"大公"，眼前服从长远、局部服从全局的统一认识。

在这一思想指导下，边区财政工作克服了一些单位存在的浪费人力、物力现象，逐步建立起"大公"家底。1944年，边区财政收支基本达到平衡。到了1945年，解放区军民开展对日全面反攻作战，边区大批干部、部队出发开赴前线，尽管财政支出急剧增加，但延安大小家当都已经建立起来。当时，财政储蓄足够使用一年，各单位也都有储蓄，解决了广大干部出发开辟新解放区的路费、服装、马匹等开支，而且为边区人民留下一些家底。

历史细节内蕴乾坤。在战火纷飞的革命斗争年代，中国共产党人的初心和使命不仅体现在血雨腥风、英勇杀敌的疆场上，而且融入与百姓鱼水情深的党群关系之中。重温抗日根据地财经工作探索，我们深切感受到，坚持以人民为中心、始终把人民利益放在首位的发展思想具有深远历史意义和强大的内在生命力。以今日视角观察，这一思想既生动诠释了中国共产党人的初心和使命，也充分体现了马克思主义政治经济学的根本立场，由此成为指导我国经济社会发展的重要遵循。

代表作三：

开启工业化梦想
——第一个五年计划的编制与实施

追求工业化，实现民族复兴，是中国人梦寐以求的理想和追求。1952年，随着国民经济的全面恢复，特别是抗美援朝战争的基本结束，新中国获得了实现社会主义工业化的基本条件。与此同时，我们党适时提出的过渡时期总路线，统一了党内外的思想认识，坚定了中国人民沿着社会主义道路实现国家工业化的信心和决心。依据党在过渡时期的总路线和总任务，制定一部切实可行的发展国民经济的中期计划，是完成工业化主体任务的重要步骤。党中央审时度势，集思广益科学论证，反复研究编制与实施了国民经济第一个五年计划，为我国实现社会主义工业化奠定了初步基础，为新中国的经济建设揭开了新的一页。

"一五"计划的编制实施并不是一帆风顺的。从1951年春天的首次试编，到1955年7月第一届全国人民代表大会第二次会议正式审议并通过，期间五易其稿，经过反复的修订、调整、补充，最终才完整勾勒出我国工业化建设的蓝图。之所以历尽艰辛，是由于当时从中央到地方各级部门都缺乏编制经济建设计划的经验，以及旧中国留下的统计资料非常有限、国内各方面的资源情况一时难以弄清楚。从这一基本事实出发，编制工作只能采取边制定边执行和完善的办法，摸着石头过河，在不断修改完善的过程中推进。

调整重工业和轻工业比例关系

编制"一五"计划的起点，是根据我国社会发展的实际情况和历史条件，梳理清楚实现国家工业化战略的步骤，也就是解决重工业和轻工业发展比例严重不平衡的问题。

当时，社会上存在一种声音，认为我国刚刚打完仗不久，一穷二白，需要休养生息，不适合发展重工业，应将重点放在轻工业方面，并呼吁政府要"施仁政"。对此，毛泽东于1953年9月在中央人民政府委员会第二十四次会议上发表讲话时分析指出，仁政有小仁政和大仁政之别，前者是为了人民当前利益，后者是顾及长远利益，重点是大仁政，也就是更多关注重工业。人民生活固然需要改善，但一时又不能改善很多。不可以因为照顾了小仁政妨碍了大仁政。如今，当我们回望昔日争论，可以清楚地看到，以发展重工业为主要目标导向的战略符合我国当时的国情，是实事求是的务实之举。

新中国成立之初，我国面临工业基础极其薄弱的现实情况。从世界范围来看，我国工业产品的产量远远落后于主要资本主义国家，甚至赶不上某些亚洲新兴独立国家。历史数据显示，在13种主要工业产品中，印度有8种高于我国，钢与生铁的产量高出5倍至7倍；从国内的工业结构来看，当时我国手工业产值比重偏高，重工业所占比重过低，1949年全国工业总产值中，重工业仅占约27.3%，而不少轻工业生产技术落后、生产设备利用率偏低的关键，就是由于缺乏重工业所能提供的机器装备和现代技术设备；从地域构成而言，我国的工业分布很不合理，3/4 以上的轻工业集中于上海、天津、广州、青岛等少数几个沿海城市，内陆地区尤其是边疆少数民族地区则很少或者根本没有工业，半数以上的重工业集中在东北地区。

在朝鲜战场上表现出的中美军事力量的悬殊，也切实让我们感受到了工业实力和武器装备落后对战局造成的制约和影响。发展那些对国家起决定作用、能迅速增强国家工业基础与国防力量的主要工程的任务，越来越紧迫和艰巨。正如 1954 年 6 月毛泽东在中央人民政府委员会第三十次会议上所言："现在我们能造什么？能造桌子椅子，能造茶碗茶壶，能种粮食，还能磨成面粉，还能造纸，但是，一辆汽车、一架飞机、一辆坦克、一辆拖拉机都不能造。"

综合种种因素，党中央及时果断地明确了重工业和轻工业发展的比例问题，开足马力、集中力量保证重工业建设，同时也丝毫不忽视轻工业、农业等事业的发展，准确把握好"度"，避免出现畸轻畸重的现象，确保国民经济发展的协调和均衡。

赴苏调研学习建设经验

编制"一五"计划遵循的战略指导思想，是党中央经过集体调研和决策之后形成的智慧结晶。制定好重大规划，切实关系到广大人民群众未来生活质量和水平，党中央为此专门派出一个代表团出访苏联，征询意见，寻求援助。

1952 年 7 月，"一五"计划的第二稿《1953 年至 1957 年计划轮廓（草案）》形成。中央政治局讨论后，决定以这一稿作为向苏联提出援助要求的基本依据。同年 8 月中旬，以周恩来为首席代表，陈云、李富春、张闻天、粟裕为代表，宋劭文、王鹤寿、汪道涵、刘亚楼等为顾问的中国政府代表团，乘飞机从北京西郊机场起飞，8 月 17 日抵达莫斯科，受到苏联政府热烈欢迎。代表团将翻译好的"三年来中国主要情况及今后五年建设方针报告提纲""中国经济状况和五年建设的任务"并附表八种及中国国防五年建设计划概要等文件，送给苏方。9 月 3 日，斯大林与代表团会谈，就这些文件的具体内容进行探讨。关于这次会谈，周恩来在写给毛泽东并中央的一封电报中，这样描述道：

"关于五年计划，斯首先问：你们五年计划中工业增长速度，每年为百分之二十，是勉强的，还是有后备力量的。周答以我们对此尚无经验。我们许多计划常常对潜在力量估计不足，故今后五年计划，可能还有估计不足的地方，这是一方面。但另一方面，还要看苏联能否供应我们这样数量的工业装备。斯说：要按照一定可以办到的来做计划，不留后备力量是不行的。必须要有后备力量，才能应付意外的困难和事变。今后五年计划中，每年要超过百分之一，其数量总是比过去大的。次之，在五年计划中，你们未将民用工业与军事工业和装备计算在一起，这是不应该的。只有将它们放在一起，才便于掌握情况和调度。在你们的材料中没有看到这一点。因此，我们现在还不能说最后肯定意见，需要两个月时间加以计算之后，才能说可以给你们什么，不给你们什么。据我们自己的经验，五年计划至少有一年准备，审查方案还要两三个月。即令如此，也还可能有错误，预先估计到各种情况和困难是不可能的。谈到最后，斯具体指出：我建议工业建设的增长速度，每年上涨可降到百分之十五，每年生产计划应定为百分之二十，要动员工人来完成和超过这一计划。意外情况总会有的，留点后备力量。总有好处。"

9月8日，中国代表团与苏方进一步晤谈，确定了下一步的安排。9月22日，周恩来、陈云先期回国，向中央政治局作了汇报。之后的近10个月时间里，李富春率领中国代表团继续同苏联有关部门广泛接触，就我国经济发展速度、重工业建设规模以及具体的援建项目等方面进行征询商谈。1953年5月15日，受中共中央委托，李富春代表中国政府在莫斯科签署了《关于苏维埃社会主义共和国联盟政府援助中华人民共和国中央人民政府发展中国国民经济的协定》等文件，确定了苏联援助中国新建和改建的91个工业项目。加上1950年已确定援建的50个项目以及1954年10月苏联政府又增加的15个项目，这156项重点工程成为"一五"时期苏联协助我国建立比较完整的基础工业体系和国防工业体系的骨架的重要组成部分，为我国工业化的起步提供了重要保障。

这些项目的选址、布厂是颇费心思的。资料显示，一个重要项目的厂址，要有几个甚至十几个方案，经过反复勘查比较后才能确定下来。当时，国家建委负责审批大项目的计划任务书和初步设计，审查厂址后，要把厂址标在地图上，并用直线标出它与驻扎在台湾、南朝鲜、日本等美军基地的距离，说明美国的什么型号的飞机可以攻击到它。国防和安全因素，是当时确定厂址的主要标准。此外，选址还充分考虑到地区的资源集中度以及加快改变经济落后地区的面貌，因地制宜，主要布局在东北地区、中部地区和西部地区，合理平衡了内地和沿海地区的基本建设投资的分配。

回顾编制"一五"计划的历程，与苏联的这一段故事是值得记住的。这些宝贵的历史事实表明，要编制出一部令人民满意、经得起历史检验的中长期发展规划，应建立在实事求是的基础上，通过周密细致的内部和外部调研考察，虚心学习和借鉴，对我国国情了然于胸，找到真正符合实际情况的工业化发展道路的指南。苏联提供援助的事实，也促使党中央对于自力更生和争取外援的关系问题进行了辩证思考。当时，面对美国等西方资本主义国家的经济封锁，苏联对我国工业化建设的帮助起到的作用十分巨大。与此同时，党中央也提出了以国内力量建设为主体的指导方针，在政治上保证独立自主的前提下，自力更生，主要依靠内部积累解决资金紧缺的问题，明确在计划实施过程中，凡能自己解决就不依靠外援，从而进一步处理好积累和消费之间的关系问题，激发广大人民群众建设社会主义的主动性和积极性，保证工业化建设的顺利进行。

开工建设奠定良好开局

经过多方反复论证和细致打磨，1955 年 7 月 30 日，第一届全国人民代表大会第二次会议正式审议并通过了中共中央主持拟定的《中华人民共和国发展国民经济的第一个五年计划（1953—1957）》。《计划》指出，这一计划的基本任务，概括地说来就是集中主要力量进行以苏联帮助我国设计的 156 个建设单位为中心的、由限额以上的 694 个建设单位组成的工业建设，发展部分集体所有制的农业生产合作社，并发展手工业生产合作社，建立对于农业和手工业的社会主义改造的初步基础，基本上把资本主义工商业分别地纳入各种形式的国家资本主义的轨道，建立对于私营工商业的社会主义改造的基础。《计划》指出："这是中国共产党和中华人民共和国国家机关领导全国人民为实现过渡时期总任务而奋斗的带有决定意义的纲领。"

很快，全国人民以高度的政治觉悟和生产热情，积极投入第一个五年计划建设。工人阶级一马当先，站在工业化建设前列，深入开展增产节约劳动竞赛，充分挖掘企业潜力，努力增加生产，提高产品质量，节约原料材料，降低产品成本，不断提高劳动生产率和企业管理水平，保证全面完成并争取超额完成国家计划。广大农民积极向国家交售粮棉，供应各种农副产品，保证城市居民和工矿区职工的生活需要，积极参加农业互助合作组织。不少青壮农民离开生养他们的土地，迈进工人阶级队伍，直接投身于国家工业建设。不少知识分子同工人一道奋战在生产第一线，一起进行热火朝天的工业建设。高等学校和各类专业技术学校的大批毕业生无条件服从国家分配，奔赴祖国各地的工厂矿山。一批海外的华人科学家，毅然放弃国外优越的工作环境和生活条件，冲破重重阻力，先后回到祖国参加伟大的建设事业。

"一五"计划不论在发展速度还是建设规模上都比较谨慎，留有余地。在执行中，各方面的配合和衔接比较好，整个计划得以提前和超额完成，取得了显著的成绩。数据显示，1957年工农业总产值达到1241亿元，按可比价格计算，比1952年增长67.8%。其中农业总产值537亿元，增长24.8%，工业总产值704亿元，增长1倍多；从工业总产值构成而言，1957年轻工业产值所占比重下降至55%，重工业产值所占比重上升至45%。经过五年的发展，我国经济以农为主、工业以轻为主的旧局面开始出现明显改变。

国民经济第一个五年计划的成功编制与实施，标志着我国开始步入有计划的经济建设和全面实行社会主义改造的时期，也是我国实行由农业国向工业国转变的重要开端。这一波澜壮阔的历史进程，影响深远。在之后一个又一个五年计划的实施中，中国共产党始终秉持把人民放在心中最高位置的初心，不断攻坚克难、百折不挠，发挥集中力量办大事的制度优越性，取得了史诗般的进步。这是党正确领导经济工作的充分体现，也是党和人民群众同心同德、艰苦奋斗、攻坚克难的结果。

（《经济日报》2021年05月30日）

申报资料实录

作品简介： 2021年，在中国共产党成立100周年之际，经济日报社精心组织"建党百年·经济战线风云录"系列通讯专栏，独家刊出15期深度报道，重温建党百年经济战线的不平凡历程和伟大成就，聚焦百年来中国共产党人的经济探索、斗争实践、辉煌成就和建设经验，探寻党的百年经济战线历程背后的逻辑一致性和历史必然性。专栏政治站位高、经济特色强，史料翔实、笔触生动、视角独特，通过近30年的经济斗争史和70年经济治理史，向读者展现中国共产党为什么能、马克思主义为什么行、中国特色社会主义为什么好的生动答案。在经济日报社编委会的精心部署下，专栏主创人员在深入理解和准确把握史料的基础上，根据中国共产党在不同历史时期经济工作的特点，认真筛选出一部分融时代性、故事性及历史纵深于一体的富有经济特色的选题，并根据不同选题内容阅读和消化相应史料，从而对每一个选题的具体内容具有宏观层面的整体把握。在每一个选题的成文过程中，主创人员借鉴相关史料的最新研究发现和学术成果，向事件亲历者或亲历者后代采访了解更多真实历史情况，尽可能掌握一手资料，吸收消化之后及时融入稿件之中，这一系列报道完整呈现了我党经济战线百年变迁，赢得广泛社会反响。

社会效果：为用心做好庆祝建党百年宣传，经济日报社特别推出"建党百年·经济战线风云录"系列通讯专栏，从经济视角讲述百年大党故事，内容生动，特色鲜明，视角独特，在全网各平台总阅读量超过2亿次。每篇通讯刊发后，经济日报媒体矩阵全域转载转播；"学习强国"官方客户端专门开设栏目刊登"建党百年·经济战线风云录"，总点击量上亿次；今日头条等多家商业平台予以转发。

初评评语：在中国共产党迎来百年华诞之际，经济日报社推出共计15篇的系列通讯专栏"建党百年·经济战线风云录"，以史为纲，生动展现我们党在经济领域走过的非凡历程，内容翔实可读，详略得当，史料运用妥帖、准确，打磨精细。主创人员在有限时间内披沙拣金创作出这套稿件，还尽其所能采访亲历者及其后辈，既需拨云见月的提炼概括，更需治学精神和严谨态度，殊为不易。报道自刊发以来，社会反响极佳，全网阅读量超过2亿次，"学习强国"平台更设置专题推荐，文章仅刊发数日浏览量已过千万。更难得之处在于，该专栏选取党的经济战线为切入口，彰显经济日报特色，是建党百年献礼报道中视角颇为独特的通讯作品。

系列报道：黄河之畔的新菌草传奇

郑建武　艾　迪　肖鲁怀　游宁剑　廖尚玺　游丁琳　郑少炜　罗亨钦

限于篇幅，文字稿略，获奖作品请见中国记协网 http://www.zgjx.cn。

（福建省广播影视集团 2021 年 11 月 11 日）

申报资料实录

　　作品简介：习近平总书记在 2022 年新年贺词中说："黄河安澜是中华儿女的千年期盼。"2021 年国庆，记者跟随国家菌草工程技术研究中心首席科学家林占熺教授团队从福建飞越 2000 多公里来到内蒙古和宁夏。这里是黄河流域的重要腹地，也是林占熺遵循习近平总书记"让黄河成为造福人民的幸福河"嘱托，追寻黄河安澜，生态修复、百姓致富的"最前线"。林占熺教授在黄河流域开展菌草护河治沙试验已经到了第 9 年，这次，黄河内蒙古段刚刚经历了 3 次洪峰的考验。种植在黄河沙漠坡岸的菌草是否能够经受住洪水的冲刷？流沙是否能够固住？都是鉴定试验成败的关键。茫茫大漠中，报道组爬沙丘、战风沙、涉黄河，生动记录了林占熺团队运用菌草技术进行黄河流域生态屏障建设，在固沙护河、盐碱地修复、发展菌草经济等方面取得的革命性科研成果。5 集系列报道从不同侧面呈现了"护河""斗沙""丰收""闽宁携手""造福全世界"等多个主题，展现了一位人民科学家、一位共产党人的初心与坚守。整个系列报道的制作过程也是新闻工作者践行"四力"的生动写照。

　　社会效果：系列报道播出后，菌草技术在黄河流域生态治理中的革命性成果引发了学术界和黄河流域多省份的关注。多个省份的农业、林草、水利以及生态环境部门、社会组织等纷纷与林占熺教授团队联系，希望可以快速引进菌草技术替换传统黄河生态治理模式，改善当地环境治理与农牧产业的供应链体系。在各方推动下，报道中提到的"阎王鼻子"沙害威胁区域已于 2022 年 5 月开始种植菌草治理风沙。五集报道也分别以《护河》《斗沙》《丰收》《携手》《造福》为题在海博 TV 客户端、华人头条等互联网平台进行推送，总点击量超过 300 万。报道还被翻译成英文版，在 Youtube、Facebook、TikTok、Twitter、WhatsApp 等境外社交媒体平台发布，并作为菌草实用技术教学视频，通过菌草援斐济、尼日利亚、卢旺达、巴布亚新几内亚、中非等多国基地在各国的培训班进行观摩学习，累计培训人数 3000 余人。同时，联合国经济和社会事务部也将此系列报道采纳，进行全球推介。

初评评语： 系列报道紧追时效与时宜。黄河是中华民族的母亲河，2021 年习近平总书记多次指示要深入推动黄河流域生态保护和高质量发展。林占熺团队多年坚持的菌草事业不断拓展，在黄河生态治理中发挥了积极作用。抓住这一重大主题彰显了福建高质量发展的意识和成果输出，以及林占熺团队不竭努力于造福百姓的事业。节目制作质量优，从记者深入黄河流域的路径和拍摄制作的精心精致，看得出团队的不懈付出与"四力"本领。

稻乡澎湃

孙　晖　王会军　张田收　刘志成　于庆华

限于篇幅，文字稿略，获奖作品请见中国记协网 http://www.zgjx.cn。

（大连广播电视台 2021 年 12 月 27 日）

申报资料实录

作品简介： 系列纪录片《稻乡澎湃》以中国共产党成立 100 周年为创作背景，以"乡村振兴"国家战略为创作主题，通过现场纪实，讲述了辽南水稻主产区的农人们面对挑战、追求幸福，在探索富有区域特色的乡村振兴之路中，涌现出的一系列催人奋进的时代故事，真实地反映了东北乡村现实生态和中国农村发展的不平凡轨迹。本片对外呈现了具有区域特色的乡村振兴模式，向全国观众开启了深入观察东北乡村社会的媒体视角。全片力图通过宏观与微观的叙事张力，张弛有度的叙事节奏，群像式展现新时代的东北乡村敢于创新、勇于追求的原生态画面。本片还对粮食安全、农产品国际化、袁隆平院士海水稻、疫情防控等现实题材进行了细致刻画，用前沿交叉叙事结构，记录了乡村振兴在东北的开局起步。全片整体拍摄历时近 8 个月，成片总计近 2000 个镜头，外拍场景涉及大连 13 个乡镇街道及盘锦、丹东等地，采访里程超过 13000 公里。新华社客户端辽宁频道在本片开机时以《喜迎建党百年 深耕火热乡村》为题播发了新闻，大连本地"新闻大连""大连发布""大观新闻"等新媒体端口进行动态跟踪，新媒体累计点击量达到 190 万＋，单条最高浏览量 97.4 万；大连都市广播频率以"最美大连行"为题，每月一次，开辟专栏进行广播发布。

社会效果： 片中故事主人公稻农孙守福在节目组鼓励和帮助下，正式注册"南碱滩"牌蟹田大米，通过本片和节目组精心创作的文案和包装设计，蟹田大米以每斤高于市场 2 元多的价格共销售近 13 万斤，增收 20 多万元；2022 年 6 月 2 日，当地政府以"千年古镇飘稻香"为题，举行了"认养一亩田，亲近大自然"的助农直播，为包括孙守福在内的众多稻农开启了大米销售的新商业业态。节目组为本片另一主角大卢社区稻农张文龙提供了全套包装设计，并在片中进行了品牌细节展示，目前累计销售近4万斤，这批大米还首次走出辽南，最远销售到上海、湖北等地。片中山海丰村第一批尝试种小柿子的农户在本片播出后，成功打入大连主城区超市，累计销售了20多万斤小柿子，户均增收2万多元。节目在中央新影"发现之旅"频道晚间黄金时间面向全国播出，该频道落地城市超209个，覆盖有线数字电视用户数超过8870万户；辽宁日报、学习强国等端口对节目热播给予跟踪报道；辽宁省电视艺术家协会在其官网连续七期刊发了国内著名专家学者的深度评论，将本片誉为"光明里的东北乡村，行进中的现实中国"。此外，大连新闻传媒集团通过电视、电台、新媒体等各端口进行了全媒体多轮次推广，大连日报整版深度报道。

初评评语：《稻乡澎湃》扎根乡土、取材地方，以真实为底色，深刻反映了东北乡村社会对生活的主动觉醒和不同以往的价值追求。创作者坚持正确政治方向、舆论导向、价值取向，贴近时代要求和人民需要，作品兼具历史性和现实性、特殊性和普遍性、时代性和乡土性，思想精深、艺术精湛、制作精良，饱含家国情怀、极具风土人情，充分体现了新闻作品的现实意义和历史价值。

湾区大未来

温　柔　史成雷　叶石界

代表作一：

横琴写初心

横琴地处珠海南端，与澳门一水一桥之隔，具有粤澳合作的先天优势，是促进澳门经济适度多元发展的重要平台。党的十八大后，习近平总书记三次亲临横琴视察，亲自为横琴改革发展把舵定向。

9月5日，中共中央、国务院印发的《横琴粤澳深度合作区建设总体方案》（以下简称《横琴方案》）发布。

《横琴方案》明确，横琴粤澳深度合作区的战略定位是促进澳门经济适度多元发展的新平台、便利澳门居民生活就业的新空间、丰富"一国两制"实践的新示范、推动粤港澳大湾区建设的新高地。

横琴是习近平新时代中国特色社会主义思想在一张白纸上的精彩演绎。2009年，时任国家副主席习近平同志亲自拉开了横琴开发开放的大幕；党的十八大后，习近平总书记三次亲临横琴视察，亲自为横琴改革发展把舵定向。习近平总书记强调："建设横琴新区的初心就是为澳门产业多元发展创造条件。"

横琴地处珠海南端，与澳门一水一桥之隔，具有粤澳合作的先天优势。短短10来年时间，横琴从一个"蕉林绿野，农庄寥落"的边陲海岛蝶变为开发热岛、开放前沿，地区生产总值增长100多倍。

近日召开的广东省委常委会会议指出，始终心怀"国之大者"，牢记开发建设横琴的初心，坚定不移沿着总书记指引的方向推进横琴粤澳深度合作区开发开放，携手澳门把总书记、党中央擘画的美好蓝图变成现实。

发展促进澳门经济适度多元的新产业

"促进澳门经济适度多元发展的新平台"，是横琴合作区的战略定位之一。《横琴方案》提出，立足粤澳资源禀赋和发展基础，围绕澳门产业多元发展主攻方向，加强政策扶持，大力发展新技术、新产业、新业态、新模式，为澳门长远发展注入新动力。

发展促进澳门经济适度多元的新产业，将聚焦科技研发和高端制造产业、中医药等澳门品牌工业、文旅会展商贸产业、现代金融产业等重要领域。

2017年，澳邦制药（横琴）有限公司落户粤澳合作中医药科技产业园。此前，主要生产外用中成药的澳邦制药在澳门已发展了近10年，但受制于当地市场规模、土地资源、人才等因素，一直难有突破。

"我们在横琴设立的公司，主要承担新品研发和澳门公司产品工艺改良的任务。"澳邦制药（横琴）有限公司负责人刘帝恒介绍，通过粤澳合作中医药科技产业园的平台，可以大大方便企业产品走进内地的广阔市场。产业园配套的研发检测大楼、科研总部大楼等公共服务平台，还可以大大降低企业的研发及人力成本。

《横琴方案》将"发展中医药等澳门品牌工业"列为发展促进澳门经济适度多元的新产业之一，并出台"研究简化澳门外用中成药在粤港澳大湾区内地上市审批流程"等大量利好，让刘帝恒充满期待。

"《横琴方案》的出台，给了澳门中医药企业很大的发展空间，也为澳门医药产品走向内地市场提供了很大的助力。将来我们的产品可以卖到大湾区乃至全国，这意味着我们的产品市场规模有可能扩张上百倍甚至更多。"刘帝恒表示，将努力搞好生产，扩大产能，迎接重大发展机遇。

同样倍感振奋的，还有欧泊国际（澳门）会展集团有限公司（以下简称"欧泊会展"）董事长朱海生。

十一国庆假期临近，朱海生在位于横琴的办公室内，开始忙着筹备2021年度澳门国际文化美食节横琴站的活动。去年10月，久负盛名的澳门国际文化美食节首次增设横琴站，就吸引了澳门及内地100多家餐饮企业参与，8天人流量突破10万人次。

"去年的活动大获成功，每天带动的销售额都超过百万元。今年我们将在去年100多个摊位的基础上扩大到200个，目前招商工作非常顺利。"朱海生告诉《南方》杂志记者。

《横琴方案》提出"发展文旅会展商贸产业""在合作区大力发展休闲度假、会议展览、体育赛事观光等旅游产业和休闲养生、康复医疗等大健康产业"。朱海生介绍，2019年欧泊会展进入横琴跨境办公，主要就是为了布局文旅会展商贸产业。"《横琴方案》对合作区文旅会展商贸产业的支持力度，超过了我的预期。"他说。

《横琴方案》还提出，允许在合作区内与澳门联合举办跨境会展过程中，为会展工作人员、专业参展人员和持有展会票务证明的境内外旅客依规办理多次出入境有效签证（注），在珠海、澳门之间可通过横琴口岸多次自由往返。

"这对于我们跨境联合办展实在太有利了。比如，我们正在筹备澳门国际文化美食节横琴站活动，工作人员和旅客需要多次往返横琴口岸。"朱海生说道。

近年来，横琴积极发展新兴产业，为澳门产业多元发展创造条件。统计数据显示，目前在横琴注册的科技型企业超过1万家，其中，国家高新技术企业328家，珠海市独角兽培育入库企业16家。其中，2020年横琴实现集成电路设计产业产值达11亿元。

营造趋同澳门的宜居宜业生活环境

"便利澳门居民生活就业的新空间"，是横琴合作区的战略定位之一。《横琴方案》提出，推动合作区深度对接澳门公共服务和社会保障体系，为澳门居民在合作区学习、就业、创业、生活提供更加便利的条件，营造趋同澳门的宜居宜业生活环境。

基础设施的互联互通，是建设优质生活圈的必要条件。《横琴方案》提出，支持澳门轻轨延伸至合作区与珠海城市轨道线网联通，融入内地轨道交通网。加快推动合作区连通周边区域的通道建设，有序推进广州至珠海（澳门）高铁、南沙至珠海（中山）城际铁路等项目规划建设。加强合作区与珠海机场、珠海港功能协调和产业联动。

从广州南站出发，乘坐C7787次列车，约需一个半小时，可到达横琴站。步行到达横琴口岸，借助于新旅检大厅"合作查验、一次放行"的新型通关查验模式，最快30秒即可实现跨境通关，十分方便快捷。

未来，广州至珠海（澳门）高铁建成通车后，从广州乃至大湾区其他城市到达横琴粤澳深度合作区和澳门之间的通行时间，还将大大缩短，而且可以实现从澳门坐高铁直达广州。

在横琴创业的澳门青年颜义泷因为工作的关系，经常需要到大湾区其他城市出差。"未来可以从家门口直接坐高铁到广州和大湾区其他城市，大大节省了时间成本，这对我们开拓大湾区的市场太有利了。"他说。

同时，吸引澳门居民就业创业，是横琴合作区的重要方向。《横琴方案》提出，高水平打造横琴澳门青年创业谷、中葡青年创新创业基地等一批创客空间、孵化器和科研创新载体，构建全链条服务生态。推动在合作区创新创业就业的澳门青年同步享受粤澳两地的扶持政策。

2019 年，颜义泷来到横琴澳门青年创业谷创业，目前公司打造的想见你 APP 已经拥有了上千万的用户。去年底，横琴粤港澳大湾区重大疾病保险（A/B 款）推出，颜义泷成为首个签单的澳门居民。

"《横琴方案》的颁布，在税务优惠、人才引进、融资平台、便捷通关、高度开放等各方面，都为我们企业提供了非常优渥的创业土壤，也让我们更有信心做大做强！"颜义泷说。目前，仅横琴澳门青年创业谷累计孵化澳门创业企业（项目）超 500 家，已发展为澳门青年内地创业首选之地。

作为横琴澳门青年创业谷的运营方，珠海大横琴集团有限公司（以下简称"大横琴集团"）党委副书记邓峰告诉《南方》杂志记者，2020 年以来，大横琴集团积极为创业青年打造"专业、贴心、温暖"的服务管家体系，还专门开发了线上招商服务平台—"大横琴招商"微信小程序，整理发布了《人才服务清单》和横琴生活指南《小琴书》，为创业青年提供全方位的工作生活指引。

邓峰表示："《横琴方案》出台后，我们将继续深度参与和服务横琴合作区的发展建设，为促进澳门经济适度多元发展、便利澳门居民生活就业作出新的更大贡献。"

《横琴方案》还提出，加强与澳门社会民生合作。比如，加快推进"澳门新街坊"建设，对接澳门教育、医疗、社会服务等民生公共服务和社会保障体系，有效拓展澳门居民优质生活空间。建立合作区与澳门社会服务合作机制，促进两地社区治理和服务融合发展。

近年来，横琴高标准发展教育、卫生健康等事业，建设文化、体育、旅游、居住设施，高效推动民生领域规则制度衔接等，携手澳门共同打造宜居宜业宜游的优质生活圈，正吸引着越来越多的澳门居民来到横琴。统计数据显示，目前澳门居民在横琴办理居住证超 7000 人，任职参保的澳门职工超千人，每年近 10 万人次澳门居民在横琴就医。

走进澳门街坊会联合总会广东办事处横琴综合服务中心（以下简称"澳门街坊总会横琴中心"），《南方》杂志记者看到，总面积达 2000 多平方米的室内空间布置得十分温馨，耆趣室、儿童游乐室、玩具图书馆、礼堂、多功能活动室及辅导室等一应俱全，有小朋友正在上舞蹈课，也有居民正在接受康复治疗。

该中心副主任禤绍生介绍，横琴中心为在横琴创业就业、居住的澳门居民及横琴本地居民提供社会服务。自 2019 年以来，提供服务近 7 万人次。"我们澳门的社工来到内地工作，获得在横琴的执业资格，本身就是一个突破。《横琴方案》的出台，给了我们更多的期待和信心。"禤绍生说。

禤绍生还表示："《横琴方案》提出，对在合作区工作的澳门居民，其个人所得税负超过澳门税负的部分予以免征。可以预见的是，未来会有更多澳门的社会服务机构进入横琴，将形成百花齐放的格局。"

坚守"一国"之本、善用"两制"之利

"丰富'一国两制'实践的新示范"，是横琴合作区的战略定位之一。《横琴方案》提出，坚守"一国"之本，善用"两制"之利，立足合作区分线管理的特殊监管体制和发展基础，率先在改革开放重要领域和关键环节大胆创新，推进规则衔接、机制对接，打造具有中国特色、彰显"两制"优势的区域开发示范，加快实现与澳门一体化发展。

华众联创设计顾问（横琴）有限公司（以下简称"华众联创"）是首家内地与港澳三地联营的设计顾问机构。"港澳有大量现代服务业领域的专业人士，怎么让其融入国家发展大局中去，是值得我们思考的问题。"华众联创总经理闫澍表示。

近年来，跨境执业在建筑师、律师、导游、医师等领域逐渐展开。目前，154名澳门建筑领域专业人士和35家澳门企业通过备案在横琴执业，495名澳门导游领队获得执业资格并在横琴提供旅游服务，53名澳门医师顺利获得澳门医师短期横琴行医资格证书。

闫澍告诉《南方》杂志记者，《横琴方案》提出推进规则衔接、机制对接，是个值得期待的探索。可以想象的是，横琴合作区将拥有一个非常美好的前景，未来会有更多的港澳专业人士进入横琴，走进大湾区。

《横琴方案》提出"构建与澳门一体化高水平开放的新体系"，突出开放包容，货物"一线"放开、"二线"管住，人员进出高度便利，创新跨境金融管理，建立高度便利的市场准入制度，促进国际互联网数据跨境安全有序流动等，打开了澳门诸多企业的想象空间。

2019年3月，横琴首创跨境办公试点政策。欧泊国际（澳门）会展集团有限公司等10家澳门企业成为首批响应企业。"我们不需要在横琴办理工商登记注册和税务登记手续，只是把办公室搬到了横琴。"朱海生告诉《南方》杂志记者，在横琴跨境办公，对于企业解决场地、人才、发展空间等问题提供了很多帮助。

朱海生介绍，目前公司在横琴的办公面积约300平方米，经过补贴后，每平方米月租仅需70元，而在澳门则约需300元。此外，公司在横琴办公后，

可以直接招聘内地的人才，也可以直接在横琴与内地客户洽谈生意，大大拓展了企业的发展空间。目前在横琴，类似的跨境办公企业已超过300家，租用办公空间超6万平方米。

"《横琴方案》提出'人员进出高度便利''不断提升通关便利化水平'，期待相关举措能快速落地，这样我们跨境办公将更加方便，也会有更多的澳门企业来到横琴跨境办公和发展。"朱海生说。

在横琴创业的澳门青年黄茵期待，《横琴方案》出台后，未来能够在金融方面得到更多的支持，可以更方便地获得融资贷款。

"推动粤港澳大湾区建设的新高地"，也是《横琴方案》确定的战略定位之一。对此，中山大学粤港澳发展研究院首席专家、教授陈广汉认为，横琴合作区的建设，可与珠江西岸地区加强合作，有力支撑澳门—珠海极点对粤港澳大湾区的引领作用。

"健全粤澳共商共建共管共享的新体制"是《横琴方案》的重要内容。《横琴方案》就坚持互利合作、协同联动，建立合作区开发管理机构，组建合作区开发执行机构，做好合作区属地管理工作，建立合作区收益共享机制，建立常态化评估机制作出了明确部署。

根据方案，在粤港澳大湾区建设领导小组领导下，粤澳双方联合组建合作区管理委员会，在职权范围内统筹决定合作区的重大规划、重大政策、重大项目和重要人事任免。合作区管理委员会实行双主任制，由广东省省长和澳门特别行政区行政长官共同担任，澳门特别行政区委派一名常务副主任，粤澳双方协商确定其他副主任。成员单位包括广东省和澳门特别行政区有关部门、珠海市政府等。

如今，横琴合作区建设已踏上新征程，正乘风破浪、扬帆远航。

代表作二：

世界级湾区的"发展密码"

粤港澳大湾区多向发力，跑出了优化营商环境的"加速度"，湾区的吸引力与日俱增。在横琴、前海，粤港澳合作不断深化，成为大湾区发展成果的最好见证。

粤港澳大湾区多向发力，跑出了优化营商环境的"加速度"，湾区的吸引力与日俱增。在深圳前海、珠海横琴，粤港澳合作不断深化，成为大湾区发展成果的最好见证。

《横琴粤澳深度合作区建设总体方案》(以下简称《横琴方案》)提出,"率先在改革开放重要领域和关键环节大胆创新,推进规则衔接、机制对接"。《全面深化前海深港现代服务业合作区改革开放方案》(以下简称《前海方案》)提出,"在'一国两制'框架下先行先试,推进与港澳规则衔接、机制对接"。

推进与港澳规则衔接、机制对接,是两个合作区未来发展的重要方向。两个合作区怎样建设国际一流营商环境?怎样担当粤港澳深化合作的示范?规则衔接、机制对接将给三地带来怎样的发展空间?

服务便利化释放巨大红利

《前海方案》提出,"推进与港澳跨境政务服务便利化"。针对港澳人士开办企业,前海率先推出了"深港通注册易""深澳通注册易",让港澳投资者足不出城即可注册深圳企业。对于这些利好政策,香港创业青年高月华期待未来这些平台能集聚更多服务功能,并方便港澳企业使用。

在前海合作区,服务便利化的举措已经释放出巨大的红利。在位于前湾一路 19 号的前海 e 站通服务中心(以下简称"e 站通"),大厅里 50 多个办事窗口正在有序地处理各项事务。作为与企业直接面对面的窗口,e 站通办事窗口有 15 家行政单位入驻,承办事项多达 700 多项。

"在企业便利化方面,将企业开办的多个环节整合为一个环节,企业可以在一个平台,一次办理营业执照、印章刻制、申领发票等业务。"深圳市市场监管局企业注册局前海登记注册科科长楚克军介绍。

在《横琴方案》中,"便利"同样是高频词。《南方》杂志记者梳理发现,"便利"一词在 7000 多字的方案中共出现了 16 次。

一系列致力于为企业优化流程、缩短时间、节省成本的创新措施,237 项行政审批服务事项线上跨境通办,让澳门企业频频点赞。

走进国家税务总局珠海市横琴新区税务局的二楼港澳纳税服务专区,《南方》杂志记者发现,港澳企业人员少有在现场办理业务。横琴新区税务局相关人员告诉《南方》杂志记者,这是因为大部分业务都被搬到了线上,把前台窗口"搬"到了港澳纳税人面前。

发展促进澳门经济适度多元的新产业,是《横琴方案》的重要内容。对此,横琴新区税务局负责人表示:"我们希望通过'联络好、服务好、落实好',助力澳门企业在横琴发展壮大,助力澳门产业多元发展取得成效。"

跨境执业破题

《横琴方案》提出，"允许具有澳门等境外执业资格的金融、建筑、规划、设计等领域专业人才，在符合行业监管要求条件下，经备案后在合作区提供服务"。

2018年4月，华众联创设计顾问（横琴）有限公司（以下简称"华众联创"）在横琴注册成立，成为首家内地与港澳三地联营的设计顾问机构。华众联创总经理闫澍告诉《南方》杂志记者，此前，由于三地规则不衔接，港澳建筑领域专业人士在内地没有执业资格，三地联营模式就是要解决这个问题。

2019年，在位于横琴口岸旁边的信德口岸商务中心项目上，来自华众联创澳门联营方栢杰工程顾问有限公司的冼伟雄陆续在有关建筑材料质量的审核表和施工检查表上代表监理单位签下自己的名字，开创了澳门企业和专业人士为内地市场主体直接提供服务的先河。

"港澳要融入国家发展大局，三地专业资格互认势在必行。"闫澍认为，随着《横琴方案》的出台和落地，规则衔接、机制对接快速推进，未来会有更多有经验的港澳专业人士来到横琴工作。这将成为促进澳门青年就业的一个很好的载体，有利于建设促进澳门经济适度多元发展的新平台。

衔接、对接，落到细微之处才能释放融合之力。

《前海方案》提出，"支持前海合作区在服务业职业资格、服务标准、认证认可、检验检测、行业管理等领域，深化与港澳规则对接"。

在工程建设领域，截至今年8月31日，前海已完成28家专业机构、217位专业人士备案，实现香港与内地执业资质和资格对标。

在税务服务领域，前海目前已有62名港澳涉税专业人士办理完成跨境执业登记，2家合资税务师事务所完成行政登记。

何显毅建筑工程师楼地产发展顾问有限公司董事王龙希望，《前海方案》发布的重大利好政策，可以深入传播到港澳业界，吸纳更多人才参与湾区建设。

打造法治化营商环境

对于创新的保护，是营商环境优化中尤为重要的一环。

《前海方案》提出，"构建知识产权创造、保护和运用生态系统，推动知识产权维权援助、金融服务、海外风险防控等体制机制创新，建设国家版权创新发展基地"。

2020年4月，国家海外知识产权纠纷应对指导中心深圳分中心在前海挂牌成立。这是继2018年12月中国（深圳）知识产权保护中心落户、2019年"国家版权创新发展基地"落户后，又一国家级知识产权"金字招牌"在前海落地。

"三大国家级知识产权平台极大地提升了前海知识产权保护的能级。"中国（深圳）知识产权保护中心主任宋洋表示，"未来，我们将吸引世界知识产权组织在前海设立分支机构，构建全链条保护体系，打造知识产权保护高地。"

与此同时，《前海方案》提出，"提升法律事务对外开放水平"。其中包括在前海合作区内建设国际法律服务中心和国际商事争议解决中心，探索不同法系、跨境法律规则衔接，等等。

作为国家批复的唯一一个中国特色社会主义法治建设示范区，前海相继建立了深圳国际仲裁院、前海商事法庭。截至2021年上半年，前海法院共受理涉外涉港澳台商事案件超1.23万件，其中涉港案件数量位居全国首位。

目前，港澳专业人士成为法治化营商环境建设的重要力量。深圳国际仲裁院国际合作与发展处（自贸区仲裁处）处长黄郭勇介绍，深圳国际仲裁院13名理事中有7名来自香港和海外，仲裁员名册覆盖77个国家和地区，境外仲裁员有385名，来自港澳地区的仲裁员149名。

"2020年深圳国际仲裁院全年共受理仲裁案件7453宗，涉及23个国家和地区。"黄郭勇介绍，香港法律专业人士能以理事、仲裁员、调解员、代理人、专家证人五种身份参与仲裁。

"健全粤澳共商共建共管共享的新体制"，是《横琴方案》的重要内容。方案还提出"加强粤澳司法交流协作，建立完善国际商事审判、仲裁、调解等多元化商事纠纷解决机制"。

8月16日，改革后的珠海国际仲裁院正式揭牌，第一届理事会、监审会同时成立。其中，推动在横琴粤澳深度合作区建立共商、共建、共享的多元化纠纷解决机制成为其重要使命之一。

跨境合作新突破

站在横琴口岸外，尽管受新冠肺炎疫情影响，来来往往跨境通关的车辆和人流仍络绎不绝。

珠海大横琴集团有限公司（以下简称"大横琴集团"）承建的横琴口岸及综合交通枢纽开发工程，是"一国两制"下横琴与澳门之间基础设施互联互通的标志性工程。大横琴集团党委副书记邓峰介绍，横琴口岸新旅检大厅于去年8月18日起正式开通启用，运行一年来已累计验放出入境旅客超过

600 万人次，车辆约 90 万辆次。

"新旅检大厅告别'两地两检'旧模式，采用'合作查验、一次放行'的新型通关查验模式，旅客刷证件、按指纹、取凭条，过三道门，最快 30 秒即可实现珠澳跨境，极大便利了珠澳两地居民跨境往来。"邓峰告诉《南方》杂志记者。

"目前横琴口岸进出的车辆大大增多。"欧泊国际（澳门）会展集团有限公司董事长朱海生每日进出横琴口岸，对横琴口岸的变化深有感触，"《横琴方案》提出'人员进出高度便利'，期待未来推出更多举措让通关变得更加顺畅。"

"构建与澳门一体化高水平开放的新体系"，是《横琴方案》的重要内容。国内唯一一家智能计算领域跨境联合实验室、粤澳跨境金融合作（珠海）示范区揭牌运作、澳门 4 所国家重点实验室在横琴设立分部……从基础设施"硬联通"到规则机制"软衔接"，围绕粤澳"跨境"主题的合作举措持续落地，"两制"之利不断凸显。

在前海合作区，便利化的通关给企业带来满满的获得感。

在繁忙的前海综合保税区，印着"越海"字样的货柜车排队等待出闸。

"得益于前海政策叠加红利，跨境电商通关更加便利，40 分钟后保税仓的货物便能出现在香港仓。在这里，国内著名 3C 品牌产品畅销全球，国外知名化妆品进入国内消费者的购物车。"深圳市越海全球电商供应链有限公司（以下简称"越海"）总经理苏宝银介绍，新冠肺炎疫情之下，越海逆势成长，2020 年公司实现营收 59.81 亿元，进出口额 126.9 亿美元，同比增长 32%。

《前海方案》提出，"建立健全联通港澳、接轨国际的现代服务业发展体制机制"。未来，越来越多像越海一样的企业将在前海合作区享受便利，找到发展机遇。

代表作三：

走！到湾区去上班

生长在港澳，奋斗在湾区，正在成为越来越多港澳企业和青年的选择。作为粤港澳重大合作平台，横琴、前海成为港澳企业最密集的地方之一。

两年前，何显毅建筑工程师楼地产发展顾问有限公司（以下简称"hpa何设计"）落地深圳前海办公，成为首家入驻前海的港资建筑设计公司；去年，

hpa何设计成为首批在深圳前海通过备案方式获得甲级建筑工程设计资质的机构。

作为香港一所颇具规模并提供多元化服务的建筑师事务所，这两个时间节点意味着公司可以更为深入参与前海乃至粤港澳大湾区的建设。

生长在港澳，奋斗在湾区，正在成为越来越流行的现象。粤港澳大湾区有着广阔的发展空间、优惠的政府扶持政策、地缘相近文化相通等因素叠加，吸引越来越多港澳企业、港澳青年在这里投资创业。其中，作为粤港澳重大合作平台，横琴、前海成为港澳企业最密集的地方之一。

今年9月，《横琴粤澳深度合作区建设总体方案》（以下简称《横琴方案》）、《全面深化前海深港现代服务业合作区改革开放方案》（以下简称《前海方案》）接连出台，为港澳企业和青年创新创业提供了更便利的条件、更广阔的空间。

港澳企业最密集的地方之一

《横琴方案》提出，"高水平打造横琴澳门青年创业谷、中葡青年创新创业基地等一批创客空间、孵化器和科研创新载体，构建全链条服务生态。推动在合作区创新创业就业的澳门青年同步享受粤澳两地的扶持政策"。这让在横琴创业的澳门青年黄茵深感振奋。

黄茵是土生土长的澳门青年。接到采访邀请时，黄茵正带着公司全体职工在澳门布置第二天的活动。"我们明天会邀请一些本地医生给澳门市民做讲座，同时推广一些医药产品，包括内地的灵芝孢子油等。"黄茵解释。半个小时左右，她就开车回到了位于横琴澳门青年创业谷的办公室。

2018年，黄茵在澳门创业，但很快就遇到了市场、人才等问题。2019年5月，她把团队拉到横琴首家国家级科技企业孵化器——横琴澳门青年创业谷，创立了湾谷科技研究（珠海）有限责任公司（以下简称"湾谷科技"），从此开启了每天往返澳门与横琴两地办公的生活。

横琴地处珠海南端，与澳门一水一桥之隔，具有粤澳合作的先天优势，是促进澳门经济适度多元发展的重要平台。"澳门跟横琴可以有很好的结合。"黄茵告诉《南方》杂志记者，湾谷科技通过横琴发挥双重平台的作用，"一方面我们把澳门的名医资源、医药资源通过横琴引进到内地市场；另一方面我们跟内地的医药公司合作，把内地优秀的产品推介到澳门乃至葡语系国家。"

"我们来到一个不熟悉的地方创业，肯定希望有所依托，包括融资、办理企业事务等方面都希望得到指导。《横琴方案》提出构建全链条服务生态，这对于吸引更多的澳门青年来横琴创业至关重要。"黄茵表示。

在横琴，仅横琴澳门青年创业谷、粤澳合作中医药科技产业园两家国家级科技企业孵化器，就累计孵化澳门项目超 600 个。

《前海方案》提出，"支持前海合作区在服务业职业资格、服务标准、认证认可、检验检测、行业管理等领域，深化与港澳规则对接，促进贸易往来"。

"hpa 何设计是第一批获得两地互认的专业企业，目前公司已有 7 位同事完成备案，5 位同事已取得了互认的资格，包括建筑设计和建筑监理两个专业技能方向。"hpa 何设计董事王龙介绍，公司设计总监沈军便是获得前海执业资格中的一位，目前他已经全程参与了深圳地铁 12 号线机场东相关建设工程的设计项目。

"随着两地人才互认机制的进一步发展，未来会有越来越多的香港建筑设计同行涌入大湾区，参与大湾区的建设。"王龙对企业的发展更有信心，"期待借助《前海方案》的出台，开发出内地更为广阔的市场空间。"

走在深圳前海、珠海横琴，越来越多的港牌、澳牌车辆出现在视野之中，这片土地已经成为港澳企业最密集的地方之一。来这里找机会，成了越来越多港人、澳人的选择。

有数据显示，在深圳前海，累计注册的港资企业达 1.15 万家，注册资本 1.28 万亿元，实际利用港资占前海实际利用外资的 92.4%，前海已经成为与香港关联度最高、合作最紧密的区域之一；在珠海横琴，累计注册澳资企业超 4500 家，注册资本超 1300 亿元，成为内地澳资企业聚集最集中的区域。

圆梦第一站

前海距离香港只有 10 多公里，横琴与澳门隔海相望，作为粤港澳合作的最前沿，这里成了很多港澳青年内地圆梦的第一站。

从深圳地铁 9 号线"梦海"站出站，步行向前就能到达粤港澳大湾区青年创新创业中心（以下简称"大湾区青创中心"）。

2019 年，香港青年陈润富将自己的工作室富思工作室（FC Studio）搬来这里。10 年前，毕业于香港城市大学的陈润富创办了这间工作室，从事专业品牌广告设计服务，先后服务过香港多家大型企业。

如果说在香港创业是陈润富的第一个起点，那么来到前海合作区便成为陈润富的第二个起点。2019 年，陈润富凭借自己创作的动漫 IP"苦狮"，获得了香港特区政府 15 万港元的支持，怀揣着梦想落户前海合作区。

"'苦狮'是只戴着醒狮头套的老虎，创作这一动漫形象，想传递出'小人物也能创造奇迹'的'香港狮子山精神'。"如同自己笔下的动漫形象，陈润富在莲花山下继续自己的奋斗。

此次《前海方案》的出台，涉及港澳青年创业、文化产品开发、"一带一路"国家和地区扩大合作等诸多内容，这些都成为陈润富眼中的关键词。

"身处文化创意这一行业，我也曾去往格鲁吉亚等'一带一路'国家和地区参与项目。我希望通过前海合作区这一大舞台，打造更多公共文化创意服务平台，吸引港澳青年来此发展；同时把前海合作区打造成为文化产品开发、创作、发行和集散基地，把中国文化推广到全世界。"陈润富期待政策继续释放更多红利，而自己也可以深入参与前海合作区的发展，为国家服务。

港人服务港人，陈润富还担任了大湾区青创中心副总经理。占地面积2000平方米的大湾区青创中心，坐落在前海深港青年梦工场二期创业园中，这里聚集了56个港澳青年创新创业团队。

在前海合作区，一系列的配套措施，让港澳青年从创业到就业、实习，都能深入参与。香港青年创新创业协会会长、粤港澳大湾区青年创新创业中心理事长王凯介绍，大湾区青创中心有80多位港澳青年在此工作。

"目前我们已经举办了100多场活动，涉及创新创业培训、交友等，从工作、生活两方面入手服务港澳青年。"王凯说。数据显示，截至今年6月，前海深港青年梦工场已累计孵化创业团队524家，其中香港团队245家。

《横琴方案》提出，"发展促进澳门经济适度多元的新产业"。其中包括发展科技研发和高端制造产业、中医药等澳门品牌工业、文旅会展商贸产业等等。

这为澳门青年来到横琴寻找发展空间打下了产业基础。珠海大横琴集团党委副书记邓峰认为："产业背景对于创新创业非常重要，当前澳门青年最需要的就是产业背景。"

以集成电路设计产业为例。2020年横琴实现集成电路设计产业产值达11亿元。"澳门大学每年有大量集成电路专业的本科或硕士毕业生，很多都在横琴就业，且供不应求，毕业前半年就会被企业预订。澳门青年有了一定的产业背景，将来创业才更容易成功。"邓峰说。

与此同时，跨境交通的便利，也让更多的澳门青年坚定了来横琴发展的决心。

2019年3月1日，横琴新区首条跨境通勤客运专线 "横琴—澳门跨境通勤专线"正式开通。对跨境专线的便利，欧泊国际（澳门）会展集团有限公司员工田静有感触："以前从澳门的家中到横琴的公司上班要换乘三次公交，再加上通关时间至少要一个半小时。现在坐通勤专线时间至少节省半个多小时，下车后还能美美地吃个早餐再去上班。"

"我从澳门的家中开车到横琴的办公室，只需要二三十分钟。"澳门青年颜义泷感慨，"从澳门开单牌车到横琴，甚至比去澳门很多其他地方还要快。《横琴方案》提出'人员进出高度便利'，这将鼓励更多的澳门青年来到横琴。"

创业就业"大礼包"

今年 5 月，香港十大杰出新青年、香港温莎集团有限公司 CEO、RubyFang 高级定制服装品牌创始人方丽华正式来到大湾区青创中心。《南方》杂志记者见到方丽华时，她正在镜头前直播带货，推荐着自己原创的带有中国特色熊猫图样的流行服饰。

"前海非常支持香港青年来创业，为我们提供包括场地、人才、社保、就业等多方面的补贴。"方丽华认为，这些政策对于初创企业来说十分关键。

"在大湾区青创中心，港澳青年可以参与创业计划、就业计划、实习计划等。我们为每位来到这里工作生活的港澳青年送上'大礼包'，包含内地的电话卡、交通卡、银行卡，让他们在衣食住行上享受便利化的服务。"王凯介绍。

《前海方案》提出"完善国际人才服务、创新基金、孵化器、加速器等全链条配套支持措施"，这将为港澳青年创业的"软环境"提供更优服务。

为吸引更多高端人才落户，前海合作区对标香港有关税制安排，实行"双15%"税收优惠政策。在个人所得税方面，对经认定的港澳人才和境外高端人才，个人所得税应税额超过 15% 的部分，实施先征后补，累计有超过 1600 人获得补贴。而这一创新探索，已经复制推广到粤港澳大湾区内地九市。

此外，前海合作区还创新人才管理方式。率先打通深港人才流动通道，降低执业门槛，在全国率先实现港澳居民免办就业证和缴纳住房公积金，实行资质认可、合伙联营、项目试点、执业备案等特殊机制；推动香港注册税务师、会计师、律师等 20 多类专业人士在前海便利化执业。

2019 年，横琴出台《关于进一步支持澳门青年在横琴创新创业的暂行办法》，32 条优惠政策从资金扶持、平台搭建、人才奖励、创业环境优化等方面支持澳门青年在横琴创新创业，大大加快了澳门青年走进横琴创业的步伐。

颜义泷正是在 2019 年底来到横琴澳门青年创业谷创业的。此前，颜义泷曾经在厦门、上海等地创业，最终落户横琴。目前公司打造的想见你 APP 已经拥有了上千万的用户。

颜义泷在横琴的办公室，十分宽敞明亮，他告诉《南方》杂志记者："我们公司办公面积约 360 平方米，可以享受第一年 80%、第二年 60%、第三年 40% 的租金补贴，对于我们企业来说帮助很大。"

《横琴方案》将"便利澳门居民生活就业的新空间"列为四大战略定位之一。"近年来，我深刻感受到横琴为澳门青年创业提供了大量的便利和优惠政策。《横琴方案》的出台，给了我们更多的想象空间。"颜义泷说。

（《南方》杂志 2021 年 09 月 10 日）

申报资料实录

作品简介：建设粤港澳大湾区，是习近平总书记亲自谋划、亲自部署、亲自推动的重大国家战略。作为粤港澳重大合作平台，横琴、前海是习近平总书记一手缔造的改革开放典范。横琴地处珠海南端，与澳门一水一桥之隔，具有粤澳合作的先天优势。作为"特区中的特区"，深圳前海成为内地与香港合作最紧密的区域之一。短短 10 来年，习近平总书记多次来到横琴、前海，为改革发展把舵定向。9 月 5 日、6 日，中共中央、国务院发布横琴方案、前海方案，两个合作区迎来巨大发展空间。这组报道提前酝酿、精心策划、厚积薄发，聚焦两个合作区方案出台的重大意义，深入调研相关政府部门、在湾区创业生活的港澳居民、港澳企业、权威专家等，及时推出《横琴写初心》《前海再启程》《世界级湾区的"发展密码"》《走！到湾区去上班》《我们生活在湾区》等 18 个版面的大型报道。报道全面回顾了习近平总书记亲自谋划推动横琴、前海建设的重大部署，深刻解读中央发布的重磅方案，从港澳企业、港澳青年视角讲述横琴、前海呈现出的勃勃生机和美好前景，从大视野小切口展现粤港澳规则衔接、机制对接的生动案例，讲述"生长在港澳，奋斗在湾区"的港澳企业和青年选择，呈现港澳街坊在横琴、前海居住的美好生活。

社会效果：报道刊发后，得到两个合作区相关部门的肯定，被党委政府微公、网站广泛转发。稿件被学习强国、人民日报客户端、南方+客户端、南方网、深圳新闻网、金羊网、网易新闻、今日头条、百度新闻等媒体广泛转载，形成了良好的传播效果。读者以来信、网络留言等方式表示，"对两个合作区建设有了全新的认识：既是新时代推动形成全面改革开放格局的新尝试，也是推动'一国两制'事业发展的新实践""相信报道对深入宣传党中央推动两个合作区建设的重大意义，将产生广泛而重大的推动作用""两个合作区越来越好，值得期待"。同时，稿件被在广东创业、就业、生活的港澳青年纷纷在朋友圈转载，并引起香港商会、香港青年创新创业协会等关注和转发，引起强烈的社会反响。

初评评语：该组系列报道主题重大，立意深远；多元视角、以小见大；深入一线，聚焦精准；是一组有思想、有温度、有深度、有传播力的报道大湾区建设的代表作品。该系列启用了18个版面的大型策划报道，推出了6篇重量级文章，充分阐释推进横琴、前海建设，是习近平总书记、党中央从战略和全局高度作出的重大决策部署，以及两个合作区建设对于全面推进粤港澳大湾区建设的重要意义。该组报道通过行进式的调研采访，从多角度描述粤港澳三地对两个合作区建设的共同期盼，以大视野小切口呈现粤港澳规则衔接、机制对接的生动案例和样本，讲述"生长在港澳，奋斗在湾区"的港澳企业和青年的故事，充分展现国家支持和推动香港、澳门更好融入国家发展大局的美好前景。报道刊发后，被新媒体、网站广泛转发。

《重庆红色故事 50 讲》系列报道

张斯瑜　张永波　万书路　蒋媛媛　张　晗　杨冰洁　李婉娇

作品二维码

（上游新闻 2021 年 06 月 03 日）

申报资料实录

作品简介： 中国共产党成立 100 周年之际，主创团队深挖重庆红色资源，创新形式方法载体渠道，精心制作推出《重庆红色故事50讲》系列报道，宣传红岩精神、传承红色基因，激发受众爱党爱国热情。一是慢工细活保证史料翔实权威。前后耗费一年多时间查阅大量文献资料，历时半年实地走访调研，保证史料的翔实权威。二是探索主旋律宣传新模式。构建"讲述者与历史""历史与观众"的多重互动。借用悬念、冲突、情景等手段，通过主持人"声"临其境的讲述，走进革命英烈的内心。短短5分钟的讲述，让用户充分感受先烈们用生命和鲜血铸就的无限忠诚。三是用户思维策划吸引更多关注。注重内容切入的年轻化，选择一批青年革命者代表，用他们的烈火青春故事，激起当代年轻人的强烈共鸣。注重内容的故事化，产品中有许多隐秘战线的英雄故事。注重真实的细节，每集开篇通过亲笔书信、日常用品、临终嘱托等细节切入，让英雄人物形象饱满、立体、丰富。四是全媒体多渠道推广扩大传播效果。"小而美""轻型化""短平快"的产品形态，主动适应移动传播的碎片化阅读趋势，同时推出适应各类型平台、渠道发布特点的特色海报、短视频等产品，力争传播效果的最大化。

社会效果： 2021年6月3日正式上线以来，《重庆红色故事50讲》以每周5期的频次在全网发布，截至8月10日完成全部推送，产品覆盖重庆3300万受众，多家全国知名媒体和商业传播平台主动申请授权转发，全网点击量突破3.5亿人次，在社会各界引发强烈反响。

初评评语： 作品史料翔实权威，细节真实动人，更有青春视角解读，通过影像讲述、文物再现、历史挖掘等多种元素的交织，让红色故事言之有物，让革命精神入耳入脑入心；通过短视频、海报、专题页面、图文报道等多形式、多渠道发布，实现了线上线下立体传播，广泛覆盖，让一段段不能忘却的历史重新成为了关注的焦点、讨论的热点、传播的爆点。

除夕，打通百姓回家路

陈春平

（《中国移民管理报》2021 年 02 月 16 日）

申报资料实录

　　作品简介： 2021 年 2 月 10 日，春节前夕，新疆伊犁山区连降暴雪，降雪量达 80 公分，积雪厚度最深处达到 2 米，平均气温低至零下 30 摄氏度，部分边境前沿地区发生雪崩，导致道路被积雪封堵。为确保辖区牧民春节期间正常通行，除夕前夕，伊犁边境管理支队霍尔果斯边境管理大队组织 30 余名警力，采取铲、挖等方式，连续奋战打通了百姓回家路。作者及时用镜头记录下这一珍贵的瞬间。

　　社会效果： 图片发出后，中国新闻网、公安部官网、平安天山等媒体刊发，点击量破百万，群众纷纷为移民管理警察点赞。

　　初评评语：该作品构图饱满，画面生动，新闻性极强。用定格画面生动地记录下边疆地区"人民警察为人民"的温情一幕。在大年三十除夕的团圆时刻，作者能够在凌晨捕捉到边境民警为了老百姓的回家连续奋战画面，实属难得。"漆黑的夜"与"照明的亮"形成对比，"寒冷的厚厚冰雪"与"温暖的人民警察"形成对比。铁锹铲雪的细节虽有模糊，却恰恰展现出了人民警察服务人民的力量和能量。

我和我远方的家

杨登峰　　王伟伟

（《工人日报》2021 年 02 月 06 日）

申报资料实录

　　作品简介：这是一组别样的全家福，也是一组特殊的新闻片。春节对中国人来说是举家团聚的重要节日，拍张全家福是一年到头必不可少的仪式。2021 年春节，受疫情影响，许多人选择了就地过年。如何用摄影记录历史、观照现实是我们一直思考的问题。在考虑了多种形式后，我们决定用环境肖像这一新闻摄影表现方式，为在京过年的劳动者们拍摄一张别样"全家福"。这样的报道既是源于媒体人的初心，也是一次公益之举。地铁建设者、公交司机、快递员、保安……这些一线劳动者们为城市运行提供了基础保障。我们用幕布投影重塑空间，以"隔空"合影的形式，为他们拍摄全家福，让工作岗位上的他们与家人 "团聚"。这不仅是一张"全家福"，更是一张具有获得感、幸福感的"工作照"。在这次新闻报道中，为了丰富视觉感受、实现最佳传播效果，我们还运用了多种技术手段——用延时摄影记录下全家福拍摄过程、用视频采访讲述主人公的故事。让这组新闻作品更具现场感，也让更多人看到他们在岗位上的付出。作品在工人日报客户端、微信公众号、今日头条、百家号等平台同步推出，点击量从上万到数十万不等，并被澎湃、北京日报、《人民摄影》报、新浪网、搜狐网等转载，影响广泛。

　　社会效果：家是最小国，国是千万家。该作品发表后，在外务工人员为城市运行做贡献、响应号召、减少流动的付出被更多人看到。稿件既反映了各行业留京劳动者的心声，也服务了国家疫情防控的大局。作品刊登后先后被澎湃新闻、新浪网、《人民摄影》报等 13 家媒体转载，获得了良好的传播效果。同时，该作品还充分发挥新媒体的特点，推出如"Vlog"等多种形式的融媒体副产品，在视频号、抖音、好看视频等短视频平台上广泛传播，对"就地过年"这一号召进行了有温度、有力量、有情感的解读。与此同时，该作品和采访手记还被《中国记者》杂志刊发，作为"新春走基层·青年记者践行'四力'交流活动"的案例进行讨论。

初评评语：尽管拍照变得越来越容易，但严肃的合影往往是逢年过节一家人必不可少、仪式般的行为。无论是为了响应政府"就地过年"的号召，还是因为工作所需，在异地过年成为这两三年的一个"新常态"。这组照片关注了人们当下变动的生活，也关照了人们不变的一些信念。读者凭借自己的生活经验或许对此类创作手法有不同的解读，但这也正是这组照片留给当下的一个思考。这组图片注重细节，制作的完成度也较高。

奋战在抗洪第一线

季春红

（《光明日报》2021 年 08 月 01 日）

申报资料实录

作品简介：2021年7月下旬，河南省多地持续遭遇极端强降雨，郑州、新乡、开封、周口、洛阳等地部分地区日雨量突破有气象记录以来的历史极值。灾情发生后，单位派我从日照火速前往郑州、新乡等地参加抗洪抢险报道任务。7月24日上午，我在郑州采访时，了解到受上游洪水影响，新乡市共产主义渠、卫河出现漫堤，下游水位暴涨，卫辉市区内涝严重。为了让外界及时了解抗洪抢险进度，我紧急前往新乡，并在郑州联勤保障部队的帮助下，迅速到达共产主义渠漫堤处。我在现场看到，汹涌的洪水在共产主义渠最薄弱的地方撕开了近百米宽、四五米深的口子，高落差的洪水倾泻而下不断冲刷岸堤的泥土，随时都有可能产生新的险情。危急时刻，抢险部门紧急调用了一批工程运输车，将其填满石料，用铁丝网封紧车厢后，整车填埋至漫堤口稳固堤坝。这些惊心动魄的画面，反映出严峻的抗洪形势。这里的每一分每一秒的进展，都关系到下游人民群众的生命和财产的安全。通过两天时间的跟踪采访，我用无人机和相机记录下人民子弟兵坚守抗洪大堤的千余张照片，并结合郑州和卫辉的采访，在八一建军节的当天以《奋战在抗洪第一线》为题见报。该稿件随着光明日报110多万份的发行量，在社会上引起较大的关注度。

社会效果：这是一组反映新时代人民子弟兵用使命担当书写"人民至上"答卷的好稿件。镜头语言朴实，却不失情感张力。报道中，每一张作品的背后都有一个故事，切口虽小却很感人。中国青年报、央视网、中工网、华商网等媒体转载，累计点击量达100万。记者们发扬特别能吃苦、特别能战斗、特别能奉献的优良作风，克服持续暴雨、条件艰苦、天气炎热等困难，奋不顾身、冲在一线、连续工作推出了多篇有深度、有温度、有力量的图片新闻报道，充分展现群众安置、灾后重建的暖心故事，用暖新闻汇聚起强大正能量。

初评评语：该组作品选题深刻，画面丰富立体，新闻性强。记者用细致入微的观察和决定性的快门瞬间，多角度生动反映出新时代人民子弟兵听党话、跟党走、能打仗、打胜仗的精神。内容上，画面记录下河南卫辉泥泞的抗洪大堤上，战士们口含藿香正气水，手过头顶合力托举铁丝网，封紧装满石头的工程运输车，为整车填埋决堤口推进大堤合拢争取时间的瞬间。同时，从空中视角展现了官兵们前拉后推冲锋舟，从齐腰深涉水区域一步一步蹚水转移受灾群众的场景。组照中有大场景的记录，有中近景的定格，有人物眼神、动作的细节，为组照作品中的典范。

旁 听

宋旭升

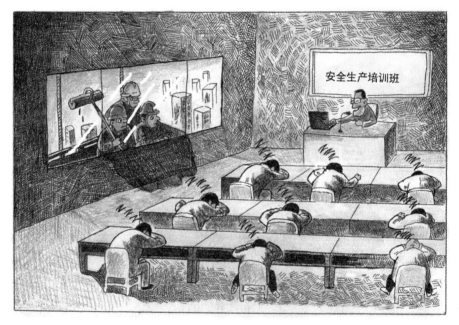

（《讽刺与幽默》2021 年 09 月 03 日）

作品简介：窗外的人眼巴巴地看，教室里的人呼噜噜地睡。很多行业，都有这样一个怪象——未能进入课堂的是真正需要被培训的对象，他们往往求知若渴；进入课堂的人通常是领导，却往往并不认真。安全生产无小事，安全培训决不能走过场，而要真的落到实处。

社会效果：这件作品刊发后引发公众对于安全生产的广泛关注。安全是企业的生命，是职工的保障，是千万家庭的幸福。每个人都应当是安全生产的第一责任人。

    初评评语：《讽刺与幽默》参评的《旁听》作品，抓住了安全生产培训中存在的问题：想听、应该听的生产一线的人进入不了培训课堂，在培训课堂参加培训的都是干部，他们对培训毫无兴趣。此作品选题具有很强的现实意义，直指安全生产培训的弊端，以简单对比的手法，揭示问题：窗外的工人睁大眼睛看着培训课堂里的培训，想进去听课的愿望溢于言表；培训课堂里参加培训的人却在卧在桌子上呼呼睡大觉。作品对安全生产培训中的形式主义、官僚主义做了辛辣的讽刺和大胆的揭批。

"00后"就参加中共一大！他却说自己"理想简单"

程 璨 胡 宁

作品二维码

（中国青年报"守候微光"公众号 2021 年 06 月 29 日）

申报资料实录

作品简介：该作品以青年视角、青年喜闻乐见的漫画方式，讲述严肃的党史故事，从百年前的起点出发，用那时青年的故事感染今日的青年，呈现百年来党领导人民创造的巨大成就，展示党在百年中初心不忘、使命在肩的精神品格。作品由中国青年报社的一名美术编辑和一名记者历时近三个月创作完成，该作品有大量历史瞬间，为充分还原当时的景象，保证历史画面不出错，主创人员在结构和文案上精心梳理，同时搜集大量相关照片和文字资料，并前往中国共产党历史展览馆参观学习，把这些历史影像通过绘画再创作的形式融入画面中去，在数百张反映百年党史的照片里挑选了最具代表性的 15 个经典瞬间作为底稿，以百年前的"00后"中共一大代表为切口，讲述一代代中国青年薪火相传、不忘初心的故事。产品通过 svg 互动技术融入《国际歌》，希望可以给读者沉浸式体验，仿佛亲身参与到那些波澜壮阔中去。画面呈现上，为展示建党百年来不断创造历史的人民群众的坚毅形象，美术编辑参考了经典宣传画风格，采用极富力量感的黑色线条勾勒人物轮廓，并在边缘处加白边做装饰，营造逆光效果，使人物在扁平化的基础上更加具有立体感。

社会效果： 该作品首发中国青年报新媒体平台公众号"守候微光"及中国青年报客户端，并获共青团中央官微和地方各共青团微信号转载，阅读量10万＋。并在7月2日与报纸头版联动，部分漫画成为头版的一部分，并在头版刊登有二维码，供读者跨平台阅读。该作品同时发布在中国青年报官方微博、微信及各青年新媒体平台，在青年群体中引发广泛反响，并入围2021"五个一百"网络精品百幅网络正能量图片。读者在评论转发点赞中纷纷表示："用新时代的叙事，让历史记忆焕发新的生命力。被内容创作者的深沉和热血感动""看得热血沸腾！中国万岁！"。

初评评语： 无论是什么体裁的新闻作品，主题是作品的主旨，贯穿全文、支配创作，发挥着主导作用。只有切合时代脉搏，紧扣时代主题的作品，才能在时间的长河中激起波澜、留下涟漪。漫画《"00后"就参加中共一大！他却说自己"理想简单"》正是一篇紧扣时代主题的佳作。作品紧紧围绕"党史学习教育"这一宏大主题，用年轻人喜闻乐见的方式，讲述中国共产党百年历史故事，艺术地再现一代又一代年轻人薪火相传、不忘初心、砥砺奋进的感人故事，呈现百年来党带领人民创造的巨大成就，用昔日青年故事感染、激励今日青年。作品思想性强，构思精巧，用笔细腻，符合青年读者的口味。

为英雄而歌

吴绮敏

悠悠岁月，莽莽人寰。

战争与和平，记忆被歌声浸染。

自青春韶华，源源无尽的音律飞入胡德勤的心田。如今八十八岁了，她随口哼唱出来，听者无不动容，乃至潸然泪下。那歌唱，映照非凡岁月、英雄情怀。熟人说，她大约生来就担着一份特殊使命——为英雄而歌！

中共中央、国务院、中央军委向参加抗美援朝出国作战的、健在的志愿军老战士老同志等颁发"中国人民志愿军抗美援朝出国作战70周年"纪念章。接过纪念章的胡德勤，心情无比激动。

记者采访她，她谈得最多的，是那些赞颂英雄和友谊的歌，是那些曾经同她一起奔赴前线的战友，还有四十余年从事革命回忆录编辑整理工作的感受……文艺宣传、历史传承、军旅之缘，贯穿她全部的职业生涯。

一

胡德勤说自己是幸运的，在芳华初放的岁月迎来解放。她投入时代的大潮，参加伟大的抗美援朝战争，成为奔走在硝烟中的光荣歌者，见证乃至成就着"英雄儿女"的传奇。

1949年11月30日那一天，重庆解放，山城人民欢欣鼓舞。

那是一个热血沸腾的年代！来自大学、中学的上万名重庆学生报名参军。胡德勤那时候刚刚17岁，是四川省立重庆女子师范学校音乐科二年级学生。不留恋在家里的舒适生活，也不留恋手捧钢琴乐谱、款款穿行于校园琴房之间的安逸……她毫不犹豫跟着堂姐胡德嘉、胡德蓉去报考第二野战军第三兵团第十二军文工团。

文工团检视报名者的文艺天赋，胡德勤自然不胆怯。从小，她在家里伴着风琴，唱着跳着成长；初三时，还曾获得过全校歌唱比赛、演讲比赛、作文比赛三个第一名。结果，胡德勤同两个堂姐都被第十二军录取了。同样考进来的还有：大学生杨肖永和她的姐姐、弟弟，大学生潘光汉和他的妹妹，大学生钟文龙、王廷，刚升入初中不久、曾活跃在重庆话剧舞台上的"儿童演员"余琳，擅长绘画的何孔德……都是渴望成长的年轻人。

走进部队大熔炉，投身伟大祖国的正义事业，这是无比光荣的人生旅途，也是勇毅奉献，甚至流血牺牲的人生旅途。

在朝鲜战场，杨肖永、潘光汉牺牲了，胡德勤、钟文龙负伤了；王廷、余琳挥泪为牺牲的战友最后送行；何孔德和战友们穿行于战壕间，用画笔展现上甘岭战役的壮烈……这一切，就发生在他们参军两年多以后。

为了和平，为了正义，青春无悔！

他们始终铭记着一句话：没有痛苦算什么生活，没有风暴算什么海洋……

二

1950 年，朝鲜战争爆发。以美国为首的所谓"联合国军"攻入朝鲜，把战火烧到中朝边境。值此危急关头，应朝鲜党和政府请求，中国党和政府以非凡气魄和胆略作出抗美援朝、保家卫国的历史性决策。

出征！作战部队冲上去了，文艺战士也冲上去了。

1951 年 3 月 24 日黄昏时分，第十二军文工团部分人员随大部队从宽甸出发，跨过鸭绿江上搭起的浮桥——捆扎在一起的木船一字排开，船上铺着平整的、相互衔接的板子，一直延伸到江对岸。

进入朝鲜境内，持续行军二十多天的考验立刻开始。

基本都是夜行军。一开始，一夜行军六七十里，后来增加到一夜走八九十里，最多的一夜曾走了一百二十里。敌情随时可能不期而至，沿途山顶上部署的防空哨兵密切观察着，发现敌机立即鸣枪示警。

大路上，多路部队并进。只要没有敌情警报，胡德勤和战友们就主动承担起行军鼓动任务，打着快板跑前跑后，给同志们鼓劲。

回望那段体能极限大考，有人曾问她："是不是很苦？"

"当然，天天都艰苦。"她答。

"脚磨出泡了？"

"磨烂了！但这些都是小意思。"每次问到怎么个苦，她都不知该从何讲起。

找来作家魏巍描写女义工团团员的一段文字给她看，她说写得很真实——

"从跨过鸭绿江的那一天起，她们就背起了多少东西！背着背包，背着十斤干粮，十斤米，一把小铁锹，有的人还有一把小提琴。有一夜，行军九十里，有的男同志还掉了队，但是她们咬着牙，带着满脚泡，连距离都没有拉下。过冰河，她们也像男同志一样，卷起裤脚哗哗地蹚过去。冰块划破了腿，就偷偷地包上也不言声。露营了，就在山坡上用松树枝支起一块小雨布，挤在一起，夜间冻醒，就蹦一蹦、跳一跳再睡……"

第十二军于1951年4月中旬到达谷山地区，不久后参加第五次战役。在战役第一阶段，突破"三八线"，进逼汉江；在战役第二阶段，突破加里山，截断洪阳公路，激战自隐里，直抵兄弟峰。1951年11月起，第十二军参加金城防御作战，在持续一年多的坑道战中圆满完成防御作战任务。1952年，第十二军参加上甘岭战役，歼敌一点二万人。

1952年9月29日，在这一天的战斗中，第十二军涌现了多位威名远扬的战斗英雄。但也是在这一天，敌机突袭距离上甘岭不甚远的第十二军指挥部所在地区。在这次轰炸中，第十二军文工团牺牲很大。

三

第十二军文工团驻地距离军指挥部很近，是个名叫"隐洞"的山沟。

当初，为安全起见，军首长特别指示把军部直属工兵营的驻地腾给文工团。这里地形非常隐蔽，山下有一条小河，到处郁郁葱葱。

文工团在山坡上的绿树间搭起了排练棚，山腰处还有工兵营早就挖好的防空洞。

那些天，文工团团员们正在为国庆节迎接祖国慰问团的演出做准备。黄昏时分，去河边洗衣的文工团团员，总是禁不住面向潺潺流水练声放歌，每每都能听到山间回响。

1952年9月29日早饭后，各个节目组都忙着排练：胡德勤和钟文龙在山沟里的掩蔽部排练《阻击战之歌》；小歌剧《一门火箭筒》节目组正在排练棚里忙碌，编剧兼作曲杨肖永一边指导排练，一边修改。

突然间，群山回荡轰鸣声。四架敌机来袭，先用机枪扫射，然后是狂轰滥炸。一条小山沟，投下了八十多枚炸弹，还有燃烧弹。用茅草搭建的排练棚燃起熊熊大火，硝烟弥漫。

《一门火箭筒》节目组，七位同志壮烈牺牲。受伤的人员也很多。

敌机轰炸时，胡德勤和钟文龙拼力向半山腰的防空洞方向跑，半途正遇敌机朝她们俯冲下来，只能就地卧倒。

爆炸声响起，胡德勤顿感腿部受到一击，一股热血旋即涌了出来。

"我挨了。"钟文龙的声音传来。

"我也挨了。"胡德勤说。

钟文龙伤在头和右腿，胡德勤伤在左腿。

敌机偷袭的消息很快传到军部，军首长立即带着担架队赶来，组织营救伤员。

负伤的黄业敬、余黎、丁光曦、刘国华、钟文龙和胡德勤都被送进医疗二所。最初，胡德勤被诊断为大腿擦伤，医生对伤口进行了包扎处理。几天后，她开始发烧，伤口上方出现红肿。于是医生从伤口处插入铁丝做的探针，最后在伤口上方十二厘米处顶到留在体内的弹片，遂在那个部位开刀。胡德勤的左腿从此留下两道疤：一个是炸伤留下的开花状疤痕，一个是手术缝合后留下的条状疤痕。

那次空袭之后，牺牲的烈士们被换上了干干净净的军装。当天晚上，军首长、战士代表、朝鲜老乡都来为烈士们送行，这是战场上庄严的告别仪式。

"同志们，我们不要被敌人吓倒，要化悲痛为力量，还有许多任务等我们去完成。"

英雄流血不流泪！文工团领导明确要求："不准哭！"

与其说是葬礼，不如说是誓师。流血牺牲吓不倒文工团团员。

各节目组迅速调整，日夜加紧排练。杨肖永烈士牺牲前尚未完成《欢迎歌》的谱曲，王玉琴、杨承德担起了这份特殊的重任。

国庆节当天，演出照常举行。文工团团员们强忍着眼泪演唱《欢迎歌》，还表演了相声《美军四大弱点》、山东快书《爆破英雄黄家富》、四川评书《冷枪战》、小歌剧《一把洋镐》、朝鲜舞……这是一场表现部队战斗生活、战斗作风的高质量演出，这是一场在文工团刚刚伤亡十多位同志的情况下，把对敌人的仇恨化为力量、继承牺牲战友遗志的演出。

第十二军军党委颁发锦旗，"战斗的文工团"六个大字成为永不磨灭的记忆。

"这场演出令人终生难忘！"观看演出的祖国慰问团同志深受触动。后来他们向祖国人民汇报时，每每都讲起这场演出。重庆代表团还撰写了题为《战斗的十二军文工团》的文章，发表在报纸上。

四

战事严酷，而中国人民志愿军士气高昂。中国共产党领导的人民军队历来重视文艺宣传工作，1929 年 12 月通过的古田会议决议就对军队文艺宣传工作明确提出要求。成功的文艺宣传，也是中国革命不断从胜利走向胜利的一个重要"密码"。

曾赴朝鲜战场的作家舒群写道:"前方需要文艺工作,在一定的时间内,或者比后方需要的更甚。谁都知道火线上的生活,是极度紧张的,艰苦的……特别是展开战斗中间,我们最有思想,最有正义感的指战员们,一切的需要都集中成为一个需要——歼灭敌人……可是,只要有一个空隙,他们就会想到'我们的宣传队'呢?我们部队的文艺工作者,最懂得这种时机的可贵,抓住它是不会放的。"

把文艺送上前线,文艺又来自前线,这也是抗美援朝战争史册上闪光的一页。

作家巴金两赴朝鲜前线,第一次住了七个月,第二年又去住了五个月。他创作的小说《团圆》,后来被改编成电影《英雄儿女》,成为永不褪色的经典。时隔三十年后,他感慨道:"直到今天,我所爱的英雄们可歌可泣的事迹还激动着我的心灵,鼓舞我前进。"

作家刘白羽奔走在汉江前线,不仅以记者身份报道我军的战斗,而且记录了美国士兵讲出的"保命要诀"。那是1952年秋天,美国上等兵密勒对他说:"没想到北朝鲜有这样强烈的炮火。"刘白羽在文章中写道,美军前哨阵地上的普遍心情就是"低下头来!"——一个美国士兵说:"这是老兵告诉我的话中最经常、印象最深的一句话:'低下头来!'"

细数赴抗美援朝战争一线体验生活的作家,还可以拉出一个长长的名单:蓝澄、韶华、井岩盾、安娥、白朗、谢挺宇、马加……魏巍基于前线亲历,写了传世名篇《谁是最可爱的人》,在《人民日报》发表,感动了全中国人民。

很多知名演员参加了中国人民赴朝慰问团,梅兰芳、周信芳、程砚秋、叶盛兰、常香玉、赵丹、侯宝林、马三立、马思聪、王昆、郎毓秀……用精彩的演出慰问"最可爱的人",在前线奔走几个月之久。但令人痛惜的是,著名相声演员常宝堃、弦师程树棠在前线遭遇敌机轰炸扫射,献出了生命。

当然,同前线指战员接触最多的文艺工作者,还是部队文工团。

在前线表演的节目,很多是根据战斗英雄的故事即编即演的。有些作战部队组建了战士歌舞团。据新华社1953年9月的报道,在上甘岭前线的某部文工团、文工队,曾在八个月中配合各时期的战斗任务,深入部队演出九百四十五次,有十位文工队队员在十五天走遍四十五个阵地,演出五十九场,表演节目五百一十一个。这些数据都是文艺战士顶着炮火跑出来的,个中艰辛为常人难以想象。

隆冬时节,齐腰深的雪遍布山峦,文工团慰问小组依然坚持奔赴前沿阵地,把军首长的慰问、把鼓舞士气的节目带过去。

这是实实在在翻山越岭！爬到山顶时已经气喘吁吁，下坡时就索性顺势溜下去——哪个瞬间没掌握好平衡，就是滚下去。

在前哨阵地，他们爬进一个又一个"猫耳洞"，持续"换场"表演，一定做到给每个洞里的战士表演节目。

"艰苦就是光荣，坚持就是胜利！"赴朝前，他们在誓师大会上集体喊出这样的誓言。在前线，他们以实际行动忠实履行誓言。

前线指战员很感动，纷纷道出心声："文工团同志能来这里，什么都有了！回去请告诉首长，有我们守在这里，敌人就打不过来！"

把文艺送上前线，能够提升部队士气；当文艺来自前线，其穿越时空的生命力更能广泛而持久地震撼人心。

胡德勤严守部队纪律，在朝鲜没写过一纸日记，却留下了别样的战争纪实——她揣在军装兜里的小笔记本上，写满了战地歌曲。

几十年过去了，虽然只剩下一个红皮小本、一个蓝皮小本，且很多纸页早已泛黄、残缺、零落，但在所剩的页面中，连词带谱，竟有她密密麻麻抄录的一百四十一首歌。尤其珍贵的是，那些描写真实战斗历程的歌曲，以生动、完整的叙事，折射出永恒的光辉。

比如，描写金城防御作战期间一场战斗的歌曲《邓祥林》："水有源来树有根，英雄的连队里出英雄。这英雄在三十四师一零六团一营一连英雄王克勤连队当班长，他的名字叫邓祥林……"战士们听到文工团歌舞队创作的赞颂邓祥林的歌、看到文工团美术队创作的幻灯片《爆破班长邓祥林》，无不备感振奋。邓祥林所在的第106团，就是后来在上甘岭战役中战斗到最后胜利时刻的部队——1952年11月25日，第106团顺利完成使命，将537.7高地移交给第二十九师，战史上把这一天作为上甘岭战役的结束之日。

又如，描写上甘岭战役支前景象的歌曲《朴老汉》："上甘岭啊上甘岭，战火燃烧雪在飞扬。一寸土地一寸火，激烈的战斗在山前打响。山后的公路日夜运输忙，那汽车队又拖炮弹又拖枪，那运输队背的背、扛的扛……"质朴感人的歌词，从一个侧面真实描绘了上甘岭战役中的情境。宣传上甘岭战役，第十二军文工团美术队贡献巨大。何孔德、周祖铭等美术队队员同一线战士朝夕相处，电影《上甘岭》片头的画，就是他们创作的。

还有，展现中朝友谊的歌曲《任廷昌》："有一个中国志愿军的战士任廷昌，洒下了无数的鲜血，在我们春耕的土地上。孩子啊，你将永远活在朝鲜人民的心上……"任廷昌是第十二军的英雄战士，1952年春天帮助金大娘春耕时牺牲，后被追记一等功，获得"二级爱民模范"光荣称号。那年秋天，朝鲜人民特地用任廷昌牺牲之地长出的大米制作打糕，满怀深情地送给中国人民赴朝慰问团。朝鲜人民还创作了一首表达哀思的歌曲——"我们亲爱的任廷昌！如今已是秋收时光，这是你用血浇种的稻谷高粱，一颗颗长得又肥又壮，我们要把它留作种子，撒在全朝鲜的土地上，让你的名字遍地流芳……"

战地歌声，因英雄起，伴英雄行，立英雄志，扬英雄名，鼓英雄气！

五

"人都有感情，战士的心是更热烈和伟大的，有的战士背着炸药把自己生命跟敌人战车同归于尽……牺牲自己并不是容易的事，这样的感情我们不应该让它埋没，我们有责任把它表扬出来，让祖国人民知道。"中国人民志愿军政治部主任甘泗淇当年对巴金一行讲的话，道出了文艺宣传工作的责任，这也成为许多文工团团员一生的自觉追求。

1954年4月，第十二军文工团回到祖国。抗美援朝精神的火种深深融入这些"最可爱的人"的血脉里，伴随他们开启新的人生旅程。根据组织安排，胡德勤调入中央警卫团文工队。无论在哪个岗位工作，她为英雄而歌的人生轨迹，都一直向前延伸着。

中国青年出版社创办《红旗飘飘》丛刊后，她加入编辑队伍。采访革命前辈，记录整理革命回忆录，编辑传记文学……日积月累，她对党史、军史中的重大历程了然于胸。

青春渐行渐远，但岁月抹不掉珍贵记忆。

胡德勤时常想起因为负伤而无缘表演唱《阻击战之歌》。听说第十二军文工团创作的这个优秀节目，后来成为中国人民志愿军政治部文工团的节目，她一直想亲眼看看。

喜讯终于传来。1958年的一天，胡德勤忽然接到老首长的电话："今晚在中南海怀仁堂，中国人民志愿军政治部文工团将向中央领导作汇报演出，你可以来观看。"

1958年10月，中国人民志愿军光荣回国。能够在这样的历史节点，获得观看这样一场演出的机会，对于一位曾经的志愿军文艺战士而言，是何等幸福的心愿得偿啊！

舞台上，大幕开启，雄壮的《中国人民志愿军战歌》响彻全场，观众无不振奋。胡德勤看到自己曾参演过的那些节目，脑海中浮现出无数难忘的回忆，心潮澎湃。演出结束后，她激动地走进后台，看望原第十二军文工团的老战友，相拥祝贺，热泪盈眶。

"我们永远怀念那些牺牲的战友。作为战争幸存者，只能好好工作，对其他的事情不能有过多的要求。"她常常这样说，并且知行合一，无论经历什么风雨、面对什么际遇。

平平凡凡，兢兢业业，她参加编辑了数十期《红旗飘飘》丛刊，作为责任编辑奉献了很多重大题材传记文学作品：苗冰舒撰写的《刘邓在中原前线》，刘白羽撰写的《大海——记朱德同志》，纪学撰写的《朱德和康克清》，张帆撰写的《长城内外》、李荣德撰写的《齐鲁飞将军》……在这些书稿的编辑和推介过程中，她得到多位军队老首长的热情支持和帮助。聂荣臻元帅还为《长城内外》题写了书名。

"我愿与作者同举擎天史笔……让真理铿锵的声音，永远回旋，叩启人们的心扉。"写下这几句话时，胡德勤已届退休之年，老骥伏枥、志在千里。有人说，这是从战场走下来的人特有的气概。

歌声嘹亮！值得永远铭记的英雄赞歌，映射着非凡的民族风骨、民族力量。

（《人民日报》2021 年 03 月 29 日）

作品简介：此文是人民日报"大地"副刊 2021 年新推出报告文学专栏"致敬革命前辈"的开篇之作。文章以优美的文笔、生动的故事、深沉的情感，记述了一位参加过抗美援朝战争的志愿军文工团战士的奋斗人生。从报名参军加入部队文工团，到走上抗美援朝的战争前线；从在敌人的轰炸中，目睹战友的负伤与牺牲，到化悲痛为力量，以更加大无畏的勇气走进一个又一个"猫耳洞"，为每个洞里的战士表演节目；从战场上的无怨无悔，穿梭于炮火硝烟，到走下火线后的不离不弃，用毕生心血来编辑出版革命题材传记作品、赓续与弘扬红色精神……此文娓娓道来，翔实生动，为读者勾勒了以胡德勤为代表的志愿军文工团战士血肉丰满的形象，展现了革命前辈"艰苦就是光荣，坚持就是胜利"的情怀与担当。而且，文章在深入采访与史料爬梳的基础上，写出了"把文艺送上前线，能够提升部队士气；当文艺来自前线，其穿越时空的生命力更能广泛而持久地震撼人心"。这些文工团战士，不仅为赢得抗美援朝战争的伟大胜利付出了鲜血与生命的代价，而且以自己的记录与创作，把英雄的形象与英雄的精神，传播出去、流传开来，广泛而持久地影响到更多的人。此文是在向英雄致敬，向历史致敬，向一种精神与情怀致敬。

社会效果：文章发表后，人民网、人民网百家号、海外网、海外网头条号、环球网、党建网、中国军网、中国文明网、央视网、中国新闻网、新闻联播网、新民晚报百家号、腾讯、新浪、搜狐、网易、凤凰，以及英中网、华侨快报、新西兰联合报、苏里南中华日报、北欧时报、奋斗在意大利等海内外网站共 200 余家以及各类新媒体号转载转发。文章见报后，受到读者的普遍欢迎，网友纷纷留言称赞。多位参加过抗美援朝的老前辈对文章给予高度评价，认为文章的历史记述视野开阔，真实感人，立意深远，启迪后人，史料价值与文学价值俱佳。有读者在网上发表读后感，指出此文写出了抗美援朝战场上许多可歌可泣的英雄故事，是对革命史料的保护、对革命精神的传承。在人民网百家号中，此文有 500 多条留言，读者纷纷表示："记住他（她）们，是因为他们对脚下的这片土地爱得深沉！铭记他们，是因为他们为了饱受凌辱的华夏儿女能够有尊严地活着而浴血奋战！缅怀他们，是为了警醒我们：牢记历史，砥砺前行！""血与火洗礼出老一辈志愿军战士爱国爱党的忠诚，他们用一生向我们诠释了什么是有担当、有品质、有意义的人生。"

初评评语：《为英雄而歌》主题鲜明，厚重而角度独特，以志愿军文工团战士血肉丰满的形象，展现了革命前辈"艰苦就是光荣，坚持就是胜利"的情怀与担当。文笔优美，故事生动，饱含深沉的情感，把英雄的形象与英雄的精神生动深刻地记录下来，传播出去，流传开来，是"致敬革命前辈"的担当之作，精彩之作。

山远天高长相忆

肖嵌文　李荣荣　马腾飞

夜深人静，儿子"小红军"沉沉入梦。他的爸爸、我的爱人陈红军已牺牲一年多。每每这样静静地望着"小红军"，红军温柔体贴的形象就会浮现在我脑海里……

一

婆婆和姑姐曾说，我和红军的缘分是上天注定的。

2013 年，我一个同事在红军姐姐家做客时，认识了正在休假的红军。同事觉得我和红军挺合适，准备把我介绍给他。但当她联系红军姐姐准备牵线时，红军已在回部队的路上了。2014 年红军休假回来，和几个朋友聚餐，其中一个是我的好朋友。朋友一眼认定我和红军般配，第二天就张罗撮合我俩。不同的朋友圈，却有相同的直感。这巧妙的缘分，成了我们交往后，婆婆和姑姐常念叨的事情。

2014 年 12 月 20 日晚，我和红军初次相见。我站在路灯下，看着红军一身军装、一双黑色皮鞋，步伐坚定地朝我走来。简单自我介绍后，我们便漫步在县城冬夜的马路上。交谈中，才得知我们毕业于同一所大学，我俩惊讶地看向彼此，腼腆地笑了。母校的点点滴滴，丰富了我们的话题，拉近了我们的距离。红军明亮的眼睛、憨厚的笑容，让我忽然觉得，我们或许曾在校园里擦肩而过。

不久后的一个晚上，我胃有点不舒服，手机里跟他没说几句话就休息了。迷迷糊糊中，红军打来电话说，他已经到我单位门口，让我出去取药。我的单位在离县城十几公里的一个小镇上。我半信半疑去门口取药，没想到红军高大的身影真的出现在我眼前。红军也太雷厉风行了！他一边把药递给我，一边嘱咐我赶快回宿舍把药吃了，而且非要看着我返回他才走。我哪里舍得快走，三步一回头，嘴上"撵"他快回去，但心早已融化在他关爱的目光里。

没两天，红军得知我用热水需要下三层楼去院子里提，就买来烧水壶和几大件矿泉水扛上楼，喘着粗气笑着说："你先喝着，不够了我再买！"谈笑间，他又发现我支的炉子烟囱歪着，二话不说就拆了重新支。

最是烟火气，温暖两人心。半年后，我们确定了恋爱关系。

二

享受着恋爱的甜蜜，我也在工作之余规划起我们的未来，准备报考西安音乐学院的研究生。电话那端，红军毫不犹豫地选择支持。

2015 年底，红军休假回来时，我正在全力备考。他回甘肃老家探望父母后，就来西安陪我。在离西安音乐学院不远的地方，他为我租了房子。我觉得房租贵，红军说："没事，离学校近点你上课方便。"为了让我安心学习，一日三餐红军都按时按点买给我吃，每天还要检查我对歌词、音乐史的背诵、理解情况。在他的帮助下，我的学习效率显著提高。

初试时，默默守在考场门外的，是红军。初试结束，让我以平常心静候佳音的，也是红军。

初试结束后，我们便回家准备结婚事宜，并于 2016 年 1 月步入婚姻殿堂。不久后，成绩出来了，我初试通过！查到分数的那一刻，我们激动得紧紧相拥。红军说："这真是双喜临门啊！还剩复试最后一搏了，无论如何都要全力以赴！"

等我复试时，红军已回单位。我准备复试的时间也很紧张。这期间，红军还请他大学同学协助我修改面试时的英文自我介绍。最终，我考上了西安音乐学院 2016 级声乐系硕士研究生。我考研圆梦，有红军一大半的功劳！

三

刚完婚又要供我上学，红军的压力很大。他不说，我心里明白，他为了我们的未来，什么苦都咽得下。

我深知红军的不易，每天三点一线成了我努力的轨迹，宿舍——琴房——食堂，我们通视频电话时，我准在这三个地点中的一个。红军常劝我出去转转放松一下，我会很严肃地对他说："你工作那么认真，我怎么忍心混日子？"我是本科毕业 5 年后才考上研究生的，比同班同学年龄大了不少，专业步入正轨需要时间，要想顺利完成学业就必须更努力。红军还常夸我，那些鼓励的话语让我缓解压力的同时又感到动力满满。我曾对同学说："红军有恩于我，我一定不能辜负他。"

那段时间，我还利用周末去学习语言，一来增强专业知识，二来我觉得忙碌起来就是最好的自律。红军怕我太忙影响身体，总劝我好好休息，别忘了出去改善伙食。每次我都答应着红军，却很少去餐馆吃饭，因为我知道红军省吃俭用为了什么。

在校期间，每次我过生日，都能收到红军订的生日蛋糕和鲜花。那一张张生日卡片，我一直珍藏着。

我研究生即将毕业的那段日子，每晚在视频里，我俩简单地问候几句，就非常默契地各忙各的。看到对方认真的样子，我们的心里就无比踏实。

就这样，我俩一起努力着、憧憬着。"平淡相守，幸福为真"便是红军对我们爱情最好的诠释。

毕业后，我的导师推荐我去西安某艺校代课。我有了工作，红军的压力明显减轻了不少。一天晚上，天还下着雨，上了一天课的我疲惫地走在回出租屋的路上。电话那头，红军说："你抽空查查买房信息吧，老租房也不行，有你的地方就要有咱俩的家。"红军的这番话，让我心里无比幸福，这个男人爱我远比我想象的深。

四

我们曾约定，我毕业后就要孩子。

一天，从电话里听红军说，他这次上高原，头发又白了不少、掉了不少，山上也特别冷，我还开玩笑说他"不能不服老了吧"。但挂断电话静下来，我才意识到红军的身体可能真的不如从前了。于是，我就用攒下来的工资买了保暖衣裤、营养品寄给了红军。红军收到后特别开心，每次电话里都会说，营养品他按时吃着呢。我很欣慰，红军终于开始重视自己的身体，当然也在为了要孩子认真做准备。我也每天补充营养，调理身体，希望能实现我们的约定。

2019年底红军休假后，先到西安陪了我一段时间，等我带的艺考生考试结束后，我俩一起回了老家。在家时，红军每天早晨都要早起坚持跑步。我们县城小，红军就绕城跑两圈，像个朝气蓬勃的大男孩。没过多久，红军接到了归队通知。我刚开始有些失落，因为我们要孩子的计划可能得推后。静下心来，我还是选择了支持红军。

红军订好从西安出发的机票，但我们刚到西安，红军要乘坐的航班就因疫情原因被取消了，就这样，我们又在一起待了好些天。自打结婚以来，我们就和公婆同住，因为红军休假回来喜欢一大家子热热闹闹在一起做做饭、聊聊天。因此，这些天也让我俩真正感受到了属于两人的美好时光。我们一起看电视，我给红军做他爱吃的菜，红军时不时哼哼歌，心情特别好。平时，红军从来不哼歌，他说自己唱歌跑调，怕我这个音乐老师笑话。其实，我听过红军唱《军中绿花》，一点也不跑调，还铿锵有力呢。

航班恢复，红军返回部队了，一切如常。我们不知道的是，"小红军"也悄悄降临。随着时间推移，我的肚子开始不舒服，一检查发现怀孕了。红军是个很爱孩子的人，把他姐姐家的两个孩子视为己出，看见别人家的小孩也总喜欢叫他们"小家伙"。红军也要有自己的"小家伙"了！看到检测结果，我高兴极了。当我把这个消息告诉红军时，红军既紧张又兴奋。

此后，红军一有空就要问一问我的身体情况，督促我记得去做检查。我们还一起设想年底待产的场景，笑着争论谁给孩子洗衣服、孩子哭了谁哄、孩子会先叫"爸爸"还是"妈妈"……我们沉浸在有了孩子的喜悦之中，也沉浸在即将当爸爸妈妈的喜悦之中。直到有一天，我突然联系不到红军了，发的消息几天都没有回音，他的电话也关机了。红军到底去干什么了？我的心情很复杂很矛盾。为了缓解焦虑，我一有空就看书。

直到很多天后，我才接到红军打来的电话。红军安抚着我的情绪，说有一天会告诉我他这段时间去做什么了。我们聊了很久，红军嘱咐我，一定要按时产检，照顾好自己。我告诉红军，宝宝动得可好了，让他放心。我问红军，想要男孩还是女孩。红军说，喜欢丫头。我就跟红军开玩笑："如果是个男孩你还不爱了吗？"红军连忙笑着说："爱呢，爱呢，爱呢！"这是我们这次通话时，留给我印象最深的一句话，不管男孩女孩他都爱。我没想到，这次通话，竟成为我们最后一次通话。

之后的每一天，在复杂的心情下，我安慰自己，红军一定会给我打电话，我还等着他回家一起迎接宝宝呢，一家三口该有多幸福！

五

我没等来红军的电话，却等来了他牺牲的消息……

很长一段时间，我一直骗自己红军还在。红军这么爱家人、这么爱我、这么爱孩子，怎么忍心说走就走？他怎么舍得？我幻想红军一定是在某个地方，默默地看着我们一大家子。红军总是出现在我的梦里，他那清澈的眼神和憨厚的笑容是那么真实。每当醒来，努力回忆梦里与红军相见的场景时，我早已泪流满面，思念的痛从清醒那一刻起便涌上心头。

后来，我常常翻看那些作为红军的遗物被寄回家的笔记本，想象着红军工作时的样子。在每一本笔记的扉页，红军都写着："要严格要求自己！"

作为红军的爱人，我了解他平时对自己有多严格，不该说的不说、不该做的不做。对待家庭，红军尽到了好儿子、好丈夫的责任，对待工作更是。

当天的工作必须当天完成，不管熬夜到几点，他也坚持做完才休息。红军给自己定的高标准、高要求，让他在单位一次次取得好成绩。当我整理红军的厚厚一沓荣誉证书时，眼泪又不由自主地流下来。红军正是用这些荣誉，一次次地诠释着他对军人职业的热爱。

红军常说："高原催人奋进。"简单的几个字道尽了红军作为边防军人的坚韧和顽强。再后来，我终于明白，红军工作的地方有多遥远，红军生活的地方有多艰苦，红军驻守的地方就有多重要，红军战斗时就有多英勇！

红军牺牲 4 个月后，2020 年 10 月 25 日，我们的儿子出生了。这天正好是中国人民志愿军抗美援朝出国作战 70 周年纪念日，我相信这是冥冥之中的血脉传承。我们的儿子像极了红军，非常健康可爱。每每看到孩子可爱的面庞，我心里总会涌起阵阵痛意，像有块石头压在胸口……

作为红军的爱人，我从不觉得苦；相反，在红军的守护下，我成为了更好的自己。我曾对红军承诺："你守边防我守你！"红军用宝贵的生命守住了边防，但我却没能守得住他……

如今，红军已牺牲一年多，我也慢慢振作了起来，照顾公婆，养育孩子。如果有来生，我还要做红军的妻子，弥补今生的遗憾。

（《解放军报》2021 年 08 月 08 日）

申报资料实录

作品简介： 2020 年，某机步营营长陈红军为捍卫国家主权和领土完整，献出了宝贵的生命。中央军委追授陈红军"卫国戍边英雄"荣誉称号。这篇作品是肖嵌文在丈夫陈红军牺牲后写下的回忆文章，陈红军的战友李荣荣、马腾飞参与整理。文章中，肖嵌文回忆了她和陈红军在一起的美好幸福点滴，铁骨铮铮的汉子同时也是满怀柔情的丈夫，许多细节第一次向读者展现，真实生动，感人至深。在陈红军牺牲 4 个月后，两人的儿子出生。丈夫曾经的温暖守护，让肖嵌文更加坚强勇敢。丈夫用生命守护了祖国，她将继续用无限的爱意去守护他们的家。文章也从侧面展现了陈红军作为一名边防军人的坚韧和顽强，对军人职业的热爱。

社会效果： 作品在《解放军报》刊发后，被光明网等众多新媒体转发，在官兵、群众中引起广泛关注。这些平台的留言区里，留下了许多读者感人的心语，"读到一半已是热泪盈眶""千里边关，英雄遍地，陈红军烈士就是千千万万戍边英雄的代表""英雄有大爱，军属有担当，我们永远不会忘记他们"……

初评评语：《山远天高长相忆》写得真实感人，鲜活生动，文章充分彰显了军人铁骨铮铮、卫国戍边的高大形象。许多细节描写感人至深，体现了军人捍卫国家主权和领土完整的牺牲精神和崇高气节，也从侧面展现了一名边防军人的坚韧顽强和对军人职业的热爱。

你就是那束勇敢的光

龚庆利 杨学识 黄荔南 刘 翔 李 鹏 马思远

限于篇幅，文字稿略，获奖作品请见中国记协网 http://www.zgjx.cn。

（河南广播电视台 2021 年 07 月 26 日）

申报资料实录

作品简介： 2021 年 7 月下旬，河南遭遇罕见暴雨天气，部分城区内涝严重。河南广播电视台交通广播启动应急预案，派出多路记者前往汛情严重的地点实地采访。记者小佩在采访中，遭遇地铁车厢水淹被困，她和乘客在地铁车厢内积极开展自救互救，同时，地铁外，政府部门救援也在展开紧急救援。本期作品是在新闻事件发生后，第一时间对当事人小佩进行的广播访谈，节目采用了新闻录音、记者讲述、现场同期声等多种表现形式，通过正在进行的《防汛救灾进行时特别节目》播出，真实再现了面对突发事件时，市民团结一心、众志成城的救援正能量。

社会效果： 当事人生动讲述，主持人巧妙把控，将听众带回到那个惊心动魄的瞬间。本期节目立意高、落点小，用一个个平凡普通的人物和事件描述，塑造了地铁乘客、医生和救援人员等闪耀着人性光辉的群像，展现了真实善良的河南人形象。节目播出的同时，听众在微信互动平台纷纷留言，为危难中坚强自救互救的乘客点赞，为挺身而出主动承担的实习医生点赞，为紧急关头奋力抢险的救援人员点赞，朴素真实的留言，见证了广播作品的力量。

初评评语： 关注河南暴雨重大突发事件，通过当事人生动讲述，还原了郑州地铁车厢内乘客积极互救自救，地铁外政府部门紧急救援等惊心动魄的现场。通过地铁乘客、医生和救援人员等一系列凡人英雄，展现了灾难来临时人性的真善美，弘扬了团结一心、众志成城的正能量。

追求美好生活　不是"强迫劳动"

秦　拓　刘　慧　周光磊　海米提·买买提

马先明（车夫）　阿布都艾尼·麦麦提

限于篇幅，文字稿略，获奖作品请见中国记协网 http://www.zgjx.cn。

（新疆广播电视台 2021 年 04 月 07 日）

申报资料实录

作品简介：2020 年 4 月，澳大利亚战略政策研究所一份名为《出售维吾尔——疆外"再教育""强迫劳动"和监视》的报告，污蔑新疆的就业政策，进而引发美西方国家接连以涉疆议题向中国发难：禁用新疆棉、炒作人权问题。如何明辨是非？暨南大学传播与边疆治理研究院特约研究员尼罗拜尔·艾尔提博士，作为生活在新疆的维吾尔族，她深入疆内外多省市调研新疆籍务工人员工作生活情况，历时 9 个月，形成了《强迫劳动还是追求美好生活——新疆籍工人内地务工情况的调研报告》，有力回击"强迫劳动"的污蔑。在报告发布的第一时间，主创人员专访了报告的作者。访谈作品事实足。作品梳理挖掘报告中数据、事例，发挥电视优势，用翔实的数据图表、新疆籍员工真实的话语，展现新疆各族群众对美好生活的向往和追求，直指澳方报告不做调研捏造"证据"，用事实回击污蔑新疆存在"强迫劳动"的谎言。

社会效果：该作品是最早在省级媒体中主动发声回击污蔑新疆存在"强迫劳动"谎言的访谈作品，通过汉、维吾尔、哈萨克三种语言首发，并在"丝路视听"新闻客户端及时推送，多层次、全方位、立体式的报道，澄清谬误，明辨是非，理直气壮地讲好了新疆故事。作品播出后，备受关注，特别是在新疆少数民族干部群众中引发强烈反响，大家表示：作品用事实说话，真实反映了他们的工作和生活，"强迫劳动"纯属捏造！作品还翻译成吉尔吉斯语，在吉尔吉斯斯坦公共广播电视总公司第一频道播出，并通过公司所属网络平台、手机客户端以及其他媒体的转载转播，形成了良好的传播效果。在中国与美西方舆论斗争的重要时刻，向世界传递出真实的声音。

初评评语：面对美西方国家接连以涉疆议题向中国发难，作品第一时间采访《强迫劳动还是追求美好生活——新疆籍工人内地务工情况的调研报告》报告作者，采用大量翔实数据、事例和新疆籍工作者的亲身经历，有力驳斥了美西方的谎言。作品在多个平台以多种语言播出，在中国与美西方舆论斗争的重要时刻，向世界传递出真实的声音。

权威访谈 | 张扬对话王亚平：
因热爱而执着，因梦想而坚持

张　扬　杨志刚　刘春晖　马原驰　赵世通　李桢宇　邓驰旻　琚振华

作品二维码

（新华社公众号、客户端、微博、抖音、B 站等 2021 年 10 月 14 日）

申报资料实录

作品简介：神舟十三号载人飞船于 2021 年 10 月 16 日发射。14 日，主创团队紧扣航天员乘组名单宣布这一节点，全网播发新华社记者专访航天员王亚平权威访谈。一是作品主题立意深刻，内容丰富翔实、深入浅出。权威访谈内容观点鲜明，故事动人细腻，通过采访王亚平对空间站任务的畅想、对女儿许下的承诺以及对再上太空的期待等，全方位展示王亚平关于"梦想与热爱"的奋斗故事。将"中国正在从航天大国向航天强国转变""致敬航天人"等主题润物无声融入采访，激发受众逐梦苍穹的爱国热情，实现了思想性和故事性的统一、新闻严肃性与表达趣味性的平衡。二是借力记者清新自然的采访风格，实现重大主题柔性输出。以生动细节场景为血肉，尝试从更加具体、更加接地气的视角和内容切入，将航天食品、太空"美颜"等生动有趣的话题一一展开，有效提高了权威访谈在青年受众中的到达率和接受度，受到广泛欢迎和一致好评。三是后期制作上，按照不同平台调性个性化精准传播，主旋律挺进青年主战场。针对微博平台，有效提炼观点，强调干货，将 12 分钟时长的访谈进行切分；针对抖音平台，选取最有话题点的片段，配合抖音风格的音乐片段，完成权威访谈精华内容的二次创作，取得亮眼传播效果。

社会效果：该权威访谈融媒体产品组合全网总浏览量超 2.2 亿，总互动量超 240 万，累计超 160 家媒体采用，主视频及相关衍生视频产品 7 次登上 B 站、微博及抖音的热搜、热门榜单，两次被 B 站、抖音手机弹窗推送，片中"太空自带美颜"等访谈金句在互联网上广泛流传。访谈还引发了网友的热烈讨论，大家纷纷点赞航天人，也表达出对中国航天事业的崇敬之情。抖音网友"星辰大海"说：巾帼不让须眉，我们等着你凯旋；新华社客户端网友说：你是点亮无数孩子心中宇宙梦的那盏灯；B 站网友"心里暖洋洋"说：这样的视频我要看一百遍；B 站网友"五金"说：勤于圆梦，榜样的力量，希望有一天我也能为祖国贡献一份力量。

初评评语：访谈内容观点鲜明，故事动人细腻，全方位展示了王亚平关于"梦想与热爱"的奋斗故事。访谈有效调动了受访者的情绪，也很好地贴合新媒体传播规律，通过有血有肉的生动细节场景，更加直观、更接地气地展开航天食品、太空"美颜"等有趣话题，提高了权威访谈对青年受众的感染力。

回望百年话初心

——访李大钊之孙李宏塔、陈独秀孙女陈长璞

李　娜　陈　晨

限于篇幅，文字稿略，获奖作品请见中国记协网 http://www.zgjx.cn。

（安徽广播电视台 2021 年 07 月 23 日）

申报资料实录

作品简介：在庆祝中国共产党成立 100 周年大会上，习近平总书记首次提出伟大建党精神。回望一百年前，陈独秀、李大钊等一批先进知识分子，同毛泽东同志等革命青年一道，创建了中国共产党，"南陈北李，相约建党"成为史上佳话。历史的机缘使"南陈北李"的后人和安徽产生了千丝万缕的联系，安徽台敏锐捕捉到这一点，经多方联系，专访到了李大钊之孙李宏塔、陈独秀孙女陈长璞。为完成好这篇报道，记者还多次往返于北京、上海、合肥、安庆等地，采访了他们的家人和同事、党史专家、青年学生等，前后历时两个多月，为做好这篇访谈打下坚实基础。作品紧紧围绕"回望""百年""初心"这三个关键词，从国家、民族、家庭、个人等多个维度感悟伟大建党精神，展现"南陈北李"家族三代中国共产党人的初心使命、家国情怀，既揭示了中国共产党精神谱系的历史源头与起点，又展现了伟大建党精神的核心内涵与历史延续。该作品选题独家，策划巧妙，既有高屋建瓴的宏大叙事，又有见人见事的生动细节。采访对象有严谨深刻的理性表述，也有真挚细腻的情感流露。节目中间几个片花的加入，丰富了有效信息的传递，令作品也有了恰到好处的张力与活力。

社会效果：1921 年 7 月 23 日，中国共产党第一次全国代表大会在上海开幕。该作品特意安排在 2021 年 7 月 23 日播出，更加彰显回望百年的价值。作品在广播端播出的同时，还同步在学习强国安徽学习平台、安徽之声微信公众号、安徽卫视 ATV 等新媒体平台推出，受到了党史专

家、业界同行与受众的广泛好评。有热心听众留言，作品不仅是一篇构思巧妙、制作精良的广播访谈节目，也是一部催人奋进、感人至深的口述史，听完能够从中汲取智慧和力量。作品先后获评 2021 年第三季度安徽省优秀广播电视新闻作品、2021 年度安徽省优秀广播电视新闻作品的广播类特别奖作品。

　　初评评语：《回望百年话初心——访李大钊之孙李宏塔、陈独秀孙女陈长璞》这篇主题宏大、角度精妙的访谈节目受到初评组专家们的一致肯定，多位评委点评称：该报道独具慧眼，促成了"南陈北李"家族的"世纪回望"，令人印象深刻。从整体稿件上来看，访谈不浮于表面，通过扎实的专业采访和前期沟通，从国家、民族、家庭、个人等多个维度感悟伟大建党精神，展现三代中国共产党人的初心使命、家国情怀，既访出了严谨深刻的理性表述，又道出了真挚细腻的个人情感，内容完整、制作精良，是建党百年题材的精品佳作。

同唱生态歌，共护幸福河

李 静 胡 蒙 吕博涵 郭婉莹 翟涌钧 孔 毅 赵新生

限于篇幅，文字稿略，获奖作品请见中国记协网 http://www.zgjx.cn。

（山东广播电视台 2021 年 12 月 30 日）

申报资料实录

作品简介：党的十八大以来，习近平总书记多次深入黄河沿线考察调研，亲自擘画了新时代黄河流域生态保护和高质量发展的宏伟蓝图。2021年 10 月 20 日，他来到山东东营黄河入海口，动情地说，"今天来到这里，黄河上中下游就都走到了，我心里也踏实了"。22 日下午，他又在山东济南主持召开深入推动黄河流域生态保护和高质量发展座谈会并发表重要讲话。本期访谈通过挖掘黄河上、中、下游五个代表省份守护母亲河的生动实践，展示十八大以来黄河流域生态保护和高质量发展成果，交流探讨保护和发展之道，协同奏响新时代黄河大合唱。

社会效果：保护和发展，是黄河流域生态保护和高质量发展这一重大国家战略的两个关键词。本期访谈围绕这两个主题，将访谈现场选在黄河入海口生态监测中心的全流域生态监测大屏前，整期节目题材重大，主题突出。嘉宾选取具有典型性、代表性，节目构思缜密，结构浑然一体，访谈注重从小切口进入，从人物身边的生动故事讲起，以专家点评总结推进，进行深化和升华。主持人访谈准确生动，对话自然流畅，形成了富有感染力的谈话场，整期节目有感动、有思考，富有启发意义。节目策划周密，前期通过山东广播 51 听客户端向广大受众广泛征集互动话题，提前营造节目氛围，了解社会各界对黄河流域生态保护和高质量发展的关切，并把收集到的问题融入到整期节目策划之中。节目以音频和视频两种方式录制，节目音频在山东台综合广播推出的同时，在山东广播电视台闪电新闻客户端、51 听客户端、学习强国、喜马拉雅、蜻蜓FM 等平台同步播出；节目的剪辑视频在综合广播新媒体端推出；访谈还以网文＋图片的形式在闪电新闻客户端推出。多端口、多形式的刊播发布，实现了节目传播的宽域覆盖和持续发酵，在全社会产生了广泛的影响力。

初评评语：作品聚焦黄河流域生态保护和高质量发展，跟随总书记脚步，从黄河上中下游精选采访点位，点、线、面兼顾。内容充实，访谈一气呵成，流畅生动。访谈注重从小切口深入，青海三江源国家公园生态管护员、甘肃八步沙林场治沙人、陕西榆林水土保持样板村支书等嘉宾的讲述，既有故事，又有感悟，代入感强。

青山妩媚·万物生长
——《生物多样性公约》第十五次缔约方大会特别直播

集 体

限于篇幅，文字稿略，获奖作品请见中国记协网 http://www.zgjx.cn。

（四川广播电视台 2021 年 01 月 01 日）

申报资料实录

作品简介：2021 年 10 月 11 日至 15 日，联合国《生物多样性公约》第十五次缔约方大会第一阶段会议在中国召开。这次大会全球瞩目，为生物多样性未来的关键十年凝聚共识、规划蓝图。期间，习近平主席宣布，我国首批五个国家公园正式设立，其中就包括面积超过七成在四川的大熊猫国家公园，这正是展示中国建设生态文明与保护生物多样性成就的重大报道时机。主创团队提前策划，迅速行动：编辑团队负责搜集资料，挖掘我国各地生物多样性保护工作的内涵，提升直播深度。四川台联动陕西、甘肃、海南、吉林四省台，多路记者深入各大国家公园腹地实地采访生物多样性保护的案例和故事，丰富直播可听性。直播地点也精心选在了新中国救助第一只野生大熊猫的历史见证地——都江堰玉堂镇。整场直播突出广播特色，在片花以及文稿中多次使用相关野生动物的叫声以及各种声音元素，让直播生动、有趣、有内容，传播效果显著。

社会效果：节目主题鲜明，可听性强，呈现效果有声有色。节目中，不仅有记者从大会现场发来的连线报道，更有多路记者鲜活报道，讲述了保护大熊猫、长臂猿、东北虎等"国宝"的故事，报道我国生物多样性保护工作取得的巨大成就。以丰富的声音生动诠释和传递生态文明理念，站位高，意义大。节目除了在广播端播出外，还在四川观察、熊猫听听等新媒体平台同步直播，听众网友反响热烈。

初评评语：主创团队精心策划，在大会第一阶段会议闭幕这个时间点推出直播，展示生物多样性保护的"中国探索""中国方案""中国贡献"，占据了"天时"，凸显了直播的意义。作品直播地点设在成都都江堰玉堂镇的"熊猫谷"入口处，这里救助了新中国第一只野生大熊猫，抢占了"地利"。直播又不仅仅限于此，直播串联了四川、云南、陕西、甘肃、海南、吉林等地点，点位丰富，现场感强。直播选择了很多事例生动，涉及生物多样性保护知识与观点，生动有趣，节目既有听感又有思想，"人和"优势明显。广播的魅力在于声音。直播以水声、鸟鸣声和人们难得听见的各种野生动物鸣叫制作出国家公园的生命欢歌，展示美丽中国的天籁之声，突出了声音特色，生动、有趣，可听性强，传播效果显著。

《寻访英雄》之《寻找战友》特别直播活动

——一场跨越 70 年的重逢

集　体

作品二维码

（中国军视网 2021 年 12 月 10 日）

申报资料实录

作品简介：《寻找战友》是中国军视网多年精心制作的、被业界称为"抢救性报道"品牌节目——《寻访英雄》的拓展和延伸。为帮助老英雄完成寻找战友的夙愿，中国军视网积极搭建平台，热心为老兵解难。《一场跨越 70 年的重逢》就是中国军视网多次为老兵成功寻找战友的故事之一。因人物的特殊性，这一直播活动引起全网关注，成为"现象级"作品。2021年 8 月，中国军视网接到了 94 岁的四川籍抗美援朝老英雄何伯超想寻找战友的线索，经多方努力，中国军视网成功为其寻找到抗美援朝时的班长——山东籍抗美援朝一等功臣、96 岁的高万功。两人在硝烟战火中曾结下深厚友谊，高万功还曾是把何伯超从火线上背下来的救命恩人。何伯超苦苦寻找他 70 多年。经过 4 个多月的协调筹划，2021 年 12 月 8 日，中国军视网记者陪伴何伯超老英雄从四川泸州启程，辗转公交、高铁、飞机等交通方式，耗时近 30 小时，跨越 3000 公里，踏上了这条跨越 70 年的重逢路。直播当天，军地近 40 家媒体参与，650 多万网友在线观看，相关话题阅读量达 4.1 亿，全网曝光量达 5.97 亿。

社会效果：此次直播，获得人民日报、央视新闻、人民网、新华网等一大波媒体接连点赞，各大官方媒体根据直播内容在主流媒体平台进行内容复创。如央视新闻《何伯超！老班长！》、人民日报《听到机长广播，客舱变"追星"现场》、中国退役军人《合计190岁！等了大半辈子的重逢看哭了！》等微信文章，阅读量均超过10万。#一场跨越70年的重逢#、#94岁老兵再见96岁老班长#、#航班机组广播致敬94岁志愿军老兵#等话题登上微博、抖音等多个平台热搜榜单；"两位老战士重逢同框"被人民日报列入2021年度盘点：九大同框，引爆全网。通过这次直播活动引发的"现象级传播"，后续有众多网友自发在中国军视网平台留言表示，想力所能及地帮助抗美援朝老英雄做些什么，还有网友提供线索来竭尽所能地帮助更多老英雄再次相聚。《寻访英雄》之《寻找战友》平台自开通以来，先后收到千余条线索，相关视频播放量超千万，成功让两对长久失联的老战友再次重逢。

初评评语：直播中，通过一个个纪实短片，为观众讲述两位老人在烽火战场上结下的生死情谊。当看到老英雄们那颤颤巍巍的手紧紧相握时，观众都被深深地打动，无数网友潸然泪下，直播效果好。

庆祝西藏和平解放 70 周年大会直播特别报道

集 体

限于篇幅，文字稿略，获奖作品请见中国记协网 http://www.zgjx.cn。

（汉语广播、藏语广播、西藏卫视、藏语卫视及新媒体平台等 2021 年 08 月 19 日）

申报资料实录

作品简介： 庆祝西藏和平解放 70 周年大会直播特别报道，是我台精心组织、提前筹备，聚焦宏大主题、彰显主流担当、坚持守正创新、注重融合发力，各项宣传报道早策划、早行动，首次实现了全台五个频率、三个频道、五个新媒体平台的全媒体直播。始终坚持正确舆论导向，全面贯彻落实中央第七次西藏工作座谈会精神，贯彻落实新时代党的治藏方略，贯彻落实习近平总书记视察西藏重要讲话精神，准确把握宣传主题主线，将宣传贯彻中央第七次西藏工作座谈会精神和习近平总书记视察西藏重要讲话和重要指示作为重点贯穿全过程，多角度、全方位、立体式展现以习近平同志为核心的党中央对西藏工作的高度重视和对西藏各族人民的亲切关怀，充分宣传阐释西藏和平解放 70 年波澜壮阔的历史进程和历史意义，集中反映 70 年来特别是党的十八大以来，我区各项事业取得的全方位进步、历史性成就，充分展示习近平总书记作为大国领袖的风范。

社会效果： 此次大会直播特别报道，首次实现了全台五个频率、三个频道、五个新媒体平台的全媒体直播。人民日报客户端、新华社客户端、学习强国、触电新闻等新媒体也同步呈现，观看量超过 500 万。#庆祝西藏和平解放 70 周年庆祝大会#截至 20 日上午 10 点阅读总量约为 1.1 亿，成功实现了推送覆盖全国、影响力覆盖全国、受众覆盖全国，真正实现网上网下同频共振，形成了热度同心圆。西藏卫视＋视频号直播首次开放评论，留言 3667 条，点赞超 300 万。本台各新媒体平台在三小时直播结束后粉丝量激增 5.6 万，创历史新高。

初评评语： 西藏广播电视台在西藏和平解放 70 周年，精心策划的直播报道，通过宣传贯彻中央第七次西藏工作座谈会精神和习近平总书记视察西藏重要讲话和重要指示作为重点贯穿全过程，多角度、全方位、立体式展现了70年来西藏取得的巨变，生动诠释了中国共产党为中国人民谋幸福、为中华民族谋复兴的初心使命。通篇站位高远，精神内涵丰富，为边疆地区治理和发展统一了思想、统一了意志、汲取了奋进的力量。

听，大运河的声音

集 体

限于篇幅，文字稿略，获奖作品请见中国记协网 http://www.zgjx.cn。

（江苏省广播电视总台 北京广播电视台 2021 年 06 月 16 日）

申报资料实录

作品简介：中国大运河是世界文化遗产，有着重要的历史意义和现实作用。2021 年 6 月 16 日，扬州中国大运河博物馆正式建成开放，这是大运河文化带、大运河国家文化公园的重要成果，被写入江苏省政府工作报告中，现场直播《听，大运河的声音》，带领听众一起穿越时空，了解中国大运河的"前世今生"。多路记者探访当天开放的扬州中国大运河博物馆，带领听众从丰富的文物展陈中，了解中国大运河的历史；记者奔赴大运河流经的各省市采访报道，"大运河上的 ETC""千年运河肩负南水北调新使命""从大运河驶向海上丝绸之路""大运河守护者"，一篇篇报道生动地展现了大运河今天的风采；节目特别邀请大运河研究专家、申遗亲历者——全国政协委员、南京大学历史系教授、南京大学文化与自然遗产研究所所长贺云翱，东南大学建筑学院副教授、城市与建筑遗产保护教育部重点实验室副主任李新建担任嘉宾，多角度，多层次，讲述中国大运河作为中国唯一的"活态"世界遗产，其保护传承利用的实践与意义。江苏交通广播网、听听 FM、大蓝鲸 APP 等多平台同步直播，引发听众网友热烈反响，网友留言"涨知识了""没想到中国大运河这么伟大"，直播节目同时推出同名创意 H5，300 多万网友答题互动

社会效果：在扬州中国大运河博物馆建成开放当天进行的这一现场直播，兼具了新闻性、时效性和知识性，集广度和深度于一体，通过江苏交通广播网、听听 FM、大蓝鲸 APP 等广播媒体和新媒体多个平台同步直播；直播节目的同时推出同名创意互动 H5《听，大运河的声音》，H5 页面巧妙融入记者沿大运河采访而来的轮船汽笛声、杂技现场声、戏

曲演出声等和大运河有关的声音素材，吸引 300 多万网友答题竞猜互动，让听众网友更好地了解大运河，成为运河守护者，更进一步推动了中国大运河这一"活态"世界文化遗产的传承、保护和利用。该新闻直播获评 2021 年度江苏省广播新闻奖现场直播一等奖、江苏省广播电视局 2021 年第二季度优秀新闻作品。

初评评语：从大运河博物馆建成切入，站在全流域保护传承利用的高度上，展示出大运河千年运河的青春风采。节目结构宏大，带领受众跨越中国南北八省市穿越 2500 年，富有时间与空间的厚重感和纵深感，现场报道特色鲜明，语言生动，实现融合传播。

2021 年 3 月 5 日《中国青年报》8 版

集 体

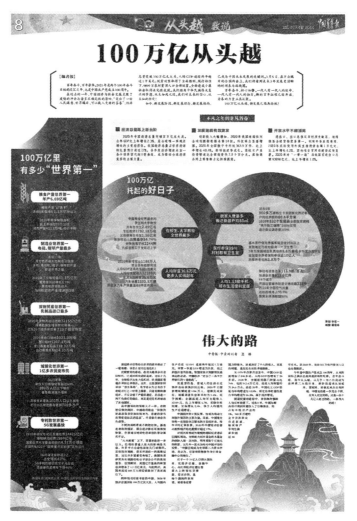

（《中国青年报》2021 年 03 月 05 日）

作品简介: 数说版是《中国青年报》在两会期间所做的可视化版面创新。2021年是两个一百年奋斗目标的交汇之年,也是中国共产党成立100周年,而当年发布的数据显示,中国经济总量突破了100万亿元。这3个100叠加,是最重大的新闻,该如何用版面呈现?为此,我们反复策划,最终确定以"100"为大数,从成就与民生两个维度呈现发展巨大成就,体现"100万亿从头越"这一重大主题。为此,我们查找梳理权威数据,寻找数据间的逻辑关系,确定从"100万亿里有多少世界第一"和"100万亿托起的好日子"两个方面来呈现。在设计上创新地以一个大大的"100"铺满版面,所有数据都围绕这个100呈现。并且把"1"字做成一个大图表,通过客户端等发布,让平面的版面"立体化",让整个版面可视化。在内容上,编者按体现整个版面的立意,述评文章《伟大的路》彰显百年伟大成就背后制度的探索。版面在两会开幕当天推出,立意深远、别具一格。

社会效果: 数说版在《中国青年报》全媒体平台刊发后,上了中宣部新闻阅评、"学习强国",被新浪网、腾讯网等门户网站转载,还被中国知网、中国科学院等平台转载。在传媒业界广受好评,有业内人士评价:这组新闻版面年轻态、有创意、有想法。

初评评语: 该作品围绕GDP突破百万亿这一主题,运用可视化手段,对于新闻事件进行数字化解读和全方位呈现。选题匠心独具,主题思想鲜明,版面构思精巧,内容提炼精心,编辑手段和版面语言都运用得十分合理,形式与内容相得益彰,实现了报道内容的精美呈现。

2021年5月23日上海新闻广播990早新闻

何卓莹　李英莪　葛婧晶

限于篇幅，文字稿略，获奖作品请见中国记协网 http://www.zgjx.cn。

（东方广播中心 2021 年 05 月 23 日）

申报资料实录

作品简介：作品以科技兴国、人才强国为主线编排，节奏松紧适度，注重可听性。节目首先播出"上海科技节开幕、科学家走红毯"报道，反映在全社会弘扬科学精神的主题。接下来安排"共和国痛别两位院士"的新闻，追忆袁隆平和吴孟超两位科学巨擘的家国情怀。编辑将动态新闻和背景报道穿插编辑，使得这组新闻有点有面、丰富生动。接着安排播出编辑当日撰写的《晨间快评》，结合上述两组报道指出，充满笑容的红毯和充满哀伤的送行发生在同一天，个中传递的意涵是相通的，"提醒我们谁是最该被记住的人，谁是这个社会最值得崇敬的人"，起到点睛作用。接下来安排播出动态新闻"我国火星探索之旅又传捷报"，成为"科技兴国"的又一例证。

社会效果：该早新闻作品播出后，因主题突出、资讯丰富，同时音响制作精心、细节感人，获得了业内和听众的好评。根据该作品制作的优质新媒体作品在多个平台上再传播，扩大了影响力。在收听表现上，根据索福瑞数据，该作品触达人数达到 110.1 万人；当日收听率 5.58%，高出该时段全年平均数值 1.59 个百分点，呈现出较明显的收听高峰；当日市场份额 47.21%，高于本频率全年平均数值 20.53 个百分点。

初评评语：本期编排突出上海科技节开幕报道和花博会专题，作为早间新闻比较明快、提神。其他本地新闻和国内国际新闻，编排上也比较有逻辑感，衔接较自然流畅。最后以几条服务类消息收尾，完整感较好。整个节目编排，既有专题报道，也有社会新闻，有信息量，不是单一某个主题的内容，更考验编排的功夫。

2021年7月1日《解放军报》10—11版

集 体

（《解放军报》2021年07月01日）

　　作品简介： 在迎接中国共产党百年华诞这个重要时间节点，解放军报首次在跨版中采用手绘形式，用手绘图案以时间顺序串联起建党百年历史长河中党和人民军队的数个经典瞬间，在全国当天的版面中独具特色。在版面的视觉中心处，手绘图案自右下向左上延伸，贯通全版，突显出建党一百年来全党全军全国各族人民闯关夺隘、风雨兼程，一步步实现第一个百年奋斗目标的辉煌历程、设计精彩，视觉冲击力十足。在版面左上和右

629

下位置，分别配以两篇短文《闯关夺隘 风雨兼程》《千年夙愿 今朝梦圆》，文章主题鲜明、气势如虹，文字精练、内涵丰富，和手绘图案相互呼应，以不同的形式表达同一个精神内核，延伸了版面的历史纵深感。版面紧贴青年读者阅读习惯，版面元素丰富、手绘设计精美、色彩搭配和谐，让读者耳目一新。

社会效果：在解放军报刊发当天同步在解放军报客户端、国防部网、中国军网、解放军新闻传播中心融媒体等全媒体平台推出创意 H5 产品、超清 VR 全景产品等，实现矩阵式传播，收获 17 万余人次的点击量，引发广泛转发点赞，万千读者通过指尖、鼠标等实现多端交互，取得良好社会传播效果。

初评评语：该作品以浓墨重彩的表现手法，以生动丰富的版面语言，以强烈的视觉冲击，突出反映出建党一百年这一宏大主题，编排新颖，布局合理，内容与形式相辅相成、相得益彰，达到了和谐统一，显示出编辑的功力和水平。

2021年10月27日《中国日报》要闻6—7版

田　驰　孙晓晨　MukeshMohanan

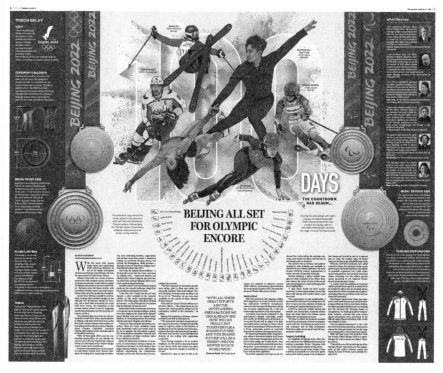

（《中国日报》2021年10月27日）

申报资料实录

作品简介：2021年10月26日，北京冬奥会倒计时100天主题活动隆重举行，冬奥和冬残奥奖牌设计首次向公众发布。中国日报为了做好这一重要时间节点的宣传报道，第一时间组织策划，以《北京再出发，一起向未来！》为题，突出"五环同心、同心归圆"的设计理念，向世界宣告"中国准备好了！"。此次报道以通版形式充分展示首次发布的北京冬奥会、冬残奥会金牌正反面图案，使读者可以清晰地感受到源自传统弦纹玉璧的设计灵感和设计细节，突出版面新闻性。为了使本次报道更加全面、完整，特别运用信息可视化的表现手法，匠心独运地手绘了谷爱凌、武大靖等中外冰雪健将，与100字样巧妙结合，突出倒计时百天的主题。同时搭配奥运火炬、火种灯以及火炬手服装等的相关数据，全方位展示了北京冬奥会及冬残奥会优秀的筹备成果。

社会效果：作为北京冬奥会开幕倒计时100天的系列报道之一，该跨版可视化深度专题在刊发后引起广泛关注，特别是版面的艺术设计和信息的可视化展示收到来自读者、北京冬奥组委、中国奥委会以及知名运动员的积极反馈。凭借原汁原味的语言优势，该专题针对北京冬奥会冲刺阶段筹办进展的介绍，特别是针对疫情防控措施的解释，以及奖牌设计中国元素的解读，受到了国际体育界和各个国际利益相关方的关注，相关内容被国际奥委会官网和冬季项目国际组织官网转述转引。

初评评语：中国日报的这一版面系为北京冬奥会倒计时100天主题活动而制作。版面的视觉中心，为谷爱凌、武大靖等中外冰雪健将的手绘图，与100字样巧妙结合，显示了先声夺人的冲击力，也较好彰显了倒计时百天的主题。除此之外，通版还展示了北京冬奥会、冬残奥会金牌正反面图案，同时搭配奥运火炬、火种灯以及火炬手服装等的相关数据，既有对称之美，也实现了信息的可视化，再加上主打文章及各方寄语等文本，实现了内容和形式的精美结合。

做好热点引导和舆论监督 提升主流价值影响力

马昌豹

当今世界处于百年未有之大变局，国际局势复杂多变，国内改革发展稳定任务艰巨繁重，经济社会发展的突出问题、改革攻坚的难点问题、干部群众普遍关心的热点问题相互交织，舆论场呈现出热点易发多发善变的显著特征，做好热点引导和舆论监督十分重要。如何报道热点难点问题？要"坚持问题导向，注重回答普遍关注的问题"，"向群众讲清这些问题的性质，引导群众正确认识这些问题是新旧体制交替过程中民主法制还不完善时出现的。它将随着我国改革逐步深化、社会主义精神文明建设、民主与法制建设的不断加强而减少和消除"。新闻媒体应对热点难点问题引发的社会舆情和群众心理变化要保持高度敏感，讲究引导艺术，提高引导能力，主动回应、深入调查，多做解疑释惑、疏导情绪的工作，多做增进共识、增进团结的工作，引导社会舆论向积极的方面发展。

一、正确把握热点引导和舆论监督的原则要求

做好热点引导和舆论监督，要坚持党管媒体原则，坚持正确舆论导向，坚持正面宣传为主，深入研究当前舆论生成演变规律，积极引导、正确引导、有效引导，唱响主旋律、弘扬正能量。

1. 坚持党管媒体原则。坚持党管媒体原则是党的新闻事业坚持党性原则的必然要求。习近平总书记指出："党的新闻舆论工作坚持党性原则，最根本的是坚持党对新闻工作的领导。党和政府主办的媒体是党和政府的宣传阵地，必须姓党，必须抓在党的手里，必须成为党和人民的喉舌，'党报党刊一定要无条件地宣传党的主张'。无论时代如何发展、媒体格局如何变化，党管媒体的原则和制度不能变。"全媒体时代，把党管媒体的原则贯彻到新媒体领域，是党管媒体原则的丰富和发展。管好用好互联网，是新形势下舆论引导的关键，要解决好谁来管、怎么管的问题。做好热点引导和舆论监督，不仅是党办媒体的重要任务，也是管好用好互联网自媒体的重点工作，必须

坚持党管媒体原则。

2. 坚持正确舆论导向。坚持正确舆论导向是新闻舆论工作的生命线，是舆论引导的根本所在。习近平总书记指出："要坚持以正确舆论引导人，做到所有工作都有利于坚持中国共产党领导和我国社会主义制度，有利于推动改革发展，有利于增进全国各族人民团结，有利于维护社会和谐稳定。"舆论导向正确与否，对舆论走向影响很大，会产生巨大的社会作用。舆论导向正确，就能凝聚人心、汇聚力量，推动事业发展；舆论导向错误，就会动摇人心、瓦解斗志，危害党和人民事业。党的新闻舆论工作要以传达正确的立场观点态度为己任，把"四个有利于"作为根本导向，贯穿采编发各个环节，落实到采编审各类人员。完善坚持正确导向的舆论引导工作机制，建构网上网下一体、内宣外宣联动的主流舆论格局。

3. 坚持正面宣传为主。坚持正面宣传为主是新闻舆论工作的重心和支点。习近平总书记指出："团结稳定鼓劲、正面宣传为主，是党的新闻舆论工作必须遵循的基本方针。"新闻舆论是对客观事物本来面貌的反映。我国社会积极正面的事物是主流，消极负面的东西是支流，要正确认识主流和支流、成绩和问题、全部和局部的关系，集中反映社会健康向上的本质，客观展示发展进步的全貌，使之同我国改革发展蓬勃向上态势相协调。习近平总书记强调："我们正在进行具有许多新的历史特点的伟大斗争，面临的挑战和困难前所未有，必须坚持巩固壮大主流思想舆论，弘扬主旋律，传播正能量，激发全社会团结奋进的强大力量。"新闻舆论工作为党领导的伟大斗争助力开路、凝心聚力，就要真实反映社会主流，汇聚向上力量。

二、切实提高热点引导能力和实效

舆论热点多为社会广泛关注的现象或问题，既包括国内外重大事件，也包括与群众切身利益密切相关的民生问题。全媒体时代，舆论热点呈现出多元、多样、多变等特点，对新闻舆论工作者如何做好热点引导提出了更高的要求。要不断提高对突发热点舆情的发现力、研判力和引导力，健全重大舆情和突发公共事件舆论引导机制，维护社会和谐稳定。

1. 加强热点监测，研判舆论走向。加强舆情监测、及时研判走向，是引导的前提。随着社会快速发展与公众关注点的经常变化，热点问题也处在不断变化之中。舆论热点涉及范围广，演变过程复杂多变，有时还有境外势力介入和推波助澜，稍有不慎极易造成人们思想上的困惑和情绪上的波动，甚至引发社会问题，必须引起足够重视，增强舆情意识。因此，"要建立健全舆情收集反馈机制，加强内容监管，做好分析研判"，增强工作的预见性和有效性，在重要节点、重大报道期间加强监测人力安排。

要完善舆情收集体系，加强对境内外、网内外舆情的实时监测、及时掌握热点舆情动向和社会心理变化。注重运用网络热点挖掘等新技术、新手段，及时发现苗头性、倾向性问题。建立健全舆情会商机制，搞清楚热点影响范围、发酵路径和发展趋势，有针对性地开展引导处置。同时，稳妥把握热点引导的节奏、力度、分寸，对苗头性、倾向性问题，及时提示加强关注，媒体要跟踪采访相关部门，第一时间发布权威信息；对已发酵的重大社会热点，有关部门靠前组织指挥，必要时选派精兵强将，与相关部门共同组织报道；对回落期社会热点，适时组织反思性调查报道，就解决症结问题，提出对策建议，为决策提供参考。

面对众声喧哗的舆论场，新闻媒体要加强对社会热点思潮的引导，及时回应干部群众关心的思想认识问题，特别是在大是大非问题上，必须敢于交锋、善于发声，旗帜鲜明地表明自己的态度，理直气壮地发出主流声音，澄清模糊认识，批驳错误观点，凝聚社会共识。针对"战时状态"一词热度不断攀升，新华每日电讯今年1月16日刊载题为《滥用"战时状态"不利于抗疫大局》的评论，旗帜鲜明指出这一提法"不利于抗疫大局"，占据今日头条等头部平台热搜。

2. 提升采制能力，主动设置议题。引导社会舆论走向，要提升采制能力，善于设置议题，把党和政府想说的和公众关心的话题结合起来，讲清楚党和政府采取的政策措施，讲清楚涉及群众利益的安排进展，让该热的热起来，该冷的冷下去，该说的说到位。习近平总书记指出，"报道什么、不报道什么，多宣传什么、少宣传什么，都要从大局出发，体现大局要求"。新闻媒体如何提升采制能力、主动设置议题，是评价媒体引导力的一个重要因素。

提升采制能力，要完善热点引导快速反应机制，第一时间深入事件发生地，突破采访障碍，采访关键、核心人物，确保见得到人、问得上话、拿得到料，及时发布真实、准确、权威信息，澄清传言谣言。要抓住"第二落点"，深入调查研究，多方采访信源，适时推出事实确凿、逻辑严密、细节精准的深度报道。强化持续跟踪，及时报道事件进展和处理成效。根据舆情热度和议题特点，区别化地适时组织采写评论报道，旗帜鲜明、有力有效引导舆论走向。2020年9月8日，《人物》周刊经过半年调查，推出《外卖骑手，困在系统里》引发外卖平台回应，舆论争议不断。中央电视台随即播发《外卖小哥拼命，谁"饿"了？"美"了谁？》，对外卖行业的深层次问题进行系统剖析和全面反思。央视记者还在用餐高峰期跟踪外卖骑手送餐全过程，体验式呈现外卖骑手困境，并配发评论。这一系列报道在微博获得 3.6 亿阅读量，超过《人物》周刊 2.7 亿的首发报道阅读量。

习近平总书记在论述做好党的新闻舆论工作时，反复强调要善于设置议题、引导社会舆论，这是增强新闻工作针对性的一个重要方面。新华社近年来贯彻"移动端优先"要求，充分发挥对内报道全媒平台和国际传播融合平台机制优势，面向网络，加大策划力度，持续抢占网络传播制高点，话题报道成效显著。在"疫苗接种"事件中，新华网主持的微博话题#重点人群接种疫苗的 22 个问题#，突出科普，极具实用性，话题阅读量突破 6500 万，微博话题有密度、有力度，引导效果好。

3. 提高报道实效，理性发声定调。随着新媒体技术快速发展，国际与国内、线上与线下、虚拟与现实、体制外与体制内等界限愈益模糊，构成了越来越复杂的大舆论场，壮大主流舆论、凝聚社会共识、做好新闻舆论的理性表达、营造风清气正的舆论环境尤为重要。习近平总书记指出："要注意舆论的社会效果，克服片面性。"他要求新闻舆论工作者"鼓劲帮忙而不添乱""不炒作可能引发各类事件的所谓热点新闻"。

新闻媒体要掌握好报道火候和宣传方式，掌控报道范围、密度和尺度，视情况发声定调。今年 1 月 4 日河北新增 14 例本地新冠肺炎确诊病例、30 例本地无症状感染者。从 2 日新增 1 例确诊，到 3 日新增 4 例确诊和 13 例无症状感染者，再到"14+30"，河北突然间成为防疫焦点地区之一。5 日 15 时，当地仍未召开疫情防控发布会。新华每日电讯根据事件进展，研判舆情动态，晚上发出《日新增"14+30"，期盼河北尽快召开疫情发布会》评论报道，兼具批评性和建设性，填补"信息真空"，推动石家庄市召开第一次疫情发布会。

新闻传播要充分发挥教育引导功能，倡导正确健康的人生观价值观世界观。在"拼多多员工加班猝死"事件发生后，针对网民普遍反映的畸形加班现象，新华社及时播发《辛识平：扭曲"奋斗观"当休矣》等评论，批评畸形加班背后的扭曲价值观，提倡树立正确奋斗观，立场鲜明、充满辣味。稿件发布后，"新华社评畸形加班"话题迅速登上微博热搜，浏览量超 1.4 亿。主流媒体要掌握新闻舆论工作主动权，更好地承担起引导社会舆论的工作，必须善于根据形势需要、充分考虑社会效果来精准设置议题，而不是被社会舆论牵着鼻子走。

三、有效发挥舆论监督的建设性作用

坚持正面宣传为主，并不是排斥问题、回避矛盾、粉饰太平，关键是要从总体上把握平衡。正面宣传和舆论监督虽然侧重点不一样，但出发点和落脚点是一致的，都要通过新闻报道达到以正确舆论引导人、鼓舞人的目的。

1.舆论监督和正面宣传是统一的，而不是对立的。坚持正面宣传为主，不是不要舆论监督。习近平总书记指出："舆论监督和正面宣传是统一的，而不是对立的。新闻媒体要直面工作中存在的问题，直面社会丑恶现象和阴暗面，激浊扬清、针砭时弊。对人民群众关心的问题、意见大反映多的问题，要积极关注报道，及时解疑释惑，引导心理预期，推动改进工作。"舆论监督是人民当家作主政治权利的体现。毋庸讳言，我国经济社会发展阔步前进中，仍然存在着许多热点难点问题，社会上还有不少丑恶现象，人民群众也有一些不满意的地方。人民群众通过媒体监督党和政府工作、反映意见呼声，有利于改进党和政府工作，促进问题解决，疏导社会情绪，化解社会矛盾，促进社会和谐稳定。舆论监督的作用与正面宣传的作用总体上是一致的。问题就摆在面前，逃避问题更成问题。迎着问题上，是新闻舆论工作的责任和担当。关键是把握好舆论监督与正面宣传的合理布局，在坚持正面宣传为主的同时，发挥舆论监督的积极作用。

2.做到科学监督、准确监督、依法监督、建设性监督。舆论监督绝非简单的暴露问题，不能为批评而批评、为监督而监督，而是根据党和政府方针政策，以维护人民群众根本利益为出发点和落脚点，选取典型事例，监督剖析。必须强化责任意识，激浊扬清、针砭时弊要事实准确、分析客观，不要把自己放在裁判官的位置上，着眼解决问题、推动工作，坚持科学监督、准确监督、依法监督、建设性监督，不断提高舆论监督工作水平。

把握规律性，坚持科学监督。必须遵循规律，提升认识规律、把握规律、运用规律的水平，以科学严谨的态度和方法，做到实事求是、客观全面，注意一因一果、一因多果、一果多因、多因多果、互为因果、因果转换等复杂情况，防止主观臆断、以偏概全、片面追求轰动效应。

把握真实性，坚持准确监督。事实准确是监督报道的基本要求。监督报道必须实事求是，认真调查核实，不偏听偏信，做到事实清楚、数据精确，才能经得起核实和推敲。根据事实描述事实，"不仅要准确报道个别事实，而且要从宏观上把握和反映事件或事物的全貌。"

把握合法性，坚持依法监督。依法监督就是评价事物要以法律法规和相

关政策为标准，遵守宣传纪律，通过合法途径获取新闻素材，做到内容、手段和程序都要合法。严格遵守新闻采访规范，不得干扰和妨碍司法机关依法独立办案，不得搞新闻敲诈、牟取不正当利益；报道不得含有侮辱、诽谤他人，侵害名誉权与隐私权的内容，注重保护公民的隐私权，维护其合法权益。

把握对策性，坚持建设性监督。有针对性地开展舆论监督，做好分析研判，综合平衡考量，提出切实的对策、办法、建议，不扩大矛盾、不激化事态，力求达到揭露问题、回应问题、解决问题、推动工作的目的，实现舆论监督与改进工作的良性循环。

统筹把握道理、法理、情理，坚持政治效果、社会效果、传播效果相统一，坚持客观理性发声，防止渲染、炒作，杜绝为博眼球、挣流量"蹭热点""带节奏"，防止因处理不当导致报道跑偏、失范。

3.重点监督党和政府重视、人民群众关心、现阶段有条件解决的突出问题。新闻媒体要以高度的政治责任感抓住群众关心、政府重视、具有普遍意义的问题，实事求是、认真调查，有针对性地做好舆论监督报道。"舆论监督的重点应该针对那些严重违反党和国家重大政策以及社会生活中存在的重大问题，要抓典型事件"，充分发挥反面典型警示震慑作用。

近年来，党中央反腐力度不断加强，"老虎""苍蝇"一起打，各类媒体对相关典型案例剖析报道，起到了警示教育作用。中央纪委网站、中国共产党新闻网等推出"监督曝光""反腐""反腐纪事"等专题网页，及时报道反腐重要案件进展情况等，引起社会广泛关注。反腐题材专题片《永远在路上》《打铁还需自身硬》，反映了党的十八大以来全面从严治党取得的巨大成就，引起海内外高度关注。

进行舆论监督时，"特别要注意不应把批评的矛头对准那些群众有意见而我们工作中因限于目前条件、一时难以解决的问题上。要让人民知道，党和政府正在采取措施，克服困难，解决问题。"运用舆论监督武器，要着眼安定人心、疏导情绪，要有重点有主次，坚持分类把握、效果预判，对中央明令禁止、群众深恶痛绝的行为，加大舆论监督力度，提升"辣味""锐度"。

对人民群众关心的问题、意见大反映多的问题，要积极关注报道，及时回应社会关切，发布权威信息，重点报道处置举措、调查进展和解决成效，引导心理预期，推动改进工作。今年1月中旬，新华社通过客户端"全民拍"平台了解长春市冬季供暖问题线索后，立即联系分社，派记者前往小区逐户走访、深入调查，以一天一篇的频率播发《热点快追丨长春：比12℃室温还冷的 是他们的态度》《（全民拍）长春："冷无可忍"的居民家现在咋样了？

后续来了》等报道，持续占据热搜榜。有关领导作出明确整改要求，相关部门及时介入，推动"老大难"问题解决，体现了关心民生、心系百姓的担当。

（《中国记者》2021 年 04 月 08 日）

申报资料实录

作品简介：本篇论文是学习习近平总书记新闻舆论重要论述的成果。热点引导和舆论监督是个老话题，怎么写出新意来？眼下涉及该选题的文章从实践与方法层面谈的多，从思想理论方面探究的少。这篇论文从思想原则方面进行开掘，首先提出了正确把握热点引导和舆论监督的原则要求，论述了要坚持党管媒体、坚持正确舆论导向、坚持正面宣传为主。第二部分论述切实提高热点引导能力和实效，从三个方面入手：加强热点监测，研判舆论走向；提升采制能力，主动设置议题；提高报道实效，理性发声定调。最后，提出有效发挥舆论监督的建设性作用，分别阐述了舆论监督和正面宣传是统一的，而不是对立的；做到科学监督、准确监督、依法监督、建设性监督；重点监督党和政府重视、人民群众关心、现阶段有条件解决的突出问题。论文以习近平总书记提出的相关论述为基点，既有对总书记论述的阐释，也有实践案例的描述。这是一篇分析透彻、概念清晰，具有一定理论深度和实践特色的新闻论文。这篇论文从写作到修改、定稿不断打磨，精益求精。定下选题后，通过大量研读习总书记相关讲话和马克思主义新闻观等方面的著作，查阅报刊资料，多次修改提纲、论文框架、增减篇幅。

社会效果：这篇论文在《中国记者》第 4 期发表后，得到业界和学界好评。一些读者来电认为，该论文具有理论深度和实践特色，概念清晰，层次分明，论述有力。2021 年 4 月 25 日在《中国记者》微信公众号发布后，点击量达 1010 次。知网下载量 296 次。

初评评语：该文章观点鲜明，概念清晰，论证有力，层次分明，具有一定的理论深度和实践特色，较好地阐释了习近平总书记关于新闻舆论工作的相关重要论述。

"党性和人民性相统一"的认识自觉与责任担当

双传学

党性与人民性相统一，是马克思主义新闻观的一个重要观点。中国共产党成立 100 年来，始终将坚持党性原则和维护人民根本利益作为宣传思想工作的重要准则。进入新时代，习近平总书记着眼宣传思想工作面临的新形势，再次强调党性与人民性相统一，为宣传思想战线提升工作水平、主流媒体推进融合发展确立了根本遵循和行动指南。

重申党性人民性相统一的重大意义

坚持党性与人民性相统一，是党的新闻工作的优良传统。马克思主义经典作家认为，无产阶级政党主办的报刊在新闻活动中要贯彻和体现无产阶级及其先锋队——共产党的意志，用新闻手段反映人民精神，报道人民创造历史的伟大实践，表达人民的意见、要求和愿望。中国共产党人继承这一理念，就报刊的党性、人民性和二者的一致性作出了一系列论述。1942 年 3 月，毛泽东将《解放日报》的改版要点概括为"增强党性与反映群众"。1944 年，延安《解放日报》在创刊一千期的社论中鲜明指出，"我们的报纸是中国共产党的党报，是人民大众的报纸，这是我们这个报纸的第一个特点。"作为我们党第一份面向全国发行的政治机关报，《新华日报》于上世纪四十年代发表了一系列论证党报与人民报纸关系的文章。1947 年 1 月 11 日，在"本报编辑部文章"《检讨和勉励》中提出，"《新华日报》是一张党报，也就是一张人民的报，《新华日报》的党性，也就是它的人民性。"在党的新闻史上首次公开表明党报的党性和人民性是一致的。新中国成立后，党一贯强调党性和人民性的统一，对新闻事业的发展产生了重大而深远的影响。

上世纪 80 年代初，新闻业界和学界就党报的党性和人民性展开讨论，引发不同观点的激烈碰撞。进入改革开放新时期，党面临新形势、新环境的空前考验。一方面，所处的历史方位、执政条件、党员队伍结构都发生了重大变化；另一方面，经济社会快速发展，利益格局深刻调整，各种利益群体博弈成为常态。这种现象传导到党的新闻事业中，出现了种种模糊认识甚至错误观点。其一，片面强调党性而否定人民性。有人认为，既然党代表人民，就没必要再提人民性。这是将党性和人民性割裂开来，使党的新闻事业脱离群众、远离社会；其二，片面认为人民性高于党性。有人认为，人民群众人数超过党员人数，所以，人民性大于党性、高于党性。这从根本上违背了马克思主义关于群众、阶级、政党的关系学说；其三，把人民性与党性对立起来。有人认为，党性和人民性应该相互制衡。这是把党性与人民性当作一对矛盾范畴处理，背离了事情的本来面目；其四，从局部理解党性和人民性，忽略了党性和人民性都是整体性的政治概念。这些模糊认识和错误观点不但存在于新闻学界业界，而且蔓延到党的基层干部中，以致出现了"你是替党讲话，还是替老百姓讲话""你是站在党的一边，还是站在群众一边"这样的奇谈怪论。

进入新时代，国内国际形势发生深刻变化，媒体格局和舆论生态发生深刻变化，意识形态领域的斗争日趋激烈，党的宣传思想工作面临的形势更加复杂。正是在这样的时代背景下，习近平总书记以马克思主义政治家、理论家的智慧和勇气，审时度势、高屋建瓴，就党性和人民性问题作出系统论述、深刻阐释。2013 年 8 月 19 日，在全国宣传思想工作会议上，总书记指出，"党性和人民性从来都是一致的、统一的。"2016 年 2 月 19 日，在党的新闻舆论工作座谈会上，他再次强调，"坚持党性原则，必须加深对党性和人民性关系的认识。""在中国共产党领导的社会主义中国，党性和人民性是一致的、统一的。"习近平总书记重新并提党性和人民性的概念，强调二者统一并对各自内涵作出阐释，澄清了一个时期以来人们对这一问题的模糊认识和错误观念，起到了正本清源的重要作用。这既是对党的宣传思想工作优良传统的发扬光大，亦是对马克思主义新闻观的创新发展，对做好党的宣传思想工作具有重大指导意义，我们必须深学彻悟、细照笃行。

当前，主流媒体正加快推进深度融合发展。新华报业传媒集团以拥有 83 年历史的《新华日报》为"旗舰"，传承红色基因、勇立时代潮头，深入践行习近平总书记关于党性和人民性的重要论述，坚持做党的"一个方面军"和"人民的报纸"，在融合发展中不断提升传播力、引导力、影响力、公信力。

恪守党性原则，坚定立场方向

党性原则是党的新闻舆论工作的根本原则。坚持党性，新闻舆论工作才能有明确的立场和指向。习近平总书记在 2013 年全国宣传思想工作会议上指出，坚持党性，核心就是坚持正确政治方向，站稳政治立场，坚定宣传党的理论和路线方针政策，坚定宣传中央重大工作部署，坚定宣传中央关于形势的重大分析判断,坚决同党中央保持高度一致,坚决维护中央权威。在 2016 年党的新闻舆论工作座谈会上,总书记对党性作了进一步阐述。他指出,坚持党性原则,最根本的是坚持党对新闻舆论工作的领导。党和政府主办的媒体是党和政府的宣传阵地,必须姓党。党的新闻媒体的所有工作,都要体现党的意志、反映党的主张,维护党中央权威、维护党的团结。我们要深刻领会这些论述的精髓要义,旗帜鲜明、毫不动摇坚持党性原则。

强化喉舌意识,牢牢坚持党的领导

恪守党性原则,坚持党的领导是根本。在媒体格局和舆论生态演变中,互联网是最大变量,必须把党管宣传、党管意识形态、党管媒体的要求落实到新闻舆论工作全过程、各方面。从整个舆论生态看,党管媒体不是只管党直接掌握的媒体,而是把各级各类媒体都置于党的领导之下。就主流媒体而言,党的新闻舆论工作是党的一项重要工作,是党的事业的"齿轮和螺丝钉"。在党的工作体系中,党是本体,是根本的、第一性的;主流媒体发挥喉舌作用,服从服务于党的全局工作,是从生的、第二性的。认清喉舌定位、强化喉舌意识,是坚持党的领导的基本前提。在深度融合新形势下,媒体单位特别是媒体集团下辖媒体类型多样、各具特性,运行管理千头万绪、错综复杂,如何将党的领导内化于心、外化于行,是主流媒体面临的一场新考验。

提高政治站位。坚持"政治家办报",反对单纯业务观,将增强"四个意识"、坚定"四个自信"、做到"两个维护"的要求落实到每一位编辑记者。

严肃宣传纪律。认真贯彻党中央和上级党委的决策部署和指示精神,牢牢把握正确的政治方向,严格执行宣传纪律,做到有令必行、有禁必止。

夯实主体责任。落实意识形态工作责任制,将工作责任传导到媒体的每一片阵地,做到守土有责、守土负责、守土尽责,形成共管共治的良好局面。

健全运行机制。针对新媒体运营大容量快节奏、纸媒和新媒体多样化协作性等情况,完善流程管理,强化风险防范,确保正确导向。

强化"显政"意识,全力反映党的主张

恪守党性原则,坚持正确方向、宣传党的主张是核心。必须自觉在思想、政治、行动上同以习近平同志为核心的党中央保持高度一致,自觉向党的理论路线方针政策看齐,自觉向党中央重大决策部署看齐,做到爱党护党为党、全力反映党的主张。2020 年 2 月,习近平总书记在中央政治局常委会研究应对新冠肺炎疫情工作时的讲话中,第一次公开提出"显政"这一重要概念。

强化"显政"功能和担当,让党的声音传得更开、更广、更深入,扩大主流价值影响力版图,是主流媒体提升工作水平的重要课题。

新闻舆论工作强化"显政",包含十分丰富的理论意蕴和实践路径。其中最基本的内涵,就是要在喧嚣纷乱的信息洪流中将党的形象和声音凸显出来。在当前传播格局中,只有紧紧围绕党的中心工作,强化议程设置,着力放大"音量",才能让党的路线方针、决策部署成为舆论关注的焦点。近年来,新华报业传媒集团对每一个重大主题都投入大量媒体资源进行报道。抗击新冠肺炎疫情,投入人力之多前所未有,报道规模之大前所未有;决胜全面小康,在"规定动作"之外策划了10多个方面的"自选动作";庆祝中国共产党成立100周年,"七一"当天精心推出100个整版。不遗余力、浓墨重彩,形成了宣传声势、舆论强势。

强化自省意识,始终保持政治定力

恪守党性原则,保持政治定力是关键。党的十八大以来,习近平总书记提出"政治定力"的鲜明理念,并在一系列重要讲话中多次作出精辟论述。主流媒体在融合发展这场自我革命中遭遇各种压力挑战,也面临各种权衡取舍,必须站稳政治立场,在"乱花渐欲迷人眼"的诱惑干扰面前,保持"乱云飞渡仍从容"的政治定力,决不能发表同党中央不一致的声音,决不能为错误思想言论提供传播渠道。必须强化自省意识,时刻保持自省自警、自律自重。政治定力是思想认识和行为能力的综合体现,需要从各个方面进行修炼强化。

排除错误观念干扰。年轻编辑记者容易受到非主流思想和错误观念的影响。以有力有效的方式展开马克思主义新闻观教育,应成为长抓不懈的基础工程。

摆脱传播流量诱惑。要坚决抑制为提高点击率、转发率而搞低级趣味、打擦边球、哗众取宠的"流量冲动",明方向、讲价值、重导向,善于以价值导向驾驭"算法流向"。

提升导向把关能力。"四全媒体"态势下,只有不断提升编辑记者的业务素养,才能有效避开"信源陷阱""时间陷阱""专业陷阱""炒作陷阱"等险情。

应对社会角色矛盾。编辑记者兼具多种社会角色,在职业境遇发生变化的情况下,个人生活感受可能对职业行为产生扰动。要加强管理创新和文化建设,切实提升他们的事业心、归属感、忠诚度。

坚持以民为本，拓展活力源泉

坚持人民性，新闻舆论工作才能获得活力源泉和动力根基。习近平总书记指出，坚持人民性，就是要把实现好、维护好、发展好最广大人民根本利益作为出发点和落脚点，坚持以民为本、以人为本。总书记关于人民性的阐述，鲜明体现了"以人民为中心"的发展思想和人民至上的价值取向。他多次在有关宣传思想工作的重要讲话中都强调了"以人民为中心"的工作导向。主流媒体增强融合发展的活力与动力，必须深刻认识人民性的丰富内涵，深刻认识新闻舆论工作本质上是群众工作，要始终坚持一切为了群众、一切依靠群众，从群众中来、到群众中去。

着眼需求变化，新闻传播服务人民

坚持人民性，就要坚持以人民群众为服务对象。进入新时代。我国社会主要矛盾已经转化为人民日益增长的美好生活需要和不平衡不充分的发展之间的矛盾。主流媒体推进深度融合，要把人民群众满意不满意作为衡量工作成效的根本标准，想人民之所想、急人民之所急，呼应人民关切、体现人民意愿，满足人民群众日益增长的精神文化需求、新闻信息需求。这既是坚持人民性的内在要求，也是增强主流媒体竞争力、影响力的根本途径。融合发展实践中，要从各个方面增强服务意识、提高服务质量。

以精品内容赢得人民。要始终保持内容定力、专注内容质量，用专业人才打造内容精品，尤其是时政新闻、民生报道、数据新闻、深度报道、解释性报道等，花大力气提升质量水平，以及时性、权威性、准确性、思想性服务群众、赢得群众。

以全媒方式普惠人民。互联网为受众平等参与文化生活提供了史所未有的机遇。要适应接受信息从"读"到"看"的演变，善用全媒体手段，加大可视化内容供给，弥合"信息鸿沟"，惠及普通群众。

以用户思维贴合人民。要实现从传播者中心到用户中心的转变，从单向式传播向互动式、服务式、场景式传播的转变。要适应分众化、差异化传播趋势，运用算法技术量身定做、精准传播，提升人民群众满意度。

扎根现实土壤，鲜活内容来自人民

坚持人民性，就要充分反映人民群众的现实生活。要切实贯彻"四力"要求，迈开双脚到基层去、到群众中去、到实践中去，多宣传报道人民群众的伟大奋斗和火热生活，多宣传报道人民群众中涌现出来的先进典型和感人事迹。只有行千山万水、走千村万寨，入千家万户、吃千辛万苦，新闻宣传工作才有鲜明的时代特色、浓郁的生活气息，才会产生鼓舞人、感召人、塑造人的蓬勃力量。人民群众的生动实践是新闻报道的源头活水，是主流媒体赖以生长的肥沃土壤。

重原创，掌握一手素材。原创内容是主流媒体的核心优势。互联网时代，"脚底板下出新闻"仍是颠扑不破的真理。越是通信发达、信息繁杂，越要融入人民群众，掌握一手素材，多创作"沾泥土""带露珠""冒热气"的鲜活作品。

求深度，勤于调查研究。只有深入实际调查研究，才能准确把握时代方位和历史使命，才能强化与人民群众的血肉联系，才能采写出有深度、有分量、有影响力的新闻佳作。

动真情，彰显百姓情怀。要时刻对人民群众怀着真挚的感情，忧患着人民的忧患，欢乐着人民的欢乐，感动着人民的感动，充分反映人民群众的愿望、呼声和要求。心中有人民、笔下有深情，新闻报道才有打动人心的力量。

树立开放理念，转型发展依靠人民

坚持人民性，就要尊重人民群众的主体地位。要坚持"人民是真正的英雄"的唯物史观，弘扬"开门办报"传统，发挥人民首创精神。"开门办报"是党的新闻工作的优良传统，在当前"全员媒体"的传播格局下，迎来新的历史机遇。"开门办报"，既是主流媒体推进人民群众广泛参与、助力国家治理现代化的需要，亦是应对融合发展面临的结构性矛盾、丰富媒体内容、构建舆论生态、提升运营水平、扩大传播范围的战略选择。与商业平台相比，主流媒体的运作处于一个相对封闭的体系。要实现从封闭到开放的转型发展，就要吸引广大用户参与新闻信息生产传播。

开放生产体系。要注重整合互联网技术释放出来的传播生产力，激发全社会参与主流媒体内容生产的积极性、主动性和创造性，着力建设资源聚合型乃至平台型媒体。

加强即时沟通。在运用数据分析进行"用户画像"的同时，要围绕策划和反馈环节，在媒体运营和内容生产层面，加强与用户的沟通交流，为协调和优化供需关系提供可靠依据。

借力网络社交。应着眼社交需求、加大激励力度，促成用户从感动到行动，形成"裂变式"多级传播，将用户关系网络变成主流媒体传播渠道。"开门办报"原则与"开放、平等、协作、共享"的互联网精神高度契合，必将在新时代再次焕发出勃勃生机。

融汇党心民意，放大共振效应

新闻舆论工作党性和人民性是一致的、统一的，根本在党和人民的关系是一致的、统一的。正如习近平总书记在庆祝中国共产党成立100周年大会的重要讲话中强调的，中国共产党始终代表最广大人民根本利益，与人民休戚与共、生死相依，没有任何自己特殊的利益，从来不代表任何利益集团、任何权势团体、任何特权阶层的利益。对于新闻舆论工作党性和人民性相统一，习近平总书记指出："坚持党性就是坚持人民性，坚持人民性也就是坚持党性，没有脱离人民性的党性，也没有脱离党性的人民性。"推进媒体融合发展，最重要的目标就是融汇党心民意，形成党和人民血肉相连、命运与共的舆论生态，放大党和人民同声相应、同气相求的共振效应。

融通传播渠道，建好桥梁纽带

新形势下，"到群众中去"不仅指新闻工作者深入群众，还应包括传播渠道连通群众、新闻内容和党的声音触达群众。网络空间已经成为人们生产生活的新空间，那就也应该成为我们党凝聚共识的新空间；移动互联网已经成为信息传播主渠道，也就应该成为主流媒体融合发展的主阵地。要将传播渠道作为体现党性人民性相统一的"基础设施"，切实推进全媒体建设，深入贯彻移动优先战略，充分发挥主流媒体在党和人民之间的桥梁纽带作用。渠道建设中，媒体要以传播力作为衡量一切工作的基准，坚定不移地提升连接效率、增强传播效能。

强化系统思维。要调整优化媒体布局，把更多优质内容、先进技术、专业人才、项目资金向互联网特别是移动端汇集，让分散在网下的力量尽快进军网上、深入网上，集中力量打造知名品牌。

强化产品思维。主流媒体特别是移动媒体要加强用户研究、引入产品概念，将媒体作为"传播载体＋内容、形式、功能"的有机体进行精心设计、整体打造，坚持科学运营、动态升级，不断优化用户体验。

强化技术思维。要把技术工作列为战略性工作，从技术保障走向技术引领、技术驱动；要用好信息技术革命成果，加快先进技术落地生效，实现从融媒体到智媒体的转型；要紧盯技术前沿，推动关键核心技术自主创新，以技术赋能传播、把握主动。

融通新闻内容，彰显同声同气

媒体内容生产中，要把对党负责和对人民负责统一起来、把服务群众同教育引导群众结合起来、把满足需求同提高素养结合起来，更好地把党的理论和路线方针政策变成人民群众的自觉行动，及时把人民群众创造的经验和面临的实际情况反映出来，丰富人民精神世界、增强人民精神力量。宣传党的主张与反映人民心声不是各自独立的工作，更不是对立的工作，而是一体化进行的工作。既要接天线，"站在天安门上"思考问题，又要接地气，深入田间地头听风辨雨。

宣传党的主张"大"中见"小"。围绕党的中心工作进行的各类重大主题宣传，都要做到全方位、多视角，大主题、小切口，及时报道人民群众的积极态度和热烈反响，用人民群众的亲身经历、生动故事、真切体会予以呼应佐证，形成上下齐心、良性互动的舆论氛围。让人民群众成为党的主张的代言人，可取得更好传播效果。

反映人民心声见微知著。以人民群众为对象的各类报道，无论是生产生活、愿望呼声，还是典型事迹、凡人小事，都要强化大局意识，这样有助于党的创新理论深入人心、落地生根，有助于党的政策主张顺利实施、不断完善，有助于主流价值观发扬光大、润物无声，有助于更好地强信心、聚民心、暖人心、筑同心。

融通话语体系，实现相辅相成

当前社会上客观存在着两类话语，一是以党政系统及社科理论界为使用主体的政治话语、学术话语，二是以人民群众为使用主体的大众话语、网络话语。要科学把握两类话语的不同特点和内在关系，坚持政治话语、学术话语的方向性、科学性，同时克服其严肃刻板、高高在上的倾向；要彰显大众话语、网络话语的生动性、开放性，同时克服其粗俗歧义、格调低下的倾向。要推进两类话语相融相通、相辅相成，形成反映党心民意的话语共同体。主流媒体在以政治话语把准导向、以学术话语深化思想的同时，要将大众话语、网络话语的筛选接纳、深度融入作为重点任务。对党的创新理论和政策主张的宣传，要从简单灌输走向温和内敛、灵活多样的"柔性传播"。

改进文风增强亲和力。要善于采用人民群众耳熟能详的语言、喜闻乐见的形式、普遍认可的道理，既教育人、引导人、鼓舞人，又尊重人、理解人、关心人。

丰富手段增强辐射力。网络话语不仅仅指网络流行语，而是以互联网为载体的全媒体、多样化表达方式的集纳。要根据不同内容、不同对象采用不同的传播形态、表现手段，最大程度发挥互联网信息技术的辐射效能。

注重创意增强爆发力。网络话语为放大党心民意共振能级提供了有利条件。要以党的主张为内核、以群众关注为动力，将创新思维、用户思维和技术思维紧密结合起来，打造更多"爆款"产品。

知行合一方为知。学习领会习近平总书记关于党的宣传思想工作的重要论述，关键要学以致用、深入践行。既要深刻认识党性人民性相统一的重大理论价值、丰富思想内涵，更要全面把握其现实指导意义，积极探索媒体实践路径，在理论联系实际中深化理解、贯彻落实，不断提升党的新闻舆论工作水平，推动媒体融合向纵深发展。

（《新闻战线》杂志 2021 年 08 月 01 日）

申报资料实录

作品简介：习近平总书记从做好党的新闻舆论工作的战略高度重新并提"党性"和"人民性"并深刻阐释其丰富内涵，强调二者的高度一致性、统一性，澄清了一个时期以来人们对这一问题的模糊认识和错误观念，起到了正本清源的重大作用。本文深入阐释了习近平总书记这一重要论述的理论创新意义、现实指导意义，全面具体地分析了主流媒体"党性人民性相统一"的理论逻辑、实践路径。

论文内容包括四个部分：一是重申党性人民性相统一的重大意义。二是恪守党性原则，坚定立场方向。主流媒体要强化喉舌意识，牢牢坚持党的领导；强化"显政"意识，全力反映党的主张；强化自省意识，始终保持政治定力。三是坚持以民为本，拓展活力源泉。着眼需求变化，新闻传播服务人民；扎根现实土壤，鲜活内容来自人民；树立开放理念，转型发展依靠人民。四是融汇党心民意，放大共振效应。融通传播渠道，建好桥梁纽带；融通新闻内容，彰显同声同气；融通话语体系，实现相辅相成。

社会效果：在党的新闻事业史上，《新华日报》最早使用"党性""人民性"这对概念阐述党报理论（1947 年 1 月 11 日在本报编辑部文章《检讨和勉励》中全面阐述中国共产党党报的党性和人民性的关系，强调"《新华日报》的党性，也就是它的人民性"）。本文作者作为新华报业传媒集团的负责同志，对新闻舆论工作"党性人民性相统一"有着特别深刻的感悟。本文在《新闻战线》重点专栏"深入学习习近平总书记《论党的宣传思想工作》"刊发后，"理论之光"等多家微信公号转载，在"学习强国"平台的阅读量超过 8.2 万。学界业界许多同志给予高度评价，认为论文站位高、视野广，思路清晰、逻辑严密，具有较强的学术创新性、现实针对性。

初评评语：本文深入阐释习近平总书记关于新闻舆论工作"党性""人民性"重要论述的理论创新意义、现实指导意义，全面分析主流媒体"党性人民性相统一"的理论逻辑、实践路径，题材重大、思路清晰，有较强的学术创新性、现实针对性，对提升新闻舆论工作水平、推进媒体深度融合发展具有重要指导意义。

视频化：广播打造新型主流媒体的重要方向

张阿林

当前，随着 5G、物联网、人工智能、区块链的快速发展，传统广播电视面临竞争与发展、改革与转型的关键抉择，迫切需要于危机中抢先机、于变局中开新局，探索广播大变革、大发展的新契机成为广电媒体人的时代命题。百年广播迎来融合发展的关键节点，节目视频化成为广播融合发展的重要机会，也是广播打造新型主流媒体的重要方向。

一、广播节目视频化的机遇

1. 政策推动机遇

媒体融合是 2013 年 8 月 19 日习近平总书记在全国宣传思想工作会议上首次提出的。七年来，从习近平总书记亲自谋划、指导、推动媒体融合发展，到中央政治局以"全媒体时代和媒体融合发展"为主题进行集体学习；从党的十八届三中全会首次提出媒体融合发展重大任务，到"十四五"规划建议中明确提出"推进媒体深度融合、实施全媒体传播工程、做强新型主流媒体、建强用好县级融媒体中心"；从中央办公厅、国务院办公厅 2014 年 9 月印发《关于推动传统媒体和新兴媒体融合发展的指导意见》，到 2020 年 9 月印发《关于加快推进媒体深度融合发展的意见》，媒体融合成为国家战略，主力军全面挺进主战场的动员令已经下达，尽快建成一批具有强大影响力和竞争力的新型主流媒体成为媒体人的历史使命。为推动党媒尽快朝着新型主流媒体方向做优做强，习近平总书记指出，"媒体融合发展不仅仅是新闻单位的事，要把我们掌握的社会思想文化公共资源、社会治理大数据、政策制定权的制度优势转化为巩固壮大主流思想舆论的综合优势"，要求各级党委和政府为党媒的融合发展提供政策措施保障，也为传统媒体的跨界融合指明了方向。

2. 技术迭代机遇

"一粒种子可以改变一个世界，一项技术可以创造一项奇迹"。技术发展引领媒体变革。我国互联网的发展已经经历了 PC 互联网阶段（2G 网络、终端为 PC 机、解决数据传输）、移动互联网阶段（3G、4G 网络、终端为智能手机、解决社交和生活服务）正向 5G 通信技术带来的万物互联的智能移动互联时代（物联网）迈进，这一阶段是由移动互联、大数据、智能学习共同组成的一个智能服务体系，是网络、感应、数据、人工智能的综合体。5G 的泛连接、大规模、高速度、低延时等特征将在深刻改变社会行为方式的同时，改变媒体生态：物联网为信息的传播拓展了更广阔的空间，媒体将面临"万物皆媒体、一切皆平台"的颠覆与重生。信息最直观的表现形式就是视频，5G 赋予了我们将任何现实场景中的信息上传为视频内容的可能性，视频将会是真正的流量入口，普通用户的生活将最大程度视频化。5G 对视频化的强大支撑，机会就在眼前！凭借视频化的应用，让广播切入 5G 基站、特高压、城际高铁和轨道、新能源汽车充电桩、大数据中心、人工智能、工业互联网等新基建项目成为现实！

3. 行业变革机遇

媒体融合要求打破媒介边界，实现技术、内容、市场的深度融合。随着 5G 时代加快来临，AI、VR、MR 等新技术的运用也将提速，媒体产品将不再是单纯的图文、音频或视频，而是融合多种传播样式、融汇多种技术手段的多样态全媒体产品。在媒体融合发展的大趋势下，纯粹单一的媒介内容、完全独立的媒介传播方式已不复存在，通过复合传播实现用户覆盖的最大化，已成为当今媒介新的运行标准。错过了 4G 机会的广播电视不能再一次坐失良机，必须抓住 5G 的机会，充分利用智能化移动互联网、物联网带来巨大机遇，创新产品样态，改变传播语态，实现媒介形态的进化。传统广播媒体正以人工智能、大数据、移动互联网平台为依托，积极探索垂直化、可视化、移动化、场景化传播，吸纳新一代的网生听众。现代广播节目的"可视化传播"是传统广播和互联网技术的深度融合，是在竞争日趋激烈的全媒体生态中抢占市场的必然产物，将为传统广播带来立体化、多维度的广阔传播空间。

4. 市场发展机遇

视频媒介的社会需求空间和发展潜力巨大，以下几组数据足可佐证：第一组数据：CSM 媒介研究的一项针对主要媒介应用工具内容消费情况的大规模调查显示，在被调查的 12 种媒介中，具有视频属性的共有 9 个，用户接触度合计达到 217%，而广播、报纸、杂志 3 种媒体的用户接触度合计仅为 19.3%，视频媒介用户接触次数超非视频媒介的 11 倍。显而易见，视频已成为我国媒介市场最主要的传播与消费方式。第二组数据：据 CSM 媒介研究统计，我国人日均接触三种及以上的视频媒体的比例已超过 70%，视频媒体复合用户总规模达到惊人的 29.14 亿，已达到我国总人口的 2.1 倍，其中，电视、网络视频、移动视频媒体用户数量分别为 12.87 亿、5.79 亿、5.49 亿，总体占比达 83%。"此不消，彼乃涨"是用户增长的主要方式。第三组数据：2018 年我国视频媒体收入总规模约 10475 亿元，总营收占据传媒产业市场大盘的 55%，10 年间增长 7.3 倍，移动视频媒体成为收入增速最快的市场黑马。国家广电总局《2019 全国广播电视行业统计公报》显示：2019 年短视频电商直播等其他收入 1128.90 亿元；而《2020 中国网络视听发展研究报告》显示，2020 年上半年短视频市场规模达 1302.4 亿元。视频媒体产业充满发展活力，处于发展的快车道。

二、广播节目视频化的革命性意义

节目视频化（主要是面向移动端的视频化）意味着广播必须打破传统媒介壁垒，要对广播的服务性、交互性进行颠覆性改变，对传播理念、生产流程、工作模式、机制体制等进行深度变革，带给广播发展无限的想象空间。

1. 深拓广播传统传播理念

首先是节目视频化改变了广播工作者的专业思路，打破了广播工作的局限，使广播人办台思路更加开阔、表达手段更加多元化；其次是广播的节目视频化改变了听众对广播的认知和接受方式，不仅极大地丰富了平台信息和表达方式、增加了互动的可能性，也解渴了听众用户想知道"谁在说""怎么说"的好奇心，更是优化了接受体验和习惯。

2. 改变广播传统工作模式

节目视频化使广播发展进入崭新阶段，它改变了广播从出生以来就是音频信息传播的"经典"传统形象，广播的概念再也不是仅仅局限于听觉的层面，而是由传统单一的音频思维工作模式转化为"音频＋视频"的"双语言"工作模式（这里我们称之为"新广播"即是具有互联网基因的广播），它不仅使广播的前后期概念发生了质变，也对广播工作者提出新的技能技术要求，视频化的"装备"成为标配，技术对广播发展的引领体现得更加明显，"新广播"模式脱颖而出！

3. 构建新广播新生态

（1）丰富直播内容。节目视频化可以实现音频播报＋及时新闻＋音频外现场画面镜头（或相关资料镜头、慢直播镜头），表达方式更自由；同时还可以充分利用其他新闻信息、穿插突发新闻、接入听友互动内容等视频，通过屏幕展播更多的信息，增加直播单位时间内的信息量。

（2）提升用户体验。节目视频化通过互联网实现广播播音现场的可视化、内容的可视化、场景的多元化、交互的及时化，不仅增加用户的新体验，尤其能有效吸引年轻人对广播的注意和兴趣，特别是5G技术的应用将会给广播节目的视频化带来意想不到的新境界。

（3）拓展全域传播。节目视频化通过互联网改变了传统广播的单向、单一的传播局限，达到全域化的广泛传播，使广播从地域性传统媒体成为全域化传播的融合媒体。

（4）助推广播转型。节目视频化把传统广播从"只能听"的原生态转化为不仅"能听"而且同时"能看"的声画共用的"音频＋视频"的"双语言"生态模式，加上广播天生具备的低成本、可移动、伴随便捷化等新媒体特质，从而使传统广播"进化"为一种全新媒体形式，构建广播的新生态系统成为可能。

4．推进广播机制体制变革

节目视频化将倒逼广播工作机制、管理模式、绩效考核、市场运营等诸多方面的改革。一是推动形成一体化工作机制。广播节目视频化的实施需要以移动互联网为主阵地、以全媒体产品和服务为核心优化传统广播节目的生产传播各环节，重塑传统广播的组织架构，构建集约高效的新型采编制作播发流程，形成集约高效的内容生产体系和传播链条，实现移动端和广电端"两个平台、一支队伍"一体化模式。二是推动构建全媒体绩效考核体系。节目视频化全媒体传播要求改变传统广播的绩效考核方式，构建以移动端首发、优发相关指标为主体的全媒体绩效考核体系，建立与全媒体市场竞争相适应的薪酬体系。三是推动形成市场化运营格局。广播节目视频化通过＋产业、＋政务、＋服务、＋商务等来聚合公共资源，将催生广播业务运营的多元化，需要用好项目制、工作室、MCN等各种市场化的内容生产组织和运营方式，在事业体制内实行灵活的市场机制，实现事业产业有机统一、良性互动。

5．培育新广播专业队伍

广播节目视频化可以面向全平台打造一批"网红化"的明星广播主持人、KOL达人，通过打造优质网生IP，面向新媒体端开展直播＋、短视频＋等运营业务，推进粉丝经济转化，形成个性化品牌集群，扩大广播影响力。可以打造具有互联网思维、胜任全媒体流程与平台发展要求的内容、运营和技术"三位一体"采编播管复合型人才，培养"一专多能"的全媒体人才队伍，为新广播贡献更多创新成果。

三、广播节目视频化的实践与思考

1. 广播节目视频化实践优势

2020 年 7 月以来，安徽广播电视台各频率按照"统一规划、分步实施、特色推进"的思路，有计划分批次启动广播节目"视频化"工作。安徽新闻综合广播、安徽交通广播、安徽音乐戏曲广播、安徽城市之声作为节目视频化排头兵，率先开始布局。四大频率依据自身特色，分别以"新闻"、"民生"、"陪伴"、"时尚"为宗旨打造各自个性化平台，并互相有机融合，呈现安徽广播多元统一的整体形态。2021 年 2 月，安徽小说评书广播、安徽经济广播、安徽农村广播将加入节目视频化项目。至此，安徽广播电视台八大广播频率节目视频化项目全线开启。经过半年多的探索，我们认为，广播节目视频化有以下突出的实践优势。

（1）利用"移动 + 直播"先天优势，建设有广播基因的视频化直播演播室。广播天生就是移动传播媒体，随着移动互联网和短视频平台的崛起，全民直播时代正悄然来临，无论是在技术上还是受众需求上，广播直播间视频化正成为新时期广播形态的一部分。在现有的广播直播播音间基础上，因地制宜打造具有显著广播基因的视频化直播演播室，是推进广播节目视频化的第一步。

（2）立足各频率细分定位，打造全媒体垂直传播矩阵。广播定位相对垂直，各频率可立足各自定位，细分不同年龄、阶层、地域、行业用户需求，针对用户兴趣点，着力打造细分垂直的视频化节目品牌，与用户产生共鸣。依托自有移动传播平台以及商业新媒体平台，灵活运用"新闻 + 资讯 + 商业 + 视频 + 互动" + "慢直播"等新形式，打造广播序列多元统一的全媒体垂直传播矩阵。

（3）依托广电媒资"金矿"，丰富广播节目视频化内容支撑。广播电视台作为主流媒体多年来积累了海量且拥有版权的历史视音频媒资，如历年重大时政新闻、纪录片、专题片、综艺节目、体育节目、生活服务类节目、电视剧、晚会等等，每天还源源不断生产出新生视音频媒资，这些巨量资源数字化、规范编目、入库后，将是广电媒体赖以生存发展的巨大财富。依托自建媒资管理系统，可有效解决节目视频化所需的大量视频内容及素材来源，为广播节目视频化提供坚实支撑。

（4）发挥电视制播专业优势，培养广播节目视频化人才队伍。广播电视台天然拥有视频内容生产前后期专业装备和技术优势，如电视现场直播、演播室录制、电视节目策采编播等，拥有大批经验丰富的导演、编导、摄像、主持人、灯光师、化妆师等专业视频节目人才，通过台内设备及人才资源的流动共享与业务融合，可快速打造广播节目视频化所需的专业队伍。

2.广播节目视频化实践需解决的关键问题

除了上述优势外，在实践中广播节目视频化还面临以下突出难题需要破解：

（1）入驻商业平台发展受掣肘，建设强大自主平台难度大

广播节目视频化首要回答的是自建平台还是入驻商业互联网平台？入驻互联网平台，成本低、见效快，是大多数广电媒体在媒体融合初期采取的办法，但只能遵从互联网平台的游戏规则，无法掌控用户行为数据，变现流量的商业价值，长期来看，必然发展受限。自建平台可以突破互联网平台的制约，掌握核心用户数据和信息传播的自主权，尤其是在即将到来的5G时代，在车联网应用场景下，传统广播的通过微波及专用设备移动收听方式将完全被手机端、车端等各端口的APP取代，打造自主可控APP平台将具有重大战略意义。自建平台投入巨大、开发成本高、运营维护成本高、对技术运营人才的要求也更高，在商业互联网平台已形成市场垄断是前提下，自建平台要后来居上谈何容易。由于体制机制问题与投入不足，绝大多数广电媒体自建新媒体平台"烧钱"不挣钱。打造自主强大的视音频移动传播平台是广播节目视频化转型的最大难点。

（2）有限的人力财力要优先力保传统广播存量，开拓节目视频化增量缺口大

近年来受新媒体短视频和音频平台崛起的冲击，广播创收持续下行，疫情的影响更是雪上加霜，收缩业务、降成本成为广播媒体求生存的必然选择。一方面，频率的影响力尚在，也是创收的主体，要在人财物上确保传统端新闻宣传、内容制作、播出安全、经营创收。建设新媒体平台、开拓新媒体业务、引进版权内容、开展内容审核等需要大量的人力和财力持续投入，依靠自有资金和人员解决十分困难。广播节目视频化转型面临着人才队伍年龄与能力结构性短缺，技术研发、大数据分析、新媒体运营等各类专业人才尤其缺乏。

（3）节目视频化竞争需要灵活的市场机制，传统广播体制机制改革亟需破题

广播作为党媒，首先具有政治属性和公益属性，同时也有产业属性，受各方掣肘较多，尤其在分配激励和选人用人方面的市场化改革需要进一步深化。广播节目视频化转型进入的是开放竞争的新媒体领域，构建合理体现节

目视频化指标权重的绩效考核体系，匹配市场化的激励政策和人才引进使用政策，对调动人才的积极性、创造性至关重要，否则，难以适应新媒体快节奏市场竞争。

（4）传统端价值增量难计算，新媒体端商业模式不清晰

提升主流媒体的传播影响力、开拓更多营收渠道是推进广播节目视频化的重要动力。一方面，节目视频化直接带来传统频率在网端的用户增量和广告投放效果的增值，节目的广告价值应大幅提升，需要解决客观公认的网端增量价值衡量问题；还需做好传播平台的合作选择与拓展，解决当下合作平台对特定内容（广告）制约。另一方面，在网端探索开展的短视频内容定制、账号运营、直播带货、活动直播等各种新增业务，被平台算法左右，对平台流量扶持政策依赖度高，消耗精力大但收益少，且以传统广播公信力为背书，一旦出现纰漏，对媒体自身的伤害会更大，迫切需要寻找到适合节目视频化的理想商业模式。

结 语

我们身处数字化时代，移动互联网的高速发展给广播的转型发展提供了新的机会，我们更要用互联网思维来开展广播的创新工作，节目视频化就是其中最为重要的环节和抓手。如果说广播节目的视频化是媒体融合带来的广播的革命性变化，那么视频化广播才是我们追求的目标。主流队伍进入主阵地，我们唯有与时俱进才能在时代快速发展中立于潮头，全力以赴完成党和人民赋予我们的职责和使命。

（《中国广播影视》2021 年 05 月 15 日）

申报资料实录

作品简介： 本文是国内首次在业界提出并系统阐述"节目视频化是广播融媒发展方向""以节目视频化为抓手，构建广播新生态"的构想，融引领性和操作性于一体的理论文章。本文从安徽广播节目视频化的构想和实践出发，理论联系实际，指出广播借助政策、技术迭代、行业变革和市场需要等多重机遇，通过节目的视频化，促进广播传播理念、生产流程、工作模式的转变，进而推动商业运营模式、机制体制的创新和全媒体人才队伍建设。在总结视频化的革命性意义的同时，本文还对推进视频化工作

面临的困难和问题不回避，对下一步工作进行思考和展望。

社会效果：本文网络版在行业影响力最大的微信公众号"广电独家"上阅读量数千，留言跟帖众多。大多数留言认为，节目视频化是广播在融合发展方面的创新、变革之举，同时对安徽广播勇于创新、大胆实践表示认可。本文发表后，"推进节目视频化，构建广播新生态"观点在学界、业界均引发热烈讨论和持续关注。在2021年年底召开的第六届中国广播创新发展高端论坛上，与会者一致对此观点和安徽广播实践表示肯定和关注。广视索福瑞公司、中国传媒大学等专家学者到安徽广播实地考察交流，国内移动互联网头部平台已和安徽广播频率开展合作。

初评评语："推进媒体深度融合，做强新型主流媒体"，是"十四五"规划提出的重大课题。该论文及时回应热点，站位高、思考深、落点实，提出的"以节目视频化为抓手，构建广播新生态"的构想，为传统广播打造新型主流媒体理清了思路、指明了方向。

新媒体时代民族地区新闻舆论工作的新挑战与新要求

李世举　杨丽竹

我国少数民族人口分布十分广泛，总体呈现出了大杂居、小聚居、相互交错居住的特点。其中，边疆地区为少数民族分布最为广泛的区域。国家根据当地民族关系、经济发展等条件，并参酌历史情况确定民族区域自治地方，并依据少数民族聚居区人口的多少、区域面积的大小，分为自治区、自治州、自治县三级。广义上而言，民族地区除了上述民族自治地方以外，国家把少数民族分布比较集中的云南、贵州、青海也纳入到民族地区政策优惠和支持范畴。传播学有一个著名论断：隔阂产生偏见，偏见产生冲突。做好新闻舆论工作无疑是缩小隔阂、消除偏见的重要途径。民族团结、社会稳定建立在有效沟通交流的基础上，而社会发展则必须以民族团结、社会稳定为前提。因此，做好民族地区新闻舆论工作才能更好地推进少数民族地区文化、经济、社会事业的协调发展，增强各民族的凝聚力与向心力，实现各民族的共同繁荣与发展。

一、准确理解民族地区新闻舆论工作的外部环境

我国各少数民族以自身特有的文化特色互相映衬，共同构成了中华民族文化的宏大图景。随着社会发展速度不断加快，各民族的经济、文化、政治联系日益密切，民族之间像石榴籽一样紧紧抱在一起。自新中国成立以来，党和国家高度重视民族地区社会发展，取得了举世公认的巨大成就。其中，帮助民族地区加快社会经济发展，也是中国特色民族政策体系的核心内容之一。我国的民族地区大多地处偏远，环境恶劣，基础设施不完善，社会封闭性较大，发展不平衡，这些都是造成各种民族问题的客观原因。这些问题如果得不到妥善处理，民族矛盾和社会矛盾就会相应地激化，国家的稳定发展也不可避免地受到影响。所以，解决民族问题最根本的就是要从社会经济发展入手，真正改善民族地区人民的生活水平。

首先，民族地区受社会经济发展滞后及地理条件的限制，交通、通信等基础设施建设滞后，成为阻碍人们与外界沟通的重要因素。例如，青藏铁路的建设和通车对于西藏人民来说，不仅使得区内的产品运往内地的成本和时

间都有所下降，而且在使用铁路的过程中培养了人们的开放意识、竞争意识和发展意识，成为当地经济发展的"助推器"。

其次，经济发展滞后是民族地区文化事业滞后的根本原因。在少数民族地区，受财力的限制，乡村文化广场、图书馆、运动场等基础文化服务设施薄弱，公共文化服务仍然处在较低水平，一些经济相对落后的农村，有线电视、互联网光纤等也未能实现全面覆盖。在新媒体时代，落后的文化基础设施显然无法满足群众对于信息和文化的较高层次需求。在部分民族地区，普通话的推广和科学文化知识的普及亦有所欠缺，语言沟通不便，人民群众的整体文化素质得不到提高，无法发挥科学技术第一生产力对当地社会经济发展的推动作用。

最后，民族地区是国家扶贫攻坚的主战场。如何认识社会主义初级阶段存在的区域不平衡问题，如何向群众宣传和解释国家发展经济的大政方针政策，如何引导群众发展经济、走向致富之路，凡此种种，都需要不断提高新闻舆论引导水平。民族地区新闻舆论工作由于基础设施薄弱和人才缺失，缺乏应对新技术、新媒体挑战的能力。尤为重要的是，在经济发展相对滞后的民族地区，民族、宗教、社会等诸多问题往往交织在一起，成为敌对势力的觊觎对象。做好民族地区新闻舆论工作，无疑是粉碎与破解敌对势力分裂、渗透、颠覆和破坏国家发展、民族团结的基本保障。

我国少数民族地区各级党委政府都非常重视新闻舆论工作。民族地区新闻舆论工作者克服种种困难，肩负起维护民族团结和边疆稳定的责任使命，在舆论引导方面做了大量工作，通过营造良好的舆论环境，增强各族人民干事创业的责任感和使命感。各级各类媒体纷纷开辟相对固定的专版、专栏、专题，利用大众传播媒体在信息沟通、文化传承、宣传教育方面的特殊作用，为民族地区的稳定、繁荣、发展和各民族的平等、团结、互助、和谐发挥了重要的窗口和桥梁纽带作用。

二、新媒体时代民族地区新闻舆论工作的新挑战

互联网带来了人类生活方式甚至是思维方式的巨大变革，同时也对国家安全构成一定的威胁。此类因技术而起的威胁主要指个人、团体或国家通过互联网对硬件及基础设施发动的对国家安全构成威胁的活动。这种建立在技术发展基础上的威胁不仅涉及交通、通信、运输等重要基础设施领域，还涉及到国家意识形态的建构。虚拟空间与现实空间彼此渗透，交互影响，改变了信息传播方式和舆论生成方式。习近平总书记指出："做好网上舆论工作是一项长期任务，要创新改进网上宣传，运用网络传播规律，弘扬主旋律，

激发正能量,大力培育和践行社会主义核心价值观。"互联网由于其开放性,舆情的发生、发展轨迹相对于传统舆情而言更难以捕捉,且扩展速度极快。近年来,民族地区的互联网舆情日趋复杂,也成为困扰民族地区新闻舆论工作的一大难题。

第一,互联网成为民族地区意识形态斗争的主战场。国外敌对势力加大了利用互联网对我国进行意识形态渗透的力度,在互联网舆情的生成、发展、扩张过程中煽风点火、推波助澜。另外,我国边疆民族地区生活着30多个跨境民族,在语言、风俗习惯、文化传统等方面保持着共同的特征。跨境民族生活在祖国的边疆地区,对维护边疆安全稳定、促进对外友好交往都发挥着不可或缺的作用。边疆地区及跨境民族与境外的经济、文化交流频繁,国外敌对势力不能通过简单的武力侵略来实现他们的目的,便会通过意识形态的软实力来干扰中国的社会政治稳定,往往把意识形态融入经济文化交流活动中,试图潜移默化地渗透、影响少数民族地区各族群众。

通过媒体对民族地区进行意识形态渗透一直是国外敌对势力破坏我国社会进步的主要手段之一。新中国成立之后,中美进入敌对状态,为了瓦解新中国政权,美国等西方国家把对华进行意识形态渗透当作重要战略举措。在传统媒体时代,进行意识形态渗透的手段有限,具有代表性的便是"美国之音"、"自由亚洲之声"等广播媒体。这些媒体把我国边疆少数民族地区作为渗透的重中之重。近年来,传统媒体衰落,西方国家对华意识形态渗透逐渐转向互联网,特别是利用少数民族语言进行网上渗透。互联网的开放性特点,为西方对华意识形态渗透提供了时间和空间的便利,国外一些媒体和势力正是看中了当前信息传播格局的变化,把互联网媒体当作主要平台,对国内受众施加意识形态影响。同时,西方一些机构和个人用户群体快速进驻我国社交媒体,例如,美国驻华使馆微博的粉丝量达到298万,欧盟理事会主席范龙佩的个人微博粉丝量达到549万。国外机构和势力一方面利用国内社交媒体平台发布政治、经济、文化等等方面的综合信息,全方位塑造其国家形象、个人形象。另一方面,借助社交媒体增强其对华文化传播软实力,传播其政治、文化主张,建构在各项事务中的话语权。

随着我国经济快速增长、社会治理结构的不断完善,西方国家"和平演变"中国的各种伎俩逐渐失效。以美国为首的西方国家开始调整对华政策,鹰派政客开始主导对华政策,挑衅对抗取代了合作交流。在政治、经济渗透无果的情况下,西方敌对势力把目光瞄准了思想文化领域,其中民族、宗教就成为西方对中国指手画脚的主要领域,也成为西方对华意识形态渗透的主战场。

比如，一些西方媒体会利用国际互联网进行远程操控，大量散布诋毁中国共产党、中国特色社会主义制度和民族团结政策的负面言论，并勾结其长期培植的国内势力，包括一些干扰和破坏民族团结与社会稳定的民族分裂分子。以上多种因素叠加在一起，为民族地区的新闻舆论工作带来了巨大的困难。

第二，新媒体发展水平低制约着民族地区新闻舆论工作的成效。完善的信息基础设施是做好新闻舆论工作的前提条件。信息基础设施建设的重点体现在两个方面：一是信息传播设施，如广播电视设施、网络设施等。我国广播电视设施已基本普及，广播电视综合覆盖率超过98%，互联网普及率也已达到70%。但是，由于我国存在发展不平衡的问题，城乡之间、区域之间的发展水平差异较大。特别是在一些经济欠发达地区，信息基础设施建设滞后于发达地区。二是媒体产品生产制作设施。如新闻采制设备、场所、新技术应用等。民族地区政府财力有限，传媒市场规模小，媒体自我造血能力不足，缺乏及时更新设备、引入新技术所必备的人力、物力、财力，致使媒体产品生产制作水平与发达地区的差距越来越大。以信息基础设施差距为表征的数字鸿沟是制约民族地区新闻舆论工作水平提升的关键问题。

从上世纪80年代以来，国家大力支持民族地区改善信息传播基础设施。特别是近年来围绕脱贫攻坚部署，对接乡村振兴战略，我国广播电视基础设施明显改善，民族地区广播电视综合覆盖率已基本接近全国平均水平。而在新媒体方面，民族地区与发达地区之间的差距还比较明显。截至2020年底，五个少数民族自治区合计拥有的IP地址仅占全国IP地址总数的3.16%，而北京、上海、广东、浙江、江苏等发达地区IP地址占全国IP地址总数的比例分别是25.49%、4.52%、9.54%、6.47%、4.76%。五个少数民族自治区拥有的网页数量合计为26.2亿，而北京、上海、广东、浙江、江苏等发达地区的网页数则分别为1161.78亿、223.91亿、416.76亿、370.42亿、141.63亿。可见，少数民族地区新媒体发展的基础和发展水平均远远落后于东部发达地区。新媒体的发展水平在很大程度上制约着民族地区新闻舆论工作的实际效果。

第三，主流媒体舆论引导能力提升是民族地区新闻舆论工作的主要抓手。如果把民族地区媒体的发展置于国内外媒体发展的大环境中来看，其发展水平与传播能力已经滞后了。近年来，国内媒体在市场化、产业化改革浪潮中，内容的独创性、形式的新颖性、制作的精美性已成为媒体竞争的重要方面。在少数民族地区，原先的信息传播方式，早已无法适应新时期少数民族群众在民族文化撞击下的收视心理和日益多元的信息需求。这一问题在新媒体时代表现得更为突出。

培养双语或者多语新闻传播人才是民族地区主流媒体舆论引导能力提升的难点。中国约有6000万少数民族人口使用本民族语言，占少数民族总人口的60%以上，约有3000万人使用本民族文字。为了满足这部分少数民族群众的信息需求，国家大力支持创办少数民族语言信息传播媒体，促进少数民族语言文字规范化、标准化和信息处理工作的健康发展。我国政府先后制定了蒙古、藏、维吾尔、哈萨克、柯尔克孜等文字编码字符集、键盘、字模的国家标准，研究开发出多种少数民族文字排版系统、智能语音翻译系统，支持少数民族语言文字网站和新兴传播载体有序发展，不断提升少数民族语言文字信息化处理和社会应用能力。内蒙古、新疆、西藏等民族自治区，制定和实施了使用和发展少数民族语言文字的有关规定和实施细则。以西藏自治区为例，藏族人口占全区总人口的86%以上，西藏各族群众大都懂得藏语。因此，西藏自治区的各类媒体从创办时起，就确定双语传播的方针，在机构设置、干部配备、频率分配、版面设置、节目设置等方面，满足双语传播的需要。

然而，双语或者多语传播要求少数民族地区媒体必须要建立多个语种的新闻采编机构。现实情况却是，从事少数民族语言新闻舆论工作的人员，能熟练掌握本民族语言并且具有扎实的通用语言功底的人才，大多并未系统学习过新闻舆论工作的专业理论和技能。众所周知，新闻舆论工作是一项专业性极强的工作，语言文字功底仅仅是这项工作需要的基本素质之一，而扎实的政治素质和专业功底同样是做好这项工作必不可少的条件。少数民族语言新闻传播人才培养的难度很大——既要熟练掌握少数民族语言，又要熟练掌握通用语言，还要熟练掌握新闻传播理论和技能。因此，双语新闻传播人才培养一直是我国少数民族新闻舆论工作中的难题。为了满足少数民族群众的信息需求，加之少数民族语言媒体传播功能和内容与通用语言媒体完全一样，基于工作效率和确保政治正确，在实际工作中，各新闻媒体通常采用将通用语言文字信息翻译为少数民族语言文字信息的做法，以实现对少数民族群众的信息传播。因此，翻译人员往往成为少数民族信息传播活动中的关键角色。建立在依靠通用语言和少数民族语言对译基础上的大众媒体，显然很难适应日益发展和不断复杂化的新闻舆论工作环境。

三、做好民族地区新闻舆论工作的新要求

民族地区较为复杂的政治、文化环境及薄弱的经济基础影响甚至决定着该地区新闻舆论工作的方向、路径和策略。少数民族地区新闻舆论工作不但承担着推动民族地区社会经济发展和传播民族文化的责任，也承担着反对西方国家

敌对势力借民族地区出现的社会问题制造民族分裂、煽动反华舆论的神圣使命。

以互联网和信息技术为核心的新媒体技术发展，奠定了当下新闻舆论工作的基础。在科技、文化、市场三股力量的推动下，催生了很多新型的信息传播形态，比如网络电视、数字电视、移动媒体等等，在这些不断涌现的新名词背后，蕴藏的是无限的发展机遇。传播技术的进步改变了传媒秩序和传播系统，新媒体的兴起以及新媒体与传统媒体共同构成的新的传播系统表现出更为激烈的竞争格局。此种变革，对少数民族地区的影响更为直接且更为深远。随着新媒体的发展，网络、手机等新兴媒体广泛进入大众生活，少数民族地区各族群众的信息来源渠道日益多元，以维护民族团结、国家统一为核心使命的少数民族地区新闻舆论工作在功利化、娱乐化的大众媒体空间中必须要有所坚守。

第一，要担当社会经济发展的"助推器"，通过有效的新闻舆论工作让党的路线方针政策在民族地区落地生根。近年来，在脱贫攻坚工作中，我国没有一个民族地区掉队，各族人民一同奔向小康。其中，新闻舆论工作发挥了至关重要的作用。我国各级各类新闻媒体时刻关注着民族地区脱贫攻坚进程，走进民族地区，深入各族群众生活，采写、刊发来自民族地区脱贫攻坚一线的报道，精心组织全面脱贫攻坚的宣传。在脱贫攻坚工作中，各级主流媒体担负起了政策宣传、舆论动员、典型发现、舆情监测等社会职能，展示了民族地区脱贫后的新气象、新面貌，彰显了主流媒体引领导向、服务大局、鼓舞士气、凝心聚力的时代担当。

第二，要担当民族地区社会的"稳定器"，通过有效的新闻舆论工作维护社会稳定和民族团结。在互联网高度发达的时代，传统的"新闻、旧闻、不闻"宣传策略很难起到有效引导舆论的作用。新闻舆论工作一定要抓住信息传播和舆论引导的最佳时机，周密部署，全面报道，争取舆论引导的主动权，采取公开、透明的信息传播策略。媒体的报道要形成强势舆论引导，对稳定民心起到巨大安抚作用。每当重大事件、突发事件发生以后，民族地区各级各类媒体通过及时发布权威、准确、可靠信息，详细报道党委政府的重要举措，回应群众的关切和忧虑，充分发挥引导舆论、稳定人心的作用。

第三，要担当主流价值在民族地区传播的"扩音器"，通过有效的新闻舆论工作，把社会主义主流价值观传播和渗透进民族地区社会生活的方方面面。少数民族地区的文化具有多样性，不同文化之间的交流需要克服的障碍很多。一方面，要以强烈的政治意识、责任意识和大局意识，努力抢占舆论制高点，精心制作、生产有分量、有特点、有深度、有影响的新闻作品，强化党的民族政策宣传教育，使各族群众深切感受到党和政府的温暖，促进民族地区社会稳定，巩固民族团结。另一方面，通过树立少数民族群众可知可感的鲜活典型，将抽象的政策、理论融入生动可感、具体形象的故事和细节中，增强信息传播和政策宣传的效果。多年来，我国各级各类媒体树立了很多维护民族团结的典型，让人们认识到了民族团结的重大现实意义，认识到了民族地区的深刻变化，具有很好的传播效果。

（《新闻论坛》2021 年 12 月 25 日）

申报资料实录

作品简介：2021 年，新闻论坛邀请业界领军人物及专家学者就新时代新闻工作共同展开探讨。作者应邀围绕"新媒体时代民族地区新闻舆论工作"撰写专题文章。新闻舆论工作是民族地区社会稳定与发展的重要保障。在新媒体时代，受社会经济发展水平、新技术应用能力等诸多限制，民族地区新闻舆论工作面临更多的困难与挑战，民族地区应加强与改进新闻舆论工作，通过有效的新闻舆论工作，维护国家统一和民族团结，促进民族地区社会经济发展。基于以上理念，对新闻舆论工作的新挑战和新要求总结和思考后撰写此论文。

社会效果：该论文围绕新媒体时代民族地区新闻舆论工作的新挑战与新要求这一主题，从准确理解民族地区新闻舆论工作的外部环境入手，探讨新媒体时代民族地区新闻舆论工作的新挑战以及做好民族地区新闻舆论工作的新要求，论文理论价值和实践价值兼备，通过有效的新闻舆论工作，方能把社会主义主流价值观传播和渗透进民族地区社会生活的方方面面。做好民族地区新闻舆论工作，才能更好地推进民族地区经济、文化社会事业的协调发展，增强各民族的凝聚力与向心力，实现各民族的共同繁荣与发展。该文在第十二届中国少数民族地区信息传播与社会发展论坛以人大会报告形式发表，产生了较好的反响。

初评评语：本文基于民族地区新闻舆论工作面临的现实困难与挑战，从准确理解民族地区新闻舆论工作的环境入手，探讨如何做好新媒体时代民族地区的新闻舆论工作，文章具有很强的现实针性，对解决民族地区新闻舆论工作的现实问题具有重要的理论价值和现实意义。

地方主流媒体构建融通中外话语体系的思考

集 体

与综合实力和国际地位相比，"话语权逆差"现象是我国国际传播中的痛点。在以互联网技术为基础的传播环境中，内宣与外宣日渐打通，因此，构建融通中外的话语体系，用中国叙事、国际表达，讲好新时代中国故事，展示好中国形象，成为新时代中国主流媒体的新使命、守正创新提升舆论引导能力的新要求，也是加快推进媒体深度融合的新课题。

习近平总书记对加强国际传播能力建设十分重视，提出要"讲好中国故事，传播好中国声音，展示真实、立体、全面的中国"。特别是在十九届中央政治局第三十次集体学习时，习近平总书记为国际 传播能力建设"划重点"："要加快构建中国话语和中国叙事体系，用中国理论阐释中国实践，用中国实践升华中国理论，打造融通中外的新概念、新范畴、新表述，更加充分、更加鲜明地展现中国故事及其背后的思想力量和精神力量。"这些重要论述为我们创新中国叙事、讲好新时代的中国故事提供了根本遵循和重要指导。

地方主流媒体根植深厚的中华文化沃土，身处鲜活的中国故事现场，在创新叙事、丰富表达、多元呈现，让更多中国好故事走向世界方面，可以更好地彰显时效性和实效性，是重要且必要的"地方队"，也是用地方实践阐释中国道路的有生力量。同时，通过研究并掌握国际传播规律，扩大优质内容产能，也是加快推进媒体深度融合的题中应有之义。

"以我为主"构建叙事逻辑，以新概 念强化核心叙事

话语体系中最重要的是叙事逻辑。在国际传播中，不能被西方"带节奏"，而要努力构建起一整套基丁中华文化精髓和丰富中国实践的核心价值、理论话语与叙事逻辑，并且能够被广泛传播，从而拥有道义、理念上的话语权。

正所谓"文以载道"，一个好故事、一次好讲述必须要有"硬核"，那就是能跨越地域、民族甚至时空被认可的价值理念和精神力量。构建中国叙事，需要在讲好故事的同时，更加注重融入"道"和"理"，紧紧围绕习近平新时代中国特色社会主义思想加强核心叙事，把对中国奇迹、中国成就的定义权、解释权牢牢掌握在自己手里。

历史厚重的中国、改革发展的中国不乏生动的故事，但媒体在国际传播时往往会因为缺少对故事所蕴含的中国理念、中国价值、中国精神的精心提炼与精巧阐释，而难以彰显出思想的力量。所以，阐释中国道路，必须要讲好中国道理；要讲好感人的故事，更要讲好深刻的故事，这就迫切需要提炼出简明生动、辨识度高的理念、概念、文化品牌等，打造成鲜明的"中国符号"加以传播。

重视"第一认知"，讲好中国"领袖故事"。国家或政党领导人的形象，是受众对一个国家、一个政党的"第一认知"。讲好新时代的中国故事，首先要讲好中国领袖的故事，展示好习近平总书记的人格魅力、思想风范、治国韬略。通过讲述感人故事、定格真实瞬间，展示中国风采、中国形象，揭示中国道路的内在逻辑，彰显习近平新时代中国特色社会主义思想的真理力量。

在这方面，地方媒体不乏独特、鲜活的素材，需要提高站位、提升视野，以地方视角、情感传播来讲好故事。河北、福建、浙江、上海的主流媒体，都曾推出习近平总书记当年在地方工作时的报道，挖掘出大量鲜为人知的细节和故事，生动展现出总书记的人民情怀、深邃思想、改革锐气和务实作风。这些报道在网络刷屏，在海外热传，是地方媒体讲好中国"领袖故事"的融媒传播范例。

强化"概念提炼"，把中国实践上升为中国理念。根据美国学者施拉姆的"信息被选概率公式"，一则信息能否被人们选择，一方面与可感知的价值报偿呈正相关，一方面与获得这一信息的费力程度呈负相关。在宏大叙事表述模式下，许多有价值的信息常常被淹没。而短句式的概念和生动的故事、人物、细节，会给人留下深刻印象。无论外宣还是内宣，都要重视这个传播规律，主题设置多使用简洁鲜明的概念式表达；价值传递多扣准易产生共鸣的普遍性价值；故事叙述多从个体性格与命运入手，力求形象生动。

习近平总书记十分重视对中国实践的理论提升，善于提炼重要的概念、观点、理念，并且用简明扼要、深入浅出的方式加以阐释。使用大量脍炙人口、深入人心的金句，是总书记讲话的鲜明特色。比如，他用"人类命运共同体"传达了中华文化"和合共生"的价值理念，为全球治理贡献了中国智慧；他巧借中国古代丝绸之路的历史文化符号，提出"一带一路"倡议，秉持共商、共建、共享的原则，体现了中国担当、大国责任。这些新概念简洁、鲜明地对外阐释中国价值，成功占据了相应领域话语权的制高点。

英国哲学家罗素曾说过："中国至高无上的伦理品质中的一些东西，现代世界极为需要。"我们要勤于思考、善于总结、精于提炼，把丰富的中国实践变 成中国理念，以"极简式传播"和个性化表达，把宏大叙事落细落精，从而达到"四两拨千斤"的效果。

重大国家战略和地方发展战略，是地方主流媒体 核心叙事的重要内容。努力改变"大水漫灌"的传播方式，用浓缩的概念、理念进行"精准滴灌"式传播，是地方媒体越来越注重使用的方法。作为中国落实新发展理念的示范区，河北雄安新区建设举世瞩目。河北主流媒体抓住"未来之城"这个理念组织叙事，回应世界关切。河北广播电视台制作的短视频《新时代的中国：雄安——探索人类发展的未来之城》在全网点击超亿次。重庆日报报业集团聚焦成渝地区高质量发展的主题，主动设置"双城经济圈"话题，在海外进行多角度、多平台传播，推动这一地区在国际上形成影响力。"概念提炼"是硬功夫，媒体应当加强与相关研究院所、专家学者以及各类智库合作，借力借脑借智，使经验总结、理性概括更具思想高度和创新锐度。

注重需求导向，让中国方案深入人心。世界纷繁复杂，国情各不相同，但发展与进步是每个国家或地 区共同关心的话题。进入新时代，中国不断创造发展奇迹，这些历史性成就、历史性变化，使中国有能力更多地参与到国际社会事务中，以中国智慧为其他国家治国理政提供中国参考。媒体应更多地从提供中国解决方案的视角，加强国际传播的选题策划，让传播有效、有用。比如，在荒漠化治理方面，河北塞罕坝林场以及内蒙古库布其、甘肃古浪八步沙等地的治沙经验，通过中国媒体的报道引起广泛国际关注，多国和地区的专家到中国考察，称赞中国为人类治理荒漠化提供了可复制、可推广的中国方案。

中国脱贫攻坚战取得了全面胜利，创造了又一个彪炳史册的人间奇迹，也展现了减贫治理的中国样本。展示这个奇迹发生背后的原因，为更多发展中国家摆 脱贫困提供中国方案，是脱贫攻坚报道一个更宽广的视野。2020 年11 月，甘肃宣布宕昌县等 8 个深度贫困县退出贫困县序列。新甘肃客户端制作《一碗牛肉面，拉开 2600 万人的奋进篇章》H5 作品，以具有鲜 明地域特色的牛肉面制作过程为线索，将甘肃脱贫攻 坚的实践以视频、手绘等多种形式全方位梳理，诠释 脱贫攻坚精神，解析"奋斗密码"，为甘肃乃至中国脱贫攻坚历程做了生动注脚。

打造新型传播平台及渠道，以新范畴丰富叙事载体

中国叙事是一个完整的体系，包括理念、内容、平台、渠道、技术等多个层面的构建。其中，平台、渠道在传播中的作用日益凸显，需要我们遵循国际传播规律，将"我说你听"式的单向灌输，变为"说你想听"的双向甚至多向的互动，让官方平台与民间渠道并重、传统媒体与新媒体融合，努力构建新型传播平台，丰富传播载体，拓展传播渠道，有效放大中国声量。

以新媒体为重点，建设新型国际传播平台。浙江大学学者韦路认为：传统媒体和新媒体导致对中国形象的不同认知。新媒体特别是社交媒体较之传统媒体，更能让美国公众联系到中国正面形象。这是因为新媒体为人们提供了更多的信息选择和更少的主观提示，专业新闻机构的话语垄断在一定程度上被打破。

国际传播必须更加注重细分受众，根据国家（地区）、年龄、文化背景等，选择不同方式有的放矢地进行传播，一方面要利用好海外社交媒体平台，另一方面要积极打造自主可控的新型传播平台，搭建中国形象的正面塑造渠道。

近年来，一些地方媒体在这些方面作出了初步探索，把更多鲜活的中国故事直接推送到世界。重庆日报报业集团成立国际传播中心，以打造重庆官方国际传播平台为抓手，构建起"1+N+X"的国际传播体系。其中，"1"即iChongqing 英文网，从国外用户兴趣点出发，用地道的英语讲述重庆故事；"N"即在海外社交平台脸谱、推特、照片墙上运营 iChongqing 主账号，对网站内容进行二次分发；"X" 即与 Google 等搜索引擎以及海外互联网公司合作，拓宽内容分发渠道，对优质内容进行全网营销推广。目前，iChongqing 平台矩阵海外总用户已突破 530 万，海外网络曝光量超过 5.9 亿，海外用户与 iChongqing 的互动量（转发、点赞、评论）突破 5228 万人次。经过两年多的运营，iChongqing 海外传播平台矩阵已成为重庆对外传播的主平台和海外人士了解重庆信息的主渠道。上海报业集团澎湃团队的外宣品牌《第六声》，从出生起就带着新媒体基因——在网络平台上发布新闻、利用社交媒体传播新闻。多年来，《第六声》坚持"讲述普通中国人日常故事"，打造涉华英文讯息的专业内容供应商，培养和建立起一批了解和理解中国的西方主流"核心受众群"，其中包括一大批年轻一代的外国人士。甘肃虽地处内陆，但在国际传播上也在探索创新。甘肃日报报业集团依托中国日报开通了海外社交平台账号 This is Gansu，所属新媒体平台也开设了双语新闻。

"借船出海"，打通垂直传播通道。近年来，国内地方媒体纷纷探索与有影响力的国外新闻机构合作，共同开展新闻采编活动、制作中国题材的纪录片等，开创国际传播的新形式。在这类合作中，地方新闻信息可以直接传播到国外，对优化地方营商环境、提升区域美誉度有效且有益。新华日报在美国《侨报》开设"今日江苏"新闻专版，在《欧洲时报》和韩国《全北道民日报》开设"中国江苏"新闻专版，定期出版。芒果 TV 联合 Discovery 探索发现频道，于 2020 年拍摄全球首档跨国联合制作的纪录片《功夫学徒》，以外国年轻人在中国导师帮助下体验学习中国新技术成果的独特视角，实现了讲好新时代中国故事的国际传播新突破，节目覆盖 190 多个国家和地区，点击量超 1.7 亿次。

新疆广播电视台与"一带一路"沿线部分国家的媒体建立了紧密合作关系，除了开展日常联合采访活动外，还为国家重要外交活动做好服务。2017 年 6 月，习近平主席出访哈萨克斯坦，新疆电视台在哈萨克斯坦国家（哈巴尔）电视台开办"中国剧场"频道，在黄金时间播出中国经典影视剧，很好地配合了主席的出访。

积极"走出去"，拓展传播新路径。习近平总书记强调，要深入开展各种形式的人文交流活动，通过多种途径推动我国同各国的人文交流和民心相通。要更好发挥高层次专家作用，利用重要国际会议论坛、外国主流媒体等平台和渠道发声。

随着对外交流特别是人文、商贸活动的增多，媒体可以探索融入"走出去"的行列中，甚至可以作为文化传播的市场主体，近距离做好国际传播。这种"近身式"的传播有助于更深入地了解国外受众的思维、话语方式，更加精准地讲好中国故事。

参与、举办各种人文交流活动是媒体的优势，也是国际传播的新载体、新路径。2017 年 6 月，新疆电视台承办中俄媒体交流年"中俄纪录片展"和国际纪录片合作论坛，并成立"中国（新疆）－俄罗斯－中西南亚电视共同体"，为广泛开展文化传播搭建了新平台。作为"一带一路"建设的重要载体，敦煌文博会是丝绸之路沿线国家人文交流合作的平台。甘肃日报报业集团利用视频直播、VR 逛馆、互动 H5、手绘漫画等新媒体技术手段，推出《丝路 亮宝 文博争艳》《随飞天而降，观文博盛会》等形式多样的融媒产品，扩大了甘肃文化旅游品牌的国际影响力，促进了"一带一路"沿线国家对中国的了解。

在对外文化交流与合作中，有一种理念被广泛认同——"送文化，不如'卖'文化"。意思是要淡化官方色彩，发挥好企业的主体作用，以市场化的方式，通过非官方渠道"润物细无声"地传播中国文化。

新疆电视台于 2013 年成立了"虎鱼国际丝绸之路文化交流有限公司"，以市场化的形式"走出去"做传播，先后在吉尔吉斯斯坦、哈萨克斯坦、塔吉克斯坦、土耳其、乌兹别克斯坦、格鲁吉亚、俄罗斯、巴基斯坦建立分公司（办事处＋记者站），加强与周边国家媒体的新闻互访、联合制作、互译互播和版权交易。5年多时间里，通过购买时段、开办栏目等形式，先后完成了上千部中国纪录片、动画片、电视剧、电影的本土化翻译、配音、制作及播出推广。

注重微观叙事人文叙事，以新表述 提升叙事能力

2021年春夏之交，云南"大象旅行团"创造了中国好故事国际传播的经典案例，被称为是"近年来西方对中国最温柔的一刻"。

4月，云南西双版纳的一群亚洲象跑出了自然保护区，一路向北，跑得最远的十几只大象到达昆明，行程达500多公里。在云南当地媒体追踪报道的镜头里，有大象悠然行进、休憩的画面，有沿途百姓与它们友好相处的暖心故事，有当地干部为帮助群众挽回象群造成损失而忙碌的身影，特别是昆明市政府动用大量人力以及无人机、远红外监控设备全程跟踪、周密部署，让大象平安抵达春城，更是令海外受众大为 赞叹。BBC、CNN、NBC、《纽约时报》、《华盛顿邮报》、《卫报》等，一改往日"画风"，一边倒地围绕这则新 闻进行了中国形象的正面叙事。有外国网友评论："大象也知道中国是一个好国家"。

剑拔弩张的西方媒体一反常态，让我们看到了一个好故事的力量。"一路'象'北"的故事之所以打动世界，有中国政府保护动物、保护生态的自觉与耐心，也有象群在行进中展示出的中国城乡的崭新风貌，有中国人友善而充满自信的精神面貌。这个案例启发我们，国际传播除了要注重国家形象的宏大叙事，也要通过更多的个体叙事、生活叙事、故事叙事，找到与国外受众更多的价值共识、情感共鸣、利益共享， 让这些微观叙事发挥隐性的宣传功能，树立带有情感 倾向与价值判断的正面形象。

从政治叙事到人文叙事。在国际传播中，媒体必须要正视文化差异，注重本土文化背景，避免意识形态"强植入"。要改变以我为主、自说自话的表达方式，积极融入国际话语体系，用真诚平等的姿态，用受众听得懂、易接受的方式进行传播，努力实现"中国内 容，国际表达"。

有人说，谁开始喜欢你的文化，你就开始拥有了谁。绚烂的中华文化是国际传播的优质"入口"。电影《流浪地球》通过一个在灾难中拯救地球的科幻故事，讲述了中国人对家园的依恋和理解；李子柒的"美食日常"承载了中国的生命哲学，成为打动世界的"中国流量"，媒体可以借鉴这些中国文化传播的成功经验，改变宣传范式，回归传播本质，不贴政治标签，不喊空洞口号，轻量化、可视化地讲述普通的中国人、平凡的中国事，打造国际传播的新 IP。

从理性叙事到情感叙事。习近平总书记指出："国之交在于民相亲，民相亲在于心相通。"爱是人类共同的语言，"共情"是打通传播通道的"密钥"。我们要提高做好国际传播的"情商"，更加注重对情感共鸣的挖掘。在这方面，习近平总书记为我们树立了榜样。党的十八大以来，总书记每次出访，不论是会谈、交流还是演讲，都要根据主题、背景、文化，巧妙地讲一些当地的典故、谚语或是两国交往的历史故事，以迅速拉近听众情感，引发听众共鸣，从而把中国道路的历史渊源和现实基础、中国和平发展的理念和主张"寓理于情"地生动表达出来。

要贴近传播对象，就要了解对象国家的政情、国情、民情，再根据对象国家的利益诉求和关注点，有针对性地构建叙事逻辑、选择叙事方式，同时辅以坦诚平和的叙述态度、真实而自然的叙述内容，切实提升传播质量。以"一带一路"建设的国际传播为例，重点要讲清楚"一带一路"是中国向世界提供的国际公共产品，是与各国人民共同构建人类命运共同体的生动实践。河北媒体曾多次派记者前往塞尔维亚采访报道中国"时代楷模"——河钢集团塞尔维亚公司管理团队，报道突出"一个钢厂，幸福一座城市"的主题，对河钢给当地经济社会发展带来的巨大变化进行充分展现。比如，2019 年，河钢塞钢所在城市的财政收入是钢企组建前的 2 倍多，每 5 个人中就有 1 个人的工作直接或间接与河钢塞钢有关，等等。这样颇具说服力的数据和细节，生动印证了"一带一路"是增进沿线国家民生福祉的友好之路、幸福之路。

要贴近传播对象，就要寻找人类情感的"最大公约数"。2020 年，在武汉抗击新冠肺炎疫情的关键时期，湖北长江云、长城新媒体联合全国多家地方媒体在 3 月 8 日"国际妇女节"当天，发起"点亮全球——致敬'她力量'"互动活动，用大数据与人工智能相结合的技术，把媒体公开报道过的抗疫一线女性医务工作者的姓名和故事制作成 H5 产品，请全世界网友通过点赞、留言的方式为她们送上祝福。作品在推特、脸谱等海外平台广泛传播，覆盖 21 个国家和地区，近千万网友参与。这款融媒产品激发出"守护生命""女性医务工作者"等人类"共情"，从一个独特的视角，向世界讲述了中国抗疫故事。

从客体叙事到本土叙事。本土化叙事是为适应传播对象国家和地区实际与受众需求所进行的语言转换与文化对接，是国际传播必须重视的"最后一公里"。盘点近年来地方媒体国际传播的优秀作品，不难发现一个新视角——

"借外嘴讲故事"，让外国记者、外国学者以及普通外国人来看中国、讲中国。这种尝试改变了"中国故事中国人来讲"的传播定式，由传播对象国家和地区的人来讲述中国故事，直接进行本土叙事的转化，从而快速贴近国外用户的需求和阅读、视听习惯。

重庆日报报业集团在 2020 年抗疫报道中推出外籍编辑 Jorah Kai 的抗疫日记《凯哥日记》，展现了中国科学抗疫的真实日常，现已由中国外文局下属新世界出版社用英文、中文出版，向全球发行；协助海外网红博主制作发布重庆文旅主题系列 Vlog，在国外社交平台引来大量围观和正面讨论；定期邀请著名 外国友人撰文，协调驻渝领事馆官员、外国商会高层、国际企业负责人等畅议热点话题……特别是请外籍记者 James 实地探访中国乡村，深入田间地头，与农 户面对面，听中国农民讲述真实的脱贫故事，创意独特，感染力、说服力强。

变客体叙事为主体叙事，需要"由外转内"，也需"由内转外"，要鼓励更多编辑记者走出去，在传播一线做中国故事的"同声传译"，既报道世界、介绍中国，又了解世界、增进友谊，打造一支懂中国、懂世界，同时又善交流、善讲述的传播人才队伍。

总之，构建具有鲜明中国特色的传播体系，用中国叙事讲好中国故事，着力提高中华文化感召力、中国形象亲和力、中国话语说服力、国际舆论引导力，向世界展现新时代的中国形象，履行好"联接中外、沟通世界"的职责使命以及"展形象"的使命任务，地方媒体大有可为。

（《新闻战线》2021 年 07 月 01 日）

申报资料实录

作品简介：本文是行业内较早系统研究地方主流媒体如何加强国际传播能力建设的论文。从地方主流媒体参与国际传播的视角提出了"建立'以我为主的'的叙事逻辑，以新概念强化核心叙事""以新媒体为重点，建设新型国际传播平台""注重微观叙事人文叙事，以新表述提升叙事能力"等新观点，对做好国际传播有启发意义和研究价值。协同创新。论文的写作过程也是一次难得的跨媒体融合创新研究。作者来自重庆、甘肃、新疆、河北 4 家省级主流媒体，既有传统媒体，也有新媒体，既有省级党报，也有广播电视。大家利用在中央党校学习的机会认真研讨地方媒体提升国际传播能力这一重大课题，中央党校资深教授进行了细致指导，使得研究样本更丰富、视野更宽广、思路更开阔。通过总结本地区对外传播实践经验上升为具有理论创新价值的学术论文，具有较强借鉴意义。

社会效果：本文除在新闻战线发表外，同时在网站、公号、APP上发表，四省市各大传媒配合转载、推送，业内反响良好，一些省级主流媒体如四川、云南等省市纷纷到重庆国际传播中心取经，建立相应机构。河北长城新媒体集团、甘肃日报社也积极推进省级外宣平台建设，并取得了初步的进展成效。

初评评语：该作品是行业内较早系统研究地方主流媒体如何加强国际传播能力建设的论文，观点独到，是一次难得的跨媒体融合创新研究，四省市各大传媒配合转载、推送，业内反响良好。

"在习近平强军思想指引下·我们在战位报告"系列报道
集 体

代表作一:

要把红色基因融入官兵血脉,让红色基因代代相传。

——习近平

新疆军区某师:永远做红军传人

宋明亮　陈小菁　吴　敏

摘下领花那一刻,中士吴银春哭了,泪水顺着红黑的脸庞缓缓滑落。

看到这一幕,团政委徐东波眼眶也发红了。

2020年10月1日,新疆军区某红军师师史馆前,吴银春等88名退伍老兵向军旗告别。

在这支英雄部队摸爬滚打多年,吴银春心中有太多不舍。8年前,吴银春当兵来到该红军师。入营第一课,指导员就把新兵们带进师史馆。

就在吴银春向军旗告别的同一天,也是在师史馆前,在"长攻善守""勇猛顽强"两面功勋战旗下,班长郝行召郑重地为列兵阿布沙拉木戴上上等兵肩章。

下士郝行召,是吴银春带过的兵。

高高飘扬的战旗,见证了这一幕穿越时空的接续传承。

2019年国庆大阅兵,郝行召代表所在部队入选战旗方队,接受了习主席和全国人民的检阅。

"6支步枪建队伍,扶眉战役建奇功,血战兰州,剿匪甘南,挺进西藏,驻守新疆……"郝行召自豪地向新兵介绍部队的光荣历史。

新疆军区某红军师,是由刘志丹、谢子长、习仲勋等老一辈无产阶级革命家创建和领导的红军部队。这支英雄的部队南征北战,积淀形成了"对党忠诚、信念坚定,长攻善守、勇猛顽强,艰苦奋斗、开拓进取,热爱人民、甘于奉献"的精神。

2014年4月29日，习主席视察该红军师。师史馆中，习主席在一件件实物、一幅幅图片前驻足观看，语重心长地叮嘱部队领导，要把红色基因融入官兵血脉，让红色基因代代相传。

穿越战火硝烟，历经岁月变迁，红色基因始终流淌在该红军师官兵的血脉之中。

习主席驻足观看的照片中，有这样一个画面——

全副武装奔袭40公里，冲在前面的吴银春挥舞着战旗，在他身后，是一群浑身充满热血的男儿。

浓缩了该红军师88年风雨历程的师史馆，也凝聚着一代代官兵听党指挥、能打胜仗、作风优良的共同价值归属。

"陕北闹红，边区屯田，从延安圣地到八百里秦川……"每天清晨，《红军师战歌》的铿锵旋律总是准时在该红军师营区响起。

强军先强心，铸剑先铸魂。自1932年建立以来，该红军师转战西部9省区，经历10余次换防，铸就了"走遍新疆西藏兰州，听从党召唤"的师魂，始终把党中央和中央军委的号召作为行动指南，在体制编制调整中坚决服从命令。

2015年9月，该红军师接到命令：兄弟单位调整编制，需要从全师范围抽调部分官兵。

人员交接那天，拿到红军师选送官兵的名单，兄弟单位和上级领导都感到很欣慰——名单上，该红军师经常在上级比武中摘金夺银的13名训练尖子赫然在目。

该红军师某团副连长刘文涛，任职将满3年之际，突然接到奔赴高原的命令。"党叫我干啥，我就干啥。"刘文涛二话不说，告别妻儿，踏上新征程。

为部队长远建设着想，顾全大局，该红军师官兵把"听党话、跟党走"的红色基因带到了更多部队。

2018年10月，在新一轮调整改革中，一支数百人的队伍，从条件优越的沿海城市千里移防至北疆。

当陆军某合成旅一营教导员李俊利背着背囊，怀着忐忑的心情走进该红军师大门，感受到的却是家一般的温暖：战友们热情鼓掌，喧天的锣鼓令人心潮澎湃。

2020年9月，一份士官晋升数据统计显示，超过80%服役期满的士兵自愿申请留在该红军师。

"传承红色基因，就是跑好我们的精神接力。"该红军师政治工作部主任杨前卫介绍，全师近百名干部交流到艰苦边疆一线任职，全部按时报到；一系列暖心留人的举措出台，让移防转隶官兵找到了情感认同，坚定了信仰之魂。

2020年是中国人民志愿军抗美援朝出国作战70周年。该红军师师史馆中，那辆车身上有21颗红五星的"功臣号"坦克，再次成为官兵眼中的明星。

抗美援朝战场上，该红军师某团时任参谋长李国志，驾驶这辆坦克驰骋杀敌，创造辉煌战绩。

"每次走上训练场，听着隆隆的炮声，我就觉得上了战场！"抚摸"功臣号"坦克车身上的红五星，士兵井彦亭热血沸腾。

2014年4月29日，井彦亭和战友们为习主席演示了某型突击炮实战化训练课目，取得实弹射击优异成绩。

翌年，井彦亭所在连队列装新型突击炮。连队官兵白天钻在训练场上练操作，晚上钻进学习室啃理论，不到半年就掌握了新装备性能。

短短几年，井彦亭成长为连队骨干。2019年，他所在连队转隶到师里新组建的反坦克导弹连。

"作为红军传人，关键时刻必须豁得出去。"井彦亭与战友们在野外驻训场集训5个月，操作新型战车打出优异成绩。

为了胜利，一无所惜。该红军师官兵想打赢、敢打赢的信念和血性，一脉传承。

71年前，解放大西北的最后一场关键之战兰州战役打响。该红军师官兵鏖战沈家岭，某团团长王学礼等500多名勇士用生命换来战斗胜利，有的连队打到只剩一人。

1962年的一场战斗，该红军师参战部队迂回穿插7天5夜。毛主席称赞官兵：一不怕苦、二不怕死。

师史馆中，凝视两面功勋战旗上"长攻善守""勇猛顽强"几个金色大字，井彦亭觉得自己离战场很近，他说："如今，接力棒传到我们手里，怎么跑就看我们的了！"

战旗猎猎，飘扬在海拔5000多米的"生命禁区"——那一年，全师部队整建制开赴高原地域，开展实兵实弹战术演练。在高海拔、高寒、极限距离条件下，官兵打出"满堂彩"，数百个目标被精确摧毁。

战旗猎猎，鼓舞着红军传人再创新战绩——那一年，该红军师某团全员

676

全装千里机动至野外陌生地域，参加新疆军区战备拉动考核。官兵们在考评组临机给定情况、临机指定靶标等情况下，夺得全区同类型部队第一名。

"当兵就要上战场，打仗就要打胜仗。作为新时期的红军传人，我们更要传承一不怕苦、二不怕死的红色基因。"该师某团勤务保障营教导员李晓峰说。

战旗猎猎，见证着一支部队的光荣历史，也见证着红军传人的铁血忠诚。

塔克拉玛干沙漠边缘，该红军师某团驻训地战旗飘扬。这里，是侦察兵、坦克兵、炮兵、防空兵和防化兵的"超级训练营"。

一次实弹演练，某团三连中士刘奇的右手小指不慎被炮门挤断，但他强忍剧痛，咬牙把炮弹推入炮膛，以优异成绩刷新了团队五炮手考核的纪录。

戈壁烈日，防化尖兵邢三星身穿密不透风的防化服，汗如雨下。驾车疾驰、穿越障碍、防卫射击……最终，邢三星一人独揽两枚金牌，荣立二等功。

"红色基因的传承，也是打赢能力的传承。将人才保留下来，发挥其'酵母'作用，才能让红色基因转化为战斗力。"该师领导告诉记者，师里结合部队转型需要，科学制订《人才培养规划》，先后建起93个人才工作室。

近年来，该师先后参加"国际军事比赛"和陆军"精武-2018""奇兵-2019"等比武竞赛，夺得20余项第一，9名官兵荣立一等功，28名官兵荣立二等功，各类打仗型人才如雨后春笋般涌现。

（短评）从胜利走向胜利的力量源泉

一种品格，穿越时空。一种精神，历久弥新。

历史星空下，熠熠生辉的是精神之光。长征精神、延安精神、塔山精神、上甘岭精神等一系列精神，形成了人民军队的红色基因。红色基因是信仰的种子、精神的谱系、制胜的密码，蕴含着人民军队从胜利走向胜利的力量源泉。

凡树有根，方能生发；凡水有源，方能奔涌。当前，我军正处于转型建设的攻坚克难期，前进路上还有许多"雪山""草地"需要跨越，还有许多"娄山关""腊子口"需要征服。奋进强军兴军新时代，我们必须牢记统帅嘱托，把红色基因融入血脉，燃旺信仰的火炬，激发军人血性，铸牢精神支柱，自觉做习近平强军思想的坚定信仰者、忠实执行者、模范践行者。

奋力走好新时代的长征路，更需要我们弘扬优良作风，传承红色基因，担当强军重任，全面加强练兵备战，为实现建军百年奋斗目标砥砺前行。

代表作二：

加快建设一支空天一体、攻防兼备的强大人民空军，为实现中国梦、强军梦提供坚强力量支撑。

——习近平

空军航空兵某旅飞行一大队：在"突破自我"中换羽奋飞

魏 兵 康子湛

这是一次"蒙住眼睛"的降落——

细雨如丝，某备用机场笼罩在如墨的夜色里。轰鸣声由远及近，一架战机拖着尾焰俯冲而下，在跑道上稳稳滑落。

"上一次有战机在这里降落，还是许多年前。"着陆后飞机座舱盖缓缓打开，北部战区空军航空兵某旅飞行一大队飞行员蔡勇已汗流浃背。

他告诉记者，这次野战应急降落训练，在无依托、无配套条件下展开，"点亮"了多个降落"盲区"，训练实现突破。

这，只是这支部队众多战斗力突破中的寻常一次。

作为人民空军首批组建、首支参战、首获胜绩的英雄飞行大队，先辈们曾在抗美援朝战场上首创人民空军历史上空战、近战、夜战歼敌纪录。近年来，他们飞远海高原、战戈壁荒漠、突出实战实训、敢于亮剑争锋，先后有4人5次夺得空军对抗空战比武"金头盔"。

2019年7月，该大队被中央军委授予"强军先锋飞行大队"荣誉称号，习主席亲自为他们颁授奖旗。

面对这样的至高荣誉，飞行员们没有沉浸在喜悦和满足中，想得更多的是：如何不负重托、不辱使命，在"突破自我"中换羽奋飞，再立新功。

"我们要无愧于'第一'的历史、'先锋'的称号，必须知道自己要走什么路，走向何方……"在大队长、"金头盔"飞行员高中强看来，第一意味着要走别人没有走过的路，别人没飞过的我们要飞，别人没练过的我们要练。在日常训练和执行任务中，他先后创下全旅飞行的最近、最低、最远等多项纪录。

有多近？近到能看清对面战机机舱内的外军飞行员。一次警巡任务，外军战机逼近，干扰我方正常飞行。高中强驾驶战机做出一个漂亮的翻滚动作，"咬住"外军战机，占据有利位置。外军战机不得不规避返航。

有多低？海上的涌浪好似能打到他战机的机翼。一次对抗演练，蓝方凭借装备优势布局。高中强看准时机，从数千米高度猛地降到距海面不足百米，

678

消失在雷达视野中，悄然冲向目标，实现超低空突防。

有多远？返航时航油警报已亮起红灯。高中强与战友从下半夜开始机动转场，跨越数个省市、多个海空域，连续在陌生机场起降。该大队成为空军首个完成此项任务的部队。

"只有训到极限，才能跃上巅峰。"大队教导员刘伟说，像高中强这样练到大纲上限、打到武器边界、飞到最大载荷，已成为大队实战化训练的常态。

有着21年飞行经验的谭润湘，曾认为自己的飞行水平已然"一览众山小"。然而，选调至该大队后，他有了很多"没想到"。

没想到，这里的飞行数据经常刷新，不断突破飞行速度、飞行高度的极限条件；没想到，现在每天训练承受的载荷是以前的好几倍……谭润湘感叹："来到一大队后，我的很多飞行习惯、飞行理念都被颠覆了。"

"颠覆，在我们这里不是贬义词。"高中强认为，对于身居第一和想争第一的人来说，必须有一种敢于自我否定的精神，"能够打败别人的人，首先要打败自己。"

高中强坦言，这是一种"多么痛的领悟"——

2011年，空军组织第一届对抗空战竞赛考核，一大队飞行员领衔出战。没想到，第一个比赛日，他们就被对手以166∶59的大比分淘汰。

那一战，他们的飞机性能占优，空战经验丰富，斗志也毫不逊色。然而，就在他们还在比谁机动时载荷拉得更大、动作更迅猛时，名不见经传的对手，已依托电子攻防占据了战场的制高点。

166∶59这组数字，被他们浇铸成了牌匾，镶嵌在一大队空勤楼的门厅里。牌匾的对面，就是人民空军空战击落敌机第一人、首任大队长李汉的雕像。

一边是铭刻在历史天空中的"第一荣耀"，一边是记录在现实天空中的"第一惨败"。历史与现实、荣耀与失败的对望，时刻激励着每名飞行员。

没人知道，他们吃过多少苦，冒过多少风险。人们记住的是，在此后的空军对抗空战竞赛考核中，他们连续3年勇夺团体第一名。

重归"第一"，飞行员们愈加警醒："突破自我"不仅要走出"失败的自己"，还要跨过"胜利的自己"。

有人谈到了从"114"到"414"的辩证法——

"114训练法"，即地面准备1小时，空中对抗1小时、判读飞参4小时。这是一大队在"双学"活动中的探索成果，帮助他们走出低谷、冲向前列，也被其他单位广泛借鉴。如今，却被他们自我否定。

练必得法，学无定法。在这个不断变化的新时代，一大队飞行员基于新的训练法规和练兵理念，又研究探索出任务规划 4 小时、空中对抗 1 小时、复盘评估 4 小时的"414 训练法"，飞行时间的"含战量"再次提高。

勇于否定自我，才能更快地超越自我。学习如此，转型亦如此。旅史馆里的一座沙盘，标记着他们不断挑战极限、突破自我，实现空军部队一个又一个"首创"的航迹。

有一道熟悉的航迹，飞行员们尤为珍视——

去年，中国人民志愿军抗美援朝出国作战 70 周年。9 月 27 日，第七批共 117 位在韩中国人民志愿军烈士遗骸回到祖国怀抱。

专机进入中国领空后，无线电里有这样一段对话：

"20041 飞机，我是中国空军航空兵旅长李凌，报告你的任务性质。"

"我是中国空军运 –20 机长徐延君，奉命接迎志愿军烈士遗骸回国。"

"欢迎志愿军忠烈回家，我旅歼 –11B 飞机两架，奉命全程护航，向保家卫国的英雄致敬。"

今年清明前夕，这段对话的完整录音首度公开，无数听者热泪盈眶。

那一刻，仿佛历史与现实交汇在了一起。

起飞！70 年前，一大队首任大队长李汉带领首批飞行员从这里升空。他们的飞行训练时间平均仅有十几个小时，在与强敌过招中发扬"空中拼刺刀"精神，打破了美军不可战胜的神话。

起飞！70 年后，曾任一大队副大队长的李凌率战机从这里升空，迎接阔别国土的志愿军烈士遗骸归国。

"'第一'永远属于昨天，我们这一代人的职责是续写红色传奇。"任务归来后，李凌在一大队飞行员面前发出这样的感慨。

"我军历来是打精气神的，过去钢少气多，现在钢多了，气要更多，骨头要更硬。"随着国家利益的拓展，使命任务的变化，执掌大国重器的飞行员们更加切身地体会到，统帅之思、胜战之忧的深刻内涵。

一次对抗空战训练中，飞行员姚凯一度被对手"咬尾"锁定。千钧一发之际，他的举动出人意料——掉转机头与对手迎头对飞，同时"发射导弹"攻击。最终，他赢得那场较量。

"明天的战争是什么样，谁也不知道。"姚凯事后总结说，帮助自己决胜空天的，就是"钢气并存"——凭借血性胆气和对信息化武器装备的熟练掌握，突破曾经固有的训练禁区。

在此之前，双机对头飞行一直被认为是难以突破的风险课题，如今已经成为一大队飞行员的必训招法。

在一大队空勤楼走廊的天花板上,每隔几米就挂有一块"警示板"——"作战对手在哪里""他们是什么装备""他们在做什么""我们该怎么办"……

就是在这种"时刻的自省"中,"强军先锋飞行大队"奋飞新时代,续航新征程。

采访期间,战机轰鸣不息。前不久,这个战斗集体又受领了新任务,他们正勤学苦练、实战实训,继续征战在祖国的万里长空,守卫着翼下山河的和平安宁。

(短评)从胜利走向新的胜利

"第一"靠守是永远守不住的,因为"第一"永远要面对一条崭新的未知之路。

70年栉风沐雨,"强军先锋飞行大队"用"突破自我"的精神,飞出了一条始终昂扬向上的奋飞航迹。

兵无常势,水无常形。未来的信息化战场瞬息万变,潜在对手同样也在不断变化。无数战争实践证明,守旧者必败。"先锋"之名的内涵也在于此,去冲锋、去闯一条前无古人之路。

今天的战斗力建设,必须紧盯强大对手发展同步更新,紧盯战争形态演变紧前推进。否则,练兵备战就可能犯下刻舟求剑的错误,砥砺出的也只是"战胜昨日敌人"的钝刀。

"欲胜人者,必先自胜。"战斗力建设是一个不断攀登的过程,首先需要翻越的"山"就是自己。比起走出失败,走出"胜利的自己"更加艰难。如果满足于昔日的荣光,停滞于过去的经验,无异于给自己"画地为牢"。永不停歇地革新自我、突破自我,才能不断从胜利走向新的胜利。

代表作三:

在大风大浪、远海大洋中把部队锤炼成攻必克、守必固的海上劲旅。

——习近平

海军长春舰:"中华神盾"的使命航程

李东航　郭丰宽　刘亚迅

伴着一声长笛,一艘灰白色战舰划过晨曦下的海面……

战舰,慢慢靠近港口,舷号"150"已然清晰可见。海军长春舰又一次远航归来。

翻看长春舰的航泊日志，入列以来，它已昂首远航 20 余万海里。

纵横四海，凌波驰骋……远航，对长春舰官兵而言，已是寻常事。舰长赵磊告诉记者，补给后，他们马上又要起航。

航程匆匆，源于无上荣光——

2017 年，在远海大洋执行任务的长春舰，接受习主席远程视频慰问；2018 年，长春舰在南海海域接受习主席检阅；2019 年，在庆祝人民海军成立 70 周年海上阅兵活动中，长春舰再次接受习主席检阅。

"努力建设一支强大的现代化海军，为实现中国梦强军梦提供坚强力量支撑。"领袖嘱托如春风化雨，又似战鼓催征，深深烙印在长春舰全体官兵心里，催生出磅礴动力，鼓舞他们一次次驶向深蓝。

人民海军心向党，舰行万里不迷航。2017 年，正是在习主席远程视频慰问的那次远航中，由长春舰担任指挥舰的中国海军远航编队，航行 3 万多海里，穿过 26 条国际水道，访问 20 个"一带一路"国家，创造了人民海军一次出访国家最多的纪录，展示了中国军队文明之师、和平之师、威武之师的良好形象。

北方的一座公园里，阳光明媚，林木苍翠，长春舰的"前辈"——我国第一代长春舰正泊于浅水接受游客观瞻。

第一代长春舰，是新中国海军创建初期的"四大金刚"之一。"我们传承的不仅仅是一个名字，更是老长春舰舍我其谁的精神。"凝视着长春舰的舰徽，赵磊说。

今天，身负"中华神盾"之名的新一代长春舰，依旧是人民海军的王牌战舰之一——

一次编队攻防训练，入列半年、尚未完成全训的长春舰，以迅雷不及掩耳之势击落来袭导弹，赢得一片掌声。

一次中外联合演练，双方进行 7 个科目的协同训练。长春舰最先命中目标，令外军指挥员赞叹不已。

2014 年，由长春舰担任首舰的海军舰艇编队，连续航行超过 188 小时，执行失联马航客机搜救任务。长春舰单独完成任务区 75% 的任务。

2019 年，长春舰受命紧急出航，在多艘外军舰船近距离干扰下，进入预定海域，取得海上维权斗争胜利。

"航程越远，我们越应该保持冷静和清醒。"赵磊指着案头的那本《驱逐舰发展史》说。

2005 年，"中华神盾"首舰下水。此时，距离美军伯克级"宙斯盾"驱逐舰首航下水，已过去 10 余年；距离世界第一艘驱逐舰的诞生，已过去 110 余年。

"大国海军的发展，是需要时间积淀的。这就是差距，我们必须提高训练效率，缩短时间迎头赶上！"那一年，长春舰与外军开展联合演练，外军的临检拿捕战术、损害管制模式，给长春舰官兵留下深刻印象。赵磊带领官兵第一时间分析相关机制，结合长春舰实际提出训练改进方案。

"只有在世界的坐标系中，你的每一步成长才值得喝彩。"赵磊直言不讳。

长春舰首任舰长是王社强。妻子曾问他：你有两个家，一个在岸上，一个是你的舰。哪个对你更重要？

王社强笑着回答：都重要，都重要。

卸任舰长那天，王社强对全体舰员道出他心底的答案："舰上这个家，我付出得更多，也更在意。"话毕，他的泪水夺眶而出。

不单是舰长，每名长春舰官兵离舰时都会上演这样一幕——泪水洒在甲板上，心也留在了战舰上。

四级军士长张宝臣，参军前在北方老家见到最大的"水"，就是有一年夏季暴雨后，县城涌进齐腰深的积水。

他从来没想到路有多长、海有多广。他更没想到，自己穿上军装成为一名海军战士，能够远航大洋，成为全村人羡慕的对象。

长春舰舱室通道里，挂着一幅很大的世界地图。地图上，战舰的航迹被绘成不同颜色的线条，五颜六色的曲线串起大洲大洋，起点和终点却是同一座军港。

"还有什么能像我们的战舰这样，把我们和祖国如此紧密相连！"站在地图前，张宝臣一脸自豪。这名从大山走出来的战士说，要是没有强大的祖国、先进的长春舰，就不会有这一道道闪亮的航迹。

一代军人的幸运，也是一代战舰的幸运。

这是怎样的"幸运时代"？张宝臣说，对照中国海军的大事记，很容易找到答案。

2012 年，他作为骨干加入长春舰组建队伍。那一年，中国首艘航空母舰辽宁舰正式交付海军。

2017 年，他随长春舰远航，先后参加多场中外联合军演。那一年，我国完全自主研制的新型万吨级驱逐舰首舰下水，标志着我国驱逐舰发展迈上新台阶。

"搭上强军事业的快车，我们的成长速度也是前所未有。干不好，愧对国家，愧对这个时代。"张宝臣说。

访问马来西亚的那一幕，深深印在长春舰官兵的脑海里：一位90多岁的老华侨在子女搀扶下，颤巍巍地走上长春舰。老人东摸摸、西看看，眼眶湿润："海军强大了，中国强大了……"

"天高海阔的航程，更加坚定我们的道路自信、理论自信、制度自信和文化自信。"赵磊说，"一些在教育课堂上不容易讲透的道理，远航回来后仿佛不需要再给官兵讲了。"

海风渐起，长春舰又将解缆出港。

这次去哪里？风浪大不大？记者问赵磊，他微微一笑说："不管去哪里，只要是使命的航程，我们就不惧风大浪高……"

（短评）向着强军新航程前进

又一次接到出航号令，长春舰拉响汽笛，驶向海天一色、波涛涌动的远方。

从第一代长春舰代表人民海军，首次驶出12海里领海线执行任务，到新一代长春舰"仗剑走天涯"，向世界展示了中国海军劈波斩浪、一往无前的雄姿。岁月的航程里，光荣的战舰用自己的航迹证明：胜战基因传承，神圣使命无尽。

航程坐标，蕴藏着一支军队、一个民族的"诗和远方"。建设强大的现代化海军是建设世界一流军队的重要标志，是建设海洋强国的战略支撑，是实现中华民族伟大复兴中国梦的重要组成部分。亲历风浪洗礼、感受无垠湛蓝，长春舰正向着党在新时代的强军目标全力以赴、潜志笃行。

保持航向，迎着时代浪潮；保持航速，为了新的抵达。担当起党和人民赋予的重任，需要我们将使命航程牢记于心、付之于行，不迷失方向、不犹豫彷徨、不畏惧挑战、不辍步中途，在一棒又一棒接力、一程又一程航行中不断开创强军兴军新局面。

（《新闻战线》2021年07月01日）

申报资料实录

作品简介：2020年8月以来，解放军新闻传播中心持续推出"在习近平强军思想指引下·我们在战位报告"全媒体系列专题报道，该系列报道对标"在习近平新时代中国特色社会主义思想指引下"重大主题宣传，以党的十八大以来习主席重大军事实践活动为报道主线，围绕习主席视察部队、接见官兵时的重要指示和感人细节，选取接受习主席检阅、接见的单位和个人，立足一线官兵战位，以富有兵味、战味、硝烟味的细节描写，生动讲述广大官兵牢记习主席嘱托勉励、自觉投身强军兴军的奋斗故事和昂扬风貌。组织实施过程中，中心通盘考虑文字、摄影、广播、电视、新媒体等要素，由中心领导亲自带队，先后抽调各平台精锐力量350余人次，派出24支融媒体采访分队，上高山、下海岛、走边防、进哨所，赴全军60余个点位集中采访报道40余个部队单位、10余个军队英模人物和先进典型，统筹解放军报、军事报道、国防时空、中国军网、国防部网、中国军视网、解放军报微博微信客户端、学习军团等平台，累计发布文字、图片、音视频、新媒体等各类型产品300余篇，实现了一次采集、多元生成、全媒体传播。

社会效果：该系列专题报道推出后，军队媒体纷纷转载转发，部分稿件被人民网、新华网、光明网、央视新闻网、央广网、环球网、中国新闻网、中国青年网、中国日报网、中国经济网、中国国际广播电台、中青在线、澎湃新闻等主流媒体转载转发，被腾讯、网易、新浪、凤凰网、百度、搜狐、一点资讯等地方商业平台转发推荐。截至2021年底，该系列报道总传播量达到2.6亿，其中50余篇稿件阅读量突破100万，引发军地广泛关注和热烈反响。

初评评语：这组系列报道选题重大，社会影响广泛，作为解放军报拳头产品，为传播习近平强军思想做出了积极贡献。

"党史中的经济档案"系列视频

集　体

限于篇幅，文字稿略，获奖作品请见中国记协网 http://www.zgjx.cn。

（《经济日报》2021 年 06 月 22 日）

申报资料实录

　　作品简介："党史中的经济档案"是经济日报社编委会主持策划并指导实施的重点项目。"依托百年党史、展现百年辉煌，聚焦经济领域、突出经济视角"是该系列视频的突出特点。系列视频紧紧围绕中国共产党领导经济建设的伟大实践，选取不同时期经济工作中具有标志性意义的重大事件，从共产党最早的金融实践探索——安源路矿工人消费合作社到全面建成小康社会，以小切口反映大主题，全面展现中国共产党 100 年经济建设的辉煌历程和伟大成就，深刻阐明中国共产党为什么"能"、为什么"行"。在视频表现上，整套产品综合运用"现实影像+数字对比展示+图片包装+场景还原"等多种先进融媒体技术形式，真正做到内容丰富、形式多样，既符合经济新闻传播规律，又具备音视频产品的时代元素。产品以大量翔实的数据为基础，进行了多种数据可视化呈现。丰富独特的数据视觉表现方式赋予了产品浓浓的"经济味"，也成为贴在这套产品身上最独特的标签。

　　社会效果：该系列视频全网播放量约 5000 万人次，被中国人民银行、民生江西等被上百家媒体账号转发，学习强国平台开设专题突出展示。该系列视频已入选中国记协"庆祝建党百年融创报道十大精品案例（中央媒体）"，获得第 33 届中国经济新闻大赛特别奖。

　　初评评语：作品主题鲜明、重点突出，具有较强的系列性、系统性，体现了主流媒体对建党百年主题宣传的深刻把握；作品视角独特、经济味浓，锚定一个领域深度挖掘，充分发挥了经济日报的专业优势；作品策划精心、制作精良、传播精准，将历史的厚重与新媒体的呈现完美结合，代表了主流媒体融合发展的积极成果，为建党百年主题宣传增添靓丽一笔。

我将无我 不负人民

郝思斯

11月16日，习近平总书记在同美国总统拜登视频会晤时指出，中国人民对美好生活的向往，是中国发展最大内生动力，是一个必然的历史趋势，谁想阻挡这个历史趋势，中国人民不会答应，也根本阻挡不了。作为中国领导人，我能够为14亿中国人民服务，同他们一起创造美好生活，是一个重大的挑战，也是一个重大的责任。我的态度是"我将无我，不负人民"。

心里装着人民、时刻想着人民、奋斗为了人民。"我将无我，不负人民"，映照出中国共产党对人民的赤子之心。

党的十九届六中全会通过的《中共中央关于党的百年奋斗重大成就和历史经验的决议》强调，党确立习近平同志党中央的核心、全党的核心地位，确立习近平新时代中国特色社会主义思想的指导地位，反映了全党全军全国各族人民共同心愿，对新时代党和国家事业发展、对推进中华民族伟大复兴历史进程具有决定性意义。学习领会全会精神，我们更加深刻认识到，党的十八大以来，党和国家事业取得历史性成就、发生历史性变革，根本在于有以习近平同志为核心的党中央坚强领导，有习近平新时代中国特色社会主义思想指引航向；更加深刻认识到习近平总书记力挽狂澜、校正航向、掌舵领航的巨大历史作用。

党和人民需要我们献身的时候，我们都要毫不犹豫挺身而出，把个人生死置之度外

2019年3月22日，意大利众议院，习近平总书记同众议长菲科举行会见。临近结束时，菲科问道："您当选中国国家主席的时候，是一种什么样的心情？"听到众人的笑声，菲科补充道："因为我本人当选众议长已经很激动了，而中国这么大，您作为世界上如此重要国家的一位领袖，您是怎么想的？"

习近平总书记的目光沉静而充满力量，他说，这么大一个国家，责任非常重、工作非常艰巨。我将无我，不负人民。我愿意做到一个"无我"的状态，为中国的发展奉献自己。

"我将无我，不负人民"，是中国共产党人初心使命的真切表达，彰显

了舍我其谁的担当精神、夙兴夜寐的奉献精神、大公无私的崇高境界。

2012年11月15日，刚刚当选中共中央总书记的习近平在与中外记者见面时说："责任重于泰山，事业任重道远。我们一定要始终与人民心心相印、与人民同甘共苦、与人民团结奋斗，夙夜在公，勤勉工作，努力向历史、向人民交出一份合格的答卷。"

2014年2月，习近平总书记在接受俄罗斯电视台专访时表示："我的执政理念，概括起来说就是：为人民服务，担当起该担当的责任。"

党的十八大以来，民族伟大复兴进入关键阶段、世界百年变局加速演变动荡，"四大考验"严峻复杂，"四种危险"尖锐深刻，党和国家事业又到了一个兴衰成败的重要关口。习近平总书记郑重宣示，"党和人民需要我们献身的时候，我们都要毫不犹豫挺身而出，把个人生死置之度外"，"人民把权力交给我们，我们就必须以身许党许国、报党报国，该做的事就要做，该得罪的人就得得罪"。

以习近平同志为核心的党中央，以伟大的历史主动精神、巨大的政治勇气、强烈的责任担当，统筹国内国际两个大局，出台一系列重大方针政策，推出一系列重大举措，推进一系列重大工作，战胜一系列重大风险挑战，解决了许多长期想解决而没有解决的难题，办成了许多过去想办而没有办成的大事，推动党和国家事业取得历史性成就、发生历史性变革。

实现中华民族伟大复兴，是一场接力跑。习近平总书记多次强调，"我们要一棒接着一棒跑下去，每一代人都要为下一代人跑出一个好成绩"。他反复告诫全党，"既要做让老百姓看得见、摸得着、得实惠的实事，也要做为后人作铺垫、打基础、利长远的好事，既要做显功，也要做潜功，不计较个人功名，追求人民群众的好口碑、历史沉淀之后真正的评价"。

今天，我们比历史上任何时期都更接近、更有信心和能力实现中华民族伟大复兴的目标。六中全会明确要求，全党必须保持越是艰险越向前的英雄气概，敢于斗争、善于斗争，逢山开道、遇水架桥，做到难不住、压不垮，推动中国特色社会主义事业航船劈波斩浪、一往无前。

共产党打江山、守江山，守的是人民的心

"人民对美好生活的向往，就是我们的奋斗目标。"这是一份庄重承诺，也是一个郑重宣示。

陕西省延川县梁家河，一个位于黄土高原腹地的小村庄。2015年2月，习近平总书记回到这里看望父老乡亲时深情地说："我在这里当了大队党支

部书记。从那时起就下定决心，今后有条件有机会，要做一些为百姓办好事的工作。"

在习近平总书记心中，"人民"二字分量最重。

在大凉山村寨，习近平总书记沿山路看了一户又一户人家；在秦巴山麓生态移民村的老乡家，他挨个屋子转一转，摸摸炕脚暖不暖；在太行山深处，他带着贫困户一笔笔算脱贫账……"他们的生活存在困难，我感到揪心。他们生活每好一点，我都感到高兴。"

为人民服务，不仅是习近平总书记念兹在兹的真挚情怀，也是他对全党特别是党员领导干部的殷切希望和明确要求。他多次强调："衡量一名共产党员、一名领导干部是否具有共产主义远大理想，是有客观标准的，那就要看他能否坚持全心全意为人民服务的根本宗旨。"他叮嘱年轻干部："必须把人民放在心中最高位置，始终以百姓心为心。共产党的干部要坚持当'老百姓的官'，把自己也当成老百姓，不要做官当老爷。"

2020年全国两会期间，习近平总书记谈到新冠肺炎疫情防控斗争时，讲述了这样一个细节：湖北救治的80岁以上的新冠肺炎患者有3000多人，其中一位87岁的老人，身边10来个医护人员精心呵护几十天，终于挽救了老人的生命。习近平总书记说："什么叫人民至上？这么多人围着一个病人转，这真正体现了不惜一切代价。"

在疫情防控形势最严峻的时候，习近平总书记亲自指挥、亲自部署，党中央统揽全局、果断决策，以对人民负责、对生命负责的鲜明态度，快速有效调动全国资源和力量，全力以赴投入疫情防控。"为了保护人民生命安全，我们什么都可以豁得出来！"

以人民为中心的发展思想贯穿以习近平同志为核心的党中央治国理政全过程各方面。全面建成小康社会，习近平总书记强调，"小康不小康，关键看老乡"；全面深化改革，习近平总书记要求，"把为人民谋幸福作为检验改革成效的标准"；全面依法治国，习近平总书记指出，"根本目的是依法保障人民权益"；全面从严治党，习近平总书记表示，"不是没有掂量过。但我们认准了党的宗旨使命，认准了人民的期待"……

习近平总书记在党的十九大报告中提出新时代坚持和发展中国特色社会主义的基本方略，概括为"十四个坚持"，其中第二条是"坚持以人民为中心"。刚刚闭幕的党的十九届六中全会，将"坚持以人民为中心的发展思想"写入习近平新时代中国特色社会主义思想"十个明确"的第三条，将"坚持人民至上"作为中国共产党百年奋斗历史经验的第二条。

"江山就是人民、人民就是江山，打江山、守江山，守的是人民的心。"今年7月1日，习近平总书记在庆祝中国共产党成立100周年大会上的重要讲话中强调。

为人民而生，因人民而兴，始终同人民在一起，为人民利益而奋斗，是我们党立党兴党强党的根本出发点和落脚点。只要始终把人民放在心上，把使命扛在肩上，与人民心心相印、与人民同甘共苦、与人民团结奋斗，新时代的中国必将焕发出更加蓬勃的生机。

中国共产党代表中国最广大人民根本利益，没有任何自己特殊的利益，这是我们党敢于自我革命的勇气之源、底气所在

党的十九届六中全会深刻总结党的百年奋斗重大成就和历史经验，将"坚持自我革命"概括为党百年奋斗的十条历史经验之一。

勇于自我革命，是我们党最鲜明的品格。我们党穿越百年风风雨雨，始终为人民的利益坚持好的，为人民的利益改正错的，多次在危难之际重新奋起、失误之后拨乱反正，成为打不倒、压不垮的马克思主义政党。

中国共产党代表中国最广大人民根本利益，没有任何自己特殊的利益，这是我们党敢于自我革命的勇气之源、底气所在。习近平总书记指出："不谋私利才能谋根本、谋大利，才能从党的性质和根本宗旨出发，从人民根本利益出发，检视自己；才能不掩饰缺点、不回避问题、不文过饰非，有缺点克服缺点，有问题解决问题，有错误承认并纠正错误。"

2014年12月13日，习近平总书记在江苏镇江世业镇考察。告别时，村民们围了上来。有53年党龄的老党员崔荣海握着总书记的手，激动地说："你是腐败分子的克星，全国人民的福星！"习近平总书记语气坚定："不辜负全国人民的期望。"

正是这次江苏考察，习近平总书记首次提出全面从严治党，并将其与全面建成小康社会、全面深化改革、全面依法治国一并部署，形成"四个全面"战略布局。

党的十八大以来，以习近平同志为核心的党中央统揽伟大斗争、伟大工程、伟大事业、伟大梦想，弘扬彻底的自我革命精神，以"我将无我，不负人民"的使命担当，以"刀刃向内、刮骨疗毒"的坚强意志，坚定不移全面从严治党、正风肃纪反腐。经过坚决斗争，全面从严治党的政治引领和政治保障作用充分发挥，党的自我净化、自我完善、自我革新、自我提高能力显著增强，管党治党宽松软状况得到根本扭转，反腐败斗争取得压倒性胜利并全面巩固，消除了党、国家、军队内部存在的严重隐患，党在革命性锻造中更加坚强。

我们党以全面从严治党的实际行动和卓著成效，赢得人民群众的信任、信心和信赖。国家统计局调查显示，2020 年 95.8% 的群众对全面从严治党、遏制腐败充满信心，比党的十八大前 2012 年的调查提高了 16.5 个百分点。

把"两个确立"转化为做到"两个维护"的思想自觉、政治自觉、行动自觉

党的十八大以来，习近平总书记以深厚人民情怀、卓越政治智慧、强烈使命担当，带领全党全国人民发扬伟大的历史主动精神，推动党和国家事业取得历史性成就、发生历史性变革，在中华大地全面建成小康社会，成为众望所归、当之无愧的党的核心、人民领袖、军队统帅。

2016 年 10 月，党的十八届六中全会明确习近平总书记党中央的核心、全党的核心地位。2017 年 10 月，党的十九大把习近平总书记党中央的核心、全党的核心地位写入党章，把习近平新时代中国特色社会主义思想确立为党必须坚持的指导思想并写入党章。党的十九届六中全会强调党确立习近平同志党中央的核心、全党的核心地位，确立习近平新时代中国特色社会主义思想的指导地位，这也是实践的结果，人民的选择，时代的呼唤，国家的根本利益所在，党的前途命运所系。

"全党要牢记中国共产党是什么、要干什么这个根本问题"。党的十九届六中全会回望百年奋斗、展望新的征程，向 9500 多万名党员发出了"以史为鉴、开创未来，埋头苦干、勇毅前行"的伟大号召。全党必须深刻理解"两个确立"的决定性意义，把"两个确立"真正转化为思想自觉、政治自觉、行动自觉，坚决维护习近平同志党中央的核心、全党的核心地位，坚决维护党中央权威和集中统一领导，坚持不懈用习近平新时代中国特色社会主义思想武装头脑、指导实践、推动工作。

中国共产党立志于中华民族千秋伟业，百年恰是风华正茂。我们要更加紧密地团结在以习近平同志为核心的党中央周围，全面贯彻习近平新时代中国特色社会主义思想，大力弘扬伟大建党精神，不忘昨天的苦难辉煌，无愧今天的使命担当，不负明天的伟大梦想，为实现第二个百年奋斗目标、实现中华民族伟大复兴的中国梦而不懈奋斗，在新时代新征程上赢得更加伟大的胜利和荣光。

（《中国纪检监察报》2021 年 11 月 24 日）

作品简介：党的十九届六中全会后不久，习近平总书记在同美国总统拜登视频会晤时，再次提到"我将无我，不负人民"。结合党的十九届六中全会精神，此稿对体现习近平总书记"我将无我，不负人民"的论述和故事进行系统梳理、重新挖掘，从人民情怀、担当精神、无私无畏等角度，全面展示习近平总书记以身许党许国的崇高境界。为打造精品力作，开始写作前，中心领导带着作者认真学习习近平总书记有关重要论述，研读相关理论文章，写作中几易其稿、字斟句酌、精益求精，力求细节丰富，内容有血有肉，使报道既具有新闻性，又饱含思想性，兼具可读性。在十九届六中全会提出"两个确立"的决定性意义后刊发此文，帮助读者更加深刻认识到党的十八大以来，党和国家事业取得历史性成就、发生历史性变革，根本在于有以习近平同志为核心的党中央坚强领导，有习近平新时代中国特色社会主义思想指引航向；更加深刻认识到习近平总书记力挽狂澜、校正航向、掌舵领航的巨大历史作用。2021年11月24日，报道在中央纪委国家监委报、网、端、微同步刊发，取得良好的传播效果。

社会效果：稿件刊发后，即被包括人民网、新华社客户端、中国共产党新闻网、"学习强国"、澎湃新闻、腾讯网等在内的各大主流媒体和新闻门户网站，以及地方纪委监委网、端、微平台等转载推送，引起了读者和网友们的共鸣。受众普遍认为，报道中体现出的习近平总书记无私、无畏、无我的情怀感人至深，是需要每一名共产党员永远追求的崇高境界，此文"阐述到位，笔端有情，时效性强""对更好理解党的十九届六中全会精神有很大帮助""读了很受启发，让人充满力量"。

初评评语：何谓"我将无我"？如何"不负人民"？一路走来，习近平总书记的一言一行都作出了生动的诠释。正因如此，这句话得以刷屏互联网、传遍海内外，感动了无数人，也震撼了无数人。稿件以新闻事件为切入点，深入解读习近平总书记"我将无我，不负人民"的情怀，立意高远，写法创新，主要有以下特点：一是政治站位高，结合习近平总书记有关重要论述和故事，生动、丰满地表现了习近平总书记心怀人民、无私无畏的形象，彰显了大国领袖的情怀，言之有物，凝聚共识。二是视角独特，"我将无我，不负人民"此前多有解读，本文结合时事与党的十九届六中全会精神，找准新的切入点，将"老话"说出新意。三是文字细腻，可读性强，以讲故事的方式说理，将富有画面感的特写场景、温暖人心的动作细节、生动鲜活的语言对话展示给读者，情理交融，更接地气。

人民至上

集　体

代表作一：

百年征程 初心不渝

得民心者得天下，失民心者失天下。

这是人类社会历史发展的一条铁律，古今中外，概莫能外。

中国共产党历百年而常新、经风雨而不辍，根本原因就在于赢得了人民的信任，得到了人民的支持。

今日起，辽宁日报推出大型主题策划《人民至上》，以此向我们党的百年华诞隆重献礼。

策划共四个篇章，分别为《根基》《血脉》《力量》《深情》。四期特刊紧扣"人民至上"主题，通过挖掘史料、梳理文献、实地踏访等方式，从几个侧面生动展现我们党的百年奋斗历程。

本期特刊为第一篇章，以"根基"为主题。

其含义有二：

其一，为人民而生，因人民而兴，始终同人民在一起，为人民利益而奋斗，是中国共产党立党兴党强党的根本出发点和落脚点。

其二，翻开百年党史，党的章程、决议、报告……字里行间，无不深刻回答着"为了谁、依靠谁、我是谁"这一根本命题。

我们的采访，正是围绕上述维度展开。

在上海，从渔阳里到树德里，直线距离不到800米。老弄堂、青砖墙、石板路，我们走进《新青年》编辑部旧址、《劳动界》编辑部旧址、外国语学社旧址、中国社会主义青年团中央机关旧址，还有中共一大、二大会址，一路踏寻。党在初创时期便提出的鲜明主张——要"重视群众、发动群众"，要到群众中去组成一个大的"群众党"……今日回顾，依然铿锵。

在陕西延安，革命历史深沉厚重。我们走过黄土高原的沟沟岔岔，在党的七大会址深入采访，邀请权威专家学者介绍七大党章，体悟中国共产党"全心全意为人民服务"的郑重承诺，解读为什么"中国的希望在延安"。

在浙江嘉善，我们走进和合社区的一间展室，透过一本厚厚的社区志重回新中国成立初期。党的八大向全体党员发出号召：每一个党员必须养成为人民服务，向人民群众负责，遇事同群众商量，和群众同甘共苦的工作作风。在社会主义革命和建设时期，正是因为紧紧依靠人民群众，党和国家才能渡过一个又一个难关。

在广东深圳，在安徽芜湖，我们探寻40年前"弄潮儿"的传奇经历。改革开放的伟大决策，使人民群众的首创精神极大地迸发出来。党的十二大将"把党的正确主张变为群众的自觉行动"写入党章。那些"敢为人先"的人和事，都为"历史是由人民群众创造的"作出了最为生动的注脚。

步入新时代，站在"两个一百年"奋斗目标历史交汇点上，岁月的指针指向新的刻度。以习近平同志为核心的党中央不断深化人民在社会历史发展中的地位和作用的认识，丰富和发展了马克思主义关于人民性的思想理论，提出了以人民为中心的发展思想，并将之用于指导改革发展的实践，取得了巨大的理论成果、实践成果和制度成果。

柢固则生长，根深则视久。正如习近平总书记所强调的，江山就是人民，人民就是江山。只要不忘"根"，牢记"本"，守住"魂"，党就能够克服任何困难，就能够无往而不胜。

代表作二：

"红医"又出发了

2020年，新冠疫情来袭，广大医务工作者身先士卒、英勇逆行的身影，赢得了全国人民的赞誉。他们的壮举是我们党以人民为中心的发展思想的生动注脚。今天，在辽宁，被誉为"红色医生的摇篮"的中国医科大学，重新踏上昔日的长征路，用实际行动续写着"红医"始终把人民群众生命安全和身体健康放在首位的鲜活故事。

红色医生的摇篮

1931，瑞金；1934，长征；1940，延安；1946，兴山；1948，沈阳……走进中国医科大学校史馆，浮雕上的年份与地名让人不由得追忆往昔峥嵘岁月。中国医科大学马克思主义学院教授运怀英说，每一届医大新生都会沿着这个时空坐标，重温"红医"的故事，回望"红医"的历史。

中国医科大学是我们党最早创建的院校，前身为中国工农红军军医学校，

1931年11月成立于江西瑞金,毛泽东为学校确定了办学方针:培养"政治坚定、技术优良的红色医生"。这所学校是全国唯一一所以完整建制,跟随党走完二万五千里长征,与党中央一起到达延安的学校,被誉为"红色医生的摇篮"。

长征路上,学校师生一边救护,一边学习;

在延安,学校设立门诊所,专为附近群众治病,并通过举办卫生展览等方式开展卫生教育,还经常派出医疗队帮助地方进行流行性疾病的防治;

抗日战争中,根据地缺乏药品和标准血清,学校试制生产35万支牛痘疫苗,为边区军民服务;

解放战争中,学校承担了大批伤员的抢救任务。学校第十八期毕业生王素孚在一篇文章中写道:"有人说外科手术刀就是剑,那么一名外科医生就应该永远是一名战士,在为全人类的彻底解放而进行的战斗里,在保卫人民健康的岗位上,他应该永远站在最前沿。"

……

2020年新冠肺炎疫情突如其来,在这个没有硝烟的战场,中国医科大学的"红医"同样义无反顾。自2020年2月至今,全校共有798人次参加抗疫。只要党和人民需要,他们就毫不犹豫地站到第一线。

"全心全意为人民健康服务,是我们在办学办医过程中,自觉的、习惯性的精神价值追求,是我们集体人格的重要呈现。"中国医科大学党委书记宫福清说。

信念始终不变

时光荏苒,这支跟随红军长征的"红医"队伍,不断发展壮大。新一代"红医"一样奋战在为人民健康保驾护航的道路上。

延安是中国革命的摇篮,中国医科大学曾扎根于此。今天,一批批"红医"回到延安,开展医疗帮扶,为老百姓提供更好的医疗服务。

樊军是土生土长的延安人,他告诉记者,小时候经常听老辈人提起红军医生,前两年妹妹生病,他四处求医,打听到中国医科大学附属盛京医院的刘彩刚医生擅长治疗乳腺疾病。恰好当时刘彩刚正在延安市人民医院开展医疗帮扶。"手术很顺利,听说这种情况的手术要两三个小时,但刘医生不到半小时就做完了,效果很好。"提起刘彩刚,樊军满是感激。中国医科大学医院管理处处长范春明说,2012年7月,延安市人民医院挂牌"中国医科大学延安医院",并成为中国医科大学非直属医院。这些年来,学校先后选派36批181名专家赴该院工作。这些专家经常深入基层,为当地百姓义诊。多年来，他们的足迹遍布延安 13 个县区，风雨无阻。

对于新疆维吾尔自治区的帮扶，"红医"更是倾尽全力。记者了解到，中国医科大学独自承担起辽宁医疗人才"组团式"援疆的重任，自 2016 年开始，共派出近 200 名专家，送去先进的医疗技术和经验，并帮当地建立了一支支带不走的医疗队。"他们远离家乡，一身素白的衣裳，朴实而圣洁的形象诠释着职业特有的内涵，我由衷地感激这些可敬的白衣天使……"这是塔城市裕民县一名患者写来的感谢信。

时代在变、环境在变，但"红医"为人民健康服务的信念始终不变。他们将这种精神、这份坚守，带到了海拔 4500 米的羌塘高原。班允超是中国医科大学附属第一医院的医生，2018 年，他在那曲市人民医院帮扶期间，遇到一例罕见的前颅窝底硬脑膜动静脉瘘患者。患者送来时一切指标都显示生机渺茫，不做手术很快会死亡，开颅之后也可能井喷式出血。为了挽救患者生命，班允超毅然选择为患者做手术。手术持续了 10 个小时，班允超吸着氧坚持完成，最终将患者从死亡线上拉了回来。

反哺老区人民

"中国共产党人的初心和使命就是为中国人民谋幸福、为中华民族谋复兴。党中央想的就是千方百计让老百姓都能过上好日子。中国医科大学流淌着红色血液、延续着红色基因，培养更多更优秀的医疗人才，让老百姓得到更好的医疗救治是我们的初心和使命。"宫福清说。

今年是中国共产党成立 100 周年，也是中国医科大学建校 90 周年。为进一步继承光荣革命传统、扎实服务社会，献礼建党百年，中国医科大学决定组织开展"新长征，再出发"大型义诊活动。

今年 4 月 24 日，义诊医疗队回到当年跟随红军出发的地方——江西省赣州市于都县。从那里正式启动大型义诊活动，开启新的长征。

出发的第二天，首批 9 支医疗队下沉到赣州市下辖的 9 个县。尽管当天下着雨，但阻挡不了"红医"送医到老区的热情。医疗队成员、中国医科大学附属第一医院副院长辛世杰说："作为最早为红军服务的医院，医院和医生的成长与我们党领导的革命进程紧密相连。这里多个市县都是'红医'追随红军战斗过的地方。"能够用实际行动反哺革命老区人民，辛世杰感到无比自豪。

听说"红医"到老区义诊了，不少老百姓纷纷赶来。为了提供更全面更细致的医疗服务，辛世杰带领医疗队详细记下每个患者的情况，同时充分发挥智慧医疗平台的作用，让患者今后可以在线找专家咨询和诊疗。

记者了解到，此次义诊将持续到 7 月 15 日，中国医科大学组织了由学校师生代表、各地校友、红医联盟院校代表等组成的 90 支医疗队，将在红军长征及中国医科大学迁徙途经的 16 个省，包括学校办学地点、对口支援单位和辽宁省内，选择具有历史意义的 100 个县开展义诊活动。

代表作三：

莲花山下说幸福

2012 年 12 月 7 日，当选中共中央总书记刚刚 23 天的习近平来到深圳。考察期间，习近平总书记强调指出，我们将坚定不移推进改革开放，奋力推进改革开放和现代化建设取得新进展、实现新突破、迈上新台阶。

如今的深圳，发展日新月异。记者在莲花山公园、渔民村，还有"大潮起珠江——广东改革开放 40 周年展览"现场……深深感受到改革、创新的力量为这座城市以及这里的人民创造着美好的未来。

莲山春早

深圳莲花山公园，是登高望远、眺望深圳市中心区的最好去处，"莲山春早"是深圳八景之一。位于莲花山主峰的山顶广场中央，矗立着改革开放总设计师邓小平同志的塑像。

党的十八大以来，习近平总书记先后 3 次到深圳，一以贯之地向世界展示坚定不移推进改革开放的决心。

2012 年 12 月，习近平总书记在党的十八大后首次离京考察，第一站就是深圳。6 年后，恰逢改革开放 40 周年，2018 年 10 月，习近平总书记再次来到深圳。2020 年是深圳经济特区建立 40 周年，10 月 14 日，习近平总书记来到莲花山公园，向邓小平铜像敬献花篮。

记者在深圳的采访，便从莲花山公园开始。

3 月 8 日，深圳，阳光明媚，莲花山公园里除了外地游客，大多是健身或者带着孩子来游玩的中老年人。几位衣着鲜艳的阿姨结伴游园，让我们帮忙拍照，欢乐的气氛从镜头里洋溢出来。他们来自天南地北，有湖南的、河南的，也有辽宁的，都是孩子们在深圳安了家，她们过来帮忙照顾孩子的。深圳好吗？微信名叫"白玉石"的阿姨说：城市很漂亮，我们的生活很幸福。她还充满自豪地补充了一句：深圳发展得好，也有我们的功劳，我们也是深圳的建设者！

采访当天是国际妇女节，巧遇福南社区在公园里组织三八节庆祝活动，我们的镜头里又多了许多幸福的笑脸。

看到我们举起了摄像机，社区党群服务中心工作人员一再说：多拍拍居民，不要拍我们，我们就是服务人员。几名工作人员也都是深圳的新移民，陈思睿说：青少年、党团员、老年人、企业白领都是我们服务的对象，我们是为民服务的"最后一公里"，做好这项工作，必须沉到底，从群众的实际需求出发。张倩说：深圳是个创新型城市，体现在方方面面，深圳是正在建设的中国特色社会主义先行示范区，深圳人都有一种先行先试的自觉。我在大学学的是行政管理，来深圳就是要把所学用到实践当中，为百姓造福。

渔村巨变

中午时分，与香港隔河相望的深圳罗湖区南湖街道渔民村里很安静。名为"村"，实为社区。社区党群服务中心的办公楼里，心理咨询室、法律咨询室、渔事商谈室等所有房间都敞开着，桌椅整洁，资料齐全，桌上摆着矿泉水和纸巾，随时迎候着居民的到来。有工作人员在培训教室里布置着下午的活动，有条不紊。

渔民村浓缩和见证了深圳经济特区从边陲小镇到现代化国际化创新型城市的发展传奇，可以说，它既是深圳的叙事起点，也是改革开放辉煌成就和深刻变迁的缩影。走过村史馆外350米长的文化长廊，墙壁上20幅铜铸浮雕再现了渔村追求美好生活的记忆：

1949年以前，这里没有村，渔民们摇着舢板船，浮家泛宅，漂泊进深圳河，捕鱼捞虾艰难度日。新中国成立后，政府安置渔民上岸定居，才有了渔民村。1979年，改革开放的春风带给渔民们前所未有的机遇，兴办工厂做来料加工，组建运输车队，向社会筹资用于生产，在短短两年内渔民村实现共同富裕。1981年，渔民村成为全国最早的万元户村，村里新盖了33栋两层小洋楼，一家一栋，成为全国劳动致富的典范。此后的40年里，渔民村人紧跟经济特区开发建设的步伐，在打鱼种田的基础上，跑运输、卖河沙、建工厂、做贸易、开酒楼，发展多种经营，在社会主义商品经济大潮中如鱼得水，大显身手。进入新世纪，渔民村确立了新的社区管理体制。富裕起来的渔民村，坚持全面协调可持续的发展观，鼓励支持村民们依法经营、勤劳致富，努力促进经济社会和人的全面发展。

2012年，习近平总书记来到渔民村考察，他鼓励村民用勤劳的双手创造更幸福的生活。渔民村牢记总书记的谆谆嘱托，积极探索股权改革和社区管理体制改革，加快转型发展。2019 年，《粤港澳大湾区发展规划纲要》颁布实施，赋予深圳新的定位和重大发展机遇。渔民村再次扬帆起航。

挺立潮头

位于未来感十足的深圳当代艺术与城市规划馆四楼的"大潮起珠江——广东改革开放 40 周年展览"，从 2018 年 11 月 1 日开展以来，参观者不断，成为人们回顾改革开放 40 年历程和深圳发展成就的重要地点。

搪瓷杯、连环画、缝纫机……穿过序厅往前直走，仿佛穿越到了上世纪 80 年代，勾起了参观者的童年回忆。中英街，"时间就是金钱，效率就是生命"的标语牌，更让人想起了 40 年前国人向往的挺立潮头的深圳。当然，还有一幅幅色彩更加鲜艳和清晰的图片，记录着广东牢记习近平总书记嘱托，改革开放再出发的新成绩：粤港澳大湾区 2017 年经济总量达 10 万亿元，是我国开放程度最高、经济活力最强的区域之一；港珠澳大桥总长 55 公里，是目前世界最长跨海大桥；2015 年启动建设的广东自贸区，今年前三季度实际利用外资已达到 45.7 亿美元……

展馆里，遇到了幸福的一家人——老两口加上儿子儿媳、女儿女婿。83 岁的老母亲由儿子用轮椅推着，89 岁的老父亲拄着拐杖，由女儿搀扶着。他们来自延安，老人叫任志江，是一位参加过抗美援朝的老兵。女儿说，每年都要带着父母亲外出旅游，父亲是老党员，关心国家大事，最想去的地方不是风景名胜，大都是红色遗址。2019 年的时候，他们到过东北，老人在沈阳的"九·一八"历史博物馆里参观了很长时间。"昨天去了莲花山，为了瞻仰邓小平塑像，那么多级台阶，他都走上去了。"

我们问老人：今年是建党百年，您怎么评价这 100 年的历史？老人说：中国的发展，全靠共产党的领导、人民的拥护，这是最根本的。人民为什么拥护共产党？因为共产党是为人民服务的。"我每天都要读报纸、看杂志，认真学习总书记的讲话，他的每一篇文章里都离不开'人民'两个字。"

（《辽宁日报》2021 年 06 月 28 日）

申报资料实录

作品简介：2021 年是建党百年，辽宁日报推出大型主题策划《人民至上》。策划共四个篇章，分别以"根基""血脉""力量""深情"为题。

其中，《根基》以党的章程、决议等重要文献为依据，挖掘史料、踏访遗迹、专访学者，概要呈现人民立场是党在不同历史时期的根本政治立场；《血脉》以感人党群故事为样本，探寻亲历者，对话见证人，细腻刻画党和人民血脉相依的紧密联系；《力量》选择若干重要节点、重大事件，重访历史现场，展现党与人民携手共创奇迹的磅礴力量；《深情》独具视角，以习近平新年贺词为依据，以总书记考察足迹为线索，采访曾与总书记面对面交流的老百姓，集中描画十八大以来党团结带领人民群众共创美好生活的宏伟画卷。全媒体报道组历时数月，在18个省（区、市）行进式采访遗址遗迹、展陈场馆，面对面采访近百名专家学者、普通群众，不仅采到了珍贵的一手资料，也访到了鲜活的时代心声。策划聚合文字、图片、视频、H5、长图等多样态产品，报纸推出52版长卷特刊，版面设置二维码扫描区，客户端开设专题专区，报网端微矩阵平台分时段、差异化立体推送，同时与政府机关、企事业单位、高校等联动，线上线下广泛互动，全网阅读量和受众参与人次逾5000万。

社会效果：策划视角独特、内容厚重、形式新颖，既有走进历史深处挖掘党史记忆的深度报道，也有立足当下记录新时代新故事的现场速写，具有很强的可读性。同时，全媒体报道形式也极大地增强了策划的互动性。2021年6月28日至7月1日期间，策划推出的一系列作品，凭借多层次、多角度的立体化报道，满足了广大读者对重大主题报道深度、广度和温度的要求，在线上线下产生强烈反响，特别是受到广大党员干部、青年群体的欢迎。政府机关、企事业单位、高校等机构纷纷收藏新闻特刊，成为党史学习教育期间一部生动鲜活的特别读本。

初评评语：主题策划《人民至上》紧扣主题主线，站位高远、篇幅宏大、内容厚重、形式新颖，充分发挥全媒体优势，生动讲述老故事、深入挖掘新故事，展现出百年大党的梦想与追求、情怀与担当，突出展示了党始终同人民想在一起、干在一起，永远与人民同呼吸、共命运、心连心。策划在建党百年重大节点适时推出，凝聚力量、传播强音，为党报讲好中国共产党故事作出了有力示范。

出卷·答卷·阅卷

——时代之问，总书记这样回答

集　体

限于篇幅，文字稿略，获奖作品请见中国记协网 http://www.zgjx.cn。

（人民日报"海客"新闻客户端"学习小组"栏目 2021 年 11 月 01 日）

申报资料实录

作品简介： 在十九届六中全会召开之际，人民日报海外版新媒体"学习小组"联合人民网推出 16 期"出卷·答卷·阅卷——时代之问，总书记这样回答"系列融媒体报道。这组报道题材跨度大、涉及领域广，每期均以习近平总书记重要讲话金句入题，深刻又巧妙地提出"时代之问"，具有鲜明的辨识度。报道点线面结合、重要论述与典型案例结合，从"难题、答题、成效"三个维度，梳理十八大以来，以习近平同志为核心的党中央团结带领全国各族人民在精准扶贫、反腐倡廉、全面深化改革等 16 个领域取得的历史性成就、发生的历史性变革，体现习近平总书记深邃的战略擘画、强烈的使命担当、深厚的为民情怀，展示总书记的领袖风采和个人魅力。报道采用"1+1+1"形式，原创主稿表述精准有力，文字简洁明快，故事性和时代感强，配以海报、短视频，主次分明，相得益彰。海外版尽锐出战，组成采编专班，加班加点、深耕细作，全力做好这项重大主题报道，人民网积极配合制作海报和短视频。这组报道从准备、创作、核校到推送传播，历时近一个月，进一步壮大了央媒融媒体传播声势。

社会效果： 这组报道在十九届六中全会预热报道中独具特色，总阅读量／播放量逾 2 亿。这组报道被全网置顶推送，累计近 500 家微信公众号转载；学习强国制作专题并在首页置顶推荐每期报道，点赞累计 251 万；微博话题"＃时代之问＃""＃出卷·答卷·阅卷＃"获新浪微博热搜置顶推荐。16 期报道均实现海外落地，外媒累计转引 380 篇次。海外受众反响热烈，一位华侨网友留言："虽然身在美国，但我真心感到习近平主席领导下的中国共产党确实了不起。"人民出版社就这组报道出版发行《时代之问》单行本。

初评评语： 在具有历史里程碑意义的十九届六中全会召开之际，在党作出"两个确立"重大政治判断之时，这组报道紧扣习近平总书记重要论述，聚焦习近平总书记引领新时代中国前行的生动实践，站位高、把握准、内容实、文字活、表达新、传播广，是 2021 年央媒涉总书记报道的一个"爆款"，充分体现了人民日报深化媒体融合的最新成果，是央媒核心报道的一次成功探索和创新。

百炼成钢·党史上的今天

张华立　龚政文　徐　蓉　傅　卓　谢伦丁　李建飞　何景昆　龚文彬

限于篇幅，文字稿略，获奖作品请见中国记协网 http://www.zgjx.cn。

（湖南广播电视台 2021 年 01 月 01 日）

申报资料实录

　　作品简介：这是一档全国最早推出、持续时间最长的党史节目，贯穿 2021 年全年，霸屏湖南卫视 730 黄金档；节目联合中央党史和文献研究院专家团队框定选题、撰写底稿并审片把关，确保了其权威性和准确性；节目视觉呈现极致，珍贵史料、历史现场实拍、虚拟现场还原，视觉手法多样；节目讲述阵容空前，新闻主播、全芒艺人、知名艺术家、奥运冠军、科学家、青年学子先后出镜讲述，推动党史故事破圈传播。节目采取先网后台的播出模式，早上 8：30 起，率先在芒果云、芒果 TV、学习强国，新浪微博、微信视频号等新媒体平台推出；晚上 7：30 起，湖南卫视及旗下诸多地面频道再分别开辟专门时段播放节目。节目充分利用社交媒体的互动特性，在微信视频号和微博等平台上，通过发布录制花絮视频、发放嘉宾签名照等形式鼓励观众收看。节目还在新媒体平台推出创新互动 H5 "观众变导演，党史我来拍"，观众可以在虚拟演播室担当电视导演，挑选自己喜欢的主持人或者艺人担任党史讲述人，匹配最合适的党史选题或场景进行云录制。通过参与者将节目成品晒到朋友圈，展开扩散传播。

　　社会效果：节目在晚间黄金时段的收视始终位居前列，在学习强国、芒果 TV 等新媒体平台上总计获得点播和话题讨论超 10 亿人次。中组部、湖南省委统战部等官方网站同步转载节目视频，湖南省中小学教师发展服务平台将节目制作成视频课件，列入教师国培项目的必修课程。节目被国家广播电视总局列为广播电视建党百年 31 档重点节目之一，入选中国记协 "庆祝建党百年融创报道十大精品案例"，以及中央党史学教办评选的党史学习教育 100 件优秀新媒体作品。

初评评语：作为全国第一个庆祝建党百年主题的电视项目，节目打破传统线性叙事方式，以"党史上的今天"曾经发生过的重要事件为切入，以每集几分钟的轻体量，用接地气的方式和语态，正向引导名人流量，让党史故事深入人心，为党史学习教育探索了新路径。

手绘微纪录｜大道同行

张一叶（张勇） 刘　颜　连　肖　宋　卫　姜音子　楼欣宇　谭苏菲

作品二维码

（华龙网首页、新重庆客户端头条 2021 年 07 月 26 日）

申报资料实录

作品简介： 建党百年之际，大量作品从共产党人角度讲述百年党史，而本作品独辟蹊径，从民主党派角度看建党百年，为党史学习教育注入新活力，为"中国共产党为什么'能'"提供独特有力注脚。主题深刻，视角独到。习近平总书记指出，统一战线始终是中国共产党凝聚人心、汇聚力量的重要法宝。作品以总书记关于加强和改进统一战线工作的重要思想为指导，以重庆是党领导的统一战线工作的重要实践地为基础，采编团队敏锐捕捉题材优势，创新策划，全景展示了各民主党派和无党派人士自觉跟共产党走的历史选择，以及各时期统一战线的作用贡献。内容扎实，史料丰富。作品查阅大量档案资料，以《中国新型政党制度》白皮书为依据，以各民主党派和共产党人的史料记载为素材，生动回答了为什么"中国共产党是历史和人民的选择"这一历史之问和时代之问。形式创新，感染力强。作品是首部中国新型政党制度手绘微纪录。其将手绘、动画、数字影像技术、创意互动等巧妙融合。一些民主党派创始人的原话，如"只有共产党才能救中国""我们只有跟着共产党走才是在正道上行"等，十分有说服力感染力。观众可选择身份生成海报，互动带入感强。作品在各社交平台裂变传播，推出首日全网曝光量破 3500 万。

社会效果：作品推出后，各界人士纷纷转发，其在各社交平台裂变传播，全媒体累计传播量已破亿，具有良好的传播效果。作品尤其加强了年轻人对新型政党制度这一"硬核知识"的认知。它凿穿了主旋律"说教式内容"与观众之间的"隔离墙"，实现"妙"讲百年故事、"巧"传时代强音。有史学家评价，这是讲述中国共产党统一战线历史的探索之作，更是建设重庆"统战文化"的创新之作。在互动体验上，作品考虑到各年龄层受众的需求，作品信息呈现方式立体，引起手机、电脑屏幕前众多网友的共鸣。

初评评语：重庆是党领导的统一战线工作的重要实践地，也是中国民主党派的主要发祥地，8个民主党派中，多个诞生于此。作品深挖本土新闻资源，紧扣"建党百年"主题，从中国民主党派的角度出发，实现"换个角度"讲党史，为党史学习教育注入新活力。作品表达方式年轻化，充分发挥媒体融合优势，综合运用手绘、动画、数字影像技术、创意互动等丰富的技术和形式，向受众展示了中国各民主党派和无党派人士自觉跟着共产党走的历史选择，以及他们做中国共产党的好参谋、好帮手、好同事，为实现民族复兴所做的贡献。作品主题把握牢、选题角度巧、表现形式新、创新亮点多、影响范围大、宣传效果好，是媒体在重大主题报道上的一次有效创新实践。

找到家乡第一个党支部

何 灵 万 芳 吴小俊 陈月珍 康美权 何华英 刘兆春

限于篇幅，文字稿略，获奖作品请见中国记协网 http://www.zgjx.cn。

（江西广播电视台 2021 年 06 月 17 日）

申报资料实录

作品简介：这是一组创意新颖、视角独特、地方特色鲜明、又极具全国意义的"庆祝建党百年"重大主题报道。2020 年底，受习近平总书记带领政治局常委参观中共一大旧址视频的启发，记者萌发了寻找江西 100 县第一个党支部的想法。将近百年过去，红地上很多第一个党支部旧址已不见踪迹，很多史料语焉不详。建党百年，我们有必要回到最初的出发点，重温初心使命，并抢救性挖掘整理缺失的"地方支部史"。2021 年 1 月，"找到家乡第一个党支部"采访启动，一年间行程数万里，采访一千多名党史专家和烈士后代，播发录音新闻和专题报道共 184 篇。整组报道大气磅礴，从安源篇开始，到井冈山篇结束，用一个个生动的故事展示在党的领导下的红土地巨变，记录了中国共产党人守初心、担使命、砥砺前行、接续奋斗的生动实践。这是一组创新传播方式、尽最大努力实现全媒体传播实效的重大主题报道。报道巧妙打出海报图片、文字、音频等传播"组合拳"，综合广播、网站、移动端、出版等多渠道，实现了可听、可视、可读等多元化、互动性传播。"七一"前夕，《找到家乡第一个党支部》一书正式出版。报道（特别版）还推送到江西网络台（《今视频》）同步播出，阅读量约 1000 万人次，网友持续点赞。

社会效果：《找到家乡第一个党支部》每一篇报道播发前都交于地方党史专家、党史部门认真审定，确保准确无误。报道播发后，许多党史工作者和早期共产党员烈士后代热泪盈眶，称赞"这个采访做得好！"江西党史部门称作品填补了江西百年支部史的空白。报道引发业内人士、党史专家学者、党员干部群众持续热烈关注，成为江西多地党史学习教育的读本，节目首播后不断被推荐到地方政府官方微信号、"学习强国"号上多轮传播。

初评评语：这是一部在建党百年和党史学习教育中独树一帜、地方特色鲜明、令人称赞的优秀作品。建党百年，走遍江西百县，找到初心出发地，重温使命，见证发展。在非凡的 2021 年，红土地上的新闻工作者们满怀对党的挚爱和赤诚，牢记新闻工作者的使命，用心用情用力深挖红色资源、赓续红色血脉、抢救地方党史，用生动的故事传承弘扬建党精神，向伟大时代交出了一份优异的答卷。

习近平与福建文化自然遗产

王 萍 陈 怡 陈景峰 林硕峰 郭建聪 吴 维

限于篇幅，文字稿略，获奖作品请见中国记协网 http://www.zgjx.cn。

（福建省广播影视集团 2021 年 07 月 29 日）

申报资料实录

作品简介：2021 年 7 月，第 44 届世界遗产大会在福建福州召开，这是时隔 17 年，第二次在中国举办的世界遗产大会。大会期间，专题片《习近平与福建文化自然遗产》通过电视播出平台和网端推出。福建是习近平总书记曾经工作过十七年半的地方，是习近平新时代中国特色社会主义思想的重要孕育地和实践地。在福建工作期间，他珍视薪火相传的传统文化，保护了包括民族英雄林则徐出生地在内的一大批老建筑和三坊七巷传统街区；他提出"青山绿水是无价之宝"等前瞻理念，推动了一系列开创性实践，为福建打造世界遗产光辉典范奠定了坚实的基础。节目以 2021 年 3 月习近平总书记考察福建期间针对文化保护传承与生态文明的两句重要指示开篇，涵盖了世界遗产"文化"与"自然"的两方面。节目通过一系列精彩故事，清晰梳理出福建数十年"世遗"事业的探索实践与习近平新时代中国特色社会主义思想的内在联系，以福建故事展示"世遗"事业的中国智慧和中国经验，表达了中国推动人类文明交流互鉴的坚定信念。

社会效果：《习近平与福建文化自然遗产》于 2021 年 7 月 29 日至 7 月 31 日在福建东南卫视等八个频道播出，同步在网端海博 TV 推出。节目播出后，学习强国、今日头条等平台对这一电视精品节目进行了转载和介绍；片中首次披露的"亲笔批示"等重要档案资料被新华网等多家媒体转载。

初评评语：一是在 2022 年 5 月 27 日召开的中共中央政治局第三十九次集体学习会上，习近平总书记再次强调，文物和文化遗产承载着中华民族的基因和血脉，是不可再生、不可替代的中华优秀文明资源；中华优秀传统文化是中华文明的智慧结晶和精华所在，是中华民族的根和魂，是我们在世界文化激荡中站稳脚跟的根基。该片主题与这次讲话精神一脉相承，彰显了作品的创作价值和引领价值。二是该作品作者思路清晰，选材得当，纪实生动，赋予作品强烈的历史厚重感和深远的现实意义。一些珍贵的历史资料第一次通过电视镜头与观众见面，增加了节目的文献价值。

习近平情系西海固

集　体

将一幅中国地图横竖对折，十字交汇处是一片发生神奇变化的土地——

山大沟深，十年九旱，宁夏西海固地区素有"苦瘠甲天下"之称。联合国专家考察后曾留下评价："这里不具备人类生存的基本条件。"

当历史学家梳理近20多年来西海固历史时，一定会在此标注一个奇迹——

当年的一片片"干沙滩"变成了今日的"金沙滩"，千百年来难以破解的贫困难题，在中国共产党领导下彻底得以解决。

西海固人民永远不会忘记——习近平总书记对西海固发展的那份特殊牵挂。

无论在地方工作还是在中央工作，习近平始终惦念着西海固人民。他既挂帅，又出征，1997年、2008年、2016年、2020年，先后四次踏访西海固，为西海固的脱贫和发展倾注了大量心血。

西海固地区是中国共产党带领人民群众决战决胜脱贫攻坚的重要战场，又是以习近平同志为核心的党中央心系百姓疾苦的历史见证，更是习近平开展东西部协作、促进全体人民共同富裕的探索地、实践地之一。

25年来特别是党的十八大以来，东西部协作和定点帮扶经验在西海固不懈实践，集中财力、物力、人力向贫困发起总攻，如期完成新时代脱贫攻坚目标任务，不仅凝聚着宝贵的脱贫攻坚精神，充分彰显了中国特色社会主义的实践伟力，更探索了促进共同富裕的有效途径。

被贫困深深震撼后的誓言
——创造东西部扶贫协作的闽宁模式

1997年的春天，西海固地区正在从连续几年的世纪旱灾中慢慢复苏。时任福建省委副书记、福建省对口帮扶宁夏领导小组组长的习近平第一次来到宁夏，深入西海固5个县访贫问苦，为如何谋划对口帮扶做调研，找思路。

来宁夏之前，习近平已经为此行作了安排部署。

"为了对西海固地区的贫困面貌有个基本了解，习近平同志派我去'打前站'，还要求我把在西海固看到的情况拍成片子带回去。"时任福建省对口帮扶宁夏领导小组办公室常务副主任的林月婵回忆道。

村民们在料峭春寒里排了一整夜队,只为将土豆卖给县里唯一的企业;孩子们上课的教室没有门,玻璃窗是破的,有的地方甚至连这样的教室都没有,老师只能用树枝在土地上写写画画;喝的水是苦咸味的,要从很远的地方挑来,洗澡更是一种奢望……一幕幕触目惊心的场景牵动着习近平的心。

在梁家河插队7年的习近平对西北的贫穷早就有切身体会。然而当他踏上西海固这片黄土地时,还是被深深震撼:"虽然穷地方我见过,我也住过。但是到了上个世纪90年代,改革开放好多年了,我们还有这么穷的地方,我心里受到很大冲击。"

2016年7月,时隔近20年后再到西海固,习近平总书记触景生情地回忆:那一次,我从银川到同心,然后到了海原、固原、彭阳、泾源、西吉。我到的一户人家,那真是家徒四壁,找不到什么值钱的东西,只看到窑洞顶上吊了一根绳,拴着一捆发菜,在当时那就算比较值钱的了。老百姓用水很困难,也洗不上澡。

"从贫困窝子里走出来的"习近平当时就下定决心贯彻党中央决策部署,推动福建和宁夏开展对口帮扶。

在宁夏6天时间,他翻山越沟,一路走一路看一路问。"从北到南,习近平对每一个地方都走得很认真,很深入,不时提出自己的一些看法和建议。"林月婵说。

隆德县联财镇联财村村民黄统帅至今记得,当年只有11岁的他看到一群大人在围着一口井交谈,他就挤了进去看热闹。后来他才弄明白,这些大人从福建来,要帮村里打小圆井。

小圆井抽水是当地的特色浇灌方式,在地头打几十米的浅井,就可以抽出水来灌溉。习近平对小圆井抽水灌溉很感兴趣,详细向当地干部群众了解情况。

在听了时任隆德县县长白皋的汇报后,习近平说:干旱地区主要是缺水的问题,就是要这样因地制宜解决,根据不同的条件,把天上水、地表水、地下水都利用好。

西海固贫困的根子,被习近平一语道破。

"宁夏的干部、群众听后都感到习近平讲得很在行、很到位,深受鼓舞,一起鼓起掌来。"白皋说。

很快,井窖工程就成为福建帮扶宁夏的一项重要内容。闽宁扶贫协作的25年间,福建先后帮扶宁夏贫困地区打井窖1.5万眼,解决了30万人、10

余万头大牲畜的饮水困难问题。在当地,村民们把这些机井水窖形象地称为"活命井"。

西海固 6 天的所见所闻,让习近平对闽宁协作的模式有了更深刻的思考。在他亲自部署推进下,闽宁协作的种子逐渐生根、发芽,结出累累硕果。

在福建工作期间,习近平先后 5 次出席闽宁对口扶贫协作联席会议,3 次在联席会议上讲话,亲自调研、科学谋划、全力推动,倾注了大量智慧和心血。他提出的"优势互补、互利互惠、长期协作、共同发展"指导原则,以及"联席推进、结对帮扶、产业带动、互学互助、社会参与"的合作机制,为闽宁协作搭建了四梁八柱。

在"闽宁模式"的带动下,曾经苦瘠甲天下的地区实现山乡巨变,一个山绿民富的新西海固呼之欲出。

黄统帅如今已经长大成人,他的命运也因"当时从福建来的那些大人们"而彻底改变。

他先是通过闽宁协作劳务输出到福建泉州务工。2011 年,回到家乡的黄统帅成立了养殖合作社。脱贫攻坚战打响后,在闽宁协作机制帮扶下,黄统帅又承包了 50 亩水浇地种玉米,扩大了养殖规模。如今,他的养殖场年收入达 15 万元左右,成为脱贫光荣户和致富带头人。

到中央工作后,习近平仍然十分关注闽宁协作。2008 年、2016 年和 2020 年他三次到宁夏考察,都对闽宁协作作出重要指示。

2016 年 7 月,习近平总书记在银川主持召开东西部扶贫协作座谈会,用三个"大"阐述东西部扶贫协作和对口支援的深刻重大意义:

——推动区域协调发展、协同发展、共同发展的大战略;

——加强区域合作、优化产业布局、拓展对内对外开放新空间的大布局;

——实现先富帮后富、最终实现共同富裕目标的大举措。

实现全体人民共同富裕,是一项前无古人的宏伟事业,没有现成的经验可以借鉴。闽宁协作,为促进共同富裕提供了重要经验启示,走出了一条先富带后富、共同发展之路。

从改革开放初期提倡"先富带动后富",到决战脱贫攻坚强调"不漏一村不落一人",这是中国共产党人慎终如始的追求,是我们党对人民始终不变的承诺。

闽宁协作的意义远不止在西北一隅。从闽宁协作一开始,习近平就倡导发扬中华民族守望相助的家国情怀、扶贫济困的优良传统,调动社会各方资源、集中各方力量,对西海固地区贫困群众开展帮扶,形成了多地帮宁夏一域、多数人帮少数人的局面。

"全面建成小康社会，一个也不能少；共同富裕路上，一个也不能掉队。"放眼全国，在"闽宁模式"的示范下，我国已形成多层次、多形式、全方位的扶贫协作和对口支援格局，为解决贫困问题、实现共同富裕提供了"中国方案"。

2015年至2020年，东部9个省份共向扶贫协作地区投入财政援助资金和社会帮扶资金1005亿多元，互派干部和技术人员13.1万人次。被帮扶地区产业的发展、村庄和老乡面貌的变化，帮扶地区干部能力的锻炼、精神的洗礼，成为接续奋斗的宝贵财富。

打赢脱贫攻坚战后，习近平总书记在今年4月召开的全国东西部协作和中央单位定点帮扶工作推进会上，对东西部协作再次作出重要指示："要完善东西部结对帮扶关系，拓展帮扶领域，健全帮扶机制，优化帮扶方式，加强产业合作、资源互补、劳务对接、人才交流，动员全社会参与，形成区域协调发展、协同发展、共同发展的良好局面。"

点将"凌教授"
——为西海固脱贫亲自谋划产业路线图和方法论

今年开年，电视剧《山海情》火遍大江南北，让闽宁协作爆红出圈，剧中帮助金滩村村民发展双孢菇种植产业的"热血"教授凌一农给人留下深刻印象。而在闽宁协作的现实中，凌一农的原型——福建农林大学菌草专家林占熺，正是被习近平亲自点将，远赴西海固传播菌草技术帮助当地脱贫。

20世纪90年代，林占熺的菌草技术已经在福建取得极大成功，甚至被推广到海外。恰在此时，闽宁两省区结对。习近平提出，希望林占熺到西海固帮助当地群众培训菌草技术，推广家庭致富的蘑菇种植。

1997年4月15日，习近平带队来到银川参加闽宁对口扶贫协作第二次联席会议。当晚，林占熺和他的团队就带着6箱菌草草种直奔西海固地区彭阳县，察看当地条件是否适合推广菌草技术。

在次日的闽宁对口扶贫协作第二次联席会议上，林占熺的菌草技术被正式列入闽宁协作项目。

从那以后，正如《山海情》中的剧情，一朵朵小蘑菇在西海固大地上绽放，福建专家接续培训推广技术，福建企业紧随其后投资建厂，宁夏食用菌产业成为产业扶贫的一大支柱。

看似一次寻常的点将，背后却蕴含着习近平对产业发展规律的周密思考和深刻认识。

"习近平同志主政宁德时就探索'弱鸟先飞'的脱贫路。他善于在劣势中找到优势，又能从优势中看到潜在的强势，这是他与众不同的领导艺术。"林月婵说。

2016年7月，习近平总书记第三次踏上西海固这片热土。钻牛圈、进温棚，他再次寄语西海固产业脱贫："发展产业是实现脱贫的根本之策。要因地制宜，把培育产业作为推动脱贫攻坚的根本出路。"

2020年6月，习近平总书记第四次考察宁夏时对葡萄酒产业作出重要指示：宁夏要把发展葡萄酒产业同加强黄河滩区治理、加强生态恢复结合起来，提高技术水平，增加文化内涵，加强宣传推介，打造自己的知名品牌，提高附加值和综合效益。

遵循着习近平总书记的嘱托，宁夏抓住产业扶贫这个牛鼻子，把"小蘑菇""小葡萄""小菜心"发展成了大产业、好产业、优产业，成为贫困群众80%以上的收入来源。

在如今的闽宁镇，双孢菇依然还是那个双孢菇，双孢菇却早已不是那个双孢菇。

曾把《山海情》里带头种菇的马得宝熏到呕吐的传统培育方式早已被淘汰，取而代之的是规模化智能化的生产工艺。在永宁县宁闽合发生态农业科技发展有限公司的低温生产车间，一朵朵白色双孢菇肆意生长，棚内毫无异味，由物联网控制的智能系统随时根据蘑菇生长需要调节温度和湿度。

"传统种植方式一平方米菇床每年只能生产18公斤双孢菇，而智能化生产方式的产能是180公斤。以前自己种植蘑菇的村民现在都成了企业的机械工和采摘工。"企业工作人员王亚茹说。

除了亲自谋划脱贫产业路线图，习近平总书记还高瞻远瞩地为西海固产业发展总结了"方法论"。

2016年7月18日下午，习近平总书记来到固原市原州区彭堡镇姚磨村的冷凉蔬菜基地，肯定了村党组织带头人和致富带头人实施"双带"工程、帮助群众脱贫致富的做法。

当看到展板上的党支部图表中把支部分为"蔬菜产业党小组""肉牛养殖党小组""劳务输出党小组"时，总书记说了一句话："产业链上设立党组织。"

"这是多么生动的方法论啊，这句话既是我们的党建路，也是致富路。"因致富带动能力强而被选为彭堡镇副镇长的种菜达人姚选说。

2017年，宁夏将"双带"工程推广到全区，建强农村党组织带头人队伍，壮大农村致富带头人队伍，并促进两个带头人队伍有机融合。

在固原市原州区深沟村，支部书记马正刚成立了农机合作社，带领村民在周边乡镇承包农田建设。"2008年习近平同志来到深沟村调研，我曾面对面聆听。他鼓励我们要有发展的思路和意识，带动村民富起来。"马正刚说，如今的村"两委"成员，有不少是致富带头人。

一张让人恍如隔世的照片
——通过"挪穷窝""换穷业"实现"拔穷根"

这是一张"泛黄"的照片：破烂的土坯房和贫瘠的土地几乎连成一体，一对母女站在房前，山大沟深、破屋烂衫，整张照片看不到一丝绿色。

照片上的母女俩是村民刘克瑞的妻子和女儿。2012年，他们在搬离西海固老家、移民到吴忠市红寺堡区红寺堡镇弘德村前，拍下了这张照片。

现在，住着宽敞的新房，院里养了三头牛，每年还有入股养牛的分红，今年新开了一家茶社……这样的幸福生活，刘克瑞在移民前想都不敢想。

2020年6月8日，习近平总书记来到刘克瑞家做客。一年过去，提起总书记走访他家时的情景，刘克瑞依然难掩兴奋。

"我告诉总书记，在搬迁之前，我们一家人住的是土坯房，睡的是土炕，吃的是苦咸水。搬迁后，住上了国家盖的新房，吃上了自来水，睡上了木床，家具家电一应俱全。总书记听后非常高兴。"刘克瑞回忆说。

在客厅里，刘克瑞一家六口围坐总书记身边。习近平总书记询问他们还有什么困难。老刘兴奋地说："前两年就脱贫了！什么难事共产党都帮着乡亲们解困，乡亲们打心底里感谢党的好政策，真正体会到'共产党亲，黄河水甜'！"

他顺势拿出这张老照片交给总书记。习近平总书记接过照片端详，不由感慨："今非昔比，恍如隔世啊！"

"要完善移民搬迁扶持政策，确保搬迁群众搬得出、稳得住、能致富。"在听取自治区党委和政府工作汇报时，习近平总书记强调。

刘克瑞一家的变化只是宁夏百万移民搬迁的一个缩影。他家所在的红寺堡区1998年开发建设，累计搬迁安置移民23.3万人，是全国最大的易地生态移民扬黄扶贫集中安置区。

这一切的变化要从20多年前说起。

1997年4月，习近平第一次来到宁夏西海固，实施一项重大工程"吊庄移民"：让生活在土地贫瘠的西海固群众，搬迁到贺兰山脚下的黄河灌区。他为移民村命名"闽宁村"。当时，习近平就极具前瞻性地提出了"让移民迁得出、稳得住、致得富"。

如何解决"一方水土养活不了一方人"，一直是习近平心头念兹在兹的重大问题。

习近平曾深情讲述过这一故事："吊庄"是宁夏的词，意思是把这个村从那儿吊到这儿，福建叫移民。移民吊庄投资很大，那时基本上只能搞一个试点。当时，福建搞了闽宁村，从西海固移民到银川附近，搬迁了几千户，花了上千万。

当时，移民村还是一片荒滩。初到的移民回忆，一场沙暴，除了怀里抱的锅、压在身下的铺盖，啥都刮跑了。1997年7月，"闽宁村"在一片戈壁上破土动工，习近平预言："闽宁村现在是个干沙滩，将来会是一个金沙滩。"

扬黄河之水，灌两岸平原。

通过一级级泵站，上世纪90年代起，黄河水被扬高数百米，滋养出片片绿洲。

为解决搬迁后的脱贫问题，福建派来了菌草种植专家，同时鼓励更多企业家到宁夏投资兴业。

党的十八大以来，易地搬迁脱贫被纳入"五个一批"工程。"确保搬得出、稳得住、能致富"成为重要的扶贫理念，习近平总书记在多个场合反复强调。

寒来暑往，时光如梭。

20多年来，为苦瘠甲天下的西海固"挪穷窝""换穷业""拔穷根"，开拓一方富有活力的新天地，习近平初心不改、意志不移。他当年推动的一系列扶贫措施，改变了千千万万西海固贫困家庭的命运。

2016年7月19日，习近平总书记来到银川市永宁县闽宁镇原隆移民村考察。

20年过去了，这里已经从当年只有8000人的贫困移民村发展成为拥有6万多人的"江南小镇"。

在实地察看并了解该村种植、养殖、劳务等产业发展情况后，习近平总书记指出，移民搬迁是脱贫攻坚的一种有效方式。要总结推广典型经验，把移民搬迁脱贫工作做好。要多关心移民搬迁到异地生活的群众，帮助他们解决生产生活困难，帮助他们更好融入当地社会。

1997年从西吉县第一批移民到闽宁镇的谢兴昌激动地告诉总书记，一家人搬到这里近20年，感到天天都在发生新变化，要说共产党的恩情三天三夜也说不完。

谢兴昌，就是《山海情》中马得福的原型人物。

如今，66 岁的谢兴昌成了闽宁镇镇史馆的义务宣讲员，为来自全国各地的游客讲述那段激情燃烧的岁月。

"闽宁村奠基的那天，习近平同志代表对口帮扶领导小组发来贺信。我就站在台下听，感觉有了力量和奔头。"每每回忆起当时的情形，谢兴昌依然会眼含热泪。

从那时起，他就在心中立下誓言：一定要在这片土地上扎下根子、活出样子。

如今，闽宁村已升级成闽宁镇，人均年收入由 500 元增加到 14961 元。这个当初"天上无飞鸟，地上不长草"的戈壁滩已经成为远近闻名的特色小镇。

在过去近 40 年里，宁夏累计有 123 万贫困群众实现易地搬迁，挪出"穷窝子"，拔掉"穷根子"，移出了"活路子"，从根本上解决了"一方水土养活不了一方人"的问题。昔日的干沙滩终于变成了金沙滩。

更好的日子还在后头
——"一以贯之"背后的共同富裕密码

2021 年 2 月 25 日，全国脱贫攻坚总结表彰大会在北京隆重举行。当闽宁镇党委书记张文从习近平总书记手中接过"全国脱贫攻坚楷模"奖牌时，总书记深情寄语："一以贯之，刮目相看！"

"这是总书记的殷切嘱托，脱贫摘帽不是终点，而是新生活、新奋斗的起点。"张文说。

犹记得，2020 年 11 月 16 日，随着宁夏最后一个贫困县西吉县脱贫出列，曾经"苦甲天下"的西海固历史性告别绝对贫困。

"中国贫困之冠"的西海固如期脱贫，得益于闽宁两地干部群众的通力协作，得益于脱贫攻坚战不获全胜不收兵的"啃硬骨头"劲头，更得益于以习近平同志为核心的党中央的领航掌舵。

"六盘山上高峰，红旗漫卷西风。"

位于固原的六盘山，是红军当年长征翻越的最后一座大山，从此中国革命从胜利走向新的胜利。

2016 年 7 月 18 日上午，习近平总书记从固原市六盘山机场一下飞机，就驱车 1 个多小时来到西吉县将台堡，瞻仰红军长征会师纪念碑，参观红军长征会师纪念园、纪念馆。

他深情地说，我们党领导的红军长征，谱写了豪情万丈的英雄史诗。伟大的长征精神是中国共产党人革命风范的生动反映，我们要不断结合新的实际传承好、弘扬好。推进中国特色社会主义事业的新长征要持续接力、长期进行，我们每代人都要走好自己的长征路。

一以贯之，就是要不断深化，继续前进。

这一次，习近平总书记又来到故地，走进闽宁镇原隆村，感慨地说："闽宁合作探索出了一条康庄大道，这个宝贵经验可以向全国推广，做一个示范，实现共同富裕。"

脱贫攻坚目标任务完成后，"三农"工作重心历史性地转向全面推进乡村振兴。解决发展不平衡不充分问题、缩小城乡区域发展差距、实现人的全面发展和全体人民共同富裕仍然任重道远。

对于共同富裕，习近平总书记一直寄托着殷殷情愫。

"我们这一代人有这样一个情结，一定要把我们的老百姓特别是我们的农民扶一把，社会主义道路上一个也不能少，共同富裕、全面小康，大家一起走这条路。"2020年两会期间，在看望参加全国政协十三届三次会议的经济界委员时，习近平总书记动情地说。

"治国之道，富民为始。"共同富裕是社会主义的本质要求，是人民群众的共同期盼。

2021年1月11日，习近平总书记在省部级主要领导干部学习贯彻党的十九届五中全会精神专题研讨班开班式上的重要讲话中指出，"实现共同富裕不仅是经济问题，而且是关系党的执政基础的重大政治问题。"

"进入新发展阶段，完整、准确、全面贯彻新发展理念，必须更加注重共同富裕问题。"2021年1月28日，在中共中央政治局第二十七次集体学习时，习近平总书记强调指出，共同富裕本身就是社会主义现代化的一个重要目标。我们要始终把满足人民对美好生活的新期待作为发展的出发点和落脚点，在实现现代化过程中不断地、逐步地解决好这个问题。

促进全体人民共同富裕是一项长期任务，也是一项现实任务，必须脚踏实地，久久为功。

"闽宁情，始于扶贫，不终于脱贫"——弘德村刚刚建成的党员教育基地，有这样一句醒目的标语。

习近平总书记考察后这一年来，今天的弘德村又发生了新的变化：

村里的硬化路换成了柏油路，路两旁植树栽绿，生机盎然。每家每户新建了水冲厕所，越来越多的家庭装上了暖气。村里刚刚分配了养牛的分红，就连村里的"扶贫车间"都焕然一新，改成了"致富车间"，村里十几位老人化身"网红"，为弘德村的黄花、葡萄酒、果醋等特产直播带货。

"真像总书记说的，好日子还在后头咧！"刘克瑞说。

当年跟着谢兴昌来闽宁村创业的第一批 13 户移民，多数开上了小轿车、培养出了大学生，还有人在银川买了房。

"当年带着乡亲们来这片戈壁滩安家创业，我就确信这里发展的前景肯定会好，但是万万没想到，能发展得这么好。"谢兴昌说。

从"移民"到"富民"，既是一以贯之的奋斗，更是刮目相看的举措。

4 月 8 日，全国东西部协作和中央单位定点帮扶工作推进会在宁夏银川召开。习近平总书记对深化东西部协作和定点帮扶工作作出重要指示，并予以明确定位——"党中央着眼推动区域协调发展、促进共同富裕作出的重大决策。"

对"深化"二字，应该如何理解？

此前，中央明确脱贫攻坚任务完成之后要设立 5 年过渡期，过渡期内政策总体保持稳定，一些政策还要继续优化和调整。而指示中"深化"二字表明，"东西部协作和定点帮扶"是优化和调整的重要政策。

"全党要弘扬脱贫攻坚精神，乘势而上，接续奋斗，加快推进农业农村现代化，全面推进乡村振兴。"习近平总书记强调指出。

习近平总书记的重要指示，将东西部协作和定点帮扶工作置于"加快推进农业农村现代化，全面推进乡村振兴"的大局中予以强调。

5 月 30 日，在闽宁协作第二十五次联席会议上，闽宁两省区共同决定推动闽宁协作由福建单方援助向双方协作互动、由主要聚焦脱贫向全面协作展开、由政府主导推动向各方协作共促转变。这意味着，作为我国东西部扶贫协作的典范，闽宁两省区在脱贫攻坚取得全面胜利后，将继续探索闽宁协作帮扶方式，通过拓展帮扶领域、健全帮扶机制等，着力巩固拓展脱贫攻坚成果，合力推进乡村振兴。

踏上新征程，宁夏 700 多万各族群众必将更加紧密地团结在以习近平同志为核心的党中央周围，牢记嘱托、勠力同心，奋力向着实现共同富裕的目标迈进。

（《瞭望》新闻周刊 2021 年 08 月 02 日）

作品简介：1997 年、2008 年、2016 年、2020 年，习近平同志先后四次踏访宁夏西海固地区，为西海固的脱贫和发展倾注了大量心血。可以说，西海固既是以习近平同志为核心的党中央心系百姓疾苦的历史见证，更是习近平总书记开展东西协作、促进全体人民共同富裕思想的探索地、实践地。建党百年之际，新华社宁夏分社和总社国内部记者历时近三个月，采写了独家长篇通讯《习近平情系西海固》。稿件以习近平总书记关心重视西海固地区发展的重大部署作为主线，以高度的政治站位、深入的挖掘采访、大量生动鲜活的细节，首次系统性地披露了习近平总书记关心西海固发展、倡导推动闽宁扶贫协作模式、助力脱贫攻坚的生动历程，全景式展现了习近平总书记心系人民、20 多年一以贯之地推动东西协作、促进共同富裕的爱民情怀和大党大国领袖形象，揭示了党的创新理论的实践伟力。

社会效果：报道在《瞭望》新闻周刊"治国理政纪事"专栏刊发后，在新华社客户端总浏览量超过 1000 万；在新华网、人民网、新浪网、腾讯网、凤凰网、今日头条、澎湃、百度等 900 多家新闻网站及客户端头条置顶展示，全网浏览量超过 3.6 亿人次，评论跟帖达 1 万余条；新华每日电讯、科技日报、法治日报、农民日报等全国上百家重要报刊在头版头条或重要位置刊登稿件摘要。

初评评语：由新华社《瞭望》新闻周刊刊发的独家长篇通讯《习近平情系西海固》，聚焦习近平总书记关心重视西海固地区发展的重大部署，主题特别重大；稿件以高度的政治站位、扎实的挖掘采访、大量生动鲜活的细节，首次系统性地披露了习近平总书记关心西海固发展的生动历程，全景式展现了习近平总书记心系人民的爱民情怀和大党大国领袖形象。

"中国共产党为什么能"第十四季
《人民就是江山》第一集《生死与共》

集 体

限于篇幅，文字稿略，获奖作品请见中国记协网 http://www.zgjx.cn。

（浙江广播电视集团 2021 年 06 月 30 日）

作品简介：为庆祝中国共产党成立 100 周年，浙江广电集团制作了四集电视理论节目"中国共产党为什么能"第十四季《人民就是江山》，节目通过寻访全国范围内 4 个历史时期，共 12 件"红色物件"背后的故事，邀请故事亲历者的后人，党史专家与嘉兴市民一起汇聚嘉兴南湖，生动讲述"人民就是江山"背后的核心密码。第一集《生死与共》通过"一面红旗""树叶训令""渡江第一船"3 样"红色物件"，深入剖析革命战争年代，党和人民的血肉联系是如何炼成的。第二集《当家作主》通过"一张选票""一把锄头""一个铁钩"，展现了站起来的中国人民如何团结奋斗，敢教日月换新天的情景。第三集《民心所向》通过一份"万元户"名册，一根建设海塘时的木棍，一只科技特派员的公文包，深挖改革开放时期，中国共产党如何一切为了人民，一切依靠人民。第四集《万众一心》通过武汉抗疫期间"药袋哥"的药袋，全国脱贫攻坚楷模黄文秀的日记，东阳花园村的共富二维码，讲述面对百年未有之大变局，党和人民如何风雨同舟，攻坚克难。节目组还邀请了全国知名党史专家，通过专家们不同视角、不同维度的理论阐述，将"江山就是人民，人民就是江山"的深刻内涵，讲述给观众。

社会效果：节目收视率位列同时段全国省级卫视第一，在中国蓝新闻客户端上的阅读量达到 300 万以上，相关新媒体稿件阅读量突破 600 万。观众和网友评论说，节目将感人肺腑的鲜活故事和中国共产党一心为民的执政理念有机结合起来，耳目一新、立意深远、感人至深。

初评评语：本季"中国共产党为什么能"节目除了延续"理论深入浅出、案例鲜活感人"的创制思路，还在户外演播室、红色故事讲述、嘉宾选择等方面进行了积极创新，将"江山就是人民，人民就是江山"的道理讲清楚、讲明白、讲生动。全国范围内寻访红色物件的故事以及关联嘉宾的对话，情感真挚、认识深刻，具有很强的历史穿透力与现实说服力；现场理论专家的访谈，以百年党史为事实依据，深刻地阐释了百年大党风华正茂的核心密码。节目立意高远，结构精巧，视角独特，生动传达了"江山就是人民，人民就是江山"的科学内涵。

"百年奋斗路·百城访初心"庆祝中国共产党成立100周年大型全媒体报道

集　体

代表作一:

"红船精神"照耀嘉兴

"每当大家走进这间小学校舍,都会被革命战士当年的奋斗和奉献精神深深感动。"说话者洪燕,是沙家浜村的一名兼职讲解员,党史学习教育掀起热潮,她每天都要向各地前来学习的党员反复讲述关于沙家浜的革命故事。

说到沙家浜,大家最为熟知的莫过于革命现代京剧《沙家浜》。不过,洪燕讲述的并不是京剧里发生在江苏阳澄湖畔芦苇荡里的革命故事,而是浙江省嘉兴市秀洲区的一个美丽乡村。

曾经,在这个距离南湖红船仅10多公里的水乡村庄里,诞生了中共嘉兴第一个县委,燃起了嘉兴地区革命的熊熊火焰。如今,这个有村民2500多人的红色村庄,在"红船精神"的指引下,正成为嘉兴均衡富庶发展的美丽"窗口"。

嘉兴,中国革命红船起航地,经过长期的接续奋斗,正行进在高质量发展的大道上,综合实力位居全国百强城市第37位。去年,地区生产总值迈上5500亿元台阶,财政总收入突破1000亿元。

一幢民国小学校舍　记录一段峥嵘岁月

"革命声传画舫中,诞生共党庆工农。"100年前,中国共产党在嘉兴南湖红船上宣告成立。

红船旁的嘉兴,是红色革命圣地。"红船精神"滋养下的嘉兴人民,也是中国革命不可或缺的力量。而说起嘉兴人民的革命活动,则绕不开"沙家浜"这三个字。

1925年冬,中共嘉兴独立支部领导下的第一个中共党小组便在沙家浜所在的新塍镇成立。

中共党小组的成立，为沙家浜一带发展成地下革命活动枢纽打下了坚实基础。1940年，嘉兴、崇德、桐乡一带重建的第一个中共地下党领导机构——中共嘉桐工委逐渐转移至新塍镇农村。1941年4月，中共嘉兴第一个县委在沙家浜村建立，沙家浜小学被确定为嘉桐工委新塍联络处。

这幢建于民国时期的小学校舍，就这样见证了一段可歌可泣的革命历史。

洪燕如今讲述的革命故事，大多围绕这间校舍发生。其中，"一面党旗"的故事在嘉兴广为流传。

故事的主人公是沈如淙。1940年，沈如淙志愿加入中国共产党，但是因为没有党旗，只能自制一面。没有红布，就去镇上买；没有颜料，就到学校借……凭借着别人描述的党旗的样子，沈如淙自制了一面并不规范的"党旗"，并在"党旗"下宣誓入党。此后，沈如淙成为联络处的主要负责人，他用"教书先生"这一公开职务在沙家浜秘密领导和开展抗日工作。

1949年4月19日，沈如淙推动成立了浙北杭嘉湖地区党的第一支革命队伍，番号为"中国人民解放军江南军区吴嘉湖独立团"，为配合解放军解放嘉兴作出了巨大贡献。

"如今，101岁高龄的沈如淙和改造成初心教育基地的沙家浜小学，就是我们沙家浜人民前行的动力和精神的源泉。"洪燕说。

一个经济薄弱乡村
完成华丽蝶变跃升

"红色资源是沙家浜的宝贵财富，我们正在'红船精神'的指引下，大力保护、传承、发扬'红色根脉'，建设红色美丽村庄。"

4月16日，在说起沙家浜如今的发展情况时，沙家浜村党总支书记夏梁自信地晒出了一张近三年的"成绩单"：村民人均可支配收入从2017年30068元提高到2020年37878元，村集体经济收入从2017年129.98万元增长到2020年227.23万元。

数字背后，是高水平均衡发展的美好图景，也是群众幸福感、获得感的最好佐证。如今的沙家浜，碧水绕村、绿树成荫，村民的住房是成排的农村别墅，几乎家家户户都有一辆私家车。

从曾经以种粮、养蚕为主的经济薄弱村，跃升为村富民强的美丽新农村，沙家浜的密码是什么？答案就是党建引领下的全面乡村振兴。

近年来，沙家浜村通过全域土地整治、"飞地抱团"等一系列大动作，既盘活了村级经济、改善了村庄环境，又增加了农民收入。

"现在，年轻的村民慢慢都回到了村庄，开始为农民身份感到光荣。"夏梁说。

沙家浜村的蝶变，是嘉兴统筹城乡发展的缩影。数据统计显示，截至2020年，嘉兴农村居民人均可支配收入连续17年列浙江省第一；城乡居民收入比为1.61：1，城乡差距为浙江省最小。

新时代田园牧歌、升级版农耕文明、世界级诗画江南的美丽图景，正在红船起航地嘉兴变成现实。

（短评）"红船"引领奋斗路

就业有去处、居住有品质、养老有保障、生活有尊严，这是沙家浜村村民如今的幸福"小日子"。事实雄辩地证明，能够实现这样的小康生活，离不开"红船精神"的引领。

什么是"红船精神"？"红船精神"就是开天辟地、敢为人先的首创精神，坚定理想、百折不挠的奋斗精神，立党为公、忠诚为民的奉献精神。诞生于嘉兴的"红船精神"，100年来已经融入嘉兴人的血液，并且在新时代不断焕发出新的活力，推动嘉兴谱写出高质量发展新画卷。

百年大庆，"红船"正红。作为红船起航地的嘉兴，正处于厚积薄发、蝶变跃升的历史方位。不断从"红船精神"中汲取奋进动力，嘉兴定能不负时代、不负历史！

代表作二：

古田会议永放光芒

"红旗跃过汀江，直下龙岩上杭。"福建省龙岩市，是全国著名革命老区，原中央苏区的重要组成部分，享有"二十年红旗不倒"的美誉。

在这片红土地上，古田会议光芒如炬。毛泽东、朱德、陈毅等老一辈无产阶级革命家进行的伟大探索和实践，点亮了中国革命的灯塔。

一盆炭火

龙岩市上杭县古田镇，白墙黑瓦的古田会议会址显得格外庄重古朴，艳阳下"古田会议永放光芒"8个大字熠熠生辉。

"这是当年中国工农红军第四军第九次党的代表大会召开时，代表们生火取暖留下的炭火印迹。"古田会议纪念馆讲解员蓝秀娟指着地板上一团团黑色印迹介绍道，1929年冬天，120多名各级党代表、干部代表、士兵代表在火堆旁召开了这次彪炳史册的会议。

火光温暖了会场，照亮了前方。古田会议纠正了8种错误思想，指出"中国的红军是一个执行革命的政治任务的武装集团"，确立了"思想建党、政治建军"原则和"党对军队的绝对领导"，开辟了一条有中国特色的、加强无产阶级政党性质建设的成功道路。

这支掌握了正确思想的人民军队，从此脱胎换骨、浴火重生，从古田出发，一步步走向中国革命的舞台中心。

85年后，历史又一次选择了古田。2014年，习近平总书记亲自决策和领导，在古田镇召开全军政治工作会议。在这里，人民军队寻根溯源，重温党和人民军队的峥嵘岁月。会议提出了新时代政治建军的伟大方略，确立了新时代党的强军思想。人民军队从古田重整行装再出发，开启了"中国梦""强军梦"新的伟大征程。

一套军装

古田会议纪念馆第二展厅内，一套灰蓝色的中山式军装静静地躺在玻璃展柜里。1929年3月，红四军首次入闽，解放闽西长汀县城后筹款制作军服，第一次统一了红军的军装。

如今，在古田会议旧址群，随处可见穿着当年红军军装的人群。

穿红军装、走红军路、吃红军饭……古田镇大力发展红色旅游、培训、研学等"三红"产业，打造兼具红色文化内涵和教育意义的红色旅游景点、党性教育基地。

距离古田会议会址仅10分钟车程的吴地村，是当地有名的党性教育基地和乡村生态旅游景区。通过引进企业合作开发乡村资源，盘活了151户农户的闲置置产，34个村民加入旅游公司变成员工，许多外出务工的村民纷纷回到家乡，开民宿、搞农家乐、参与旅游经营，不出村就实现了就业。

丰富的红色文化资源，给当地百姓带来了福祉。据统计，疫情之下的2020年古田旅游区累计接待培训班次653期3.37万人次，接待研学班次236期2.25万人次，接待游客300多万人次，带动旅游综合收入15亿元。

一片绿意

龙岩市长汀县，曾是我国南方红土壤区水土流失最严重的县之一。习近平总书记对长汀水土流失治理倾注了大量心血，在福建工作期间曾先后5次深入长汀调研指导工作，对长汀作出 9 次重要指示批示。

在习近平生态文明思想的指引下，长汀人民接力奋斗，让荒山披上"绿装"，让水土流失地变成树木成荫的"花果山"，水土流失率降低到 6.78%，森林覆盖率提高至 80.31%。长汀县先后被评为国家水土保持生态文明县、全国生态文明建设示范县、"绿水青山就是金山银山"实践创新基地。

与长汀县相邻的武平县，绿色发展的绚丽画卷也在次第铺展。2001 年 12 月 30 日，武平县村民李桂林拿到了中华人民共和国第 1 号新版林权证。次年 6 月，时任福建省省长的习近平到武平调研林改工作，并作出"集体林权制度改革要像家庭联产承包责任制那样，从山下转向山上"的历史性决定，为武平林改一锤定音。

武平人民发扬"敢为人先、接力奋斗"的林改首创精神，创造性地实现了在全国率先开展林权抵押贷款，探索兴"林"扶贫和"普惠金融·惠林卡"金融新产品，有效破解林业发展深层次矛盾，让荒山育成"绿山"、让农民捧上"金山"、让发展有了"靠山"。

"闹革命走前头，搞生产争上游。"新时代的龙岩老区人民，传承红色基因，正在红土地上书写"绿"文章，建设闽西南生态型现代化城市，打造有温度的幸福龙岩，奋力绘就新时代老区苏区振兴发展的精彩华章。

（短评）凝心聚魂再出发

100 年的党史，94 年的人民军队史，证明了古田会议蕴藏的成功秘诀，证明了"思想建党、政治建军"的真理伟力：唯有灵魂和思想经过淬炼，才能在征途上闯关夺隘，一路向前。

古田人民在改革发展中展现的创新精神、务实作风，无不传承着古田会议树立的优秀工作典范：坚持实事求是的工作作风，坚持深入调查研究、坚持走群众路线的工作方法，必将指引古田人民不断走向新的胜利。

"成功从古田开始"，这句标语在古田随处可见。进入新时代，肩负新使命，我们更要永葆信仰光华，凝心聚魂再出发！

代表作三：

潮起东方 风劲帆扬

南海之滨的深圳，是改革开放后党和人民一手缔造的崭新城市，是中国特色社会主义在一张白纸上的精彩演绎。

作为深圳党组织的起源地，宝安篇章熠熠生辉。9月中旬，记者再一次走进宝安的历史深处，感受其由贫穷落后走向繁荣小康，在百年伟大历程中发生的深刻变化；品读一代代共产党人以"敢教日月换新天"的英勇气概，带领宝安人民奋发图强，在改革开放征程中创造的伟大奇迹。

红色热土：百年初心历久弥坚

1924年，中共早期党员、与彭湃齐名的广东农民运动领袖之一的黄学增来到宝安县，播下革命火种。

在宝安燕罗街道燕川社区的素白陈公祠里，一份份珍贵的历史资料记载着百年来艰苦卓绝的英勇斗争：1920年，20岁的黄学增考入广东省立第一甲种工业学校读书，1921年加入中国社会主义青年团，1922年转为中国共产党党员。1924年，参加第一期农民运动讲习所学习后的黄学增来到宝安县，传播马克思主义，培养、发展了现深圳地区第一批中共党员，组建了本地最早的党组织。随后几年时间里，中共宝安县支部成立，强烈声援省港大罢工，工农武装暴动兴起。1928年，中共宝安县第一次党员代表大会在素白陈公祠胜利召开。抗日战争期间，东江纵队在宝安跃起、威震华南，组织了跨越省港的文化名人大营救，被茅盾称之为"抗战以来最伟大的抢救工作"……

历经百年风雨，素白陈公祠犹如一座丰碑，巍然矗立在历史的天空之下。这里早已成为深圳市爱国主义教育基地，是广大党员群众瞻仰红色经典、缅怀革命先烈的"圣地"。

历久弥新的祠堂门前，一棵老榕树苍劲挺拔，生机蓬勃。红色基因代代传承，宝安现已发展48000多名党员，建立3700多个党组织，他们是宝安发展的"红色引擎"。

今春，宝安发布30个"四史"学习教育主题地标，中共宝安县第一次党员代表大会旧址赫然在列。近些年，一批批党员干部从老榕树下经过，走进庄严素白陈公祠，重温入党誓词，传承革命初心，坚定理想信念。

春天故事：改革创新勇立潮头

改革开放的春风，最先由宝安吹起。1978年，深圳河两岸群众收入典型调查数据显示，两地菜农实际收入比为30:1，宝安远远落后于河对面的香港同胞。1978年7月，习仲勋同志主政广东期间，下乡调研，首站就到了宝安县。耳闻目睹深圳河两岸的巨大反差后，他向中央领导同志提出兴办出口加工区、推进改革开放的建议。不久后，党的十一届三中全会召开，宝安于第二年春撤县改设深圳市，随后，党中央批准在深圳等四个城市试办出口特区，赋予深圳建设经济特区、杀出一条血路的使命。这一步，打开了一片新天地。

40 余年弹指一挥间，在党的坚强领导下，这片热土充分发挥中国特色社会主义制度的显著优势，脱胎于原宝安县的深圳市现地区生产总值已超越香港。

继承"宝安"血脉的宝安区也实现了长足发展，在石岩首先引进了线圈厂，开启了全国各地新办"三来一补"企业发展经济的先河；在全国建立证券交易平台之前发行了全国第一张股票，开拓了市场化募集闲散资金助推地方快速发展的新思路；敲响农地入市"第一拍"，为全国各地推进"农地入市"提供了极具参考价值的成功范例。2020 年，宝安地区生产总值已达 3846.87 亿元，区域综合竞争力、工业实力、投资潜力、创新和营商环境分别位居全国百强区第八、第五、第四、第二，成为全国乃至全球具有卓越影响力和竞争力的产业高地。

先锋担当：奋楫扬帆破浪前行

奋进新时代，宝安区共产党员保持"闯"的精神、"创"的劲头、"干"的作风，继续勇当探路先锋。全国首创纯中医治疗医院，被中国工程院院士、国医大师王琦称赞为"一面旗帜"；在全国率先谋划委托民办教育协会开展民办学校教师职称评聘工作，为教育高质量发展强本固基；统筹政法与产业部门资源，稳慎有序开展"企业合规建"试点，获中央政法委、中央依法治国办、最高检等单位相继肯定并向全国推广；依托产业优势打造全国唯一区县级国家新型工业化产业示范基地（工业互联网）、全国首创科学可量化的工匠评价体系，在全国率先发布区县级工业互联网白皮书，努力为全国工业互联网发展探索一条可复制、可推广、可持续的实施路径。

今年 5 月，宝安区在深圳市首创的党史党性教育馆启用开放。在馆内的"担当使命 再创辉煌"主题学习区里，党中央赋予的粤港澳大湾区、深圳先行示范区建设新使命鼓舞人心。"通过沉浸式的体验，我对宝安的历史发展有了更深入的了解，对党员这个身份有了更深的感悟。"9 月 16 日，宝安区"两新"党员陈少平在参观后说，今后将牢记初心使命，为宝安打造社会主义现代化先行区典范贡献力量。

潮起宝安湾，扬帆新航程。宝安人民正从党史中汲取智慧和力量，在"双区"建设中用热血和汗水奋力谱写波澜壮阔的奋斗史诗！

（短评）勇担时代新使命

风雨百年路，初心永不忘。作为深圳地区党组织的起源地，宝安曾诞生深圳党史上多个"第一"；地处改革开放的最前沿，宝安创造了无数个"全国第一"，创造了一个又一个发展奇迹。宝安的生动实践，为"中国共产党为什么能"这道时代命题提供了鲜活的基层样本。

潮起东方，风劲帆扬。站在这块光荣的土地上，宝安儿女深感初心如磐、使命如山，信念更加笃定、步伐更加坚定，定当不负新使命，继续发扬敢闯敢试、敢为人先、埋头苦干的特区精神，乘风破浪、逐梦远航，奋力谱写出建设社会主义现代化先行区典范的恢宏篇章。

（全国 105 家地市党报 2021 年 04 月 19 日）

申报资料实录

作品简介：2021 年是中国共产党成立 100 周年。全国地方媒体怎样做好这项重大主题报道？中国地市报研究会联合全国 105 家地市党媒，同步推出"百年奋斗路·百城访初心"庆祝中国共产党成立 100 周年大型全媒体报道。自 2021 年 3 月启动持续至 9 月底结束，形成了气势磅礴的红色百城"大合唱"，大力唱响了共产党好、社会主义好、改革开放好、伟大祖国好、各族人民好的时代主旋律，为庆祝中国共产党成立 100 周年营造了浓厚喜庆的舆论氛围。这是地方党媒首次在全国范围内联合推出重大主题全媒体大型报道。入选"百年奋斗路·百城访初心"的 105 座城市分布在全国各地，多篇报道内容为首次向全国推介。中央媒体和百家地市媒体累计发稿 1 万篇以上，百度搜索"百年奋斗路·百城访初心"同名词条突破 1 亿条大关。"百年奋斗路·百城访初心"报道首次集中展现了全国地市媒体融合发展、联合报道的强大宣传力量，为全国党史学习教育宣传报道提供了系列鲜活教材和创新案例。

社会效果：一是媒体广泛传播。报道在全国百城掀起"红色风暴"，吹响奋进第二个百年奋斗目标的"集结号"。中国记协第一时间在官网头条、官微头条重磅推介。新华社、人民日报、中新社和今日头条、澎湃等 100 余家全国主流媒体和互联网平台迅速跟进，"学习强国"学习平台广泛推介，形成强大宣传声势。二是持续深入推进。出版《红色百城百年奋斗纪实》一书，得到全国高等院校和全国媒体广泛欢迎。全国部分城市将"百年奋斗路·百城访初心"报道用作党史学习教育鲜活教材，中国地市报研究会在全国通报表彰"百年奋斗路·百城访初心"报道先进集体。

初评评语：一是意义重大。聚焦中国共产党成立100周年重大主题，全国范围内精心挑选确定105座"百年奋斗路·百城访初心"进行同步报道，分布在全国28个省市，具有广泛的代表性。全国地市党媒首次联合推出重大主题报道，对巩固党的基层舆论阵地、夯实党的执政根基具有重要启示，对全国探索形成中央媒体与地方媒体协同高效的全媒体传播体系具有重大意义。二是形式新颖。全国地市媒体首次联合推出105组全媒体报道，充分运用文图音视频等融媒元素，在百家地市党报及其所属新闻网站、客户端、微信公众号等新媒体平台开设专栏专题同步刊发，中央媒体持续跟进，来自基层一线的鲜活报道深受社会各界群众欢迎，集中展现了我国地市党媒群体的强大宣传力量，对研究推进地市媒体改革发展具有重大意义。三是影响广泛。百家地市党媒同步推出105组全媒体报道历时6个多月时间，深刻展示中国百年辉煌巨变，生动诠释发源于各地并在中国革命建设进程中产生深远影响的红船精神、长征精神、井冈山精神、延安精神、特区精神等伟大精神，在全国各地掀起"百年奋斗路·百城访初心"宣传热潮，为中国共产党成立100周年营造了浓厚的舆论宣传氛围。

党的光辉耀天山

集 体

山河织锦，大地飞歌。这是公元2021年的盛夏。在960万平方公里广袤中国大地里的新疆，容颜绚丽、时光丰盈。

然而，沿着时间的长河回溯到一百年前的那个夏天，你看到的祖国西北边疆，是赤日炎炎之下，一幅哀鸿遍野、满目疮痍的景象——那是苦难深重的中华大地的一部分，那是中华民族于生死线上苦苦挣扎的缩影。

1921年7月，一道闪电划破沉沉的黑夜，中国共产党的诞生深刻改变了中华民族发展的方向和进程，也深刻改变了新疆各族人民的前途命运。

风雨百年，是那艘小小红船，劈波斩浪，一往无前，终成巍巍巨轮，领航中华民族伟大复兴。

风雨百年，是那句铮铮誓言，豪迈铿锵，响彻天地：我们党的初心使命就是为包括新疆各族人民在内的中国人民谋幸福，为包括新疆各民族在内的中华民族谋复兴。

星移斗转，大河奔腾；沧海桑田，换了人间。祖国的新疆从黑暗走向光明，从落后走向进步，从贫穷走向富裕，从封闭走向开放。此时此刻，欢歌早已代替了悲叹，笑颜早已代替了哭脸，生之快乐早已代替死之哀伤，明媚的花园早已代替暗淡的荒地……祖国的新疆岁月静好、山河安澜。

这是中国共产党以浓墨重彩，在天山南北写就的历史篇章；这是中国共产党用如椽巨笔，在昆仑之巅镌刻的不朽功勋。天地可鉴，山河为证，没有共产党就没有新中国，更没有祖国怀抱中欣欣向荣的美丽新疆。

风雨无阻百年路，党的光辉耀天山。

一

2021年2月25日，北京人民大会堂，全国脱贫攻坚总结表彰大会隆重举行。中共中央总书记、国家主席、中央军委主席习近平庄严宣告：我国脱贫攻坚战取得了全面胜利。

千年求索，一朝跨越！世界为之仰望，历史为之惊叹！这是中国共产党带领14亿人口的泱泱大国，创造的又一个彪炳史册的人间奇迹！

734

在祖国版图的最西端，在大漠戈壁、雪域高原，新疆各族人民是这光荣历史的参与者、见证者和受益者。"小康路上一个民族都不能少"，为了这句庄严的承诺，中国共产党对这片土地倾注的心血前所未有，对各族人民倾注的关爱前所未有。

百年岁月跌宕起伏，历史逻辑一以贯之。自诞生之日始，中国共产党就对祖国西部这片土地给予了特殊的重视和关怀。为了国家统一、民族解放、人民幸福，在革命、建设、改革的每一段征程，鲜艳的党旗始终辉映着天山昆仑，中国共产党以领航的力量，为这片辽阔大地的繁荣、发展、稳定提供了无比坚强的政治保证。

"黑色的猫头鹰在头顶上惨叫，罪恶的战火在草原上燃烧"——鸦片战争以来，在帝国主义和封建军阀铁蹄之下的新疆，暗无天日，民不聊生。

中国有了共产党，新疆大地就迎来了光明与希望：1922年，党的二大作出涉及新疆问题的决议；1923年，党的三大通过的党纲草案，对新疆问题给予明确关注；1926年召开的党的六大认为，新疆等少数民族地区对于中国革命有重大意义；1935年，俞秀松等共产党人先后到新疆工作，把马克思主义的火种播撒在天山南北；抗战的烽火熊熊燃烧之时，中国共产党在新疆各族人民中间开展抗日宣传动员，激发起空前的爱国热忱，偏远落后的新疆成为一处光明进步的所在，被称为继延安之后，民族复兴的又一根据地。正是因为中国有了共产党，新疆大地于漆黑的夜幕中看到黎明的曙光。

1949年春，在解放战争取得决定性胜利的时刻，中共七届二中全会上，中共中央和毛泽东认为，新疆问题乃至整个西北问题都有和平解决的可能性，应该努力争取。9月25日，开国大典前夕，新疆和平解放，这片幅员辽阔的国土免于山河破碎、生灵涂炭，饱受剥削压迫的各族人民真正成为国家的主人，新疆历史开创了新纪元。从此，太阳每一天都是新的，山河锦绣，万物生长。

1955年10月1日，新疆维吾尔自治区成立，民族区域自治制度充分保障了各族人民当家作主的权利。数十载风雨阳光，平等团结互助和谐的社会主义民族关系，始终是新疆发展的主旋律，推动各项事业取得一个又一个胜利。

新中国成立以来，无论是建党建政、剿匪平叛、土地改革，还是进行社会主义改造、推进社会主义建设，无论是成立生产建设兵团还是组织其他省份支援新疆建设……中国共产党始终坚持把维护好、实现好、发展好各族人民的根本利益作为新疆工作的出发点和落脚点，全心全意为各族人民谋幸福。满怀信心的天山儿女，笑容灿烂、精神焕发，天山南北"到处都是活跃跃的创造，到处都是日新月异的进步"。

1978年，党的十一届三中全会确定以经济建设为中心，实行改革开放，极大地解放和发展了社会生产力。新疆紧紧跟随时代的大潮奋楫前行，在风云激荡的改革画卷上，写下了属于自己的精彩篇章。

世纪之交，西部大开发战略的实施，把这片土地的命运与中国改革开放的进程更加紧密地联系在一起，让中国最西部的"洼地"一跃成为向西开放的最前沿。2013年，习近平主席提出的共建"一带一路"倡议更是给中国新疆带来千载难逢的历史机遇，推动新疆将自身发展深度融入国家改革开放的大局。承载着丝绸之路经济带核心区的光荣与使命，中国新疆在世界的舞台上轻展长袖，自信起舞。

党的十八大以来，在新疆稳定发展的关键时刻，以习近平同志为核心的党中央高瞻远瞩、运筹帷幄，先后召开第二次、第三次中央新疆工作座谈会，从战略和全局上审视、谋划、部署新疆工作。习近平总书记指出，当前和今后一个时期，做好新疆工作，要完整准确贯彻新时代党的治疆方略，牢牢扭住新疆工作总目标，依法治疆、团结稳疆、文化润疆、富民兴疆、长期建疆。在新时代的壮丽征程上，在习近平新时代中国特色社会主义思想的指引下，新疆工作始终沿着正确的政治方向乘风破浪、砥砺前行。

奋斗的岁月未曾蹉跎，光明的事业永不落幕。当时光之笔为中国共产党刻画第一百个清晰的年轮，一个更新更美更青春的中国新疆展现在世界面前。这是中国共产党的伟大创造与不朽功勋，写在山河大地，也镌刻在各族人民心里。

二

俯瞰今日的新疆大地，你会看到什么？

你会看到日新月异的发展态势。向西，霍尔果斯车流滚滚，路畅货旺；向东，哈密"风光"无限，新兴产业势头强劲。你会看到触手可及的民生幸福。皮山县木吉镇兰干村的海鲜菇发往全国各地，变成了乡亲们的致富"金元宝"；木垒哈萨克自治县英格堡乡月亮地村走出"深闺"，成为无数自驾游爱好者的"打卡地"。你会看到山清水秀的无限风光。裕民县巴尔鲁克山一望无际的山花令人心旷神怡，泽普县金湖杨景区沙漠戈壁间浓荫蔽日的绿洲让人啧啧称奇。

这勃勃生机，只有走得足够近，才能感受震撼。

历史的意义，只有离得足够远，才能看得真切。

回望新中国成立前的新疆，在列强的掠夺践踏、军阀的剥削压榨下，是个千疮百孔、一穷二白的"烂摊子"。近代工业几乎空白，产不了一斤铁、一尺布、一张机制纸；农业生产方式原始落后，每5户人家才有一把坎土曼，一些地方年年闹粮荒。

1949年的秋天，中国共产党接过来的就是这样瘠薄的"家底"。如何带领一个落后的边疆少数民族地区，追赶现代化的脚步？如何带领新疆各族群众，过上幸福美满的日子？这是中国共产党人面临的巨大考验。

"为建设人民的新新疆而奋斗"，中国共产党领导的新疆日报"代发刊词"中写下这样的宣言。筚路蓝缕，以启山林。面对建设新新疆的艰巨任务，中国共产党带领全疆各族人民，以战天斗地的豪情、坚韧不拔的意志、埋头苦干的精神，在亘古荒原写就了雄浑壮丽的发展篇章。

唱着"草原秋风狂，凯歌进新疆"的十余万大军，把军垦第一犁插进茫茫戈壁；伴着"戈壁滩上盖花园"的嘹亮歌声，十月拖拉机厂、八一钢铁厂、七一棉纺厂等一批大型工厂相继诞生；克拉玛依大油田发现、兰新铁路开通，乌鲁木齐、石河子等城市快速崛起……沉寂千年的新疆阔步走上了社会主义康庄大道。

一切由此启程，一切因此壮阔。改革开放以来，党中央从国家发展战略和各族人民根本利益出发，始终把帮助边疆地区发展经济、实现共同富裕作为一项基本政策，推出了一个又一个促进新疆发展的有力举措。随着改革开放的大潮、乘着西部大开发的东风，资金来了、人才来了、企业来了，新疆逐步走出"资源富区、经济穷区"的怪圈，成为吸引国内大企业、大集团抢滩登陆的风水宝地，驶入了发展的快车道。

党的十八大以来，以习近平同志为核心的党中央更是出台一系列特殊政策措施，举全党全国之力支持新疆发展：确立新疆为丝绸之路经济带核心区；中央财政每年对新疆转移支付数千亿元，全国19个省市每年对口支援新疆投入逾百亿元；大规模开展基础设施建设，持续实施一系列民生工程……新疆的每一天，都在以肉眼可见的速度成长。

这是气势磅礴的交响曲。新疆地区生产总值从1952年的7.91亿元增加到2020年的13797.58亿元，综合经济实力不断跃上新台阶；新疆城乡居民人均可支配收入由1978年的319元和119元，分别增加到2020年的34838元和14056元，人民生活水平大幅提高。

这是翻天覆地的变奏曲。衣着从"蓝绿灰黑"到"天天变样"，饮食从"只求温饱"到"吃出健康"，居住从"土坯矮房"到"智能家居"，出行从"封闭难行"到"四通八达"。隐藏在人们心头的"生存焦虑"，变成了浮现在人们脸上的"幸福指数"。

看似寻常最奇崛，成如容易却艰辛。新疆革命、建设和改革的奋进征程，就是在党的坚强领导下，中华民族从站起来到富起来再到强起来的辉煌历史的生动注脚。

一切都已写入历史，一切都是新的开始。

在第三次中央新疆工作座谈会上，习近平总书记强调"发展是新疆长治久安的重要基础""紧贴民生推动高质量发展"。初心如磐，使命如山。面对中华民族伟大复兴战略全局和世界百年未有之大变局，一条以新发展理念为指引的高质量发展之路正在新疆大地铺展开来，一个现代化的经济体系正在天山南北加快构建。

无边光景一时新。祖国的新疆正以崭新的面貌、昂扬的姿态，大踏步走向世界、走向未来。

三

一场跨越 1400 公里、历时 7 小时的陆空接力，一条各族党员干部争分夺秒铺就的希望通道，一次惊心动魄的极限救援……今年 5 月，和田断臂男孩成功救治的故事传遍大江南北，无数人为之泪目。

这是中国共产党"以人民为中心"执政理念在新疆大地的生动实践，是对"人民至上、生命至上"最有力的诠释。

"共产党打江山、守江山，守的是人民的心，为的是让人民过上好日子。"我们党之所以能历尽磨难而淬火成钢，历经百年而风华正茂，正是因为我们党自成立之日起就把"人民"二字铭刻在心，把坚持人民利益高于一切鲜明地写在自己的旗帜上。

上世纪 30 年代，较早来到新疆的那批共产党人，处处维护各族人民的利益，发展教育、兴修水利、修桥补路、救苦恤贫，办了许多好事，至今广为传颂；人民解放军进疆，寒冬腊月，干部战士宁可自己受冻，也把仅有的一床被子、节省下来的衣服送给贫苦农民，被各族群众称为"共产党、毛主席派来的救命恩人"；新中国成立后，中国共产党一心一意为人民谋福祉，新疆第一个五年计划就把"逐步改善各族人民的物质和文化生活"作为具体任务；改革开放以来，党和国家领导人先后来到新疆各族人民中间，问民生、说团结、话发展，亲切关怀温暖心田。党中央安排中央和国家机关、中央企业、19 省市展开大规模对口援疆，促进新疆就业、教育、卫生等事业取得长足发展，人民生活水平一年一个台阶。这一件件、一桩桩，无不折射着中国共产党人坚定的人民立场、深挚的为民情怀，彰显着一个百年大党的政治本色。

党的十八大以来，以习近平同志为核心的党中央时刻牵挂着祖国的新疆，深切关心着各族群众的福祉，始终坚持"多搞一些改善生产生活条件的项目，多办一些惠民生的实事，多解决一些各族群众牵肠挂肚的问题，让各族群众切身感受到党的关怀和祖国大家庭的温暖"。

自治区党委坚决贯彻落实新时代党的治疆方略，坚持将各族群众的获得感、幸福感、安全感作为最重要的民生考量，在发展理念中深植民生情怀，把财政支出70%以上用于保障和改善民生，持续推进以就业、教育、医疗、社保等为重点的惠民工程，奋笔书写带着温度的民生答卷。

如今，一幅温暖明亮的民生图景正在天山南北铺展——扩大就业增收让各族群众的日子越过越有盼头，学前三年免费教育刷新农村孩子的起跑线，全民健康体检为男女老少撑起生命的"保护伞"，越织越密的社会保障网为千家万户的幸福兜住底线。

如今，一张写满自豪的脱贫攻坚答卷交由历史检验——35个贫困县摘帽，3666个贫困村退出，77.25万户306.49万人实现脱贫。所有行政村通硬化路、通客车、通动力电、通光纤宽带，群众喝上了安全放心水，结束了住危房的历史，新疆千年绝对贫困问题得到历史性解决。

如今，一场抗击疫情的大战大考充分彰显使命担当——新冠肺炎疫情来袭，中国共产党始终把人民放在心中最高位置，不计成本、无论代价，真心尊重每一个生命、全力救治每一位病患，为各族人民生命安全和身体健康保驾护航。

"江山就是人民，人民就是江山"。"人民"二字的深刻内涵，写在中国共产党带领人民谋幸福的奋斗史册上，更写在天山南北各族儿女舒展的眉宇间、爽朗的笑声里。

人民对美好生活的向往没有止境，我们党为人民利益而奋斗永不停息。锚定目标，初心如磐，站在全面推进乡村振兴的新起点，朝着全体人民共同富裕的新期盼，在以习近平同志为核心的党中央坚强领导下，风调雨顺的新疆大地，迎接着又新又美的年华光景。

四

"维族同胞说我们要像石榴籽一样抱在一起，这个词很形象。各民族就要像石榴籽一样紧紧抱在一起，我们都是中华民族共同体的一分子。"6月8日下午，习近平总书记在青海考察时，在刚察县沙柳河镇果洛藏贡麻村向大家讲述了"石榴籽"这个比喻的出处。总书记亲切的话语饱含赞许、充满期待。

"像石榴籽一样紧紧抱在一起",这一从历史的兴衰成败中得出的结论，早已成为今日新疆各族人民的集体共识与行为准则。培育、传承、光大以中华民族共同体意识为内核，以共同团结奋斗、共同繁荣发展为追求，以"三个离不开""五个认同"为理念的石榴籽精神，为中华民族大团结注入新的内涵。

聆听历史的回声，从"五星出东方利中国"到"汉归义羌长印"，从玉石之路到丝绸之路，从西域都护府到伊犁将军府，千百年来，新疆这片盛产石榴的土地上，流传着手足相亲、守望相助的千古佳话，形成了团结凝聚、共同奋进的优良传统。

中华民族共同体意识是国家统一之基、民族团结之本、精神力量之魂。在新疆这样一个多民族聚居、多宗教并存、多元文化荟萃之地，不断巩固各民族大团结，不断增强中华民族凝聚力、向心力，始终是中国共产党的价值导向。

抗日战争的滚滚洪流中，是中国共产党人唤醒了新疆各族人民浓郁的家国情怀。在"各民族一律平等地联合起来，打倒日本帝国主义"的口号声中，人不分长幼、地不分南北，各民族同胞团结一心，开展抗日募捐、支援抗日前线、保障国际援华交通线……一位名叫艾沙的南疆贫民苦于无力捐款捐物，情愿将18岁的儿子送上前线，并称"倘不忠实抗战，宁可不见子面"。毁家纾难的拳拳爱国之心，日月可鉴。

新中国成立以来，具有中国特色的民族理论、民族政策让天山南北各族同胞沐浴着党的光辉，与全国人民一道走上社会主义康庄大道。没有偏见与歧视，只有平等与尊重的民族关系，充分体现了党的领导和社会主义制度的优越性。"天山上的青松根连着根，各族人民亲又亲"，唱出了新疆各族同胞共同的心声。

"民族团结是发展进步的基石""新疆的问题，最难最长远的还是民族团结问题"……党的十八大以来，无论是到新疆考察，还是接见基层民族团结优秀代表，无论给库尔班大叔的后人回信，还是参加全国两会新疆代表团审议，各民族的团结和睦始终是习近平总书记最深的牵挂。在第三次中央新疆工作座谈会上，总书记强调："要以铸牢中华民族共同体意识为主线，不断巩固各民族大团结。"

沿着总书记指引的方向，自治区党委团结带领新疆各族人民以铸牢中华民族共同体意识为主线，全面贯彻党的民族政策，深入开展民族团结进步宣传教育，深入开展"民族团结一家亲"和民族团结联谊活动，积极创建全国民族团结进步模范区，坚持新疆伊斯兰教中国化方向，深入做好意识形态领域工作，深入开展文化润疆工程。各族群众在共居、共学、共事、共乐中广泛交往、全面交流、深度交融，民族团结的"同心圆"越画越大，中华民族共同体意识在心灵深处扎根。

各民族共同团结奋斗、共同繁荣发展，是中华民族的立身之本、生命之依、力量之源。在中国共产党的坚强领导下，铸牢中华民族共同体意识，促进各民族像石榴籽一样紧紧抱在一起，我们就一定能共创中华民族的美好未来，共享民族复兴的伟大荣光。

五

2021年伊始，一个舍生忘死的英雄故事在新疆大地传颂，一张目光炯炯、神情坚毅的脸庞让无数人为之动容，人们以滚烫的热泪记住了一个共产党员的名字。

他，就是全国人大代表、全国劳动模范、被中共中央宣传部追授"时代楷模"称号的"帕米尔雄鹰"拉齐尼·巴依卡。

为救落入冰窟的孩子，拉齐尼·巴依卡献出了自己年轻的生命，践行了"随时准备为党和人民牺牲一切"的铮铮誓言。

从烽火硝烟的革命年代到热火朝天的建设时期，从波澜壮阔的改革岁月到乘风破浪的新时代，一代又一代共产党人，为赢得民族独立和人民解放、实现国家富强和人民幸福，前仆后继、浴血奋战，艰苦奋斗、无私奉献，谱写了气吞山河的英雄壮歌。

在黎明前的黑夜里，身陷囹圄的俞秀松坚定地对妻子说，"你坚定一个信心就是跟党走，将来人民一定解放，胜利一定到来！"坚持带病工作的毛泽民不眠不休，短短几年中，卓有成效地整顿了新疆的财经；在狱中受尽酷刑的林基路写下《囚徒歌》，"掷我们的头颅，奠筑自由的金字塔；洒我们的鲜血，染成红旗，万载飘扬。"……那些革命理想高于天的共产党人，早已化作天山之巅璀璨的星斗，光耀千秋。

和平解放后的新疆，在党中央的关怀和支持下发展了第一批党员。在那个百废待兴的年代里，共产党员宛如一粒粒饱满的种子，深深植根于人民当中，脚踏实地践行着全心全意为人民服务的宗旨。

70多年来，天山南北党员队伍不断壮大，党的组织日益健全，共产党人崇高的精神境界和坚定的理想信念照亮了祖国边陲的每一个角落。

他们将百姓疾苦放在心中。"白衣圣人"吴登云，从自己腿上切下一块块皮肤，移植到烧伤孩子的身上；"当代雷锋"庄仕华，扎根新疆40年，以精湛的医术、高尚的医德，让各族群众交口称赞。

他们将人民利益举过头顶。水利专家王蔚，一生为和田修了五十八座半水库，临终前还要深情地再看一眼和田大地；"全国脱贫攻坚楷模"刘虎，不顾自己重疾缠身，带着团队苦干实干，用8个月时间完成了原计划3年完成的饮水工程，让伽师县47.5万群众告别了苦咸水。

他们将使命担当融入血脉。"焦裕禄式的好干部"安桂槐，在极寒之地可可托海，凝聚起热火朝天的力量，为新中国偿还外债立下汗马功劳；"七一勋章"获得者买买提江·吾买尔，先后担任村支书30多年，旗帜鲜明反对民族分裂，坚定不移维护社会稳定，是村民心中的"顶梁柱"。

他们将家国情怀植根灵魂。"人民楷模"布茹玛汗·毛勒朵在高寒、漫长的边境线上坚守60年，用双脚踩出20多万公里的巡边足迹，在10万多块大大小小的石头上镌刻下祖国的名字；"七一勋章"获得者魏德友，是兵团精神的典型代表，他把家安在边境线上，为国巡边50多年，被誉为边境线上的"活界碑"。

……

一个个优秀的共产党员，就是一面面鲜艳的旗帜，密切了党与群众的血肉联系；一个个优秀的共产党员，就是一座座精神的高地，将中国共产党的光辉形象树立在各族群众心底。

党的十八大以来，从党的群众路线教育实践活动、"三严三实"专题教育、"两学一做"学习教育，到"不忘初心、牢记使命"主题教育，再到党史学习教育，新疆大地各族党员干部，在学思践悟中强化责任担当，在知行合一中践行初心使命。

他们是"访惠聚"驻村工作队队员，与广袤田野无缝对接，与父老乡亲水乳交融；他们是脱贫攻坚战场上的主力军，咬定青山不放松，不破楼兰终不还；他们是新冠肺炎疫情防控一线的战士，以生命赴使命，用挚爱护苍生……

他们用血汗乃至生命告诉世界，这是一支有着崇高理想信念、坚定初心使命，勇于担当、甘于奉献，攻坚克难、无往不胜的队伍，这是一支始终植根人民，与人民同呼吸、共命运、心连心，也被人民衷心拥护的队伍。

怀中一寸心，千载永不易。我们相信，阔步新时代的中国共产党人，肩负着人民对美好生活的向往，肩负着实现伟大复兴的梦想，传承红色基因，赓续共产党人精神血脉，团结带领各族人民，必将在天山南北奏响一曲又一曲奋进乐章，创造一个又一个人间奇迹。

六

6月7日，75岁的新疆塔城市居民沙勒克江·依明在自家小院里又一次升起了鲜艳的五星红旗。与以往不同的是，在升国旗前，他举起右拳，在党旗下庄严宣誓加入中国共产党。那一刻，他心潮澎湃、热泪盈眶。

一切为民者，则民向往之。满怀着对伟大祖国的感恩之情，沙勒克江一家坚持在自家小院升国旗十余年。在中国共产党成立100周年之际，沙勒克江光荣入党，更体现了他永远跟党走的坚定决心。

谁把人民放在心上，人民就把谁放在心上。你为我出生入死、赴汤蹈火，我报以风雨同舟、生死与共。这就是人民的选择。

中国共产党从诞生之日起，就同中华民族的前途命运紧紧联系在一起。新中国成立以前，中国共产党人在新疆的活动如灯塔、似火炬，让在黑暗中苦苦摸索的有志之士看到希望和光明。那些以血肉之躯筑起民族解放道路的共产党人，带给一批爱国进步的新疆青年以无穷力量。他们主动向中国共产党靠拢，与国民党反动派展开斗争，走上了革命道路，不仅在新疆和平解放中发挥了作用，而且为解放后建立共产党组织准备了条件。

阳春布德泽，万物生光辉。新中国成立以来，中国共产党以艰苦卓绝的奋斗历史性地改变了这片土地的面貌和各族人民的命运。各族儿女从内心深处迸发出感党恩、听党话、跟党走的真挚情感，以实际行动拥护党的领导、报答党的恩情。

新疆和平解放后，生平第一次拥有土地的维吾尔族贫雇农，彻底改变了"为奴隶、为牛马、为犬羊"的命运，感恩之情与日俱增。于田县农民库尔班·吐鲁木，决心骑着毛驴上北京看望毛主席；疏附县帕哈太克里乡的农民，向毛主席直抒胸臆：我们用这解放的手，向您敬呈这封信，昔日的苦今日的甜，一一写在信里头——代表一个时代的集体记忆，如此长久而动人。

历史车轮滚滚向前，中国共产党全心全意为人民服务的根本宗旨从未改变，新疆各族人民爱党爱国爱社会主义的炙热情感始终如一。如今，库尔班大叔的后人牢记习近平总书记的殷殷嘱托，争做热爱党、热爱祖国、热爱中华民族大家庭的模范；尉犁县兴平镇达西村把"感党恩，听党话，跟党走"郑重写入村规民约，村民不仅口袋里鼓囊囊，精神上也亮堂堂；一位从小父母双亡的维吾尔族农场职工一家三代都姓"党"，因为"是共产党让我们有饭吃、有房住、有学上，让我们感受到了祖国大家庭的温暖"……

得民心者得天下，失民心者失天下。古今中外，概莫能外。

历史雄辩地证明，中华民族屡经挫折而不屈，屡遭坎坷而不衰，挺起了一个民族的脊梁，铸就了一个国家的尊严，其重要原因就在于，中国共产党始终植根人民、心系人民、造福人民，赢得了人民群众的广泛信赖和衷心拥护。

人心是最大的政治，人民是最大的底气。沐浴着党的温暖阳光，今天的新疆正处于历史上最好的繁荣发展时期。新疆各族儿女一定将满怀的感恩之情，化作不竭的前进动力，团结一心、众志成城，把祖国的新疆建设得越来越美好。

七

"唱支山歌给党听，我把党来比母亲"，连日来，新疆各地举行"唱支山歌给党听"快闪活动，千千万万干部群众积极响应，以动情的歌声抒发朴素的情怀。

俯瞰今天的新疆大地，这充满歌声与欢笑的祖国山河，每一寸土地都铭记着中国共产党披荆斩棘的艰苦跋涉、矢志不移的奋斗拼搏、无怨无悔的奉献牺牲。

事实充分证明，没有中国共产党就没有新中国，更没有祖国怀抱中欣欣向荣的社会主义新疆。我们走过的非凡历程、取得的辉煌成就，都是党领导人民创造的。包括新疆各族人民在内的中国人民选择了中国共产党就选择了人间正道、光明大道。毫不动摇地坚持中国共产党的领导，坚持中国特色社会主义制度，我们必将迎来中华民族伟大复兴的光明前景。

事实充分证明，越是伟大的事业，越需要砥柱中流的"领航者"、共谋复兴的"主心骨"。中国特色社会主义进入新时代，优势与风险共存，机遇与挑战同在。形势越是严峻复杂、任务越是艰巨繁重，我们越是要高举习近平新时代中国特色社会主义思想的伟大旗帜，增强"四个意识"、坚定"四个自信"、坚决做到"两个维护"，坚决做到新疆距离首都北京虽远，但自治区党委、全区各级党组织、广大党员和各族干部群众的心，始终与以习近平同志为核心的党中央紧紧地贴在一起、紧紧地连在一起。

事实充分证明，新时代党的治疆方略是做好新疆工作的纲和魂，必须毫不动摇、长期坚持。在习近平新时代中国特色社会主义思想指引下，完整准确贯彻新时代党的治疆方略，我们就一定能够建设好团结和谐、繁荣富裕、文明进步、安居乐业、生态良好的新时代中国特色社会主义新疆。

事实充分证明，团结一心、艰苦奋斗是战胜一切困难，取得一切胜利的传家宝。回首党在新疆一百年的光辉历程，处处印刻着团结带领各族群众艰苦奋斗的红色足迹，激扬着敢教日月换新天的革命精神。征途漫漫、惟有奋斗。激扬团结一心的力量、砥砺艰苦奋斗的精神，我们就一定能战胜前进道路上一切风险挑战，创造无愧于伟大新时代的新辉煌。

八

"大风泱泱，大潮滂滂。洪水图腾蛟龙，烈火涅槃凤凰。"

当历史的时针指向 2021 年 7 月 1 日，一个历经苦难辉煌的百年大党，巍然屹立于世界的东方；实现中华民族伟大复兴的梦想，曾经如此遥远，今天如此真切！

在党的光辉照耀下，"春风不度玉门关"的荒凉早已被历史掩埋，"春风杨柳万千条"是今日新疆飞扬的神采。

万山磅礴必有主峰，龙衮九章但挈一领。中国共产党的领导是历史的选择、人民的选择，在努力建设新时代中国特色社会主义新疆的壮丽征程上，2500 多万天山儿女牢记党的光荣历史，感恩党的伟大贡献，团结一心跟党走，更好的日子还在后头。

放眼天山南北，风展红旗如画。

（《新疆日报》2021 年 07 月 01 日）

申报资料实录

作品简介： 在美西方反华势力一段时期以来大肆污蔑新疆"强迫劳动""种族灭绝"，妄图"以疆制华""以恐逼华"的大背景下，讲好建党百年的新疆故事，讲好中国共产党为这片土地谋光明、为各族群众谋福祉的故事，更有非同一般的意义。新疆日报从 2021 年年初开始，就从各部门抽调骨干力量，专门学习研究党在新疆的光辉历史。在阅读大量资料、基层实地走访、请教专家学者、反复研究讨论、十易其稿的基础上，于 7 月 1 日推出近万字的编辑部文章《党的光辉耀天山》，生动反映了中国共产党为包括新疆各族人民在内的中国人民谋幸福、为包括新疆各民族在内的中华民族谋复兴的奋斗历程，全景展现了在党的领导下新疆大地翻天覆地的变化，深刻揭示了没有共产党就没有新中国、更没有新时代中国特色社会主义新疆的内在逻辑。

社会效果： 文章除在新疆日报（集团）报刊网端微全平台发布外，又先后被人民网、新华网等全国知名网站、新媒体平台转发，有领导干部表示"万字长文写出了新疆各族人民的心声"，有网友留言"文章字字有情、句句在理，是一篇匠心之作"。

初评评语： 一是这篇文章是新疆日报（集团）纪念中国共产党成立一百周年的扛鼎之作。文章立意高远、格局宏阔，把政治高度、理论深度、历史跨度、现实温度很好统一起来，浓墨重彩书写了中国共产党在新疆大地建立的不朽功勋，情真意切表达了新疆各族人民对伟大中国共产党的感恩爱戴之情以及听党话、感党恩、跟党走的坚定决心。二是这篇文章是讲好新疆故事的精品力作。文章将历史与现实有机衔接，宏观与微观自如切换，说理与叙事、抒情巧妙融合，既大气磅礴、振聋发聩，又春风化雨、直抵人心。

Documentary | Inside China: A Discovery Tour [4K]
（重磅纪录片 | 真实中国：民主自由人权探索之旅）

缪晓娟　马云飞　爱　华　许咏政　倪四义　班　玮　陈　瑶　李志晖

限于篇幅，文字稿略，获奖作品请见中国记协网 http://www.zgjx.cn。

（新华社英文客户端 2021 年 12 月 27 日）

申报资料实录

　　作品简介：2021 年 12 月，新华社面向全球推出英文纪录片《真实中国：民主自由人权探索之旅》的预告、直播、分集、主题曲、HD、4K等，包括在新华社英文客户端上推出首个及目前唯一一个 4K 影片，创造性完成国传精品的超长传播链条，中外媒体采用 774 家，海外社交媒体平台总浏览量 2934.2 万次，占领头部视频平台、落地城市大屏，实现破圈刷屏跨界的立体传播。片中新华社记者和三位美籍专家历时 45 天抵达13 个城市 7 个乡镇 10 个村庄，采访 90 名普通民众，生动讲述全过程人民民主、宗教信仰自由、反恐努力、抗疫成效、各民族文化保护和老百姓热气腾腾的日子。通过行进式探访和国际化表达，向各国观众呈现真实中国，寓宏大主题于鲜活故事和真挚情感中，有力引导国际社会增进对中国制度与模式的感知认同。此片一是重大敏感选题拿捏得当，表达自然而水到渠成；二是讲述视角有效创新，利用美籍精英搭建沟通桥梁；三是拍摄零踩点纯纪实，拥有朴素的艺术感染力；四是画面语言讲究细腻，感人至深。针对常被西方媒体政客无端指责的话题，用大量事实予以回应，让各国观众更好地理解在追求全人类共同价值的过程中，现代中国在民主自由人权领域不断锐意进取的政治文明建设逻辑。

　　社会效果：纪录片在美国纠集的所谓"领导人民主峰会"召开后推出，获得海内外高度关注，引发巨大社会反响，内外传播效果俱佳。一是海

747

外强势落地，迅速抵达大量用户，触及各国外交官、企业家等意见领袖和精英群体，塞尔维亚 Beta 通讯社、委内瑞拉南方电视台、布基纳法索一台、法国 MANDARIN TV、泰国 The Phuket News 等海外媒体在其平台转发和黄金时段播出。二是占领国内几大头部视频平台，并实现多家主流新闻客户端推送。腾讯视频和哔哩哔哩通过弹窗向所有用户推送；优酷大屏端推送；芒果 TV 首页推荐、微信公众号推送；爱奇艺首页推荐、App 开机页显示、纪录片频道首页推荐。三是打通线上线下，落地地方媒体和城市大屏。纪录片得到新疆、西藏、上海等各地地方媒体自主推介，并登上武汉中心大屏、福州商业区大屏和拉萨布达拉宫广场大屏。

初评评语：作品深入中国基层走访调研，借助外眼外脑外嘴，生动讲述了中国全过程人民民主、宗教信仰自由、反恐努力、抗疫成效、各民族文化保护等内容。通过行进式探访和国际化表达，向海外受众特别是西方受众还原真实中国，有力引导国际社会增进对中国制度与中国道路的感知认同，是国际传播中强化正面叙事、主动设置议题、创新报道思路的有益探索。

Why is the CPC worthy of trust?
（中国共产党值得信任的秘诀是什么？）

张少伟　周星佐　栗思月　罗　瑜　史雪凡　张欣然　黄恬恬

限于篇幅，文字稿略，获奖作品请见中国记协网 http://www.zgjx.cn。

（中国日报网站 2021 年 06 月 25 日）

申报资料实录

作品简介：中国共产党百年华诞全球瞩目，中国日报采用解释性视频（Explainer Video）形式，制作党史故事科普视频《Why is the CPC worthy of trust？》，灵活运用海外流行范式，多角度阐释中国道路，抨击偏见，取得较好的国际传播实效。史实开篇增加客观体验。视频以一段与中共党史相关的小故事开头，调动海外受众的情绪，以获得客观体验。例如，视频开篇讲述 1949 年 3 月中共中央前往北平的历史事件，毛泽东同志在临行前说，"今天是进京赶考的日子"。后引出习近平总书记"时代是出卷人，我们是答卷人，人民是阅卷人"的精辟论断，呼应片头比喻，点出中国共产党的初心和使命，引发共鸣。中外专家论述丰富视频内涵。为了让海外受众了解中国共产党并产生认同，团队专访郑永年、金灿荣、阳和平等专家，通过他们风趣幽默、鞭辟入里的分析，提升理论高度，深入浅出地讲述"中国概念"。多技术手段降低观看门槛。视频采用"历史画面＋动画演示＋数据可视化＋专家访谈"的形式，灵活运用三维动画、可视化数据、原声、音效等，从"看"和"听"两方面为海外受众还原历史。

社会效果：该视频在海外社交媒体平台，获得外交使领馆人员账号、海外学者点赞转发，并迅速引发国内外网友热议。该视频是系列视频《中国道路》的第二集。不同于以往"你听我说"式单向输出叙事方式，《中国道路》深挖海外受众的主要关切点和偏见误解，归纳出四个问题——"为什么是中国共产党""为什么相信中国共产党""党为何如此重视对外开放""党如何践行人类命运共同体的理念"。以中外熟知的"C 位"

概念为主线，阐释历史和人民选择 C（CPC，中国共产党）、党带领人民建设 C（China，新中国）、走向 C（Center stage，国际舞台中央）、形成 C（Chinese way，中国道路）的历史背景与生动实践。帮助外国人对视频中的四个关键词选得对、信得过、放得开、扛得起树立全新认识。策划团队打通海内外多平台传播渠道，构建立体传播格局，触达 1 亿用户，收获了大批海外网友的点赞。海外网友表示，"时间会证明中国是正确的""我为中国共产党打满分"等。

    初评评语： 该作品立意高远，旨在向全球受众讲好中共党史，以数据可视化、动画、史实相结合的方式，讲述党的百年奋斗史，视频制作精良、内容丰富、角度新颖。该作品政治方向和舆论导向正确，通过充分调动各种新闻手段和元素，有效降低了海外受众接触、认知、理解中国话语的门槛，传播效果显著。

南京记忆·世界记忆

集 体

限于篇幅，文字稿略，获奖作品请见中国记协网 http://www.zgjx.cn。

（澳大利亚双语频道（Star AM1323）2021 年 12 月 14 日）

申报资料实录

作品简介： 2021 年 12 月 13 日是第八个南京大屠杀死难者国家公祭日。专题《南京记忆·世界记忆》站在世界记忆的高度，从海外公祭独特视角切入。专题采写之初，与南京市侨联合作，广泛征集了来自世界五大洲的侨胞对于"南京大屠杀"这一历史事件的所思所想，并重点约访了与南京大屠杀惨案历史真相国际传播有关的人物，譬如张纯如的母亲，德国、日本等多地海外华侨华人，体现了《南京记忆·世界记忆》的专题主旨。这些海内外华侨华人大多在海外从事媒体工作或者是知名侨领，具有一定的影响力和号召力，譬如泰国《泰国风》杂志融媒体社长兼总编辑吴小涵、魁北克孔子学院外方院长、蒙特利尔道森学院国际部中国项目主任荣萌。通过他们在海外所见所闻、所做所感，共同推动南京大屠杀惨案真相传播、倡导珍爱世界和平、践行人类命运共同体理念。

社会效果： 专题采取内外联动、融合矩阵式传播。广播播出平台有金陵之声广播电台、澳大利亚双语频道、美国洛城双语广播电台、美国西雅图中文台等；海内外新媒体平台呈现包括微讯江苏、我苏网、Radio 江苏、江苏新闻广播、中国侨联、南京侨联、国际日报、泰国风、加拿大共生国际传媒等，实现全球传播。专题报道在海内外华侨华人中引起强烈反响，具有较高的传播力和影响力。

初评评语： 一是立意高、格局大。专题立足全球视野、国家站位，面向未来，呼应时代主题，回应海外关切，体现中国人珍爱世界和平、维护世界和平的决心，彰显了人类命运共同体理念这一重大主题。二是新闻性强，制作精良，极富广播特色。专题将公祭日现场音响、历史音响、现实讲述音响与史料再现等有机串联，逻辑清晰，叙事平实、描写细腻，彰显了重要题材的丰富内涵，感染力强，富有启迪性。三是覆盖面广。从"呼吁世界和平"主旨出发，专题采访了美国、德国、日本、加拿大、马来西亚等多地海外华侨华人，涵盖五大洲。通过华侨华人之口，客观讲述海外传播南京大屠杀惨案历史真相的现状，创新了报道视角，开掘了报道深度，引发了全球受众的共鸣。四是多维推送，有效提升国际传播力。专题不仅在澳大利亚双语频道、美国洛城双语广播电台、美国西雅图中文台等海外广播播出，还同步在微讯江苏、我苏网、Radio江苏、中国侨联、国际日报、泰国风、加拿大共生国际传媒等海内外华文媒体、海外社群推送，受众广泛。

新疆棉花遭遇"明枪"与"暗战"

毛淑杰

春寒料峭的三月,新疆棉花却冲上热搜。

2021 年 3 月 24 日,在中国社交媒体平台上,瑞典快时尚品牌 H&M 公司遭遇猛烈的舆论"炮轰"。该公司在官网发布的一项声明称,不再采购新疆棉花。随后,H&M 在中国娱乐圈的商业伙伴,如演员黄轩、宋茜等宣布与 H&M "切割"。截至 3 月 25 日,淘宝、京东、拼多多等电商巨头已屏蔽或下架 H&M 的线上商店和相关商品。而事件还在不断发酵,更多品牌卷入其中。

2020 年冬天,南方周末记者曾实地走访新疆南北,深入采访棉花农场、轧花厂、棉种公司、服装厂等棉纺供应链企业等。不少新疆棉企深陷困境,而困境背后,是一场围绕国际棉纺话语权的"暗战"。

"发酵半年的坏消息"

正值一年中最冷的时候,白天气温也在零下,正午的太阳也晒不化洼地里的冰。

清晨,维吾尔族小伙买买提·阿力甫开车到工厂上班。一年前,他终于攒够钱买了一辆小汽车,换掉了破电动车,"车是二手的,才几万块钱,有暖气。"

买买提今年 25 岁,是新疆尉犁县英库勒镇人。2017 年夏天,他从微信朋友圈里看到家乡一家轧花厂正在招工,随后应聘成为该厂一名职工。"家里有 30 亩地,以前在家帮父母干农活,农闲时打短工。现在和工厂的合同是一年一签,平均每月工资 4000 元,社保齐全,收入有了保障。"

2020 年 12 月的一天,买买提在厂里驾驶叉车,搬运皮棉。去籽的棉花被压实装包,每包有数百公斤。老板张彪看到后叮嘱,慢点儿,注意安全。买买提觉得这个比自己只大几岁的年轻老板"人还不错",新的一年他还想继续干下去。

买买提不知道的是,他的家乡以及占据中国棉花产量八成的新疆棉花,正陷入一场舆论漩涡。

买买提的老板张彪坐在办公室里,面露难色。厂区内,工人们麻利地给轧好的棉花大包贴上标签，一摞摞整齐摆放。不远处，从棉农处收购来的籽棉正堆在露天货场上，耸起一座座"棉花山"。

张彪是新疆尉犁县众望纺织有限公司（以下简称"众望纺织"）的老板。进入12月，新疆棉花的收购已经结束，各大轧花厂陆续开启皮棉销售。不过，一贯受欢迎的新疆长绒棉，2020年的销量却并不乐观。

"2020年10月，与公司合作多年的瑞士良好棉花发展协会（以下简称"BCI"）突然发来了解约通知，给今年的皮棉销售带来了一定影响。"

张彪是个"90后"。大学毕业后，他没有留在东部沿海的一个省会城市，而是回到尉犁县，接过了家族在1990年代建起的棉花厂。

"我们从棉农手里收购籽棉，然后加工成皮棉，再销往下游。"张彪称，收购籽棉动辄就是上万吨，投入资金成本几千万元。如果没有稳定的合作客户，或者遇到价格波动的年份，很容易造成大额亏损。

2015年，张彪发动数百名农户成立"众望棉花种植专业合作社"，随后成为BCI的执行合作伙伴。在日常工作中，张彪需要按照BCI项目要求，指导棉农培训、种植、采收等工作，并按季度上报棉花数据。BCI还会定期派出人员到合作伙伴处验收审查。

BCI是一家国际性非营利会员组织，旗下会员的棉花供应量和采购量在全球都排在前列。"可持续棉花生产标准"是当前国际纺织品流通贸易领域的重要准入标准。除了BCI之外，澳大利亚、巴西、印度等棉花生产大国也已制定了本国标准，而这一标准在中国仍是空白。

经BCI认证的棉花，市场认可度更高。张彪也表示，"跟普通棉花比，有BCI认证的，每吨价格高出几十元到几百元。而且，棉花产业下游的贸易商、纱厂也是BCI会员，加入其中可以广交朋友，拓展业务。"

BCI中国区员工刘志介绍称，目前国际上关于可持续棉花的评判标准很多，而BCI的优势在于，既有系统的可持续棉花评判标准，也有庞大的棉花生产量。如今，BCI数千名会员遍布全球，且类型多样，覆盖上下游棉纺织产业链。

每年3月起，新疆棉农便开始棉花种植劳作。按照惯例，张彪也要将棉田数据上报。然而，2020年3月，张彪却意外收到了BCI方面发来的"暂停认证"邮件。

邮件显示，"鉴于目前国际环境的复杂情况，BCI理事会最终决定，在2020-2021年度，暂停在中国新疆地区的认证计划和证书。同时，BCI将利用这段时间，对标准进行进一步升级和优化，以应对复杂多变的外部环境。"

在随后的半年里，张彪发现BCI方面在新疆的诸多活动并未停止，他也继续依照BCI要求上报相关数据，并和BCI南疆对接人联络沟通事情进展。"那个时候只是以为暂停一年的认证，对未来的合作还是有期待的。"张彪说。

半年后，坏消息还是来了。

2020年10月，张彪收到了BCI中国办公室工作人员发来的邮件。其中显示："鉴于目前有关良好棉花标准体系升级工作的复杂情况，BCI决定目前暂时终止执行合作伙伴协议。"

"前一封邮件说'暂停2020-2021年度'的认证，而这封邮件说的是'暂时终止'。感觉情况非但没有好转，反而进一步恶化了。"张彪说。

"决策来自瑞士总部"

"终止合作"邮件发送数周后，BCI揭晓了谜底。

2020年10月21日，BCI瑞士总部在官网发布声明称，2020年3月起，BCI陆续停止了对中国新疆地区的棉花发放认证书，10月全面终止合作。

声明指出，"对中国新疆维吾尔自治区强迫劳动和其他侵犯人权行为的持续指控，造成了越来越难以维持的经营环境。因此，BCI决定立即停止该地区的所有实地活动，包括能力建设以及数据监测和报告。"

2020年12月18日，BCI瑞士总部在另一则公开声明中指出："研究人员发现……新疆地区农场一级强迫劳动的风险越来越大。"

面对指控，包括中国区员工在内的诸多人士都感到不解：BCI瑞士总部缘何发出这样的声明？

BCI中国区员工刘志向南方周末记者透露，当前BCI在中国新疆博乐、库尔勒、阿克苏等地有十余家执行合作伙伴。2020年中，BCI中国区曾派人员到新疆多地调研。"这次调研并没有覆盖全部（合作伙伴），而是选择了其中几家。据我了解到的信息，这次考察并没有发现相关企业有强迫劳动的情况。"刘志说。

巴州（巴音郭楞蒙古自治州）泰昌农业开发有限公司总经理李成俊也向南方周末记者证实，2020年5月，BCI中国区多名工作人员到达泰昌实业，进行了为期2天的调研，询问了工厂的经营情况和用工情况。"当时并没有发生不愉快的经历，后期也没有收到发现农场违反BCI规定的反馈。"李成俊回忆。

其实，早在公司第一次和BCI合作时，张彪就意识到用工是BCI考核棉企的重要一项。2020年以来，BCI方面也曾要求棉农对种植环节拍照、录像，证明在生产过程中符合BCI要求。在张彪看来，"我们2015年开始接受认证，其间一直都没有问题。为什么偏偏在 2020 年出现问题了呢？所谓调查中发现了问题，我感觉是子虚乌有的。"

2021 年 3 月 1 日，BCI 上海代表处在官方微信公众号上发表声明称，近期 BCI 上海代表处收到之前部分新疆执行合作伙伴的问询函。BCI 中国项目团队严格遵照 BCI 的审核原则，从 2012 年开始对新疆项目点所执行的历年第二方可信度审核和第三方验证，从未发现一例有关强迫劳动的事件。

该声明还显示，BCI 上海代表处将与新疆执行合作伙伴继续保持沟通，共同维护供应链可持续发展。

BCI 瑞士总部如何得出"存在强迫劳动风险"一事依旧成谜。不过，BCI 暂停合作对新疆棉花的不利影响已经显现。

新疆昊星棉麻责任有限公司（以下简称"昊星棉麻"）位于新疆博尔塔拉蒙古自治州博乐市，名下有 8 家棉花农场，每年皮棉加工量约 10 万吨。该公司于 2013 年加入 BCI，与后者合作了 7 年。

"因为 BCI 中止了合作，我们公司 2020 年的皮棉不好卖，价格和销路都受到了影响。"昊星棉麻业务经理高瑞楠向南方周末记者表示，截至 2020 年 12 月底，公司只销售了估计 1 万 –2 万吨皮棉。而参照近年来销售量，常规标准应该在 3–4 万吨。"现在我们粗略估计损失 1400 多万元，约占年度利润的三分之一。"

恐慌还在向产业链下游蔓延。

高瑞楠介绍称，其公司合作客户里，有很多是从事棉纺织品进出口的贸易商。得知新疆棉花遭 BCI"除名认证"后，合作企业 "人人自危"。为保障出口订单，部分企业只能停止与新疆企业合作，并通过大量采购疆外棉企或者美国、澳洲、巴基斯坦等地的进口棉花来解决原料供应问题。

张彪则表示，2020 年公司业务受此影响不算太大，但未来影响难以评估。"我们合作社之前推广的面积和农户就没法得到许可。这也意味着我们生产的棉花，不能通过 BCI 的渠道去流通。而原来有合作的相关采购商或者纱厂，也没法用我们供应的原料了。"

棉田里消失的工人

对于"强迫劳动"，许多新疆棉花人都觉得委屈。

"棉花种植的用工主要在采摘环节。过去就业机会少，摘棉花就成为农民赚钱的一个副业。"

新疆泰昌农场的总经理李成俊是一名资深"棉花人"，经历了从农场筹办到机械化全过程。他所在的泰昌实业有限责任公司位于新疆尉犁县，最早于 1994 年创建。当前，公司农场种植棉花面积约 6.5 万亩，轧花厂年产皮棉上万吨。

上世纪 90 年代，农场招募拾花工的人工费约 0.6 元 / 公斤。每逢棉花收获时间，来自甘肃、青海、四川、河南等地的"拾花大军"便进入新疆。

据李成俊介绍，2003 年前后，尉犁县手摘棉人工价突破 2 元 / 公斤。普通人一天平均摘花量在 80-100 公斤，合计人民币 200-300 元 / 天。"干得好的一天能摘 150 公斤，月收入上万"。

近年来，新疆棉花生产机械化进程加快，无论是土地管理、棉花种植，还是棉朵采摘等环节，人员用工数都大大减少。每逢收获时节，广阔的新疆棉田上，来自全国各地的"拾花大军"已退出历史舞台，取而代之的是专业高效的机械化作业。

相较于更早实现机械化的北疆，南疆农场开启"采棉机"时代较晚。

"2015 年，我们农场出现了旺季招工难问题，有价无市。于是，我们也开始尝试机采。"李成俊称，泰昌农场于 2016 年首次尝试机器采收，达到了 40% 机采率，随后年年递增。到 2020 年的采棉季，农场机采率基本达到 95%。"过去种棉花主要靠人，现在靠机器"。

在人员招募上，多名棉企负责人向南方周末记者表示，公司和员工都是自愿签订劳动合同或用工协议，人员大都来自于公开劳动力市场、附近村民，以及外地务工人员等，待遇上则根据长期工和旺季临时工给付不同薪酬。

以泰昌农场为例，李成俊表示，农场创立二十多年，在用工方面也积累了好口碑。每到忙季，还有人专门打电话来咨询是否用工；也有人发动亲戚朋友一起来，已经形成了相对固定的用工渠道。

无论是万亩级的大农场，还是几十亩地的小农户，新疆棉田机械化采摘已成不可阻挡的潮流。张彪表示，2018-2020 年的三年间，公司收购棉花里，机采棉的占比迅速上升。"这三年来，机采和手摘的比重分别是三七开、五五开、九一开。"

从上游棉种，到下游的纱厂，新疆棉花生产加工链条上的各个环节，都在积极适应机采趋势。新疆国欣种业有限公司质检部部长王洪哲告诉南方周末记者，近年来棉农在购买种子时，更倾向于购买适合机械化作业的种苗。

"现在棉农在选种子时，都会询问棉种适不适宜机采。比如像果枝节位高、出苗紧凑的种子更受欢迎。实践也证明，这类种子在南疆的销量也不错。"王洪哲说。

数年前，新疆很多纺织厂不太接受机采棉。因为相较于手摘棉，机采棉杂质多，纱线输出少，织成率低。"但是，现在纺织厂也欢迎机采棉了。因为机采成本低，在棉花价格上太有优势了，倒逼纱厂改进工艺。"张彪表示。

作为北疆棉企，昊星棉麻业务经理高瑞楠举例称，每亩地大约产400公斤棉花，当前机器采摘成本只需100块钱。如果是人工采，每亩成本达800块，还不包括人工的吃住成本。"机采效率高，成本又低，何必用人工呢？现在北疆棉田里，有时候人都很少看见。"高瑞楠说。

贴吧招工广告与研究报告

新疆棉纺织业遭受"强迫劳动"指责，并非始于BCI。在此之前，澳大利亚、美国、英国等机构或媒体也有诸多发声，并公布了"调查报告"。

在BCI瑞士总部2020年12月18日发布的声明中，援引了美国华盛顿全球政策中心（CENTER FOR GLOBAL POLICY）的一份报告。报告作者郑国恩（Adrian Zenz）曾被中国外交部发言人称为是"美国情报机构操纵设立的反华研究机构骨干"。

这份名为《新疆劳动力转移与动员少数民族摘花》的报告称，"每年有超过50万少数民族工人被调派参与季节性采棉工作，他们的工作环境可能存在很高的强制性。"

同时，报告还质疑了中国新疆地区的脱贫工作。

比如，"基层政府组织培训用工"被视为"强迫劳动"，"鼓励村民勤劳致富"被视为"宣传洗脑"，"一站式用工服务"被视为"严密监视"，"方便职工的集中托儿"被视为"奴化教育"。然而，在区分是否"强迫劳动"的重要因素——薪酬证据方面，该报告显得语焉不详。

类似关于新疆地区的"学术报告"或"人权报告"并非少数。

2020年3月1日，澳洲智库"澳大利亚战略政策研究所"（简称ASPI）发布了《贩卖维吾尔族：疆外的"再教育"、强迫劳动和监控》研究报告。这份报告指控新疆地区存在强迫劳动，并且少见地列出了"可能有意或无意参与强迫劳动的外国和中国公司"。

从报告内容可见，报告数据来自于"公开的中文文件、卫星图像分析、学术研究和实地媒体报道"等。

南方周末记者对报告引用内容溯源后发现，其中存在不少误读。

比如，报告称"多种来源表明，在中国各地的工厂中，许多维吾尔族工人在所谓的'军事化管理'下过着苛刻的，隔离的生活。"该结论引用的资料，是中文社交平台"百度贴吧"里一则招工广告。广告用中文写道，"合同期为一年起签！……半军事化管理，能吃苦，人员不流失，合同签多久，就上班多久！100人起送！"在中国现实语境中，这样的网络招工广告并不具有足够的权威性和真实性。

再如，报告引用了一篇名为《让民族团结的种子根植于心——市妇联真情关爱少数民族女工侧记》的新闻报道。原报道显示，"多年来，泰光妇联通过妇联成员与维吾尔族女职工分组联系，开展走访，……设立心理疏导室、谈心室等，对维吾尔族女职工开展心理疏导服务。"这则报道被解读为："有证据表明，在工厂内部，工人的思想和行为受到严密监控。"

近年来，这些并不严谨甚至充满偏见的"学术报告"，已成为有的西方媒体及组织机构援引数据的来源，进而广为传播。

2020年12月15日，英国广播公司BBC发布视频报道，援引上述报告数据，指新疆棉企可能存在强迫劳动。同时，报道称，BBC记者在新疆库车石榴籽服饰有限公司（简称"石榴籽服饰公司"）采访时遭遇阻拦。从视频画面来看，这家工厂被高墙环绕，似乎充满秘密。

南方周末记者实地走访了这家公司，发现这里是一家正常运营的服装加工厂。石榴籽服饰公司负责人欧阳志军向南方周末记者介绍，公司于2020年3月25日设立，目前厂区有三栋厂房，分别包括服装厂、箱包厂、鞋厂等。工人多是在乡镇发放招聘广告后，公开招募而来。

"以服装厂为例，工人招聘来之后，我们会对他们进行培训。培训期间他们有保底的工资每月1540元。经厂里正式录取后，我们会和员工签订正式劳动合同。"欧阳志军介绍。

他向南方周末记者出示了员工的劳动合同和退工单。据其介绍，工厂自设立以来，员工流动性较大。"因为我们的员工都是从农村招聘来的。农民到工厂学技术，肯定需要一个适应过程。经过培训后，适合的就留下；不适合的，我们会退工。"

古力尼散木·努尔东是库车市玉奇吾斯塘乡人。她于2020年4月进入石榴籽服饰公司。经过培训已熟练掌握了制衣流程，短短几个月从普通女工成为车间小组长。

"我结婚之后一直在家照顾老人和孩子。2020年4月的时候，我老公打听到这里新开了一个服装厂，就鼓励我试一下。"古力尼散木·努尔东说，工作日她吃住在工厂里，每天中午有1个半小时的午休时间。周末时搭乘公交车回家，路上大约要半个小时。"家里多一个人挣钱后，生活水平明显提高了。目前的生活很合心意，接下来，我的目标是成为工厂车间的指导老师。"

棉花里的"暗战"

为何此次新疆棉花遭遇 BCI "除名"？

BCI 最高权力机构是 BCI 会员大会，选举出理事会处理日常工作。2021年1月20日，南方周末记者从 BCI 总部官网看到，当前 BCI 理事会共有11家成员，另有2名独立理事会成员。这些企业或机构大多来自印度、巴基斯坦、澳大利亚、美国等国家，没有一家是"中国籍"。

当前，BCI 理事会主席由马克·卢科维兹（Marc Lewkowitz）担任，他也是美国"SUPIMA"公司的总裁兼首席执行官，该公司旨在运营和推广美国优质棉花皮马棉（PIMA Cotton），与中国新疆棉花存在一定程度的市场竞争关系。

此外，3家欧美零售商品牌也跻身理事会，分别是英国零售品牌玛莎百货（Marks and Spencer）、瑞典服饰品牌 H&M（Hennes & Mauritz）、美国牛仔服饰品牌李维斯（Levi Strauss & Co）。

当前，BCI 数千名全球会员中，中国会员主要集中在产业链中上游，大多为棉农、轧花厂、纱厂等。而品牌商类中国会员只有2家，分别是安踏、丽婴房。

上市公司安踏体育（02020）在2019公司财报中披露，该公司于2019年成为 BCI 会员，系成为首家加入 BCI 的中国体育用品公司。2020年8月，上海婴童用品公司"丽婴房"也宣布加入 BCI，并承诺到2024年采购60%的"更可持续棉花"。

在 BCI 建设的棉纺生态中，中国企业和欧美企业的话语权也并不平等。掌握采购量的产业链下游品牌商的天然优势进一步压低了中方的"天平"。

"除了很紧俏的年份，棉花市场大部分时间里都是买方市场。"张彪介绍称，很多国际棉纺品牌将使用 BCI 可持续棉花当成"亮点"，并对供应链进行溯源。如果原材料不是可持续棉花，品牌商会拒接购买。

"所以，若想跟欧美大品牌合作，必须拿到 BCI 可持续棉花配额。为了拿到认证，必须听 BCI 的话种植。反之，如果不跟 BCI 合作，不只是棉农卖不出好价钱，连纱厂、布料厂、成衣厂等也要权衡利弊，继而造成整个棉纺产业链都会受到影响。"张彪说。

2020年以来，耐克、H&M、阿迪达斯等多家欧美服饰品牌公开抵制新疆棉花。

瑞典快消品牌 H&M 在官网声明中提到，"新疆维吾尔自治区（XUAR）是中国最大的棉花种植区，到目前为止，我们的供应商一直从该地区与 BCI

相关的农场采购棉花。而 BCI 决定暂停在 XUAR 的 BCI 棉花许可，意味着'对于我们的生产，与我们合作的供应商将不会从 XUAR 采购 BCI 棉'。"

美国品牌耐克也于 2020 年 3 月发布声明称，其不从新疆地区采购产品，已和合同供应商确认，不使用新疆地区的纺织品或纺纱品。此外，耐克还表示，其在中国青岛的工厂已停止从新疆地区招聘新员工，该工厂将不再有任何新疆员工。

欧美品牌商的公开"割席"，让中国棉纺织品贸易企业面临"两难"。

一位不愿具名的企业负责人表示，"很多品牌商都知道，我的企业和整个新疆不存在强迫劳动。但迫于压力，他们不得不跟我们划清关系，拒绝使用我们公司的原材料，对公司营收造成巨大损失。"而且，"经济损失只是表面的，品牌的损失更是无法估量。"

棉企呼吁自建标准

经此一事，多家新疆棉企负责人认为，中国应该建立自己的可持续棉花规范。

在棉花产业链条上，棉农及农场位于最上游，紧随其后的分别是加工端，如轧花厂、纱厂；成品端，如布匹厂、成衣厂；销售端，如贸易商、棉纺零售品牌等。BCI 作为可持续棉花标准倡议机构之一，连通了上下游的各个环节。

多名棉企负责人介绍，通过 BCI 的审核后，处于上游的棉企每年会得到"可持续棉花"的配额估值，然后随着棉花进入不同生长阶段，该数据也不断更新。每到收获时节，棉企们就在 BCI 提供的交易系统中，依照配额值向下游企业销售可持续棉花。"配额值需要经过 BCI 的审核估算，并非我们生产加工的所有棉花都能通过 BCI 认证。"张彪说。

另一方面，下游品牌商向 BCI 会员企业采购经认证的棉花，并根据采购量向 BCI 缴纳相应费用。为了维护企业形象，国际大品牌对原材料会有一定标准。比如不能使用童工、保障棉农体面劳动、保障土壤可持续利用等。基于 BCI 可持续棉花标准中环保、人权等理念，下游品牌商往往将采购 BCI 棉花作为公司亮点。

"零售品牌商给 BCI 巨额的会员费和采购费，而 BCI 创造了一个可持续棉花的生态。如果棉花出现了问题，那不是品牌商的问题，而是 BCI 没做好把关。我觉得他们是互相保护的关系。"一名不愿具名的棉企负责人如是评论。

尉犁县中良棉业有限责任公司总经理李家钢表示，"BCI 其中的某些条款，不适合我们的发展，希望国家有关部门出面牵头，组织行业人士制定一套中国自己的标准化的生产流程。"

"以体面劳动为例,BCI规定是'关爱职工,不要体罚,不要欠薪,不要童工'等。"张彪认为,虽然BCI号称是全球标准,但其要求并不高。以当前新疆地区大多数农场的种植水平来看,符合率较高。"但是,标准是他定的,权力在对方那里。所以我们才会受制于人。"

2020年7月,美国推出了美国棉花信任协议(U.S. Cotton Trust Protocol®),并宣称,"在供应链审查日益严格以及对透明度的需求不断增长的时期,美国棉花信任守则将为可持续性的棉花种植设定新标准。"

刘志担忧,UCTP一旦获得了国际棉纺织领域的控制权,势必要求各国使用美版"认证标准"和"供应链追溯系统"。加之美国在国际销售领域原本的控制力,中国纺织产业发展将陷入更大被动。

其实,"强迫劳动"这一概念的形成过程中,一些美国媒体及机构就一直高度关注。

2018年12月18日,美联社推出名为《新疆再教育营强劳产品出口到美国》的新闻报道,引发美国海关与边境保护局对来自中国的进口产品开展调查。

2019年3月,《华尔街日报》称BCI会员公司存在强迫劳动问题,并质疑BCI公信力。

2020年1月,美国公平劳工协会发布《中国新疆强迫劳动》专题报告,进一步宣称"工人可能被送往工厂无薪工作,被强迫劳动"。

兰州大学政治与国际关系学院国家安全研究中心执行主任曹伟向南方周末记者指出,美国现在关注新疆"强迫劳动"或是人权问题,实则是个幌子。

"没解决吃饱饭的问题谈人权是空中楼阁。我们现在对贫困维吾尔族同胞提供培训、就业岗位,却被西方炒作成'强迫劳动',造成了非常坏的国际影响。"

曹伟称,新疆的棉花产量在全国棉产量中比例很高。如果中国出口的纺织品、内销的外资、合资品牌不能使用新疆棉花,既限制了新疆棉纺织业的发展,也是对全国棉纺织业的冲击。

"棉花战事"还在持续发酵中。2021年3月24日,中国体育服饰品牌安踏在官方微博发表声明称,安踏一直采购和使用中国棉产区出产的棉花,包括新疆棉,在未来也将继续采购和使用中国棉。同时该声明还显示,"注意到了近日BCI发表的声明,并对此事严重关切,我们正在启动相关程序,退出该组织。"

（《南方周末》2021年04月01日）

申报资料实录

作品简介： 2021年3月24日，瑞典快时尚品牌H&M公司被曝拒用新疆棉花事件。25日，南方周末根据此前调查，推出历时4个月5易其稿的立体报道。2020年冬天，记者深入南北疆，在库尔勒、阿克苏库车县、阿克苏市等地走访了包括棉花企业、棉种企业等在内的6家企业，刈棉厂维族工人、棉厂老板、农场主、行业人士等10余人进行深入采访，获得了大量一手材料。此外，南方周末还采访到BCI中国区员工，了解到此前该机构对新疆地区进行的审核与验证中并未发现强迫劳动。同时，新疆社科院、兰州大学国际关系学院相关研究新疆安全问题的学者，则从学术角度分析中美竞争背景下，欧美多国如何炮制新疆所谓"强迫劳动"争议问题。

社会效果： 中文版报道2021年3月25日20点38分发布后，仅在南方周末旗下各账号的总阅读量就超过400万，评论逾万条，点赞逾4万；英文版报道海外阅读及覆盖人数达112万。其中，英文版《Field Investigation｜"Dark war"behind Xinjiang cotton》被海外新闻网站www.newsgd.com转载，同时被谷歌等国际搜索引擎收录。美国第五大新闻网站Reddit（红迪），有用户自发转载中文版文章并引发互动讨论。社交媒体平台上，Facebook百万粉账号GD Today转载，另有多名过万粉丝转载，也有日文用户将文章翻译为日文传播。

初评评语： 该稿件获得南周APP当月阅读数最高，并被多个海内外互联网平台广泛转载，其中"今日头条"将其选为首屏推荐，2021年3月26日8点半即冲上"头条热榜"，成为当周头条号中罕见的长文类流量大稿。整组报道独立客观，以充分的采访、翔实的数据、理性的行文与建设性的思考，有力批驳了新疆棉花所谓的"强迫劳动"之说，揭示了新疆棉花连续遭遇BCI拒认及欧美知名品牌停购事件背后大国政经角力的本质，并提出产业应努力建立中国标准才能真正掌握话语权，避免受制于人。

永葆初心（Staying true to the original aspiration）

王　恬　余荣华　赵丹彤　朱　利　黄晶晶　李博文

限于篇幅，文字稿略，获奖作品请见中国记协网 http://www.zgjx.cn。

（人民日报英文客户端 2021 年 07 月 01 日）

申报资料实录

作品简介： 在梁家河，带领村民建起陕西第一口沼气池，挽着裤腿抡着锄头打下淤地坝；在正定，走遍了全县每一个村，向上反映"高征购"问题，让百姓吃饱饭；在宁德，"三进下党"走进了乡亲们的心；直至2012 年当选总书记，他心里装的一直都是人民……以建党百年为契机，该视频讲述习近平总书记作为一名共产党员一路践行初心，无论官位高低，始终把人民放在心中最高位置的故事。为了呈现最打动人的故事、细节和画面，展现好总书记的初心使命和人民情怀，进而展现以总书记为代表的中国当代共产党人以人民为中心，深受人民爱戴和拥护的生动情景，主创团队赴陕西、河北、福建等地实地拍摄，采访 13 位当年和总书记一同工作的老同志。珍贵的老视频老照片和重回现场的实景拍摄充满感染力，老同志们感情充沛饱含细节的讲述打动人心。微视频在七一当天面向海外播出，以总书记个人故事角度切入，平实讲述中国共产党的故事，帮助海外网友认识了解中国共产党和习近平总书记。海外网友互动热烈。海外观看量 150 万，互动量 30 万，创同类产品最高互动率纪录。我驻冰岛大使馆等脸书账号转发。

社会效果： 中国共产党建党百年之际，英文微视频《永葆初心》引发海外网友热议。视频海外互动率达到 20%（即视频互动量占总浏览量的20%），创同类视频产品互动率最高纪录。微视频采用讲故事的方式，简要回顾总书记的成长、从政经历，将习近平同志当年执着申请加入中国共产党，到担任中国地方各层级主要领导职务，再到成为中共中央总书记始终不忘初心、人民至上的故事娓娓道来，深深打动了海外网友，让更多海外网友潜移默化中认识到中国共产党是为中国人民谋幸福的政党，认识到中国共产党人始终担当中国人民公仆的使命情怀，悄然纠正了一些海外受众对中国共产党的固有偏见。不少海外网友在微视频后热情留言："他亲身体验过普通百姓的生活，明白其中的艰辛与挑战，因此他扶贫济困""没有多少国家领导人真正像习一样体验过贫穷，他从基层走来，他深刻知道人民最需要的是什么""我从此明白了他为什么一定要下决心为中国人民消除贫困，无论付出多少代价"。微视频《永葆初心》实现了对海外传播的较好效果。

初评评语：作品以建党百年为契机，讲述了习近平总书记一路走来，践行初心，勇担使命，始终把人民放在心中最高位置的故事。报道从总书记的个人故事切入，采访了13位当年和总书记一同工作过的老同志，讲述平实感人，细节生动丰盈，制作精心精良，有助于帮助海外网友更加直观、更加深入地认识了解中国领导人和中国共产党人。

行进中的中国（China on the Move）

敖 雪 宣福荣 朱雯佳 王静雯 俞 洁 金 丹 王 芳

限于篇幅，文字稿略，获奖作品请见中国记协网 http://www.zgjx.cn。

（SINOVISON（上海广播电视台）2021年10月02日）

申报资料实录

作品简介：《行进中的中国》是中宣部指导的重大外宣项目，并被纳入国家广电总局"十四五"纪录片重点选题。该片由上海广播电视台纪录片中心与英国雄狮电视制作公司联合摄制，配合全国脱贫攻坚总结表彰大会播出，营造良好的海内外舆论环境。纪录片通过两位外籍主持人安龙和珍妮的国际视角，从中国西南部的农场到东部的沿海城市，再到西北部的大沙漠，通过主持人的观察和采访，以一个个鲜活的人物故事和案例，讲述中国在打赢脱贫攻坚战的过程中，政府、人民和社会各界如何应对各种难题和考验，向世界提供具有参考价值的中国方案、中国模式、中国智慧。作为一部借助国际视听语言映照宏大主题的中外合拍纪录片，《行进中的中国》打造和世界对话的新方式，将中国声音传播给海外受众，从中国正在发生的事情中寻找答案，探讨中国如何经受现代社会中人类普遍面临的考验，非常形象地显示了中国积极应对难题的国家气质。该片既是对当代中国形象的一次完美展示，也是为全球减贫事业提供中国案例作出了一份贡献。节目于2021年全国脱贫攻坚总结表彰大会当晚，先后在东方卫视、CGTN、美国Sinovision、北美新媒体ODC等海内外电视和新媒体平台播出，随后被译成意大利、匈牙利语分别登陆意大利BFC和匈牙利ATV SPIRIT电视频道。

社会效果：2021年2月25日，全国脱贫攻坚总结表彰大会在京举行，习近平总书记发表重要讲话。当晚，中英联合制作的纪录片《行进中的中国》在各大电视和新媒体一经播出后，引起强烈社会反响。人民网、光明日报、新华社、中新社、中国日报、广电时评、广电独家、文汇报、上海日报，对该片进行了报道，微博大 V 争相转发，公众号、全网转发量超 4000 万，获得网友一致好评。同时，节目登陆北美新媒体 ODC 平台。配套短视频在 Facebook、Twitter、YouTube 和 ShanghaiEye 等海外新媒体上播出，覆盖美国、澳大利亚、英国、加拿大、法国、意大利、印度、新加坡、泰国、印尼、埃及等国家。此外，节目还登录学习强国、看看新闻、百视 TV、哔哩哔哩、爱奇艺等网络新媒体。值得一提的是，《行进中的中国》除在美国 Sinovision 播出，还被译制成意大利语和匈牙利语，分别登陆意大利 BFC 和匈牙利 ATV SPIRIT 电视频道，欧洲第三方媒体评论账号 OPLUS EUROPE 在 Facebook 对节目进行了宣传，有留言评论表示：节目非常有趣，希望看到更多类似的节目。节目一经播出，匈牙利 ATV SPIRIT 电视台更是收到大量观众来信表示对该节目的肯定，其中一位名为 Roland Juhasz 的教授在信中表示：该节目的播出为让观众深入了解中国作出了巨大贡献，也拉近了两国之间文化上的距离。截至目前，该片已斩获多项海内外专业大奖。

初评评语：《行进中的中国》先后荣获芝加哥独立电影节最佳纪录短片大奖、美国泰利电视奖电视纪录片、电视新闻专题二项银奖，这充分反映了国际传媒界对中国打赢脱贫攻坚战的肯定。

Remaining of One Heart with the People
(《始终以百姓心为心》)

集　体

Remaining of One Heart with the People

Speaking at the ceremony marking the centenary of the Communist Party of China on July 1, 2021, General Secretary Xi Jinping issued the following call to all Party members: "The Central Committee calls on every one of you to stay true to our Party's founding mission and stand firm in your ideals and convictions. Acting on the purpose of the Party, you should always maintain close ties with the people, empathize and work with them, stand with them through good times and bad, and continue working tirelessly to realize their aspirations for a better life and to bring still greater glory to the Party and the people."

The CPC's century-long history has been a process of putting the Party's founding mission into practice while breathing the same breath as the people, sharing the same future, and staying truly connected to them. The fact that the Party has persisted through so much hardship and is now in its prime 100 years on from its founding is fundamentally attributable to the fact that it has always made the people its greatest concern and remained of one heart with them. In both good times and times of adversity, the Party and the people have always stood side by side.

Who am I, what am I striving for, and who can I look to for support? These are the fundamental questions that every political party must ask itself. Xi Jinping has said that the entire CPC must have a firm awareness of the following principle: the question of who it works for and who it relies upon is the measure against which a party's character and its political authority are tested. Since the 18th National Congress of the CPC in 2012, Xi Jinping has constantly answered and elaborated upon this fundamental question with a focus on new experiences in practice, thus enriching and developing Marxist ideas on the people.

Compassion for the people: working with selfless devotion so as not to let the people down

On the afternoon of March 22, 2019, Xi Jinping met with Roberto Fico, president of the Italian Chamber of Deputies. During the meeting, Fico asked, "How did you feel when you were elected as China's president?" Xi replied, "Taking charge of such a large country is a heavy responsibility and a formidable task. I must work with selfless devotion so as not to let the people down. I am prepared to put my own needs aside and devote myself to China's development."

The hardest thing for people, let alone political parties, to achieve is remaining true to their original aspirations and staying the same at essence despite hardships and vicissitudes. Over 40 years, Xi Jinping has risen from the ranks of Party branch secretary of a production team through leadership positions at the village, county, prefectural, municipal, provincial, and central levels, ultimately becoming the paramount leader of this great country. Throughout this process, he has always kept the people close to his heart, thought of them constantly, fought for them, and remained their faithful servant.

During an interview with a Russian TV station in Sochi, Russia on February 7, 2014, Xi Jinping said, "My philosophy on governance can be summed up as follows: serving the people, and assuming the responsibilities that I ought to shoulder."

As an old saying goes, "As vast as heaven and earth may be, the people must always come first." Located in Yanchuan County, Shaanxi Province, in the heart of the Loess Plateau, there is a small village called Liangjiahe. In February 2015, Xi Jinping returned here to visit with local elders. During the visit, he said with deep emotion, "I once worked here as Party branch secretary of the production team. It was from then on that I became determined to do good for the people wherever I could." Back then, one of the things he wished for most was to see the locals eat their fill of meat.

In various speeches and directives since the 18th National Congress of the CPC, there is one word to which Xi Jinping has attached the greatest weight and emphasis – that word is "people." In his work to lead the people across the nation in shaking off poverty and chasing the dream of moderate prosperity over these last several years, Xi Jinping has crossed mountains, braved wind and snow, and endured scorching heat. In the mountains of Liangshan, he travelled along mountain paths visiting family after family on the way; at a village for people relocated for ecological reasons at the foot of the Qinba Mountains, he looked around every room at a local home and checked to see whether the traditional kang bed–stove was warm; deep in the Taihang Mountains, he helped a poor household figure out their finances for getting out of poverty; in a worn out mud brick bungalow in the Liupan Mountains, he sipped at a ladle of water to check the water quality; and in the Wuling Mountains, he shook hands with an elderly man who continuously praised the Party's policies. Speaking about impoverished people, Xi Jinping has said, "That their lives are beset by difficulties gives me a real sense of concern. Every improvement in their lives is a delight to see." His genuine concern for the lives of the people is evident in his words and his manner.

Always making the people the greatest concern is not just the sincere sentiment that is always on Xi Jinping's mind, but also an ardent expectation and clear requirement for the Party as a whole, and particularly for officials in leadership positions at all levels. Xi has stressed on multiple occasions that "Party officials at all levels are the people's faithful servants," and that, "The power in the hands of leading officials is endowed by the people, and may only be used in their interest." To younger officials, he has offered the following advice: "Party officials must serve on behalf of ordinary people and consider themselves to be ordinary people rather than letting their authority turn them into overlords."

Steadfast commitment to the mission: the Party's century-long struggle has been to seek happiness for the people

On the afternoon of June 8, 2021, during a tour of Qinghai Province, Xi Jinping visited the home of local herdsman Sonam Tsering in the village of Golog Tsang Gongma in Gangcha County, Haibei Tibetan Autonomous Prefecture. He took a close look around the home both inside and out, then sat and chatted with the family in their living room. Sonam Tsering told Xi with emotion that the good lives enjoyed by the herders were all owed to the effective policies of the Party, and expressed his heartfelt gratitude to the Party and to the General Secretary. Xi Jinping then said, "Our Party is now 100 years old. For it to grow and expand, win over the political power of the country, and build a new China has been no easy feat. Why do ordinary people give the CPC their wholehearted support? Because our Party wholeheartedly serves the people and seeks happiness for all ethnic groups."

Since the very day of its founding, the Party has made seeking happiness for the Chinese people and rejuvenation for the Chinese nation its aspiration and mission. It has stamped the word "people" at the center of its consciousness, featured the pledge to uphold the interests of the people above all else prominently on its banner, and sought happiness for the people and rejuvenation for the Chinese nation with steadfast commitment. At the Second National Congress of the CPC held in 1922, it was clearly stated that the CPC is a Party "composed of the proletarians with the most revolutionary spirit which fights for the interests of the proletariat." Xi Jinping has said, "Being of one heart with the people, breathing the same breath as them, sharing the same future, and staying truly connected to them is what the Party has always and will always aspire to."

Many years ago during the struggle in the Jinggang Mountains, the Red Army did not have enough salt as a result of ruthless enemy blockades. After he saw an old man swaying as he walked due to a lack of salt, Marshal Zhu De, though knowing that supplies were also extremely tight among the troops, ordered a soldier to deliver to the old man one of the few bags of salt that had been captured from an enemy position. He insisted, "As long as the Red Army has it, there will be salt for the ordinary people." At the Second National Congress of Workers, Peasants, and Soldiers on January 27, 1934, Mao Zedong said, "We must pay close attention to the problems that the people face in their lives, from issues involving land and labor to those related to daily necessities." At a funeral ceremony for the soldier Zhang Side on September 8, 1944, Mao Zedong declared, "Our army works solely for the purpose of liberating the people and serving their interests." On many occasions, Xi Jinping has related the "half a quilt" story once told by an elderly woman named Xu Jiexiu, who said, "What is the CPC? The CPC is made up of people who would take their only quilt and cut it in half to share it with an ordinary person like me." After an incredible century-long journey, the Party remains unshakeable in its original aspiration. From the old shikumen house on Xingye Road in Shanghai where it held its first congress to the gate tower over Tiananmen where the founding of the People's Republic of China was proclaimed and China embarked on the road to rejuvenation, and in all its endeavors as it has moved from a new period to a new century, a new starting point, and to a new era, everything the Party has done and all the sacrifices it has made have been for the people.

On November 15, 2012, the newly elected Standing Committee of the Political Bureau of the 18th CPC Central Committee held a press conference attended by more than 500 Chinese and foreign journalists at the Great Hall of the People. It was at that moment, with the eyes of the world upon him, that Xi Jinping declared, "The people yearn for a better life, and our goal is to help them achieve it." He stressed this point again five years later on October 25, 2017 at a press conference for the Standing Committee of the Political Bureau of the 19th CPC Central Committee, saying, "The aspirations of the people to live a better life must always be the focus of our efforts."

The pursuit of a better life is an eternal theme, and a process that is always in motion. Xi Jinping has stated, "We have a grand yet simple goal – a better life for all our people." At present, the principal challenge facing Chinese society has evolved into that between unbalanced and inadequate development and the people's growing needs for a better life. As a result, we have shifted focus from the previous problem of want to the present problem of quality. Xi Jinping has stressed that we must ground ourselves in this new stage of development, implement the new development philosophy, and foster a new development dynamic as we strive to boost the quality and returns of development, better meet the growing needs of the people on multiple different levels, and take more effective steps in promoting well-rounded human development and common prosperity for all.

Xi Jinping delivered an earnest and impactful speech at the ceremony marking the centenary of the CPC, in which he said, "Though our Party's founding mission is easy to define, ensuring that we stay true to this mission is a more difficult task. By learning from history, we can understand why powers rise and fall. Through the mirror of history, we can find where we currently stand and gain foresight into the future. Looking back on the Party's 100-year history, we can see why we were successful in the past and how we can continue to succeed in the future. This will ensure that we act with greater resolve and purpose in staying true to our founding mission and pursuing a better future on the new journey that lies before us."

Standing on the side of the people: as it has fought to establish and consolidate its leadership over the country, the Party has in fact been fighting to earn and keep the people's support

In late December 2012, a little over a month after the conclusion of the 18th National Congress of the CPC, Xi Jinping visited Fuping in Hebei Province. During the visit, he remarked, "A lot has been said about what our purpose is, but it ultimately comes down to a single phrase – serve the people. Our Party exists to serve the people, and what the Central Committee cares about is working for the people. Officials at all levels must make sure that in everything they do, they should not only be responsible to the higher-ups but also to the common people. We must regularly ask ourselves: are we busying ourselves with things that have nothing to do with the Party's fundamental purpose? Are we working wholeheartedly for the people? And are we working with a focus on the central tasks of the Party and the state?"

What Xi Jinping was asking here was whether or not Party officials were taking the Party's nature and purpose to heart. The Constitution of the Communist Party of China makes it clear from the outset that the CPC is the pioneer of the Chinese working class, the Chinese people, and the Chinese nation. It also explicitly stipulates that the Party shall be dedicated to wholeheartedly serving the people, and that it shall, at all times, give top priority to the interests of the people, share weal and woe with them, and maintain the closest possible ties with them. Xi Jinping has pointed out, "Public sentiment is the greatest test of political efficacy. Ours is a party that is dedicated to serving the people wholeheartedly, that is committed to serving the public good and exercising power in the interests of the people, and that takes the people's aspirations for a better life as its abiding goal." He has also stressed, "Prosperity for the people is the basic political position of the CPC, and it is the prominent feature that distinguishes Marxist parties from other parties." Years ago in Yan' an, a banner that read "serve the people" hung high on the wall of the Zaoyuan assembly hall. Today, the words "serve the people" appear bold and bright on the screen wall at the Xinhua Gate that leads into the office of the CPC in Zhongnanhai.

The nature and purpose of the CPC originated from Marxism. In the Communist

Manifesto, Marx and Engels proclaimed, "All previous historical movements were movements of minorities, or in the interest of minorities. The proletarian movement is the self–conscious, independent movement of the immense majority, in the interest of the immense majority." All of the broad and profound knowledge of Marxism can be simply summarized as the pursuit of humanity's liberation. An affinity with the people is the fundamental attribute of Marxism, and its most distinctive character. Ours is a party equipped with Marxism, and therefore an affinity with the people is also the fundamental attribute of the CPC. As Xi Jinping said at the ceremony for CPC's centenary, "This country is its people; the people are the country. As we have fought to establish and consolidate our leadership over the country, we have in fact been fighting to earn and keep the people's support. The Party has in the people its roots, its lifeblood, and its source of strength. The Party has always represented the fundamental interests of all Chinese people; it stands with them through thick and thin and shares a common fate with them. The Party has no special interests of its own – it has never represented any individual interest group, power group, or privileged stratum. Any attempt to divide the Party from the Chinese people or to set the people against the Party is bound to fail. The more than 95 million Party members and the more than 1.4 billion Chinese people will never allow such a scenario to come to pass."

The people are the rightful masters of socialist China. Ours is a socialist country of people's democratic dictatorship under the leadership of the working class based on an alliance of workers and farmers; it is a country where all power of the state belongs to the people, and where the people participate, in accordance with the law and in various ways and forms, in the management of state, economic, cultural, and social affairs. Xi Jinping has said, "The supremacy of the people constitutes the core and essence of socialist democracy," and, "Respecting the principal position of the people and guaranteeing their status as masters of the nation is the consistent position of our Party." China's socialist democracy is the broadest, most genuine, and most effective democracy to safeguard the fundamental interests of the people. The name of our country and the names of our state organs at all levels start with "the people," which indicates the basic orientation of China's socialist government. State organs at all levels and their employees, regardless of their function, are ultimately working in service of the people. We must ensure that this basic orientation never wavers or weakens. To develop socialist democracy is precisely to give full expression to the will of the people, protect their rights and interests, spark their creativity, and provide systemic and institutional guarantees to ensure the people run the country.

Commitment to clearly defined values: putting the people above all else and following a people-centered approach

The ceremony marking the centenary of the CPC was held on the morning of July 1, 2021 at Tiananmen Square. During the ceremony, a formation of helicopters cut through the skies, carrying the Party flag and a number of banners that fluttered in the wind. One of the banners was emblazoned with the slogan "long live the great Chinese people," in a display of the Party's commitment to putting the people above all else.

The principle of putting the people first is a reflection of the CPC's nature and purpose as well as the historical materialist perspective that the people are the creators of history. This principle is also a distinctive characteristic and theoretical quality of Xi Jinping Thought on Socialism with Chinese Characteristics for a New Era. It mandates that Chinese Communists always regard the wellbeing of the people as the nation's top priority and that they make the fundamental interests of the broadest majority the inspiration and benchmark for all their work. Explaining this principle in simple language, Xi Jinping has said, "Putting the people above all else means that we must follow through with things that make the people happy in support, and stay away from things that make them sneer in contempt."

A political party's regard for human life is a revealing test of the values it upholds. While speaking about the fight against Covid-19 during the annual sessions of the National People's Congress and the Chinese People's Political Consultative Conference in 2020, Xi Jinping conveyed some important details: there had been more than 3,000 Covid-19 patients aged 80 or older treated in Hubei Province, one of whom was an 87-year-old patient whose life was saved after being given painstaking care by a group of around 10 medical workers over dozens of days. Xi Jinping said, "This is what putting the people above all else means. All those people working on one patient is a true reflection of the commitment to save lives at all costs."

Putting the people above all else is not a hollow, abstract concept; it must be implemented by the Party in every facet throughout the whole process of national governance. The people-centered philosophy of development, first introduced at the Fifth Plenary Session of the 18th CPC Central Committee, creatively applies the principle of putting the people above all else in the country's approach to development. This represents an innovative expansion on Marxist thought on the people, on development, and on modernization made by the CPC Central Committee led by Xi Jinping. Xi Jinping has said, "We will only have the right view of development and modernization if we follow a people-centered approach, insisting that development is for the people, reliant on the people, and that its fruits should be shared by the people."

As mentioned in the Chinese classics, "There are some fixed principles in governing a state, among which benefitting the people should be the root." Xi Jinping has said that the principle of shared development in the new development philosophy "represents the idea of people-centered development" and "reflects the demand of achieving shared prosperity in stages." Marx and Engels envisaged that in the society of the future "production will be calculated to provide wealth for all," and it would feature "the participation of all in the enjoyments provided by all." Xi Jinping has said, "The development we pursue is that which brings benefit to the people, and the prosperity we pursue is that shared by all people." In the pursuit of common prosperity, he has required that full consideration be given to what is necessary and what is possible, that more effective institutional arrangements be made, and that step-by-step progress be achieved in accordance with the underlying laws of economic and social development. He has said that we must make constant efforts to both bake a larger cake and ensure that it is divided fairly. We must act with purpose and initiative to address issues including the gaps among regions, urban and rural areas and the incomes of different groups, see that the strengths of the socialist system are exerted more fully, give the people a greater sense of fulfillment, and eradicate the phenomenon of massive disparity between rich and poor.

Since 2012, the CPC Central Committee led by Xi Jinping has made the fight against poverty the top priority. As a result, all of China's rural poor under current standards have been lifted out of poverty, marking a major milestone in the push toward common prosperity for all. After eight years of continuous effort, all 832 previously poor counties and close to 100 million people nationwide exited poverty, bringing a historic resolution to the problem of absolute poverty that plagued the Chinese nation for thousands of years. This is a miraculous achievement in the history of humanity's poverty reduction efforts, and represents a big and solid step forward on the path toward common prosperity.

Our great Party and country remain on course in the pursuit of our original aspirations. Our achievements in shaking off poverty and reaching moderate prosperity in all respects are not the finish line, but rather the beginning of a new life and a new struggle, and a new starting point of our push toward common prosperity. Looking toward the future, Xi Jinping stressed the following: "On the journey ahead, we must rely closely on the people to create history. Upholding the Party's fundamental purpose of wholeheartedly serving the people, we will stand firmly with the people, implement the Party's mass line, respect the people's creativity, and practice a people-centered philosophy of development. We will develop whole-process people's democracy, safeguard social fairness and justice, and resolve the imbalances and inadequacies in development and the most pressing difficulties and problems that are of great concern to the people. In doing so, we will make more notable and substantive progress toward achieving well-rounded human development and common prosperity for all."

A source of strength: the inspiration and touchstone for founding, growing, and strengthening the Party

There is a famous myth from ancient Greece about a giant named Antaeus who drew strength from his mother earth, and was invincible while he was in contact with her. If he lost contact with her, however, he would immediately lose his power.

As the saying goes, a tree that towers into the sky must have roots. The relationship between the Party and the people is the same as that between Antaeus and mother earth; they cannot become separate from each other, even for a moment. Xi Jinping has explained, "The people are the skies above us and the earth below us. If we forget the people and become distanced from them, we will lose their support, like a river with no headwater or a tree with no roots, and achieve nothing."

The people are the true heroes, for it is they who create history. Marxism holds that social history is composed of the actions of people following their own objectives, and that in this type of action, the people are never a negative or passive element, but rather play the main role. In The Holy Family, Marx and Engels wrote, "Together with the thoroughness of the historical action, the size of the mass whose action it is will therefore increase." The magnificent history of the Chinese nation's development was written by the Chinese people; China's expansive and profound culture was created by the Chinese people; the unfading spirit of the Chinese nation was fostered by the Chinese people; and the Chinese nation's tremendous leap from standing up and growing prosperous to becoming strong was made possible through the struggle of the Chinese people.

To quote Huang Zongxi, a scholar who lived between the Ming and Qing dynasties, "The order and disorder of the world does not correspond to the rise and fall of a dynasty under a certain family. It depends on whether the people are content with life." The future of a political party or government ultimately rests on public support. The people represent the deepest foundation and the greatest source of confidence for our Party in governing the country. Our Party and people stand together through thick and thin while always maintaining the closest of ties; this is the fundamental guarantee for the Party in triumphing over all risks and challenges. The CPC draws strength from the support of the people. Though there are now over 95 million Party members, this is still a minority among the more than 1.4 billion Chinese people. Without the support of the people, the grand goals of the CPC will never come to fruition. It is imperative that the Party relies closely on the people to bring about great and historic achievements. Speaking at a meeting to kick off a campaign promoting the study of Party history, Xi Jinping said, "The inspiration and touchstone for founding, growing, and strengthening the Party can be summed up as follows: the CPC is born of the people, invigorated by the people, stands with the people, and fights for the interests of the people."

As an old Chinese saying goes, "Those who win the people's hearts win the country, and those who lose the people's hearts lose the country." In the historical process from revolution, to reconstruction, to reform, it is precisely by relying closely on the people that the CPC has grown from small to big and from weak to strong, overcome one obstacle after another and achieved victory after victory, developing from a party that at first had just over 50 members into the world's largest governing Party with tremendous global influence. After the failure of the

Great Revolution, most of the more than 300,000 revolutionaries who laid down their lives were ordinary people following the Party on the path of revolution; during the Red Army period, the people served as the impregnable fortress of the Party and the people's armed forces; during the War of Resistance Against Japanese Aggression, our Party mobilized the people and overwhelmed the aggressors with a people's war; the Huai–Hai Campaign was won with the help of ordinary people pushing wheelbarrows sending supplies for the People's Liberation Army, while the Yangtze River Crossing campaign was won by ordinary people steering boats; the success of socialist revolution and reconstruction was achieved through the people's efforts; and millions upon millions of ordinary people played the starring role in the saga of reform and opening up. Xi Jinping has said, "If you open your heart to the people, the people will open their hearts to you." The survival of the Party depends on the backing of the people. By earning the people's trust and gaining their support, the Party can overcome any challenge and prevail in all endeavors.

The ancients used to say, "The person that knows a leaking roof is the one who is under that roof; the person that knows an error of the imperial court is one who is not in power." In July 1945, Huang Yanpei visited Yan'an, where he spoke about the historical cycle of rapid rise and sudden demise. He expressed the hope that the CPC would find a new path and escape this cycle. Mao Zedong replied, "We have already found a new path; we can escape from this cycle. This new path is democracy. The only way for the government not to become complacent is for the people to oversee the government. If everyone takes responsibility, the political power we build can survive past our generation." This is the famous "cave dialogue" to which Xi Jinping frequently refers. He has said, "The times pose the test, we take the test, and the people mark the test." Ours is a party that represents the fundamental interests of the broadest possible majority of the people, and therefore our aptitude and efficacy in governance is not something we can decide ourselves. It is the people who deliver the highest ruling and ultimate verdict on our Party's work. In the end, it is up to the people to judge whether we are following the right values, whether we have chosen the right path, whether our service is solid, and whether the results we deliver are good. This judgment is weighed against the people's level of satisfaction, based upon their sense of fulfillment, and determines whether or not they offer their support.

Mao Zedong said, "What is a true bastion of iron? It is the people, the millions upon millions of people who genuinely and sincerely support the revolution. That is the real iron bastion which no force can smash, no force whatsoever." As long as we always stand firmly on the side of the people, uphold the principle status of the people, and win the wholehearted support of the vast majority of the people, we will be able to build such a "bastion of iron."

The mass line: the life of the Party and the fundamental guide to its work

On September 17, 2020, Xi Jinping presided over a symposium of primary-level representatives in Changsha, Hunan Province. He began his speech at the event as follows: "Recently, I have visited a number of places on research trips and chaired a series of forums with entrepreneurs, public figures without Party affiliation, experts in the economic and social domains, and scientists on the topic of advancing integrated development of the Yangtze River Delta. In the process, I have heard many opinions and suggestions. On this trip to Hunan Province, I have taken the opportunity to invite a number of primary-level representatives here to hold a symposium with the primary purpose of meeting with you face to face to hear your opinions and suggestions on the drafting of the 14th Five-Year Plan." Before this symposium, between August 16 and 29, 2020, opinions on the drafting of the 14th Five-Year Plan were solicited online, with more than one million comments posted that were ultimately consolidated into over 1,000 suggestions. It would therefore be fair to say that the formulation of the recommendations for the 14th Five-Year Plan was a vivid illustration of the CPC's mass line in practice.

Xi Jinping has always seen implementation of the mass line as highly important. Back when he was working in Fujian, he put forward the idea that officials must receive petitions from the primary level, carry out work in person at the primary level, conduct research at the primary level, and publicize the Party's policies at the primary level. He later introduced the requirement that officials make frequent visits to the homes of ordinary people to learn about their conditions, ease their worries, and help them in a variety of matters. Xi Jinping has stressed the importance of the mass line time and time again since the 18th National Congress of the CPC, saying, "Engaging with the people is our key skill. Our Party's success has relied on this work, and we must keep relying on it to achieve long-term governance," and,

"Whether in policymaking or implementation, we must always be sure to remain mindful of our purpose, see that the people's stance is represented, and carry out the Party's mass line."

The mass line is the lifeline of the CPC and the fundamental guide to its work. It is a cherished treasure that enables the Party to retain its youthful vigor and fighting strength. Xi Jinping has said, "How can we maintain the Party's progressive nature and its integrity, and consolidate its governing role and status? The key is to keep to the Party's mass line and maintain close ties with the people." The Party's century-long history has been a history of always preserving the closest of ties with the people, and constantly relying on the people to achieve victory. On its 100-year journey, the CPC has established a fine tradition and style of work defined by the phrase "from the masses, to the masses." The mass line is the living soul and one of the fundamental aspects of Mao Zedong Thought. In June 1943, in an article entitled Some Questions Concerning Methods of Leadership, Mao explicitly and thoroughly defined "from the masses, to the masses" as a method of work, and stressed that this method must be applied "in all the practical work of the Party" and that it is "the basic method of leadership." Deng Xiaoping also held the status and role of the people in high regard, saying at the Central Work Conference in December 1980, "The masses are the source of our strength and the mass viewpoint and the mass line are our cherished traditions."

In the words of the ancient Chinese philosopher Mozi, "When the administration of the ruler answers to the desires of the people there will be order, otherwise there will be confusion." The mass line is the only way to obtain correct ideas for leadership, and the only way to truly serve the people wholeheartedly. The people have the wisdom and strength for governing the nation. The needs, desires, and expectations of the people cannot be understood with desultory effort, and policies cannot be formulated by just pushing figures around on paper. Xi Jinping has said, "The right approach for the Party's leadership work is to collect the opinions of the public and translate them into correct policy decisions. Then, we must go back to the public to explain policies and see that people act on them, and use practice in the public setting to test whether or not these policy decisions are correct." Going through this cycle, decisions become increasingly rich, dynamic, and correct. He has also stressed time and time again that we will always be students before the people, and that we must make conscious effort to view the people as our teachers, seeking advice from those with knowledge and ability. Leading officials must engage with people at the primary level, find the best solutions to problems by learning from their experience, and make focusing on the primary level and laying solid foundations an ingrained practice over the long term.

It has been proven repeatedly through history and through practice that the CPC's greatest political strength is its close ties with the people, and that the greatest danger it faces after gaining power is becoming disconnected from the people. The success or failure of the Party's endeavors is determined by whether or not it can maintain these close ties. During a tour of Qinghai Province, Xi Jinping put forward the following requirement for officials at all levels: "Wherever officials go, they must ask the locals how their lives can be made better. And then we work together to achieve better lives."

A century on from its founding, the Party, now in a new height of its life, remains focused on pursuing the cause of lasting greatness. Looking back on the path that we have taken, and ahead toward the path that we will go forward, it is certain that with the firm leadership of the CPC Central Committee led by Xi Jinping and the sound guidance of Xi Jinping Thought on Socialism with Chinese Characteristics for a New Era, the future belongs to our great Party and our great people.

(《求是》杂志英文版 2021 年 09 月 01 日)

申报资料实录

作品简介:中国共产党的百年历史,就是一部践行党的初心使命的历史,就是一部党与人民心连心、同呼吸、共命运的历史。本文从人民情怀、初心如磐、人民立场、价值取向、力量之源和群众路线等几个方面阐释了习近平总书记关于人民的重要思想。聚焦理论外宣,积极探索理论外宣话语体系建设,创新理论外宣传播方式。认真设置议题,努力在精编上下功夫,既坚定《求是》杂志立场宗旨,又兼顾外国读者的阅读习惯和文化背景,不断优化文章可读性。精心组织高水平翻译团队,字斟句酌对文字翻译进行推敲和研究,并聘请知名翻译专家最终定稿,确保每一个单词、每一句话都精准表达，符合英文受众阅读习惯。同时积极推动刊网融合，制作了该全媒体作品。2021年9月1日出版的《求是》杂志英文版刊登了此文，2021年9月8日在求是英文网全文发布，同时精准提炼文章中的要点和关键数据，制作了大量短小精炼的推文，配以精美图片，在求是推特账号陆续推出，向海外网民介绍中国共产党以人民为中心的情怀，展现中国共产党如何带领全国各族人民完成脱贫攻坚、全面建成小康社会的历史性成就。

社会效果： 该作品在求是英文网发布后，获得海外高度关注，为对外宣介中国共产党政治理念、提升《求是》杂志的海外影响力起到了积极作用。求是推特账号同步推送该文章要点，获得海外网民热议，多家海外新闻网站、中国驻外使领馆、外交官点赞转发。

初评评语： 该作品是贯彻习近平总书记"全面提升国际传播效能"重要指示而推出的系列理论外宣作品之一，取得了很好的国际传播效果。

In less than a Century, Chongqing Achieved Bridge Capital of China(《百年巨变 | 山水重庆，中国桥都！》)

管　洪　陈冬艳　赵武君　AlexCareyJohnWhitehead　王晓彦

限于篇幅，文字稿略，获奖作品请见中国记协网 http://www.zgjx.cn。

（重庆国际传播中心 2021 年 06 月 21 日）

申报资料实录

作品简介： 在建党百年的主题外宣中，重庆国际传播中心依托重庆独特的地理优势，聚焦"桥都"重庆在百年变迁中的历史剪影，对国际传播中构建以城市为单位的中国话语和中国叙事体系作出了积极尝试。作品以重庆特色的桥梁航拍与桥隧建设场景为基点，展现了重庆从山水阻隔到国际交通枢纽跃迁中"行千里 致广大"的城市精神。深入挖掘以山城重庆为代表的中国城市发展故事，以小切口汇入历史大脉动，展现成就背后蓬勃的中国精神和中国力量。作品重视中、外籍创作力量的沟通配合，联合高校院校打造多语种出品格局，尽力消解国际传播中的接收隔阂。在 iChongqing 微博、官网、央视频、视频号、推特、脸书、优兔等平台发布，仅视频号播放就超 500 万，转发超 33.5 万、点赞超十万。新华社、人民日报、中国日报等央媒和海外 60 多个国家主流媒体主动转发，不少海外大 V 在推特和脸书上自发转发，海外阅读量超 2.33 亿次。大量海外用户留言赞叹中国取得的巨大成就："这座城市取得的成就不可思议！""很难相信重庆以前那么穷，现在建成了世界级的大都市""在此之前只听说过重庆火锅。现在是时候我要去亲眼看看了！"

社会效果： 人民日报英文客户端、中国日报英文网端、新华社中文和英文客户端、学习强国第一时间转发了英文版视频。新华社发出海外通稿，将"桥都"视频新闻稿以英语、西语、德语、法语、阿拉伯语等 10 种语言向欧洲、美洲、亚洲等地区主流媒体重点推荐，被《俄罗斯先驱报》、北美新闻网等 60 多个国家的 43 家国际主流媒体采用，海外总阅读量超过 2.33 亿次，成为建党百年城市国际传播的亮点。重庆国际传播中心联合四川外国语大学制作了法、德、俄、阿、西、日、朝鲜语7种语种版本《桥都》视频，通过脸书 Facebook 向不同区域分语种推送，实现了海外精准传播。该视频在优兔、脸书和推特上的第一波热推，联动了 iChongqing 的海外大 V，他们在各自的账号上为曾经访问过的重庆打 Call，热情给自己的粉丝推荐"桥都"视频。

初评评语：该作品是落实习近平总书记要求，加快构建中国话语和中国叙事体系，"更加充分、更加鲜明地展现中国故事及其背后的思想力量和精神力量"的积极尝试。叙事方式贴近海外受众，作品以小切口展现百年间重庆从山水阻隔、出行困难到建设成为国际交通枢纽城市的"百年巨变"。海外总阅读量超过 2.33 亿次，是省级媒体制作的一个展现本地变迁的国际传播精品佳作。

我们都是追梦人

蔡怀军　梁德平　杨喜卿　周　山　方　菲　彭悠悠　唐　藩　任　旭

限于篇幅，文字稿略，获奖作品请见中国记协网 http://www.zgjx.cn。

（芒果 TV2021 年 09 月 30 日）

申报资料实录

作品简介：《我们都是追梦人》是由国家广播电视总局宣传司、网络视听节目管理司，中央人民政府驻香港特别行政区联络办公室宣传文体部、青年工作部指导，芒果 TV 原创的系列视频报道。作品将个体奋斗故事融入国家发展主题，选取十位来自不同行业、不同背景的中国香港青年，记录他们北上创业的故事，展现内地发展给香港青年带来的全新机遇。作品全程以对话、采访的形式呈现，叙述语言轻快活泼，镜头语言生动灵活，巧妙地将国家的政策支持与创业者们"激情、活力、创造、坚持"的精神结合，在"润物细无声"中弘扬爱国情怀，在"讲好中国故事"的国际传播中实现了创新突破。这些创业者中，有运营"中国香港青年创业空间"的陈升；有"把梦想装进智能行李箱"的郭玮强；有经营"天河区港澳青年之家"共享平台的林惠斌……他们心怀爱国之情，主动投身祖国建设的浪潮中，是国家发展路上虔诚的追梦者。作品在芒果 TV 主站及芒果 TV 国际 APP（MangoTV）同步上线，触达全球 195 个国家和地区，点击量突破 2900 万，相关话题阅读量超 2 亿。作品在港澳地区收获热烈反响，香港主流媒体、爱国大 V 纷纷点赞；光明日报、ChinaDaily 等国内外权威媒体及头部大号发文推荐并给予了高度评价。

社会效果：作品将无数奋斗身影所组成的时代图景加以提炼，用个人奋斗呼应时代浪潮，完成了一次对粤港澳大湾区高速发展的特写。中宣部学习强国平台、《人民日报》政治文化部微信公众号、广电总局"视听中国"官方抖音作重点推荐；ChinaDaily 以全英文发布报道《芒果 TV 上线纪录片〈我们都是追梦人〉，讲述中国香港青年在内地的创业故事》，覆盖海外受众；"广电时评""影视前哨""中国纪录片研究中心公号"等行业头部大号发表深度评析文章，各机构和媒体累计发稿超110篇。作品在港澳地区反响积极热烈，@香港卫视、@香港经济导报、@紫荆杂志等港媒官微以及@香港胡迪警长、@我是香港警嫂等爱国大V合力推荐；"柳妍熙篇"播出后，话题#香港女歌手用发光材料改良消防设备#登陆微博香港同城榜第1位，@中国消防等110+消防垂直领域政务官号矩阵传播。作为网络国际化先锋国有媒体的芒果TV，构建了多元化的海外全媒体矩阵。作品在芒果TV国际APP（MangoTV）同步上线，并通过Facebook等海外官方账号矩阵宣传，覆盖百万级粉丝，触达全球195个国家和地区，引发海内外受众强烈共鸣，评论称"从创业者们身上学到了很多经验"，"希望越来越多香港青年来到内地发展"。

初评评语：作品以独特视角讲述中国故事，紧扣时代主题，聚焦发展潮流，记录并呈现走在时代浪尖上的弄潮儿们的青春梦想与精神风貌。在粤港澳大湾区建设如火如荼的当下，作品让受众感受到了党和国家对每一个心怀梦想和希望的港澳创业者的关心和支持。作品用客观叙事普及服务信息，打开社会视野，成为了港澳青年了解党和国家政策的桥梁、纽带和窗口，让更多新时代青年乃至世界人民看到中国发展的蓬勃生机，源源不断地汇聚着"与时代同行"的力量，进一步助推祖国内地和香港、澳门地区深度融合。

建党百年系列报道

集体

代表作一：

中国共产党的百年非凡经验

2022年5月22日，在由国家战略中心（USMER）下属的土中工作协会杂志、一带一路季刊及理论杂志所举办的会议上，爱国党主席多乌·佩林切克发表了题为"中国奇迹的背后力量——中国共产党100周年"的讲话，现回顾讲话稿并发表如下。

为什么我们要在土耳其庆祝中国共产党成立100周年？因为中国共产党的经验对全人类和土耳其来说是非常重要的。中国革命的实践对人类在二十及二十一世纪反对剥削和压迫、对科学社会主义的实践与理论作出了重大贡献。今天，中国共产党所领导的社会主义建设已经成为人类的希望，为全人类举起了乐观精神的火炬。正因如此，我们在土耳其庆祝中国共产党成立100周年，并祝中国共产党在未来的100年取得无数成功。在共同建设亚洲时代文明的进程中，我们相信中国共产党和中国人民。

毛泽东领导下的革命战线

当我们回顾中国共产党的经验时，我们能够看到一开始照搬外国模式在中国是行不通的。王明、张国焘、瞿秋白在反对陈独秀的右倾主义下提出了冒险主义路线，在城市组织了起义。照搬共产国际的纲领、战略和行动路线，让中国人民和中国共产党付出了沉重的代价。中国共产党吸取经验教训，1934年在长征期间举行的遵义会议上，他们接受了毛泽东基于中国现实情况的路线及革命领导。最重要的是，中国共产党创立了农村包围城市进行革命的决心。

当时，列宁认定革命的重心已经转移到了亚洲。然而，共产国际（Comintern）并没有摆脱19世纪的理论，它把以欧洲为中心的革命理论强加给亚洲国家。根据这套理论，革命将主要以工人阶级为基础。

由于中国无法从外界引进工人，毛泽东领导下的中国共产党创造了主要依靠农民群体进行斗争的革命模式。中国不能从国外引进工人。这场革命不是通过工人起义来实现的，而是通过一场从农村包围城市的长期斗争来实现的。

因为坚持了毛泽东的领导，中国共产党建立了基于中国实情的解放区，并通过之后的抗日解放战争为全人类树立了典范。中国的实情，不仅是要依靠广大农民群体，还要团结全民族。

中国共产党紧紧依靠极具奉献精神的中华民族，号召人民开展艰巨斗争，建立了最广泛的阵线，将侵犯者日本帝国主义击溃。

在毛泽东的领导下，中国共产党根据中国实际情况设立了解放区，之后的抗日解放战争也为人类树立了榜样。中国的现实决定必须紧紧依靠广大农民群体和团结全民族。

科学社会主义的亚洲化

中国共产党在所有这些过程中实现了科学社会主义的中国化和亚洲化，更准确的说是世界化。

众所周知，马克思主义于19世纪在欧洲出现。马克思和恩格斯在资本主义和工人阶级兴起的国家建立了有效的革命理论。但是，他们在生命的最后阶段看到了革命在欧洲的衰落，并且把目光转向了俄罗斯、中国和土耳其等亚洲国家。正如在帝国主义时期，在20世纪初革命的焦点转向了亚洲。中国共产党自20世纪20年代至1949年领导了亚洲革命时期规模最大、最有成效也是最持久的革命。毛泽东从这一革命实践中产生的新民主主义革命或民族民主革命的理论和战略，也启发了非洲和南美国家的斗争。

中国共产党在当今世界的形成中发挥了独特的作用，其实践和理论贡献影响了20世纪。

从新民主主义革命到社会主义建设，中国共产党在实践中积累了宝贵的人文经验。

中国共产党在革命实践中区分了敌我矛盾和人民内部矛盾，并贡献了先进的实践经验。在思想建设中，从错误中吸取教训的原则无疑是这个思想的产物。

中国共产党有三句很精辟的口号：

没有共产党就没有新中国！没有毛泽东就没有新中国！没有社会主义就没有新中国！

对社会主义建设的理论贡献

中国共产党用科学的方法评价了苏联的实践，特别是苏联回归资本主义的过程。众所周知，苏联回归资本主义的做法也影响了东欧国家。

毛泽东很好地运用了这一经验，发展了两个阶级和两条道路之间开展斗争和在中国建设社会主义的理论。根据这个理论，社会主义从劳动人民上台执政到无阶级社会是一个漫长的过程。这主要生产资料所有权被公有化之后，无产阶级和资产阶级之间、科学社会主义和修正主义之间与社会主义和资本主义之间的斗争仍会继续，其主要威胁来自党和国家的资本主义者。因此，必须动员人民群众在社会主义道路上继续前进。

中国共产党坚持社会主义以及实事求是的实践证明了社会主义的优越性。如今，习近平同志的领导成为人类的希望，为人性点燃了乐观主义的火炬。

尊敬的习近平同志不仅对中国共产党，而且对全世界和土耳其都极为重要。因为社会主义在中国的成功，让世界对社会主义的希冀更加强烈，这具有历史性价值。中国不因坚持社会主义而追求霸权，这是对未来世界做出的保证。可以说，得益于中国走的道路，人类即将摆脱霸权主义。美帝国主义霸权的崩溃也将宣告霸权主义的终结。

习近平同志把反腐斗争和消除各种不平等现象的斗争看作是阶级斗争和建设社会主义的斗争，这是极其重要的。他关于主要威胁"不是来自苍蝇，而是来自老虎"的判断，既基于中国的实践，也基于苏联等国家出现的回归资本主义的经验。党和政府政机构中的"资本家巨头"是主要的威胁。习近平的这个判断为社会主义铺平了道路，照亮了下一个世纪。

中国绝不追求霸权主义

中国如果偏离社会主义道路，就会成为新的霸主。从这个角度说，中国决心走社会主义道路的是对全人类的一大保证。社会主义中国是推动彻底消灭霸权主义的主要力量。得益于习近平主席在国际关系中提出的共同发展理念，中国共产党为世界合作与和平作出了巨大贡献。

我们永远不会忘记，1974 年，邓小平在联合国主席台上向全人类宣读了毛泽东主席的话："中华人民共和国永远不称霸。如果有一天中国政权更迭，中国成为霸权，世界各国人民必须团结中国人民，打倒霸权主义者。"中国这种坚决反对霸权主义的态度，让我们对人类的美好未来充满希望。

中国共产党与爱国党之间的关系

自 1970 年代以来，中国共产党与爱国党建立了牢固和相互信任的关系，这种关系已经发展了 50 多年。两党都创造性地运用了科学社会主义，并从世界和国家实践中创造理论。50 年来，我们爱国党从中国共产党身上学到了很多东西。当然，在借鉴他们的经验时，我们也注意了要适用于土耳其国情。

我想强调的是，在我们两党关系中，中国共产党从来没有表现出他们是我们的老大哥或者教师爷，没有展现出高高在上的姿态。中国共产党在一个大国进行了革命，并在世界范围内取得了成功。我们党的经验和成比较有限。尽管如此，中共一直对我们一视同仁。在交换意见的同时，他们从不把想法强加于我们。中国共产党没有声称自己是老师。坦白地说，中国共产党的这种态度让我产生钦佩之情。

我们爱国党也像中国共产党一样借鉴了共产国际的经验教训，我们注重与世界各国建立平等的关系，与世界上其他党派之间发展新型关系。

亚洲的革命之翼

中国和土耳其这两个国家有许多共同的特点。第一，我们都是亚洲国家。第二，两个国家都有大帝国的传统。我们非常重视这一点。因为这些帝国的历史，就是体现正派作风的历史，是建立独立国家、组建军队和制定纪律的历史。今天，甚至在抗击新冠疫情的斗争中，都有从这段历史中继承下来的重要积淀。

三是这两个国家都是成功进行现代化改革的国家。回顾 20 世纪，1908 年的土耳其革命、1911 年的辛亥革命，以及后来的土耳其凯末尔革命和毛泽东领导的中国革命……这些革命总是携手并进的，现在也是如此。中国和土耳其处于亚洲新兴文明的前沿。当然，那些拥有革命遗产的帝国和国家，如俄罗斯、伊朗和印度也属于这个行列。中国共产党和爱国党都在创造新的文明，引领各自的国家，携手并进。

传奇国度

丝绸之路曾经将两国联系在一起，如今"一带一路"同样将两国紧紧相连。纵观历史，中国对我们而言一直是一个传说中的国度，这个传说中有魔法，有神秘，也有光芒。

在对华关系中，我们爱国党和土耳其不仅看到了中国革命的成功，也看到了中国的历史积淀对建立当代世界的贡献。土耳其历史也是一部充满史诗和传说的历史。从这个角度说，两国人民和领导人对彼此有更深入的了解。

我们是新文明的缔造者

两党有共同的愿望和事业。我们的目标是建立一个以人为本，没有阶级，没有压迫、暴政和各种排外政策的世界。

今天，我们正站在一个新世界的门口。土耳其和中国在亚洲新兴文明的建立中处于领先地位。作为亚洲之翼的非洲和南美洲也在新文明的缔造者之列。

土耳其进入了改革的进程，我们爱国党将领导第二次独立战争取得决定性胜利，成功完成生产革命。毫无疑问，土耳其将组建生产者的国民政府，爱国党在这个政府中将承担历史性职责。在这方面，我们相信土耳其民族和土耳其这个国家的积淀。我们深知，中国共产党与爱国党之间的团结将在历史上扮演决定人类未来的重要角色。我们更深知，中华人民共和国与土耳其共和国将共同完成伟大的历史事业。

怀着这份情感、期待和乐观精神，我们庆祝中国共产党成立 100 周年。

代表作二：

理解中国的关键在于理解中国共产党
阿德南·阿克弗拉特

"没有共产党，就没有新中国"是今天所有中国人都认可的一句箴言。中国共产党的成功，赋予了那些被压迫的国家坚持依靠自身力量去建立新世界的决心。人们获得了对未来的希望。

1921 年 7 月 1 日，中国共产党在非法条件下在上海召开了第一次代表大会。这个日期被认定为中共的成立时间。中共如今 100 岁了！党员人数为 9200 万，通过 470 万个党组织管理党员和领导人民。中国共产党是世界第一大党。自 1949 年执政以来，中国共产党就是创造中国奇迹的根本力量。

因此，了解中国的最佳途径就是了解中国共产党。

美国在释放烟雾弹

6 月 11 日 G7 峰会和紧随随后的 6 月 14 日北约峰会的主要目标都是阻碍

中华人民共和国的崛起。西方媒体经常讨论中共,西方帝国主义散布的中共"不是共产主义"的烟雾弹正在失去作用。

甚至美帝国主义的核心机构都宣称中国共产党是它的头号敌人。2020年1月30日,美国前国务卿迈克·蓬佩奥在伦敦与英国外交大臣举行的联合新闻发布会上将中国共产党描述为"当今的核心威胁"。

特朗普政府的最后一任国家安全顾问罗伯特·奥布莱恩则更加直白。2020年6月24日,奥布莱恩在亚利桑那州凤凰城发表如下声明:"在特朗普总统的领导下,美国终于意识到了中国共产党的活动的危险性及其对我们生活方式的威胁。几十年来,美国政党、商界、学术界和媒体界普遍接受的观点是,中国将首先在经济上实现自由化,然后在政治上实现自由化,这只是一个时间问题。我们的市场对中国有多开放,我们在中国投资数额有多大,我们培训的中国官员、科学家、工程师甚至军官的人数规模有多大,中国就有多像我们。"

"我们相信,随着中国变得越来越富强,中共将会为了满足人民的民主愿望而实现自由化。这是一个大胆的、本质上是美式的想法,它源于我们战胜苏联的经验。不幸的是,这个想法现在被证明是非常幼稚的。我们不可能犯下比这更大的错误了。这种误判是1930年代以来美国外交政策的最大失败。我们怎么会犯这样的错误?我们怎么能不了解中国共产党的本质呢?"

他说道:"答案很简单,因为我们没有关注中共的理念。我们没有听中共领导人说什么,也没有阅读他们在基本文件中写的内容,而是对此充耳不闻、视而不见。我们相信我们愿意相信的。我们说服自己,中国共产党只是叫做共产主义而已。直白的说,中国共产党是一个马克思列宁主义组织。"

被认为是"极右翼"的特朗普下台了,我认为是"左翼"的民主党总统候选人乔·拜登获胜了。但美国对中国共产党的态度是换汤不换药!

执政 71 年

中国共产党成立于1921年,成立之初约有50名党员。1949年中华人民共和国成立后,党员人数达到450万。现在党员人数为9200万,约占总人口的7%。

从中共党员的阶级分布能看出中国共产党的性质。党员中40%的是工人阶级和农民,23%是国家行政人员和专业党务干部,其余党员主要是公务员、学生和退休人员。成为中共党员并不容易。接收党员是一个精挑细选和频繁接触的过程。考察期很长,经过考验和测试之后才会进入入党程序。

中国共产党在治理上的倾向也反映出党员都是从哪些领域选来的。

习近平担任总书记后，新党员的特征开始发生变化。例如，2016年新增党员约200万，这些党员中有近百万来自工人阶级。50%的新党员是从劳动人民中选出来的。82%的新党员年龄在35岁以下且受过良好教育。同样的，新党员中有42%的人接受过高等教育。

截至2019年底，中共女性党员人数为2600万，女性党员占总人数的28%。习近平担任总书记后，中共领导层特别重视增加女性党员和女性行政人员的数量。县级地方政府和党委中有很多女性县长和书记。

少数民族党员约占7.5%，人数达到约700万，其中就包括维吾尔族。习总书记认为增加少数民族党员的人数是凝聚中华民族的手段。中国共产党为了接纳更多包括维吾尔族在内的更多党员实行了特别的政策。

没有共产党就没有新中国

在中国，不论是不是党员，所有中国人都认可一句箴言是"没有共产党就没有新中国"。这句话中的"新中国"描述的是一个"能吃饱饭、有安全感"的中国。人民把歌颂中国共产党的这句话写进了歌词。每当七一建党节的时候这首歌就回荡在大街小巷。

"没有毛泽东，就没有新中国，"我在上海对一位中年出租车司机说。他笑着回答道："没有中国共产党，就没有毛泽东。"

越活越年轻

根据2019年底的数据，中国共产党中40岁以下党员的比率超过了三分之一，有超过3000万年轻党员。作为拥有百年历史的政党，中国共产党能保持如此"强大且有活力"的党员结构，这在世界范围内也十分罕见。中国共产党长盛不衰的秘诀源于时刻保持极度谦虚的姿态、接受外界的批评以及从错误中吸取教训。中国共产党将科学社会主义、毛泽东的伟大贡献以及中国文化的精髓融合在一起。一些危机事件从外界看起来繁杂而棘手，但中国共产党却迅速进行了处理，在最近的新冠疫情中我们再次见识到了这点。

我是黄土地的儿子

中共十八大确定了中国已经"进入中国特色社会主义新时期"。十九大宣布"习近平新时代中国特色社会主义思想"为新时代的指导方针。认识和了解了中国共产党总书记、国家主席习近平，就能更容易地了解中国共产党和中国。

2020 年 4 月 22 日至 24 日，习近平在陕西省与贫困村民聊天时说："15 岁来到黄土地时，我迷惘、彷徨；22 岁离开黄土地时，我已经有着坚定的人生目标，充满自信。作为一个人民公仆，陕北高原是我的根，因为这里培养出了我不变的信念：要为人民做实事！无论我走到那里，永远是黄土地的儿子。"

"党中央的政策好不好，要看乡亲们是笑还是哭。如果乡亲们笑，这就是好政策，要坚持；如果有人哭，说明政策还要完善和调整。好日子是干出来的，贫困并不可怕，只要有信心、有决心，就没有克服不了的困难。""中国共产党根基在人民、血脉在人民。党团结带领人民进行革命、建设、改革，根本目的就是为了让人民过上好日子，无论面临多大挑战和压力，无论付出多大牺牲和代价，这一点都始终不渝、毫不动摇"。

结论：为人类注入希望

中国共产党会对接待的外国党派代表说："你们在中国所看到的正确和好的政策，是基于中国实际情况而制定的。千万不要复制我们的政策。你会找到适合你们自己的人民和国家的解决方案"，这种做法已经成为一种传统。中国共产党的成功，赋予了那些被压迫的国家坚持依靠自身力量去建立新世界的决心。人类获得了对未来的希望。在这个人类不再受奴役的时代，中国共产党如初升的太阳在地平线上熠熠生辉。

代表作三：

序言：发展是解决问题的关键

沃伊切赫·菲利普

那一年是 1921 年，中国共产党在距离捷克斯洛伐克数千公里的地方成立了。捷克斯洛伐克共产党人也在关注着这一历史性事件。

捷克和摩拉维亚共产党（简称捷摩共）非常重视与中国共产党的友谊，支持其为维护世界稳定和国际共产主义运动的繁荣和发展所做的贡献。捷摩共完全承认"一个中国"原则，寻求中国企业在捷克的积极参与，并在共同维护世界秩序的过程中互相助力。

在不懈的理论创新探索中，中国共产党成功地找到了一条中国特色社会主义道路。中国的政治、社会和中国人民的命运在过去 100 年中发生了前所未有的革命性变化。当代中国社会的发展和进步尤其应归功于历史和人民选择了中国共产党、马克思主义、社会主义发展道路与政治改革。历史也清楚地表明，中国共产党是引领中国人民在新领域发展的主力军。

中国特色社会主义是中国几代领导人集体努力的成果，中国共产党紧紧依靠人民，她从根本上改变了中华民族的命运，永远结束了近代以来中国国内的动荡和外来势力给旧中国带来的苦难、贫穷和软弱。她开启了社会主义的发展和中华民族伟大的历史道路，还让拥有五千年文明的中华民族跻身世界强国之林。

2011年，中国共产党庆祝成立90周年。那年我在北京，我必须说，这次访问吸深深地吸引了我。中国共产党的领导人宣称，90年来，中国共产党给中国政治和社会带来了变化和影响在人类发展史上都显得弥足珍贵。

作为世界上最大的政党，中国共产党拥有9000万党员，领导着世界人口最多的国家（中国人口达14亿）。从20世纪90年代以来，在中国经济的快速崛起中，中国共产党面对事态发展表现出了务实、专业和政治组织能力。中国共产党从全球化和经济发展中获益，并领导6000多万人摆脱贫困。

教育事业的发展也取得了很大的进步，就业稳步增长，每年在城市中产生超过1300万个工作岗位，城乡居民收入不断增加，社会保障体系基本建立，保障性安居工程建设取得了长足进展。

中国经济正从高速发展阶段转向高质量发展阶段，捷摩共对此高度赞赏。在中国增长模式的转型和经济结构改善过程中，这是一个非常关键的转变。

在经济成功的基础上，中国在国际政治领域中变得越来越重要。中华人民共和国在联合国及世界银行这样的国际组织中成为了强有力的参与者。中国有了更加雄心勃勃的目标，即成为区域和全球的重要力量。

中国共产党与各国执政或在野的共产党及工人阶级政党保持着联系，并邀请他们参加世界政党大会。每次会议，中国共产党的领导人都会见捷摩共的领导层，许多国外共产党的代表也能有机会访华。

中联部定期组织与外方代表会晤，为外籍人员提供学费，赞助国外的夜校培训。在这个过程中，中国共产党宣扬了自身政治和经济利益，展现了中国的正面形象，分享了中国政党制度经验，体现了经济现代化进程，并集合了更多的信息。

我曾多次访问中国，非常珍视中国人民的友好和热情，这些都是我们两国传统友谊和团结的成果。我还多次到中国各个省份参观，在现场，特别能感受在中国共产党的领导下，中国社会在各个方面都取得了繁荣和进步，这些都是中国特色社会主义道路的一部分。这在许多方面对世界各地共产党和工人政党起到了鼓舞人心的作用。在中国，我有一些难忘的个人经历。2011年，我与中国共产党总书记、中国国家主席习近平进行了个人会面。此外，我还参观了兵马俑和长城，都很令人难忘。

党际交流在解决问题方面有着不可替代的作用，在世界各国政府中党派可以来来去去，但作为社会稳定基石的政党则一直存在。另外，政党还可以通过其政治影响力，在其国家的议会中纠正政府的政策，阻止通过不符合国家利益和国际法的规章和措施。因此，这些政党联系非常重要，既可以是双边的，也可以是多边的。2017年，中国共产党主办的世界政党大会在北京举行，级别非常高，来自世界各地的220多个代表团参加，他们都认为这是非常好的交流机会。我认为，作为这次会议的重要成果，《北京倡议》成为了21世纪国际关系新架构原则的基本文件。

我认为，中国共产党在这一领域选择了正确的道路。作为捷摩共的代表，我必须感激中国共产党的慷慨，两党代表的交流使两党关系得到了很大发展。我相信，在扫除新冠疫情的障碍之后，党际交流这种做法将再次启动。

（土耳其《光明报》、捷克《文学报》、捷克《新报》2021 年 07 月 01 日）

申报资料实录

作品简介： 在 2021 年 7 月 1 日纪念中国共产党成立百年的当天，光明日报社与土耳其《光明报》和捷克《文学报》合作，在土耳其和捷克以当地语各推出建党百年系列报道，全面介绍党的百年奋斗历程和伟大成就。为使报道符合当地受众阅读习惯和国际传播规律，取得更好传播效果，我们创新采编方式：我方团队和外方团队就报道的策划、采写、编辑和版面多次深度沟通、共同推进。为增强影响力，我方分别邀请《光明报》主席奥斯曼·埃尔比尔，捷克和摩拉维亚共产党主席及捷众议院副议长沃伊捷赫·菲利普等外方有影响力的人士为报道撰写刊首语和重点文章。报道和版面经我方编辑、审校、定稿。系列报道共发 18 篇文章（捷克：10 篇，土耳其：8 篇）。系列报道在土耳其发行 5.5 万册；在捷克发行 3.5 万册。

社会效果： 《光明报》连续三天在报纸头版头条位置刊登报道公告；官网以固定版块展示报道，日均访问量 20 万；社交媒体发帖介绍系列报道，覆盖约90万人；专门制作宣传片，在其网站、社交媒体账号及电视频道Ulusal Kanal播放。《光明报》向有影响力的1200多名精英人士邮寄报道，包括政府官员、外交官、政党代表、中国问题专家、学者、记者、科学家、非政府组织代表等，报道得到广泛而积极的反馈。读者表示："感谢中共建党百年报道，从中了解到关于新中国和中共的重要信息""所有关于中共的疑问都在中共建党百年报道里找到了解答""世界历史上没有哪个国家取得中国这样迅速而伟大的发展"等。报道在捷克传递了"一种不同的声音"，有助于对冲捷克反华舆论。我驻捷克大使张建敏表示：你们做了一件有意义的事情。系列报道将进一步增进捷克民众对中国共产党和中国的客观认知，为中捷关系发展争取更多理解和支持。

初评评语：系列报道发表时机好、内容好、呈现形式好，充分"借嘴说话"，符合当地受众阅读习惯和国际传播规律，在两国取得了较好传播效果，起到了引导两国读者树立正确的"中国观"和"中共观"的良好作用。

我国南极昆仑站和泰山站气象站"转正"

王　亮　刘世玺

"成功了！接收成功了！"我国国家级气象观测站再添两名极地"新成员"。北京时间11月30日20时，国家气象信息中心成功接收到中国南极考察站昆仑站和泰山站的气象观测数据，这意味着分别经过5年和近9年的稳定运行，位于南极的我国昆仑站和泰山站气象站具备了业务运行能力，自12月1日起正式业务运行，两站将获取长期、连续的常规气象观测数据。

此时，南极太阳高悬，正是极昼；相距数万里的中国北京，朗月寒星，城市已完全笼罩在夜幕之中。"实现南极冰盖自动气象站观测业务化运行，将进一步推进全球气象预报业务。"世界气象中心（北京）运行办公室副主任王毅的脸上，兴奋之情溢于言表。

南极大陆以大风、极寒闻名，最低气温可达–89.2℃，风速可达100米/秒，自然环境极为恶劣。长期、连续的常规气象观测，可以有效增强我国极地天气气候监测预报能力，对提高极地天气预报和气候变化评估准确度、保障科学考察、保护极地环境意义重大。

此前，中国南极考察队曾在中山站至昆仑站沿线设立多个自动气象站，其中泰山站气象站建于2012年12月24日，昆仑站气象站建于2017年1月6日。科考的观测数据均传输至国家极地科学数据中心。

"这是一个难忘的时刻！"曾参加过南极泰山站和昆仑站气象站建设，现任中国气象科学研究院青藏高原与极地气象科学研究所副所长丁明虎激动地说。他清楚记得当初在南极建立气象站的情景。采用同一型号的自动气象站，为何一个"转正"用了5年，另一个却要9年？丁明虎打趣道，两者就好比在拉萨和珠峰建气象站　　"实习期"更长的泰山站气象站，是在位于海拔2626米处先打好了基础，经受住了长期低温的考验，从而使得位于海拔4093米"冰盖之巅"的昆仑站气象站才能在5年内一道顺利"转正"。

低温是影响南极大陆建设自动气象站的关键。自1996年起，中国气象局高位部署、逐步推动南极冰盖自动气象观测站网建设。中国气象科学研究院极地气象科研团队从2010年开始研发超低温电池、风速仪、能源控制模块等多种设备，并多次派出考察队员前往南极进行超低温观测野外试验，最终自主研发出新一代超低温自动气象站。我国也因此于 2018 年成为继澳大利亚、美国之后，第三个有能力在南极超低温地区开展连续自动气象观测的国家。

"实习期"以来，两站数据质量稳定，数据到报率分别超过 99.58% 和 99.73% 以上。"这一指标超过国家基本气象站业务运行要求。"中国气象局综合观测司运行管理处副处长杨晓武表示。

（《中国气象报》2021 年 12 月 01 日）

申报资料实录

作品简介： 这是一篇记录中国气象科技进展，对外讲述中国积极应对气候变化、坚持科技自立自强的南极科考重磅新闻。一是新闻性强，视角独特，以小见大。聚焦气象科技进展，抓住中国南极考察站昆仑站和泰山站气象站业务运行这一关键节点采写重磅消息，以生动故事、必要背景和客观评价，彰显中国在提高极地天气预报和气候变化评估准确度、保障科学考察、保护极地环境的孜孜追求和不懈努力，以小见大，展示了南极科考工作者的一个"切面"。二是全球首发，反响热烈。报道第一时间在中国气象局官网、中国气象局微博微信、《中国气象报》刊发，实现全球首发，随即引发央视等国内外媒体广泛关注，新加坡《联合早报》、俄罗斯红色春天通讯社和金砖电视台、保加利亚《24 小时 .bg》等外媒持续关注和转载，有力引导国际舆论；世界气象组织（WMO）第一时间转发。三是内容精当，报道客观有力。以权威数据、有说服力的人物故事和客观评价，向国际社会彰显自 1996 年以来中国在推进南极大陆建设自动气象站建设及多次派出考察队员进行超低温观测野外试验，最终自主研发出新一代超低温自动气象站的努力。稿件结构紧凑、精炼流畅，反映了南极气象站获取常规观测数据的科研攻关，是国际传播的亮眼之作。

社会效果： 作品刊发后引起国际社会广泛关注，新加坡《联合早报》、俄罗斯红色春天通讯社和金砖电视台、保加利亚《24 小时 .bg》等多家境外媒体以 "Two of Chinese meteorological stations in Antarctica are put into operation" 为题进行转载。除播发文字稿外，此稿还配以图片和视频，以全媒体的形式在 People's Daily Overseas、CCTV Asia Pacific、Global Times、China Economy、Ecns.cn 等网站、推特（Twitter）英文发布，以及互联网专线等平台向海外受众发布。各国媒体的广泛报道对我国南极科考新进展和科技自立自强起到了积极正面的传播效果,获得业内人士及国际读者一致好评,展现了我国应对气候变化和气象现代化建设最新进展。同时,新华社、人民日报、央视新闻、参考消息、环球时报、凤凰网等媒体也推出英文、俄语等报道。央视视频《中国南极昆仑和泰山站正式业务运行》全网点击量超 500 万,微博话题 #南极昆仑泰山气象站正式业务运行# 阅读量超 3000 万。

初评评语: 作品题材重大、新闻价值高、全球首发,从专业视角和人文视角展现南极气象站"转正"背后的故事。作品以文字和视频的方式,通过对两站气象站建设的南极科考队员亲身经历的"白描",讲述我国气象科技工作者坚持科技自立自强的故事。作为全国媒体中的独家作品,作品细致地展现南极气象站正式业务运行背后的气象故事和生动细节,真实生动记录了南极气象站获取长期、连续的常规气象观测数据的重大意义。报道充分展现了践行习近平总书记坚持科技自立自强和应对气候变化承诺的有力行动,在全球气候变化背景下极端气象灾害愈加多发频发的今天,这篇充满正能量的报道具有重大现实意义。

在红船边，看见美好中国

——从嘉兴共同富裕实践读懂中国共产党的初心

集　体

嘉兴南湖红船。嘉兴市委宣传部 供图

一叶红船从南湖驶出，载着中国共产党人的初心和使命，穿越百年风雨，书写了改天换地的壮丽史诗。

嘉兴，中国革命红船起航地，这片红色土地早已换了人间，而今正奋力打造共同富裕的先行地。

这里，是一处丰饶的平原。

江南自古繁华，今天的浙北水乡，更突显地处长三角核心区域的优势，成为中国最富庶的地区之一。嘉兴去年城乡居民收入比为 1.61：1，在全国地级市中最小；农村居民人均收入居全国地级市之首，城与乡的差距正在拉平。

这里，是一个发展的高地。

昔日的鱼米之乡，已成高质量发展和高水平均衡之地。2020 年，全市财政总收入突破千亿元，下属 5 个县（市）财政总收入均超百亿元；全市 858 个行政村，集体经济年经常性收入全部超过 120 万元。

这里，更是一座精神的高峰。

作为中国革命的原点，这里是中国共产党梦想起航的地方，习近平总书记在浙江工作期间曾 22 次前往调研指导，对嘉兴发展寄予厚望。红船精神已融入党员干部的基因，代代传承、生生不息。

"人民对美好生活的向往，就是我们的奋斗目标。"在嘉兴，可以看见美好中国的模样，看见共产党人永不忘却的初心。

五千亿 GDP 和千亿财政收入
高质量发展
"反差"背后的坚守

不熟悉嘉兴的人，会对一组数据的"反差"感到不解。

2020 年，嘉兴的 GDP 为 5509 亿元，在浙江位居第五，综合实力列全国百强城市第 35 位；但看财政收入，嘉兴以 1003 亿元排名浙江第二，超过一些万亿元 GDP 城市，在全国地级市中名列第五。

更让人赞叹的，是下属各县（市）财政总收入都超过百亿元，全部进入全国百强县行列。

GDP 的含金量，体现了经济运行质量和国民收入再分配的能力，从中能读出一个地方的发展理念，在眼前和长远、速度和质量之间更看重什么，要的是怎样的发展？

眼下，在"碳达峰、碳中和"目标引领下风头正劲的光伏产业，嘉兴占据了浙江半壁江山，去年规上企业总产值近 370 亿元。其裂变式增长背后，有一段惊心动魄的往事。

8 年前，来自欧美的"双反"让严重依赖出口的全国光伏行业陷入困境，各地纷纷收紧项目开发，嘉兴该怎么办？政府若出手，要为逆势决策担风险；但不出手，众多光伏企业必将倒下。危急关头，市里派出调研组深入企业，在确认产业前景后，毅然决定重点发展。"这种敢于'逆行'的定力和远见，引领嘉兴光伏产业走到了今天。"亲历那场危机的晶科能源公司总经理周方开说。

"推动高质量发展、壮大中等收入群体，这是打造共同富裕先行地的重要课题。"嘉兴市委书记张兵说，共同富裕的前提是富裕，必须创造财富、做大"蛋糕"；而走向富裕，高质量发展是基础。

发轫于海宁的要素市场化配置改革，如今已推广至嘉兴全市。其中，工业生产"亩均论英雄"评价和应用体系已迭代升级到 4.0 版，成为推动高质量发展的重要手段。

海宁人仍记得这项改革刮起的风暴。当时，海宁将 3 亩以上用地的 1659 家企业，依据亩产效益分为发展、整治、淘汰 3 类，并在资源要素配置上实施差别化政策。面对各种阻力，各级干部挺住了，努力让每一寸土地充分发挥效益。

这种咬定青山不放松的韧劲，始终贯穿在嘉兴发展进程中："十二五"时期，整治印染、造纸、养殖等行业，扶持光伏新能源、电子信息和汽车零部件产业；"十三五"时期，将生物医药、集成电路作为重点扶持产业；今年的传统产业整治提升行动，瞄准3000家"低散乱污"企业，把空间和资源留给未来……

如今，嘉兴战略性新兴产业比重、增加值增速均居全省第一，亩均税收较8年前提高近一倍。近3年来，全市引进百亿级重大产业项目29个，引进世界500强企业投资项目48个，总投资超亿美元产业项目有158个，居浙江首位。

在嘉兴市发改委主任章剑看来，GDP含金量高，关键是做好了制造业转型升级这篇文章。化纤、毛衫、家电等优势产业的富民效应，让嘉兴意识到，制造业是带动全民富裕的最重要支撑。去年，嘉兴工业增加值占GDP比重为46.5%，列全省第一。

搭上高质量发展"顺风车"，嘉兴迸发出强劲动力。

自浙江清华长三角研究院落户嘉兴、成为浙江首个省校共建创新载体以来，浙江中科院应用技术研究院、浙江未来技术研究院、上海大学新兴产业研究院等一批高能级创新载体落户，去年研究与试验发展（R&D）经费投入强度达3.2%，嘉兴已成区域科创高地；长三角一体化发展带来新机遇，嘉兴将全面融入长三角一体化发展确立为引领全市高质量发展的首位战略，12个长三角高能级产业合作园环布全市，打通了对内对外开放的"任督二脉"，长三角的项目、人才不断涌入……

嘉兴，正从水乡平原崛起为发展高地。

城乡居民收入比1.61：1
高水平均衡
"样板间"里的跨越

城与乡之间，有一道无形的墙。

越过这道墙，像城里人一样工作和生活，是中国农民的梦想。这一梦想已在嘉兴点亮，这里被认为是中国城乡融合的"样板间"。

根据国际惯例，发达国家的城乡居民收入比约为1.5：1，嘉兴的1.61：1已非常接近这一水平。这里，是全国农民最富的城市，去年农民人均收入超过39800元，连续17年居浙江第一。

这些数字，无疑是城乡统筹发展最直观的获得感。多年来，嘉兴把解决"三农"问题作为现代化建设的重要课题，探索高水平城乡一体化发展之路。

2004年，在嘉兴的发展进程中具有里程碑意义。

这一年春天，时任浙江省委书记习近平专程前往调研，提出嘉兴完全有条件成为全省乃至全国统筹城乡发展的典范。也是在这一年，嘉兴在全国地级市中首个出台城乡一体化发展规划纲要，把主要公共资源往农村倾斜投放。

俯瞰南湖及嘉兴市区。嘉兴市委宣传部 供图

嘉善缪家村曾是有名的穷村，村集体可支配资金不足 5 万元，年人均收入不到千元。随着城乡一体交通路网推进，村庄出现转机，通过土地流转，建起连片厂房、统一招租，村集体收入一跃达到年均 700 万元。村集体有钱了，新建文化广场、村道，老人有了养老金，困难户有了补助……

而这，还只是开始。统筹城乡发展的蓝图，为嘉兴农村插上了腾飞的翅膀。

"飞地抱团"，这个嘉兴首创的做法，把嘉兴工业园区、经济开发区等土地级差收益最大的黄金地段，如"两创"中心、商业综合体等好项目拿出来，通过县域统筹、跨镇经营、多村联合，由全市农村联手发展物业经济。

在嘉善大云镇中德生态产业园，有一座总投资 9400 万元的厂房，由 22 个村联合成立股份制公司、拍下地块投资建成，一期已入驻 9 个来自欧美的精密机械和科技人才项目，各村每年保底能拿到投资额 10% 的分红。

截至去年底，全市累计建成"飞地抱团"项目 110 个，收益率普遍在 8% 至 12% 之间。这一模式，解决了村级集体经济发展难题，让共同富裕有了坚实依托。

富裕靠发展，共同富裕靠统筹。

嘉兴干部推进城乡统筹发展常讲两句话："城乡空间规划一张图"与"人口和生产力布局一盘棋"。如果说，一张图让"城里人住楼房，有工作领薪水；乡下人在村里，面朝黄土背朝天"这道边界，在嘉兴变得越来越模糊，那么一盘棋则将人和产业、就业结合起来，让产业发展与富民紧紧相连。

当下，桐乡正以国家级毛衫时尚小镇为核心，创建世界级针织时尚产业集群，传统加工制造产业正向时尚创造产业转型。当地与毛针织服装相关的市场主体达 3 万多个，从业人员超 15 万人，其中大部分是农民。

在嘉兴全面推行的"百万农民培训工程"，早已消除城乡就业的各种政策壁垒，实现城乡平等就业。两个 90%，体现了当地推进工作的力度：90% 的嘉兴农村户籍人口有从事二产或三产经历，他们近 90% 的收入也来源于此。

即便是农业，也别有洞天。

位于平湖的浙江首个农业经济开发区，通过土地流转和工业化手段，实现农业集约化、规模化经营。走进绿迹数字农业生态工厂，一株株无土栽培的番茄苗绿意盎然，通风、喷水、温度等全部自动控制。70 多岁的泗泾村村

民金继龙，和同村的 10 多人在这里上班，除了土地流转费，月薪还有 2000 多元。他说："干活轻松了，赚钱却多了。"

在嘉兴，一条新型城镇化与农业农村现代化双轮驱动、生产生活生态相互融合、改革发展成果共享的城乡融合发展之路，已越走越宽——

基础设施更加完善。交通网络、供电、供水、网络基础设施实现城乡一体化，农村公路密度居浙江第一，所有镇（街道）15 分钟内均可上高速公路；

公共服务更加均等。率先在全国实现"村村通公交"、义务教育均衡发展县"满堂红"、城乡居民养老保险全覆盖，优质医疗资源"双下沉、两提升"、县域医共体建设等成为浙江乃至全国的样板；

改革活力更加强劲。以土地制度改革为核心，激活农村各类资源要素，促进农村产权市场化流转；率先建立城乡一体的户籍登记管理制度……

从基础设施到公共服务，从就业到社会保障，从收入到消费……嘉兴已进入城乡深度融合发展阶段。

71.3% 的城镇化率
高品质生活
以人为本的追求

71.3%！这是去年嘉兴的城镇化率指标，在全省仅处中游水平。

而这，恰是嘉兴的不寻常之处，折射出区域和城乡协调发展的高水平——越来越多的人工作在城镇、生活在农村，发达国家常见的"逆城市化"在这里已现端倪，区域和城乡无差别的高品质生活，成为嘉兴人的共同体验。

走进南湖区凤桥镇联丰村王祥里，青砖黛瓦、小桥流水，徐建军兄弟俩的"兄弟农家乐"，就开在自家的美丽庭院内。徐建军感慨："想不到王祥里也吃上生态饭了。"

水乡嘉兴，曾因水而痛。

仅仅 10 年前，水的问题还困扰着嘉兴，当地劣 V 类水体占比达 74%，Ⅲ类水体几乎绝迹，在 2011 年全省水环境考核中，嘉兴是唯一一个交接断面水质不合格的市。其中一个重要原因，是面广量大的生猪养殖。

2013 年打响的治水首战，便是生猪养殖业减量提质，其难处在于要砸掉许多人的"饭碗"。当时，全国还没有大规模牲畜退养的先例，嘉兴成为第一个"吃螃蟹"者。

联丰村党委书记李正峰记得，全村 1000 多户人家，违建猪舍逾 10 万平方米。镇村干部上门做工作，经常被村民当面斥责。但他们没有退缩，反复劝说村民往长远看："生态环境好了，生活更有品质，钱也会赚得更多。"

3年间，嘉兴对生猪养殖产业进行整治提升，并实现100%规模化养殖。全市还投入30多亿元，通过免费培训、项目推介、政策扶持等方式，帮助10多万户农户转产转业，农民收入不减反增。

经过整治，曾经污水横流、臭气熏人的联丰村，如今变成了乡村旅游打卡点。

梦里水乡回来了。到2018年，市控断面Ⅲ类水质占比达到41.1%；此后又通过三年攻坚战，到去年提升到91.8%，水质实现历史性跨越。嘉兴还投入80亿元建成46个垃圾固废处置项目，成为全省首个"垃圾焚烧处置县（市）全覆盖、垃圾处置零填埋"标杆市，生态环境公众满意度提升分值连续两年列全省第一。

现代化的核心，始终在人。

着眼于人的全面发展和社会全面进步，嘉兴持续改善群众生活品质，多年来民生支出占市县两级一般公共预算支出的八成，更多公共财政资源被投向教育、医疗、住房、养老等领域，完善统筹城乡的民生保障制度，提供更充分、更均等的公共服务，百姓对美好生活的向往不断成为现实。

在南湖区社会矛盾纠纷调处化解中心指挥大厅，"七星阁"社会治理智治平台的大屏上，一侧是全区的三维地图，居民楼、学校、村庄、企业等一览无余，另一侧的信息实时更新，包括求助信息报送、纠纷调解等。

"居民有求助，网格员能立即获知当事人的基本情况。"工作人员介绍，这个平台依托物联网、大数据、地理信息等数字化技术，在全省率先将三维全息地理信息技术与社会治理结合，整合20家入驻单位的系统平台，打造社会治理"最强大脑"，市民的求助第一时间就能得到受理。

随着市区1639户居民告别筒子楼、400多户城中村居民完成征迁，嘉兴去年兑现了"不把筒子楼、城中村带入高水平全面小康"的承诺——最近3年实施的"十大专项行动"，提升了中心城市品质。从安居乐业、人与人之间的和谐，到学习新知、有文化的生活，在嘉兴，共同富裕的内涵越来越丰富。

"既闻花香，又闻书香。"这是嘉兴人对精神滋养的形象表述，人们对家门口的"大书房"乐在其中。这个在国内率先构建的公共图书馆服务体系，已在全国推广。

在市图书馆馆长沈红梅的案头，摆着一张地图，1个市总馆、两个区分馆、16个镇（街道）分馆、32个村（社区）分馆、20家智慧书房和300多个图书流通站、农家书屋分布其间。去年，全市近421万人次走进图书馆，平均每 3 万人拥有一座图书馆，接近发达国家水准。

"人，诗意地栖居在大地上。"一位德国诗人曾这样想象关于生命的状态。今天，这一描述正在嘉兴呈现，生活与理想完美融合：城乡居民共享高品质生活，一步步走向共同富裕。

红船，依旧静静地停泊在南湖。

依水行舟、忠诚为民，红船精神已融入这座城市的每一个细节。对 20 多万党员干部来说，这是他们汲取养分的源泉、逐梦前行的动力。

习近平总书记铿锵有力的话语，久久回荡在南湖之畔——

"走得再远、走到再光辉的未来，也不能忘记走过的过去，不能忘记为什么出发。"

初心不改！

（《浙江日报》2021 年 06 月 05 日）

申报资料实录

作品简介： 在世界第一大执政党诞生百年的历史性时刻，回到党的诞生地，从基层视角解读好我们党百折不挠的初心使命——消灭阶级差别、实现共同富裕，不仅对党的百年历史总结具有样本意义，在世界范围内看也具有巨大的时代价值。处在这一时空节点，作为中国革命红船起航地的嘉兴，因此有了特别的意义。美好中国是什么模样，革命红船起航地嘉兴就是答案。报道从当地探索共同富裕的路径切入，打通了建党百年和共同富裕两大主题，中国共产党人的初心使命跃然纸上。记者通过多天深入蹲点，从高质量发展、高水平均衡和高品质生活的视角解剖麻雀，深刻且生动地展示了嘉兴在高质量发展推进共同富裕道路上作出的有益探索，尤其是统筹城乡的率先实践，在市域层面为共同富裕提供了丰富素材、探索了先行经验，让人充分感受到均衡富庶的美好生活、共同富裕的理想前景，为中国未来发展提供了鲜活经验和参照样本。文章逻辑严密，行文流畅，是一篇有高度、有深度、有温度的典型报道。

社会效果： 这篇报道以生动的案例告诉人们：共同富裕是社会主义的本质要求，是中国特色社会主义制度优越性的重要体现，彰显了中国共产党矢志不移的初心使命。嘉兴现象，在建党百年之际具有更加重要的解读价值。本文独到的视角和深入的解析，不仅让新华网、光明网等主流媒体网站纷纷转载，也受到省内外专家学者的关注，中国社会科学院国家高端智库首席专家、学部委员蔡昉等认为，嘉兴经验意义深远，为高质量发展建设共同富裕示范区这一全面深化改革的过程提供了经验与动力。

初评评语：报道以"小"见"大"，以点带面，描写"红船精神"发源地百年来早已换了人间，而今正奋力打造共同富裕先行地故事。

11年前那位感动中国的"春运母亲"，找到了！

周 科 李思佳

这是一次11年的寻找。

2010年1月30日，当天全国进入春运的第一天。新华社记者周科在南昌火车站广场拍下了这样一张照片：

一位年轻的母亲，背上巨大的行囊压弯了她的身躯，手里的背包眼看拖地，但揽在右臂中的婴孩整洁而温暖。抬头前行的年轻母亲面色红润，一双大眼睛坚定有力。

就是在那一天，这张名为《孩子，妈妈带你回家》的照片被新华社摄影部的编辑含泪编发，在当晚海量春运照片中直击人心，被数百家网站和报纸选用。

2011年，该照片获得年度中国新闻摄影金奖和第21届中国新闻奖。

"一张震撼人心却又让人深思的照片！"

"肩上扛的是生活，怀里搂的是希望。"

"当妈之后就看不得这类图了，看了就忍不住眼泪。"

……

11年来，这张照片不断在网络和社交平台流传，不断被各大媒体引用、转发，并成为"春运表情"。每到春运，人们总会想到这位中国母亲；每逢母亲节，网友便会发布这张照片来颂扬母爱。

11年来，众多的询问和反馈，让记者开始后悔当年"没有留下那位母亲的联系方式"。在众多网民和关注者不断发来的相关信息里，也让周科开始了一场漫长的寻找。

随着信息一点点地拼凑，照片一张张地对比，不久前，当年那位母亲，轮廓越来越清晰：巴木玉布木，32岁，彝族人。

2021年春节前夕，在四川省凉山彝族自治州越西县瓦岩乡桃园村，围坐在火塘旁，伴随着跳动的火苗，周科终于结束了寻找，与11年前那名自己镜头里的年轻母亲相遇了。

"一次喧闹车站的陌生偶遇，到远隔数千里之外的重逢，苦苦寻找了11年的一名没有只言片语的陌生人啊。"周科感慨，这些年自己带着相机走过更多的陌生城市，然而，这名曾在自己镜头里出现的陌生人却成了11年的牵挂。

"住上不漏雨的房子,是我儿时的梦想"

见到巴木玉布木时,她笑得灿烂,看不出岁月的沧桑。与11年前照片中一样,她盘起头发、背着孩子迎面走来,除了略显瘦削,依旧是那双明亮的眼睛,炯炯有神。

她的身后,是刚刚建好的新房,钢筋水泥结构,结实的板材门窗。"住上这栋大雨漏不进去、寒风吹不进来的房子,小时候做梦都想。"曾在土坯房住了30年的巴木玉布木,童年的家在半山腰,出嫁后家在山脚下,变的是海拔,不变的是土坯房。

住进新房,巴木玉布木偶尔还会做噩梦:害怕孩子们冻醒,更担心房子塌下来。

曾经,每到雨季,屋外大雨,巴木玉布木的土坯房里便是小雨。雨水落在地面不打紧,可时常会滴落在床上打湿被子,一家人都睡不了觉。脸盆放在床上接雨,一个不够,再加另一个,还不行就用木桶……

巴木玉布木回忆,那时候家里没有通电,漆黑的夜里,夫妻俩就在屋里摸来摸去,凭着感觉找漏点接雨水。整个晚上,就这样抱着熟睡中的孩子盼天亮。

日复一日,年复一年,屋顶的瓦片不知被翻弄了多少次,雨中的不眠之夜又过了多少回。

在未拆除的旧房前,记者推开几块木板拼成的房门,简陋的木板床,补了又补的被褥。从柜中翻出几件黑色的彝族察尔瓦(披衫),巴木玉布木说,"这些白天当衣服穿,晚上就是被子。"她说自己偶尔去集镇上淘衣服,2块钱一件,也有5块钱一件的,但家里人很少买,"更多是别人穿旧了不要的就捡回来。"

10年前,位于全国"三区三州"深度贫困地区之一的桃园村,苦日子并非巴木玉布木一家。

从她家门口放眼望去,村庄周围,一道道山梁、一级级梯田清晰可见,山上草枯叶黄。远处,一座座大石山高耸入云,根本望不见外面的世界。

"不外出打工,光靠几亩地能吃饱就算不错了。"桃园村第一书记刘剑说,"村里土地贫瘠,不少还悬在半山腰上,播下一颗种子不见得能长出一粒粮食。要是遇上洪涝干旱,一年的收成就没了。"

巴木玉布木家有6亩旱地,祖上一直以种植玉米、荞麦和土豆为主,每年的收成勉强维持一家人填饱肚子。想吃大米要到集镇上买,但家里根本没有钱。2007年大女儿出生,巴木玉布木偶尔会用节省下来的零钱去买几斤大米,与玉米粉混在一起,给女儿"加餐"长身体。

2009 年，二女儿出生，嗷嗷待哺中，巴木玉布木感觉看到了自己重复的童年，她害怕孩子们会像自己一样永远走不出这座大山。

就这样，巴木玉布木做出了一个大胆的决定：出去打工！

"打工一个月能挣五六百块钱，比家里种地要强"

2010 年 1 月 30 日，记者在南昌火车站拍摄的那位背负大包、怀抱婴孩匆忙赶车的年轻的母亲，正是巴木玉布木。她说，那是她结束在南昌 5 个月打工生涯，赶着返回大凉山老家的一幕。

她记得很清楚，那天一早，自己扛着大包小包，带着女儿从住处赶到南昌火车站，再乘坐两天一夜的火车抵达成都。在成都，她花了 15 元钱在一家小旅馆休息了一晚，又搭乘 14 个小时的火车抵达越西县，从县城回到大凉山的家里，已是深夜。这趟行程，巴木玉布木花了三天两夜。

如今，从南昌坐高铁到成都，最快只需要 8 个多小时，而从成都乘火车到越西，6 个多小时就能抵达。

记者翻开那张曾震撼人心的"春运表情"照时，巴木玉布木惊讶又感慨。她告诉记者，当年自己背包中装满被子、衣物，手拎的双肩包里是一路需要的方便面、面包、尿不湿。她说，那一次，自己背的东西实在太多了，也引得不少好心人上前帮忙。

10 余年过去了，中国的长足进步其实从旅客行李背囊的变化都能看出来。如今在车站码头，已经很难拍到像巴木玉布木满荷大包小包这样的"经典镜头"了。

在巴木玉布木的记忆里，那是她第一次走出大凉山，第一份工作便是在南昌一家烧砖厂搬砖。

"砖厂打工一个月能挣五六百块钱，不多，但比家里种地要强。"巴木玉布木说，白天上班，她就背着女儿一起搬运石砖。女儿在肩头睡着了，就把她放在一旁，自己一边干活一边看着她。

巴木玉布木没念过一天书，更不会讲普通话，连火车票也是同村人代买。霓虹灯下的招牌、路边的标识等，周边的一切对她来说都视而不见。在砖厂，她的活动范围很小，除了上班、带孩子和睡觉，砖厂就是她的全部。

巴木玉布木告诉记者，自己的童年是在高山上度过的。山下虽然有学校，但山高坡陡，下山的路要走上两个小时。像当地女孩子没有上学的习俗一样，巴木玉布木从没走进过学校。

童年的大多时光，放牛，照顾弟妹，日出日落，每天恒定。对于巴木玉布木来说，每天最开心的事情是等着父母干活归来。再大些，她便加入其中，学着种地。

初到南昌，巴木玉布木一边搬砖，一边练习普通话，努力融入陌生的社会。

此前，她从没见过奶粉和尿不湿。外面的世界，对巴木玉布木来说总是很新鲜。

在砖厂打工期间，巴木玉布木最头疼的事是二女儿经常生病。在老家遇到这种情况，她会带孩子去镇上医院看病。但只身在外，她不知道医院怎么去，唯一能做的就是回家。

"那张照片，正是我带二女儿回家的时候。"巴木玉布木说。

不幸的是，二女儿回家后不到半年就因病去世。自此，她再也没有外出打工。2011年，她的第三个孩子在出生后10天也不幸离世。

"那个年代，桃园村只有一条泥巴路通往外界，出行靠马车，医疗条件非常落后，不少孕妇都是在家里生产，小孩子生病很难得到及时救治。"巴木玉布木说。

"无论生活有多难，我们都要勇敢向前"

正当巴木玉布木和丈夫打算重新外出打工的时候，村干部反复提及的"精准扶贫"让夫妻俩看到了希望。

起初，巴木玉布木并不懂什么叫精准扶贫。但她看到，桃园村的土地上"长"出了许多烟叶大棚，不少村民忙前忙后。

从几亩地试种，到大面积铺开，桃园村一改往年习惯，开始种植烟叶、果树等经济作物。

巴木玉布木一打听，一亩烟叶能挣好几千块钱，这不比在外打工差。于是，她与丈夫把家里的6亩地全部改种了烟叶。

第一年，因技术不好、经验不足，夫妻俩仅挣了五六千元，但他们看到了增收的希望。第二年，扶贫干部上门摸底，送来一张建档立卡贫困户帮扶联系卡，巴木玉布木一家被列为扶贫对象。

随后，从县级联系领导到驻村农技员，再到具体帮扶责任人，大家为巴木玉布木搭建了脱贫平台。对口帮扶干部刘勇，隔三岔五往巴木玉布木家里跑，将烟叶苗送到田间地头、协调技术员手把手指导……

通过学习，巴木玉布木夫妇种植的烟叶产量成倍增加，年收入从几千元增加到几万元，种植面积也从当初的6亩增加到15亩。

与此同时，巴木玉布木还到半山腰上找荒地，在石头缝中辟出一块块试种地。她高兴地看到，烟叶从半山腰的石头堆里露出头来。

2020年，巴木玉布木家年收入达到10万元，其中工资性收入3万元、家庭生产经营性收入7万元，成功实现脱贫。

作为扶贫对象，巴木玉布木2018年获得国家4万元的建房补贴，她自筹7万元在宅基地旁盖起了一栋钢筋水泥结构的新房。三室一厅的房屋粉刷一新，干净明亮，还贴上了地板砖，电饭煲、冰箱、洗衣机等家电齐全。按照彝族风俗，新居落成，要邀请亲朋好友来家做客，巴木玉布木夫妇一口气宰了两头牛。

依照国家政策，巴木玉布木还享受到医疗和教育方面的资助。2013年以来，她又生育了三个孩子，全部在县城医院免费出生。目前，大女儿巫其拉布木上初一，次女王雪医读小学一年级，儿子巫其布吉上幼儿园。

几个孩子很懂事，尤其是次女王雪医，成绩优异，还当上了班长。每当村民夸奖女儿，巴木玉布木总是咧开了嘴。

记者了解到，作为越西县北部的一所初级中学，新民中学学生人数已从2015年的873人增加到现在的2425人，其中女学生比例由15%增长到51%。在国家的援建下，学校不仅新建了几栋教学楼，还正在动工建设一个标准的运动场。

2018年，桃园村修建了乡村公路，电力、通信、自来水都通了，村口常遭水冲毁的那座小桥也修葺一新。曾经的上学难、看病难、通信难等问题基本得到解决。

走在宽阔平坦的水泥路上，桃园村孩子们的上学路已经缩短到十几分钟。

为了增加家庭收入，巴木玉布木夫妇还利用农闲时节外出打工。如今，顿顿都有大米饭，有蔬菜也有肉吃。看着孩子们一张张可爱的面孔，巴木玉布木说，"希望他们好好读书，平平安安。无论是生活的贫困，还是遭遇的不幸，我们都要勇敢向前！"

看着巴木玉布木甜美的笑容，记者已然看到了11年前镜头里年轻母亲笃定的目光。

（《新华每日电讯》2021年02月02日）

申报资料实录

作品简介："春运母亲"奋斗圆梦的故事感动亿万国人，为脱贫攻坚收官报道画龙点睛。这是一名记者11年的追寻。2010年春运首日，记者捕捉到一张直击人心的照片，自此"春运母亲"的典型瞬间传遍海内外。起初，记者仅为感恩寻人。当脱贫攻坚战如火如荼展开时，记者以较强的新闻敏感性发现，这位母亲或将是该重大主题报道的精彩一笔，两个心愿叠加促成跨越11年的追寻。这更是对一位母亲11年的生活记录，背后是中国贫困地区的山乡巨变。采写中，记者对这位母亲的情感没有停留在个人命运、家庭境况本身，而将其置于中国这些年经济社会发展的大背景中，以一个人、一个家庭11年的前后变化，折射出一个时代的巨变，将中国共产党领导人民摆脱绝对贫困的千年伟业展示得自然而然、淋漓尽致。深入采访挖掘，写作精益求精，让"春运母亲"形象和精准脱贫更加深入人心。记者深入天寒地冻的四川大凉山腹地，带着11年的情感与"春运母亲"一家人朝夕相处多日，最终与木讷的母亲进行了共鸣式对话。稿件采写细腻，标题醒目，文字质朴，记者此间禁不住两次落泪。发稿时把握春运、春节、脱贫攻坚收官等时度效，并精心进行了融合呈现。

社会效果：报道经《新华每日电讯》整版刊发后，被1461家媒体转载，迅速登上当日各大平台热搜榜，在公共舆论场引爆话题，引发受众强烈共鸣，成为互联网时代的现象级报道作品。仅新华每日电讯微博阅读量超2亿，今日头条热榜引发4045万人热议，人民日报、央视、中国青年报等数十家媒体跟进评论，不乏微信公众号传播的"10万+"，产生了良好的多次叠加传播效果。网民纷纷留言"伟大的母亲，看哭了""精准扶贫真是取得了令人信服的成绩！""因为这刻着一个时代的烙印！"……外交部发言人华春莹连发4条推文，向海外受众介绍新华社记者从自己拍下的一张照片为起点，历时11年寻找一位彝族母亲的故事。在民间，"春运母亲"成了一个文化符号，全国上下不少博物馆、文化团体、画家、诗人、博士研究生、农民等以不同的形式借"春运母亲"形象抒发情感。

初评评语：持续11年的不放弃、不言弃，让这篇人物通讯不仅有故事、有细节，更有情感、有温度。记者笔下的"春运母亲"，有血有肉，文字朴实，形象立体，感人至深。这篇跨越11年的采访报道，选题切入点巧妙，采访扎实深入，写作用心用情，彰显了新华社人物报道的深厚底蕴，也凸显了新华社记者的专业、敬业和职业精神。在各大平台刷屏破圈出海后的持续影响力，不仅让"春运母亲"获得了诸多赞誉，也为社会注入了正能量，凸显新华社报道"成风化人"之效。

清澈的爱 只为中国

集 体

限于篇幅，文字稿略，获奖作品请见中国记协网 http://www.zgjx.cn。

（中央广播电视总台 2021 年 04 月 05 日）

申报资料实录

作品简介：2020 年 6 月，在中印边境边防斗争中，某机步营营长陈红军和战士陈祥榕、肖思远、王焯冉壮烈牺牲。《清澈的爱 只为中国》是全国首个独家、全面、深入讲述四位烈士事迹的电视专题报道。该系列报道共四集，分别为《王焯冉 坚守祖国每一寸土地》《肖思远 祖国边境是最美的地方》《陈祥榕 十九岁的担当》《陈红军 卫国戍边 家国永念》。记者深入四位烈士家乡，通过独家采访，真实还原四位英雄的成长历程，刻画出新时代戍边军人的光辉形象。报道独家披露了王焯冉烈士生前手书的《诀别书》《入党申请书》等书信、肖思远烈士战斗中被撕破的棉衣、陈祥榕烈士入伍前与家人最后团聚的影像、陈红军烈士战地工作簿等珍贵资料和遗物。报道独家采访到还在等孙子回家的王焯冉奶奶、等好友休假回家探望师长的肖思远高中挚友、只想知道儿子在战斗的时候勇不勇敢的陈祥榕母亲、丈夫牺牲时已怀孕 5 个多月的陈红军妻子等烈士亲人。该报道首播收视规模达到 3000 万人次。

社会效果：该报道融媒体传播引起热烈反响，全网触达近 20 亿人次，10 多个话题冲上热搜。其中"陈祥榕奶奶至今还不知孙子已牺牲"阅读量达到 1.3 亿；"陈祥榕与家人最后相聚画面"阅读量达到 1.2 亿；"肖思远曾用子弹壳拼心形 520 送给母亲"阅读量达到 5800 万；"缅怀喀喇昆仑牺牲的戍边烈士"阅读量达 3700 万；"王焯冉曾写如能上场杀敌我愿站在排头"阅读量达 3300 万。四位烈士家属多次向记者表达欣慰感谢之情。西部战区边防一线官兵观看节目后深受鼓舞，纷纷表示"永远激励着我们不忘初心""守护好祖国的边防线"。报道被人民日报等多家主流媒体广泛转发，报道中独家挖掘披露的部分烈士遗物在节目播出后被中国人民革命军事博物馆收藏。许多青年受烈士事迹感召入伍参军，很多部队将该报道作为新兵入伍思想政治教育的一部分，组织集体收看。即将奔赴边防一线的新兵战士看完节目后表示"向戍边英雄致敬，守卫家国平安""要扎根在祖国最需要的地方"。

初评评语： "清澈的爱，只为中国"是18岁的陈祥榕烈士写下的战斗口号，由新闻媒体广泛报道后，成为2021年难忘的中国声音。《清澈的爱 只为中国》是全国各媒体中最全面、最深入披露卫国戍边烈士事迹的典型报道，彰显了主流媒体讲述新时代英雄模范故事的责任和担当。该报道主题鲜明，制作精良，角度新颖，饱含深情，通过深入挖掘的众多独家内容将有血有肉的英雄形象展现在观众面前，催人泪下，震撼人心。该报道融媒体传播效果突出，全网触达近20亿人次，引发社会各界热烈反响，充分发挥了中央媒体在重大报道中的导向作用、旗帜作用、引领作用，推动"清澈的爱，只为中国"成为当代中国青年发自内心的最强音。

时代楷模孙丽美系列报道

陈映红　吴枋宸　张文奎　叶陈芬

代表作一：

你把美丽留给人间

——追记在防汛工作中因公殉职的霞浦县松山街道古县村 党支部书记孙丽美

你匆匆而行，去赴一场战斗，战斗的号角是防汛，战斗的战场在乡村。

2021 年 8 月 6 日，这是一个让人痛心的日子。受第 9 号台风"卢碧"影响，霞浦县发生强降雨，辖区多处出现内涝现象。当日 14 时 43 分，霞浦县松山街道古县村党支部书记孙丽美在清理水泥桥涵洞水草等淤积物的过程中，因水流湍急，被洪水和淤积物带入水中冲走，因公殉职。那个坚守初心使命，以人民利益为重、身先士卒、忘我工作的 44 岁女村干的美丽身影，永远定格在了古县村的青山碧水之间。

8 月 11 日上午 8 时 30 分，孙丽美同志遗体告别仪式在霞浦县殡仪馆举行。一大早，干部群众纷纷赶到这里，与孙丽美的亲属好友一起，送她最后一程。殡仪馆内外一片肃穆，村民们拉起挽联，静立默哀，洁白的花圈，噙泪的双眼，寄托着人们对孙丽美的无限哀思……

"农田不能被淹"

"春伟，你正在长身体，记得多吃一碗面！" 8 月 5 日晚，冒着大雨，孙丽美连夜将邢恩明一家从竹园畲族自然村的危房中转移到村委楼，8 月 6 日中午出门巡查前，她还细细叮嘱邢恩明的儿子注意身体。

谁也没想到，这一别竟是永恒……

8 月 5 日 16 时，今年第 9 号台风"卢碧"在福建沿海再次登陆，受台风影响，霞浦县普降大雨，一轮又一轮的强降雨引发了城区内涝。抗台防汛是一项严峻、危险的任务。按照市县两级防汛工作部署，连续多日，孙丽美对古县村进行数次安全隐患排查，并逐户上门提醒村民时刻保持警惕，作为村党支部书记，她始终牵挂着村民的安危，惦记着村里的防汛情况。

8月6日中午，孙丽美匆匆用过午饭，和邢恩明一家打过招呼，便与古县村驻村第一书记樊丽丽、松山街道沙塘工作站站长汤辉、古县村村主任孙万进一起对村中水利设施和危险低洼地段进行第二轮巡查。四人沿着村道一路查看，在前往村后自然村的路上，及时处置了一处塌方险情。

村里许多农田都在溪的两边，孙丽美心急如焚，不禁又加快了脚步。巡查到村后自然村边时，只见湍急的溪流在骤雨中裹挟着滚滚泥沙咆哮奔涌——金沙溪水暴涨了！

原来，溪上的水泥桥涵洞被大量杂草、泥沙等淤积物堵塞，导致桥下水流受阻。此时，暴涨的河水已没过桥面，冲击岸边的部分农田。

河水水位剧上升，很快就要漫过成片的农田，"农田不能被淹"，孙丽美着急地说："如果不把淤积物清理掉，洪水将会涨得更快，不仅沿河的农田全完了，村民们居住的地方也将面临危险！"

危急时刻，四人立即冲到桥上，迅速分头弯腰清理堵在涵洞口的淤积物。

"你上去，不要管我"

暴雨继续倾泻而下，天地间混沌一片。四人趟着没过桥面的洪水，在桥上弯腰清理涵洞口的淤积物。

"丽美！"正在努力清除淤积物的樊丽丽突然听到孙万进的惊呼，心里咯噔了一下。抬头一看，桥上哪还有孙书记的身影？原来，孙丽美在拽拉杂草时被湍急的洪水卷下了桥，洪水瞬间没过她的胸口，三人急忙赶至落水位置展开营救。

孙丽美的生命危在旦夕。生死关头，汤辉纵身一跃，奋不顾身跳入洪水之中施救。"当时，樊书记和万进主任两个人紧紧拉住孙书记的手，我就跳入水中，用力托住孙书记的身体，想把她推上桥面，但水流实在太急了！"回忆至此，汤辉红了眼睛，"不管说什么也要把她救回来！"

然而，涵洞里水流吸力太大了，汤辉被洪水卷入涵洞中。洞里充满了水和泥沙，他奋力拨开杂草，一下子被急流冲到下游十几米的溪流转弯处。几经挣扎后，汤辉揪住水草爬上岸，他呕出几口带着泥沙的水，踉跄着往水泥桥跑去。

此时，水位疯涨，洪水很快淹没了孙丽美的口鼻。由于水流愈发湍急，涵洞吸力增大，孙丽美瞬间被吸入涵洞之中。为了截住急流中的孙丽美，汤辉从桥的下游再次跳入水中营救，但已经来不及了。

几秒钟后，孙丽美消失在众人的视野中。

"当时，孙书记在汤站长第一次跳下去救她时，就一直喊着'站长你上去，不要管我'，为了避免将我们几人带入水中，她还试图放开双手，转而去抓旁边的杂草，我就冲她喊'你不要放开不要放开，拉住我！'没想到还是……直到最后一刻，她还在想着我们，怕牵连我们。"樊丽丽哽咽着，始终忘不了孙丽美在生命最危急时刻的举动和她生前留下的最后一句话。

"阿美，一路走好"

"古县村党支部书记孙丽美在防汛中意外落水，下落不明，请立即派人搜救！"8月6日14时43分，一通电话打进松山街道办事处，樊丽丽急促的声音从电话中传来。得知这个令人揪心的消息后，松山街道第一时间向上级有关部门报告。接报后，霞浦县乡两级立即组织300多人进行搜救，河道沿线的村民们也自发赶来救援。

"当时，我们将搜救队员分为三个梯队，采取沿河拉网式搜救，同时启用5艘快艇参与救援。整个搜救过程，大雨断断续续，大家身上全湿透了，我们始终没有放弃寻找。"霞浦县蓝天救援队队长叶云辉回忆。当晚9时许，噩耗传来：孙丽美同志的遗体被发现在下游的福宁湾垦区内。悲伤笼罩着每一个人的心头。大家守在遗体旁久久不忍离去。

雨后初霁，洪水退去。8月7日下午，天空开始放晴，当地村民和干部们纷纷来到事发地悼念孙丽美，用一束束鲜花送别他们心中的"阿美书记"。

"阿美人很好，平常对我们很照顾，她走了我们心里都很难过。"村民雷丽香红着眼睛说。

在孙丽美同志殉职的第二天，宁德市委书记梁伟新前往霞浦县松山街道古县村，看望慰问孙丽美家属，表达对孙丽美同志的深切悼念和对家属的亲切慰问，并指出，全市上下要向孙丽美同志学习，坚持以人民为中心，心系群众、履职担当。

8月9日，福建省妇联作出决定，追授孙丽美同志"福建省三八红旗手"称号。当天，中共霞浦县委作出开展向孙丽美同志学习活动的决定。8月10日，中共宁德市委作出开展向孙丽美同志学习活动的决定，号召全市各级党组织和广大党员干部以孙丽美为榜样，不忘初心、牢记使命，开拓进取、敬业奉献，积极投身于努力走好闽东特色乡村振兴之路，奋力谱写"宁德篇章"的火热实践。

洪水无情，夺走了孙丽美的生命，却无法磨灭干部群众对她的记忆，孙丽美的牺牲令人心痛，她的言行也令人肃然起敬。防汛抗洪一线，作为一名基层干部，她不仅以血肉之躯筑起了守护百姓的安全之堤，更用实际行动践行了共产党员的初心和誓言。斯人已去，英灵永存。正如《牡丹之歌》中所颂，她把美丽留给人间，点缀着那片她生前挚爱的土地。

代表作二：

忘不了的"阿美书记"

——追记在防汛工作中因公殉职的霞浦县松山街道古县村党支部书记孙丽美

"为村里群众做点事，是我的职责也是我的志向。"这是霞浦县松山街道古县村党支部书记孙丽美最朴素的心声。

孙丽美的日常工作平凡无奇，但她却时刻将群众的冷暖和职责使命挂在心间。在她身上，"为人民服务"是看得见、摸得着的担当。正是这份担当，她在最关键时刻选择了无畏艰险、挺身而出、甘于牺牲，守护一方百姓平安。

她心里装着群众

来到孙丽美的办公室，办公桌上堆满了资料，笔记本里记录着日常工作的点点滴滴，电脑前摆放着纸笔。

"原先丽美的办公室设在三楼，为方便村民来走访办事，就搬到二楼综合办公室，'统铺'式工位，可以让大家聚在一起办公。她说，这样才能让上门办事的群众一进入大楼就能找到她。"古县村党支部副书记孙汉英说道。

站稳群众立场，聚焦解决群众最急最忧最盼的问题，孙丽美的小小举动，赢得了群众的信任。

贫困是长期困扰村民的一大难题，也是孙丽美心中最牵挂的一件大事。为了让贫困户早日脱贫，在担任村党支部书记之前，孙丽美挨家挨户走访，详细记录。哪户是国定贫困户，哪户是省定贫困户，哪户有多少人，她都熟知。

村民雷秀金是孙丽美挂钩帮扶的贫困户之一。体弱多病的雷秀金，孤身一人带着两个孩子。孙丽美开车带着雷秀金去县医院做检查、动手术，多方争取补助提供帮扶，还为雷秀金介绍工作。渐渐地，雷秀金的生活有了转机。

2018年7月，孙丽美成为古县村党支部书记。为进一步让村民的腰包鼓起来，她发动村里的党员和致富能人，办起专业合作社，建起蔬菜冷库，解决村里蔬菜销售难、储藏难的问题。发挥村民熟悉蔬菜种植的优势，她先后联系霞浦牙城、福州长乐和连江等地，流转当地闲置农田6000多亩，发展"飞地经济"，介绍100多位村民前去务工，人均月收入达六七千元。

在她和村民的努力下，三年时间，古县村人均年收入从1.8万元提高到2.4万元，村财收入从几乎"零村财"增长到2020年底的15.6万元。

"阿美书记"了不起

八月的古县村，禾苗苗壮，瓜果飘香，美丽乡村如诗如画。

在生机勃勃的庄稼地里，随处可见农民劳作的身影。这几年，村里有了便民服务窗口，多了村级健身活动场所，还实施了水利修复和农田改造，一些返乡村民看到这些变化，纷纷竖起大拇指："才一年没回来，差点不认识村子了。阿美书记，真了不起！"

乡村治理，农村人居环境整治是基础。过去，古县村内垃圾遍地、房屋破旧，村中会场旁设有一处旱厕，是村民用于囤积农家肥、浇灌农作物的。一年四季，旱厕蚊蝇乱飞、恶臭难闻，过往行人无不避而远之。

2020年，古县村委决定实施环境整治工程。听了这个消息，村民们连连摇头："小小半亩地，却涉及三十多户人家，想要征地拆迁再整治，难喽！"

征地涉及众多村民利益，孙丽美不偏不倚，甚至先拿亲戚"开刀"。刚开始，还有亲朋好友指责孙丽美不讲"人情"，到后来，他们也逐渐理解："阿美是站在村民的立场上，讲公道。"经过孙丽美的努力，2个月后，相关征地事宜终于谈妥。

在长达17年的村干工作生涯中，孙丽美一直奋战在基层一线，"实干为民"是她的座右铭。2018年以前，全村760多户没有一座公厕，孙丽美担任村支书后的第一件事就是为村民修建公厕；看到村民为一件小事城里农村两头跑，她争取资金8万多元，建设村人力资源与劳动保障中心，设立便民服务窗口；争取高标准农田项目资金300多万元，用于水利修复及农田改造……一桩桩民生实事落地生根，古县村的生产生活环境得到明显改善，村里的民生保障网越织越密。

今年7月12日，樊丽丽作为省派第六批驻村第一书记来到了古县村，孙丽美带着她走街入户熟悉村情。"孙书记说，来了古县村，就是村里人。古县基础薄弱、发展缓慢，现在有了新人，一定能把村子建设得更好！"樊丽丽说，就在孙丽美殉职的前几天，她们还讨论着村里的发展规划：挖掘"温麻船屯"的历史文化底蕴、开发后山的 100 多亩荒地，台风过后，要把村里的机耕路进行硬化……没想到这些设想，成了丽美未完成的夙愿。

爱人者，人恒爱之

8 月 11 日 8 时 30 分，孙丽美同志遗体告别仪式在霞浦县殡仪馆举行。

"最美书记，我们永远怀念您！""孙丽美书记，您永远活在我们的心中！""我们的姐妹，丽美，你一路走好！"……殡仪馆外，一幅幅挽联传递着近千名干部群众发自内心的哀痛和不舍。

斯人已去，但她的音容笑貌、忙碌的身影以及与她相处共事的点点滴滴仍然刻在大家的心中……

在古县村村主任孙万进的眼中，孙丽美是敬业奉献的"米粉书记"。"丽美像不停旋转的陀螺，工作起来很拼命。"孙万进说，在担任村党支部书记前，孙丽美虽然工作忙，但她依然能把家里打理得井井有条。任职后，村中事务繁琐，她不得不以工作为重心。

为了处理好村里头的工作，每天早上七点，孙丽美就赶到村委楼，忙碌起来常常耽误了午饭，她便以一碗米粉应付一餐。久而久之，村民都亲切地称她为"米粉书记"。

在村民雷健亮的眼中，孙丽美是帮他渡过难关的"摆渡人"。2010 年，雷健亮干重活时旧伤复发，刚做完手术在家休息，家里又遇到种种变故。"那时候，爷爷去世了，妈妈摔了脚，我又生病躺在家里，真不知如何是好。当时，阿美耐心帮我填材料、办贷款，还悄悄递给我 2000 元。"雷健亮说，转眼十多年过去，这件事他一直铭记在心。

而在儿子杨鑫的眼中，孙丽美是与众不同的"女能人"。"我的母亲和其他人不一样，平时很少见到她，吃饭时也是匆匆相聚，有时我会不理解地抱怨她……"在孙丽美同志遗体告别仪式上，杨鑫哭泣道："现在我才明白，人之所以伟大，不一定非要做出轰轰烈烈的事，只要踏踏实实做好本职工作，虽平凡却伟大。我为平凡却伟大的母亲感到自豪，她留下的良好家风和优秀品德是我最宝贵的财富！"

斯人已去，精神长存。孙丽美走了，但她永远活在百姓心中。在日常工作中，她不怕辛苦、脚踏实地做好每一件小事、实事，成为老百姓的知心人、贴心人、暖心人；面对暴雨洪水，她走在最前面，用实际行动诠释了"人民至上"的崇高情怀。

代表作三：

她成了村民的主心骨

——追记在防汛工作中因公殉职的霞浦县松山街道古县村
党支部书记孙丽美

"作为共产党员要有共产党员的样，就要为人民服务。"这是霞浦县松山街道古县村党支部书记孙丽美对自己的要求。

2010年7月，孙丽美加入中国共产党。11年来，她始终对党忠诚、苦干实干，践行党的宗旨，把群众安危冷暖系心上，当好群众的贴心人，成了村民的主心骨，真心实意为群众办实事、谋福祉，赢得了全村党员群众的高度认可。

女子本柔，遇战则刚。扎根农村一线17年，她柔肩担当重任，巾帼不让须眉。殉职前，孙丽美还在为乡村振兴四处奔波、落实项目，还在为了抗台防汛、疫情防控冲锋在前、不惧危险，她用生命书写了一份令人民满意的答卷。

她是乡村振兴的"领头羊"

古县村位于福宁湾西岸，是"温麻船屯"的故址，历史悠久、底蕴深厚。

孙丽美是土生土长的古县村人。担任村支部委员和计生管理员期间，她认真负责、办事公道，乡亲们有口皆碑。2018年7月，孙丽美高票当选村党支部书记，欣慰之余，深感责任重大。

"此前，丽美工作认真，大家都很认可，可任村支书就没那么简单了。"古县村村主任孙万进说，当时，群众对孙丽美的期望很高，但也心存疑虑："阿美一个女同志，能行吗？"

打铁必须自身硬。孙丽美决定从基层党建入手，充分发挥村党支部"火车头"的作用。针对"三会一课"流于形式、主题党日活动被动应付的松散状态，组织村里的党员加强政治理论和政策法规学习。

在她看来，只有把党员凝聚在一起，思想统一，步调一致，才有战斗力。在上级指导下，村党支部建立了以组织生活严肃化、发展党员严格化、党员教育常态化为主的"三化"党建工作机制。

一个支部就是一座堡垒，一名党员就是一面旗帜。古县村虽有71名党员，但40岁以下的不足15人，党员年龄结构老化、文化水平不高已经影响到了古县村的发展。为破解发展难题，孙丽美积极引导农村优秀青年向党组织靠拢。

孙丽美的侄子孙朝志递交了入党申请书，并多次找上门来："小姑，我为村里做了不少事，又是你的侄儿，让我早点入党吧。"没想到被孙丽美一口回绝："现在不行，你还要继续接受考验，先发展其他年轻人。"

后来，孙丽美让党员来投票，公开公正地决定谁能入党。这样一来，村里年轻人入党意愿更加强烈，参与村里公共事务的积极性也更高了。三年来，古县村共培养了7名入党积极分子，接收了3名预备党员，为党组织注入了新鲜血液。

一个好的"带头人"是领跑乡村振兴之路的关键。在孙丽美的努力下，原本涣散的人心拧成了一股绳、聚成了一股力，为走好乡村振兴之路打下了基础。在她和班子的共同努力下，古县换新颜，渐渐地，孙丽美扭转了人们当初的质疑："女书记，也能行！"

她是疫情防控的"急先锋"

这几天，村民林德超一直在手机上反复翻看他与孙丽美的聊天记录，直到现在，孙丽美的意外离世还是令他难以接受。"阿美书记人真的很好，对我来说，她就像个大姐姐，只要有事找她，一定会在第一时间帮忙解决。8月6日中午，她还帮我解决酒店隔离费用减免申请的事情，随后就匆匆出门开展防汛工作。没想到，这是我们最后的一次联系。"林德超感慨道，"她真的很拼。"

"丽美很拼！"这几乎是所有人对孙丽美的印象。正是这股拼劲让她在抗台防汛的危难关头豁得出去，在疫情防控的关键时刻冲得上去，彰显了一个共产党员勇于担当作为的政治本色。

2020年初，突如其来的新冠肺炎疫情打乱了人们欢度新春的正常节奏，一场疫情防控阻击战随即打响。

"我是村主干，我不上谁上！"在疫情防控通知发出后，孙丽美没有丝毫犹豫，挑起了全村疫情防控的重担。大年三十晚上，她返回工作岗位，第一个站到了村口的岗哨上，带领村干部和党员迅速投入"战斗"。

白天，入户排查、宣传疫情防护知识、开展防疫消毒行动；晚上，对各种材料、数据、报表进行整理。严冬时节，寒风凛冽，从天亮到天黑，连续40多天，孙丽美就像一颗螺丝钉，紧紧"钉"在疫情防控一线。

今年5月，霞浦县启动新冠疫苗接种工作，这位疫情防控"急先锋"又开始"费尽心思"——发动家人和亲戚朋友带头示范。"那段时间，为了让村民及时接种疫苗，丽美天天挨家挨户上门做工作，有时还自掏腰包打车送老人进城打疫苗，有的老人行动不便，她就骑着电动车把他们送到接种点。"

孙万进说,孙丽美的贴心服务,让古县村村民的疫苗接种工作得以顺利推进。目前,古县村疫苗接种率已达 80% 以上。

她是党的"好女儿"

"没有哪个女人不爱美,别人的微信朋友圈都是晒美食美景美容,而阿美的朋友圈都是工作,不是打疫苗,就是防台防汛。她的心里装着许多事,装着许多人,却唯独没有自己。"得知孙丽美殉职的消息后,竹江村妇联主席张情一边翻朋友圈,一边含泪说道。

生活上"不讲究"的孙丽美,干起活来却"不将就"。入党以来,她始终以一股任劳任怨、无怨无悔的韧劲深深扎根于乡村,用实际行动生动诠释了一名共产党员洁身自好、克己奉公的高尚情操。

今年 2 月,孙丽美父亲因胃出血住进宁德市医院重症病房。而在此时,霞浦县 G228(纵一线)道路项目的征地拆迁工作正在紧锣密鼓地进行。征地拆迁工作时间紧、任务重,孙丽美没日没夜地做群众工作、签征地协议。

安排好工作后,孙丽美立刻赶往医院看望父亲,尽管只是短暂的探视,身为老党员的父亲却十分理解女儿的不容易。"作为村里的带头人,只要组织有需要,她就必须站出来!"

作为村主干,在村里的基础设施建设、困难党员慰问、公益性岗位评定等大小事务上,孙丽美从不优亲厚友、厚此薄彼,甚至有时还要让家里人"吃点亏"。村道硬化、安装路灯都是先做别家、再到自家,直到现在,孙家边上的一条路还是土路;村里清理"两违",孙丽美找上堂姐夫,要求他拆除违建的厂房;村里进行道路环境整治,她发现舅舅家门口的洗衣池阻碍了交通,立即动员舅舅拆除……对此,家里人没少抱怨:"你当村支书,我们不但没沾光,还常常吃亏。"她总是一笑置之。

"孙丽美用实际行动践行着共产党员的初心和使命,履行着当初的入党誓言,随时准备为党和人民牺牲一切。"霞浦县松山街道党工委书记甘家旺说道。

多年来,孙丽美先后获评乡镇"优秀共产党员"、霞浦县"优秀计生管理员"、"2020 年度十佳村(社区)主干"等荣誉称号,2021 年 6 月被宁德市委授予"全市优秀党务工作者"称号。

孙丽美的笔记本里,记录着一个个村民的基本情况和古县村乡村振兴的发展方向,村子虽小,她却倾注了所有,并把自己短暂而美丽的生命永远镌刻在滋养她成长的热土上。

(《闽东日报》2021 年 08 月 07 日)

作品简介： 2021年8月6日，在防抗第9号台风"卢碧"工作中，为保护群众财产安全，福建省宁德市霞浦县松山街道古县村党支部书记孙丽美不幸殉职，年仅44岁。8月7日、8月11日至13日、8月21日至22日，记者三次深入霞浦县古县村采访，通过住村驻点、走访调研，及时采写多篇追记孙丽美先进事迹通讯，并配发本报评论员文章，早发声、早报道，有力揭示和宣传了孙丽美同志的榜样和精神力量。8月24日起，闽东日报头版开设"我眼中的阿美书记"专栏，连续刊发系列报道，从小处着手，细处落笔，生动讲述孙丽美十个感人至深的故事。该系列报道作品同时在闽东日报·新宁德客户端、微信公众号等新媒体发布，引起广泛关注。

社会效果： 在全国村级组织换届期间，孙丽美同志的先进事迹刊发，受到读者广泛好评和社会各界持续关注，推动社会各界掀起向孙丽美同志学习的热潮。系列报道刊发之初至中宣部追授孙丽美"时代楷模"称号，仅仅间隔20多天，这在全国相关报道中是少有的。该系列报道被澎湃新闻客户端、腾讯网、东南网、学习强国福建频道、新宁德客户端、宁德人民广播电台等多家媒体和宁德各县（市、区）融媒体转载、引用，衍生出"我眼中的阿美书记""忘不了的阿美书记"等话题栏目，取得良好的社会效果。

初评评语： 2021年8月6日，农村基层党支部书记孙丽美同志在防抗台风中殉职。8月7日起有关系列报道开始刊发，时效性强；报道连续刊发近一个月，持续时间长，刊发期间引发社会各界关注，推动向孙丽美同志学习的热潮，社会影响力大。有关报道题材典型、体裁多样，"我眼中的阿美书记"专栏报道题目构思精巧，细处落笔，生动讲述典型人物故事。系列报道内容详尽，逻辑清晰，语言表达生动有力，充分展现了孙丽美同志对党忠诚、无私奉献的精神，为村级组织换届选好人树立了典型，成为新时代农村干部的标杆，也为后期各媒体广泛宣传报道奠定基础。

揭露"抽血验子"的黑色利益链

涂雪婷　彭建增　吴孟春　林信心　王家娣　黄志敏　许瑞添

限于篇幅，文字稿略，获奖作品请见中国记协网 http://www.zgjx.cn。

（福建省广播影视集团 2021 年 12 月 31 日）

申报资料实录

作品简介：2021 年 5 月，《帮帮团》栏目组接到群众报料：在福建厦门，有不法分子通过网络组织从事抽血到境外鉴定胎儿性别的违法活动。为深入调查了解事件真相，栏目组组建了调查团队，多名女记者主动请缨，冒着被感染风险前往该地下窝点抽血，成功拍摄下该团伙将小车化身"移动孕妇抽血室"、无医学资质的驾驶员直接上手抽血、医疗用具卫生等问题，成功挖出该团伙勾结诊所、妇产医院检验师及物流公司，从事非法胎儿性别鉴定的整条利益链。当地卫健委和公安部门，依据记者暗访调查的"铁证"，成功摧毁了这个犯罪团伙。节目播出当晚，"厦门非法胎儿性别鉴定利益链曝光"的话题迅速登上了微博热搜榜以及厦门同城榜第一，阅读量达 1.7 亿。

社会效果：相关节目报道视频在《帮帮团》多个官方平台上引发网友热议，短视频也登上今日头条、抖音、快手等热榜。节目报道次日，省市区三级卫健部门迅速开展排查，并加大对非法性别鉴定危害的宣传。

初评评语：节目拍摄难度大，记者暗访风险高。多名记者忠于职守，敢于责任担当，跟踪调查数月，不轻言放弃。调查节目环环相扣、客观严谨，发挥了媒体舆论监督揭示真相、维护公平正义、激浊扬清的社会功能。节目播出后，违法人员被依法查处，黑色利益链被斩断，维护了国家法律尊严和社会公共秩序。

900亿"专网通信"骗局：
神秘人操刀　13家上市公司卷入

苏龙飞　于德江

随着调查的深入，一个以"专网通信业务"为幌子的隐蔽融资性贸易网络浮出水面，规模超过900亿元，已知有多达13家上市公司卷入其中。

在这个庞大的融资性贸易网络中，上市公司资金以预付货款的方式流向供应商，若干时间之后，供应商或其隐性关联方，将资金通过一层或多层下游客户，以销售回款的方式回流上市公司。短期来看，上市公司提升了业绩，但当操盘者资金闭环断裂，上市公司的风险便彻底暴露。

这个庞大融资网络的操控者，均指向神秘人隋田力。而卷入其中的上市公司，又是否涉嫌业绩造假？

"专网通信"成A股惊天炸雷，而且仍在持续。

7月29日，凯乐科技（600260.SH）毫无悬念地"收获"了第四个跌停板。

此前一天晚上，公司公告称，"经公司自查，目前新增供货商逾期供货合同23.05亿元，相关款项存在损失风险"。而在6天前的7月23日，凯乐科技已经公告14.23亿元的损失风险。

从5月30日上海电气"首雷"开始，到7月28日的不足2个月内，爆雷大军已扩大至8家：上海电气、宏达新材、瑞斯康达、国瑞科技、中天科技、汇鸿集团、凯乐科技、中利集团——该等公司的"专网通信业务"皆出现重大风险。汇总统计，8家上市公司合计的可能损失金额高达240亿元。而这一系列风险事件，都关联着一个叫"隋田力"的神秘人。

此时，整个A股市场上下都在问：隋田力是谁？来自何方？何以引发如此密集的上市公司爆雷？专网通信业务究竟是什么？

证券时报记者通过近2个月的追踪与调查发现，一个以"专网通信业务"为幌子的隐蔽融资性贸易网络浮出水面，资金规模超过900亿元，已知有多达13家上市公司卷入其中，堪称"A股史上最大资金骗局"。

在这个庞大的融资性贸易网络中，上市公司资金以预付货款的方式流向供应商，若干时间之后，供应商或其隐性关联方，将资金通过一层或多层下游客户，以销售回款的方式回流上市公司，短期内，上市公司业绩得到了提升。

但当操盘者资金闭环断裂，上市公司的风险便彻底暴露。

这个庞大融资网络的操控者，最终指向了隋田力。

神秘的专网通信业务，至少13家上市公司入局

证券时报记者追踪梳理发现，自2014年起，至少有13家上市公司——ST新海、*ST华讯、凯乐科技、中利集团、亨通光电、宁通信B、飞利信、瑞斯康达、宏达新材、中天科技、国瑞科技、上海电气、汇鸿集团，先后开辟了一块新的业务，他们大多将该业务命名为"专网通信业务"，少数公司则命名为"特种通讯产品"、"高端通信产品"、"物联网与智能化"等（便捷起见，本文统一称为"专网通信业务"）。

除了上海电气、汇鸿集团之外，其余11家都在年报中披露了该业务的历年收入明细。

最早大规模涉足的是ST新海。2014年，ST新海新增专网通信业务的首年即录得2.25亿元收入，占总营收近20%；此后该业务成为公司营收增量的核心贡献者，到2016年最高峰时达到11.7亿元，占总收入超过60%。

2015年，*ST华讯也新增了此项业务，当年即录得3.12亿元收入，占总营收的35.5%；在最高峰的2017年，其17.6亿元的营业收入中有16.4亿元系该业务贡献，占比93%。

2016年，凯乐科技和中利集团成为新加入者。凯乐科技甫一开辟专网通信业务，当年即录得51.5亿元的收入，占年度总营收高达61%；在最高峰的2018年，凯乐科技169.6亿元的总营收中，有147.3亿元由专网通信业务贡献，占比高达86.9%。中利集团起步于该年度的特种通讯设备业务录得收入10.4亿元，占总营收比例9.2%；2019年该项业务收入达到19.6亿元，占总营收比例进一步提升至16.5%。

此后的2017年，亨通光电、宁通信B涉足该业务；2018年，飞利信涉足该业务；2019年，瑞斯康达、宏达新材、中天科技也新增该项业务，但业务收入占比相对较小；2020年，国瑞科技新增该项业务。

不过，2018年之后，相关公司的专网通信业务步入下降通道，部分公司甚至退出专网通信业务。

尤为引人注目的是，伴随专网通信业务收入增加，该等公司预付款项也同步大幅增加。

以ST新海为例，在其新增专网通信业务之前的2013年，其预付款项不足2000万元，但在其新增专网通信业务首年的2014年，预付款陡然提升至6.51

亿元；在接下来的 2015 年~2018 年，其预付款分别为 10.86 亿元、5.51 亿元、3.87 亿元、6.99 亿元；随着其 2019 年退出专网通信业务，其预付款也迅猛下降至 374 万元，基本恢复至该业务出现之前的状态。诸如 *ST 华讯、凯乐科技、中利集团等公司也类似。

将 11 家上市公司的数据汇总会发现：其一，这 11 家上市公司合计的专网通信业务收入经历了迅猛增加又快速下降的过程，且是影响 11 家上市公司总营业收入的重要因素；其二，这 11 家上市公司历年合计的预付款项变化趋势，与合计的专网通信业务规模变化基本趋同。在业务最高峰的 2018 年，11 家上市公司的专网通信业务收入合计达到 230 亿元，预付款项也达到 196 亿元的峰值。

根据该等上市公司的年报披露，其专网通信业务有着大体相同的上、下游结算模式：向上游采购原材料时需预付 80% 以上货款（大部分 100% 预付），而产成品对下游销售时只能预收 10% 货款。因而，随着业务规模的增加，必然导致采购预付款的大幅增加。

需要说明的是，前述统计数据明细尚未包含同样拥有专网通信业务的上海电气及汇鸿集团，因其未有详细披露。

多有重叠的上游供应商与下游客户

如前所述，这些上市公司的专网通信业务有着大体相同的上、下游结算模式：向上游采购原材料时大部分需要预付 100% 货款，而产成品对下游销售时只能预收 10% 货款。这种模式意味着上市公司会发生大规模垫款。

证券时报记者梳理发现，这些上市公司专网通信业务的上下游都具有较高的重叠性。采购的主要预付款对象在多家上市公司出现，主要销售客户也在多家上市公司出现。

就上游供应商而言，主要包括上海星地通通信科技有限公司（下称"上海星地通"）、新一代专网通信技术有限公司（下称"新一代专网"）、重庆博琨瀚威科技有限公司（下称"重庆博琨"）、宁波鸿孜通信科技有限公司（下称"宁波鸿孜"）、浙江鑫网能源工程有限公司（下称"浙江鑫网"）等公司。

其中，上海星地通出现在了 4 家上市公司（ST 新海、*ST 华讯、凯乐科技、宁通信 B）的供应商名单中，新一代专网则现身于 3 家（ST 新海、凯乐科技、中利集团），重庆博琨也现身于 3 家（凯乐科技、飞利信、瑞斯康达），宁波鸿孜现身于 2 家（ST 新海、中利集团），浙江鑫网也现身于 2 家（中天科技、宁通信 B）。

就下游客户而言，主要包括富申实业公司（下称"富申实业"）、中国普天信息产业股份有限公司（下称"普天信息"）、环球景行实业有限公司（下称"环球景行"）、航天神禾科技（北京）有限公司（下称"航天神禾"）、南京长江电子信息产业集团有限公司（下称"南京长江电子"）等公司。

其中，富申实业出现在 7 家上市公司（ST 新海、*ST 华讯、凯乐科技、瑞斯康达、中利集团、上海电气、国瑞科技）的客户名单中，航天神禾出现在 5 家（汇鸿集团、凯乐科技、飞利信、中天科技、中利集团），普天信息出现在 4 家公司（ST 新海、*ST 华讯、凯乐科技、宁通信 B），环球景行则是 3 家（凯乐科技、瑞斯康达、上海电气），南京长江电子出现在 4 家（上海电气、国瑞科技、宏达新材、中利集团）。

基于主要上下游关系的梳理，证券时报记者绘制出了围绕该等上市公司专网通信业务的上、下游交易网络图，可以清晰看出，该等上市公司的上游供应商与下游客户，具有较高的重叠性。

而这个庞大的交易网络并不是全部。

记者在梳理过程中发现，除了 ST 新海之外，其余多数上市公司历年年报所披露的前五大客户、前五大供应商、前五大预付款对象等，都是以一、二、三、四、五或者 A、B、C、D、E 代替，完全不予披露名称。其中相当一部分都是在回复深沪证券交易所下发的年报问询函时，才被迫补充披露相关信息。记者通过多方比对及交叉验证，才将该等上市公司的部分供应商及客户名称还原。

隋田力：上游供应商关键人物

记者进一步追溯发现，这些上市公司专网通信业务的上游供应商，相互之间有着千丝万缕的联系，关键人物均指向隋田力。

比如，在上市公司供应商名单中出现过的上海星地通，直接由隋田力持股 90%；新一代专网，隋田力 100% 持股的上海星地通讯工程研究所（下称"星地研究所"）曾是其持股 30% 的股东，隋田力也曾出任其总经理；曾是瑞斯康达供应商的重庆天宇星辰供应链服务有限公司（下称"重庆天宇星辰"），由隋田力间接持股 40%；重庆博琨现任经理滕然曾出任过重庆天宇星辰的监事。

此外，上海电气从事专网通信业务的子公司上海电气通讯技术有限公司（下称"上电通讯"）和宏达新材，在股权关系、人员关系上，与隋田力发生诸多关联。

7 月 29 日一早，深交所向宏达新材发出问询函，要求其回答公司实控人杨鑫与隋田力是否存在关联关系。

综上，上游供应商这种千丝万缕的关联，基本都围绕隋田力或隋田力阵营展开。

简历显示，隋田力1961年8月出生，大专学历，身份证号码前六位归属于江苏省连云港市海州区。1979年1月至1994年5月，隋田力在部队服役，其后在江苏省人民政府干了4年公务员。

从体制内离开1个月后的1998年11月，星地研究所成立，这是隋田力名下第一家工商主体，其100%持股并担任所长，由此开启了下海经商之路。星地研究所早年也直接对外供货，浙大网新2009年半年报、江苏舜天2010年半年报中均出现了它的身影。

2007年6月至2019年10月，隋田力任南京三宝通信技术实业有限公司（下称"南京三宝"）的董事长。这家公司在其任职期间，多次成为包括*ST华讯在内的多家上市公司的供应商。隋田力离职后，南京三宝逐渐从上市公司公告中消失。

2009年11月至2017年9月，隋田力任新一代专网董事、总经理。2011年7月，隋田力、邹荀一出资设立上海星地通，分别持股90%、10%，隋田力担任执行董事至今。

2015年12月至2016年3月，隋田力通过受让股权的方式成为海高通信实际控制人。2016年9月，海高通信在新三板挂牌，这也是隋田力实际控制的唯一一家公众公司。海高通信也在前述上市公司的供应商名单中出现，不过交易金额仅数百万元。

同在2015年，隋田力通过上海星地通及上海奈攀，与上海电气合资成立上电通讯，成为持股34.5%的第二大股东。在证券时报此前的报道中已查明，上电通讯60%的民营股东实际都与隋田力有关联。

由此可看出，上海星地通是隋田力最重要的工商主体，并通过其控制了至少22家公司，范围遍及江苏、宁波、哈尔滨、北京、重庆、上海、深圳等地。

数百亿预付款流向隋田力关联方

如前所述，这13家上市公司展开专网通信业务需要大额预付，证券时报记者将相关上市公司对上海星地通、新一代专网、重庆博琨、宁波鸿孜、浙江鑫网等5家主要供应商历年的预付金额进行了逐一统计。

统计结果显示，除上海电气、汇鸿集团之外的11家上市公司，自2014年先后展开专网通信业务以来历年累计的预付款总额达到了735亿元，其中预付给这 5 家供应商的金额累计就达到了 439 亿元，占比接近 60%。而且，这还是不完全统计，因为并不是每家上市公司、各个年份的前五大预付对象名称都完整披露了，如全面披露，5 家供应商的预收金额及占比或许会更高。

可以看出，这 5 家供应商大多是上市公司第一、第二大预付对象，且占据了极高的预付款比例，极端情况下，第一大预付对象就占了相应上市公司年度预付款的 99.67%。

这些预付款，在供应商完成交货之后，最终都要转化成供应商的营业收入。5 家供应商获得超过 439 亿元的预付款，意味着它们同样有着庞大的营业规模。

比如，中利集团曾在 2019 年 6 月披露其近三年主要供应商情况，经证券时报记者交叉比对，该公告中的"供应商 1"为宁波鸿孜，"供应商 7"为新一代专网。该公告显示，宁波鸿孜 2017 年销售额 2.89 亿元，2018 年激增至 21.8 亿元；新一代专网 2017 年收入为 100 亿元至 200 亿元（披露原文如此）。另，从表 2 的统计情况来看，上海星地通的规模应在新一代专网之上。

为进一步深入了解真实情况，证券时报记者先后实地探访了上海星地通及新一代专网。

6 月下旬，证券时报记者来到位于上海市嘉定区新冠路的上海星地通及星地研究所，二者同在一处，有独立的办公园区。公司门卫将记者来访一事通过电话汇报后回复，隋田力等公司高管均有事外出了，不便接待。多番周折之后，证券时报记者联系上了邹荀一（持股上海星地通 10%），在公司门口与他进行了交流。

邹荀一是隋田力最重要的合作伙伴，二人共同创立上海星地通，并在多家关联公司中共同任职。记者见到的邹荀一满头白发，目测年龄在 70 岁左右，现场有人打招呼称其"邹叔"，在公司受人敬重。

邹荀一对证券时报记者表示，他本人已经不管事了，今天只是恰好在公司。他告诉记者，隋田力当前不在上海。记者询问邹荀一能否帮忙联系隋田力，他表示自己不方便贸然去找，只能请记者留下电话，到时候再给回复。截至发稿，邹荀一或隋田力均未联系记者。

交流中，记者多次追问，邹荀一多以沉默应对，不愿多说。记者询问上海星地通的工厂是否在此处，他表示，这里主要是研发部门，一小部分是工厂，工厂主要在别的地方。记者追问主要工厂具体在何地，他并未作答。记者提出能否进公司参观，邹以展厅负责人不在为由婉拒。

此外，记者多次拨打隋田力的办公电话，均处于无人接听状态。

7 月上旬，证券时报记者探访了新一代专网，该公司位于北京市石景山区八角东街融科创意中心 A 座 18 层。通过对上下楼层的比对判断，一层的面积约可容纳 200 人办公。

记者到访时间为当天下午两点半左右，公司前台无人，也不见人员在两侧门前走廊走动。记者以客户身份敲门，一位中年女士打开门。该女士称北京公司目前要转型，公司在外地成立许多分公司，业务交由这些分公司去做。

在与该女士沟通过程中，除两位物业维修人员外，记者并未没有听到或看到其他工作人员在此办公的迹象。公司前台的陈设也显得有点荒废，并不像有人正常在此办公的样子。

之后，记者离开公司前台，在附近观察，直到五点半该公司下班关灯，均未见到上述女士之外的公司人员。

下游客户迷雾重重，隋田力再次隐现

前文已经显示，这些上市公司专网通信业务的下游也多有重叠。其中，出现频率最高的有 4 家：富申实业、普天信息、环球景行、航天神禾。证券时报记者对这些上市公司向这 4 家客户的历年的销售金额进行了逐一统计。

数据显示，除上海电气、汇鸿集团之外的 11 家上市公司，自 2014 以来的专网通信业务收入累计总额为 808.4 亿元。上海电气未披露其各年度专网通信业务收入数据，仅仅披露了从事该业务的子公司上电通讯 2020 年营业收入为 29.84 亿元。此外，上电通讯截至今年 5 月 30 日的应收账款余额为 90.42 亿元。汇鸿集团也未披露其历年专网通信业务收入规模，仅披露其 1.96 亿元应收账款逾期。

假设上电通讯的历史销售都没有回款，全部变成了应收账款，那么上电通讯累计的销售收入也至少有 90.42 亿元；也同样假设汇鸿集团专网通信业务收入就是这 1.96 亿元应收账款。那么，加上其余 11 家上市公司专网通信业务的累计销售额（808.4 亿元），13 家上市公司专网通信业务累计销售额至少为 901 亿元。

统计显示，这 901 亿元的销售收入中，至少有 436 亿元由富申实业、环球景行、普天信息、航天神禾贡献，占比超过 48%。当然，这也是不完全统计，因为并不是每家上市公司、各个年份的前五大客户名称都完整披露了，如全面披露，来自这 4 家客户的金额及占比或许会更高。

四大下游客户中，上市公司对普天信息的销售金额相对较少（43.6 亿元），富申实业和环球景行占主要部分。而且，根据披露，宁通信 B 的下游客户普天信息，实际是宁通信 B 为其代工，代工产品实际销往富申实业。

作为 7 家乃至 8 家上市公司下游客户的富申实业成为了重中之重，且在该等公司的第一大客户名单中频频出现，但该公司却显得极为神秘。

*ST 华讯、瑞斯康达等曾在公告中称，富申实业属于"上海市政府第五办公室"下属全资单位，性质特殊。

在个别工商信息查询工具上，富申实业的唯一股东的确显示为上海市政府第五办公室。为此，证券时报记者拨打了上海市政府的电话，接线员表示，没有上海市政府第五办公室。之后，记者又联系了上海市政府新闻办，工作人员回答，就其所知上海市政府没有第五办公室。证券时报追问上世纪 80、90 年代是否可能存在上海市政府第五办公室，工作人员表示需要再去核实。

富申实业当前的性质显示为全民所有制企业，成立时间是 1992 年 12 月。在国家企业信用信息公示系统中，富申实业暂无股东信息，主管部门（出资人）信息一栏为空白，自成立以来也未有过工商变更。

为此，证券时报记者前往上海寻找富申实业，实地走访其注册地址、疑似关联公司办公地址、地图软件标明的地址，均未能找到该公司。

富申实业注册地为上海市徐汇区武康路 117 弄 2 号，这是一处历史优秀建筑，处于封闭状态，不太可能有公司在此办公。部分工商信息查询工具显示，富申实业 2014 年报、2015 年报中的通讯地址为上海市徐汇区湖南路 121 号 10 楼。记者前往该地向保安询问 10 楼是否有叫富申实业的公司，保安回答："之前好像有，但应该早就搬走了，现在 10 楼已经被收回，不对外出租了。"

另一个下游重点大客户是环球景行，从现有数据来看，上市公司对其的专网通信销售规模略低于富申实业，但也应在百亿级别。

工商资料显示，环球景行成立于 2018 年，由重庆市国资委全资持有，公司注册资本 3 亿元，但实缴资本为 0。该公司呈报给工商部门的年报显示，其 2018 年~2020 年社保参保人员数量分别为 7 人、10 人、12 人。记者曾拨打环球景行的电话，接电话的综合部门工作人员以不了解为由拒绝了采访。

类似股东身份背景蹊跷的情况，在其他下游客户身上也一再出现。

比如，曾是 ST 新海下游客户的北京中电慧声科技有限公司、北京中电慧视科技有限公司，其股东已经注销，成为了没有股东的企业；比如，*ST 华讯的下游客户中国天利航空科技实业公司（下称"天利航空"），也是一家没有上层股东的"无主企业"。

再比如，宏达新材的下游客户中宏正益能源控股有限公司（下称"中宏正益"）、中宏瑞达科技发展有限公司（下称"中宏瑞达"），挂在了某大型国有银行的第六层及第七层孙公司，二者皆疑似假国企。

表 3 中列示的航天神禾，则是由隋田力实际控制的企业。记者查证的数据显示，相关上市公司对航天神禾的累计销售额至少达 51.26 亿元。此外，隋田力实际控制的江苏星地通，也曾在 ST 新海及宏达新材的客户名单现身。由此可以看出，隋田力不仅在相关上市公司的上游供应商现身，在下游客户里也隐约可见。

风险集中爆发，已披露总额 240 亿元

这种蹊跷而又迷雾重重的上下游关系，最终迎来了风险总爆发。

从 5 月 30 日到 7 月 28 日不到 2 个月时间内，上海电气、宏达新材、瑞斯康达、国瑞科技、中天科技、汇鸿集团、凯乐科技、中利集团等 8 家上市公司接连发布"爆雷"公告——专网通信业务出现重大风险。汇总统计，8 家上市公司合计的可能损失金额高达 240 亿元。

具体而言，上海电气（下属的上电通讯）风险金额 112.72 亿元，下游客户包括环球景行、富申实业、南京长江电子、北京首都创业集团有限公司贸易分公司（下称"首创贸易"）、哈尔滨工业投资集团有限公司（下称"哈工投资"）5 家。

中天科技风险金额 37.54 亿元，上游供应商为浙江鑫网，下游客户为航天神禾。

凯乐科技风险金额 37.28 亿元，上游供应商为新一代专网、上海星地通、重庆博琨，下游客户为富申实业、环球景行、航天神禾。

中利集团（含参股公司中利电子）风险金额 29.39 亿元，上游供应商为海高通信、宁波鸿孜，下游客户为富申实业、南京长江电子、航天神禾、上电通讯。

瑞斯康达风险金额 11.95 亿元，上游供应商主要为重庆博琨，下游客户主要为富申实业、环球景行。

汇鸿集团风险金额 5.51 亿元，下游客户为航天神禾。

宏达新材风险金额 3.72 亿元，涉及下游客户包括江苏弘萃实业发展有限公司（下称"江苏弘萃"）、保利民爆科技集团股份有限公司（下称"保利民爆"），以及前文提及的分别挂在某大型国有银行第六、第七层孙公司的中宏正益、中宏瑞达。

国瑞科技风险金额 2.65 亿元，下游客户为富申实业、南京长江电子。

风险出现后，尽管相关上市公司皆表示，已经起诉或将起诉相关违约方，以讨回款项。但从该等上市公司公告的措辞表达来看，这些风险可能产生全额损失，讨回款项前景不容乐观。

隐蔽的融资性贸易网络

围绕这个庞大的上下游交易网络，如果业务是真实的，则有太多有违商业逻辑、常理无法解释的地方；如果业务是虚假的，则编织这张大网的隋田力及其所在阵营的运筹能力着实惊人。

从8家公司风险提示公告披露的信息来看，其专网通信业务所涉及的风险有个共同特点：或者预付款项出现风险，或者应收账款出现逾期，或者存货存在减值风险。每家至少占据其二，甚至三项全占。

把这些公告翻译得通俗一点就是：上市公司预付了大笔的采购款，但供应商不供货了，预付款收不回来；已经交付给下游客户的产品，应收账款也逾期收不回来；而还没交付给客户的产品存货，客户也不准备提货了（因而有存货减值风险）。

换句话说，似乎整个产业链的上游供应商和下游客户，都不约而同与上市公司出现交易中断，因而大面积产生合同逾期。逾期的上游供应商中，上海星地通、新一代专网、重庆博琨、海高通信等，自然核心指向了隋田力；而逾期的下游客户中，航天神禾也是隋田力实际控制的。

这至少意味着，隋田力的一部分关联公司是该等上市公司的上游供应商，另一部分关联公司又成了上市公司的下游客户。

进一步追问，其他逾期的下游客户是否会与隋田力产生关联？比如，上电通讯的下游逾期客户——环球景行、南京长江电子、富申实业、首创贸易、哈工投资，其再下游又是谁？下游客户的销售去向会否为隋田力的关联方？

6月下旬的一个下午，证券时报记者实地走访上电通讯，并按要求向公司发送了采访提纲。公司回复称，目前没有除公告以外的进一步信息可以提供。

不过，有接近案情核心的知情人士向证券时报记者透露，上电通讯下游客户的销售去向包括两家母子公司——浙江鑫网及其全资子公司浙江鑫览电子科技有限公司。而浙江鑫网也在数家上市公司的供应商中现身。知情人士进一步称，这二者购入产品后又销往了新一代专网。而新一代专网同样是前述诸多上市公司的上游供应商之一，隋田力曾是其股东。

该知情人士称，上电通讯销往的下游都是隋田力指定的，而下游再销往的下游也是隋田力指定的。他进一步透露，货物从上电通讯发出后，被直接运往了隋田力旗下公司江苏航天神禾在南京以及宁波的某仓库。而产品的最终去向无人知晓，产品的最终用户在哪也无人知晓。他说："凡是我接触过的这个贸易链条里的所有主体，其实都搞不清楚他们在买卖些啥，以及他们卖的东西到底能起到啥作用，最终用户是谁。"

该知情者说，作为上电通讯直接下游的中间参与方，并未接触过货物，实际只是在账务及资金流水上过了一道手，滚大了营业规模。首创贸易工作人员也在电话中向记者确认，公司仅为上电通讯贸易链条上的一环，相关事件涉及公司较多，但不方便透露更多信息。

此外，还有其他一些迹象，也旁证了上市公司的直接下游或为过账公司。

比如，*ST 华讯的审计机构在审计其 2019 年年报的过程中发现，该公司下游客户富申实业及天利航空（前述提及的没有上层股东的"无主企业"）所填写的收货验收单据，两家的字迹完全相同。为此，接受审计访谈者称，该等单据为上海星地通公司人员所填写（基于此，审计机构质疑其业务的真实性，并出具了"无法表示意见"的审计报告）。

另据国瑞科技的公告，其所起诉的 2 家下游逾期客户——富申实业、南京长江电子，上海星地通已签署协议，对二者的付款违约金承担连带责任。

同出现应收账款逾期风险及存货减值风险的宏达新材，在 7 月 16 日发布的年报问询函回复中，进一步披露了其专网通信业务的下游客户，除了前述 4 家——江苏弘萃、保利民爆、中宏正益、中宏瑞达之外，还包括上海星地通、江苏星地通、新一代专网。这几张熟悉的面孔，皆为前述诸多上市公司的上游供应商（或供应商子公司），即隋田力的关联方。

不仅如此，问询函回复中还披露，宏达新材的直接下游江苏弘萃，将产品销往了宁波新一代专网通信技术有限公司（下称"宁波新一代"）。宁波新一代正是新一代专网的全资子公司。

这再次证明，隋田力的一部分关联公司是该等上市公司的上游供应商，同样这批公司又成了上市公司的间接下游客户。

由此，资金闭环也形成：上市公司资金以预付货款的方式流向供应商，若干时间之后，供应商或其关联方，将资金通过一层或多层下游客户，以销售回款的方式回流上市公司。业内人士分析，这属于融资性贸易的典型表现。

上市公司付出了资金被占用的代价，却也通过该等交易做大了营业规模，"创造"了业绩，至于这是否涉嫌虚增收入、业绩造假，有待监管部门进一步调查认定。

这个累计金额超 900 亿元的庞大贸易网络，最终指向了隋田力及其阵营。

这个隋田力精心编织的、卷入 13 家上市公司的庞大融资性贸易网络，过往多年低调潜行，鲜有人知。如今，随着一众上市公司密集披露应收账款或预付款项大规模逾期，风险陆续暴露，这个神秘的网络终于浮出水面。随着相关部门调查的深入，相信更多的真相也将大白于天下。

（《证券时报》2021 年 07 月 30 日）

申报资料实录

作品简介：从 2021 年 5 月 30 日上海电气 83 亿元爆雷事件开始到 7 月 28 日，在不足 2 个月的时间内，A 股市场连续出现 8 家上市公司爆雷：上海电气、宏达新材、瑞斯康达、国瑞科技、中天科技、汇鸿集团、凯乐科技、中利集团，这些公司的"专网通信业务"都出现了重大风险。汇总统计，8 家上市公司合计损失金额可能高达 240 亿元，而这一系列风险事件，都关联着一个叫"隋田力"的神秘人。此时，整个 A 股市场上下都在问：隋田力是谁？来自何方？何以引发如此密集的上市公司爆雷？专网通信业务究竟是什么？ 围绕此系列疑问，记者历时近 2 个月时间，对相关财务数据进行整理、对公告信息进行穿透，以及对所涉及重点企业进行现场走访调查，请教行业专家，一个以"专网通信业务"为幌子的隐蔽融资性贸易网络终于浮出水面，资金规模超过 900 亿元，已知有多达 13 家上市公司卷入其中，堪称"A 股史上最大资金骗局"。本报道是首家媒体对资本市场这一系列爆雷案件作出定性——融资性贸易骗局；也是首家媒体准确地复盘出了案件涉及资金总规模——900 亿元，后续财经媒体关于这一事件的跟进报道，几乎全部引用"900 亿骗局"的说法。

社会效果：一是在金融资本圈引发刷屏效果，并在证监会内部广泛传阅，财经媒体同行也盛赞此报道所挖掘出事件背后的真相。二是深交所为此报道专门致电证券时报，称赞报道的穿透力，给监管行动提供了有益的参考；随即，深交所根据报道中披露的数据，向相关上市公司下发关注函。三是报道刊发后，记者受邀前往深交所做专题分享，介绍案件调查过程以及相关方法、心得。记者被金融监管部门邀请去就报道进行经验交流，这在财经媒体中并不多见。

初评评语：融资性贸易曾广泛出现在国企系统，因其虚假性及重大危害性，多次被国务院国资委严厉打击、清理整顿，并严禁国企违规从事融资性贸易行为。此报道第一次揭示出了 A 股上市公司参与融资性贸易的广泛性，向市场发出了有意义的警示，助力监管部门肃清市场。

万亩沙漠防护林被毁
敦煌防沙最后屏障几近失守

王文志　李金红

在我国八大沙漠中总面积排名第六、流动性排名第一的库姆塔格沙漠，每年以约 4 米的速度整体向东南扩展，直逼国家历史文化名城——敦煌。地处该沙漠东缘、曾经拥有约 2 万亩"三北"防护林带的国营敦煌阳关林场（简称阳关林场），是敦煌的第一道、也是最后一道防沙阻沙绿色屏障。

《经济参考报》记者调查发现，这条西锁沙龙、东保绿洲的防风固沙生命线，近十余年来持续遭遇大面积"剃光头"式砍伐，万余亩公益防护林在刀砍锯伐中所剩无几，由此人为撕开一道宽约 5 公里的库姆塔格沙漠直通敦煌的通道。

1 月上旬，本报记者穿行于阳关林场，只见猎猎大风裹挟扬尘漫沙，一路呼啸掠过稀疏残破、地表裸露的林带，流沙前沿已伸出沙舌向东爬越，"绿退沙进、沙漠逼人"的情形已然显现。

"西出阳关不见林"，当地人士和相关专家惊呼，任由这道敦煌的阻沙屏障彻底失守，河西走廊西北端将面临一场风沙侵蚀绿洲的生态灾难。

"剃光头"式砍伐触目惊心

始建于 1963 年的阳关林场，地处敦煌古阳关脚下，这里自古以来都是通往西域的门户和"丝绸之路"南路的必经关隘。据介绍，阳关林场所处位置正好是一个大风口，东面 70 公里是敦煌市区，西面则紧靠库姆塔格沙漠。

由于毗邻西北干旱区自然条件最为严酷的大沙漠，阳关林场区域气候极度干旱，多年平均降水量仅 40 毫米，蒸发量是降水量的 80 多倍。在干燥少雨、大风频繁的气候条件下，库姆塔格沙漠东缘沙丘每年以约 4 米的速度向阳关镇推进。要守住敦煌，必须先守住阳关；阳关失守，风沙将长驱直入，向东沿戈壁滩一泻百里，敦煌势必难保。

据了解，阳关林场以前是"劲风卷白草，野狼窜沙窝"的不毛之地。经过几代敦煌人的艰苦努力，移走大小沙丘 300 多个，移动沙石 200 余万立方米，平田整地 2 万多亩，栽植各类树木 400 余万株，造林约 2 万余亩，昔日沙丘连绵的荒漠变成郁郁葱葱的绿洲，彻底摆脱了"风沙撵人走"的困境。阳关林场方圆 17 平方公里的绿色屏障，很大程度上阻止了风沙向党河水库及敦煌城蔓延。

阳关林场场部宣传栏介绍说，其经营面积 2.57 万亩，经过 50 多年的努力，终于在环境恶劣的沙漠前沿建成了长约 5 公里宽 2 公里的防护林带，防护林带像一条绿色长城守护着敦煌绿洲。阳关林场敦煌市自然资源局（敦煌市林业和草原局）相关资料称，作为甘肃省酒泉市最大的灌溉型人工林场，2019年阳关林场生态林面积 1.33 万亩。

曾有权威林业期刊载文称，有"全国沙区林场建设典范"美誉的阳关林场，"倔然屹立于库姆塔格沙漠前沿而不被强劲风沙吞噬"。而本报记者实地探访看到，风大吹不倒、沙大摧不垮的 2 万亩防护林，如今却基本毁于刀斧，整片林带几乎被砍伐殆尽。

记者穿行于阳关林场部分林地，随处可见大小树木被齐刷刷地从底部锯断，每隔数米就有砍伐后留下的树桩，间或有被截好的木头，横七竖八躺在林地，从树桩尺寸判断，有的树木已有碗口粗，不少稍大一点的树桩，干径达到 30 厘米，散落的枝干也如成人臂膀一样粗壮。有林场职工指着这些树桩对记者说，被砍树木皮层水分饱满，极少看见有空心，连枝桠和上梢都色泽新鲜，绝大多数都曾是存活良好、长势健壮的树。

当地知情人士向记者逐一指认，幸存下来的树木分布于林场西侧和西南角两块面积不大的林地，以及林场主干次道两侧的行道树、一些地块的间隔树。两位曾在阳关林场工作 20 多年的职工对记者说，曾亲眼看见被成片砍掉的新疆杨、怪柳、胡杨等树种，老化枯死的"老年树"和病死树只占极少部分，大片正值青壮年的树木像遇到推剪一样，一棵不留地被推倒，上万亩林子被"剃光头"。

"过去为林子流汗，现在为林子流泪。"上述职工对记者说，当年沙土层下全是砾石，栽树得先用铁锤钢钎砸开石层，挖出一米见方、深 80 厘米的树坑保证树苗不窝根，再从几公里外挑来熟土回填底部、拉来泉水一瓢一瓢浇灌，"每块林地都是从'沙老虎'口中抢过来的，每栽活一棵树都跟养活一个小孩般不易。"

万亩防护林变身"绿色荒漠"

《经济参考报》记者实地踏勘看到，阳关林场被砍伐的防护林地全部用来种植耗水量大、需频繁扰动地表土层的葡萄。据了解，自 2000 年以来，来自外地的承包户蜂拥进入阳关林场，大面积租赁林地开发建设葡萄园，葡萄园大面积挤占生态林地甚至有全部取代之势。来自阳关林场的资料称，目前葡萄生产已成为林场的支柱产业。

甘肃省治沙研究所的数据表明，全生育期葡萄耗水量是树龄为 4 年的人工梭梭林、柽柳林、沙拐枣林和花棒林的 11.9 倍、6.72 倍、4.05 倍和 12.74 倍。一位曾为阳关林场护林员、现为葡萄园承包人的职工介绍说，防护林浇灌周期一般为两月一次，而葡萄园半个月就要进行一次大水漫灌。

另据记者调查，为阻止防护林与葡萄争夺土壤中的水分和养分，不少葡萄种植者，不惜竞相对承包地附近的防护林痛下杀手、斩草除根。记者了解到，为了制造生态林木死掉假象，不少粗壮的胡杨被剥掉树皮，甚至树干底部惨遭放火炙烤焚烧，待其死亡后伐倒，干枯后再点火烧掉以"毁尸灭迹"。在该林场西端靠近沙漠一侧的低洼地带，记者看到七八棵如成人大腿粗细的胡杨树干被烧得焦糊。

据介绍，阳关林场原有高大乔木枯枝落叶腐殖后，有机质多年聚集，促进了细沙成土，改变了沙地性质，使得流沙趋向固定。而在当地种植葡萄，枝干需埋土防寒，秋冬埋土、春季出土要进行两次土壤大翻动，人力作用使得地表沙质疏松，形成流动沙土。从当年 11 月到翌年 4 月，葡萄园地表土裸露时间长达半年，而冬春季节大风天气频繁，不仅人为制造了大面积沙尘源，还加剧了林地土壤风蚀。

令人忧虑之处还在于，为了满足葡萄生长对荒漠土的需要，大量取自沙漠的沙子被运至葡萄园，人为增加了林场沙漠化程度。敦煌当地有"寸草遮丈风，流沙滚不动"的谚语，而葡萄种植需要不断进行除草，如今阳关林场腹地已难觅草被。

本报记者在阳关林场看到，被砍伐的林地多数已完成起垄和整架投入葡萄生产，放眼望去，土黄色的葡萄垄连绵相接，看不到尽头。冬天，种植户已将葡萄枝干埋在土里防寒，目力所及大片林地树稀草绝，隐性沙地开始变成显性沙地，整个林场垄沟延绵起伏，细黄的垄沙随风起舞，近似平缓的沙漠地带，看上去蔚为壮观却感觉苍凉，赫然一片"绿色荒漠"。

成片葡萄园取代多年营造成的网带片交错、乔灌草结合防风固沙体系，阳关林场林带整体防护功能几近于无。有职工对记者说，刀锋锯齿毁掉大片生态林，葡萄园面积一年比一年大，被驯服多年的风沙也一年比一年多，"一场大风刮过，院子里落满一层沙子"，如此下去，阳关林场及附近耕地农舍总有一天会被沙漠掩埋。

中国科学院西北生态环境资源研究院研究员司建华对本报记者表示，阳关林场的主要功能是防沙固沙，大面积种植葡萄过度消耗水资源，不仅起不到防沙固沙作用，还会导致区域生态功能不断衰退，加剧沙漠化风险。

公益林"身份"遭刻意淡化

本报记者调查获知，阳关林场近十几年来砍伐的上万亩防护林，属于荒漠化和水土流失严重地区大型防风固沙的公益林。

来自阳关林场的资料显示，2007年，林业部门界定阳关林场国家公益林面积0.5541万亩，地方公益林面积0.55万亩。2017年，阳关林场办公楼还挂有"敦煌市国家重点公益林国营阳关林场管护站"的牌子。

而敦煌市天然林野生动物管护站站长罗有强对记者作出另一种解释：目前阳关林场并不属于国家公益林范畴，2004年林业部门曾将该林场5000亩乔木林定位国家重点公益林，2013年调整为地方公益林。"目前阳关林场1万多亩林木都属地方公益林，正在重新申报国家公益林。"

《甘肃省公益林管护办法》规定，县级林业主管部门和公益林管护责任单位负责设立公益林标牌，标明公益林的地点、四至范围、面积、权属、管护责任人，保护管理责任和要求、监管单位、监督举报电话等内容。由此可见，无论是国家公益林还是地方公益林都需要立碑保护。

1月份，记者找遍阳关林场，都没发现一处与公益林有关的标识牌、标志桩等。林场职工对记者说，此前林场内明显位置设有不少标识牌，与公益林有关的情况一目了然，自成片毁林种植葡萄以来，这些标识陆续被砸被毁，现在看来就是刻意让人忘记这里是轻易动不得的公益林。

毁灭性砍伐问题一再被掩盖

《经济参考报》记者获得两张由权威部门制作的卫星遥感影像图片，一张为2000年阳关林场林地原貌图，显示其防护林面积约为2万亩；另一张为2017年阳关林场地类分布示意图，显示林地面积只有5000亩，葡萄种植面积则达万亩以上。

记者现场勘察测量结果也初步证实，今年1月，阳关林场葡萄园面积约为1.3万亩，防护林面积不足5000亩。

曾有敦煌市领导私下表示，阳关林场大面积防护林被砍伐种葡萄，市里确实没有管护好，感到很心痛。而林场管理者和当地相关部门官员却声称砍伐行为合法，不存在乱砍滥伐问题。

2017 年 3 月，酒泉市林业局《关于媒体反映敦煌市阳关林场范围内毁林开荒调查情况的报告》称，"阳关林场砍伐的树木都是已经枯死的残次林木，按程序办理了采伐证。目前经过逐年改造后的新植树木生长旺盛，生态效益和社会效益显著，受到了林场种植户和各界人士的广泛好评"。

敦煌市自然资源局局长马东洋对记者表示，阳关林场实施的是残次林改造，得到了批准，阳关林场在残次林改造中，不存在破坏防护林种葡萄的情况。

阳关林场经营部部长刘汉江对记者说，近十几年来没有大面积林地砍伐，林场葡萄园面积没有增加，一直是 2000 年以前累计形成的 3200 多亩。记者追问林场原有 2 万亩防护林现在剩多少，刘汉江承认："应该还有 7000 亩林地。"

阳关林场场长魏海东也对记者坚称，林场现有 1.3 万亩防护林，葡萄面积为 3704 亩，从 2006 年至今没有变化，无新增葡萄园。

原国家林业局的多份文件都明确要求，禁止将国家级公益林改造为商品林，改造不得全面伐除灌木，不得全面整地，严禁采用引起土地沙化的一切整地方法和生产行为；极干旱造林区造林绿化须选择耗水量小、抗旱性强的树种。此外，《生态公益林建设技术规程》"防风固沙林主要适宜树种表"中，并未列入葡萄种类。

"阳关林场生态区位极其重要，生态工程一旦遭到破坏，短时间内很难恢复，且恢复代价远远高于破坏生态所取得的收益。"中央党校公共管理教研部教授何哲接受《经济参考报》记者采访时如是说。

何哲认为，敦煌阳关地区大面积毁林，暴露了以牺牲生态环境为代价换取一时经济发展的短视行为。"地方管理者但凡秉持一点生态文明理念，生态防护林都不至于遭到如此毁灭性破坏，对可能导致的生态灾难问题也不会如此掩盖和放任。"

（《经济参考报》2021 年 01 月 20 日）

申报资料实录

作品简介：党的十八大以来，以习近平同志为核心的党中央把生态文明建设摆在全局工作的突出位置，全面加强生态文明建设，一体治理山水林田湖草沙，开展了一系列根本性、开创性、长远性工作。位于敦煌市最西端的阳关林场，是抵御库木塔格沙漠侵袭敦煌的一道重要屏障。该林场近十余年来持续遭遇大面积砍伐，万余亩公益防护林在刀砍锯伐中所剩无几。记者历时三年持续追踪线索，前后三次实地调查，深入采访近百名当地农民、专家学者、环保人士，调阅了大量原始资料和关联证据，并结合全景遥感影像证实，采写完成了此篇揭露式重磅报道。

社会效果：该稿件以文字版、电子版和视频等全媒体方式，在经济参考报报纸、网站、微信公众号、视频号和新华社客户端等渠道传播，同时稿件也被中央各重点新闻网站、各大主流新闻网站及客户端、各门户网站大量转载，全网阅读量高达 10 亿次；人民日报、中央电视台、光明日报等权威媒体针对该事件刊发评论文章，网民跟帖评论量过百万；"敦煌毁林案""阳光林场"等均进入微博热搜榜单，b 站全站排行榜至今保持前三，总流量过千万。敦煌毁林案成为当年社会高度关注的热度话题。该事件已经成为继"秦岭违建事件"、"甘肃祁连山系列环境污染案"之后，又一起重大公共生态环境事件。该报道刊发后，掀起巨大的舆论冲击波，自然资源部、生态环境部、国家林草局成立中央联合调查组进行调查。甘肃省确定了整改方案，并出台《关于开展国有林场清查整治工作的通知》，在全省范围内开展排查工作。该报道也推动了国家林草局于 2021 年 3 月至 12 月开展了近一年的全国打击毁林专项行动。

初评评语：这篇报道是经济参考报社提高政治站位、服从服务大局，敢于碰硬现实问题，推出的精品力作。稿件主题重大、立意高远；证据充分扎实，写作选材精当、逻辑清晰严密，是调查报道中的一代表性作品。这篇报道发挥了舆论监督的威力，对古城敦煌及河西走廊西部生态的保护起到了不可估量的作用。

"会后探落实·四问校外培训"系列报道

赵婀娜 张 烁 丁雅诵 吴 月

代表作一：

广告满天、低价营销、爆雷跑路，校外培训行业乱象频发
这是做教育，还是做生意

　　3月6日，习近平总书记在看望参加全国政协会议的医药卫生界教育界委员时强调："培训乱象，可以说是很难治理的顽瘴痼疾。家长们一方面都希望孩子身心健康，有个幸福的童年；另一方面唯恐孩子输在分数竞争的起跑线上。别的孩子都学那么多，咱们不学一下还行啊？于是争先恐后。这个问题还要继续解决。"

　　校外培训事关许多家庭，如今行业规模更是日益庞大，亟须规范管理。本版今起推出系列报道，四问校外培训，剖析乱象背后的原因，探讨行业健康发展之道。

——编者

热钱涌入虚火旺

　　当下，源源不断的热钱涌入教育培训行业，在线培训市场更是火热异常。数据显示，2020年，中国基础教育在线行业融资额超过500亿元，这一数字超过了行业此前10年融资总和。

　　然而，无论是线上还是线下，在资本的驱动之下，不少培训机构采取商业化营销模式，做广告、拼低价，甚至用收来的学费做投资、做投机。还有个别机构采用"白条""教育贷"等金融手段促销、吸引学员。有一些商业平台推波助澜，为了经济利益，对培训机构广告大开绿灯，甚至鼓励和引导他们竞相投放，其中不乏夸大宣传和虚假广告。

　　校外培训是做教育而不是做生意，不能套用商业逻辑，这是必须明确的一条底线。涌入校外培训的巨额资金去向何处？一个主要方面是广告投放。从综艺晚会，到公交车站、楼宇电梯，再到微信、短视频等网络平台，校外培训广告可谓铺天盖地。另一方面则是大量低价课程，"20元26课时，再

847

送教辅材料"，而且多是语文、数学、外语等学科类培训。

虚火之下，资金链断裂、爆雷跑路的现象时有发生。就在不久前，在线教育企业"学霸君"宣布倒闭，优胜教育也承认公司资金链断裂。企业"一倒了之"，后果却由学生家长来承担，不仅课程被迫暂停，缴纳的培训费更是无处可寻，最终降低了行业整体的信誉度。"一些培训机构为了占领行业主导权，以赔钱模式运营，目的是挤垮中小机构。而恶性竞争的同时，培训机构自身也面临经营风险，一旦融资跟不上，资金链断裂，企业可能迅速倒闭，造成群众预收费无法退回，损害群众的利益。"教育部基础教育司相关负责人表示。

家长焦虑与日增

事实上，校外培训的兴起原本是一件好事，无论是兴趣上的培养拓展，还是学业上的培优补差，校外培训都为学生的个性化和差异化发展提供了很好的平台，但这必须以教育公益属性为前提。而且，校外培训属于民办教育的范畴，民办教育促进法规定，民办学校收取的费用应当主要用于教育教学活动、改善办学条件和保障教职工待遇。

但如今，校外培训的虚火越来越旺，铺天盖地的广告之下，家长的焦虑与日俱增，似乎不给孩子报培训班，就是在虚度时间，会立马被赶超。

面对网络上发起的"辅导机构效果到底怎么样"这个问题，有家长无奈表示："各种帮助解题的软件，让孩子遇到困难不是首先去独立思考，而是立刻拿起手机寻求软件帮助""自从上了在线辅导班的课程，孩子的视力直线下降"。还有网友表示："身边同学同事都在报辅导班，只能随波逐流，关系到孩子的成绩，谁也不敢落后。"

教育初心莫背离

如何在资本的旋涡中保持初心，处理好资本逐利性与教育公益性之间的矛盾？

首先，面对汹涌的资本，培训机构需要保持冷静。如果越来越多的机构都开始寻求投资，跟风烧钱，扩大营销，培训行业就会走向严重内耗的困境。这些以资本和商业为属性的手段，一方面导致机构无心专注教学研发，违背了教育规律，背离了教育初心；一方面走向"跑马圈地"，打破正常业态，加速中小机构迅速倒闭的风险，让行业无序竞争，损害家长和学生权益。

同时，面对汹涌的资本，学生家长也需要保持理性。对于"你的购物车里有孩子的未来吗""你不来补课，我们就培养你孩子的竞争者"等营销话术和"套路"，家长们应当根据孩子的成长发展来综合决定。要始终明确，培养兴趣、学会思考、掌握方法、健全人格，比仅仅应试答题更重要。

此外，在校外培训的治理中，还存在一些难点问题，需要多部门握指成拳、联合解决。教育是良心行业，不是逐利产业，应当制定专项法规细则，加大对教育培训类广告的审查与监管，明确广告经营者、发布者、代言人、发布平台等各方的责任。

再如预收费，虽然教育部门已经作出规定，只能提前收取 3 个月费用，但现实中，一些培训机构常常采取买三赠三等方式，诱导家长存款。对此，可以采取第三方托管、按课程进度定期拨付，或专门划出一定比例作为风险保障金等方式，降低"跑路"风险，保障消费者权益。

校外培训乱象，是很难治理的痼疾，也是迫在眉睫的"急症"。唯有各方共同努力，回归教育的本质与初心，校外培训市场才能规范有序、风清气正，真正成为校内教育的有益补充。

代表作二：

学习重刷题、评价重考试，校外培训质量参差不齐——这是教知识，还是教套路

当下的校外培训市场，不同程度地存在应试、超标、超前培训等问题。"唯分数论"的教学方法、包装出来的名校师资……种种套路，让培训内容偏离了教育的目标。培训机构应当回归教育的专业性，将注意力从关注分数的"一时之得"，转移到学生的健康成长。

"找一线名师，学解题大招""哈佛北大清华名校背景师资，教学质量有保障""独家大招，秒杀重点题型"……在不少校外培训机构的广告语上，优质师资和优质教学是招徕家长和学生的"法宝"。然而，不少学者和家长表示，一些校外培训机构将教育引向了商业化，教学重套路、学习重刷题、评价重考试。

超标应试不可取

"我去听了几节语数英体验课，发现有的校外培训机构很强调应试和做题技巧。我担心孩子只能学会套公式，学不会独立思考。"最近，山东省青

岛市的姜女士考察了几家校外培训机构，结果却有些失望，"只掌握所谓解题的思路或套路，真的对孩子掌握知识、提升能力有帮助吗？"

国务院办公厅《关于规范校外培训机构发展的意见》明确，坚决禁止应试、超标、超前培训等行为，但放眼当下的教育培训市场，这些问题仍然不同程度存在。甚至有部分培训机构准备两套讲义与教案，备案一套、上课一套，应付检查一套、实质授课一套，超前超标培训等问题未能根本解决。

有一线教师反映，部分辅导机构只用二三十天的假期就教完三四门学科一学期的课程。"有的学生寒暑假期间在校外上'预科班'，提前学下学期的课程。然而，一些学生学到的不过是'夹生饭'，并没有真正理解知识，反而消磨了兴趣。"深圳实验学校光明部教师孙栋梁说。

清华大学教育研究院副教授张羽研究发现，一些校外辅导班的培训内容比小学教材超前不少，违背认知发展客观规律，伤害学生的创造力和探究能力，在培养学生思维能力方面没有正面作用，甚至影响学生的自信心和学习自主性。

还有部分培训机构宣称具有"专业的教研体系""好成绩源自好方法"，但观察多家机构的培训大纲发现，所谓的专业教学方法，多是"考点题型精准把握""10 秒解题，秒出答案"，应试指向十分明确。一些机构强调人工智能助力教学，宣传先进的技术手段，但产品的内核依然是解题与分数，而非能力与素养。

例如，数学本应锻炼思维，有机构却将初中数学总结为 985 个知识点、196 个"口诀"；作文本应表达真实情感，有机构却将作文分为 16 类，每类都有模板；思政课本应引导学生树立正确的价值观，有机构却将高中政治总结为 430 个必考知识点、150 多个"大招"……

采访中，很多专家表示，一些校外培训机构的培训内容偏离了教育的目标，消解了教育的价值。在强调核心素养养成、发展素质教育的背景下，培训机构在学校教育体系之外"自成体系"，造成了校内减负、校外增负现象的发生，加重了学生负担。

包装"名师"令人忧

教师是教育工作的中坚力量，教学的成效取决于师资力量与教学理念。校外培训乱象背后，一个重要原因是不专业的从业者、良莠不齐的培训人员。

"万中选一好老师""清北一线名师教""老师 90% 以上毕业于重点高校及师范院校"……很多培训机构在广告中强调师资的名校背景，而对好教师的定义，大多是毕业于名校、"深谙各类型考试的命题规律和方向"。

然而，不少学生反映，一些培训机构的师资并没有宣传中的质量高。家住吉林省吉林市的高三学生王同学曾在一家线上培训机构学习物理和数学，他说，机构为了让自己续报课程，总是声称有好的师资，但实际上课却以各种理由更换老师。

"机构最喜欢宣传的就是老师光鲜的履历，例如毕业学校、高考成绩。"毕业于北京市海淀区某知名高校的董先生读研期间曾在某培训机构兼职，他发现，虽然广告天花乱坠，但实际上一些培训机构师资参差不齐，"有些常年上课的教师并没有教师资格证，还有的老师教育背景确实很好，但学得好不等于教得好。不少机构教师并非师范专业，也没有教学经历，就被包装成名师。"

资质欠缺，直接影响教学质量。董先生透露，很多培训机构的教研深度不够，很多教师在备课时研究的不是教学，而是做题。"不讲究对知识的深刻理解，而是研究各种口诀、大招、秒杀技巧。"南京师范大学副校长朱晓进也曾调研发现，很多校外培训机构聘请的教师虽然持有教师资格证，但授课水平参差不齐，还有一些"网红"培训教师违背学习规律、拔苗助长，教学质量堪忧。

据了解，校外培训机构对教师的考核大多是"续班率"。在机构以市场化为导向、紧盯"续班率"的指挥棒下，很多老师关注的不是教育教学，而是营销话术；不是学生的长期成长，而是短期的提分效果。教师在教学过程中对于分数的强化，是为迎合部分家长对分数的看重，从而吸引家长续报课程、继续消费。

克服短视回正途

高质量的教育，需要高质量的教师和科学有效的教学方法。一些校外培训机构主打"优质师资"，主推所谓"训练思维"的教学模式，在"看上去很美"的广告宣传下，其培训实际上是背离教育规律和人才成长规律的应试导向与"唯分数论"。

而从深层次探究，其原因是一些校外培训机构的商业属性盖过教育属性，把教育教学当作商品、营销。一些机构看似抓教研，实际上研的是"做题"，背后是走捷径、短平快的价值取向；看似广纳人才，实际上不过是用名校标签招徕客源，迎合家长对升学与分数的追求。

"目前，在校外培训市场上，存在用经济理性替代教育理性的趋势。"华东师范大学课程与教学研究所教授张薇认为，校外培训应当克服短视、功利倾向，回归教育的专业性和教育的基本价值。

我国民办教育促进法规定，民办教育事业属于公益性事业，是社会主义教育事业的组成部分。校外培训机构提供的教育，同样应贯彻国家的教育方针，保证教育质量，培养德智体美劳全面发展的社会主义建设者和接班人。在培训目标、培训内容、课程设计上，都应当遵循这一标准。

"十四五"规划和2035年远景目标纲要提出，规范校外培训。这一目标的实现，需要培训机构用心做教育、自觉改进培训人员队伍和培训课程，不只关注分数的"一时之得"，回归教育公益属性，淡化商业色彩。同时，需要监管部门做好对培训人员资质、培训内容等方面的规范和监管，也需要社会各方面、各部门共同努力，将对分数的关注转移到对学生成长的关注上，让教育真正培根铸魂、启智润心。

代表作三：

唯分数论助长培训热，学校教育供给待提升
校内减负、校外增负，怪圈怎么破

当前，"校内减负、校外增负"成为基础教育痛点。破解这一怪圈，要从需求与供给两端入手，一方面打破"唯分数论"，优化评价体系，淡化分数焦虑，一方面提升学校教育的质量与水平，提高课堂效率。

"内容上超前超纲，方式上应试刷题，这些都违背学生身心发展规律。部分机构以由难到易的套路式教学，让学生在短期学习中获得拔苗助长式的'伪成功'，满足家长急于求成、望子成龙的心理。而家长间的攀比、不顾孩子特点的盲目跟风，引发'全民学奥数''一周7天都要上培训班'等教育痛点。"

"为减轻学生负担，中小学将放学时间提前，不留或少留作业，可与此同时，大量校外培训机构涌现，孩子在三点半离校后转身迈入机构大门，一待就是好几个小时。"

……

今年的全国两会上，"校内减负、校外增负"问题得到不少代表委员的关注。一边是下大力气治理，一边是乱象屡禁不止，说明"顽瘴痼疾"治理之艰巨。

校外培训增负担

"超过用列举法求概率的要求，增加计数原理、排列组合的内容。示例：

袋子里有除颜色之外 10 个大小完全相同的球，其中黑球 6 个、白球 4 个，从中随机取出 4 球，恰有 2 个黑球、2 个白球的概率是多少？"

"要求小学低学段学生写出含有多种表达方式、多种表现手法、结构复杂的文章。要求初一学生写出论证严密、论据典型、结构完整的议论性文章。"

……

去年 5 月印发的《义务教育六科超标超前培训负面清单（试行）》对义务教育阶段语文、数学、英语等科目超标超前培训内容明确给出负面清单，为各地规范面向中小学生的校外培训机构的超标超前培训行为提供依据。而在相当长一段时间内，辅导机构超标超前培训，令不少中小学生不堪重负。对于处在义务教育阶段的中小学生来说，过多、过重的校外培训已经成为学习负担减不下来的重要原因之一。

有家长认为，尽管《中小学生减负措施》（减负三十条）和《关于规范校外培训机构发展的意见》先后印发，从校内教学、作业布置、考试评价以及课外培训时长等方面做出"严格依照课标教学""严控书面作业总量""坚决控制考试次数""采取等级评价方式""控制培训时间"等要求，但在校外，依然有机构超前超纲超时教学，并以此作为招揽和维护生源的手段。

为此，有学者指出，校外培训机构超前超纲超时授课，而且有市场、有需求，一方面迎合了部分家长对于考试和分数的重视，一方面又进一步加剧了家长的焦虑，破坏了正常教学秩序，违背了教育规律与学生成长规律，最终导致了"校内减负、校外增负"现象的发生，背离了教育目标，破坏了教育教学生态。

标本施治破怪圈

"校内减负、校外增负"，不仅令许多教育工作者和家长深感困扰，也一定程度上消解了各级各地教育主管部门大力推进减轻义务教育阶段中小学生负担工作的成效。

有学者指出，近年来，中央高度重视中小学生减负工作，相关部委一手抓校内教学提升、一手抓校外培训治理，采取了一系列办法和举措。

在校内，从课堂教学、作业布置、考试频次等方面着手，向课堂要效率、要质量，减轻学生的课堂与作业负担；在校外，开展校外培训机构治理，建立校外培训机构"先证后照"制度、完善校外培训监管制度和线上机构备案审查制度，取得了积极成效。

但由于需求旺盛、资本助推，校外培训机构的数量快速增长，越来越多的中小学生或主动或被动地参与到校外培训当中。在快速发展占领市场份额、回馈资本的需求下，校外培训机构的过度营销由此产生。无证无照、超前超标培训、违规收费、虚假宣传等行业乱象出现，培训机构"退费难""卷钱跑路"等违法违规行为也时有发生，破坏了教育生态、伤害了群众的切身利益。

对此，不少学者认为，在下一步治理过程中，更需标本施治、系统推进，从根本上打破"校内减负、校外增负"的怪圈。

需求供给两手抓

如何从根本上解决"校内减负、校外增负"的问题？不少一线教育工作者认为要从需求和供给两端同时着手。

一方面，从需求端出发，引导家长不盲从、不焦虑，理性选择。要抓住评价这个"牛鼻子"，从"指挥棒"入手，优化评价体系，打破"唯分数论"。

全国人大代表、河北省张家口市第一中学教师尤立增说，在确保科学、公正的前提下，要从对考试分数的单一评价转向综合素质评价，从只看成绩的终结性评价陆续转向重视过程性评价，对学生成长进行包括学习态度、学习品质、课堂表现、课后作业完成情况的全面记录，"唯有从根本上打破'唯分数论'，引导全社会认识到'分数是一时之得，要从一生的成长目标来看'，才能让学生和家长淡化对于分数的焦虑，更关注学生的健康、全面成长。"

另一方面，从供给端出发，进一步提升学校教育的质量与水平，提高课堂效率。针对有需求的学生，可以出台相应规范制度，鼓励学校在课后提供有针对性的教学服务，通过组织兴趣班等活动，满足学生个性化和差异化的需要。同时还要注重加强校外教育资源的整合。"各市区县都有少年宫、科技馆、体育学校等，希望相关部门协同起来，建立公益性的校外教育体系。"北京师范大学教授顾明远建议。

为营造清朗的教育教学生态，还要堵住优质学校用变相考试、竞赛等办法招生选拔的口子，从根本上斩断校外培训机构与中小学校招生的关联。采访中记者得知，当前，在一些城市，这样的现象仍然存在。

在继续加强对于培训机构监管的同时，有学者建议，也应鼓励培训机构发挥技术手段、兴趣与特长培训等方面的优势，引导其提供学校教育之外的特色化、差异化服务，使其真正成为学校教育的补充，而非冲击。

（《人民日报》2021 年 03 月 18 日）

申报资料实录

作品简介：2021 年 3 月 6 日，习近平总书记在看望参加全国政协会议的医药卫生界教育界委员时强调："培训乱象，可以说是很难治理的顽瘴痼疾。" 2021 年 3 月 18 日起，人民日报推出"会后探落实·四问校外培训"系列报道，深入采访家长、教育从业者、管理部门、专家学者等，刈公众反映较为强烈的校外培训虚假宣传、制造焦虑、超纲教学、监管缺失等问题，进行了一次全面问诊。报道切中肯綮，引发强烈反响，"人民日报四问校外培训乱象"成为微博热门话题，相关阅读量超 1.2 亿次，网友留言达万条。人民日报客户端发布调查"你遇到过哪些校外培训乱象"，调查结果和网友热议登上了报纸版面，充分体现报网互动。

社会效果：该组报道准确把握时度效，取得强烈社会反响。以报道为契机，全社会对校外培训进行了一次系统讨论。报道起到正视问题、廓清迷雾、激浊扬清、增进共识的效果，反映校外培训乱象的声音得到相关部门高度重视。报道刊发后不久，"双减"政策即落地实施。

初评评语：一是及时呼应习近平总书记在全国两会上的关心关切，回应群众呼声，将人们对校外培训关注的热度引向理性讨论的深度，发挥了党中央机关报"上连党心，下接民心"的舆论导向作用。二是这组报道从国之大计、党之大计的高度，从教育事业发展的深度，从理性规范培训行业的热度，从人民群众满意的温度出发，既充分反映群众切身感受，又客观梳理多年来相关部门的应对举措，既深入剖析乱象成因，又审慎探讨对策建议，有锐度、有态度。三是这组报道在舆论场上引发了关于校外培训的广泛、深入讨论，党中央和相关部门高度重视，报道刊发后不久，"双减"政策即落地实施，这组报道为"双减"政策的积极、平稳实施创造了重要的工作与舆论氛围。

北京一处级干部当外卖小哥，12 小时仅赚 41 元："我觉得很委屈"

苏　越　邵　晶　陈梦圆　刘径驰　张育文　焦建康

作品二维码

（北京日报微信公众号 2021 年 04 月 28 日）

申报资料实录

作品简介：2021 年 4 月 27 日 23 时，作者发现一条短视频新闻《副处长变身外卖小哥累瘫街头》。深入研究后，确定以"12 小时赚 41 元"为新闻点进行二次传播。既呈现党员干部"深入普通群众"，也体现平凡的劳动并不简单，利用身份的反差、对普通岗位和寻常劳动认知的反差，形成关注点、讨论点、共鸣点。经过 3 个小时信息梳理、图文及视频稿件综合制作及审核，4 月 28 日 8 时 17 分，该文在北京日报微信公众号推送。8 时 43 分，北京日报微博推送该稿件，并申请话题进行投票、设置议题等综合传播。引发热烈讨论后，继续设置投票、反响、评论等多条互动传播内容，将话题进一步引入更深、更广的传播，在微博、微信朋友圈刷屏，成为现象级传播内容。

社会效果：这条微信放在第三条推送，阅读量达 25.5 万，同时被人民日报、新华社、央视等多家央媒和数百家新媒体账号原文转载，全网阅读量近 10 亿。三大央媒多次、多种形式、多篇评论跟进报道；全网点赞副处长创新的工作方式，并衍生众多关注平凡劳动的话题。北京日报微博主持的＃副处长送外卖12小时赚41元＃话题居热搜榜首长达半天，话题阅读量超6亿、讨论量4.3万；微博单条阅读量超2100万，点赞17万、转发和评论超5000条；相关微博还有2条阅读量超1000万、4条阅读量超100万；并收获多个热搜话题。这条新闻刷屏并引发现象级关注，积极有力地推动了互联网平台经济的健康发展、可持续发展。美团与饿了么一天后相继正式回应，明确表示取消对骑士逐单处罚等做法，迅速对骑士App做出相关升级改进，并继续努力提升骑士工作环境。

初评评语：作品主题鲜明、内涵丰富、导向积极，既生动呈现了党员干部深入群众的优良作风，又推动了社会问题的解决。该作品充分发挥融合报道优势，精准把脉社会关切，敏锐聚焦价值内容，通过标题反差设置、精心选点编辑和多维互动，形成了现象级传播效应。

三星堆国宝大型蹦迪现场！3000年电音乐队太上头！

集　体

作品二维码

（川观新闻客户端2021年03月20日）

作品简介：这是主流媒体尝试用年轻化方式传播中华优秀传统文化的现象级融合报道作品。2021年为中国考古百年，3月三星堆遗址新一轮考古发掘"再醒惊天下"。川观新闻推出以《我怎么这么好看（三星堆文物版）》MV为主体内容的融合报道《三星堆国宝大型蹦迪现场！3000年电音乐队太上头！》，引发全网关注。该作品内容表达有新意。将三星堆文物原创手绘动画与最新发掘现场视频结合，搭配有幽默四川方言的电音神曲，融入赛博朋克特效，多元素融合反差萌，让古蜀文物在互联网上"活"了、火了。技术应用有创意。动画师数字手绘23件三星堆文物，兼容艺术性与真实性。视频采用AE、Animate等专业软件制作骨骼绑定动画，借助C4D制作出超清粒子效果，配合达芬奇调色，让文物在受众眼中更三维立体。人文内核展敬意。视频再现1986年和2021年的三星堆遗址发掘现场，同时通过大型交互式专题《再醒惊天下》中的图文、直播、视频、H5等新媒体报道，全景呈现三星堆新一轮考古发掘成果、历史价值和人物故事。

社会效果：《三星堆国宝大型蹦迪现场！3000年电音乐队太上头！》一经发布，即引发全网关注，作品发布6小时内，川观新闻视频号首发的 MV 点赞、转发均超 10 万，被新华社、人民日报等数百家媒体和各类机构账号转载，获得有关部门肯定。截至 2021 年 3 月底，全网曝光量超 7 亿，主流媒体用正能量赢得大流量，实现线上、线下的现象级传播。在各大社交媒体和音视频平台呈刷屏之势，微博话题＃三星堆文物版我怎么这么好看＃冲上热搜；CGTN 海外全平台转载传播，获美国 Billboard 公告牌中文官方网站转评点赞；腾讯、QQ 音乐、抖音、今日头条、百度、西瓜视频等商业平台首页推荐。《我怎么这么好看（三星堆文物版）》作为一首艺术品位高、充满正能量的流行音乐作品，被众多中小学校当作教学、活动歌曲，成为有较高传唱度的"儿歌"；其授权改编作品登上央视《奋斗正青春——2021 年五四青年节特别节目》。

初评评语：作品聚焦三星堆遗址新一轮考古发现这一重要新闻事件，以富有创意的技术应用，将真实的文物发现、最新的考古现场与新颖的表达方式巧妙结合，文风活泼，内容丰富，是新闻性与艺术性兼备的融合产品，也是融合报道语态创新的有益实践。

第四维度｜看"共富的种子"生根发芽

朱霭雯　姚朱婧　杨佐零　孙潇娜　郎豫风　梁　臻　陈　洁

作品二维码

（浙江新闻客户端 2021 年 12 月 28 日）

申报资料实录

作品简介：浙江日报全媒体视频影像部制作的《第四维度｜看"共富的种子"生根发芽》，融合了视频、音频、报纸版面、明信片、线上线下活动等多种报道与推广形态于一体，多维度展现了"共富的种子"多年来在之江大地生根发芽、苗壮成长的主题。视频叙事围绕习近平同志到过的具有代表性的浙江 5 地展开。想当年，习近平同志叮嘱当地群众发展经济，实现物质富裕精神富有；看今朝，习近平总书记埋下的共同富裕种子，正在各地生根开花。作品的第一亮点是技术创新：把每一个拍摄地最具代表性的场景作为背景，在上面叠加一扇扇新的视频窗口，在一个个小窗口里回溯当年的各种情景，仿佛构建出"第四维度"，让观者在一个平面内能看到此地多年来时空的多维度变迁，使视频在表达时空纵深上有了突破和创新。作品的第二亮点是多介质传播：发布视频的同时，在《浙江日报》整版刊登同一主题的图片与文字，版面上嵌入二维码，读者可扫二维码倾听被采访者的讲述；线上运营，发动观众在视频后留言说出自己的感想或共富故事，送出一份份植物"种子盲盒"；线下推广，通过杭州地铁海报和商场户外大屏展示主题内容；特别制作带有二维码的"共富"明信片，跟着 5 地致富农产品一起将这个视频故事传播到全国各地。

社会效果： 视频在浙江新闻客户端发布后，阅读量近 40 万，点赞数近 7 万，收到读者留言评论 700 多条，运营活动共发出实体"共富种子"盲盒 250 份。与此同时，视频在人民日报客户端、腾讯视频、今日头条、新浪微博等平台进行分发，把浙江高质量发展建设共同富裕示范区的故事传播得更远更广。

初评评语： 作品运用"第四维度"技术，在影像叙事上创新实践，用一个画面叠加多个小窗口展现多维时空，生动再现了共富种子在之江大地生根发芽、茁壮成长并广泛传播的主题。作品策划周密，结构丰富，报道和推广有机融合，"盲盒"等时尚元素运用巧妙，版面设计独特。

H5｜手机里的小康生活

集　体

作品二维码

（新湖南客户端 2021 年 09 月 18 日）

申报资料实录

作品简介： 故事主人公朱小红是习近平总书记亲口讲述的"半条被子"故事主人公徐解秀老人的孙子，他曾经是建档立卡的贫困户，如今实现了"小康"生活，这使他成为一位具有鲜明时代烙印的新闻人物。选择他来讲述千万老百姓的"小康"生活，具有足够的代表性和典型性。该产品让朱小红以用户和采访对象的双重身份，深度参与内容生产，产品素材绝大部分来源于用户本人的手机原始素材，是产品的最大亮点和创新点。在这些用户自己生产的素材基础之上，创作团队对其进行了深度"处理"和"加工"，目的是还原其最原始的生活面目，这些最真实、有温度、有触感的素材，最终得以从多个维度来描画一个平凡又不普通的老百姓的"小康"生活。除此之外，创作团队用"手机"作为与用户互动的虚拟载体，产品模拟手机形态来呈现朱小红的"小康"生活。设计了"微信""地图""相册""相机""支付宝"等8个最常见的 app 图标，通过朱小红的生活视角，嵌入相关联的6个短视频，并融入了大量的互联网元素，如直播页面、微信视频聊天、朋友圈留言等，以此让用户产生高度的代入感、共情感与亲切感。产品发布后，连续3天在新湖南客户端首屏重要位置突出呈现，在朋友圈中被广泛转载，阅读量达 1200 多万。

社会效果：产品内容新颖丰富，形式创新且具有时代特色和气息，尤其是其生产创作理念和过程的独创性，给业界带来了广泛启示。故事主人公朱小红成为产品的共同制作者和参与者，也让该产品区别于以往的同类产品，在素材的使用上更加朴素和原始。为今后融媒体产品制作提供了不一样的启示，为我们用最大的努力记录真实，而不是二度"创作"，开辟了新的思路和途径。用小人物的故事记录和讲述时代变迁，是新闻传播永恒的主题。大时代，大主题，小切口，是业界内普遍对该产品的评价。产品真实度高，互动性强，趣味性浓，做到了以小见大，把"小康生活""乡村振兴"这样的宏大叙事讲得"有意思"，把重大主题讲得"更生动"，最终让用户从朱小红一家幸福生活的剪影里，得以窥见沙洲村全面小康、乡村振兴的壮丽全景。

初评评语：作品以"半条被子"故事主人公徐解秀之孙朱小红为第一视角出发，巧妙地将故事融入"手机应用"中，让受众真切感受到"吃穿不愁、人居环境优美、乡村振兴如火如荼、民族团结繁荣发展"的小康图景。作品内容鲜活生动、细节丰富、感情饱满、制作精良、互动体验流畅。

融媒体互动长卷《最后，他说——英雄党员的生命留言》

集　体

作品二维码

（中国网 2021 年 06 月 21 日 ）

申报资料实录

作品简介： 作品选取建党百年历史上牺牲的党员英雄人物，倾听他们生命中感人肺腑的"最后一句话"。该作品将文字、手绘、照片局部动画、视频、声音故事、音乐、音效、SVG 互动游戏、H5 动画、划屏长卷等多种形式有机融合，用户通过手指或鼠标轻击、长按、划动、拖拽，就能"穿越"时间与空间来到英烈身边。作品阅读体验良好，在广大网友尤其是青年受众中引起热议，凝聚了传承不息的精神力量。面对重大主题，主创人员决定找小切口，追求细致与真实，讲真故事，动真感情。在制作过程中，责任编辑阅读了上百位人物事迹，选择出代表不同时代、不同身份、不同大众熟悉度的六位，在查阅大量历史资料基础上创作出真实感人的脚本。同时，创作团队将融合创新和互联网特色落在实处，综合手绘、照片局部动画、音视频等来推动情节，旁白、同期声和声音"小剧场"颇具声音感染力，设计出合理又有趣味性的交互动作，用 gasp.js 制作补间动画，用 canvas 使暴雨等场景更流畅，H5 动画和 filter 滤镜使页面更生动。最终，该作品避免了一般长卷作品易让受众产生疲劳感的现象，实现了用户在视觉、听觉、触觉上的全方位的沉浸体验。该作品在全平台浏览数据超过 1000 万，被多家媒体转发，尤其是在社交媒体平台播放量、转发量大，评论数量多，实现了重大主题的有效传播。

社会效果： 作品讲述了历代共产党人"为党和人民牺牲一切"的典型事迹，塑造了可信可感可爱可敬的英雄形象，在广大网友尤其是青年受众中引起热议，凝聚了传承不息的精神力量，实现了重大主题的有效传播。作品通过创新的形式构建起与用户的深度沟通，实现了全面沉浸式的体验，每一次互动都从指尖直抵用户内心，在广大网友心中催生出强大的情感共鸣。该作品在全平台浏览数据超过 1000 万，尤其是在社交媒体和短视频平台播放量大、互动性强。例如，配套推出产品的抖音播放量就达到 115 万、获赞 4.3 万。众多网友为海空卫士王伟刷屏"81192 敬礼"，为守岛英雄王继才、革命先烈王孝和、巾帼英雄向警予、抗洪英雄李向群、抗日英雄杨靖宇动情留言："这才是中国人民的好孩子""铭记牺牲""血洒家书，感人至深！""感动中国""向伟大的民族母亲，坚强的母亲致敬！""中国从来都是由爱她，相信她，并能为之奉献自己，抛头颅洒热血的铁骨男女拯救和守护并复兴的"。还有网友建议，"媒体就应该像这样多传播正能量""这个可以作为各级领导、党员、企业家的学习资料"。

初评评语： 该融媒体互动长卷选取建党百年历史上英勇牺牲的英雄人物"最后一句话"为切入点，融合文字、音视频、手绘、动画等多种形式回顾其一生。用户可使用手指或鼠标轻击、长按、划动、拖拽，就能"穿越"时间和空间来到英烈身边，使主题宣传与用户情感建立有效连接，让用户在互动过程中产生强烈的情感共鸣。

稻子熟了

集　体

作品二维码

（津云客户端 2021 年 09 月 23 日）

申报资料实录

　　作品简介："共和国勋章"获得者、"杂交水稻之父"、中国工程院院士袁隆平一生致力于杂交水稻技术的研究、应用与推广，为我国乃至世界的粮食安全、农业科学发展作出了杰出贡献。2022 年 4 月，习近平总书记在海南三亚时说："我们要弘扬老一代科技工作者的精神，袁隆平同志是一个楷模。"《H5 动态纪实长卷：稻子熟了》是津云新媒体在2021 年 9 月 23 日第四个中国农民丰收节之际推出的，以手绘长图 +H5互动＋短视频的融合报道形式，展现了袁隆平院士为杂交水稻事业奉献毕生精力的感人故事。在国家广播电视总局组织的"2021 年第四季度优秀网络视听作品推选活动"中，该作品入选。该作品采编制作历时近 4个月，津云新媒体派出多路记者在天津、山东、新疆、湖南等多省市围绕袁隆平院士带领团队开展耐盐碱水稻研究和完成"三系法""两系法""超级稻"技术攻克等重要成就进行视频拍摄，获取了大量珍贵的一手素材。该作品以极具特色的木版画风格手绘长图为基础，采用 H5 动态创意构架，在其中插入 20 多段短视频、音频和图片，并加入多处用户互动元素和画面动态效果，营造沉浸式阅读体验效果。H5 制作使用了最新的图片"懒加载"技术，对手机和 PC 端分别做了分辨率与加载适配，给用户提供了良好的阅读体验。

社会效果：该作品在津云客户端、北方网刊发后，学习强国、新华社、央视新闻、央广网、中国新闻网、环球网、中国网、中国经济网、未来网、中青在线等央级媒体，澎湃新闻、长江云、界面新闻、封面新闻、新民网、东南网、齐鲁网、浙江在线、四川在线、中安在线、金羊网、多彩贵州、新疆网、千龙网、大众网、广西新闻网、扬子晚报、大江网、川观新闻、河北新闻网等央级和省市级新媒体转载推荐，今日头条、腾讯网、新浪网、搜狐网、网易网、一点资讯、凤凰网等商业平台也纷纷转载推荐。据不完全统计，截至 2021 年 9 月 26 日中午 12 时，作品被 700 多家央级、省市级新媒体和商业平台转载，全网累计总浏览量已超千万，成为爆款产品。作品推出后，收获广大网友的真情评论与大力点赞："稻子熟了，这是袁老毕生心血研究的成果。袁老永远活在人们心中！""昨天在电视里，看到巨型稻成熟了，两米多高哩。袁老的心愿'让人在稻树下乘凉'，是真的呀！""他是一位真正的耕耘者，淡泊名利，播撒智慧，收获富足。他毕生的梦想，就是让所有人远离饥饿。"网友纷纷表示，无论是精美的画面、生动的互动体验还是细致入微的采访视频，都很振奋鼓舞人心，更让人对袁隆平院士毕生的付出深怀感激。

初评评语：作品以袁隆平带领团队致力于耐盐碱水稻研究这一故事为主线，融合 H5、手绘、短视频等交互形式，手绘风格特色鲜明，笔触清新细腻，短视频制作精良，真实生动地回溯了半个世纪以来，袁隆平从事杂交水稻研究，为解决粮食问题作出的卓越贡献，回应了时代大主题。

放大音量！听百年最硬核声音

何沛苁　赵卫华　李忠明　王婷婷　侯　萌

作品二维码

（中国科技网 2021 年 07 月 01 日）

申报资料实录

作品简介： 筛选神舟十二号载人飞船、天和核心舱、天问一号等火箭发射穿云破日声；山东号航母下海、奋斗者号深潜声、三峡工程开闸放水声；原子弹、氢弹爆炸声；天眼之父南仁东、天问一号总设计师张荣桥、袁隆平院士、屠呦呦采访原声等十余个中国科技创新最硬核的声音，以视频快剪形式，呈现在党的领导下将困难当阶梯用于登攀的中国科技奋斗史。视频发布后微博阅读量迅速达到 300 余万，被媒体和机构大量转发分享。

社会效果： 视频在 2021 年 7 月 1 日 00：00：01 准时在中国科技网发布，在建党百年之际送上第一份生日祝福。作品同时在科技日报微博、微信、抖音、快手等新媒体矩阵平台同步发布，其中微博阅读量当日迅速突破300 万次，被媒体和机构大量转发分享，产生了较好的社会影响力。

初评评语： 作品非常巧妙地融合了视频和音频两种形态，节奏明快、激荡人心。尤其是音频的剪辑使用，较有特点。内容方面，汇集了中国百年科技史上极具代表性的十余个事件、人物的珍贵音频资料，说服力强，余音绕梁，让人过耳难忘。

新华社"全民拍"

陈凯星　贺大为　葛素表　高　洁　冯松龄

作品二维码

（新华社客户端 2020 年 12 月 28 日）

申报资料实录

作品简介：为了切实走好全媒体时代的群众路线，打通"社会治理最后一公里"痛点，新华社客户端采用大数据系统，创新推出了社会治理交互应用平台"全民拍"。群众在消费维权、社会民生、生态环境、灾害救援等众多领域遇到问题，打开新华社客户端"全民拍"应用功能，即可像发"朋友圈"一样便捷地上传线索、反映诉求。经过"智能＋人工"协同分拣，有价值的线索将由法务团队给出建议或分发至新华社国内分社协助解决。具有较高新闻价值、可进行深入挖掘的群众线索，还将转由新华社记者进行追踪调查，形成深度报道。上线一年多来，"全民拍"收到有效民生求助信息近 6 万余条，为广大网友参与社会治理提供了便捷途径，成为解决群众急难愁盼问题的重要渠道，被选入新华社2021年度社会责任年度报告。

社会效果："全民拍"上线后，收到大量久未解决的基层治理"疑难杂症"，涉及供暖、讨薪、环保等话题。随着线索的播发和新华社记者的追踪报道，我们成功促进了近1/4线索的解决，阅读量和评论数以亿计，真正为群众办了很多实事。其中，帮助农民工讨回近700多万元损失；反映的一大批基层环境污染线索，有力推动了实际工作；一些中央部委和地方政府单位还形成专班，专门接纳"全民拍"提供的舆情信息。北京市将"全民拍"线索纳入北京市12345接诉即办，开展专项对接，切实解决群众诉求。一些执法人员面对生活中棘手的基层治理难题也用起了"全民拍"，并取得实效。该应用收获了群众和政府的"双赞"。

初评评语："全民拍"是新华社采用大数据系统创新推出的社会治理交互应用平台。群众在消费维权、社会民生、生态环境等领域遇到问题，可通过"全民拍"上传线索、反映诉求。经过"智能＋人工"协同分拣，有价值的线索将由法务团队给出建议或分发至新华社国内分社协助解决。上线一年多来，"全民拍"收到有效民生求助信息6万余条，促进了近1/4线索解决，社会效益显著。

《春华秋实 国聘行动》第二季

集　体

作品二维码

（央视频 2020 年 12 月 14 日）

申报资料实录

作品简介： 2021 年我国应届高校毕业生总规模 909 万人，叠加疫情考验，就业工作面临巨大挑战。中央广播电视总台联合教育部、人社部、国资委、共青团中央等部门，在"国聘行动"第一季基础上，推出"国聘行动"第二季——"春华秋实 国聘行动"大型融媒体招聘活动，助力应届高校毕业生就业。模式创新方面，"国聘行动"发挥央媒强大动员能力广聚社会资源，以 H5 产品集纳招聘信息、宣讲直播、就业培训等内容，在疫情期间开创了无接触招聘求职新模式，创造了全新的融媒体节目样态。活动规模方面，2021 年全年推出 107 场云招聘直播，组织 20 余场名企进校园专场活动，足迹遍布全国 20 多个省市，有效助力大学生就业。社会效益方面，央视频发挥总台平台渠道优势，汇聚大量名企招聘资源。

社会效果： "春华秋实 国聘行动"是依托中央广播电视总台强大传播平台优势，服务国家就业优先战略的大型融媒体招聘活动，上线以来反响强烈、效果极佳，已成为深受广大应届毕业生和众多用人单位欢迎的品牌活动。"春华秋实 国聘行动" 在国内外传播中彰显出较强的传播力和影响力。项目相关报道 6 次登上《新闻联播》；总台综合频道、新闻频道、财经频道等多频道节目也持续关注活动进展，共播发报道 129 条；

公益广告宣传片在总台央视 16 个频道累计播出 8000 余次，累计触达 67.8 亿人次；央视新闻、央视频、央视网等新媒体平台联动协同，积极扩大传播效果，新媒体端累计触达 1.2 亿人次。人民日报、新华社、光明日报等中央主流媒体，教育部、国资委等部委新媒体矩阵，及新浪、搜狐等商业门户网站积极转发活动报道。《俄罗斯报》《Record China》《每日钟声报》等海外媒体广泛转载报道。截至 2021 年 12 月 31 日，"春华秋实 国聘行动"累计入驻企业 26578 家，提供职位总数 255.6 万个，参与直播宣讲企业达 278 家，收到简历超 745 万份，相关信息全网累计总触达 83.3 亿人次。

初评评语： 该产品是服务国家就业优先战略的大型融媒体招聘活动，集纳招聘信息、宣讲直播、就业培训等内容，在疫情期间开创了无接触招聘求职新模式。依托中央广播电视总台传播平台优势，2021 年全年推出 107 场云招聘直播，组织 20 余场名企进校园专场活动，汇聚大量名企招聘资源，收到简历超 745 万份，有效助力大学生就业。

第32届中国新闻奖、第17届长江韬奋奖评选结果揭晓

中华全国新闻工作者协会主办的第32届中国新闻奖、第17届长江韬奋奖评选结果于11月8日揭晓。来自全国各级各类媒体的376件作品获中国新闻奖，获奖作品中，特别奖3件，一等奖72件，二等奖116件，三等奖185件。同时评出的还有长江韬奋奖，长江、韬奋系列各10位获奖者。

本次评选中，人民日报社评论《百年辉煌，砥砺初心向复兴——写在中国共产党成立100周年之际》、新华社通讯《砥柱人间是此峰——以习近平同志为核心的党中央引领亿万人民走向民族复兴纪实》和中央广播电视总台新闻直播《庆祝中国共产党成立100周年大会特别报道》3件作品得到与会评委的高度认同，获选中国新闻奖特别奖。

此次评选中，涌现出多件反映2021年重点工作、重大典型、重要活动的优秀新闻作品。例如，宣传党和国家领导人重要思想和活动的重大主题报道《总书记心中的"国之大者"》、典型宣传报道《杂交水稻之父——袁隆平》、舆论监督作品《"东北黑土保护调查"系列报道》、媒体融合报道《复兴大道100号》等获中国新闻奖一等奖。

第17届长江韬奋奖长江系列10位获奖者是（按姓氏笔画排序）：经济参考报社王文志、农民日报社何兰生、中央广播电视总台何绍伟、四川康巴卫视启米翁姆、中国日报社罗杰、江西广播电视台金石明、青海日报社胡永科、广西日报社谌贻照、人民海军报社蔡年迟、甘肃省广播电视总台燕小康。韬奋系列10位获奖者是（按姓氏笔画排序）：新华社王进业、工人日报社兰海燕、黑龙江广播电视台刘峰、解放军报社刘明学、学习时报社许宝健、中央广播电视总台肖振生、湖南广播电视台龚政文、南方日报社黄常开、法治日报社蒋安杰、人民日报社温红彦。他们以习近平新时代中国特色社会主义思想为指导，践行马克思主义新闻观，努力增强"四力"，敬业奉献，业绩突出，事迹感人，为党的新闻工作作出了贡献。

第32届中国新闻奖获奖作品目录

奖次	项目	题目	作者(主创人员)	编辑	刊播单位	报送单位
特别奖（3件）	评论	百年辉煌，砥砺初心向复兴——写在中国共产党成立100周年之际	集　体	陈家兴 范正伟	人民日报	人民日报社
	通讯	砥柱人间是此峰——以习近平同志为核心的党中央引领亿万人民走向民族复兴纪实	集　体	集　体	新华社	新华社
	新闻直播	庆祝中国共产党成立100周年大会特别报道	集　体	集　体	中央广播电视总台	中国广播电视社会组织联合会
一等奖（72件）	消息	中国人首次进入自己的空间站	余建斌　吴月辉 刘诗瑶	李仕权 张帅祯 赵　政	人民日报	人民日报社
		大庆发现超大陆相页岩油田	向国锐　曲芳林 李永和　姜　禹		黑龙江广播电视台	黑龙江记协
		美不行待客之道，中方严正回应！	集　体	肖振生 张勤	央视频客户端"玉渊谭天"	中央广播电视总台
		六盘山与秦岭之间形成动物迁徙通道 秦岭53种珍稀野生动物来六盘山安家落户	杨治宏　韩　笑 项　晖　虎妍萍	马雯丽 杨新竺 李峥	宁夏广播电视台 黄河云视	宁夏记协
		"我长大后也要当一名英雄"	李　维　马　宁	肖亚丽 宋林遥	新疆广播电视台	新疆记协
		舍弃八亿收入，换来鸥翔水美	王金龙　曹儒峰	梁旭日 蒋兴坤	大众日报	山东记协
	评论	时政现场评｜跟随总书记的脚步到塞罕坝看树看人看精神	集　体	杨　禹 史　伟 贾　林	央视新闻客户端	中央广播电视总台
		没有共产党就没有中国人民的幸福生活	宋维强　孙煜华	宋维强 孙煜华	《求是》杂志	求是杂志社

奖次	项目	题目	作者（主创人员）	编辑	刊播单位	报送单位
一等奖（72件）	评论	决不允许"鸡脚杆子上刮油"	湖北日报评论员（李保林）	陈剑文 张晓峰	湖北日报	湖北记协
		三观岂能跟着五官走	牛梦笛	集体	光明日报	光明日报社
		砥柱人间是此峰——写在中国共产党成立100周年之际	集体	集体	南方日报	广东记协
		到处人脸识别，有必要吗？	朱珉迕	朱泳武	上观新闻	上海记协
	通讯	英雄屹立喀喇昆仑	王天益	柳刚 周猛 林飞	解放军报	解放军新闻传播中心
		"生活在这样的国家，太幸福了"	集体	石锋 方云静 杨英春	新疆日报	新疆记协
		煤炭问题调查	集体	代明 周剑	经济日报	经济日报社
		"祝融"轧下中国印	赵聪	贺喜梅	中国航天报	中国行业报协会
		记者手记：美国大选认证"终章"突变骚乱时刻	陈孟统	陈立宇 马佳佳 孙翔	中国新闻社	中国新闻社
	新闻专题	人间正道是沧桑——百年百篇留声复兴之路	周勇 康延芳 刘颜 佘振芳 易华 曾雯 李文科	集体	华龙网首页、新重庆客户端头条	重庆记协
		老唐卖"碳"记	史巍 任荣荣	王雷	安徽广播电视台	安徽记协
		诞生地——不能忘却的纪念	集体	朱宏	上海广播电视台	上海记协
		（数字化改革之道）省市场监管局："闪电速度"的背后	杨川源 许勤 马思远 王西 孙汉辰	邵一平 周文	浙江卫视	浙江记协
		老表们的新生活——鸟哥"打"鸟	王子荣 何梁 王建国 张涛伟 巫宜凇 何威 黄文锋	袁学林 陈美华 朱嘉丽	江西广播电视台	江西记协
	新闻纪录片	《百炼成钢：中国共产党的100年》之第三集 改造中国与世界	集体	曹海滨 戴波	江苏省广播电视总台	江苏记协

奖次	项目	题目	作者(主创人员)	编辑	刊播单位	报送单位
一等奖（72件）	新闻纪录片	《新兵请入列》之《青春无悔｜180日的蜕变，新兵已入列》	集 体	集 体	央视网	中央广播电视总台
	系列报道	习近平经济思想的生动实践系列述评	集 体	集 体	新华社	新华社
		沿着高速看中国	集 体	集 体	中央广播电视总台	中央广播电视总台
		国之大者	集 体	集 体	湖南广播电视台	湖南记协
		习近平法治思想系列解读报道	曹 音　杨泽坤　张 怡	雷 蕾	中国日报	中国日报社
		《生命缘》百年协和系列	杨懿丁　郭洪泷　章　铎　王　瑜　王　美　毛　雪	徐　滔　邵　晶　赖一锐	北京广播电视台	北京记协
	新闻摄影	习近平向全国脱贫攻坚楷模荣誉称号获得者颁奖	冯永斌	杜连猗	中国日报	中国新闻摄影学会
	新闻漫画	《学习故事绘》第三话：半条被子	集 体	集 体	新华社微信公众号	中国新闻漫画研究会
	副刊作品	风卷红旗再出发	集 体	李滇敏　罗翠兰	江西日报	中国报纸副刊研究会
	新闻访谈	吾家吾国｜科学精神就是老老实实地干活 独家专访百岁院士陆元九	王　宁　沈公孚　杨　帆　车　黎　张　雪　王若璐　杨瑜婷	米莎　马玮璐　孙雪	央视新闻客户端	中国广播电视社会组织联合会
		白岩松专访香港特区行政长官林郑月娥	集 体	集 体	中央广播电视总台	中国广播电视社会组织联合会
	新闻直播	突发！两岁女孩碎玻璃入眼 交警媒体紧急护送	郑　祎　熊芳荣　李雪锋　谢莉芳　陶国平　秦志成　翁文荣　黄恬恬	熊亚芝　金石明　李　彬	江西广播电视台	中国广播电视社会组织联合会
		一路奔冬奥 一起向未来——北京冬奥会开幕倒计时100天现场直播	集 体	蔡明可　李哲勇　曹　僖	北京广播电视台	中国广播电视社会组织联合会
	新闻编排	空缺				
		2021年7月19日人民日报要闻二版	集 体	韩晓丽　彭　俊　杨　义	人民日报	中国新闻漫画研究会

奖次	项目	题目	作者(主创人员)	编辑	刊播单位	报送单位
一等奖（72件）	新闻编排	2021年12月4日《坐上火车去老挝》	集体	集体	湖南广播电视台	中国广播电视社会组织联合会
	新闻专栏	时习之	何晶茹　申亚欣　邓志慧　秦华　任一林　黄子娟　宋子节	集体	人民网	新媒体专业委员会
		全球连线（GLOBALink）	集体	集体	新华网	新媒体专业委员会
		主播说联播	集体	集体	央视新闻客户端	新媒体专业委员会
		国际观察	集体	集体	中国新闻社	中国报纸副刊研究会
		军事最前沿	李东航　李鹏　何友文　李小琳　王玉　刘福生	集体	中国军网	新媒体专业委员会
		直通990	集体	杨叶超　范嘉春　陈霞	上海广播电视台东方广播中心	中国广播电视社会组织联合会
		民生调查	集体	集体	北京日报	中国报纸副刊研究会
		今日海峡	李灿宇　李宏　林祥雨　陈裕平　吴呈思　钟健　林晔	施吴雯　柴华　黄渝	福建省广播影视集团	中国广播电视社会组织联合会
		军情直播间	徐华强　钟铮　钟剑文　罗施安　朱延瑞　李明臻　童迪	李锋　匡添扬　陈宇航	深圳广播电影电视集团	中国广播电视社会组织联合会
		村村响大喇叭	钟启华　蒋岚　郑妙　郝爽　张楠　童琳　周眉	钟启华	湖南广播电视台广播传媒中心	中国广播电视社会组织联合会
	新闻业务研究	全媒体传播体系建设的重要力量	覃进　刘紫荣　秦明瑛	左志新　孙莹	《传媒》杂志	中国地市报研究会
		媒体融合视角下主流媒体的话语表达创新	汪文斌　唐存琛　马战英	姜洁	电视研究	中央广播电视总台
	重大主题报道	总书记心中的"国之大者"	杜尚泽　邝西曦　林小溪	集体	人民日报	人民日报社

奖次	项目	题目	作者(主创人员)	编辑	刊播单位	报送单位
一等奖（72件）	重大主题报道	摆脱贫困	集体	肖振生 郑秀国 岳群	中央广播电视总台	中央广播电视总台
		战贫之路	李忠发 饶力文 徐泽宇 武笛 侯雪静 申铖 郑晓奕	集体	新华社	新华社
		号角催征——解码《新华日报》老报纸里的百年初心	集体	王晓映	新华日报	江苏记协
		《躺平不可取》等系列评论	集体	集体	光明日报	光明日报社
		"兴发"转型：从按"吨"卖到按"克"卖	李鹏 胡芳 屈晓平 刘莹 李琪	张文科 舒宏志 刘孝桐	湖北广播电视台	湖北记协
	国际传播	Looking for answers: An American communist explores China（求索：美国共产党员的中国行）	王浩 伊谷然 王建芬 郭凯 马驰 张文芳 王成孟	韩蕾 张春燕	中国日报网站、客户端	中国日报社
		特稿：习近平带领百年大党奋进新征程	集体		新华社	新华社
		没有任何力量能够阻挡中国前进的步伐	马小宁 裴广江 王远	陈家兴 范正伟	人民日报	人民日报社
		非凡的领航	集体	集体	中央广播电视总台	中央广播电视总台
		"东西问"之"观中国"系列报道	集体	董会峰	中国新闻社	中国新闻社
		"Daka! PLA"（打卡！中国军队）	集体	集体	中国军网	解放军新闻传播中心
	典型报道	杂交水稻之父——袁隆平	集体	集体	湖南广播电视台	湖南记协
		焦裕禄精神的新时代回响	集体	集体	瞭望新闻周刊	新华社
		体育老师王红旭生命中最后一次百米冲刺	张一叶（张勇）康延芳 刘颜 佘振芳 易华 谭苏菲 谢鹏飞	吴太亮 余志斌 姜念月	华龙网首页、新重庆客户端头条	重庆记协
	舆论监督报道	"东北黑土保护调查"系列报道	集体	集体	新华社客户端	新华社

奖次	项目	题目	作者（主创人员）	编辑	刊播单位	报送单位
一等奖（72件）	舆论监督报道	多地清洁取暖被指"一刀切"：禁柴封灶致部分群众挨冻	管永超（管昕）李行健 杜希萌 宝 音 贺威通	李宇飞 刘黎黎	中央广播电视总台	中央广播电视总台
		向前一步	集 体	徐 滔 邵晶潇 李	北京广播电视台	中国社会科学院新闻与传播研究所
	融合报道	2021，送你一张船票	李忠发 焦旭锋 周年钧 梁 恒 马发展 殷哲伦	集 体	新华社客户端	新媒体专业委员会
		复兴大道100号	集 体	集 体	人民日报微信公众号	新媒体专业委员会
		微视频｜为谁辛苦为谁忙	闫帅南 李 浙 曲 羿 乃扎尔·阿力木 刘 林 樊 浩	王 元 李 伟	央视新闻客户端	新媒体专业委员会
	应用创新	北京时间接诉即办融合应用	集 体	李雅琪 李泽伦 赵雪伦	北京时间APP	新媒体专业委员会
二等奖（116件）	消息	中国宣告消除千年绝对贫困	王进业 李来房 娄 琛	集 体	新华社	新华社
		遏制"超时加班"，保护劳动者身心健康	陈晓燕 王维砚 郝 赫	郭 强 罗 娟 徐新星	工人日报	工人日报社
		"AI蓝军"成为空战"磨刀石"	魏 兵 李建文	柳 刚 魏 兵	解放军报	解放军新闻传播中心
		浙江在全国首创省市县三级医学检查互认共享	王 娴 吴 迪	夏海云 施晨嬅	浙江之声	浙江记协
		全球首次实现规模化一氧化碳合成蛋白质	瞿 剑	刘 莉 陈 瑜 郭 科	科技日报社	科技日报社
		"世界最大的充电宝"——丰宁抽水蓄能电站投产发电	王海若 孙小东 杨国辉 吕 杰 成 颖	张新星 孙玉成 陈晓波	承德广播电视台	河北记协
		里程碑！全球最大碳市场开市 湖北"十年磨一剑"，"磨"出注册登记系统	胡 弦 李 斌 张 熙	韩炜林 林成文	湖北日报客户端	湖北记协
		Countries to relax visa curbs for media workers（中美元首会晤给媒体记者带来好消息）	莫竞西	秦继泽	中国日报网	中国日报社

奖次	项目	题目	作者（主创人员）	编辑	刊播单位	报送单位
二等奖（116件）	消息	（今天，我们一起送别袁隆平院士）倾尽一城花 送别一个人	黄 博 吴 方 杨 文 杨 帆 覃 添	尹 中 王 楠 张冰宇	湖南广播电视台	重庆大学新闻学院
		甘肃白银山地越野赛 牧羊人连救六名选手	王 豪 马富春	李新玲	中国青年报客户端	中国青年报社
		我国首条小卫星智能生产线首颗卫星下线	夏晓青	余 飞	湖北广播电视台	湖北记协
	评论	钟华论｜百年风华：读懂你的样子——献给中国共产党百年华诞	集 体	集 体	新华社	新华社
		如此"满意"失民意，"人民至上"怎落地？！	姚柏言	姚柏言 刘 芳	北京广播电视台	北京记协
		经济日报：不要过度解读甚至误读储存一定生活必需品	徐 涵 冯其予	黄晓芳 乔内颖 张 倩	经济日报新闻客户端、经济日报微博账号、经济日报微信公众号、中国经济网、经济日报今日头条官方账号等	经济日报社
		（钟声）美国最大的敌人是美国自己——政治操弄难掩美抗疫不力事实	集 体	马小宁 裴广江	人民日报	人民日报社
		从"蜗牛"获"奖"到"码"上"服务"	程 俊 刘梦冉 曲 洁 江 波	张 敏 张 玲 袁刚生	宜春市广播电视台	南京大学新闻传播学院
		复园里"复原"之路的启示	林 丹 吴俊锋 张 晶 李 丞 叶育民	王 萍 赖 晗 许道权	福建省广播影视集团	自荐他荐
		"双减"政策来了 期待教育回归"初心"	梁 丽 吴 明 王 静 张 燕	张春华 张国英 范成瑜	宁夏广播电视台	宁夏记协
	通讯	近九成科学仪器依赖进口，"国货"如何突围	张盖伦	许志龙 刘 莉 姜 靖	科技日报	科技日报社
		为了跨越时空的团聚	杨静雅	叶 飞 任晓云	宁波晚报	中国晚报工作者协会

奖次	项目	题目	作者（主创人员）	编辑	刊播单位	报送单位
二等奖（116件）	通讯	把卡住脖子的手指一根根掰开——圣农集团攻克白羽肉鸡种源核心技术的故事	张 辉 陈志鸿	黄 青 张维东 王丹飚	福建日报社	福建记协
		生死五号线	集 体	陈 卓 李立红 张 凌	中国青年报	中国青年报社
		微镜头·习近平总书记出席第三次"一带一路"建设座谈会"我就派《山海情》里的那个林占熺去了"	杜尚泽	集 体	人民日报	人民日报社
		民生视角看中国制造——来自威高集团的样本观察	集 体	王召群 蒋兴坤 梁旭日	大众日报	山东记协
		一个村会计的"账本"	孙 鹏 刘居星	张连业 张 鑫	陕西日报	陕西记协
		跨海建大桥 不砍一棵树	张 雷 吴德星 袁 琳	苏超光	广西日报	广西记协
		主席送毛衣 情暖清江水——贵州赓续红色血脉走好新时代长征路	李卫红 袁 燕 熊 诚	陈 翔 刘皓 付 松	贵州日报报刊社	贵州记协
		西海固：蓄足动能再出发	集 体	集 体	光明日报	光明日报社
		四名领诵员是如何被选上的？看看他们都是谁	集 体	杨 萌 杨滨峰 巩 峥	北京日报客户端	北京记协
	新闻专题	华北制药打赢美国对华反垄断第一案的启示	寇 霞 关海宁 王智博 刘 军 马玉竹 王 莺	郭英朝 王蛰龙 李叶昆	河北广播电视台	河北记协
		铝老大"减重"	韩 信 原宝国 王兴涛 柴 明 王雷涛 张 雨	王兴涛 王雷涛 张 雨	山东广播电视台	山东记协
		云上人家 第二集	集 体	集 体	中央广播电视总台	中央广播电视总台
		铁心向党 请您检阅	欧 灿 张晓辉 陈 列 汪 飞 谭 琳 朱柏妍 王 震	严 珊 潘娟芳 尹永生	中国军网	解放军新闻传播中心
		记者接力记录：暴雨中遇险的K599次列车99小时曲折旅程	高 岩 彭小毛 蒋 琦 白杰戈 郑 澍 廖检平	刘黎黎 郭 傅 森 蕾	中央广播电视总台	中央广播电视总台

奖次	项目	题目	作者（主创人员）	编辑	刊播单位	报送单位
二等奖（116件）	新闻专题	为有牺牲	集　体	集　体	湖南广播电视台	中国人民大学新闻学院
		一支疫苗的诞生	李　丹　符亚卯　胡　乐	符亚卯　胡　乐	北京广播电视台	北京记协
		少年志·青少年强国学习空间站	王文坚　王　璟　王雪瑞　李　晨　王　颖　范林珍	薛　兵	扬子晚报网	江苏记协
		向党旗报告	杜　娟　孙国强　刘少伟　马滢蕊　孙晨旭　焦飞宇　江　帆	集　体	解放军新闻传播中心广播电视部	军委政治工作部宣传局
	新闻纪录片	开往春天的高铁	袁进涛　周　东　许文兵　余超悟　陈红光　谭　悟　万显祥	敖俊翔　刘志刚　金石明	江西广播电视台	自荐他荐
		大河流日夜	集　体	叶丁华　李志欣　王蜀	山东广播电视台	山东记协
		我为群众办实事之局处长走流程	徐　滔　邵　晶　李　潇　刘　旎　陈梦圆　刘径驰	张育文　章　铎　焦建康	北京广播电视台	北京记协
	系列报道	新就业形态劳动者生存实录	集　体	集　体	工人日报	工人日报社
		特困片区脱贫记	集　体	余向东　周泉涌　刘　念	农民日报社	农民日报社
		"走向冬奥·盘活冰雪经济"	郑　轶　季　芳　范佳元　李　硕　孙龙飞　李　洋	集　体	人民日报	中国体育新闻工作者协会
		庆祝中国共产党成立100周年特别策划·大国重器系列报道	集　体	集　体	科技日报	科技日报社
		"建党百年·经济战线风云录"系列报道	吕立勤　梁剑箫	牛　瑾　杜铭　雷雨田	经济日报	经济日报社
		黄河之畔的新菌草传奇	郑建武　艾　迪　肖鲁怀　游宁剑　廖尚玺　游丁琳　郑少炜　罗亨钦	邓金木　方凯杰　张　杰	福建省广播影视集团	福建记协

奖次	项目	题目	作者(主创人员)	编辑	刊播单位	报送单位
二等奖（116件）	系列报道	稻乡澎湃	孙　晖　王会军 张田收　刘志成 于庆华	薛　颖 张晓蕾	大连广播电视台	辽宁记协
		湾区大未来	温　柔　史成雷 叶石界	汪　蓉 郭　芳	南方杂志社	中国期刊协会
		《重庆红色故事50讲》系列报道	张斯瑜　张永波 万书路　蒋媛媛 张　晗　杨冰洁 李婉姣	熊雯莉 黄燕星 李　凌	上游新闻	重庆记协
	新闻摄影	除夕，打通百姓回家路	陈春平	任利勇 夏　飞	中国移民管理报	中国新闻摄影学会
		我和我远方的家	杨登峰　王伟伟	吴凡 刘金梦	工人日报社	中国新闻摄影学会
		奋战在抗洪第一线	李春红	马列 郭俊锋	光明日报	中国新闻摄影学会
	新闻漫画	旁听	宋旭升	岳增敏 肖承森 韩晓艳	讽刺与幽默	中国新闻漫画研究会
		"00后"就参加中共一大！他却说自己"理想简单"	程　璨　胡　宁	刘世昕 王素洁	中国青年报守候微光公众号	中国新闻漫画研究会
	副刊作品	为英雄而歌	吴绮敏	集　体	人民日报	中国报纸副刊研究会
		山远天高长相忆	肖嶷文　李荣荣 马腾飞	王志平 李诗鹤	解放军报	中国报纸副刊研究会
	新闻访谈	你就是那束勇敢的光	龚庆利　杨学识 黄荔南　刘翔 李鹏　马思远	刘　翔 马思远	河南广播电视台	中国广播电视社会组织联合会
		追求美好生活　不是"强迫劳动"	秦　拓　刘　慧 周光磊 海米提·买买提 马先明（车夫） 阿布都艾尼·麦麦提	赖莉莎 阿　迪 力·阿 合约力	新疆广播电视台	中国广播电视社会组织联合会
		权威访谈｜张扬对话王亚平：因热爱而执着，因梦想而坚持	张　扬　杨志刚 刘春晖　马原驰 赵世通　李桢宇 邓驰旻　琚振华	集　体	新华社公众号、客户端、微博、抖音、B站等	中国广播电视社会组织联合会

奖次	项目	题目	作者（主创人员）	编辑	刊播单位	报送单位
二等奖（116件）	新闻访谈	回望百年话初心——访李大钊之孙李宏塔、陈独秀孙女陈长璞	李娜 陈晨	徐军 周妍	安徽广播电视台	中国广播电视社会组织联合会
		同唱生态歌，共护幸福河	李静 胡蒙 吕博涵 郭婉莹 瞿涌钧 孔毅 赵新生	范维坚 翁平亚 曹进	山东广播电视台	中国广播电视社会组织联合会
	新闻直播	青山妩媚·万物生长——《生物多样性公约》第十五次缔约方大会特别直播	集体	白如哲 孙哲 唐胜蓝	四川广播电视台	中国广播电视社会组织联合会
		《寻访英雄》之《寻找战友》特别直播活动——一场跨越70年的重逢	集体	集体	中国军视网	中国广播电视社会组织联合会
		庆祝西藏和平解放70周年大会直播特别报道	集体	集体	西藏广播电视台、汉语广播、藏语广播、西藏卫视、藏语卫视及新媒体平台等	中国广播电视社会组织联合会
		听，大运河的声音	集体	集体	江苏省广播电视总台 北京广播电视台	中国广播电视社会组织联合会
	新闻编排	2021年3月5日中国青年报8版	集体	潘圆 李立红	中国青年报	中国新闻漫画研究会
		2021年5月23日上海新闻广播990早新闻	何卓莹 李英蕤 葛婧晶	张明霞	东方广播中心	中国广播电视社会组织联合会
		2021年7月1日 解放军报10-11版	集体	集体	解放军报	中国新闻漫画研究会
		2021年10月27日 中国日报社要闻6-7版	田驰 孙晓晨 MukeshMohanan	杨心伟 陈祥峰	中国日报	中国新闻漫画研究会
	新闻业务研究	做好热点引导和舆论监督 提升主流价值影响力	马昌豹	申琰	中国记者	新华社
		"党性和人民性相统一"的认识自觉与责任担当	双传学	陈利云	新闻战线	江苏记协
		视频化：广播打造新型主流媒体的重要方向	张阿林		中国广播影视	安徽记协

奖次	项目	题目	作者(主创人员)	编辑	刊播单位	报送单位
二等奖（116件）	新闻业务研究	新媒体时代民族地区新闻舆论工作的新挑战与新要求	李世举　杨丽竹	孟凌霄	新闻论坛	宁夏记协
		地方主流媒体构建融通中外话语体系的思考	集　体	武艳珍	新闻战线	河北记协
	重大主题报道	"在习近平强军思想指引下·我们在战位报告"系列报道	集　体	集　体	解放军新闻传播中心	解放军新闻传播中心
		"党史中的经济档案"系列视频	集　体	吕立勤梁剑箫覃皓珺	经济日报	经济日报社
		我将无我 不负人民	郝思斯	集　体	中国纪检监察报	中央纪委国家监委新闻传播中心
		人民至上	集　体	王研	辽宁日报	辽宁记协
		出卷·答卷·阅卷——时代之问，总书记这样回答	集　体	集　体	人民日报"海客"新闻客户端"学习小组"栏目	人民日报社
		百炼成钢·党史上的今天	张华立　龚政文徐　蓉　傅　卓谢伦丁　李建飞何景昆　龚文彬	唐　棠李　陈银慧	湖南广播电视台	湖南记协
		手绘微纪录丨大道同行	张一叶（张勇）刘　颜　连　肖宋　卫　姜音子楼欣宇　谭苏菲	易　华魏　薇李春雪	华龙网首页、新重庆客户端头条	重庆记协
		找到家乡第一个党支部	何　灵　万　芳吴小俊　陈月珍康美权　何华英刘兆春	何　灵王　霖李　维	江西广播电视台	江西记协
		习近平与福建文化自然遗产	王　萍　陈　怡陈景峰　林硕峰郭建聪　吴维	武永征余　昇吴怡然	福建省广播影视集团	福建记协
		习近平情系西海固	集　体	集　体	《瞭望》新闻周刊	武汉大学新闻与传播学院
		"中国共产党为什么能"第十四季《人民就是江山》第一集《生死与共》	集　体	周新科赵　奕	浙江广播电视集团	浙江记协

奖次	项目	题目	作者(主创人员)		编辑	刊播单位	报送单位
二等奖(116件)	重大主题报道	"百年奋斗路·百城访初心"庆祝中国共产党成立100周年大型全媒体报道	集体		集体	全国105家地市党报	中国地市报研究会
		党的光辉耀天山	集体		石锋 张英 李菡	新疆日报	新疆记协
	国际传播	Documentary | Inside China: A Discovery Tour(重磅纪录片|真实中国:民主自由人权探索之旅)	缪晓娟 爱华 倪四义 陈瑶	马云飞 许咏政 班玮 李志晖	集体	新华社英文客户端	新媒体专业委员会
		Why is the CPC worthy of trust?(中国共产党值得信任的秘诀是什么?)	张少伟 栗思月 史雪凡 黄恬恬	周星佐 罗瑜 张欣然	柯荣谊 何娜 沈一鸣	中国日报网站	兰州大学新闻与传播学院
		南京记忆·世界记忆	集体		王卫刚 倪恩泉	澳大利亚双语频道(Star AM1323)	江苏记协
		新疆棉花遭遇"明枪"与"暗战"	毛淑杰		姚忆江	南方周末	广东记协
		永葆初心(Staying true to the original aspiration)	王恬 赵丹彤 黄晶晶	余荣华 朱利 李博文	王恬	人民日报英文客户端	新媒体专业委员会
		行进中的中国(China on the Move)	敖雪 朱雯佳 俞洁 王芳	宣福荣 王静雯 金丹	王立俊 朱宏 陈亦楠	SINOVISON(上海广播电视台)	上海记协
		Remaining of One Heart with the People(始终以百姓心为心)	集体		聂悄语 郝遥	《求是》杂志英文版	求是杂志社
		In less than a Century, Chongqing Achieved Bridge Capital of China(百年巨变|山水重庆,中国桥都!)	管洪 赵武君 AlexCareyJohnWhitehead 王晓彦	陈冬艳	王义令 吴晓 王婕好	iChongqing微博、iChongqing官方网站、优兔YouTube平台、脸书Facebook平台、推特Twitter平台	重庆记协
		我们都是追梦人	蔡怀军 杨喜卿 方菲 唐藩	梁德平 周山 彭悠悠 任旭	刘幕天 马力 陈莹	芒果TV	湖南记协

奖次	项目	题目	作者(主创人员)	编辑	刊播单位	报送单位
二等奖（116件）	国际传播	建党百年系列报道	集体	张业清 谈莉敏 林卫光	土耳其《光明报》、捷克《文学报》、捷克《新报》	光明日报社
		我国南极昆仑站和泰山站气象站"转正"	王亮 刘世玺	文科 张格苗	中国气象报社	中国行业报协会
	典型报道	在红船边，看见美好中国	集体	沈建波	浙江日报	自荐他荐
		11年前那位感动中国的"春运母亲"，找到了！	周科 李思佳	强晓玲 刘梦妮 刘小草	新华每日电讯	新华社
		清澈的爱 只为中国	集体	集体	中央广播电视总台	中央广播电视总台
		时代楷模孙丽美系列报道	陈映红 张文奎	吴枋宸 叶陈芬	徐章贵 梁辉约 郑成辉	闽东日报社	福建记协
	舆论监督报道	揭露"抽血验子"的黑色利益链	涂雪婷 吴孟春 王家娣 许瑞添	彭建增 林信心 黄志敏	陈榕 张梦琪 林莹	福建省广播影视集团	福建记协
		900亿"专网通信"骗局：神秘人操刀13家上市公司卷入	苏龙飞	于德江	唐国亮	证券时报	中国行业报协会
		敦煌防沙最后屏障几近失守	王文志	李金红	集体	经济参考报社	中国行业报协会
		"会后探落实·四问校外培训"系列报道	赵婀娜 丁雅诵	张烁 吴月	集体	人民日报	人民日报社
	融合报道	北京一处级干部当外卖小哥，12小时仅赚41元："我觉得很委屈"	苏越 陈梦圆 张育文	邵晶 刘径昌 焦建康	苏越 王飞雁 张震	北京日报微信公众号	新媒体专业委员会
		三星堆国宝大型蹦迪现场！3000年电音乐队太上头！	集体		马艳琳 杨昕	川观新闻客户端	新媒体专业委员会
		第四维度｜看"共富的种子"生根发芽	朱霭雯 杨佐霆 郎豫风 陈洁	姚朱婧 孙潇娜 梁臻	徐斌 金振东	浙江新闻客户端	新媒体专业委员会
		H5｜手机里的小康生活	集体		刘建光 曾益驰 陈永刚	新湖南客户端	新媒体专业委员会

888

奖次	项目	题目	作者(主创人员)	编辑	刊播单位	报送单位
二等奖（116件）	融合报道	融媒体互动长卷《最后，他说——英雄党员的生命留言》	集体	集体	中国网	新媒体专业委员会
		稻子熟了	集体	张倩 史潇潇	津云客户端	新媒体专业委员会
		放大音量！听百年最硬核声音	何沛苁 李忠明 侯萌 赵卫华 王婷婷	杨凯 张爽	中国科技网	新媒体专业委员会
	应用创新	新华社"全民拍"	陈凯星 葛素表 冯松龄 贺大为 高洁	杨侠 张海磊 马知遥	新华社客户端	新媒体专业委员会
		《春华秋实 国聘行动》第二季	集体	集体	央视频	新媒体专业委员会
三等奖（185件）	消息	昆明到万象：从此山不再高、路不再长	王召杰 陆华	姜柯宇	《人民铁道》报业有限公司	中国行业报协会
		空缺				
		一条"机器鱼"遨游万米深海	孙晨	贾国勇 杨兰 翟连宇	余杭晨报	中国县市报研究会
		三明市昨日颁发全国首张林业碳票 "空气"卖到钱了	方炜杭 余福 全幸雅	黄培坤 陈亮 周福东	福建日报社	福建记协
		江苏睢宁有个"速来办"，用过都说好！	王玉琪 孙眉	郑惊鸿 王艳 王刚	农民日报社	农民日报社
		歼-20用上了"中国心"	黄华 陈苏栋 黄卫星 陈彦伶	陈苏栋	珠海广播电视台	广东记协
		十一世班禅四访"西藏文库" 勉励僧众精进修行	路梅 贡嘎来松	魏群 王欢	中国新闻社	中国新闻社
		世界性重大考古发现 稻城发现13万年前大型旧石器遗址	吴晓铃	刘钧 戚瑛	四川日报	四川记协
		35楼扔下矿泉水瓶 被判赔偿9万多元	董柳	袁婧 林丽爱	羊城晚报	中国晚报工作者协会
		"复兴号"在西藏通车引起各族群众欢呼和赞誉 "这是我们新的团结线幸福路"	集体	赵瑞阳 周辉 田丽	西藏日报社	西藏记协

奖次	项目	题目	作者（主创人员）	编辑	刊播单位	报送单位
三等奖（185件）	消息	海南首例副省长出庭应诉行政案件昨开审	金昌波	吴卓 陈奕霖 蔡潇	海南日报社	海南记协
		石家庄的"母亲河"重现勃勃生机	李彦水 岳金宏 周剑瑭	崔立卿 尚燕华 祁鹏娜	石家庄日报	河北记协
		舍身勇救落水儿童 英雄王红旭感动一座城＋联播时评 致敬英雄一路走好！	卿一学 刘恋 张骏凯 宋念念 罗维	贾俊杰 富治平 侯聪	重庆电视台	重庆记协
		"辣笔小球"犯侵害英雄烈士名誉、荣誉罪一审被判有期徒刑8个月	陆辉 景雯雯 黄泽文	戴军农 叶春燕	中国江苏网	江苏记协
		苏州姑苏区全力帮扶民生小店	苏雁	集体	光明日报	光明日报社
		燃！珍贵"月壤"完成正式交接存储韶山	王嫣 李赛凤 秦楼	楚湟 刘明珠 秦舷	红网	湖南记协
		零的突破！中国双季早粳稻在江西诞生	李先 汤云柯	何灵 黄茹 刘佳	江西广播电视台	江西记协
		鞍钢重组本钢 全球第三大钢铁"航母"踏浪启航	陈平 孔祥东 宋宇宁 陈昊 何东泽	赫英立 赵力 杨光	辽宁广播电视集团（台）	辽宁记协
	评论	货拉拉道歉：每次改进都用生命来换，代价太惨痛！	龚先生（罗筱晓）	刘文宁 张子谕	工人日报客户端、中工网、工人日报微信公众号、工人日报微博账号	工人日报社
		民主制度比较的现实课	兰琳宗	集体	中国纪检监察报	中央纪委国家监委新闻传播中心
		以制度力量推动接诉即办向前一步	胡宇齐	毛颖颖 张砥	北京日报	北京记协
		爱心厨房 善待也要善治	姜晓丹 季晓青 龚奇 王文炳	周新科 赵奕	浙江广电集团	自荐他荐
		见证三湘儿女矢志不渝的奋斗——"矮寨不矮、时代标高"系列评论之一	集体	易博文	湖南日报	湖南记协

奖次	项目	题目	作者(主创人员)	编辑	刊播单位	报送单位
三等奖（185件）	评论	为担当者担当 打破"洗碗效应"怪圈	张聪 辛倩 郑茂生	李献刚	山东广播电视台	自荐他荐
		少些"数"缚	关艳玲	柏岩英 唐成选	辽宁日报	辽宁记协
		复兴之路中国粮	仲农平（江娜）	施维 白锋哲	农民日报社	农民日报社
	通讯	稻水矛盾，破解何方？	胡立刚 冯克 李纯	郑惊鸿 王刚	农民日报社	自荐他荐
		"风""光"这边更好	栾哲 杨悦	周力 李玉鑫 宋方舟	吉林日报社	吉林记协
		12本护照上的"20年"	肖丽琼 黄琼	韩炜林 谢斌 廖志慧	湖北日报	厦门大学新闻传播学院
		全国网围养殖第一湖被"记"下"三笔账"后	沈向阳 赵鹤茂	胡国华 王益芳 李益钧	常州晚报	江苏记协
		跳绳八年，跳出两个"零"	集体	王强 郭馨泽	中国教育报	中国行业报协会
		603枚红手印——全国脱贫攻坚先进个人李洪文和叶家坡村的故事	李小梦	曹雷 郭锐 张敏	济南日报	山东记协
		"世纪工程"背后的牵挂	张黎黎 赵书彬	刘文涛 赵瑞阳 苏显丰	西藏日报社	西藏记协
		百花潭公园里，为何餐馆林立？	郭静雯	姜明 王欢 杨琴	四川日报	四川记协
		一万个馕 九千里路	方化祎 李昊	李芳	河南日报	河南记协
		The People Who Build Xinjiang	李芳芳	王海荣	中国外文局美洲传播中心（北京周报社）	中国外文出版发行事业局
		一趟跨越4700公里的"免费代驾"	杨柳青	白云 张晶	新疆巴音郭楞日报社	中国地市报研究会
		今天，阿佤人民再唱新歌	李绍明 谢进 崔仁璘	徐保祥	云南日报	云南记协

奖次	项目	题目	作者(主创人员)	编辑	刊播单位	报送单位
三等奖（185件）	通讯	For city's darkest day, justice is still to be dispensed（至暗的一天，和未至的正义）	赵 旭	John Nicholson 张 磊 陈 婕	中国日报	中国日报社
		鳡重现 刀鲚增长 江豚频出 十年禁渔让九江再现江湖美景	程 静	刘维阳 巢宏伟 王红旗	九江日报社	江西记协
		钢渣厂原址"沉渣又泛起"	张 华 于 潇 崔 武	张 羽 杨 波 刘 岱	青岛日报	山东记协
		方便群众停车 机关大院"留门儿"	雷风雨	王晓阳	天津海河传媒中心	天津记协
		盐巴女人	张明芳 肖 睿	吴 瑛 孔一涵 谢 威	中国妇女报、中国妇女网	中国妇女报社
		啃下多少硬骨头 才能成为"奋斗者"	陈欢欢	肖 洁 王 方	中国科学报	中国科技新闻学会
	新闻专题	旱井	蔺建秀 耿辉旺 高本增	耿辉旺	山西广播电视台	山西记协
		大熊猫"降级"保护区"上新"	敬思秋 徐小辉 薛怀刚 王 娴 范义勇	薛怀刚 王 娴 范义勇	四川广播电视台	四川记协
		有光	沈 玲 周 瑶 孙润伟 陶一鹏 乔伟力 路文欣 霍中杰	孙 欣 潘文龙	苏州市广播电视总台	中国社会科学院新闻与传播研究所
		格桑花开雪域边陲——苹果树下的科学梦	集 体	集 体	西藏广播电视台	西藏记协
		再醒惊天下——聚焦三星堆新一轮考古发掘成果	集 体	孙 琪 梁 庆 邓童童	川观新闻客户端	四川记协
		重返陡崖：昔日光头山 今朝绿满坡	乔洛阳 王 磊 刘大洋 吴启寒 蒋淑琴 刘 鑫	伍黎明 刘 鹏 田由波	巫溪县融媒体中心	重庆记协
		接力救护 生命至上	秦 拓 胡志强 关 荣 刘 慧 海米提·买买提 马先明（车夫） 阿布都艾尼·麦麦提	赖莉莎 邓鸣琴 姜晓丽	新疆广播电视台	新疆记协

奖次	项目	题目	作者（主创人员）	编辑	刊播单位	报送单位
三等奖（185件）	新闻专题	脱贫攻坚中的文化力量	卢伟山 王建 叶满山 赵梓伊	崔雪茜 钟文静 陈若梦	掌上兰州客户端	甘肃记协
		俯身"对话"3000年	刘哲铭 施琦	集体	中国教育电视台	中国教育电视协会
		青春正当时——高原上的女兵班	蔡怀军 杨喜卿 吴梦知 孙璐	梁德平 周山 周一凡 钟山 王彬人 朱宵涵	芒果TV	湖南记协
		我在"一大"修房子	戴晶磊 屠佳运 师玉诚	李连达 陶余鑫 叶钧 朱世一	上海广播电视台	上海记协
		2021见证｜稻香四季 青青柳河湾	徐曼昕 宋力力 李红媛	曹彦 潘德强 集体	"V观阜新"APP	辽宁记协
		冬天里的春之声	牛玉 叶青 崔启楠 曹希民	李莹 王悦民 杨菲 杨君 李睿哲 毕煌坦	天津海河传媒中心	天津记协
		昨天，风雪中的背影，震撼了大连	集体	集体	大连新闻传媒集团	自荐他荐
		浙世界那么多人	许瑾 赵石 徐俊 林佳缘	金鹏 陈黄臻 高艳烨 姜建舒 何怀志 陈蕾	钱江都市频道钱江视频、美丽浙江	浙江记协
	新闻纪录片	重回长江的麋鹿	集体	张昌旭 张其平 郑文平	湖北广播电视台	自荐他荐
		云端上的足球梦	集体	集体	中央广播电视总台、四川广播电视台	四川记协
		打卡山海情	洪炜 邹琦逊 吴晨 唐龙敬 黄昌辉 刘仲雄 覃晓清	方健文 张婷鑫 刘	福建省广播影视集团	福建记协
		千年梦想 决胜今朝	邱黔 罗阳 严映萍 于航 罗宾 常艳 周洋	宾航洋 罗于周	贵州广播电视台	贵州记协

奖次	项目	题目	作者（主创人员）		编辑	刊播单位	报送单位
三等奖（185件）	新闻纪录片	追光：东京之路	集体		曹剑杰 高 鹏 彭 东	新华社	中国体育新闻工作者协会
	系列报道	家里那"典"事	唐晓芳 赵芳芳 胡琪苑 高兴华	于 澄 赵婷婷 褚雨晗 张香平	集体	法治日报社	法治日报社
		大道同行——百年风华谁与共	陈陆军 宋 哲 程 宇 温孟馨	俞 岚 王世博 刘轩廷 王 潮	周兆军 曹艳培	中国新闻网微信公众号	中国新闻社
		2021年春季用工形势一线调查	陆 文 杨 勤 苏 革	武 唯 游 翀	白 阳 郭 祎	中国劳动保障报社	中国行业报协会
		身后是我的国	集体		集体	新京报	北京记协
		璀璨三星堆	徐 豪 张利娟 左 琳	王 哲 陈 珂	集体	中国外文局亚太传播中心	中国外文出版发行事业局
		快办行动："快办"在行动	石其智 葛立婕 童仕东 赵 悦	赵晓芳 钟 茜 李华芹	葛立婕 钟 茜	丹东广播电视台	辽宁记协
		杭州百家小店生存报告	集体		集体	钱江晚报	浙江记协
		"告别 赓续"系列报道	集体		集体	吉林广播电视台	吉林记协
		红色号角	集体		集体	冀时客户端	河北记协
		党旗下的人民海军	丁玉宝 孙国强 刘少伟	聂厚军 马滢蕊 孙晨旭	集体	解放军新闻传播中心广播电视部	军委政治工作部宣传局
		互联网贩卖"笑气"为何猖獗	李 超 江文天	左智越	集体	中国青年报	中国青年报社
		"湘"土新生代	集体		金中基 李伟锋	湖南日报	湖南记协
		检察公益诉讼助力长城保护系列报道	柴春元 倪建军	南茂林 肖俊林	集体	检察日报社	中国行业报协会
		关注新疆男孩广州角膜移植	杨舒涵		集体	新疆日报	新疆记协

奖次	项目	题目	作者(主创人员)	编辑	刊播单位	报送单位
三等奖（185件）	系列报道	为了400个孩子的入园	集体	任晓润 周长城 唐璐	南京广播电视台	江苏记协
	新闻摄影	世界单体最大水上光伏电站并网发电	周坤 刘振兴	高红岩 郭庆萍	德州24小时客户端	中国新闻摄影学会
		"诚信奶奶"十年还清2077万元债务	雷宁 陈炜芬	施龙有 蓝东海	丽水日报	中国新闻摄影学会
		（东京奥运）苏炳添闯入奥运会男子100米决赛	富田	毛建军 崔楠 李慧思	中国新闻社	中国新闻摄影学会
		120岁佘山天文台下月启动史上最大规模修缮，上万册天文学古籍资料将被数字化保存	袁婧	王蔚 王柏玲	文汇APP	中国新闻摄影学会
		守护生命	辜鹏博	刘建光 王立三 马俊达	湖南日报社	中国新闻摄影学会
		最美冬夜	马华斌	何宇瞳	南方电网报	中国新闻摄影学会
	新闻漫画	人权教师爷	罗杰	李洋	中国日报	中国新闻漫画研究会
		十八洞村：走上幸福大道	刘谦 邹继红	蒙志军 吴希 傅汝萍	湖南日报	中国新闻漫画研究会
		Father's diary（父亲的日记）	魏威 苑欣	梅焰 魏威 苑欣	中央广播电视总台	中国新闻漫画研究会
	副刊作品	走近二里头执钥者	魏剑 陈茁 张冬云	张冬云	河南日报	中国报纸副刊研究会
		我的爸爸是"活界碑"	林鲁伊 戴维 陈杰	戴维 骆东华 韩斌	杭州日报	中国报纸副刊研究会
		回忆已长成纪念的森林	郑劲松	兰世秋 李健	重庆日报	中国报纸副刊研究会
	新闻访谈	毛虾捕捞的"罪"与"非罪"	戴春梅 田果馨 盛建 王健安 王磊 潘越	殷敏利	江苏省广播电视总台	中国广播电视社会组织联合会

奖次	项目	题目	作者(主创人员)	编辑	刊播单位	报送单位
三等奖（185件）	副刊作品	云小朵"碳"寻记｜MR访谈：天津碳排放权交易量全国名列前茅！咋做到的？	集体	集体	津云客户端微视频道	中国广播电视社会组织联合会
		对话"陋室画家"位光明：人生的画布 我最喜欢画暖色	赵奕 杨文馨 姜伟 李晓青 王文炳	周新科 龚付 奇琳	浙江广播电视集团	中国广播电视社会组织联合会
		王红旭：一面旗帜 一种方向	周仁杰 周辉 郎天辰	集体	中国教育网络电视台	中国广播电视社会组织联合会
		变在将军路	柳芳 洪燕 李爽 徐嘉珉	杨康 陈伟 刘征	湖北广播电视台	中国广播电视社会组织联合会
		美国抗疫 何以"第一"	范林 王飘岩 丁玲 刘梦婷子 龚文彬 陈帅	孙璞 李欢 盛莎	湖南广播电视台卫视频道	中国广播电视社会组织联合会
	新闻直播	空缺				
		对话长江 看见中国	集体	卢明亮 洪燕 梁延	重庆广电集团（总台）	中国广播电视社会组织联合会
		稻花香里话小康	阳炭 蒙剑媚 姚莉 彭龙 范凡 蒋文婷 董杰 唐慧婷 刘晓宇	刘璐 赵星宇 黄韶敏	广西广播电视台	中国广播电视社会组织联合会
	新闻编排	2021年7月1日 无锡日报 T5—T8	集体	集体	无锡日报	中国新闻漫画研究会
		2021年12月31日 全省新闻联播	集体	牛作交 付建岭	河北广播电视台	中国广播电视社会组织联合会
		2021年8月13日 经济日报调查9版	乔申颖 王薇薇	王玥 刘辛未 倪梦婷	经济日报	中国新闻漫画研究会
		2021年12月11日 新华日报6-7版	集体	周贤辉 周远东	新华日报	中国新闻漫画研究会
	新闻业务研究	基于用户理念的新型主流媒体全媒体新闻采编流程构建路径研究	赵刚 孙萌 白云鹏	樊丽萍	中国广播电视学刊	黑龙江记协
		用主流价值导向驾驭算法	陆小华		经济日报	天津记协

奖次	项目	题目	作者（主创人员）	编辑	刊播单位	报送单位
三等奖（185件）	新闻业务研究	新时期中国对外传播在挑战中的转型探索——以上海广播电视台外宣纪录片为例	陈亦楠	王侠	新闻记者	上海记协
		广电深化融媒亟须用好五大策略	郭华省 裴永刚	常可	中国广播电视学刊	浙江记协
		语言、思维、价值观：提高英语对外传播有效性的三个层次	杜国东	林凌	《国际传播》	中国新闻社
		短视频赋能主题主线宣传——以吉林广播电视台脱贫攻坚短视频系列节目创作为例	谢荣 梅雪 邵光涛	唐弋	中国广播影视	吉林记协
		走好全媒体时代群众路线的探索与实践——以湖北日报庆祝建党百年宣传报道为例	湖北日报编辑部（陈剑文 王丙全 姜远海）	陈利云	新闻战线	湖北记协
		融入数字经济，拓展传媒产业空间	李鹏飞 刘先根 彭培成	武艳珍	新闻战线	湖南记协
	重大主题报道	大国担当·中国抗疫全球贡献访谈录	戎明昌 王佳 向雪妮 余毅菁 翁安琪 宫纳	张亚莉	南方都市报	广东记协
		跨越百年的"对话"	刘琴琴 陈涛 董添 陈元	丛文 郑再军	安徽广播电视台	安徽记协
		"追寻先遣连足迹"系列报道	米玛 温凯 晓勇 张宇	孙开远 刘欢 罗梦瑶	西藏日报	西藏记协
		中国共产党的"十万个为什么"	集体	张红 郭金超 王欢	中国新闻社	中国新闻社
		说不尽的祁连山·红色篇	周贤安 陈新云 许璇 任龙祥 董亚洁 祁海峰	单祥蓉	青海广播电视台	青海记协
		中国最美公路	李栓科 王杰 范晓 陈旭 胡泊 刘巍 范若雁	郭晓冬 陈婷婷 冯亚楠	中国国家地理	中国期刊协会
		"身边的奇迹·中国共产党为什么能"思享会④：美丽高岭"绿"动奇迹	集体		长城网	河北记协
		百年同心路·与委员同访	集体	集体	人民政协报微信公众号	人民政协报社

奖次	项目	题目	作者（主创人员）	编辑	刊播单位	报送单位
三等奖（185件）	重大主题报道	"我比任何时候更懂你"	集体	郑春平 韩飞 周游 张瑜	现代快报	江苏记协
		红军桥上看巨变	集体	王幸韬 卿杨亮 张亮	多彩贵州网	贵州记协
		中国共产党与中国农民	仲农平（何兰生 江娜 施维 冯克）	白锋哲 李竟涵 孟德才	农民日报社	农民日报社
		实现"双碳"目标，探寻企业新发展之路	邹俪然 王力中 陈华 黄洪涛 赖志凯 王鑫 方大丰	王群 丁军杰	工人日报社	西北大学新闻传播学院
		"一校一策""一地一策""一生一策"，确保实现"应考尽考" 陕西17万考生今日考研	吕扬	肖倩	陕西日报	陕西记协
		薪火·红色金融（1921-1949）特别专题	集体	林洁琛 应民吾	第一财经网站	上海记协
		"红色云展厅"系列融合报道	集体	集体	人民网	复旦大学新闻学院
		"中国共产党江苏如皋县委印"被认定为一级文物	郑伟 郭锴峰 沈灿 陈维	李折 陆树鑫 刘康	江苏省广播电视总台	南京大学新闻传播学院
		"戴口罩"入法，下月起施行！福建出台全国首个专项法规	郑昭 刘国军 吴倩 柳依昕	吴倩 柳依昕	福建日报新福建客户端、福建日报微信公众号	福建记协
		在习近平新时代中国特色社会主义思想指引下·金秋时节话良种	宋京伟 姜洋 姚晓慧 吴汉阳 伊力 邓杰	姚晓慧 刘仁超	山东广播电视台	山东记协
		一图读懂疫情防控	集体	集体	北京日报客户端	北京记协
		百年厦大 向总书记报告	陈星星 郑红 谢婷 陈倩 张耀地 林婕	集体	人民网、厦门广播电视集团	厦门大学新闻传播学院

奖次	项目	题目	作者(主创人员)		编辑	刊播单位	报送单位
三等奖（185件）	重大主题报道	"松花江上·百年印记"主题宣传报道	连占海 张长虹 王 玮 姜 斌 孙佳薇 付 宇 张 澍		林 青 车 轮 郭 涛	龙头新闻App	黑龙江记协
	国际传播	"象"往云南	冯 茵 李晓凤 王 珂 张 磊		冯天 朱正波 杨闻浚	云南广播电视台	云南记协
		惊人发现！美国2008年已人工合成SARS样冠状病毒	张佳星		刘 莉 谈 琳	科技日报微信公众号	科技日报社
		从"一个都不能少"到"一个都没少"——《马燕日记》和"马燕们"传奇的背后	杜晓星		龚其云 苏 峰 李 刚	宁夏日报	宁夏记协
		全国首例！获救雪豹"凌蛰"佩戴卫星项圈后放归	蔺伟鹤 谢 荣 孙成诚 徐华琦		孙成诚	欧洲新闻交换联盟（ENEX）、英国天空新闻台（Sky News）、卫星电视台门源县融媒体中心	青海记协
		创意视频｜世界看崇礼：一起向未来！	张梦琳 刘志成 乔 可 李 全		曹朝阳 胥文燕	冀云客户端	新媒体专业委员会
		New discoveries at Sanxingdui Ruins shed light on Chinese civilization（三星堆遗址新发现揭示中华文明多元一体）	惠小勇 钟 群 童 芳 杨 华 沈伯韩 李 贺 尹 恒		李来房 李建敏 长 远	新华社英文客户端	四川大学文学与新闻学院
		亚克西！新疆棉花朵朵开	周新科 李 阳 王欣怡 汤嘉旸 胡正涛 叶京取 姜 伟 王晟彬		孙 宇 蒋 铼 姜晓丹	中国蓝新闻客户端	中国广播电视社会组织联合会
		飞向月球（国际版）	闫 东 张 啸			法国Canal+集团、瑞典SVT电视台、德国ProSiebenSat1集团	中国国防科技工业新闻工作者协会
		我们住在"熊猫村"	集 体		集 体	封面新闻客户端	四川记协

奖次	项目	题目	作者(主创人员)	编辑	刊播单位	报送单位
三等奖（185件）	国际传播	从"天净沙"到"维多利亚"——爱德华一家在婺源	朱 彦　齐美煜	朱 力杨学文黄孝昱	江西日报	江西记协
		2021年4月6日中国日报要闻2版	王珊珊MukeshMohanan田 驰	纪海生王林艳	中国日报	中国新闻漫画研究会
		Along The Yangtze River（家住长江边）	魏卓新　周 吉李孟君　姜 敏菲利普　王丽华袁海群	蒋自斌陈 梅	英国SKYTV（天空电视台）、韩国阿里郎电视台、澳大利亚华夏电视台	安徽记协
		百年现代考古学·河南当惊世界殊	刘雅鸣　魏 剑陈 苗　王曦辉张培君　赵汉青娄 恒	赵汉青	大河网	河南记协
		守护湿地"三宝"	陈 曦　刘险峰唐佳菲　邱玉玲谢 乾　邓德龙	赵彤澍魏立谦孔祥玉	澳大利亚双语频道	辽宁记协
		粉雪奇遇	佟德军　李 扬杨波	佟艳玲牛思家刘赜瑞	法国高山电视台	吉林记协
		北京中轴线的智慧	集 体	刘智嘉戴蔚然	加拿大华语广播网	北京记协
		氷雪が燃え上がる冬の中国ワンダーランド（冰雪点燃中国的冬季仙境）	姜雪松　韩世宏	王贺临	日本共同通讯社	黑龙江记协
		中国——东盟青年主播创造营短视频系列	刘 凯　张 夏樊婷婷　罗 嬿王 遴	集 体	广西影视频道官方微博	广西记协
		新疆番茄 不惧贸易逆流	秦 拓马先明（车夫）刘 慧　于梦冉武 文	集 体	吉尔吉斯斯坦国家广电总公司	新疆记协
		脉动泰山	邵 波　姜维枫甄 广　李 敏祁亚　李 东谢承坤	林范盛张 鸷尹 飞	中央广播电视总台	山东记协

奖次	项目	题目	作者(主创人员)	编辑	刊播单位	报送单位
三等奖（185件）	国际传播	当《诗经》遇上交响乐	瞿婧秋 陶微微	黑丹 周萌 崔昕昕	加拿大华语广播网FM105.9	天津记协
		林海深处的驯鹿青年	董云静 靳可	王宝 浩音	加拿大华语广播网	内蒙古记协
	典型报道	悬崖上的种树人	秦骥 张斌峰	秦骥 肖杨	陕西日报	南京大学新闻传播学院
		吉林，兴于粮，岂止于粮！	集体	郑惊鸿 卢静 王文珺	农民日报	农民日报社
		空缺				
		《"海底森林"守护者黄晖：一抹朝晖 照珊瑚》系列报道	卢巨波 王鑫 姜晓莹 李少云 郭艳菊 刘盈盈 黄珍	陈太贤 梁丽春 王红卫	三亚传媒集团	海南记协
		以生命担使命 以忠诚铸警魂	陈雨燕 曾亮	肖苗生 梁铮鸣	梧州日报	广西记协
		山里来信了！	集体	凌晨	成都日报锦观新闻微信公众号	四川大学文学与新闻学院
		最潮中国观 看我圳少年	戎明昌 付可 郭锐川 胡可 陶然 陈庆军 刘洋子 郑煜晓	集体	N视频客户端	中国传媒大学新闻传播学部
		"让乡亲们吃上甜水，此生无憾"	韩沁言 热依达	石锋 冯永芳 李茜	新疆日报	新疆记协
		阿卜杜拉文明志愿服务队英雄城里浇灌民族团结之花 守望相助紧紧相拥 构筑共有精神家园 6名少数民族同胞昨同时递交入党申请书	宋思嘉	集体	江西日报	江西记协
	舆论监督报道	罪恶的"手术刀"	卢慎勇 刘志峰 施俊丽 张斌 陈鹏 魏华	张斌 刘志峰 杨亮	河南广播电视台	河南记协
		奇葩的收费站	王虎全 刘小飞 乌勒 雷蒙 张维琴	张维琴	内蒙古广播电视台	内蒙古记协

奖次	项目	题目	作者（主创人员）	编辑	刊播单位	报送单位
三等奖（185件）	舆论监督报道	不做折腾"植物人"的"木头人"	汪 宁　周仲洋	范嘉春 何周导	上海广播电视台	复旦大学新闻学院
		每斤十几万元乃至数十万元，谁是"天价岩茶"幕后推手？	郑 良　张逸之 吴剑锋	邹声文 刘 江 陈玉明	新华社	厦门大学新闻传播学院
		让新业态劳动者权益"不落空"	卢 越　刘 旭 兰德华	兰海燕 张伟杰 卢 越	工人日报社	工人日报社
		"店招用了'青花椒'竟成被告"系列报道	集 体	集 体	华西都市报	四川记协
		聚仙饭店坍塌事故，调查出了什么问题？	集 体	集 体	中央广播电视总台	中央广播电视总台
		上饶市信州区沙溪镇白石村百亩田撂荒——高标准农田竟种不了田	余红举	李新科 兰春玉	江西日报	江西记协
		七获省部级科技奖的"大国工匠"，却评不上正高职称	于 力　白涌泉	方立新 易艳刚 刘婧宇	新华每日电讯	吉林大学新闻与传播学院
	融合报道	BBC in Xinjiang: Facts Don't Matter｜China Daily visual investigation（起底：打脸BBC新疆报道，够了！假新闻）	王 浩　柯荣谊 孟 哲　徐潘依如 黄恬恬　张少伟	集 体	中国日报网站	新媒体专业委员会
		有"棚"自远方来	曲 涛　杨新会 傅群堂	集 体	大众日报客户端	新媒体专业委员会
		你的眼睛	集 体	戴军农	新江苏客户端	自荐他荐
		雪山下有个"熊猫村"	杨 涛　李佳雨 杜江茜　王亚敏 白冰雪　陆 峰 文 娇	集 体	封面新闻客户端	新媒体专业委员会
		50年了，看中国交出的答卷！	王海林　孟祥麟 李 娜　李 根 刘 云　刘 凡 朱玥颖	集 体	人民网	新媒体专业委员会
		答卷人	杨 威　许 娟 马轶群　董博臣 冯 烨　冯 旭 张 桢	集 体	新华网、前线客户端	新媒体专业委员会

奖次	项目	题目	作者(主创人员)	编辑	刊播单位	报送单位
三等奖（185件）	融合报道	C位是怎样炼成的	集　体	集　体	新华社客户端	新媒体专业委员会
		那些值得铭记的"第一"	江　娜　杜兰萍　崔鹏家	施　维　冯　克　王可依	农民日报微信公众号	新媒体专业委员会
		郑州"7·20"特大暴雨灾害救援	集　体	集　体	央视新闻客户端	新媒体专业委员会
		共产党员了不起——地下超级工程	集　体	张　斌　刘志峰　杨　亮	河南广播电视台大象新闻客户端	新媒体专业委员会
		那碗甜水	梁　伟　王晶晶　贾永娇　缪　蓉　金佐坤　乔　怡　董瀚文　李桢楠	银　璐　晁　瑾　赵卫斌	石榴云客户端	新媒体专业委员会
		一条红线穿百年	曹曦晴　谢　莎　李玲莉　陈安然　刘惠婷　柴之琪　成雨静　张　微	宋维权　郑　彦　陈霄莹	长江云客户端	新媒体专业委员会
	应用创新	《点亮事实孤儿的未来》	李　超　王聪聪　王骏扬　陈　明　马　群　左智越	王聪聪	中国青年报客户端	新媒体专业委员会
		湘农荟	集　体	李　茜	时刻新闻客户端	新媒体专业委员会
		今年清明节，请帮家乡的烈士寻亲	余荣华　赵明琪　朱　利　李建广　郑　琪　林　渊　刘珂君　李忱阳	集　体	人民日报客户端	新媒体专业委员会

中国新闻奖、长江韬奋奖评选细则

（第 32 届中国新闻奖、第 17 届长江韬奋奖评选委员会
2022 年 9 月 4 日审议通过）

根据《中国新闻奖评选办法》《长江韬奋奖评选办法》（以下简称《评选办法》），结合本届评选会实际，制定本评选细则。

一、评选原则

（一）坚持公开、公平、公正。中国新闻奖评选要统筹兼顾中央媒体与地方媒体；发达地区与欠发达地区的参评作品；各项目要统筹好报刊、广播电视和新媒体作品；关注少数民族语言文字作品；鼓励内容呈现方式创新和技术应用创新的作品。长江韬奋奖评选在参评人员各项条件相同的情况下，鼓励在推动媒体深度融合发展和国际传播能力建设中有突出贡献的人才。

（二）坚持评选标准，关注体现"四向四做"精神、增强"四力"要求的作品和人员。中国新闻奖评选在同等条件下，优先考虑短、实、新的作品，对存在差错的作品实行获奖等级限制；长江韬奋奖评选要关注基层一线的优秀新闻工作者。

（三）严格评选程序，在认真全面审看（听）所有参评材料、充分讨论评议的基础上，以实名评分和无记名投票相结合的方式评选。

（四）坚持专业评选与社会参与相结合，评选时参考参评材料公示后社会公众的评议意见。

（五）对同一事件的同体裁作品，同等条件下首发在前的优先。

二、总体要求

（一）实到评委超过全体评委人数 2/3，方可召开评选会。

（二）评选会由评委会主任或主任委托的副主任主持。

（三）评委中途离会不能参加投票的，按实到评委投票。离会评委不能委托其他评委代为投票。

（四）按设奖数额投票，可少投，不能多投；中国新闻奖选票如有多投的，则该选票上多投的项目作废；长江韬奋奖选票如有多投的，则该选票计为废票。每轮投票结束，在规定得票范围内，按得票数从高到低依次取齐规定数额的参评作品和人员。

（五）评委在小组评选会和评委会全体会议讨论时，除评选会主持人要求解释清楚的问题外，不得宣传、介绍、点评本推荐（报送）单位推荐（报送）的参评作品和人员。如有违反，主持人要制止并给予批评。

（六）从所在单位没有参评作品和人员的评委中产生监票人，负责监督评委投票和工作人员计票工作。

三、设奖数额

（一）中国新闻奖设奖数额及要求

1. 设奖数额

设奖数额不超过 380 个。其中，一等奖不超过 75 个，二等奖 115 个左右，三等奖 190 个左右。根据需要设特别奖，不超过 5 个，视同一等奖。各评选项目的设奖数额，由评委会根据当届参评作品情况确定。新闻名专栏中，中央媒体和地方媒体各占 50%。

特殊情况下（各项评选条件都很优秀，只是因硬性规定所限），经评委会决定，可设不超过 5 个特别奖（与一等奖同样待遇），其中报刊、通讯社、广播电视、新媒体作品各不超过 1 个。如因评出特别奖而突破设奖总额，则减少该获奖作品所在项目相应设奖数额；如未超过，则不减。

2. 评选要求

（1）表述有误，存在使用成语不规范、词语使用或搭配不当、词语缩略不当、生造词语、指代不统一、数量单位缺失、前后表述不一致；广播作品现场音响，电视作品现场音响和画面质量存在明显瑕疵等情况，不得获一等奖。

（2）存在词序错乱、成分缺失、指代不明、语句杂糅、归类有误等，不得获一、二等奖。

（3）作品中出现 3 次（个）以上不同类型差错的，不得获奖。

（二）长江韬奋奖

设 20 个获奖者名额，其中长江系列 10 个，韬奋系列 10 个，可以缺额，不能超额。

四、中国新闻奖评选程序

（一）审议参评资格

评委会听取并审议中国记协评奖办公室关于参评作品的公示核查处理情况报告；听取审核委员会关于参评作品的审核情况报告，确认参评作品资格；在评选中参考有关审核意见。

（二）小组推荐

评委分 11 个小组推荐各项目候选建议作品。

各小组指定所在单位没有参评作品的评委担任监票人，负责监督小组评委投票和工作人员计票。

1. 实名评分

各小组按照《评选办法》规定的评选标准，在认真审看（听）的基础上对本组评选的参评作品进行评分。

2. 筛选作品

各小组以参评作品平均分为参考，讨论、评议以无记名投票方式，淘汰不超过 20% 的各项目参评作品。

入围作品按简单多数筛选，如最后 1 个名额出现 2 件并列作品，则 2 件作品都进入下一轮评选程序；如最后 1 个名额出现并列作品超过 2 件，则对这些并列作品进行最多两轮票决，得赞成票多的作品入选，如票决后仍出现并列，则全部入选。

3. 召开评委会主任会议，统筹协调各小组作品筛选情况，确定需要统筹协调的原则和要求。

4. 推荐候选建议作品

各小组按照评委会主任会议精神，确认并审看（听）筛选出的参评作品，在充分讨论、评议的基础上，以无记名投票方式分别按规定数额推荐出一、二、三等奖候选建议作品。如出现因票数相同并列情况，则对这些并列的作品讨论，按作品质量排出推荐顺序。

各项目（不含新闻名专栏）一等奖候选建议作品数按不超过设奖数额的 200% 掌握、二等奖候选建议作品数按不超过设奖数额的 120% 掌握；三等奖候选建议作品数按不超过设奖数额，根据得票数从高向低依次取齐。不同媒体的新闻名专栏候选建议作品按设奖数额掌握，下同。

如某项参评作品数额达不到候选建议作品数，可不受该比例限制，按照评选标准评出不超过设奖数额的作品。评不出的，可以空缺。全体评委评选获奖作品时，如遇同类情况，按此规定执行。

特别奖候选建议作品由小组提名，经评委会主任会议统筹后，由小组投票产生。票数须达到小组实到评委 2/3 赞成票。

一等奖候选建议作品须达到小组实到评委 2/3 赞成票，二、三等奖候选建议作品须超过小组实到评委 1/2 赞成票。

如达到规定票数的作品多于该项目该等级候选建议作品数，按得票顺序从高向低依次取齐。如最后 1 个名额出现并列作品（达到规定票数且票数相同，下同），则对这些并列作品再进行票决，得票多者入选。如票决后达到规定票数的作品仍出现并列，则全部入选。

如达到规定票数的作品少于该项目该等级候选建议作品数的 90%，则按缺额数加 1 的数量（"1"是指补齐缺额数后，排在其后的首位落选作品，下同），从该项目该等级落选作品中按得票顺序从高向低依次取齐后（如"缺额数加 1"出现并列作品，则全部进入票决，下同），对选取的作品再票决，达到规定票数者入选。如此轮票决后，达到规定票数的作品数仍少于该项目该等级设定的候选建议作品数额，空缺数额不补。

各项目一、二、三等奖候选建议作品名单按投票轮次、得票数和质量从高到低排序。

5. 确定候选作品

召开评委会主任会议，统筹协调各小组推荐的一、二、三等奖候选建议作品，确定候选作品或处理原则。

（三）全体会评选

1. 全体评委听取各小组报告本小组候选作品情况，审看（听）候选作品，并进行充分讨论评议。

2. 无记名投票评选获奖作品，其中一等奖（包括特别奖、新闻名专栏）须达到实到评委 2/3 赞成票，二、三等奖须超过实到评委 1/2 赞成票。一、二等奖空缺数额计入下一等次该项目设奖数额。最多进行三轮投票，如三轮投票后，达到规定票数的作品数仍少于设奖数额，其缺额不补。

如投票后达到规定获奖票数，只是由于数额等限制而落选的一、二等奖候选作品，可自动成为下一等级获奖作品并排在获奖作品前列。未达到规定票数而落选的一、二等奖候选作品，分别自动列入二、三等奖候选作品并排在候选作品前列。其中落选作品多于 1 件的，按得票数从高到低排序。

3. 如达到规定获奖票数的各项目各等级作品多于该项目该等级设奖数额，按得票顺序从高向低依次取齐。如最后 1 个获奖名额出现并列，须经全体评委对这些并列作品再票决，过半数的获奖。

如各项目各等级获奖作品数少于该项目该等级设奖数额的90%（如有小数点则四舍五入），可按该项目该等级设奖数缺额加1的数量，在该项目该等级落选作品中按得票顺序从高向低依次取齐后，对选取的作品再票决。

4. 为调动更多新闻单位的积极性，除国际传播奖项外，每个刊播单位（发布端、账号）的作品在消息、评论、通讯、专题、系列报道5个评选项目中，获一等奖不超过1个。广播、电视机构合并的单位按两类分别统计，中央广播电视总台按原三台分别统计。如同一刊播单位有2个（含2个）以上一等奖候选作品达到规定票数，取得票多的1个；如得票相同则需再票决，得票多者入选，落选的可自动进入二等奖并排在获奖作品前列。由此产生的一等奖缺额，取该项目一等奖落选作品中排在第一的作品再票决，达到实到评委2/3赞成票即入选，如未达到规定票数，则缺额不补。

每个报送单位的参评作品在融合报道和应用创新项目中，获一等奖不超过2个（含2个）、获奖总数不超过3个（含3个），对自荐作品，按其刊发平台所属报送单位计。

5. 各项目一、二、三等奖获奖作品名单按投票轮次、得票数和质量从高到低排序。

五、长江韬奋奖评选程序

长江韬奋奖由评委会全体会议直接评选。

（一）审议参评者资格

根据《评选办法》规定，评委会听取并审议中国记协评奖办公室关于长江韬奋奖参评人员相关申报材料的公示核查处理情况报告，确认参评人员资格。

（二）预投候选人

全体评委按照《评选办法》规定的评选标准审阅参评人员材料，进行充分讨论评议，然后以无记名投票方式预投产生长江、韬奋两个系列各13名候选人。长江、韬奋两个系列分两张票同时投，每位评委各投不超过10名。其中，担任新闻单位领导职务的副局级以上人员，长江系列不超过2名，韬奋系列不超过3名，多投为废票。评委会按得票数从高向低，各取前13名为候选人。如最后1个名额出现并列，则对这些并列人员进行最多两轮票决，得票多者入选；如两轮票决后，最后1个名额仍出现并列，则并列者全部落选，其缺额不补。

在13名候选人中，担任新闻单位领导职务的副局级以上人员，长江系列不得超过 3 名, 韬奋系列不得超过 4 名。如得票前 13 名人员中, 担任新闻单位领导职务的副局级以上人员超过规定数额, 按得票顺序, 长江系列取前 3 名, 韬奋系列取前 4 名。如最后 1 个名额出现并列, 则对这些并列的人员进行最多两轮票决, 得票多者入选; 如两轮票决后, 最后 1 个名额仍出现并列, 则并列者全部落选, 其空出的名额由得票排在其后的非此类别候选人递补。

(三) 正式评选

1. 在对长江韬奋奖两个系列的候选人进行充分讨论评议的基础上, 以无记名投票方式选出获奖者。长江、韬奋两个系列分两张票同时投, 每位评委各投不超过 10 名。其中, 新闻单位领导职务的副局级以上人员, 长江系列不得超过 2 名, 韬奋系列不得超过 3 名, 多投为废票。

2. 获奖者须达到实到评委半数赞成票。如达到规定票数者多于设奖数额, 按得票数从高向低依次取齐; 如最后 1 个名额出现并列 (达到规定票数且票数相同, 下同), 则对这些并列的人员进行最多两轮票决, 得票多者获选; 如两轮票决后, 最后 1 个名额仍出现并列, 则并列者全部落选, 其缺额不补。

如达到规定票数者少于设奖数额, 则按缺额数加 1 的数量, 在落选者中按得票数从高向低依次取齐, 然后再进行投票, 达到规定票数者获奖。如此轮投票后, 达到规定票数者仍少于设奖数额, 其缺额不补。

3. 如达到规定票数的人员中, 担任新闻单位领导职务副局级以上人员, 长江系列超过 2 名, 按得票数从高向低, 取前 2 名, 如少于 2 名, 缺额不补; 韬奋系列如超过 3 名, 按得票数从高向低, 取前 3 名, 如少于 3 名, 缺额不补。如最后 1 个名额出现并列, 则最多进行两轮票决, 得票多者获选; 如两轮票决后, 仍出现并列, 则并列者全部落选, 其缺额由达到规定票数且得票排在其后非此类别候选人递补。

六、后续工作

1. 评选结束后, 评选结果同评委名单、评选细则一并在中国记协网、新华网上公示。网上公示时间不少于 5 个工作日。

2. 评奖办公室对公示期间收到的事实性举报进行核查, 并按照《评选办法》规定提出处理意见, 报告评委会主任会议决定。评议意见将转获奖作品推荐单位、获奖者, 在今后工作中参考。

3. 评选结果将在公示及相关工作结束, 报经中宣部审定后揭晓。

评委及评选会工作人员要严格履行所签署的《中国新闻奖、长江韬奋奖评选工作保密协议》, 在评选结果揭晓前, 未经中国记协评奖办公室授权,不得泄露有关评选工作信息；如违反，撤销其评委资格并通报所在单位。对评委存在接受推荐单位、报送单位和参评人员宴请、财物等行为，撤销其评委资格并通报其所在单位，撤销所涉单位及人员相关作品的参评或获奖资格，相关人员今后不得参加中国新闻奖评选活动。涉嫌违纪违法行为的，报纪检监察部门。

七、本评选细则经第 32 届中国新闻奖、第 17 届长江韬奋奖评选委员会通过后施行。评选细则未尽事宜，委托评委会主任会议讨论决定。

向培凤	湖北省记协主席
卿立新	湖南省记协主席
郎国华	南方报业传媒集团编委会委员
韩潮光	海南日报社副总编辑
夏海澄	广西日报社副总编辑
曹清尧	重庆市记协主席
宋锦燕	四川广播电视台高级记者
冉 斌	贵州日报社副总编辑
柴红飚	云南日报社副总编辑
张先群	西藏广播电视台台长
薛保勤	陕西省记协主席
王 东	甘肃日报社副总编辑
卢 彦	青海省记协主席
陈大志	宁夏广播电视台广播节目中心主任
成立新	新疆日报社总编辑
张富强	新疆建设兵团党委宣传部副部长
李秀磊	北京广播电视台副总编辑
韩颖新	天津津云新媒体集团董事长
杨正义	河北省承德广播电视台总编辑
康梅芗	山西日报农村部主任
弓春伟	内蒙古广播电视台融媒体传播中心负责人
白立辉	辽宁日报社副社长
黄云鹤	吉林广播电视台副台长
宋炯明	上海广播电视台台长
任 桐	江苏省广播电视总台副台长
郭 庆	浙江广播电视集团副总编辑
李陈续	安徽日报社总编辑
曾武华	福建日报社编委会委员
龚荣生	江西广播电视台总编辑
马 利	山东省济南日报社社长
万川明	河南日报总编室主任
陈力峰	湖北日报传媒集团编委办主任
杨 壮	湖南出版投资控股集团总编辑

张兴电	广东广播电视台首席业务指导
林绍炜	海南日报报业集团副总编辑
范　易	广西广播电视台总编辑
崔　健	重庆日报报业集团新闻管理中心主任
雒国成	四川广播电视台全媒体新闻中心高级编辑
王雪飞	云南日报报业集团副总编辑
达娃次仁	西藏日报社副总编辑
解　炜	陕西省西安广播电视台总编辑
詹　雯	甘肃省广播电视台高级编辑
韩青峰	青海省广播电视协会会长
田宝贵	宁夏广播电视台总编辑
董长洪	新疆日报客户端编辑部副主任
钟　新	新疆建设兵团胡杨网总编辑
张维燕	中国记者杂志社执行总编辑
杨驰原	传媒杂志社主编
唐绪军	中国社会科学院新闻与传播研究所研究员
殷　乐	中国社会科学院新闻与传播研究所应用新闻学研究室主任
王　宇	中国传媒大学国家传播创新研究中心副主任
姚泽金	中国政法大学光明新闻传播学院常务副院长
杨乘虎	北京师范大学艺术与传播学院副院长
张红军	南京大学新闻传播学院执行院长
黄鸣刚	浙江传媒学院国际文化传播学院副院长
倪　万	山东大学新闻传播学院副院长
冉　华	武汉大学新闻与传播学院教授
方　提	湖南师范大学县级融媒体建设研究中心执行主任
易　文	广西大学新闻传播学院教授
刘　毅	重庆大学新闻学院副教授
刘晓程	兰州大学新闻与传播学院副院长